U0358407

你们都听说过"非洲个性"（African Personality），听说过非洲民主、非洲特色社会主义，以及"黑人性"运动等。这些都是我们在不同时期创造出的支柱，帮助我们重新站立起来。而一旦我们站了起来，就不再需要这些支柱了。

——钦努阿·阿契贝（Chinua Achebe）
《作为教师的小说家》

原版信息

African Literature: An Anthology of Criticism and Theory

Tejumola Olaniyan (Editor), Ato Quayson (Editor)

Wiley-Blackwell

July 2007

ISBN: 978-1-405-11200-0

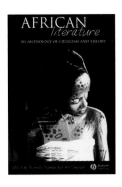

华东师范大学出版社六点分社　策划

本书由以下项目资助出版

上海文化发展基金会图书出版专项基金

北京外国语大学青年创新团队项目"非洲文学批评研究"
（项目号：2019JT002）

上海市哲学社会科学规划课题"德勒兹哲学视角下的非洲
英语小说研究"（项目号：2018BWY024）

AFRICA
六点非洲系列

非洲文学
批评史稿 上

African Literature:
an Anthology of Criticism and Theory

主编
——

[尼日利亚] 泰居莫拉·奥拉尼央
（Tejumola Olaniyan）
[加纳] 阿托·奎森
（Ato Quayson）

译
——

姚　峰　孙晓萌　汪　琳　等

华东师范大学出版社

总　序

　　学问之兴盛，实赖于时势与时运。势者，国家与人类之前途；运者，发展与和平之机缘。中非关系之快速发展促使国人认识非洲、理解非洲、研究非洲。

　　非洲乃人类起源地(之一)，非洲文明形态使人类文明极大丰富。古罗马史家老普林尼(Gaius Plinius Secundus)有言："非洲总是不断有新鲜事物产生"，此种"新鲜事物"缘自非洲人之"自我创造活动"(Ki-Zerbo 语)。全球化再次使非洲为热土，非洲智者提醒："千万别试图告诉非洲人到底哪里出了问题，或他们该如何'治好'自己。如果你非要'提供救赎'，那么抑制你内心的这种渴望"。"非洲人不是坐在那列以我们的世界观为终极目的的列车上。如果你试图告诉他们，他们如何成为我们，千万别。"(Kaguro Macharia 语)

　　此提醒，预设了国人研究非洲必备的"问题意识"；此提醒，不仅因国人对非洲的知识仍然贫乏，更促使吾辈须知何为中非文明互鉴之基础。

　　中国学界不仅须理解伊本·赫勒敦(Ibn Khaldun)之卓识远见，谢克·安塔·迪奥普(Cheikh Anta Diop)之渊博学识，马姆达尼(Mahmood Mamdani)之睿智论证和马兹鲁伊(Ali Mazrui)之犀利观点；更须意识到非洲之人文社会科学在殖民统治时期受人压制而不见经传，如今已在世界学术之林享有一尊。吾辈须持国际视野、非洲情怀和中国立场，苦其心志，着力非洲历史文化与社会经济诸方面之基础研究。

　　"六点非洲书系"之旨趣：既要认知西方人心目中之非洲，更要熟悉非洲人心目中之非洲，进而建构中国人心目中之非洲。本书系关涉非洲历史、社会、政治、经济、文化、文学……力图为非洲研究提供一种思路。惟如此,吾辈才有可能提供一套有别于西方的非洲知识之谱系,展现构建人类命运共同体伟大实践之尝试。此举得非洲大方之家襄助,幸甚。

"人之患在好为人师。"(孟子语)"各美其美,美人之美,美美与共,天下大同。"(费孝通语)此乃吾辈研究非洲之起点,亦为中非文明互鉴之要义。

是为序。

李安山 2019 年 11 月 11 日

于京西博雅西苑

上卷目录

序 言 ⋯⋯⋯⋯⋯⋯⋯⋯⋯⋯⋯⋯⋯⋯⋯⋯⋯⋯⋯ 陆建德　1

导 读 ⋯⋯⋯⋯⋯⋯⋯⋯⋯⋯⋯⋯⋯⋯⋯⋯⋯⋯⋯ 蒋　晖　1

第一部分　背景介绍

第1篇　非洲和文字

　　阿兰·里卡德（Alain Ricard）⋯⋯⋯⋯⋯⋯⋯⋯⋯　3

第2篇　撒哈拉以南非洲文学史概略

　　艾伯特·热拉尔（Albert S. Gérard）⋯⋯⋯⋯⋯　15

第3篇　政治、文化和文学形式

　　伯恩斯·林德福斯（Bernth Lindfors）⋯⋯⋯⋯⋯　23

第4篇　葡语非洲文学

　　拉塞尔·G·汉弥尔顿（Russell G. Hamilton）⋯⋯　36

第5篇　北非书面文学

　　阿尼萨·塔拉赫蒂（Anissa Talahite）⋯⋯⋯⋯⋯　46

第6篇　非洲大陆及其法语文学

　　乔纳森·恩盖特（Jonathan Ngate）⋯⋯⋯⋯⋯　56

第7篇　非洲文学和殖民因素

　　西蒙·吉坎迪（Simon Gikandi）⋯⋯⋯⋯⋯⋯⋯　66

第8篇　非洲文学：神话？抑或现实？

　　瓦伦丁·伊夫·穆登博（V. Y. Mudimbe）⋯⋯⋯　74

第二部分 口头性,读写性及其交界面

第 9 篇 非洲与口头性
利兹·冈纳(Liz Gunner) ·············· 83

第 10 篇 口头性,读写性与非洲文学
阿比奥拉·艾瑞尔(Abiola Irele) ·············· 92

第 11 篇 口头文学与非洲现代文学
伊西多尔·奥克培霍(Isidore Okpewho) ·············· 103

第 12 篇 女性的口头文类
玛丽·莫都佩·科拉沃勒(Mary E. Modupe Kolawole)
·············· 114

第 13 篇 口头艺术家的脚本
哈罗德·申伯(Harold Schenb) ·············· 121

第三部分 作家、作品和功用

第 14 篇 作为教师的小说家
钦努阿·阿契贝(Chinua Achebe) ·············· 129

第 15 篇 小说的真实性
钦努阿·阿契贝(Chinua Achebe) ·············· 134

第 16 篇 三者共榻:小说、道德和政治
纳丁·戈迪默(Nadine Gordimer) ·············· 145

第 17 篇 诺贝尔奖获奖演说辞
纳吉布·马哈福兹(Naguib Mahfouz) ·············· 154

第 18 篇 政治相关性再定义
恩加布鲁·恩德贝勒(Njabulo S. Ndebele) ·············· 159

第 19 篇 为自由作好准备
阿尔比·萨克斯(Albie Sachs) ·············· 166

第四部分 对抗语境下的创造力/创造力与对抗语境

第 20 篇 不会沉默的声音

沃莱·索因卡(Wole Soyinka) ·············· 177

第 21 篇 流散与创造性:作家旷日持久的创作空白

米希尔·吉塞·穆戈(Micere Githae Mugo) ······ 181

第 22 篇 控制蟑螂(流亡中对监狱记忆的重构)

杰克·马帕涅(Jack Mapanje) ·············· 188

第 23 篇 为反对新殖民主义而写

恩古吉·瓦·提昂戈(Ngugi wa Thiong'O) ·········· 197

第 24 篇 作家与责任

布瑞腾·布瑞腾巴赫(Breyten Breytenbach) ······ 208

第 25 篇 异见与创造性

纳瓦勒·埃尔·萨达维(Nawal El Saadawi) ········ 217

第 26 篇 超越肤色的文化? 南非困局

佐伊·威克姆(Zoë Wicomb) ·············· 225

第 27 篇 赞美流亡

努鲁丁·法拉赫(Nuruddin Farah) ·············· 231

第 28 篇 非洲作家的欧洲文学体验

丹布祖·里契拉(Dambudzo Marechera) ·········· 235

第五部分 本土主义和本土美学的追求: 黑人性和传统主义

第 29 篇 黑人性:20 世纪的一种人文主义

列奥波尔德·塞达·桑戈尔(Léopold Sédar Senghor) ··· 247

第 30 篇 什么是黑人性

阿比奥拉·艾瑞尔(Abiola Irele) ·············· 257

第 31 篇 黑人性运动与新非洲:一种更新换代

彼得·S·汤姆森(Peter S. Tompson) ··········· 267

第 32 篇　浪子,回家吧

　　　　钦韦祖(Chinweizu) ……………………………………… 280

第 33 篇　新泰山主义:伪传统的诗学

　　　　沃莱·索因卡(Wole Soyinka) ………………………… 289

第 34 篇　我的能指更加本土:非洲文学构建议题

　　　　阿戴莱克·阿戴埃科奥(Adélékè Adéèkó) …………… 300

第 35 篇　走出非洲:本土主义的拓扑学

　　　　夸梅·安东尼·阿皮亚(Kwame Anthony Appiah) …… 310

第 36 篇　论民族文化

　　　　弗朗茨·法农(Frantz Fanon) ………………………… 321

第 37 篇　真假多元主义

　　　　保兰·洪通基(Paulin Hountondji) …………………… 335

第 38 篇　"致非洲人的一封公开信":由迦太基一党制国家转寄

　　　　索尼·拉布·坦斯(Sony Labou Tansi) ……………… 346

第 39 篇　抵抗的理论/将抵抗理论化,或者为本土主义喝彩

　　　　贝妮塔·帕里(Benita Parry) ………………………… 350

第六部分　非洲文学的语言

第 40 篇　非洲文学的穷途末路?

　　　　欧比亚江瓦·瓦里(Obiajunwa Wali) ………………… 359

第 41 篇　非洲文学的语言

　　　　恩古吉·瓦·提昂戈(Ngugi wa Thiong'O) …………… 364

第 42 篇　写作语言中的追忆

　　　　阿西娅·吉巴尔(Assia Djebar) ……………………… 392

第 43 篇　非洲语言文学:悲剧与希望

　　　　丹尼尔·昆内内(Daniel P. Kunene) ………………… 403

第七部分　论体裁

第 44 篇　西非小说背景

　　伊曼纽尔·奥比齐纳(Emmanuel N. Obiechina) ········ 417

第 45 篇　小说的语言:一位热爱者的思考

　　安德烈·布林克(André Brink) ················· 427

第 46 篇　非洲小说的现实主义和自然主义

　　尼尔·拉扎鲁斯(Neil Lazarus) ················· 436

第 47 篇　"我是谁?":非洲第一人称叙事中的事实与虚构

　　米尼克·斯希珀(Mineke Schipper) ··············· 443

第 48 篇　非洲的节庆、仪式与戏剧

　　泰居莫拉·奥拉尼央(Tejumola Olaniyan) ··········· 454

第 49 篇　第四阶段:从奥贡神话到约鲁巴悲剧的起源

　　沃莱·索因卡(Wole Soyinka) ··················· 468

第 50 篇　俄狄浦斯王简介

　　陶菲·克哈金(Tawfiq Al-Hakim) ················· 482

第 51 篇　作为戏剧表演的诗歌

　　科菲·安尼多霍(Kofi Anyidoho) ················· 491

第 52 篇　"Azikwelwa"(我们拒绝搭乘):南非黑人诗歌的政治与价值

　　安妮·麦克林托克(Anne McClintock) ·············· 503

第 53 篇　葡萄牙语解放诗歌的革命性实践与风格

　　伊曼纽尔·恩加拉(Emmanuel Ngara) ··············· 517

第八部分　非洲文学批评的理论化

第 54 篇　学术问题与批评方法

　　埃尔德雷德·琼斯(Eldred D. Jones) ··············· 529

第 55 篇　非洲文学,西方批评家

　　兰德·毕肖普(Rand Bishop) ··················· 532

第 56 篇　研究非洲文学的形式方法

肯尼思·W·哈罗(Kenneth W. Harrow) ················· 544

第 57 篇 非洲缺席,无声的文学

安布鲁瓦兹·科姆(Ambroise Kom)················· 551

第 58 篇 事物的本质:受阻的去殖民化与批评理论

拜尔顿·杰依夫(Biodun Jeyifo) ················· 558

第 59 篇 透过西方的眼睛阅读

克里斯托弗·米勒(Christopher L. Miller)················· 575

第 60 篇 非洲文学批评承袭的规定:内在范式

奥拉昆勒·乔治(Olakunle George)················· 581

第 61 篇 非洲文学批评中的排他性行为

弗洛伦斯·斯特拉顿(Florence Stratton)················· 589

序　言

　　大量的考古发现以及生物遗传学家的基因研究证实,非洲是人类的发源地。这片古老的大地充分被人类所认识,相对来说,却又是比较晚近的事。要为文化语言上丰富多样的非洲撰写一部可读的文学史,其难度超出了我们的想象。

　　今年7月上旬,有55个成员国的非洲联盟(African Union,其前身为成立于1963年的非洲统一组织)在尼日尔首都亚美召开非洲大陆自由贸易区特别峰会,正式宣布成立非洲大陆自贸区。目前,作为一个整体的非洲,正不断在全球政治经济领域发出声音。但是在历史上,非洲这一地理概念是随着全球化的进程逐步建构起来的。

　　腓尼基人早在公元前8世纪左右就在迦太基(今突尼斯城)建立城邦,逐步扩张,其势力范围跨越直布罗陀海峡,抵达西班牙南部纵深地区。罗马人称该城居民布匿人,公元前3世纪至前2世纪,罗马和迦太基不断兵戎相见,这些战争史称布匿战争。公元前146年迦太基失陷,惨遭洗劫,过了一个多世纪,罗马帝国奠基人奥古斯都将迦太基定为罗马阿非利加(Africa)行省省会,重新繁荣。① 这是罗马帝国在北非第一个领地,后来殖民地范围越来越广。鼎盛期的罗马帝国拥有地中海周边所有地区,包括从埃及到利比亚、突尼斯、阿尔及利亚和摩洛哥的大片土地。北非不仅出了一位罗马帝国的皇帝(塞普提米乌斯·塞维鲁,

---

　　① 莎士比亚戏剧《安东尼和克里奥佩特拉》讲述的就是罗马将军安东尼(奥古斯都的妹夫)与埃及女王的爱情故事以及罗马出兵征服埃及。德莱顿的《一切都为了爱情》是同一故事的新古典主义版本。《奥赛罗》中的同名主人公是摩尔人,即北非阿拉伯人和柏柏尔人的混血后代。

193—211 在位），还产生了基督教最重要的思想家之一圣奥古斯丁。公元 5 世纪，汪达尔人（日耳曼民族一支）入侵迦太基，又制造一次文化灾难。公元 6 世纪末，迦太基转手成为拜占庭帝国的军事特区，百年后又被阿拉伯人征服。当时阿拉伯人的文化也进入伊比利亚半岛，笔者在此略说北非古代史，无非想强调一点，即地中海沿岸地区文化上多元和混杂的特性不能与 20 世纪文化政治上的"黑非洲"混为一谈。法国年鉴派史学家布罗代尔（Fernand Braudel，1902—1985）将整个地中海世界作为他的研究对象，马丁·贝尔纳（Martin Gardiner Bernal，1937—2013）则在《黑色雅典娜》（*Black Athena*：*The Afroasiatic Roots of Classicel Civillization*）一书追寻古希腊罗马的亚非之根。13、14 世纪，摩尔人在西班牙南部城市格拉纳达设计、建筑阿尔罕布拉宫（1986 年入选世界遗产名录），尽善尽美地体现了伊斯兰风格。15 世纪末穆斯林势力退出格拉纳达，阿尔罕布拉宫几经修复、重建，也增添了一些欧洲文艺复兴时期的特色。但是，13、14 世纪的阿拉伯建筑也不能用本质主义的语言来描述，地中海文明本来就有一些共享的资源。从文化上来说，我所理解的非洲文学并不局限于当今世界地图上的非洲，阿拉伯民间故事集《一千零一夜》来源于印度、波斯、伊拉克和埃及，1988 年获诺贝尔奖的埃及作家纳吉布·迈哈福兹（Naguib Mahfouz，1911—2006）使用的就是阿拉伯语，但是他又精通英语，深受英语作家和托尔斯泰、巴尔扎克、左拉等巨擘的影响。我深以为，取历史的视角，纯粹的"非洲性"是不存在的①。这本厚重的《非洲文学批评史稿》全面呈现了非洲文学内在的张力和多元的发展过程，我阅读后反而生出这样的想法："黑人性"的建构有其政治意义，但终归是徒劳的，人的肤色远不及带有普遍意义的人类价值重要。

文艺复兴时期的欧洲航海事业把非洲卷入全球化的历史进程，贩运奴隶是其中极其丑恶的一章，尽管此前非洲内部已有人口贩卖的记载。欧洲人在非洲的殖民探险活动在 19 世纪到达高潮，有关非洲语言文化的

---

① 用葡萄牙语创作的莫桑比克作家米亚·科托（Mia Coute，1955—）2018 年夏来华参加上海书展，在接受采访时指出，非洲国家彼此之间很不一样，以一个简单的"非洲"概念囊括它们恰是对非洲最大的误解。详见 2018 年 8 月 18 日《新京报·书评周刊》。

知识也在此过程中不断扩展、深化。殖民主义的一些遗产已成为今日非洲文化的一部分，比如非洲使用法语的国家和地区不下 30 个，尽管有很多地方差异，法语的影响无处不在。英联邦在非洲的国家有 18 个，包括第一人口大国尼日利亚和非洲最发达的国家南非，英语是这些国家的通用语或官方语言。

中国现代文学萌芽发育阶段，欧美文学是重要的参照物，因此，以鲁迅为代表的作家往往在欧美和日本文学的翻译上多有建树，非洲文学的概念当时还没有产生，作品的译介也未列入日程。由此看来，非洲文学更像是上世纪四五十年代兴起的非洲民族主义运动的伴生物。上世纪 50 年代，"亚非"一词在东西两大阵营对峙的背景下出现在我们的政治文化生活中，而且一度成为关键词。

1955 年印度尼西亚万隆会议的别称是亚非会议。1956 年 12 月在印度新德里召开过亚洲作家会议，第二年年底开罗举行的亚非团结大会决定筹划第一届亚非作家会议。1958 年 10 月，会议在苏联的加盟共和国乌兹别克斯坦首都塔什干举行，主题是反帝国主义和殖民主义。那年第 10 期《人民文学》为配合这次盛会，发表茅盾《祝亚非作家会议》一文，与此同时茅盾率中国作家代表团与会并作报告《为民族独立和人类进步事业而斗争的中国文学》。1959 年年初，作家出版社还将茅盾、巴金等中国代表的发言和评论汇集成册出版，取名《塔什干精神万岁——中国作家论亚非作家会议》。

第二次亚非作家会议于 1962 年 2 月在开罗召开，中国也派作家代表团参加。茅盾所作报告的题目意味深长：《为风云变幻时代的亚非文学灿烂前景而祝福》。"风云变幻"四字或许暗示着 50 年代的"东方"社会主义阵营已经出现分裂。1966 年 6 月至 7 月，北京召开了亚非作家紧急会议，当年 7 月 10 日的《人民日报》作了专题报道，但是原定 1967 年在中国举行的第三届亚非作家大会却未能如期召开，从此亚非作家会议与中国渐行渐远。[①] 1966 年"文革"爆发，那一年的《世界文学》杂志出了一期就停刊，亚非文学在我国的主要窗口也随之关上。

---

① 详见王中忱《亚非作家会议与中国作家的世界认识》，载《中国现代文学研究丛刊》，2003 年第二期，第 66 页至 84 页。

《世界文学》1977 年下半年试行复刊,第一期还是"内部发行"的,载有叶君健翻译的莫桑比克和南非的 6 首诗,均选自尼日利亚诗人、作家索因卡(Soyinka,1934—)编辑的《黑非洲诗集》。叶君健在题头介绍中指出非洲文学的先天不足:

> 非洲长期受帝国主义统治,民族语言长期受到压抑和摧残,知识分子所受的教育也就是帝国主义强加给他们的殖民主义教育。他们从事文学创作,所熟练的也都是欧洲语言。通过这些语言他们无形地吸收了西方的"文化营养",因此不管他们用哪种语言创作,他们都表现出一个共同点,即他们都深受欧洲——也包括美国——近代文艺思潮的影响。正如这本集子的编者索因卡在序文所指出的,《荒原》、法国达达主义、美国"垮掉的一代"的影子,都在他们的诗作中找到痕迹。但作为非洲的诗人,他们所处的社会环境和上述这些资产阶级流派的社会背景又是多么不同!这是长期殖民主义所造成的一种很特殊的现象——也是长期殖民主义统治所遗留下来的一种后果。①

笔者以为,非洲知识分子使用的欧洲语言,未必就是一件紧身衣。犹如马克思、恩格斯使用德文和英文,丝毫不影响他们创立极富颠覆性的新学说。非洲反殖民主义先驱、非洲统一组织倡导人恩克鲁玛(Kwame Nkrumah,1909—1972)那辈非洲领导人大都曾留学欧美国家,或者是像卡翁达(Kenneth David Kaunda,1924—)那样的基督徒。坦桑尼亚国父尼雷尔(Julius Kambarage Nyerere,1922—1999)甚至把莎士比亚剧本从英语翻成斯瓦希里语。叶君健的批评是有偏颇的,但是他的观点也在某种程度上反映于这本文集里所收的钦韦祖(Chinweizu)论文《浪子,回家吧》。《黑非洲诗集》编者索因卡本人也是在伊巴丹大学接受教育后赴英国利兹大学读英国文学,他在挖掘本土资源的过程中不可能清除英语文学和欧洲文学对他潜移默化的影响。阿拉伯语、英语、法语、葡萄牙语、德语、布尔人(荷兰、德国和法国早期移民后裔)

---

① 《世界文学》,1977 年第一期(内部发行),第 119 页。

使用的阿非利堪斯语和产自非洲本土的斯瓦希里语、豪萨语都可以成为非洲作家的语言工具①，然而有些使用范围较小的本土语言却可能成为非洲作家走向世界的障碍。这现象不公平，但是现实就是如此，抱怨无济于事。1986 年，用英语创作的索因卡荣获诺贝尔文学奖。两年后使用阿拉伯语的埃及作家纳吉布·迈哈福兹也获此殊荣，不过他也通晓英语，读过大量英语或翻译成英语的欧美文学作品。后来得到这一荣誉的南非作家纳丁·戈迪默（Nadine Gordimer，1923—2014）和库切（J. M. Coetzee，1940—　）使用的语言都是英语。我想在此申说的是，英语、法语等欧洲语言就和阿拉伯语一样，背后都有伟大的文学传统，并不是想象力和创造力的禁锢者，如能合理使用，反而是一种巨大的优势。非洲作家在世界上的影响不比亚洲作家小，可能就是语言上的原因。

我国的非洲文学译介起步于 1950 年代。1955 年和 1963 年，上海文艺联合出版社和上海少年儿童出版社推出两种《非洲民间故事》，多丽丝·莱辛（Doris Lessing，1919—2013，成长于津巴布韦的英国女作家）的《渴望》（解步武译）和《高原牛的家》（董秋斯译）先后于 1956 年和 1958 年出版。1958 年 8 月、9 月两期《译文》是"亚非文学专号"，登载了一些政治宣传鼓动的作品，比如《起来，行动吧！》（莫桑比克）和《受不了啊，穷苦的黑人！》（桑给巴尔）等诗歌。第二年《译文》改名《世界文学》，但是卞之琳、叶水夫、袁可嘉和陈燊四人合作的重要文章《十年来的外国文学翻译和研究工作》（载《文学评论》1959 年第 5 期）基本上谈的都是俄苏和欧美文学，没有出现"非洲文学"4 个字，只是在说到"我们的翻译面还包括了这些亚非国家的名字"时，点到 4 个非洲国家：喀麦隆、马达加斯加、埃塞俄比亚和南非联邦。② 但是到了 1961 年，《文学评论》刊出两篇有关非洲文学的论文，柳鸣九、赵木凡的《战斗的非洲革命诗歌》（1961 年第 1 期）和董衡巽的《"黑暗大陆"的黎明——评介非洲反殖民主义小说》（1961 年第 5 期）。当时的《文学评论》的篇幅要比现在小得多，刊出这样的文章，有配合国际形势（如阿尔及利亚独立）的一面。不过也应该注意到这一现象：两篇文章引用的非洲作家作品，有的发表于法国文学杂志，或由英国

---

① 非洲现有多达千种语言。

② 《文学评论》，1959 年第五期，第 46 页。

老牌出版社(费伯)推出,可见殖民国家也为反殖民文学搭建平台。过了两年,《世界文学》杂志还推出"黑人文学专号"(1963年9月号),阿契贝(Chinua Achebe,1930—2013)的《瓦解》(*Things Fall Apart*,1958)也由作家出版社在1964年出了高宗禹译本。1965年年初,海政文工团话剧团在京演出集体创作的《赤道战鼓》,支持刚果(利)①人民的反对帝国主义斗争,卢孟巴的名字传遍全国,各种连环画和宣传画相继问世,《人民文学》也将剧本全部刊出。当时全国各地的地方戏剧团也都改编这个剧本搬上舞台。《文学评论》1965年第1期的头条就是陈斐琴的《谈〈赤道战鼓〉的创作》。当年八一电影制片厂还把《赤道战鼓》拍成电影,笔者小学还没有毕业,曾在杭州的人民电影院观看。然而当年在美国支持下发动政变的蒙博托(Mobutu,1930—1997)于1973年1月作为扎伊尔共和国总统来华访问,这时候的地缘政治已经发生了翻天覆地的变化。

在反殖民主义的语境下,半个多世纪前的中国学者纯粹是从政治立场上介绍、讨论非洲文学。其实非洲国家独立后还遇到无数挑战,有的问题并非来自过往的欧洲人殖民统治。波兰裔英国学者斯坦尼斯拉夫·安德烈斯基(Stanislav Andreski,1919—2007)的《非洲的困境》(*The African Predicament*)揭示了非洲国家如何在政治正确的话语指引下走向迷途。② 这本书出版于1968年,很多内容今天读来仍未觉过时。英国印度裔作家奈保尔曾经在《大河湾》和《非洲的假面剧》等著作中讽刺过一些非洲裔留英美学生或激进左翼人士,他怀疑这些充塞了进步理念的知识分子回国后是否能真正造福非洲。南非的种族隔离政策废除已25年了,曼德拉的几位继承者如何治理自己的国家? 某些曾经担任要职的人士所面临的指控,安德烈斯基50年前就预见到了。总是以受害者自居,就难于直面自身的痼疾。

非洲文学是新兴学科,我国绝大多数大学的外国语言文学院(系)还没有设立这一学科的课程,学术研究力量也相对薄弱。今年6月,朱振武主编的《非洲英语文学研究》和《非洲国别英语文学研究》问世,值得庆贺。

---

① 后改称刚果(金)。

② 今天传来消息,坦桑尼亚一辆油罐车因车祸倾覆,大批民众乘机偷油。油罐车发生爆炸,造成57人死亡。

现在这本《非洲文学批评史稿》涉及范围广泛得多,有的话题(如民族文化、不会沉默的声音)的意义超出非洲,而且作者能将非洲文学置于各种当代批评流派的理论框架下解读,对我国从事中外文学和比较文学研究者而言是具有非凡价值的。我还深深感到,当下的非洲学术界长于理论生产,已经走在我们的前面。我相信,假以时日,《非洲文学批评史稿》必定是非洲文学爱好者和研究者的必备之书。

陆建德

写毕于 2019 年 8 月 10 日

导　读

一

　　非洲现代文学从诞生之日起就是殖民的产物,同时也必然是反殖民的产物,这双向的性格决定了非洲文学写作和研究的方向。从上世纪60年代至90年代,非洲作家积极参与了"什么是非洲文学"的讨论,这些讨论涉及一系列非洲文学的根本命题:非洲文学的内容与形式、文学的社会功能、作家与读者的关系、文学与政治、语言问题等等。恐怕没有谁比非洲作家们自己在这些问题上更有发言权了,因为这是他们在日常写作中时时感受到的问题。作为新崛起的非洲知识精英群体,他们有责任回答这些问题,在回答的过程中,作家们的自我意识逐渐形成。这个文学的写作和思考的时代,我们称为批评的时代。

　　在批评的时代,文学研究是在西方研究者和非洲作家之间的对话中进行的。每一次作家对文学批评的介入都是下一个创作的序曲,而每一次作品的完成又带来对非洲文学本质的新的思考,批评和创作处于积极的互动之中,相互言说、彼此投影。文学写作和研究之间没有篱墙,言说非洲文学的权力没有旁落到西方,尽管,也无法摆脱西方。这个批评的时代见证了非洲文学很长一段时间内的主要发展动力,也回应了非洲的启蒙和革命的双重反殖任务。一个不容忽视的事实是,现代非洲文学受到20世纪全球左翼文化的深刻影响,这种影响,至少从20世纪30年代开始,就变得富有决定性。举例来说,如下的历史因素对理解非洲文学的发展至关重要:30年代在法国出现的"黑人性"运动是现代非洲文化民族主义的肇始,这个运动的领导者表示,他们从未将黑人解放的希望寄托于西方右翼身上;二战后东方国家的独立极大推动了非洲政治民族主义的产生;50 到 60 年代美国黑人的民权运动和黑人艺术运动为非洲培养了大批思想干部和艺术家;亚非作家协会等第三世界作家合作组织将非洲最重要的思想运动——泛非主义运动——与国际主义思想结合起来;社会主义国家的"人民文学方案"对 70 年代起陆续独立的前葡萄牙殖民地产生了深刻影响等。这些事件为"批评的时代"提供了丰富的思想内容和物质基础,保证了非洲人所理解的"文学"远远大于西方对于文学的理解,这不仅指非洲作家强调文学改造社会的的功能,更是指,在本质上,这个时期的文学乃是一种非洲意义上的"人民文学":它渴求文学和广大的人民(农民、工人)结合,而不只限于成为都市受教育的中产阶级的读物,或是市民社会里公共讨论空间的一部分。

在非洲经历了民主化和全球化大潮之后的 90 年代,历史"终结"于西方的自由民主社会。相应地,在非洲文学领域,作家回归了市场,研究交给了专家,批评遂经历了双重死亡,批评的时代戛然而止,理论的时代拉开帷幕。在理论的时代,"非洲文学是什么"的问题已经无关紧要,甚至连"非洲是什么"的问题也已无关紧要。在全球化的影响下,全球的问题取代了"民族的问题"(national question)成为非洲研究的主要关注点。这个时期的非洲文学研究进入了立足于"后民族国家"模式的"后殖民研究":身份政治、杂糅、改写、生态批评、动物主义、同性恋、文化研究等都纷纷登场,打造了一个多重理论姿态的非洲文学研究。在这种专业化的研究中,作家难有插嘴的地方,因此也就自缄其口。90 年代之前争论的艺术本体问题已无人问津,作家意图变得无关紧要。今日,文本变成专家施展理论才华的舞台,过去非洲文学所承载的社会功能正在减弱:从昔日的载道文学渐次变成公民社会的消费产品、转售于世界文化市场中。

非洲文学生产和研究的方方面面直到今天都被西方牢牢地把控着。从作家情况看,西方的殖民统治在非洲留下了一套完整的人文教育体系,用于推广西方价值观和艺术品位,早期的教会学校、西式精英高中和由殖民统治者建立起来的英式大学,对非洲第一批现代作家如阿契贝、索因卡和恩古吉等作家的培养起到了决定性的作用。独立后的非洲国家大多沿用殖民者的语言作为国语,这使得欧洲语言在非洲得到前所未有的普及,也促进了世界英语文学的极大繁荣。相较而言,因为种种原因,非洲本土语言的发展并未得到政府在政策上的大力扶持,本土语言的文学写作受到很大限制。1980年代后,除了这些旧有的教育机构,西方的非政府文化组织发展迅速,在培养非洲未来作家方面扮演了较为关键的角色。这些机构会为优秀的非洲学生提供留学的资金,聘请西方作家专职辅导,从而在一个非洲作家成长的关键时期创造条件,使其充分吸收西方价值观和艺术观。这种颇似手工作坊的传承经营模式,强化了西方和非洲作家之间的师徒关系,而这种关系对于传播西方人文思想最新的动向,如文化多元主义、生态主义、动物主义、同性恋、艺术的去政治化等价值观,起到了传统教育达不到的效果,对他们今后创作的主题、题材、风格和语言形式都产生了决定性的影响。这种师徒关系是非洲文学创作中的一种隐形的权力关系。

出版发行对于一个国家文化事业发展的重要性是不言而喻的。但在国力孱弱且精英文化深度西化的非洲,本国的出版业一直处于停滞不前的状态。非洲作家的作品出版和发行渠道今天依然主要掌握在西方大出版资本手中。从独立伊始,非洲作家中的有识之士就尝试创立自己的出版公司,以打破西方的垄断。创办公司容易,但在非洲乡镇建立起发达的发行网络对于私人小公司来说就是难以完成的任务,再加上政府的支持和扶植力度不够,久而久之,这些出版公司无法与国外的大出版公司竞争。在全球化时代,因为非洲各国推行自由贸易主义政策,导致出版资本更牢固地掌握在国际资本手中。2017年我去坦桑尼亚达累斯萨拉姆大学访问时,得知这所东非名校的出版社濒临破产,已有很长时间不再出版学术书籍。今天,非洲知识界普遍讨论的一个问题是,非洲各国的知识生产和学术体系之间没有联系,彼此隔膜,因为大家的知识生产都面向西方。而造成这个现象的深层原因则是非洲的学术思想以及文学作品在非洲没有出版和发行的渠道,所有的知识要通过国外出版公司周转,这种知识旅行的第一目的地只能是西方。对于作家来说,为本土读者写作的动力远远不如为西方读者写作的动力大。写完作品,他们主要希望能得到国外出版商的青睐,使自己的作品可以在国际阅读市场流通,这是一个非洲作家得以生存和继续写作的捷径。受制于全球化"潜在读者"的期待视域,非洲文学尽管由非洲人所写,人物和地点也在非洲,但这种文学多少已属于自我他者化的文学。总体而言,缺乏本土读者、高昂的书费、狭窄的发行途径和以欧洲语言为文学语言,这些因素都导致非洲文学对非洲人民来说是一件过于华丽的奢侈品。

此外,非洲大大小小的文学奖也是西方控制非洲作家写什么和怎么写的手段。以非洲最重要的凯恩短篇小说奖为例,它是英国人设立的一个奖项,投票委员的组成虽为轮换制,但人员主要以在英国的非洲学者、旅英非裔作家为主,评奖标准因此是与全球化的潮流高度融合的,所谓的非洲文学奖已经等于非洲离散文学奖,这再一次显示,全球化对非洲本土文学创作的打击和破坏。能给非洲英语文学作家带来国际知名度的,还是英国布克文学奖这类的奖项,这个文学奖帮助了一代"无国界写作"者功成名就,库切就是因其成名。除了具有国际影响的文学奖项,非洲各国都设立了一些奖项,这些奖项在国际和本国传媒资本操纵下,有多少和西方标准的不同之处,又能体现多少发展民族文学的诉求,是颇值得怀疑的。以博茨瓦纳为例,这个国家唯一的文学奖是"贝茜·黑德短篇小说奖"。非洲最重要的作家之一贝茜·黑德在博茨瓦纳去世后,两个白人来到博茨瓦纳建立了"黑德基金",依靠黑德作品的版税设立了"贝茜·黑德短篇小说奖"。但是,这个文学奖经常处于停滞状态,部分原因是经费来源不稳定,另外的原因在于参赛的作品也达不到"所谓的"艺术标准。确实,许多非洲作品可能达不到欧洲奖项的艺术标准,但这本来就是第三世界现代文学发展过程中必然遇到的"普及"与"提高"的问题:不能兼顾两者而一味追求提高,会在特定的历史时期割裂文学与人民的有机关联,大大降低文学服务于社会进步的能力。在"普及与提高"、"民族性和世界性"、"审美标准与政治标准"等几个对立统一的文学评价标准中全面审视非洲各种文学奖的运作机制,是非洲文学研究的当务之急。

文学批评的发达程度往往是文学是否进入自觉时代的重要标志,因为文学批评是文学反思自身的理性活动,其达到的深度意味着写作者在其所处时代思考社会、人生与艺术时可获得的理性和智性的自由度。整个文学活动包括想象力和判断力两个部分的思维运动。与非洲文学机制受到西方的直线式控制不同,非洲文学的想象力和非洲文学批评话语与西方不构成简单的控制和反控制的关系,相反,它们之间呈现出非常复杂的权力关系。可以说,一方面,非洲文学批评所使用的所有术语、谈论现代性问题所依赖的观念框架以及阐释人文精神的价值体系，几乎都来自西方；另一方面，非洲现代精神运动的内核——民族的独立与解放、激烈的反殖民主义、追求非洲一体化的泛非思想和寻找非洲文化认同的本土文化自觉——积蓄了足够的势能，反过来影响着西方 20 世纪下半叶的思想运动，帮助西方左翼知识分子在各个层面上推动去本质主义和去中心主义的思想改造。在这个意义上，我们无法简单地说，当代非洲思想没有自己的原创性，或者将之看成是西方思想运动的衍生物。其实，正是 60 年代以来旧有的殖民体系在亚非拉的瓦解才形成西方后现代和后殖民思想发展的历史条件。

如果将非洲文学思想作为考察对象，我们首先需要承认，非洲现代文学思想是非洲主体意识自觉的产物，也是非洲知识界进行文化主体重建的各种知识运动的一个有机组成部分，它通过泛非主义、民族主义、部落主义、自由主义等一系列复杂的政治诉求表达出来，其内容和具体性都远远超越西方思想的局限，具有原创性和革命性。然而，与此同时，这些思想运动几乎都只能停留在抽象的层面，在现实层面远远未获得成功，其原因就在于，非洲的民族国家体制——政治、经济和文化的主权、政党及其他社会组织——没有能力完成非洲民族国家建设的重任。恰恰相反，独立之后迅速出现的亲西方的精英层、腐败、部落战争和政府治理能力低下导致了非洲当代历史中的一段特殊的"独裁统治时期"。从 20 世纪 60 年代中后期开始，非洲作家的任务就从反西方和反殖民转移到了反本国的独裁统治，而这些作家大多流亡海外，流亡地大多为欧美国家，因此，这个时期的非洲文学家自然在欧美左派思想中找到深刻的共鸣。西方左派思想长久地、根深蒂固地影响了非洲的文学以及批评话语，西方左派思想的局限性——批判现代民族国家形式、对政党政治的厌倦、强调社会与国家的对立、强调反主流的边缘批判位置、强调反权威反建制的各式各样的亚文化话语、对民主毫无批判的赞美——也深刻地在非洲文学评论和研究中打上了烙印。一言以蔽之，非洲文学批评是非洲文化主体自觉的产物，然而，因为非洲缺乏强有力的民族国家来支撑这些文化实践，使得非洲思想大多如浮云般在海外漂浮，受到东南西北风的吹拂，往往处于四分五裂的存在状态。非洲思想总是被内部力量分裂着，被外部力量左右着，因此，非洲文学批评只能被称为"碎片化"的文化主体自觉的产物。

这种碎片化表现在"非洲文学研究"在非洲大多数国家长久地属于欧洲文学院系的一个分支,表现在非洲的作家只能依靠西方各种文化机构"做局",来完成一次次关于非洲文学的会议,表现在文学批评话语中越来越反映出"主权意识的空洞",表现在"抽象的人性论"、空洞无物的"泛非主义"、"艺术至上论"以及"个人身份认同论"的争相喧哗,表现在缺乏一个可以超越西方现代性经验来探讨非洲现代化出路的视角。这个视角的缺失,是非洲精英的普遍问题。

二

纵观非洲现代文学创作和研究的 60 年,我们可以说,非洲文学现代性中深刻蕴藏着殖民性根源。殖民性是其现代性的前提。非洲文学创作和研究的过去和未来的方向,说白了就是如何处理与这个根、与这个前提的关系,要么继续带着殖民的语言的、形式的、思想的、情感的和心理的创伤去前行,要么慢慢让它同化在自己的前行的脚步里。西方全部的非洲文学研究不过就是这种尖锐的选择所导致的立场和思想观点冲突的产物,除此之外,没有其他形式的非洲文学研究。可以说,过去 60 年西方的非洲文学研究,是基于不同立场对非洲文学中的"殖民性与去殖民性"的深刻冲突所作出的描述,正是这种冲突决定了西方非洲文学研究的总问题和方法论。关于这个问题最直观和简明的了解,可参考两位非洲学者泰居莫拉·奥拉尼央(TejumolaOlaniyan)和阿托·奎森(AtoQuayson)编撰的《非洲文学批评史稿》一书。此书是非洲文学研究历年成果的第一次遴选和结集,收录了 2007 年之前重要的理论和批评文章。它的目的与其说是系统地呈现过去几十年非洲文学研究取得的业绩,不如说是呈现这个研究系统内无处不在的围绕根的问题所产生的深刻分裂。下面我们择要对本书讨论的一些重要观点做一说明。

首先,从书的章节分布来看,第一至第八部分的内容关注的是"批评",探讨了非洲文学本体论的一系列问题:口语性、作者和读者关系、形式、美学、体裁、语言和批评史等;本书的其余五个部分关注的是"理论",包括女性主义、马克思主义,结构主义、后结构/后现代/后殖民主义和生态批评等。虽然理论和批评部分在时间上有着部分的重叠,但从批评到理论研究模式的转型还是看得很清楚。

第八部分"非洲文学批评的理论化"处理的就是转型的问题,其中收录的八篇文章揭示的是同一个问题,即非洲文学研究表现的危机:被表现的内容和表现形式、非洲文本与西方理论、非洲作家和西方的批评家,这些表现与被表现所构成的张力、错位、误解乃至危机。在《非洲文学,西方批评家》一文中,兰德·毕肖普(Rand Bishop)分析了非洲文学研究者所采取的三种立场:西方化的批评立场、反西方化的批评立场和调和两者的立场。《学术问题与批评方法》的作者埃尔德雷德·琼斯(Eldred D. Jones)被称为非洲文学研究里的"非洲主义者",他的《学术问题与批评方法》一文写于1965年,代表了在非洲民族主义高涨的时代,非洲学者期望建立一套本土的非洲美学体系的热望。在这篇文章中,他寄希望于非洲本土的人文和科技精英,希望他们将自己的审美品味固定下来,成为非洲文学的审美标准。在1990年拜尔顿·杰依夫(Biodun George)发表的《事物的本质:受阻的去殖民化与批评理论》一文中,作者清晰地勾勒了琼斯愿望的落空。他指出,"非洲主义者"在70年代之后都基本来到英美高校安顿下来,由民族主义者和批判思考者摇身一变,成为文学研究的职业家,批判的锋芒至此消失。哈佛大学学者杰依夫是有远见的一位学者,在全球化来临前夕,便指出非文学研究的危机发生于研究非洲文学的中心的西移,以及非洲民族国家体制产生不了抗衡的力量。

本书第二部分讨论非洲文学的口语性问题,这是非洲文学和非洲文学研究的关键问题之一。在前殖民时期,撒哈拉以南大部分非洲地区没有书写文字,文学样式为口传文学。殖民带来了西方的语言文字,也帮助非洲人发明了自己的书写符号,形成了以本土语言和殖民语言书写的非洲现代文学。文字的引入和发明是现代非洲文学形成的重要标志之一,它既是现代与传统断裂的标志,也是现代向传统回归的桥梁,最集中地反映了非洲文学传统与现代、殖民与去殖民搏斗的双重品格。实际上,非洲现代文学的最主要的形式动力就是以民族口语的韵律、结构和智慧(谚语)来冲击和改写英式英语、法式法语,使得殖民语言被本土化,这种对殖民语言的形式暴力令非洲作家感到分外陶醉。但是,口语和文字相比,显然缺乏人类社会发展所需要的逻辑和反思的力量,因此,口语往往被认为是语言发展的低等阶段,西方根深蒂固地认为,非洲没有进入到文明阶段与非洲没有发明出文字系统有重大关系。因此,在研究领域里如果使用口语文学/书面文学的二元分法,已经暗地将非洲文学置于低等的阶段。口传文学/口语文学的概念既是客观描述也具有价值判断的功能,用与不用,似乎令非洲文学研究者进入两难境地。"口头性"揭示了非洲文学对西方文学所做的形式反抗,也揭示了西方批评术语对非洲研究的暴力侵略。文集中收集在这个话题下的文章将这些矛盾做了清晰的说明。这里只引阿比奥拉·艾瑞尔(Abiola Irele)对西方"口语性"逻辑的批评:

> 很显然,一旦这样的区分被应用于想象力的生产,西方传统小说就成了一切文学创作经验和形式的参考标准。更宽泛地说,这段文字阐明了口头性与读写性二分法中暗含的价值判断,其中口头性与所谓简单社会的交际和表述相关,而读写性则为那些确保西方文明胜利的观念和道德提供了基础。

第五部分讨论非洲文学的"本土性""传统"和"黑人性",其中以桑戈尔(Léopold Sédar Senghor)倡导的"黑人性"和法农(Frantz Fanon)倡导的"文化政治"为两个对立的流派。

第六部分讨论非洲文学应该用本土语言还是殖民语言。语言是文学的物质基础,没有语言就没有文学。但对于非洲文学来说,使用什么语言却多少是一个政治选择。第一代作家如阿契贝都是主张使用英语来创作的。本书选录的欧比亚江瓦·瓦里(Obiajunwa Wali)的文章《非洲文学的穷途末路?》却指出,只有当真正有天分的文学家努力使用本民族的语言写作,本民族的语言才能提高。如果非洲的文学天才都选择使用殖民语言创造,只会帮助殖民语言的丰富与发展。东非大作家恩古吉·瓦·提昂戈(Ngugi waThiong'o)则强调语言的阶级性,他将使用欧洲语言的非洲文学作品称为民族主义资产阶级的文学:

> 马凯雷雷会议之后的 20 年向世界展现了一种独特的文学——非洲人用欧洲语言创作的小说、故事、诗歌、戏剧——这种文学很快又通过相关研究和学术产业,不断发展壮大,发展成为一种传统。
> 从其诞生以来,这就是一种小资产阶级的文学,创作者来自殖民

学校和大学。考虑到语言媒介,这种文学就只能诞生于此。该文学的崛起与发展反映了这一阶级在政治领域——甚至在经济领域——逐渐获得了的主导地位。但是,非洲小资产阶级数量庞大,并且有不同的势力。有的期盼与帝国主义缔结永久的同盟,他们能在其中充当西方大都市资产阶级与殖民地人民的中间人——在《一个被关押的作家的狱中日记》(*Detained：A Writer's Prison Diary*)这本书中,我将这一类人描述为"买办资产阶级"——有的展望未来非洲将施行资本主义或者某种社会主义,拥有强劲独立的民族经济,我将这类人称为民族主义或者爱国主义资产阶级。无论就作者、主题和受众而言,非洲作家用欧洲语言创作的文学,其实就是民族主义资产阶级的文学。

　　第二、第五和第六部分试图回应,在民族主义和全球化两个时期中,非洲文学是否有一个前现代的根作为起始,又是否拥有一个元叙事?

　　第三、第四部分可以合并,讨论的是非洲作家的责任和非洲文学的功能,没有其他文章比选在这里面的文章的忏悔心情更浓烈。功成名就的非洲作家总是耿耿于怀于自己的背叛:他们西化的每一步都让他们更怀念那个想象中的未西化的传统作家形象。对这个形象的认同成了他们重新认识自我的唯一动力。

　　可以说该书前八部分处理的是非洲文学中更有文学性的东西,包括作家、作品和时代等要素,每一个要素都自我分裂为现代与前现代、殖民与去殖民、自我与他者的对立和由此发展出来的各种矛盾中。这些文章构成本书的"批评"部分。

　　所谓批评,即以文学的文学性为对象的研究,是西方的非洲文学研究的第一个阶段,也是最为焦虑和充满反思的阶段,原因在于非洲最伟大的作家阿契贝(Chinua Achebe)、恩古吉和索因卡(Wole Soyinka)等人的介入,他们既作为作家也作为评论家加入对非洲文学的性质的讨论。然而,这个阶段马上就一去不复返了,尽管其总结出的美学和政治问题将以各种变形融入第二个时期的理论工作中,但这个矛盾而焦虑的第一个时期正随着第一代乃至第二代非洲本土作家们的纷纷老去而让位于第二个时期,即理论时期。

在理论的时期，我们看到，马克思主义、女性主义、结构主义、后现代主义、后殖民主义、环境理论和同性恋研究等都开始侵入非洲文学研究，这些理论的到来似乎就是要帮助西方研究者摆脱非洲文学本体形式所引起的焦虑。本书从第九部分开始，收录的都是理论性研究文本，非洲文学完全被不同的西方理论所主宰。这意味着，非洲文学的本体论焦虑正在扩大为非洲现代性焦虑；这意味着作家的参与不足，因为文学的问题开始和普遍的社会其他问题相连接；这意味着，阿契贝把非洲作家看成民众的老师已经不合时宜，因为，作家的代表性正在被阶级、民族、性别、宗教重新结构。我们无法想象一个可以超越这些差别的普遍的作家老师的角色的存在。

在所有这些理论中，又分出两种倾向，一种是政治的倾向，另一种是去政治的倾向。所谓政治的倾向，在这里指非洲的现代性焦虑统摄于自我意识之中；所谓去政治的倾向，指的是非洲的现代性焦虑统摄于他者意识之中。于前者，非洲现代性的殖民性前提并不能阻碍一个新的政治主体的生成；于后者，主体意识已经死亡，换成的是各种各样的差异性还原，主体总是被理解为他者的幻象。今日非洲社会各个族群都竭力恢复族群习俗和文化传统，巩固酋长体制，造成一个国家不同族群之间融合的困难，也造成国家治理的困难，因为一个族群一旦掌握了国家机器，就会排斥和打击其他族群，这就是非洲的差异性还原的一种表现。而酋长制虽似古制，实为殖民者为了殖民统治的便利的再造。因此，复活酋长制看似复古，其实是主体意识死亡的一种反映。

这两种倾向当然在各个理论研究中都有表现，但主体问题在非洲的马克思主义理论中表现得最为突出，《非洲文学批评史稿》所选的法农和阿米尔卡·卡布拉尔（Amilcar Cabral）的文章代表了马克思主义的非洲化这个伟大的方向，而在欧玛福姆·弗赖迪·奥贡戈（Omafume F. Onage）的文章里，他将非洲的去殖民革命和社会主义建设看作泛非主义的最高阶段，因为他刚从 60 年代美国黑人的民权和民主运动回到非洲。无论如何，我们在这批非洲马克思主义者身上看到了强烈的主体自觉意识。

经典马克思主义理论在 80 年代末就彻底被各种各样的后现代意义上的理论击败，与此相伴相生的，是笼罩在批评时代的文学主体性困惑和笼罩在马克思主义反殖民斗争的政治主体的乐观精神都相继消失，换上的是一种后殖民和全球化时代所特有的焦虑，这种焦虑与其说是反殖民性的，不如说仅仅是一种现代性焦虑，因为这种焦虑与西方所构造的全球化时代反民族国家的现代性焦虑没有差异。在西方，这种现代性内部的焦虑在全球化时代表现为后现代主义的种种表述，在非洲，则表现在以后殖民为名义的后现代主义的种种表述。两者没有本质区别。

三

下面让我们扼要地提出非洲文学现阶段所遇到的两个问题：第一个是它深深受制于西方的关于"文学"的概念。在很大程度上，今日我们所阅读的非洲文学，其合法性不是依靠非洲读者来维持的，而是依靠国外出版社、评奖体制、国际非洲文学消费机制、非洲大学文学系的经典化和都市中产阶级报刊与读书沙龙来维持的，与广大的农村读者、工人阶级读者没有什么关系，而农民和工人有自己的一套口语文学、街头剧和宗教文化。在这种情况下，文学与大众的结合就是一个去殖民必须要做的工作。

第二个问题是它完全被后殖民文学研究的价值观所主导。后殖民文学研究去政治化、以身份政治为中心、将文学的去殖民功能完全理解为文本形成过程中对英语帝国语言的改写，从而片面地虚构了一个非洲文学"主体性"想象和概念，导致今日的非洲文学创作和研究一直无法形成国家和社会去殖化所需要的文学和为这个文学所产生的概念、价值和美学标准。

上述非洲文学生产和研究状况便是中国的非洲文学研究所处的第一个历史条件，中国的非洲文学研究者对此要有充分的认识。与此同时，中国的非洲文学研究并不外在于自己的现代化进程和相关的知识生产，而是其中内在的、有机的一个环节，这是中国的非洲文学研究所处的第二个历史条件。

非洲文学研究在国内其实是一门有历史的新的学科。早在西学东渐的晚清，随着林纾翻译的《黑人吁天录》的出版，黑人作为饱受压迫的种族便进入了寻求富强与变革以及立志改变西方殖民和帝国制度的中国知识分子的视野。中国的非洲文学研究正是从美国非裔文学研究起步的，1933 年年轻学者杨昌溪的《黑人文学》一书出版，从其观点、立场和遣词造句都能看出,黑人文学研究是新文化运动的一部分,与中国迫切改造自身和为世界被压迫的人民寻找出路的百年政治、文化和思想运动密不可分。因此,非洲文学研究从其诞生之刻便铭刻上了中国自己的问题意识,其论述属于中国现代性话语的一部分。

在经历了百年的启蒙、革命、改革开放的艰辛历程,21 世纪的中国重新回到国际舞台的中心位置,如何讲述中国的故事,即如何实现更深刻的自我理解,是从五四新文化运动发展而来的新的时代命题。在这个历史条件下肇兴的非洲文学研究,便必然是中国自我叙述和自我认识的话语体系的一部分。它出现在新的历史转折点是其新,它与中国百年现代性问题的纠结是其"老",而中国现代性的世界意义也是中国的非洲文学研究的意义之源。

中国的历史经验是否能提供一种对非洲现代文学新的理解?这是今日中国的非洲文学研究者所肩负的历史使命。

中国的非洲文学研究在现阶段虽然起点低、底子薄,欲赶上西方研究,有很长一段路要走。然而,这不是我们对西方亦步亦趋的理由。现在国内非洲文学研究者大多套用西方的研究模式,使用西方的理论,以回答西方设定的非洲文学问题为基本研究方法,这样并不能真正对非洲文学研究作出贡献。非洲文学研究需要新鲜的话语、独特的历史经验、别开生面的问题意识以及解决问题的视角。中国的非洲文学研究不求亦步亦趋,唯求面目一新。

如何做到面目一新?唯一的方法就是从中国现代文学的经验以及研究中汲取营养,以自身经验为出发点,与西方之外的文学现代性经验进行广泛的对话,并在此基础上形成关于"第三世界"文学的普遍知识。非洲文学的性质必须放在这个知识谱系中进行研究和说明。非洲文学在生产方面深深依附于西方的文化生产机制,但在精神方面却充满了反抗,因此,它与西方现代文学具有体制同源性,与中国和第三世界现代文学具有政治同源性。揭示这个政治同源性,是中国非洲文学知识形成的基础。

不管是研究何种具体的题目,采用传统的文学研究还是广义的文化研究,是研究殖民时期、民族主义时期、后殖民时期还是全球化时期的非洲文学,以下八个基本问题都是无法回避的,也是形成中国的新颖和独特的非洲文学研究的基本问题和方法。

（一）政治主体性问题。作为一个长期被殖民，亟待解决自身发展问题的大陆，不可能像西方谈论自身那样，只谈论法和民主。在非洲，欧洲意义上的公民社会和民族国家并未充分形成。有健全的法制和民主制度而不能令非洲国家取得进步的例子比比皆是。能不能大力弘扬民族语言？本土精英能否和民众结合？经济体系能否摆脱对于国际资本体系的依赖而形成适合非洲发展的经济模式？这些都要靠政治意志来推进以形成最终的解决方案。因此，作为政治主体含义的非洲是研究非洲文学第一个要处理的问题。非洲的历史任务就是非洲文学的历史任务，将两者脱离开，即将政治和艺术分开，谈论非洲文学，等于宣布拒绝处理非洲文学中最核心的政治主体问题。过去 60 年的非洲文学的根本动力是去殖民，而未来的非洲人民所拥有的、能给他们带来真正光荣的、为他们生活方式进行辩护的非洲文学也必然是从这种去殖民的历史写作中生成的文学。今日非洲文学乃是主体自觉的文学，但同时也是碎片化主体的自觉的文学。如何充分解释这种"碎片化的自觉"，是中国的非洲文学研究最重要的课题。

（二）中国现代文学经验的适用性问题。中国现代文学不是西方现代文学观念演绎的结果，而是自我存在的证明。它最充沛的力量不是来自抽象的、具有最高权威性的观念和法的威严，而是来自一个民族主体复杂而丰富的政治生活。在某种程度上，现代中国和现代非洲有许多相似之处。或许，是中国的现代文学研究的方法而不是西方的方法，更适合研究非洲文学。我们因此有必要讨论中国以反帝反封建为目的的现代文学经验在非洲的适用性问题，即中国经验的普遍性价值。这种讨论至少应围绕以下三个方面展开：第一，在第三世界语境下，文学的人民性问题（文艺大众化、知识分子与人民的结合、文艺的社会功能与政治功能、民族形式等一系列以人民的名义重新界定文学的主体的历史运动）的首要性；第二，中国现代文学史研究的基本概念——启蒙与革命——对于研究非洲现代文学史的可能性以及以此重新构建第三世界文学运动史的必要性和可能性；第三，社会与国家、政治与文化的高度一致性——而非采取西方的对立模式——对于非洲去殖民运动的作用和以此作为历史条件产生新的具有主体性的非洲文学的意义。

（三）题材问题。80 年代之后，题材研究法一直在中国现当代文学研究中被诟病,1985 年方法论的爆发就是企图从西方引入更为科学的方法论来改造中国的现当代文学研究。但从今天看来,或许题材研究仍是一种非常适合中国文学特性的研究方法。所谓题材研究法,就是根据社会问题来研究文学,这种研究法对于为人生以及与现实关系密切的文学活动非常合适。非洲文学关注非洲所面临的各种各样的问题,具有很深的问题小说情结,为我们认识非洲问题提供了一个重要途径。西方的研究从来没有按照题材的方式来做,但我们可以,因为这颇符合后发现代性国家文学生产的特征,即文学首先是知识分子改造社会的重要工具。国外非洲文学的研究没有这种题材分类法,因此,他们的研究不是彰显而是削弱了非洲文学和社会变革的关系。重建题材分类法并以此开展研究是生成文学中的社会知识的第一步。"非洲社会问题小说"谱系可主要围绕如下尖锐的非洲社会问题展开:"部落""土地""身份""城乡对立""信仰/迷信""语言""政党""父权""性别""阶级""教育""伦理""社会改造"等等,这些是今日非洲社会面临的主要问题,每一个社会问题都有大量的作品来反映,研究者可以围绕这些问题整理出在非洲不同国家和不同历史阶段出现的代表性作品,以期建成非洲社会问题小说档案库。

当然,文学从来不是简单和可靠的关于社会的第一手材料,非洲社会问题小说在事实层面并无特殊价值可言,因此,我们无法采取历史学和社会学等社会科学的研究方法来处理这些作品,我们只能借鉴这些方法,而将研究立足于人文科学学科规范之中。这意味着,第一,这类作品的再知识化是在社会运动和思想运动的层面上来处理的,即每部作品都反映了在特定历史条件和阶段下特定人群对特定问题的总体理解;第二,这类作品的再知识化是在文学思潮中把握的,即每部作品都反映了艺术观念斗争的某种特定的美学史。

题材研究可以完成三个目标:第一,通过"非洲社会问题小说"的研究建立一幅非洲现代性问题的普遍图景;第二,勾勒现代非洲文学的生产体制和去殖民化的道路;第三,文本内部的政治、审美和伦理经验。

(四)文学思潮问题。非洲文学要在文学思潮中加以把握。所谓的文学思潮,就是思想运动,而每个作家都处于这个或那个思想运动之中,并受其直接或间接的影响。思潮史的研究就是将作品放在非洲思想史的脉络中加以理解,是和思想史的互读。非洲的思想运动具有自己的特点,它往往是超越民族国家界限的,泛非主义是其最主要的一个特征。这源于非洲的最重要的作家在民族解放之前主要留学于欧美,并在那里开始最初的寻根运动;在国家独立后又因为逃避本国的独裁统治而流亡国外;在上世纪 90 年代之后,非洲重要的作家又基本居住在欧美,这样的情况决定了非洲的文学思潮几乎很难以民族国家命名,如很少听说"南非文学思潮",反之,它经常以黑人整体的名义来命名,比如以"泛非主义"、"非洲主义"或者以"黑色太平洋主义"、"黑人知识分子"等来命名。黑人思想运动的起源往往不局限非洲本土。当然,立足本土的思想运动也有不少。所有的非洲社会问题在文学中的表达都和这些背后的思想运动密切相关。西化的不落地的精英思想和本土纠缠难解的现实问题,构成了非洲文学独特的表现和接受方式。

(五)文学形式问题。文学形式研究是内部研究,它的对象是审美经验的积累、发展和变化的历史。何谓非洲审美经验?这个问题尚无经典研究问世。而在非洲审美特质明晰之前,非洲文学经典化的工作已经被西方完成。因此,非洲文学经典的制定并没有清晰的审美原则做基础。这当然是未来去殖民化工作的一部分。非洲文学的传统形式的转型是通过跨语际实践来完成的,即口语因素被转化进欧语书写的非洲文学中,同时,也转化进本土语言书面形式化的非洲现代文学中。这种转变的过程是什么?非洲文学的音乐性和美学原则是什么?各种传统文类是如何被打破,继而做相互的基因嫁接的?这些问题都尚未得到理论的说明。

(六)西方的非洲文学研究批评问题。中国的非洲文学研究者必须努力和全面地学习西方已取得的研究成果,对西方的非洲文学研究发展的历史阶段、基本问题、理论与批评方法的变迁、史料的搜集和整理、非洲文学档案学、西方策划的主要非洲文学研究会议等做出系统的研究。

(七)非洲文学生产体制问题。这个问题在本文第一部分做了较为充分的讨论。这里需要补充的是,非洲的报刊、各种艺术节需要纳入体制研究的范畴。

(八)文学史问题。中国的非洲文学研究总是以史开始,殊不知,文学史是应该最后做的工作。如何写作非洲文学史?什么是"史"?什么是国别史、区域史、种族文学史?在没有研究清楚非洲的基本社会问题前,如何处理文学的题材?又如何写史?在不能对推动非洲文学发展的动力的内因(形式因)和外因(社会因)做出说明时,如何写史? 在未对文学生产的体制了解之前,如何写史? 在未对非洲的语言政策作出评价时,如何写史? 是写本土语言文学史,还是"英语语系""法语语系""葡语语系"的文学史? 在未对非洲的思想运动作出把握时,又如何写史? 因此,史是非洲文学研究的最高级工作。因为能说清楚历史,便是说清楚未来的第一步。西方放弃非洲文学史的书写,就是本着历史终结的想法。但如果历史尚未终结,那么一切革命的因素只能来源于政治意志。写史意味着对将来能改变非洲的政治意志不懈的寻找。

总之,中国的非洲文学研究应该使这些问题呈现在被西方主导的非洲文学研究中,以引起更广泛的讨论。中国研究者的任务就是清算既有的文化和理论遗产,使得非洲文学回到自己断裂之根——现代性的殖民性前提——重新出发。

蒋　晖

上　卷

第一部分　背景介绍

[5]非洲文学批评话语受制于众多决定因素，因而是一个既激动人心、又较为复杂的研究领域。在本书开篇介绍部分亟需关注的问题中，有的显而易见，有的则鲜有触及。大多数所谓"非洲文学"——无论非洲之内，还是之外——最初为何皆以欧洲语言写成？非洲大陆还有别的什么文学传统？鉴于口头传统在非洲文化中的主导地位，书写在非洲处于什么位置？根据多数人的理解，非洲文学的结构中，非洲语言与欧洲语言的关系如何？鉴于帝国主义的影响和语境导致了这两类语言的相遇，这种特有的语言交汇的性质如何？此外，在内容和形式上，此种语言交汇对之后的文学作品产生了何种影响？除了文学自身之外，对于文学被想象成一个研究领域的方式、对于文学的理论和批评规范，这一历史性的事件产生了何种影响？以上这些问题（也包括别的问题）都在本章收录的论文中得到了回答。这些文章共同描绘了一幅巨大的画卷，从中可见非洲文学丰富的历史和现代语境，以及在语言、主题和形式方面复杂的多样性。对非洲文学、批评和理论的研究，要么过于强调语境，要么则过于忽视语境；本章的选文体现了对这些语境的重视，同时兼顾了非洲文学创作和批评在美学与概念上取得的成就。

（姚峰 译；汪琳 校）

第1篇　非洲和文字[①]

阿兰·里卡德（Alain Ricard）

[7]在非洲，书写无处不在。如果狭隘地固守拼音文字，我们就会否认这一事实——非洲大陆历史上遗留的图形符号是无所不在的，从岩石到面具、雕刻、金字塔和手写本。图形符号的确存在，但属于文字吗？就此话题，最好的论著之一是由约翰·德范克（John De Francis）从亚洲视角撰写的《可视言语》（*Visible Speech*），副标题为"书写系统的多样性同一"（"The Diverse Oneness of Writing Systems"）。在讨论所谓"文字历史的非洲篇章"（"African chapter in the history of writing"，see Figure 1.1）中，该书将作为我的指南。为了存储和提取信息，语言社群总能创造出相应的物质手段——这些手段未必就是文字。接下来，我会讨论以图形再现声音，以及几个图形再现系统之间的竞争；之后，我还要思考一种新式艺术家——字母发明者——的贡献。字母发明者属于艺术史，而非文学史。

约翰·德范克提出了有用的两分法，对非洲文字的分析产生了实际的影响。他把研究图像系统的研究者分为两个阵营，即包容派和排他派，区别二者的标准是他们对于文字的定义：

> 部分文字（partial writing）是一种只能表达某些思想的图像符号系统。完全文字（full writing）则是表达所有思想的图像符号系

① First published in *The Cambridge History of African and Caribbean Literature*, vol. 1, ed. Abiola Irele and Simon Gikandi, pp. 153—63. Cambridge: Cambridge University Press, 2004.

统。包容派认为，部分文字和完全文字都应称作文字；而排他派则认为，只有完全文字才配称文字。(De Francis 1989：5)

根据记载，非洲大陆拥有数量最多的岩画：从非洲南部的德拉肯斯堡山脉(Drakensberg)和马托波山区(Matopos)到撒哈拉沙漠的埃尔山脉(Aïr)，这个大陆似乎到处都是成群结队的画家，热衷于记录、祈祷或庆祝。联合国世界岩石艺术档案项目(WARA)负责人伊曼纽尔·阿纳蒂(Emmanuel Anati)最近出版了《世界岩石艺术》(*L'art rupestre dans le monde*)。在广泛调查了数百万图片和雕刻的基础上，该书试图说明岩画实际上也是一种文字，而且是普适性符码。亨利·洛特(Henri Lhote)对撒哈拉的研究，以及亨利·步日耶(Henri Breuil)和维克多·艾伦伯格(Victor Ellenberger)在非洲南部的研究，当然都属于这一模式，即[8]根据两个轴线组织图形生产这一类型：

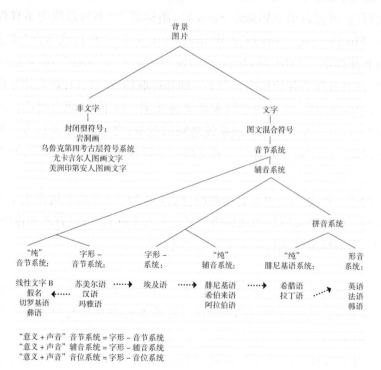

图 1.1   约翰·德范克的文字分类法(From De Francis 1989)

纵轴考虑艺术家的存在模式,横轴涉及图画文字的句法。对阿纳蒂而言,一些图画文字就是表意文字,指向一种由图形表达的普适性编码。在他看来,坦桑尼亚中部的这类图画可能是全世界历史最为悠久的,或许是这种艺术的"摇篮"。(Anati 1997:191—2)在过去的 4 万年中,这些图画以独一无二的方式见证了东非思维方式、思想成就和文化变迁的过程。尤其令人印象深刻的是那些昆杜斯(Kundusi)采集者的图画,他们头戴面具,三人一组,似乎被一个特殊的神话迷惑住了:

> 彩绘的墙壁代表教堂。教堂之内保存着神话和传说等,能通往过去和将来。这种能力通常在官殿或圣殿中才有。
>
> 所谓的白色班图风格(white Bantu style)给我们提供了真正的历史档案,充满有待破解的图画文字和表意文字,提供了有关班图人观念和信仰的重要信息。(Anati 1997:221;223)

[9]阿纳蒂试图将最新的发现与尼奥(Nyau)仪式、舞蹈联系起来,这非常有趣:我们因此可以把这些图画解读为面具和舞蹈的象形文字,提供了一座通向今天切瓦人(Chewa)社会的桥梁。(Anati 1997:235;Probst 1997)

非洲到处都刻写了安哥拉作家卢安蒂诺·维埃拉(Luandino Vieira)所谓的"白丁文字"(illiterate writing)。如果我们采取包容的态度,那么讲述故事和仪式的绘画与雕刻也属于文字。采用图形的象征手法虽有所不同,但也属于文字。在《"黑非洲"的图形符号》(*Symboles graphiques en Afrique noire*, 1992)一书中,克莱门特·法伊克·恩祖基(C. Faik Nzuji)对不同族群使用的表意代码进行了符号学分析。很久以前,这个方法由马塞尔·格里奥勒(Marcel Griaule)和热尔梅娜·迪代尔朗(Germaine Dieterlen)尝试过。作为多项研究的对象,多贡人(Dogon)的图形象征系统具有毋庸置疑的重要性,因为这些符号与语言的关系密切:这些符号产生于语言社群内部,也需要这些社群对其作出解读。这些符号具有文字的一个基本功能:记录信息、获取信息。它们使用的特殊方式并不适于表达所有的信息。但很多文字系统也受到同样的限制。在《文字历史中的非洲篇章》("African Chapter in the History of Writing", Raum

1943)一文中,研究的对象就是以图形手段储存和获取信息的方法。

> 利文斯敦(Livingstone)进入隆达人(Lunda)的居住地时,观察
> 到沿途所有的树上都有切口。据说,这些切口像是人脸,让人想起埃
> 及的图画。(Raum 1943：181)

这些符号——先在树上割出、再用彩色小点标出的切口——即便不
是象形文字(为什么不呢?),也具有文字的某些功能,即提醒我们刻录者
当时的言词、咒语和祈祷:

> 符号是一种文化创造,其意义产生于仪式和崇拜,也就是符号使
> 用者生命中断续出现的紧张时刻。大多数情况下,身体被作上标记,
> 物体据此目的被雕刻和塑造。于是,刻写成了能够流传久远的信息。
> (Faik－Nzuji 1992：122)

在财物上留下痕迹——即劳姆(Raum)所谓的"明确并记录思想的过
程"(1943：9)——以及图形符号和彩色符号,这些都为非洲不同民族所
使用;它们具有

> 三个主要目的:把人的情绪和意愿永久刻画成符号,这些刻写具
> 有巫术的价值,有时具有宗教意义;为个人和部族财物提供可资区分
> 的记号,为不同个体之间提供交流媒介,最终起到规范社会关系的目
> 的;最后,图形符号可以记录物体的形状、名称和数量,也可以记录对
> 话和商谈的主题,因此成为思想过程的工具。(1943：187)

众所周知,图形象征系统具有不同的功能:巫术和计数。有些系统在
此方面尤其完善,例如,恩西比迪手稿(Nsibidi script)(Dalby 1986)。有
些物件能使人对其作出语言反应,因而就内嵌了文本。这些物件如果被
系统地使用,就能发挥文字的功能。重申这些观点尤其重要,可以防止不
同视角之间产生混淆。这些象形文字已经使用了几个世纪。正如大卫·
多尔比(David Dalby)所解释的那样,在非洲,有多种符号系统被长期使

用——无论刻画在岩石上、木头上，还是皮肤上——埃及表意文字的图形象征系统，可能[10]就是其中之一。不同之处在于，埃及的文字系统当时是完全文字，能够记录任何思想：是一种在社会中实际使用的文献记录。约翰·德范克所谓的图文混合原则丰富了这些图画文字：

> 如果图画文字只作为图画文字使用，其价值就仅此而已；而如果用作语音符号，就会产生完全文字……图文混合原则构成了三种文字系统的基础。一般认为，这三大系统都是独立形成的，彼此之间的间隔约为1500年：首先，大约公元前3000年苏美尔人的文字；接着，公元前1500年中国人的文字；最后，公元之初的玛雅人文字。(1989：50)

约翰·德范克有力地证明了——对中国人的文字认识肤浅且常有意识形态偏见的人而言，他的说法是自相矛盾的——中国人的表意文字本质上标注的是音节的声音，而埃及人的象形文字标注的是辅音的声音。当然，这个系统并不都以音节为基础，而是有一个核心的语音成分；正因为此，该系统才能记录任何思想，成为完全文字。运用"图文混合原则"——即以再现事物名称的声音，取代事物的图形——是文字系统发展的关键所在。象形文字则完成了最后一步，丰富了文本，使文本更精确。非洲最早的书面语言是埃及人的语言，我们还可以加上努比亚人的语言(Nubian)。在麦罗埃(Meroe)的金字塔和苏丹的沙漠中，发现了刻有铭文的石头，我们因此能够破解麦罗埃的书写系统，却无法理解这门语言：

> 除了用于宗教场合，麦罗埃文(Meroitic)无疑也是用于官方公务和日常生活的书面语言。
>
> 出土的碑刻铭文种类繁多，我们从中可以推断，当时总人口中很大一部分都懂得并使用书面文字……我们掌握了这个王国在麦罗埃时期的各方面一手材料。遗憾的是，这些文本可以解读，但无法翻译，这无疑削弱了这些材料的价值。我们可以辨别出一些基本的语言结构规则，表明麦罗埃语可能属于一组北苏丹语言，努比亚语也同样属于这组语言。但在年代和类属方面，麦罗埃语与这组语言距离

过远,对二者进行比较,是不会有多大帮助的。但是,神的名字、人名、地名和个人的头衔等是能够被解读的,尤其那些源自古埃及语的词汇,例如 ato("水")、at("面包")等。(Priese 1996:253)

在古埃及王朝时代(公元前 25—15 世纪),库施(Kush)王国及其首都科玛(Kerma)处于古代努比亚帝国的中心,连接着埃及和黑非洲地区。虽然在库施王国遗址发现的铭文是以古埃及文写成,但其后的麦罗埃王国却拥有自己的书面语言。这种语言选用了古埃及语中通俗的象形文字,是真正的非洲语言,与今天这个地区的口头语言仍然相关。这也是一门迷人的语言,因为它神秘难解:我们能够理解其中的辅音和元音,却无法组织出语篇,似乎这门语言的书面形象与实际的语言相去甚远。很多非洲语言的书写系统并不完备:也许麦罗埃语是最早出现的这样一门语言,这是它如今晦涩难懂的原因所在。

[11]音调特征明显且多为单音节的西非沿海语言,也许需要汉语系统中的某些特征,才能高效地被人书写;而班图人的等级和声调语言在埃及的文字系统中,肯定要被简化为单纯的辅音框架。换句话说,这些语言需要另一种再现方式,使音位分析与符号表征可以携手并进。要写出带有间隙和长度的元音,已属不易:我们又如何能在音位(拼音)系统中再现音高呢?在民族意识极为高涨的语境中,越南语获得了成功,并愿意为此作出很多牺牲。在一个系统中,音位的再现与其他类型——如符号、象形——的再现之间的平衡,是历经了几个世纪后才实现的:文字系统不可能孤悬于社会之外而独存。我们有必要认识到,一个看上去累赘低效的文字系统(如象形文字),在其发挥作用的世界里,有着自身独特的优势:

> 对埃及文字系统的批评,主要针对其明显缺乏想象力,未能迈出本应迈出的一步:它们直接将单辅音符号用作拼音字母,而放弃其他类型的符号。这类批评的基本依据是拼音文字相较其他文字具有所谓的优越性,这是相当不合理的,不仅高估了拼音系统的效率,也低估了其他系统的优点。埃及文字系统的劣势在于符号的数量相对庞大;但另一方面,这种混合的正字法创造了视觉鲜明的词语模式,这种文字实际上更易读懂。(Davies 1987:35)

在非洲,只有古埃及语、努比亚语、盖兹语(Ge'ez)和塔马塞特语(Tamazight)历经几个世纪之后,才发展出了各自的完全文字系统。于是,文学以及作家/读者群体由此诞生了。埃塞俄比亚的音节文字(无论是盖兹语,还是阿姆哈拉语)是当今非洲惟一仍在使用的音节文字。其他非洲语言的字母系统都是外来的,无论来自阿拉伯,还是罗马。最近两个世纪以来,由于与伊斯兰教的密切接触,某些音节文字得以发明,例如曼丁哥人(Mande)聚居区的瓦伊语(Vai)音节文字。但这些文字只限于局部地区,而且未能产生自己的文学(Dalby 1970)。我们应该记住,这些文字的发明者与其说是作家或发明家,还不如说是图形艺术家。只有巴姆穆(Bamum)国王恩乔亚(Njoya)在 20 世纪初发明了一套音节文字,用来撰写最早的历史文献;但不幸的是,在法国殖民时期,他的印刷车间被毁,这一发明也就夭折了。直到 19 世纪,阿拉伯语很可能是非洲使用最广的书面语言。在 15 世纪的廷巴克图(Timbuktu),阿拉伯语就是用来书写的语言,今天的西非依然存在着阿拉伯语文学。

借用字母系统,并不等于借用一门语言,做一些改造是必要的。例如,阿拉伯语只有 3 个元音,而很多非洲语言的元音不止 3 个(例如,斯瓦希里语有 5 个元音),有的甚至还有音调。富拉语(Fula)和豪萨语(Hausa)用阿拉伯语的字母系统书写,具体使用的是创于 18 世纪的阿贾米(Ajami)字母系统;在印度洋沿岸使用的斯瓦希里语也是如此。然而,这些改造并非没有问题。对此,著名伊斯兰学者、法语作家阿玛杜·昂巴戴·巴(Amadou Hampaté Bâ)评论道:

> 我们甚至不知道,富拉语使用阿拉伯语字母书写的历史有多久……对西非的这个文字系统,尚未通过语言学研究为每个音位确定一个具体的符号……因此,不同地区的文字都有所区别。[12]结果,一个作家如果不能背诵自己的作品,那么 6 个月之后再读,就有困难了……惟一的例外是富塔贾隆(Futa Jallon)地区,那里的人们长期用文字书写,所以能够重新阅读自己的文本,但也不是没有困难。(Bâ 1972:28—29,作者译)

有些音位,阿拉伯语是没有的,如-*ng*,但经常出现在班图人的语言

中。1899 年,桑给巴尔(Zanzibar)著名的奴隶贸易商提普·蒂普(Tippu
Tip)用斯瓦希里语写出了自传,使用的就是阿拉伯语字母系统。这部自
传后由德国领事转译,并以拉丁化的斯瓦希里语(Whiteley 1958)及欧洲
语言出版;或许,这是最早一批非伊斯兰教主题的斯瓦希里语叙事作品之
一。很多采用阿拉伯语字母系统书写的斯瓦希里语手稿都经过转译,成
为拉丁化的书籍——例如,《灵魂的觉醒》(*Al Inkishafi*)或许可以被视作
最伟大的斯瓦希里语诗歌,原作写于 19 世纪初;在希钧斯(W. Hitchens)
的努力下,这部诗作于 1939 年成书,并流传开来。

随着殖民地教育和基督教传教活动的推广,非洲语言出现了大规模
拉丁化的潮流。这并非为了使伊斯兰教信徒皈依基督教,而是向他们提
供别的语言书写方法,以切断所有与阿拉伯语的联系,进而防止没有伊斯
兰信仰的非洲人信奉伊斯兰教。这就是采用拉丁语字母系统书写非洲
(尤其是尼日利亚)语言的根本原因。同时,豪萨语字母系统的拉丁语版
本——博科(*boko*)——通过印刷广泛流传。20 世纪 30 年代,这也许是
殖民者的策略,但后来这种语言大行其道,则是出于别的原因,尤其是因
为标准化。我们还要记住,此时土耳其的语言也正在经历拉丁化的过程。
斯瓦希里语也是如此,19 世纪末,斯瓦希里语是天主教传教士使用的中
介语言,而新教教徒却不太愿意与伊斯兰教展开神学对话。但是,为了挪
用非洲语言,这种对话又是必需的,因为斯瓦希里语中很大一部分表示概
念的词汇来自阿拉伯语。最终,索马里语(Somali)于 20 世纪 70 年代完
成了拉丁化,并成为前索马里社会主义共和国的官方语言。

在完成了从阿拉伯语到拉丁语字母系统的切换之后,人们开始大规
模将以前没有文字的语言书写出来。有些语言由此出现了相当复杂的问
题,下文的图标就标明了书写科伊族人(Khoi)语音(如吸气音)的不同方
法(see Figure 1. 2)。1854 年,国际音标的诞生为比较不同的语言提供了
有用的对比工具。由于研究者的语言背景不同,这些语言以前是以相当
混乱的方式记录下来的。法国传教士会写出-*ch*,而英国传教士写的却
是-*sh*;托马斯·莫弗洛(Thomas Mofolo)将祖鲁族英雄的名字写为 *Cha-
ka*(-*ch* 是这个祖鲁语摩擦音的法语拼写),而非 *Shaka*,这种做法是因为
他曾虔诚地受教于巴黎派来的传教士们。

推广文字尤其是印刷术,一直都是来到非洲的传教士们的任务。

PUBLICATIONS AND MANUSCRIPTS.				CLICKS			
Nos.	TITLES	Date.	Catal.	Dent	Lat.	Gutt.	Pal.
1	Sir Thomas Harbert, Bart.......	1638	28.	ist			
2	G. Fr. Wrede, Compendium....	1664	*30.				
3	God Guil Leibnitii, Collect....	1717	35.	t?		K?	
4	M. P. Kolbe's Travels	1719	33.	⌢ (or) ∼			
5	Andrew Sparrmann, M. D......	1782	23.	t'			
6	C. P. Thunberg, M. D.............	1789	24.	a		A	á
7	F. Le Vaillnnt, Travels.............	1790	25.	∧	V		Δ
8	John Barrow, F. R. S................	1801	26.	—		⌣	
9	Dr. Van der Kemp, Catech.......	1805	*21.	By 6 differ. Numer.			
10	H. Lichtenstein, M. D.............	1808	18. .19.	t'^{1}	t'^{2}		t'^{3}
11	Kafix and Zulu Books. Since...	1824	43.216.	O	X	q	(qo)
12	Will. J. Burcheil, Travels.........	1824	20.	)	(	((	
13	Joh. Leon. Ebner, Traveks	1829	*	—			
14	J. H. Schmelen, Mann., before	1830	10.	—	)	|	⌢
15	H. C. Knudsen, Spell-book......	1842	5. 6.	•	)	))	:
16	H. C. Knudsen, Luke's Gospel	1846	15. 7. 4.	•	)	(	:
17	C. F. Wuras, Catech., before...	1848	21.	•	)	(	
18	C. F. Wuras, Grammar............	1850	16.	f	y	q	v
19	H. P. S. Schreuder, Zulu Gr....	1850	178.	⚡	⧛	⧛	
20	R. Lepains, Manuscript	1853		10	1X	|k}	10
21	Rich. Lepains, Stand Alphab...	1854		/	//	!	/
22	F. H. Vollmer, Spelling-book...	1854	8. 12.	▽	q	q	x
23	Rhenish Mission Conference...	1856		/	//	≠	≠
24	Henry Thindall, Grammar, &c	1856	2. 3.	c	x	q	v
25	Wm. H. L. Bleek., Rese., &c...	1857	215. 56.	c	x	q	o
26	C. F. Wuras, Manuscript..........	1857	16. 21. d	∧	π	⌢	
27	Manuscript Notes..................		6.	tg	kl	g kt	kt
28	J. W. Bibbe, Remarks, &c.......	1852	174	□	◫	⊟	

图 1.2 标示声音的不同方法(From Bleek 1958)

(see Coldham 1966)但是,如果不能就文字的拼写达成一定共识,那么每门非洲语言书面形式的传播就会大打折扣。生为约鲁巴人的塞缪尔·阿贾伊·克劳瑟主教(Bishop Samuel Ajayi Crowther)是语言学家、探险家和翻译家。由于他的开创性工作,约鲁巴人于 1875 年就拼写问题达成一致(see Ade Ajayi 1960)。这大大推动了约鲁巴人书面文学的发展。宗教差异产生了不同的书写系统,所依据的是各门欧洲语言的规范。有时,民族主义也在发挥作用,而且影响力会持续很久,[13]这从南非和莱索托(Lesotho)对同一门语言塞索托语(Sesotho)的拼写差异(*Shaka or Cha-*

ka)可见一斑。如今,南非索托人巨大的市场如同强大的磁场,未经任何语言会议就转变了莱索托出版商的正字法。

非洲语言的书面化也产生了历史遗留问题,即教会与教会之间、国家与国家之间的竞争。波多诺伏(Porto Novo)——属于贝宁共和国(Benin Republic)——的鹃族人(Gu)书写自己语言的方式,与约鲁巴族(尼日利亚)是很不一样的:分而治之是帝国主义统治的必要条件,[14]在彼此相通的语言之间创造出不同的书写形式,就是一个重要的工具,能够分化彼此竞争的大国(see Ricard 1995:145—149)。

根据典型的浪漫主义世界观,在 19 世纪,用文字书写一个非洲民族——任何一个民族——的语言,意味着将其带向光明,令其走出黑暗时代。世界是根据“分水岭”来划分的:古腾堡(Gutenberg)使“黑暗过去,白天来临”;1840 年,为纪念活字印刷术发明 400 周年,在门德尔松(Mendelssohn)的第二交响曲中,合唱团就是这样唱的。(Vail and White 1991:1)关于图形表达的一般理论不应把字母书写作为人类文化的顶峰,应该拒绝那些颇具民族中心论偏见的著名学说:其他文化走上了别的道路——例如在亚洲和非洲——但这一点常被人遗忘。有关非字母系统的错误观念长期被奉为金科玉律,例如,有人认为汉字的书写完全与发音无关(Goody and Watt 1972:349—352);相反,这种观念却认为拼音文字能够发展出逻辑思维的能力。对此,约翰·德范克作出了公允的评论:“在解释希腊在思想文化上对于近东邻国(这些国家早于希腊 500 年就拥有了初步的读写系统)的支配地位时,为什么……只突出这种辅音+元音系统;对这种[Goody and Watt]方法,未见有任何具体分析。”(De Francis 1989:245)这些都是带着东方学残余立场的摩尼教二分法,在有关非洲的研究中尤其盛行,阻碍了研究者将埃及的材料纳入非洲语境。

回到一个包容的视角,我们可以有把握地说:文字史中的非洲篇章也许是人类历史中最为漫长的;对于口头语言——勒鲁瓦·韦尔(Leroy Vail)和兰德格·怀特(Landeg White)所谓的“口头人类的诞生”(1991)——的执念,与其说是论证详实的理论观点,毋宁说是意识形态和政治立场。

参考文献

Ade Ajayi, J. F. 1960. "How Yoruba Wass Reduced to Writing."*Odu* 8: 49—58.

Anati, Emmanuel. 1997. *L'art rupestre dans le monde. Imaginaire de la préhistoire.* Paris: Larousse.

Bâ, Amadou Hampaté. 1972. *Aspects de la civilisation africaine.* Paris: Présence Africaine.

Battestini, Simon. 1997. *Ecriture et texte.* Québec: Presses de l'Université Laval / Paris: Présence Africaine.

Bleek, Wm. H. , comp. 1858. *The Library of His Excellency Sir George Grey, K. C. B. , Vol.* 1, *Part I: Africa, Philology.* London, Leipzig.

Breuil, Henri. Preface to Ellenberger, Victor. 1952. *La fin tragique des Bushmen.* Paris: Amiot-Dumont.

Celenko, Theodore, ed. 1996. *Egypt in Africa.* Bloomington: Indiana University Press.

Coldham, Geraldine. 1966. *A Bibliography of Scriptures in African Languages.* 2 vols. London: British and Foreign Bible Society.

Dalby, David. 1984. *Le clavier international de Niamey.* Paris: ACCT. 1986. *L'Afrique et la lettre.* Lagos: Centre culturel français, Fête de la lettre / Paris: Karthala.

Dalby, David, ed. 1970. *Language and History in Africa.* London: Frank Cass.

Davies, W. V. 1987. *Reading the Past: Egyptian Hieroglyphs.* London: British Museum.

Deacon, Jeanette, and Thomas Dowson, eds. 1996. *Xam Bushmen and the Bleek and Lloyd Collection.* Johannesburg: Witwatersrand University Press.

De Francis, John. 1989. *Visible Speech: The Diverse Oneness of Writing Systems.* Honolulu: University of Hawaii Press. [15]

Ellenberger, Victor. 1952. *La fin tragique des Bushmen.* Paris: Amiot-Dumont.

Faik-Nzuji, Clémentine Madiya. 1992. *Symboles graphiques en Afrique noire.* Paris: Karthala / Louvain: Ciltade.

Fishman, J. , Charles Ferguson, and J. Das Gupta, eds. 1968. *Language Problems of Developing Nations.* New York: John Wiley.

Geary, Christraud. 1994. *King Njoya's Gift, a Beaded Sculpture from the Bamum Kingdom Cameroon in the National Museum of African Art.* Washington, DC: National Museum of African Art, Smithsonian Institution.

Gérard, Albert. 1981. *African Languages Literatures.* Harlow: Longman.

Goody, Jack, and Ian Watt. 1972. "The Consequences of Literacy. " In *Language and Social Context*; *Selected Readings*. Ed. Pier Paolo Gilioli. Harmondsworth: Penguin: 311—57. Rpt. from *Comparative Studies in Society and History* 5 (1962—1963): 304—326, 332—345.

Griaule, Marcel, and Germaine Dieterlen. 1951. *Signes graphiques soudanais*. Paris: Hermann.

Kendall, Timothy. 1997. *Kerma and the Kingdom of Kush* 2500—1500 BC: *The Archeological Discovery of an Ancient Nubian Empire*. Washington, DC: National Museum of African Art, Smithsonian Institution.

Kihore, Yaredi M. 1984. "Kiswahili katika hati za Kiarabu. "*Mulika* 16: 38—45.

Lhote, Henri. 1972. *Les gravures du Nord Ouest de l'Air*. Paris: Arts et métiers graphiques.

Lacroix, P. F. 1965. *Poésie peule de l'Adamawa*. Classiques africains. Paris: Julliard.

Nasir, Sayyid Abdallah A. 1972. *Al Inkishafi*, *The Soul's Awakening*. Ed. W. Hitchens. Nairobi: Oxford University Press.

Niangoran-Bouah, G. 1984. *L'univers akan des poids à peser l'or*. Abidjan: Nouvelles éditions africaines.

Priese, Karl-Heinz. 1996. "Meroitic Writing and Language. " in *Sudan*: *Ancient Kingdoms of the Nile*. Ed. Dietrich Wildung. Paris: Flammarion: 253—262.

Probst, Peter. 1997. "Danser le sida. Spectacle du nyau et culture populaire chewa dans le centre du Malawi. " in *Les arts de al rue. Autrepart*, vol. 1. Ed. Michel Agier and Alain Ricard. *Cahiers des sciences humaines* (IRD): 91—112.

Raum, O. F. 1943. "The African Chapter in the History of Writing. "*African Studies* 2: 178—192.

Ricard, Alain. 1995. *Littératures d'Afrique noire*. Paris: CNRS / Karthala.

Vail, Leroy, and Landeg White. 1991. *Power and the Praise Poem*: *Southern African Voices in History*. Charlottesville: University Press of Virginia; Oxford: James Currey.

Whiteley, Wilfred, trans. And ed. 1958. *Maisha ya Hamed bin Muhammed El Murjebi*, *yaani Tippu Pip*. Kampala, Nairobi, Dar es Salaam.

Wildung, Dietrich, ed. 1996. *Soudan, royaume sur le Nil*. Paris: Institut du monde arabe, Flammorion.

Yoruba Orthography Committee. 1969. *Kaaaro. . . oojiire*, *a Report on Yoruba Orthography*. Ibadan.

Zima, Petr. 1969. "Language, Script and Vernacular Literature in Africa. "*African Language Review* 8: 212—224.

（姚峰 译；汪琳 校）

第 2 篇　撒哈拉以南非洲文学史概略^①

艾伯特·热拉尔(Albert S. Gérard)

[16][……]

书写技能引入非洲,这绝非西方殖民活动的产物。少数历史学家和语言学家一直都很清楚,撒哈拉以南非洲信奉伊斯兰教的地区产生过大量诗歌作品,有的使用阿拉伯语的书写系统,有的则用阿拉伯语字母系统拼写本土语言。在此之前,书写艺术在埃塞俄比亚(Ethiopia)这个非洲最古老的基督教国家广为人知,并广泛使用。因此,这是一个延续了2000 年的历史过程,欧洲的影响则是开启了这一历史的第三个阶段。

在基督纪元开始前的几个世纪里,来自阿拉伯半岛南部的闪米特移民越过红海(Red Sea),来到察纳湖(Lake Tsana)附近定居。他们带来了自己的塞巴语字母系统(Sabaean script)。从传世的铭文碑刻可见,塞巴语字母系统为了适应新的语言而逐渐发生了变化,侵入者的语言与原住民的语言慢慢融合在了一起。当埃塞俄比亚基督教会(Ethiopian Christian Church)于公元 4 世纪建立时,缔造了阿克苏姆(Axum)帝国的阿加西(Aghazi)人掌握着政治权力。因此,用来翻译福音书以及其他圣典的是他们当地的语言盖兹语。埃塞俄比亚的基督教由属于东方教会的僧侣和教士传入,因此该国的宗教生活处于亚历山大港科普特牧首管区(Coptic Patriarchate)的控制之下,埃塞俄比亚文化也具有浓郁的宗教色彩,与拜占庭文明的气质有几分相似。

长期以来,盖兹语文学只限于从希腊文译入的宗教圣典:包括《圣经》

① First published in *Comparative Literature and African Literature*, ed. C. F. Swanepoel, pp. 24—31. Pretoria: Via Afrika, 1993.

和圣徒的生平故事。在世俗世界，人们也编制埃塞俄比亚帝王的编年史。但是，这门语言最重要的文学成就是一种被称为"祁奈"（qenè）的赞美诗。祁奈被奉为一种给人教益的思想操练，建立在"蜡和黄金"原则之上，黄金指的是晦涩难懂的意义，被灌入词语的蜡模之中，从而被赋予了诗歌的外形。

[17]到公元 10 世纪，这个王朝的重心从南部转移到了阿姆哈拉（Amhara）地区。尽管阿姆哈拉语（Amharic）成了当地最重要的方言，但盖兹语依然用于宗教和学术文本，只有占总人口很小比例的阶层使用，这个精英阶层与教会和国家的权力紧密相关。作为埃塞俄比亚的文化之舌，盖兹语的功能类似于拉丁语在西欧的功能，或者希腊语在拜占庭帝国的功能。

15 世纪，有些文本以阿姆哈拉语书写而成。它们因世俗的影响，而与盖兹语诗歌迥然有别，主要包括歌颂当时政治军事统治者的战歌和颂诗。但到了 19 世纪末，特沃德罗斯（Tweodros）皇帝意识到国家保守的神权政治结构已经过时，面对欧洲对非洲的蚕食，如果埃塞俄比亚要保持独立，就需要进行现代化变革。这个政策也被他的继任者孟尼利克二世（Menelik II）和海尔·塞拉西（Haile Selassie）延续了下来。

在此过程中，有一个方面与我们讨论的问题尤为相关：即埃塞俄比亚的皇帝们支持阿姆哈拉语西式文学的发展。得益于印刷机的引入，埃塞俄比亚被意大利征服时（1936 年），已经有几部小说出版了。格拉齐亚尼元帅（Marshall Graziani）实施的大屠杀毁掉了埃塞俄比亚大部分的社会精英，但 1941 年法西斯战败后，新一代作家应运而生，阿姆哈拉语文学再度繁荣，涌现出了大量的小说和戏剧，反映埃塞俄比亚社会的变革。

书写艺术在埃塞俄比亚的基督教社会扎根立足之时，第二波文字浪潮从阿拉伯半岛袭来，这一次是黑蚩拉（Hijra）元年后伊斯兰教的大规模扩张。对于这一新宗教的传播，西方的教科书往往只考虑一个方面：西班牙在 7 世纪被阿拉伯人和柏柏尔人（Berber）的军队征服。但阿拉伯人和柏柏尔人的信仰和文化——连同他们的语言和字母系统——也传播到了非洲大陆的广大地区。撒哈拉以南非洲的伊斯兰文学史明显表现为两种发展模式。

从远古时代，阿拉伯半岛和整个印度洋地区——尤其是东非沿岸、桑给巴尔岛和马达加斯加岛（Madagascar）——存在着相当规模的贸易往来。然而，早期阿拉伯商人和当地文化接触后，对文学产生了什么样的影响，我们掌握的材料很少。17世纪，法国探险家把一些手稿带到了欧洲，我们才知道在15世纪的马达加斯加岛，阿拉伯的字母系统已为人所熟知。这些文本中，有些是当地政治生活中重要事件的编年史。但似乎在之后的几个世纪中，阿拉伯文字主要用于护身符。另一方面，很多书籍之前也许是伊斯兰学者撰写的，但在拉达马国王（King Radama）决定选用罗马字母之后，这些书籍都在19世纪被基督教传教士销毁。

在东非，受伊斯兰影响最为显著的是今天肯尼亚和坦桑尼亚的沿岸地区和沿海岛屿。在这些地方，阿拉伯裔的移民深刻融入了当地人的社会之中，来自阿拉伯半岛和波斯湾的商人和定居者与当地黑人产生了文化上的交融，并创造出了一种混杂的文化，这种文化拥有属于自己的非阿拉伯语言——斯瓦希里语（Swahili），这门语言的基础是班图语（Bantu），还明显掺入了阿拉伯语的元素。

在使用斯瓦希里语的东非沿岸，很可能很早就出现了书面语言：14世纪，摩洛哥旅行家伊本·白图泰（Ibn Batuta）就提到了自己所到之处存在伊斯兰作家。但是，这些早期的文学并没有留下任何踪迹，也许在[18]16和17世纪被摧毁了，当时葡萄牙人正控制着印度洋的贸易。

我们所能看到的最早斯瓦希里语手稿，可追溯至18世纪早期。从风格和内容而言，这些手稿的特点在之后200年间都是斯瓦希里语文学的典型特征：最"经典的"斯瓦希里语文学包括所谓"坦迪"（tendi）史诗，内容有关伊斯兰的历史，聚焦于先知一生的重要事件和7世纪的圣战。还有一些作品则重新叙述了《旧约》中的故事。这些作品中，很多似乎是来自中东的阿拉伯语诗歌集。其功能类似于西方的很多中世纪文学：使用各地本土的语言来传播和推广主要宗教的历史。19世纪中叶，传教士、探险家和语言学家路德维希·克拉普夫（Ludwig Krapf）发现了斯瓦希里语手稿，并带到了柏林，但这些手稿一直无人问津；然而，柏林会议（1884—1885）开启了瓜分非洲的热潮，于是，这批手稿成了街谈巷议的话题。此后，很多手稿都以斯瓦希里语原文出版问世，有的甚至被翻译成了欧洲语言。

尽管斯瓦希里语文学的核心一直都是宗教题材，但19世纪，随着当地政治的发展，文学出现了新的方向。先驱人物是一个穆亚卡（Muya-ka），他写诗声讨阿曼（Omani）苏丹们强加给蒙巴萨（Mombasa）斯瓦希里小镇的宗主权。人们恰如其分地认为，他把斯瓦希里语诗歌从清真寺带到了集市，也就是说，他开启了纯粹世俗题材的诗歌写作。这样的诗歌常常被认为具有民族主义色彩，因为其矛头指向"外国"的统治。但这种说法是存疑的，因为穆亚卡为蒙巴萨的总督们服务，而这些总督又都是阿曼人。重要的是，从此之后，很多作家也开始书写当代事件了；19世纪期间，"坦迪"史诗被创作出来，内容涉及沿海城镇与桑给巴尔岛苏丹之间的争吵。

这样的写作一直持续到19世纪末，此时坦噶尼喀（Tanganyika）成了德国的殖民地；但是，这类叙事诗有关这些未能融入斯瓦希里语文化的内陆部落针对德国人的抵抗活动，这些诗或许是在德国当局的授意下创作而成的。但是，更重要的是德国人的语言政策。他们发现斯瓦希里语已成为通用语言，阿拉伯奴隶贩子已将其在坦噶尼喀四处传播开来，甚至传到了更远的地方。此外，殖民地的种族结构决定了没有任何语言能和斯瓦希里语竞争，惟有斯瓦希里语能够获得行政通用语言的地位。于是，他们鼓励在整个殖民地教授和使用这门语言，这样就为日后的民族主义语言政策铺平了道路。

在最初诞生了斯瓦希里语的肯尼亚，传教士们在英国通常较为宽松的政策环境中，自发对这门语言作了改进；但第一次世界大战之后，英国占领了坦噶尼喀之后，便在英属东非地区推广斯瓦希里语，使之获得官方通用语的地位。结果，曾经采用阿贾米字母系统——将阿拉伯语文字用于非阿拉伯语言——的斯瓦希里语文学，现在转而使用罗马字母，一些作家在人们的鼓励下开始引入西方的文学样式——尤其是小说——并获得了有限的成功。

独立之后，统一不同地区文字的政策被废止了。在朱利叶斯·尼雷尔（Julius Nyerere）——他本人就是著名的学者，翻译了莎士比亚的《尤利乌斯·凯撒》（*Julius Caesar*）和《威尼斯商人》（*The Merchant of Venice*）——执政期间，坦桑尼亚是惟一采用斯瓦希里语作为官方语言的国家。达累斯萨拉姆大学（University of Dar es Salaam）的斯瓦希里语研究所[19]承担了改造这门语言的任务，使之成为适于表达和传播20世纪文明的工具。在这些措施的鼓励下,年轻一辈的作家脱颖而出,他们成功摆脱了传统诗歌的俗套,创作了大量的原创作品,这些作品具有更加鲜明的个人风格,讨论时下人们感兴趣的话题。

　　在结束东非伊斯兰文学的简要讨论之前,我们还要提一下索马里(Somalia),这是殖民史和文字发展史上非常特殊的孤例。尽管索马里内部分裂为彼此经常敌对的宗族和派系,但他们都是穆斯林游牧者,操着关系紧密的诸多方言,因此形成了有机的种族和文化共同体。他们的口头艺术是很重要的,但由于其游牧性,很少有机会掌握阿拉伯语的字母系统,同样也未能学会罗马文字。

　　19 世纪末,操索马里语的人口被意大利、英国、法国(吉布提 Djibouti)和埃塞俄比亚(欧加登 Ogaden)瓜分。少数具有读写能力的索马里人所掌握的大多是外语。19 世纪末,依然有一些人在使用阿拉伯文字:被人称作"疯毛拉"(Mad Mullah)的阿卜杜勒·哈桑(Abdille Hassan)既用阿拉伯语,也用阿贾米文字作诗。但书面作品的创作依然很少。直到1972 年引入了正式的正字法之后,索马里才有望用自己的语言创作书面文学。这样的进步极有可能是在政府的支持下取得的,因为全民族共有的文学是实现国家凝聚力的强有力因素。而在殖民体系中,国家曾饱受割裂之苦。尽管吉布提共和国(Republic of Djibouti)的官方语言是法语,但早年那些索马里共和国(Somali Republic)的公务员,如果在前意大利殖民地接受过教育,则通意大利文,如果来自英属索马里兰(British Somaliland),则通英文。他们都说索马里语的某种方言,所以通过口头彼此间轻易就能交流,但跨越前殖民疆界的交流必须从意大利语翻译成英语,或者相反。显然是出于国家统一和实际效率的考虑,索马里人——具有独一无二的种族和语言单一性——应该鼓起勇气,在书写和说话中使用自己的语言。但遗憾的是,这样的期望最后未能实现。

　　在西非,伊斯兰文学的诞生和成长走过了完全不同的道路。当年,马格里布(Maghreb)的穆斯林在公元 732 年的普瓦捷(Poitiers)战斗中,遭到了查理大帝(Charlemagne)祖先的截击,于是他们目光南望,转向了撒哈拉以南非洲。第一个皈依伊斯兰教的黑人族群是塞内加尔河(Senegal River)河口附近富塔托罗(Futa Toro)的泰克奥(Tekror)王国。这是 11世纪晚期加纳王国被征服的先兆,也是西非大部分地区的黑人皈依伊斯兰教的前奏。

历史上,由军事占领发展成为文化同化(包括语言同化,因此也包括文学同化)的事例很多。罗马人就将拉丁语传播到了西欧各地。西班牙人和葡萄牙人把他们各自的语言强加给了整个拉丁美洲。这两例中,本土语言都被压制了几个世纪之久。同样,阿拉伯人在任何他们取得统治地位的地方,都传播自己的语言,而且有过之而无不及,因为阿拉伯语是神圣的语言,上帝本人就用这门语言将《古兰经》口授给了穆罕穆德先知。黑蚩拉元年——即公元 622 年——之后的数十年间,阿拉伯人在军事上征服中东和北非的同时,也使这些地区接受了伊斯兰教和阿拉伯语。与东海岸的情况截然相反,苏丹语地区的读写文化采用的是阿拉伯语,其中一个原因是苏丹伊斯兰教继承了柏柏尔语地区强大的宗教极端主义倾向。

在西非文学的发展史中,我们可以梳理出两个阶段。直到 18 世纪末期,阿拉伯语一直都是书写艺术的惟一媒介。因此,廷巴克图(Timbuctoo)在 14、15 和 16 世纪成为著名的伊斯兰学术中心,大量手稿以阿拉伯韵文的形式创作出来,涉及穆斯林学术的主要门类:宗教、伦理、法律、医药、天文、逻辑、语法等。

在廷巴克图创造的那些用于教学的辉煌文献出自不同种族的作者之手。这些作者成分复杂,有的来自埃及和摩洛哥,有的来自西非的马里(Mali)、桑海(Songhay)、博尔努(Bornu)、加奈姆(Kanem)等王国。在他们的共同努力下,这座城市成为繁荣的国际学术中心,还拥有一所大学,有些人认为其重要性可以比肩当时的鲁汶大学(University of Louvain)。有些文献已被译成英文和法文,而更多的还有待查考。

1591 年,摩洛哥人征服了廷巴克图,从此开启了一个停滞和衰落的时代。人们对伊斯兰教的热情也有所减退,尤其对本土统治者而言。正是因为信仰有所动摇,伊斯兰教在整个 18 世纪开始复兴并不断成长。这就开启了伊斯兰书写的新阶段,因为富拉尼族(Fulani)的神职人员是伊斯兰教复兴的主要动因,他们认识到,若要伊斯兰教渗入更深的社会阶层,而不局限于统治阶级和知识阶层的话,就必须放弃阿拉伯语长期以来的统治地位,而用民众所说的语言进行教学和布道。据说,这一做法始于阿拉伯语学校,在那里《古兰经》开始用当地人的词汇讨论。由此产生了以几门本土语言写成的书面文学。18 世纪,这股潮流首先在富塔贾隆(Futa Jalon)地区——即今天的几内亚——的富拉尼人当中流行开来。后来,他们又被其他富拉尼族群效仿,这些族群属于索科托(Sokoto)王国,尤其是在尼日利亚(Nigeria)北部和喀麦隆(Cameroon)北部的阿达马瓦(Adamawa)地区。但是,因为索科托王国取代了尼日利亚北部先前的豪萨王国,豪萨语也就成了第二本土书面语言。之后,豪萨语使用者的人数越来越多。

今天的豪萨语作家固守自己的语言,他们或者用阿拉伯文字(阿贾米),或者用罗马文字(博科)将其转换为书面语言。其中一些作家也用阿拉伯语创作韵文。但只有极少数人认为,应该使用欧洲征服者的语言——英语。豪萨语也很荣耀地拥有一份重要的文学刊物《尼日利亚语言》(*Harsunan Nijeriya*),由扎里亚(Zaria)的阿赫马杜·贝罗大学(Admadu Bello University)出版。

19 世纪末,又一门西非语言开始产生了类似阿贾米的文学:这就是沃洛夫语(Wolof),后来成了塞内加尔的通用语。但与斯瓦希里语和豪萨语不同的是,沃洛夫语作家对于改造他们的语言中介没有什么兴趣:如同在其他法国前殖民地,作家更愿意使用欧洲的语言。

但总的来说,我们可以看到,撒哈拉以南非洲的穆斯林文化对于欧洲的影响有着非比寻常的应对能力,可能因为他们骄傲地植根于全世界最伟大的宗教之一。其中,只有两种文学——[21]东非的斯瓦希里语文学和西非的豪萨语文学——屈服于各种形式的现代化改造,转而采用了罗马字母,便于在印刷机上复制,而且采用了——尽管非常谨慎,甚至并不情愿——外来的文类,如散文小说和舞台戏剧。这些文学之所以在这些地区蓬勃发展,原因似乎是这些地区属于大英帝国,帝国的代理人——有别于法国、葡萄牙或西班牙的代理人——格外关注本土语言,关注非洲本土语言读写能力的普及。

这就将我们带到了第三波读写教育的浪潮,这波潮流随着欧洲人的征服,在 19 和 20 世纪影响了整个撒哈拉以南非洲地区。实际上,这波浪潮的开端某种程度上是 15 世纪晚期和 16 世纪早期,彼时,葡萄牙水手在刚果河(Congo River)河口上岸后,以他们国王的名义与当地统治者"刚果之王"(Manicongo)建立了友好关系。很快,"刚果之王"的一些臣属就学会了不少葡萄牙语,能够书写官方信函,讨论两国间的合作事宜。欧洲人渴望得到象牙,而非洲人则需要教师。

另一方面,一些传教士被派往此地,向这些"异教徒"传播基督教,他们试图把刚果语言写成文字。他们甚至在15世纪末还用当地语言印制了教义问答手册。但是,当人们发现奴隶贸易更加有利可图时,这种充满希望的关系就中断了,因为葡萄牙人在圣多美(Sáo Tomé)的种植园需要人手,巴西需要的就更多了——那里的印第安人坚决不为白人工作。

[······]

（姚峰 译；孙晓萌 校）

第3篇　政治、文化和文学形式①

伯恩斯·林德福斯(Bernth Lindfors)

[22]20世纪,撒哈拉以南非洲出现了英语和法语新文学,都深受政治的影响。实际上,我们可以认为,产生和塑造了这些新文学的力量,也在过去的几百年中改造了非洲大陆的很多地区。作家的角色不仅是当代政治史的编撰者,也是社会急剧变迁的倡导者。因此,他们的作品同时反映和预测了非洲文化革命的历程。

吊诡的是,相较非洲语言写成的文学,以欧洲语言书写的非洲文学更能反映民族境遇和思想情绪的震荡,是更为准确的晴雨表。具有讽刺意味的是,虽然撒哈拉以南多数国家拥有数量众多的语言,但如果离开了殖民者的语言,不同民族、国家彼此之间的交流沟通就很困难。如果一个作家选择非洲语言来表达自己的心声,那么他的信息只能传达给很少的受众,只占全国读者总数的一小部分。而且,或许作家必须把作品交由教会或政府审查,这些教会和政府的出版机构只把机会留给那些以殖民者语言写成的作品。因为,这样的出版商主要向学校提供阅读材料,于是一个有抱负的作者就不得不为年轻孩子写作,而非成年人。换句话说,由于体制的束缚,作家可能变得笨嘴笨舌,妨碍了以母语公开进行文学表达。

选择以殖民者语言——尤其是英语或法语——写作的非洲作家,相比而言能够接触到国内外人数众多的读者群;即使教会、政府和学校所反感的那些思想,他们也能自由表达。因此,比起针对人数少、年龄小、构成简单的受众写成的本土语言作品,这些作家写出的作品更能反映所属时

①　First published in *African Textualities*: *Texts*, *Pre-texts*, *and Contexts of African Literature*, pp. 135—150. Trenton: Africa World Press, 1997.

代和地方的思想氛围。[23]他们能够与全国的读者交流,因为他们用的是全国性语言,而非民族语言(Achebe 1965:27—30);而且,选择的语言还能在国际间通行,能将他们的声音带到更远的地方。只有通过欧洲语言,他们才能有效地达成泛-非洲的目标。

最早证明这一点的是黑人性(Negritude)①作家。当有人问列奥波尔德·塞达·桑戈尔(Léopold Sédar Senghor),他以及其他非洲法语诗人为何以法语写作? 桑戈尔回答道:

> 因为我们是文化混血儿,因为我们觉得自己虽是非洲人,但表达自己时却成了法国人;因为法语是具有普世使命的语言;因为我们表达的信息,除了传达给别人之外,也传达给在法国的法国人;因为法语是一门"彬彬有礼的"语言……我清楚法语的长处,因为一直在体味、领会和教授这门语言,这是一门诸神的语言。听听高乃依(Corneille)、洛特雷阿蒙(Lautréamont)、兰波(Rimbaud)、佩古伊(Péguy)和克洛代尔(Claudel)。听听伟大的雨果(Hugo)。法语是一台巨大的风琴,能弹奏出所有的音调、所有的效果,从最轻柔温和的声音,直到电闪雷鸣。时而此起彼伏,时而共奏齐鸣,笛子和双簧管,号声和炮声。此外,法语还赋予我们使用抽象词汇的才能,这些词在我们的那些母语中非常罕见。有了这样的才能,泪珠就能变成宝石。对于我们,词语自然包裹着树液和血液的味道。而法语词汇如同闪耀着千道火光,如同钻石一般。熊熊火焰照亮了我们的黑夜。(94—95)

使用这样一个激情四射的语言载体是必要的,才能将黑人性激进的文化信息清楚传达给"在法国的法国人,以及其他人"。对于法属西非地区和安的列斯群岛(the Antilles)的"文化混血儿们"开始传播的新神话,只有

---

① 黑人性(negritude)是20世纪30年代塞内加尔的桑戈尔和其他在法国巴黎的年轻黑人知识分子构想出来的概念,指的是一种黑人意识,主张黑人与黑人文明的独特贡献、价值观和特性,促使黑人在黑人身份下团结起来,拒绝法国的殖民主义与种族主义。——译者注

一种"诸神的语言"才能传达其中的微妙之处。桑格尔及其追随者们清楚，仅仅在乌干达的塞雷雷（Serer）说教，无法为一种包容性的泛黑人信仰赢得信徒，而需要法语的光芒为流散海外的黑人带去光明。

为了传达这个信息，采用频率最高的文学形式是超现实主义诗歌，这是值得注意的。这种形式采用了节奏、形象和象征等类似的强有力策略，不仅体现了桑格尔眼中的非洲语言艺术精髓（Bâ），同时将非洲人的创造性与某种欧洲的诗歌表达模式——这种模式虽一度属于先锋派，却受到推崇——联系起来。因此，黑人性诗歌既是新的，也是旧的；既是新鲜的发明，也属明显的模仿。它是以似曾相识的混杂形式出现的跨文化诗歌，将两种不同的艺术传统融为一体。如同诗人本身，黑人性诗歌属于文化同化的产物，轻易就被法国知识界所接受。在一些欧洲读者看来，这些诗歌可能有些怪异（Senghor 90—91），但其中的异域色彩是能够理解的，读来令人兴奋。如果不是包装在极其"文雅"（civilized）的形式之中，黑人性的意识形态可能不会对法语世界产生如此强烈的影响。超现实主义是非常优雅的抗议方式。

黑人性诗人以欧洲人能够理解和欣赏的方式引入新的思想，借此证明他们有权受到重视。他们的论述具有哲学的深度和有趣的文化影射，具有笛卡尔式的清晰和明确的风格。如同早期法国思想运动的领袖，黑人性运动的开创者们首先发出宣言，接着又从事文学创作，以证明和支持自己的立场。因为超现实主义诗歌并不足以清晰地传达其思想，他们还要另外撰写文章，以界定和阐述那些核心概念。这些努力都得到了丰厚的回报。[24]很快，黑人性作为一种意识形态和神秘思想，就在法国一流的思辨传统中得到了认可。

即使日后那些黑人性的批评家们——这些批评家人数众多，在非洲的英语区尤其如此——也承认其历史重要性。其中大多数会同意斯坦尼斯拉斯·阿托德维（Stanislas Adotevi）的论断：

> 虽然某些方面似乎有些老套，目标也明显较为保守，但我们应该认识到[黑人性时代]是非洲文艺复兴必须经历的初级阶段……在一个全世界都沉湎于种族主义的时代……一个全人类都争吵不休的时代，音乐会中突然爆出一声枪响——黑人性。这枪声惊醒了一些有

　　良知的人,把一些黑人团结起来,这是一件好事。(74—75)

　　但是,如果这把手枪完全是在非洲制造的,这声枪响是否还有这么大的影响,那就难说了。因此,一件欧洲的工具需要掌握在技艺娴熟的非洲人手中,才能给世界带来更大的冲击力,使他们意识到受到殖民压迫的黑人民族也具有人性。

　　黑人性运动完成自己的使命之后,超现实主义诗歌和哲学文章在西非法语区让位于另一种文学形式:讽刺小说。蒙戈·贝蒂(Mongo Beti)、费迪南·奥约诺(Ferdinand Oyono)、贝尔纳·达迪埃(Bernard Dadié),甚至卡马拉·莱伊(Camara Laye)——在《国王的凝视》(*Le Regard du roi*)的一些阴郁迷幻的情节中——都为20世纪50年代定下了基调。形式和情绪的变化符合时代的氛围。此时,殖民统治已然行将就木,人们既可以嘲笑殖民者,也可以嘲笑被殖民者,指出二者关系的荒谬之处。至此,已经没有必要再强调非洲人也具有人性,作家可以放松一些,他们描写的非洲人既不比欧洲人好,也不比欧洲人坏。当然,欧洲人也不再是圣人了。非洲作家无需对自己的过去作浪漫化的描写,无需谎称非洲的村庄比欧洲的城市在道德上更加健康。实际上,随着独立的临近,人们变得更加自信,有可能进行自我批评和嘲讽。非洲人不再急于取悦殖民地的主人,反而肆意戏弄他们,即使非洲人要为最后的胜利付出代价。在黑人性运动时代被过度夸大的一些问题,讽刺小说通过诙谐的方式将其戳穿,借此减轻西非法语区独立前夕的社会和政治紧张气氛。此时,讽刺的矛头比枪声更尖锐。

　　在西非英语区,小说在殖民时代末期也成为主导的文学形式,但这是非常不同的小说类型。英语作家们对自己的创作更为严肃,可谓不苟言笑。他们如同早期的黑人性倡导者,试图为非洲的过去树立有尊严的形象,同时也小心翼翼,避免把殖民统治之前的历史美化成黄金时代。这个时期最具影响力的小说家是钦努阿·阿契贝(Chinua Achebe)。在他看来,为“过去作辩护”的最好办法,就是树立一个“虽平淡无奇,但真实可靠的形象”,而非一个“虽然很美,却很扭曲的”理想化形象。这是一个行之有效的策略。阿契贝感到:

如果人们怀疑作家去粉饰那些不光彩的事实,那么[作家]试图重塑的信誉就可能受到质疑,也就无法达成自己的目标。我们不能谎称自己的过去是一首色彩斑斓的田园长诗。我们必须承认,与任何民族的过去一样,我们的历史既有好的一面,也有坏的一面。("Role" 158)

[25]但是,阿契贝及其追随者们在描写非洲传统乡村生活时所追求的那种客观性,并非毫无政治动机。通过表现对非洲造成的破坏,作家对殖民主义进行控诉。小说家尤其被人视作导师,主要任务是重新教育非洲社会,使其学会接受自身。为此目的,小说家便极力肯定非洲文化的价值。阿契贝认为非洲作家的"根本主题"应为:

非洲各民族并非从欧洲人那儿第一次听说何为文化;他们的社会并非毫无思想可言,往往都拥有深邃、宝贵和美丽的哲学;他们有自己的诗歌,最重要的是,有自己的尊严。在殖民时代,很多非洲民族所丧失殆尽的正是这种尊严,而我们现在必须重拾尊严。对任何民族而言,最悲哀的莫过于失去尊严和自尊。作家的责任就是指出,他们作为人都发生了什么,失去了什么,以帮助他们重获尊严。("Role" 157)

为此,最好的途径是创作现实主义小说。

早期西非英语小说家中,大多书写的是文化冲突的伤心故事。他们表现了在教堂和学校等西方机构的影响下,原本井然有序的非洲社群如何变得四分五裂;或者,个人因无法调和自我个性中的非洲和西方元素,成为"两个世界的人",因而遭受了心灵的痛苦。要么在村庄中,一切趋于瓦解;要么在城市中,人走向分裂。无论如何,非洲都不再安宁,因为与欧洲的冲突而失去了平衡。殖民主义的产物就是文化混乱,深陷如此泥潭中的社会和个人都几乎无法找到稳定的道德观。有悖于西方宣扬的殖民神话,欧洲并没有给这个黑暗的大陆带来光明、和平和正义,反而把原本有序的世界弄得混乱不堪。这就是第一代西非英语小说家关注的主题。他们尝试在小说中重写非洲的历史,以明白无误的方式表达自己。较之抽象的诗歌,散文作品是更为有力的控诉方式。

到了 20 世纪 60 年代中叶,非洲赢得独立只有几年时间,西非民众的思潮发生了巨大的变化,新的政治机构纷纷应运而生,取代了欧洲人撤离前匆匆留给非洲的议会民主形式。一开始出现的是一党制政府,接着,满眼望去就都是军政府统治了。非洲人曾经追随那些民族领袖赢得了独立,而此时他们的幻想全都破灭了,于是又奋起抗争,捣毁他们的政权。由于这些新独立的民族国家越来越极权,通过宪法手段推动政治更替是非常困难的,于是军队在此过程中往往起到了关键作用。子弹取代了选票,成为统治的工具。至少在某个国家,军事政变后的冲突不断恶化,终于升级为全面内战。独立前人们梦想的繁荣新世界,变成了后殖民时代可怕的噩梦。

这一时期,西非作家不能无视发生在周围的一切。小说依然是他们主要的文学形式,但此时他们将其用作辛辣的社会政治讽刺的载体。他们不再致力于重建非洲历史的尊严,[26]转而关注现实的丑陋,矛头直指非洲人自己,而不再是欧洲人了。这一时期,由戏剧转向小说的沃莱·索因卡(Wole Soyinka)大声疾呼:"如果非洲作家想成为'所属社会的道德和经验的记录者、所属时代思想洞见的发声者',就迫切需要从对过去的迷恋中解脱出来。"(13)钦努阿·阿契贝赞同这个观点,并指出:

> 今天,非洲大部分地区已经获得政治自由;共有 36 个独立的非洲国家在管理自己的事务——有时管理得相当糟糕。于是,新的情况便出现了。作家的一个主要功能就是对不公正给予揭露和抨击。现在,新的不公平现象在我们周围不断涌现,我们是否应该继续讨论种族不公这一老话题(尽管我们对此仍有隐隐作痛之感)呢?我想我们不该如此。

"黑人作家的责任,"阿契贝主张,"在于表达我们的思想和情感,甚至批判我们自己,而不用顾及说的话会成为不利于我们种族的证据。"("Burden"138—139)换句话说,国内的政治斗争现在要比国外的文化斗争更加重要。

对这一点的强调一直持续到 20 世纪 70 年代,小说家们游走于细致入微的现实主义和辛辣尖锐的讽刺之间。在西非小说数量最多的尼日利亚,作家聚焦的中心是内战的经验。并不奇怪的是,这些小说多数由伊博族人(Ibos)书写,其中很多都将比夫拉(Biafran)的士兵奉为英雄,而将商人和其他战争投机者选为恶棍。但是,这些小说并非狭义上的政治宣传品。它们讲述了人类之间的非人道行径,也讲述了人类的无私,尤其是舍己为人的精神;除了人性的卑鄙、愚蠢、狡诈和贪婪,还有一些事例关乎人的勇气、怜悯和对理想的执着。这些小说家似乎更关心内战中人的行为的道德意义,而非将冲突怪罪于其中一方。这实际上是具有深刻反省意识的文学,虽然读者往往只注意到战争和破坏等表层的细节。疯狂、恐怖和社会混乱等主题强调了人类文明的脆弱性,尤其当文明遭到蓄意的残忍破坏而无法挽回之时。在这类小说中,人和物的确都分崩离析了。在无法承受的强大力量连续打击之下,他们都销声匿迹了;或者,他们奋起反抗那些正侵入他们世界的、灭绝人性的灾变。这里,并不只是一些非洲人的组织得到了欧洲反对势力的支持,也不只是比拉夫人与联邦拥护者之间的冲突;交战的双方是善与恶。

因此,为了回应独立后痛苦的政治和文化变迁,西非英语作家不再沉湎于殖民主义在撒哈拉以南非洲的余波,而是转向了根植于当代具体现实中的普世性话题。换言之,他们的兴趣范围既变窄了,同时也扩大了。他们不再继续勾勒非洲人在与殖民者的碰撞中遭受的社会和心理伤痛,而是仔细观察非洲本土的极端事例,以探究人类境况的不同维度。为此目的,他们主要诉诸小说这一媒介。作为一种灵活的形式,小说能够提供很多处理现实的方法,但这些作家对小说的运用主要是通过两个互补的方法:愤世嫉俗的讽刺(针对政治腐败)和悲天悯人的现实主义(针对内战中的恐怖)。[27]与之前无异,这两种方法都需要直言真相,便于所有读者理解文中所言之意。

在东非,文学的起步晚于西非,但在 20 世纪 60 年代末和 70 年代初开始快速发展。最早出现的文学形式是小说,在詹姆士·恩古吉(James Ngugi)——现用名为恩古吉·瓦·提昂戈(Ngugi wa Thiong'o)——及其追随者手中,东非小说的形式开始与西非大致合流。恩古吉写于独立前不久的早期小说重新审视了殖民历史,尤其是见证了基库尤语(Gikuyu)独立学校兴起和茅茅(Mau Mau)起义爆发的那个时期。和阿契贝一样,恩古吉也认为作家应该"经常尝试去面对'现实',面对斗争,敏锐地记录自己如何面对历史,面对人民的历史。"(1972:39)在恩古吉之后涌现的小说家也明显持相同的态度,他们也书写历史小说,小说的场景也是较为晚近的过去。

但是,独立后不久,东非也经历了之前侵蚀了西非的政治幻灭,小说家也以同样的方式作出回应,将目光转向当代。恩古吉对此现象的分析呼应了索因卡和阿契贝的论述,但额外增加了一个有趣的经济视角:

> 非洲作家处于这样一种危险之中,他对自己民众的昨天过于迷恋,而忘记了当下。尽管他忙于纠正被扭曲的历史,却忘记了自己身处的不再是一个小农社会,农民不再拥有自己的生产工具,不再共同庆祝欢乐和胜利,也不再共同分担丧亲之痛;所处的社会不再以平等的原则组织而成。新生的中产阶级精英逐渐与普通大众产生冲突,这些冲突源自社会和经济发展的殖民主义模式。作家一旦醒悟,意识到自己的责任,就会非常惊讶地发现,非洲独立后发生的这些重大事件可能会不断上演。(1972:44—45)

恩古吉是非洲最早醒悟的作家之一,并对自己国家发生的变化给予了严厉的抨击。之后涌现的作家也通过辛辣的讽刺小说,揭露了后殖民时代的政治阴谋和社会腐败。如同西非小说,东非作家也不再指责欧洲带来了文化混乱,最终导致了现代非洲的崩溃;他们转而开始批判非洲也加速了自身的毁灭。因此,批判的目光转向了内部。

20世纪60年代,东非另一种主要的文学形式是讽喻歌曲(satirical song)。1966年,奥考特·庇代克(Okot p'Bitek)出版了《拉维诺之歌》(*Song of Lawino*)——一个受过教育的男人找了个思想自由的城市姑娘,并抛弃了家中目不识丁的主妇,这名弃妇发出了长篇"哀歌"。拉维诺唱出了自己对丈夫及其"摩登女人"的哀怨,批判了西化的非洲人的恶习和毫无逻辑的行为,与传统中自然的尊严形成鲜明的对比。她的歌曲是对非洲"猿人"说的戏谑和揶揄(p'Bitek, 1973:1—5),是对本土文化尊严的捍卫,但庇代克也让拉维诺自己成为讽刺的对象,这更增加了其中的趣味和辛辣。这样,庇代克通过一个新的喜剧语境,既重开又消解了有关非洲文化混乱的争论。实际上,他更进一步,让拉维诺的丈夫在《奥考之歌》(*Song of Ocol*)中对妻子的指控作了回应。这是一首篇幅足以成书的抒情诗,所运用的反思性讽刺技法更加明显。与涉及类似题材的西非作家表现出的严肃庄重不同,[28]庇代克动辄会嘲笑那些在非洲与欧洲的冲突中被扭曲的受害者,视其为可悲又可笑之人,被巨大的荒谬性所压垮。

庇代克在讨论沉重的文化议题时引入了轻松的笔调,这在东非产生了广泛的共鸣。很快,作家便群起而效仿,开始唱响类似的歌声。一种讽刺喜剧开始登上文学舞台,令人耳目一新,有别于后殖民小说家大事讨伐的文风。庇代克之后,讽喻歌曲成为东非最为流行的文学形式之一。

但是,讽喻歌曲的形式并未裹足不前。20 世纪 70 年代,歌手们逐渐离开文化题材,转入政治主题,开始聚焦一些小说家们同样关注的问题。庇代克又一次引领了潮流,他在《囚徒之歌》(*Song of Prisoner*)和《马来亚之歌》(*Song of Malaya*)中娓娓道来,鞭挞了社会和个人的罪恶。这些批判性语言的笔调依然是幽默诙谐的,但这种幽默——尤其在《囚徒之歌》中——此时却有了苦涩的回味,反映了深刻的政治幻灭之感。另外,此时欧洲已经消失不见了;非洲自身成为讽刺所带来的震撼之中心。

虽然这里勾勒出的西非和东非的文学史在某些方面颇为近似,但我们还是应该强调二者之间存在一个重要区别:东非作家更具有嘲笑罪恶的天性。西非作家身处的社会如果出现问题,他们往往会痛定思痛,变得愤世嫉俗;而东非作家却能享受此时的种种不快,即便周围发生的事情都对他们不利。这一点在有关伊迪·阿明·达达(Idi Amin Dada)的通俗文学——在阿明成为乌干达终身制国家元首期间和之后,这种文学在东非兴起——中最为明显。这种伊迪-奥提克(意为愚蠢的伊迪——译者注)文体中,最有趣的例子是一位化名"阿鲁米迪·奥辛亚"(Alumidi Osinya)的乌干达作者写的一则动物寓言,名为《阿卜杜拉·萨利姆·费希陆军元帅的传奇故事,或者鬣狗如何捕猎的》(*The Amazing Saga of Field Marshal Abdulla Salim Fisi, or How the Hyena Got His*)。简短的前言讲道:

> 如果讨论非洲人自己是如何蹂躏非洲的,也许最好的方法就是非洲传统中那些"为何"或"如何"之类的动物故事,这是下面这个故

事的要点。过去，我们就是这样责备长者的……这也是他们以温和的方式相互指责的方法……现在，无耻的独裁者比以往任何时候都横行霸道，他们杀人不眨眼，如同猎杀国家公园里的大象一般（当然，他们至少可以从大象身上获得象牙）；现在，真的是时候了，该尝试一下温和的方式。但这不是西方意义上的方式；举例来说，英国媒体只是将我们的肆无忌惮视为滑稽可笑，对此一笑了之罢了，可实际上我们在莫名其妙地相互屠杀。这的确滑稽可笑，不错，但这是一种毫无快乐可言的、残忍的滑稽可笑。自嘲也许对我们有好处，但让我们也泪流满面吧：这种局面部分是我们自己造成的，实在过于残酷，我们需要笑声作为镇静剂才能去面对。镇静剂是否有效，只有从苦笑中流出的眼泪里才能判断。（ix—x）

东非文学之所以有别于西非文学，原因之一就在于东非作家更多诉诸于流泪的笑声这一镇静剂。即便处理那些最为残酷的主题时，也会采用这样的"温和方式"。

南非的黑人作家所面对的政治局面则有所不同，他们创作的文学与东非、西非鲜有相似之处。他们最早采用的英语文学形式是短篇故事，这种形式在 20 世纪 50 年代达到顶峰，但 60 年代中期几近销声匿迹，因为政府新颁布了严苛的审查法律。根据作家[29]自己的解释，由于种族隔离制度下生存的压力，加之其他文学形式的出版机会极其有限，因此短篇故事在 1948 年之后几乎成了"非白人"作家惟一的文学渠道（Mphahlele 186；Modisane 3；Nkosi 1962：6）。20 世纪 50 年代，他们要么为《鼓》（Drum）或者其他国内的流行杂志撰写粗制滥造的言情故事，要么为自由激进的、共产主义性质的出版物撰写言辞激烈的短文。但是，无论毫无价值、逃避现实的垃圾，还是严肃认真的控诉小说，都受到了 1963 年颁布的出版和娱乐法案的压制，成为受害者。该法案授权南非政府，可以查禁任何被认为有违道德、令人反感和淫秽色情的作品。那些最为直言不讳的作家被列入了黑名单，遭到软禁，或被迫永远离开南非。有些出版物曾经支持过那些公然批判政府的作品，也很快遭到查禁，从此就销声匿迹了。那些有政治立场的作家要么从此缄默不语，要么就流亡海外。

那些选择流亡海外的作家继续以南非为主题从事创作，但开始采用各种不同的文学形式表达自己。其中最重要的就是自传，成为最受黑人流亡者喜爱的文学媒介，表达他们的愤怒和沮丧。事实上，在新近流亡海外的南非黑人知识分子当中，自传体文学几乎形成了一种传统。这些知识分子以这种极具个人色彩的方式，排遣了种族隔离经历所带来的压迫感；接着，他们就开始尝试长篇小说、戏剧和不同类型的诗歌，有时会谈论流亡生活带来的无所适从，但通常还是会继续批判身后祖国的种种罪恶行径。在逃离了压迫的环境，释放了长期被压迫的痛苦情绪之后，他们能够自由探索其他自我表达的方式，能够从短篇故事的束缚中解放出来。

　　与此同时，回到 20 世纪 70 年代的南非，用英文表达自我的渴望又以新的文学形式再次出现——抒情诗。这场诗歌运动肇始于 1971 年奥斯瓦尔德·姆查利（Oswald Mtshali）出版的《牛皮鼓之声》（*Sounds of a Cowhide Drum*），这本书第一年销量就超过 1 万册。随后其他作家创作的诗集变得越来越激进——仅举出其中最著名的几位，蒙格尼·沃利·瑟罗特（Mongane Wally Serote）、詹姆士·马修斯（James Matthews）、西尼·西弗·塞帕拉（Sydney Sipho Sepamla）。起初，南非的审查官员似乎并不太注意这些诗人，可能因为比起短篇故事作家，他们表达观点的方式并不那么直接。而且，较之散文，诗歌是难以解读的。即使在当时的南非，如果一位诗人因为模棱两可的表达而受到指控，也是一件荒唐的事情。

　　［……］

　　但是，随着越来越多的黑人诗歌在南非出版，作家的意图逐渐变得越来越直白和明显。他们不再使用带有政治暗示的比喻性标题，如《牛皮鼓之声》（暗指祖鲁人军队在战场上进攻时敲击盾牌产生的节奏），或者《公牛的吼叫》（*Yakhal'inkomo*）（屠宰场牛群的哀嚎声），而直接把口号用作书名：《愤怒呐喊！》（*Cry Rage!*），以及《叫出来吧，黑色的声音！》（*Black Voices Shout!*）。很快，政府就介入其中，查禁了这类书籍。最富天才的黑人诗人——姆查利和瑟罗特——暂时离开了这个国家。于是，20 世纪 70 年代，同样的历史在南非再次上演：一场旨在表达黑人不满的文学运动因为政府的高压审查，再次戛然而止。非洲的黑人诗人似乎别无选择，只能保持沉默，转向口头形式，或者选择流亡。如果在祖国从事诗歌创作，他们就会沦为阶下囚。

影响非洲本土语言文学的一个重要因素就是指向的受众。在殖民时代的西非和东非，[30]作家往往首先面对欧洲读者，其次再转向自己的人民。只是在赢得了名义上的（如果不是实际上的）独立之后，他们除了面对外部世界的读者之外，也通过自嘲给自己的国人带来轻松和娱乐。但是，随着后殖民时代幻灭感的蔓延，这种嘲笑变得苦涩起来，自我批判成为常态。这时，非洲作家主要面对自己的民众言说，而不太关心他们的作品可能会给外界带来怎样的负面形象。因此，后殖民时代的东非和西非文学无疑是以非洲为中心的。

另一方面，南非英文作家起初都为面向非洲本土读者的流行杂志和报纸撰稿。只是在离开南非之后，他们才开始为国外的读者写作；这样的转变与其说出于某种偏爱，不如说是无奈之举，因为他们都是遭到封杀的作家，作品无法在祖国被出版和阅读。那些留在南非的作家继续对民众说话，直到政府几乎致其无法发声为止。

在撒哈拉以南非洲，第二次世界大战之后的欧洲语言文学，大体存在两种发展模式：随着殖民主义让位于政治自决，西非和东非逐渐实现了文学表达的非洲化；在南非，由于国内接连不断的压制，流亡海外的南非作家形成了强有力的抵抗传统，南非文学因此迅速实现了去非洲化过程。各地区的作家选择适当的文学形式，向特定的读者传达政治信息，并随着环境的变化而转向别的形式。因此，无论在形式还是意识形式方面，文学艺术对于20世纪中叶整个撒哈拉以南的风向变化不断作出回应。对于一个处于急剧文化变迁中的大陆，从文学反映出的重要变化中，可以窥见其思想史的历程。

参考文献

Achebe, Chinua. "The Role of the Writer in a New Nation." *Nigeria Magazine* 81 (1964): 157—160.

——. "English and the African Writer." *Transition* 18 (1965): 27—30.

——. "The Black Writer's Burden." *Présence Africaine* 59 (1966): 135—140.

Adotevi, Stanislas. "Negritude is Dead: The Burial." *Journal of the New African Literature and the Arts* 7—8 (1969—1970): 70—81.

Bâ, Sylvia Washington. *The Concept of Negritude in the Poetry of Léopold Sédar*

Senghor. Princeton，Nj：Princeton University Press，1973.

Mphahlele，Ezekiel. *The African Image*. London：Faber，1962.

Ngugi wa Thiong'O. *Homecoming*：*Essays on African and Caribbean Literature*，*Culture and Politics*. New York：Lawrence Hill，1972.

Nkosi，Lewis. "African Fiction：Part One，South Africa：Protest. "*Africa Report* 7，9（1962）：3—6.

P'Bitek，Okot. *Africa's Cultural Revolution*. Nairobi：Macmillan Books for Africa，1973.

Senghor，Léopold Sédar. *Léopold Sédar Senghor*：*Prose and Poetry*. Ed. And trans. John Reed and Clive Wake. London：Oxford University Press，1963.

Soyinka，Wole. "The Writer in an African State. "*Transition* 31（1967）：11—13.

（姚峰 译；汪琳 校）

第4篇　葡语非洲文学①

拉塞尔·G·汉弥尔顿(Russell G. Hamilton)

[31]葡萄牙语是第一个到达撒哈拉以南非洲的欧洲语言。因此,到15世纪中期,很多非洲人已经能说以葡萄牙语为基础的皮钦语和克里奥尔语。得益于早期打下的基础,与英语、法语和其他的欧洲语言相比,用葡萄牙语创作的非洲文学出现得更早。

殖民时期的文学先驱

除了可以追溯到19世纪的少数例外,葡语非洲文学具有代表性的先驱者直到20世纪三四十年代才出现。若阿金·科尔德罗·达·马塔(Joaquim Dias Cordeiro da Matta, 1857—1894)也许是19世纪安哥拉文学中最重要的先驱。作为伊克罗伊本戈市(Icolo-e-Bengo)的土著,科尔德罗·达·马塔既是一位诗人,一部未发表小说的作家,还是一本金榜杜语/葡语(Kimbundu-Portuguese)词典的编者。

按照葡萄牙新国家于20世纪早期颁布的殖民土著法,小安东尼奥·德·阿西斯(António de Assis Júnior, 1887—1960)———一位稍晚时期的先驱——是"被同化"了的非洲人。尽管他的官方社会属性是"同化者",小阿西斯是位跨文化主义者,并且曾向他的金榜杜种族血缘致敬。和他的前辈科尔德罗·达·马塔一样,他也编纂了一本金榜杜/葡语词典。奠

① First published in *The Cambridge History of African and Caribbean Literature*, vol. 2, ed. Abiola Irele and Simon Gikandi, pp. 603—610. Cambridge: Cambridge University Press, 2004.

定其现代安哥拉文学先驱地位的是 1934 年的《死女人的秘密》(*O segre-do da morta*)，副标题为《安哥拉风俗小说》(*Romance de costumes ango-lenses*)。尽管是以维克多·雨果(Victor Hugo)的风格写就，但小阿西斯的早期小说还是成了 20 世纪五六十年代安哥拉白话小说的先驱。

费尔南多·卡斯特罗·索罗曼纽(Fernando Castro Soromenho，1910—1968)是安哥拉白话小说领域独一无二的先驱。他生于莫桑比克，父母是葡萄牙人，长在安哥拉，在殖民钻石公司担任行政工作。居住在安哥拉东部期间，索罗曼纽在殖民文学的传统中开始了写作生涯。[32]但在他发表的两本短篇小说集和两部长篇小说中，非洲人被描绘成不文明、具有异国情调的形象，之后索罗曼纽的意识觉悟产生了变化。索罗曼纽的社会意识——再加上对非洲人及其文化更加心存善意——使其写出了《死亡的地球》(*Terra morta*，1949)、《转向》(*Viragem*，1957)，以及死后发表的《伤痕》(*A chaga*，1970)。这些小说中，对社会的不满情绪太过明显，因此被殖民当局列为禁书，索罗曼纽最终也流亡海外，去了法国和巴西。有些人并不把索罗曼纽视为先驱，而是将他看作安哥拉白话小说之父。

随着《十四行诗》(*Sonetos*，1943)的出版，有着非洲和东印度血统的鲁伊·德·诺若尼亚(Rui de Noronha，1909—1943)成为莫桑比克诗歌的先驱。而若昂·迪亚士(João Dias，1926—1949)去世之后，他的《戈蒂多及其他短篇》(*Godido e outros contos*，1950)才公之于众，迪亚士就此成为莫桑比克首位黑人白话小说家。

几内亚比绍的先驱者中，首推福斯托·杜阿尔特(Fausto Duarte，1903—1953)。作为佛得角人(Cape Verdean)，他却在当时的葡属几内亚生活过多年，那里也成为他四部小说的背景地。杜阿尔特的全部小说——包括他最著名的《啊呜啊，一部黑人中篇小说》(*Auá，novela neg-ra*，1934)——都构成了本质上较为仁慈、较少异域风情的殖民写作。

卡埃塔诺·达·科斯塔·阿莱格雷(Caetano da Costa Alegre，1864—1990)是现代圣多美文学最早的先驱之一。10 岁时，这位黑人"土著儿"——葡语为 filho da terra——就被送去葡萄牙，在那里度过了余生。《诗篇》(*Versos*，1916)是科斯塔·阿莱格雷的诗集，在他去世 26 年之后于里斯本(Lisbon)出版。科斯塔·阿莱格雷的部分诗歌使人想起他的出生地;另外一些诗则讽刺了在欧洲的非洲人所经历生活的虚假表象。

在土著圣多美人创作的白话小说中,第一部值得称道的是《查尔斯顿的黑人》(*o preto do Charlestone*,1930),这是由马里奥·多明戈斯(Mário Domingues,1899—1977)创作的中篇小说。多明戈斯和科斯塔一样,一生大部分时间都在葡萄牙度过,他最为人熟知的作品是《巨人之间的男孩》(*O menino entre gigantes*,1960),一部关于非洲男孩在里斯本成长的风俗小说。颂·马基(Sum Marky)是一位多产的圣多美小说家,是若泽·费雷拉·马尔克斯(José Ferreira Marques,1921)的克里奥尔语笔名。1960 年后,马基居移居里斯本,他已完成了 8 部小说,其中 5 部描绘了圣多美的生活。

殖民时期的代表作和文学-文化运动的出现

因为某些历史因素,在佛得角殖民社会中产生了葡语非洲第一个土生土长的知识阶层或克里奥尔精英。因此,在 20 世纪三四十年代,其他葡萄牙非洲殖民地的大部分作家只能被看作先驱,但佛得角作家们已经开始有意识地推动一场地方性的文学/文化运动。佛得角的整个殖民历史中,生物、语言和文化混杂的大熔炉已经锻造出某种国家同质性。到独立之前,这样的遗产已汇合起来,成为具有社会一致性的佛得角认同意识。

尽管在独立后的佛得角,葡萄牙语仍然是官方语言,但基本上所有的佛得角人,不管属于哪个社会阶层,都能说克里奥尔语。巴尔塔萨尔·洛佩斯(Baltasar Lopes,1907—1989)——又名达·席尔瓦(da Silva)——是 1936 年里程碑式的文化/文学杂志《光明》(*Claridade*)的创办人之一,他曾宣称佛得角克里奥尔语是葡萄牙语的方言。和同时代的其他知识分子一起,巴尔塔萨尔·洛佩斯——[33]《佛得角克里奥尔方言》(*O dialecto crioulo de Cabo Verde*,1957)的作者——试图抹去克里奥尔语被看作皮钦语的恶名,并且证实它可以成为一种文学语言。当然,大部分语言学家将克里奥尔语定义为被使用者当作母语的皮钦语,而方言则被定义为指定语言的区域或社会变体。

作为一名在里斯本接受了教育的语文学家和律师,巴尔塔萨尔·洛佩斯也是虚构文学的先锋。很多人将他的《小西科》(*Chiquinho*，1947)视为第一本真正的佛得角小说。此外，洛佩斯还用笔名奥斯瓦尔多·阿尔坎塔拉(Asvaldo Alcântara)创作诗歌，用的是零星撒了些克里奥尔习语的葡萄牙语。

巴尔塔萨尔·洛佩斯是《光明》杂志的三位大诗人之一，另两位是若热·巴尔博萨(Jorge Barbosa，1902—1971)和曼努埃尔·洛佩斯(Manuel Lopes，1907—2005)。巴尔博萨为同时代以及后来的佛得角诗人设立了长久的标杆。而曼努埃尔·洛佩斯虽然也是备受尊敬的诗人，但他最为人所知的还是白话文写作，尤其是《狂雨》(*Chuva braba*，1956)，一部关于遭受旱灾的岛屿的经典小说。

明德卢市(Mindelo)是殖民时代佛得角文学-文化活动的中心。20世纪40年代，这座城市涌现了另外几位小说家，他们分别属于《光明》以及后来的《确信》(*Certeza*)文学小组。这个时期两位备受赞誉的作家是安东尼奥·奥勒里奥·贡萨尔维斯(António Aurélio Gonçalves，1902—1984)和恩里克·特谢拉·德·索萨(Henrique Teixeira de Sousa，1919—2006)。

年轻作家尊敬甚至崇拜《光明》和《确信》的先驱。但与前辈不同的是，这些年轻作家更加尖锐地聚焦佛得角社会经济中的地方性弊病，并且要振兴在他们看来群岛中被忽视的非洲传统。这些作家中的主要人物有奥维迪奥·马丁斯(Ovídio Martins，1928—1999)、加布里埃尔·马里亚诺(Gabriel Mariano，1928—2002)、欧奈西莫·西尔维拉(Onésimo Silveira，1935)和考贝尔蒂雅诺·当巴拉(Kaoberdiano Dambara)——菲利斯贝尔托·维埃拉·洛佩斯(Felisberto Vieira Lopes，1937)的笔名。

文化反攻、社会抗议和战斗文学的开端

20世纪五六十年代，随着变革的风潮吹过非洲大陆，葡萄牙非洲殖民地具有敏锐社会意识的作家开始转向新的文化表达方式，直接或间接挑战殖民统治。不断增长的反殖民情绪引发了民族解放运动。到60年代早期，几内亚比绍(Guinea-Bissau)、安哥拉(Angola)和莫桑比克(Mozambique)都发生了武装反抗。来自全部五个殖民地的作家创作的更多

是关于文化反攻、社会抗议和具有战斗性的作品。殖民当局则以审查和镇压应对。数十位激进作家转入地下或流亡国外，不少人被秘密警察逮捕。一部分人在监狱牢房里暗中写作。其他人则顺利在国外——包括在葡萄牙——发表了作品，具有讽刺意味的是，直到 60 年代，葡萄牙审查制度的执行还不如殖民地严格。

50 年代初，罗安达（Luanda）已经成为"安哥拉新知识分子"（Novos Intelectuais de Angola，MNIA）文化颠覆活动的中心。1951 年，这个具有社会意识的群体推出了文学杂志《启示》（*Mensagem*），一年之内就遭当局查禁。与此同时，社会文化机构"帝国殖民地学生会"（Casa dos Estudantes do Império，CEI）于 1944 年在葡萄牙建立。该机构在 1948 到 1964 年（这一年，当局将其关闭）期间发行的杂志同样名为《启示》。1952 年 10 月，这家位于罗安达的杂志将第 2、3、4 期合成一期发行，这也是该杂志的最后一期。和另外一本同样具有历史意义且同样短命的安哥拉杂志《文化》（*Cultura*）一样，《启示》汇集了来自那些有抱负作家的诗歌、短篇[34]小说和随笔，其中许多人日后成为 1956 年在罗安达成立的"安哥拉人民解放运动"（简称安人运，MPLA）的积极分子。

阿戈什蒂纽·内图（Agostinho Neto，1922—1979）、艾雷斯·德·阿尔梅达·桑托斯（Aires de Almeida Santos，1922—1992）、亚力山德勒·达什卡洛斯（Alexandre Dáskalos，1924—1961）、安东尼奥·雅辛托（António Jacinto，1924—1991）、维里亚托·达·克鲁什（Viriato da Cruz，1928—1973）、马里奥·平托·德·安德拉德（Mário Pinto de Andrade，1928—1990）、阿尔达·拉拉（Alda Lara，1930—1962）、小恩内斯托·拉拉（Ernesto Lara Filho，1932—1975）、安东尼奥·卡多索（António Cardoso，1933—2006）、马里奥·安东尼奥（Mário António，1934—1989）、曼努埃尔·多斯·桑托斯·利马（Manuel dos Santos Lima，1935）、费尔南多·科斯塔·安德拉德（Fernando Costa Andrade，1936—2000）、阿纳尔多·桑托斯（Arnaldo Santos，1935）以及两兄弟恩里克·盖拉（Henrique Guerra，1937）和马里奥·盖拉（Mário Guerra，1939—2010）是多种族构成的"新知识分子"中的一些重要作家，他们发誓要"发现安哥拉"。

在用以说明文化表达和政治斗争之间相互关系的很多例子中，有一

个就是阿戈什蒂纽·内图。他是殖民时期一位让人惊叹的诗人,后于
1975 年成为安哥拉首任总统。内图于 1951 年第一次因激进政见被捕,
在葡萄牙的各个监狱待了三年时间。被关押在里斯本的卡西亚斯(Caxi-
as)监狱期间,内图写下了荡气回肠的挑战诗篇《我们必须归来》("Have-
mos de voltar")。独立后,这首诗成为安哥拉民族决心的赞歌。部分内
图的诗篇被译成英文,于 1974 年以《神圣的希望》(*Sacred Hope*)为书名
出版。

　　若泽·卢安蒂诺·维埃拉(José Luandino Vieira,1935 年出生)同样
为他的政治激进主义付出了惨痛代价。他出生时名叫若泽·马特乌斯·
维埃拉·达·格拉萨(José Mateus Vieira da Graça),生在葡萄牙乡村,两
岁时随父母迁往安哥拉定居,来到了罗安达这座城市。罗安蒂诺是他最
为人熟知的绰号。他因为反抗殖民统治被囚禁了 11 年。其中 9 年是在
臭名昭著的塔拉法尔集中营(Tarrafal)度过的,那是设在佛得角圣地亚
戈岛上的监狱。《罗安达》(*Luuanda*,1964;英译本 *Luuanda: Short Sto-
ries of Angola*,1980)于安哥拉首府出版时,罗安蒂诺正处于刑期的第三
年。这部选集的 3 篇故事让罗安蒂诺成为了安哥拉的经典作家。此外,
罗安蒂诺独特的文学风格影响了一个时代的安哥拉作家,他们同样想要
确认这个白人中心的城市里黑人贫民窟的语言、社会风俗和文化。城市
贫民窟内,克里奥尔化的黑人葡萄牙语被提升到文学语言的层次,罗安蒂
诺在此过程中起到了促进作用。罗安蒂诺的大部分作品写于拘押期间,
他的文章影响了许多重要的、居住在罗安达的故事讲述者,其中包括乔弗
雷·罗夏(Jofre Rocha,1941 年出生)、若热·马赛多(Jorge Macedo,
1941 年出生)、曼努埃尔·鲁伊(Manuel Rui,1941 年出生)和博阿文图
拉·卡多索(Boaventura Cardoso,1944 年出生)。

　　在葡萄牙的东非殖民地莫桑比克,20 世纪五六十年代同样见证了更
丰富的文学活动。若泽·克拉维里尼亚(José Craveirinha,1922—2003)
出生在洛伦索马尔克斯(Lourenço Marques)——现名马普托(Mapu-
to)——母亲是容加人(Ronga),父亲是葡萄牙人。他在 50 年代开始了
杰出的诗人生涯。1991 年,克拉维里尼亚很荣幸地获得享有盛名的卡蒙
斯奖(Camões Prize),成为第一个获此奖项的非洲人。该奖项从 1989 年
起,每年颁发给 7 个葡语国家中的一名作家。

作为克拉维里尼亚的同代人，诺艾米娅·德·索萨（Noémia de Sousa，1926—2002）在杰拉尔德·摩尔（Gerald Moore）和乌利·拜尔（Ulli Beier）1968 年版的《现代非洲诗歌》（*Modern Poetry from Africa*）中，被称为"第一位真正获得现代诗人声望的非洲女性"（253 页）。毋庸置疑，索萨是第一位用葡语发表诗歌的黑人或混血莫桑比克女性。马兰加塔纳·恩文亚（Malangatana Ngwenya，1936—2011）虽然主要以画家身份享誉国际，但大概是首位有诗歌英译本发表的莫桑比克人。马兰加塔纳的两首诗于 1960 年出现在尼日利亚杂志《黑色俄耳甫斯》（*Black Orpheus*）上。和克拉维里尼亚以及诺艾米娅·德·索萨一样，马兰加塔纳也有诗歌入选了 1968 年版的[35]《现代非洲诗歌》。这位艺术家的首本书的题名为《马兰加塔纳：二十四诗》（*Malangatana：vinte e quatro poemas*，1996），直到莫桑比克独立将近 21 年后才出版问世。

在独立前的莫桑比克具有社会意识的诗人当中，最为人所知的是马塞利诺·多斯·桑托斯（Marcelino dos Santos，1929）、鲁伊·诺佳尔（Rui Nogar，1935—1993）、阿尔曼多·盖布扎（Armando Guebuza，1943—2017）、费尔南多·加尼昂（Fernando Ganhāo，1937—2008）、若热·雷贝洛（Jorge Rebelo，1940）和塞尔吉奥·维埃拉（Sérgio Vieira，1941）。这些积极卷入政治的作家创作了《战斗诗篇》（*Poesia de combate*，1971）中的许多诗歌，这一选集由莫桑比克解放阵线（FRELIMO）发表于赞比亚（Zambia）的卢萨卡（Lusaka）。

奥兰多·门德斯（Orlando Mendes，1916—1990）是独立前莫桑比克的一位先锋小说家。门德斯的父母是葡萄牙人，他出生在莫桑比克北部的莫桑比克岛，他的《过桥税》（*Portagem*，1965）沿袭了南非作家艾伦·帕顿（Alan Paton）的《哭吧，亲爱的祖国》（*Cry, the Beloved Country*，1948 年出生）的传统。路易斯·贝尔纳多·洪瓦纳（Luís Bernardo Honwana，1942）的《我们杀死了癞皮狗》（*Nós matamos o cão tinhoso*，1964；英译名 *We killed Mangy Gog and Other Mozambique Stories*，1969）是一部具有启示意义的文学作品，也是第一本以英译本出现在负有盛名的海涅曼（Heinemann）"非洲作家系列"（"African Writers Series"）中的葡语非洲作品。

白人为主的"莫桑比克本地人协会"（Associação dos Naturais de

Moçambique)创建于 1935 年,创建者多为出生在殖民地的葡萄牙知识分子。到了 60 年代,该协会在文化态度上转为本土主义,政治上如果没有公然标榜解放主义,至少也倡导改革主义。按照某些人的说法,以葡萄牙-莫桑比克的视角写作的诗人当中,协会的创始成员鲁伊·柯诺普福利(Rui Knopfli, 1932—1997)堪称其中最伟大的一位。70 年代早期,柯诺普福利以其诗歌和引起争议的文学杂志《凯列班》(*Caliban*)主编身份,推动振兴了洛伦索马尔克斯沉寂的文坛。

安东尼奥·夸德罗斯(António Quadros, 1923—1993)是《凯列班》的主要合作者,这位出生在葡萄牙的诗人从 1968 年到 80 年代早期居住在莫桑比克。使用穆泰玛蒂·贝尔纳贝·若昂(Mutemati Bernabé João)作为假名,夸德罗斯的《我,人民》(*Eu, o povo*, 1975)中的诗篇在美学和意识形态上均产生了影响,这本诗集在独立后很快由新掌权的革命政府发行。

葡萄牙诸殖民地内极少有戏剧写作,登台演出的就更为稀少。当局严格查禁那些可能传播煽动性思想的戏剧表演,因为哪怕是文盲也能看懂戏剧。在莫桑比克殖民时代晚期,有两个例外:《未婚夫妻,又名有关聘礼的戏剧性演说》(*Os noivos ou conferência dramática sobre o lobolo*)以及《穆泽莱尼的三十个妻子》(*As trinta mulheres de Muzeleni*),作者均是林多·恩隆哥(Lindo Nlhongo, 1939—1996)。这两部剧作基于传统的非洲风俗,显然被当局视为无害,因此分别于 1971 和 1974 年在洛伦索马尔克斯上演。(两部剧作直到 1995 年才全文发表。)

1890 年,在卡埃塔诺·达·科斯塔·阿莱格雷去世 50 年之后,又一个同等量级的诗人方才出现。弗拉西斯科·若泽·滕雷洛(Francisco José Tenreiro, 1921—1963)的父亲是葡萄牙官员,母亲是非洲人。他与科斯塔·阿莱格雷一样,短短一生的大部分时间都在葡萄牙度过。在里斯本,他取得了前所未有的地位,成为地理学教授,并成为第一个在葡萄牙国民大会上任职的非洲人。他和广为人知的安哥拉诗人、学者和斗士马里奥·平托·德·安德拉德一起,编撰了《葡语黑人诗篇》(*Poesia negra de expressão portuguesa*, 1953),开了同类选集的先河。值得一提的是,安德拉德从 1954 年到 1959 年居住在巴黎。自我流亡期间,这位安哥拉斗士担任过塞内加尔杂志《非洲存在》(*Présence Africaine*)创始人阿利翁·迪奥普(Alioune Diop)的私人秘书,并担任杂志主编。[36]在安德拉德自称"伟大的智力冒险"的巴黎岁月,他认识了"黑人性"运动的作家,如艾梅·塞泽尔(Aimé Césaire)和利奥波德·赛达尔·桑戈尔。实际上,桑戈尔所著的法语非洲诗歌选集成为了安德拉德和滕雷洛具有历史意义的葡语非洲诗歌选的样板。而对滕雷洛这位圣多美人来说,除了保持和安哥拉合作者的联系之外,他自己的诗歌——有评论将其视为葡语黑人性的早期代表——在他离世后结集出版,名为《心在非洲》(*Coração em África*, 1965)。

滕雷洛死后,阿尔达·埃斯皮里托·桑托斯(Alda Espírito Santo, 1926—2010)、玛利亚·曼努埃拉·玛嘉里多(Maria Manuela Margarido, 1925—2007)和托马斯·梅德罗斯(Tomaz Medeiros, 1931)给圣多美的文学表达注入了新的生命。与之前的科斯塔·阿莱格雷以及滕雷洛一样,这三位诗人也都在葡萄牙居住和从事创作。三人均活跃于里斯本的"帝国殖民地学生会"这家秘密的反殖民机构,他们的诗歌也选入了该机构编制的文集《圣多美和普林西比诗人》(*Poetas de São Tomé e Príncipe*, 1963)。

独立后的文学

非洲葡语地区独立后的最初几年,文学中反殖民的形式和内容占据主导。而随着革命热情逐渐消退,一批较少关注时政的文学作品开始在这些前殖民地出现。

[……]

参考文献

Alegre, Caetano da Costa. [1916] 1951. 3rd edn. *Versos*. Lisbon: Ferin.

Alegre, Francisco Costa. 1990. *Madala*. São Tomé: EMAG.

Assis Júnior, António de. [1934] 1978. *O segredo da morta*. Luanda: A Luzitana; re-edited in Lisbon: Edições 70 for the União dos Escritores Angolanos.

Craveirinha, José. [1988] 1998. 2nd edn. *Maria*. Lisbon: Caminho.

Dias, João. 1952. *Godido e outros contos*. Lisbon: Casa dos Estudantes do Império.

Domingues, Mário. 1930. *O preto do Charlestone*. Lisbon: Ed. Guimarães & Cia.

—— 1960. *O menino entre gigantes*. Lisbon: Prelo.

Duarte, Fausto. 1934. *Auá: novela negra*. Lisbon: Livraria Clássica.

Lopes (da Silva), Baltasar. 1957. *O dialecto crioulo de Cabo Verde*. Lisbon: Junta das Missões Geográficas e de Investigação do Ultramar; 1961. 2nd edn. *Chiquinho*. Lisbon: Prelo.

Lopes, Manuel. [1956] 1985. 5th edn. *Chuva braba*. Lisbon: Edições 70.

Modern African Poetry. [1968] 1984. 3rd edn. (includes poems by six Angolans, one Cape Verdean, four Mozambicans, and one São-Tomense). Ed. Gerald Moore and Ulli Beier. Harmondsworth: Penguin.

Neto, Agostinho. 1974. *Sagrada esperança*. Lisbon: Sá da Costa.

—— 1974. *Sacred Hope*. Trans. Mafga Holness. Dar-es-Salaam: Tanzania Publishing House.

Nlhongo, Lindo. 1995. *Dos peças de teatro: Os noivos ou conferência dramática sobre o lobolo; As trinta muheres de Muzeleni*. Maputo: Associação dos Escritores Moçambicanos.

Noronha, Rui de. 1943. *Sonetos*. Lourenço Marques (Maputo): Minerva Central.

Santos, Arnaldo. 1992. *A boneca de Quilengues*. Porto: Asa.

—— 1999. *A casa velha das margens*. Luanda: Edições Chá de Caxinde.

Soromenho, Fernando. 1949. *Terra morta*. Rio de Janeiro: Casa do Estudante do Brasil. African Literature in Portuguese 37

[37]—— 1957. *Viragem*. Lisbon: Ulisseia.

—— 1970. *A chaga*. Rio de Janeiro: Civilização Brasileira.

Tenreiro, Francisco José, and Mário Pinto de Andrade. 1953. *Poesia Negra de Expressão Portuguesa*. Lisbon: authors' edition.

Vieira, José Luandino. 1964. *Luuanda*. Luanda: ABC.

—— 1974. *A vida verdadeira de Domingos Xavier*. Lisbon: Edições 70.

—— 1978. *The Real Life of Domingos Xavier*. Trans. Michael Wolfers. London: Heinemann.

—— 1979. *João Vêncio: os seus amores*. Luanda: União dos Escritores Angolanos.

—— 1980. *Luuanda: Short Stories of Angola*. Trans. Tamara L. Bender. London: Heinemann.

——1991. *The Loves of João Vêncio*. Trans. Richard Zenith. New York: Harcourt Brace Jovanovich.

（王渊 译；姚峰 校）

第5篇　北非书面文学

阿尼萨·塔拉赫蒂(Anissa Talahite)

[38]北非书面文学所提供的视角无法被严格限制于北非的地理边界内。从语言和文化的角度来看,北非书面文学属于阿拉伯文学,这个范畴包括北非和中东国家的文学。因此,北非书面文学深受一种阿拉伯民族归属感的影响,这个民族拥有共同的语言和文化,并在一定程度上拥有共同的宗教。北非在公元8世纪成为阿拉伯-伊斯兰帝国的组成部分;有一股力量将阿拉伯人的命运维系在一起,阿拉伯语和伊斯兰教是这股力量的象征。今天,阿拉伯人共享的文化遗产深刻影响着北非书面文学,这个遗产不仅代表着一种维系文化传统的方式,也代表着一种理解当下的途径。阿拉伯之外,柏柏尔文化与语言也塑造了北非国家。早在阿拉伯文化进入之前,柏柏尔传统就存在了。比如,柏柏尔语是几乎一半摩洛哥人口的母语。① 柏柏尔口头文学传统是北非文化的重要组成部分,尽管书面语言占据着统治地位。近年来,这一口头传统成为作家关注的焦点,他们试图在北非文学中,赋予柏柏尔民间故事、歌曲和诗歌更显著的地位。②

近代以来,北非出现了一种新的文学,源自马格里布地区(即摩洛哥、阿尔及利亚和突尼斯)法国前殖民地的殖民经历。北非法语书面文学,起步于19世纪末、20世纪初那些发表在殖民时期刊物上、讨论"本土人问题"(native question)的文章。20世纪50年代,随着更为强大的民族意

---

① 　Magali Morsy, *North Africa 1800—1900: A Survey from the Nile Valley to the Atlantic* (London, 1984), p. 15.

② 　参见,例如,Mouloud Mammeri, *Poèmes Kabyles Ancients* (Paris, 1980)。

识的兴起,北非法语书面文学表现出更为清晰的样貌。法语成为作家们对抗殖民统治者的渠道。北非作家开始尝试用多种叙事方式和诗性的语言来构建一个独特的身份认同。对北非作家来说,用法语书写意味着反思[39]欧洲和本土文化间的关系,从而形成一个可将承继自过去的各种文化融汇在一起的声音(voice)。

北非文学的状况表明,很难将北非书面文学视作单一、同质的现象。更为恰当的提法是,北非拥有多种而非一种文学,包括:跨越北非地理区域的阿拉伯文学、在特定地区延续的古老的柏柏尔口头文学、法国前殖民地国家的法语文学。本文聚焦北非书面文学,考察体现主要发展方向的特定作家和文本。阿拉伯语和法语文学分节呈现,以凸显语言对现代文学形式形成的重要性。

阿拉伯语书面文学

北非国家,从摩洛哥到埃及,具有对他们而言共同的阿拉伯-伊斯兰历史集体记忆。如今,这一记忆在他们的语言和文学中延续,在塑造阿拉伯身份认同上发挥重要作用。尽管每个国家都使用各自的阿拉伯语变体,但阿拉伯世界共享一门不同于口头变体的官方语言(用于学校、媒体等)。这门语言,在阿拉伯语中称为"福斯哈"(fusha),在英语中称为古典阿拉伯语,有时也叫做文学阿拉伯语。它是阿拉伯文化的熔炉,因为它将阿拉伯民族维系在一起,如同阿拉伯文明在过去所做的那样。对作家们来说,使用古典阿拉伯语的好处是,整个阿拉伯世界的读者都能阅读他们的作品。尽管如此,现代作家日益面临一个挑战:如何弥合这一少数知识阶层使用的阿拉伯语高变体与广大民众使用的"方言"之间的距离。

阿拉伯社会的现代转变带来了文学表达的重大变化。19 世纪初,阿拉伯社会面临这样一些需求:重估阿拉伯文化遗产、吸纳技术与社会变化、理解阿拉伯文化与西方之间日渐增强的碰撞。一代作家、学者和政治家,开始就他们的社会展开辩论,探讨文化转变的复杂性、宗教在科学发展面前的意义以及社会变化的政治后果。他们重新定义阿拉伯文化,建立新的自我表达形式,以回应欧洲对阿拉伯世界日益增长的文化和政治影响。

在埃及,一场被称为"复兴"(Nahadah)的文化复兴运动,在 19 世纪 80 年代发轫,一直延续至 20 世纪初。这场运动的显著性在于,不仅塑造了现代阿拉伯思想,也影响了文学形式的发展。"复兴"源自黎巴嫩的一场美学运动,但到了埃及,由于欧洲殖民势力造就了特定的历史状况,这场运动获得了政治属性。1798 年拿破仑对埃及的入侵,被认为是阿拉伯近代史的一个关键节点,标志着东西方大规模接触的开始。接触的形式是对埃及和其他阿拉伯地区的军事和文化霸权。同欧洲的军事存在一同出现的是一种对阿拉伯文化的特别兴趣:富有东方主义倾向的学者、考古学家和画家勾勒出一个有关"东方"的异域样貌,[40]这一样貌同现实几乎没有共同之处,反而强化了西方面对阿拉伯文明的优越感。① 通过商人、探险家、技术人员和教育人士的活动,欧洲文化日益影响阿拉伯人的生活方式。埃及出现了一个新的阶层,他们大多都在殖民政权设立的学校接受过教育。参与"复兴"文化觉醒运动的作家是那些同欧洲思想有着亲密接触的学者,以及那些曾在欧洲大学留学、熟谙欧洲哲学与文学的学者。雷法阿·塔赫塔维(Rifa ah Rafi at-Tahtawi, 1801—1873)是最先描述欧洲社会的现代埃及作家之一。

和许多同辈人一样,塔赫塔维将欧洲的科技进步视作阿拉伯社会发展的楷模。然而,这个看法有其模糊性,在很多方面,与象征文明进步的阿拉伯历史形象相矛盾。思想家们用很多方式来处理这个矛盾,其中之一是将科技进步同道德优越区分开:前者是欧洲的特征,后者属于阿拉伯世界。有些作家分析那些影响伊斯兰社会的变化,试图超越这个二元对立。突尼斯政治家、作家海鲁丁·突尼西(Khayr ad-Din at-Tunisi, 1822/3—1889)支持从文化上借鉴欧洲。在《绪论》(*Muqaddima*)一书中,他主张改革伊斯兰制度,指出阿拉伯社会应当学习欧洲社会的经验,特别是有关工业革命和民主政治的经验。他的主要论点是,西方曾经在中世纪获益于阿拉伯世界的科学进步,如今轮到阿拉伯人从西方获取知识了。另一些人则站在更为民族主义的立场上,反对欧洲对伊斯兰生活方式的影响。伊斯兰改良主义运动的领袖、埃及作家哲马鲁丁·阿富汗尼(Jamal

---

① 对于这一阶段的细致描述,参见 Edward Said, *Orientalism: Western Conceptions of the Orient* (London, 1978)。

ad-Din al-Afghani, 1838—1897)及其后来的追随者穆罕默德·阿布笃(Muhammd Abduh, 1849—1905),强调宗教对于民族精神生活的重要性,以及从自身文化和精神传统中获得力量的必要性,尽管他们也主张伊斯兰需要适应现代生活的需求。阿富汗尼反抗文化异化对阿拉伯社会的威胁,主张改革需根植于伊斯兰,而非对欧洲生活方式的肤浅模仿。基于同样的思路,另一位改良主义运动的追随者卡西姆·艾敏(Qasim Amin, 1863—1908)提出,必须从伊斯兰本身寻找解决性别不平等的方案。在他看来,阿拉伯妇女没有地位,并不是因为宗教,而是因为独裁统治者所建立的等级制度,将女性置于最为低下的位置。以今天的眼光来看,卡西姆·艾敏的分析欠缺近年来纳瓦勒·萨达维(Nawal el-Saadawi, 1931—　)和法蒂玛·梅尔尼希(Fatima Mernissi, 1940—2015)等女性主义作家讨论阿拉伯社会性别问题的深度。然而,解读他的立场需要基于具体情境:卡西姆·艾敏的首要关注,并不是分析性别问题,而是批判处于转折期的阿拉伯社会的社会与象征结构。经济、技术、社会和政治的快速变化所带来的需求,迫使作家们重新思考他们的文化类属。"复兴"以来的文学创作清晰地反映了这一倾向。20 世纪初,阿拉伯社会同欧洲文化的频繁接触与自身所经历的动态变化,主要给文学带来了两个新的发展:对传统诗歌的背离和新叙事形式的出现。

　　[41]阿拉伯诗歌的形成早于伊斯兰教的确立,是阿拉伯古典文学最为出类拔萃的体裁。在阿拉伯-伊斯兰文明的黄金时期,特别是伍麦叶(Umayyad)王朝时期(661—750 AD),诗歌的发展达到顶峰,成为阿拉伯人生活的核心元素。诗歌是记录历史、庆祝战争胜利、歌颂英勇君王的媒介。诗歌在整个阿拉伯世界的阿拉伯民族认同构建中,发挥了重要作用。19 世纪,奥斯曼帝国统治阿拉伯世界,阿拉伯文化发展停滞,诗歌式微。阿拉伯文学中的诗歌复苏要等待 20 世纪初的"复兴"运动。埃及诗人艾哈迈德·邵基(Ahamd Shawqi, 1868—1932)是 20 世纪初时代精神的代表,他被认为是第一位拯救阿拉伯诗歌于衰微的诗人。遵循"盖绥达"(qasida,单韵传统诗)的古典传统,邵基的诗重建了一个融汇古今的和谐世界。尽管被冠以"诗歌王子"的称号,但人们很快发现,他无法表达阿拉伯世界由深刻变化带来的迷惘与失措。依托旧时的美学传统,他的诗似乎无力传递当下的急迫。

新时代的需求意味着诗人必须寻找其他诗歌形式，来表达阿拉伯社会的深刻变化。第一代脱离传统的诗人从欧洲的浪漫主义诗人身上寻找灵感。但诗歌变革的主要推动力来自迁居北美的阿拉伯诗人，他们中最为耀眼的可能是黎巴嫩裔美国诗人纪伯伦·哈利勒·纪伯伦（Gibran Kahlil Gibran，1883—1931）。旅美派文学（Mahjar）是流亡中产生的文学，主要贡献在于将新的技法引入阿拉伯诗歌，即散文诗和自由诗。旅美派诗人影响巨大。以突尼斯为例，20 世纪 20 年代阿拉伯先锋诗歌的重要诗人之一，突尼斯诗人艾布·卡西姆·余毕（Abu al-Qasim al-Shabbi，1909—1934）的浪漫主义抒情诗如此表达对自由的深深企盼：

> 啊！死亡！啊！不长眼的命运！
> 停下！或掉转头去！
> 让爱和梦想为我们歌唱！①

与同辈人一样，余毕深受那个意欲改变与革新旧世界的愿望感召。诗歌中自由流淌的情感表达了挣脱古典诗歌桎梏的需求。这一过程因向其他传统中借鉴浪漫主义诗歌的美学传统而变得容易，并不需要承受阿拉伯历史的负担。因此，诗人可以在他们文化的社会、政治和美学限制外表达自我。

无论阿拉伯诗歌是否在 20 世纪上半叶大量借鉴欧洲的浪漫主义、象征主义或超现实主义，它一直根植于阿拉伯人对急剧变化世界的体验。科技与文化的变化带来了不确定性，20 世纪下半叶对阿拉伯世界产生重大影响的一系列事件又加快了这些不确定性的发展。1948 年巴勒斯坦地区的冲突、以色列国的建立以及随后巴勒斯坦人身体与精神的流离失所，粉碎了阿拉伯作家的群体意识，标志着他们认识自身在现代世界中所处位置的过程中出现了新的转向。幻灭感使他们不再认同上一代诗人的浪漫主义情绪。他们转而[42]在世界其他遭受相似流离失所（displacement）地方的诗人作品中，找到了阴郁之声的共鸣，比如庞德、艾略特、济慈、阿拉贡、洛尔迦、聂鲁达和辛克美（Nazim Hikmet，1902—1963）。

---

① Salma Khadra Jayyusi, *Modern Arabic Poetry* (New York，1987)，p. 99.

20世纪50年代之后,阿拉伯诗歌变得更为愤慨激越,谴责不公与压迫。这一倾向体现在苏丹裔利比亚诗人穆罕默德·费图里(Muhammad al-Faituri, 1936? —2015)的作品中。基于为自由和尊严而奋斗的非洲形象,费图里揭示了殖民主义和种族主义的罪恶。在后期的诗歌中,费图里借用印度与阿拉伯民间故事集《卡里来和笛木乃》(*Kalila wa Dimna*)中白得巴(Bidpai)和大布沙林(Dabshalim)这两个虚构人物之口,来评论1967年中东战争失败之后阿拉伯世界的政治状况。费图里的作品反映了20世纪50年代之后,阿拉伯诗歌游移于外部世界的政治与诗人内心世界的梦想与渴望之间的双重属性。这些梦想往往通过关于复兴的神话来表达,这表明,如同巴达维(M. M. Badawi, 1925—2012)所说的那样,"许多这样的诗人,深深地甚至是悲剧性地羁绊于复兴阿拉伯文化与社会,以进入快速变化的文明西方世界的语境的需求"。①

20世纪的阿拉伯文学还出现了小说,这也反映了新旧时代的转换。小说和戏剧是否早在欧洲文化进入之前就已存在于阿拉伯文学中,尚无定论。但是,从现代意义上的小说和戏剧来讲,两者对于阿拉伯文学来说是新的。除了玛卡梅(maqama)这一早在公元10世纪就吸引作家们的传统民间叙事体裁,传统民间故事通常被排除在古典世界的文学经典之外。作家们视这些民间故事为无价值的、"低级"的文学形式,无法真正引起他们的兴趣。②

一些评论家认为,古典文学的传统并没有为叙事形式的发展提供任何框架,甚至可以说,前者和后者是敌对的。例如,本·谢赫(Bencheikh)解释道,阿拉伯古典文学"为服务集体意识形态而忽视个体……重统一的抽象而轻差异与现实"。③ 因此,根据这个观点,作为将个体置于中心位置的体裁,小说和戏剧不可能源自阿拉伯古典文学的传统。如此看来,叙事体裁发展的主要驱动力来自欧洲小说的影响,以及现代出现的关于历史和人类命运的新概念。

① M. M. Badawi, *A Critical Introduction to Modern Arabic Poetry* (Cambridge, 1975), p. 260.

② 值得注意的是,被认为源自埃及民间文学的《一千零一夜》从未在阿拉伯世界取得过在西方那样的成功。

③ *Encyclopedia Universalis* (Paris, 1985), p. 431. 英译文为作者自译。

欧洲的小说作品(主要是法语和英语作品)首先是通过翻译介绍给阿拉伯语公众的,但随着欧洲国家影响力的增强,能够阅读法语和英语的受教育人群不断增长,因此,阅读原作也是接触欧洲小说的途径。翻译是试图了解欧洲文化的途径之一,这一文化已经成为技术和文化进步的典范。用阿拉伯语界定欧洲概念的难度,以及转换原始文本以契合阿拉伯文化特性的必要性,是翻译所面临的重要问题。正例如,剧作家陶菲格·哈基姆(Tawfiq al-Hakim,1898—1987)描述过,改编欧洲剧本用作舞台演出时必须调整情节。当传统习俗不允许埃及妇女在外人面前摘下面纱时,译者必须调整情节将男女角色之间的关系改为亲属关系。正如哈基姆所说,"调整角色间社会关系来满足[43]我们社会环境的需要,势必导致剧本中对话、角色刻画和一些场景的变化,这些变化加在一起,将导致对原作的大幅度偏离。"①因此,翻译在将新的写作方法引入阿拉伯文学过程中发挥了重要作用。

在翻译和改编欧洲文本一段时期之后,出现了阿拉伯语原创叙事作品的写作尝试。1923 年,评论家们所称的第一部重要的阿拉伯语长篇小说出版。穆罕默德·侯赛因·海卡尔(Muhammad Husayn Haykal,1888—1956)的《泽娜布》(*Zaynab*)描写了一个埃及农村女子被迫嫁给一个她不爱的男子的故事。尽管看上去主题很简单,《泽娜布》讨论了文学通常不会触及的埃及社会的一些重要问题,比如农民生活和女性地位。这部小说在语言使用上也有创新,尝试打破阿拉伯语高低变体之间的界限,将口语表达形式插入到对话中。《泽娜布》是将阿拉伯人生活体验转化为叙事形式的本土探索。

阿拉伯文学界的早期小说体现出强烈的自传体倾向。例如,塔哈·侯赛因(Taha Husayn,1889—1973)的《埃及童年》(*An Egyptian Child-hood*),借由一个因童年失明而在渴求知识中寻求慰藉的男孩(就像作者自己一样)的经历,描绘了 20 世纪初埃及农村的生活。这部小说用第三人称叙事来制造距离感,但同时也尝试去再现个人体验的即时感。与很多同辈人一样,塔哈·侯赛因视自己的个体生命故事为所在民族集体命

---

① Tawfiq al-Hakim, *Hayati*, 转引自 Pierre Cachia, *An Overview of Modern Arabic Literature* (Edinburgh, 1990), p. 37.

运的组成部分,因此可以作为文学创作的主题。大体来说,早期小说提供了一个处理个人体验的框架,这种个人体验是发生于阿拉伯社会的大规模社会与历史变迁的组成部分。

20 世纪下半叶,作家们以更具挑战性的方式和更为多元的主题,继续早期小说家们的尝试。毫无疑问,这一时期最突出的作家是纳吉布·马哈福兹(Naguib Mahfuz, 1911—2006)。有趣的是,马哈福兹早期的小说试图复活历史,不是过去阿拉伯文明的历史,而是古代法老时期的历史。以古埃及为背景,这些小说实际上是对现代社会的隐性批评。为了规避审查,马哈福兹以古埃及历史为寓言,批评法鲁克国王(King Faruk)的统治和埃及作为英国保护国所处的状况。早期小说中,马哈福兹重新诠释古埃及,这是为了剖析当下并建立古代与当下之间的历史连续性。他之后的小说——被视为杰作的"开罗三部曲"——通过叙述一个开罗家庭几代人的悲欢离合,来探讨埃及社会晚近的变迁。从许多方面来说,这个家庭是埃及社会的缩影,也是全人类的缩影。三部曲有明确的时间设定,也有强烈的空间意识。三部曲(每一部都以老开罗一个街区的名字命名)以街区为核心,将街区视为社会空间,其中有商人、音乐家和咖啡馆。评论家们通常将马哈福兹的现实主义描述同狄更斯笔下的伦敦与左拉笔下的巴黎相比较,强调 19 世纪欧洲现实主义对马哈福兹的影响。然而,马哈福兹倾向于将自己的小说置于一个更大的传统内,这个传统包括陀思妥耶夫斯基、托尔斯泰、契诃夫、莫泊桑、莎士比亚和纪德。[①]

欧洲现实主义对马哈福兹及其同辈人有特别的影响,给他们提供了一个描绘阿拉伯社会变迁和传统与现代冲突的方法:关注工人、店主、工匠、农民、职员和学生这样的普通人。马哈福兹三部曲中的角色代表了[44]国家与民族历史的不同阶段。中心人物凯马勒·阿卜杜·贾瓦德(Kamal Abdel Jawad)是一个带有自传体色彩的角色,体现了新旧之间的冲突。凯马勒努力去应对阿拉伯传统文化与现代性这一从很多方面来看属于"舶来"概念之间的冲突。作为一个用新形式写作的作家,马哈福兹同他创造的人物一样,也被卷入了一个相似的过程中:对他而言,小说是

---

① Naguib Mahfuz, "En creusant sa proper réalité on Débouche sur l'universel", in *Arabies*, *Mensuel du Monde Arabe et de la Francophonie*, no. 24 (1988), p. 75.

探索认识现实的新方法的途径。在对高低阿拉伯语变体的巧妙使用中，古典的文学语言发生了改变。马哈福兹的隐喻也显示着创新的欲望。萨松·苏米赫(Sasson Somekh, 1933)指出，描绘科学、技术和现代通讯的一系列明喻的存在，意味着小说家尝试去创造一个"力争成为能为现代城市作家所用的语言。"①正如马哈福兹笔下一个人物所说，宗教曾是确立真相的途径，但现在有"一个新的语言，也就是科学，除了这个语言，没有任何其他方式能确立真相，无论真相是大是小"②。通常被等同于现代性的科学被认为是新时代的体现，在这个时代里，旧的思想方式没有位置。

阿拉伯小说中的现实主义很大程度上是科学与技术时代的反映，在这个时代，作家自视为解读现实的理性声音。因此，小说为表达进步和变革这两个现代标志性概念提供了框架。1967年阿拉伯国家战败后的阴郁岁月里，小说开始勾勒碎片化的现实，凸显现实中的各种矛盾，而不试图去调和它们。同诗歌中的浪漫主义一样，现实主义不再有影响，小说家们开始去寻找其他写作方式。他们大多转而通过心理体验来理解现实。苏丹作家塔伊布·萨利赫(al-Tayyib Salih, 1929—2009)的《向北迁徙的季节》(*Season of Migration to the North*, 1966)探讨东西方对抗导致的内部冲突中的暴力，他的探讨通过一个欧洲女子和一个阿拉伯移民男子间关系这一主题展开；多个作家使用过这个主题。③像塔伊布这样的作家，对欧洲的"教化"使命，持有比"复兴"运动的作家们更为强烈的批判立场；他们转向内心，去诠释自己的体验。④

小说在寻找重新定义个体同历史间关系的方式上发挥了重要作用。对现实新的认识以及来自其他地区文学——特别是拉美作家——的影响将阿拉伯小说引离现实主义。一些作家——比如埃及小说家尤素福·伊德里斯(Yusuf Idris, 1927—1991)——在短篇小说中发现了一种描绘今日世界破碎化现实的方式。

北非阿拉伯语书面文学的发展反映了超越新旧和东西二元论，以创

①　Sasson Somekh, *The Changing Rhythm* (Leiden, 1973), p. 136.

②　转引自 Pierre Cachia, *An Overview of Modern Arabic Literature*, p. 120.

③　英文题目为英译本题目，日期为原著出版日期。

④　比如，作家陶菲格·哈基姆和尤素福·伊德里斯。

造本真语言的需求。如前所述,这个"新语言"的形成得益于对阿拉伯古典传统的重估,和从其他文学传统中借鉴新的写作形式并融入北非语境。在使用法语的北非前法国殖民地,可以观察到相似的过程。法语马格里布地区的作家们用自己的世界观改造法语,以探讨现代阿拉伯社会中的矛盾与二元关系。

法语书面文学

北非法语文学的历史相对较短。二战之后,北非法国殖民地(即摩洛哥、[45]阿尔及利亚和突尼斯)作家开始使用小说形式,来描绘自己身为被殖民者的处境和渴求。在这一地区,前殖民社会结构崩塌,阿拉伯语和阿拉伯文化地位被贬低(甚至毫无地位)。这就意味着,对这些作家来说,使用法语写作是吸引世人关注的惟一途径。法国对马格里布地区的控制带来一种"文化适应"(acculturation),法语被强行推广至社会各层面,而其他语言和文化则被排除在外。这明确体现在法国主要在教育领域推行的文化同化(cultural assimilation)政策。这个政策意味着,北非人必须接受法国文化和法语作为自己的文化和语言,而摈弃自己的阿拉伯-柏柏尔遗产。但这并不是说本土文化消亡殆尽。柏柏尔文化通过代际口传传承,而阿拉伯-伊斯兰传统则主要在乌里玛(Ulema)的努力下延续。这些宗教学者领导的运动在塑造民族意识、进而实现北非国家独立的过程中,发挥了重要作用。源自不同传统的阿拉伯语文学和法语文学在马格里布地区同步发展,作家们都致力于寻找自己的声音。就法语文学而言,这一寻找是以探索和改造法语以适应北非现实的形式进行的。

[……]

(廉超群 译;姚峰 校)

第6篇 非洲大陆及其法语文学^①

乔纳森·恩盖特(Jonathan Ngate)

[46]米迪奥万(Midiohouan)曾在倾向非洲中心论的杂志《黑人人民、非洲人民》(*Peuples Noirs-Peuples Africains*)上,撰文讨论非洲法语文学。他在文中不断提醒读者:非洲法语文学出现伊始,就沦为了意识形态的战场,其重要性在许多文学批评论著中——如莉莉安·科斯特洛(Lilyan Kesteloot)的重要作品《法语黑人作家》(*Les Ecrivains noirs de langue française*)等——被无视或低估。(Midiohouan,1982:119—26)米迪奥万在这一问题上表现出的紧迫感,并非空穴来风,"非洲文学"(littérature africaine)一词在法语中出现时,本身就带有模糊性。20世纪30年代一般被视作非洲法语文学的萌芽期,当时的非洲文学初具欣欣向荣之态,但绝大多数作家都是生活在非洲的法国人。此类文学应归属于殖民文学。从1884至1885年的柏林会议到20世纪的第一个十年,法国逐渐在非洲建立了殖民统治,殖民文学也顺势而生,并试图将自己与此前的异国情调文学区分开来。

"异国情调"常因过于主观与肤浅而遭人诟病,殖民文学号称自己更加"准确",取而代之,似乎顺理成章。"旧式的异国情调——我们无知与惊异的表达方式——让步于新式的异国情调,后者不再流于表面,而更加致力于真诚地深入文化。作者想要真正认识非洲的事物。"(Lebel,1925:118)。通过宣称"致力于真诚地深入文化"(康拉德在《黑暗的心》[*Heart of Darkness*]中用"绝妙入侵"(fantastic invasion)来表达类似的

---

① First published in *Francophone African Ficton*: *Reading a Literary Traditionm*, pp. 19—27. Trenton: Africa World Press, 1988.

意思),勒贝勒(Lebel)显然在试图推动法国殖民文学的共鸣式阅读(sympathetic reading);然而,作者无意识选择的这些词汇在军事与性的场域都别有内涵,让人无法忽视背后的讽刺意味。[47]"非洲文学"以"非洲"为标签,因为此类文学首先与非洲相关,其次也是某个特定群体对非洲产生认知冲突的产物。这一特定群体就是殖民者,他们认为自己身负重任,要向法国本土居民展现殖民地的"真正"面貌,使其理解殖民事业史诗般的历史必要性。① 保罗·亚当(Paul Adam)曾写过一本有关法属西非的论著——《我们的迦太基》(*Notre Carthage*),书名在今天的读者看来傲慢自大,当时却实属平常。勒贝勒为此写了一篇书评,一概是溢美之词:"这是有史以来最动人的作品之一,赞扬了我们的殖民地,表现出对殖民地最深刻的了解。保罗·亚当是'殖民者',也是在当地扎根多年的'非洲人'。他在一些文章中已经表现出了对殖民事业的好感与赞赏。"(Lebel,1925:93)

20 世纪 20 年代,殖民文学与异国情调文学的拥趸者之间曾爆发一场意识形态论战。殖民文学被认为是一种类科学的产物:"真正的非洲游客是那些考察者,他们[……]为了商业活动的开展、殖民事业的普及以及教育的传播,而到当地搜集资料。这些实地考察不仅需要一定的知识,而且需要敏锐的观察力。"(Lebel,1925:117)由此,我们可以得出两个结论:首先,殖民文学需要作者具备强烈的探知欲;其次,这些作者必然会毫无保留地支持自己国家的殖民事业。根据勒贝勒的说法,殖民文学在法国的接受情况相当不错(1925:vii)。他对此似乎深信不疑,并在书中作了详细分析。因此,当说法语的非洲人走上舞台,开始创作属于自己的文学时,以时间顺序而论,他们并非非洲法语文学的先行者;这也意味着非洲法语文学不仅指在非洲产生的文学,也包括在法国作家中首先出现、历史悠久的书写非洲的文学传统,以及其他有关非洲与非洲人的话语。

爱德华·萨义德(Edward Said)在《东方学》(*Orientalism*,1978)中的一段话用在此处似乎最为合适:

---

① 杜博克将军(General Duboc)曾出版《法属西非殖民史诗》(*L'Epopée coloniale en Afrique Occidentale Française*,Paris:Editions Edgar Malfère,1938),从书名可见,作者认为殖民事业如史诗般宏大。

  我的出发点是这样一种假设：东方并非自然中的惰性介质。东方并不只是在**那里**，就像西方也并非只是在**那里**一样。维柯(Vico)曾发表精彩论述，称人创造自己的历史，所知皆源于所为。我们应该认真思考这一说法，并将其扩展到地理领域：且不论历史本质如何，"东方"与"西方"作为地理与文化实体，其场所、区域、地理领域等概念均由人所创造。如同"西方"一样，"东方"这一概念有属于自己的历史以及思维、意象与词汇传统，正是这种历史与传统使其成为现实，与西方相对，也为西方而存在。[……]我们不应将其视作一种类似谎言与神话的结构，一旦真相大白，立刻就会灰飞烟灭。我本人相信，与其说东方学是一种有关东方的真实话语（在科研学术层面正是如此宣称的），倒不如说是欧洲与大西洋地区相对东方处于强势地位的一种标志。[……]东方学与丹尼斯·海伊(Denys Hay)所说的"欧洲观念"(idea of Europe)颇有相似之处。"欧洲观念"是一种集体观念，[48]将"我们"欧洲人与所有"其他"非欧洲人区分开来；确实可以说，欧洲文化中的重要认知——无论与哪个非欧洲的民族或文化相比，欧洲文化都更为优越——正是其在欧洲内部和外部都取得霸权地位的原因。此外，欧洲对东方的态度同样具有霸权主义倾向，欧洲不断重申自身的优越、东方的落后，且通常无视具有独立精神与怀疑精神的思想家对此提出的异议。(1979：4—5，6，7；强调标记为原文所有)

  与班巴拉语(Bambara)或科萨语(Xhosa)文学不同，非洲法语文学不带有非洲中心主义倾向。对其最准确的评价应该是不同文学传统之间的交汇点。非洲法语文学在这种关系网中占据重要地位，也进一步证实了与法国殖民文学之间的密切关系。莱昂·法努德-西弗(Léon Fanoudh-Siefer)似乎对这种关系网耿耿于怀，他于1968年撰文指责学界不够重视此类文学出现的条件：

  我们今天相当关注非洲黑人文学，但几乎清一色在强调其介入与反抗的特质，此举（必须承认这并不假）意在证明，这是一种殖民主义背景下产生的反抗文学、请愿文学。然而，我们却很少细究黑人作家反抗的是什么，就好像殖民制度的罪恶早已大白于天下；此后，殖民统治就将近乎绝迹，未来的读者很快就无法像我们今天一样，阅读到如此充满激情、令人震撼的文学作品了。（Fanoudh-Siefer，1968：15—16）

法努德-西弗①因此宣称（这是完全正确的做法），应该重视玛库塔-姆布库（Makouta-M'boukou，1973a：9）所谓的文学"生态源"（ecological sources），应该带着批判的眼光，近距离审视推动非洲法语文学诞生与发展的条件。

首先，我们不妨重申一个显而易见的事实，即非洲法语文学诞生于殖民语境中，非洲作家不仅使用殖民者的语言，而且这种语言长久以来一直在生产非洲和非洲人的话语（文学或其他方面）。例如，倘若我们比较马丁·阿斯蒂耶-鲁非（Martine Astier-Loutfi）的《文学与殖民主义》（*Littérature et colonialisme*，1971）与杰拉尔·勒克莱（Gérard Leclerc）的《人类学与殖民主义》（*Anthropologie et colonialisme*，1972）就会发现，在非洲法语文学的成型时期，法国的人类学话语与非洲和非洲人的文学形象之间并无二致。我所关注的正是这些话语与形象的含义，以及推动非洲法语文学发展的其他"生态源"。那拉（Nara）与朗度（Landu）难以找到准确的词汇来表达自己，这种犹豫事关重大，又具有启发意义：在非洲法语文学诞生的殖民时代，非洲既不是"贞洁的"，也并非"没有公认的史料"（Mudimbe，1978：66）。

[49]法国文学中有不少描写非洲异国情调的作品，其中的代表作是皮埃尔·洛蒂（Pierre Loti）1881 年出版的《北非骑兵之歌》（*Roman d'un spahi*），小说描绘了一些非洲最负面的图景。法努德-西弗在《法国文学中的黑人与黑非洲神话》（*Le Mythe du nègre et de l'Afrique noire dans la littérature française*，1968）中这样批评法国作家笔下的非洲形象：

---

①　在 1978 年的博士论文《非洲小说与传统》（*Romans africains et traditions*，Lille. Université de Lille Ⅲ）中，莫阿玛杜·卡纳（Mohamadou Kane）同样提醒学界关注法国殖民文学与非洲法语文学之间的联系。该博士论文于 1982 年在非洲 NEA 出版社成书出版。

一切［……］都是忧郁、肮脏的，预示着死亡与厄运；一切都是神秘、古怪、奇特、荒诞、不纯净的。这个精神病患者收集了所有见到的游荡在非洲大陆上的神话碎片，又往里面加入了自己的想像。从洛蒂那时起，非洲神话的大致框架就已显形了。（109）

法国殖民文学的拥趸者要反对的，正是这样的文学话语。勒贝勒观察到："皮埃尔·洛蒂就和夏多布里昂（Chateaubriand）一样，表达了自我的感觉、欲望、悔恨、忧伤，但这不过是他自己的情绪状态［……］殖民文学领域掀起了一场反对'过于简单与虚假的异国情调'的运动，尤其是从1900年开始。"（1925：227，228）他特别强调，殖民文学之所以反对这种"过于简单与虚假的异国情调"，其背后是有缘由或推动力的。

勒贝勒进一步指出，殖民文学的一大显著特征是"有教养的"（educated）感性与技巧。

殖民作家都是极富经验的观察者，对黑人的本质、风俗、性格都怀抱好奇之心，所以他们的作品既不乏文学魅力，又别具某种**文献价值**，趣味倍增。他们不再是那些到此一游者，只顾为一无所知的读者创作闪闪发光的作品，他们是公务员，是商人，他们通常定居在殖民地，对其抱有好感，会说当地语言，缓慢地融入这个世界，不再仅仅视其为表达的对象，一个外在于自己的世界，而是一种自在又熟悉的环境。殖民文学由此渐渐与异国情调文学区分开来。（Lebel，228—9；强调标记为编者所加）

殖民文学强调"文献价值"，并非偶然。前文我们提到，勒贝勒对《我们的迦太基》一书的作者大加褒扬，因为作者相信［50］非洲之于法国，就如迦太基之于罗马，看清这一点，我们就能明白对当时的法国读者来说，法国殖民文学话语表现出的是救世主姿态，甚至英雄史诗般的基调。①

---

① 值得补充的一点是，两千年之后，罗马与迦太基（今突尼斯）之战终于在1985年迎来结局：双方市长在迦太基旧址签订了和平协议，参见 *Jeune Afrique*，no 1259，（20 février 1985，p. 49）。

事实上，新式的异国情调文学确实存在（Lebel，118）。这种文学的实质是殖民者在为殖民事业进行辩护。回顾这段历史，我们发现殖民者会毫无心理负担地使被殖民者隐形，将其从有意义的话语中抹去。此举的影响有时颇为奇妙：在《殖民文学》（*Philoxène ou de la littérature coloniale*，1931）中，欧仁·普加尼斯克（Eugène Pujarniscle）颇为矛盾地将殖民地本身当做"真正被发现的"异域；毕竟，殖民地就是许多不同版本的法国："殖民地不是国外。法国殖民地仍是法国，是亚洲法国、非洲法国、美洲法国，或大洋洲法国。"（15）殖民者认为自己并非身处"外在于自己的世界，而是一种自在又熟悉的环境"，这种自信在他们的作品中表露无遗，也使得他们塑造的非洲形象很大程度上与事实相去甚远。

无论含蓄还是直白，殖民者与被殖民者之间的关系都是暴力的。如果有人对此提出异议，阿尔贝·加缪（Albert Camus）会是很好的例子。加缪出生于阿尔及利亚，他在作品中以一个"外国人"（指法国人与法国本土居民）的视角来观察这个国家及其人民。康纳·科鲁兹·欧布莱恩（Conor Cruise O'Brien）比较了加缪对阿尔及利亚的法国人与阿拉伯人的看法，以及法农（Fanon）在《全世界受苦的人》（*The Wretched of the Earth*）中对殖民者与被殖民者的论述，他得出的结论极具洞察力。欧布莱恩认为，加缪实际上是一个"拒绝的殖民者"，拒绝有意识地接受并扮演自己殖民者的角色。然而，在其著名小说《局外人》（*L'Etranger*）中，我们可以从主角身上看到加缪的影子。本地人被杀死时，因为只是一个"虚无、异质的存在"，也"没有公认的史料"，而杀死本地人的主角是法国殖民群体中的一员，所以杀人行为似乎被合理化了：

> 我曾疑惑，《局外人》中，主人公默尔索（Meursault）对待邻居的阿拉伯情妇及其弟弟的态度相当怪异，但为何小说评论者——包括加缪本人——都几乎默认甚至推崇默尔索的做法？其中一种解释是母亲去世了，默尔索却无动于衷，没有流露出丝毫哀伤之情。所有人——默尔索本人、法庭、作者——都将杀人罪行与杀人前的丑恶冲突视作不相关的行为。但杀死一个人如何能不相关？如果有人认为不相关，那他必定某种程度上不把被害者当作人看待。这正是书中的世界。欧洲人有名字：默尔索、莱蒙·散太斯（Raymond

Sintes)、玛丽（Marie）、萨拉玛诺（Salamano），还有其他一些小角色。被枪杀的那个男人没有名字，他和叙述者及其朋友的关系，也并非人与人之间的正常关系。他注视着他们，就像注视着"石堆与枯树"。叙述者杀死这个虚无、异质的存在，并"对准那具尸体又开了四枪，子弹打进去，也看不出什么来"，读者并没有感觉到默尔索杀死了一个人。他只是杀死了一个阿拉伯人。加缪与他的许多读者可能会对这种说法义愤填膺，发自内心地排斥。然而，文本中阿拉伯人与欧洲人的实体相对性（relative substantiality）已然说明了一切。（1970：25—26）

[51]如果说殖民文本中，一个如此创作出来的"拒绝的殖民者"尚且如此，那么《我们的迦太基》中，那些欣然接受甚至恰如其分地扮演自己角色的殖民者就更不用说了。

欧布莱恩阅读加缪的作品，看到的是一个既盲目又敏锐的殖民者。类似像《局外人》这样的作品，一方面隐约带有预言性质，另一方面又奇怪地遗忘了某些殖民思想或行动。例如，1945 年 5 月 8 日，二战胜利日那天，阿尔及利亚的塞蒂夫（Setif）发生了这样的悲剧：

> 一整个星期都是对阿尔及利亚人民的镇压行动。无论军队，还是平民，都在兴奋中大开杀戒，见人就开枪，一杀就是十来个农民和村民，这些受害者连什么是抗议都没听说过。据一些报道称，凶手是外国军团，甚至包括留在当地的意大利战俘。飞机轰炸村庄，一艘停在布吉港（Bougie）——即今天的贝贾亚（Bejaia）——附近的巡洋舰则任意炮轰了塞蒂夫周边的山岗。
>
> 结果骇人听闻：一些村庄没留下一个活口，无名的墓穴里堆满了尸体。（Tissas, 1985：1648）

我们可以理解，为何塞蒂夫大屠杀会催生一个"叛变"（renegade）作家，志在将默尔索-加缪认为虚无与异质的存在作为史料记录下来。"就像伟大的阿尔及利亚作家卡特布·亚欣（Kateb Yacine）所言：我永远无法忘记惨无人道的屠戮带给我的冲击。我的民族主义信念就是在那里（塞蒂夫）

坚定起来的。那时我 16 岁。"(出处同上)①

　　法努德-西弗对殖民文学中"新式异国情调"的论述相当精辟。他认为"新式异国情调"所打造的非洲"对一些人来说是远古而荒芜的国度,对另一些人来说则是阳光与死亡之地;一小部分人为她神魂颠倒,绝大多数人则恨不能退避三舍。其他人将这片大陆视作无边无际的神秘,刺破神秘是对她的亵渎。"(1968:146)当被殖民的非洲真正出现在世人面前,她的模样是魔鬼、是精怪、是小丑(Johnson, 1971)。法国人毫不犹豫迈出了一小步,非洲就从小丑精怪变身为需要欧洲父亲照管的稚子。② 简言之,要将新式与旧式的异国情调区分开来,并非易事,前者对非洲与非洲人有预设文本,后者则众所周知,力图为殖民事业的推进作辩护。普加尼斯克相当坦率,他对殖民文学中文学形象与政治事业的关系作了如下剖析:

> 　　一定程度上,我们殖民地是否安全、宁静、繁荣,取决于作家如何挥舞他们手中的笔。[⋯⋯]所有的宣传方式中,艺术宣传——更确切地说,是文学宣传——是最有效的。(1931:5, 6)

毋庸讳言,这种**艺术宣传**的效果或**帝国的另一面**(l'autre face du royaume)都是**父亲的味道**(l'odeur du père),[52]与那拉、朗度等人物对自己的定义既矛盾又相融。马尔特·罗贝尔(Marthe Robert)的见解颇有说服力:

> 　　整体而言,新式文学只有两种亮相的方式:一是宣称旧式的文学已经过时,仅凭这一点便可取而代之;二是先牢牢坚持旧式文学的立场,然后从中汲取主题与方法,目的不是为了再次巩固其不变性,而是为了将其错误或过时的部分公之于众,最终戳破其永恒的神话。

---

①　在此一年前,殖民主义已经表现出了对"虚无和异质的"被殖民者的凉薄。随着同盟国在欧洲反法西斯战场上的节节胜利,非洲黑人士兵被遣散回国。1944 年 12 月 1 日,在塞内加尔首都达喀尔城外的提亚鲁伊(Thiaroye),黑人退伍士兵被殖民当局杀害。

②　对比之下,施韦策医生(Dr Schweitzer)在加蓬扮演的仅仅是一个懂得更多的兄长角色。

(1977：120—121)

由此，我们能够理解非洲法语文学与法国殖民文学之间复杂又矛盾的关系。尽管与福柯在《话语的秩序》(*L'Ordre du discours*)中的观点相悖，但我们若将殖民文学话语视作一种声音、一种判决，就可以这样断定：非洲法语作家自创作伊始，就感知到法国殖民的声音，后者的声音存在已久，勉强允许前者挤入自己的空间，前者沿用后者的节奏，悄无声息地将自己填进后者的空隙。对于非洲法语作家而言，解读"生态源"的过程中也许没有所谓的**不及物**(intranstive)开端(萨义德语)。相反，文学语言(literary speech)之所以从非洲作家笔下产出，只有当或因为作家站在其道路之上——细微的缺口——即法语文本可能消失与重现之点。

鉴于非洲法语文学与法国殖民文学之间的"亲密"联系，两者间的关系"不应被阐释为两极之间的区间，而是无法削减的主体错位，他者作为可能的条件，占据自我的位置。"(Weber，1982：32—3)这正是我以朗度与那拉为例试图说明的：朗度试图在宗教信仰与革命事业间找到出口；那拉在伊莎贝拉(Isabelle)与阿米娜塔(Aminata)之间犹豫不决，这种错位把他送到了心理医生的沙发上。20世纪非洲法语文学的"生态源"中，出现了多种不同的声音与文本。① 它们轮番上场，推动"生态源"的发展，如卡马拉·雷伊(1953)与谢赫·哈米杜·凯恩(Cheikh Hamidou Kane，1961)的自传体与半自传体小说，费迪南·奥约诺(1956)与蒙哥·贝蒂(1957，1958)的反殖民小说，卡马拉·雷伊(1966)、阿赫马杜·库鲁马(Ahmadou Kourouma，1968)、杨波·沃洛冈(Yambo Ouologuem，1968)的三部过渡与颠覆性的小说，邦伯代(Bamboté，1972)、穆登博(Mudimbe，1976)②、拉布·唐西(Labou Tansi，1979)等充满自信口吻的作品等。多萝西·布莱尔(Dorothy Blair，1976)对非洲法语文学的批评性

① 见最近出现的一个虽不完整却相当有趣的类似研究：János Riesz, "The First African Novels：A Problem of Authenticity", *Towards African Authenticity：Language and Literay Forms*, Bayreuth African Studies Series 2, eds. Eckhard Breitinger and Reinhard Sander, Bayreuth：German Research Council and the University of Bayreuth，1985.

② 此处的日期是作品初版的日期，但我在文中的部分引用来自同一作品稍后的版本。

回顾富于洞察力,弗兰西斯·乔巴(Francis Joppa,1982)则对非洲法语小说进行了有趣的主题分析。在本文所呈现的范式基础上,我关注的是非洲法语文学的分期与"生态"。这种研究方法应该有助于回答一个老问题:这种文学为谁而写? 目的何在? [53]

(汪琳 译;孙晓萌 校)

第7篇　非洲文学和殖民因素^①

西蒙·吉坎迪（Simon Gikandi）

[54]现代非洲文学产生于殖民主义的熔炉之中。某种意义而言，这就意味着，那些缔造了我们今天所谓现代（无论是欧洲语言，还是本土语言）非洲文学的男女作家，无一例外都是这个大陆上的殖民主义所引入和发展的一套制度的产物，尤其是始于 1884 和 1885 年的柏林会议（Berlin Conference）这一时期，以及 20 世纪 50 年代晚期和 60 年代早期的去殖民化过程。当然，非洲文学也曾经产生于殖民体制之外：所有非洲语言的口头文学，前殖民时代以阿拉伯语、阿姆哈拉语、斯瓦希里语和其他非洲语言书写的文学，都充分证明了前殖民时代的非洲有着繁荣的文学传统。但是，如果非洲与欧洲之间没有发生痛苦的碰撞，那么今天这个大陆上被视作核心财富的文学，就无法获得当下的身份和功能。不仅现代非洲文学的奠基者都是殖民主义的臣属，而且殖民主义也是他们作品中最为重要和持久的主题。18 世纪以来，殖民语境塑造了非洲作家的身份，塑造了非洲文学的语言，从诸多方面决定了非洲的文学文化。

1955 年，乔治·巴朗狄叶（Georges Blandier）在那本研究殖民语境的理论著述开头指出，尽管去殖民化时代发生了很多变化，但"殖民问题依然是社会科学必须应对的主要问题之一。实际上，新民族主义的压力以及去殖民化引发的反应，都使这个问题成为当下时兴的话题，无法视而不见。"（1970：21）我们可以说，巴朗狄叶所强调的殖民主义与社会科学之

---

①　First published in *The Cambridge History of African and Caribbean Literature*, vol. 1, ed. Abiola Irele and Simon Gikandi, pp. 379—385. Cambridge：Cambridge University Press，2004.

间的关系,也存在于非洲文学与殖民语境之间的交汇。殖民主义——尤其对于非洲社会的巨大改造方面——依旧是非洲作家和知识分子必须面对的主要问题之一;[55]当非洲作家开始反思殖民语境及其对非洲社会心理的影响时,那么产生了诺贝尔奖得主的非洲文学传统就建立了起来,并得以巩固。即使后殖民时代涌现的非洲文学——塑形于"被绑架的解殖运动"和"民族意识的陷阱"压力下的文学——也受到了与殖民时代文学同样动因的驱动,即渴望理解殖民时代产生的影响(see Jeyifo 1990:33—46;and Fanon 1968:148—205)。那么,这个章节的用意就是探讨非洲文学史中殖民时代的典型价值和实际价值。非洲现代文学的关键可以在一些建制中找到——基督教传道会、殖民当局开办的学校和大学,这些对非洲文学的肇始、性质和功能至为关键,是我们讨论问题的出发点。

殖民文化和非洲文学:概览

对殖民主义与非洲文学关系的讨论,应该始于一个简单的问题:为什么殖民主义是非洲文学的一个重要主题? 在呈现为欧洲霸权批判的非洲文学中,为什么这些殖民机构占据如此中心位置? 正如我们在一些有关殖民机构的讨论中所见,最明显的答案是,非洲殖民主义的政治文化力量如此经久不衰,那些关注非洲社会性质的作家,无法避开伴随欧洲殖民统治而来的创伤和激荡。早在 18 世纪末,运用欧洲语言的非洲作家——最著名者当数奥拉达·艾奎亚诺(Olaudah Equiano)——就挪用了时兴的文学形式,以反对奴隶制,强调非洲身份;但也有约翰尼斯·卡皮坦(Johannes Capitein)等人写文章,指出奴隶制未必违背道德和基督教。虽然这些早期作家的政治兴趣似乎彼此大相径庭,但我们必须记住,他们的写作出于一个共同的愿望,即通过文学彰显非洲人的人性,以及通过文学进入现代文化(see Gates 1985:9—10)。

如果说即便那些生于去殖民化时代或之后的作家也对殖民时代后期(1880—1935)充满了想象,这是因为人们认为这是非洲历史上独一无二的时期。阿杜·波尔汉(Adu Boahen)指出:"非洲历史上从未像 1880 年到 1935 年之间那样,发生了如此多的变化,而且如此迅疾……这一历史剧变速度真的令人惊讶,因为直到 1880 年,非洲处于欧洲人统治下的地方还非常有限。"(1985a：1)几乎 400 年间,非洲遭受了外来势力造成的创伤,尤其是大西洋奴隶贸易。但是,欧洲的影响一直局限于沿海地区,而直到殖民时代后期,非洲重要的政治实体才丧失了主权。但柏林会议之后,整个非洲大陆在欧洲列强之间瓜分完毕,在列强监管之下,非洲社会迅速发生了质变。也许在欧洲国家看来,殖民统治的过程似乎就是军事战略和商业利益的问题。但对于很多非洲社会而言,这就等同于阿巴斯(F. Abbas)所谓"一场名副其实的[56]革命,颠覆了整个古代的信仰和观念世界以及古老的生活方式";欧洲人的征服迫使当地社会作出艰难的选择——"适应,还是灭亡"(quoted in Boahen 1985a：3)。无论作何选择,在与殖民者的遭遇中,最重要的问题是非洲的独立自主,这是非洲大陆早期文学的主题。

在有关殖民主义、去殖民化运动以及二者激发的文学作品的论辩中,主权思想和独立概念的核心作用是容易被低估的。但正如钦努阿·阿契贝在 20 世纪 60 年代早期发表的一篇重要论文中所说,非洲文学创作的一个关键动机,就是在去殖民化时代,恢复非洲人的道德观念和文化自主。阿契贝还指出,非洲文学的根本主题在于"非洲人并非从欧洲人那儿第一次听说何为文化;他们的社会并非毫无思想可言,而往往都拥有深邃、宝贵和美丽的哲学;他们有自己的诗歌,最重要的是,有自己的尊严。在殖民时代,很多非洲民族丧失殆尽的正是这种尊严,而我们现在必须重拾尊严。"(1973：8)对于去殖民化时代的许多非洲作家而言,丧失主权并不仅是旧的文化和制度在殖民主义之下失去权威性的过程;也被认为是最终丧失了行动力和自由意志,这尤其是非洲精英阶层的认识。因此,殖民主义的叙事无意间将非洲臣属抽离出流动的时间;对很多 19、20 世纪早期的非洲知识分子而言,被殖民——正如沃尔特·罗德尼(Walter Rodney)恰如其分地指出——就是"被逐出历史"(1972：245—256)。

但是,殖民统治过程对于非洲作家的吸引力不止于戏剧性和影响力:对于那些生于欧洲统治和去殖民化运动交汇点——尤其是 1900 年至1945 年期间——的作家,殖民主义时期不仅意味着损失以及时间的错位,还代表着现代性的挑战和机遇。1900 年,在伦敦召开的泛非大会(Pan-African Conference)上,与会作家想到的正是这些机遇,他们提醒"现代世界",殖民地人民"由于人数众多和接触频繁",必定会对世界产生巨大影响:"如果现在文化界能全力赋予黑人以及其他处于黑暗中的人类最大和最广泛的机会,用来促进教育和自我发展,那么这种接触和影响一定会对世界产生有益的影响,能够加速人类的进度。"(see Langley 1979:738)对于殖民地的非洲精英,殖民主义是一个挑战,因为这显然影响了整个非洲,并将这个大陆的命运与世界其他地区绑在了一起。

但与此同时,殖民化过程也出现了难以解释的现象:殖民文化通过主动或强制的现代化过程,改造了很多非洲社会;但正如很多非洲观察家立刻指出的那样,这一过程似乎未能深入当地社会内部的肌体。表面看来,殖民主义触及了非洲大陆社会政治生活的各个方面,但影响力似乎只流于表面。尽管殖民主义的现代性具有压倒性优势,但所谓的传统社会依旧在运转,似乎殖民事件只是非洲漫长历史中的小插曲而已。对于创作了非洲现代文学的男女作家,以及受殖民过程影响最大的殖民地臣民来说,现代和传统世界的并存,只有通过文学作品才能协调。[57]用欧洲语言写成的非洲文学的奠基之作,都涉及现代和传统的辩证关系,以及殖民语境中这种关系在非洲大陆的演进,这绝非偶然现象。

然而,将写作当作一种方法,去诠释看似传统的社会中存在的现代性,这一变化是一个重要悖论的来源:为了反对殖民主义,并声张本土利益和权利,非洲领导人和知识分子必须转向新近发现的欧洲语言,去了解他们的传统、国家和种族。这种新的语言寻求现代化和非洲独立自主之间的融合,这在巴吕埃(Barue)酋长马孔贝·翰嘉(Makombe Hanga)这类领袖发出的宣言中是显而易见的。1895 年,面对莫桑比克中部的葡萄牙人,他这样说道:"我明白你们这些白人是如何在非洲一步步推进的……我的国家也要实施这些改革,我很乐意打开国门……我也想拥有好的公路和铁路……但我永远都是马孔贝,和我的祖先一样。"(quoted in Ranger 1985:49)在与纳米比亚德国人的对抗中,那马(Nama)部族的伟大领袖亨德里克·维特布伊(Hendrik Wittboi)对于欧洲对手宣扬的有关"民族精神"(Volksgeist)的语言,轻易就加以挪用:"上帝在世界上建造了各种不同的王国。因此,我知道并相信,我继续担任自己土地和人民的独立领袖,绝不是什么罪恶。"(quoted in Ranger 1985:49)

使用欧洲语言的非洲文学的出现,需要被置于这样一个关键性论断之中,即殖民地臣民已经开始使用殖民者赋予的工具和语法,去反抗外来统治,声张自己的主权。那么,非洲文学和文化民族主义的先驱们——南非的索尔·普拉杰(Sol Plaatje)或者西非的凯斯莉·海福德(Caseley Hayford)等作家——都非常认同殖民文化及其建制,即使他们也反对帝国主义统治造成的破坏,也为非洲政治权利而斗争。实际上,非洲文学史的一大规律就是非洲文学的奠基者们大多深受欧洲的影响。这就是说,非洲文学最初无意对欧洲的统治提出激烈批判;相反,文学是一种话语模式,非洲人可借此再现和协调他们在殖民文化之内和之外的位置。

但是,文学何以在 19 世纪晚期的非洲,成为抵抗欧洲文化干涉的最重要工具之一呢? 文学之所以在殖民文化中占据中心位置,原因有三。首先,从被殖民者的角度而言,殖民文化最具吸引力的方面之一是日后逐渐成为各方共识的读写能力。虽然很多非洲臣民也许对于殖民主义现代性的很多方面态度暧昧,但似乎对于读写能力——以及支撑读写能力的印刷文化——的力量和魅力都一致认同:"对于很多非洲民族而言,读写是一种新的魔法,不惜代价,受到追捧,因为这种能力似乎打开了现代世界的宝库。如果对第一代非洲牧师、译员和教师所拥有的力量、权威和影响力有所了解,就能认识到读写能力对于很多非洲民族所具有的魅力。"(Afigbo 1985:496)

非洲文学史常常是从受过高等教育的作家和知识分子的视角撰写的(see Wauthier 1979 and July 1968),但我们需要强调第一代具有读写能力的非洲人的重要性,他们当中很多都是牧师、译员和教师,只在非洲文学传统的机构中接受过几年教育。[58]从这样的课堂中,不仅走出了早期欧洲语言作家——如普拉杰和图图奥拉(Tutuola),还有影响力更大的非洲语言作家,包括操索托语(Sotho)的托马斯·莫弗洛、祖鲁语(Zulu)的德罗默(H. I. E. Dlomo)、约鲁巴语(Yoruba)的丹尼尔·欧娄朗费米·法贡瓦(D. O. Fagunwa)、斯瓦希里语的沙班·罗伯特(Shabaan Robert)。这些作家都是殖民文化与新生的非洲读写民众之间重要的协调人。实际上,这些作家最重要作品中使用的主题、语言和形式,既要表征殖民主义建构的资产阶级公共空间,又要满足新生非洲读者的阅读愿望。

但还有第二个原因,可以解释文学何以能够在协调殖民关系方面扮演如此重要的角色:无论在大众想象中,还是在非洲文化研究或东方学的编年史中(see Miller 1985 and Said 1979),殖民化过程都是一个前所未有的历史片段和波澜壮阔的文学事件。毫无疑问,殖民征服和统治是通过军事暴力手段、外交侵略手腕和公然经济剥削等实现的,但只有表现为强有力的征服叙事之时,这些过程才能最终获得权威性和总体性。举一个最明显的例子,拿破仑入侵埃及(1789)被再现为《埃及记述》(*Description de l'Egypte*)——描述了这次远征的 24 卷本皇皇巨著——之后才获得一种存在、声音和合理性。在此描述中——如爱德华·萨义德指出的那样——一个历时的争议性事件,转化为有关欧洲征服和统治的共时性叙述;东方学通过文本化过程,获得了知识特权,这个过程聚拢了"一组近似的观念以及一套统一的价值观,这些从诸多方面都证明是有效的。"(1979:41—2)但是,针对殖民征服中产生的表征欧洲权力的文本,强有力的非洲文本作为应对也应运而生了;针对拿破仑的叙述而写成的作品——最有名的当数"阿布杜·拉赫曼·哲拜尔提(Abd al-Rahman al-Jabarti)"的《奇人奇事录》(*Ajaib al-Athar*)——如同描述征服的文学那样,力争赢得文化阵地。实际上,19 世纪由不同背景的作家——如艾尔-杰巴提(al-Jarbati)和爱德华·布莱登(Edward Blyden)——写成的非洲作品中,多数都是对殖民语境的反思,都是根据被殖民者的性质、他们的文化和社会,对殖民者的哲学和文化预设提出的挑战。

非洲文学史中,殖民主义和文学生态之所以如此关系密切,还有第三个原因,并已成为后殖民研究的核心:文化观念本身位于殖民征服和统治的中心位置。殖民主义作家不仅认识到这样一个明显的事实,即文化和知识是可用来实施控制的工具,还认识到殖民化的过程产生了新的文化结构和局面,也就是尼古拉斯·德克斯(Nicholas Dirks)描述的"相关的过程网络"(the allied network of processes),这个网络产生新的臣民和国家。(1992:3)德克斯指出,文化观念作为知识的对象和类型,形成于殖民历史之中,并产生了具体的文化形态;根据他的总结,这些文化形态"成为抵抗殖民主义过程中的根本因素,这在民族主义运动中表现得尤其明显,这些运动运用西方的民族独立和自决观念,以证明自己独立诉求的合理性。"(1992:4)正是在这一点上——西方有关民族、文化和自我的观念,转而用来反对殖民主义统治——产生了非洲作家的大部分作品。

[······][59]

参考文献

Achebe, Chinua. 1973. "The Role of the Writer in a New Nation." in *African Writers on African Writing*. Ed. G. D. Killam. London: Heinemann: 7—13.

Afigbo, A. E. 1985. "The Social Repercussions of Colonial Rule: the New Social Structures." in *The UNESCO General History of Africa*, vol. vii: *Africa under Colonial Domination* 1880—1935. Ed. A. Adu Boahen. Berkeley: University of California Press: 487—507.

Balandier, Georges. [1955] 1970. *The Sociology of Black Africa: Social Dynamics in Central Africa*. Trans. Douglas Garman. New York: Praeger.

Boahen, A. Adu. 1985a. "Africa and the Colonial Challenge." in *The UNESCO General History of Africa*, vol. vii: *Africa under Colonial Domination* 1880—1935. Ed. A. Adu Boahen. Berkeley: University of California Press: 1—18.

Dirks, Nicholas B. "Introduction: Colonialism and Culture." in *Colonialism and Culture*. Ann Arbor: University of Michigan Press: 1—26.

Fanon, Frantz. [1963] 1968. *The Wretched of the Earth*. Trans. Constance Farrington. New York: Grove.

Gates, Jr., Henry Louis. 1985. "Editor's Introduction: Writing 'Race' and the Difference It Makes." *Critical Inquiry* 12. 1: 1—20.

Jeyifo, Biodun. 1990. "The Nature of Things: Arrested Decolonization and Critical Theory." *Research in African Literature* 21. 1: 33—46.

Johnson, Lemuel. 1997. *Shakespeare in Africa*. Trenton: Africa World.

July, Robert William. 1968. *The Origins of Modern African Thought: Its Development in West Africa during the Nineteenth and Twentieth Centuries*. London: Faber and Faber.

Langley, J. Ayo. 1979. *Ideologies of Liberation in Black Africa* 1856—1970: *Documents on Modern Political Thought from Colonial Times to the Present*. London: Rex Collings.

Miller, Christopher. 1985. *Blank Darkness: Africanist Discourse in French*. Chicago: University of Chicago Press.

Ranger, T, O. 1985. "African Initiative and Resistance in the Face of Partition and Conquest." In *The UNESCO General History of Africa*, vol. vii: *Africa under Colonial Domination* 1880—1935. Ed. A. Adu Boahen. Berkeley: University of California Press: 45—62.

Rodney, Walter. 1972. *How Europe Underdeveloped Africa*. Dar es Salaam: Tanzania Publishing House.

Said, Edward W. 1979. *Orientalism*. New York: Vintage.

Wauthier, Claude. 1979. *The Literature and Thought of Modern Africa*. 2nd English edn. Washington, DC: Three Continents Press.

（姚峰 译；孙晓萌 校）

第 8 篇　非洲文学:神话? 抑或现实?[①]

瓦伦丁·伊夫·穆登博(V. Y. Mudimbe)

[60]有关非洲文学,已有诸多论著和数百篇论文问世。这些著述分析了今天人所共知的一种年轻的文学,这种文学是以非洲或者欧洲语言写成的;还分析了非洲黑人传统的口头经验。因此,当谈到非洲文学时,我们指的是两类文本——一类是有确切作者的,另一类是经过不断积累而形成的匿名文学文本。这就成了一个问题,恐怕非洲研究领域的专家对此问题至今未能给出令人信服的解释。实际上,正是这些现有文本——书面文本和口头叙述——的观点,解释了某些人纯粹的美学行为,这些人只是将这些文本作为异域想象的对象,或者出于文学和意识形态的需要;也解释了那些对非洲保持某种信念者的思想广度。有人可能认为非洲文学批评并不是不可或缺的,也不是某个学术传统框架中的原创行为,而是发明和组织非洲文学这一过程的产物。

我的观点既代表一种假设,也是一种愿望。一方面,我要指出非洲文学在何种条件下可能会发生;另一方面,通过可能发生的事件,建构一些视角;从这些视角出发,有关非洲叙事的评论和分析,可能成为理解非洲经验的手段,而且是从更加富有成效的视角。

有关非洲文学的真正性质,我们能否得出一些明确的规律? 借此,我们可以将非洲文学置于与其他文学的某种关系之中,而不会让我们生出不适的感觉,即非洲文学是对别的文学的本土化模仿,或者对西方引入的心理混乱现象的复制和改造。新的视角也许能够回答这个问题。因为时

---

①　First published in *African Literature Studies*: *The Present State / L'etat present*, ed. Stephen Arnold, pp. 7—11. Washington, DC: Three Continents Press, 1985.

至今日,我认为传统的文学批评、结构主义、解构主义以及非洲中心主义的意识形态批评都[61]没能做出各自所预设的贡献。然而,有人也许会说,这种解释乏力的现象恰恰预示着非洲文学和语篇可能存在新的解释。(See Chinweizu et al. 1983)

非洲文学作为一种商品是较为晚近的发明,但作家以及批评家对此不以为然。他们对这种文学感兴趣,似乎不是因为文学语篇本身,也不是因为这种文学在其他本土和地区性话语组成的更大语境中可能有什么含义,而是因为它是一面镜子,能照见别的东西,如非洲的政治斗争、文化的反异化过程或人权目标。文学的世界是由真实世界支撑的,并反映真实世界,尤其反映社会的生产关系,以及意识形态的沉默作用。因此,有人会接着说,文学世界完全是一个神秘的空间,但揭示了人类社群的具体经验。例如,莉莉安·科斯特洛有关黑人性文学起源的论著(1963),以及瓦格纳(J. Wagner)有关美国黑人文学的研究,都既是社会历史批评,同时也是文学批评。同样,简海因茨·贾恩(Janheinz Jahn)对于新非洲文学的思考(1961)见证了黑人文化作为符号流行于当下,也见证了其在思想性和社会学方面的合理性。

我赞同这些观点。但是,从我的视角看,这些典范之作一方面最清楚地证明了这些概念宣传的过程,另一方面对语篇的意义和多样性加以限制的程序。正是得益于这些经典著述,非洲话语的艺术和重要性才能被人评论、歌颂和买账;基础在于,非洲话语表明了文学创造的功能性原则。但我们认为,这些原则并不具有充分的参考价值,不足以构成科斯特鲁特和雅恩学术研究价值的基础。根本来说,它们只是一些迹象,从中可以看出非洲文学可能产生的条件;也是一种"发明"(invention),雅恩、科斯特鲁特、瓦格纳以及我们中的多数人——包括文学批评家和作家——可以此"发明"为基础开展工作,并以此为生。

毫无疑问,米歇尔·福柯(Michel Foucault)的学生们已经明白了我的方向。在《话语的秩序》(*The Discourse on Language*)一书中,这位法兰西学院已故思想系统史教授区别了三种排除的原则(Foucault, 1982:215—27):

1. 外部程序,例如禁止("用周围环境来掩盖物体或仪式、论述某个话题的专有或排他性权力"Foucault，1982：216）、理性和疯癫的区分、追求真理的意志(这一点融合了其他方面)。

2. 内部程序，控制直接与"分类、排序和分配原则"相关的话语：这是一种语文学式的评论，也就是通过重新建构、阅读重要文本，还通过文学批评(作为对特定档案的一种思想操练)；第二，作者成为连贯意义的中心、参照点和他/她作品的统一话题；最后，学科的组织，其对策在于(根据米歇尔·福柯的解释)——"在出发点上所假定的并不是重新发现的某些意义，也不是需要强调的某种身份；而是需要用来建构新观点的东西。"(Foucault，1982：223)

3. 第三类排除程序，包括话语的稀释(rarefaction)系统，例如"界定言说者所需资质"的仪式(Foucault，1982：225)；话语的联合体(fellowship)，即为了对此作出启发性的解释，[62]我们可能想到非洲研究领域的刊物及其推出文章、研究和人物的政策。最后，话语的社会性挪用，福柯先生以教育为例，说明这是"一种工具，每个个体借此在我们这样的社会中可以接触到任何一种话语。"(Foucault，1982：227)

显然，这个排斥系统表可以作为新的思想研究的号角，既检验米歇尔·福柯的洞见，又质疑在非洲话语总体无序的背景下所谓非洲文学的标准化和一致性。实际上，可以举出几个例子，来说明我的观点。

1. 我们或许可以认为，艾梅·塞泽尔作品的重要性，在于这是一种针对禁止程序和理性区分的创造。其恐怖和暴力手段更多见证了这些程序，而非萨特指出的那些活力和心灵层面。因此，这些手段并不指向某个"黑色俄耳甫斯"，而是质疑真理意志的方式。

2. 有人指出，对于用欧洲语言创作的非洲文学，主要存在两种社会学的解释。第一，这是殖民活动的一个直接结果；第二，西方的教育系统为其创造了条件。换句话说，这些解释表明，非洲文学作品及评论取决于话语的社会挪用规范，同时也可以用这些规范来解释。因此，只有当可能的外部条件将其确定为文学，非洲文学才有意义。

3. 或许有人会说，非洲文学之所以存在，是因为西方的各种话语延伸到了非洲。因此,尽管这次会议极力倡导非洲中心的视角,但我们的会议以及我们达成共识、产生分歧所用的语言,基本上是惊人的一致。

对这些假设提出质疑,有何有趣之处? 就理论视角而言,这些假设能够印证或否定福柯的观点:"我想,在任何一个社会,话语的生产都是根据某些特定的程序,同时被控制、选择、组织和再分配,这些程序的角色是避开话语的权力和危险,应对偶发事件,逃离其乏味且可怕的物质性。"(Foucault, 1982: 216)另一方面,如果我们运用这一假设,就必定能够弄清,驯服话语的类似过程在非洲能否奏效,在何种条件下能够奏效;这样做也许是有益的。

我自己的假设是,有两个重要的排斥规则,以激进的方式为非洲文学的"发明"和组织提供了具体的步骤:18 世纪以来,西方非洲研究的宪章神话(charter myth)中,使用的有关评论和作者的概念。布丰(Buffon)、斯宾塞(Spencer)、泰勒(Tylor)或列维-布留尔(Lévy-Bruhl)等人的研究都局限于进化的问题。结果,他们把非西方的经验解读为零碎的话语和奇怪匿名的存在,并以此展现他们的思想和科学兴趣。19 世纪,人类学文本是对沉默的非理性组织的评论,强调两个主要问题:理论家的意识形态背景;第二,研究对象的相对独立性。就[63]第一个情况而言,其中的论述是从作为外部性的沉默、奇异的非洲史,来描述人类的历史。本世纪初,弗罗贝尼乌斯(Frobenius)在撒哈拉以南非洲各地旅行,阅读皮加费塔(Pigafetta)和葡萄牙旅行家的报告,但没有认真倾听非洲人的声音。就第二种情况来说,20 世纪二三十年代,奥地利的施密特(W. Schmidt)在众多德语前辈的基础上,对人类学作出了自己的贡献,但他认为,非洲社会绝对不存在清楚的符号语言文本。

然而,正是在这些有关异域风情的评论暴力中,西方意义上的非洲"作者"的新现实出现了,诉诸的手段是通过对文明和原始的思辨所产生的意识形态。例如,20 世纪 40 年代,马塞尔·格里奥尔(1948)有若神启,认识到奥哥托梅里(Ogotommeli)是他所习得知识的研究对象,而且奥哥托梅里明显在用自己的话语进行解释;但是,坦普尔斯(P. Tempels, 1949)依然青睐传统的对立思维,在传统班图族的匿名智慧和受过欧洲教育的非洲人（évolués）——他们是欧洲个人主义的劣质翻版——的道德堕落之间，寻找所谓的裂痕。

从这个裂痕，可以看出杰克·古德（J. Goody，1977）所谓"巨大分野"（grand dichotomy）的基础，因为这个裂痕决定了当下的学术、经济结构类型和社会情境，以及我们熟悉的非洲文学领域。以二元对立的方式，我们可以注意到以下裂痕：在经济层面，一方是由维持生存的经济结构主导的农业社会，另一方是城市文明和国际市场中极其复杂的劳动分工。在社会文化层面，一方是口头的、传统的一元文化环境，另一方是大城市复杂的多元文化语境。在宗教上层建筑层面，一方是生存与信仰合一的社会，另一方是建立在神圣与世俗分离原则上的社会。我可以不夸张地说，我们大多数的教科书和专著依然执着于这种二元对立及其表现，而不是去分析非洲话语的复杂性。我们只要看看其中典型的论著，就能发现这种二元对立的基本预设。首先，口头文学的形式和内容所观察和诠释的是一元文化的经验，我想，时至今日，这种经验在人类学中依然被称作"原始"文明。第二，殖民统治造成了西方文化和基督教的传播，于是出现了两种新的表达方式——非洲语言和欧洲语言的书面文学，用来描述西方殖民所表征的变化，以及由此而来的矛盾和问题。第三，这种变化产生了归属具体作者的文本，虽然根本上有别于过去的文本，但就重要的非洲经验来说，并未造成割裂。第四，新非洲文学这一概念表达的是内在的历史和社会学维度，但此概念并不——也不可能——意味着这种可能性可以外在于文学本体。

我们已经学会了如何应对这些矛盾的假设。事实上，这些假设都是常态和体系，因为它们既是我们专业活动的矛盾性参照，也是使我们的文学实践变得可以想象的事件。而且，根据我们的思想状态，这些常态给了我们想要的所有自由。从这些常态中，我们今天能够认为钦努阿·阿契贝和埃斯基亚·马普莱勒（E. Mphahlele）的作品属于英语文学的组成部分；桑格尔、拉贝马南贾拉（Rabemananjara）或卡马拉·莱伊的作品属于法语文学。有朝一日，我们也许会同样肯定地得出截然相反的结论，称赞我们的作家反映了真实的非洲。悲观地说，我记得诺斯罗普·弗莱（N. Frye）曾经[64]写道："文学和其他门类一样，有理论和实践：诗歌、戏剧和小说构成了实践的一面，批评的核心是文学理论。"（In *Critical Inquiry*,

1975，2，p. 206)如果——至少来说——我们一方面不能就分析非洲文学存在条件的紧迫性达成共识;另一方面,又不能接受当下非洲的批评也许根本不是一种非洲实践这一假设,那么,有什么样的严肃理论能够支持我们从事非洲文学研究的奇妙自由呢?

参考文献

Chinweizu, Jemie, Madubuike. 1983. *Toward the Decolonization of African Literature*. Washington, DC: Howard University Press.

Foucault, M. 1982. *The Archaeology of Knowledge and the Discourse on Language*. New York: Pantheon.

Frye, N. 1975. "Expanding Eyes," in *Critical Inquiry*, 2, 2.

Goody, J. 1977. *The Domestication of the Savage Mind*. Cambridge: Cambridge University Press.

Griaule, M. 1948. *Dieu d'eau. Entretiens avec Ogotemmêli*. Paris: Chêne.

Jahn, J. 1961. *Muntu. An Outline of the New African Culture*. New York: Grove Press.

Kesteloot, L. 1965. *Les Ecrivains noirs de langue français: naissance d'une littérature*. Bruxelles: Institue de Sociologie.

Mudimbe, V. Y. 1973. *L'Autre face du royaume*. Lausanne: L'Age d'Homme.

——. 1982. *L'Odeur du Père*. Paris: Présence Africaine.

Tempels, P. 1949. *La Philosphie Bantoue*. Paris: Présence Africaine.

Vansina, J. 1961. *De la Tradition orale. Essai de méthode historique*. Tervuren: MRAC.

Wagner, J. 1963. *Les Poètes noirs des Etats-Unis*. Paris: Librairie Istra.

（姚峰 译;汪琳 校）

第二部分　口头性,读写性及其交界面

[65]对非洲创造性口述的学术研究早于书面文学,而且活跃得多。这并不令人意外,因为书面文学的大量出现是较为晚近的事。口头文类——故事、谚语、史诗、咒语、颂词、特定场合的诗歌(葬礼、婚礼、授职仪式、成年礼等)和戏剧表演——已经以多种方式成为作家名副其实的资源库;在他们的书面作品中,口头文类被借用和转化。伊西多尔·奥克培霍(Isidore Okpewho)在其论文中,系统地研究了作家从口头传统向书面文本进行文类转化的多种形式。由于作家个人的技巧不同,他们获得的成功也大小各异,但似乎有一点是作家们普遍接受的——即便他们作出妥协,改用欧洲语言写作,但保持非洲文化底蕴的一个主要途径,就是向口头文类寻求灵感,或以之为榜样。的确,人们之所以认为,以欧洲语言创作的很多非洲文学,在文体上有别于以欧洲语言创作的欧洲文学,正是归因于口头传统。但是阿比奥拉·艾瑞尔(Abiola Erele)敏锐地指出,即便在非洲内部,同样的差异也出现在黑人作家和白人作家之间。尽管南非白人作家"没有表现出与植根于非洲传统的想象性表述精神有任何关联",且"从形式上看,他们的作品和那些都市作家一样,与欧洲文学传统结合在一起",但这样的评价却不适用于"卡斯特罗·索罗梅尼奥(Castro Soromenho)和卢安蒂诺·维埃拉这样出生在葡萄牙的作家,他们不仅通过对外部生活形式的指涉,来表达与非洲的密切关系,而且对本土的表述方式产生真正的、形式上的认同,即非洲不仅是主题上的参照,也是形式上的试金石。"(*African Imagination* 15, 15—16)本部分收录的文章研究了非洲口头性,这是书面文学的综合、多维语境。

参考文献

Irele, Abiola. *The African Imagination*: *Literature in Africa and the Black Diaspora*. New York: Oxford University Press, 2001.

（段静 译；孙晓萌 校）

第9篇 非洲与口头性^①

利兹 · 冈纳(Liz Gunner)

[67]口头性是推动社会生活和宗教信仰的力量,也推动了社会、意识形态和美学的持续建构和重构;在此意义上,非洲大陆可被视为一个存在巨大、长期和持续创造力的地方。如果说语言在社会生产和再生产中发挥了关键作用,那么就口头性而言,发挥作用的常常是结合了身体的表演性、并在公共和私人空间发挥作用的语言。如果我们有理由将非洲大陆称为"卓越的口头大陆",那么我们需要追问:为何如此? 确切地说,这可能意味着什么? 从中可以得出什么结论? 我们要将口头性置于非洲的语境下加以审视,将它视为一系列的手段,借助这些手段,复杂的、形态各异的社群调节自身,认识自己的过去和现在,为哲学反思留出形式上的空间,并对权力发表意见,质疑权力,甚至在某些情况下同权力斗争,向"词语"——语言——致敬。正是通过这些手段,人性得以养成,并不断重塑。口头性是非洲确立自身存在的方法,早在西方殖民和帝国时期以前的历史,就显示了这一点。由此意义而言,口头性不应仅被看作"读写性的缺乏",而且是能够自我建构、自成一格的东西。对这一命题的接受会影响我们对世界文化的理解,即:将文字作为考察人类发展路径的单一模式,这既不准确,也不可能。

我们从非洲的事例可知,以正式的语言交际类型表现的口头性,有时与歌曲、乐器和舞蹈等形式的音乐性共存,这产生了几乎难以想象的文类

① First published in *The Cambridge History of African and Caribbean Literature*, vol. 1, ed. Abiola Irele and Simon Gikandi, pp. 1—5, 12—13. Cambridge: Cambridge University Press, 2004.

范畴,从而使社会、政治和精神的内容得以保存。有些事例中,一种具体的口头模式记录了一个国家的历史,例如,19 世纪卢旺达王朝的礼仪典章《尤布维鲁》(*ubwwiiru*)。历史学家约瑟夫・鲁瓦布库巴娜(Joseph Rwabukumba)和亚历克西斯・卡加梅(Alexis Kagame)将其转录为书面文献,成为更广泛的历史叙事的一部分(Feierman 1994;Rwabukumba and Mudandagizi 1974;Kagame 1975)。在非洲西部,约鲁巴的"奥瑞奇"(oriki,赞美诗)将个人和集体的历史编织在一起,[68]为当权者和普通民众提供了一个诗意的媒介(Barber 1991;Babalola 1966;Yai 1994)。"奥瑞奇"这类形式在现实中重新创造了过去,"使人从生者世界穿越到亡者世界,使过去得以重现"(Barber 1991:76),因此证明了口头形式可以产生多样的历史性(Farias 1992;Vansina 1985;Opland 1974,1987),所遵循的互动规则,有别于传统印刷文本。历史常常被编织进一个王国精心制作的宫廷诗歌当中,由一群经过特殊训练的吟游诗人(bards)进行创作和再生产。他们向广大民众宣扬过去和现在正统的英雄观。卢旺达的宫廷诗人就是这样。亚历克西斯・卡加梅详细记录了这一"专门和博学的艺术传统"(Finnegan 1970:87;Kagame 1951;Coupez and Kamanzi 1970),描述了皇家诗人协会的特权地位,这些诗人分为两类,一类表演别人的作品,一类创作新作品。诗人群体中的年轻成员要经历一段"长期而严格的学徒期",以确保掌握已有的诗歌和"那些形成未来创作的传统基础的词汇、形象和主题"。(Finnegan 1970:89)这种宫廷诗歌,加上秘密的仪式文本——即《尤布维鲁》——和来自卢旺达的其他文类,是非洲大陆保存最好的资料,展示了口头性如何在一个国家的核心区域发挥作用。某种意义上,诗歌是王权的心跳。19 世纪,卢旺达王国的国王们在抵御虎视眈眈的邻国中日益陷入困境,之后又不得不同接踵而至的德国和比利时殖民者展开抗争,于是,皇家诗歌传统受到了影响,发生了变化。首先掺入了殖民霸主的声音,然后又折射出一群持不同政见的诗人的反对之声,他们从"自己的过去中寻找反王朝的历史"。(Hertefelt 1964;Feierman 1994:60)

我较为详细地举了卢旺达的例子,首先想说明的是,在没有书写或印刷文字介入的情况下,诗歌、政治和权力是如何在非洲特定的历史环境下运行的。卢旺达的例子还表明,诗歌所体现的文化实践并非一成不变,相反,它是动态的,随着历史的推进发生变迁。没有证据表明,卢旺达宫廷的这些文类存活到了现代(1959年,这一君主政体被废除)。但是,细心的卢旺达学者和国外学者提供了相关档案,借助这些档案,我们可以试着还原那些过去的诗歌传统中生机勃勃的声音,这符合世界文化史和非洲文化史的共同利益。

一些口头形式现在仅存于书面或听视档案之中,虽然简短且为数不多,却蕴藏着一个巨大而不可触及的文化知识领地,存在于鲜活的语篇中,充满诱惑。如同中非的那些鼓——历史学家简·范西纳(Jane Vansina)将其中两个称为"库巴"(Kuba),还有一个称为"嘞嘞"(Lele)——这些片段"是铭刻在他们社会中的无声话语,同时,也是记忆之所,沉默地述说着过去,以及使这些片段可能存在的那个社会的历史。"(Mudimbe 1994:68;Vansina 1984:47)然而,也有一些口头文类在当下依然充满活力。它们或者成为新的全球文化的一部分,或者成为本土文化的一部分,如音乐学者托马斯·图尼诺(Thomas Turino)在对津巴布韦音乐的研究中所称,这样的本土文化可能更加接近那些没有被现代性改变很多的表演文类(Turino 2000:17—18)。本章的部分内容将[69]证明,口头性通过各种途径延伸到了现代性的各种构造当中,以反驳现代性无法理解纯粹口头性这一论点。新千年里,非洲的口头性不应被视为某种受到现代性冲击的残余物——如:歌曲、吟诵、舞蹈、挥舞着拂尘或长矛的动作——这些被政客们当成一种怀旧资源,用于将自身与田园牧歌式的遥远过去相联系。相反,口头性可以被视为一种交流的行为模式。过去,它被精细地打磨,以适应这块大陆上不同社群中纷繁复杂的社会、意识形态和审美需求。如今,在某些情形下,口头性通过影响大众传播新技术的走向,而赋予其权力。一个例子是北尼日利亚的豪萨语广播电视台,经常播放有组织的或自由歌手和诗人的现场表演或录音、录像(Furniss 1996:126—127)。读写性已经以不同方式影响了人们的口头交流模式,并且常常产生了引人瞩目的混合形式(下文提及),但是书籍本身——就大陆上的书面文学而言——也受到了口头性的深刻影响。可以说,非洲当代书面文学的发展方向,已经在很大程度上被大量既定的修辞所塑造。作家们常常感到必须运用其中的知识,甚至从使用非洲语言转向使用英语、法语或葡萄牙语写作诗歌或记叙文时,也必须如此。

　　卢旺达职业诗人群体的例子说明,在大陆的很多地区,口头形式的作用之一是对社会的等级秩序进行表述,这往往是通过技艺精湛的职业诗人公开背诵宗谱和颂扬统治者来进行的。在卢旺达,那些充满古语和精致韵律的深奥诗歌,并不会被王国大多数的臣民听到,哪怕他们——图西人(Tutsi)、胡图人(Hutu)、和塔瓦人(Twa)——都使用同一种语言,即卢旺达语(Kinyarwanda)。① 其他类似的诗歌形式中,通常都遵守共同的诗歌技巧,如此则更容易广为流传。绍纳人(Shona)和祖鲁人的赞美诗说明,这种相互关联的文类和诗歌技巧有着更为横向的衍生方式。当然,这些赞美诗形式在广大地区的使用,证明意义生产的重要性,以及晦涩、丰富的诗歌语言——作为社会公共价值和意识形态的载体——所具有的重要性。

　　社会需要存放记忆的档案库,为此,人们广泛运用口头诗歌将记忆形式化,使过去变得可以理解和触及。非洲大陆上一系列架构有别、语言各异的社会群体,赋予赞美诗以特定的地位,这些赞美诗存在于特定的文类等级之中,往往称谓不同,却都有着精致而灵活的韵律。赞美诗是传播最广的口头诗歌形式之一,结合表演向社会提供生动的公共纪念仪式。它们存在于撒哈拉以南的众多非洲社群中,其中一些作为正在进行的文化实践,已经在当代社群或现代国家中找到了合适的位置。一部分南部非洲社群的赞美诗中,还蕴藏了相当多的文化资本。在南非,科萨语赞美诗人支持那些反对种族隔离政府的人士,因而不止一次遭到隔离警察的迫害(Opland 1998:278—281)。在后种族隔离时代,前总统曼德拉出差时,经常由他的赞美诗人佐拉尼·姆基瓦(Zolani Mkiva)陪伴。后者已经灌制发行了一些带有背景音乐的光盘作品。[70]赞美诗人可以批评他赞美的对象,当然这样做是有节制的。赞美诗常常被社会上层建构为历史,如巴索托人(Basotho)的《利索科》(*lithoko*)(Damane and Saunders 1974;Kunene 1971)、卢旺达古王国的宫廷诗(Kagame 1951),豪萨人的赞美诗和歌曲(Smith 1957,1978;Gidley 1975;Muhammad 1979;Furniss 1996),和祖鲁族王室的《伊兹刚果》(*izigongo*)(Nyembezi 1958;Cope

---

　　① 早期殖民者合谋在卢旺达制造种族冲突;1994 年,爆发了由政府策划的种族屠杀。有关这些骇人听闻、论证严密的描述,参见 Hintjens 2001。

1968；Gunner and Gwala 1991）。即便在这些赞美诗中,统治者的历史也充满了丰富的歧义,包含了战败者的反抗声和批评者的异议。(Brown 1998：94—5；Hamilton 1998)除了吸收和反映所传唱社会的变化(Vail and White 1991),赞美诗还提供一种在当下追忆过去的氛围(Barber 1989：20),这种引人入胜的特质确保了赞美诗成为这片大陆上的伟大文类之一。然而,赞美诗是否能继续生存下去,还是未知数。19世纪的巴索托人传唱的精致的《利索科》,以其英雄的精神和精巧的意象,再现了姆什韦什韦国王(King Mshweshwe)和王子们在抵御布尔人(Boer)的进攻、保卫山中王国的战斗中取得的功绩。但是,诗歌中也有自反性(reflexivity)时刻,以及对自然界和那些不断出现的赞美对象的近距离观察。(Kunene 1971)这种官方诗歌虽然在国事场合中依然繁荣,但现在已失去了曾经的广泛影响力。一种新的"人民的"文类——《赖夫拉》(*lifela*)——可以说比老的《利索科》更能代表现代巴索托人的民族和跨民族身份。

［……］

在全球化时代,口头性并未消逝,而是以不同形式成为新一代非洲人表达希望与恐惧的工具。因此,随着那些支持表演和表演者的社会基础遭到侵蚀,一方面,一些诗歌、歌曲和叙事文类消亡了;另一方面,其他文类却存活下去或成长起来。有关南非的两个例子颇有趣味。种族隔离时代,移民劳工体系中的社会和经济压力,导致了新文类的诞生。这些文类与母文类保持着松散的联系,同时又有一定的独立性,它们可在双重意义上被视为"移民"文类。如,梭托人的《赖夫拉》,源自年轻人的启蒙歌曲(initiation songs)和巴索托王室和酋长的赞美诗《利索科》,是由那些往来于莱索托和约翰内斯堡的煤矿之间的人创造而成(Coplan 1994；Damane and Sanders 1974；Kunene 1971)。那些四处漂泊、桀骜不驯的巴索托妇女——主要生活在男性同胞社会空间的边缘、利索托边境和约翰内斯堡的地下酒吧——发展出了自己的独特文类,塑造了历经苦难而勇敢无畏的女性形象,重新阐释了移民的涵义(Coplan 1994)。在另一个南非的例子中,往来于北部农村地区和约翰内斯堡之间的妇女,起初借用一种旅馆中男性的歌舞文类,然后将这种形式推广到更为女性所专有的领域中去。文类的名称没有改变,但是采用了另一种特有的女性形式,为移民女性制造现代身份提供关键指引,既拥抱现代性,又追求一种乡村的归属感。
(James 1994;1997;1999)

很多情况下,电子媒体——即电视和广播——在促进新文类的产生,
或旧文类的适应性生存方面,发挥了重要作用。[71]盒式录音磁带曾经
是传播的重要工具(Fardon and Furniss 2000),它和收音机的使用在索马
里口头诗歌的传播中扮演了引人注目的角色。一个著名的例子是,在首
都摩加迪沙(Mogadishu)进行的一场关键性的议会论战中,电台播放的
流行诗《利科》(*Leexo*)最终导致了政府的垮台(Johnson 1995:115—17)。
总之,当代研究证明,很多口头文类是有弹性的,适应了那些伴随着现代
技术和城市生活而来的剧变,经受了艰难而沉重的工业社会情境的考验。
口头文类提供了一种将新的经验形式化的手段。在众多社会中,口头文
类——如前文提到的索马里文类巴沃(balwo)和赫罗(heello)——和南
非的城市文类伊斯卡莎米亚(isicathamiya),为人们的生活提供了强大的
新文化文本(Johnson 1974;Andrzejewski and Lewis 1964;Erlmann
1991;1996;Johnson 2001)。

参考文献

Andrzejewski, B. W. , and Sheila Andrzejewski, trans. 1993. *An Anthology of Somali Poetry*. Bloomington: Indiana University Press.

Andrzejewski, B. W. , and I. M. Lewis. 1964. *Somali Poetry: An Introduction*. Oxford: Clarendon Press.

Babolola, Abeboye. 1966. *The Content and Form of Yoruba "Ijala."* Oxford: Clarendon Press.

Barber, Karin. 1989. "Interpreting Oriki as History and as Literature". In *Discourse and its Disguises: the Interpretation of African Oral Texts*. Ed. K. Barber and P. de F. Moraes Farias. Birmingham: Center of West African Studies, University of Birmingham: 13—23.

——1991. *I could Speak until Tomorrow: "oriki," Women and the Past in a Yoruba Town*. Edinburgh and Washington, DC: Edinburgh University Press and Smithsonian Institute Press for the International Africa Institute.

Brown, Duncan, 1998. *Voicing the Text: South African Oral Poetry and Performance*. Cape Town: Oxford university press.

Cope, Trevor. 1968. *Izibongo: Zulu Praise Poems*. Oxford: Clarendon Press.

Coplan, David. 1994. *In the Time of Cannibals: The Word Msie of South Africa's Basotho Migrand*. Chicago: University of Chicago Press.

Coupez, A, and Kamanzi, Th. 1970. *Littérature de cour au Rwanda*. Oxford: Clarendon Press.

Damane, M. and P. B. Sanders, eds. 1974. *Lithoko: Sotho Praise Poems*. Oxford: Clarendon Press.

Erlmann, Veit. 1991. *African Stars: Studies in Black South African Performance*. Chicago: University of Chicago Press.

——1996. *Nightsong: Performance, Power and Practice in South Africa*. Chicago: University of Chicago

Fardon, Richard, and Graham Furniss, eds. 2000. *African Broadcast Cultures. Radio in Transition*. Oxford: James Currey.

Farias, P. de Moraes. 1992. "History and Consolation: Royal Yoruba Bards Comment on Their Craft." *History in Africa* 19: 263—297. [72]

Feierman, Steven. 1994. "Africa in History. The End of Universal Narratives. "In *Imperial Histories and Postcolonial Displacements*. Ed. Gyan Prakash. Princeton: Princeton University Press: 40—65.

Finnegan, Ruth. 1970. *Oral Literature in Africa*. Oxford: Clarendon Press.

——1977. *Oral Poetry: Its Nature, Significance and Social Context*. Cambridge: Cambridge University.

——1996. *Poetry, Prose and Popular Culture in Hausa*. Edinburgh: Edinburgh University Press for the International Africa Institute, London.

Gidley. C. G. B. 1975. " 'Roko': A Hausa Praise Crier's Account of his Craft. " *African Language Studies* 16: 93—115.

Gunner, Liz, and Mafika Gwala, eds and trans. 1991. "*Musho!" Zuiu Popular Praises*. East Lansing, Michigan: Michigan State University Press.

Hamilton, Carolyn. 1998. *Terrific Majesty: The Powers of Shaka Zulu and the Limits of Historical invention*. Cambridge, MA: Harvard University Press.

Hertefel Marcel d', and A. Coupez, 1964. *La royauté sacrée de l'ancien Rwanda*. Tervuren: Mussé royal de l'Afrique centrale.

Hintjens, Helen M. 2001. "When Identity Becomes a Knife: Reflecting on the Genocide in Rwanda. " *Ethnicities* 1. 1: 25—55.

James, Deborah. 1994. "Basadi ba Baeng: Female Migrant Performance from the Northern Transvaal. "In *Politics and Performance in Southern African Theatre, Poetry and Song*. Ed. Liz Gunner. Johannesburg: Witwatersrand University Press: 81—110

——1997. " 'Music of Origin': Class, Social Category and the Performers and Audience of *Kiba*, a South African Genre. " *Africa* 67. 3: 454—475.

——1999. *Songs of the Women Migrants: Performance and Identity in South Africa*. Johannesburg: Witwatersrand University Press in association with The International African Institute, London.

Johnson, John W., Thomas A. Hale, and Stephen Belcher, eds. 1997. *Oral Epics from Africa: Vibrant Voices from a Vast Continent*. Bloomington: Indiana University Press.

Johnson, Simone L. 2001. "Defining the Migrant Experience: An Analysis of the Poetry and Performance of a South African Migrant Genre." MA diss. University of Natal, Pietermaritzburg.

Kagame, Alexis. 1951. "La poésie dynastique au Rwanda." Brussels: Institut Colonial Belge. 1975. *Un Abrégé de l'ethno-histoire du Rwanda*, vol. II. Butare: Editions Universitaires du Rwanda.

Kunene, D. P. 1971. *Heroic Poetry of the Basotho*. Oxford: Clarendon Press.

Morris, Henry F. 1964. *The Heroic Recitations of the Bahima of Ankole*. Oxford: Clarendon Press.

Mudimbe, V. Y. 1994. *The Idea of Africa*. Bloomington: Indiana University Press.

Muhammad, Dalhatu. 1979. "Interaction between the Oral and the Literate Traditions of Hausa Poetry". *Harsunan Nijeriya* 9: 85—90.

Nyembezi, C. L. S. 1948. "The Historical Background to the *Izibongo* of the Zulu Military Age." *African Studies* 7: 110—25 and 157—174.

——1958. *Izibongo Zamakhosi*. Pietermaritzburg: Shuter and Shooter.

Okpewho, Isidore. 1979. *The Epic in Africa*. New York: Columbia University Press.

——1992, *African Oral Literature: Backgrounds, Character and Continuity*. Bloomington: Indiana University Press.

Opland, Jeff. 1974. "Praise Poems as Historical Sources." In *Beyond the Cape Frontier: Studies in the History of the Transkei and the Ciskei*. Ed. Christopher Saunders and Robin Derricourt. London: Longman: 1—37.

——1987. "The Bones of Mafanta: A Xhosa Oral poet's Response to Context in South Africa." *Research in African Literatures* 18.1: 36—50.

——1998. *Xhosa Poets and Poetry*. Cape Town: David Philip.

Pongweni, Alec. 1982. *Songs That Won the Liberation War*. Harare: The College Press. [73]

——1997. "The Chimurenga Songs of the Zimbabwean War of Liberation." In *Readings in African Popular Culture*. Ed. Karin Barber. Oxford: James Currey in association with the African International Institute: 63—72.

Rwabukumba, Joseph and Vincent Mudandagizi. 1974. "Les formes historiques de la dépendance personelle dans l'état rwandais. " *Cahiers d'tudes Africaines* 14. 1.

Smith, M. G. 1957. "The Social Functions and Meaning of Hausa praise-singing. " *Africa* 27. 1: 26—43.

——1978. *The Affairs of Daura: History and Change in a Hausa State* 1800—1958. Berkeley and Los Angeles: University of California Press.

Suso, Bamba, and Banna Kanute. 1999. *The Epic of Sunjata.* Trans. Gordon Innes with Bokari Sidibe, ed. and introd. Graham Furniss and Lucy Duran. London: Penguin.

Torino, Thomas. 2000. *Nationalists, Cosmopolitans and Popular Music in Zimbabwe.* Chicago: Universiry of Chicago Press.

Vail, Leroy, and Landeg White. 1991. *Power and the Praise Poem. Voices in Southern African History.* Oxford: James Currey.

Vansina, Jan. 1984. *Art History in Africa.* London: Longman.

——1985. *Oral Tradition as History.* Oxford: James Currey.

Yai, Olabiyi. 1994. "In Praise of Metonymy: The Concepts of 'tradition' and 'Creativity' in the Transmission of Yoruba Artistry over Time and Space. " In *The Yoruba Artist: New Theoretical Perspectives on African Arts*, Ed. Rowland Abiodun, Henry F. Drewal, and John Pemberton III. Washington, DC: Smithsonian: 107—115.

（段静 姚峰 译；汪琳 校）

第10篇　口头性,读写性与非洲文学①

阿比奥拉·艾瑞尔(Abiola Irele)

[74]哦吼! 刚果河,哦吼! 你的名字飘荡,在江上,在河上,在一切记忆之上,科拉琴的乐声让我心驰神醉,柯亚泰! 那誊写人的记录只会在时光里消亡。

列奥波尔德·塞达·桑戈尔,《刚果河》

几乎毫无疑问,近来对非洲口头传统的关注,很大程度上再次激发了学界对口头性——及其与读写性的关系——问题的学术兴趣。当然,非洲口头形式研究之所以受到认真对待,还受益于之前就已存在的治学风气。在这方面,值得一提的是,非洲口头性作为一种文化现象被广泛思考,这得益于两个具体的因素。首先是结构主义语言学的发展。不论是索绪尔的结构语言学,还是以莱纳德·布龙菲尔德(Leonard Bloomfield)为代表的结构主义语言学,均关注语言的口头基础,并将这一因素纳入语言研究的正统准则之中。众所周知,结构主义的影响超出了语言学范围,尤其刺激了文学理论的复兴。在俄国形式主义者的作品中,很多都是基于对民间和口头资料的考察,这在弗拉基米尔·普罗普(Vladimir Propp)的作品中尤为明显。

第二个因素是关于米尔曼·帕里(Milman Parry)、艾伯特·洛德(Albert Lord)和查德威克斯(the Chadwicks)的著作,他们鼓励将口头性

①　First published in *Semper Aliquid Novi: Papers in Honour of Albert Gérard*, ed. Janos Riesz and Alain Ricard, pp. 251—263, Tübingen: Gunter Narr Verlag, 1989; and subsquently in *The African Imagination: Literature in African and the Black Diaspora*, pp. 3—38. New York: Oxford Unviersity Press, 2001.

作为文学表达的基本模式。他们的著作对欧洲古典遗产研究——传统西方学术最崇高的领域——的直接影响,是在文学表达方面突出了口头性的重要意义,并最终推动了对口头文化——甚至是西方文学传统——的重新评价,马歇尔·麦克卢汉(Marshall McLuhan)就是一个典型的例子。

这些进展不仅在纯语言学的框架下(如泛非主义研究的早期阶段),而且从文学和艺术的角度,为非洲口头性的学术研究创造了条件,拓展了对文学的理解。同时,口头性在非洲文化语境中的支配地位[75]也提供了诸多可能性,证明口头性涉及我们从总体上对人类交流过程的理解,尤其是形成一种有关文学表达的包容性认识,这种认识指向一种普遍的文学观。

尽管 20 世纪早期的学术发展激发了对口头形式的密切关注,也为人们打开了一定的前景,然而近来,口头性和读写性之间的关系却更多被视为对立关系,而非互补。根据索绪尔的优先次序,书写是为口头语篇提供物质支撑的二级媒介,但国外似乎有人想颠覆这种次序,肯定书写对于交际和认知功能的首要地位。因此,口头性虽然没有遭到激烈反对,但价值却逐渐被削弱,读写性在组织人类经验中的优势日渐突出。

或许在杰克·古迪(Jack Goody, 1977, 1978)的著作中,这种对口头性的偏见尤为突出,他几乎把读写能力等同于一种反思精神。在他看来,口头性体现了处理逻辑过程方面的无力,导致操控世界的不确定性;因而,读写性为任何一种文明生活的持续发展,提供了惟一的基础。类似的定位也出现在瓦特·翁(Walter Ong)的著作中,他的立场尽管没有古迪那样绝对,但也出自同一个前提。他假定人类心智的结构受到语言表达和交流技术的影响,甚至由它们所决定,这种技术在某个社会或文化发展的特定时刻,是由其全体成员共同掌握的(Ongoing, 1982)。他用了智力(noetics)这个术语,对口头性和读写性所制约的心理倾向进行比较研究。以上两个例子在处理口头性的问题上,都包含一种进化论的观点。我挑选出这两位学者,是因为他们著作的影响很大,在这一问题的探讨中代表了主流观点,从而导致了口头性与读写性之间尖锐的二分法。这些观念同人类的两种语言交际模式有关,这两种模式不仅代表了两种社会和文化的组织形式,甚至更加激进地说,代表了两种思想——甚至存在——的模式。以下摘录明确总结了这一观点。

> 简单地说,口头性的特征是短时记忆、记忆的动态平衡,说者和听者共同在场——由此而来的是,共享的部落文化、短暂的文本性、较差的传播力、亲密关系、直接的社会控制、并列而非累积的叙事性、形容词的描述、叙事人物的类型。而读写性的标记则是物理文本的持久性、更长的记忆、文本传输中的空间自由、隔离和异化、个人自由主义、句法的和累积的叙事性、内省分析。(Miyoshi,1989,33)

很显然,一旦这样的区分被应用于想象力的生产,西方传统小说就成了一切文学创作经验和形式的参考标准。更宽泛地说,这段文字阐明了口头性与读写性二分法中暗含的价值判断,其中口头性与所谓简单社会的交际和表述系统相关,而读写性则为那些确保西方文明胜利的观念和道德提供了基础。[76]这样,关于口头性和读写性的观念,成为一条新的差异原则。如露丝·芬尼根(Ruth Finnegan)所说,这样的差异原则在人类意识与成就两个领域内,划出了"巨大的分界线"(Finnegan,1973)。在种族和文化之间制造理论分界线,是人们熟悉的西方学术的特点,这一特点尤其困扰了人类学研究。也正因为此,这一特点所引发的问题远远超出了我目前课题的范围。但是,我觉得有必要阐明其运作的方式,并就当前有关口头性和读写性关系的讨论应该采取的方向提出建议,尤其要使大家注意到(我所发现的)这些讨论的简单化弊病,尤其是对于口头性本质的片面理解。

在我看来,有必要对这一问题进行重新评价,评价的前提是首先要认识到,这两个概念相互关联性存在于不同语境之中。一个明显的事实是,在某些与实证科学密切相关的方面,读写文化在保存和传输知识方面具有惊人的能力,并在组织和转换经验方面具有巨大潜能。因此,与通过纯粹口头表述运转的文化相比,读写文化具有绝对优势。迄今为止①,书写已被证明是加工外界信息的最方便手段,有力推动了与西方文明相关联

---

① 我说的是"到目前为止",这是因为——正如马歇尔·麦克卢汉所预见的那样——电子革命似乎注定要创造出一种新的表征现实的语言。

的科学技术的发展。读写性成了任何现代生活的必要条件。甚至可以确定,书籍不仅代表了话语再现和观念表达的方便有效的形式,还提供了一个人类跨时空对话的综合媒介。尽管这是一种关于书籍在读写文化中的功能的理想化概念,但至少遵循了将读写性视为服务于人文自由主义理想的原则。

这一对立牵涉到时间与空间上的限制,由于这些限制,语言交流在那些以口头为主或纯粹口头的文化里受到了限制。人们总是指出,口头文化由于受到时空的严重阻碍,因而没能发展出像读写文化那样复杂的表述系统。但是,这种限制也可能被夸大了。很容易观察到的是,许多口头文化为了克服口头交流的局限性,已经在其复杂的符号体系下发展出了不同的策略。有人可能会提到,在非洲存在不断诉诸替代手段的现象(鼓语的使用显然就是一例),以及诉诸其他非语言符号手段,这种体系既赋予人类语言空间上的共鸣,也拓展了语言的表达潜力。对于口头性在时间上的局限性,整个文化——语言专家的加入和记忆技术的集中开发都是其中的关键要素——都会动员起来,以口头的形式保存那些(被赋予了特殊价值的)集体生活的档案。这一点,我们很快就要回来讨论。

基于这些考虑,我们应该对那些支配着口头和读写之间区别的理论预设作出认真修正,[77]并直接挑战隐匿其中的价值判断。这些判断中,包含的是对书写的极端固化(valorization),是书写作为语言的空间类别所想象出的自主权。但这一观点若要成立,就必须忽略这样一个事实:无论其阐述语言的能力如何,书写仍然是一种次级形式,是一种**再现**,是从口头语言最重要的即时性开始产生的位移。

这一观点同文学经验的某些重要方面有关,我将在后文提及;同时,请让我作些说明,考虑到非洲的情况,可能在文学领域,优势并不完全在读写性一边。我们应该意识到,在符号的世界里,口头性作为一种表达方式具有显著的优势,所有社会参与形式都需要这种表达方式,才能充分和恰当地发挥作用。如果这一点能够说明什么的话,那就是在非洲,将语言从口头性影响下的社会文化经验的总体中分离出来,是不可能的。的确,我正是打算在此领域寻找非洲口头性为文学经验作出的独特贡献:这提醒我们,用于想象性目的的语言代表了符号结构的基础部分;通过这个基础,个人与社会发生关联,而社会本身又与其所存在的世界发生关联。因此，我的论点是：为了获得有关文学表达作为一种经验维度的全面认识，思考口头性的本质是非常有价值的。

这番评论指向了非洲表述核心的一个主要议题，我们在考虑口头性与非洲文学的关系时，都必须考虑到这个议题：在所有表述生活经验的媒介中，语言的地位是首要的。面对助长了当代西方世界某些思潮的现代怀疑论，我们此时需要重申上述观点。这种新怀疑论试图否认语言能够传播纯粹文本和形式之外价值的功能，否认语言产生的意义能够反映经验所具有的丰富纹理。将语言抽离人类的感官世界，这在批评理论中引起了很大的争议。对此，我无需赘述。只需说明，这提出了一种客观性的语言观念，这种观念直接源于书写所形成的思维习惯，因此我们当中具有口头文化背景的人不可能认同这样的观念。

因此，在语言和意识之间、表述和经验之间的密切关系方面，我坚持采取一种清晰的视角，试图在非洲文学的总体中考虑口头性的地位。首先我假设，无论是书面还是口头的文本（稍后我们会考察文本由什么构成），均是语言的显现，是人类意识的产物，与意识保持着深刻的合谋关系，并调节着意识。尽管许多非洲社会认识到，语言作为一种自然现象，有其自身独特的现实，甚至某种程度上有内在的力量（Zahan，1963；Calame-Griaule，1965），但如果没有语言所实现和维系的表述，语言终究是不可想象的。为了重申这一语言观，我们或许可以说，无论词语如何捉摸不定、曲折难解，彼此都会相互配合，以激活语言的抽象系统，如此才能赋予我们创造意义的力量——意义无非表达了我们组织经验的意愿。

我想，在重新评价文学与经验的关系方面，以及文学作为生活与想象性意识（imaginative consciousness）之间的调节形式方面，这些反思应该可以厘清（在我看来）口头性具备的可能性。[78]在此方面，我觉得非洲的例子尤其给人教益，现在，我就通过具体参照非洲文学的现状，试着阐发这一观点。当前非洲文学的突出特征就是口头性与读写性之间的复杂关系，这一现状折射出我们关于传统与现代二元经验中所包含的二分法。

尽管非洲文学只是在近代才开始受到世界的关注，但是文学表达在非洲绝不是最近才发展而来的。尽管这个说法让人听得乏味，但是为了引起人们对口头传统的注意，仍然有必要提及。在这片大陆的漫长历史中,口头传统一直是深度介入语言的制度性渠道,我们认为这构成了文学形式的基础。之后,书写的引入又赋予了非洲大陆的文学表达一个新的维度。鉴于这样的转变,我们确实可以说,文学作为一种社会机制和文化生产形式,最近已开始获得新的声望和紧迫性。之前,在构成我们前殖民传统世界的那些社会和文化中,文学是其过程、结构和禀赋的一种自然显现;而最近,文学已经发展成为新的现代经验的表述模式。因此,非洲文学已经成为一个活跃的、集中的自我意识领域,其含义已延伸至对历史的持续拷问,以及对语言的坚决干预。

对非洲文学进行重新评价的一个重要部分,是关注文学表达自身的性质、可能性及形式。换句话说,为了确切地阐述旧的存在秩序与新的存在模式之间的脱节状态,现代非洲的文学家们被迫重新思考他们的表述媒介和叙述方法。为了追求表述和视野的本土真实性(grounded authenticity),那些最优秀的非洲现代作家不得不在传统文化中寻找资源,包括表达的素材和模式。传统文化依然是非洲当下的现实存在,是活生生的资源,因此,现代文学力求与这份遗产建立并加强联系——该遗产尽管联系的是非洲的过去,但对于非洲的文学想象而言,依然是可持续利用的资源。因此,在文学功能的转换过程中,在如何为非洲主张的表达找到形式手段的探索中,口头传统都深涉其中。

这些评论主要用于讨论口头传统和欧洲语言的新文学之间的关系,也可以进一步推而广之,考察本土语言书面文学的稳步发展,很多情况下,这种书面文学是口头传统的直接产物。如果我们呈现出非洲大陆文学创作的全景,就可理解非洲文学的复杂性。可以说,我们有一连串的进步,都始于口头文学。传统语境中,口头文学的形式和功能依然活跃于广泛的社会文化活动中;现代世界中,情况相当程度上也是如此。由于非洲语言书面文学的存在,文学表达的主要场域得到了拓展。这些书面文学与口头传统维系着语言和形式上的天然联系,同时因为书写的缘故,已无法直接契入与口头性伴生的集体生活之中。以欧洲语言呈现的现代表述方式的出现,导致了非洲文学第三个领域的诞生,[79]这一领域同另外两个领域的联系,包含在这样一个过程中,即致力于恢复那些与口头性相关的(美学、道德和社会)价值。

现在,我将就口头文学的突出特征作一番考察,并将口头文学作为非洲语境下文学经验的基本参照。但是，为了在非洲文学的广泛领域内厘清口头性与读写性之间的关系，请允许我再作一番评论。很显然，在这方面，人们对非洲语言书面文学产生了兴趣，因为它证明了口头性和读写性之间的直接联系。在我所熟悉的约鲁巴语文学的具体案例中，确实有一种观点认为，这种文学中的很多作品都依赖于这种关联，因而主要作为一种"次级口头性"(secondary orality)的形式存在。① 我们要在非洲语言书面文学的总体中，区分两种不同的类别：首先是经典文学，主要以所谓非洲-阿拉伯(Afro-Arab)传统中现存的斯瓦希里语作品为代表，但是也包括这一传统之外的其他作品，如埃塞俄比亚的盖兹语或阿姆哈拉语作品。第二类，由较为晚近的其他非洲语言作品组成，是西方读写教育引入后的产物。相当数量的约鲁巴语和索托语等非洲语言名作都属于第二类。就约鲁巴语书面文学的发展而言，丹尼尔·欧娄朗费米·法贡瓦是其先锋；就索托语书面文学而言，托马斯·莫弗洛创造了一部现代经典之作——史诗小说《沙卡》(Chaka)。正是在这种文学中，口述模式进入了书写的直接转换过程，一目了然。需要补充的是，尽管我列举的作品都是代表作，但未能覆盖当前文学发展的总体范畴，因为读写文化的传播正推动新非洲语言文学在整个非洲大陆涌现(Gérard, 1971, 1981)。

虽然欧洲语言文学仍属于西方读写文化的传统，但人们一般认为，就形式而言，这种文学正向口头模式靠近。这是当代最重要的非洲作品的特征。关键在于，通过这两种渠道，口头传统持续成为非洲表述的基本参照和非洲文学想象的孕育之源。

这一论断促使我们直接思考口头文学本身。口头文学才是"真正的"非洲文学，这显然是有道理的。口头文学如今依然流传最广，绝大多数的非洲人至今还与之保持着接触，它还是非洲人的情感最容易契合的表达形式。原因并不难发现：尽管受到读写文化的影响，口头性依然是这片大陆上主要的交流模式，这就决定了一种特殊的文学气质，有别于读写文化所规定的文学性。

在此结合处，我们或许可以考虑一个与文学表达相关的问题，而且任何有关口头性的讨论一旦开始，这样的问题会立刻出现：不同的表达层

---

① 我使用这个短语的意义，稍微有别于瓦特·翁。

次——在普通交流与或可看作语言的文学化运用之间做出区分。我曾在其他场合,提出或许应该考虑非洲口头性中的三个语言表达层次;我还会谈到这三个层次,并作进一步阐述,以便更为清晰地理解——至少在非洲语境下——口头文学的特征,而且在适当的时候提出其总体意义。

[80]首先,在所有文化中,都有一个用于日常普通交流的基础层面,这主要限于语言的字面意义;对于这一层面,无需多言。就非洲口头性而言,我们可以立即进入第二层面的内涵意义范畴,这一范畴以语言的比喻和修辞形式为标志——任何熟悉非洲演说习惯的人都能意识到——这些形式是非洲大陆语言互动中频繁出现的要素。文化本身提供了规约性(prescribed)话语形式,这种话语形式又界定了我们或许所谓的"程式"框架,用以规范言语活动,甚至思维过程。可归入语言运用这一修辞层面的是谚语和格言,二者几乎在每一个非洲社群中,都有着特殊的价值,这也就解释了它们作为受文化规约的固定形式流传甚广的原因。而且,谚语本身实际上可以当作一个文类,能够作为一种手段进入几乎所有的言语活动,而且经常以口头文学的外延形式发挥形式功能。当阿契贝将伊博族谚语改编成英语时,他写道:谚语是"词语被吃掉时蘸的棕榈油",从而让人们注意形式在非洲言语中的中心地位。他所指的还有(作为一种文化制约因素,几乎每个非洲社会中都培养出来的)对词语的鉴赏力、(口头性所激发的)对语言的敏感性、(文化因素所促进的)谚语的美学功能。

但是,人们对谚语在言语中所扮演角色的认识,并不限于伊博谚语涉及的审美过程,还在于谚语为思想过程、甚至为认知取向提供的诸多可能性。因为,谚语代表了一种被压缩的反思经验(reflected experience),发挥尽可能简化思想的作用。下面这个约鲁巴元谚语(metaprovert)概括了人们对谚语思想价值观的认识:**谚语是思想的马匹,当思想丢失的时候,我们派出谚语去寻找**(Owe l'esin oro; ti oro ba sonu, owe l'a fi nwa)。作为一种文类,谚语连接了我所说的语言的修辞层面和第三层面。在第三层面——非洲口头性方面——想象以**组织化文本**(organized text)的形式,甚至在很多社会中以一组**神圣文本**(consecrated texts)的形式,获得了恰当的表现形式。我很清楚,用于口头表述的文本概念可能是模糊不清的,但我相信,与读写性一样,文本与口头性也具有相关性。

口头性与读写性二者对立关系的一个变体,是人们所提出的文本和言语之间的区分，这种区分进而影响了人们对语言在何种条件下产生这一问题的看法。根据这一看法，**言语**（utterance）隐含着匿名性、一个集体的声音；而**文本**（text）则意味着作为个体的作者身份、一个单一的意识。但只要稍加反思，便可弄清，这些隐含信息涉及读写文化特有的局限性，它所依据的那种划分是站不住脚的，充其量只是形式上的区分，只能影响表述的方式，而非内容。我们只需考虑语域在所有语言形式中的作用，就足以理解言语的复杂程度是问题的焦点所在，这使人们注意到言语行为——不论是口头的，还是书面的——本身的性质、层次和语境。在我看来，这样形成的文本观念，比仅仅参照读写性形成的文本观，更具包容性。

从这一视角，我们可以非常简单地将文本界定为一系列有组织的表达，组合在一起，就能形成连贯的语篇。在文学表达中，语篇的想象性路径、艺术化语言模式所组织的形式，共同形成了连贯性。正是在此根本性意义上，文学文本才能存在。的确，[81]我关于谚语的论述表明，谚语实际上就是该意义上的文本，只是形式上短小精悍罢了。现在我们可以确定的是，很多非洲社会中，我们经常可以辨别出依据该定义而来的延伸文本；这些文本作为自成一体的孤品（isolated works）而存在，每一篇都是高度组织化的，都是充分而独立的文学宣言。而且，某些情况下，这些口头文本可能具有严格和固定的形式，拥有我们所谓的经典地位；它们代表了——用保罗·祖姆托（Paul Zumthor）的话来说——所在特定文化中的"丰碑"（Zumthor，1983，39）。

就口头文化中文学与社会的关系而言，后一方面所涉及例子对人是很有教益的，对我们理解（在语言作为经验载体被高度重视的语境中）文学语篇的社会功用，也是有所启发的。此时，我们立刻就能想到约鲁巴文化中伊法信仰（Ifa）的文献。显而易见，这些文献的宗教功能（与占卜仪式相连，同含有这些文献的诗歌的封闭性相关）与该形式保守的文本要求，是密切相关的（Bascom，1969；Abimbola，1977）。另外一例（卢旺达王国的宫廷诗歌）中，诗歌融合了历史叙事和献给统治家族的颂词；如此一来，君主政治就等同于国家的物质和精神福祉。此例中特别有趣的是，文献在文本上的完整性取决于一个复杂的度量系统；该文类重要的社会价值迫使人们以这种形式进行文字记载。

这两个例子表明，口头文化完全能以严格的文本形式承载文学创作。

然而,非洲的实际情况是,与这些例子相比,口头文学表现出的文本性原则更为灵活。就其本质而言,口头性所展现的,即便不是文本绝对意义上的短暂易逝,至少也是一种固有的不稳定原则。但是,被读写文化视作负面和不便的特性,已被转化为非洲口头文化的优势。尽管在文学表达的形式中,我们不能无视文本因素,但这些因素经常只是作为语言结构的框架,只是作为推进思想和形象的参照点,只是作为一个潜在语篇的叙事和韵律发展的指导性线索。这种框架只存在于大脑中,只有在需要时,表演者才会将其扩展成一个完整的语篇。关键在于,口头文本事先几乎都不会胸有成竹,这不同于书面文学——书面文学完成后,就有了确定的形式,赋予文本以永恒的物质存在。口头文本在口头表演中产生,因此是开放和动态的。一个特定作品中,可以被抽象出来的语言内容,总是根据场合的需要,被不断再创造和改写,在不断的演绎中被赋予新的感受。

［……］

[82]参考文献

Abimbola, Wande, ed and trans. *Ifá Divination Poetry*. New York: NOK, 1977.

Bascom, William Russell: *Ifá Divination: Communication between Gods and Men in West Africa*. Bloomington Indiana University Press, 1969.

Calame-Griaule, *Geneviève. Ethnologie et langage*. Paris: Gallimard, 1965.

Coupez, A., and T. Kamanzi, eds. *Littérature de cour au Rwanda*. Oxford: Clarendon, 1970.

Finnegan, Ruth. "Literacy versus Non Literacy: The Great Divide" in *Modes of Thought*, ed. Robert Horton and Ruth Finnegan, 112—114. London: Faber and Faber, 1973.

Gérard, Albert. *Four African Literatures*. Berkeley: University of California Press, 1971

——*African Language Literature*. Washington, DC: Three Continents, 1981.

Goody, Jack. *The Domestication of the Savage Mind*. Cambridge: Cambridge University Press, 1977

——*The Interface between the Oral and the Written*. Cambridge: Cambridge University Press, 1987.

Miyoshi, Masao. "Thinking Aloud in Japan." *Raritan* 9, no. 2 (Fall 1989): 29—45.

Ong，Walter J. *Orality and Literacy：The Technologizing of the Word*. London：Methuen，1982.

Zahan，Dominique. *La dialectique du verbe chez les Bambara*. Paris：Mouton，1963.

Zumthor，Paul. *Introduction à la poésie orale*. Paris：Seuil，1983. Trans. Kathryn Murphy-Judy as *Oral poetry：An Introduction*. Minneapolis：University of Minnesota Press，1990.

（段静 姚峰 译；孙晓萌 校）

第11篇 口头文学与非洲现代文学[①]

伊西多尔·奥克培霍（Isidore Okpewho）

[83][······]

非洲现代作家中,有一种日益明显的倾向,即同时在内容和技巧上认同本民族的文学传统。原因不难发现。在非洲各国脱离欧洲宗主国,赢得政治独立之前,有很长一段时间,非洲文化被误解和歪曲了。在对非洲文化的描述中,经常用到**野蛮**和**原始**之类的词;国外学者对非洲语言无动于衷,对文学所传达出的态度也视而不见,因而忽视或贬低了口头文学的文学或艺术质量。这些非洲国家摆脱外来统治、赢得独立的时候,必然重新审视支配他们的制度,以及长期被外来者宣传的文化形象,旨在证明非洲自远古以来,就有值得尊重的传统和值得骄傲的文化。

对作家而言,这项事业的主要内容就是搜集并出版本民族过去生活实践中的口头文学文本,并将这种文学作为原创作品的基础。这些原创作品或多或少从现代视角,反映当下人们所关注的一些焦点,证明非洲传统文化没有过时,可以用以表达当下的需求和目标。本文中,我们将考察非洲现代作家为维护非洲传统文化所作的不同贡献。

[84]翻译

我们经常强调,从 19 世纪中叶到 20 世纪中叶,很多研究非洲口头文学和文化的欧洲人,存在着偏见和误解。他们翻译口头文学的片段,或试

---

① First published in *African Oral Literature：Backgrounds，Character，and Continuity*，pp. 293—296，301—303，314—316. Bloomington, IN：Indiana University Press, 1992.

图给予该文学他们认为该有的体面时,常常会不经意地流露出这种偏见和误解。在过去流行的有关非洲口头文学的偏见中,伯顿(Burton)曾经提到过一种:"那里没有诗歌……没有韵律,没有韵脚,没有任何让人感觉舒服或有趣或引发激情的东西。"(1865:xii)结果是,一些欧洲的诗歌采集者翻译在非洲社会碰到的诗歌时,总是试图使其契合西方的韵律,这样一来,欧洲人听了感到美妙,却失去了非洲的特色。

非洲的作家和学者开始翻译时,用欧洲语言处理非洲口头文学,以不失原始诗性和魅力为基本职责。不幸的是,有些人想要追赶"时髦",最终导致其翻译就像那些欧洲人所做的那样,失去了非洲的特色。尽管以下这首由加纳诗人阿达里·莫提(G. Adali-Mortty)翻译的埃维人(Ewe)传统哀歌,试图捕捉原作深沉的情感,但他求助于伊丽莎白时代的诗歌风格,令我们质疑其翻译的可靠性。

> 我想,这是一个梦;
> 但是梦竟然实现了!
> 阿唐巴(Atangba)的儿子,德罗菲努(Drofenu),说:
> 不要信他们;
> 梦就是梦。
> 别无其他!
> 真的,如果梦是真实的,
> 死亡,那我就洞悉了死亡。(Adali-Mortty 1979:4)

与很多为自己的自由不羁辩护的译者一样,阿达里·莫提在为自己的技巧辩护时宣称,非洲诗歌的"思想被压缩在精练的语言中,译成英语时,就成了一种冒险!"这当然是真的,我并不打算轻视或低估大多数非洲传统诗歌的思想深度。但是,问题在于,没有必要削足适履,死搬异域风情过多的古语和技巧,来捕捉这种深度。非洲传统诗歌的特点之一是重复——单句或组句的重复。值得注意的是,这首哀歌的埃维语版本中,阿达里·莫提在括号里标明,这首诗的前两句唱两次——"(bis)"——但这一标记在英文版中被略去了,似乎暗示了这种重复在英语诗歌规范中没有意义。这一说法,很可能是对的。但是,被翻译的是非洲诗歌,这种重复的确能通过强调,赋予一段口头表演以某种强度或深度。

那些对此心领神会的非洲作家致力于在二者之间达成妥协——既适当考虑欧洲的语言风格,又坚决忠于原作的非洲特色。这首从阿科利语(Acoli)翻译[85]而来的哀歌中,奥考特·庇代克没有改变原文的重复性结构和措辞,因而保留了诗歌口头表演的活力和粗俗,而且单凭重复的力量,就凸显了穷人的悲惨命运。

> 啊,我的姑姑,
> 穷人的死如此突然;
> 我的姑姑,她被扼死了吗?
> 是什么杀死了我的姑姑?
> 贫穷的妇人死在路边;
> 这个可怜的人突然死去;
> 谁杀死了我的姑姑?
> 穷人的死如此突然。
>
> 啊,妈妈,
> 我听到了她的气息,哦,
> 穷人的死如此突然;
> 我听到了她躺在路边的气息;
> 什么蛇咬了她?
> 贫穷的妇人死在路边;
> 这个可怜的人突然死去;
> 她是被狮子咬死的吗?
> 穷人的死如此突然。
>
> 啊,妓女;
> 穷人的死如此突然;
> 啊,妓女,有人和她睡觉;
> 或许是一头有梅毒的公牛杀死了她?

> 我的姑姑死得真傻；
>
> 这个可怜的人突然死去；
>
> 谁杀死了她？
>
> 穷人的死如此突然。（p'Bitek 1974：137）

这首诗真实地展现了一个非洲作家，对民族诗歌传统的独特抒情方式有着敏锐的感知，我认为，英语的清晰易懂减弱了原作诗意的强度。

对非洲口头叙事的翻译已经大量存在。已知最早的非洲寓言的"翻译"是法国人 J-F·（"Le Bon"）罗杰的《塞内加尔沃洛夫语寓言》（*Fables Senegalaises recueillies dans l'Ouolof*，1828），这是真正的复述或重述。事实上，19 世纪后半叶和本世纪的多数时候，都出现了多本质量参差不齐的翻译。其中一些不过是人类学家搜集的寓言故事的摘要，他们对观念（有关文化和社会生活）的兴趣超过了这些故事的文学价值。

然而，非洲作家和学者已力图纠正人们的印象，说明他们的叙事传统与任何现代叙事一样具有魅力。本世纪最著名的民族主义意识形态之一就是"黑人性"哲学，尤其是塞内加尔的列奥波尔德·塞达·桑戈尔在其诗歌和论文中宣扬的"黑人性"思想。"黑人性"哲学的目标是将一切非洲的东西——黑色、非洲人的生理特征和生存环境、[86]非洲文化的人文性等——予以优美、积极的呈现。这场旨在彰显非洲的运动——恰逢（20世纪四五十年代）非洲各国摆脱欧洲列强、争取民族独立的激荡岁月——主要通过这一时期的诗歌进行宣传，诗歌的作者有桑戈尔、比拉格·迪奥普（Birago Diop）、大卫·迪奥普（David Diop）、贝尔纳·达迪埃等非洲法语诗人，以及莱昂·达马斯（Léon Damas）、艾梅·塞泽尔等加勒比诗人。但除此之外，也有一些散文叙事作品。

最为杰出的散文作品之一是历史学家吉布里尔·塔姆索·尼安（Djibril Tamsir Niane）编撰的有关 13 世纪马里国王松迪亚塔（Sunjata）的传奇故事，书名为《松迪亚塔或曼丁戈史诗》（*Soundjata ou l'épopée mandingue*，1960），后由皮克特（G. D. Pickett）翻译成英文，名为《松迪亚塔：古马里王国史诗》（*Sundiata：An Epic of Old Mali*，1965）。在追溯曼丁戈族（Mandinka）伟大的历史传统时，尼安（Niane）明显受到托马斯·莫弗洛笔下祖鲁族传奇领袖沙卡的生平和功业的影响。尽管沙卡建功立业的故事传统上由游吟诗人(imbongi)讲述——他们用一种高度隐喻的赞歌来表达主题——莫弗洛(当时在一家教会出版社工作)却选择将他的《沙卡》编写成一本历史小说,用来"研究人类的激情,研究一种未加控制、之后又无法控制的野心,导致了小说中人物的道德毁灭,以及不可避免的惩罚。"①传统的松迪亚塔由说唱艺人(griots)在一种叫做科拉琴(kora)的弦乐器伴奏下,以诗歌的形式吟唱,尼安却将其改写成一部历史小说。但是,尼安并没有采用莫弗洛式的道德训诫,而是将松迪亚塔描绘成不可战胜的正义事业捍卫者和永恒的帝国荣耀缔造者,从而保留了原作中的赞美元素。

[⋯⋯]

改　造

必须强调的是[⋯⋯]翻译绝非易事。确实,我们应该进一步说,不论译者如何尽力贴近原文,但翻译很少不表现出因袭某种风格的痕迹。原因不难理解,无论译者如何喜爱某个民族引以为傲的文化遗产,他或她同样会意识到,该文本所揭示的一些观点已时过境迁。形势已经有了一些变化,尽管老的经典故事和歌曲为免于消亡,需要被不断翻译,但同样不可避免的是,这些故事和歌曲的呈现方式,会折射出当代社会变幻的生活和感知方式。

以程式化的(stylized)语言和技巧翻译旧文本,是适应观念变化的一种途径。为旧的形式寻找新的主题和新的语境是另一条途径,典型的例子是索托语作家卡其拉(B. M. Khaketla)对火车的描述(Kunene 1970:150—151)。作者与其民族传统的密切关系从以下事实可见一斑:他选择了颂词——如在《利索科》中——来描述这一对象,尤其是描述火车运动时的风驰电掣。举这首诗的开篇几行为例:

---

① 1925年,莫弗洛的《沙卡》首次以塞索托语出版,后由弗雷德里克·汉斯伯勒·达顿(F. H. Dutton)翻译成英文(1930)。更权威的译本由研究员索托·丹尼尔·昆内内(Sotho Daniel Kunene)于1981年翻译出版。

哐嘁哐嘁(Tjbutjbumakgala)①,白人的漂亮东西,
有根钢丝绳系住这头黑牛,
对这根编织的绳索,他要挣断!

[87]它的确是拖在后面的烟雾之母,
一个疯子,一个戴草帽的人,
天空晴朗,它却制造烟雾,
风和日丽,它却搅起云团,
弄得我们一身漆黑;
干芦苇投入了篝火,
浓烟滚滚,火花四溅。

像口头传统中的赞美诗人一样,卡其拉对火车作英雄般描绘时,试图掺入一种微妙的抗议或否定:

火车是个恶毒的、黑色的小东西,
它带走了我的兄弟,从此杳无音信,
我愤愤不平,泪水溢满了眼眶,
如河流般沿着脸颊淌下,
我站在那里悲伤地痛哭!

值得注意的是,这首诗描绘的是现代技术的产物——火车。尽管卡其拉用他的本土语言(索托语)写作,并且同索托颂词的传统保持着联系,但选择了一个现代主题,来证明这种传统的适应性以及同现代生活持续的相关性。

乌干达诗人奥考特·庇代克在歌中记录了类似的成就,最著名的是《拉维诺之歌》。直到1982年去世,奥科特一直坚信口头传统的生命力。他的一些同事——包括塔班·罗·利庸(Taban lo Liyong)——抱怨,和西非相比,东非还是一片"文学荒漠",而奥科特却回答道,塔班这样的批

① 这是模仿火车发出的咔咔声(或啾啾声)的象声词。

评家都患上了某种"文学耳聋症"(p'Bitek 1974：v)。尽管奥科特去了英国几所最好的大学(布里斯托，牛津等)，但还是坚定保持着与当地阿科利族传统的联系，致力于本土信仰体系的研究和口头文学的翻译。即使用英语创作诗歌，他也尽可能贴近阿科利语的各种形式，为的是证明本土传统中有足够的资源，来处理任何题材。

《拉维诺之歌》是奥科特的第一次尝试。他用阿科利语创作了名为《维帕拉维诺》(*Wer pa Lawino*)的诗歌；但为了增加发行量，很快便翻译成英文。① 这一点，或许和卡其拉一样。这首诗是社会批判作品，紧紧仿效阿科利谴责诗歌(poetry of abuse)的传统。一个年轻的女人(拉维诺)抱怨和谴责受过教育的丈夫(奥科尔)，因为他为了时髦的都市情妇(科勒门蒂娜)而冷落自己。她的谴责不但针对丈夫及其情人，还指向将丈夫从成长的传统中夺走的西方文明。如赫伦(Heron)所揭示的那样(1984：6)，虽然这首诗的英文翻译未能充分捕捉阿科利语原作的抒情之美，但奥科特还是尽可能贴近了传统的语调和意象。比如，拉维诺描述奥科尔和科勒门蒂娜之间的亲吻时，流露出了粗鲁和轻蔑。

> 你像白人一样
> 亲吻她的脸颊，
> 你像白人一样
> [88]亲吻她张开的嘴唇，
> 你们像白人一样
> 从彼此的口中
> 吮吸那黏糊糊的唾液。(p'Bitek 1984：44)

从这里，我们可以看到非洲传统诗歌的重复结构。赫伦指出了(1984:7)这首诗如何密集地借用了阿科利传统诗歌的意象。例如，在文集《爱的号角》(*Horn of My Love*)所记录的传统诗歌中，奥科特有一个长矛的意象：

---

① 我们从赫伦为《诗歌》(*Songs*, p'Bitek 1984：3)撰写的前言中可知，奥科特曾在1953年用阿科利语写过一本小说。

> 锋利坚硬的长矛
> 让它劈开那花岗岩
> 我信任的长矛
> 让它劈开那花岗岩
> 猎人已经在荒野中沉睡
> 我将死去，哦！（p'Bitek 1974：69）

在《拉维诺之歌》中，这个意象带着强烈的回声反复出现，直到诗歌的结尾，拉维诺敦促她的丈夫与本土传统的持续性力量（sustaining forces）实现和解。

> 乞求它们的谅解
> 请求它们给予你
> 一根新的长矛
> 一根有着锋利而坚硬矛头的长矛
> 一根可以劈裂岩石的长矛
> 求得一根你可以信任的长矛。（1984：119）

拉维诺的抱怨是对当代非洲社会的弊端提出的抗议，无论对于所嘲笑的西方文明，还是所支持的传统，这些抱怨都振聋发聩。讽刺的语调非常有效；奥科特令人信服地证明了，当地的语言表达方式完全能够从主角所选的视角，来表达新的观点，再现新的习惯。

［……］

利　　用

口头文学传统的改造和利用之间的界线，并非泾渭分明，但值得注意。在改造的过程中，传统的内容和形式都清晰可辨。举例来说，图图奥拉在作品中呈现的奇幻世界，与口头传统中的故事多有相似之处。在《阿南西瓦的婚姻》（*The Marriage of Anansewa*）中，骗子还是叫阿南西（Ananse），蜘蛛网偶然会进入故事的场景之中，这有助于渲染主题——

即骗子的狡诈导致了盘根错节的复杂关系。然而,对口头传统元素的利用中,现代作家是有选择的。现代作家的表现形式和口头传统的关系是有限的;即使用的都是熟悉的人物,但人物身处的是陌生环境,或是变化了的关系秩序。吸引作家寻求口头传统帮助的,与其说是[89]表演的物理因素,不如说是包含其中的基本观念——人们认为这些观念具有持久的相关性。

　　自然,非洲作家在利用口头传统素材的过程中,有着不同程度的微妙性。其中一个层面可以从钦努阿·阿契贝的小说中看到。虽然小说主要表现的是伊博族的社会现实(过去和现在),也看不出阿契贝本人按照任何我们所知道的寓言故事来组织小说的结构,但他仍然在作品中运用了许多口头文学传统的内容和技巧。其中之一是谚语。在《瓦解》中,他告诉我们:"在伊博人中,交谈的艺术受到高度重视,谚语就是词语被吃掉时蘸的棕榈油。"(1962:6)因此,在阿契贝以伊博族为背景的小说中,当人物(特别是成年男性)进行对话时,会非常自如地运用这些精心选择的俏皮话,来为他们的语言润色。

　　谈话或公开演说的艺术不仅以大量使用谚语为标志,也以有选择地运用故事为突出特征。阿契贝的《神箭》(*Arrow of God*)中,传统文化和欧洲文明之间的对抗造成悲剧性的紧张氛围,而书中不时出现故事和歌曲,特别是休息的间隙——妇女和孩子们晚间坐在院子里娱乐,这些故事和歌曲给紧张氛围带来了必要的喘息。下面这段展示了伊祖鲁(Ezeulu)在与两名族人的高谈阔论中,如何使用谚语和故事讲述氏族里一个任性儿子的命运,从而以解释性寓言的方式,阐明了一个道德教训。

　　　　伊祖鲁直到最后才开口说话。他沉默地向乌姆阿诺(Umuaro)
　　致敬,神情悲痛。
　　　"乌姆阿诺 克崴努!"
　　　"哼!"
　　　"乌姆阿诺 欧波都尼希 克崴努!"
　　　"哼!"
　　　"克崴祖埃努!"
　　　"哼!"

"我们吹奏的芦苇被碾碎了。两个集市日之前,正是在这里,我讲话时用到过一句谚语。我说,一个成年人在屋里,就不能把母羊系在绳子上分娩。当时,我在对奥格布菲·伊戈瓦勒(Ogbuefi Egonwanne)说话,他就是屋子里的成年人。我告诉他,他应该发言反对我们的计划,而不是将一块烧红的碳放到孩子的手掌上,吩咐他小心拿着。我们都已看到,他是怎样小心拿着的。当时,我不仅对伊戈瓦勒一个人说话,而是对这里所有的成年人,他们舍弃了分内之事,却做了另一件事。他们留在房子里,母羊却遭受分娩的痛苦。"

"曾经有一位伟大的摔跤手,他的后背从来没有着过地。他从一个村庄摔到另一个村庄,把每一个对手全都摔倒在地。于是,他决定去找众神摔跤,同样得了冠军,打败了每一个前来应战的神。有的神长着七个头,有的是十个,但是他把众神全都打败了。他的同伴吹着长笛,唱着赞歌,请求他离开,但他拒绝了。人们恳求他,但他的耳朵被钉上了。他不但没有回家,反而发出挑衅,要求众神派出最优秀、最强壮的摔跤手应战。所以众神派出了他的保护神(personal god),这个瘦小的神仅用一只手就抓住了他,然后猛地把他摔倒在布满石头的地上。"

"乌姆阿诺的人们,你们想,父辈为什么要给我们讲这个故事?他们讲这个故事是因为想告诉我们,不管一个人有多强壮、多伟大,也绝不应挑战自己的保护神。这就是我们族人的所作所为——挑战自己的保护神。我们给他吹奏长笛,但是并没有祈求他远离死亡。现在他人在哪里?没人提供建议的苍蝇[90]只会跟随尸体进入坟墓。但是,让我们先把阿库卡利亚(Akukalia)放在一边;他已经照自己神的命令去做了……"(pp. 31—32)

从上文例子可见,尽管阿契贝有选择地运用了民族的口头文学资源,但是,当表演的物理因素出现在他所借鉴的传统中时,我们仍然可以看见。然而,在更为微妙的利用层面上,这些因素并不那么显而易见。事实上,现代作家利用口头传统的基础在于,他们能认识到时代变了。尽管在文化自豪感的驱使下,他们认同本民族的遗产,但是当代生活的痛苦事实——尤其是当传统自身呈现出作家未必认可的世界观时——迫使他们以一种同传统保持或远或近距离的方式,重新组织这些文化遗产。无论如何,在这一层面上,口头传统转向了比喻或象征性的运用,而非原样照搬。

在作家乌斯曼·塞姆班(Ousmane Sembene)、沃莱·索因卡、阿伊·克韦·阿尔马赫(Ayi Kwei Armah)的作品中,我们可以看到,口头传统是以激进的方式加以利用的。乌斯曼是有着坚定马克思社会主义信仰的作家,他的小说描绘了腐化无情的中上层阶级如何为了自身利益操控整个社会系统,揭示了底层民众所遭受的欺凌和侮辱。乌斯曼以激进方式运用口头传统,一个典型例子便是他的短篇小说《汇款单》(*The Money Order*, 1977)。

[……]

对非洲口头文学传统的利用可能在沃莱·索因卡的作品中达到最为强烈而熟练的程度。在不少剧作、一些诗歌及两部小说中,他大量借用传统神话来建构人物和场景。他借鉴的主要是约鲁巴神话,尤其是那些讲述众神之间关系的内容,这些内容在索因卡看来,包含了约鲁巴人生观的基本元素。

参考文献

Achebe, C. 1962. *Things Fall Apart*. London: Heinemann (1959).

Adali-mortty, G. 1979. Ewe Poetry. In *Introduction to African Literature*, ed. U Beier. London: Longman. p'bitek, O. 1974. *Horn of My Love*. London: Heinemann.

——1984, *Song of Lawino and Song of Ocol*, ed. G. Heron. London: Heinemann (1966, 1967).

Burton, R. 1865. *Wit and Wisdom from West Africa*. London: Tinsley Brothers.
[91]

Heron, G. 1984. Introduction to p'Bitek 1984

Johnson. J. W. 1986. *The Epic of San-Jara : A West African Tradition*. Bloomington: Indiana University Press.

Kunene, D. P. 1970. *Heroic Poetry of the Basotho*. Oxford: Clarendon Press.

Niane, D. T. 1965. *Sundiata : An Epic of Old Mali*, trans. G. D. Pickett. London: Longman.

(段静 译;姚峰 孙晓萌 校)

第 12 篇　女性的口头文类[①]

玛丽·莫都佩·科拉沃勒(Mary E. Modupe Kolawole)

[92]卡罗尔·博伊斯-戴维斯(Carole Boyce-Davis)和莫拉拉·奥昆迪佩-莱斯利(Molara Ogundipe-Leslie)等学者曾经评论,在当代非洲背景下探讨女性空间的话题,口头性是一个具有可视度和可听度的领域。在最近的研究中,学者们开始强调女性发挥积极作用的领域。与已有的神话和理论相反,在传统的非洲背景下,创造性并非男性独有。奥比奥马·纳奈梅卡(Obioma Nnaemeka)、海伦·纳巴图萨·穆加贝(Helen Nabatusa Mugabe)、格蕾丝·奥克瑞克(Grace Okereke)、钦叶勒·奥卡芙(Chinyere Okafor)和阿克苏阿·阿伊多荷(Akosua Ayidoho)都已证实了这一点。甚至像科菲·阿戈维(Kofi Agovi)、罗普·塞科尼(Ropo Sekoni)、托马斯·黑尔(Thomas Hale)等男性作家也在非洲口头性领域,发掘作为女性自我提升工具的口头文类。

如同生活中的某些领域一样,角色共享在非洲口头性领域是鲜活生动的。很多文类是女性的文类,但是在特定场所,会受到削弱或颠覆。奥德·奥格德(Ode Ogede)揭露了尼日利亚伊哥德(Igede)地区对女性声音的遏制和颠覆:

> 我主要的兴趣在于,研究那些面对逆境仍然坚持的女性声音。当今伊哥德社会,女性所遭遇的一种不公就是,许多和伊哥德男性艺术家相关的口头形式,事实上最初是由女性发明的。但非常奇怪,伊

---

①　First published in *Womanism and African Consciousness*, pp. 73—79. Trenton: Africa World Press, 1997.

哥德宗教和社会戒律不再允许女性成员参与诸多文化实践,或者将她们边缘化。[①]

尽管如此,在许多其他地方,依然可以听到女性的声音,如属于女性领域的讽刺诗歌。约鲁巴的伊贡贡(Egungun)讽刺诗、豪萨妇女的宫廷诗、加纳恩济马族(Nzema)少女诗歌、赞比亚伊拉族(Ila)和汤加族(Tonga)的鹰庞歌独唱(Impongo solo)、加纳的阿坎族挽歌(Akan dirges)和恩沃克罗(Nnwonkor)、盖拉族(Galla)的讽刺作品、坎巴族(Kamba)的磨曲(grinding songs)等都是特定的女性口头文类。约鲁巴人中流传着大量的女性文类,包括奥比屯曲(Obitun Songs)、奥罗瑞曲(Olori songs)、阿丽莫曲(Aremo songs)、阿格-奥卡(Ago-Oka)、格勒德(Gelede)、奥嘞嘞(Olele)和阿拉莫曲(Alamo songs)。尼日利亚北部的富拉尼族是一个有着深奥宗教信仰的族群,他们的博瑞曲(Bori songs)包含了女性公开自我表述和坚持己见的形式;其他[93]由女性主导的文类包括豪萨妇女的宫廷诗歌、伊博族的出生曲、奥格瑞-伊维勒(Ogori Ewere),以及众多颂词、民间故事等。

历史证明了非洲女性对社会的积极影响,传统口头文学也肯定了她们的巨大贡献。与一些现存的神话和理论相反,非洲女性拥有不可估量的创造力。很多口头文类曾经是——而且现在也完全是——女性专属的领域。我目前研究的一个焦点是,奴隶贸易时期,女性为维护和传承流散状态中的非洲文化所发挥的核心作用。(Kolawole, 1994)她们解构古老的神话,创造出从正面表现女性尊严的新神话。

阿里·马兹鲁伊(Ali Mazrui)认为,非洲本土文化已经受到威胁(Mazrui, 1991)。但是,这种文化的某些方面是被制造出来的,正如我们所见,这种制造过程与操控神话来制造女性在社会空间中的劣势,如出一辙。无论过去还是现在,非洲有关女家长制社会的记载,提出了一些关于女性权力和历史行动的重要观点。神话、传说和历史肯定了非洲女性的存在。在一些族群中——如多甘人(Dogan),翁多人(Ondo)和埃维

[①]　Ode S. Ogede, "Counters to Male Domination. Images of Pain in Igede women's Songs," *Research in African Literatures*, Vol. 25, No. 4 (Winter 94).

人——女性没有被抹去。这些社会中,权力和文化创造性的变量,揭示了独特的价值结构。女性权力和领导地位还源自不同的技艺(Afonja,1986)。作为一个权力之源,非洲女性的口头文学需要重新铭写,因为一些女性作家从中汲取了灵感。

作为女性自我表述之源的口头文类

在通常男性代表正面、女性代表负面的观念中,女性在文化创造中的作用被削弱了。虽然人们对这一领域的口头性展开了广泛的研究,但是依然存在根本性的误解。某些批评家宣称,非洲女性不是艺术家;她们顶多只能机械重复社群的口头片段。像往常一样,为了抹杀创造性角色的多样性及其实用功能,他们将女性置于次要地位。很多批评家——包括那些怀有善意者——都采取了本质主义的视角。露丝·芬尼根的代表作《非洲口头文学》(*Oral Literature in Africa*)为记录非洲口头文类作出了影响深远的贡献。然而,她的态度有时也是矛盾的:

> 某些种类的诗歌通常是由女性诵读或吟唱的(特别是伴随女性仪式或职责的挽歌、摇篮曲、讽刺诗和歌曲)——每种文化都可能有一些被认为特别适合女性的文类。然而,有关男性的记载似乎更为常见,除了一些明显的例外,诗歌传统的载体往往是男性,而非女性。(Finnegan,1976:98)

在非洲各地,女性创作、吟唱口头诗歌的例子是很多的。芬尼根的言论暴露了一个外来者以西方视角研究非洲文化时,会产生的根本问题。尽管意图很好,但通常仍会有明显的缺陷。

对遍布非洲大陆的女性主导文类,我们应该去除其遮蔽。需要重申的是,非洲不是单一的小型文化实体。非洲文化研究既是对部分的研究,也是对整体的研究。文化身份不一定意味着同质化。关于非洲女性口头文类及其创造性价值,[94]还有很多有待发现的地方。那些声称非洲女性不是艺术家、而是学舌鹦鹉的批评家,对这一地区口头文学的活力、复杂性和不同范畴,要么掌握的信息不够全面,要么就是被彻底误导了。有一句约鲁巴谚语与此相关,"不全面的理解或片面的知识产生冲突。"(Agbongbo tan ede, ija ni da)

对精挑细选的非洲女性口头文类进行仔细评价之后,就能揭示其中蕴藏的巨大原创力。从豪萨族的博瑞曲到女性宫廷诗歌,都可见这种创作冲动。这些口头文类不是被动的文本,而是体现了女性的集体声音、充满活力的群体意识、对社会产生积极影响的工具。从阿堪挽歌到恩济马族讽刺曲,女性并不只是重复公共文本(communal texts)。就约鲁巴人的挽歌、婚礼吟诵曲、拉拉(rara)、讽刺曲和故事而言,女性在创作、改编和操控现有或新的文本,以适应当下形势方面,都有着出色的表现。

女性口头文类是一个巨大的文学宝库,是对语义和语言创新的展示。在非洲大陆的某些地区,口头文学不是被动的消遣。如琼·古德维(June Goodwin)在《呼喊阿曼德拉》(*Cry Amandla*)中所评论的那样,女性的声音是女性发出的怒吼。如果这些女性的口头文本只是机械的重复,那么人们就不会产生持续的兴趣。文类的多样性表明了它们普遍承担着各种角色。仅在约鲁巴人中,女性的文类就包括:奥比屯曲(翁多人)、奥罗里曲(伊哥德人)、婚礼吟诵曲(伊博米纳人[Igbomina]和奥约人[Oyo])、阿里莫曲、阿格(奥卡-阿科科人[Oka-Akoko])、格勒德曲(埃哥巴多人[Egbado])、奥嘞嘞(伊杰萨人[Ijesa])、阿拉莫曲(埃基蒂人[Ekiti])以及颂词。

在即兴表演(如伊博族的出生曲)或独唱表演(如赞比亚汤加族的鹰庞歌独唱)中,必然存在创造性和独创性。非洲口头文学具有功能性的妇女主义(functional womanist)目的,使文本适应具体场合的需要,并作出即时的调整——这一点常常被人们忽略。口头文类是坚持己见的强大武器,米希尔·穆戈(Micere Mugo)证实了这一点:

> 在口头世界里,女性拥有很大的力量。她说出语言。她创造语言。她在描述维系世界运转的道德和美学方面,发挥了重要作用……①

---

① Micere Mugo, in James, p. 93.

作为文化、精神、社会和道德价值的传达者和引导者，非洲女性意味着原创的过程。

尽管尼日利亚的奥格瑞人（Ogori）受到了读写文化的影响，却仍然保持着一些原始的口头形态。口头文学依然强调了诸多社会价值，女性则发挥了最重要的作用，伊维勒（Ewere）就是主要的女性文类。尽管这种文类大多是混合而成（Kolawole，1984），但一些学者还是认为其诗性特征最引人注目（Olabayo，1989）。女性口头艺术家在表演中融入个人的才能、方法和原创性，伊维勒仅为其中一例。这个例子生动展示了女性口头艺术家如何将口头文类用于自我表述、社会批评和拒绝压迫性律法。在非洲很多地方，民间故事由女性讲述（Ojo，1991）。阿堪口述故事是年长女性的领地，以对阿那西（Anasi）的故事网络进行错综复杂的编织而著称。此外，年长的女性首领还对鼓语（drum language）中蕴含的丰富诗歌作出解释。女性根据自身需求而改编口头文类，从而偏离了最初的公共结构。她们使用口头文学和女性专有文类，来谴责社会弊端、道德沦丧、背叛不忠和游手好闲，并提出要求。加纳恩济马族[95]的少女歌曲是很好的例子。这些价值观通过丰富的诗歌形式得以表达。女性口头艺术的其他目标——如我们在恩济马族的讽刺诗中所见（Agovi，1992）——还包括道德沉思和法律干预，以及对负面变化和同化过程的对抗和抵制。这些文本彰显了女性的集体意识、混杂的声音、女性联合、团结、身份、对女性和女性气质的积极引导和重新评价，是女性——女性的困境、问题、希望、愿望、负担和理想——的隐喻和贮藏室：

> 恩济马族妇女深刻意识到环境的变化，她们将这种意识挪用为权力的形式，以消解女性固有的观念、及其在社会进程中似是而非的边缘身份。①

在非洲许多地区，女性使用讽刺诗来反抗压迫，呼吁性别平等。这些

---

① Kofi Agovi, "Women's Discourse in Social Change in Nzema (Ghanaian) Maiden Songs"，这是 1991 年在密苏里州圣路易斯召开的非洲研究协会大会（African Studies Association Conference）上提交的一篇论文。

都是阐明自我主张和女性自愈的渠道。南苏丹的努巴族(Nuba)妇女是个例外,她们参与狩猎之外所有层面的活动,因此享有一定的平等地位。在这里以及苏丹很多地方,民间故事也是女性的文类。在苏丹中部,祖母讲故事过程中担当了主导性角色,于是祖母们(Habboba)就成了一个制度。讽刺婚礼曲(或称 Aghani Al-Banat)也是姑娘们自我表述的有力手段,她们批判男性对女性的压迫。借助这一文类,她们在强化正面价值观的同时,也谴责社会病症、负面价值,以及物质主义倾向。女性民间诗人在苏丹很常见,赞美曲和颂词也由女性主宰。另一流行的文类是**希亚**(hija),一种阿拉伯传统的毁谤诗歌形式,用于讽刺人们的道德沦丧。在苏丹北部,希亚是女性专有的文类。(但在南部,它不是女性独有的文类,而同时被女性和男性用于自我表述,但人们认为,女性用希亚来嘲笑或批评男人,比男人对男性同胞的讽刺更为严重。)

非洲妇女对文化的创造性贡献,和她们利用口头艺术审视性别问题的能力,向现代作家提出了重大的挑战。女性作家面临着传统妇女的挑战,后者视口头文学文类为自我提升的手段。书面文学和口头文学在促进女性重新定位方面的作用,对于妇女主义哲学(womanist philosophy)来说至关重要。(Kolawole,1992)积极的自我审视、自我评价和社会福祉都源于很多女性文类。阿布·阿巴瑞(Abu Abari)援引了另一群体的例子——毕洛姆族(Birom)妇女(尼日利亚的乔斯市[Jos])利用口头文学,来揭示女性困境和命运是社会所建构的,旨在超越这些困境和命运。阿法姆·埃博古(Afam Ebeogu)也强调伊博族出生曲的重要作用:

> 这些出生曲对伊博族妇女来说是极其方便的手段,用于表达她们对伊博族社会准则和价值的理解,并对其作出评价。[1]

如果说在谚语和民间文学的其他领域,非洲妇女已经被妖魔化了,那么女性口头艺术家仍然在试图自我追溯,并重新定位她们性别的社会地

---

[1]　Afam Ebaogu, "Igbo Birthsongs",这是 1984 年在尼日利亚伊莱-伊费(Ile-Ife)召开的尼日利亚民间传统学会(Folklore Society of Nigeria)年会上提交的研讨会论文,尚未发表。

位和形象。女性作家以口头文学作品为喉舌,将女性塑造成美德之源。她们分析神话、谚语、民间故事和历史,并创造出新的神话和原型,以加强女性的正面形象。传奇、神话和民间故事也是如此。[96]

参考文献

Afonja, S & Bisi Aina. *Women in Social Change in Nigeria Ife*. Obafemi Awolowo University Press, 1994.

Agovi, Kofi. "Women's Discourse in Social Change in Nzema (Ghanaian) Maiden Songs," a paper presented at the African Studies Association Conference, St Louis, Missouri, December, 1991.

Finnegan, Ruth. *Oral Literature in Africa*. Nairobi: Oxford University Press, 1976.

James, Adeola. *In Their Own Voices*. London: Heinemann, 1990.

Kolawole, Mary E Modupe, "An African View of Transatlantic Slavery and the Role of Oral Testimo in Creating a New Legacy" in *Transatlantic Slavery: Against Human Dignity*, ed. Anthony Tibbles. London: HMSO/National Museum and Gallery, 1994.

——"Gender and Changing Social Vision in the Nigerian Novel." In *Women in Social Change Nigeria*. Mt. Saint Vincent University and Women's Studies Group, Obafemi Awolowo University Press, 1993.

Mazrui, Ali. *Cultural Forces in World Politics*, Portsmouth, NH: Heinemann, 1990.

(段静 译;姚峰 汪琳 校)

第 13 篇　口头艺术家的脚本[①]

哈罗德·申伯（Harold Schenb）

[97]欢迎各种洞见；但是没有任何智慧能取代行动和模仿的本能，取代一个也许比较野蛮的愿望，即通过你的声音奴役另一个灵魂。

约翰·厄普代克（John Updike），访谈，

收录于《工作中的作家》（*Writers at Work*）

"现在开始讲故事……"（Kwathi ke kaloku ngantsomi…），讲故事的人念出这些熟悉的程式化词语，将观众带入历史文化的丰富宝藏中，进入一个充满着幻想、洋溢着喜悦、装饰着技艺珍宝的世界。但是，随着故事的讲述，观众绝不会离开真实的、可感知的世界——说故事的人带他们回到古代，小心翼翼地在过去和现在之间建立联系，从而在那种神奇的联结中塑造当下的经验。

故事属于魅惑、虚幻的表演领域——这是一个自足的世界，有自己的一套律法。模仿涉及幻象——以及环绕在幻象周围的当下意象——的重复。模仿还涉及表演的美学：表演者的身体、她嗓音的音乐性、她和观众之间的复杂关系。故事讲述者打破故事线性运动的力量，推动观众进入更加深刻、复杂的体验。为达此目的，她主要的手段是并置彼此相依的意象，再通过听众充分的情感参与，揭示这些意象之间的相关性。这样，过去和现在就掺杂在了一起：观念由此产生，形成了我们对于所栖居世界的构想。

---

①　First published in *The Poem in the Story*：*Music*，*Poetry and Narrative*，pp. 16—20. Madison：University of Wisconsin Press，2002.

表演为意象设置了语境,带给观众(沟通过去和现在的)仪式性经验,塑造他们当下的生活。一个口头叙事的表演者利用自己的文化素材,就如同画家使用色彩一般。因此,观众决不能误将这种叙事中的文化元素,当成文化自身的直接反映。表演中的事件与艺术家身处的社会之间,很少存在一一对应的关系。这正是南非故事艺人在与我讨论他们的故事时,反复强调的诗性真理(poetic truth)。如果说叙事传统的确能反映自然,那只能通过复杂的审美感知形式,这些形式最终对观众产生的影响和视觉艺术、舞蹈、音乐是一样的。

[98]表演是通过一种仪式,组织神话意象:观众通过仪式进入故事的中心,进入故事中的诗歌。故事的音乐、婉转的语句,以及语句之下的暗流,共同组成并伴随着仪式,并最终产生意义。音乐、神话意象、当代意象和仪式等结合之后,产生了隐喻。故事诗学涉及所有这些元素,但居于故事核心地位的,是隐喻以及将其建构为诗歌的音乐。所以,本质而言,故事中的意义是由词语和意象引发的各种感觉的复杂组合,这些词语和意象接着被加工成为形式。正是对观众的情感体验给予形式上的约束,才产生了故事的意义或信息。在故事诗学中,故事始于一个神话意象,这一意象与其他现代的意象一起,以线性的方式组织起来。神话意象和其他意象结合,被加工成旋律优美的情节或主题,这一主题可能与出现在其他意象——反映、加强或渲染了与神话意象相关的主题——语境中的主题相结合。主题如果不止一个,则往往形成对位(contrapuntal)关系。故事的诗学涉及意义、情感、形式、重复和神话等,与音乐以及由此而来的隐喻有关,与演员和观众,以及仪式和表演都有关。

这是口头艺术家的脚本。他的材料包括古老的意象、他的身体和声音、他的想象、观众。在一个宽泛的主题框架之内,他可以自由处理选择的意象,也因为编制意象的原创性而受到观众称赞。记忆提供的东西很少,艺术家必须依靠自己的想象,以及一些观众的适度合作,来创造神话意象——这些意象是他从珍贵的艺术传统中继承而来的——的轮廓。

在表演中,情节的线性发展并非总是最重要的成就。表演者是讲故事的人,既是知识分子,又是艺术家——这是历代以来为他们界定的角色。他们还是匠人,以叙事表层(narrative surface)为工具,陈述一个主题,制造一场争论,或者引起观众的某种情感和思想反馈。之前,意象从未以那样的方式创造出来，以后也不会。艺术家可以操纵叙事表层，使之时而凸显一个观念，时而传达一种特殊的情感，时而提出一个困扰社会问题的解决方案，时而表达艺术家本人所专注的问题。但最为重要的乃是由神话意象引起的情感，然后赋予其节奏感。这种意象的设计真是所有人类具有的特殊语言：交流不是通过词语实现的，而是在语言和非语言技巧的帮助下，由创造出的意象所实现的。

在对意象的创造、结合和操纵中，会出现各种观念、价值、争论以及对社会制度的确认。这些都是在口头传统的语境下，以一种逻辑、理性的方式被陈述和发展起来的。线性的叙事情节是以神话意象建构的，神话意象是代代相承的传统中的特殊语言。这些易于记忆的神话意象中，隐含着冲突及其解决之道，而只有当艺术家通过表演将其呈现出来，即用他的语言、他的身体和他语言的节奏，赋予这些神话意象以生命，这些冲突及其解决之道才能为人所见。艺术家推动这些意象向前线性发展的同时，深层结构也在[99]迂回引导着观众的想象；如此一来，表层叙事就成为一种自我评价的手段。隐喻正是通过这种评价而出现的。批评家常对此提出批评，认为这只是对虚幻世界的迷恋，但这其实是一种复杂而有用的隐喻性语言，且源远流长。

表演者在展示记忆中神话意象的同时，也不断需要观众的协助。如果他是一个有才能且自信的艺术家，就会利用自己和观众之间很多潜在的破坏性张力。观众与艺术家有着共同的神话意象资源；因此，当表演者专注于意象的某个特殊方面，而忽略了别的方面，甚至遗漏了叙事的某些部分时，观众就会填充这些空白。对观众而言，这不是一个美学问题。艺术含量问题是故事艺人群体关注的对象，但该问题通常超出了线性情节本身：观众卷入了意象语言本身的复杂逻辑和相互交织关系之中。乍看起来，这只是对意象的语言表述，而实际上是一种独特的隐喻性语言。

如果考虑到非语言属性（nonverbal quality），那么艺术家和观众之间的关系就更加复杂了。在意象的呈现过程中，表演者期待观众在身体和口头上均予以协助。为了演出的成功，有必要将观众全部纳入艺术作品。为此，表演者会运用一些策略。这些策略最明显的用途就是使意象具体化，使那些有关意象的情节设计更为清晰，并使之达到高潮。观众对舞台创作的语言和非语言方面的参与，都有助于推进这个过程。同时，总是处于艺术家操控下的观众，在协助创造和维持意象的同时，也被整合进了这些意象之中。观众通过两种方式成为艺术作品的一部分：他们帮助建构意象；在情感上又被意象所捕获。这些叙事策略中，线性情节是最显而易见的一个。叙事中，冲突逐渐酝酿发展，缓慢地走向最终的解决；艺术家可以通过神话意象的灵活转变，来服务于自己的设计。表演开场时出现的意象，经常含有很多直接源自观众现实环境的细节，艺术家籍此尽可能顺利地转入其隐喻世界。当然，对现实主义的要求不止于此。事实上，整个表演都是现实主义的，幻想和魔幻元素是现实的隐喻性延伸。艺术家会利用语言在节奏上的诸多可能性，语言的声音随时准备融入歌声。他会使自己的身体、手臂、脸部和肩膀发生有节奏的运动；有时，他会当场手舞足蹈，所有这些富有节奏的运动，随时可以融入纯粹的舞蹈。表演的音乐特征自有其美妙之处，但也被用来引导观众，使他们更充分地参与到意象的创作之中。他们同表演者一起和谐地晃动身体；他们鼓掌、唱歌、叫好，在身体和情绪上与艺术家及其创作保持一致。观众无数次目睹了情节的发展，早已烂熟于胸。但是，作品每次的表演总会有些新鲜感，这种新鲜感表面上并不明显。而且，表演中的艺术快感居于深层次中，表演者创造的节奏维持了非常复杂的意象。

　　每当神话意象以严肃的意图被引出，而观众完全沉浸于这样的叙事之中时，社会便在某种程度上得到了肯定。他们完全专注于表演中那些以隐喻方式并置的意象。[100]表演的时候，整个社会都被编入了这种艺术形象之中。观众不是通过理性研究进行学习，而是在艺术家操控的意象结构（imagistic structures）中，将情感投入艺术逻辑。创作中的所有美学张力——重复的意象、表面的情节、歌曲、舞蹈——都被精心计算，以吸引和带动观众参与意象的发展。整个美学体系是这一引人入胜的沟通和交流体系中不可分割的一部分，同时为了记忆和交流的目的而存在。形式和内容之间不可分割，因为审美是不能割裂的；试图将一方与另一方分开，就意味着没有领会表演的要义。表演过程中，艺术哲学家们将文化完美地呈现于观众眼前，观众沉浸其中，参与表演的结构，情感上深受其值和理想的影响。具体化的意象将社群的成员凝聚在一起，带领他们有节奏地参与表演的过程，在审美体系中向他们灌输社会的理念。这个体系从不迂腐，不允许直接的说教和布道，而是通过意象语言来传达其价值观。

　　表演者达到一个神话意象的高潮时,可能在表演过程中嵌入另一意象,这个意象也许同前一个没有任何明显的关联。借助艺术天赋,表演者引入这个意象,熟练地使其与正在创造的意象发生联系,使整个作品产生步调一致的幻觉。他运用复杂的心理暗示和检索程序,从记忆库中调取那些与艺术作品的发展相关的意象,根据自己的选择将众多意象植入表演。在他的记忆库中有许多神话意象,这些意象相互结合的可能性是无限的。

　　表演过程中,神话意象多次重现;在此重复中,线性的意象情节逐步从冲突的发生发展到解决,同时,那些支撑性的相关细节将这些重复的意象联系在一起。这些重复的意象推动人物和事件朝解决冲突的方向发展,但是,为了达成解决,重复中必然发生某种变化。在神话意象的最后重复中,可能会发生一个细微的变化,打破这种以神话意象为中心、意象不断重复的完美模式。正是在这种变化中,各种意象走向了最终的和解。

　　　　　　　　　　　　　　　　　　（段静 译;姚峰 校）

第三部分　作家、作品和功用

　　[101]如果一个人熟悉的只是非洲文学和批评传统，那么如果他认为非洲文学的作家和批评家创造了文学具有某种功用的观点，并且这种功用是服务于社会的，他将不会受到苛责。几乎所有作家——无论年龄、性别——均认同这一观点，尽管程度有所不同。批评家们——实际上，非洲大陆很多卓有建树的作家同时也是最优秀的批评家——帮助生产和再生产了在这个问题上牢靠的批评共识。当然，事实上，关于文学——或者总体的艺术——之社会功用的思考，如同有记载的艺术评论一样历史悠久，而且肯定还要早很多，因为我们不能假定口头社会不思考艺术与社会环境的关系。古希腊哲学家们——如柏拉图、亚里士多德、贺拉斯、朗吉努斯，这里仅提那个时代哲学家中被人学习最多的几位——均就此问题进行了诸多阐述。自从非洲文学与批评于上世纪正式出现，文学的主导观念就是将文学视为社会的探路者，是在限制非洲社会施展才华、实现抱负的黑暗重压下探寻真理的解构性探照灯。这是有关非洲文学的主导观点，对此，主要有两种解释。第一种是非洲文学很大程度上是作为殖民时期欧洲种族主义的反话语（counter-discourse）出现的，因此对想象性小说的功用极其敏感。最早阐述这种观点的经典之作是阿契贝的《作为教师的小说家》（"The Novelist as a Teacher"）。第二种解释是，对自身社会进行批评激励和引导，向来是非洲艺术和艺术家的任务。沃莱·索因卡在早期的一篇文章中传播了这一观点，极其令人难忘："艺术家在非洲社会的功用一向是记录自己社会的习俗和经历，并发出所处时代远见卓识的声音。"（1967：20）无论作何解释，这一观点已占据主导地位。未收录于这本优秀选集的另两篇著名论作是恩古吉·瓦·提昂戈的《政治中的作

家》(*Writers in Politics*)和尼伊·奥森戴尔(Niyi Osundare)的《作为匡正者的作家》(*The Writer as Righter*)。

参考文献

Ngugi wa Thiong'O. *Writers in Politics*: *Essays*. London: Heinemann, 1981.

Ngugi wa Thiong'O. *Writers in Politics*: *A Re-Engagement with Issues of Literature and Society*. Revsd and enlarged edn Oxford: James Currey, 1997.

Osundare, Niyi. *The Writer as Righter*. Ife Monographs on Literature and Criticism, 4th Series, No 5. Ife: Deaprtment of Literature in English, University of Ife, 1986.

Soyinka, Wole. "The Writer in a Modern African State," in *Art*, *Dialogue and Outrage*: *Essays on Literature and Culture*. Ibadan: New Horn, 1988, 15—20.

(朱峰 译；姚峰 校)

第 14 篇　作为教师的小说家①

钦努阿·阿契贝（Chinua Achebe）

[103]相较而言，我所从事的这种写作，在我生活的那片土地是个新生事物。因此，如果有人要具体描述我们与读者之间的复杂关系，则为时尚早。然而，我想我能够有把握地讨论这些关系中鲜有涉猎的一个方面。由于我们的作家所接受的多为欧洲教育，他们开始从事写作时，会认为欧洲作家与其读者之间的关系在非洲会被自动复制，这种想法也情有可原。我们从欧洲了解到，作家或是艺术家都生活在社会的边缘——他们蓄着胡子、衣着独特，行为方式通常也古怪而出人意料。他们对社会不满，而社会回敬他们的，即便不是敌意，也是猜疑。社会最难以想象的，就是让作家或是艺术家管理任何公共事务。

所有这一切都众所周知，这就解释了我们中的一些人似乎渴望社会以同样的敌意对待我们，甚至表现得仿佛社会已然如此。但是，作家对社会有何期待，我并无兴趣；一般来说，这些通常都写在了他们的书里，或者应该如此。而没有被很好记录下来的，则是社会对于作家抱有何种期待。

当然，我假定我们的作家与其社会共处于同一片土地。对于这样的说法——即非洲作家必须为欧洲和美国读者写作，因为那些已然存在的非洲读者只对教科书感兴趣——我知道有很多议论。我并不清楚非洲作家是否一心只想着外国读者。我所知道的是，他们不必如此。至少，我清楚自己不必如此。去年，《瓦解》（*Things Fall Apart*）平价简装版的销售情况为：英国约 800 册，尼日利亚 20000 册，其他地区约 2500 册。《动荡》

---

① First published in the *New Statesman* (London: January 29, 1965); and subsequently in *Morning Yet on Creation Day: Essays*, pp. 42—45. London: Heinemann, 1975.

（*No Longer at Ease*）的销售情况也是如此。

我的读者中，大部分是年轻人，有中学生、大学生，以及刚刚从学校毕业的人。很多读者视我为教师一类的人。就在几天前，我还收到一封来自北尼日利亚的书信，信中写道：

> [104]亲爱的阿契贝先生：
>
> 我并不经常给作者写信，不论他们的作品多么生动有趣。但是，我觉得必须告诉您，我是多么喜欢您的《瓦解》和《动荡》这两本书。我期待读到您的新作《神箭》。您的小说可以为我们年轻人提供建议。我相信您会继续创作出很多这样的作品。亲切问候并祝好！
>
> 致礼！
>
> I·布巴·耶罗·马汾迪

这位读者对我的期待非常清楚。而另一位来自加纳的读者也没有什么疑问，他给我写了一封异常感人的信，提到我太过疏忽，未将问答部分放在《瓦解》的末尾，并询问我能否提供给他，以保证他来年的学校结业考试取得好成绩。这就是我用尼日利亚洋泾浜英语所说的"该如何做"（how-for-do）这一类的读者，我不希望有太多这样的读者。同样在加纳，我还遇到了一位年轻的女教师，她立刻就责备我没有让《动荡》中的主人公娶心爱的女孩为妻。对此，我只能含糊其辞，就像每次有聪明的批评家跑来，告诉我应该写一本与我写的那本不同的书，我通常也只能搪塞一番。但是，这位女教师并没这么容易打发，她极其认真，问我是否知道有很多女性身处我所描述的处境之中，如果我能让她们觉得有可能找到一个勇于冲破世俗藩篱的男人，才更符合她们的需求。

我当然并不赞同。但是，这位年轻女性说话时如此激动，我对她的指责不禁有些感到不安（因为这确实是严厉的指责），怀疑自己浪费了一次难得的教育机会，来匡正如此异想天开的举动。至此，我认为有必要指出，但凡有自尊的作家，都不会对读者言听计从。作家拥有与所处社会意见相左的自由，必要时还要进行反抗。但是，我对于自己的选择是非常谨慎的。几天前，一名尼日利亚的报纸编辑对于欧洲工业和技术文明"没有灵魂的效率"大肆批判，而我的社会所需要的也许正是一点技术上的效率。对于这位编辑的做法,我为何要如法炮制呢?

不久前,我听到一首名叫《我一个星期也不洗澡》("I ain't gonna Wash for a Week")的英文流行歌,我认为不同社会有自己特殊需求的想法愈发强烈。一开始,我想知道,既然有这么多更有价值的选择,怎么还会有人信誓旦旦,说出这样的话?但是后来,我渐渐明白了这个歌手归属于一种文化;这种文化在自我满足的早期说了亵渎神灵的话,即清洁卫生的重要性仅次于圣洁。因此,我用新的眼光重新审度这位歌者——将他看作是神灵派来的复仇官员。但是,我可以大胆地说,我的社会并不需要他前来行使天职,因为我们没有犯过将清洁等同于神的罪行。

毋庸赘言,我们自己确实也犯过罪行,亵渎过神灵,且都记录在案。无论出于何种原因,接受我们自己是劣等种族,这是最严重的罪行,如果我是上帝,我就会这么看。将来哪一天,我们鼓起勇气对其加以批判,或者归咎于他人,但为时已晚,即使那些人应该受到批评和谴责。我们需要回顾历史,努力找寻我们在哪出了错,雨水在哪里开始打在了我们身上。

受外族统治时期,非洲人的心理遭受了哪些灾难,造成了何种后果,我可以举出一两个例子说明。[105]40 年代初,当地女子学校第一次在福音降临纪念日上表演尼日利亚舞蹈,我依然记得村里父辈的基督徒见此非常震惊的样子。从此之后,她们一直会上演某种基督教的文明节目,我记得叫五月柱舞(Maypole dance)。在我成长的那些岁月,我还记得只有贫穷无知的异教徒才会使用当地的手工制品,如我们的陶器。基督徒和富人(通常,二者就是同一群人)会展示他们的锡器和其他金属器皿。我们从不会扛着水罐去溪边汲水。我有一个圆柱形的小饼干桶,适合我这么大的孩子用,家中年纪较大的成员则会带着 4 加仑的煤油锡罐。

虽然已是今非昔比,但如果我们假装当初欧洲给我们造成的创伤已经抚平,则是愚蠢的。大概三四周前,我那在男子学校教英语的妻子问一个学生,为什么他描写的是冬天,而指的却是哈马丹风(harmattan)。小男孩回答说,如果他这么做,其他男孩就会叫他布须曼人(bushman,即野蛮人。——译者注)!现在,你能想到还有人以自己的天气为耻这类事情发生吗?但显然,我们的确如此。怎样才能清除这巨大的亵渎呢?作为作家,我认为自己一部分工作就是告诉这个男孩,非洲的天气没有任何不光彩的地方,告诉他棕榈树也是适于写诗的主题。

现在,我需要支持一场彻底的革命——即帮助我的社会重拾对自己的信任,并抛弃因多年的诋毁与自我贬低造成的自卑感。这本质上是一个教育问题,也是教育这个词的重要意义所在。这里,我认为我的目标与我所在社会最深的期待相符。因为没有一个思维正常的非洲人能够摆脱灵魂深处的那种伤痛。你们都听说过非洲个性(African Personality),听说过非洲民主、非洲特色社会主义,以及黑人性运动等。这些都是我们在不同时期创造出的支柱,帮助我们重新站立起来。而一旦我们站了起来,就不再需要这些支柱了。但是目前,我们理所当然需要用让-保罗·萨特(Jean-Paul Sartre)所谓的反种族主义的种族主义(anti-racist racism),来对抗种族主义,来宣告我们不仅和其他民族一样出色,而且比他们更优秀。

作家不能逃避理应承担的再教育和精神重建的责任。事实上,他们应责无旁贷。因为作家——如伊齐基尔·穆法莱尔在《非洲形象》(African Image)中所说——毕竟是其所在社群中的敏感点。加纳的哲学教授威廉·亚伯拉罕(William Abraham)作了这样的解释:

> 正如非洲的科学家承担了解决非洲科学问题的责任,非洲的历史学家负责深入非洲历史,非洲的政治学家热衷于非洲政治;那么,为什么非洲的文学创作者就能逃避自己所认为的真正义务呢?

作为作家,我并不希望自己逃避这种义务。如果我的小说(尤其那些以过去为背景的小说)只是告诉读者,他们的过去——尽管有很多缺陷——并不是野蛮的漫漫长夜,并不需要最早一批欧洲人以上帝之名前来拯救他们,那么,我就心满意足了。或许我创作的只是实用艺术,而非纯粹的艺术。但谁会在意呢?艺术的确重要,但在我心目中,这样的教育也同样重要。况且,我认为二者并非相互排斥的关系。在最近出版的一本文集中,一个豪萨族民间故事详细描述了各种美妙的奇闻轶事,结尾这样写道:

> [106]他们都来了,并在一起快乐地生活。他有几个儿女,他们

长大成人后,为提升国家的教育水平作出了贡献。①

正如我在别处所说,如果你认为这种结尾是幼稚的"反高潮"(anti-climax),那么这说明你还不了解非洲。

(孙蕾 姚峰 译;汪琳 校)

---

① 　W. H. Whiteley (ed.), *A Selection of African Prose*, Oxford, 1964.

第 15 篇　小说的真实性[①]

钦努阿·阿契贝(Chinua Achebe)

[107]毕加索曾宣称,凡艺术皆虚假。西方在 20 世纪所取得的艺术成就,大约九成都归入了毕加索的名下,他当然可以就此问题畅所欲言。即便如此,我认为他只不过在以先知先觉的夸张方式,吸引人关注这一重要而又简单的事实:艺术不可能是生活的摹本;因此,在此特定意义上,不可能是"真实的"。如果不是真实的,则必定是虚假的。

但是,如果艺术可以摆脱真实一词的严谨字面含义之约束,的确能够在想象力中获得难以估量的说服力,这正是毕加索本人创作的油画《格尔尼卡》(*Guernica*)之所以令西班牙法西斯政府如此惊骇的原因。一幅帆布上的画作,除非以某种方式契合或者扰乱可识别的现实,何至于激起如此的敬畏? 换言之,除非它言说了某种真实。

在《纪念诗行》("Memorial Verses")中,马修·阿诺德(Matthew Arnold)借诗人、哲学家歌德之口说出如下语句:

> 结局无处不在
> 艺术仍然真实,在那儿寻求依怙。[②]

置身那种宏大的世纪末氛围之中,艺术及任何归于艺术的真实性都

---

①　First printed by The Caxton Press (West Africa) Limited, Ibadan; and subsequently published in *Hopes & Impediments: Selected Essays*. pp. 95—105. London: Heinemann, 1988.

②　Matthew Arnold, "Memorial Verses," *The Works of Matthew Arnold*, vol. I, New York: AMS Press, 1970, p. 251.

注定变得遥不可及。

实际上，艺术是人类为自己创造的一个有别于既定现实的现实秩序，而进行的不懈努力，是**通过自己的想象**以另一方式应对生存的愿望。出于实际考虑，我的讨论仅限于人类用语言型塑自身实践的形式之一——小说的艺术。

在《终结之感》(*The Sense of an Ending*)这部杰作中，弗兰克·克默德(Frank Kermode)将小说(fiction)简单定义为"我们知道并不存在，但却帮助我们理解并行走于世界的东西"①。以如此实用的方式定义小说，使我们作好了面对纷繁复杂的各种小说、而非一种小说的准备。克默德本人关注某些类型的小说，比如"无穷大加一"(infinity plus one)的数学小说，[108]虽然并不存在，却对解决特定的纯数学问题大有裨益；比如法律小说，某些法律体系中，如果丈夫和妻子同时过世，为了追求公正，法律会假定妻子先于丈夫过世，以免其不动产损失过大。②

换言之，我们创作不同的小说，为的是帮助我们解决生活中遇到的特定问题，当然这些问题并非总是如律师的条文或数学家的公式那样具体、明晰，或被有意识地觉察到。当两个幼小的孩子对彼此说："我们来假装……"并开始扮演诸如爸爸、妈妈的角色时，他们显然为了一个并不那么明确、更加淳朴自然、(我敢说)意义更为深远的目的，在创造一个虚构世界。

这一目的的性质何如？我认为无人可给出确切答案。我们确实知道的是，有据可查，人类在任何地方、任何时代都在创作小说，由此判断人类必定对此活动有着无从逃避的需要，迄今尚无人发现丝毫证据，证明当今或过去的任何人类群体能够抛却小说创作这一需要。

鉴于存在与认知之间、人的本质与存在之间横亘着鸿沟，人类除了创作并相信某种小说之外，确实别无选择。也许对于某个人的最终判断，不是基于他是否默许小说，而是基于何**种**小说会说服他达成那种默许，那种柯勒律治(Coleridge)曾论及的甘愿悬置疑惑，或艾弗·阿姆斯特朗·瑞

①　Frank Kermode，*The Sense of an Ending*，New York：Oxford University Press，1967.

②　Ibid.

恰兹(I. A. Richards)所谓的"实验性屈从"(experimental submission)。

然而,我们绝不能忽略柯勒律治和瑞恰兹在遣词上的审慎,而这样做是有充分理由的。柯勒律治的疑惑仅被悬置,并未消除,想必会在适当时机卷土重来。而瑞恰兹的屈从是实验性的,并非决定性或永久性的。

强调这一点很重要,因为人类不仅创作心存戒备或暂时默许的小说,如健康儿童的过家家游戏,还有能力创作要求——实际上强制——人们绝对无条件服从的小说。稍后,我将回到这一话题,我已经谈到了人类对小说的渴望这一话题,但首先请允许我扩展一下,将创作能力的问题也包括在内。人类创作小说的欲望与创作小说的能力如影随形,如同语言需要与语言能力不可分离。如果人类仅有言说的需要,却没有特定的发音器官,就不能发明语言。众所周知,丛林中的其他动物可能也像人类一样需要交流,如果具备表达这种需要的器官,他们也可能会像人类一样侃侃而谈。当然没有人会认为聋哑人之所以沉默,是因为他无需言说或者无话可说。如果将同样的推理用于探究人类嗜好小说的习性,我们会发现人类创作小说的必要性,并不能充分解释小说的存在,还必须具备有效的工具。

这种工具,我认为是人类的想象力。正如人类是制造工具的动物,并使用工具改造自然界一样,人类也是创作小说的动物,并利用小说重塑富于想象力的风景。

由于人类的复杂性,一切试图确切定义人类的尝试必定以失败告终。人是理性的动物,人是政治的动物,人是会制造工具的动物,人是……等等,不一而足。如果问我,我还会说,人是会质疑的动物,是充满好奇心的动物。考虑到人类的大脑功能和想象能力,这种好奇心自然在意料之中。人类发现自己现在,正如过去一样,[109]羁绊于萤火虫般微光闪烁的意识之中,身后是自身起源不可穿透的黑暗,面前是似乎正在步入的另一深不可测的混沌世界。是什么笼罩于这些黑暗之下?他那如同打破黑暗的微弱荧光般的尘世存在,有何意义?面对这些未解之谜,人类的能力浩瀚无边,同时又深受局限。尽管其知识令人赞叹,并不断增长,却永远不可能与需要了解的知识相匹配,即便倾尽所有人类世代积累的知识和智慧,也远远不够,终极问题很可能继续存在。

20世纪50年代,尼日利亚微生物学家三亚·奥纳巴米罗(Sanya

Onabamiro)博士出版了一本书,极其敏锐地将其命名为《我们的孩子为什么死亡》(*Why Our Children Die*),回应了必是我们祖先千百年来最沉痛、最令人心碎的叩问。我们的孩子为什么死亡? 身为现代科学家,奥纳巴米罗博士给出了 20 世纪恰当的回答:疾病、营养不良和无知。只要是通情达理的人,都会认可这一"科学的"回答,相比我们从别处可能得到的答案更令人满意,比如巫医也许会说,我们的孩子之所以死亡,是因为中了邪;因为家里有人冒犯了神灵,或者以某种并不知晓的方式犯有过失。几年前,我曾目睹了让人心生怜悯的场景,一个瘦弱的幼童被抱出来,坐到绝望气氛笼罩下的祈祷室中间的垫子上,拥有癫狂般权威的女先知宣称他被魔鬼附身,令其父母斋戒七日。

这些例子旨在表明两点:首先,人类对于病原的编造具有丰富、肆意的创造性。其次,并非所有的小说都同等有益,或令人向往。

但是,这样似乎轻率地将现代医学冷静的、方法论的、绝妙的程序,与宗教精神变态者飘忽不定的"神示"一概而论,归并于虚构故事的一般准则之下,首先我必须对此作出解释。的确,二者永远不应相提并论,然而,无论二者之间的联系多么缥缈,却共同肩负着人类需要解释和减轻令其无法忍受的状况这一重担,而且两者均运用了疾病理论——其一是细菌理论,另一是恶魔附身理论。而理论无非就是帮助我们了解所经历之事的虚构性,当其作出的解释不够充分时,就不再被人认可。比如,毫无疑问,21 世纪及之后几个世纪的科学家会以愉悦的包容态度,看待我们今日最为珍视的某些科学概念,正如我们对过去几代人的摸索所持态度一样。

尽管如此,我们可以说——实际上必须说——奥纳巴米罗博士对于婴儿高死亡率的洞察,无论子孙后代可能发现多么不完善,对我们的帮助也要远远强于半疯癫的宗教狂热者作的诊断。综上所述,有的小说起助益作用,有的小说起阻碍作用。简便起见,让我们称其为善性小说(beneficient fiction)和恶性小说(malignant fiction)。

那么,到底是小说——不论好坏——中的什么如此吸引人呢? 缘何为了减轻真实世界中人生征程的痛苦,而不得不暂别现实? 这一表面悖论的背后隐含着什么? 想象力为何如此强大,故而不断诱惑我们离开肉体感官强加于我们的动物性存在?

请让我以稍微不同的方式表述这些问题,以免突然离题,迷失于令人陶醉的抽象云海。

[110]为什么阿摩斯·图图奥拉的《棕榈酒鬼》(*The Palm-Wine Drinkard*)对过度问题的洞悉,比我们曾经听到、读到或者将要听到、读到的相关所有布道和社论,都更好、更有力、更令人难忘?

原因在于,社论和其他说教可能会告诉我们关于过度的一切,而图图奥拉创造了奇迹,将各种形式伪装的过度问题变得有血有肉,使我们积极参与到充满想象的强有力戏剧中。之后,我们不再是话语的倾听者;我们步入这一领域;我们已寻访过;我们已经在酒鬼身上与自己不期而遇,正如酒鬼在自我矫正的追寻过程中与自己相逢,尽管并不知情;与自己的儿子——那个令人不快、荒谬一团的半身婴孩——相遇。这一相逢如同小说中的诸多其他内容,令我们难以忘怀,因为图图奥拉的创造性,不仅在于揭露了过度问题可能呈现的各种面目,而且机智探讨了由于贪婪而违反互惠法则,所导致的道德和哲学后果,互惠法则如同万有引力,影响着他那奇幻虚构宇宙中看似飘忽不定的运动。

这种自我相逢,我视之为善意小说之力量和成功的主要来源,也可被定义为想象性认同。那么事情并非仅仅正发生于我们**面前**;这些事情通过想象性认同的力量,正发生于我们**身上**。我们不仅看到,而且与主人公一起感受**痛苦**,用图图奥拉耳熟能详的话来说,烙上了同样的"惩罚与贫穷"印迹。

酒鬼游手好闲、缺乏自律,为了获得救赎,不得不遭受苦难煎熬。而我们不必躬身亲历,却能通过想象,受益于他改过自新的冒险历程。能够这样做,是善于反省的人类的最大福祉之一——有能力**直接**感受我们踏上的那条公路,也能够**愉快**地感受"没有选择的那条路",如罗伯特·弗罗斯特(Robert Frost)所言。

鉴于我们具有以发现为目的的质疑天性,鉴于我们的存在具有局限性,尤其是我们一无所知的领域广阔无垠,我们便能感恩想象力赐予我们的无从估量的福祉。经验是最好的老师,这是自明之理、老生常谈,我们能否真正**认识**没有亲身经历的任何事情,尚有待商榷,但是我们的想象力能够缩小这种存在主义鸿沟,想象力给予我们可能获得的各种人类生存情境中,最近似于亲身经历的感受,某些时候也是最安全的感受,任何在尼日利亚公路上行驶过的人都会如是说。因为为了**认识**汽车的危险而去被车撞,这并不可取,我们可从路边遭受重创的尸体学到这点;并非仅仅通过观察尸体,而是通过想象的惩戒性虚构场景:**我们就是它**,他人的尸体**并非**——如伊博族谚语所言——一根圆木,而是我们自己。(只可惜进一步思考之后,这句谚语实际上并非我刚才所言骇人之事,所谓他人的尸体**似乎于我们而言**像一根圆木——是大为不同的另一回事,是关于我们受损的想象力、关于对他人的苦难缺少同理心的令人深感悲哀的思考。)

古人云:人生稍纵即逝,而艺术恒久漫长。我们可以用后者的长久,弥补前者的短暂。这就是人类社会总是通过精心保存的口头和书面文学,使其文化价值保留下去的原因所在。这些文学为他们自己及子孙后代,提供了从真实经验中获益的捷径。那么历史呢? 你也许会问,难道历史没有惠予相同的启示? 以史为鉴,[111]当然重要,但是试想一下,需要经历多么漫长的历史,才能够提炼出莎士比亚《李尔王》中的智慧。再者,我们众多的殖民地人民又能从如此肮脏的、英国化的、短暂的历史中,获取何种伟大的慰藉呢?

要使社会顺利有效运转,其成员必须共享特定的信仰原则和行为准则;必须对美德和邪恶的理解,达成合理的共识;必须对英雄的特质、英雄行为的判定,达成某种一致。关于这些问题,世界上的每一片土地和历史上的每一个时代中,不同社会不会持有完全相同的观点。然而,尽管存在地域和历史的差异,但就我们所知,尚没有任何社会的生存和繁荣是基于完全主观武断的善恶观,或完全主观武断的英雄与懦夫观。我们人类似乎致力于区分这些成对出现的概念,无论其界限有时看似多么模糊不清。但是社会如同个人,会生病或精神错乱,就像众所周知的集体歇斯底里现象,当然也有些社会病理学症状不那么狂躁不安,不那么引人注目。庸俗炫耀、冷酷无情、机能失调、污秽不堪、粗制滥造是明显的疾病征兆,治疗方法呢? 更多的劝诫? 我并不这样认为。

文学虚构的伟大美德在于能够让我们受想象力的引导,“通过意料之外又富有教益的路线去发现和认识”——引用克莫德之言。当英雄与懦夫之间的界限看起来极其模糊、难以捉摸之时,就有助于我们重新确定界限,通过强迫我们在自己的心灵中面对英勇和怯懦,来作出这样的界定。

“噢,我没有时间读小说”,言下之意,小说庸俗无聊。这样的话,我们听过多少回了？他们往往还会补充说——以免被视为文盲——自己会读历史或传记，认为这些更适合思想严肃的成年人。这种人令人怜悯；他们就像一辆六缸汽车，却说：噢，有三个火花塞，就可以应付了，非常感谢。嗯，的确可以应付，但听起来却像一辆患了哮喘的摩托车。

富有想象力的生活是我们整体特质的关键要素，如果缺少滋养或受到污染，我们的生活质量就会下降，或被玷污。

然而，我们不应只颂扬想象力之美，赞颂金色织机上织就的善意小说，而只字不提其所处的可怕危险境地。

认为种族有优劣之分；认为是我们边境之外的人，或与我们操不同语言的人，制造了世界上所有的麻烦；或者认为我们的特定族群、阶级或阶层有权利享用其他人不能享用的东西；认为男人优于女人，等等——这些都是想象力激发的小说。那么，是什么使它们有别于我大力倡导的善意小说呢？可以这样来回答：凭它们结出的果实，就能辨认出来。逻辑上，这可能是个很好的回答，但就策略而论，这一回答并不充分，因为可能会有这样的含义：在我们得出种族主义是可怕的邪恶这一结论之前，希特勒应该首先进行种族灭绝，或者为了证实此回答，南非应该毁于一旦。因此，我们必须找到具有警示系统的标准，无论何时开始杜撰恶毒小说时，系统都会亮起红灯。

这样的预警系统触手可及，而且相当简单。记得孩子游戏的事例吧，游戏开始的前奏是说："让我们来假扮吧。"善意的虚构与其恶意的表亲——种族主义——之间的区别在于，前者从未忘记自己是虚构的，而后者根本一无所知。文学虚构[112]并不要求我们相信，(比如)那个棕榈酒鬼确实每天早晨喝掉 150 桶棕榈酒，晚上则喝掉 75 桶；也无需我们相信小说中有关冒险的生动描写是他的亲身经历，甚至相信此人的确存在。然而，阅读这部小说后，我们明白了如此多的事理，彻底影响了此后对世界的感知。

另一方面，恶意小说——比如宣扬种族优越论者——从来不会说："我们来假装吧。"他们坚称其虚构是经过验证的事实，是一种生活方式，持有此种小说观的人的确像疯子，因为神志正常者会偶尔演一出戏，而疯子则永远活在戏里。有些人会将恶意小说描述为神话，但这是在玷污神话的声誉，我实在找不出为其辩解的理由。我想用更为恰当的名称，来指称恶毒小说——那就是迷信。但是，无论我们如何称呼，关键要明确区分善意虚构和任何滋生于病态想象的胡言乱语。观看魔术师的表演，并惊叹于其手上的花招和视觉上的把戏，与看到并**相信**其魔力源于夜半造访墓地，或者解读摩西的第六本和第七本书，此二者实不相同。善意虚构驰骋于想象之领域，而迷信则打破了想象的边界，给现实世界带来了破坏。

如果认为以自我为中心是聪明之举，那是完全错误的，事实上非常愚蠢。这表明，我们缺乏足够的想象力，无法重现别人脑中的思想，尤其是我们所缺乏的思想。一个人对自己同类的遭遇如此无动于衷，这是因为缺乏想象力，不能深入了解他人，不能从别人的角度看待这个世界。冷漠与缺乏想象力，二者紧密相连；在历史和小说中，这样的例子，俯首皆是。想想一个冬日的夜晚，那位贵妇坐车回庄园的途中，透过破旧茅屋没有百叶的窗户，看到一个衣衫褴褛、瑟瑟发抖的男孩。

贵妇心生恻隐，对车夫说：“记住那所茅屋，一到家我就差人给那个可怜的男孩送些取暖的物品。”

贵妇回到家，坐到跳跃着欢快火苗的巨大炉火前，车夫趋前说道：“夫人，那个可怜的男孩……”

“噢，但是现在又很舒适温暖了呀，”贵妇答道。

想到了法国大革命爆发前夜的法国王后，当有人向她禀告，说百姓没有果腹的面包，王后说：“那么，就让他们吃蛋糕吧。”王后被普遍视为冷酷无情的恶魔，但她更可能是个可悲的蠢女人，她的确认为，没有面包，百姓能够以蛋糕度日，直至他们再次储备好面包。

你看，特权是想象力最大的敌人之一，在我们的敏感性上撒了一层厚厚的脂肪组织。

今天我们看到，身边普遍存在意识的迟钝，并且发生在所有的层面——个人层面、社区层面、国家层面、国际层面。就在不久前，我看见拉各斯斥巨资建造的天桥下令人震惊的一幕，一名乞丐正蹲伏在马路中间，往一只碗里舀着什么，而各个方向疯狂疾驶的车辆躲闪着他。及至近处，我意识到他正在聚拢的褐白色东西并不都是沙子，而是沙与盐的混杂物，想必有辆面包车掉下了一袋盐，盐袋散落，而他当时已经来晚了。开车送我的朋友说：“这是一个被石油繁荣遗漏的尼日利亚人。”这一场景中巨大的、几乎赤裸裸的讽刺意味，让我无法缓过劲来：[113]一名乞丐为了一碗汤，冒着随时丧命的危险，往碗里舀着沙子，头顶上正是耗资数百万的现代化大桥。我想起了刚收到的一首诗，是投稿给《奥基凯》（*Okike*）杂志的，题为《乞丐的浪漫》（"The Romance of Beggars"）：

> 我们要风险资本
> 而不是乞丐
> 要社会间接资本
> 而不是讨饭碗
> 不要让它叮当作响
> 如此经济形势下
> 不要让你的讨饭碗叮当作响

后来，在同一首诗的另一段，一名热血沸腾的乞丐和很多人一样，栖身于现代化大桥下的钢筋混凝土洞穴之中，过着史前时代的生活。他发出了这一邀请：

> 到这儿来，进入我的良知空洞
> 我会向你展示一二
> 我会向你展示我炙热的爱。
> 你知道吗？
> 我还能给你婴儿
> 明天的真正领袖
> 就在这儿，在这座大桥下
> 我会给你真正的思想领袖。

我认为优雅的尼日利亚小姐不会有想象力或良知，来探讨这种相逢的可能性，她会躲开粗鄙的乞丐，驾着她的豪车疾驶而过，和傲慢的间接资本先生（Mr Overhead Capital）共赴一场无果的幽会。

不，对苦难漠不关心，绝不是聪明之举，已故的汉娜·阿伦特（Hannah Arendt）将其极权主义心理学研究称为"平庸之恶"（*The Banality of Evil*）时，展现出了真正的感知力。

想象性认同是漠不关心的对立面，是人类最亲密的联系，比"己所不欲……"的金科玉律更进一步：我们的这种关联感是真正伟大的社会粘合剂，会体现于同胞情谊、社会公正和公平竞争。关于小说的作用，我的理论是，善意小说会激活我们所有的想象力，使我们对个人、社会和人类现实的感受得以升华。在渗透了当代生活的狂热物质主义背景下，最令人担忧的是，作为一个物种，我们可能正在失去打开小说世界**大门**（mundo）的"芝麻开门"（Open Sesame）口诀——那种说"让我们来假扮吧"的能力，就像做事之前的谢恩祈祷一样；说"我们的狂欢到此结束"，就像完事之后的赐福祈祷——但是，**尚未**能从这个虚幻的盛会中，获取在真实世界中前行的基本洞察力和智慧。我们充满想象力的灵活表达似乎，啊，正在快速僵化，变得缺乏想象力，过于关注物质享受。

一位晚宴上颇为健谈的英国朋友，刚向我们几位讲述了他与夫人最近从远东起飞的一次令人不安的航班，这时夫人突然插话，问那次旅行是否买了航空险。"哦，买了，"他欢快地回答，"如果飞机失事，我们会变成公墓里最富有的一对夫妇。"几天后，我把这个笑话讲给一位医生朋友听，他即刻反驳，[114]神情严肃地说那笔钱会支付给与他们血缘关系最近的亲属。我想：哦，天哪，我们的祖先擅讲故事，无与伦比，创造了我们伟大的口头传统，降临到他们后辈身上的，是何等命运啊！

这使我想起了另一次远为严重的亲身经历，我写了一部社会讽刺小说《人民公仆》（*A Man of the People*），出版于 1966 年。造化弄人，恰逢尼日利亚首次军事政变后的第二天。因这部小说也以军事政变结束，难免就在读者中引发了一定的惊诧和猜忌，应该说，还有钦佩。但是，似乎有些空穴来风的是，显然在内战期间，某些地方传出了这样的说法——因为我写了这部小说，我肯定是军事政变的谋划者之一。内战结束很久之后，我又一次在我们一所大学作演讲，之后有人就此事对我详细盘问。我感到相当恼火，质问这名审问者是否读过这部小说，他含糊其辞地说读过。然后我问他，是否记得在我的小说中，政变之前首先描写了大选公然舞弊、民众骚乱、杀人放火，这也碰巧与尼日利亚一月份政变前的类似事件相吻合，他是否在暗示我在伊巴丹和其他地方也策划了这些动乱？他是否记得我的小说确切提及了反政变，这一预言，啊，1966 年 7 月在尼日利亚也成了现实，他是否在暗示我也出席了那次策划活动？总而言之，他是否认为一群持不同政见的军官在策划推翻政府时，会邀请一位小说家旁听他们的密谋，然后回到军营，等待两年；这期间，这位小说家写作，请出版商编辑、出版这部小说。直到这时，军官们才采取行动，发动政变，目的是与小说的出版时间恰好一致？1966 年，荷枪实弹的士兵有这样的想法，也许情有可原——他们先去了我的办公室，然后又去家里搜捕我，所幸当时我搬走了。他们怎能知道，这本令其恼火的书花费了两年时间才写成出版？但是 1977 年，盘问我的是一名大学教师！

这件冗长的个人轶事本无需赘述，但此事比我亲历的几乎任何事情，都更清晰地说明：我们的想象能力由于意志施压而短路的情况，多么容易发生。因为无论多么怪异和愚蠢之事，如果孤注一掷者执意相信，无人可以阻拦，他会在想象中找到心甘情愿、热情洋溢的同谋者，他们会共同编织合乎自己需要的小说，然后将自己与心中的意图密切相连。

想象性文学赋予我们的虚构，绝非如此。这种虚构不是奴役、而是解放人类的思想。其真实性不同于正统观念的准则，也有别于偏见与迷信中的非理性。这种虚构始于自我发现的探险，终于智慧和人道良知。

（朱峰 译；姚峰 校）

第16篇　三者共榻：小说、道德和政治[①]

纳丁·戈迪默(Nadine Gordimer)

[115]三者同床：这可谓奇怪的文化事件，我最好来确定一下三者的身份。

政治和道德，作为概念，无需介绍，虽然其关系可疑、暧昧不清。但小说有界定的责任，对此，我始终会在发言中提出质疑，因此我就直接从字典上关于小说的基本定义开始。

对于小说(fiction)，《牛津英语辞典》(*Oxford English Dictionary*)的定义是"虚构或创造想象性存在、事件、事物状态的行为……是散文体小说(novel)和故事的总称。"因此，根据《牛津英语辞典》的界定，诗歌不是小说。对此思虑愈多，我愈感困惑，愈发产生质疑。难道诗人不创造想象性存在、事件、事物状态？

如果在学识渊博者参加的任何文学聚会上，我请求例证诗人具有创造想象性存在和事件的能力，如果引述诗人对"事物状态"——正如散文家的"事物状态"一样，都来自生活、实际生活，如同妖怪化作烟雾从瓶中冒出——无与伦比的激发，我的引述将会连篇累牍。如果小说是想象力中超现实(suprareal)精神的体现，那么诗歌就是终极意义上的小说。论及小说，我的理解是应该包括诗歌。

政治在床上正与小说做什么呢？ 道德与讲故事同床共枕，这始于人类的大脑发展出了想象的魔力——我对大脑变化(或其他什么)的科学解释一无所知，要对此功能作出诠释，我相信此处的发展迹象也许就是生命

---

① First published in *Living in Hope and History*：*Notes from our Century*，pp. 3—15. New York：Farrar, Strauss & Giroux, 1999.

真相之所在。通过作用于"事物状态"的转换性想象对不同属性的排序，就可理解日常生存的严酷教训，理解人与人之间、人与动物和自然之间共处的严酷教训。有了如此发达的能力，小说的伟大艺术就能在想象性启示（imaginative revelation）方面发展演化，以契合小说完成之后那个时代所遭遇的危机，这种危机在小说创作之时是难以想见的。《白鲸》（*Moby-Dick*）现在可被视作环境悲剧的讽喻，"白鲸是宇宙复仇的使者"：[116]我们曾试图毁灭自然这一瑰丽的生灵，认为我们只有"赢得"与自然的斗争才能幸存；现在，我们在自然之死中看到了自己的死亡，由我们一手造成。

但是，想象力的首要产物当然是宗教，从众神（他们是想象力多么卓绝的成就！）——于目力不及之处确立神圣秩序——衍生出了世俗、务实的道德秩序，人类因而能以某种方式共处，并与其他生灵和谐共存。

道德是小说的丈夫/妻子，那么政治呢？政治设法尾随道德而入，撬开门锁，使报警系统失灵。最初，道德也许躲在暗处，小说以为政治的拥抱就是道德的拥抱，并不知晓二者的区别……这是可以理解的，道德与政治有亲缘关系，政治的祖先是道德——这已是古老的历史，基本已被忘却，相似性已然褪去。晨曦中，如果小说接纳睡在床单上的第三者，很快就会充分认清政治的面目和内容。

我还是不要将这一讽喻扯得太远，仅论及下一代。从这种怪异的关系中诞生了两个后代：循规蹈矩（Conformity）和忠心耿耿（Commitment），你会知道谁是谁的父亲。

直至1988年，我都可能会说，小说创作因必须遵从特定世俗或宗教道德而来的压力，早已、能够且确实被现代作家完全忽略了，梵蒂冈仍然有禁书名单，但在多数国家，我们认为是有言论自由的——就宗教而言。（北美的某些教派也许是例外……）

亵渎上帝？陈旧的禁忌，早已过时，就像以前曾用于四字母单词中首字母与其他字母之间的连字符。在东欧、苏联和南非等地，人们关注的是文学对世俗社会的政治影响，而非是否可能触犯或颠覆宗教情感。即便在南非，也是如此，荷兰归正教会（Dutch Reformed Church）秉承某种形式的加尔文教派之拘谨，歪曲宗教教义，使其服务于种族主义，将教会与国家安全密切相连，基于其认定的单一种族"纯洁"的性道德准则也包括在内。十年前的 1988 年，南非一位演员在舞台上的一个世俗场景中，情不自禁地惊呼道"我的上帝！"，《万世巨星》（*Jesus Christ Superstar*）就被禁演；及至 1989 年，对教会及其道德准则的强烈讽刺就不再受到重视了。

现在[117]，我们进入了一个新的十年，随着自由的提升，我们看到有的作家在某国成为总统，而有的却在全世界被一些激进派追杀。我们看到，宗教激进派通过其信徒拥有在全世界范围内制造恐怖的威力。政治难民可到别处寻求庇护，而萨勒曼·拉什迪则无处可去。宗教极端势力到处施行恐怖主义司法管辖权，蔑视任何国家的法律。

前弗洛伊德式（pre-Freudian）虚伪、清教的清规戒律可以被忘却。发生在拉什迪身上的恐怖事件是一只重重拍在小说肩膀上的手：遵从某一特定道德观来写作的压力依然会到来，并以令人难以置信的惩罚来施压，尽管这种情形不会发生在大多数作家身上。

难道我在假定道德应与小说分离？小说不承担任何道德义务？不，小说的道德在于以无所畏惧的坦诚，自由探讨和审视同时代的道德，包括宗教这样的道德体系。

这种关系一向不容易，无论是拉什迪经历的极端行径，还是例如古斯塔夫·福楼拜（Gustave Flaubert）在 1857 年胜诉后对《包法利夫人》（*Madame Bovary*）有伤风化的案件进行的评论。他写到这一案件的含义在于确立了伪文学价值，并贬低了真正的文学价值。"我的书会异乎寻常得畅销……但是，想到这个审判，我就出离愤怒了；它转移了对小说的关注点，不再关注艺术上的成功……以至所有这些吵闹令我深感不安……我渴望……不出版任何东西：不再沦为街头巷议的谈资。"

小说与政治的关系从来没有那种夫权/父权专治的制约，不像道德，由于源于宗教，夫权/父权的专治约束依然残存。我所知道的文学批评家中，无人指出**道德说教**——相对于"道德败坏"——在小说中无足轻重；相反，许多小说作品因作家认识到政治——正如性和宗教——是推动人物性格发展的重要动因，而被宣称"毁掉了"。当然，不受制约是风流韵事的特征，是狂热的恋爱，其中会出现巨大的矛盾对立，拥抱与嫌弃接踵而至，痛苦与欢乐混杂不清，忠诚与背叛相互移位，指责漫天飞舞。小说家卷入政治，最初无论是出于公民的信念，从内心排斥作家应有、必要的超然之观点,还是源于外部诱惑的压力,这一关系中同样的问题出现于**小说中**,必须在**小说中**被处理,如同在生活中一样。

因为,作家何尝不是生活在政治冲突的时代呢?黄金时代(Golden Age)、美好时代(Belle Epoch)、喧嚣的 20 年代(Roaring Twenties),这些如此命名的美好时代究竟是谁的时代呢?

奴隶和佃农生活悲惨,而雕塑家却在探求人体黄金比例的时代?沙皇亚历山大的监狱里革命风起云涌,而王子们却在尼斯建造宅邸的时代?饿殍遍地、民不聊生,日渐崛起的法西斯主义成为救赎之道,而花花公子、女郎却在粉红香槟酒杯中翩翩起舞的时代?

作家何时能够公开或隐晦地避开政治?即便将小说视为纯粹语言探索——如同音乐是对声音的探索——的那些作家,达达派(Dada)的胡言乱语、伯勒斯(Burroughs)的打乱页码次序,无不是在反抗各自所处时代政治所强加的精神;他们的文学运动无论多么异乎寻常,都是一种承认政治与小说之间关系的行为。

[118]这种关系,似乎无从摆脱。一方面,我们生活在这样一个世界,谢默斯·希尼(Seamus Heaney)称之为"想象力无导向的驰骋,往好里说是奢侈享乐或放纵不羁,往坏里说是离经叛道或叛逆不忠。在理想的共和国……人们普遍期望小说家会放弃胆大妄为且具颠覆潜力的活动,转而遵从官方信条、传统体系、党团路线等。"杰拉尔德·曼利·霍普金斯(Gerard Manley Hopkins)皈依为耶稣会教士后,深感必须放弃诗歌创作,认为诗歌"与我的使命不相关";想象力对宗教正统的屈从,完全可与——我们时代诸多情况下——正统政治观念对于作家的要求相提并论。

在这些事例中,创造力明确被判定为非法,令我们震惊不已。但情况并非总是一清二楚,并非所有涉及政治的作家都会拿想象力作交易,以换取党徒的刚毛衬衣。也有这样的事例:作家的想象力确实受亲身经历的政治精神所激发并卷入其中,这可能不是拜伦式的自由选择,在社会剧烈动荡的时代和地区实际上无可逃避,社会大厦晃动不定,政治实体墙倾楫摧;作家对旧秩序的邪恶、冷漠和贪婪了然于心,创造性精神自然而然推动新事物的成长。作家受到触动而为新秩序立言,人们毫不怀疑地将此新秩序视作人类自由的进步,因而也将释放出更强的创造力。

"俄罗斯成了夜莺的花园，诗人前所未有地涌现出来。尽管人们度日艰难，却都在歌唱"——安德烈·别雷（Andrey Bely）在俄国革命早期这样写道。帕斯捷尔纳克（Pasternak）的传记作者之一彼得·列维（Peter Levi）指出，帕斯捷尔纳克——由于充满幻灭感的《日瓦戈医生》（*Dr Zhivago*），西方普遍视之为俄国反共产主义作家——年轻时曾为"当前的内部斗争"写过宣言，在献给斯大林的诗中，他歌颂道：

> 我们想要荣耀，我们想要善。
> 我们想看到平安无惧的事物。
> 不像花哨的纨绔子弟，挥霍掉
> 明亮、短暂的一生。
> 我们渴望
> 人人共享的劳动，
> 为了共同的法律准则。

鉴于小说试图确立与政治的适当关系，这一渴望被诸多作家以各种形式谈到。在帕斯捷尔纳克时代的苏联，一些作家陷入当代意大利作家克劳迪奥·马格利斯（Claudio Magris）所谓的激情，他在另一语境中以愤世嫉俗之言称之为"真诚却堕落的追求自由之激情，导致了……机械的奴役，与罪无异"。高尚的激情堕落为悲剧性的低劣，20 世纪 30 年代，作家联盟（Writers Union）内部整风，除了平庸不堪、言不由衷的陈词滥调之外都被打倒，马雅可夫斯基被迫自杀，帕斯捷尔纳克屈身于冰冷的隔间，在其中写作和生活，他请求额外的容身之地，却遭拒绝。然而，帕斯捷尔纳克并没有放弃信仰——从来没有——坚信革命最初的目标是崇高的。当托洛茨基（Trotsky）问他为何回避社会主题时，帕斯捷尔纳克在给一位友人的信中写道，"我告诉他《我的妹妹，生活》（*My Sister, Life*）（他当时新出版的书）是革命性的——从革命一词的最佳意义而言。那是最贴近心灵的革命阶段……革命的**早晨**，和革命的爆发，这时革命使人回归到人的**天性**（nature）[119]，并以**天性**权利的眼光看待事物状态。"但对于帕斯捷尔纳克而言，他这一时期的写作已经成为——借用政府和作家联盟的敕令措辞——"一列脱轨后躺在堤岸下的火车"。在这一意象选择中，有一种深藏于潜意识的绝望思想,认为创造力对他本人和其他苏联作家威胁巨大,因为火车如此频繁地反复出现在他的作品里,火车在他那个时代也许是速度的象征,作家必须抓住疾驶而过的生命之意义。

叶芝(Yeats)所谓"可怕之美"的历史时刻,是人民寻求新秩序以"使人回归到人的天性、一种自然权利的状态"之时,在此历史时刻,政治并非总是扼杀小说。布莱希特们(Brechts)和聂鲁达们(Nerudas)持有那种幻象,得以幸存。但是这种关系,如同所有至关重要的关系,隐含着某种危险。作家最初发现真相时极其沮丧,马格利斯的愤世嫉俗之言是最好的表述:"谎言如同真理一样真实,它作用于这个世界,改变这个世界";而小说家,在追求推理伪装背后的真相时则相信:真相,无论多么难以捉摸,是惟一的真实。然而,我们目睹了谎言对世界的改变,我们曾有过戈培尔(Goebbels),国际上追随其衣钵者正在对一些国家的人民实施此种改变,包括我自己国家的白人,他们认可种族隔离制度既是神的旨意,又是俗世公正之举这一谎言,并创立了以此为准则的社会。

意识到谎言同样可以改变世界,则将巨大的责任寄予艺术,以艺术的改变力对抗谎言;认识到作家的探索和直觉,与谎言是本能对立的。

> 我们浏览彼此的面容
> 我们阅读每一只探寻的眼睛
> 付出了生命的代价,才得以如此。

——南非诗人蒙格尼·沃利·瑟罗特(Mongane Wally Serota)写道。我们可以拒绝依照任何正统信仰、任何党派路线而写作,即便这一路线是为了正义的事业、我们的事业而制定的,但我们不能拒绝承担我们所知之事的责任,我们所知隐藏于现实表面下的东西,必须变成——仍然引用瑟罗特之言——"我们想让全世界所知之事",我们必须在这里,在与政治无可逃避的关系中,"于漫漫长夜中呼唤智慧。"

最为简略、最易识别的漫漫长夜是世界各国基于政治原因的审查制度,然而不难发现,虽然作家和作品在一些国家看似享有更多"自由",但小说仍然受到谎言的威胁。奥威尔(Orwell)让我们警惕,曲解语义是对真相的阴险摧毁,但是1984年已经过去了几年,而奥威尔之所以被铭记,并非因为他如同先知对语言滥用提出了警示，而是因为那部改编自《动物庄园》(*Animal Farm*)的可爱卡通电影。最近哈罗德·品特(Harold Pinter)谈到，"居于语言中心位置的疾病，以至于语言成了永久的伪装，如同各种谎言编织而成的壁毯。人类在精神和肉体上遭受残酷无情、见利忘义的残害和堕落……令人厌恶的修辞策略、陈词滥调以及权力观念为这些行径辩解，不知我们是否会审视自己使用的语言？我们是否有能力这样做？……是否真相在本质上存在于语言之外，独立、执拗、疏离、无从描述？真相与我们对真相的认知，两者之间不可能存在精确而至关重要的对应关系吗？或者说，我们不得不使用语言，只是为了模糊和歪曲现实——对**是**什么进行歪曲，对**发生**了什么进行歪曲——因为我们害怕[120]现实？……我认为正是我们使用语言的方式，使自己深陷这一可怕的陷阱，而诸如'自由''民主''基督教价值观'等词语，依然用来为野蛮可耻的政策和行径辩解。

如果对于作家而言，真实依然存在于语言之外，他/她就没有存在的理由。小说家必须寻求的是真相和作家对真相的认知之间精确而关键的对应关系，寻找到语言的真正意义来表达"事物状态"，摈弃政治夹带进入语言的现成概念。

在理论上，一切都很完美，是的——但是，在小说中你如何提及这些词语："最终方案"(final solution)——由纳粹造出的词语；"班图斯坦"(Bantustans)——南非政府60年代造出的词语，以掩盖剥夺黑人公民权和土地权的罪恶；"建设性交往"(constructive engagement)——美国政府70年代的外交政策术语，以规避直接否定南非种族隔离政策？你如何能够提及这些词语，而又不用耗费数段笔墨(而小说中又无处安放)，来解释它们对事实真相的伪造到底是什么？

被扭曲的语义如同假币，在我们的词汇中叮当作响，但绝非零钱，而成了价值标准。对此，作家负有责任。为了读者，所有小说家都必须尽力弃之不用，并揭露其真实面目，以此拥抱"事物状态"的真相，因为新闻报道——被认为是对立于"虚构"的"事实"——通常不会这样做。在语言本身的原初层面上，我们成为最早进行自我质疑的动物，能够评价自身行为，这正是小说与政治关系的立足点。

这种关系充分发展进程中出现的问题，我自己的国家南非足以作为范例：小说与政治狂野的暧昧关系，伴随着拥抱与排斥、痛苦与喜悦、忠诚与背叛。当前，正在进行关于后种族隔离小说将会是什么、应该是什么的争论，也许对这一争论的回应与外部世界相关。当然，"后种族隔离"小说这一措辞本身表明，我们承认曾经存在广为接受的"种族隔离"小说，或者——更确切地说——"反种族隔离"小说。在长期反种族隔离斗争中，人们认识到受压迫者需要文化后盾带来的自信。文学——包括戏剧和诗歌在内的虚构文学——成为众所周知的"斗争武器"。我们当前的争论发生在两类人之间：一些人意识到付出的代价是将作家的想象力局限于与政治斗争相关的狭窄领域，我们预料的未来人类生活将是丰满的，作家的想象力如果要与之匹配，现在是释放自我的时候；另外一些人则认为文学仍必须被视作手中的武器，仍然接受将执掌未来民主国家政权的解放运动的指导。

革命家和作家阿尔比·萨克斯（Albie Sachs）——在那场斗争中失去了一只手臂和一只眼睛的视力，具有无可否认的威望——竟至于半开玩笑地（即便汽车炸弹也无损他的风趣幽默）倡导五年内禁止使用"文化是斗争武器"这个口号，但是，当然，也有些作家曾经是——我把谢默斯·希尼的定义作些改动，用于我自己的语境——"想象力的游击队员"：他们的小说拒绝任何强加于主题及其处理方式的正统观念，由此使小说服务于争取自由的斗争，却尝试以不加束缚的创造力把握复杂的"事物状态"，通过人们的生活，直接或间接、在黑暗之处或霓虹灯下进行着斗争。

[121]既然注定会被要求结合自己的小说阐释这一关系，我不妨现在作出回答。作为公民、终生积极反对种族主义的南非人、非洲人国民大会的支持者和现任成员，在我的**行为**和**行动**中，我自愿并自尊地遵守了解放运动的纪律。

至于我的**虚构类作品**，我主张采取我需要的任何形式和表达方式，对现实进行自由转换，并身体力行，我始终并依然致力于理解我所知、所察、所历的生活。在我的非虚构文学创作中、我偶尔发表的政治文章中，我的政治派性无疑显示了某种倾向，这也许是对事实的某种选择。但是，正如我前文所述并信守的：我的任何纪实作品，都不如我的小说真实。

因此，如果我的小说和其他作家的小说曾合乎情理地服务于我信仰的政治，那是因为小说的想象性变形——借用瑞典作家佩尔·韦斯特伯格(Per Wastberg)之言——能"帮助人们理解自己的天性，并知道自己并非无能为力……"。

他坚称"所有艺术作品都具有解放性"，这是在为从事写作的我们所有人发声。我们的小说与政治发生任何关系，都应该基于这一理解，但是，无论两者的关系多么激情澎湃，想象力的转换也永远不应"属于"任何权威，无论这一权威多么公正，无论是经过多少努力奋斗而来的或多么令人向往。帕斯捷尔纳克所言应成为我们的信条：

在盛大集会的日子
如果坐席分给了激情和幻象
不要给诗人预留位子：
如果座位不空，则充满危险。

(朱峰 译；姚峰 汪琳 校)

第 17 篇　诺贝尔奖获奖演说辞[①]

纳吉布·马哈福兹(Naguib Mahfouz)

[122]女士们,先生们:

　　首先,我要感谢瑞典学院和诺贝尔委员会关注我长期不懈、持之以恒的努力。请各位以宽容之心接受我的演讲,因为我演讲所使用的语言,你们许多人闻所未闻,却是这个奖项的真正得主。因此,这意味着其旋律将首次飘入你们文化与文明的绿洲。我也非常希望这不是最后一次,衷心希望我国的文学家有资格与你们这些来自世界各地的同仁欢聚一堂,你们将欢乐与智慧的幽香散布于我们这个充满悲伤的世界。

　　一位常驻开罗的外国记者告诉我,我被提名诺贝尔奖时,全场一片静寂,许多人不知我是何方圣贤。那么请允许我尽可能客观地介绍一下自己,我是两大文明之子,这两大文明在历史的某一时期幸福携手。第一种文明,有 7000 年之久,是古埃及文明,第二种文明,拥有 1400 年历史,是伊斯兰文明。也许我无需向在座任何一位介绍两种文明中的任何一个,你们是精英人士,学识渊博,但是鉴于目前的了解和交流状况,这样一带而过,也无伤大雅。

　　至于古埃及文明,我不会谈论帝国的征服和建立,这种自豪已是陈词滥调,如若提及,感谢上帝,会使现代人的良知深感不安。我也不会谈论它如何首次受到指引,感知到上帝的存在,并引入了人类良知的曙光。这是一段漫长的历史,在座各位无人不知预言者埃赫那吞国王

---

　　① Novel Lecture December 8, 1988. Read at the Swedish Academy by Mr. Mohammed Salmawy (first in Arabic, then in English). Translated by Mohammed Salmawy. First published in *Nobel Lectures*, *Literature* 1981—1990. Copyright © 2001 The Nobel Foundation.

（Akhenaton），我甚至不用提这一文明在艺术和文学上的伟大成就，及其创造的举世闻名的奇迹：金字塔、狮身人面像和卡纳克神庙（Karnak），因为即便没有机会一睹这些古迹的风采，也会读到并且沉思默想过其形状。

[123]既然个人际遇注定了我要成为讲故事的人，那就让我用讲故事的方法介绍古埃及文明吧。那么，请聆听这个有史可稽的历史事件：据古老的蒲草纸记载，法老知悉有些后宫妃嫔与朝臣有染，我们预计法老会处死他们，这符合当时的时代精神。然而，他没有这样做，而是叫来了卓越的法律界人士，让他们调查他所听闻之事，并告诉这些法律界人士，他要了解真相以便进行公正的判决。

这一做法，我认为，比创立帝国或者建造金字塔更为伟大，比任何财富或奢华更能表明那个文明的优越性。现在，那个文明已随风而逝——仅作为久远过去故事而留存。有一天，伟大的金字塔也会消失，但是，只要人类保有沉思的大脑和鲜活的良心，真相与公正将会长存。

至于伊斯兰文明，我不会谈论其倡导在真主指引下建立基于自由、平等和宽恕的全人类联盟，也不会谈论其先知的伟大，因为你们的思想家中，有些认为他是历史上最伟大的人。我不会谈论其征服，从印度和中国周边直至法国边境的伟大扩张中，建造了成千上万的宣礼塔（minarets），倡导信仰、虔诚与善举。我也不会谈论因其宽容为怀，使得不同宗教和种族之间建立起兄弟情谊，这种宽阔的胸襟前无古人、后无来者。

相反，我将介绍处于剧烈变动状态下的那个文明，总结其最为突出的特点之一；在一次打败了拜占庭的战斗中，它归还了战犯，换回大量古希腊传承下来的哲学、医学和数学著作。这体现了人类寻求知识的精神，尽管求知者是真主的信徒，而所求者是世俗文明之成果。

这是我的命运，女士们，先生们，诞生于两大文明的怀抱，吮吸其乳汁，接受其文学和艺术的滋养。然后我啜饮你们丰富而迷人文化的琼浆玉液。源于所有这一切灵感——以及我自己的焦虑，文字从内心氤氲而出。这些文字有幸受到你们备受尊崇的文学院的垂青，将伟大的诺贝尔奖授予我，以表彰我的努力。以我之名，并以那些已逝的、创立了这两大文明的伟大缔造者之名，表示感谢。

女士们，先生们：

你们可能会感到奇怪：这人来自第三世界，他是如何寻得心灵的宁静，来写故事呢？你们完全正确。我来自债务重压下勤劳的世界，为了偿还债务而忍饥挨饿，或徘徊于饥饿的边缘。这个世界的人民有些在亚洲死于洪水，另外一些在非洲殁于饥荒。在南非，数以百万计的人在这个民权时代被摈弃、被剥夺一切人权，好像他们不能算作人类。在约旦河西岸和加沙地带，人们失去了家园，尽管他们生活在自己的土地上，生活在父亲、祖父和曾祖父生活过的土地上。他们已经奋起，争取原始人类都享有的首要权利，也就是，他们应该拥有受到外界承认的立身之地。他们——男人、女人、青年和孩子——的勇敢而高尚的行动，换来的是骨骼的粉碎、子弹的杀戮、[124]房屋的摧毁，以及监狱和集中营的折磨，他们周围是1500 万阿拉伯人，饱含悲愤之情关注正在发生的悲剧。这一地区如果不被寻求公正、全面和平的智慧所拯救，将会酿成灾难。

是的，一个来自第三世界的人，何以寻得安宁来写故事呢？幸运的是，艺术宽厚仁慈、悲悯为怀，与幸福者相伴，对苦难者也不离不弃，为二者同等提供表达满腹思想的便捷方式。

在这个文明历史进程的关键时刻，令人难以置信并且无法接受的是，人类的痛苦呻吟竟可能消失在虚空中。毫无疑问，人类终于长大成人，我们的时代期待超级大国之间达成谅解，人类的智慧现在肩负着消除一切破坏和毁灭之根源的重担。正如科学家在努力清除工业环境污染，知识分子应努力消除人类道德污染。要求文明国家的伟大领袖以及经济学家能够实现飞跃，并以此跻身时代焦点，这既是我们的权利，也是我们的义务。

在往昔的岁月，所有的领袖只服务于本国的利益，视他国为敌手，或剥削的对象。除了优越感和一己荣耀之外，无视其他任何价值观。为此，诸多道德、理想和价值被弃，诸多不道德的手段被合理化，诸多没有被计数的生命被消灭，谎言、欺诈、背叛、残忍当道，却被尊奉为睿智和伟大。今天，这种观点应该从源头上改变，今天，文明的领袖是否伟大，应依据其视野的普世性和对全人类的责任感来衡量。发达国家和发展中国家同属一个家庭,所有人都依其所获知识、智慧和文明的程度对这个家庭负有责任。我不会逾越自己责任的边界,如果我以第三世界之名告知他们:不要旁观我们的苦难,你们必须在其中发挥与你们的地位相当的崇高作用,因所处位置优越,你们对动物、植物的任何误导都负有责任,更不必说对生活在五湖四海的人们。语言,我们已经听够了,现在是时候采取行动了,现在是时候结束土匪强盗和高利贷者的时代了。我们现在的时代是领导者对整个地球负有责任的时代。拯救非洲南部的受奴役者! 拯救非洲的饥民! 拯救饱受子弹和折磨之苦的巴勒斯坦人! 不,拯救亵渎其伟大精神遗产的以色列人! 拯救僵硬经济规则下的负债者! 让领袖们注意到这一事实:相较已落后于时代的科学规律,他们应该更重视对全人类负有的责任。

很抱歉,女士们,先生们,我感觉我可能某种程度上扰乱了你们宁静的心绪。但是,对于一个来自第三世界的人,您又能期待什么呢? 不是每一艘船都染上了所承载物品的颜色吗? 而且,人类的呻吟如果不回荡在你们伟大创立者播下(服务于科学、文学和崇高人类价值之)种子的文明绿洲之上,又能在哪里呢? 正如他曾为了获得宽恕而奉献财富、乐善好施,我们——第三世界之子——请求有能力者、有教养者追随其榜样,效仿其行为,冥想其远见卓识。

[125]女士们,先生们:

无论我们周围发生了什么,我始终秉持乐观主义,我并不是在附和康德所谓善会获胜于来世的言论。善每日都在赢得胜利,甚至可以说,恶比我们想象得弱小。我们面前,有不可磨灭的证据:如果胜利并非永远站在善的一边,四处漂泊的人类就不能在应对百兽与昆虫、自然灾害、恐惧与自我中心的挑战中,成长壮大、繁衍子孙,就不能建立国家,从事出类拔萃的创造发明,征服外层空间,宣告人权。真相在于,恶荒淫无耻,且声势浩大、喧嚣吵闹,而且人类对遭受伤害的记忆,较之欢乐的记忆,更为深刻。我们伟大的诗人阿布-'阿拉'·阿尔-马阿里(Abul-'Alaa' Al-Ma'ari)是对的,他写道:

去世时的悲伤

　　　　百倍于
　　　　出生时的欢乐

　　最后，我在此致谢，并请求各位的谅解。

　　　　　　　　　　　　　　　（朱峰 译；姚峰 汪琳 校）

第 18 篇　政治相关性再定义[①]

恩加布鲁·恩德贝勒(Njabulo S. Ndebele)

[126]最近,我指出曾经所谓的抵抗文学在南非已时过境迁。[②] 现在,我想对此作进一步探讨,揭示其理论基础。总的来说,问题可归纳为"抵抗文学"似乎失去了客观基础。1976 年以来,很多产生于南非城镇的文学大体上依然复制了这种抵抗传统,在我看来,这反映出人们对于南非现实的一种根深蒂固的思维方式;多年以来,这种思维方式势头强劲,现在则不加批判地自我复制。如同一列司机无法控制的火车,危险地沿着固有的轨道奔驰,高速通过本应停车的地方。也许区别在于,如果是火车的话,司机几乎马上就能意识到自己碰到了麻烦。毕竟,司机不是火车。而另一方面,"抵抗文学"的作者也许不太容易立刻与自己的思想分别开来。

[……]

南非革命的最大挑战在于寻找思维方式、感知方式,能够有助于打破南非压迫制度的认识论结构——这些结构主导了人们的思维本身,因此能够大大抵消抵抗的力量。我们的挑战在于解放被压迫者整体的社会想象,将他们从种族隔离社会典型的感知规则中解放出来。对作家来说,这就意味着将创作过程本身从这些规则中释放出来,意味着在能写什么、写作手段和方法等问题上,延伸作家的观念。

似乎在我看来,如果南非作家提出南非此刻应在哪里展开斗争这一

---

① First published in *South African Literature and Culture*: *Rediscovery of the Ordinary*, pp. 60, 66—74. Manchester: Manchester University Press, 1994.

② See N. S. Ndebele, "The Rediscovery of the Ordinary: Some New Writings in South Africa", *Journal of Southern African Studies*, Vol. 12, No. 2. 1986.

问题,一种补偿性的方法才能初见端倪。这个国家最近发生的很多事件,都不可避免地指向了这个问题。例如,始于1976年并延续至今的罢课运动可谓旷日持久,最终在教育界引发了类似的疑问:我们从此向何处去?我们希望未来的教育是怎样的? 除此之外,还对其他社会领域提出了疑问[127]:我们该为新南非设计怎样的法律体系? 怎样的公共健康体系能够满足所有公民的健康需要? 我们要发展出怎样的文化政策? 我们该如何处理种族问题? 所有这些问题——还有更多——在当下这些事件的刺激下再次被人热议,这些事件中,政府感到自己越来越无力管控社会,只能诉诸更多的压制手段,尽管他们口口声声,要进行改革;这样的局面反映出执政的南非国民党(Nationalist Party)近乎彻底的幻灭感。

重要的是,提出问题这一行为本身就已表明,压迫性种族隔离文化之下的封闭思想结构正在破裂。一个巨大的新世界正在打开,因为对这些问题可能提出的解决方案,与这些问题本身一样无穷无尽。

在我看来,这似乎是近来我们的人民提出的最重要问题,只要尽可能全面地了解提出这些问题的立场,才有可能给予充分回答。例如,就教育而言,被压迫者通过自己的行动,已经达成了这样一个局面,即宰制结构的一个方面已经大体难以为继了。问题是:接下来该如何? 因此,我们已经进入了新的阶段,被压迫者必须就教育的未来及其对自由新社会的贡献,给自己提出一些根本性的问题。现在考虑的不再是从道德上谴责班图教育法,而是如何创造新的教育。这种理解上的变化是有所反映的,即最初挑战种族隔离制度下教育合法性的政治行动,是在"解放第一、教育第二"的口号下进行的。但是,随着形势的发展,这个口号经过进一步考虑后被放弃了。取而代之的口号强调,教育即便在斗争过程中也是必要的:"为人民的权力,办人民的教育。"

总体而言,这些问题的意义在于,表明被压制的社会想象开始获得解放,从压迫的限制下解放出来,并对未来作出设想。至此,只有当被压迫者自身成为决策者,作出自己的贡献,未来才具有某种可能性。与被压迫者的这种态度相伴的是沉重的责任。这意味着后面还要面临着难以解决的艰巨任务和挑战,其中包含着新社会的涓涓细流。在此形势中,作为替代性的意识形态,其核心任务之一就是为这个国家的未来提供新的思维方式。

　　起点就是被压迫者要求获得解放。为实现这一要求,政治上就必须设想一个不同的未来,继而夺取政权。对于政治活动家而言,这个任务似乎是很清晰的。而另一方面,对于文化产品的生产者来说,就未必那么清楚了,因为他/她本人及其作品的角色尚未界定清楚。尤其是南非作家,他们对自己的角色,对自己所从事的艺术实践的角色,尚未提出一些根本性的问题。总的来说,他们将此任务拱手让给了政治活动家,政治活动家本人未能就艺术在革命斗争中的角色,提出任何全面的分析性观点。在我看来,这种情况似乎是造成南非文学发展缓慢的原因所在。

　　问题在于,只要就共同的使命达成广泛的共识,有关艺术和社会的问题就容易解决。人们因此提出了解决问题的方案,甚至在所有的问题被发现并得到分析之前就已提出。结果,作家[128]往往还未从各方面理解写作的理论要求,就盲目投入写作之中。当作家的艺术追求依然受制于过时的艺术抵抗观念,受制于何以构成艺术的政治相关性,于是就这样开始重蹈覆辙。结果,在抵抗思潮影响下,可探讨经验的局限性继续对很多南非文学产生危害。通过讨论艺术的本质,讨论如今南非这样变动不居的环境中何以构成相关性这一问题,我们就能避开这样的危害。

　　对于作家而言,经常针对他们的责难——尤其在那些渴望激进变革的国家——就是未能提出应对方案,解决他们生动描绘出的问题。在我看来,这样的指责似乎是建立在一套假设之上,依照这些假设,艺术与社会之间关系的性质绝无法充分揭示。这些指责往往出于这样的要求,即艺术家的作品应该能够鼓舞民众参与政治活动,但多数人会认为,这严格来说是职业宣传者的任务。一般来说,宣传者的目标是立竿见影的行动,他的意图完全是实用主义的。

　　而从另一方面来说,艺术家虽然也渴望付诸行动,并与宣传者同样激情澎湃,但绝无法完全摆脱讽刺的规律。讽刺是矛盾原则的文学表现形式。尤其对于文学艺术来说,其根本规律在于,与人类社会相关的一切都不断处于变化之中;人类行为的外表与现实之间的辩证关系,总是发挥着作用,并不断产生问题;结果,在人类现实的再现过程中,没有任何东西是理所当然的。如果作家怀有意识形态目标——作家总是怀有这样的目标——就必定严肃认真地面对讽刺,才能达到这一目标,必须付出汗水才能得出自己的结论。如果他赢得这场斗争,就很可能使我们读者在政治上更加忠诚,但前提必须是,面对我们眼前这出扣人心弦的人类大戏,我们要深入思考自己政治信仰的性质和意义。

就定义而言,政治与艺术之间的关系总是通过反思来调节的。理解了这一点,我们只需作出的区分是:作为一方的直接行动,作为另一方的延迟行动。但是,这样的区分未必使我们在政治和艺术之间作出机械的选择;相反,能使我们参与二者之间的辩证关系。理解了这一点,也就理解了二者的创造性潜能。

现在,我们处理"相关性"这一问题的方法似乎也变得清晰了。如果我们对政治与艺术之间关系作狭隘的理解,就会认定任何对解放斗争产生戏剧性作用的主题和行动都具有政治相关性。在此,关键词是"戏剧性"。所谓戏剧性经常是根据现实政治(realpolitik)规则来界定的。据此定义,戏剧性很容易就能确定:罢工行动、游行示威;或者,压迫制度在各方面表现出的残暴行径。

我们不难认识到,从当今南非作家的视角来看,与压迫本身的复杂结构相比,传统上被认为具有政治相关性的领域是极为有限的。压迫制度不只是把坦克开进城里。为了利用复杂的工业社会,宰制策略随之变得种类繁多,采用的手段也多了很多。它精心建立了选举制度;推动形成了[129]中产阶级;采取了一系列的外交措施,无论是可见的,还是隐蔽的;它暗中传播霸权,通过电影、广播、电视和各种出版物,使被压迫者在浑然不知中接受这种霸权,并以此创造了某种常态。它还可能向非洲儿童"尝试"有限开放白人私立学校,如此一来,非洲儿童就能广泛吸收多属自由主义的霸权行径,最终有损于他们的利益。所有这些复杂控制策略的核心是推动消费主义的疯狂增长,从时装、汽车,直至住房。换句话说,这个制度会动用自己一系列政府之外的机构,来强制推行和扩大其霸权。从此意义而言,它是以整个体系作出回应的。

显然,如果需要重塑的是整个社会,那么该社会就没有任何方面会被认为与解放的过程无关。显然,聚焦的对象越大,包容性也就越大,攻击行动也就更加形式多样、更加复杂。在此语境中,对后抵抗(post-protest)时代的南非作家而言,政治相关性——应该——始于夺取国家政权的需要。对作家来说,这一需要也会化为对无穷无尽的具体社会细节的关注,这些正是艺术思考的对象;这样的社会细节恰恰构成了斗争首先爆发的主要原因。

最为矛盾的是,对作家来说,正当他坐下来书写小说之际,**迫在眉睫**的问题并非夺取权力。完全不是如此。他眼前的目标是才思泉涌的状态,思考的对象是作为社会意识主要成分的一系列社会状况。仅凭某些社会状况无法轻易导向戏剧性的政治言论,就将其排斥在外,这会严重限制文学革命施展想象力的社会空间,从而限制其革命潜能。

所有这些实际意味着什么呢? 我们已经看到,南非社会内部被压迫者的结构性地位如何发生了急剧变化。这种新近发现的权力是作家的出发点。权力显然意识到了自身的存在,而且这种自我意识必定会不断增长。但是,从我们上文提出的根本问题判断,这种权力尚未完全认识到自己实际能达成何种成就。具体细节还需制定出来。这就是作家角色至关重要的地方。他/她的任务就是通过巩固社会各个层面的思想意识,从而有力促进这一权力的巩固。他/她要做到这一点,有很多途径。

首先,必须解放想象力,由此大大拓展构成政治相关性的领域。与政治相关的是全体被压迫人民。例如,政治并不局限于夺取政权;也可以是一座城镇的妇女丧葬协会成员作出的决定,用一个新的领导人取代腐败者。其中涉及的伦理道德问题的重要性,以及对人类动机相互作用的任何洞见,都不应该被低估。这些对于社会意识的性质都有直接的影响。

整个议题非常重要,还需要举些例子说明。首先,对于南非这个高度工业化的社会来说,还极度缺乏围绕被压迫者与科学工具之间的冲突所进行的想象性再创造。假设一个人物想要学习科技:他作出这一决定时,脑子里想的是什么? 他如何设想科学追求所具有的社会角色? 例如,[130]关于科学方法在 19 世纪的俄国对人类行为的影响,《父与子》中的屠格涅夫提供了一个生动的画面。另外,工厂里的工人与机器之间产生了怎样的关系? 这一问题的答案未必显而易见。他是否必然像传统的激进智慧所认为的那样,产生压迫和异化之感? 有很多证据表明,这样的碰撞比通常所设想的更成问题。

第二,无论是福是祸,我们在所谓的南非独立国家拥有一个政治家群体。当然,他们都是些奴才。但他们错误的外交活动有何复杂之处? 我们并没有外交文学,来揭示这种毫无意义的政治中人的维度。艺术家应该帮助读者谴责这些奴才,同时对其动机有所理解。如此一来,读者就能解读这些通过选举脱颖而出者的心理。抗议美学满足于把人消灭掉,从自然正义的视角实施势在必行之事,但这样并不能增进我们的知识。

第三,现代生活对于家庭的压力是巨大的。其中原因,我们略知一二:例如,流动劳动力、限制流入法律和政治流亡等。值得称道的是,抵抗文学将这些原因置于我们的视野之中。但家庭本身到底发生了什么?当下,在城市的父母与子女之间出现了令人痛苦的代际冲突。之所以出现这样的现象,主要原因在于年轻人感觉父母没有积极反抗压迫。在此形势下,年轻人顷刻间被推到了解放斗争的最前线,对于——不仅社群,而且家庭本身的——权力结构造成了一些令人痛苦的后果。很多决定家庭关系的价值观发生了变化。那么,这些价值观发生了什么变化?新的价值观如何给家庭和社群带来了慰藉或者更多的痛苦?

第四,对于充满活力和创造力的运动和时尚领域,除了流行媒体哗众取宠的报道外,很少有人涉足。结果,我们没有这样的小说作品来探讨处于政府和大公司控制下的流行文化如何大大消解了革命意识。运动和时尚作为严肃小说创作的主题轻易就被否定了,因为人们认为它们与政治无关。实际上,自从马普莱勒的《偷来钢琴上的格雷哥》("Grieg on a Stolen Piano")①问世以来,这个特殊的主题没有得到文学界的多少关注。

最后,我过去曾指出过,我们的文学缺乏对乡村生活生动的文学再现。② 我们所知道的一切就是绝望的农民在布尔人农场主的残酷压榨下过着悲惨的生活。相反,农民却成了基督教福音传道活动的焦点对象。显然,我们需要重新回到作为重要小说主题的乡村文化。

除了这五个例子之外,可供文学想象探索的场景和主题不可尽数。

南非作家能够有效地进入后抵抗时代,还有另一途径可循,即在被压迫者的想象中,彻底取代白人压迫者,使其丧失主动和主导者的地位。这种战术上的无视策略,意味着作家能在被压迫者当中强化一种能够存在的、心理上自足的群体意识。然而,只有当作家真正相信被压迫者首先是

---

① Ezekiel Mphahlele, "Grieg on a Stolen Piano", in *In Corner B*, (Nairobi: East African Publishing House, 1967), pp. 37—61.

② Njabulo S. Ndebele, "Turkish Tales and Some Thoughts on South African Literature". *Staffrider*, Vol. 6. No. 1, 1984.

未来的创造者,这样的态度才能奏效。这就意味着对辩证的两极作彻底的重组。压迫者曾经是讨论的主题,现在则是被压迫者自信地介绍未来的新定义,对此定义,压迫者[131]必然作出回应。压迫者的思想和想象已经不足以使他们采取补救行动,因而退到了辩证关系中被动应对的那一极。压迫者已经丧失了主动权。

最后,从压迫者的修辞,转变为过程和探索的修辞,必然在话语上出现相应的变化。这就意味着在语言运用、寻找创新性表达和对话的敏感性方面,保持开放的心态。实际上,这些日常问题的复杂性是与创造性行为的要求相吻合的。作家开始创作故事时,也许并不知道故事要向何处发展,也不清楚故事如何结尾;但他必须找到一条路径。这就意味着寻找到恰当的形式和技法,帮助作家抓住问题的复杂性,并能让读者读懂。在此,技术问题并不意味着技法本身纯粹的、形式的和抽象的创新。恰恰相反,技法意味着通过恰当的形式,尝试找到拓展社会感知的最佳方法。因此,技法不能脱离对人类感知的探索。

之前有关矿业纠纷的讨论中,我提到至少有 10 万人被矿业资方解雇。我们的作家现在必须关注这沉默的 10 万人。当然,我指的是以此作一类比。在后抵抗文学时代,创作的原则就是超越可见的事实,揭示先前被认为并不存在的新世界,揭示新世界隐藏其中的过程和运动。如此,被压迫者的社会想象能够被大大延伸,并作好具体的准备,应付未来复杂的需要。目标在于尽可能延伸个人和社会经验的范围,以为新社会培养高度自觉和敏感的新人。在我看来,这就是南非当下革命中艺术所能发挥的功能和作出的贡献。

应该说明的是,这些观点并非作为金科玉律提出的,而是可能的指导方针,我们的作家可以循此展开辩论,就作家的任务及其艺术在南非不断发展的革命中所扮演的角色展开辩论。这些任务本身都是艰巨而富有挑战性的;我相信,对其展开热烈的讨论就是重要的自由行动。

（姚峰 译；孙晓萌 校）

第 19 篇　为自由作好准备^①

阿尔比·萨克斯(Albie Sachs)

[132]我们都知道南非在哪里,但南非是什么,我们尚不知晓。我们这一代人非常荣幸,如果眼光足够远大,将会发现南非到底是什么。为了建立自由、团结的南非,我们已经作了如此多的努力,问题在于我们是否有足够的文化想象力来把握其丰富的肌理。

我们拥有面向未来的政治纲领《自由宪章》(Freedom Charter)已长达几十年,最近非国大(ANC)全国执行委员会颁布了一套宪法指导原则,为享有自由、平等公民权的团结的南非,制定了基本的宪法解释方法,我们现在必须扪心自问,我们的艺术和文化视野是否与正在形成的新南非的当前阶段相契合,能否坦言我们已开始把握这个正在努力重生的新国家和新人民的方方面面? 或者,我们仍然深陷于种族隔离想象下的众多聚居区而不能自拔?

为了能够激发这些问题的辩论,本文将提出一些有争议的见解。

我的第一个建议是,应该禁止我们的人员宣称文化是斗争的武器,尽管我充分认识到我们完全反对南非的审查制度,赞成在南非实现言论自由。我建议设置一个时限,比如说五年。

多年来我确实一直主张艺术应被视为斗争的工具,请允许我解释为何突然间该主张不仅显得陈腐老套、空洞无物,而且实际上是错误的,并潜伏着危害。

首先,它导致了艺术的枯竭,我们得到的不是真正的批评,而是党同

---

① First published in *Spring is Rebellious*：*Arguments about cultural Freedom*，pp. 19—29. Cape Town：Buchu Books, 1990.

伐异的批评。我们的艺术家没有被鼓励提高作品质量，只要政治正确就足够了。拳头、长矛、枪支越多越好，主题被缩小到如此地步，以至于世上一切有趣、令人好奇或真正具有悲剧意义的主题都被排挤出去。语义含混或矛盾者完全被拒之门外，惟一允许的冲突是新旧冲突，好像过去只有坏的一面，而未来只有好的一面。如果我们拥有肖洛霍夫的想象力，[133]我们中的某一位创作了《静静的顿河》(*And Quiet Flows the Tugela*)，中心人物不会是联合民主阵线(UDF)或南非总工会(Cosatu)成员，而是因卡塔自由党(Inkatha)中的一员，拒绝改变，却感受到压迫，被相互冲突的情感左右，踌躇不决。通过他/她的挣扎、痛苦和喜悦，读者被抛掷到为新南非而斗争的整个剧情中。相反，无论在诗歌、绘画或舞台上，我们将好人列入一队，坏人列入另一队，偶尔允许个别人从一方阵营进入另一阵营，但从不承认好中有坏，更难承认坏中也可能有好的成分；好人能够识别出来，因为除了长相英俊之外，在贝雷帽落下时都能成段背诵《自由宪章》或《战略与战术》(*Strategy and Tactics*)中的章节。

　　斗争时使用的真正工具中，含混不清者是没有立足之地的：枪是枪，就是枪，如果充满矛盾，将会向四周胡乱扫射，对其靶标毫无作用。但是，艺术的力量恰恰在于暴露矛盾、揭示隐含冲突的能力——因此，如果我们认为，艺术似乎只是另一种导弹射击装置，那是危险的。

　　那么爱情呢？我们出版了选集、期刊、应景诗和故事，数量如此之多，但是涉及爱情的，屈指可数。难道我们一旦加入非国大，就不再做爱了？我们的战友们上床时，会讨论白人工人阶级的作用？即便那些因为任务在身，没有机会和可能直接享受爱情的战友们，也会将过去的爱情铭记于心，并对未来的爱情满怀梦想。如果不是为了自由表达各种形态的人性——包括我们的幽默感、爱与温情的能力、对大千世界美的欣赏——那我们是为了什么而斗争呢？种族隔离制度的统治者最希望让我们相信的就是，因为种族隔离制度是丑陋的，世界就是丑陋的。非国大党员风趣、浪漫、满怀梦想，大自然的美和人类创造的杰作令我们感到愉快、赞叹不已，然而，如果看一下我们的艺术和文学，你会认为我们的生活是世界上最灰暗阴郁的，完全被种族隔离制度所封闭。似乎我们的统治者潜隐于每一页内容、每一幅画面中，所有一切都执迷于被压迫者及其造成的创伤，没有任何内容是关于我们和我们正在培养的新意识。相比之下，听听休·马塞克拉（Hugh Masekela）、阿卜杜拉·易卜拉欣（Abdullah Ibrahim）、乔纳斯·格汪伽（Jonas Gwanga）、米里亚姆·马克巴（Miriam Makeba）的音乐，你会置身于充满了才智、优雅、活力和亲密的世界，有情绪的宣泄与调整、狂喜与悲哀；这是一个没有警察的世界，我们的人民展现出了正在形成的气质。如果拿起一部诗集，或者看一眼木雕或绘画，庄严肃穆之感令人窒息。没有人告诉休·马塞克拉或者阿卜杜拉，该以这样还是那样的方式创作音乐；是进步的，还是忠诚的；为了乐观向上，是该引入幽默欢快，还是引入强烈节拍。他们的音乐源自个人气质和经历，源自大众传统和当代生活之音，因而表达了真正的自信；这些音乐让我们产生共鸣，因为表达了我们可爱活泼的一面，而不是因为其歌词是关于如何赢得罢工或者如何引爆了一个加油站。这些音乐避开、击败、无视种族隔离制度，建立了自己的空间。我们的作家和画家也可以如此，只要能够摆脱沉重的痛苦，并且冲破人们（如我本人）多年来试图强加于他们的关于忠诚的条条框框。杜米尔（Dumile）——也许是我们最伟大的视觉艺术家——曾被人问到，为何不画那些正发生在眼前的场景：[134]因未出示通行证而被捕的群众被押着列队走过。就在此时，一辆灵车缓缓驶过，这些人静立并脱帽致哀。他说："那才是我想画的。"

尽管纯粹工具性、非辩证的文化观危害艺术创作，但这种狭隘的文艺观使斗争本身变得贫瘠，危害更为严重。文化不是与总体斗争相分离的某个东西，不是间或拿来动员人民或者向世界证明我们有文化的物品，文化就是我们，就是我们是谁、如何看待自己、如何展望世界。在参与文化解放的进程中，我们不断重塑着自己。这不仅是任何组织都有的纪律问题，或者成员之间的互动问题；我们的运动已经形成了自己的风格、一种行为处事和表达自己的方式、一种独特的非国大气质。这是多么丰富的融合……非洲传统、教会传统、甘地传统、社会主义革命传统、自由主义传统、我们国家众多社区的全部语言、方式和风格；我们有黑人意识、红色意识的成分（如今有人会说粉红意识），甚至绿色意识（早在绿党存在之前，我们的旗帜上已经有了绿色，代表土地）。现在，随着我们的成员遍布世界各地，我们也带来了全部人类的各种文化，我们的战友讲斯瓦希里语、阿拉伯语、西班牙语、葡萄牙语、俄语、瑞典语、法语、德语、汉语，我们甚至在学日语，这一切并非因为班图教育法案（Bantu Education），而是通过非国大教育(ANC Education)实现的。我们的文化——非国大文化——不是相互分离的种族和政治文化的整齐排列,或以特定比例相混合的美丽集合,而是拥有自己的真正性格和活力。我们举起紧握的拳头唱赞美诗——宗教的祈祷——时,不是可能性各半的问题,而是表达了正在逐渐形成、日益融为一体的相互交流,是宣称当我们斗争时我们歌唱,当我们歌唱时我们斗争,这必定是非国大最伟大的文化成就之一,使得来源最为多样的南非人身处其中时,倍感舒适。这并不是说一旦加入这个组织,文化间的紧张关系和两难处境会自动消失:相反,我们带来了所有的复杂问题和看待世界的方式,以及我们的嫉妒和成见。但重要的是,我们创造了开展斗争的环境、制定目标的环境和建立伙伴关系的环境;在此环境中,这些紧张关系能够得到处理。可以回忆一下就如下各种问题展开的辩论:非-非洲人能否加入国家经济委员会(NEC),体罚可否适用于所罗门·马赫兰古自由学院(SOMAFCO),已婚妇女在舞台上可否做凌空踢腿的动作。实际上,长期以来女性解放运动的整个议题,仅以抽象的方式来对待,现在终于列入了议程,付诸思考、采取行动,这一问题在文化转型过程中具有深远意义。事实上,文化问题对于形成我们运动的特性最为重要:如果仅仅将文化作为工具,在礼仪或募捐场合闪亮登场,或者用于活跃会议气氛,那么,没有这些活动的时候,我们就会失去个性。令人高兴的是,情况并非如此——文化就是我们,我们就是人民,而非等待偶尔被推动的物品。

这促使我提出第二个具有挑战性的建议,即,宪法指导原则不该应用于文化领域。什么?！你可能会惊呼,一个法律与宪法事务部(Department of Legal and Constitutional Affairs)的成员竟然说,宪法指导原则不适用于文化。确切地说,正好相反,文化必须对指导原则提供建议。围绕指导原则正在进行大规模咨询,[135]关于后种族隔离南非政府的建立基础,法律与宪法事务部成员、普通民众都应投入到富有建设性的具体讨论中,这是关键所在。指导原则并非工作进展的文件,而阐述了经过内部会议讨论后国家经济委员会深思熟虑的观点,但呈现出来的并非是不可改变的成品,当然更不是需要铭记于心、并誓死捍卫的蓝图。因此,推理过程不应如此:指导原则规定何为文化,因此我们必须在指导原则后面列队,成为实施指导原则的传送带。恰恰相反,我们要做的是分析指导原则,弄清其对文化的影响,然后表态是否同意,并可提出任何改进的建议。某种程度上,我们可以说方式就是信息,国家经济委员会所希望的关于指导原则的公开辩论,与指导原则谈论的开放社会是相符合的。种族隔离制度封闭了我们的社会,压制了我们的声音,阻止人民发表意见,我们这个组织的历史使命就是成为良知自由、辩论自由和言论自由的先驱。

在我看来,指导原则的三个方面与文化领域直接相关。

首先是在完全认识到我们国家语言与文化多样性的同时,强调促进国家团结,激发普遍的爱国情怀。一旦以民主方式解决了基本政治权利问题,我们不同社群的文化与语言权利就能获得关注。换言之,语言、宗教以及所谓的生活方式不再与种族相混淆,挣脱种族隔离制度的束缚,成为我们社会积极文化价值观的一部分。

区分团结与整齐划一非常重要,我们强烈支持国家团结,支持将我们的国家视为一个整体,不仅是从地理范围而言,而且是从人的角度出发。我们希望每一个南非人,无论人种、语言、民族或信仰,都享有完全、平等的权利,我们坚信惟一的南非有着惟一一套政府体系,我们向着普遍的忠诚和爱国主义而努力。但是,这并不是倡导建立由完全同样的公民组成的同质化的南非。南非现在被称为双语国家,我们展望一个多语言国家,同样也是多信仰、多文化的国家。目标不是创立一个所有人都不得不吸收的模范文化,而是承认我们人民文化的多元性,并引以为荣。过去,有人曾经试图强行将每一个人塑造成英国绅士——即文明的典范——于是,受英国压迫,居然成了一种荣耀。另一方面,种族隔离思想体系则否定任何共通的人性,坚持认为人应该被强制分开,区分成各个族群。抛弃种族隔离制度,并不是希望回到改头换面之后的英国帝国主义理念,我们无意建立没有种族歧视的雅皮士国度——人们为了进入这样的国度,只有选择抛弃和压制自己特定群体的文化遗产。我们会有祖鲁族南非人、阿非利堪(Afrikaner)南非人、印度裔南非人、犹太裔南非人、文达族(Venda)南非人、开普穆斯林(Cape Moslem)南非人(我不是在讨论术语界定问题——人们基本上会自己确定)。每一条文化支流都汇集到南非性(South Africanness)这条大河之中,使之更为壮观。虽然我们每一个人都会对某一文化环境有特别亲近的关系,但这并不意味着我们幽闭于一系列只关注"自己文化事物"的聚居区里。[136]相反,白人移民的后代可以加入托伊托伊(toyi toyi)舞蹈中来——即便稍微有点不合拍——或者吟诵沃利·瑟罗特的诗歌,正如迪尼祖鲁(Dinizulu)国王的子孙能够骄傲地诵读奥利弗·施莱纳(Olive Schreiner)的作品。舞蹈、烹饪、诗歌、服装、歌曲、谜语、以及民间故事属于各个群体,也属于我们所有人。多年前,我曾观看在伦敦世界戏剧节上演的《祖鲁麦克白》(*Zulu Macbeth*),全场掌声雷动,由厨师、邮差和司机表演的婚礼和葬礼上的民族舞蹈,极具艺术感染力,征服了也许是当时世界上最为精英的剧院的评论家和观众,身为南非人的自豪感至今记忆犹新,这是祖鲁文化,但也是我们的文化,我的文化。

每种文化都有自己的优点,但没有任何一种文化比其他文化更有价值,我们不能因为讲科萨语的人比讲图桑戈语(Tsonga)的人多,就说他们的文化更为优越,或者因为今天的掌权者讲阿非利堪斯语(Afrikaans),就认为它优于或劣于任何其他语言。

每种文化都有好的和坏的方面,有时同一个文化历史会以截然相反的方式被利用,这一点可见于沙卡(Shaka)和凯奇崴欧(Ceteswayo)的传统,一方面用来激励人民,为了解放我们国家的全体人民而无私斗争,另一方面则用来培养残暴的部落沙文主义。有时,当社会本身发生变革后,与某一特定社会组织形式相适应的文化习俗成了变革的障碍——比如,我们可以想到与前征服(pre-conquest)社会的社会和经济模式相适应的家庭组织形式,已不符合当代社会的要求。非洲社会——如同其他所有社会——在发展变化中有权改变自身。自殖民统治以来,非洲社会缺失的就是人民决定自己生活方式的权利。

如果我们看一下阿非利堪斯文化,这一悖论表现得更为强烈。在某个层面上,阿非利堪斯语是西开普的通用克里奥尔语,被贬损为厨房荷兰语,原先是奴隶和土著使用的语言,后来他们将这门语言教给了男主人和女主人。后来,阿非利堪斯语成了抵抗英帝国主义的语言。迄今为止,南非最好的山丘之王故事(MK story)是丹尼斯·赖茨(Denys Reitz)这个布尔人用英语创作的《突击队》(*On Comando*)——这个故事生动讲述了他作为游击队员,用了三年时间投身于反抗英国占领军的武装宣传运动。诸多因社会空间缺失而在自然中找寻到空间的早期作品,已成为世界生态文学的经典之作。另一个层面,阿非利堪斯语被宣扬种族统治的人所操控,用来支持白人至上制度,因而成了主人的语言。原则上,我们没有理由不让阿非利堪斯语再次成为自由之语言,只是这一次,自由属于所有人,而不只是那些拥有压迫大多数人权利的少数人的自由。

这里,我想作一个必使读者或听众震惊的声明:白色是美丽的。为了防止有人认为爆炸影响了我的大脑,我要再次声明:白色是美丽的。无疑,这是我第一次在非国大大会上作此声明。请允许我作些解释。我第一次是从一位莫桑比克诗人和前游击队员那里听到了这一表述,他的祖母是非洲人,祖父是葡萄牙人。他应邀解释莫桑比克解放阵线的口号——黑色是美丽的,于是回答道:黑色是美丽的,棕色是美丽的,白色是美丽的。我认为他的论断是美丽的,不妨加上此句:[137]白人开始说黑人丑陋时,自己也变得丑陋不堪。除去傲慢的成分,来自白人社区的文化输入可能是丰富而宝贵的。这并不是说,在南非我们需要白人意识(WCM)——在殖民统治背景下,白人意识意味着压迫,而黑人意识意味着反抗压迫。但是,这确实建立了白人加入废除种族隔离制度斗争的基础,白人并非为了帮助黑人赢得权利而斗争,他们(我们)在为自己的权利——在一个自由的国家成为自由公民的权利,享有整个国家的文化并以此为荣的权利——而斗争。他们目标既不是解放他人,也不是成为受人鄙夷同时又鄙夷他人、享有特权的少数人,他们寻求的是成为一个普通国家的普通公民,为自己是南非的一部分、非洲的一部分、世界的一部分而自豪。只有某些宗教团体将自我惩罚视为获得救赎的途径,而对于其余的人类来说,没有自豪感和自我肯定,就没有成功的斗争。

指导原则对于文化具有重要意义的第二个方面是提议制定一部权利法案(Bill of Rights),来保障言论自由和有时所谓的政治多元主义。当前,南非的特点是紧急状态、禁令、审查制度以及大量由国家操控的虚假信息。正如世界多数国家的法律一样,南非人民只是不能进行种族主义宣传和民族排斥活动,但根据指导原则的设想,南非人民将能够自由建立组织,自由选举,自由发表意见。

这强调了时而被人忘却的一种区分,即领导与控制之不同。我们赞成非国大的领导,我们组织在南非的中心地位来之不易,我们组织的创立者们的梦想正在慢慢实现。毫无疑问,在种族隔离制度的基础被摧毁、民主制度确立之后,非国大必将继续担当国家团结的主要规划师,但是这并非意味着非国大是反抗种族隔离斗争的惟一声音,或者将成为后种族隔离时代南非的惟一声音。

我们想要领导人民,而不是控制他们,这不仅对于将来的文化工作意义重大,对当前的文化工作同样如此。我们认为自己是最优秀的(我们的确如此),正因如此,我们才是非国大成员。我们努力说服人民,使其相信我们是最优秀的(我们正在取得成功),但并不需要我们将自己的观点强加于人;相反,我们不实行霸权,而是无私地建立最广泛的被压迫者统一战线,并鼓励所有力量进行变革。我们向人民表明,没有将观点强加给他们,而是赋予其选择想要的社会和政府的权力。如此,我们才能发挥真正的领导力。我们不惧怕投票箱、公开辩论或者别人的反对。有一天,我们甚至会有伊恩·史密斯(Ian Smith)这样的人物,抗议并抱怨一切变革,怀恋种族隔离时期美好的旧时光,但是,我们会在竞选活动中与他们竞争。在自由选举的条件下,谁会胜出,我们从未疑惑,但是如果丧失了人民的信任,那么失败将是咎由自取。

所有这一切显然影响我们在文化领域的行动方式,我们应该通过榜样的力量、通过我们政策显而易见的正确性来进行领导,而不是依靠人数的优势,把我们的立场强加于人。我们需要接受广泛而非狭隘的参数:以赞成或反对种族隔离制度作为标准。我认为,[138]我们的心胸应该广阔到能够接纳这种观点:反种族隔离的势力和个人,有着各种各样的表现形式和规模,艺术界尤其如此。这并非是赋予艺术家特殊地位,而是承认他们有某些独特的性质和传统。当然,我们不应当成为文学和艺术的审查者,或者在组织严密的地区强制实行内部紧急状态,我们应该做的是创作更好的诗歌,拍摄更好的电影,谱写更好的音乐,让人民自觉自愿遵循我们的事业("我们的事业纯洁公正,这还不够:公正和纯洁必须深深根植于我们的内心"——莫桑比克战时诗歌)。

最后,指导原则将保障个人权利与着手进行反歧视行动的必要性相联系。这对于文化领域的意义是不言而喻的,个人与团体均能自由行动的南非将会是一个处于变革过程中的南非,国家、地方政府、公共和私人组织要积极行动起来,消除几个世纪以来殖民主义和种族主义统治造成的严重不公,这是必须履行的宪法义务,赋予了开放学术与文化之门这一声明以具体内容。我们可以展望规模浩大的成人教育和识字教育,展望广泛应用大众传播工具,为所有人能有机会享有我国以及全世界丰富的文化资源,创造便利条件。我们的文化工作者面临的挑战是显而易见的。

(朱峰 译;姚峰 校)

第四部分　对抗语境下的创造力/创造力与对抗语境

[139]一般说来，诗歌或文学可能是"强烈感情的自发溢出"。这是英国浪漫派诗人威廉·华兹华斯(William Wordsworth)的说法，而时至今日，这个说法依然广为流行。但对非洲作家来说，文学的起源远不是"在宁静中回忆起来的情绪"。非洲文学和文学研究诞生于熊熊燃烧的历史窑炉——典型特征是殖民主义、独立后政府的暴政、包括宗教激进主义在内的各种后殖民病理，以及非洲与世界之间日益扩大的不平等关系——并不得不在其中挣扎求存；非洲文学和文学研究为当今世界许多地区，提出了一种更为有效的理论，即对抗性语境与涌动的创造灵感之间复杂交错的关系。这部分的文章极力捕捉这种交错关系的诸多维度和影响，不仅是主题上的关注、形式上的偏好、殖民文学传统和语言的影响，而且也谈及文化生产者的生存这个更为实际的问题，无论身在本土，还是流亡海外。非洲文学传统有一个肮脏的小秘密，我们或可谓之"作家"监狱"日记"这一写作形式的繁荣，也就是被后殖民国家视作政治犯、关押在监狱之中的那些作家书写的，关于他们经历的诗歌、虚构和非虚构的散文和戏剧作品。当我们意识到，只有那些在监狱中生存的人，才能活着将他/她的经历在"监狱日记"中讲述出来时，我们便更加关注本部分收录的内容这些真实的批判性探究且索的是艰难困阻的环境和非洲文学的创造力之间相互影响的关系。

（张举燕 译；姚峰 校）

第 20 篇　不会沉默的声音①

沃莱·索因卡（Wole Soyinka）

[141]这个来自坟墓的声音促使我们聆听。因为任何人都不应有任何疑问——21 世纪生死攸关的话语无疑是狂热和偏执。我们可以将此纳入其他考虑因素之下——经济、全球化、霸权主义、军备竞赛、艾滋病，甚至环境挑战；其中一些问题是全世界都在关注的。然而，我们最终面对的是一个严峻的现实：即，一种思维模式的扩散，这种思维模式的基础是毁灭那些不具共同信仰者的冲动，甚至是毁灭信仰相同但教派不同的人。这是一种破坏任何社群的创造性或冒险精神的思维模式。事实证明，这种思维模式能够不断在全世界引发毁灭性冲突，通常是在远离全球惯常关注的地方。

历史上，人们试图探究这一独特思维模式的深度，这种思维模式似乎在意识形态和宗教领域最容易找到肥沃的土壤。这些调查的结果——难道我们所有人不是曾经碰到过怀有这样信念的博学之人吗？——是令人恐惧的。因为我们很快就意识到，这种思维是遥不可及的，永远停驻在黑暗时代，在最黑暗的迷信时代——鬼魂的家园、对未知的恐惧、对所有新的或陌生经验的恐怖症，对如此席卷一切的强度的恐怖症，为了生存，必须消灭所有怀疑者。思维的设定并不在于问题，而在于"我是对的，你是错的"这一咒语，这种非理性的最终目标是"我是对的；你就得死！"

但这只是关乎意识形态或者宗教吗？或者这同样与权力和统治相关？因循守旧是社会施行的基本控制手段，对权力的运作不可或缺，无论

---

① First published as Foreword to Tahar Djaout, *The Last Summer of Reason*, trans. Marjolijn de Jager, pp. Ix—xvi. St Paul, MN: Ruminator Books, 2001.

采用的途径是强制推行世俗意识形态,还是神权意识形态。审查制度古已有之、历史久远,审查的对象不仅是书面文字,还包括口头语言、着装规范、人际关系、饮食选择、生活方式,甚至思想。禁忌文化似乎是随着人类最早的聚居生活演化而来的,[142]它的起源——通常可以追溯到克服食物短缺和确保族群生存的策略——现在已消散在远古的迷雾之中。这个禁忌所遗留至今的是,某个阶级(通常是某个宗教精英阶层)通过神秘化,来实施的机会主义控制机制——也就是权力垄断的形成。无论这些经文——如今将最早的禁忌尊为神圣——或者时间赋予这些经文的尊贵地位如何复杂,它们只是被精心守护的、少数人对多数人的权力机制。曾经被译为"不要品尝这棵树的果实"的这句话,本质上没有改变。禁树之果仍是知识和探究的象征——讽刺的是,伊甸园寓言的最初作者比其后继者和继承人要诚实得多。

我们知道没有人生来思想封闭;必定要经过精心传播和培育,这个过程常常是残酷无情的,不达目的不罢休。但是,为什么在过去一个世纪里,这一趋势似乎愈发明显、来势汹汹?似乎,我们在此是否还面对了一个伴随现象,即对无意识进行有意识的培养,这是一种态度——默默希望威胁可以将自己吞噬,会因难以立论的教义而从内部垮塌,或者因无人问津而消失?逃避的策略有时需要用影响深远的原因解释这一现象,因此主动充当迎合偏执文化的工具。举个例子:强调要轻视受到外部力量侵害的历史——通常伴随着把敌对价值观和异族习俗强加于人。因此,历史总用来证明,敌视和拒绝(被简单归为"外来事物"的)新思想是正当的。当然,随之而来的是对内的镇压,镇压那些自己就是外部侵略对象的人,这些人拒绝成为令人憎恨历史的永恒囚犯。事实上,后者被视作比那段历史上的外部动因强大得多的敌人。他们是内部的叛徒,必须强令其戒除妄念,或者将其消灭。因此,我们面对的是一种永恒的受害者,是其凶残傲慢同类的受害者,是弥赛亚式狂热——把自己标榜为匡正历史的神圣意识——的受害者。这些受害者中,首当其冲者当属那些创造者们:作家、艺术家和社会中的远见者。

他们被随意打上了异域价值提供者的标签,成为任意伤害的对象。人们却枉顾如下事实:他们向内挖掘自己的社会和文化,质疑自己社会的内部矛盾,并试图彰显那些被新福音派蒙昧主义从民众思想中移除的早期文化价值观念。他们是否敢于提出古已有之的妇女尊严权利，坚持认为她们是人类的平等成员？或者仅仅指出，因循守旧实际上是进化过程中倒退的一面，真正的生命本能趋向于原创性和多样性？重要的是，他们被认为是颠覆者，提出别的可能选择，用以取代对社会所作的简单化理解和划分。身为作家，他们拥有一个并不神圣的词库，为了达到去魅的目的，他们用这些词重新表述或重新阐释经文章节，甚至那些似乎隐藏了因循守旧或女性卑贱教义的经文。在所信奉的道德理念驱使下，他们挑战了圣言（divine word）至尊阐释者的权威。但是，面临严重风险的并不只是作家。其他对圣书的阐释缺乏应有的杀人狂热的教士也同样被归入消灭的对象。当然，还有这种新污染的可疑携带者——消费者们。

　　[143]因此，我们必须注意到，塔哈尔·贾尔特（Tahar Djaout）从所在社会内部、从所处环境内部见证了这些，为的是捍卫自己遭到诟病的人性。但是，任何人都不应受到诱惑，狭隘地将偏执和偏狭只归咎于产生了强有力证据的某个环境。这是对偏执现象本身所作的清晰而深入的探究，对此的应用是普遍的，如同以现实为依据的最佳寓言那样。但与此同时，如果受害者是当下的具体人物，我们也不敢在普世主义中寻求庇护。被刺伤、射杀，甚至肢解的，不是某个普遍原则，而是一个非常具体的声音，这个声音作了有意识的选择，并为捍卫这一选择而牺牲。只有认识到那样的独特性，我们才能对其他个体的命运、对贾尔特那样数百人的命运、对成千上万人的命运——那个声音就是代表他们发出的，返祖之手也冲着他们不断举起，为的是越来越大胆地统计死亡人数，为杀手通往想象中的天堂铺平道路——进行回忆，并作出回应。

　　人类最野心勃勃的敌人是神意（Divine Will）的专制阐释者，不管他们是锡克教徒、印度教徒、犹太教徒、基督教徒、穆斯林，还是所有宗教感召下的重生者。在将近三年的逃亡之后，美国一名自封的"上帝之剑"——剑指主张堕胎权的人士——最终被逮捕。他一开始纵火袭击堕胎诊所，后来甚至直接闯入医生家中，以正义之名处决他们。他的教友公开为他欢呼，有几个人还保护过他。这些例子提醒我们，狂热主义现象并不总是取决于环境和历史，而是一种教育、培育、灌输的行为。某些社会条件为脆弱的人类物质提供了适宜的繁殖场所，这是毫无争议的，尤其当灌输过程——就像刚才提到的那样——与现实或想象中的社会或历史的不公联系在一起时。然而,若要对狂热偏执的思想有效遏制,就必须首先将其作为一种被蓄意操控、不断扩散的现象来解决。这是一种传染病,就像其他已知的传染病一样。我们必须认识到,世界上一些最大的民主国家中,"政治正确的"谄媚语言大行其道,这是一种在关乎启蒙和创造的生死斗争中,与黑暗和偏执共谋的语言。这给恐怖主义的支持者们带来了慰藉,进一步剥夺了受害者的人性,因为他们的创伤被归入一种相对论之中,这种学说否定了他们根本的、普世的生命权和自由权。以傲慢的方式消灭我们这个世界中的贾尔特们,这势必激起我们去追求自己的好战学说,即在这个星球上,要实现和平共处,就必须满足这样的要求——任何信条的拥护者都可自由信奉其关乎存在的绝对真理,但其他人也同样拥有同挚的神圣而不可侵犯的权利,也是不言而喻的这些信条。因此,我们必须将探究、知识和思想交流的信条当作绝对真理,与其他任何信条同样古老和永恒。

这是塔哈尔·贾尔特死后留赠给世界的寓言,是从坟墓中向外熠熠生辉的文学瑰宝。当然,这也是一份人文主义的遗嘱,照射在世人自满的良知之上。

(张莑燕 姚峰 译;汪琳 校)

第 21 篇　流散与创造性：
作家旷日持久的创作空白[①]

米希尔·吉塞·穆戈(Micere Githae Mugo)

舞台说明

[144]以下这部剧作的副标题是：流散的痛苦是如何导致作家文思枯竭的——一个自省的自传故事，而非自我辩解。**请继续阅读。**

最初，我同意就以上话题发表演说时，这项任务似乎简单明了。我原先打算去图书馆做文献研究，聚焦那些专事流散经验的研究著述，通过对比和比较分析那些新近出现的视角，用一些个人的事例修正我的发现，得出需要汲取的教训，如此就能干净利落地完成这项任务。于是，我便坐下来照此计划行事，却发现这项工作比我先前预料的更加困难。首先，这不是一项一般意义上的研究工作。我们对一段必须由内心叙述的经历作出引用、脚注和摘要时，相关概念就表现为另一种形式的思想姿态。于是，对于如何展开任务，我感到无所适从、进退不得。

最终，沉浸在痛苦和反思中的我突发奇想，决定以私人对谈的方式，直截了当地面对听众发言。身为女性作家和单身母亲，又面对独特环境中流落异乡的挑战，这些都要求这个故事能以强有力的话语(empowering discourse)讲述。我的肩头如释重负，准备轻装上阵了。但此时，新的问题出现了。

---

① First published in *The Word Behind Bars and the Paradox of Exile*, ed. Lofi Anyidoho, pp. 80—87. Evanston：Northwestern University Press, 1997.

对此主题,我已经了如指掌——从 1982 年离开肯尼亚、流亡海外以来,一直探索至今——之后极力远离这些感受深刻的经验,但结果证明,这不过是徒劳的学术尝试罢了。对于这样的理论——感情用事等于不可理喻,或者置身事外等于客观公正——我大为不满、不以为然,这种不满在处理这个问题时,牢牢地占了上风。毕竟,一个冷血的杀手将匕首刺入受害人的喉咙,[145]却毫不颤抖,这种无情的冷静又有什么客观和理性可言呢?这是一种将原子弹投入广岛和长崎的科学做法,不是吗?一种精心策划的、冷酷的、准确的客观性。另一方面,带着情感甚至泪水讲述一个悲剧故事,又有什么不可理喻呢?难道展示人性就意味着放弃智识能力吗?这个特殊的问题也因此迎刃而解了。

但还有一个问题,让我颇费思量。当我向别人展示,流散经验可能/曾经是多么令人伤心、耗费心力、侵蚀健康并且导致想象力的枯竭,也许有人认为我在为这场噩梦之初的创作贫乏辩解。毕竟,很多作家——包括著名的卡尔·马克思(Karl Marx)——在颠沛流离中,不仅撰写了大量作品,还在手纸上创作了伟大的文学作品,并从监牢偷偷传了出去。这一切所需要的只是自律和时间。嗯,也许就如那套扩大的、颠倒的和陈腐的说辞一样,不是所有的鸟都长着同样的羽毛。辩解也好,抗议也罢,感人的故事还是必须讲出来。

但是,谁会充当这个叙述的声音呢?我想过尝试通篇用第一人称,这样可以得到我要的即时感和戏剧性,但如此写成的故事听起来即便没有自我中心之感,也会表现出过多的个人主义色彩。我又透过一个无所不知的叙述者的眼睛,尝试一种冷静的分析语调,但由此而来的距离感却往不容置疑的事实中,注入了尴尬和虚构的感觉。于是,一种描述事实的文章便浮出了水面——一个诱人的选择,但其内在的简练性需要精心构思,文章才不至于枝蔓丛生。而这也许会将整个故事变成对生命和痛苦的抽象描述。

我越是试图以想象的方式捕捉一位全知叙述者的声音,这位叙述者就越是无法向故事——这个故事拒绝虚构,因为叙述曾经是、一直是、现在还是一个人不断延续的历史的一部分——核心的这位活生生的真实女性注入生命。这是一个人的明天。

最终,这个故事选择在集体叙述、戏剧性对话、真实的趣闻轶事、宏观的观察和自传性话语等相遇的十字路口展开自身。故事开篇即反思了导致流亡的语境，表明流亡是强加于人的行动，而非开放自愿的选择。流亡的经验被真实地描述为坎坷之途，不仅对于关键的流亡者而言是条畏途，对流亡者的至亲——尤其是孩子——亦是如此。插图、口述以及第一手的证词，都频繁被用来证明所探讨经验的真实性，使叙述带有个人色彩。本文的主要目标是指出流亡给一些作家——此处所指的可能是一位职业女性、政治活动家、一个家庭的单亲家长——带来的独特的负面影响，并引起人们的关注。勾勒出这些障碍之后，故事的结尾赞美了人类意志战胜了压迫我们的力量，正如那些反对侵犯人权的流亡者，他们为了正义和自由不懈斗争、义无反顾。

　　我们首先提出的问题是什么导致了流亡，同时也提出另一个相关的问题：流亡能否被视为自愿的选择。这些问题如果脱离更大的论题——即作家在社会中的角色，包括对于祖国的责任——是无法回答的。那么，这就构成了我们的出发点。

　　首先是作家的归属问题：在非洲语境中，作家往往属于享有特权的精英阶层，他们是殖民教育的产物。多数情况下，通过殖民教育的训练，他们自视为一个独特的群体，与殖民地其他群体相比，拥有更高的地位。殖民宗主国将非洲作家培养成特殊的群体，而他们被西方自由主义传统中的波西米亚艺术家形象所吸引，逐渐认为自己比殖民者培养的特殊群体甚至更为[146]特殊。乌干达诗人和政治学者奥克洛·奥克里（Okello Oculi）曾经把他们称作"宠坏的孩子"。而新殖民国家对这种被宠坏孩子的综合症加以利用，给他们提供种种特权，主动保证向他们提供资助，目的就是迫使他们获益之后与政府合作。那些接受了贿赂的作家过上了优渥的生活，被赞助他们的新殖民主义政府任命为内阁部长，或者接受那些一夜暴富的肥差，因此这些诱人的职位便接踵而至。那些拒绝被胁迫者因不愿违背良知而受到严惩。还有些人选择韬光养晦，尽量避免投出决定性的一票，他们或者缄口不言，或者语焉不详：如此，既保全了性命，同时又没有效仿那些同流合污者，出卖自己的良知。很快，我们会回过头来讨论这些群体。

　　此时此刻，我们有必要强调的是，这些初步的观察指出了这样一个事实，即作家不可一概而论，无法被归为一个同质性人群。事实上，我们有必要使用阶级分析法,对以上这些笼统的分类作进一步分析,这样才能把作家准确地置于总体的生产过程之中。

作为知识阶层中的成员,作家代表了三个主要派别:保守派、自由派和革命派。在新殖民主义时代,统治精英的成员(无论是军人统治,还是民选政府)本质上都代表帝国主义的利益,牺牲的则是经济上弱势的民众的利益。鉴于此,上述这些意识形态立场就十分重要了。反动作家认同并效力于亲帝国主义的后殖民国家,最终站在人民的对立面,助纣为虐,他们强化了压迫人民和泯灭人性的体系和结构。这些作家的作品经常替他们身处其中的不公正体制辩护帮腔。实际上,很多事例中,这类作家不仅调高了为政府歌功颂德者和随声附和者组成的合唱队的音量,而且加入了反动政府的执政党,常常扮演其活跃的代理人角色。据称,甚至有些作家撰写有关立国思想——有些思想是毫无根据的,无异于脚步踩在流沙之上——的文章。

自由派作家采取的是中间立场,采取的态度既不热情,也不冷漠(如《圣经》所说)。他们更渴望个人的事业获得成功,而非为社会集体的解放去奋斗。他们藏身于中庸之道和实用主义之后,拒绝以写作为干预手段,改变身边社会压迫的现实,避免采取具有决定意义的行动。归根结底,他们最终忙着追逐(钦努阿·阿契贝伊博族谚语中的)人所共知的老鼠,即使房子正被熊熊烈焰吞噬殆尽。这些作家的另一个策略就是诉诸神秘主义或者高深晦涩,因此将读者弄得晕头转向,对他们的作品感到不知所云。如此一来,他们就无需肩负开启民智、变革令人窒息的现实之责任。

在新殖民国家,第三大类作家的代表是革命艺术家。这类艺术家将其创造力用于肯定人的尊严;他们创造的世界有一种关爱扶助的氛围,所有人在其中都能发现各种可能性,最大限度地实现自我价值。革命作家或进步作家选择和一些个人与群体站在一起——这些个人与群体的想象力遭到侵扰压抑,或者被排除在生产过程之外,因此无法发声为自己或周围的世界命名。这类作家以写作为载体,肯定普遍意义上的人性和生命,致力于创造一个[147]充满希望和无限可能的愿景;对此愿景,人类只要获得机遇,就能够并将会实现。

所有三类作家都共存于非洲的新殖民国家。然而,第三类作家面对牢狱之灾和折磨迫害时,最义无反顾;当然,在一些最为暴虐的施政者当政期间，一个作家即使没有参与什么革命行动，也会成为迫害的对象。大声疾呼，打破这些政府禁止言论的恐怖气氛，这些简单的行为就足以构成"罪行"。事实上，多数处于新殖民独裁统治下的作家，都感到自己的创造力遭到审查、压制，成为当政者恶毒攻击的对象。这些无恶不作的当政者使用恐怖手段，为了禁止言论而无所不用其极，同时也关闭了另一个人民觉醒的渠道。当文艺作品的主要受众只限于压迫者时，情况尤其如此。

因此，如果作家们对于严重侵犯人权和个人自由——这是我们新殖民生存状况的典型特征——进行谴责，他们很多人便遭受拘押、监禁（通常都是莫须有的罪名）、警察的骚扰或者军队的暴行，甚至不止于此。只要作家没有被关押起来，就会处于审查和监视之下，如此高压环境中的"自由"也就成了一个笑话。这些作家一直就是社会这个更大监狱中的"犯人"；打个比方，身处这些压抑窒息的体制中，就如同生活在牢门之后和铁丝网之中，这些都竭力束缚着他们的想象力，禁锢他们的创造力。

在肯尼亚——上文所提到的作家就是离开肯尼亚而流亡海外的——这样的新殖民国家中，这一更大的象征性监狱却是真实存在的，使人感到痛苦和折磨。作家要么未经审讯就被拘押，要么被栽赃定罪后在狱中服刑，而等到出狱重获"自由"（通常是迫于当地和国际的压力）后，却发现数年之中他们都沦入失业大军之列，尽管他们的专业技能如此紧缺，任何非洲国家都浪费不起。更有甚者，国家安全部门和特工对于作家及其家人和朋友的监视，可谓令人发指。说得夸张些，对于在自己家中应享有隐私权的受害人，这些侵犯别人隐私者清楚知道他们夜间在床上何时翻身，甚至何时去洗手间。这些人处心积虑，在周围制造恐惧气氛，使空气中弥漫着怀疑，同时迫使作家生活其中的社群——包括所爱的人——抛弃和疏远他们。显然，这些措施的目的都是为了打击这些受害者，使他们在精神和心理上受到严重摧残，于是迫于缺乏安全的恐惧而放弃自己的良知，低头妥协，随声附和专制集团。

值得称道的是，这些作家经受住了这样的迫害，拒绝保持沉默，继续谴责不公平现象，而且通过激进的行动，重申他们将继续致力于为人权而斗争。但有些时候，上文描述的这些残暴行径给受害作家及其家人造成了难以名状的痛苦。有时，这些暴行会夺取受害人的生命，破坏他们的朋友关系，甚至给原本牢固的家庭关系带来裂痕。当作家的至亲成为暴行的对象时，这种经历是极其痛苦的。专制的极权国家陷害为人父母的作家时，对孩子心理造成的创伤是极其可怕的。我记得有一次，安全人员上门逮捕我，当时大约3岁的大女儿发疯似地攻击他们。[148]他们像对待犯人那样推搡着我，女儿就要冲上去咬他们。时至今日，这一幕仍然令我这个母亲揪心。当然，其他孩子亲眼看到的，甚至还要恶劣得多。

从以上描述的情景可见，对于国家恐怖围困下的作家而言，流亡海外显然不是自愿之选。所谓"强加给自己"的流亡这一说法，不仅自相矛盾，而且是对现实的歪曲。为什么要把流亡强加给自己呢？这是毫无逻辑的，就好像一个无罪之人只是为了寻开心，会选择判自己坐牢，并前往监狱报到。没有一个正常人会做出这等疯狂的举动，闻所未闻。但是，如果上面描述的情况被强加于作家，生活在国内就会演变为更强烈的流亡形式，于是除了逃离，也就别无选择了。首先，继续留在国内会危及个人生命。第二，这成了自我监督下自虐式的长期监禁。第三，这成了一种心理上的自我放逐，虽然人们看到作家生活在自由人之中。

就自我流亡而言，我在流亡过程中经历了一些极为痛苦的时刻，也就是别人对我的教训，通常是肯尼亚这个新殖民国家专制政府的同党们，他们指责我离开了自己的国家。他们有些人甚至指责我所谓的迫害都是臆想出来的，断定我如果留下来的话，什么事情也不会发生。一个女人——在学术界拥有最高的职位，有一个舒心的家庭，是两个女孩（一个7岁，一个5岁）的母亲（和监护人）——一天，她突然间醒来，收拾好几个包裹，舍弃家庭和工作，逃往海外，这不只是荒唐可笑，更是疯狂之举。可是，在我所遭受的难题和痛苦中，疯狂从来就不在其列。

有一次，在我流亡期间，一个女人前来拜访我，她了解我在国内住在哪里，过得如何。她刚走进我的公寓，突然就泪流满面。是否因为看到了我那简陋的大学公寓中没什么家具陈设，而且都是褪了色的旧物件，这才触动了她心中最柔软的部分？对此我并不确定，但她面对我就是无法控制情绪。你看，在政府官方宣传所散布的错误报道中，那些流亡者的所作所为，只是贪图在国外享受奢华的生活。这些宣传甚至还含沙射影，说这些流亡者受雇于"外国主子"——通常是虚构出来的"共产主义者"。但还是让我们回到我所谓的"心理放逐"或者"精神流亡"吧。

无论身处国内，还是流亡海外，相关作家都会有此遭遇。例如，政府控制下的媒体会散布那些受到攻击的作家的照片,照片中的他们看上去都是暴徒,给人留下了他们是罪犯和暴徒的强烈印象。曾经有人把这样一张照片从肯尼亚寄给了我,真的是太有戏剧性了:照片中,我的嘴巴张得很大,似乎我要么正冲着别人疯狂咆哮,要么正准备把某个受害者给生吞活剥了。而另一张照片中,我睡眼惺忪,眼皮耷拉着,抬不起来,好像犯了毒瘾,或者酩酊大醉。难怪有个与我素未谋面的人——他只看过政府管控的媒体所发布的我的照片——被引荐给我时,目不转睛地盯着我,一副张口结舌的模样。他真的惊呆了,惟一能问的就是:"你真的是米希尔·穆戈吗?"显然,在此人的想象中,我是个头上长角的怪物!然而,这种不知不觉中对我的玷污,也是另一种灭绝人性的形式,对那些在政府媒体宣传之外很少有其他信息渠道的公众,产生了非常负面的影响。事实上,有一些流亡人士的相片看上去非常恐怖,如果读者对他们不了解的话,只要不经意看上一眼,就会马上转过身来,朝着反方向逃跑!专制媒体造成的恐怖能够让人立刻清醒过来。

　　[149]那么,我们的观点是,流亡不是正常状态下的选择;这是国家恐怖成为常态的情况下,受害人因拒绝成为殉道烈士或投机分子,而走出的一步。这是想象力受到侵犯和压制时,个人为了尊严而试图掌握自己的想象力:决心使自己的良知避免被埋葬在迫害和恐怖之中。也就是拒绝让自己的人性在可耻的沉默中变节投降。总之,这是从遭受轰炸的战争地带和被包围的前线,精心策划的撤退行动,而不是永远退出或放弃持续的斗争。事实上,进步的流亡作家利用身居海外的机会,在远离祖国的地方建构新的抵抗网络,与其他国际主义斗争运动携手,反对不公、压迫和灭绝人性的行径。

　　[……]

　　　　　　　　　　　　　　　　　　(姚峰 译;孙晓萌 校)

第 22 篇　控制蟑螂
（流亡中对监狱记忆的重构）①

杰克·马帕涅(Jack Mapanje)

聚光灯

[150]在我们这个专制的时代，身处聚光灯下就是本质性的僭越行为；根据个人喜好思考和行动，就是最典型的表现。我在伦敦学习了四年之后回到祖国，预感自己要被逮捕。当然，我没有对任何人，也没有对我的国家犯下任何罪行。但是，你不犯什么罪行也会被逮捕，身处聚光灯下，也就足矣。我曾经是人们关注的中心，这是十分危险的。1983 年 4 月 1 日，我从伦敦飞抵布兰太尔(Blantyre)的奇莱卡机场，就预感到自己会被逮捕或扣留。不是因为我是有罪之人。你并不需要犯了罪，才会被逮捕和拘押。在那个绝望的年代，甚至对着一块空地大笑，都有可能让你身陷囹圄。"他为什么放声大笑？他在嘲笑谁？"这些不怀好意的问题——暗指你在嘲笑这个制度，或者某个身居高位者——是非常常见的。一切都是言论，可以受到惩罚的言论。你的存在本身就是一种言论。

在国外出版诗集就更加严重了。只需要某个有些权力的人认定你的诗歌、你的书、你的思想具有颠覆性和反叛性，或者只是有些激进，你就会遇到麻烦。难以置信的是，所有人都变得宽厚慈爱。任何地方，都能感受到温暖。当你言词不妥，他们就会给你忠告。然而，我的归来只是另一个愚人节。一切风平浪静。没有逮捕，也没有拘押或监禁，尽管我在伦敦听

---

①　First published in *The Word Behind Bars and the Paradox of Exile*, ed. Kofi Anyidoho, pp. 47—50, 53—56, 65—67. Evanston: Northwestern University Press, 1997.

到过一些风声，说我的诗歌是多么离经叛道。

　　我那本薄薄的诗集《变色龙和神》（*Of Chameleons and Gods*）——1981 年在伦敦出版——当时在利隆圭（Lilongwe）对身居国会山办公室的公务员产生了巨大的影响，对此我略知一二。[151]有些人从未读过这些诗，而是杜撰了一些诗句，然后就声称出自我的笔下。还有一些人将一首诗的句子与另一首的句子移花接木，并尽情发挥，从中得出对马拉维当代政治的解读。结果，我受到了批判。我无能为力，无法阻止他们。但不管如何，我意识到他们废弛很久的推演和诠释能力需要操练。我渐渐明白了一直以来都很害怕的真相：一件艺术品出版问世之后，如何加以诠释，这是艺术家无法控制的。我怀疑我的诗作可能已经在一些当权者中产生了一些震动。始料未及的问题——如"哦，我们听说你要写出一本好书来，就这个呀？"——来得过于频繁，让人不得不感到恐惧。我知道我的诗集总有一天会被查禁，从市场上撤回来。我知道自己会被逮捕，但不清楚什么时候。"他们等着你孵小鸡，然后再把你抓起来，你知道，就像抓小鸡一样！"所有的人私底下都这么说。和所有人一样，我本可以离开这个国家。他们鼓励你流亡海外，但我不愿意。在自己的国家，我实际上已经过着流亡的生活！为什么还要另外寻找流亡生活呢？我希望在祖国死去和安葬。如此浪漫的想法，我看不出有何不妥之处。从我们的祖先开始，就是如此。有些人凭什么认为自己的公民身份比你更具合法性（尤其考虑到你也是生在那里的人）？这些蟑螂中，有一些甚至不是在马拉维出生的！

　　对于直接查禁我的书，审查委员会是比较谨慎的。他们拒绝这样做，因为这样一来，我会立刻成为英雄。在这里，他们不愿看到其他英雄存在。一个英雄就够了：马拉维共和国终身总统阁下、黑斯廷斯·卡穆祖·班达（Hastings Kamuzu Banda）博士和酋长、马拉维之狮、国家之父和缔造者。与他相比，其他人都不重要。但也许是第一次，我猜是在钱瑟勒学院（Chancellor College）院长的建议下，审查委员会才邀请了一些学者审读我的书，并提交报告。"我们会借助他的同事、朋友和以前的学生来查禁他，"有人显然冷言冷语地说道。审稿人名单包括这所大学中从事英语教学的英国教授、几名马拉维的大学讲师，以及这所大学在全国各地的校友。这些审稿人很快将报告送交审查委员。幸运的是，一名同事、兄弟和朋友无意中看到了这些报告。他复印了这些报告并寄到伦敦给我,这样我就可以提前感受一下可能碰到的官方回应。其中一份报告简要说明了这些官员应如何作出反应:"这些诗歌戳中了国家的新伤口。"于是,他们决定既不查禁这本书,也不会听之任之。把这本书放在客厅的书架上,既不可接受,也可以接受。比起查禁这本书,这个做法更令人痛苦。同时,松巴(Zomba)大学书店中还在售的约 50 本书,由政治保安处(Special Branch)全部买下,然后扔进了厕所的粪坑,这是我后来听说的。布兰太尔中央书店的书,要么被查封,勒令退回英国出版商,要么就直接下架。

但是,我并没有被吓倒,而是写信给总审查长,向她解释这些诗作只是正常的创作,不会扰乱马拉维的"和平、安宁、法律和秩序"。这些诗作很大程度上受到了我们口头传统的影响——这一点,她读了以后也能体会到,努力保存我们文化中的一些东西,尽管在这些作品中,也许表现得不太成功。那么,她考虑之后,作何感想呢?"我回到大学时,是不是该把这本书带一些回来?"她在答复中问道,我为什么不先把诗作的手稿送给马拉维的审查委员会,然后再交给伦敦的海涅曼公司出版。[152]对此,我付之一笑,心想为什么事先没有人提醒我。数月之后,德祖卡出版公司(Dzuka Publishing Company)——马拉维实际上的官方出版社——总经理来信,询问我能否授权他们购买版权,并出版这本书的主要内容。他说希望看到我的诗作在马拉维的版本。他相信我乐见马拉维读者能够欣赏到我的作品。他并没有说明哪些诗篇会被排除在外。但很明显,这本书提高了我的知名度。

此外,我还与安格斯·考尔德(Angus Calder)、科兹莫·彼得斯(Cosmo Pieterse)共同编写了一本当代非洲诗歌的选集,并在我回国前由英国海涅曼公司出版。这本书是在 1981 年英国广播公司(BBC)非洲诗歌比赛的基础上编写而成的,我们当时担任了比赛的评委。作为比赛评委,我们的部分责任是向英国广播公司国际部(非洲)的听众,解释我们选了什么样的诗歌,以及原因何在。收听这些节目的既有马拉维的普通听众,也有政府的情报人员。这些节目很可能作为政治保安处的档案录制了下来。我还和兰德格·怀特合作编写了一本非洲口头诗歌选集,并由英国朗曼(Longmans)公司出版。攻读博士学位期间,我曾把这三本在英国出版的书给一位朋友看,他说:"这太过分了。"我回国时,在奇莱卡机场，一位不知名的警官问了我一个意味深长的问题："嗯，你是决定回来了？ 我们以前听说你在 BBC 工作，现在怎么了？"这个问题言简意赅地表达了我的恐惧。我预计自己要被拘捕。

任何人只要站在聚光灯下，都认为自己会被逮捕。如果你认为不会，你和他们就是一伙的，或者你对自己说了谎，或者你是外国人。如果是外国人，就等着被驱逐出境吧。并不需要任何特别之处，无论你是投机者，为自己工作，还是为别人工作，都可能成为关注的焦点。没有任何村庄或城镇——无论多么遥远，没有任何职业或行业能够躲避聚光灯。你可能没干出什么惊天动地的事，却成了焦点人物，最后被逮捕或驱逐。如果一个外国人被驱逐出境，一个本地人决定流亡海外，或者未经起诉和审判就遭拘禁，没人会问为什么。所有的人要么心知肚明，要么能够猜出原因。已故英文系教授和主任詹姆斯·斯图尔特（James Stuart）曾经援引了俄国的经验，尤其是娜杰日达·曼德尔施塔姆（Nadezhda Mandelstam）在《一线希望》（*Hope against Hope*）中引用的阿赫玛托娃（Akhmatova）的呐喊："现在你该知道，人们会无缘无故地遭到逮捕！"

［……］

逮　捕

来临之时，感觉像祖先某个愚蠢的谚语成真了。殖民时代遗留下来的一星半点的迷信——很可能是英国人杜撰出来的——这样说道："如果星期五恰逢发薪日，或者发薪日恰逢星期五，世界都会戛然而止，开始反方向旋转！"即便殖民者早已离开政治舞台，当地人仍对此坚信不疑，尽管没有人真的相信这样离奇的事情的确发生过。今天是星期五，发薪日。安东尼·纳宗贝（Anthony Nazombe）和我刚刚在松巴的金卡纳俱乐部（Gymkhana Club）吃了午餐，吃的是炸鱼薯条。我们边吃边说着各自在谢菲尔德和伦敦酒馆中的经历，拿弱不禁风的（papier-mâché）的维多利亚女王开涮——女王很久以前在金卡纳俱乐部的酒吧为高尔夫球、网球和足球赛事作过裁判。那么，她被转往了何处？ 谁又胆敢动这个珍贵的象征呢？

［153］我们的谈话被粗鲁地打断了。

"这里有没有一个叫马潘吉博士的人？"

我们面面相觑、沉默不语。这人身着便装，穿着深蓝色夹克。他之前一声不响地朝我们的餐桌走来。这个人在俱乐部的其他酒吧里查找着什么，结果一无所获，于是又回来搜查我们这个酒吧，从这里可以俯视前殖民时代的板球场，板球场现在偶尔也举办纪念独立的足球赛。这个酒吧也是空荡荡的，只有我们两人、酒吧招待和一个在角落里喝酒的士兵。这人再次朝我们走来，重复了刚才的问题，只是嗓门比之前更高了。他可能是被我们的沉默惹恼了，我们却感到好笑，还是不说话。于是，他就走开了，去了隔壁的高尔夫球手酒吧。

我家中的孩子们正等着我一起吃午饭。我也不知道自己为什么如此不负责任，明明家里的午餐在等着我，还是被人劝着来到这里，和安东尼——诗人、我的朋友和同事——一起吃着炸鱼薯条。我为什么不告诉孩子们，他们不用等我了？我希望他们在卡斯伯特叔叔湖边的家里过得快乐。朱迪思在电话里告诉我，他们给我带了最爱吃的鱼。这时，那人又回来了，更加急迫的样子，再次打断我们的谈话：

"马潘吉在这儿？"

"你不认识他？"

我决定让他少费些口舌。

"你是马拉维大学钱瑟勒学院英文系主任马潘吉博士吗？"他斩钉截铁地说道。

"是又怎样？"

"嗯，隔壁高尔夫球员俱乐部有个人，他想见您。"

"伙计，来坐下，大山在哪，猴子就在哪，而不是相反。我想问一下，你是打哪来的？"我泰然自若地问道。

他立刻顶了回来："朋友，没时间跟你扯谚语了。你必须去见那边等你的人！"

他用手指着我必须去的地方，显然受到了伤害。但他到底是从哪来的呢？在这附近，从没见过他这张脸。或许，又是政治保安处派来恐吓我们，让我们屈服的人？我们不会被吓住的，于是站起身来。

我在高尔夫球员酒吧见到了东部地区警长，心里紧张得扑通扑通跳了起来。所有人都认出了他，但没几个人知道他的名字。他穿戴整齐，警长的派头十足。酒吧里没什么人；里面的高脚凳、木椅——椅子没了坐垫，天知道什么时候坐垫就不见了——都七零八落地倒在地上，似乎这里前一天夜里发生过打斗，有人抢起椅子砸向对方；啤酒的恶臭飘荡在空气中，闻了很不舒服；飞镖板被牢牢关上了。今天这里为什么没人？今天是发薪日，高尔夫球员酒吧的午餐时间居然看不见酒鬼？我很纳闷……警长提议，我们走到外面去。安东尼紧张地跟在我们身后，在俱乐部大门口停下了脚步，看着我蹒跚地走向停车场。满是灰尘的停车场上，只有我的车和帕杰罗警用车。警长在他的帕杰罗车旁停了下来，问了我另一个问题。

"你是马拉维大学钱瑟勒学院英文系主任马潘吉博士吗?"

"是的。"

"我们接到了终身总统阁下的指示，逮捕你。"

"但总统阁下并不认识我，我也不认识他，只知道他是大学的校长和终身总统!"

[154]警长显然根本就不听我的辩解。

"你带了手铐吗?"

"带了，长官!"这个下属警员立刻回答道，耸了耸肩，立正站着。他从自己深蓝色夹克的右边口袋掏出了手铐。我早该知道会有这么一天。这副铁手铐在我的手腕上紧紧合上了，我感觉他的双手很粗糙。他的胳膊肘用力把我推进帕杰罗车，接着警车就在通往大学的道路上疾驰而去，这速度使人联想起1959年的全国独立斗争，想起当时紧急状态中英国殖民当局的装甲车。我的车还停在金卡纳俱乐部的停车场。他们拿走了我的车钥匙。令我庆幸的是，车的贷款都还清了。我们到了大学后，我就被推搡着上了楼梯，来到我的办公室。我觉得自己就是个逃犯，又被抓住了。你戴着手铐爬任何台阶，都不容易。那个发明手铐的人，不管是什么人，心理一定很变态。他对人类犯下如此大罪，他们有没有绞死他?

英文系主任的办公室放满了新书，这些书刚刚由英国约克的恩启玛信托基金(Ntchima Trust)——一个最早在这里开始种植茶叶的机构——和伦敦的英国文化委员会办公室所捐赠。一场危机即将来临：这些书是用来反对国际货币基金组织对大学生征收费用的。我们的英国文学和英语文学课程真面临着学生不再选修的危机，因为他们没钱买课本。

（政府显然找到了一个冠冕堂皇的借口，可以用来扼杀外文系的文学课程：国际货币基金组织作出结构性调整的指示。文学系科是什么时候开始被认为具有颠覆性的？）所以，我认为有必要向朋友们求助。这就是求助的结果。但这样的举动，在这里是不受欢迎的。于是，搜查开始了，政治保安处来者不善，把那些墨迹未干的新书扔了一地，故意用皮靴践踏脆弱的书页。警长见状，咆哮了起来。

"这是什么办公室？你在这里是怎么工作的？人走进来，还怎么下脚？你怎么把地上都堆满了书、书，全是书？这还是系主任的办公室吗？你在这样的地方还怎么当系主任？"这番连珠炮似的反问之后，警长差点没喘过气来。

于是，我突然听见自己说道：

"如果你听说有个英文系主任，你在找他的办公室，这就是啰！告诉我，你在这堆乱七八糟的新书当中要找什么，我拿给你。"

话毕，众人鸦雀无声。

搜查还在继续。

［……］

审　讯

过程荒唐可笑。晚上 7 点半，即使对这些警察来说也很晚了，他们星期五肯定还有更重要的事处理。我立刻被带进一个很大的空房间，里面放着一张很气派的椭圆形红木桌子，旁边坐着八位警长，前面坐着督察总长。所有人都沉默不语。我不喜欢这样的氛围，咬着自己的牙齿。他们什么时候来的？城里肯定在紧锣密鼓地发生着什么。如果我被卷入其中，肯定是很严重的事情。也许这些就是我们正在等的人。在这个飞机只为终身总统专用的国家，他们是如何来到这里的？[155]督察总长的座椅上方，挂着终身总统阁下无所不在的画像，这画像也介入到这严重的事态中来，给人不祥的感觉。在这个阴沉的房间中，我痛苦地等了四个多钟头，终于看到了些动静，总算松了口气，无论最后事态的发展多么恐怖。如果我必须走的话，最好现在就走。让我们作了个断吧。

政治保安处从我的卧室截获的军火弹药，只是几本护照和一本违禁小说。如果有司法公正的话,我就能轻而易举地对付这些出席法庭的警长,即便这里没有提供辩护律师的传统。唉!自从本周五下午 1 点 35 分被捕以来,我为自己作的辩护最终毫无结果。你为自己作的任何盘算都会遭到驳斥。无论你心里生出多少新计谋,他们极力采取的对策就是逐一击破。我本以为审讯过程耗时更长、更加难熬。但从技术角度而言,并没有什么问讯发生。整个过程很短暂,结束得太突然。我甚至都还没有开始为自己辩护!

警局的总督察长开始说话了。

"今天上午 11 点 30 分,我去见了终身总统阁下。总统阁下指示我,对你实施逮捕和拘押。既然这是上面的指令,我们就必须告诉你,我们不能调查你的案件。如果调查,就等于质疑终身总统的智慧。因此,我之所以召集这些警长到此,是为了查清我们的卷宗里是否有你的资料。结果一无所获。他们都说不认识你。因此,我们觉得应该由你自己说明我们拘押你的原因。你是谁?我们为什么要拘押你?你们在大学里彼此都干了什么?"

一听这话,我顿时目瞪口呆。嗯,我没听错。我们在大学里相互之间都干了什么?我头脑一片空白,感到紧张。首先,事已至此,谁还相信我真的是个无名之辈?第二,大学里有人向终身总统告发了我。尽管谁都有嫌疑,但是全国一千万人中,可疑者可以缩小到那几个能轻易进入政府大楼的人。在大学这个环境中,嫌疑人必定能进一步削减到叔侄二人。警官们真的想从我口中听到这个传闻。但可要当心了。总统阁下的警官们怎么可能不知道呢?总统阁下及其遍布全国的眼线和耳目,一时间怎么可能都看不见、听不到了呢?祈祷吧。我又看了一眼墙上的总统阁下画像,注意到这个 80 多岁老者年轻的脸上那副严厉的表情。众人又沉默不语,让人感到很不舒服。我不仅拒绝说话,而且不明白自己到底为什么浪费口舌。大家都一片沉寂。

"告诉我们,你来自哪里,在哪里长大,也就是在哪里上的学。"

这话问得不错。所有的警长突然都齐刷刷地看着我。我出生在"叛乱"地区,但选择谈论的是其中比较太平的地方。东岸——当地人如此指称我出生的曼戈奇(Mangochi)地区的那个部分——和中东地区一样是个火药桶,这名字就是仿照中东得来的。现在,那里没有什么亡命之徒了。所有人都声称，这块土地的第一个儿子——如果不是那些流亡姆布瓦尼(Mbwani)的蠢货朋友的背叛，他本有可能颠覆这个专制的极权国家——在流亡加利福利亚期间，被"联邦调查局的糖病(sugar disease)"秘密杀死了。其他两个异见人士则被公开处以绞刑。国人只能"躲在肚子里抽泣"——有人会这么说——不能举行声势浩大的抗议活动，他们常年遭到恐怖威胁，都偃旗息鼓、俯首称臣了。单单东岸这一个地方的受害者名单——那些死于鳄鱼、狮子、汽车，甚至胆小的鬣狗的人，大多来自警方监狱和青年先锋基地——加起来有数千人之多。

[156]一个朋友跟我说了件事，这是一个人所共知的退休助理警官的故事(他现在拥有本地区最成功的烟草农场，仅次于——天知道多久——之前就来此定居的希腊人的农场)：这个退休的警官以执政党和政府的名义，在光天化日之下射杀了村里那些叛乱的男人、女人和儿童；他将尸体堆放在小卡车的后面，用帆布盖住，然后就开车从一个酒吧到另一个酒吧，饮酒作乐。酒吧爆发了由他蓄意挑起的打斗，作为和解，他就邀请这些斗殴者走出酒吧，请每个人从他的卡车后面拖一条鱼出来。当他们看到这些臭气熏天的死尸，全都逃之夭夭了，从此再也没有回到这些酒吧来。而且大家都知道，马萨乌科·奇潘贝尔(Masauko Chipembere)领导的起义斗争失败之后，男女老少加起来只有三百人的多切莫托村，因为秘密支持叛乱而受到了严惩。除了一个因年迈而无法行走的老太婆之外，村里所有人都遭围捕，被赶上警察和军队的囚车，关入 300 英里外的毛拉监狱(Maula Prison)。大多数人死在了那里。他们的房屋和粮店被国会党不可战胜的青年先锋队民兵烧毁或没收。

这些在征服整个地区、维护邪恶暴君中发挥作用的公开秘密，可谓数不胜数。事已至此，我是不是有胆量成为另一个烈士呢？绝对没有。在提到曼戈奇是我出生之地时，我绝不能表现得过于兴奋。于是，我决定要强调一下奇夸瓦区(Chikwawa District)是我长大的家园，以回敬这些警长们突然提出的无理要求。那里，几乎没有什么对抗政府的异见人士。这是遇到麻烦时，我们都会想到的小伎俩。真是个懦夫。但管他呢！

[……]

（姚峰 译；汪琳 校）

第 23 篇 为反对新殖民主义而写[①]

恩古吉·瓦·提昂戈(Ngugi wa Thiong'O)

[157]第二次世界大战后出现的非洲作家已经历了三个关键的十年，这也标志着他们成长过程中的三个典型阶段。过去三十年左右的时间里，他们经历了三个时代：反殖民斗争时代、独立时代和新殖民主义时代。

第一阶段是五十年代，是非洲人民为争取完全独立、反抗殖民主义的全盛十年。从国际来看，1949 年中国革命的胜利和差不多时间印度的独立宣告了这十年的到来。十年中，朝鲜爆发了革命，越南人在奠边府(Dien Bien Phu)打败了法国人，古巴人民驱逐了巴蒂斯塔(Batista)，亚洲、加勒比和拉丁美洲出现了英勇独立和解放运动的萌芽。非洲的这个十年中，纳赛尔领导了埃及的民族主义运动，随着苏伊士运河收归国有运动达到高潮；茅茅运动中的肯尼亚土地自由军发动了反对英国殖民主义的武装斗争；阿尔及利亚民族解放阵线(FLN)针对法国殖民主义展开了武装斗争；对南非种族隔离制度展开了更强烈的抵抗，结果遭到的回应却是沙佩维尔(Sharpeville)大屠杀；在大众的想象中，这十年的标志性事件分别是 1957 年加纳的独立和 1960 年尼日利亚的独立，也预示着更多国家会宣告独立。欧洲战后的几十年中，尤其是 50 年代，东欧的社会主义得到了进一步巩固，西欧则在社会民主道路上进一步发展；在美国，50 年代见证了民权运动在非裔美国人的领导下风起云涌的场面。

换句话说，这就是历史上在群众的强力干预下，爆发了反帝反殖民革

---

① First published in *Criticism and Ideology*: *Second African Writers' Conference*, *Stockholm*, 1986, ed. Kirsten H. Petersen, pp. 92—103. Uppsala: Scandinavian Institute of African Studies, 1988.

命剧变的十年。这是充满希望的十年，人们在摆脱了殖民主义的新非洲迎接光明的未来。克瓦米·恩克鲁玛（Kwame Nkrumah）是这十年来最重要的理论家和代言人。《殖民地走向自由之路》（*Towards Colonial Freedom*）实际上是恩克鲁玛在 50 年代初出版的一部书的名字。对于所有梦想一个崭新明天的人来说，这听起来多么甜蜜！他的加纳成为非洲整个反殖民运动的革命麦加。哈钦森（Hutchison）这位南[158]非民族主义者直接将自己的书命名为《加纳之路》（*Road to Ghana*）——讲述了他的人生，以及从南非逃亡的经历——这就抓住了加纳在那个时代的核心地位。50 年代，整个非洲大陆的民族主义道路都通往恩克鲁玛的加纳。在非洲大陆的每个地方，前殖民地的奴隶正在打破身上锁链，唱着歌曲，盼望一个在经济、政治和文化生活中更加平等的社会，而恩克鲁玛的加纳似乎为那样的生活高举着火炬！

我们所谈论的非洲作家，就诞生于这场反殖民主义剧变之际和世界革命风起云涌之时。群众反帝国主义的巨大力量和乐观情绪，反映在了这一时期的文学创作中。非洲作家的诞生使其无论在诗歌、戏剧或小说——甚至在解释性的作品——的创作中，都体现出自信的语气。这是一个诠释自己、为自己说话、阐释自己过去的非洲。这是一个拒绝帝国主义艺术家为其过去所绘形象的非洲。作家甚至为自己有权任意使用前殖民地主人的语言而感到自豪。没有道歉。没有乞讨。殖民世界的凯列班被赋予了欧洲语言，他将用这些语言来颠覆昔日的主人。

可以说，这一时期最好和最具代表性的作品——这些作品涉及的领域和对材料的掌控——都表现出了一种自信：钦努阿·阿契贝的《瓦解》、沃莱·索因卡的《森林之舞》（*A Dance of the Forests*）、卡马拉·雷伊的《非洲之子》（*The African Child*）、乌斯曼·塞姆班的《神的女儿》（*God's Bits of Wood*）。然而，在政治和文学方面，这十年最能体现于彼得·亚伯拉罕斯（Peter Abrahams）自传的书名《诉说自由》（*Tell Freedom*），而乐观情绪则鲜明地表现在大卫·迪奥普的诗作《非洲》（"Africa"）。在说起非洲失去自由以及当前的殖民主义之后，他以满腔的自信展望未来：

> 非洲，告诉我非洲
> 这是你吗？这弯曲的背

这背被沉重的羞辱折断
这背上有红色的伤疤，颤抖着
正午的烈日下，对鞭子说"是"
但有个严肃的声音回应了我
鲁莽的儿子，那棵树年轻而强壮
那里的那棵树
在凋谢的白色花朵中，灿烂而孤寂
那就是非洲，你的非洲
重又生长着，耐心而顽强
树逐渐结出了果实
自由的苦涩滋味。

　　这里，作家和他的作品都是非洲革命的一部分。作家和作品都是革命的产物，即使作家和作品试图理解、反思和阐释这场革命。激发他想象的是四五十年代的非洲反帝反殖民运动。每个人的口中都是同样的腔调：**宣告自由**。

　　但很多时候，那个高唱**宣告自由**并与所处社会的愿望合调、合拍的作家，并不总是理解这些愿望的真实维度。更确切地说，他对这些愿望的真正敌人并不总能作出充分评估。从肤色来看，帝国主义要显而易见得多。[159]当然，划出这样的等号并不让人意外，因为种族主义和殖民主义中严格的等级制度，确保了社会奖惩都是精心建立在肤色的秘诀之上。**劳动力**不仅是**劳动力**，而是**黑人劳动力**；**资本**不只是**资本**，而是**白人占有的资本**。剥削及其必然的后果——压迫——是黑色的。从词汇中，人们可以感受到殖民地劳动力与帝国主义资本之间的冲突，以及二者在意识形态上的斗争。这些词汇包含了白色和黑色的意象，有时可以与"欧洲"和"非洲"这两个术语自由互换。句子或短语是这样写的："……**当白人来到非洲时**……"而不是"……**当帝国主义者或殖民主义者来到非洲时**……"，或者"……**总有一天，这些白人将离去**……"，而不是"……**总有一天，帝国主义或这些帝国主义者将离去**……"！除了少数情况之外，作品中庆祝的是白人的离开，言下之意就是希望接过权力的黑人凭借黑皮肤，能够一洗前耻，治愈几个世纪以来奴隶制和殖民主义造成的创伤。非洲有没有阶级差别呢？没有！民族主义政治家们这样喊道，作家似乎也在呼应他们。作家没能看到，在种族隔离的非洲，阶级力量应运而生，却受到了阻碍。

将问题简化为肤色和种族两极的结果是，非洲人反对欧洲殖民主义的斗争，被看作非洲与欧洲感受和回应现实的方式之间的价值观冲突。但是，哪些是非洲的价值观？哪些是欧洲的价值观？哪些是欧洲无产阶级的价值观？哪些又是非洲无产阶级的价值观？哪些是欧洲帝国主义资产阶级价值观？哪些又是通敌卖国的非洲小资产阶级价值观？哪些是非洲农民的价值观？哪些又是欧洲农民的价值观？一方面，不加区分地将欧洲或者白人价值观混为一谈；另一方面，则同样是不加区分地把非洲或者黑人价值观混为一谈。

非洲价值观的整齐划一经常反映在政治术语中，尤其是非洲社会主义这一夸张的说法。社会主义（因此还有其对立面——帝国主义阶段的资本主义）被简化为信仰、道德真理，而非在历史中不断变化的经济、政治和文化实践。缺乏经济、政治和文化实践——这些实践培育了这些价值观，虽然价值观也能反映现实——的价值观，被看作是一个民族作为特定种族所固有的。

总之，作家及其创作的文学并不经常将帝国主义及其产生的阶级力量，视为其对立面——民族独立，民主政治和社会主义——的一个整体的经济，政治和文化体系。

作家对敌人以及所有发挥作用的阶级力量的程度、本质和能力把握不足，因此，当他所处的社会进入第二个十年时，他必然对那些未能兑现的承诺感到震惊。

独立时代

60 年代初期见证了独立运动的加速发展。坦桑尼亚、乌干达、扎伊尔、肯尼亚、赞比亚，马拉维、刚果（布拉柴维尔）、塞内加尔、象牙海岸、马里：一个又一个国家赢得了悬挂国旗和唱国歌的权利。60 年代末，地图上只有少数污点代表旧殖民地。非洲统一组织（OAU）是新时代的象征，更确切地说，预示着未来更广泛的团结。但是，如果 60 年代是非洲独立的十年，这也是旧[160]帝国主义试图遏制反殖民斗争和 50 年代成功势头的十年。旧式帝国主义试图作最后的抵抗。因此,葡萄牙殖民者拼命抓住安哥拉、几内亚比绍和莫桑比克不放。在津巴布韦,伊恩·史密斯和他的罗得西亚阵线(Rhodesian Front)在强大的帝国主义资产阶级或明或暗的积极鼓动下,通过了一个听上去像美国《独立宣言》的《单方面的独立宣言》(Unilateral Declaration of Independence),试图创建第二个南非。国际上——也就是非洲之外——美国对南越(South Vietnam)的统治,代表了旧式帝国主义的垂死挣扎。但是,美国对南越的统治也代表了一种新式的帝国主义,以美国为首的帝国主义通过傀儡政权实施统治。因此,越南为非洲 60 年代所发生的事情——即从传统的殖民主义中获取独立——提供了线索。新式帝国主义取决于在殖民主义中孕育、出生的某个本地人阶级的"成熟"。作为一个群体,他们的地位和野心与那些利欲熏心的阶级——即身处慕尼黑、伦敦城、华尔街等实际权力中心的银行家们——没什么本质的差别。基库尤语中有个词"Nyabaara",意思是监督者。该词恰如其分地描摹了这些在前殖民地的帝国主义资产阶级和工人农民之间的调停者。

对那些新国家中的大部分非洲人民来说,独立并没有带来根本性变化。这种独立只是意味着统治者要靠乞讨度日,而被统治者的肚子则日渐消瘦。这是打了问号的独立。独立时代产生了一个新的阶级和新的领导层,但通常与过去差别不太大。黑皮肤,白面具? 白皮肤,黑面具? 黑皮肤遮盖的是殖民者的心? 每种非洲语言都试图以"白色"与"黑色"符号——人们通过这些符号看待殖民主义,并与之殊死搏斗——来解释这种新现象。但实际上,这是一家新的公司;一家非洲投机商的公司。这些投机商坚定地捍卫帝国主义的利益,以获得自己的性格、权力和灵感。

独立国家的新政权越来越多地受到来自外部和内部的压力。外部压力来自西方,他们希望这些国家保持独立和不结盟状态,以维护西方的经济和政治利益。如果一个政权坚持要脱离西方轨道,西方国家就通过经济破坏和政治阴谋来制造动乱。60 年代伊始,美国推翻了卢蒙巴(Lumumba),并在扎伊尔培植莫布卢(Mobutu)军事政权,这预示着即将发生的事情。

内部压力来自国内民众,他们很快就看到独立并未减轻他们的贫困,当然也没能结束政治压迫。在多数新政权中，人们看到的是对外国人的依附、严重的管理不善和装备精良的警察。

有些武装力量进行干预，要么是在西方的授意下，要么就是回应他们真实所见和所感的道德沦丧。但他们也不知道，除了荷枪实弹地维持现状，还能做什么——不是反对帝国主义，而是反对军队表面上要拯救的那些人民。

因此，60年代——也就是独立后的时代——成了一个政变频发的时代，要么是在西方的支持下，要么是出于爱国心对内部压力作出的回应。1960年和1965年的扎伊尔；1966年的尼日利亚和加纳；塞拉利昂、苏丹、马里、乌干达这些国家都落入了军人政权之手。到1970年，几乎每一个独立的国家多少都经历了[161]军事政变、政变未遂或者政变威胁。其结果通常就如同在扎伊尔和尼日利亚发生的同胞相残，将民众拖入了毫无意义的死亡、饥饿和经济停滞之中。监督者们（Nyabaaras）发动的战争！政变的时代还诞生了两个可怕的怪物：博卡萨（Bokassa）和伊迪·阿明，这两个西方最初的宠儿。他们俩完全就是对独立这个概念的嘲讽，但他们也以行动本身真实地表现了那种独立。虽然他们很丑陋，但只是所有独立诺言破灭的象征。

非洲怎么了？什么出了错？幻灭的情绪吞没了那个时代的作家和文学作品。只有阿契贝的《人民公仆》准确反映了当时孕育政变和政变谣言的历史条件。

《人民公仆》几乎与第一次尼日利亚军事政变同时出现，这表明作家可以成为先知。但是其他的作品——尤其是阿伊·克韦·阿尔马赫的《美丽的人尚未诞生》（*The Beautiful Ones Are Not Yet Born*）和奥考特·庇代克的《拉维诺之歌》——同样深刻地表达了对新政府道德堕落的恐惧。作家通过呼吁新阶级的良知来应对堕落。但愿他们能听进去！但愿他们能看到自己的错误！作家恳求、哀叹、警示，描绘灾难逼近的画面，谈到下一次会发生的大火。他们逐一尝试疗治社会弊病的良方，如轻蔑的笑声、嘲笑、屎尿画面的直接侮辱等所有可能的污秽之物。作家通常会诉诸马克思曾经在封建贵族的进步力量中看到的那种复仇方式，这些进步的封建贵族以此反对——正在成为19世纪欧洲统治阶级的——新生的资产阶级。他们——贵族们——"复仇的方式是唱着讽刺新主人的歌曲，在其耳边低声诉说灾难将至的预言。"

　　这样就产生了封建的社会主义;半是挽歌,半是谤文,半是过去的回音,半是未来的恫吓;它有时也能用辛辣、俏皮而尖刻的评论刺中资产阶级的心,但是它由于完全不能理解现代历史的进程而总是令人感到可笑。(《共产党宣言》)。

因此,这一时期的作家依然有局限性,因为他们没有充分领会60年代真实发生的事情的整个维度:阶级力量和阶级联盟在国际和国内的重新调整。作家通常所回应的,只是新领导层中明显的道德缺失,而未必是全民性道德缺失的结构性基础。有时,作家除了谴责对民众犯下罪行的人,也会指责民众,而民众只是受害者。有时,道德恐怖几乎危险地把一切都归咎于人民的生物特征。因此,尽管这个时期的文学对社会有敏锐的观察,却被一种绝望感所笼罩。这个时期的作家为了改变人们的态度,往往会退回到个人主义、愤世嫉俗,或者空洞的道德诉求之中。

新殖民主义时代

第三阶段——70年代——揭露了60年代到底真正发生了什么:帝国主义从殖民主义过渡到新殖民主义阶段。在国际层面,美国策划推翻了智利的阿连德(Allende)政权,露出[162]了新殖民主义的胜利面孔。过去十年,美国主导的跨国金融、工业垄断企业在亚洲、非洲和拉丁美洲的大多数国家,明显占据了支配地位。这种地位在亚洲、非洲和拉丁美洲相关国家的经济——当然还有政治和文化——事务的决策中,表现为国际货币基金组织和世界银行的主导作用。这个时代见证了美国对非洲的包围,或者通过布设军事基地,或者是直接的军事介入,从摩洛哥经由迭戈加西亚(Diego Garcia)直到肯尼亚、埃及,当然还有地中海。这十年里,美国成立了快速反应部队,并厚颜无耻地宣称其目标就是干涉第三世界的事务——也就是新殖民地的事务。事实上,这十年中,前殖民列强从军事上进入非洲的意愿越来越强,且毫无羞愧之意。西方利益集团对非洲国家的金融、工业(例如自由贸易区等)、军事和政治事务的干涉,变得越来越公开和赤裸,而这些非洲国家统治集团也积极与其合作,这些都清楚地表明,所谓独立只是每个非洲国家为帝国主义提供更广泛的利益。国家的座右铭成了:依赖国外,镇压国民。

但是,如果说70年代更清楚地揭示了许多非洲国家的新殖民主义特征,那么70年代同样见证了反帝斗争取得了令人眼界大开的重要成果。国际上(即非洲之外)最重要的事件就是美国在越南战败。除此之外,新殖民主义还遭受了其他沉重打击:例如,尼加拉瓜和伊朗。

70年代的非洲见证了反帝斗争的再度兴起。安哥拉、莫桑比克、几内亚比绍和津巴布韦的武装斗争显然从早期50年代反殖民运动的错误中汲取了经验。他们对敌人有了更清楚的认识,并通过分析明确指出,他们的斗争不只是肤色和种族的问题。他们的敌人是帝国主义。在独立的非洲国家内部,政变开始呈现出更为鲜明的反帝和反殖民特征。

尽管分别发生在1981年和1983年,罗林斯(Rawlings)在加纳的政变和桑卡拉(Sankara)在布基纳法索——即之前的上沃尔特(Upper Volta)——的政变,都是很好反映了这一趋势的例子。但更具说服力的标志是,70年代出现了有着广泛群众基础的游击队运动,为第二次独立而战。在乌干达、苏丹和扎伊尔等地,武装解放游击运动很可能会与新殖民主义对抗,就像肯尼亚的土地自由军以及阿尔及利亚民族解放阵线在50年代反抗殖民主义那样。受过大学教育的年轻人和中学毕业生选择加入丛林中的工人和农民,为明确的国家民主革命目标而斗争,这是实现社会主义变革的第一个阶段,也是必要的阶段,这在70年代的非洲是新生事物。无论他们的最终命运如何,这些后殖民时期的游击运动无疑象征着工人的锤子、农民的大砍刀或锄头与笔和枪的融合。

在阿米卡尔·卡布拉尔(Amilcar Cabral)、沃尔特·罗德尼、萨米尔·阿明(Samir Amin)、丹·那布迪尔(Dan Nabudere)、巴拉·穆罕默德(Bala Mohamed)、宗高拉·塔拉扎(Nzongola-Ntalaja)等人的作品以及非洲大陆许多大学研究中心发表的论文中,出现了一些非常重要的政治理论突破,都反映了对帝国主义现实的觉醒。帝国主义正成为严肃甚至充满激情的学术辩论和学位论文的主题。达尔斯萨拉姆辩论(The Dar es Salaam debate)——现在已由坦桑尼亚出版社出版,书名为《阶级、国家和帝国主义之论辩》(*Debate on Class，State & Impenalism*)——就是突出的例子。其他地方——比如阿赫马杜·贝罗[163]大学、尼日利亚伊费的沃洛沃大学、肯尼亚的内罗毕大学、开普海岸和加纳的大学——也成了进步思想的中心。但即使在大学校园之外，进步的辩论也如燎原之火，《非洲马克思主义者杂志》(*Journal of African Maxists*)就诞生于70年代，这并非偶然。

　　新的反帝运动再次兴起，并在文学中有所体现。对于莫桑比克、安哥拉、几内亚比绍的作家来说，他们创作的内容和形象显然源于人民积极参与的斗争。即使那些在五六十年代独立的国家，作家也逐渐采取越来越批判的立场，反对统治集团反民族、反民主和新殖民主义的特征。他们并不仅仅把这些弊病与道德沦丧，与这个或那个统治者联系起来，而是与通过非洲买办统治阶级延续帝国主义统治这一点相联系。

　　70年代的作家逐渐开始认真思考帝国主义，还反对国内的某些阶级，那些与帝国主义结盟的新投机者集团。但作家所做的不只是解释和谴责。我们可以感觉到，这个时期的一些作品正在向民众靠拢，寻找新的方向。70年代的作家开始与新殖民主义短兵相接。他们是新殖民主义国家中真正的作家。而且，在非洲的阶级斗争中，他们开始与人民站在一起。

　　向人民靠拢的作家陷入了各种各样的矛盾之中。例如，身为新殖民国家中试图发挥作用的公民，他面对这样的国家应站在什么立场上？

　　本质而言，新殖民主义政权就是一台镇压机器。它拒绝打破国际和国内的剥削、不平等和压迫的格局，因此逐渐脱离了民众。它真正的权力基础不在于人民，而在于帝国主义、警察和军队。为了维持自身的稳定，它关闭了民主表达的所有场所。例如，它采取一党制的统治；实际上，这个党派只是一个官僚的外壳，这就意味着一人的专权，马尔克斯的小说《族长的秋天》(*The Autumn of the Patriarch*)中的专制主义！所有的民主组织都是非法的，或者被统治者所控制，在这种情况下，这些组织丧失了所有的民主生活。那为什么这个政权会允许文化领域的民主呢？文化领域的任何民主表达都对这个政权特有的文化品牌构成了威胁：由警局的监室和酷刑室产生的沉默和恐惧的文化。

　　　【……】

80 年代的作家

在这个世界上，一方面是为了生存和人类进步的民主和社会主义力量，另一方面是实施反动和死亡的帝国主义力量，二者之间的斗争依然持续着，而且势必变得更加激烈。帝国主义仍然是人类的敌人。任何对帝国主义的打击——无论是在菲律宾、萨尔瓦多、智利，还是韩国——显然都是为了争取民主和变革而进行的打击。在非洲，纳米比亚人民与南非/阿扎尼亚人民的斗争将会加剧。津巴布韦、安哥拉和莫桑比克的斗争，会在 50 年代阿尔及利亚民族解放阵线和肯尼亚土地自由军的基础上，把非洲革命推向新的阶段；同样，[164]纳米比亚与南非人民如果在斗争中获胜，也将把整个非洲大陆推向新阶段。南非的解放将会以一种特殊的方式成为整个大陆从新殖民主义中解放出来的关键。

在新殖民主义国家中，反帝民主力量联盟将加强与买办阶级与帝国主义联盟的斗争。像罗林斯和桑卡拉发动的这类反帝国主义政变将会越来越多。出现在乌干达的这类反新殖民主义游击运动也会增加。无产阶级和农民阶级通过进步的民主组织结成泛非主义联盟，这样的呼声和要求会越来越大。为真正的独立、民主和社会主义而斗争的过程中，每一个新阶段都要从以往的尝试、成功，甚至失败中汲取教训。最主要的是，反对新殖民主义的斗争将在八九十年代有所高涨。无论是殖民主义时期，还是现在的新殖民主义时期，非洲人民仍在为一个可以掌控自己集体劳动成果的世界而努力奋斗，一个可以掌控经济、政治、文化，以便让他们的生活与自己想去的地方、想成为的人一致的世界。

但是，随着斗争的持续和加剧，作家在新殖民主义国家中的命运将变得更加艰难，而不是更容易。他作何选择？在我看来，80 年代的非洲作家——即选择成为非洲革命不可分割的一部分的那些人——似乎别无选择，只能与人民结盟：他们为了生存而在经济、政治和文化方面展开斗争。这种情况下，他不得不面对自己的文笔所服务的民众使用的语言。这样的作家必须在人民的行动和言语中**重新发现真正**的斗争语言，学习他们伟大的口头遗产。最重要的是，学习他们对人类重塑世界和自我更新能力所怀有的乐观和信念。作家必须是人民所唱之歌的一部分，人民再次拿起武器,砸碎新殖民主义国家,以完成他们始于 50 年代——甚至更早——的反帝民主革命。一个团结的民族永远不会被打败,而作家为了民主、社会主义和人类精神解放,必须成为这个革命同盟的重要组成部分,以使自己具有更多的人性。

(张举燕 姚峰 译;汪琳 校)

第 24 篇　作家与责任[①]

布瑞腾·布瑞腾巴赫（Breyten Breytenbach）

[165]非常感谢荷兰笔会中心（Dutch PEN Centre）给我机会，来到这里演讲。你们可能很清楚，南非监狱的目标之一就是将囚犯与外界隔离开来。（顺便说一句，对于所有囚犯和拘留者，包括所谓的"普通罪犯"来说，这基本上是真的。）所有针对政治犯做的事情，都是为了破坏他内心的稳定和心理的平衡。例如，他不仅无法得知监狱外面对他的支持，而且当局者也会想方设法，让他产生一种被朋友、同事、同志遗忘，甚至被抛弃的感觉。

但是，监狱从来就不是密不透风的场所，也不可能如此。即使在高墙之内，生活也会彰显出自身的模样，有时表现为奇怪的模样。关于"外面的"、"真实的"世界的"真实的"生活传闻，的确会穿墙而入。因此，我多次听说——至少听到了一些零星的传闻——几个国家的笔会俱乐部以我的名义采取了一些行动。我知道国际笔会派了一个代表到南非，试图干预南非当局的决定。

这种团结的表现确实让监狱中的人们士气大振，同时也确认了监狱之外还有别的现实、别的价值、别的承诺。生活的确在继续！

你们为我所做的和试图要做的事情，我表示感谢。你们对任何一个国家中陷于困境的作家的持续关怀，我表示赞赏。请允许我这样说：正是由于这种干预——即针对特定人群，以及在我们作为作家的共同技艺和关怀的框架之内的干预——你们发挥了最大的效力，得到了最好的结果。

---

① First published in *End Papers*: *Essays*, *Letters*, *Articles of Faith*, *Workbook Notes*, pp. 98—106. New York: Farrar, Straus & Giroux, 1986.

　　我想就"作家与责任"这个主题说几句。当然,这是个很宽泛的主题。更具体来说,我会谈到在某一特定的社会文化语境中作家的责任,也许还会涉及一点作家在国际问题上的立场,例如,审查制度和对自由思想的压迫、经济和文化帝国主义,甚至种族灭绝,尤其会谈及南非的种族隔离制度。显然,作家的基本承诺是自己作品的真诚。他首先通过[166]自己的作品来表现这种真诚——这是他探索自我、探索他的人际关系网、探索客观世界的方式。我不会忽略这一初始维度;事实上,我认为作家的公共行为是他个人有无诚信的延伸。

　　如果我不得不说的话有时听起来难免如同吐露自己的信仰,请原谅我。在这个阶段,我不太想围绕某些观点进行理性的辩论。而且,我也不能假装为任何人说话,我不代表任何团体或思想流派。我敢肯定,南非的一些作家,甚至在座的各位都同意我的一些言论,同时也强烈反对我的另一些说法。事情就该如此。我想做的就是在此时此地,大致勾勒出我的观点。

　　第一个结论是显然的:道德或政治评价永远不能用作文学标准。我们都知道"好的"写作可以来自极度的虚伪、堕落和背叛。

　　第二个结论:在我看来,作家,任何一个作家,至少有两个任务,有时是重叠的:他是发问者,是他所处社会的风俗习惯、道德观念、错误想法的无情批判者,但同时也是人民愿望的发现者。

　　在贫穷的殖民地国家,作家扮演了一个更明显的角色:面对严重的社会和经济不公,人民呼吁作家表达他们的梦想和诉求。这些相互矛盾的责任造成了作家存在的二分法,进而产生了如此多的张力和含混。这也导致了作家不可能完全接纳任何正统的观念。他迟早会与那些政治人物产生分歧。他有时就政治表达意见,甚至直接成为政治的传声筒,但另外一些时候,他对自由和真诚的诉求也可能使自己孤立,沦为边缘人物。如果你愿意,就称之为作家的无能和荣耀吧!

　　这也适用于那些作家被视作"文化工作者"的社会和文化。作家最高的境界和最大的困难就是,在为更大正义和更多自由作无休止斗争的同时,时刻保持清醒,不断自我质疑。叶夫根尼·扎米亚京(Yevgeny Zamyatin)曾声称,作家应该是异教徒。"异教徒,"他写道,"是反抗人类思想之熵的惟一(痛苦的)药方……世界只有靠异教徒才能运转:异教徒耶稣基督、异教徒哥白尼、异教徒托尔斯泰……"

是的,我也希望拥有一个"能够在我和世界之间设置障碍"的简·卡波特(Jan Campert),但我知道这是不可能的。

事实上,世上并没有绝对真理(Truth)。对这样的真理而言,我们都太脆弱、太反复无常;我们要面对太多的不确定性。只有一种蹩脚的、暂时的类似真理(truth)的东西不断被塑造出来。

我必须试着让我的定位更加地明晰。你很清楚任何一个身处国内或流亡海外的南非作家所处的创作语境。我当然指的是种族隔离。但是,这对我个人而言意味着什么?

有时候,一个人对自己的朋友比对敌人更不耐烦。我们都同意种族隔离是邪恶的。我们经常走捷径。我们过于简单化,我们动辄谴责别人。也许有时候,我们这么做,更多是考虑我们自己的灵魂,而不是因为我们以理性的方式否定历史上的社会政治和经济(文化)剥削、歧视和羞辱,否定我们所谓的种族隔离(这一说法并不全面)制度。推卸我们的责任,并不是一件容易的事。专制制度并不总是意味着我们可以逃避责任。凭借自己的率性,我们直面白人主子——还有一些黑人走狗。我们通过宣传号召,尽可能联合了一些反对种族隔离的"同盟",但同时又巩固了种族隔离制度的基础。

让我解释一下。你会在南非的内阁中找到反对种族隔离的部长们。千真万确。他们的首要目标是继续保有权力,而为了保有权力,他们将废除种族隔离。他们要求的是一些"理解"和有序地进行必要改变的时间。哪个外国资本主义投资者会不同意他们的观点?

他们在改善自身形象、声誉和防御力的同时,也造成了许多错误的印象。现实中,我们所目睹是一种受控的实验,即指派一些非黑人政治家来支持当前反对多数黑人的权力结构。真实的情况是军国主义,由并非选举产生的安全"专家"制定的策略——针对所谓(共产主义的)"全面进攻";已经掌握在军队和政治警察手中的实际权力。与此同时,我们会更多听到这些说法:南非是西方文化的前哨,是抵御颠覆的堡垒,是民主力量的战略宝库,是次大陆的经济涡轮机。随着其他贫穷世界的苦难和动荡的加深,越来越多的"现实主义者"将会对此胡言乱语侧耳倾听。1981年,美国在南非的投资已经增加了 13.3%,达到 26.3 亿美元。据估计,

投资额在 1982 年已经上升到了 28 亿。（数据来自美国商务部）

　　然而，我们不应抱有任何幻想。一些正在发生的结构性变化——比如班图斯坦的建立——已经改变了当地的政治版图，未来任何南非问题的解决方案都不得不适应这变化和毒化了的局势。

　　是的，种族隔离仍然是一种野蛮行为。但我个人更感兴趣的，是感受一种活生生、有质感的日常生活。下面是一些最近的例子。

　　今年 3 月 29 日，南非议会公布了 722 名"有色人种"在 1981 年 7 月至 1982 年 7 月间被重新划为"白人"的情况。这意味着，如果他们受雇于国家，工资和养老金将增长 20%—30%。7 名中国人也同样"升级"。他们现在可以住在白人区，可以在任何酒吧喝酒，能把孩子送到最好的学校。15 名"白人"被宣称为"印度人"，3 名"白人"被宣称为"有色人种"。39 名"有色人种"被改成了"印度人"。109 名"黑人"被"提升"为"有色人种"，他们现在不再需要随身携带有色人种身份证了。去年，135 人因"不道德"——即跨种族的性行为——而被逮捕和判刑。

　　德兰士瓦省（Transvaal）的一个小村庄德里方丹（Driefontein）已被宣布为一个"黑"点（"black" spot）；按照政府的重新安置政策，所有 5000 名居民将被迁移到一个遥远的"家园"。（这个村庄已于 1922 年被一群非洲人合法购买。）4 月 2 日（星期六），村长索尔·姆黑兹（Saul Mkhize）试图用扩音器劝告村民在会议中保持冷静，告诉他们非暴力是惟一的解决办法。两名警察以"非法集会"的罪名将其逮捕。而在随后的一片混乱中，他们开枪杀死了这位老人。

　　据国会宣布，自 1976 年以来，有 1259 人被警方杀死。这些数字不包括在骚乱中死去的人们，也不包括被国家处决的人。每年平均有 1500 人在枪击事件中被维持法律和治安的官员所伤。

　　[168]我举这几个例子，来向你们说明在那个民主堡垒中，人们日常生活的大致情况。

　　我看问题的基本背景是，作为作家，我在个人的经历中成长，必须为我的行为承担个人责任，同时以理论和实践两条腿完成我的旅程。

　　我赞同南非的解放事业和多数人决定原则（majority rule）。在此关键时刻，我相信自己能以写作来支持这一事业，而不能蒙蔽别人的眼睛。这不是我所追求的一个抽象概念（尽管我在意识形态上致力于南非社会的转型），而是我生活的全部意义。我希望看到，通过我们斗争的痛苦、希望甚至是错误，磨练出一种真正的南非文化，一种从其多样化的起源中汲取丰富营养的文化。我认为这种文学正逐渐形成。共同的根源是存在的：需要我们作出评判。甚至种族隔离也是一个共同点。

但是，我反对任何正统或者压力集团对我指手画脚——告诉我必须写什么、怎么写。只有在一个不可知论者的自由之中，我才能真正忠于写作。

大多数时候，我用阿非利堪斯语写作。既然我可以相对自由地作出选择，我就会把作品交给那些不受南非白人机构（Afrikaner Establishment）控制或资助的出版商。我不能以任何方式向审查制度妥协。如果不能在南非合法出版作品，我就另想办法。

我不认为自己是一个南非白人。无论你如何定义，这个定义都含有我无法认同的政治内容。即使在文化上，我也不能说自己是南非白人。（我也不太在乎，自己是不是南非人；实际上，我只是一个罪犯！）阿非利堪斯语不属于南非白人。它存在也好，消失也好，变化也罢，我都不会感到任何痛苦。我认为它被无可救药地玷污了，被归为主子的声音；我也知道这是一种惊艳的意识和表达手段。但是，人们会用舌头恰巧触碰到的任何语言来歌唱。

如果我对改变这个饱受折磨的社会能有所贡献的话，那就是作一个非黑人的流亡者。我在南非的影响力不大，且仅限于白人当中。即便在白人中，我也是被孤立的。尽管许多白人作家反对种族隔离——更确切地说，是对种族隔离造成的后果感到不同程度的厌恶和焦虑——但我没有听说有任何认同解放运动（Liberation Movement）的白人作家。（不可否认，在国内这样做等于自杀，如果我们期望他们成为殉道者，这也是极不公平的。）

种族隔离造成的鸿沟的确存在。这些问题虽有着共同的来源，却由不同人群作出了不同的解释。如果我否认这一事实，那将是对阶级分析的一种粗鲁的否定。

白人作家要么是卖国贼，要么是人质，要么是背叛者。在南非深陷两极分化的环境中，无论他持何种立场，都会失去一部分人的支持。试图治愈自己，试图通过抨击种族隔离制度来恢复人的尊严，而你会发现这是孤独的事情。但最终,这是实现自我整合和可能结成兄弟情谊的惟一途径。生活已经够糟糕的了。

在荷兰,你们被呼吁去支持针对南非的文化抵制行动(Cultural Boycott)。我想提出一些与这个话题有关的问题。

荷兰作家可以做什么?笔会可以做什么?抵制的目标究竟是什么?谁从中受益?谁受其影响?有什么效果?

[169]我马上要说的是,荷兰中断与南非政府官方或有官方背景的机构的所有文化联系和交流,我对此完全支持。这一点上,你们没有多少回旋的余地,无论南非的文化组织如何不惜纸张,想要掩盖种族主义丑恶嘴脸上的裂痕。但你们必须保持警惕。当南非的代理人发现时机到来时,就会通过金钱(很多钱,他们已经通过收买运动员或记者,证明了自己的能力)的腐蚀和诱惑,来分化你们的队伍;或者通过迷惑那些二流作家,令其产生同样诱人的虚荣和幻想,以达到同样的目的。

但是,荷兰的文化抵制行动并没有真正成为南非的头条新闻。例如,威廉·弗雷德里克·赫尔曼斯(W. F. Hermans)去那里,可能只在当地引起热议——这可能是他想要达到的目标。但是,在受到管制的南非白人学术圈之外,没有人关心此事,甚至无人知晓。我怀疑当局是否认为他的来访是支持政府政策的举动。尽管如此,访问者十分清楚,从这个角度来看他的访问意味着什么。赫曼斯当然不是傻瓜,他的到访至少会被解读为纵容之举。

除了文学,以及一些艺术收藏家和博物馆获得了荷兰艺术家的作品之外,还有什么真正意义上的文化交流呢?

我认为理所当然的是,作为有社会责任感并了解此事的荷兰作家,你们应该通过自己的立场和行动,表达对种族歧视的憎恶。你们也希望以某种形式,来表现对受压迫的多数人的支持和声援,甚至认同在解放组织的领导下追求自由的行动。在支持那些针对南非权力精英的行动中,你们一些人或许想更清楚地界定自己作为作家的角色和责任,这不仅涉及南非,也关乎你们自己的环境。

我们必须清楚自己的动机和手段。在这个等式中,文化的或集体的内疚感是无足轻重的。我相信,任何对南非人民解放事业的支持——这一解放事业必然存在多样的授权和表达方式——都意味着,当事人至少要弄清自己的目标到底是什么。

责任意味着拥有批判的自由。很少有像"同路人"（fellow-traveller）那样不光彩的角色。知识分子往往缺乏主见，容易被资产阶级摆布——而资产阶级，正如列宁指出的那样，将给我们带来革命。同样，知识分子常常因为自身的矛盾性而感到局促不安，容易被"扮演重要角色"的承诺所蒙蔽。

这项事业是正义的，利害攸关的问题和（甚至世界性的）影响都是重大的，牵涉我们的情感，以及我们的思考和利益；但是，我们打交道的对象是利用政治手段、实现政治目标的政治组织。我再说一遍，这项事业是崇高的：然而，在支持的同时，你们都应该清醒，自己怀有什么目的，为达此目的会使用何种手段。不是说你们可能会表现出家长式的做派，而是作为负责任的作家，应该了解自己行动的范围和局限。

我坚持认为，一个组织无论多么具有代表性，都无权决定什么该写，该得到传播，什么则不行。如果你们赞同的话，就至少必须接受，曼德尔施塔姆、帕斯捷尔纳克或索尔仁尼琴（Solzhenitsyn）这样的悲剧可能会发生。你如何看待塞利纳（Céline）或者海明威？如果一位拥有罗伊·坎贝尔（Roy Campbell）这等声望的诗人，最终支持了弗朗哥（Franco），那该如何？或者，举个更尖锐的例子，就我所知，马齐西·昆内内（Mazisi Kunene）目前并不受非国大待见，那该如何？

[170]一方面要使原则和目标清晰可辨，另一方面又不能对这些选择作出过于简单化的理解，在二者间作出平衡是很困难的。如果坚持全面抵制南非境内的所有文学作品，这在政治上是愚蠢的。这是对南非现实情况——依然存在很多自由的裂缝和罅隙——的无视；更是逃避你们自己的责任，是明哲保身之举。这等于自己放弃了采取政治行动和道德干预的手段。

阿索尔·富加德（Athol Fugard）的《哈罗德大师和男孩们》（*Master Harold and the Boys*）目前正在约翰内斯堡上演。我在一篇发表在海外的评论中读到：

> 最后一幕非常感人，两位黑人侍者以缓慢、悲痛的狐步拥抱在一起，由此肯定了他们的自尊；这时，灯光暗了下来。大约有一半观

众为剧中的三位演员起立鼓掌。其余的还沉浸在（戏剧将他们引入的）悲伤和失落的心理世界之中，尚未缓过神来。许多人——包括黑人和白人——都在哭泣。

那还有别的办法吗？似乎我们都在等待世界末日（Apocalypse）的降临。我也为南非体制的顽固性感到沮丧，似乎没有任何东西能够撼动这一压迫制度的光滑外表——至少从这里，我们是无能为力的。但是，尽管你可能并未意识到，但有些事情已经发生了。一个想法可能要花上几年时间才能成为现实。我记得几年前，我们和今天在场的一些荷兰朋友讨论过，有必要让南非的作家和艺术家——无论是流亡海外的，还是留在国内的——都能见面，互相认识。好吧，我们并不是惟一有此想法的人——我还保留了一些与此相关的往来书信——最终这样的见面的确发生了。我也记得，几年前鹿特丹的人们特别关注祖鲁语诗歌。过去的几年里，有不少诗人都参与其中——昆内内、彼得斯、克戈西特（Kgotsitsile）、布鲁特斯（Brutus）、瑟罗特。我记得曾经和那些在荷兰学习阿非利堪斯语的学生讨论，将荷兰语与阿非利堪斯语区分开来，把阿非利堪斯语看作一门非洲语言——斯瓦希里语也是由非洲之外的语言阿拉伯语塑造的——再把重点转移到南非文学研究。我相信，这一概念已不再像当时听着那么陌生了。

在南非，我知道至少有一所大学，已经出现了比较积极的变化：在那里，荷兰语作为一门完全独立的外语被教授，而不再是阿非利堪斯语的前身。

在文化抵制这个问题上，我认为应该建立别的联系，以支持和放大该国真正抵抗的声音——需要永远牢记的是，他们都是因审查或其他骚扰和窒息手段而遭到扼杀的人。

我并不是建议与任何官方机构进行对话，我也不主张开放沟通的渠道，以期影响那些种族主义者的思想和心灵。

当然，就通过官方渠道售书或者互派大学教师而言，我的建议肯定并不适用。但请记住，有一些勇敢的人需要你们帮助，甚至一些荷兰侨民。例如，我想到了一个在南非国内帮助出版了大部分黑人诗歌的荷兰侨民。他们必须得到帮助，才能生存下去。

[171]为什么不能再大胆些呢？例如，为什么不试着让南非的囚犯读到高质量的荷兰作品？你们可能做不到，但至少亮明了自己的态度。抗议行动，以及在此决定采取的立场，应该引起每个南非作者的注意。问题的关键在于，就白人而言，你只能影响那些恋旧的作家和学者，他们期望得到荷兰的认可——而不会像那里的加尔文主义者那样，对这里的加尔文主义者的权威和影响如此敏感。为什么不在那里出版反对种族隔离的书籍呢？无论如何，对于在南非印刷并很可能遭到查禁的重要作品，你们应努力确保它们被翻译并在海外销售。这也是对持不同政见作家的一种保护。

更为重要的是，你们应该想方设法，使那里被查禁的作品，能以原来的语言在这里印刷，并设法让这些书回流到南非。

你们看，无论对我这个非黑人流亡者来说，还是对你们这些富有同情心的荷兰作家而言，要解决南非面临的困境，谈何容易。

（张举燕 姚峰 译；孙晓萌 校）

第 25 篇　异见与创造性[①]

纳瓦勒·埃尔·萨达维(Nawal El Saadawi)

何谓异见?

[172]我曾试着想找到"异见"在阿拉伯语中的词汇。阿拉伯语中,我们说的是"抗议"(al-ihtijaj),或者"反对"(al-mu'arada),或者"争议/诉讼"(al-mukhasama),或者"反叛"(yatamarradu),或者"起义"(yathuru)。但这些词语根据异见或斗争所发生的不同语境,都会产生不同的意义。对我来说,阿拉伯语中的"斗争"一词(alnidal)最能阐明异见一词的意思。阿拉伯语中"异见人士"(al-munadil)的意思是与别人合作,反抗——无论是个人的,还是政治的——压迫和剥削的斗士。

我相信,没有斗争,就没有异见。只有置身于斗争的情境之中,或者在地点和时间上处于斗争的位置,我们才能理解异见。没有这一点,异见就成了一个缺乏责任、缺乏意义的词语。

词语的去神秘化

没有创造力,我能成为异见人士吗? 没有创造力,我能拥有所需的激情和知识,去改变家庭和政府强大的压迫体系吗? 我们所谓的创造力是什么意思? 如果听命于别人,或者遵循祖先的传统,我们能够具有创造力

---

① First published in *The Dissident Word*: *The Oxford Amnesty Lectures* 1995, ed. Chris Miller, pp. 151—160, 163—164. New York: Basic Books, 1996.

吗？如果我们屈服于以不同名义强加给我们的规则：父亲、上帝、丈夫、家庭、国家、安全、稳定、保护、和平、民主、计划生育、发展、人权、现代主义或者后现代主义，我们能够具有创造力吗？

这 15 个词语，全球和地方都在使用，压迫者和被压迫者都在使用。我选中这些词，是因为我们总是读到和听到它们，无论我们住在埃及、美国、巴西，还是印度。这些词构成了帝国主义和压迫语言中的一大部分。但是，被压迫者在反抗帝国主义和压迫的斗争中，经常把它们用作不同的意义。

[173]例如，"保护"这个词看似非常积极正面。英国在埃及的殖民活动始于 1882 年的军事占领。① 70 多年以来，殖民主义阻碍了我们的经济和文化发展。我们不能自由发展农业来满足自己的需要，而是被迫为了英国工业的需求来生产棉花。由此产生的结果是，埃及日益贫困，而英国则愈加富有。这一切都是以保护而非殖民或剥削的名义施行的。英国人为此目的，使用了军事力量和恐怖手段。埃及的统治者——埃及总督们——屈服于英国的强权。② 皇室和统治阶级与殖民者沆瀣一气，保护彼此共同的利益。那些挑战政府和英国人的埃及人则被打上异见人士、共产分子或民族主义者的标签，然后被杀害、监禁、开除，被迫流亡海外，或者忍饥挨饿。

如今的新殖民主义者不再使用保护这个词了。埃及、非洲、印度以及其他地方的殖民地人民，已经看穿了这一点。通过民众的生存经验，保护一词失去了神秘性；在埃及，保护对我们而言，就是殖民主义的意思。因此，新殖民者就不得不使用别的词语。这个词也得是正面的、清白的，且更加进步。于是 70 年代初，"发展"一词渐渐开始被人使用。在埃及以及其他所谓的发展中国家，很多人被这个词所蒙骗，但结果证明，发展比保护的危害更甚。

更多的财富从发展中国家（或第三世界）流向了第一世界，而非相反。

---

① 1914 年，英国与土耳其爆发战争，埃及被宣布成为"保护国"；从 1882 年遭受入侵——入侵的理由是反欧洲的游行示威活动——以来，埃及就一直处于英国的"管辖"之下。（编者注）

② "总督"这一头衔是奥斯曼帝国宗主权之下的总督头衔。（编者注）

无论本土,还是全球,贫富差距在不断扩大。即使联合国也不能掩盖这样的事实。这些事实出现在由非洲、亚洲和拉丁美洲的实地调查者撰写的统计数据和联合国报告之中。

1979 年,我就是联合国派驻埃塞俄比亚的调查人员之一。我在联合国工作了两年,之后就离开了。我发现联合国以及西方公司和机构所推进的发展项目,最终阻碍了埃及和非洲的发展,这些项目都是掩人耳目的经济种族屠杀形式,比军事种族屠杀危害更大,因为杀害的人更多,却不像战争中流血那么昭然若揭。

当发展一词失去了神秘性,新殖民者就变换了词语。这个新术语是"结构调整",现在正由世界银行推动。没几个人懂得这个词的意思。可是,一旦结构调整在非洲以及所谓的南方国家推行,最终就无异于"保护"与"发展"造成的后果。结果就是,贫穷的南方国家愈发贫困,而富裕的北方国家则更加富有。这里仅举一例说明:从 1984 到 1990 年间,结构调整政策(SAPs)导致 1780 亿美元从南方国家转入了北方国家的商业银行。

另一个新殖民主义词语是"援助"。这是另一个正在失去神秘性的神话。很多南方国家已经提出了这样的口号:要公平贸易,不要援助。这里是埃及的一个例子:1975 年(美国对埃及开始援助的年份)至 1986 年间,埃及从美国进口的商品和服务高达 300 亿美元。而同一时期,埃及向美国的出口额只有 50 亿美元。

有些埃及人挺身而出,对全球新殖民主义强权及其在当地政府的合作者提出质疑,这些人都被打上了异见人士、共产分子、民族主义者或女性主义者的标签。对他们的惩罚是根据异见活动所产生的后果大小来决定的;惩罚由轻及重,包括失去工作、审查作品、监禁,甚至死亡。

[174]在萨达特(Sadat)统治下的埃及,我们不得不去解构他使用过的词语和口号。其中一个口号是"门户开放政策"。事实证明,该政策等于向新殖民者敞开大门,任其破坏埃及的经济和文化。美国的产品(可口可乐、香烟、尼龙服装、麦当劳、化妆品、电视节目、电影等等)侵入埃及,击垮了本土的产业。萨达特通过他所谓的"矫正革命"(corrective revolution)开始了自己的统治。实际上,矫正革命只是对资金流动的矫正,确保资金最后流入 1970 年纳赛尔(Nasser)死后上台的统治集团的口袋。

相互责任

我们的斗争变得越来越困难,需要越来越多的创造力。新的词语层出不穷,需要我们去揭穿,这样的词语包括:和平、民主、人权、私有化、全球化、多元文化主义、多样性、公民社会、非政府组织(NGO)、文化差异、解放神学、宗教激进主义、后现代主义等。我们需要发现新的方法,对众多不断重复的新旧词语中的自相矛盾和双重意义进行揭露。这需要掌握更多的知识,更深入理解现代和后现代的压迫和剥削技术。

通过书本,通过制式教育或大众传媒,我们无法获得这样的知识。因为,这些渠道都被全球或本土那些霸权的压迫者和剥削者所控制,用一个接一个的神话蒙蔽我们的思想。我们只能自己获得这种知识,从我们自己与这些全球、本土和家庭霸权展开日常斗争的经验中获取。这就是创造力。我们从自己生存经验中获得启发和激励,而非通过复制书本中的斗争理论。

所有的斗争都有与实践不可分割的独特理论。创造力意味着独特性:创新,即发现新的思想和行动方法,创造一个基于越来越公正、自由、友爱和同情的制度。如果你是创新者,你一定也是异见者。你发现了别人未曾发现的东西。一开始,你可能形单影只,但由于某种原因,你觉得对自己和别人负有责任;对那些尚未意识到这一发现,但和你共同与体制并肩战斗的人负有责任;对那些丧失希望、低头屈服的人负有责任。

如果不能对自己和别人承担责任,斗争和异见还能存在吗? 是否存在放弃与压迫作斗争的人? 我们差不多生来就是异见者。我从童年时代就是如此。1962 年,我的名字被列入埃及政府的黑名单。我不得不面对审查制度。1972 年,我丢了工作。1973 年,我们的健康协会和杂志被查封。1981 年,我被打入监牢。1991 年,我们的妇女协会——阿拉伯妇女团结协会(AWSA)——和《正午》(*Noon*)被查禁。1992 年,我的生命受到威胁,安全人员被派驻在我寓所的四周。

现在,我是美国杜克大学的访问教授。我向学生教授的是创造力和异见活动。但这些东西真的能传授给别人吗? 你所能做的就是打开紧闭的房门;做教育所不能做的事情;鼓励学生发现他们在自己生活中的异见。

[175]异见和距离

　　我远远地观察埃及正在发生的事情。1994 年 11 月,埃及北部的洪水造成数千人无家可归。这时,我收到了一封信,是住在开罗的一位年轻女学生寄来的。他的家人居住在卢克索(Luxor)的一个村庄——就是这次遭受洪灾的地方。她说:

　　　　听说发生了洪灾,我就回到村庄看望家人。谢天谢地,父亲和母亲都还活着,但他们失去了房子,无处栖身。政府当局忙于一个大型的旅游表演活动,忙着准备在哈特谢普苏特神庙(Temple of Hat-shepsut)前上演歌剧《阿伊达》(*Aida*)。他们优先考虑的是满足美国游客的需要,而不是数千无家可归者。每个游客观看表演时,座位上都有一块毯子用来御寒。而我的家人睡在寒夜中,却没人给他们送来毯子。他们失去了蔗糖农场,因为地方政府将其与别的农场一并收回,用来为游客修建道路和桥梁,这样他们就能便捷地到达哈特谢普苏特神庙。400 英亩蔗糖农场被强行从无家可归者的手中夺走。其他农场从农民手中收回,这是为了在上演《阿伊达》的露天体育场周围清出空地(这是一个安全地带,保护游客免受所谓激进分子的威胁)。每亩蔗糖农场的产量是 50 吨,每吨蔗糖的价格是 90 英镑,民众遭受的损失共计 200 万英镑。在阿斯江(Asjun)运河上还修建了两座桥梁,方便游客在前往观看演出的途中通过运河,为此从民众手中征用了更多的农场。这将导致当地蔗糖产量急剧下降。一家名叫奥斯康(Orascom)的美国公司与翁西·萨维瑞思(Onsy Sawe-eris)——她还开了麦当劳餐馆——合作,共同建造了这些桥梁。这些死去法老的坟墓和神庙中的洪水很快就用水泵抽光了。当地政府向游客们吹嘘,洪水在科拉纳(Korana)的西提一世神庙(Siti the First Temple)都没能过夜,或者更准确地说,西提一世在水中都没有睡满一夜。但数千名无家可归者任由洪水蹂躏,没有栖身之所。在卡纳克神庙前面,又有一场为游客举办的大型表演。1500 名女孩和男孩翩翩起舞,长达一个半月。他们每人都能领到10英镑报酬。到处都是保护游客和舞蹈演员的警察。那些宗教激进分子反对音乐表演和舞蹈,游客称他们是"恐怖分子"。但是,这些游客也无异于"恐怖分子"。他们吓坏了所有的人,甚至包括当地政府。政府官员非常害怕这些宗教激进分子,于是毁掉了数百亩蔗糖农场。

他们说宗教激进分子利用这些蔗糖农场作为藏身之地。我的父亲和母亲就在这些人当中。我不知道自己如何才能帮助他们。我不得不去开罗,请我在《露丝·尤素夫》(Ruz al-yusif)杂志工作的记者朋友撰文报道。除非记者撰写报道,或者美国的电视台播放他们的新闻,否则我们的政府是不会帮助任何人的。去年9月召开的人口大会期间,一家电视台对女性割礼作了一些报道。之后,所有政府和媒体人士都在谈论女性割礼的话题。即使埃及伊斯兰世界的最高权威穆夫提(Muf-ti)也在《露丝·尤素夫》杂志上发表文章,反对这个做法。爱资哈尔(Al-Azhar)的谢赫(the Sheik)也在同一杂志上撰写文章,但他支持割礼,说这是伊斯兰教徒的义务。这一期刊物于1994年10月17日出版,我会寄一本给您。我希望政府能听从穆夫提的意见,颁布法令禁止对女孩施以割礼,但宗教激进分子是这项法令面临的一大麻烦——这些宗教激进分子逼迫民众对女孩施以割礼,给她们蒙上面纱。

《阿伊达》表演结束后,人们抓住了一个老年游客和一个跳舞的女孩,他们藏在凯尔奈克的神庙里。女孩蒙着面纱。这名游客当时喝得大醉,他告诉人们比起肚皮舞,面纱更让他感到兴奋。

[176]另一方面,宗教激进分子对于未婚女孩和已婚妇女越来越变本加厉,阻止她们外出,甚至去上学也不允许。他们告诉未婚女孩,要保护她们免遭西方游客欺侮。

在开罗国家人口大会上,我见到了阿拉伯妇女团结协会工作坊的一位年轻女子。我很高兴从她那里得知,您已经在北美开设了阿拉伯妇女团结协会的分支机构。这位女子名叫阿美娜·阿雅德(Amina Ayad)。她读到了您为阿拉伯妇女团结协会撰写的论文。这使我意识到,埃及不断恶化的贫困,源自西方强加给我们的发展模式,而非埃及妇女的高生育率。

我过去经常去阿拉伯妇女团结协会每周举办的研讨会,阅读《正午》杂志。我多次见到您。您也许记得我的长相，但不知道我的名字。我不是阿拉伯妇女团结协会的成员，但 1991 年政府在埃及查封了这个协会，我感到很难过。我在《露丝·尤素夫》杂志上读到，您将政府告上了法庭。但法庭是属于政府的机构。我对政府不抱希望。没有人帮助我的父母。我只好告别他们，回到我在开罗的学校。我从阿美娜·阿雅德那里得到了您在美国的地址。她告诉我，她是在华盛顿大学碰到我的。您在 CNN 也许有熟人，能够为我在卢克索的家人作些报道。如果能办成的话，政府马上就会采取行动，为他们修建房屋或者简棚，至少能给他们送去毛毯。卢克索的夜晚非常寒冷，比开罗冷得多。我是一边流着泪，一边给您写信的。

身在达勒姆（Durham），我距离埃及、距离曾并肩战斗的女人和男人们有万里之遥：我们曾共同反对英国殖民统治、埃及政府、新殖民主义、宗教和政治极端组织、压迫人的家庭礼法，以及我们私人和公众生活中其他形式的压迫。在达勒姆，我遥望着祖国。有时，我会失去希望。但是，我们不能成为失去希望的异见人士。我们不能隔岸观火，不能置身斗争之外，否则就不是异见人士。只要我们还在斗争，就不会丧失希望。我们感到对自己和别人负有责任。

［……］

异见与英雄主义

具有创造力的异见者并不是英雄。他/她应该是最先在战斗中牺牲的人。英雄主义或领袖才干的概念有别于异见。在战斗中，领导者常常是最后战死的人，而无名的战士在前线中弹身亡。异见者不是英雄或领袖。英雄半神半人、受人崇拜，而异见者却像撒旦（阿拉伯语是 Iblis）那样被惩罚和诅咒。魔鬼要为所谓的罪恶负责。一神教演化至今，撒旦已经成为异见者、破坏现有秩序者的象征。

魔鬼要为灾难、失败和痛苦承担责任。但魔鬼并没有与上帝匹敌的力量。虽然上帝无所不能，却不用为灾难、失败和痛苦承担责任。从奴隶制诞生至今，权力与责任的割裂就一直处于压迫和剥削的核心。异见就是那种不用为民众的痛苦负责的权力之对立面。责任并不意味着援助或慈善;而是意味着消除贫困和压迫的起因。慈善或者援助等概念就如同取代别人的语言和思想一样,对他人是非常有害的。

因为创造性的异见并不相信"上帝-魔鬼"或者"自我-他者"之间的二元对立。双方都同样会受到挑战和批评。这就意味着既以批判性眼光注视他人,也注视自己。

[177]如果我们想把这些思想翻译成后现代语言,我们或许可以说,自我与他者的去英雄化是真正异见的核心:也是一种激进的伦理、一种创造性美学或者自我与他者的批判性本体论的核心。真正的异见会避免陷入对自我和他者的崇拜——一种与之相悖的本质主义。它也要通过将他者纳入这一过程,从而避免单向的反思性自我检视。因此,我们需要维系自身与我们的社会语境之间的关联。

[⋯⋯]

(姚峰 译;孙晓萌 校)

第 26 篇　超越肤色的文化？南非困局[①]

佐伊·威克姆（Zoë Wicomb）

[178]贝茜·黑德（Bessie Head）的小说《权力之问》（*A Question of Power*）中，出现了一个罕见的狂欢时刻，一个在博兹瓦纳的丹麦发展工作者（development worker）骄傲地对丹麦作了如下评论："在我的国家，文化变得如此复杂，这种复杂性反映在我们的文学中。只有具备一定的教育水平，才能理解我们的小说家。普通人是无法理解的……我们有大量小说家，没人能够读懂。"同样，南非也极其复杂，但我们并没有涌现出很多文学作品，如果我们的文学的确繁荣的话，我们的草根文学运动（writing-from-the-roots movement）就要求让所有人都能读懂，包括文盲。新成立的南非文化组织联合会（FOSACO）起草的文件，多次提到了共同的国家意识和民族自豪，指出文化工作者——包括说书人——在国家重建中要扮演核心角色，并要求宪法保障文化权利。在新南非，对艺术的保护并不是让艺术作品变得无法理解，而是致力于广泛的文化进步，以及对我们文化遗产的保护。对传统的尊重——新南非为自己是新生事物而惶恐不安，因而经常诉诸我们的传统，几乎与诉诸想象的国家共同体一样频繁——能够保证我们的口头和书面文学得以延续。

鉴于作家在新南非扮演如此核心的角色，而且他们以对未来的认识而著称，因此经常被问道：南非的文学是怎样的？从某种意义上说，答案已经铭刻在一段有关旧南非文学的描述中：不会再有抗议文学，不会再有悠闲贵妇这一典型形象（懒洋洋地躺在游泳池旁，由瘦弱的仆人伺候着），不会再有传教士英语，不会再有居高临下的出版商或批评家（我们对新形

---

① First published in *Transition* 60 (1993)：27—32

式的稍许尝试和大量实验,他们都大加夸赞)。但我担心,我们会感到失望。我列举的这些未能指明的是,这个清单涉及的是黑人文学,并不涉及跨种族文化;新南非与旧南非实在过于相似,因此必定是个种族色彩浓厚的国家。

[179]我们的新社会通过脐带保持着与种族隔离母体的联系,因此分娩是一个缓慢的过程。我们脱胎于具体的种族环境之中,因此切断与旧社会的联系是一个长期而困惑的过程,对不同的种族群体而言也区别极大。长期习惯了被人剥夺权利和财富的黑人,如何适应一种摆脱了种族受害者身份的新状况?"我们是被压迫的大多数",这样低语呢喃具有道德优势,听起来给人一种奇怪的舒适感,因为如此一来,我们无需为自己的境遇承担责任,而这又是因为我们的大声疾呼从来就没有任何言后效果。我们如何改变这样的低语呢喃,发明一种新的语言以重构自我,替代压迫话语的固有范式?我们的写作是否有关这些痛苦的心理调适呢?我不知道,似乎也没有什么必要去描述尚未发生之事。然而,要形成跨种族的文化,依然任重道远——也即,现在就考虑消除色差的写作,还为时过早,即使这称不上是个错误——这一点似乎是比较清楚的。

最近,我为跨种族的"贝茜·黑德/阿历克斯·拉古马(Alex la Guma)小说奖"担任评委,我想这多少能说明文化政治的问题。这些匿名的手稿不仅很容易看出作者的种族背景,而且内容也都是有关种族的,而我们因为身处国家重建的语境之中,所以评判的标准也不能忽视种族问题。如果我们异想天开地认为,我们的社会是没有种族色差的——如同一场跨种族的竞赛所表明的那样——这似乎就犯了严重的时代错误,只能固化种种不平等现象。在种族隔离制度下,经历了多年的停滞落后,种族差异是不可能消失的,因为白人作家凭借自己的文化和语言资本必能轻易摘得奖项,如果我们仅凭实力较弱的黑人作家勤奋努力而授其奖项,这也不是解决问题的办法。对此,有人认为,我们应该发现和鼓励有潜力的作家,他们天生的能力、禀赋和才能将来会光芒四射,但这样的想法当然是被人误导的结果。语言学研究证明,并不存在某些人以某种方式可以接触到的文学语言;只有作家用得很舒服的语言,或者为一己之私而滥用的语言。就我们的情况而言,种族隔离限制了黑人的语言发展,这既表现在强制推行欧洲语言,也表现在对教育的忽视,因此文学奖项的功能也就显而易见了。作为鼓励写作的手段，文学奖是不合适、不充分的，而且颁奖给那些享有特权者，反而强化了这种不公平现象。

谈到某一文化的政治性问题，就涉及该文化的自我表述、重视某些表征形式的结构、这类形式合法化的手段等问题。国家艺术政策全体会议（NAPP）——民主南非（Democratic South Africa）的文化大会——目前聚集了不同政治立场的文化团体，为艺术政策、结构和资助机制提供咨询建议，无疑也将在新南非的文化政治建设方面发挥重要作用。在很多方面，结构对个别创作施加的压力并不十分重要：文化——对其界定，可以赘述为已存在之物——确保了实际的创作，与权力机构希望出现的创作之间，产生的差距不断扩大。

然而，的确重要的是，或者说文学裁判者常常忘记的是，文学是由普通的世俗语言材料构成的。相较弗吉尼亚·伍尔芙（Virginia Woolf）自己的房间[180]以及每年写作必需的大量资金，识字和教育问题更为根本；从文学创作的物质条件，可以预测南非文学的未来是惨淡的。在文盲率很高，受教育机会很少的地方，人们既不愿也无法写作。种族隔离下的差异体制依然存在，对黑人儿童的教育由专门的教育和培训部管理，这种教育堪称一种扼杀人性的体验，教学楼拥挤不堪，学生们拼命争取自己的空间，学校的师生比到了难以为继的地步。绝望的学生们——他们只能在室外上课，或者"轮流"进班上课——试图占领白人区空置的教学楼，却遭到了警察的阻止，他们要保护白人教育和训练部的财产。政府继续推行"合理化"工程，也就是关闭学校，裁减教师。因此，今年年底毕业的大学生就没了岗位，当不了黑人教师。

所以，黑人多数有活力的文化作品都属于视觉艺术，这些受教育程度较低的艺术家创作的作品，与西方后现代主义有着更多共同之处，而非我们乐于想到的传统非洲的神秘符号。这里，我想到的是德里克·恩旭马洛（Derek Nxumalo）或者切肯曼·姆黑兹（Chickenman Mkhize）、铁托·尊古（Tito Zungu）这样不识字的艺术家，他们直接将写作和语言作为社会符号加以处理。他们创造的图像都对交流以及地缘社会（geo-social）领域的正字铭写（orthographic inscription）等问题发生兴趣：恩旭马洛的道路、铁轨、路标和地名，构成了乡村-城市奇特风景的物理层面，这是黑人劳工居住的世界。这种文化中，语言的角色在语言信息和视觉信息的社会-语义学交换中被编码。例如,地名学与地形学在山脉名称——视觉上取代了能指(referent)——的粗体符号中发生了联系。姆黑兹以典型的文盲之手粗略复制了祖鲁语和英语中"被发现的"(found)语言,毫不在乎这些语言被誊录到标语牌——立在一个简陋的金属圈上——时的断字法问题。这些三维物体——包括矩形文本之上、形态粗糙的三角——类似于路标,不仅将书写作为视觉信息加以探讨,而且启发我们在图像和文本的交汇处生产意义。尊古的艺术创造始于装饰信件,他那些四处流动的工友会将这些信件寄回自己的班图家园。他创造的飞机、远洋轮船、火车和城市风光向乡下人传达了大都会的语言。作为一种交流行为,这些图像——包括私人信件——成为了欲望的修辞,大声谈论机会与排斥。尊古绘画的具体细节中,还包括工业企业的语言符号,如"PETY LTD"("控股有限公司")。

对于读写能力和语言之符号力量的关注,可以通过艺术家具有挑战性的作品给予视觉表达,这是依赖语言能力的书写所无法探讨的。在南非的黑人居住区,那里只有恶劣的学习条件,在这样的教育体制中,学习阅读和书写就意味着拥挤和争斗;在此情况下,谈论文学创作似乎使人感到奇怪。如果我们能够更宽泛地思考文化,将其看作人们的行为方式,那么讨论我们被破坏的暴力文化也许更为合适。在其他国家,人们可以充满希望地谈论正在从底层、从人们边缘性的日常文化获得新生的主流文化,而我们却只能保持沉默。我们腐朽而贫瘠的官方种族隔离文化,两手空空;我们的日常文化也因此充满了血腥和暴力。为了讨论文化这个文雅的话题,我们也许首先要谈论不可谈论的话题,我想到的是阿非利堪人在**烤肉野餐会**上的文化行为、户外烧烤的友好氛围,[181]却转而把燃烧的轮胎套在人的脖子上致人死地,或者把卖国者活活烧死。

里安·马兰(Rian Malan)在《我的叛国心》(*My Traitor's Heart*)中表述了他对烤肉野餐会的调查,这是一种"意义深长的文化仪式",人们在游泳池边喝得酩酊大醉,寻欢作乐,包括折磨一个黑人。马兰写道:

> 那是典型的南非画面:烤肉野餐会、橄榄球、灿烂晴空和折磨。这些都是该死的、令人心碎的传统。丹尼斯·莫什韦什(Dennis Moshweshwe)是以完全传统的南非方式死去的。对此,阿非利堪斯

语甚至有一个传统的词语：他死于 kafferpak，意思是"殴打黑人"（kaffir hiding），自从我们踏足这块大陆之后，白人就一直对黑人实施某种残酷的殴打行为。

马兰的叙述某种程度上被框定为翻译行为。莫什韦什死亡的故事，由他的女友告诉了一个黑人记者尤金（Eugene），记者又把故事翻译成英文。马兰以夸张的语言讲述了这个真实的折磨过程，其中内嵌了实际的话语、翻译以及作者在书写中重复/翻译的历史。这种话语的重组（rewording）以次第的形式提出了乔治·斯坦纳（George Steiner）所谓"文化拓扑学"的问题，他的"文化拓扑学"指的是，文化表达的典型特征是隐喻性重复。我们无法得知马兰的故事经历了哪些必经的转化，但翻译可被视为一种模式，借此**烤肉野餐会**被"重组"为把燃烧的轮胎套在人的脖子上致其死亡，其中有一些常量（invariants）支撑着这些文化行为。

最明显且反复出现的特征，就是作为群体行为的烧人致死；与烤肉野餐会一样，轮胎火刑从来就不是个人行为。二者都带有后工业文化中图像学的特征：游泳池（本身源自南非草原地区扭曲的民主改革）就拓扑而言，被改写为资产阶级文化的另一诱人标志——汽车、废弃的轮胎（套在受害人的脖子上）。二者都源自生存的需要：布尔人长途跋涉，逃离了英国人的统治，以捕猎雄鹿、在草原上露天食用烤肉为生；轮胎火刑消灭了那些为政府充当眼线、危及社群的人。轮胎火刑就是从实体和象征意义上取代布尔文化。也是一种定位：将受害者作为他者，置于封闭的火圈之内和社群之外；用致命的轮胎取代装饰性项链，轮胎提醒受害者，他们在金钱的诱惑下投入敌人怀抱时，会将自己置于何处；将这些戴项链者置于此等变节行为之上。

一个人饥肠辘辘、无家可归时，南非警方哪怕给点小恩小惠，也是难以拒绝的诱惑。对此，那些食不果腹、居无定所、怒不可遏的社群作出的反应，挑战了我们自由人文主义的基本认知。轮胎火刑讲述的并非不同社群之间的相互争斗，而是社群内部的团结。他们作为集体对这样的死刑承担责任，以哀婉的啼哭悼念死者，就如同这是自然发生的死亡。这种文化行为的野蛮性表现出一种拓扑过程，白人官方文化的野蛮性之中的生成性转化。轮胎火刑是对黑人居住区无数死亡事件的回应。在档案记录中,这些凶案是由骚乱引发的,因此不值得警方侦办;或者是由政府的线人挑起的,政府利用这些**内奸**来搅乱黑人社群。最近有关马普托火刑案的新闻报道中,轮胎火刑的"官方"地位获得了确认,该社群使用燃烧的轮胎惩罚窃贼,这是我们出口文化(export culture)的又一起变形案例。

[182]这样的文化将会产生何种文学,这不是我们需要优先考虑的问题。除非我们着手解决读写教育(这是诗歌创作的原材料)的问题,否则艺术领域的立法、我们文化组织制定出的善意文件,只能导致那些拥有文化资本者作出精明的投资。如果一种文学文化(literary culture)只使用少数人的语言,或者标准语言中极少有人懂的方言,那么我们如何能奢求该文化能跨越种族界线呢?如果没有面向所有人的、体面的多语言义务教育,我们无法迈向跨种族的民族文化——对此文化,我们的政策文件或者悦耳的会议名称已作了注解。我们需要一种激进的教学法、一定程度的读写能力,使我们的孩子能够阅读文学作品,而他们因此获得了敏锐的政治嗅觉,不仅意识到权力的存在,而且意识到权力始终所固有的含糊其辞、模棱两可和冷嘲热讽。我们需要一种激进的教学法,能够使那些被特权所蒙蔽者意识到权力的荒唐之处。只有那时,我们才能谈论一种跨种族的文化,其中的读者和作者不再是被动的文化消费者,而能够对普遍接受的观点提出质疑,对新南非及其文化建制的权威话语提出质疑;最重要的是,对我们所接受并在我们的轮胎火刑实践中施与他人的定论提出质疑。有了优秀的读者,也许,我们甚至能发展出一种阅读方式,也即消除那些复杂难懂的丹麦作品歧义的阅读方式。

(姚峰 译;汪琳 校)

第 27 篇　赞美流亡^①

努鲁丁·法拉赫(Nuruddin Farah)

[183]过去,我天性浪漫的时候,爱上了索马里语。那时她的拼写体系刚有雏形,还不如一个开始长牙的婴儿。唉,这段爱恋并未持续多久。我之前去过苏联,作为作家联盟(Writers' Union)的客人,参观过这个幅员辽阔的国家,而我的小说以每周一期的方式发表在摩加迪沙(Mogadiscio)的日报上。日报编辑接到了一个审查委员会成员的电话,通知他停止刊登我的小说。索马里驻莫斯科大使馆的一位官员告诉我情况有变时,我并不感到懊恼。相反,我很高兴,尽管当时我也不知道自己为什么这样。

回国途中,我以前所未有的冷静和自信,作了许多不必要的停留,就像那些在非洲创世神话中的变色龙一样。我在布达佩斯(Budapest)待了一个星期,随后在开罗又停留了一周。飞回索马里时,我已经构思好了《甜酸牛奶》(Sweet and Sour Milk)这部小说。这将成为我在索马里最知名的作品。

我应该提到,那时我已经发表了一些短篇小说和戏剧、一部中篇小说和用英语创作的《一根弯肋骨》(From a Crooked Rib)。我刚完成第二部小说《裸针》(A Naked Needle),并寄给了伦敦的出版商。这一切的结果就是,我告诉朋友和熟人,小说虽然发生在索马里,但与索马里的政局变化无关——这是一个亲西亚德·巴雷(Siyad Barre)阵营和反西亚德·巴雷阵营都认可的声明。我完全放弃了这部作品,开始写《甜酸牛奶》。

---

① First published in *Literature in Exile*, ed. John Glad, pp. 64—67. Durham and London: Duke University Press, 1990.

除了《裸针》(我很高兴地说,书已经卖得脱销了),我所有主要的作品都是在索马里以外的地方创作的。《一根弯肋骨》是在印度的一所大学读大二时写的。对我来说,距离能够提炼出精华;思想因此变得更加清晰,更值得追求。我喜欢在自己和写作的对象之间,保持思想与物理的距离。一部小说写完后,我没有急着出版,而是几易其稿,如此,我找到了迫切需要的那种距离。只要能够从乏味的日常执念、人类学的现实和自我孤立中抽离出来,我就可以从平淡的生活中,提炼出一种生动叙述的精华。[184]事实上,1965年住院治疗期间,我动了一个原以为凶多吉少的手术,最终还是醒了过来。住院期间,我写了一部短篇小说,并顺利出版。我一个人离家在外,独处病室,觉得自己长大了,成了一个有自己声音、寻求表达的人。

我们索马里人是一个充满爱的民族,是喜欢肢体接触的民族。我们大声喧哗、彼此触碰,在一起说很多话。我自己却对人群有种病态的厌恶感,憎恨一次与一个以上的人发生身体接触。别人说话时,我的注意力总是很短暂。住在索马里的那些年,我记得为自己的隐私而感到痛苦,对那些喋喋不休、总是说个没完的亲友,避而不见。

在创作《裸针》并为一些报纸偶尔写点文章期间,我没有自己的地方,在家里甚至没有自己的房间。我发现,不可能在母亲家里密谋推翻一个暴政——一个挤满了哥哥、妹妹的家。

离家在外的乐趣之一,就是可以成为自己命运的主人。你不受过去的约束和限制,如果需要的话,可以为自己创造另一种生活。那样一来,别人全都成了**他者**(the other),你成了宇宙的中心。远离家乡,你就是一个族群——族群的思想和记忆。浪迹海外时,回忆是活跃的,总会在最尴尬的时刻呼叫,就像婴儿会在破晓时分吵醒父母一样。

9岁之前,我就意识到自己与父母之间有道鸿沟,一道将他们的口头传统和我的书面传统分隔开来的巨大鸿沟。对于父母来说,书面文字和《圣经》一样,都有着神奇的意义。所以,我把送到家中的《一根弯肋骨》校样拿给母亲看时,她表现出一副怀疑的眼神,可谓悲欣交集。我的一个妹妹将埃布拉(Ebla)的故事翻译成索马里语,讲给母亲听,她的反应是:"可是,这种事情每天都在发生,埃布拉的生活,就像摩加迪沙的沙尘暴那样,司空见惯。"回想起来,我只能得出这样的结论,那就是,对她而言,平常的生活于潜意识是无关紧要的。一个出自口头传统的人转向了书面传统，想要体会崇高的感觉，这类似于苦行僧赞颂上帝时的狂喜。换言之，平常生活中没有里程碑似的东西，没有魔法。一个描写平淡现实的作家堪比无法创造奇迹的先知，既不能将山脉移位，也不能把河流变成道路。这让我们想起《古兰经》中流亡的概念。

流亡的概念在许多宗教信仰中都至关重要。几乎在所有这些信仰中，得到神启的先知都是从一种流亡、孤立、诱惑和冥想开始的。穆斯林时期——即以黑蚩拉纪元的时代——始于先知穆罕默德离开麦加的那一天。亚当和夏娃被逐出天堂之时，也是流亡的开始。我的小说是关于流亡状态的：女人在男人统治的残酷冰冷的世界中瑟瑟发抖；平民无法声张正义；刑讯者备受内疚和良心折磨；叛徒被人出卖。

但是，在这个没有先知的时代，在这效率低下、独裁统治的非洲，发生了一件离奇的——这是索马里人的说法——事情：我出版了《甜酸牛奶》。这部小说以魔幻现实主义的隐喻，书写了一个人所共知却无人触及的现象。这让索马里人——无论他们来自口头传统，还是书面传统——都开始真对待我的作品。这本小说也成为这个国家街谈巷议、争相阅读的对象。

但是，我不可能在索马里写成这本书，因为西亚德·巴雷统治的早期，总是有大量的掌声，这样的掌声盖过了一切；也有一种[185]明显的自我夸耀和自我庆贺的感觉。我有广场恐惧症，从未加入这些人群之中。我把业余时间花在写作上。我晚上用纸笔写作，第二天下午两点，摩加迪沙这座城市午休的时候，才将这些打印出来。我在母亲的起居室工作，房间被遮了个严严实实，以躲开那些好奇的邻居和疑神疑鬼的国安人员。

我希望《裸针》能在我留居索马里期间出版，但伦敦的出版商担心我的安全，就没答应。同时，我的朋友们、西亚德·巴雷斯内阁中的临时部长们，以及我在鸡尾酒会上遇到的外国外交官们，都想知道我是否正在撰写关于"革命"的作品。当时的高等教育和文化部长（已被拘押）建议我用一部真正鼓舞人心的小说，记录这个国家的历史转折点。记得当时我说没有时间，记得耳朵被响亮的掌声震聋了，眼睛被游行者们溅起的尘土遮蔽了。部长然后委婉地提到我的小说，说小说的出版已被审查官叫停。我认为在他的描述中，此事与国家的那些政治事件"毫不相关"。

为了给索马里"撰写一部真正鼓舞人心的小说",我不得不离开这个国家。如果不离开,我很可能会在监狱中度过很多年(监狱是另一种形式的流亡)。也许,我会得到足够的时间来构思我的小说,但没有笔,也没有出版的机会。也许我不会写很多,但我的写作方式绝不会像现在这样自信、超脱。远走他乡让我有时间去追求我的事业,那就是成为一个作家。

(张举燕 译;姚峰 汪琳 校)

第 28 篇　非洲作家的欧洲文学体验^①

丹布祖·里契拉(Dambudzo Marechera)

[186]我是上学后才第一次接触英国文学的,之后是在大学。我喜欢英国文学,但讨厌研究它们。从乔叟到劳伦斯,再到詹姆斯·乔伊斯,文本的选择是缺乏想象力的,尤其是对于一个愿意反对所有事、所有人的学生来说。我原本可能会和豪尔赫·路易斯·博尔赫斯(Jorge Luis Borges)一起,写一篇驳斥时间本身的学位论文。我写了一些文章,乘坐翻译的渡船,横穿英吉利海峡,来到欧洲大陆,以此(私下)侮辱英国文学。

翻译家们帮了我不少。我指的是成功翻译了荷尔德林(Holderlin)的克里斯托弗·米德尔顿(Christopher Middleton)、翻译了戈特霍尔德·莱辛(Gotthold Lessing)所著《冯·巴恩赫姆》(*Von Barnhelm*)的肯尼斯·诺斯考特(Kenneth Northcott)、拉克洛(Laclos)的英语译者斯通(P. K. Stone)、翻译莫泊桑的斯洛曼(H. Sloman)、翻译拉伯雷(Rabelais)的科恩(J. M. Cohen)以及罗兰·巴特(Roland Barthes)杰出的译者(住在剑桥的)斯蒂芬·希思(Stephen Heath)。以上只是我必须倚重的译者中的几位。虽然中学时代学了法语和拉丁语,但我已被彻底英语化了,固执地认为不懂英语的人就是外国人,他们的语言不值得了解。

很小的时候,我就将文学视作一个内部没有分区的独特宇宙。我没有按照种族、语言或者民族对其分类。这是一个与粗鄙的世界并存的理想世界。我在贫民窟的成长经历极不愉快,从那时起,我就极力否认具体历史中的痛苦现实。正如人们所说,我们总有些想隐瞒的东西,我一生所做的就是让自己成为橱柜里的骷髅。如果光亮可以从空气中掉下来的

---

① First published in *Zambezia* 14. 2 (1987)：99—105.

话,那么对于海因里希·海涅(Heinrich Heine)而言,诗歌就是让无形之物显形的艺术。把文学想象翻译成现实,也许会让作家成为公认的立法者。这就成了一个视角的问题,几乎是光学问题。如果我看到某样东西,意识到自己在看,这会影响我看到的结果吗? 我能从我们拥有的品质——也是梦境的源头——来学着体验这个世界吗?

　　[187]正是皮兰德娄(Pirandello)的戏剧逼迫我们在现实与幻觉之间划出影线,尤其是他的《亨利四世》(*Henry IV*)和《六个寻找作者的角色》(*Six Characters in Search of an Author*)。尤金·尤奈斯库(Eugene Io-nesco)——尤其在他的戏剧《犀牛》(*Rhinoceros*)中——也面临同样的任务。他胜过皮兰德娄的地方在于,对他而言,内在的腐败会导致现实中身体的变形。这里,我们身处奥维德(Ovid)的"变形"之域,而几个世纪之后,卡夫卡将此"变形"描写成了真实的存在。这种变形在尼日利亚作家阿摩斯·图图奥拉的《棕榈酒鬼》——被威尔士诗人迪兰·托马斯(Dylan Thomas)视为其代表作——中反复出现。用眼睛去**看**,是要花时间的,而时间中,必定有无数的变形。因此,我们亲眼所见,总是暂时的;因此,说到变形,幻想的成分成了我们惟一可以真正了解的事实。意识到一个人随时可能成为任何事物,这意味着解放自己。动机不再重要;存在,抑或不存在,成了惟一。哈姆雷特的困境成了关乎存在的问题。这使得阿尔贝·加缪重新发现了西西弗斯(Sisyphus),使得塞缪尔·贝克特(Samuel Becket)的两位流浪者等待戈多(Godot)。但于此同时,变形受某物影响,从神话变成了历史的噩梦。我们都处在变为某种其他形式的行动中,就像电影《变蝇人》(*The Fly*)中冻结在实验过程中的怪物一样。电影中,实验出了差错,科学家既不是苍蝇,也不是人,而变成了介于二者之间的丑八怪。尼日利亚作家沃莱·索因卡在小说《译员》(*The Interpreters*)中讨论了这个主题。阿尔贝·加缪明显察觉到了欧洲在纳粹机器之下发生的剧变,他在小说《鼠疫》(*The Plague*)中也尝试过这个主题。恩古吉·瓦·提昂戈在小说《一粒麦种》(*A Grain of Wheat*)中也同样与这头野兽展开了搏斗。虽然各地温度有所不同,但普遍都很炎热。虽然疼痛的程度可能不同,但施虐者的手段是一样的。我们没有在起始之地,我们没有在结尾之处——我们正处在尖叫的中点、暴风眼之中。对我而言,那就是欧洲与非洲当代文学场景中的联合因素。

技术和主题之间有着一种健康的交流。至少可以说,欧洲在书面文学上的领先地位是非洲作家的一个优势:他不需要解决许多结构问题——这些问题已经解决了。我并不认为这些影响是有害的:这是一种学徒关系。我开始写作时,戴维·赫伯特·劳伦斯(D. H. Lawrence)是我橱柜里的骷髅。在那之后,是詹姆斯·乔伊斯、库尔特·冯内古特(Kurt Vonnegut)、杰克·凯鲁亚克(Jack Kerouac)、艾伦·金斯伯格(Allen Ginsberg)、查尔斯·布科斯基(Charles Bukowsky)等,直到我开始怀疑自己是否还有任何独创性可言。这自然使我远离了作家,转向弗洛伊德博士和他的同行荣格博士。有些人说,心理学的扩张对 20 世纪文学产生了灾难性的影响。我不同意。源于佩特洛尼乌斯(Petronius)的《萨蒂利卡》(*Satyricon*)、薄伽丘(Boccaccio)的《十日谈》(*Decameron*)、拉伯雷的《巨人传》(*Gargantua and Pantagruel*)的那部分欧洲小说,实际上已经收获了思想的深度,尤其表现于约翰·福尔斯(John Fowles)、安东尼·伯吉斯(Anthony Burgess)和君特·格拉斯(Günter Grass)的小说。约翰·福尔斯的《魔法师》(*The Magus*)和君特·格拉斯的《铁皮鼓》(*The Tin Drum*)都是令人肃然起敬的作品,充满了心理分析和暴力剖析。由于 20 世纪发生了众多难以置信的冲突,所以,对动物的攻击性有所了解,是必不可少的。我发现非洲文学在这个领域相当肤浅。非洲作家写作时的表现,让人觉得那个法国黑人弗朗茨·法农(Frantz Fanon)——我指的是写了《黑皮肤、白面具》(*Black Skin, White Mask*)的那个法农——似乎从来没有存在过。

评论家兼演说家尼尔·麦克尤恩(Neil McEwan)在其著作《非洲与小说》(*Africa and Novel*)中指出,非洲小说家绝不只是模仿过去几代的欧洲作家,而是扩展了小说的可能性和用途。他指出,苏联评论家米哈伊尔·巴赫金(Mikhail Bakhtin)提出了一种叙事类型,共同的要素是对世界的"狂欢"态度。[188]这种叙事类型包括了不同背景的作家,从阿里斯托芬(Aristophanes)、琉善(Lucian)和阿普列乌斯(Apuleius,也许是第一个非洲小说家),经由拉伯雷和斯威夫特(Swift),直至陀思妥耶夫斯基(Dostoevsky)。此外,我还要加上约翰·福尔斯、君特·格拉斯和《译员》的作者——尼日利亚人沃莱·索因卡。《堂吉诃德》也在其中。麦克尤恩说,这些小说中的世界复杂、不稳定、滑稽、讽刺、奇妙、诗意,且追求真理。

主人公可以在世界内外的任何地方旅行。幻想和象征主义与下层社会的自然主义相结合。怪异的视角带来了尺度的变化。天堂和地狱离得很近，可以造访。疯狂、梦想、白日梦、异常的精神状态以及各种古怪的偏好被人探索分析。可耻古怪的行为扰乱"人类的正轨"，为"世界的统一性（integrity）"提供了一个新观点。社会不可预测；不同角色瞬息万变。人们带着讽刺的眼光、新闻业者的兴趣来看待时事。不同文类混合在一起。故事、演讲、戏剧小品、诗歌和戏仿等相互并存。这一类小说叫做梅尼普式（menippean）小说。我们不必再谈论非洲小说或欧洲小说了：只有梅尼普式小说。此时，我希望向那些最新的梅尼普式小说家们致敬（或沉默）：年轻的美国公民约翰·肯尼迪·涂尔（John Kennedy Toole）在哥伦比亚大学获得硕士学位后自杀了，因为他找不到一个出版商愿意接受他惟一的小说《笨伯联盟》（*A Confederacy of Dunces*）。他在 20 世纪 60 年代初写了这本书，那是"花之力"（flower power）的时代，是迷幻神秘的时代，是从大脑到灵魂的内爆（implosion）。但他的小说绝不软弱：是对 20世纪代表的一切事物的巨大"否定"。

　　我不喜欢这个世纪。我不喜欢任何一个世纪，无论过去还是未来。我不喜欢生活在中世纪神祇或原子炸弹——二者是一回事——的背后。我不是神秘主义者，也不是唯物主义者。我相信自然，但拒绝和它生活在同一间房里。梭罗（Thoreau）和沃尔特·惠特曼（Walt Whitman）为美国文学所作的贡献——一种顽固的个人情感，过于强烈，实际上反映了一个国家的困境——其实很早之前就始于德国哲学家和作家歌德（Goethe），始于歌德在《少年维特之烦恼》（*Sorrows of Young Werther*）中描绘的、科林·威尔逊（Colin Wilson）所谓的"浪漫的局外人"。也是约翰·萨克林爵士（Sir John Suckling）之前所嘲笑的对象——"你面色红润之时尚不能打动她，现在病快快的，能赢得她的爱？"——已经被改造成了一个高尚的、理想主义的年轻诗人形象，虽然面色苍白，但有男子气概。席勒（Schiller）的《强盗》（*Robbers*）和《唐·卡洛斯》（*Don Carlos*）紧随其后。属于这一特别传统的作家还有诺瓦利斯（Novalis）、柯勒律治（在他所译的席勒作品中）、拜伦——在《恰尔德·哈洛尔德游记》（"Childe Harold's Pilgrimage"）中——和雪莱（Shelley）。近来，我们有托马斯·曼（Thomas Mann）的托尼奥·克罗格（Tonio Kröger），萨特的罗根丁（Roquentin）

和阿尔贝·加缪的默尔索(Meursault)。在我自己的传记中,我祖国的历史中,这个世界可怕的可能性中,我一直是个局外人。因此,我很自然会用熟悉的恐惧所带来的愉悦,来对反映了这一点的那部分欧洲文学作出回应。凡是经历过战争的人,都熟悉那些居于人心之中、拒绝从人道主义立场信仰上帝的质问者。

引用阿尔贝·加缪的著作《反抗者》(*The Rebel*):"有一天,罪行经过我们这个时代特有的神奇逆转,穿上了清白的外衣,那么无罪者就成了被要求自证清白的一方。"在荷兰,小说家哈里·穆里施(Harry Mulisch)在近作《攻击》(*The Assault*)中,撕开了保护荷兰社会的战后伤疤:故事[189]从 1945 年暗杀一名纳粹的帮凶开始。还是在荷兰,最近发现了《伊蒂·希尔斯姆日记:1941—1943》(*The Diaries of Etty Hillesum*, 1941—1943)。一位年轻的犹太女性有一颗"思考的内心",她表现出的坚韧不屈闪耀着光芒,直到最后被带入奥斯维辛集中营。思考的内心这个概念与艾略特感官之巅思想的概念颇为接近。从这些作家转入另一荷兰作家塞斯·诺特博姆(Cees Nooteboom)的世界,算不上迈出了巨大的一步。小说《仪式》(*Rituals*)中,诺特博姆探索了当今世界——被可怕历史中的活板门所环绕的世界——不同的生活方式。我们是逃离父母暴行的难民。我不尊重那些自认为父母的人。如果仔细察看的话,传统总会暴露出一些我们宁可冲进马桶的秘密。作为向想象纳税的人,我们希望市议会能悄悄清除这些脏东西。从这个意义上说,德国小说家海因里希·伯尔(Heinrich Böll)对纳粹时代和后纳粹时代疯狂中的理性,作了精神分析。我们如此冷酷无情,实施一场审判,同时又悲观地知道审判毫无作用,未中要害。法官和被告知道,他们彼此都有罪,审判只是一场闹剧。这不是西蒙娜·德·波伏娃(Simone de Beauvoir)的世界,而是塞里尼(Celini)和让·热内(Jean Genet)的世界。

我和热内一起,发现与《饥馑之家》(*The House of Hunger*)——我的幽灵(doppelgänger)——比邻而居。事实上,肯尼亚小说家梅贾·姆旺吉(Meja Mwangi)到达之前,非洲文学一直都拒绝迎接这个幽灵:黑暗贫穷的生活、盲目的冲动。这与阿根廷小说家玛塔·特拉巴(Marta Traba)——她于 1983 年在马德里机场被杀——的《母亲和阴影》(*Mothers and Shadows*)中的材料相差不大,这本书讲述了现在所谓"失踪者"的困境。这也是南非小说家阿历克斯·拉古马在《夜间漫步》(*A Walk in the Night*)中涉猎的领域。他于 1985 年 10 月 11 日在古巴哈瓦那去世。心灵的审判者控制着想象的源泉:想象居于随时都可被刺客摧毁的身体里。换句话说,有限中有无限,暂时中有永恒。我们是临时的,却拥有永恒的种子。哪个更加辉煌:活在微小的细节中,还是活在永恒的蓝图里? 布克奖得主托马斯·肯尼利(Thomas Keneally)在《辛德勒的名单》(*Schindler's Ark*)一书中,为我们提供了一个可能的答案。人类的生命可能只是微小的细节,却是我们的一切,因此要不惜一切来拯救。他的书是一位德国实业家在纳粹时期,利用狡诈、欺骗和贿赂等手段,拯救了成千上万犹太人生命的故事。

不出所料,英国人未能根据第二次世界大战中的事件,创作出一部伟大的小说。但我们来谈谈挪威小说家克努特·汉姆生(Knut Hamsun):他的书——尤其是《饥饿》(*Hunger*)——是卓越不凡的。他的作品中,忠于自然、反对阴谋的讯息非常清晰、令人不安,且令人难以置信。尤其在《饥饿》中,他对极端的身体饥饿和幻想之间的联系作了探索。和美国人埃兹拉·庞德一样,克努特·汉姆生也是纳粹的帮凶,他的国家也不知该如何处置他。他和塞里尼看法一致。作家在冲突时期的行为总是令人怀疑的。

尼日利亚诗人克里斯托弗·奥基博(Christopher Okigbo)就是这样的例子,他为比夫拉(Biafra)这个分离政权战斗并牺牲。奥基博的诗歌在非洲文学中是独一无二的。苏联作家安德烈·辛亚夫斯基(Andrei Sinyavsky)对叶夫图申科(Yevtushenko)的评价,我认为也适用于奥基博:

> 尽管喜欢自我炫耀,但他缺乏独特个性和使命感,缺乏经历一个伟大、痛苦命运的想法。有了这样的命运,他就能成为传奇人物,为自己留下传记。如此一来,个人的生命上升到了独一无二的英雄故事高度,半真半假,日复一日地在惊叹的公众面前创作出来。

[190]这是俄罗斯传统的一部分,即 19 世纪的伟大作家,如尼古拉·果戈理(Nikolai Gogol)、屠格涅夫、普希金(Pushkin)、冈查罗夫(Goncha-

rov)、莱蒙托夫(Lermontov)、陀斯妥耶夫斯基和托尔斯泰,以及本世纪的马雅可夫斯基(Mayakovsky)、叶赛宁(Yesenin)和茨维塔耶娃(Tsvetaeva)。

现实之下,总有幻想。作者的任务是揭示、打开、感受并体验这样的幻想。拉古马走入暗夜,却等于跃入了未知。辛亚夫斯基因为要写作,而被迫流亡,他呼喊道:"作家的生活是一段旅程,**必然**是一段旅程,有自己的命运。"作家不再是一个人:为了成为作家,他必须死去。人们从来不会觉得他们的外表很有说服力——他们总是惊讶于自己在镜中的可怕镜像。对于在镜中观察自己的作家而言,最重要的是自己的作品;他从上面往下看自己,鄙视自己。他的一生活在对将要写成作品的期待之中。作者是一个吸血鬼,他喝血——自己的血——一个有翅膀、在夜间飞行的生物。除了自己的艺术,他没有义务,没有责任。艺术高于现实。

尽管果戈里、列夫·托尔斯泰(Leo Tolstoy)、帕斯捷尔纳克都在作品中有道德说教,但俄罗斯还是有个作家——普希金——完全在此框架之外。他的作品是艺术,而不是说教。谈到普希金"异想天开的现实主义"技巧时,辛亚夫斯基说:

> 我认为现代主义不是某种手法。他和现实主义都不是,现实主义本身是一种传统、一种人为的形式。现实主义假装能够讲述人生的真理。我不反对真理,但是真理可以通过不同的途径来寻求。19世纪,现实主义是一种高产的形式,但本世纪——就无从谈起了。
>
> 本世纪初的俄国,诗歌高度发达,而散文却由于某种原因而滞后了——也有些例外,如别雷、布尔加科夫(Bulgakov)、巴别尔(Babel)。作为作家,我的任务是摸清在诗歌中发展起来的现代主义、象征主义、未来主义的脉络,将其转化为散文的语言。

我发现我和辛亚夫斯基观点一样。那段引言里,他在回答为什么将自己视作现代主义作家这个问题。审查委员会查禁《黑暗的阳光》(*Black Sunlight*)时,他们对我提出了同样的指控。此时,辛亚夫斯基在巴黎的郊区奄奄一息——他是一个流亡者,就像我过去那样。转瞬之间,一个人就没了头衔,没了称号,成了一无所有者,这个瞬间也是社会底层的自然主义与自己的幽灵——存在主义——相会之时。悲剧目光瞥过每个人的肩膀。有些人写作是服务于国家，有的服务于某个宗教，有的则是意识形态。也有作家只有在自由发展个性时，真诚面对自己时，才能写作。答案是什么？辛亚夫斯基回答道：

> 狂热的作家可以成为伟大的作家。在国家意识形态或宗教的框架下写作，也产生了许多优秀的作家，例如，德尔查文（Derzhavin）、马雅可夫斯基。但他们的伟大之处，不在于服务于一种意识形态，而在于相信这一意识形态。一个作家若失去了这种信仰，单凭服务国家而改变自己，无法创造真正的艺术。这就是自由不可或缺的地方。但是，人们仍然在争论的是，真正的艺术是否需要绝对的政治自由。例如，诗人布罗茨基（Brodsky）为审查制度辩护，因为这有助于隐喻性语言的发展，但正是审查制度杀死了布罗茨基的诗人朋友，尤其是曼德尔施塔姆（Mandelshtam）。我绝不会以这些理由来歌颂审查制度，如同我不会歌颂战争、监狱，或者——就此而言——死亡。

[191]现在，我们提一下所谓列宁格勒的荒诞派作家，这不无价值。他们是德米特里·普里戈夫（Dmitry Prigov）、哈尔姆斯（Kharms）、维登斯基（Vvedensky）和扎波洛茨基（Zabolotsky）。其中，普里戈夫依然健在。他的诗能化解敌意，让人感到轻松，并典型地带有淡淡的忧伤和迷茫，凸显了虚无主义的世界观。在此世界中，正派和善的灵魂发现自己莫名其妙地受挫，莫名其妙地获罪，并且无法理解那些宏大概念——如良心、自由、尊严——但是，这些名词还是侵入了他们的日常词汇。下面是我的引文：

> 你已经在自己周围筑了四堵墙
> 天花板挂在头顶上
> 你把自己锁在房间里
> 独自做可耻的事情
>
> 不要看，也不要听

你在那里是可见的
好似他们掀掉了屋顶
凝视你的耻辱

你抬起眼睛——哦,天哪!
要么是罪犯必须逃跑
或者至少把他的裤子往上拉
或者至少把尸体移走。

　　捷克斯洛伐克小说家简·佩尔克(Jan Pelc),当然也是个流亡者,在第一部小说《将会变得更糟》(*It's Gonna Get Worse*)中——他只有 29 岁——遵循这一荒诞主义或异想天开的现实主义或者梅尼普的方式,创作了一部依旧让捷克海外移民群体和地下文学读者们直摇头的作品。事实上,这部作品是约翰·肯尼迪·涂尔《笨伯联盟》的一个丑陋的双胞胎兄弟。这和英国利物浦诗人(English Liverpool Poets)——以及他们对贪婪者、法西斯、社会不公和英国种族主义明确表达的不满——所涉猎的是同一领域。但这些都是对美国"垮掉一代"——包括其中的领袖人物,如艾伦·金斯伯格、阿伦·瓦茨(Allan Watts)、加里·斯奈德(Gary Snyder)和杰克·凯鲁亚克——较为晚近的反映。金斯伯格说:"我看见这一代最杰出的头脑毁于疯狂,挨着歇斯底里浑身赤裸,拖着自己走过黎明时分的黑人街巷寻找狠命的一剂。"我写《饥馑之屋》时,这些话就不断回响在耳朵里。

(张举燕 姚峰 译;孙晓萌 校)

第五部分　本土主义和本土美学的追求：黑人性和传统主义

[193]本土主义——在这个具体语境中指的是文化本土主义——的观点是，一个人的世界观及其众多组成部分，应该系于并忠于所属文化的规约，受其决定或引导。这是对本土原生自我的肯定，而反对压迫性的外来势力。就哲学而论，本土主义的主张是，思想在创造过程中无需诉诸其固有文化之外的资源。但如此便出现了一个难题：本土主义是以非洲的名义发声的，但非洲并非只以单个文化构成，而是众多文化。由此可见，本土主义虽以"文化"的名义言说，但实属种族主义论调，或者是以种族为基础的，然而文化和种族是难以折叠压平的。本土主义的主要观点是，殖民活动以及伴生的非洲文化西方化（通过基督教、西式教育、官僚机构和治理方式）导致了一个不正常的局面，即"真正的"非洲思想和行为方式已被舶来品所取代或破坏。迫在眉睫的解决之道在于，重新发现和回归"真正的"非洲本土传统所指明的道路和方向。对于"现实主义"、"现代主义"以及文学和文学批评中外来语言的使用，这些传统有何论述？在某些政权当政期间，文化本土主义并不难化身为政治策略，那么这一哲学观更为宽泛的意义是什么？黑人性思想如今也许风光不再，但这是最早广为流传的本土主义非洲文学理论，由钦韦祖为首的黑人性思想分支，当属其中最为活跃者。本书这部分的选文都详尽阐述了非洲文学和文化研究中众多本土主义的挑战，并作出了批判性回应。

（姚峰 译；汪琳 校）

第 29 篇　黑人性:20 世纪的一种人文主义[①]

列奥波尔德·塞达·桑戈尔(Léopold Sédar Senghor)

[195]在过去约 30 年时间里,我们一直在宣扬"黑人性"文化。然而,或许因为"黑人性"一词并非源自英语,那些操着英语的批评家们惯于指责我们是**种族主义**者。但是,在莎士比亚的语言中,这个词难道不总是与人文主义和社会主义相提并论吗? 穆法莱尔[②]这样的人在世界各地宣称:"黑人性是一种自卑情结";但是,同一个词兼具"自卑情结"和"激进主义"两重含义,这显然自相矛盾。最近一次对黑人性的抨击来自加纳。在加纳政府的授意下,出现了一首题为"我恨黑人性"的诗——这种说辞就好比一个人恨自己,恨自己的存在(being),但他并不会因此消亡。

不,黑人性绝非如此。它既不是激进主义,也不是自我否定,更不是简单的肯定。它立足于自我,肯定自我,肯定自己的存在。黑人性就是那些操着英语的非洲人所谓的"非洲个性"。它类似美国新黑人文化运动发现并宣扬的"黑人个性"(black personality)。正如美国黑人桂冠诗人兰斯顿·休斯(Langston Hughes)在一战后所言:"我们,新一代创始人,希望能够毫无羞耻与恐惧地表达我们的黑人个性……我们知道我们很帅气;同时也很丑陋。鼓声哭泣,鼓声欢乐。"黑人性这个词由西印度诗人艾梅·塞泽尔首创。既然如此,那么,或许我们惟一的创新之处在于:专注于这个词的概念界定,然后将其衍化为一件武器、一件解放工具,甚至对20 世纪人文主义有所贡献。

---

① First published in *The Africa Reader*:*Independent Africa*, ed. Martin Kilson and Wilfred Cartey, pp. 179—192. New York: Random House, 1970.

② 南非作家伊齐基尔·穆法莱尔,曾撰写过《非洲形像》(*The African Image*)一书,对黑人性一词非常反感。

但是,什么是"黑人性"？ 如今,民族学和社会学学者都在谈论"不同的文明"。显然,不同民族在思想与语言、哲学与宗教、习俗与律令、文学与艺术等方面都有所不同。谁能否认非洲人拥有自己独特的世界观以及生活方式？ 谁能否认他们拥有自己独特的言说、歌唱、舞蹈、绘画、雕刻,[196]甚至欢笑与哭泣的方式？ 或许,没有人能否定这些。否则,我们不会在过去 60 年一直谈论"黑人艺术",而非洲也会是如今惟一没有民族学家和社会学家的大陆。那么,什么是"黑人性"呢？ 如前所述,它是**黑人世界文化价值观的总和**,是世界甚至宇宙之中某种积极的存在。正如约翰·瑞德(John Reed)和克莱夫·威克(Clive Wake)的定义:黑人性是"一种联结世界、联结他人的方式。"①的确,究其本质,它是与他人的关系,是向世界的敞开,是与他人的接触与碰撞。基于此,黑人性在当今时代必不可少:是 20 世纪的一种人文主义。

"1889 年革命"

先来回顾 1885 年,以及柏林会议召开的第二天。欧洲各国刚刚瓜分完包括非洲在内的世界。处于全球权力顶端的国家,加上美国,共计五到六个。没有任何情结作祟,这些列强因为自己国家的物质力量而自豪,更为自己的科学水平而自豪,而且自相矛盾的是,他们甚至为自己的**种族**而自豪。当然,在当时,这种自豪感并非悖论。戈宾诺(Gobineau)是 19 世纪一位笃信种族优越论的哲学家,他甚至对马克思产生了潜移默化的影响。迪斯雷利(Disraeli, 1804—1888)是一位伟大的理论家,坚信"**英国种族**自豪、顽强、自信,在任何情况下都不会发生改变。"里奥·弗罗贝尼乌斯(Leo Frobenius)——德国民族学家——是最早认识到非洲文化的丰富性和复杂性的学者之一。他在《文明的使命》(*The Destiny of Civilizations*)一书中写道:"每一个伟大的国家都认为自己对全世界的命运负有责任,都相信自己掌握着理解世界、理解其他民族的钥匙。这种态度产生于过去。"

---

① *Léopold Sédar Senghor*: *Selected Poems*, introduced and translated by John Reed and Clive Wake. See also: *Léopold Sédar Senghor*: *Prose and Poetry*, by the same authors.

事实上，到了 19 世纪末，有些论著就对这种"产生于过去"的态度提出了质疑，其中包括柏格森（Bergson）在 1889 年出版的著作《时间与自由意志》（*Time and Free Will*）。自文艺复兴以来，欧洲文明价值本质上立足于话语的理性与事实，立足于逻辑与物质。凭借卓越而敏锐的辩证思想，柏格森对厌倦了科学主义与自然主义的公众的期待，作了回应。他指出，事实与物质（facts and matter）构成了理性话语的研究对象，但它们只是表层而已，可以被**直觉超越**，这样才能获得**对现实的深层理解**。

我们所谓的"1889 年革命"，不仅影响了文学与艺术，同时完全颠覆了科学。1880 年是"电子"一词出现的前一年。这一年，物质和能量被截然分开：前者惰性，不可改变，后者则不然。但二者具有持久与延续的共性，且都受制于严格的机械决定论。也就是说，物质与能量在时间伊始便已存在，形状可以改变，但本质不会变。若要在时空中客观认识二者，我们所缺少的是足够精确的观察与测量工具。

然而，不到 50 年的时间，所有这些原则都过时了，甚至被完全抛弃。30 年前，人们发现了量子、相对论、波动力学、测不准原理（uncertainty principle）、电子自旋等科学现象与理论，这些科学新发现颠覆了 19 世纪以否认人的自由意志为核心观点的决定论，以及物质与能量理论。法国物理学家德布罗意（de Broglie）证实了物质与能量的二元性，以及［197］物质的波粒原则（wave-particle principle）。德国物理学家海森堡（Heisenberg）指出，客观性是一种幻象，我们在观察实物过程中，必定会对其予以修正。还有人认为，粒子同时在无限小的级别与无限大的级别发挥作用。自此以后，包括物质在内的物理-化学定律不再一成不变。在有效的场域或者级别内，它们仅仅是大概值，最多是一种可能性。只需刮掉事物与事实的表层，无需测量仪器，我们便能捕捉到其不稳定程度，这或许正因为它们是机械的，即**物质的**（material）。

正是基于这些发现，通过逻辑一致性与惊人直觉、科学实验与内在体验，皮埃尔·泰亚尔·德·夏尔丹（Pierre Teilhard de Chardin）开始使用新的辩证法，向我们展示一个充满生机与活力的宇宙统一体。夏尔丹的辩证法超越了传统的二元对立，即哲学家与科学家的二元对立。马克思和恩格斯在阐述物质高于精神的观点时，曾不断强调这个二元对立。夏尔丹提出，宇宙并非由两个实体组成，而是一个具有双面性的实体，其中，并没有物质与能量之分，甚至没有物质与精神之分，只有物质-精神复合体，就好比时间-空间复合体。物质与精神构成法国哲学家巴什拉（Bachelard）所谓的"关系网络"（network of relations）：能量是由力组成的网络。在物质-精神复合体中，只存在一种双面性的能量。首先是位于外部的**外围能量**（tangential energy），具有物质性与量化功能，对细胞或者粒子进行组合，形成物质。其次是位于内部的**放射式能量**（radial energy），具有精神性与定性功能，是一种向心力，把位于细胞内部的粒子之间的中心与中心的关系（center-to-center relations），整合成一组具有关联性的集合体。既然能量是力，那么，放射性能量是创造力，是"事物的首要组成部分"，外围能量"只是意识的基本中心之间互相作用后产生的残留物。这些意识中心在生命未曾出现的地方难以感知到，但我们可以借助物质发展过程中积累的成熟经验，对其作深刻理解。"（Teilhard de Chardin）由此可见，即使生命没有出现，物理-化学定律仍在上述框架内发挥作用。与之相反，生命世界里，在植物进化到动物以及动物进化到人的过程中，我们意识中的心智不断发展，直到可以自由塑造并表述自己。"塑造自己"：也即，借助藉由丰富的精神生活所获的物质满足来**实现**自己（realizes itself），但同时必须超越物质。我认为，"实现自己"意味着构成灵魂的两个互补要素——情感与心智——之间的和谐发展。

存在哲学

自 19 世纪末开始，欧洲哲学家与科学家一直致力于建构具有现代色彩的人文主义，夏尔丹及 20 世纪中叶的哲学家、作家与艺术家纷纷对其进行陈述。当我指出，黑人性及其本体论（即它的存在哲学）、道德法律与美学是对现代人文主义作出的回应，矛盾就一目了然了。

首先，矛盾体现在非洲本体论。回望过去，无论北部苏丹人，还是南部班图人，非洲人秉持的世界观总是与欧洲传统哲学格格不入。[198]本质上，欧洲传统哲学是**静态的、客观的、二分的**，建构了身体与灵魂、物质与精神的绝对对立，因而是二元对立的。它建立在分离与对立、分析与冲突等二元对立基础之上。相反，非洲将世界的本质设想为流动且独特的现实，不断寻求整合与发展。

在塞内加尔的主要语言沃洛夫语中，与"精神"一词相对应的，至少有三个单词：*xel*、*sago* 或 *degal*，而"物质"一词则对应着多个意象：*lef*（事物）或 *yaram*（身体）。当然，非洲人对外部世界、对事物与生命的物质形式非常敏感。相比欧洲白人，非洲人对事物可感知的具体特征更敏感——比如，事物的形状、颜色、气味、重量等——因为在他们看来，这些具体特征是把握人类现实所必须予以阐释、予以超越的符号。和其他人种一样——甚至更胜于他们——非洲人对石头与植物、植物与动物、动物与人类作出区分；但是，用于区分这些事物的偶然性与现象，仅仅是同一现实的不同方面。这个现实就是存在一词的本体意义，是生命力。对非洲人而言，欧洲人所理解的物质只是一套用来阐释宇宙惟一现实的符号系统，这个惟一现实就是存在、一种精神、一种生命力。因而，整个宇宙既无限小，又无限大，是一个始于上帝、终于上帝的生命力网络，上帝是所有生命力之源。正是上帝给所有生命及生命力注入了活力，他也能终止所有这一切。

我并没有偏离到要思考现代本体论的程度。在试图了解并描绘宇宙的终极现实时，欧洲民族学家、非洲文化研究者及艺术家使用同一个词，采取同一种表达方式，如："蜘蛛网"、"力网"、"交流容器"、"管道系统"等。这些说辞与科学家、化学家所言并无不同。根据非洲的本体论，世界不存在死亡之物：每一生命、每一事物——哪怕是一粒沙子——都会散发生命力、某种波粒（wave-particle）。非洲智者、牧师、国王、医生、艺术家全都接受这一观点，以此证明宇宙是生生不息、循环往复的世界。

与人们普遍的认识相反，面对有序——或者无序——的世界时，非洲人并不消极，其态度本质上是伦理性的。非洲人的道德观源自其世界观，源自其本体论，然而，长久以来，欧洲人对非洲本体论及其道德体系一无所知，甚至否定其存在。究其原因，这些问题并未引起新一代非洲人的关注。

上帝对囿于自身之内的那些未曾表述的、静止的、似乎死亡的可能性感到厌倦。于是，上帝张开嘴，最终说出一个既悦耳又富有韵律的词。上帝口中表达的所有这些可能性是**存在**的，**存活**是它们的使命：把上帝与所有源自上帝的力联结起来，这是对上帝的表述。

为了说明黑人性中的**动态道德**（morality in action），我必须返回前文所述部分。宇宙中每一可分辨的生命力——从一粒沙子到人类祖先①——都构成一个生命力网络。现代物理化学已经证实,网络中的各个元素表面上互相冲突,实则**互相补充**。对非洲人而言,人由物质与精神、肉体与灵魂组成,此外,人兼具女性气质与男性气质,同时存在几个"灵魂"。[199]因此,人是相互关联的流动生命力的组合体:一个寻求彼此交织的那些联合体的世界。因为人的存在,所以他既是终点又是起点,是矿物、植物与动物三种秩序的终点,却是人类秩序的起点。

让我们暂且忽略前文提及的三种秩序,仅专注于人类秩序。立足于人又超越个人的是一个由同心圆组成的第四世界。这个世界的圆越来越大、越来越高,最终与整个宇宙一起通达上帝。每一个圆——家庭、村庄、省份、民族、人类——依据上帝的旨意,形成一个密切相关的社会。

因此,对非洲人而言,按照道德成规生活,就是按照自己的天性生活,他们的天性由相互冲突、同时又相互补充的生命力构成。他们增加了宇宙的物质厚度以及生命的肌理密度。他们从自身做起,然后推延至全社会,努力将构成生命力的各个元素之间的冲突,转化为互补关系。正是将相互冲突的生命力进行联结,人强化了生命力,并把它向上帝推近一步,在强化生命力的过程中,人同时强化了自身。换言之,他们从活着(existing)升华到存在(being)。他们无法企及存在的最高境界,只有上帝才具备如此能力。如果上帝的创造物以及所有现存的事物能够实现自我并表述自我,那么上帝将因此变得更加完满。

对　话

非洲文明与黑人社会兼顾**集体**与**个体**,以对话与互惠为基础,集体的利益虽高于个体,但不会凌驾于个体之上,个体能够获得充分发展。非洲文明与黑人社会具有统一、平衡、和谐的特点,民族学学者对此交口称赞。在此,我想强调的是,这些特点使黑人文化在当代人文主义领域占有一席之地,黑色非洲因此有机会为"普世文明"作出自己的贡献,这种贡献在既

①　非洲宗教认为,祖先们联结着生命与上帝。因此,围绕祖先产生了诸多仪式,目的都是维持这种联系。

分裂又融合的 20 世纪下半叶,显得尤为必要。首先,这是对国际合作的贡献,国际合作必须是,也必将是文明的基石。正是得益于黑人性思想中的这些美德,去殖民化过程才没有过于血腥,没有充满仇恨,昔日的殖民者与被殖民者才建立了以"对话与互惠"为基础的合作关系。正是这些美德让联合国焕然一新,无论说"不",还是挥拳捶打桌子,都不再是示威的表现。只要白人的二元思想愿意向对话敞开自身,那么,通过这些美德,和平借由合作就能延伸到南非、罗得西亚以及葡萄牙殖民地。

事实上,黑人文化对"普世文明"的贡献由来已久。在文学与艺术领域,它的贡献与"1889 年革命"同步。法国诗人亚瑟·兰波(Arthur Rimbaud, 1854—91)已将自己与黑人文化联系了起来。但在这篇文章中,我打算聚焦于伊曼纽尔·贝勒(Emmanuel Berl)所描述的"黑人革命"(Negro revolution),这场发生在本世纪初的革命引发了欧洲造型艺术的变革。

[200]艺术,如同文学,总是表述着某种世界观与生命观、某种哲学观,甚至是某种本体论。与 1889 年的那次哲学与科学运动相呼应的,是文学从象征主义向超现实主义的转变,在造型艺术领域,艺术革命经历了纳比派(nabism)、印象派、野兽派,以及立体派等几种形式。充满活力、必须**被驯服**的生命力世界取代了由永恒与延续性物质组成的、只能**被复制**的封闭世界。

自希腊**雕像**(kouroi)——这个词指的是古典希腊雕刻中的青年雕像——问世以来,西欧艺术一直坚持现实主义风格,艺术品总是在模仿现实:用亚里士多德的话来说,这是一种**物理模仿**(physeôs mimêsis),是基于理智的修正性模仿,是改良,是理想化。位于古希腊和现代社会之间的基督教中世纪之所以意义非凡,皆因基督教起源于亚洲,并受到了非洲人圣奥古斯丁(St. Augustine)的巨大影响。那么,艺术家究竟要呈现什么? 当然,他要呈现的不再是纯粹的客观物质,而是他的精神自我:即他的内在自我、他的精神,甚至超越个人而呈现他所处时代的精神以及人类的精神。艺术呈现借助的不再是视角、色彩明暗的对比,而是——如法国画家巴赞(Bazaine)所言——"借助最隐秘的本能以及敏锐性"。另一位法国画家安德烈·马松(André Masson)更加直截了当,认为艺术呈现"借助一目了然、井然有序的光与影之间的相互影响"。光与影的相互影响就是生命力的相互作用,这一点在法国画家皮埃尔·苏拉热(Pierre Soulages)的作品中,表现得尤为明显。

"生命力的相互作用":这样一来,我们又回到了黑人性这个主题。身为法国画家,苏拉热曾对我说,非洲美学"是当代艺术美学"。这一点可以得到间接证明:法国人鼓励新的美学变革时,大部分倡导者拥有斯拉夫人与日耳曼人血统,这两个民族和非洲民族一样,属于神秘的感知型文明。当然,即便没有发现非洲艺术,艺术革命仍会进行,但或许会缺乏现在的活力、自信以及对人的深刻理解。有关主体和精神的艺术本该在非洲而不是在欧洲诞生(民族学学家未针对艺术在世界文化中的真正地位作出评价),这一点足以证明新欧洲艺术(new European art)的人文价值。

除了美学价值之外(这一点我们稍后将会谈到),毕加索、乔治·布拉克(Georges Braque)及其他非洲文化艺术家和早期开拓者所醉心于探索的,是非洲艺术的人文价值。在非洲,艺术本身并非孤立行为,而是社会行为,是生活技巧,是手工艺。犹如祈祷之于基督教中世纪的意义,这一重要行为让所有其他行为滋生成就感,比如:家庭、种族与教育、婚姻与死亡、运动,甚至战争。人类的全部行为——包括最琐碎的日常活动——都必将融入生命力的互动之网,这张网交织着家庭、种族、民族、世界乃至宇宙的各种力。由矿物、植物与动物构成的低等力量,与人类(Man)之间建构**从属**关系,经由祖先(Ancestral Beings)的媒介,在人类社会的力量与上帝(Divine Being)之间建构**从属**关系,只有这样,生命力的和谐互动才有可能。

大约一两年前,我参加了在马里共和国邦贾加拉(Bandiagara)的悬崖边举行的娱乐活动,这次活动是多贡艺术(Dogon Art)①的缩影。即便未能完美再现过去的辉煌,但不可否认,这次"演奏音乐会"(play-concert)还是极其重要的,表现了多贡人的宇宙观。他们的宇宙观被朗诵吟唱,被编入舞蹈中,被雕刻进作品,[201]被绣在戏服上。多贡人的整个世界被艺术地展现,这个世界与艺术之间呈现为共生关系,这一点与非洲风俗毫无二致。经由人这一媒介,天地构成的宇宙得以再现,人与宇宙的表意符号达成一致。通过面具,世界得以**呈现**,每个面具同时

————————————

①　多贡是非洲西部的一个部落,他们的木雕艺术达到了炉火纯青的地步。

画着图腾动物、祖先以及灵魂。还有一些面具画着外来民族,比如:游牧民族富拉尼人①与欧洲白人。诗、歌曲、舞蹈、雕刻与绘画都具有整合功能,通过这些艺术的共生性,娱乐活动旨在**重现**宇宙与当今世界,但是以更加和谐的方式,用的是非洲式的幽默。这些幽默不顾及富拉尼人和欧洲殖民者的感受,纠正了一切偏见。这种本体论观点是一种娱乐,或者说,是一种艺术展示:既是眼睛与耳朵感受到的快乐,也是心灵的快乐。

1906 年,毕加索和巴洛克发现了非洲艺术,从中汲取了灵感。最初吸引他们的或许正是非洲美学中和谐的一面。就我而言,当初不理解多贡演奏音乐会的内容,吸引我的是和谐的形状与动作、色彩与节奏。正是这种和谐令身为观众的我感动。对现实的再创造中,这种和谐作用于无形的力量,以当代的方式使这些力彼此形成从属关系,并通过人的媒介,在这些力与上帝之间建立了联系。这些无形的力的外表只是符号,我所说的外表指的是物质直接作用于我们感官的属性,比如:形状与色彩、音色与音调、动作与节奏。

我说过,这些无形之力的外表是符号,但不只是符号。处于最纯粹状态时,只显示形状、色彩、声音、活动与节奏等属性时,它们变成有意义的符号,是生命力的“力量线”(lines of force)。最近,蒙罗兹(M. Lods)——我在塞内加尔国家艺术学校时的老师——给我展示了他的学生即将在非洲艺术节展出的画作。我瞬间被其形状与色彩之间的和谐互动吸引。但是,我发现这些画作内容并非完全抽象,而是由女人、王子和尊贵的动物组成,就近乎感到了失望。其实,我根本无需失望:色彩与形状之间的互动已经完美展示了苏丹北部艺术的优雅与高贵。

这是非洲美学应该汲取的教训:艺术不应复制自然,而应驯服它,像一位善于模仿猎物呼唤声的猎人,像一对久别的夫妻或情侣,在渴望团圆时呼唤彼此。呼唤声并不是单纯复制对方的声音,而是一种互补性的呼唤,是一首**歌**:是为了和谐的团聚而发出的和谐呼唤,只有提升**存在感**(being)才能增加和谐度。这种和谐才是我们所指的纯粹和谐。非洲艺术告诉我们,艺术不是复制。如果有图像,也是富有节奏感的图像。仅仅通过组装色彩与颜色(绘画与雕塑)、形体与动作(舞蹈)、音色与音调(音

①　富拉尼是游牧部落,遍布西非地区。

乐），我便能暗示或创作任何事物（比如，一个人、一轮月亮、一个水果、一丝微笑、一滴眼泪）。当然，这种组装不是杂乱堆砌，而是井然有序；简言之，这种组装具有节奏感。节奏是黑人文化的主要优点，正是这种节奏让艺术品富有美感。简言之，节奏以既迎合又拒斥的运动方式，表述宇宙生命力，这种生命力既对称又不对称，既重复又对立，这是将形态与色彩、音色与音调等符号联结起来的"力之线"。

[202]我在下结论之前，想先简要谈谈欧洲现代艺术与非洲艺术之间明显的矛盾性。前者强调主体，后者强调客体。造成这一矛盾的原因是"1889 年革命"。这次革命源自对迷信**客体**的反对，这一点当然有必要。非洲存在主义本体论虽然立足于存在-主体（being-subject），但相信上帝是完满的存在，把上帝视为终极-客体（pole-object）。因此，它所关注的只是细微差异。对当代欧洲以及非洲而言，艺术作品类似认知行为，表现主体与客体之间的冲突与融合。正如巴赞所言："如果缺乏那种渗透性，那种伟大的共同结构，那种人与世界的深刻相似性，那么生命形式也将不复存在。"

我们已经了解，人与世界的深刻相似性在非洲人眼中意味着什么。对他们而言，艺术重现世界，旨在恢复世界秩序，旨在强化宇宙生命力，强化上帝以及所有生命力之源，也即，强化宇宙的存在（the being of universe）。惟其如此，我们才能强化自身，既作为相互依存之力，又作为通过艺术的再创造而不断自我更新的存在。

（刘彬 译；姚峰 校）

第 30 篇　什么是黑人性[①]

阿比奥拉·艾瑞尔(Abiola Irele)

[203]在使用过程中,"黑人性"一词的语义范围被延伸、扩展,因此,任何时候或者任何使用情况下,都难以对其所指作精准的界定。作为一场运动、一个概念,黑人性在某一具体的历史与社会语境中萌芽与发展。对于那些受其影响的人而言,该词的语义非常丰富,最终引发的社会反应意义非凡,却又形形色色,其中甚至不乏具有冲突性的反应。在最直接的意义层面,黑人性指的是讲法语的黑人知识分子发起的一场文学与意识形态运动。黑人对殖民情境所持的态度多种多样,而黑人性是其中与众不同、富有意义的一种。非洲以及北美黑人所能感受到的殖民情境,指的是全球对西方政治、社会与道德标准的迎合。

在最广泛和最普遍的意义层面,黑人性指的是与西方相对立的黑人世界的历史存在,这个词既包括黑人种族独特的意识总和[②],又包括对殖民情境所包含的历史与社会含义的客观态度。艾梅·塞泽尔杜撰了该词,并率先在自己的长诗《返乡日记》[③](*Cahier d'un retour au pays natal*)中使用。对于该词,塞泽尔本应作出较为宽泛的定义——如果真的

---

①　First published as "Négritude-the Philosophy of African Being," in *Nigeria Magazine* 122—123 (Lagos: 1977), special number, World Festival of Black and African Arts; and subsequently in *The African Experience in Literature and Ideology*, pp. 67—89, 74—79. Ibadan: Heinemann, 1981.

②　关于"黑人性"一词的全部涵义,参见 Janheinz Jahn, *History of Neo-African Literature* (London: Faber and Faber, 1968), and also Albert Memmi, "Negritude et Judeite", in *L'Homme domine* (Paris: Gallimard, 1969)。

③　英译本名为《回到我的故乡》(*Return to My Native Land*) (Harmondsworth: Penguin, 1969)。

做到了,则不无意义——既从与历史的关系角度界定这个术语所涵盖的黑人意识的范围,同时又要超越历史中的偶然因素(contingent factor):

> 简言之,黑人性指的是承认自己是黑人的事实,接受这个事实,接受作为黑人的命运,接受我们的历史,接受我们的文化。①

由此宽泛的角度,我们可以认为,黑人性对应了某种泛黑人(Pan-Negro)的情绪和意识。作为一场运动,它等同于众所周知的泛非主义运动在法语地区的延续。② 它形成了[204]黑人民族主义运动的一股独特支流,因为卷入其中的黑人法语知识分子在与法国殖民统治的关系中,面临独特的问题,他们的反应因此具有特殊的面向和性质。因此,这些知识分子的风格与语言独树一帜。通过对大众情感作具体的描绘,对众人的焦点作独特的引导,他们的风格与语言使其对殖民情境的反应,与那些讲英语的知识分子渐渐分道扬镳。

正是基于黑人民族主义意识的表达形式——更准确地说,黑人文化民族主义的表达形式——我们得以对黑人性一词作另外更为贴近的界定。它可以用来描述那些黑人法语知识分子撰写的、肯定黑人个性的作品,也指思想体系——这套体系影响着他们为黑人民族的集体意识与体验寻找新的参照物。在此意义上,黑人性是一种意识形态,要么以隐晦的方式,存在于和黑人法语知识分子密切相关的文学流派的生产过程,要么以显豁的方式为这些文学流派服务。

黑人法语知识分子创作了兼具想象力和意识形态色彩的作品,从中可见他们对(历史语境中的、以及朝向最终复兴的)黑人状况的广泛探索。在黑人性文学中,这种孜孜不倦、坚忍不拔的探索精神衍生了许多独特的主题和态度。这种文学作品中,黑人经验成为黑人作家共同的文学表述对象,对黑人经验的孜孜探求上升到对黑人种族狂热的褒扬,甚至发展为

① Quoted by Lilyan Kesteloot in "La Négritude et son expression littéraire", in *Négritude africaine*, *négritude caraibe* (Paris: 1973).

② Cf. Philippe Decraene, *Le Panafricanisme* (Paris: Press Universitaires de France, 1959), and Colin Legum, *Pan-Africanism* (London: Pall Mall Press, 1962).

具有浪漫色彩的非洲神话。

重新评估非洲所带来的直接且颇具争议的结果,融入了对新的价值体系的追求,对新的精神定位的追求。这种追求如此热烈,因此在文学作品最具有表现力的部分,对非洲的建构,变成对原初价值强烈的想象性赞颂。黑人法语作家聚焦黑人的历史经验,这一点鲜明地体现于作品的主题思想。此外,他们最根本的关注点在于,透过那些影响黑人命运的历史事实,抵达黑人种族与非洲文化的本质关系,这种关系以积极的方式决定着非洲命运。因此,有关非洲与黑人、黑人与世界的独特视野,构成了黑人性文学的核心,以最原始的方式出现在其中,架构起所谓的"精神结构"①,这一精神结构贯穿于黑人法语作家的想象性表述中。在意识形态色彩浓厚的作品中,这表现得更加明显。恢复非洲的声誉是黑人性运动的中心议题,代表了黑人一定程度上重获精神信仰的运动,作为对黑人集体身份的界定,同时也是对新型世界观的界定——此世界观源自对作为遗产的非洲价值与经验的新体验。

[······]

桑戈尔认为,情感倾向是黑人意识的主要特点。在他笔下,黑人被再现为一种肉身形式的存在、一个充满情感的存在,或者如他所言,"是在创世纪第三天创造的一种蠕虫、一个纯粹的情感生命存在"②。在桑戈尔眼中,非洲对外部世界的反应是在神经系统层面达到的情感高潮,是浓烈到无法自拔、[205]涉及完整的自我有机体的体验。桑戈尔把物质与精神联结起来,他指出,在非洲文化结构中,可以非常直接而敏锐地感受到这种联结。他曾说道:"我们的心理状态反映了生理功能,尽管前者决定后者并超越后者。"③对于非洲的极度感性,他给出的解释

---

① 这一表达出现于卡尔·曼海姆(Karl Mannheim)的文章《保守思想》("Conservative Thought"),此文收录于 Paul Kecskemeti (ed.) *Essays on Sociology & Social Psychology* (London: Oxford University Press, 1953)。

② "Psychologie du négro-africain", *Diogène*, No. 37 (Paris: 1962);英文引文出自 John Reed and Clive Wake, *L. S. Senghor: Prose and Poetry* (London: Heinemann Educational Books, 1976), p. 30.

③ *Liberté I*, p. 257.

是：热带潮湿炎热的气候作用于黑人的神经系统，由此产生一种"黑人气质（Negro temperament）"①。他据此推测，非洲黑人的神经系统反应与心理反应完全同步，这是非洲人坚持以感性为导向的理解模式的原因。非洲人的心理-生理结构决定了他对外部世界的直接反应，他把外部世界的客体完全融入吸收到自己主体的最深处。桑戈尔写道："正是因为其生理机制，黑人能够对外部世界作出更**鲜活**的反应。鲜活反应指的是对感受到的事物、对外在刺激、因而也是对客体本身及其本质特点与力量的最直接、最具体的表述。"②这种源自生理机制的气质，通过非洲人高度发达的节奏感得以表现，非洲人的节奏感被桑戈尔称为"有机节奏感"。然而，尽管黑人的心理-生理结构与情感结构密切相关，但他们对外部世界的反应绝不只是本能反应，而是一种意象性的反应。桑戈尔对此过程的解释如下："客体刺激引起的兴奋运动并不是机械运动，也不是生理运动。**这是被运动的主体**。它以自己的特定方向与节奏，对客体作出反应：它自己的主体风格，被强加于客体。"③换言之，非洲人的情感反应是一种认知行为，在此过程中，主体与客体之间形成有机、动态的关系，由感官所获得的强烈感知最终上升到对外部世界的精准理解与把握。正如桑戈尔所言："非洲人的精神性根植于他的感官感受，根植于他的生理机制。"④非洲人的理解模式涉及意识与现实之间的辩证关系。因此，对非洲人而言，情感是抵达更高一层现实的必由之路。⑤

由此可见，在论述非洲黑人独特心理机制的过程中，桑戈尔发现了一套以显豁的方式存在于非洲人世界观中的知识理论、一种黑人的认知方式。非洲人的理解方式等同于让客体鲜活地存在于自己的心灵深处，通过感知把握客体本质："知识不是肤浅地创建一套理性话语，然后强加给现实，而是籍由情感所取得的发现：不仅发现，更多的是重新发现。在这里，客体在断裂、模糊现实中的**存在**，与知识达成一致。"⑥这种通过情感

---

① Ibid. , p. 255.
② *Diogène*, No. 37, p. 5.
③ *Fondements*, p. 54；斜体为原文所有。
④ *Diogène*, No. 37, p. 7.
⑤ *Prose and Poetry*, p. 35.
⑥ *Diogène*, No. 37, p. 11.

把握现实的方式便是桑戈尔所说的"直觉"。

桑戈尔的非洲认知理论和他的美学理论最终密切地联系起来,甚至达到完全一致,这个结果合情合理。当然,他的黑人性理论并非凑巧成为一种精神理论,他用的术语远不如分析性论述中通常使用的术语那么精确,他对术语的界定也不够明晰:因为即便在建构理论时,桑戈尔仍不失诗人身份。然而,他的理论的意义在于肯定了知识与想象力的关联。非洲人的世界观对客观认知持否定态度,他的思维更大程度上受制于本能理解,而非抽象推理。正如桑戈尔所言,非洲人"能够更加敏感地感受到一种思想的精神性,而不是智性。"①因此,图形与符号在非洲文化表意系统中占据优势。对此,桑戈尔提供了一个显著的例子予以说明:

> [206]吸引非洲人的,与其说是客体的外表,不如说是客体深刻的现实;与其说是符号,不如说是符号的意义。他带着面具舞蹈时,吸引他的是隐藏在这些图像与节奏背后的对上帝的新看法。他踏进水里时,吸引他的不是流淌的、液态的、湛蓝的水,而是能够冲洗、能够净化的水。无论神经-感觉器官多么强烈地感受到客体的各种细节,物质性外表也只是客体真正意义的外在符号。②

因此,艺术成为非洲思想意识表达的主要媒介。艺术创作中,非洲人能够全身心融入世界,能够借助艺术的象征性内容所激发的情感,捕捉到现实的终极意义。对他们而言,艺术表达具有形而上的重要意义。这正是桑戈尔的文章《黑非洲美学》("L'esthétique négro-africaine")的主旨。这篇文章中,他结合非洲文明的世界观对节奏——被当作非洲艺术情感的范式——的意义作了如下表述:

> 节奏是存在的结构,是赋予存在形式的内在驱动力,是一层层涌向**他者**的波浪。节奏通过最物质与最感性的方式得以呈现:建筑、雕塑与绘画中的线条、外观、色彩以及体积;诗歌与音乐中的重音、舞蹈

---

① *Liberté* I, p. 23.
② *Prose and Poetry*, pp. 34—35.

中的步伐。通过这些方式,节奏把具体现实引向精神之光。同样,对非洲黑人而言,节奏会具化为感官体验,并照亮精神。①

不仅如此,既然人们认为,艺术源自对神圣之物的顿悟,对充斥于有形世界的宇宙能量的顿悟,那么,艺术表现与宗教情感势必难分难解,交织在一起。宇宙能量通过各种方式显示,形成一张本质性关系网,这一点正是艺术意欲通过想象予以恢复的。这是非洲以神秘的方式参与世界的根基。桑戈尔写道:

> 黑人成功地感受到了和谐的自然秩序。然后,受益于感觉和直觉、双手和技艺,他将自己融入其中。感受到和谐,意味着他捕捉到了将彼此联结起来的对应关系,捕捉到了构成世界的宇宙力量,同时包括那些联结自然与人的宇宙力量:覆盖从外部物理的世界到内部道德的世界。**正是有关这些对应关系的表述组成了相似意象:符号。**②

桑戈尔美学理论的核心思想是,非洲人通过感知物质世界形成了对世界的深刻看法,乃至获得了宇宙的放射性思维,抵达了宇宙的超验现实——桑戈尔称之为超现实主义(la sous-réalité),这个术语源自布勒东,但桑戈尔在使用中作了修改。桑戈尔对一个假设性的非洲黑人版的"我思故我在"(cogito)作了阐述。他明确表示,与笛卡尔传播到西方的传统表述完全不同,在非洲黑人性理论中,情感的作用被推向了极致。桑戈尔在书中写道:

> 作为一位杰出的欧洲人,笛卡尔提出了"我思故我在"的哲学思想。而非洲黑人却坚持:"我感知,我与他者共舞。"和笛卡尔类似,为了实现自己的**存在**,黑人不需要"工具词"(tool-word)——这是我的老师费迪南德·布鲁诺(Ferdinand Brunot)使用过的说法——不需

---

① *Liberté I*, pp. 212—215.

② *Fondements*, p. 64;斜体为原文所有。

要任何连接,但需要宾语补足语。他们不需要理性思考,需要的是通过与他者共舞感知他者。①

[207]但是,桑戈尔坚信,非洲人的经验是一种反思性、有意识的行为,因此具有理性色彩,是一种基于想象性直觉的创造性理性。与欧洲人的逻辑智性不同,它并不遵循那些支配欧洲人的思维准则。桑戈尔对欧洲人与非洲人作出区分的依据是,二者具有截然不同的发展方向,以及两者在历史上立足于各自的文明、采取不同文化形式,展开各自的精神活动。桑戈尔有一个著名的公式:"欧洲人的传统理性是分析型的,他们使用客体;非洲人的理性是直觉型的,他们融入客体。"②

非洲思想意识模式具有精神性特点,桑戈尔据此对非洲传统的宇宙观以及社会习俗作了阐释。非洲-黑人本体论将**存在**视为生命,视为"生命力"。③ 这体现了以精神性为特点的非洲文明的延续性。桑戈尔认为,生命哲学是非洲的特点,它可以解释,为什么非洲大陆一直沿袭着传统的宗教体验与宗教表述方式。非洲人的感性与神秘气质、与有机环境的亲密融合,这一切都让非洲人自然成为一种宗教存在,让他的心中涌动着一种强烈的神圣感。

非洲人直接与自然、与万物交流,这种方式使其能与上帝——生命力的绝对源头——建立直接联系。非洲的万物有灵论、图腾制度、精心创作的神话,这些都是情感与宇宙融合的具体表现。最近,桑戈尔对此再次作出解释:"一共存在三种现实:人,包括动物、植物以及矿物质在内的可见的自然,通过可感知的自然形态得以呈现的不可见的宇宙力。非洲的神秘主义表达了一种意欲与宇宙力,甚至与作为力中之力的**上帝**融合的冲动……其中,神话是表述这种融合欲望的、具有绝对优越性以及最充分的方式。"④

---

① *Diogène*,No. 37,p. 7.

② *Prose and Poetry*,p. 34.

③ *Liberté* I,p. 264. 有关桑格尔理论的更多讨论,参见 Sylvia Washington Ba, *The Concept of Négritude in the Poetry of Léopold Sédar Senghor* (Princeton:Princeton University Press,1973),pp. 44—73.

④ *Fondements*,p. 69.

相应地,非洲社会建立在这种神秘世界观的基础之上。社会是由化身为个体形式的生命力组成的复杂网络,归根结底,社会参与体现了这些个体生命力之间的复杂关系。家庭是社会的核心单位,首先是具有宗教与神秘色彩的统一体,部落是"所有人——无论活着的,还是死去的——的总和,这些人承认来自同一个祖先"①。更大的社会群体则由多中心的(而非连续的)家庭与部族网络组成。因此,在本质上,非洲社会与其说是个体组成的社群,不如说是"灵魂之间的交流"。这种宗教视野或多或少地影响了所有社会关系与社会活动,哪怕是最低级的经济生活。桑戈尔写道:"对非洲人而言,通过习俗与传统的合法纽带,最重要的是通过神秘的纽带,个体与集体共同的目标捆绑在一起。"②

有一个主旨思想贯穿桑戈尔的非洲价值体系论、非洲社会主义论及其对非洲社会传统组织结构的阐释。作为他的基础性观点,黑人性可被看作他对非洲独特世界观和以此为基础的生活方式的全面阐述。

桑戈尔的非洲社会主义论是其黑人性思想的社会表述,旨在让后者具有实际意义,因此,如果不提及他的非洲社会主义学说,那么对其黑人性的理解必定是片面的。在桑戈尔看来,非洲社会主义论是传统非洲世界观的更新与升级。一方面,它将黑人性转入现代技术时代的情境中,另一方面,[208]将其转换到民族-国家——现代政治联合体——的语境中。然而,与其说非洲社会主义论是实际的行动纲领,不如说是面向未来的精神投射,是对如何让集体行为变得有意义的思考,这种思考虽然粗浅,却不可或缺。

受欧洲社会主义范例,尤其马克思主义的启发,桑戈尔详细阐述了一套相应的、仅适用于非洲的社会哲学体系。马克思主义尤其提供了一个出发地,便于重新审视非洲现实,重新思考非洲,考察过去的价值体系之于现代社会的意义。

尽管桑戈尔把马克思主义方法应用到非洲现实,但对马克思主义却颇有误读。他写道:

---

① *Prose and Poetry*, p. 43.

② *Liberté I*, p. 30.

令人尴尬的是,马克思主义连同其无神论对精神价值不屑一顾,这种话语理性发展到极致,最终演化成唯物主义的决定论。[①]

尽管如此,桑戈尔对马克思主义的评述并不意味着全盘否定,因为他意识到,马克思主义提供了一幅有关人与自然的动态关系图,因而也提供了一种以实现人的本质为首要任务、具有解放色彩的社会关系。然而,他认为,马克思主义自创立以来,就要根据新的发展状况——尤其是科学领域的发展——不断完善和修正,才能适用于非洲的语境。

但事实上,桑戈尔的非洲社会主义论与马克思主义理论呈现了断裂关系,而更接近法国哲学家皮埃尔·泰亚尔·德·夏尔丹(1881—1955)的哲学体系。夏尔丹的哲学与桑戈尔的社会主义论之间的准确关系难以把握,但桑戈尔对夏尔丹的兴趣可以从三个相互关联的层面解释。首先,它提供了一种能够与马克思主义媲美的、有关未来的思想;不仅如此,这等鲜明的思想具有扎根于科学理论的优势。第二,夏尔丹的聚合理论(theory of convergence)——在所有生命形式与体验中不断发展更高层次的意识——为非洲价值体系如何融入世界文明,提供了思路。第三,夏尔丹在有关人的阐述中保留了精神维度,这一点在桑戈尔看来恰恰是马克思主义哲学所欠缺的。夏尔丹折中了科学与宗教,这对天主教知识分子产生了解放性的影响,势必激发桑戈尔这位天主教教徒的兴趣。但他不仅作为天主教教徒,更作为黑人性理论家、唯心论世界观的倡导者,接受了夏尔丹的影响。这一点可以从他对夏尔丹思想的点评中得到验证:"精神的最大化存在是心灵、智力与情感的绽放,是超越物质的满足,毫无疑问是人类活动的终极目标。"[②]在另一篇论文中,桑戈尔更加清晰具体地论述了夏尔丹哲学对其非洲社会主义论的影响:"夏尔丹的**社会化理论**、我们的社会主义论是利用智性与感性,对人类社会进行技术性与精神性构建。"[③]换言之,非洲社会主义的理想是:借助新型的社会与政治组织

---

① *Pierre Teilhard de Chardin et la politique africaine* (Paris: Cahiers Pierre Teilhard de Chardin No. 3, 1962), p. 22.

② *On African Socialism* (London: Pall Mall Press and New York: Praeger, 1965), p. 154.

③ Ibid., p. 146.

形式以及技术进步,将非洲传统的唯心价值体系融入现代化进程,即:对黑人性与西方社会主义进行整合。

　　然而,桑戈尔的非洲社会主义论仅提出了社会与政治行动理念,缺乏非洲英语区发展起来的类似理念的具体性特征。此外,还缺乏恩克鲁马公开声明的实用主义锋芒,或者说,[209]缺乏尼雷尔总统所发表宣言中的紧迫和坚定的信念。无论如何,从桑戈尔的作品和思想立足的历史语境来看,他的非洲社会主义论作为黑人性理论的延伸,具有一定的相关性和重要性。

（刘彬 译；姚峰 校）

第31篇 黑人性运动与新非洲：
一种更新换代①

彼得·S·汤姆森(Peter S. Tompson)

[210]我们在试图勾勒黑人性现状时,有时会评论道:这个运动目前处于低潮期。必须予以澄清的是:所谓低潮,主要是相对过去而言,过去,社会对待黑人性运动普遍持肯定态度。如今,社会的态度已经丧失了共识。这一局面的出现不可避免,部分原因在于,黑人性这一概念长期以来缺乏清晰的界定。学界应该厘清围绕黑人性所产生的各种不同观点,应该解释为什么由此而来的批判观点如此复杂。本文旨在对此作出准确界定,以期对黑人性研究专家以及那些学识渊博者有所助益,后者或许在阅读中惊讶地发现,对这一运动,并没有各方一致认可的正面评价。这就提出了一个或许目前无法回答的问题:黑人性运动还能够激发黑人文化领域的作家与领导者的灵感吗? 还能为"现代非洲民族的集体生活与行为创建一个富有意义的视角吗?"(86)

一定程度上,目前的现状报告(status report)是按照简单的时间顺序编排的:首先,20世纪30年代末,桑戈尔和诗人艾梅·塞泽尔首先就这场运动提出了概念,后又经历了诸多变化,并产生了(主要由桑戈尔撰写的)大量论著,为这场运动辩护,如此一直持续到70年代。七八十年代变得更为鲜明的三股思想流派,增加了人们对这种历时方法的兴趣:谴责非洲出现的新殖民主义(主要指的是经济层面);"语言问题"以及文学中的非洲语言;学校的课程设置中对文化多元性的呼吁。这三股流派,或以微妙的方式,或以矛盾的方式,无一例外地同时存在于黑人性运动的信条中,及其所遭受的某些攻击中。然而,与任何其他按照时间编排的方式不

① First published in *Research in African Literatures* 33.4 (Winter 2002): 143—153.

同,这个排序却招致五花八门的批判与攻击。第一波批评最为尖锐——比如,加布里埃尔·达尔布锡埃(Gabriel d'Arboussier)1949 年写的那篇文章。自 40 年代以来,黑人性运动遭受的攻击越来越多。与其追溯黑人性运动渐失各方共识的原因,不如好好研究这些迥然不同的反应,会让我们更深入了解非洲写作。[211]首先,我们应该考察那些最严厉的批评,同时应该承认,恰恰是这些批评的复杂性,让我们对黑人性状况的评估时而清晰、时而模糊。所有加入此话题讨论的人几乎都会受到情感、偏见与意识形态等因素的影响。人们怀疑,是否存在那些即便说出来也不会招致反对的内容,就像人们怀疑,非洲之外的人能多大程度上了解非洲一样。但至少我们可以确信,桑戈尔和艾梅·塞泽尔这两位伟大诗人,以及那些早期以非洲为主题的散文家是黑人性运动的支持者、倡导者。包括伊齐基尔·穆法莱尔和阿比奥拉·艾瑞尔在内的杰出批评家,仍然把黑人性运动当作一个重要的历史阶段,并给予了应有的重视。

在非洲①,人们常常听到这个说法:黑人性运动的政治与文学目标已时过境迁。在加勒比海地区,保科曼(Boukman)在 60 年代提出了类似的观点:

> 非洲文化像牡蛎一样,依附于已被历史淘汰的思想体系,这是毫无意义的。黑人性运动在四五十年代具有革命性,但如今只适合陈列在文学博物馆里。(qtd. Irele 84)

在具体论述之前,有必要研究这种观点及其时间参照体系。黑人性运动已过时的观点让我们必须停留片刻,重新检视该运动最初的定义,追踪它为何常被人错误阐释的原因。桑戈尔最著名的定义是:"黑人性运动是黑人世界内部的文明及其价值体系的总和。"(Vaillant 244)在研究了桑戈尔大量有关生物学与民族学的论著后,西尔维亚·芭(Sylvia Bâ)总结道:"桑戈尔黑人性思想的一个基石是:肯定黑人拥有一套独特的心理-

---

① 为了这个评论,我一般会引用那些我在非洲工作期间听说过的作家,以及那里的学生与知识分子,还有在美国游历期间发表过演说的作家。我也引用了提加尼-赛尔波,他的评论(在本文的后半部分)与当代非洲直接相关。

生理特征,而且这套特征的踪迹不会随着环境改变或文化同化而消失。"
(49)桑戈尔一直强调黑人性以及非洲文化的本质,这构成了他政治生活
的一个舞台:"他坚信,获得独立发展的前提条件是,强化非洲文化的独特
性。"(Vaillant 289)艾梅·塞泽尔的定义也涉及历史与文化:"黑人性就
是承认身为黑人的事实,接受这个事实,接受我们作为黑人的命运,接受
我们的历史、我们的文化。"(Vaillant 244)努力阐明非洲性(African-
ness),回溯到前殖民时代,寻找非洲文化之根,肯定并保存那个时代的历
史与文化,这些往往被认为是黑人性运动的"客观"定义。然而,正是如此
简单的定义,招致了最严厉的批判。但是,桑戈尔和艾梅·塞泽尔为了
"主观的黑人性"而参与的政治活动(engagement)和付出的努力,评论界
却不太关注。这涵盖了他们的战斗精神、他们——尤其艾梅·塞泽尔的
戏剧——对殖民主义以及奴隶制的反应,他们对多种族时代非洲人新角
色——尤其是桑戈尔的"文化杂交"(métissage culturel)概念——的界
定。"黑人性是一种成为人的方式,首先是作为人的生活方式。"(Senghor
139)

　　有关黑人性的评论大多忽视了这场运动在过去 40 多年的演化。如
果把 40 年代提出的那个最早的("客观的")定义挑选出来加以比照,很容
易得出该运动已然消亡的结论。同时,桑戈尔在 60 年代及 70 年代较少
使用**黑人性**这一术语,反而频繁使用**非洲性**(Africanité)一词,旨在强调
与非洲大陆阿拉伯人的兄弟情谊,[212]淡化所谓的对白人殖民者到来之
前的部落生活的"怀旧"观点。后来,桑格尔谈及普世文明,谈到所有文化
都认同的、新"人文主义"时代中非洲才智之士应扮演的世界性角色,引用
了大量泰亚尔·德·夏尔丹的观点。珍妮特·维兰特(Janet Vaillant)指
出,桑戈尔早在 1935 年便谈到了这种人文主义(113);这不禁让人觉得,
很多评论家对他的评论有一种简单化的倾向。艾梅·塞泽尔极少谈论这
个话题,然而他的沉默也被评论家过度解读:"艾梅·塞泽尔的沉默说明
了一切。"(Tidjani-Serpos 100)然而,从他退出共产党、推动马提尼克岛
(Martinique)与法国建交而不是绝交来看,艾梅·塞泽尔的思想是极其
复杂的,至少在政治领域表现如此。发生在 1956 年与 1964 年的两件事
让他的很多支持者恼羞成怒。

　　即使满怀善意的多元文化主义,对黑人性运动的理解与把握也不相

同,这个题外话让美国学界产生极大兴趣。站在美国立场,多元文化主义不过是学校课程设置中,穿插一些互不相干、具有鲜明非美国特征的文化。然而,把非洲生活与情感当作一种**异国情调**(exotisme)点缀其中,令非洲人极为不满。最早一批散文作家把非洲当作叙事中心,而非点缀之物,桑戈尔本人和他们一样,对这种**异国情调**也强烈声讨。对于这一点,桑戈尔的批评家们——尤其那些住在非洲英语区的公开反对者——同样表示反对,尽管他们对黑人性运动持否定态度。他们反对对非洲问题妄加解释,觉得非洲并不存在一致性,把所有黑人或非洲人强行捆绑在一起是错误的。当然,自恩克鲁玛以来,以及第一批非洲国家独立之后,人们一直在对泛洲主义和"非洲个性"的可能性展开辩论。无论如何,在桑戈尔"文化杂交"等概念中,可以看到对(以非洲中心的)多元文化主义的渴望:

> 黑人性运动是一种合法诉求,但目前我们最需要的,不是急切地宣称我们之于他人的原初性差异——无论这样做是多么理所应当——最需要的是重申我们与其他人类共同承担的任务。正是立足于这个角度,我们的现代文学才会获得恒久的意义,因为它生动再现了某个地方人类生活与经验——尽管受限于即时的时空——而这个局部的生活和经验与其他地域、其他气候和其他时代的生活和经验具有基本的一致性。(Irele 3)

关键在于,和其他任何关于黑人性运动的观点一样,多元文化论视角因为两个原则的相互作用而陷入尴尬地步。这两个原则代表的是一种演进,而非冲突。第一,非洲性具有一种本质特征,应当受到重视和赞颂。第二,非洲的命运以及自我定义是开放的,非洲人应该从其他文化中汲取任何有益的成分。1975 年,桑戈尔在加斯顿·伯杰大学(Université Gaston Berger)的演讲中说道:"我们都应该以自己的方式与其他种族混杂相容。"

塞内加尔和马丁尼克等地区的作家、批评家、政客和选民,都从黑人性运动中看到了自己想要的东西。正是黑人性运动的弹性定义让每个人都有所收获,无论是拥护者,还是反对者。这样一来,以下这份清单读起来就饶有趣味了。这组清单是由不同团体和不同意识形态的人士提出的反对意见。这些反对意见可分为两个方面。第一，桑戈尔最初对黑人性运动的定义具有浪漫主义色彩，大部分反对者过于执着于他[213]对原始社会以及"童年王国"（le royaume d'enfance）的看法。第二，令反对者恼怒的，是桑戈尔本人自我辩解与理智思考的个性，以及他对法国影响的迎合、与法国文学和文明的密切关系。

有一个反对声持续了数十年之久，指责黑人性运动人士是种族主义者，或者说，近乎种族主义，令人感到不适。在桑戈尔编辑的黑人作家作品集前言中，萨特写道："种族主义式的反种族主义者"。不可否认，这群人在演讲、戏剧、诗歌与小说中发泄着反白人、反西方、反欧洲语言的情绪。比如，在艾梅·塞泽尔的诗歌中，白人被刻画成为一个负面形象。卡瓦库·阿善提–达科（Kwaku Asante-Darko）在最近一篇关于多种"黑人性"的论文中，描述了这种敌对情绪（153）。格拉茨亚诺·贝内利（Graziano Benelli）把这种敌对情绪看作激进阶段的一部分："有一段时间，黑人性运动变得非常激进、心胸狭窄，就像叛逆期的少年那样。"（25）如他所言："这些主题即便聚焦于黑色，也达到了一种'狂热'的程度。"（11）塞古·杜尔（Sekou Toure）曾反对说，"一个人的肤色不能说明任何问题"（Michael xv），然而，黑色或者非洲性却可以成为一切黑人性运动的合法依据——不仅是存在的理由，而且包括所有反西方的主题。不仅如此，桑戈尔采用了早期民族学家——包括戈宾诺和列维–布留尔——对于非洲人的描述，这令诸多领域的批评家感到不满。这些来自欧洲学者的描述自然会招致反感。除此之外，还有一种反对观点，即：非洲性的本质和任何人类的风格一样难以准确描述。然而，桑戈尔不惜笔墨描述非洲风格，尤其是思想和情感领域的特点。这一点招致非议，原因或许在于全世界并不存在整齐划一的黑人风格。这些反对者——与泛非主义多少有点格格不入——否定非洲大陆在生物、心理、经济或文化上的一致性。还有一种与此相关却更为强烈的批评声音，即：所有关于种族或者非洲大陆一致性的假设，以及以此为前提对非洲性的美化，只是对白人负面评价的一种回应（Asante-Darko 153）。黑人性运动似乎是出于道义或者规约而对欧洲作出的回应，并致这场运动最终声誉扫地。这种观点首先体现于对萨特观点的回应——即萨特认为，黑人性运动是一个次要术语，它和欧洲性形成辩证关系,注定会在未来的世界主义整合——类似桑戈尔的"杂交"——中被淘汰。这种观点在两个层面遭到反对:第一,黑人性运动仅存在于欧洲的对立面,第二,非洲性——无论在多大程度上是实际存在的——将和欧洲拥有共同的命运。在桑戈尔早期的作品以及萨特对这些作品的肯定中,可以明确地看到欧洲人拥有逻辑和分析性思维,而非洲人只有情感与类推式理解真理的方式。人们或许会反对说,这种划分不仅不正确,而且卑鄙无耻。

　　当代批评家和作家之间的争论范围远比这些观点更为广泛。有人认为,桑戈尔的非洲观——有一些加勒比作家同样被此所吸引——是一个带有怀旧色彩的错误。有人表达了这样一个正确的观点,即桑戈尔从未真正了解他所描述的田园美景和部族社会的情况,就像加勒比海的达马斯和艾梅·塞泽尔,或者勒内·马朗(René Maran)一样。马朗居住在非洲,他在 1921 年出版的小说《巴图阿拉》(*Batouala*)被视为黑人性运动的先声。加纳的科菲·阿沃诺(Kofi Awoonor)并不是最年轻的一代非洲作家,也同样排斥桑戈尔的非洲观,称之为"桑戈尔式的神话。"[1]有人指出,即使"童年王国"的某些元素今天依然存在,但会随着工业化的完成而消失。因此,即使那些未[214]以神秘化为由指责黑人性的人,也会发现黑人性的思想停滞不前,已然不合时宜了(Asante-Darko 157)。

　　对于另外一些独特的反对者群体,我们可以用人口统计学解释。因为桑戈尔是天主教徒,西非城市以外的地区对其意识形态和政治立场一直有些反感。当然,之所以出现反天主教情绪,一方面因为天主教是舶来品,还因为天主教是借助强大的组织强行传播开来的。有些人觉得,既然黑人性运动的提出者们都不用非洲语言写作,那么,他们所谓对非洲人的吸引力也就显得言不由衷了。[2] 桑戈尔尽管在诗歌中零星使用了一些思尔语(他父亲的语言)词汇(Sere words),但此举未能减少批评者的指责;大部分塞内加尔人使用沃洛夫语。有一些最猛烈的抨击来自非洲英语

---

① 非洲文学节,布朗大学,1991 年 11 月 6 日。

② 恩古吉的《思想的去殖民化》一书对探讨语言问题是不可或缺的文献,我在本文的后面部分还要再作讨论。也请参见引自他 2000 年在 *RAL* 杂志第 1 期(第 31 卷)发表的文章,以及西蒙·吉坎迪(Simon Gikandi)在 *RAL* 杂志第 2 期发表的有关恩古吉的文章。

区。尽管有人认为"非洲英语区"和"非洲法语区"这样的措辞并不恰当，但人们一致认为，英国殖民当局采取的"间接"统治或者非同化策略或许起到了缓和矛盾的作用；但法国人控制的地区则不同，所以产生了黑人性运动。新教传教士比天主教徒更愿意学习当地语言，并把《圣经》翻译成这些语言。法国行政长官倾向于强迫非洲人变成法国人，或者至少在法律层面肯定二者的平等地位。这种做法是 1789 年诞生的理念所产生的结果。与之相伴的设想是，非洲市民彻底成为法国人，毫不留恋正在消逝的文化。那么，较少被同化的、讲英语的非洲人则被异化了，被黑人性保守观点的鲜明独立性、被其思想结构中的笛卡尔式逻辑与柏格森式哲学的矛盾性压力所异化了。正因为此，沃莱·索因卡对黑人性运动存在的必要性，提出了质疑，并引起广泛关注。他说，一只老虎无需四处走动，才能证实自己的虎性（tigritude）。这位诺贝尔文学奖得主觉得，黑人性就是对欧洲的直接回应，但"人与社会的学理性分析仍停留在欧洲中心主义的预设框架之内，试图采用这些舶来的术语描述非洲人与非洲社会"。(136) 与阿巴达·恩等戈（Ababda-Ndengue）在《黑人主义》（"Négrisme"）一文中的观点一致，索因卡对反殖民主题兴趣不大，他更重视多元文化的影响。当然，后期的黑人性思想文章（Senghor, *Liberté III：Négritude et la civilisation de l'universel*）也表达了类似的基调，主题都关乎"杂糅"和普世主义。阿拉伯人一度抨击黑人性运动理论，认为它把阿拉伯人排除在外，没有在真正意义上实践非洲性或非洲团结理念。因此，桑戈尔的后期著述接纳了阿拉伯文化，转而采用"非洲性"这一术语（Melady 28）。

在公开的政治领域，马克思主义也旗帜鲜明地反思黑人性思想。马克思主义反唯心的态度，与桑戈尔在一些言论中流露出的明显的"神秘主义"形成对立。当代马克思主义者——如希迪·阿穆塔（Chidi Amuta）——往往认为，黑人性运动强调文化，从而割裂了反殖民斗争与真实的社会和经济斗争之间的关系。这种观点早在 40 年代晚期就已出现。当时的第一批反对者将黑人性运动定性为偏离了阶级斗争的非理性运动以及神秘理论。桑戈尔是非洲社会主义理论的创造者之一，艾梅·塞泽尔在 1956 年之前是共产党人，这些加深了马克思主义者对他们的厌恶，怀疑其动机不纯。最近出现的另一种政治上的反对意见，针对的是桑戈尔后期文章中的普世主义思想。他的杂糅主题——尽管对另一些人来说,这个主题具有现实意义——也惹怒了一些人,因为杂糅被看作是对西方侵略行径的妥协。新殖民主义语境中,杂糅被看成某种退让,与黑人性运动早期采取的多种妥协形式异曲同工,都是为了取悦欧洲人与美国人。勒内·德佩斯特(René Depestre)的观点或许介于这种观点与马克思主义之间,他说:[215]"黑人性运动根本没有培养人们的反暴力意识,而是**把黑人以及黑皮肤的非洲人消解于某种存在主义之中,对剥夺他们身份的体制而言**,这并没有构成任何威胁。"(82)然而,对生活在非洲以外讲法语的黑人——如塞泽尔本人——来说,还存在一个明显的难点。有些人反对非洲性这一黑人性思想的核心,在对非洲的无限渴求中,他们不愿丧失拥有的身份感与国族感(Corzani 4:47)。扎迪·扎乌鲁(Zadi Zaourou)指出,这种二元性总是给艾梅·塞泽尔带来困扰(248),或许不仅塑造了他的诗歌,还形成了他对马提尼克岛政治前途的看法。

　　以上列出的反对意见清单,让我们了解到反对黑人性运动声音的多样化与扩散趋势,也了解到它的一些内在魅力。按时间先后顺序回顾非洲的几代作家,有助于对他们作出分类,当然,这种排序并不是按照黑人性运动本身的衍变,而是根据非洲政治和思想生活中的其他潮流。最近一次会议上,比伊·班德尔-托马斯(Biyi Bandele-Thomas)提出了四代作家的分类框架。① 第一代是"开拓者"——包括艾梅·塞泽尔、桑戈尔、谢赫·哈米杜·凯恩、卡马拉·雷伊、比拉格·迪奥普等法语作家,还有格拉迪丝·凯斯莉-海福德(Gladys Caseley-Hayford)、丹尼斯·奥萨德贝(Denis Osadebay)、R·J·阿尔玛杜(R. J. Armattoe)等英语作家。在这个作家群体中,法语作家通常会认同黑人性运动,即便它强调过去与早期的文化之根。即使英语作家群体中,"同样存在种族的情感元素,同样有褒扬非洲历史和非洲特色的冲动"。(Irele 110)上文我们提到,英国殖民地的作家拥有不同的视角;艾梅·塞泽尔和桑戈尔在欧洲的成功,以及马龙早期小说《巴图阿拉》**因引发丑闻而获成功**,甚至荣获法国龚古尔文学奖,这些都会让英属殖民地的作家觉得黯然失色。此外,这段时间还流行普遍的理想主义,预示着将从欧洲独立——"现实主义显然行不通,因为

---

① "性别与时代"研讨会,非洲文学节,布朗大学,1991 年 11 月 8 日。班德尔-托马斯的评论只涉及"世代"。

重要的是坚持非洲的纯真。"(Irele 112) 现实主义意味着描述非洲独立后出现的所有问题,这成了下一代作家的使命,包括科菲·阿沃诺、约翰·佩珀·克拉克(J. P. Clark)、索因卡和钦努阿·阿契贝等。这批作家包括一些对黑人性运动最尖锐的批评家,他们标榜自己更富有远见,更无惧被冠以西化之名。尤其是索因卡,他作为散文家和戏剧家,已经能够在现实主义中注入幽默与讽刺,赋予转型期非洲以存在主义之感,而不是去拥抱一个本质的非洲历史,并将其作为欧洲的对立面。他说:"如今应该在学习与教育中,摒弃这种标准的、反殖民主义的清洗策略,而要从一种文化的内部本身获得参照系数,来理解这种文化。"(Soyinka viii)

平心而论,索因卡的起点——"参照系数"——正是桑戈尔的终点,两者的差距远不及索因卡所宣称的那么大。不仅如此,索因卡多年以来忽视了桑戈尔对"普世主义"的诉求,他似乎把黑人性当作了一场停滞不前、孤芳自赏的运动。从一个公允者的眼光来看,索因卡的观点与桑戈尔后期的妥协观及杂糅观非常相似,"绝非全盘否定过去,相反,把过去和传统文化放在一个道德视角下重新整合"。(Irele 112) 像艾瑞尔(Irele)这样的批评家成功调和了黑人性运动与许多反对者之间的矛盾,结果发现——举例来说——"现代文学中,没有谁能像索因卡的作品那样,完美地实践了黑人性理念。"(112)他对政治领袖恩克鲁玛作了类似的分析;[216]在《良知主义》(Consciencism,1964)一书中,恩克鲁玛公开宣称自己是黑人性运动的反对者。我们可以在恩克鲁玛对泛-黑人与泛非运动的兴趣中,捕捉到"黑人性理念的运用"。做到这一点,只需更好认识到黑人性思想的灵活性,而不能像批评家们通常所认识得那样。①

根据班德尔-托马斯的观点,70年代产生了新一代作家,但这一代人的风头被伟大的尼日利亚人抢走——缺乏领头羊,缺乏了不起的个人成就,深受尼日利亚石油繁荣的前景以及衰落的影响。他们作品中的现实主义反映了对独立的失望,以及对新殖民主义越来越深刻的认识。他们感觉自己落入了由银行、贸易与商品市场构成的工业化世界体系的陷阱之中,这种被欺骗的感觉与反西方情绪交织在一起。关于这一代作家,最重要的特点是,他们越来越觉得黑人性与现实无关,于是他们成为第一

---

① 上文引用的阿善提-达科的观点,特别有助于了解黑人性定义所具有的灵活性。

代——不只是讲英语的非洲人——对此保持沉默的作家。黑人性不再是重要的非洲话题,不再需要每个人对其亮明立场。艾梅·塞泽尔痴迷于政治,桑戈尔则失去了政治声望,转而撰写更多的理论,而较少创作诗歌。这一作家群体发出声音时,他们和新的"第四代"作家,对自己在黑人性中看到的——40年代很多人目睹过——种族主义作出了激烈的反应。这些刚有作品问世的作家——包括津巴布韦的吉吉·丹格伦博嘉(Tsitsi Dangarembga)以及南非的姆布尔洛·姆扎曼(Mbulelo Mzamane)——似乎特别不能容忍黑人性思想中的种族与生物主题:"幸运的是,大部分非洲年轻人思想自由,因为不愿放弃黄种人与白种人的思想,而被桑戈尔驱逐出自己的队伍"(Tidjani-Serpos 99)。努艾伊妮·提加尼-赛尔波(Nouréini Tidjani-Serpos)试图综合几个视角,代表年轻一代非洲人,呈现某种统一的方法。桑戈尔曾从早期民族学家那里借用某些观点,年轻一代(他们不是第一代,这一点上文已有讨论)认为,这些观点带有种族主义色彩,因而表示反对。他们觉得,桑戈尔这样做限制了黑人的潜能(98)。除此之外,他们重申了以前提出的反对意见,即:黑人并不存在统一的观念或情感,这种反对声在美国多元文化语境下再次出现。根据努艾伊妮·提加尼-赛尔波的说法,桑戈尔对非洲的理想化描述,掩盖了前殖民时代的某些"负面",年轻一代对此也是反对的(99)。这位学者给出的当下(也是相当极端的)解释是,"正是打着黑人性的幌子,海地国家安全志愿军和独裁者杜瓦利埃(François Duvallier)集团联手将海地带入了黑暗的命运。"(99)然而,更有意思的是,他对艾梅·塞泽尔的"沉默"作了毫无根据的推测,认为他放弃了黑人性运动的早期原则。总的来说,塞泽尔近些年极少谈及黑人性理论。像桑戈尔一样,他慢慢淡出政坛。努艾伊妮·提加尼-赛尔波很可能误解了他的沉默,就像索因卡将这种沉默以及桑戈尔思想的最新发展解读为"战略撤退"一样(126)。

此外,还有"语言问题"。用非洲语言书写非洲文学的呼声越来越高。在1986年出版的著作《思想去殖民化》(*Decolonising the Mind*)中,恩古吉·瓦·提昂戈坚决以此书向英语告别。人们常常认为,塞泽尔使用法语词汇时,故意扭曲法语语言风格与句法,这是对殖民者语言的暴力。然而,尽管有人对桑戈尔再现了非洲口语文学样式赞不绝口,但也因为语言风格类似克洛代尔而常常受到责难。阿契贝多次指出,桑戈尔在语言与文学之间的分裂立场具有一定的促进作用，[217]这或许是一种理性的解读。最后这两代作家把黑人性运动——体现在作为开拓者的那一代作家之中——看作是一个与这场复杂的争论（争论还在继续）毫不相关的理论。同样，非洲最新一代文学评论家大体对黑人性理论也漠不关心，至少在新批评、形式主义以及解构主义领域是这样的。这是因为黑人性作品强调能指（referent），不断涉及非洲生活的最根本经验，而为作品提供素材的恰恰就是这种经验。文本之外，对非洲统一性持续的诉求阻碍了一些新批评方法的形成，不仅如此，这些作品甚至常以隐晦的方式提及外国殖民者。同时，一些非洲批评家对法国的批评方法以及其他形式主义方法不置可否。虽然他们不断呼吁非洲文学批评应该进一步学科化和科学化，但是，对是否应跟上西方的发展趋势却闪烁其词。①

那么，鉴于黑人性运动的声望，目前所能做到的是，接受——有时很困难，有时有盛气凌人之感——它在历史上的作用："但是，考虑到殖民神话给黑人带来的心理伤害，这样一个唱着'甜美歌曲'的桑戈尔是必不可少的。"（Amuta 178）"伤害"一词似乎削弱了黑人性诗歌与小说对于非洲独立的积极影响。稍微上了年纪的那代人似乎更容易认同黑人性运动带来的持久价值："黑人性运动是历史事实，既反对又积极肯定非洲文化价值体系，谁会这么愚蠢，居然想要否定它？"（Mphahlele 282）不仅如此，正如艾瑞尔所言：黑人性运动所提倡的非洲团结原则有助于"将其界定为一个奠基性神话，成为我们在当代行动与集体存在的根基。在我看来，正是这一点决定了黑人性与非洲个性等概念的相关性。"（113）有些人表示自己受益于黑人性思想，但也提出了一些改良建议，比如阿邦达·恩德恩戈（Abanda Ndengue）的《黑人主义》（"Négrisme"）、Y·E·道戈彼（Y. E. Dogbe）的《新黑人性》（"Neo-Negritude"）、阿多泰维（Adotévi）的《黑变病》（"Melanism"）等。而非洲以外的那些批评家与学者，对于本文一路梳理至今的黑人性运动所经历的跌宕沉浮，几乎一无所知。比如，很多美国人知道，哈莱姆文艺复兴（Harlem Renaissance）启发了黑人性思潮，就以为后者的命运如前者一样简单，又充满正能量。事实上，西方对黑人性

---

① 在1991年11月布朗大学举办的非洲文学节的开幕式与闭幕式上，这一点被几个非洲作家一致通过。

运动的兴趣往往会导致其在非洲声誉的下降。欧文·马克维兹(Irving Markovitz)说道(他说的是独立之前的日子):"黑人性之所以奏效,是因为其中含有对法国知识界的道德诉求,诉诸他们的传统与文化。"(42)正如我们所见,一直以来,反对者都会非常具体地指出西方的兴趣点。非-非洲人难以理解,这些兴趣点如何会削弱黑人性运动在现代非洲的吸引力。然后,还涉及潮流问题,尤其当我们出于时髦而关注多元文化主义之时。对一种独特的文化,人们总是用充满自豪与独立的声音加以赞美,这种声音恰恰最吸引我们,对局外人与学生而言,这正是最能清晰定义它的地方。

参考文献

Adotévi, Stanislas. *Négritude et négrologues*. Paris: UGE, 1972.

Amuta, Chidi. *The Theory of African Literature*. Atlantic Highlands, NJ: Zed, 1989.

Asante-Darko, Kwaku. "The Co-Centrality of Racial Conciliation in Negritude Literature." *Research in African Literatures* 31. 2 (2000): 151—162.

Bâ, Sylvia. *The Concept of Negritude in the Poetry of Léopold Sédar Senghor*. Princeton: Princeton UP, 1973.

Benelli, Graziano. *La Necessità della Parola: Léopold Sédar Senghor*. Ravenna: Longo, 1982.

Corzani, Jack. *La littérature des Antilles-Guyane françaises*. Vols. 4—6. Fort-de-France: Désormeaux, 1978.

d'Arboussier, Gabriel. "Une dangereuse mystification de la théorie de la Négritude." *La Nouvelle Critique* (1949): 52—60.

Depestre, René. *Bonjour et adieu à la Négritude*. Paris: Seghers, 1980.

Dogbe, Y. E. *Le divin amour*. Paris: P. J. Oswald, 1976.

Gikandi, Simon. "Traveling Theory: Ngugi's Return to English." *Research in African Literatures* 31. 2 (2000): 194—209.

Irele, Abiola. *The African Experience in Literature and Ideology*. Bloomington: Indiana UP, 1990.

Markovitz, Irving. *Léopold Sédar Senghor and the Politics of Négritude*. New York: Atheneum, 1969.

Melady, Margaret. *Léopold Sédar Senghor: Rhythm and Reconciliation*. South Orange: Seton Hall UP, 1971.

Michael, Colette. *Négritude：An Annotated Bibliography*. West Cornwall, CT：Locust Hill, 1988.

Mphahlele, Ezekiel. "Remarks on Négritude. " *Léopold Sédar Senghor：An Intellectual Biography*. Ed. J. L. Hymans. Edinburgh：Edinburgh UP, 1971. 280—301.

Ndengue, Abanda. *De la Négritude au négrisme*. Yaoundé：CLE, 1970.

Ngugi wa Thiong'O. *Decolonising the Mind：The Politics of Language in African Literature*. London：James Currey, 1986.

Sartre, Jean-Paul. "Orphée noir. " Preface to *Anthologie de la nouvelle poésie nègre et malgache de langue française*. Paris：Presses Universitaires de France, 1969. ix—xliv.

Senghor, L. S. *Ce que je crois*. Paris：Grasset, 1988.

Soyinka, Wole. *Myth, Literature and the African World*. Cambridge：Cambridge UP, 1976.

Tidjani-Serpos, Nouréini. *Aspects de la critique africaine*. Paris：Silex, 1987.

Vaillant, Janet. *Black, French, and African：A Life of Léopold Sédar Senghor*. Cambridge：Harvard UP, 1991.

Zaourou, Zadi. *Cécaire entre deux cultures*. Dakar：Nouvelles Editions Africaines, 1978.

（刘彬 译；姚峰 校）

第 32 篇　浪子，回家吧①

钦韦祖(Chinweizu)

[219]请思考这些问题:我们是应该有非洲现代艺术,还是现代非洲艺术? 非洲现代诗,还是现代非洲诗? 我们应该将现代性引入非洲,还是创造非洲的现代性? 我们应该致力于非洲现代文化的崛起,还是非洲文化的现代化? 如果有人问:"但这些词的区别在哪里? 难道这不只是语义上的练习么?"那么,这个人此时就要承认,自己没有意识到文化奴性伪装为文化发展的广泛危险;带着"文明"面具、实则文化枯竭的危险;以及我们因此而丧失一半自己的危险。但是,我们如何能厘清这一对非洲文化生死攸关的区别呢?

拜尔和摩尔曾给他们编纂的诗集起名为"来自非洲的现代诗"("Modern Poetry from Africa"),这并没有错,该诗集主要收录了当代非洲人通过欧洲语言创作的诗作。这个诗集并不是非洲人沿袭其非洲诗歌传统的所写、所说、所唱,没有将非洲人的声音与传统合调,从而唱出我们此时此地的世界。这些诗歌用欧洲语言书写并不是重点! 重点是那些决定了内容处理方式的形式、情感和态度,很大程度上外在于非洲传统。如果我们要寻找现代非洲诗歌的典范——即,那些具有在传统非洲诗学影响下的诗歌风格——寻找延续并发展了非洲传统的诗歌典范,那么应该看艾哈默德·纳西尔(Ahmad Nassir)的斯瓦希里语版《格言诗》(*Gnomic Verses*)、奥考特·庇代克的阿科利语和英语版《拉文诺之诗》(*Song of Lawino*),和奥基博的英语版《一路雷霆》(*Path of Thunder*)。不管用什么语言创作而成,这些诗歌可作为现代非洲诗歌可能的典型。

---

① First published in *Okike: An African Journal of New Writing* 4 (1973): 1—12.

不像"非洲的现代诗"（Modern Poems from Africa），这些"现代非洲诗"（Modern African Poems）即使以英语写成，也都在非洲本土文化的诗学传统之内。尽管来自非洲的现代诗是由非洲人创作，但是这些诗歌受制于现代欧洲的情感结构。与之相反，现代非洲诗由非洲人创作，除此之外，最重要的是源自于非洲传统的情感占主体地位。若想体味那种传统，我们可以参阅拜尔的《约鲁巴诗歌》（*Yoruba Poetry*）和《非洲诗歌》（*African Poetry*），以及安德烈瑟亚乌斯基（Andrzejewski）和刘易斯（Lewis）的［220］《索马里诗歌》（*Somali Poetry*）。在那里，我们可以找到传统非洲诗的翻译。不论是传自古代，还是书写、收集于上个世纪，这些传统作品都清晰发出了传统非洲的声音。甚至这些诗的英语翻译都必定会说服我们，非-非洲性（un-Africanness）的标志不只是语言，更是诗歌处理过程中的形式、态度和情感。

为了避免语言或者诗人本身的才华搅乱情感议题，我用一位杰出非洲诗人的英文诗歌，来说明非洲的现代诗和现代非洲诗之间的巨大区别。奥基博的《水人鱼》（"Water-maid"）——选自他的五段诗《天堂之门》（"Heavensgate"）——开头如下：

> 睁大双眼，海面之上，
> 睁大双眼，留意浪子；
> 向上射向天堂
> 那里有繁星落下。

但是，奥基博开始他的《一路雷霆》组诗时，早期《天堂之门》中孱弱的现代性就被摈弃了。结果就是他的《木鼓哀歌》（"Elegy for Slit-drum"）。开篇如下：

> 哀悼……来自我们肿胀的双唇，满是哀情：
>
> 创神话者陪伴着我们
> 拨浪鼓和我们在这里

哀悼，我们木鼓分裂之舌的哀悼

一个舌头充满火焰
一个舌头充满石头——

哀悼，我们木鼓的双舌在哀悼中分离

《水人鱼》中的老套句法把戏不见了。消失了！取而代之的是什么呢？搅乱了顺序的、充满韵律的哀悼；巡夜人清晰、不含糊的宣告声，每一个短句都有完整清晰的表达，语气坚定，在强调的重音上结束；每一短句组成的诗节后，都紧随一个长句，是建立在**哀悼**韵律上与之呼应的变体。只要熟悉非洲民间故事、童话和悲歌中反复出现的合唱诗行，熟悉伊蔻柔（Ikoro，尼日利亚伊博族的一种乐器。——译者注）的韵律乐句划分，任何人就会知晓，这种非洲对于"挽歌"的基本影响并不神秘。（若要决定挽歌具体属于哪个传统，就要重新审听五六十年代早期那些哀悼过世要人的各种流行乐录音。我马上想起的就是 *Onwu Nwapa* 和 *Odoemezina* 两个伊博族挽歌。公告式的诗行、一行或多行副歌在伊博族悲歌中都能看到。）人们可以在守灵的时候用奥基博的挽歌，领唱人唱的是短促的公告性诗行，在场的送葬者唱较长的"哀悼"诗行！这是一个将传统形式运用到非传统英语诗歌中的有力例证；通过非洲传统的元素，不仅丰富而且延展了英语非洲诗歌。

再看奥基博《一路雷霆》组诗中的另外一首《为雷欢呼》（"Hurrah for Thunder"），这种影响甚至更为明显。在《为雷欢呼》中有这么一段：

不论大象遇到了什么——
为雷欢呼——

大象，丛林之主：
挥一挥手
就可以推倒四棵树木；
泥泞的四肢捶打着大地：

他们不论踩到哪里，

哪里就寸草不生。

那么，现在我们将其与约鲁巴人奥瑞奇（oriki，西非约鲁巴语使用者的赞美诗统称。——译者注）的《大象》（"Erin"）作比较：

大象，灌木之魂。

只凭借单手之力

就可以推倒两棵棕榈树。

若有两只手

他会将天堂如同破布般撕裂。

························

迈着泥泞的四肢

他踏过草地。

不论走到哪里，

哪里的草就不能再次站立。

由乌利·拜尔和尕布达莫西（Gbadamosi）翻译

选自《黑人诗三百年》（*300 Years of Black Poetry*）

由洛马克斯（Lomax）和阿卜杜尔

（Abdul）主编，福西特公司（Fawcett）出版

《迷宫》（*Labyrinths*）非洲版黑色封面上的推荐语称奥基博的《一路雷霆》组诗"展现了一种全新的强烈力量，带有明显进步的希望"。这种印象是不可避免的。我已经指出了一些非洲文本带有如此爆发性的新诗学力量。这胜利的复兴并不只是韵律问题。（当然包括韵律！）不仅是形式上的模仿、直接的借鉴或忠实于原作的修改。这远远超出了对勒罗伊·琼斯（Leroi Jones）所谓"当代英国学术诗的元语言和浅显点缀"的背弃。奥基博背弃这些，是为了非洲特色的语言；他接受了一个有着自己动植物群落的非洲诗学风景，一个有大象、乞丐、葫芦、巨蛇、南瓜、编织篮、夜巡人、铁铃、木鼓、铁面具、野兔、蛇、松鼠的风景；这样的风景不再是充当背

景的异国情调,不再是点缀于孱弱形象中的异域指涉,而是在他的诗中被移至戏剧中心的风景,是飞机表现为铁鸟的本土视角下的风景,是动物的行为举止如同非洲民间故事一般的风景,是通过非洲本土人的眼睛呈现的动物风景。"本土"不再是贬义词! 很明显,奥基博有意识地在非洲传统中创作,并且将他从其他传统中——不排除西方现代主义传统——汲取的宝贵经验,引入自己的诗作,形成了他的"再创造"。《天堂之门》中,我们可以看到现代欧洲诗的异域情调;《为雷欢呼》作为一首习作(apprentice poem),传统模式[222]在缝补的空白中一览无余;《哀歌》中,我们发现该诗尽管用英语所写,却没有诉诸任何现代欧洲情感,这首诗是文化三角中的第三转角,其他两个角分别是非洲传统和现代欧洲情感,但毫无疑问,这仍是一首沿袭非洲传统的诗。

诗歌是与非洲本土文化的诗学传统相延续、还是断裂,这决定了现代非洲诗和非洲现代诗的区别,而这本身也是区别"非洲现代性"(African Modernity)和"非洲的现代性"(Modernity in Africa)——如在非洲的西方资产阶级现代性——的范式。现代非洲文化,无论所指为何,都必须包括古代非洲文化的延续这一点。不论现代非洲文化包括什么内容,都必须包括古代非洲传统中影响巨大并占支配地位的元素,那些决定这种文化的基调、将其凝聚在一起并赋予其独特印记的元素。非洲现代性的问题是非洲传统问题的相对面。若有人否认非洲传统——和传统非洲——在其意识中的支配地位,那他们别无选择,只能通过西方资产阶级的话语,来建构非洲现代性。

伊切罗(Echeruo)对于尼日利亚诗歌的讨论是值得思考的例子。他是一个具有现代思想的尼日利亚人、一个诗人和评论家。1966 年,他在位于恩苏卡(Nsukka)尼日利亚大学宣读过一篇论文,讨论尼日利亚诗歌的问题,之后该文发表在第 89 期的《尼日利亚杂志》(*Nigeria Magazine*),受到非洲和研究非洲的文学圈称赞。在《尼日利亚诗歌中的传统和借用元素》("Traditional and Borrowed Elements in Nigerian Poetry")这篇论文中,他指出:

> 从本土诗到现代诗的转化过程中,尼日利亚作家当下所面对的问题之一,在于抑制传统反省诗中过于鲜明的特点,并鼓励对叙述、

反思和决断等因素作更加微妙复杂的处理。

伊切罗还认为，现代欧洲诗和现代尼日利亚诗都规避直接的道德标签，"大多倾向于将情境和反思融入独一的诗歌时刻"。请允许我立刻指出，无论是现代主义者，还是传统主义者，伊切罗都忽略了当代尼日利亚作家的真正问题。传统主义者——例如，已故约鲁巴语作家法贡瓦，以及能用英语精彩创作却未放弃传统想象的图图奥拉——满足于在传统中创作，无意转入他途，遑论转入"现代诗"，如果他是诗人的话。所以，不能说传统主义者面对的就是伊切罗的问题。现代尼日利亚作家——如创作生涯行将结束时的奥基博——事实上是从"现代诗"转入了本土诗的传统中（如果他是个诗人的话）。他的问题正好与伊切罗为他提出的那些问题背道而驰。那么，伊切罗到底关注谁的问题？答案恰恰就是任何试图放弃本土传统、去写现代欧洲诗的尼日利亚作家。换句话说，这些是未来"现代诗人"的问题，即未来的现代欧洲诗人，他们恰巧成长于非洲传统之中，因此必须要克服这些"阻碍"；这些也是想要背弃自己传统的非裔作家的问题，又是那些"去部落化的"（de-tribalizing）非洲作家的问题。

伊切罗对于"现代欧洲诗"和"现代尼日利亚诗"等说法的使用，值得我们警惕！这些词使用时仿佛代表了两种动物，虽不相同，却是平等的。但是，"现代尼日利亚诗"不就是现代欧洲诗（又名现代诗，描述尼日利亚皮肤之下那些欧化了的情感）吗？除此之外，还能指什么呢？［223］难道不就是身为现代欧洲诗学生的尼日利亚人所写的诗吗？但是，通过伊切罗的描述，我们可以得到这样的印象，即这些诗人在回避同一个事物，因为他们是现代的，尽管他们彼此独立、相互不同。事实并非如此。事实上，尼日利亚人无论回避什么，并非因为被回避之物在某种文化中立的意义上是现代的，而是因为他者——那些欧洲导师——在回避这些。印象中，他们是两种不同但平等的事物，两种通过共同的现代性而共有一些共同的态度。这种印象消失了！尼日利亚模仿的延展性和依赖性问题十分突出，亟待处理。一旦我们剥去现代性中对西方的文化追随（commitment）成分，一旦现代性不再是西方现代性的代名词，那么批判伊切罗提出的重要议题，就简单得多了。

在文化中立的非西方意义上，对"叙述、反思和决断等因素的微妙复杂化处理中",有任何现代成分？但是首先，让我们岔开主题，来理解西方现代性到底是什么。比较好的参考文献是由欧文·豪（Irving Howe）编辑的《文学和艺术中的现代概念》（*The Idea of the Modern in Literature and the Arts*）。这本文集主要收录了著名的西方评论家和作家对于在西方文学和文化中现代性（或者现代主义）是什么的讨论。在这本文集——书中，接触的西方批评家和作家告诉我们，在西方的文学和艺术中，何谓现代性（或者现代主义）——的前言中，欧文·豪罗列了一些现代主义的特征。欧文·豪为西方文化的同胞写作，因此无需费力去解释西方文化和艺术中的**现代**概念。但是，任何非西方学者若要保持自身的文化视角，就必须为自己找到合适的修饰语。我在概述其言论的过程中，会在任何需要的情况下提供这些修饰语。

现代主义出现的原因有：

1. 先锋派在西方社会中是作为一个特别的派别而形成的，是一个处于边缘、游离于社会及其传统的派别；

2. 先锋派批评经典的西方美学秩序思想，要么直接抛弃这一思想，要么作出激进变革。在此过程中，自然主义逐渐过时；

3. 自然不再是西方文学的主要题材和情境；

4. 与西方经典英雄形象相对，一种崭新的人物性格、结构和主角或英雄的角色出现在西方小说中；

在这些胜出的文学态度和观念中，最重要的是：

5. 反常——即惊讶、兴奋、震惊、惊骇、侮辱；

6. 原始主义——即在西方传统中被认为是原始、堕落或返祖（如黑人艺术！）；

7. 虚无主义——即对于传统价值观作为行为指导的信念崩塌和公认的丧失，加之对于人类存在的无意义感；

这些成为现代西方文学的重要主题和中心内容。在这些态度下产生的文学——西方现代或现代派的文学——几乎总是难以理解。"这是其现代性的一个特点,"欧文·豪很肯定地告诉我们。

此类文学某时应该在西方成为主流(也的确成了主流),这可以通过仔细研究西方文学和社会史加以解释。西方现代主义所反叛的是特定的传统负担。但是,[224]不论我们对此多么熟悉,多么熟悉那个传统,熟悉针对这一传统的各种现代主义逆流(象征主义、达达主义、超现实主义、未来主义等),它们都不是**我们**历史的一部分。他们不属于**我们**的过去。非洲作家个人可以自学所有这些知识(就像与他们同时代的西方人),但事实依然是(有别于同时代的西方人)这些文化逆流丝毫没有影响和直接进入我们的文化构建。但是,哪一种文化?非洲的,还是欧洲的?那么问题来了:我们的作家为谁写作?谁是他们的受众、听众、他们文化群落的回应者?欧洲人(欧化了的非洲人),还是非洲人?他们选择在哪一个群落和传统中发挥作用?他们是非洲人,还是欧洲人?或许更准确地说,他们是受欧洲影响的非洲人,还是受非洲影响的黑色欧洲人?他们倾向于哪个?我们绝不能再把西方历史、文学和其他方面的轨迹当作我们自己的。或许,我们被西方当头一棒,但我们并未因此而成为西方人——起码现在还没有。

现在应该可以很清楚地看到,伊切罗认为"现代"的特点仅仅是"现代西方文学"的特点,是由西方传统的历史在文化上所决定的,因此不能在任何文化中立的非西方意义上,被认为是现代的。既然尼日利亚"现代主义者"的品味是在现代西方传统上养成的,他们对于明确性和复杂蒙昧主义的态度,完全源自西方。通过在西方意义上变得"现代",任何尼日利亚或非洲作家都会继承鲜明的西方传统,而非鲜明的非洲传统。既然在特征、态度、危机,在对于问题和成就的认识上,非洲社会与西方相去甚远;既然我们的价值危机在于,我们受到西方一顿乱拳——使我们丧失了对自己传统的平衡感——之后,在不清醒的状态下作了草率选择,难道我们价值观的传播者——如果他们倾向于效仿西方风尚,变得极其难以理解、凌空蹈虚,而不是文笔清晰、易于理解——不该回避他们对于**我们**社群的责任?让我们假设(或许这是没有根据的假设?),这些非洲诗人主要为我们非洲人写作。那么,对于这些"西方现代派"诗人——碰巧他们也是非洲人——的多数作品,我必须赞同阿玛·阿塔·艾朵(Ama Ata Aidoo)的说法:

　　我们一直在等待回复，并且祈愿那些有远见者有时可用我们少数读英文的人能理解的口音说话。因为我们厌倦了背叛、落空的承诺和永远待在黑暗里。

　　在第 2641 期的《西非》（*West Africa*）杂志，阿玛·阿塔·艾朵发表了一篇评论沃莱·索引卡的《伊丹理诗篇及其他》（*Idanre*）的文章，并发出了这样的呼吁。但是，对于我们当中更多其他的西方现代派诗人的评论，很多在过去——现在依然——可以同样巧妙地提出这一呼吁。

　　《伊丹理诗篇及其他》的另一个书评人在《尼日利亚杂志》发表评论，指出索因卡的作品"既势利地远离又痉挛式地介入他周围所发生的事件"——这似乎适用于任何西方现代主义的追随者。他说，作品难懂、晦涩，（或许因此?）是天才之作！——人们会认为，这样的话或许出自一个面对西方现代主义态度的光芒、不确定自己身为非洲人的职责的评论家。（这并不是说索因卡不是天才——不论天才所指为何。看一看他的戏剧！卓越而动人。瞧瞧他放弃《电话谈话》中浅白幽默风格、选择食下[225]晦涩之果前的早期诗作！我只是不喜欢用"天才"这个词。对我而言，这词含有太多该死的云上精英之感。它粘在我的牙齿上。艺术对我来说是手艺，而不是浪漫的春梦！）明确清晰是非洲诗的特点，而很多我们诗人的诗作中，我们看到的是晦涩，一种他们出于信条——要求对"叙述、反思和决断作微妙的复杂化处理"——而强加给诗歌的晦涩，这种晦涩是西方现代主义的徽章。

　　[……]

　　如果纳西尔和比托克的事业不能给我们的文化流亡者以教益，那么奥基博的诗绝对可以。因为他是其中一员；曾是其中的佼佼者；然而，他找到了通往摇篮的归家之路。但是，现在回家，为时已晚，那么请我们的浪子卸下伪装。让他们声明他们是谁——西方的现代主义者，而不是非洲的现代主义者。让他们承认他们是谁，并停止沿着错误的方向影响和指导我们和我们的后代。如果他们像奥基博一样返回家乡，我们应该开心地庆祝他们的回归。因为我们不能拒绝回家的浪子。

（袁明清 译；姚峰 校）

第 33 篇　新泰山主义:伪传统的诗学①

沃莱·索因卡(Wole Soyinka)

[226]觊觎非洲诗歌"祭司长"(Pontifex Maximus)桂冠的人,必须懂得如何提防荆棘。首先,尤其当他们只是传统非洲诗歌的爱好者和拥护者,就必须深入剖析传统艺术中诗之为诗的要义,或者正视自身的局限,知道自己对此想象力活动的理解还停留于肤浅的层次。传统非洲诗歌并不总是指那些易于翻译、被编入文集和教科书的诗篇;也不是艺术节中最受欢迎的抒情曲目,被民族学者刻录下来,为象牙塔里的学术工作提供最现成的研究材料;也不仅限于对番薯(yam)或者神祇的赞美,对神灵护佑的祈求和对原始状态的召唤。传统诗歌包括了以上这些;但也同样出现在别处,比如谜语的技艺、行医者的药理学、神灵附体的媒介的话语、占卜者的密语、神话传说的礼拜仪式(及其公共话语系统的语言)、真正浸入语言之中所形成的对世界的独特理解——从伊法牧师到市场中的讨价还价者,或许是因为生意失败而发了牢骚! 如果有批评家矢志于构建非洲诗学的话——顺带一提,这是欧洲批评传统的典型做法——最好一开始就明白这一点,或者仅局限于赞美欧洲童谣的优点(该领域更适合我们的批评三巨头的分析能力)。

钦韦祖早期发表的一篇文章——《回家吧,浪子》("Prodigals, Come Home"),《奥凯基》的第 4 期——界定了这三巨头对于非洲诗歌中动植物景观的概念:"由大象、乞丐、葫芦、蛇、南瓜、篮子、街头喊叫者、铁铃铛、

---

①　Fist published in *Transition* 48 (Kampala: 1975): 38—44; and subsequently in *Art Dialogue and Outrage: Essays on Literature and Culture*, pp. 315—321, 327—329. Ibadan: New Horn Press, 1988.

磁鼓、铁面具、野兔、蛇、松鼠所构成的景观……**由土著人的眼睛所描绘的景观**,飞机自然被视为铁鸟;在这景观之中,动物们的行为如非洲民间传说一样,同样由非洲土著人所描绘。"[227]必须强调一点,钦韦祖拒绝将此景观当成"具有异国情调的背景";相反应当成为"诗歌戏剧性的中心"。我完全无法确定,这是否更容易被人接受,如果与好莱坞塑造的非洲人的传统形象相比:他们躲在丛林里,瞪大眼睛,说道,"老爷,老爷,我看到了一只大铁鸟。"我的非洲世界略显复杂,包括了精密机械、石油钻塔、水利电气、我的打字机、铁轨火车(不是钢铁蛇!)、机关枪、青铜雕塑等,与上述那个包括了南瓜和铁铃铛的世界存在一种本体论意义上的关系。这会导致对这些现象的"叙事、思考与应对"陷入一种微妙的混乱,尽管决不会刻意将事情复杂化。啊,伊切罗的措辞很不明智,钦韦祖等人对那些不受待见的诗人当头棒喝,也并不为过。问题在于,作为批评家,他们不够彻底;作为传统主义者,他们流于肤浅。他们更多仰仗机会主义来大加挞伐,而智慧上缺少对诗歌的关注。他们的问题不只是言过其实;而是发出了错误的言论。这个过程中,遭受诋毁的不仅是非洲人的现代诗歌,也包括了传统诗歌,其中的优点被非洲人奉为楷模。批评家们"断奶"后,或者限制自己对诗歌遗产的继承,只限于那些描述木薯和番薯的诗歌——不仅使得诗歌这种形式遭到了贬低,但愿不会如此!——稍微有一点不同的维度,就遭到规避,比如伊法的《Irete Meji》这首诗歌,它们是否能够真正传达现代非洲作家的诗歌体验?

> 如针一般纤细
> 如晾衣绳一般肮脏破损
> 像蠢人的金子一样闪闪发光
>
> 满当当的钱包叮当落地
> 鼓鼓囊囊的网袋砸落下来,拉紧了套索
> 两只年轻的公鸡:逗弄着,撵着
> 两只年迈的公鸡:在泥水中被拖行着
> 瘦骨嶙峋的臀部,重重地摔在地上

为我的想法而创造伊法
羚羊、野牛
截断了河流

它们仰慕伊多语中的水之母
有朝一日,他用自己眼中的泪水
来捕获生命中的美好事物

当万物都在躲避他的时候,他是否还能精神焕发?①

当然,伊法说出这些警句格言时,并没有宣布自己在从事诗歌创作。但是,这位《汉普蒂·邓普蒂》("Humpty-Dumpty")的无名作者以诗歌讥讽了英国历史上的公众人物,也没有宣布从事诗歌创作。这些诗歌最后汇入了英国童谣——对此,我们的三巨头或许并不知道。这些令人愉悦的诗行的合法继承者不敢做的,我们的三巨头做到了——将《汉普蒂·邓普蒂》提升到"伟大诗歌"的级别,不仅与威廉·布莱克(William Blake)的《老虎》("Tiger")平起平坐,还与兰斯顿·休斯的《哈莱姆》("Harlem")并驾齐驱! 傻瓜蜂拥而至……

[228]这是个玩笑吗? 或者是我们的三巨头痴迷于那种神秘化手法(他们以此为由,批评其他批评家和诗人)?

作为作家,如果在《汉普蒂·邓普蒂》和我引用的伊法诗歌之间作出选择的话,我的创作直觉会自然而然、毫不犹豫地选择后者。作为批评家,我通过分析实践与读者分享自己的发现,在此过程中,我的感受力更加令人振奋、更为刺激(甚至变得更糟糕,是的)但最终变得更加丰富:这也是批评家顺带的功能之一,这一功能为梅塞尔·钦韦祖(Messrs Chinweizu)、吉米(Jemie)和马杜布依克(Madubuike)等人所提倡——在他们所列的批评家的功能表上,名列第二——但是,当需要投入更多智力时,他们又坚决拒绝予以拒绝。

---

① 朱迪斯·格里森(Judith Gleason)的自由译本:《伊法的吟诵》(*A Recitation of Ifa*)。

《Irete Meji》违反了三巨头定下的主要规矩——或许只有一个例外：这个例外充满了明喻，这诗歌直截了当，不需要太多思虑技巧，必定赢得了他们的支持：

> 如针一般纤细
> 如晾衣绳一般肮脏破损
> ……

但是，这诗歌果真"读起来那么朗朗上口"吗？"流畅"吗？有"音乐"之感吗？"令人愉悦"吗？或者至少是一种"令人愉悦的胡言乱语"吗？

> 两只年轻的公鸡：逗弄着，撵着
> 两只年迈的公鸡：在泥水中被拖行着
> 瘦骨嶙峋的臀部，重重地摔在地上
> 为我的想法而创造伊法
> 羚羊、野牛
> 截断了河流

我更怀疑这诗是"沉重的"、"饶舌的"、"佶屈聱牙的"。之所以需要保留译文的音乐性，惟一原因就在于，这是三巨头的创作模式，无忧无虑地从传统诗歌的原作转向译文，可谓大胆出奇，完全不顾及任何批评标准的规约，尤其是音乐性这一标准。这种水平的批评缺少对本领域基本知识的了解，恐怕需要在童谣的领域进行更多的实践。但是，什么是传统诗歌的音乐性呢？是否那么悦耳动听呢？难道我们从来没有遇到过那种内在结构浑然一体，读起来却"佶屈聱牙"的诗篇吗？无论如何，三巨头是如何定义"音乐性"？我们的批评家似乎属于民族音乐家这一流派，一直到二三十年前，他们还在给欧洲洗脑（包括在欧洲的非洲人），让人们相信非洲音乐传统除了杂乱的音符之外什么都不是，多旋律交融的传统来源于疯人院和唱诗班的挽歌，如同夜晚豺狼的嚎叫声。三巨头试图将流畅的音乐性融入非洲现代诗歌，使其最终成为正统，也不过是缺乏音乐教育而导致的感知偏差。是的，诗歌是一种"听觉"媒介①,并非荒野中无知的喊叫,未来的传统捍卫者们只要沉浸于传统诗歌的吟唱之中就能获益,没有必要为达此目的而返回村庄。如今,欧洲和美国的图书馆[229]收藏了大量这些声音的录音,甚至还试着写成了谱子。例如,约鲁巴人诗歌吟诵的音乐性**并非**我们的批评家所倡导的那样,采取平淡流畅的单调韵律;相反,他们经常采用断音,而且有意为之。在技艺娴熟的朗诵者和伴奏者的激发和引导下,主题时隐时现,不断被掺入新的元素。我们决不能用刻板、线性和简单的译文,掩盖传统诗歌的丰富性——用典、婉约与多文本杂陈等特质——**尤其在吟唱的过程中**。在冰冷的印刷物上读到原文的人的确能**听见**、把握韵律和结构的复杂性。在新世界,最能忠实表达这种反击方式的是现代爵士乐——是音乐,常常不是抒情诗。

> Wó ni, alóló alòlò.
> Àtiròrun àkàlà.
> Ojú ro wón tòki
> Ló difá fún olómitútù
> Ti nsobirin Àgbonirègún.
> Èdidi àlò.
> Ifa ò ni polómitútù kó pupa.
> E è ni ba won kúkú òwówò lailai.

"弹跳韵律"(sprung rhythm)——我斗胆借用一位英国诗人的措词——或许是描述这些诗行内在韵律的最有力表达方式了。我提议三巨头应该好好听一听约鲁巴人的朗诵,或者听一听活鬼灵(egungun)吟唱的以上伊法诗篇。他们或许会明智地将自己的警句用于自己——"我是个男人,比你年纪大,但并不意味着我就是你父亲"——并且发现杰拉尔

---

①　如果有文学批评家果真相信,印刷的视觉真实性不能也不应该对诗歌产生形成性的影响,对这样的天真无知,自然无需任何评论。然而,印刷文字的现象学这一课题太大,在此无法解决;这足以使诗学的构建者分出些许精力,在本土语言写成的当代诗歌和以同样语言的口语诗歌之间,作一番比较。甚至包括广播,这种口语形式对诗学文本产生了形成性的影响,任何人听过本土语言制作的广播节目,都可以作出验证。它们获得了纯粹源于口语的诗歌所缺少的特征,同时失去了其他特征。如果有人认为,印刷(视觉)媒介最终会成为与转瞬即逝的口头形式别无二致的想象性产品,这只是缺少智慧的想法。

德·曼利·霍普金斯(Gerard Manley Hopkins)并没有发明"弹跳韵律"。而使用霍普金斯语言——因为只有他将其作为自己的工具——的现代非洲人并非没有运用这一术语。他们甚至开始从新的角度来聆听自己的诗歌传统,尽力避开那些简化的指责,因为一旦遭受这种指责,他们就主张埋葬传统,这是颇有嘲讽意味的。如下诗行果真有传统诗歌的特质吗?现代诗人就是借助它来规范自己吗?

> 在我们的小村庄
> 老人们在场时
> 男孩不能看女孩
> 女孩不能看男孩
> 因为老人们会说
> 这是不对的。
>
> 尽管夜幕降临
> 男孩只能和男孩一起玩
> 女孩只能和女孩一起玩
> 但人类是脆弱的
> 所以男孩和女孩见面了
>
> 男孩们玩捉迷藏
> 女孩们也玩捉迷藏
> 男孩们知道女孩藏在哪里
> 女孩们也知道男孩藏在哪里
> 所以在捉迷藏过程中
> 男孩追求女孩,
> 女孩追求男孩,
> 他们彼此引吭高歌
> 爱情之歌。

这种平庸、乏味、做作、幼稚的糊涂话,就连我七岁的女儿都耻于书写，却得到了三巨头批评家的赞美。"马克维（Markwei）的诗（！）简洁而生动，传递了月光游戏的体验，而沃诺迪（Wonodi）的《月光游戏》（*Moonlight Play*）则给人黑暗、紧张之感。"我对沃诺迪的诗不以为然，实际上，坚决抵制这样的诗。然而，坚持将马克维幼稚的散文体奉为圭臬，不仅会令人怀疑我们的批评家已经穷途末路，故意使出了最后一招，要为一己之私颠覆整个非洲诗歌的未来。《汉普蒂·邓普蒂》好歹还有一点智慧；拓展了人们的一些想象力，虽然称不上三巨头所谓的"伟大诗歌"。马克维的诗歌的哪一句达到了"生动"的程度？梅塞尔·钦韦祖等人理解这个词吗？它与想象力何时发生了交集？或者说，这种诗歌特质不再适用于非洲人写的诗？我在键盘上敲出这些的同时，眼睛往书房的窗外望去，一边观察，一边"思考"：

> 越过我邻居的篱笆
> 一个男孩
> 将一个橡皮球扔给了一个女孩
> 这女孩
> 又将橡皮球扔给了男孩
> 中间隔着我邻居的篱笆
> 游戏和欢笑
> 唤起了楼下那些过去的时光
> 唤起了我们村庄广场的月光
> 男孩和男孩玩耍
> 女孩和女孩玩耍
> 球将男孩与女孩分开……

　　球！这样的感同身受，虽不是什么创造，但至少不会肆意贬低自己；同时，会对这些批评家逐渐失去耐心，因为在他们诗歌的国度，没有给这些诗歌留下位置——埃古杜的《一年之中的第一个番薯》和约鲁巴人传统的《新薯节》（"New Yam"）。这是怎样的有违常理，怎样的精神阉割啊！这是两种截然不同的做法，但都很成功。只有诗歌之敌才试图排斥这个或那个，并且在对比之中评头论足，最终得出令人吃惊的结论：罗曼纽斯·埃古杜（Romanus Egudu）的诗歌没有表达"温柔、得意或刺痛"之感，或者只是赞美了"抽象的"情绪：

> 我趁着新鲜将它挖了出来，
> 这没有骨头的肌肉
> 是空气、土壤和温暖
> 还有水，这
> 生命来自于死亡
> 之心……

　　遇到如此具有破坏力且极不严谨的批评，任何人都难以保持克制。我建议这些批评家把自己的耳朵（还有眼睛）擦干净，再重听一遍。上述诗行不仅流露出了温柔的感情，而且还有所扩展。他们称这首诗"自私而贫乏"，"试图唤起怀旧的复古主义，却颇为吃力、毫无生机"；用的都是舶来的语言，与所涉材料无关，对其也缺乏了解。我建议这些批评家从局内人的角度重读这首诗，这首诗所用语言颇为大胆新奇，真正反映了这一经验的神圣本质、新番薯的社会象征意义和形而上的语境——对番薯的歌颂、以及从腐朽到播种、成熟的过程。约鲁巴人的诗歌是智慧的；埃古杜并没有自作聪明。埃古杜的诗歌是发自肺腑的、感性的；除非批评家以他们惯用的归纳法，觉着这首传统诗歌的最后一句诉诸了感官，那么约鲁巴人的诗歌从来没有刻意显出真诚或感性。这种诗歌从新番薯的自身关系中寻找意象，其夸张与戏谑均有欢乐的色彩；的确，给人一种吃了一小块番薯后，回味无穷的感觉。然而，这些并不是番薯仅有的属性，或者引起情感共鸣的潜质，罗曼纽斯·埃古杜还探讨了其他一些方面，试图进入更为深刻和本质的关联，包括宇宙性的问题。他将番薯的重要性延伸为人类境遇的寓言。如今看来，这是对非洲文学和非洲文化遗产的罪行和伤害。这导致他的诗歌至多只能被描述为一种恶意的、不真实的分析。

　　[……]

　　他们（三巨头）提出的核心议题——蓄意的模糊化和私人的隐秘性——毒害了很大一部分非洲现代诗歌，提供的一些例子似乎也是有根据的。一些批评家——比如阿诺斯(Anozie)——过于沉溺于结构主义风潮,更加难以正确理解这些诗歌,他们的批评活动也就无所助益了;保罗·塞洛克斯(Paul Theroux)也是如此,他认为批评性的判断并不成熟而予以放弃;钦韦祖等所代表的"傻瓜"(Simple Simon)批评流派颠覆了想象力挑战(imaginative challenge)的原则,而这恰是诗歌的功能之一。对非洲传统艺术形式的诋毁和误解,到了应该停止的时候了。单是非洲的雕塑就足以在视觉上证明非洲艺术的活力,避免停留于肤浅、表面的意义。雕塑、舞蹈、音乐以及任何融合了多种表达媒介的公共表演都在塑造一种感受,尝试在当下从外来的词汇中雕刻出新的形式,不仅表现了分门别类的经验,也反映了对这种经验总体的概念化过程。请记住,诗歌不是某人单独的作品,而是诗歌活动的总体与多元变体。在丰富、持续的社会表达之中,个人的标新立异不再重要,应当被忽略,虽然有受虐倾向的批评家对此仍持拥护态度。

　　现在,批评家和社会评论家应当意识到,各种形式的自以为是、捶胸顿足已经变得无趣而可疑了。社会承诺(social commitment)即公民承诺,同样包括木匠、泥瓦匠、银行家、农民和海关职员各色人等,也包括批评家在内。但是,这些成千上万对社会进步作出贡献者(包括评论家)不可能每天 24 小时都在"履行社会责任"。不可思议的是,这永不停歇的使命唯独留给了艺术家。他工作的主要部分、他的生命都贡献给了迫在眉睫的社会议题,这并不奇怪;每一位装腔作势的批评家都有特权揪出一个"不履行承诺的作品",并公之于众,又走上讲台,开始抱怨起来:"这是想干什么? [232]这位艺术家竟敢有片刻时间堕入个人思绪之中?"绝不能这样,他们必须效仿托洛茨基,托氏对于自己的革命思想十分自信,声称:

　　　　文化是知识与能力的有机集合,是整个社会特征。它囊括了所有领域的人类成果,并渗透其中,将它们整合成一个系统。个人的成就超越了这个层次,逐渐将其升华。

　　不,对于许多批评家而言,个人尝试(individual experimentation)的观念——这种个人尝试对所判定的社会成就作出了贡献——是令人讨厌的。更有甚者,有些人郑重其事、直截了当地宣称,个体表演者、个体创造力的观念不属于非洲传统。这样的观念竟然出自这样的文化!要知道,在我们的文化中,诗歌从未停止对所有艺术形式中非凡创造天赋的赞美,所有艺术形式的口述史都忠实地记录了雕刻者和说唱艺人的成就,延续至今的艺术批评区别了不同熔炉的铸造技术和装饰,区别了同一行当之中父子之间作品的不同!新的艺术批评流派却试图证明,专业的奥瑞奇赞美诗吟唱艺术(包括自我赞美的感叹句)是资产阶级腐朽的个人主义的对立面;据称,这种个人主义影响了非洲人创作的现代内省诗。有人指出,穆巴瑞(mbari)室内雕塑家有一段时间会离群索居、闭门反省、等待神启——灵光乍现,将会变成泥人。这些雕塑家为了履行其社会责任而起早贪黑,而那些(接受过现代教育的)同胞则不然,即使他们也会为了笃信的事业放下笔墨、参与斗争,并为之牺牲。后者遭到了严厉批评,因为其诗歌加入了基督教和个人神话,虽然"幸运的是,就在其死前",他因为那些赋予了自己公共声音的事件而得到了拯救。我们希望三头的大祭司长(Pontifex Maximus Simplicissimus)不要让可怜的克里斯托弗·奥基博在炼狱(Purgatory)遭受火刑太久。

这个错误真的很简单:将"即刻"与"承诺"等同了起来。穆巴瑞雕塑家将自己与日常生活隔绝开来,代表全体社会进行一段时间的清修与反思。其作品泥人在每个人眼里都会有不同的解读,而这组远离人群的泥人群像——通常不会出现在村庄人来人往的地方,并随着时间的流逝而慢慢剥落、损毁——在部族的人看来,是一种对土地的致敬,能够增进整个村庄的精神健康。个人思考后最隐秘的成就,成了一种对生活的致敬。这些信息所传达的对象只是一组穆巴瑞雕塑的所有受益者,甚至还没有这么多人。两件精神产品都会随着时间而消逝,但不能证明它们无关紧要或一无所用。我可以很坦然地承认,一些非洲诗人的作品与我毫无干系;我不会对这些作品作任何回应。奥基博诗歌喜欢炫耀诗歌的来由,同时反复插入个人传记、言行录、地理志与玩笑等,我对此经常抱怨、生气;尽管如此,他的诗歌对我来说,与几个非洲社会里的雕塑审美具有类似的功能。我不具备钦韦祖等人那种传统的快速感知能力,即使是自己约鲁巴人的雕塑、音乐和诗歌,我都不敢称**完全**理解,但是这审美环境(aesthetic matrix)却是我自己创作灵感的源泉;影响了我对其他文化的评论,证明了所有创造者——无论是科学家,还是艺术家——都有兼收并蓄的权利。桑戈(Sango)是今天的[233]电神;并非白人的魔幻之光。奥贡(Ogun)是今天的精密技术、石油钻塔和太空火箭之神,不是什么无知愚昧的乡巴佬,见了"钢铁之鸟"就瑟瑟发抖。

(孙晓萌 张旸 译;姚峰 校)

第 34 篇　我的能指更加本土：
非洲文学构建议题①

阿戴莱克·阿戴埃科奥（Adélékè Adéékó）

[234]1962 年,现今已颇负盛名的马凯雷雷非洲作家大会召开,海涅曼教育图书(Heinemann Educational Books)出版了影响深远的"非洲作家系列"。自那时起,英语世界的非洲文学批评就一直致力于策略设计,旨在将相关指导原则的内容和语言本土化。所有重要的非洲作家与批评家共同为元语言设计和阐释倾向构建限定要素,这样,本土形式的核心要素就成了文化——尤其是文学——的定义、分类和原型鉴赏。物质认知工具本土化的鼓吹者认为,任何真正**非洲**文化实践的根本来源,必须发掘自前殖民时代的民间口头文学形式。比如,欧比亚江瓦·瓦里(Obianjuwa Wali)的观点是,如果独立后的非洲文化任凭欧洲**形式**的摆布,则殖民势力取得的成功将远超其预料。如果非洲文学和批评脱离了非洲语言,学者们将会"走进死胡同"(14)。有些学者的理想主义并非如此强烈,他们与会晤于马凯雷雷的作家们都认为,前殖民传统和语言已经发挥了历史作用,并且所谓的确定性已埋葬在曾经受众广泛的旧秩序之中,而后者早已屈从于新的文化构建。毫无疑问,原初的欧洲语言和形式在历史的发展中已经**本土化**和非洲化。得益于这些并不纯粹的非洲**民族**形式和语言,跨种族交流才成为可能,政治和文化的稳定也得以保证。

在一篇后来影响很大的文章中,夸梅·安东尼·阿皮亚(Kwame Anthony Appiah)将发自肺腑的修辞归纳为**本土主义**。此类修辞在"民族主义者"的文章中屡见不鲜,[235]他们偏向通过口头和前殖民传统的

---

　　①　Fitst published in *Proverbs, Textuality, and Nativism in African Literature*, pp. 1—27. Gainesville, FL: University Press of Florida, 1998.

发展，构建非洲的文化和知识身份。阿皮亚指出：

> 对异域语言中的异域传统所致亵渎的控诉；或者捍卫这些传统，
> 称之为切乎实际的必要之举……这似乎经常会沦为两派之间的争
> 端：一派对非洲语言和传统持有赫尔德式（Herderian）情感，认为两
> 者表达了纯粹的传统社群之集体主义本质；另一派则从实证主义视
> 角仅仅视欧洲语言和学科为工具，附加其上的帝国主义——具体说，
> 种族主义——思想模式完全可以清除。
>
> 前一派观点便是我们所谓"本土主义"的核心：认为真正独立的非
> 洲需要独立的文学。与 19 世纪俄罗斯所展开的"西方人"和"斯拉夫
> 人"的争论类似，非洲的争论是"普世主义"和"特殊主义"的对立，后者
> 通过与前者相对立而诠释自我。但是，这场博弈中只有两个选手：我
> 们在内，他者在外。如此而已。（"Topologies of Nativism"，56）

当然，这样的概括将真诚的辩论——这场争论关注的是后殖民时代
如何有效解读非洲的文化和知识话语——弄得有些滑稽可笑。大量的作
家和批评家（包括影响巨大的非洲马克思主义学派）属于"温和的"中间
派，这种概括却将他们拒之门外。正如阿皮亚指出的那样，如何赋予本土
视角最大权利，并非由"民族主义者"或者"传统主义者"的声音以及民间、
口头和乡村文化的支持者的意见全权决定。

阿皮亚文章发表的十年前，伊曼纽尔·奥比齐纳（Emmanuel Obiech-
ina）的一篇文章认为，滋养了非洲人文学科发展的对抗（反殖民）语境，
很大程度上造成了主流思想的激进倾向，以及语言的本土主义倾向。在
奥比齐纳看来，

> 文化本土主义——或文学民族主义这一分支——在诸如殖民主
> 义造成的不公正社会中如此普遍，以致其必然性是毋庸置疑的，几乎
> 不值一辩……显然，无论这种本土主义或者文化自信是以诸如"非洲
> 个性"的心理-政治术语，还是以"黑人性"的文学意识形态表达出来，
> 其中的文化意涵是显而易见的。有一种基本预设认为，非洲文明不
> 同于所有其他文明，非洲人也因此有别于所有其他人类。

("Cultural Nationalism", 26)

奥比齐纳认为，**本土化思想修辞**(intellectual rhetoric of indigenization)——各色非洲人用以标榜自己对于独立社会的看法——是一个生成性的概念，因为在后殖民时代的非洲，它促进了不同文化和思想模式的发展。

本土主义——包括民族主义者的本土主义——的主张绝大多数涉及世俗领域，包括（但不限于）语言学、历史唯物主义、文化唯物主义、分类生物学、发展经济学和社会学等。本土化的两极对立在社会科学中亦不鲜见：非正式与正式、无序和有序、乡村与城市等的特性和相关度始终是重要话题。有时，甚至"自然"科学——如民族植物学①和民族药学——也会卷入类似瓦里文章提出的问题。同样，性别研究也未能幸免。比如，[236]伊菲·阿玛迪欧姆(Ifi Amadiume)的研究《男性女儿》(*Male Daughters*)中，非洲女性主义的方法似乎得到了本土主义思想的启发。她说，为此书规划研究工作时，"决定最好还是返回本土，借助恩诺比人(Nnobi)自己的力量，尤其从女性的视角书写我们自己的社会史。"在恩诺比，她的"提问权"得以保障，并且可以"担任发言人，为变革和进步而建言献策。"(9—10；强调标记为编者所加)②

单就文学批评而言，记录本土认知发现法的思路有很多，下面我按三个条目归类，但只能管窥其复杂性。第一类——我称之为主题或古典本土主义——突出的是**当地**或**公共**话题，拒绝将带有偏见的普世主义作为批评标准，并发展出一种坦诚交流的美学。古典本土主义从"实用"和"相关"的非洲化审美理论之中寻找灵感。第二类——我命名为结构主义或玄学(speculative)本土主义——主张对"传统"戏剧、小说和诗歌（三者应成为当代实践的基石）的形式维度作理想主义解读。与主题主义者(thematists)不同，结构主义者并不使用"传统"否定晦涩的唯我论艺术。第

---

① See, for example, Omotoye Olorode, "Aspects of Plant Naming and Classification among the Yoruba." *Odu* 27 (1985): 80—95.

② Ifi Amadiume, *Male Daughters*, *Female Husbands*: *Gender and Sex in an African Society*. London: Zed Books, 1987.

三类——我称之为语言或工艺（artifact）本土主义——要求以激进的方式，将所有渴望冠之以"非洲"的艺术，转译为本土的语言和文化规范。对于语言本土主义者来说，去殖民化的非洲文化必须从欧洲语言中解放出来，培育本土语言，才能解放教育和教学理论，使其全面繁荣发展。上述三类都没有明显偏离功能主义美学。即使围绕语言和形式确定界定参数（definition parameters）的语言学者和结构主义者也承认，非洲的美学必须与日常生活直接相关。

从民族主义者到辩证论者的众多古典本土主义者都教导我们，"实用性"是非洲根本的美学原则。他们还认为，前殖民时代构建了非洲"古典"传统的诗人、故事讲述者和仪式表演者，并非完全为了愉悦而歌唱，也有实际的功用，比如征询、夜间娱乐和正式文献记载等。礼拜仪式、占卜颂歌和例行集会的形式都有鲜明的诗性。正如约鲁巴人的格言所说："特色就是美"，前殖民时期的传统足以证明，有效的风格化先于实用性。①

《走向非洲文学的去殖民化》（*Toward the Decolonization of African Literature*）有力地表达了古典本土主义的主张。从非洲文化本质的名义出发，这本书规定了那些抒情演说、音乐韵律、流畅动听和其他与声音相关的风格，并鼓励人们培养强烈的情感、全面的视野以及具体的意象。这本书并不考虑以晦涩飘忽的措辞写成的口头文学，反对使用"含糊不清"（muddy）的语言，并指出那些枉顾自己作品主题与当下问题的相关性而青睐这种语言的作家**不是非洲作家**。钦韦祖、吉米和马杜布依克对前殖民（口头）传统的解读中，真正的**非洲作家**不可能"沉溺于微不足道的自我"（252）。他们的**非洲作家**不会只注重自己的形象。

《走向非洲文学的去殖民化》的作者为其设想的批评流派所起的名字表明，若将古典本土主义的宽泛原则转化为一种积极的修辞，矛盾和问题就会出现。显然，这些批评家骄傲地模仿了尼日利亚西南部城区的公交车调度员，[237]表现出了"bolekájà"（下来，我们打一架）做派，或者如同"非洲文学客运卡车"上愤怒的商贩。在拉格斯，这些商贩被称呼为"omo ita"，字面意思是"外面的小孩"，或者"无家可归的人"，而

---

① Babatunde Lawal, "Some Aspects of Yoruba Aesthetics." *British Journal of Aesthetics* 14:3 (Summer 1974): 239—249.

不是专门用来称呼卡车和公共汽车的"bolekájà"。这术语都暗示了城市的异化和匿名带来的**"非传统的"**为所欲为。在我看来,作者用"bolekájà"取代更为熨帖的"omo ita",暴露了激进的古典本土主义者面临的困局。他们仰慕城市商贩率性勇敢、心直口快的风格,但他们的兴趣只是口头语言的风格。两位非洲小说中的著名人物表明,一个人不可能既是阿契贝《瓦解》中年轻而传统的奥孔库沃(Okonkwo),同时又是阿尔马赫《美丽的人尚未诞生》中满嘴脏话的公交车售票员,这两人生活在不同的世界里。现代批评家所生活的世界更有别于这些人物。在占卜艺术、祭祀角色,甚至盛大的公开诗歌朗诵等方面,本土主义者所受的训练是极少的。而直接消费这些艺术的本土主义学者所受的训练,就更少了。正如阿契贝的文学批评所表明的那样,有自我意识的本土主义批评家所能做的,就是在解读二级信息的基础上,设计出总体的原则。只要理论家们明确指出,占卜艺术、猎人行会和祭司身份等**形式**正在被挪用,作为后独立时代新生文化的地方主义基础,那么,那些古典本土主义无可争议的真理——非洲文化并非与欧洲人接触后才开始出现,以及现代作家应该在传统的先驱身上汲取灵感等——听上去就不会那么让人焦虑了。

古典本土主义者专注于清晰地表达公共主题,而结构派本土主义者则试图使这类表达具有非洲特征,但采用的形式并不明确。如上文所述,任何作品只要表现出刻意的艺术性,其非洲性就会受到古典本土主义的质疑。古典本土主义将其所青睐的简明风格本土化的策略,非常有效。为与之竞争,结构派本土主义者鉴于当代书写文化的传统"衬里"(back cloth),拒绝作出狭隘的解读,把很多别人眼中的那些重要特征都视为哲学问题。结构主义者在结构性和解释性**原则**中寻求现代非洲文学的身份标记,这些**原则**可以从典礼、占卜吟唱、秘传抒情曲和萨赫勒地区游吟诗人(Sahelian griot)的世俗叙事等传统高雅艺术中得到。比如,沃莱·索因卡便从对约鲁巴人仪式的尼采式解读中,提炼出有关非洲悲剧和任性(willful)社会行为的理论。他在关于仪式的推理性解读中指出,"严肃"非洲文学的职责是改变(组织了传统表演的)整体观念。正确赏析奥贡(Ògún)仪式,有助于构建一种知识理论:如同奥贡的弯刀,所有"工程"(engineering)都必须服务于群体的利益。这样的理解也有助于形成一种表演理论：如同奥贡的悲叹，合唱团的表演必然有助于创造力的增强。同样，理解了仪式的本质，也有助于构建一种悲剧理论：英雄的意志要像奥贡一样，绝不束手就擒、甘遭毁灭。①

语言本土主义的核心目标是为民族发展创造行之有效的教学法，为本土语言书面作品的快速增长创造工具。这些任务往往被表述为一种必要的防卫，抵抗行将到来的**文化死亡**。1977 年，恩古吉·瓦·提昂哥批判所有欧陆语言写作都**不属于非洲**，饱受争议的本土主义自此重返批评的中心舞台。这位颇负盛名的历史唯物主义者与他的马克思主义同行分道扬镳，他公开宣称，物质性的语言**本身**承载了重要的[238]意识形态内涵。恩古吉在其宣言《重返根本》（"Return to the Roots"）——后来扩充成一篇足以成书的长文《思想的去殖民化》——中指出，前殖民社会阶级分化、语言多样，作家选择的语言不可能脱离意识形态。这在非洲马克思主义的激进派当中，引起了不小的波澜。该立论的前提是，民族语言在多语林立的前殖民地并非中立的交流工具，而必然是解放力量与殖民力量间无休止冲突中的派性（partisan）工具。对恩古吉而言，物质性语言是民族和国家历史的储藏所。叙事形式、词汇范围、修辞工具、社会语言学模式，甚至连句法在内，都由特定的社群历史塑造。

在所有本土主义的核心，我发现它们就国家独立后的文化性格、物质性语言的象征意义以及独立国家重塑殖民遗产的程度等方面，都存在共同的疑问。偏向实用的古典本土主义者和结构本土主义者，希望以地方口音开创非洲文学，能够使用自己历史上任何时期的语言和形式。他们相信，语言和文化传统等工具不足以界定文化、文学和国家。不同的地理和政治实体的文学虽然使用相同的语言，但其中表达出的**文化**、**种族**和**民族**差异建构了各自独特的身份。实用主义者认为，相较原始的语言材料而言，语码转换、以本土语言塑造的特定人物、精心构建的世界观、地方以小说的形式对历史的回应、特定文化的叙事、诗学和戏剧原型等标志，对于创造独特的民族文化更加重要。在他们眼中，文学**并非语言**，而是文化

---

① Wole Soyinka, *Myth, Literature, and the African World*. Cambridge: Cambridge University Press, 1976.

模式的语言表征。① 身为现实主义者的阿契贝曾经这样反驳了语言本土主义：

> 我的一些同事……试图将他们的历史重构为单一的压迫史。在他们笔下，非洲曾经有过快乐的单语言童年，却被外国语言的入侵粗暴打断。这样的历史虚构要求我们赶走英语，使我们重获语言正义，重拾自尊。
>
> 我的立场是，那些无法用英语写作的人大可从心所欲，但不能对我们的历史为所欲为。英国人根本没有强迫我们学习他们的语言……我们选择英语，并非迫于英国人的淫威，而是因为殖民主义把我们凝聚在了一起，我们也就心照不宣地接受了新的民族身份。我们需要殖民者的语言处理各类事务，包括推翻殖民主义本身……于我而言，英语和伊博语并不是非此即彼，而是兼而有之。（"Song" 32）

这番明显的实用主义论调表明，历史创造出了种族杂居、语言多样、文化多元的非洲国家。历史也将这门同质化（homogenizing）语言赋予了这些不同的国家。

语言本土主义者回应称，历史并非"铁板一块"：可以不断被重写、重构。他们赞同实用主义者的观点——即，出于可以理解的原因，语言一旦越界，便摆脱了民族和国家的根源，有时还会创造出原初使用者无法辨认的一些形式。然而，他们也指出，这些语言不会自然迁徙。通常在血腥征服后，这些语言才在异国他乡落地生根。殖民地人民重获自由之后，会对语言和文化传统感到同等焦虑。[239]历史经验表明，语言和其他文化变量通常与社会等级制度密不可分，而社会等级制度的背后又是教育、社会、经济和文化特权。在独立后的非洲，由于维持征服秩序的霸权结构并未瓦解，殖民时期引入的语言和文化形式仍然占据统治地位。民族独立

---

① See al-Amin Mazrui, "Relativism, Universalism, and the Language of African Literature." *Research in African Literatures* 23：2（Spring 1995）：65—72；Simon Gikandi, "Ngugi's Conversion：Writing and the Politics of Language." *Research in African Literatures* 23：1（Spring 1992）：131—144；Akinwumi Isola, "The African Writer's Tongue." *Research in African Literatures* 23：1（Spring 1992）：17—26.

时期的文化想要充分兑现其诺言，必须更加关注本民族的表达传统。

在不了解非洲语言文化学者内部存在分歧的情况下，如果有人把非洲文学置于世界文化中，并作出全球主义的解释，读者或许就无法认识到这些理论源于本土主义者内部的争论。当代批评理论中用于论述广义后殖民地的差异修辞和自由多元文化主义修辞，尤其受到了本土主义者自我肯定话语的启发。

我们或许可以关注一下克里斯托弗·米勒（Christopher Miller）的《非洲人理论》（"Theories of Africans"）一文。这篇说明性文章——经过扩充后，成为同名著作的第一章——平衡了两个相互矛盾的任务。他既注意到本土主义者为尊重地方自主权而进行差异分析的需求，又满足了当代理论的同一化条件。米勒提出了一种跨学科的批评理论，旨在研究本土的再现观念，进而理解特定文化如何给事实排序并加以**修辞**。米勒将此方法命名为文学人类学，在对"人类"话语的探索中，采用了使本土主义（土著的）理论视角适应文学和文化批评实践的方法。这样一种研究同时利用"民族"洞见和世界性理论，既能纠正全球主义（特别是全球主义号称对地域差异的掌握）的盲点，又能矫正本土主义毫无缘由的"理论"羞涩。此类元形象（meta-figural）研究能够揭示"欧洲"的再现理念和相应非洲"本土"观念之间的差异。米勒认为，对非洲文学进行文学人类学批评是合乎伦理的，因为这一批评方法克服了"What's the difference?"——正如保罗·德曼对亚奇·邦克（Archie Bunker）一个剧集的著名解读——中潜在的傲慢态度，并提出了"What's different!"米勒的文学人类学对本土能指（signifier）作了理论包装，也标示（signify）出了本土的理论。米勒告诫非本土研究者，就文学理论而言，"西方非洲文学批评家要想有所成就，既不能故步自封、'闭门造车'，也不要'远走他乡、行囊空空'，仿佛可以用全新思路研究非洲文学；而要重新考虑所有批评术语的适用性，并且回归非洲文化传统，找寻文学批评术语，如此多方考量、彼此平衡，方为正途。"（139）

虽然米勒承认文学人类学不能令学者成为本土人士，但在我看来，这种"外来客"的谦恭其实只是专业学者的免责声明，以防狂热本土主义者指责那些自封的西方批评家私下暗渡陈仓。小亨利·路易斯·盖茨（Henry Louis Gates, Jr）——从人称代词的选择来看，他自视为本土人士——曾为非洲文学联盟（African Literature Association）指出了大致相同的方向："首先，我们必须要求西方文学理论大家对非洲文学理论负责；其次，必须转向我们的本土语言传统，来界定脱胎于非洲文化本身的本土阐释系统。"（*On the Rhetoric*，16）古典本土主义认为，缜密理论推演属于西方，本质是帝国主义；对此，本土批评家和自封的非本土批评家从我所谓的**非本土**平台，批判这一经典的本土主义观念，即晦涩难懂的理论玄思本质而言是属于帝国主义或西方的。正如[240]之前的结构派本土主义者，他们尝试理解本土理论，拒绝将"理论"本身视为异己。

当然，早先的本土主义者没能像米勒和盖茨那样获益于身份理论的发展。如今，流行的学术理论都宣称，民族学涉及帝国主义，理论本身就极具民族中心论色彩，而民族性（ethnicity）本身就是理论构建出的身份。我们也知道，在当下晚期资本主义时代的学术界，上乘的批评对理论的要求极为严谨，并不鼓励以亲密的从属关系来对抗帝国主义的"外来客"。我们现在也知道，本土学者未必是"知情人"。比如，正如米勒所言，"生于非洲或熟稔非洲文化，既不能保证，也不会允许任何纯粹的'非洲'解读，不可能与文本或非洲本身完全契合。"（121）所以，当代晚期资本主义环境中，无论米勒、阿皮亚、盖茨、钦韦祖以及他们的合作者，在任何时候以人称代词指代一个（他们声称属于或不属于的）文化，此人说话的对象主要是**专业知识分子群体**。这些理论的直接受众来自于其他理论家，他们的非知识分子的族裔身份，对于充分理解这些理论也许并不那么关键。米勒所谓"我们的批评理论"和盖茨所谓"我们的本土语言传统"，二者的参照价值最多只是用于以话语建构而成的群体的修辞格。"伦理"责任在该语境中是知识分子的宣言，且与直接的政治介入有本质区别，后者启发了早期的本土主义者，比如阿契贝的"真诚"（earnest）小说。

然而，我认为——即便没有言明——米勒和盖茨表现出的当代发展（与批判）是对早期本土主义远见的最大敬意。非洲独立后的第一代知识分子不仅成功抵制了强势的"普世主义"——"普世主义"拒绝赋予他们的文化以生成性的主体地位——影响，他们还为未来的争论定了调。阿契贝以"本土主义"美学拒绝了文学的极端现代主义（high modernism），索因卡以尼采模式重新解读约鲁巴人的神话，他的戏剧因此具备了本土哲学深度。钦韦祖、马杜布依克和吉米等人在美国体验了黑人艺术（Black

Arts)现象,深受触动,他们回国后推翻了一些他们认为背叛了非洲观念的批评和文化界偶像。恩古吉不断将其全球唯物主义的文化激进观念引向本土语言。然而,或许因为当代知识流动的社会学、后独立时代经济的恶化、人口流动造成的意识形态妥协,一些非洲文学批评家愿意相信,先前对"本土知识"的辩护走错了方向,并且令人感到压抑和恐惧:正如阿皮亚所言,这是"我们"对抗"他们"。如上文对非洲主流文学批评理论的讨论,非洲本土主义者回应了全球化的入侵,也影响了全世界的世界主义观念。我们从文学批评史的本土主义构建中得到的重要启示,并非这些建构能否提供极具原创性的艺术理论,能否提出全新的文化诗学,也并非一些本土主义者的排他主义和个人主义语言是否适得其反。无数非本土文化理论也可能受到这样的批评。我认为,本土主义向批评理论发出的哲学挑战是,如何找到一种方法,来衡量非洲文学这样的身份话语在多大程度上,既能实现劝导的传统功能,同时又说——明显的比喻表达是非物质性的。

参考文献

Achebe, Chinua. "The Song of Ourselves." *New Statesman and Society*, 9 Feb. 1990: 30—32.

Appiah, Anthony Kwame. *In My Father's House: Africa in the Philosophy of Culture*. New York: Oxford University Press, 1992.

Chinweizu, Ihechukwu Madubuike, and Onwuchekwa Jemie. *Toward the Decolonization of African Literature*. Enugu: Fourth Dimension, 1980.

Gates, Henry Louis, Jr. "On the Rhetoric of Racism in the Profession." *African Literature Association Bulletin* 15, no. 1 (Winter 1989): 11—21.

Miller, Christopher. "Theories of Africans: The Question of Literary Anthropology." *Critical Inquiry* 13, no. 1 (1986): 20—39.

Obiechina, Emmanuel. "Cultural Nationalism in Modern African Creative Literature." *African Literature Today* 1 (1968): 24—35.

Wali, Obiajunwa. "The Dead End of African Literature." *Transition* 10 (1963): 13—15.

（汪琳　张旸 译；姚峰 校）

第 35 篇　走出非洲:本土主义的拓扑学①

夸梅・安东尼・阿皮亚(Kwame Anthony Appiah)

[242][……]

那么,让我们考虑一下如今已成为非洲文化民族主义经典宣言的《走向非洲文学的去殖民化》。三位具备良好西方高等教育背景的尼日利亚作家——钦韦祖、翁乌切科瓦・吉米和伊赫楚伊库・马杜布依克共同完成了这部引发广泛讨论的著作。钦韦祖博士是一名著作颇丰的诗人,曾担任尼日利亚文学杂志《奥基凯》编辑,本科毕业于麻省理工学院,博士毕业于纽约大学法布罗分校;他曾经在麻省理工与圣何塞州立大学担任教职,后来成长为当代尼日利亚新闻业的重要人物之一,为拉格斯的《卫报》(The Guardian)撰写专栏文章,影响力很大。杰米博士在哥伦比亚大学取得英语和比较文学博士学位,同样是杰出的诗人,曾经发表过文章介绍兰斯顿・休斯的诗歌。伊赫楚伊库・马杜布依克博士曾任尼日利亚教育部长,先后就读于加拿大拉瓦尔大学(Laval)、法国索邦大学和纽约大学法布罗分校。这些批评家都曾在美国的黑人研究院系担任教职。在《走向非洲文学的去殖民化》的序言中,三位作者感谢明尼苏达大学的非裔美国研究系和俄亥俄州立大学的黑人研究系"在行政上的支持和帮助"。如果他们的言论在美国获得回应,我们也不会太过吃惊。

他们的语言不乏尼日利亚元素。在尼日利亚西部,"bolekaja"——"下来吧,让我们干一架"——一词专指人们的主要交通工具"小卡车"(mammy-wagons);"bolekaja"反映了"票贩子声嘶力竭的样子"。在序言中,钦韦祖、吉米、马杜布依克自称"bolekaja 批评家,为非洲文学的客车

---

①　First published in *Yale Journal of Criticism* 2.1 (1988): 157—161, 169—176.

大声疾呼、四处宣传。"

　　当今时代，我们认为，无论个人，还是国家，都应当从事 bolekaja
式批评；为了矫正错误，有必要将窒息他们生命的人按在地上，扭打
一番。沙漠中的小打小闹，摔不死健壮的年轻人。①

[243]但是，有志于非洲批评理论的"健壮年轻人"显然没有因他们而
身处险境；接下来的几章中，他们以非洲中心主义的特殊论（particular-
ism）为名，与那些欧洲中心主义对手的种族中心批评论调展开搏斗。如
果这是一场生死之战，钦韦祖和他的同胞们有望死里逃生。比如，他们
宣称：

　　大多数反对非洲小说主题和意识形态的声音，都仿佛帝国主义
老母鸡在警告敢于公然反抗的雏鸡，他们咯咯大叫："坚守普世主义！
坚守普世主义！"②

作家们也发出了谴责：

　　现代派诗人退回个人普世主义后，轻易就会放弃他们的非洲民
族主义意识，之后便跨过门槛，进入"云中诗歌"（poetry in the
clouds）的密室。这倒也有助于巩固英语文学的地位，因为他们希望
看到的是，年轻的非洲精英阶层没有借助文学宣扬和培养反英的非
洲民族意识。③

　　因此，英国批评家阿德里安·罗斯科（Adrian Roscoe）呼吁非洲诗人
视自己为"艺术和文学的普遍传统的继承者，而不只是本土遗产的接受

---

①　Chinweizu, Onwuchekwa Jemie, and Ihechukwu Madubuike, *Toward the Decoloni-
zation of African Literature* (Enugu: Fourth Dimension Publishing Co. , 1980), XIV, 文本
与脚注。

②　Ibid. , 89.

③　Ibid. , 151.

者"时,遭到了民族主义者的集体蔑视。① 因为,他们的中心思想是"非洲文学是独立的,与其他文学完全不同。它有自身的传统、模式和标准"②。

首先,我们应该认识到,这样的论争可以有效矫正非洲文学评论中的大量谬论,一些批评家甚至认为,文学的价值在于作品是否与经典之作的"伟大白人传统"(Great White Tradition)相契合。有些批评家盛气凌人,所发论调令人生厌:对他们来说,对某地的细致描写仅限于游记,除非这个地方是"韦塞克斯"(Wessex),作者是托马斯·哈代;对他们来说,地方文化记忆产生的只是民族志,除非记录的是英格兰北部矿业小镇的风土民俗,作者是劳伦斯;对他们来说,记录历史事件仅仅是新闻报道,除非该事件是西班牙内战,作者是海明威。

换言之,打着"人类生存状况"(Human Condition)的幌子,却隐藏了将一个民族(或种族)的传统凌驾于其他传统之上的做法,钦韦祖和同事们对此深恶痛绝。因此,也不难发现,钦韦祖和同事们赞同艾略特(T. S. Eliot)的观点:"作家很容易坚持本土特色,而不拥抱普世主义,但如果一名诗人或小说家不具备本土特色,就可以做到普世主义,我是表示怀疑的。"③简而言之,"普世"(universal)一词其实并无贬义。那些标榜自己是反普世主义者(anti-universalists)的人却将"普世主义"和"伪普世主义"混为一谈;事实上,他们反对的根本不是普世主义。他们真正反对的——谁不反对呢?——是**伪装**成普世主义的欧洲中心霸权主义。因此,当论争变成了特殊主义和普世主义之争,普世主义的真正意识形态——如果"伪普世主义"在论战中受到攻击,那么**纯粹**的普世主义就必须免于这样的攻击——不应被质问,甚至应被心照不宣地接受。

[244]在次大陆的政治-语言地理(politico-linguistic geography)语境中,我们很容易理解本土主义修辞的魅力。首先,我们要知道,超过一半的非洲黑人居住在以英语为官方语言的国家,其余的非洲国家几乎都使用法语、阿拉伯语和葡萄牙语。讲法语和英语的精英不仅使用殖民语言

---

① Ibid. , 147.

② Ibid. , 4.

③ 第 106 页引用了艾略特。钦韦祖等人肯定道:"前殖民地时期非洲大量的口头叙事,在任何方面都不逊色于欧洲小说。"他们持有普世主义观点,认为(普世主义)价值标尺存在且可以衡量两者相对优秀之处;ibid. , 27。

作为治理国家的工具,而且熟谙仰慕前殖民者的文学,意图以欧洲语言来构建非洲文学。即使经历过残酷的殖民历史和近 20 年的武装抗争,70年代中期非洲葡语国家的精英在反殖民斗争中还是用葡萄牙语书写法律和文学。

　　然而,与此同时——除了北非阿拉伯语国家和其他少数非洲国家——官方语言仅是少数人的第一语言,能熟练使用官方语言者所占人口比例极低;在大多数英语国家,即使受过良好教育的精英也往往在学习英语前,先从上百种本土语言中至少选出一种学习,或者同时学习本土语言和英语。如今在非洲法语国家,一些精英使用最熟练的语言是法语,虽然发音不尽相同,但他们的法语语法与法国本土十分接近。即使在这些地区,大部分人仍然不能熟练使用法语。

　　严格来说,讲欧洲语言的精英和讲非欧洲语言的大众相互结合,使得本土主义产生了魅力。欧洲语言——尤其是精英用于写作的这些语言的变体——绝不为大众普遍掌握,这一点并不能使作为教授对象的"第三世界文学"有别于当代欧美文学的主体。然而事实上,当代非洲文学使用的语言,明显是学校教育的产物——而学校教育又只对精英阶层完全开放——导致本土主义者吸收的正统文学(formal literature)都是偏向域外的。与西方的情形一样,在非洲,有一种独特的文化产品——涉及大众文化的所有领域——**的确**更容易吸引那些教育程度不高的公民,这就进一步强化了上述观点。

　　比如说,上千种撒哈拉以南非洲的语言大多有自己鲜活的口头文化实践,涉及宗教、神话、诗学和叙事等;早在前殖民时期,一些语言已经(正如我们所言)演变为书面语,他们的重要地位毋庸置疑。但是,我们不能一厢情愿地认为,"民众"只能固守本国传统,只有接受过教育的中产阶级才是"两个世界的孩童"。同样,在大众文化的层面,当下并非是不曾中断的传统的延续;与批量生产时代的多数大众文化一样,非洲文化也根本没有多少民族性可言。非洲的大众文化包含了(美国人)迈克尔·杰克逊(Michael Jackson),可能还有你闻所未闻的吉姆·李维斯(Jim Reeves);谈及文化创作,地理根源是非洲,创作内容则往往不是非洲传统。上流社会的音乐属于西非,却不属于前殖民时代的西非;菲拉·库蒂(Fela Kuti)的歌声会令最后一代约鲁巴地区的宫廷音乐家感到惊讶。非洲的音乐家借助大量的乐器和音乐思想,发展出了新的音乐形式,这是一种令人惊讶的折中主义(eclecticism)态度;非洲音乐家还运用曾是英语的语言,创作了令世人惊叹的作品。**正如**英语一样,这种语言可以为非洲大陆(以及全世界)的广大人民所理解。

[245][……]

但是,在后殖民时代,本土主义者所谓通过文本自身的文化或思想传统而来的理论,来阅读文学的律令到底所指为何呢? 乍一看,似乎接受这个原则的话,就会对我们阅读所有文学的方式产生广泛影响,因为这似乎让非洲文学获得了经典西方文学并未获得的尊重。大部分人往往认为,我们对(例如)体裁和性别的文化生产的理解,不会局限于自身所处的时代和地域;我们**不**认为,对弥尔顿的女性主义或马克思主义解读,仅仅是文化帝国主义(与地理统治权对应的时间统治)的实践。现在普遍认为,哈特曼(Hartman)1964 年的研究使现代华兹华斯批评重新焕发了活力,这部著作大量引用荣格(Jung)和德国现象学家的概念——原因并不在于人们认为这是华兹华斯思想的一部分,而在于这有助于解释华兹华斯诗歌成就的本质。

我们也可以放弃这种多元批评视角,采用以文本(或作者)自身的文化或知识为基础的批评方式;但是,即便如此,恐怕也很难再有重大发现。考德韦尔(J. R. Caldwell)的经典之作《约翰·济慈的幻想》(*John Keats' Fancy*)(几乎完全是随机抽取的案例)从联想心理学(associationism)的范畴来阅读济慈,这些范畴鲜明地体现在济慈所继承的文学和知识传统中,也是 18 世纪总体上的思想和文学遗产的一部分。托尼·纳托尔(Tony Nuttall)对华兹华斯的分析,引用大量洛克心理学(Lockean psychology)理论——同样,这也是诗人自己的思想所固有之物;或者,我们也可以认为,这是来自内部的东西。

这种本土主义的解释有一个问题,即忽略了现代非洲作家所继承传统的多元性。在此基础上,如果固守本土主义原则的话,就会忽略以下事实:索因卡既引用欧里庇得斯(Euripides),也关注奥贡(以及约鲁巴和基督教信仰的巴西式混合);且不论沃洛冈的《暴力的责任》(*Le devoir de violence*)与格雷厄姆·格林(Graham Greene)的《这是战场》(*It's a Bat-*

tle field）的伦理和法律关系如何，二者必然是紧密相连的①；或者阿契贝关于自己孩童时代阅读的报告："主要的读物是圣经、祈祷书和（英语）赞美诗。"②

欲充分理解文学作品，必充分理解其文化背景，这一点没人会质疑。对于《包法利夫人》而言，了解她所处时代的法国如何看待通奸，难道不重要吗？对索因卡的《死亡和国王的骑士》（*Death and the King's Horseman*）来说，重要的是，国王的骑士接受了篇名之中死亡的含义，也就是自己选择了死亡。但是，西方的非洲文学接受史却表明，问题并不在此；相反，人们热切地从民族志角度关注非洲文学。（特别值得一提的是，笔者在西方攻读学士学位期间，剑桥大学是通过人类学系邀请索因卡担任讲师的。）如前文所述，认为采用了作者意图这一批评视角，便能带来更加切合文本的解读，这完全是另外一码事。作为读者，约翰逊博士（Dr Johnson）在他的时代具有无人可比的地位，我们从他的洞见之中获益，但这并不意味着我们会——或者应该——对他言听计从。

无论如何，我们有充分的理由来解释，理论上的本土主义不能为我们带来创新。文化民族主义总是因循[246]另一条谱系路线。我们最后总是原地踏步，获得的成果不过是臆造一个不同的历史罢了。出于狂热的文化自信，伊曼纽尔·沃勒斯坦（Immanuel Wallerstein）发现："科学性的先例以不同的名义被重新发现"③；今天一些非洲知识分子在文学理论领域，也在做同样的工作。如果我们由借自西方学术界的现象学观念出发，就可以创造出"优雅的变量"（elegant variation），嵌入由（例如）本土神谕的解读而来的奇怪隐喻。但是，这让我想到了哈拉雷（Harare）曾访问过的一家名声不太好的贸易公司——目的是制裁南非共和国，却执行不力。他们专门在进口产品上印上"津巴布韦制造"，这些来自南方的产品往往不合法。也许有些人真的会被糊弄，但最后不过是给现行做法披上一层

---

① 有人指控，乌洛古安姆因"抄袭"格林的著作而有罪；克里斯托弗·米勒所著 *Blank Darkness: Africanist Discourse in French* (Chicago: University of Chicago Press, 1985)对此事的论述颇有建树，219—228.

② "Interview with Achebe," by Anthony Appiah, John Ryle and D. A. N. Jones, *Times Literary Supplement*, February 26, 1982.

③ Immanuel Wallerstein, *Historical Capitalism* (London: Verso, 1983), 88.

薄薄的法律面纱。

我们对家神（household gods）无比虔诚，但不能掩盖这样的事实，即"知识分子"也是特定社会构成的产物——正如佳亚特里·斯皮瓦克（Gayatri Spivak）教给我（肯定还教了其他很多人）的那样，"第三世界知识分子"某种意义上是自相矛盾的用词；正如我开篇所述，第三世界知识分子是与西方相遇后的历史产物。有关文学的理论话语所产生的问题并非普遍——至少在它被普遍化之前是这样的。文学理论不仅是知识工程，也是一种文类；而文类是有历史的，即时间和空间。隐藏在特殊主义修辞内部的普世主义再次有所抬头：坚持非洲文化内部必须与西方学院话语之间有对应关系，这当然是一种欧洲中心主义的预设。

但在理论上，这种本土主义又存在另一困难：即（为了与当代理论修辞整体保持一致）将阅读的政治建立在虚假的阅读认识论基础之上。关于理论是否充分的探讨，既是胡萝卜又是大棒，具有严重的误导性。

与其如此，我们不如放弃寻找理想的理论（Mr Right），转而更加务实地讨论**建设性的阅读方式**。特别是在研究这些缺乏完备阅读**传统**的文献时，我们就有机会重新思考整个对写作的反思行为。因此，在最终转向非洲文学创作的细节之前，我有意对当下的阅读认识论——这是我们当下修辞的主要来源——稍作讨论，提出另一种认识论。

如果我们聚焦于阅读是否**正确**，就会引出这样一个问题："阅读所要正确描述的应该是什么？"首先映入脑海的答案当然是"文本"，但这个词真实传递的信息很少。然而，文本是作为语言事件、历史事件、商业事件和政治事件存在的；这些理解同一事件的不同方式提供了诸多可资教学的机会，但都是不同的机会：我们必须在其中作出选择。此刻，我们更愿意讨论这一选择，似乎某种意义上，选择的目的是预先给定的。但是，若确实如此，我们应当早已就文学阅读的本质达成了一致：有关"文学阅读"的观念——正如有关"文学"的观念——就是盖利克（W. B. Gallic）曾经所谓的"本质上冲突的观念"，这一点当然很少有什么疑问。要理解阅读的本质，就必须知道，人们总是在争论究竟什么才是真正的阅读。

[247]但是，我们为什么要评判阅读的优劣？要给出答案的话，就不能置身事外，而要积极参与争论——择一立场，并且作出论证。我认为，

如此一来，我们就会明白——至少此时此刻——非洲的文学教师与西方同行在社会政治处境方面，有着天壤之别，这也就意味着双方持有不同的立场、立论和阅读理念。

再来考虑这些区别：非洲文学教师所教的学生基本都是这样一种教育制度的产物——在文化生产领域，该制度确保（学生并不身处的）西方是价值的标杆；相反，美国文学教师的学生也认同西方价值观，但对他们而言，这个西方当然就是他们自己的西方。美国学生内化的价值观使他们绝不会视非洲文化为自己的价值来源——尽管他们也会通过仪式来赞颂野蛮人生活的丰富多彩——但他们还找到了一套相对主义的辞令。根据这套辞令，"对他们而言"（"for them"）——至少理论上——使他们承认，他/她自己的世界才是价值的来源。因此，美国学生希望非洲学生评估非洲的文化作品，**因为这是非洲的**；然而，非洲学生却缺乏相对主义的教育，因此希望美国人评估他们的文化作品，因为根据一些客观的标准，后者的文化更为优越。

这些社会现实反映出了文化权力的不对称给阅读造成了深远影响。如果人们认为需要去除很多非洲学生观念中的文化自卑情结，那么在西化严重的非洲学术界，文学教学的方法应当满足三项关键条件：首先，准确认识到，现代非洲的文本是与殖民主义遭遇后的产物（既非本土传统的自然延续，也不只是殖民宗主国入侵的结果）；其次，强调前殖民时期的文化创作和当代文化创作的连贯性是真实存在的（学生借此可以评估和吸收非洲的历史）；第三，直接挑战西方文化优越感，既批判西方预设的审美价值观，也要对技术和价值观加以区别——前者目标明确后，即可比较效率的优劣；对后者来说，这样的比较就很成问题了。最后，挑战西方文化自以为是的优越感，要求我们在分析收尾阶段展示，文学（或者用一个更宽泛的词语，美学）价值评判产生的系统性特征其实源于某些制度实践，而绝非与它们毫无关联。

另外，在我看来，美国学术界应该另寻阅读美国作品的目的：我们要继续否定种族主义；我们要拓宽美国想象力——想象力决定了很多世界政治经济制度——超越狭隘的美国范畴；我们要发展更为尊重"他者"自决的世界观；我们的理念不应源自美国多元移民社群的区域性政治诉求。

强调这些阅读目的，就是从分析当前文化形势——坦诚地讲，也是政治形势——的角度指出,学界的文学机构可以创造性地完成一些使命。

[248]然而,如此分类后,就可以坚持将我们的批评材料运用于大西洋两岸。举例来说,如前文常述,非洲读者和作家与口头叙事的传统贴近,进而产生出独特的形式特征。口语和书面语结合,现代非洲学生可以与周围的地理环境血脉相连,美国学生对世界的想象也得以拓展。

另一个案例,人们不太熟悉:使用殖民语言写作的非洲作家,其文化处境有一个特征,那就是他们总认为自己的读者群能够拓展到"传统"文化的群体之外,所以非洲本土语言写作引发了一系列问题。创造性地解决这些问题,能使学生探索文化政治的空间:非洲和西方的学生因此可以学会抵制那些对现代非洲文化生产的简单化约;这里,我想最好还是举例说明我在该领域的观点。

我前文刚列举的种种现状,人们多在主题层面予以讨论。作家们用英语或法语巨细靡遗地书写自己国家的生活,必然会发现自己无意中阐释的生活特点其实来自大量的细节描写。这必然要运用一些特殊的概念,如血缘与家庭、婚姻与地位等。正如我们所见,尤其对于非洲之外的人来说,这些细节的再现通常被解读为人类学式的再现。据称,阿契贝的《神箭》之所以失败,部分原因是背景介绍过多;阿契贝总是告诉读者需要知道的事情,承认读者与伊博人(Igbo)的传统存在距离,于是武断地以为读者都是外国人。我也曾经听过有人如此评价索因卡的戏剧。我承认自己很难接受这样的批评。非洲黑人作家用宗主国的语言写作有其特有的原因,如此妄加评论是不对的。

有一个原因属于细枝末节:阿契贝和索因卡有意为尼日利亚人——不仅是伊博人和约鲁巴人——写作。用相当的细节描写来具体描绘文化景观,并不意味着读者一定是外国人——如果这里的外国人指的是非洲之外的人。这是第一点。

之所以**是**细枝末节,根本原因在于第二点。要讲述第二点,我要首先陈述一个不容忽视的事实:阿契贝和索因卡都是国内知名的作家。如果所谓民族志细节的积累可以鉴定读者的外来客身份,为什么尼日利亚读者——特别是约鲁巴人和伊博人——并无疏离之感? 事实是,这种细节的累积并非疏离的工具,反而恰恰是融合的手段。传统叙事中,向读者提供他们知晓的信息，不是将读者视为异己；否则，口头叙事也不会由多次复述的故事构成。排演叙事中人所熟知的部分，就是为了在故事中寻找熟悉的味道时能获得愉悦。

话题的核心——个人笔下的社会——当然只是个案。如果想有效描述现代非洲写作的话，我们还需要了解更多案例。我们要把作者、读者和作品放在文化、历史、政治和社会的背景中考量。

[249]文章最后，我愿意分享自己通过这样语境化的理解——即认识到现代非洲文本的双重来源——而获得的观察发现。钦努阿·阿契贝曾经评论道：

> 我是伊博族作家，因为这是我的母文化；尼日利亚人、非洲人和作家……不，我首先是个黑人，其次才是作家。这些身份中的任何一个，都要求我作出承诺。我必须明白黑人身份意味着什么——要有足够的智慧认识世界的运行方式，以及黑人如何面对这个世界。这就是黑人身份的意义。或者说，作为非洲人——也不外乎如此：非洲对于世界的意义是什么？白人眼中的非洲人，又是什么？①

注意阿契贝问题的预设——"白人眼中的非洲人，又是什么？"，即特定的非洲人身份首先是欧洲人注视的结果。

人类学阅读强调非洲背景下阿契贝"社会视角"（social vision）的根源。② 然而，公共历史（public history）的民族主义维度对现代非洲写作至关重要，他们绝不只是单纯复制了口头历史和神话史诗；他们来源于非洲作家的真实处境，而非纯粹的地方陋规，坚持这些对我至关重要。阿契贝是从本土口头文学之中汲取创作灵感的范例；但是，如果我们不把这些实践置于多元语境中考量，就会产生误解。

---

① "Interview with Achebe."
② 当然，使用"社会视角"，索因卡有更复杂的目的，参见 Wole Soyinka, *Myth, Literature and the African World* (Cambridge: Cambridge University Press, 1976)；有关这些话题的进一步探讨，参见拙作 "Soyinka and the Philosophy of Culture," in *Philosophy in Africa: Trends and Perspectives*, ed. P. O. Bodurin (Ile-Ife: University of Ife Press, 1985)。

我们需要超越本土主义的陈词滥调,即理想化的意象、面对国际资本时发出的似是而非的"自治"宣言、脆弱的拓扑学。帝国的语言——涉及中心和边缘、身份和区别、主权臣民(sovereign subject)和殖民地——继续塑造着非洲文学在非洲以及世界各地的批评和接受。因此,批评理论的平衡极难维持。一方面我们发现,有些理论家强调妖魔化和奴役化的作用,文化的主导者凭空制造边缘群体,欧洲不断强化殖民地的他者属性,来诠释自己的主权。另一方面(是"他者"那一么?),仅仅讨论文化主体制造边缘人群本身,就非常不全面。因为这会忽略权力关系的双向本质;忽略了非洲主体可以运用的多种个人或集体中介;而且非洲作品的成就也会被低估,未来发展也有所局限。

需要牢记的并不是意识形态如同文化一样彼此对立,而是它们**只能**以对立的方式存在。当代非洲文学的争论如火如荼,我们应当记住,后殖民话语的意义就在这些矛盾的关系中。的确,它们**就是**当代非洲文学的常见主题。

然而,我至少担心我们会沉溺于身份和差异之间的对立关系,部分原因在于他性(alterity)修辞常常意味着具体性(specificity)的缺失;还有部分原因在于,太多非洲知识分子受欧洲思想束缚,试图将自己塑造为他者(包括他者的形象)。我们很可能会冒着仿制异国情调的风险,仿佛拉各斯和内罗毕礼品商店中卖给游客的小饰品。

本土主义要求我们视民族为有机社群,因语言(Sprachgeist)而凝聚在一起,因传统遗留下来的共同形式而融合在一起,奋力挣脱外来的生活和思想模式的束缚。桑格尔曾写道:"我[250]站在辛河(Sine)田园的中心,试图忘掉欧洲。"①但是,对我们来说,忘掉欧洲就是压抑历史上的斗争。维系文化主导地位的暴力令人瞠目,有机主义审美观(organicist aesthetic)的任务一直以来都将此暴力深深隐藏。

(张旸 汪琳 译;姚峰 校)

---

① Leopold Senghor, "Tout le long du jour," in *Chants d'ombre* (Paris: Editions du Seuil, 1964).

第 36 篇　论民族文化①

弗朗茨·法农(Frantz Fanon)

　　[251]欲从事非洲解放事业,写一首革命歌曲远远不够,必须让民众也融入革命洪流。如果革命洪流在人民群众中蓬勃汹涌,革命歌曲自然佳作不断,满是真情实感。

　　想要真正展开行动,你必须切实融入非洲及其思想之中;为了非洲的解放、进步和幸福,社会各界风起云涌,你必须融入其中。这场伟大斗争属于非洲,也向人类苦难发起挑战,艺术家和知识分子即便对人民漠不关心,也已和他们融为一体,想置身事外,绝无可能。

塞古·杜尔(Sékou Touré)②

　　每代人都必须从相对的晦暗不明中,发现、完成或背叛自己的使命。欠发达国家的先辈成功抵御了殖民主义的腐蚀和影响,也为当下斗争的发展和成熟作出了贡献。既然我们如今激战正酣,就必须摒弃矮化自己父辈的恶习,也不能假装无法理解他们当年的沉默与消极迟钝。他们已经用身边武器竭尽全力抵抗,若他们战斗的声响并未在国际竞技场回荡,那更是因为当时的国际环境与今日大不相同,而非他们缺乏英雄气概,这一点我们必须弄清。当下,我们要取得彻底的胜利,仅凭一个土著说"我们受够了"是远远不够的,要组织多次农民起义,哪怕不断被镇压,要组织多次示威游行,哪怕不断被驱散。既然已经选择砸碎殖民主义的支柱,我

---

　　①　First published in *The Wretched of the Earth*, trans. C. Farrington, pp. 206—227. New York: Grove Press, 1963.

　　②　《作为文化代表的政治领袖》("The political leader as the representative of a culture"),1959 年在罗马第二届黑人作家与艺术家大会上发表的演讲。

们的历史使命就是支持一切反抗，鼓励一切奋不顾身的行动，容忍所有血流成河的失败尝试。

本文中，我们分析一国诉求之合法性的问题，人们认为这是根本问题。我们必须认识到，发动人民的政党几乎从不谈及合法性问题。政党从当下现实出发，正是以现实的名义，以男男女女的现在和未来因严峻事实而不堪重负的名义，政党确定了自己的行动纲领。可能政党谈及国家时的种种言辞令人动容，但是，简而言之，政党想要继续存在，真正在乎的还是正在倾听的民众能否理解参与斗争的必要性。

现今我们知道，在民族斗争的最初阶段，殖民主义提出了经济学说，企图以此消解殖民地的民族诉求。人们首次提出自己的诉求时，殖民者故作体谅、装腔作势，谦虚地承认[252]该地区正饱受发展水平严重落后之苦，必须大力发展经济和社会福利。然而现实却是，某些惊动一时的措施（比如，随处可见的失业人员就业中心）使民族意识的形成推迟了数年之久。但是，殖民主义者迟早会发现，自己无力实施一整套经济社会改革，来实现殖民地人民对美好生活的向往。即使在食物供应方面，殖民主义都表现出根深蒂固的无能。殖民主义国家很快发现，要在经济问题上完全解除民族主义政党的武装，必须在殖民地推行其在本国拒绝执行的政策。卡蒂埃主义（Cartierism）如今遍地开花，绝非偶然。

很多法国人民生活尚不富足，法国却绝不舍弃自己必须养活的（异国）人民，卡蒂埃面对这样的法国，产生理想幻灭的痛苦，我们不难理解；这也表明，人们呼吁殖民系统将自身改造为无私的援助机构，殖民主义却发现这根本不可能。也正因为此，如果浪费时间，去不断强调有尊严的饥饿强过被奴役者吃下的面包，这毫无用处。相反，我们必须坚信，殖民主义无法为殖民地人民创造能使其忘记尊严的物质条件。一旦殖民主义意识到自己的社会改革策略将产生什么结果，我们就会看到其条件反射一般走回老路——加强警力，增派军队，实施更符合其利益和心理状态的恐怖统治。

殖民地本土种族的文化人通常出现在政党内部，尤其是这些政党的各个分支机构。这些文化人认为，对民族文化的诉求以及对其存在的认可，这是一个特殊的战场。政治家更关注时事，相机而动，文化人则在历史领域找到了立足点。殖民主义认为，前殖民时代社会尚属蛮荒，本土知识分子对此坚决否认,殖民主义者却没有再急于反驳,并且反应会愈加平淡,因为他们祖国的那些专家也普遍信奉这些殖民地青年知识分子提出的理论。事实上人们常说,数十年来大批研究人员大体上恢复了非洲、墨西哥和秘鲁的文明。民族知识分子守护民族文化的热情或许令人惊讶;但奇怪的是,对此过度激情加以谴责的人,往往会忘记:他们自己的心理(psyche)和自我(self)其实都舒适地受到法国或德国文化的荫庇,而这些文化都充分证明了自己的存在,而且是毫无争议的。

我承认在现实层面上,曾经存在过的阿兹特克文明(Aztec civilization)对今天墨西哥农民的饮食,几乎毫无影响。我也承认,伟大的桑海文明(Songhai civilization)曾经存在过的所有证据,并不能改变今日桑海人食不果腹、目不识丁的事实,他们游荡于广阔天地之间,却头脑空空、举目茫然。但是,有人多次评论道,面对被西方文化吞噬的风险,本土知识分子避之不及,这种焦虑理所当然地点燃了他们寻找前殖民时代民族文化的热情。因为他们意识到,自己处于有可能丧生的险境,随之即迷失于自己的民族,这些人满腔热血、心怀愤怒,[253]于是下定决心,去重新接触自己民族最古老、最接近前殖民状态的生命源泉。

我们再进一步。也许这充满激情的搜寻和愤怒因为一个隐秘的希望而得以延续,或至少被其指引。超越今日的悲惨、自轻自贱和自暴自弃,他们希望发现一个美丽绚烂的时代——有了这个时代,我们可以和自己以及他人达成和解。我说过,我决定更进一步。也许,面对今日之野蛮历史,当代本土知识分子无法为之惊叹,只好不知不觉中决意继续回溯,深挖历史;然而,请不要误会,他们怀着巨大的愉悦发现,他们的历史,没有任何让自己感到一丝羞耻,反而都是尊严、荣耀和庄重。追溯民族文化历史可使民族恢复元气,对民族文化未来的期待,也不再是空中楼阁。而且,对殖民地人民的心理-情感平衡,也可以产生重大变化。或许,我们还没有充分展示,殖民主义并不满足于仅仅统治殖民地国家的现在和未来。殖民主义也不满足于强行控制一国人民,并令其大脑形式空空、内容全无。它以扭曲的逻辑染指被压迫民族的过去,予以歪曲、损毁和破坏。如此贬低前殖民时期文化的行径,如今却有了些辩证的意义。

仔细考量极具殖民时代特色的文化疏离(cultural estrangement)手段,我们意识到,殖民主义无孔不入,而殖民主义的全部追求,就是说服殖民地本土人民：殖民主义点亮了他们的黑暗。殖民主义者就是让本土人民坚信，一旦殖民者离去，他们立刻重回野蛮、再次堕落、又生兽性。

所以殖民主义者潜意识里并不希望本土人视其为温柔的慈母，在满是敌意的环境中保护自己的孩子；他们更希望自己的母亲形象严厉而果断，不断约束本性扭曲的孩子，以免其自杀或者放纵自己邪恶的本能。殖民主义母亲保护孩子免于自残，免受自我意识、生理特征、生命机理和生活不幸的影响——而生活不幸恰恰就是问题的实质。

如此境况下，本土知识分子的诉求在任何一以贯之的行动中，绝非奢侈品，而是必需品。本土知识分子拿起武器，来维护本民族合法性，并为此提供佐证。他们披肝沥胆，研究本族历史，自然有义务来剖析自己民族的内心。

如此自省并非专属某一民族。对于决意反抗殖民主义谎言的本土知识分子而言，整个非洲大陆都是他们的战场。过去被重新赋予了原本的价值。从被全面展示的历史中发掘的文化，未必只属于他自己的国家。殖民主义从未费心遮掩其行为，也从未收起"黑人是野蛮人"的论调；对殖民者而言，黑人既不是安哥拉人，也不是尼日利亚人，因为他只称其为"黑人"（Negro）。对殖民主义而言，这片广阔的大陆遍布野蛮人的身影，充斥着迷信和狂热，注定被歧视，注定饱受上帝的诅咒，是食人族的国度——简言之，黑人的国度。殖民主义的诅咒遍及整个大陆。殖民主义的论点——前殖民历史被人类最黑暗的夜晚笼罩——适用于整个非洲大陆。本土人试图为自己恢复荣誉，[254]摆脱殖民主义的魔爪，但逻辑上他们仍然内嵌于殖民主义的视角。超越了西方文化的畛域，本土知识分子早就想宣称另一种文化的存在，但绝不会以安哥拉或者达荷美（Dahomey）的名义。被人证实的文化是非洲文化。黑人——自白人统治以来，才成为黑人——决定证明自己也有文化，像有教养的人那样行事，他们终于意识到，历史已经为他们指明了一条康庄大道：必须证明黑人文化的存在。

欧洲人不遗余力，用白人文化填补其他文化缺失后留下的空白，所以，他们最应该为这一波思潮的种族主义倾向负责，或者，他们至少促成了种族主义思想的形成；这个观点，可谓千真万确。殖民主义并不想浪费时间，挨个否定各国民族文化的存在。因此，殖民地民族的回应将遍及整个非洲大陆。在非洲，过去 20 年的本土文学并非民族文学，而是黑人文学。举例来说，黑人性运动的理念即使不是在逻辑上，也是在情感上，是对白人践踏人性的反动。黑人性运动冲击了白人的轻蔑态度，在某些领域，还能够解除封锁、破除诅咒。因为新几内亚或肯尼亚的知识分子发现自己普遍受到孤立，遭受统治者的集体蔑视，于是，他们的反应就是彼此高唱赞歌。紧随对欧洲文化的无条件肯定之后，就是对非洲文化的无条件肯定。总体而言，黑人性运动的诗人突出了古老的欧洲与年轻的非洲、无聊的理性与浪漫的诗意、压迫的逻辑与放浪的本性之间的对立关系；一方，僵化顽固、繁文缛节、疑神疑鬼；另一方，坦诚大方、生机勃勃、自由奔放和（为什么不呢？）繁荣昌盛；同时也是不负责任。

黑人性运动的诗人不会局限于非洲大陆。在美国，黑人吟唱的赞歌更加步调一致。"黑人世界"即将觉醒，加纳的布西亚（Busia）、塞内加尔的比拉格·迪奥普、苏丹的昂巴戴·巴、芝加哥的圣-克莱尔·德雷克（Saint-Clair Drake）将毫不迟疑地强调彼此之间共同的纽带和相同的动机。

此处也可以引用阿拉伯世界的例子。我们知道，大部分阿拉伯世界都遭受过殖民统治。殖民主义在这些地方如法炮制，向当地人灌输"你们的历史在殖民主义到来之前一片蛮荒"的理念。一直以来，争取民族自由的斗争都伴随着所谓伊斯兰觉醒的文化现象。当代阿拉伯作家以饱满的热情，唤醒人民对本民族历史伟大篇章的回忆，以此回应当权殖民者的谎言。他们宣扬阿拉伯文学界的伟大人物，赞颂阿拉伯文明的辉煌历史，这与非洲的情况如出一辙。阿拉伯世界的领袖尝试回归著名的达累尔伊斯兰（Dar El Islam）——曾在 12 至 14 世纪大放异彩。

今天，在政治领域，阿拉伯联盟（Arab League）使这一想法获得了具体的形式，即重拾历史的遗产，并将其推向顶峰。今天，阿拉伯世界的医生和诗人跨越专业的界限彼此交流，致力于创造一个崭新的阿拉伯文化和阿拉伯文明。正是在阿拉伯主义（Arabism）的名义下，这些人聚在一起、集思广益。然而，在阿拉伯世界的各个角落，民族情感[255]即便在殖民者高压统治下依然保持了活力，而这种活力我们在非洲未曾发现。与此同时，非洲运动中个人与整个群体之间自发的交流，在阿拉伯联盟也是没有的。恰恰相反，每个人都在尽力歌颂本民族的成就，这有些自相矛盾的意味。这样,阿拉伯世界的文化进程就没有非洲世界的一体化(indif-ferentiation)特征。但是,阿拉伯人为达目的,并不能总是置身事外。依然活跃的文化并不是民族的,而是阿拉伯世界的。问题并不在于保护单一民族文化,也不是发起一场按国别划分的运动,而是面对统治政权的全方位谴责时,呈现出非洲文化或阿拉伯文化的应有姿态。非洲和阿拉伯世界一样,我们看到殖民地国家人民的文化主张是全方位的,横跨非洲大陆,而阿拉伯世界的文化诉求则面向全球。

身处非洲文化之中,众人发现历史迫使他们将自己的诉求与种族挂钩,不得不多谈非洲文化,而少谈民族文化,这很有可能把他们引入死胡同。再以非洲文化协会(African Cultural Society)为例,它由一批非洲知识分子创立,旨在了解彼此,对比经验和各自的研究成果。因此,协会的愿景是认可非洲文化,并以各国不同角度评估非洲文化,揭示各个民族文化的内在驱动力。但与此同时,非洲文化协会还满足了另一需求:与欧洲文化协会比肩而立——欧洲文化协会曾信誓旦旦,要更名为"普世文化协会"(Universal Cultural Society)。由此可见,非洲文化协会制定如此愿景的根源,还是他们急于带着非洲大陆中心涌现的文化,出现在普世的情侣约会场所。眼下,非洲文化协会很快就会暴露自己无力承担各类任务,只能局限于浮夸的自我展示;而协会成员习惯于向欧洲人展示非洲文化确实存在,并且在理念上与那些招摇自恋的欧洲人针锋相对。我们前面提到,这种态度实属正常,是由欧洲人宣传西方文化时的谎话连篇所致;但是,随着黑人性概念被深入阐释,非洲文化协会愿景的降格会更加引人注目。非洲文化协会将成为黑人世界的文化协会,逐渐包括流散海外的黑人,即成千上万遍布美洲大陆的黑人。

生活在美国、中美洲和拉丁美洲的黑人其实感受到了与文化母体相连的必要。他们和非洲人面临的问题,并无根本性区别。与统治非洲人的白人相比,美洲的白人并没有给他们不同的待遇。我们已经看到,白人惯于给所有的黑人贴上相同标签。1956年,非洲文化协会第一届大会在巴黎召开,美洲黑人主动与非洲同胞采取相同视角考虑自己的问题。谈及非洲文明,教育程度良好的非洲人认为,曾经为奴的公民在本国应获得合理的地位。但是美洲黑人逐渐发现,他们面对的核心问题与非洲黑人并不一样。芝加哥黑人和尼日利亚人以及坦噶尼喀人(Tanganyikans)的相似之处，仅在于他们的定义都与白人相关。但是，一旦经历过初次比较，主观感受逐渐减弱，美洲黑人便意识到，他们各自面对的客观[256]问题根本不同。美洲白人和黑人的民权运动旨在驱除种族歧视，其原则和目的与安哥拉人民反抗可憎的葡萄牙殖民主义之间，鲜有共通之处。因此，非洲文化协会第二次大会期间，美国黑人决定设立美洲分会，服务有黑人文化背景的人民。

因此，黑人性运动首先在众多记录了人类历史性格形成的现象中遭遇瓶颈。黑人和非洲黑人文化分裂为不同的实体，因为想要恢复这些文化的人们意识到，每一种文化首先是民族的。理查德·怀特（Richard Wright）或兰斯顿·休斯一直警惕的问题，与列奥波尔德·桑戈尔（Leopold Senghor）或者乔莫·肯雅塔（Jomo Kenyatta）可能遇到的问题根本不同。与之相似，一些阿拉伯国家虽然高唱阿拉伯文艺复兴的非凡颂歌，却必然意识到，相较一心想要光复的过去，如今他们的地理位置和区域经济纽带更加紧密。因此，今天我们会发现阿拉伯国家与地中海文化的社会再次形成有机联系。事实上，阿拉伯历史上辉煌时期曾占主导地位的贸易网络已经消失，这些国家不得不屈从于现代的压力和新的贸易渠道。但是，不管怎样，事实摆在那里：某些阿拉伯国家的政治体制如此与众不同，观念上彼此又大相径庭，即便这些国家间发生文化交流，也是毫无意义的。

于是我们看到，殖民地国家时而存在的文化问题有可能引发严重歧义。（殖民主义宣称的）黑人缺少文化，以及阿拉伯人骨子里的野蛮，这些在逻辑上会导致文化的自鸣得意，而且不只是民族的，而是涉及整个大陆，并极具种族主义色彩。在非洲，文化人的运动指向黑人-非洲文化（Negro-African culture）或阿拉伯-穆斯林文化（Arab-Moslem culture），并非专门指向民族文化。文化愈加与时事脱节，在情感炙热的火炉边找到了避难所，然后再从那里走上了现实主义道路——想要开花结果、保持纯净且一以贯之，这是惟一的道路。

即便本土知识分子的种种行为具有历史局限性，却事实上有力支持并维护了政客们的行为。的确，本土知识分子的态度有时会表现出偶像崇拜或者宗教信仰的一面。但是，如果我们真的想要对这种态度作出正确分析，就不难发现这其实表明知识分子意识到了自己冒的风险——斩断最后的船锚，与人民渐行渐远。他们宣称自己信仰民族文化，实际却是热切而近乎绝望地寻找任何能让自己停靠的港湾。为了保证自己的救赎，为了摆脱白人的文化霸权，本土知识分子感到有必要回溯自己未知的本源，不惜一切代价融入自己野蛮的民族。由于感到自己被疏远，即由于自己时常感到矛盾在内心激荡，且这些矛盾的危险性在于它是不可克服的，所以本土知识分子挣扎着摆脱了可能将他吞没的沼泽，坦然接受一切，决定以平常心对待一切，认可一切，即使他可能因此失去身体和灵魂。本土知识分子发现，人们希望他们能为所有来者的所有事情负责。他不但把自己变成了[257]人民历史的守护者，还愿意成为人民的一分子，甚至能嘲笑自己从前的懦弱。

这种撕扯尽管痛苦而难以忍受，却十分必要。若非如此，心理和情感会受到严重伤害，结果就是个人飘无定所、前途渺茫，没有肤色、没有国家、没有根基——成了天使一族。如果听到一些本土人士发表以下言论，实属正常："我在以一名塞内加尔人或法国人的身份发言……""我在以一名阿尔及利亚人或法国人的身份发言……"知识分子可能拥有阿拉伯人和法国人、尼日利亚人和英国人的双重身份，他以双重国籍身份示人时，如果还想保持真我，就必须否定一方，作出选择。但大多数时候，由于不能或不愿作出选择，这些知识分子集中了所有制约他们的历史决定因素，根本上采取了"普世主义立场"。

这是因为本土知识分子贪婪地投向了西方文化的怀抱。这就如同被领养的孩子，一旦有了些许安全感，就不再探究新家庭的结构，本土知识分子竭力融入欧洲文化。他们不满足于仅仅了解拉伯雷、狄德罗（Diderot）、莎士比亚和埃德加·爱伦坡，他们还要竭尽所能，把自己的智识和这些文学巨匠捆绑在一起：

> 那女士并不孤独
> 她有个卓越的丈夫
> 他能随口引述
> 拉辛和高乃依
> 还有伏尔泰和卢梭
> 还有父亲般的雨果和年轻的缪塞

还有纪德和瓦雷里

还有,其他许多大人物①

　　但是,民族主义政党以民族独立之名发动民众时,本土知识分子有时会厌弃这些知识,这些让他们在祖国成了异乡人的知识。比起以行动拒绝,口头拒绝总是来得容易。以文化为媒介,知识分子融入了西方文明,成为欧洲文化的一部分——换言之,他们放弃了自己的母体文化,而选择了异域文化。他们逐渐会意识到,由于自己急于标新立异而希望呈现的文化母体,并没有什么值得示人的东西,无法与占领国文明中那些数量庞大、声名显赫的文化符号相提并论。当然,历史虽然是西方人书写,为西方人服务,却总能评价非洲的某些历史时期。但是,知识分子面对当下之祖国,清晰而客观地洞察今日之非洲大陆时局,他希望这片大陆是自己的土地,却惊悚于自己亲眼所见的空虚、堕落和野蛮。如今,他感觉必须脱离白人文化。不管在哪里,他必须在别处找到自己的文化;如果不能找到与统治国同等辉煌和广度的文化载体,本土知识分子的态度通常会再度变得情绪化,内心变得极为敏感、充满疑虑。[258]这种消极退缩首先是对自己内在行为机制和自身性格中问题的回避,但首先造成了一种条件反射和自相矛盾。

　　这足以用来解释某些本土知识分子的风格,他们决心表达出这个阶段正在被解放的思想意识。他们的风格粗犷、充满意象,这意象是种桥梁,能将无意识的能量散布到周边的草原。他们的风格朝气蓬勃、韵律十足,不断迸发生命活力;他们的风格充满色彩,如古铜色,阳光炽热、剧烈无比。这种风格当时让西方人感到震惊,但毫无种族主义色彩,尽管人们不断发表的观点恰恰相反;他表述的首先还是短兵相接的斗争,表明人必须从已经埋下堕落种子的那部分自我中解放出来。无论这场战斗是痛苦的、迅速的,还是不可避免的,坚决有力的行动必须代替思想观念。

---

　　① 原文为法语,作者在这条注释里将法语原文翻译成了英语:"The lady was not a-lone; she had a most respectable husband, who knew how to quote Racine and Corneille, Voltaire and Rousseau, Victor Hugo and Musset, Gide, Valéry and as many more again."(René Depestre:"Face à la Nuit.")。

即使这场运动在诗歌的世界达到了前所未有的高度,但在现实世界里,知识分子依然纷纷落入了死胡同。知识分子与民众——民众过去和现在的身份都不再重要——的交流最为频繁之时,他们决定俯身走向真实生活的平凡之路,又重新诉诸那些极为贫乏的激进方案。他们对本土人民的习俗、传统和外表评价甚高;但这必然是痛苦的体验,只是追求异国情调,令人感到索然无味。莎丽服(sari)变得神圣起来,巴黎或意大利的鞋子被扔在了一边,换上了本土皮鞋"班步提"(pampooties);人们突然感觉再使用统治者的语言会烧灼你的嘴唇。在此阶段,寻找你的同胞有时意味着执意成为黑鬼,但并不是普遍意义的黑人,而是白人希望你成为的那种真正的黑鬼、一种混蛋黑鬼。回归自己的族类,就是变成肮脏的外国佬,尽可能本土化,走在人群中与本地人无异,并折断你之前长出的翅膀。

本土知识分子决定罗列从殖民世界带来的坏习惯,并迫不及待地提醒所有人,我们的民族拥有古老的良好习俗,他们认定,这民族手握所有真理,具备一切美德。(知识分子的)这种新理论让生活在殖民地的定居者觉得受到了侮辱,本土知识分子的决心却因此更加坚定。殖民者成功地同化了民众,从中尝到了甜头,他们意识到那些被救赎的灵魂开始重回黑人的老路,整个体系开始摇摇欲坠。当他们决定忘记自我,回到自己族类身边时,每一个争取过来的本土知识分子、每一个庄严宣誓的本土知识分子不仅是殖民体系失败的标志,也是殖民者的所有努力都无用和肤浅的象征。每一个重返本土的知识分子都意味着对那些手段和制度的强烈谴责。在自己引发的丑闻中,本土知识分子坚信自己选择的道路是正当合理的,鼓励自己沿着这条道路继续前行。

这次变革存在不同的阶段,如果我们想在本土作家的作品中追溯这些阶段,就会发现展现在我们眼前的图景分三个层次。第一阶段,本土知识分子呈现证据,证明自己吸收了殖民者的文化。他的作品与殖民地母国知识分子的作品,是一一对应的关系。他的灵感来自欧洲,我们可以轻易把这些作品与母国的文学潮流联系起来。这是一个[259]未能真正吸收殖民者文化的阶段。我们在这些殖民地文学中,发现了高蹈派诗人(Parnassians)、象征主义者和超现实主义者。

第二阶段,我们发现本土知识分子心神不宁,决心牢记自己的身份。

这一时期,有创意的作品大致对应于我们刚刚描述的(欧洲文化的)浸润。但是,由于本土知识分子并不是自己民族的一部分,与本民族的联系不过流于表面,所以,能回忆起他们的生活,也就心满意足了。深挖自己的记忆,唤醒逝去的儿时旧事;再用舶来的唯美主义和别国天空下发现的世界观,重新解释古老的传奇故事。

这种文学有种大战在即的味道,有时主要表现为幽默和寓言的形式;但是,又经常呈现出压抑和困苦的状态,有死亡的体验,也经历了厌恶。我们把自己呕出,但这表象之下,已经能听到笑声了。

最后的第三阶段,我们称其为斗争阶段。尝试过在人民中放弃自我、与人民打成一片的本土知识分子,此时却反而想撼动民众。他们无法容忍人民的无精打采,于是转而唤醒民众;于是诞生了斗争文学、革命文学和民族文学。在此阶段,许多此前从未想过从事文学创作人,发现自己身处极其特殊的环境——身陷囹圄,与游击队员同为狱友,或处于行刑的前夜——感到要向自己的民族呐喊,要创作出词句表达民族的心声,成为变动不居的现实之代言人。

本土知识分子迟早会意识到,不能通过文化证明自己的民族,而要在民众与占领军的斗争中证实其存在。不能因为统治地区在文化上是不存在的,任何殖民体系就因此获得了合法性。在殖民者面前摆开鲜有人知的文化遗产,指望他们因羞愧而脸红,这根本不可能。本土知识分子急于创造出文化作品时,并没有意识到,自己使用的技巧和语言来自于本民族眼中的陌生人。他满足于给这些工具贴上些标签,希望这些标签是属于民族的,可奇怪的是,总是给人异国风情的感觉。通过自己的文化成就而重返民众的本土知识分子,其行为举止却如同外国人。有时候,他毫不犹豫地选择使用方言土语,表明自己愿意尽可能接近民众;但是,他表达的思想和关注的事情,和本国人民了解的实际情况相去甚远。知识分子向往的文化往往只是特殊主义(particularism)的集合。他们想要紧密联系群众,却只抓住了群众的外衣。这些外衣又只是对隐匿生活的反映,真正的生活内容丰富多彩,且变动不居。实际上,这种(似乎描述了一个民族特征的)极为明显的客观性,只是对一种更为本质的东西,进行不断——并不总是前后一致的——改写后的结果,这样的结果是静态的,已被抛弃,因为这个本质之物处于不断更新之中。文化人不去着手寻找这种本质之物,却任由自己被一些僵化的碎片所催眠,这些碎片都是静止的,因而象征着否定和陈腐。文化从来不具有习俗那样的可见性;它憎恶所有简单化的认识。文化本质上与习俗是对立的,因为习俗总是意味着文化的倒退。[260]想要与传统紧密相连或者重现被抛弃的传统,不仅需要逆历史潮流而动,也要违逆民意。当一个民族以武装斗争或者政治斗争,来反抗残酷的殖民主义,传统的重要性就发生了改变。过去消极抵抗的策略,在这一阶段被严厉批判。在斗争时期的欠发达国家,传统从根基上是不稳定的,并且会因人心涣散而遭破坏。知识分子因此常有落伍的风险。继续斗争的民族越来越不受蛊惑和煽动;那些愿意追随他们的人也暴露了真面目,他们不过是普通的机会主义者,即迟到者。

比如,在造型艺术领域,本土知识分子希望不计任何代价,创造一件民族艺术品,却把自己局限于细节的刻板复制。但是,这些艺术家的确认真研究了现代技术,也参与到当代绘画和建筑的主流之中,背弃、否定了外国文化,并且开始寻求真正的民族文化,极为重视他们认定的民族艺术之恒定法则。但是,这些人却忘了,思想的形式和来源、联通信息、语言和服饰的现代技术,都已辩证地重组了人们的智识,殖民时代充当护身符的恒定法则正在经历着急剧变化。

决意呈现民族真相的艺术家却自相矛盾地走向过去,远离现实。他最后想要拥护的实际只是被废弃的思想及其躯壳与尸首,是被彻底固化了的知识。但是,意在创作真正艺术作品的本土知识分子必须意识到,一个民族的真理首先是该民族的现实。他必须继续探索,直到透过重重迷雾看到未来。

独立以前,本土画家对本民族的景观并不敏感。他们高度重视抽象艺术(non-figurative art),或是更专长于静止的生活。独立以后,他急于回归到民众当中,于是局限于对现实的细节再现。这样的再现艺术缺乏内在韵律,他平静而又固定不变,令人想起的不是生命,而是死亡。面对表述如此完善的"内在真理",思想上已受启蒙的人陷入狂喜;但我们有权质疑,这真理是否切实发生过,有没有过时或者已被否定,是否因时代因素陷入争议——而民众正走过这个时代,踏出迈向历史的道路。

在诗歌领域,我们也能指出同样的事实。以韵诗为特征的同化(assimilation)时期结束后,汤姆鼓(tom-tom)的诗歌节奏取得了突破。这是起身反抗的诗歌,也是具有描述性质、分析性质的诗歌。然而,诗人应当理解,民众以理性的方式义无反顾地拿起武器,这是任何东西都无可取代的。让我们再次引用德佩斯特的作品:

> 那女士并不孤独;
> 她有一位丈夫,
> 他无所不知,
> 但老实说,他也一无所知,
> 因为没有妥协,就没有文化。
> 你让自己的血肉割让给文化,
> [261]你把自我也让给了别人;
> 妥协让步中,你得到了
> 古典主义和浪漫主义,
> 以及所有浸泡我们灵魂的东西。①

本土诗人痴迷于民族艺术创作,致力于描绘自己的人民,可这样的目的并没有实现,因为他们并不愿作出德佩斯特提及的妥协让步。法国诗人勒内·夏尔(René Char)表达了对这种困难的理解,他提醒我们:"诗歌产生于主观意志(subjective imposition)和客观选择。一首诗集中并组合了众多具有决定性意义的原创价值——这些价值和这些时势造就的人有着当代性的关系。"②

是的,本土诗人的首要职责是,清醒地认识选作自己艺术作品主题的民众。除非能够意识到自己与人民已是何等疏远,否则无法坚定前行。我们已从另一方获取了一切;这个另一方却什么也不会给我们,除非我们百转千回后,最终回头走上他们的道路,除非他们用尽成千上万的阴谋诡计拉拢我们、引诱我们、控制我们。几乎在任何情况下,获取都意味着被获取:因此,重复我们主张什么、反对什么,都不足以解放自己;在人民已

---

① René Depestre: "Face à la Nuit."

② René Char, *Partage Formel*.

经告别过去的情况下回归过去,也是不够的;相反,我们必须和他们一起投身起伏跌宕、酝酿成形的运动之中。运动一旦开始,便发出了质疑一切的信号。不要再犯任何错误;民众所处的神秘动荡场域,正是我们必须前往的地方;在那里,我们的灵魂才能升华,我们的感知和生命才能被照亮。

〔……〕

（王大业 汪琳 译；姚峰 校）

第37篇　真假多元主义①

保兰·洪通基(Paulin Hountondji)

[262]"文化多元主义"通常有三个含义:其一,指的是文化多元主义这一**事实**,可以理解为,属于不同地理区域的文化至少原则上相互共存;其二,**承认**以上事实;其三,**倡导**文化多元,并且**希望**以某种方式加以利用,要么保护这些文化,免于互相损毁,要么为相互借鉴而组织不同文化间的和平对话。

以现在这种经典的形式,文化多元主义是对西方世界文化排外主义的反拨。有必要指出,这种反拨行为其实来自于西方。产生了列维-布留尔的欧洲,也哺育了列维-斯特劳斯(Lévi-Strauss);哺育了戈宾诺的欧洲,也哺育了让-保罗·萨特;哺育了希特勒的欧洲,也曾哺育了马克思——也就是说,欧洲文化本身就是多元的,各式潮流纵横交错。所以,我们谈论西方文明时,可能并不清楚在谈论什么;我们还可能混淆那些相互对立、无法调和的潮流,这也是一个风险。

但是,无论是一种想象,还是真实的存在,"西方文明"已被塑造成单一文明,并成了批评和贬低其他大陆文明的标尺。其他社会的文化成果因此而遭到破坏。这种态度有一个名称:民族中心主义。19世纪下半叶和本世纪开端,民族中心主义曾煊赫一时;今天,没人会对民族中心主义与殖民主义的历史渊源存在丝毫怀疑。专业学者中,也有为其摇旗呐喊之人,其中最杰出者当属列维-布留尔(顺带一提,他以"彻头彻尾说法语的人"而著称)。

---

① First published in the *Acta*: 53—65, and in *Diogène* 84 (October-December 1973); and subsequently in *African Philosophy*: *Myth and Reality*, trans. Henri Evans, 2nd edn, pp. 156—169. Bloomington: Indiana University Press, 1996.

从"进步的"民族学者到第三世界"民族主义者"

为了反抗文化帝国主义,至少 50 年前人们就开始断言①,人类与同类、与自然相处的方式多种多样,欧洲文明仅是其中之一,[263]这种观点一直持续至今。因此,文化多元性是人们所承认的。自此,欧洲高高在上的神话,至少原则上被打破了,因为人们开始意识到,一个社会的科技和经济进步发展,并不能自然带来更优越的社会制度和更高尚的道德标准。有人甚至更进一步,全盘颠倒了帝国主义的价值观,充分肯定"异域"(exotic)社会的非技术性(non-technicity),认为技术迟滞发展,其实是更为"本真"的状态——例如,人与人之间的关系更加透明。早在 1930 年,马林诺夫斯基便写道:

> 我们中间很多人⋯⋯认为,现代机械化漫无目的的进步,对所有真正的精神和艺术价值带来了威胁。
>
> 躲避这种机械文化监狱的避难所之一,就是研究原始人类的生活形式,因为他们依然生活在我们星球的偏僻角落。至少对我而言,人类学可以帮助我们以浪漫的方式避开过度标准化的文明。②

列维-斯特劳斯生活的年代与我们更近,他的论调与卢梭如出一辙:"原始"社会比"文明"社会更为"真实",因为那里没有剥削,人与人的关系不那么千篇一律、更富于人情,社会规模很小,人人都彼此熟悉,面对所有重要问题时,所有人的意见都能完全一致。③

---

① 马林诺夫斯基在 1992 年于伦敦出版了经典著作《西太平洋的阿尔戈英雄》,我将其作为传统意义上的里程碑式标志。然而事实上,文化多样性的理念早已存在,比如,1911年伦敦举办了第一届全球种族大会(Universal Congress of Races),会上就已经广泛讨论这个话题。(cf. Gérard Leclerc, *Anthropologie et colonialisme*, Paris 1972, p. 83)

② Bronislaw Malinowski, "The rationalization of anthropology and administration", *Africa* (journal of the International Institute of African Languages and Culture), vol. 3, no. 4 (1930), pp. 405—430. 引文见于 pp. 405—406.

③ See in particular G. Charbonnier, *Entretiens avec Lévi-Strauss* (Paris 1961), pp. 51—65.

　　因此,如今我们可以看到文化多元主义获得了重视,可在帝国主义看来,文化多元主义能够存在是不可思议的。欧洲之外,可能确实还有文化存在——对于这样的观点,泰勒或者摩根(Morgan)的进化论,以及列维-布留尔傲慢又反动的种族中心主义是无法接受的。他们无法想象出"原始"社会的文化生活,只会承认"原始"社会代表单一文化过程中的初级阶段,而欧洲则代表其中的最发达阶段。然而,今天的西方人类学承认了其他文化的存在;不仅如此,西方人类学还认为其他文化或许能救赎西方文明,后者饱受技术泛滥和标准化之苦,渴望柏格森所谓的"灵魂升华"。

　　"第三世界"的民族主义者追随民族学新流派的步伐,快得惊人。塞泽尔便是其中之一。他《返乡日记》中的绝妙诗节,很多我们这一代非洲知识分子都如饥似渴地读过,并乐在其中。感怀于当年的激情,我不得不大幅摘录这部佳作:

　　　　他们没有发明火药或者罗盘,
　　　　他们从未知晓如何驯服蒸汽和电流,
　　　　他们从未探索过大海和天空,
　　　　但没有他们,地球便不再是地球;
　　　　地球抛弃的土地上,一丘更加伟大的恩赏,
　　　　保护并孕育,土壤中精华的库仓,
　　　　我的黑人血统不是顽石,冲向尖叫的日光,却不发出任何声响,
　　　　我的黑人血统不是薄薄一层死水,覆盖在地球已经死去的眼睛上,
　　　　我的黑人血统不是高塔,不是教堂,
　　　　它浸泡在地球红色的血肉中,
　　　　它浸泡在天空燃烧的血肉里,
　　　　它刺破了自己的麻木不仁。
　　　　[264]皇家桃心木,我向你发出赞叹!
　　　　没有任何发明的人,我向你发出赞叹!
　　　　还有那些没有探索过任何地方的人们,
　　　　还有那些没有驯服过任何事物的人们。
　　　　可是他们中了魔,屈服于万物之本,

> 不见表象，却掌握万物动向，
>
> 漫不经心地驯服，却是这世界的赌徒，
>
> 诚然你是这世界的长子，
>
> 体会着这世界的呼吸，
>
> 你是世界上所有水域永不干涸的河床，
>
> 你是这个世界圣火中迸发的火星，
>
> 你是这个世界的至亲骨肉，脉搏随其自转而跳动！①

这些诗行有非凡的诗歌感染力，铁石心肠者也能为之动容；与此同时，它们也有历史意义，在我看来，"黑人性"②这个当世闻名的新词在这个突显其意义的语境中第一次出现。

但是，更引人赞叹的是，这些诗行表明黑人可以自发用原本产生于白人社会的论证模式，表达对白人种族主义的反感。《返乡日记》出版于1939 年。③ 当时，功能主义并非新鲜事物，因为马林诺夫斯基的经典之作《西太平洋的航海者》(*The Argonauts of the Western Pacific*) 已于1922 年出版。因此，塞泽尔声称黑人技术上的空白(non-technicity)并非缺陷，而是美德，是欧洲所未知的另一种本质的回应；他还宣称，在核心的人类素养——手足情谊、乐于纳新、深植故土——等方面，西方没有资格成为全世界的老师。他的这些观点，并非原创。

对此，塞泽尔本人十分清楚。几乎和友人桑戈尔一样，他乐于像引用弗罗贝尼乌斯一样，援引马林诺夫斯基、赫什科维奇(Herskovits)等功能主义学说的权威人物。因此可以说，殖民地民族主义从未完全抛弃殖民

---

① Aimé Césaire, *Cahier d'un retour au pays natal* (Paris：Présence Africaine 1956), pp. 71—72.

② 人们普遍认为，正是桑戈尔发明了"黑人性"一词，但他本人却予以否认。转引自 *Liberté I. Négritude et humanisme* (Paris：Seuil 1964)序言："我们只是研究过它〔非洲黑人文明〕，并且给它取名为黑人文化传统。虽然我说的是'我们'，但我不能忘记塞泽尔的贡献。他在 1932 年到 1934 年之间发明了这个词汇。"(p. 8)

③ 这首诗首次出版于第二十卷和最后一卷名为《愿望》(*Volonté*，Paris，Agust 1939) 的书评。随后 1944 年，古巴出版了有西班牙语翻译的双语版。安德烈·布勒东为博尔达斯出版社的新版本(Paris 1947)作序("Martinique, charmeuse de serpents")，非洲存在出版社(Editions Présence Africaine)后来将其再度发行。

者的文化;恰恰相反,实质就是在殖民者文化的众多潮流中,选择那些对第三世界最为有利者。最初阶段的自发反抗和缺乏反思的自我肯定过后,第二阶段就到来了。在此阶段,黑人发现了有利于自己的文化潮流,但这些潮流与他们所体验的殖民者的做法,截然相反。

因此,第三世界民族主义者和"进步"西方人类学者之间,的确存在某种所谓的合谋。他们将长期互相支援,前者利用后者支持自己的文化主张,后者利用前者支撑自己的多元主义观点。

文化和政治:文化主义的意识形态
文化的营养过剩

我引用了塞泽尔这个民族主义支持者的言论。我也可以引用桑戈尔,他对"黑人性"一词的推广,远比该词的发明者塞泽尔贡献更大,他关于该主题的论文连篇累牍,形成了一整套的黑人意识形态。[265]对黑人特性(negroism)喋喋不休,原因很简单:对塞泽尔而言,称颂黑人文化不过是声援政治解放;可对桑戈尔来说,拔高黑人文化却可以用来逃避民族解放的政治问题。文化民族主义的营养过剩,一般用来补偿政治民族主义的营养不良。这就是为何谈及文化时,塞泽尔的语气十分冷静,并且每次都明确将其归属于更根本的政治问题。桑戈尔是虔诚的天主教徒,也是泰亚尔·德·夏尔丹的弟子。在《解放:第一部》(*Liberté I*)等著作中,他只着重强调一些虚假的文化问题,长篇累牍地界定了独特生存模式和世间众生(being-in-the-world),却有条不紊地回避与帝国主义的斗争,原因也正在于此。

所以,上述民族主义者与民族学学者的合谋,对文化民族主义者(cultural nationalist)是一场灾难——这些文化民族主义者不惜忽略外国统治势力在众多领域(尤其是政治和经济领域)的影响,往往只强调文化的影响。既然没有更好的术语,我们权且称之为"文化主义"(culturalism),这一命名类比自"经济主义"(economism),但与命名方式类似的人类学潮流无关。在此意义上,文化主义的特征是,为了专门讨论文化问题,而巧妙地歪曲、回避政治和经济问题。更糟的是,这些文化问题被奇怪地简化了,比如,文化被简化成民间传统,这是最肤浅和浮华的一面。

文化有深层次的生命和内在矛盾，文化张力能卓有成效地令其保持活力，可这些连同文化的历史、发展和变革都被统统忽略了。（文化主义者的）文化僵化于共时图景（synchronic picture）之中，枯燥乏味、简单得不自然，含义又单调，又被拿来同其他文化比较，而后者为了实现文化比较的目的，也同样被修剪、梳理成体系。

有欺骗性的单数

我们谈到非洲文明时，将其作为"传统"文明和西方文明作对比，好像单数形式的西方文明和非洲文明真的存在，好像文明本质上并不是矛盾的文化形式之间永久的冲突。

当然，我不是说，应当永远禁止"文明"使用单数形式，而是认为这种单数形式必须重新解读：它不应当指代价值系统的空想式统一，而是特定地理区域真正的经验性统一。欧洲文明并不是封闭的价值系统，而是欧洲大陆上不可规约的文化产品；或者，在更深层次上，欧洲文明是这些文化产品及其蕴含的创造性张力，也是这些产品和张力必然发生的无休止活动。它们的活动形式旧时已有，未来无法预测；而活动的地点，就是世界上很小的地带，我们称之为欧洲。非洲文明也不是封闭的系统，身处其中，我们无法自我囚禁（或坐视自己被囚禁）。非洲文明是一段尚未完结的历史，饱含（与欧洲）类似的、充满矛盾的争论，这争论过去从未休止，将来也不会停歇，而争论的地点就是这世界的一部分，我们称之为非洲。只有在此意义上——将其看作外在标签，而非全无可能的内在描述——我们可以用单数形式谈论非洲文明，这片大陆上惟一的真正统一体。

但是，上述例子中，虽然使用单数形式的"文明"一词最终尚可接受，但是，词组"传统非洲文明"中的形容词"传统"，就必须[266]被永久废弃，因为它迎合的错误认知为害不浅。实践中，这个词组指"前殖民时期的非洲文明"，但没有人真正反对这个理念，只是由约定俗成的历史分期法而来。然而，如果我们放弃中性的"前殖民时期的非洲文明"，转而使用更为生动的"传统非洲文明"，就附加了一种价值内涵，作为一个整体，前殖民时期文明与所谓的"现代文明"也形成了对比（即，殖民时期和后殖民时期的文明，后者有"高度西方化"的含义），好像两者是本质上完全不同的价值体系。非洲前殖民时期的历史被压缩成单一的共时图景,其中的各个节点同时存在,并且与另一共时图景的所有节点整齐划一、相互对应,两幅图景相互对称,能区分两者的标准被认为是最重要的历史分水岭:殖民开始的时间。我们所忽视——或者假装忽视——的是,和其他大陆的传统一样,非洲大陆的传统并不是各地完全一致;我们忽视了——或假装忽视——文化传统总是复杂的遗产,内部彼此矛盾、各有不同,而面对文化传统,你的选择多样、不受限制,任何一代人都可以实现部分文化遗产,但剩下的文化遗产也因此被牺牲了。我们忽视了——或假装忽视——文化传统想要保持活力,只有重新开发其中的某个方面,余者皆得牺牲;我们忽视了——或假装忽视——今天,优先选择某一方面文化传统本身就是一种斗争,是一场无休无止、躁动不安的辩论,永远不确定的结果塑造了整个社会的命运。总而言之,我们忽视了——或假装忽视——非洲的文化传统并未闭合,即便殖民主义入侵,也没有戛然而止,而是接纳了殖民和后殖民的文化生活。所谓的现代非洲与前殖民时代的非洲同样是"传统的",但是,只有这里的"传统"并不排斥、且必须暗含一个充满间断(discontinuity)的系统,才能被人接受。

文化主义的系统

所有这些缺陷,真实存在也好,流于想象也罢,都存在于文化主义之中。它们甚至被整合进一套宏大的意识形态——例如,间接政治性——体系。我的用词就是**间接政治性**(indirectly political),因为意识形态就是伪装的政治。文化主义是一套意识形态体系,因为它制造了间接的政治效应。它先是让如何有效地进行民族解放显得不那么重要,然后又让阶级斗争问题黯然失色。

起初,为了和殖民者的文化作对比,文化主义伪装成排他性的文化民族主义,大幅简化民族文化,并将其梳理成系统,压缩成共时图景,却让这种想象中的对抗**凌驾于**真实的政治和经济冲突。

在独立国家,文化主义的形式是回顾过去的文化民族主义,破坏民族文化,否认内在多元性和历史深度,于是,被剥削阶层的注意力就不再关注现实中的政治和经济冲突。然而,正是以共同参与"这个"民族的文化为荒谬托辞,这些冲突将他们与统治阶级划分开来。

因此,塞泽尔并非典型的文化民族主义者,因为对他而言,文化总是服从于政治。他仅仅发明了"黑人性"这个词汇,并且总结升华了围绕它产生的种种抗争论点;但遗憾的是,最后还是他人接手,把这些观点降格为故弄玄虚的意识形态。

[267]然而,黑人性并非文化民族主义的惟一形式。他还利用了其他语汇,如"真实性"或者"非洲人的再人格化"。标签多样和地点多元的重要性都不能用来掩饰整个结构的单调统一。这结构的首要特征一直就是我们通常所说的传统主义(traditionalism),人们认为,简化的、肤浅的和想象中的文化传统蓝图,只有传统主义才能赋予其意义。

针对该结构,我用了一个宽泛的术语——"文化主义"。我称之为"文化主义",而非"文化民族主义",因为这个结构具有第三世界民族主义者和西方民族学者的特征:他们在客观上达成共谋,这个结构就是共谋发生的场所。

同样,民族学者也容易将社会的文化层面孤立,为了强调它而不惜忽略社会的经济和政治层面。甚至在处理政治问题时,民族学者一般只关注与传统有关的政策,随意将文化限制在前殖民时代的维度,僵化、束缚并且掏空文化内部的张力、断层以及各类对峙。殖民主义和新殖民主义统治的政治问题从未被提及。人类学即便专门研究政治结构,也以无关政治的姿态出现。无数致力于"政治人类学"研究的著作,一直都试图回避那些被研究民族的民族解放问题。的确,有时候,他们感觉不得不描述自己命名的抽象概念——"殖民情境"(cf. Balandier),这样就把实际上的(政治)**冲突**转换为(文化上)**模棱两可**的术语。但是,多数情况下,政治人类学学者甚至连这一点都没有做到:他们干脆无视被统治民族当下的政治生活,只关注所谓的传统(实际就是前殖民时期的)政治组织。

因此,所谓的政治人类学也弥漫着逃离政治的气氛。不同时期的各种人类学家要么一直都肯定西方的优越性,认为只有西方才拥有成熟的文明,而其他社会至多仍处于社会发展的早期,而这一阶段,西方早已跨越(列维-布留尔和古典进化论者就持此种观点);或者,与之相反,因为有的人类学家仍然想作出漏洞百出的(文化)比较,所以用忏悔的姿态表示欧洲文明并非独一无二,其他文明同样不能予以否认。但当然,现今这些欧洲以外的文明与欧洲频繁接触,由于曾为殖民地的缘故,他们不知不觉被西化;多元主义人类学家拒绝考虑现状,却更愿意尝试和重构前殖民状态。另外,他们研究前殖民时期的历史时,拒绝正视可能对其产生影响的演化、革命和断层,以及使得这些文明权且处于当下状况的微妙平衡。人类学家需要把玩简单的个体和意义明确的文化实体,这些东西没有任何裂痕或不和谐之处。他们想要的是死亡的文化、僵化的文化,在永恒当下的同质空间中,这些文化永远同他们自己完全一样。

这就是文化主义思维模式的主要特征,民族学学者与民族主义者的共谋在此得以成形。这就是所谓兼容并包的结构,他容纳了"进步"人类学(功能主义者、结构主义者和动态人类学等)和文化民族主义本来彼此不同的各种活动。正是这种具有普遍性的结构,催生了"进步"人类学和民族主义者的共同论题:文化的多元性。该论题为双方提供了避难所的功能:西方人类学家得以逃离本国社会的枯燥乏味,第三世界民族主义者则[268]转而投身(想象中的)文化源头,从而逃离西方帝国主义强加的心理和政治压迫。

真正的多元主义
文化适应的伪问题

如此一来,理论上对文化多元性的肯定,必然成为保守文化实践的托辞。今天的民族学学者和民族主义者都能意识到,纯粹的"异域"文化已不复存在:他们再也不是怀旧的欧洲人或反叛的民族主义者的另一种选择。即使他们曾经代表了**这种**区别,由于文化渗透不断发展,以后也绝不会继续如此。民族学学者和民族主义者都愿意承认,一种世界文明(world civilization)的诞生不可逆转,眼前正逐渐向我们走来。但是,他们未能充分理解这一现象的复杂性,反而将其简化,令其琐碎不堪,并称之为"文化适应",从而掏空了其中的实质内容。

青年(且"彻头彻尾的法语")人类学家杰拉尔·勒克莱最近在一本令人钦佩的书中向世人展示,尽管将隐匿的殖民主义一扫而空根本不可能,田野人类学家还是神秘地以"文化适应"之名将其引入讨论。①
1930年到1950年之间,围绕这个主题产生了大量文献,但有关"变化中
的本土人士"、"文化冲突"和"文化接触"或者"社会变革"等学术讨论的
基础,都是四处盛行的意识形态假设:非西方文化之中的改变只能源于
外界。

杰拉尔·勒克莱尔把人们的注意力吸引到了所有这些分析中都使
用的死板词汇。但他没能指出(也许没有注意到)②,这类词汇"远远没
有驱走推测和意识形态",实际表达的意识形态观念却是:非西方文化
已经死亡,它们僵化、具象化,总在自我复制,没有任何否定或者超越自
我的内在能力。然而,杰拉尔·勒克莱尔并没有坚持他的批评,没有最
终放弃(认识论上站不住脚的)意识形态偏见。而这偏见使得人类学成
为一门自足的学科,并转而以"批判人类学"(critical anthropology)的形
式来尝试振兴民族学。这也是为什么他没有提出这至关重要的一点
(而我们却必须强调):文化永远充满活力和创意,它是捆绑在同一命运
链条上的人民之间充满矛盾的辩论,人民渴望对其充分利用。我们必
须明白,任何社会中,人们都不会达成完全的一致。民族学学者创造了
许多不合情理的神话,他们带来的效果实际让民族学得以存活,这些神
话之一就是原始社会人们的意见完全一致,非西方社会"简单"而且各
个层次——包括意识形态和信仰——都只有一种性质。今天,我们必
须意识到,任何社会的多元主义都不是外来的,而是产生于内部。所谓
的文化适应,非洲文明与欧洲文明所谓的"相遇",都不过是非洲文明内
部的又一次变异,此前多次变异,我们也不甚了解,并且毫无疑问,未来
还会有众多变异,甚至可能更加剧烈。作为整体,非洲和欧洲的相遇并
没有决定作用:非洲不断遇见自己,才具有决定意义。真正的多元主义
并非来自西方文明对我们大陆的入侵;[269]也不是从外界进入一个此
前和谐统一的文明。这是内在的多元主义,诞生于非洲人之间的永恒
对峙或偶然冲突。

---

① Leclerc, *Anthropologie et colonialisme*.
② 勒克莱尔试图辩称"此种机械词汇可能嘲讽了严谨作风与'科学',但至少也意在
削弱随意推测和意识形态。"(p. 89)

危险的两极分化

　　文化多元主义绝非随着殖民活动才来到非洲,而很可能因为它的到来而受到遏制和削弱,最后被人为缩减为两个极端的对峙,由一方统治另一方。与欧洲文化自由交流,能为我们的文化带来众多好处,我们的内部争论如果能吸纳海外的术语,就能获得非凡的有益补充(比如,通过采用"非洲艺术"的形式,欧洲艺术拓宽了自己的范围)。但是,所有这些美好愿望都遭到背叛,被砸得粉碎,因为在暴力的气氛下,任何真诚的交流都绝无可能。因此,殖民主义削弱了非洲内在的多元性,从而抑制非洲文化,减少了不和谐的因素,弱化了非洲文化赖以汲取生命活力的张力,人为地造成非洲人不得不在文化"疏离"(据称与政治背叛有关)与文化民族主义(政治民族主义的对立面,且通常是其可悲的替代品)之间作出选择。

　　我们现在必须明白,两极化带来的伤害十分巨大,我们文化复兴的首要条件、最为重要的条件之一就是消除两极化。非洲文化必须回归自身,回到内在的多元性,回到本质的开放性。因此,作为个体,我们必须心理上解放自我,与非洲文化传统和其他大陆的文化传统发展自由的关系。这个过程既不是自我西化,也不是文化适应——不过是非洲传统作为一个开放的体系,其间选择众多,因为创作自由,他的内涵会更加丰富。

　　[……]

(孙晓萌 张旸 译;姚峰 校)

第 38 篇 "致非洲人的一封公开信": 由迦太基一党制国家转寄[①]

索尼·拉布·坦斯(Sony Labou Tansi)

[271]思考、售卖和购买已经成了对地理边界的嘲讽。即使买卖从哲学的角度看是微不足道的行为——虽然在经济学领域极其重要——显然,思考是影响未来的无可替代的手段。当前形势下,我们的悲剧是,非洲很少思考,外贸低迷,进口更糟。一言以蔽之,我们可以简单而诗性地形容这场悲剧:非洲悲观主义(afro-pessimism)——这糟糕的词汇掩盖了有史以来最大的僵局。我们微笑着接受,历史(历史也曾不经意间多次使我们蒙羞)使我们沦为一个耻辱寒冬的牺牲品:北方刻意制造了原材料的价格寒冬,逼迫我们形成了垃圾经济,深陷极为残忍、无法忍受、很不人道的侮辱之中。

在此方面,非洲自欺欺人的艺术堪称举世无敌。所有国家都在发展的问题上自我欺骗,因而没有一个国家有任何不足之处。我们欺骗自己,相信一党制具有充分的革命性,能够成为民族团结的策源地;有些人在柏林对历史大放厥词,因此产生了历史性的误解,我们对此嗤之以鼻。试图通过简单而可耻地否定我们的差异,来解决国家统一的问题,这是多么幼稚! 除非别有良证,否则国家统一就是在差异基础上自愿建立起来的和谐。就此意义而言,国家统一是超越之所,而非腐化堕落之地;是在独特性的领地上奋力求同。曾几何时,殖民者远征他乡,认定殖民地人民为劣等民族,尚需教化,于是在历史上臭名昭著的种族灭绝事件中,印加、玛雅和黑人的文化被横加否定,这些做法和观念的背后,就是同化政策可以铸

---

① First published in *Jeune Afrique Economie* (1990): 8—9. Trans. John Conteh-Morgan.

成国家统一的荒唐理念。听到我们的非洲同胞继续宣扬昔日奴隶主和其他预言家的思想——所谓原始民族的劣等性——这是多么可耻啊！[272]非洲娇子卡翁达（Kaunda）①公开宣称，反对他执政的人与"疯狗"无异，这是非洲的耻辱！

我们过去 30 年的历史墙壁上，点缀的不是团结的战利品，而是民族排外的纪念物，令人难以接受。团结并不必然导致对他者的排斥，当然，除非有人是愚弄自己的高手。从南非共和国到非洲的最北部，我们的大陆在稳定和团结幕布的掩盖下，俨然成了存储民族排外情绪的巨大仓库。在陷于侮辱和丧失灵魂的非洲各地，民主的四个基柱遭受攻击，刻写了基本权利和自由的伟大宪法在痛苦中呻吟。一种充满死亡气息的寂静、令人恐怖的寂静，笼罩着一切。这狭隘和平的绿色草坪上，最骇人听闻的理论被人提出——在街市上，也在学术报告厅里：一些理论认为，居住在非洲的是群居的部落和原始人，他们是国家四分五裂的祸根，应予以严厉管制，比如动用大剂量催泪瓦斯，使用警棍，搞大清洗，出动大批政治警察，国家军队也已无耻到向纳税人开火；还有一些理论认为，在非洲广阔的荒野中抗议"疝气政府"（Hernia-State）是犯罪行为，因为只有政府才知道何为理性，何处有理性，何处才有每个公民的未来、团结、富足和生活。某些达官显贵认为，这些原始的民族需要时间来学习如何践行自由。顺带一提，其实连动物都知道如何践行自由。当然，除了那些被剥夺了自由的民族，所有民族都有享受自由的方式。权利和自由遭到褫夺之时，每个民族都知道如何应对。一党专制国家或一党专制政府的拥护者认为，非洲人还需要几十年时间，才能掌握运用权利和自由的艺术。针眼里能藏得住骆驼吗？把对不同意见和情感的认识仅与时间相联系，这样做是合理和严肃的吗？就算只与时间有关，与什么时间？与独裁政权和政治传统吗（在此政权和传统中，由于社会契约含混不清，政治游戏没有明确规则，所以掌权者无需向任何人负责，甚至可以不顾自己的良知）？如果过度打压所有矛盾，那能够得到什么样的民族团结？我们知道，差异是不可避免的，即便政治领域也是如此。

---

① 肯尼思·卡翁达（Kenneth Kaunda，1924 年出生），赞比亚民族主义领袖和第一任总统（1964—1991）。

古迦太基式一党制国家的拥护者的逻辑令人沮丧，为了终结这样的结论——种族主义和种族歧视的逻辑——我不得不向自认"君权神授"的非洲王室提一些建议。非洲被认为还不够成熟，无法建立共和政体。共和国的本质是主权在民的代议制政体；可一党制民族国家的拥护者却认为，非洲目前的落后状态并不适合共和制度。所以，让我们来研究一番独裁君主制——设计这种人为的自我欺骗并没有带来稳定（任何形式的排外都不能带来长期稳定），只会令纯粹且赤裸的种族主义论调愈加甚嚣尘上，即非洲人是生长过度的儿童，是忍受天堂和地狱之诅咒的二等人类。让我们暂时扮演这样的民族，他们被强大的食人本能消磨殆尽；让我们假装从脑海中抹去前葡萄牙殖民时期非洲大陆上的地方委员会和选举诞生的皇室；让我们忘掉独立以前多种族组织（MNC、PPC、UDDIA 等）的存在，让我们忘掉卢蒙巴、恩克鲁玛、玛茨瓦（Matswa）、西蒙·金班古（Simon Kimbangu）等人。① 既然黑人在现代主义（Modernism）各个方面已全方位溃败，就让我们黑人一直忍受这溃败带来的惯性侮辱（在我看来，现代主义就是人类文化的诞生）。这样，模具就会被造好，对黑人的新式奴役也将准备就绪，面包和肠胃带来的殖民也就此拉开序幕。

[273]在我看来，拒绝承认差异、否认矛盾冲突，已成为非洲最大的悲剧，成为其致命的缺点。人民与领导人之间没有明确的社会契约，后者因此沦为巨婴。只有承担责任，人才能够成为人。由于不相信人民可以承担责任，我们的大陆在角逐未来的棋局上，远远落后于人。

当前，法律的首要地位一直都是构建和巩固非洲国家的基石，将来也不会改变。这是我们独立和发展的关键条件；任何情况下，这是应对未来世界伟大现实的惟一手段，也就是在互相尊重文化和利益基础上的互相依存关系。任何国家、任何强大的民族都得接受法律无所不在的制约。

---

① 刚果民族运动（刚果-金）、刚果进步党（刚果-布）、非洲利益维护民主联盟（刚果-布）均为独立运动时期的政党。帕特里斯·卢蒙巴（Patrice Lumumba, 1925—1961），刚果民主共和国（1960）（刚果-金）民族主义领袖和第一任总理；克瓦米·恩克鲁玛（1909—1972），加纳民族主义领袖和第一任总统（1957—1966）；安德烈·玛茨瓦（André Matswa, 1899—1942），刚果（布）坚定的反殖民主义宗教和政治领袖、贸易工会主义者；西蒙·金班古（1889—1951），出生于刚果自由邦（后成为刚果民主共和国），皈依浸礼会，后成为著名宗教领袖，其追随者称其为恩贡扎（Ngunza）或者"预言者"。

过去150到200年间,南美国家不断遭遇独裁统治,发展停滞不前——时间是他们的残酷盟友:时间只会变成我们将其塑造成的样子、变成我们将其理解成的样子。

30年的政治权力独裁一定给非洲人民带来了巨大利好。唉,与腐败、浪费和射杀高中生与纳税人相比,这些利好显然不那么为人所知。无论如何,显而易见且值得一提的是各种各样的排斥异己,而非一党专政时期被遮蔽的民族团结。在任何地方,谄颜献媚都比真才实学更有价值。经济和社会的停滞,多是因为贤者被人合谋排挤而遭受不公。奉承巴结的论调、对伟大(单一党派)国父事以宗教般的服从,都是体现能力的惟一形式,直到今日依然能凭此得到一切、收买一切——既扮演法律的角色,又为所有违规行为辩护。可以这样说,"国父"一词带有魔力光环,但可悲的是,这使人想起了一个无耻的国父形象,他被赋予了爱国的、民族的和创造性的力量;这些力量也表明,祖国其实是凭空生造之物,在一座与世隔绝、臭名昭著的塔里诞生,仿佛民族可以从烘焙师的烤箱里产生一样。

民族国家的诞生伴随着很多妥协让步,伴随着与时间和地理、历史和文化、民族和空间的协商。某立国之父独自建国的想法是荒唐至极的。非洲同胞们,如此恶名,我们还打算背负多久?

（张旸 孙晓萌 译;姚峰 校）

第39篇　抵抗的理论/将抵抗理论化，或者为本土主义喝彩①

贝妮塔·帕里（Benita Parry）

[274][……]

如果我们考虑去殖民叙事，那么在遇到的修辞中，以这种或那种形式出现的"本土主义"是显而易见的。手握理论之鞭，我无意做训诫之事，不会将这些修辞当作一系列认识论错误和本质主义的神秘化表达，不会将其视为对异议的男权主义挪用，也不会只看作一种反种族主义的种族主义（anti-racist racism）；我想考虑的是，通过对这些表述——如果受负面情绪的驱使，这些表述不能被简单理解为对恶行的谴责，或者对帝国主义概念框架中经典术语的重复——直截了当的质疑，我们能有何收获。当然，这意味着肯定反话语（reverse-discourses）的力量②，指出反殖民主义写作确实挑战、颠覆并削弱了占据统治地位的意识形态，这一点最为明显地表现为：颠覆殖民者/被殖民者的等级秩序，被殖民者的话语和立场拒绝屈服的地位，摒弃那些殖民者定义的术语。

话语抵抗实践（oppositional discursive practices）分为强弱两种形式，

---

① First published in *Colonial Discourse/Postcolonial Theory*, ed. F. Barker, P. Hulme, and M. Iversen, Manchester: Manchester University Press, 1994; and subsequently in *Postcolonial Studies: A Materialist Critique*, pp. 40—43. London: Routledge, 2004.

② 关于反话语（与其反对的社会控制文本，使用相同的范畴和词汇）的力量，见于乔纳森·多利莫尔所举的例子，他引用了福柯在《性史》（*History of Sexuality*）第一卷中的话："性变态从失魂落魄中卷土重来，恰是因为使用了那些最初令其变态的术语——包括'自然'和'本质'……，历史上对同性恋的描述中，尤其是涉及同性恋（后来的男同性恋）擅用自然和本质的概念时，统治者和异见者复杂而发人深省的辩证关系得以出现"；*Sexual Dissidence: Literatures, Histories, Theories* (Oxford: Oxford University Press, 1991), pp. 95—96.

泰尔迪曼(Terdiman)将二者分别命名为"重新/引述"(re/citation)和"去/引述"(de/citaion),米歇尔·佩舍(Michel Pêcheaux)则命名为"反认同"(counter-identification)和"去认同"(disidentification)。对佩舍而言,"反抗话语"(discourse-against)指的是,表述主体在"普世主体"赋予他思考的问题上,采取退避三舍的立场……(疏离、怀疑、质询、挑战、反叛)……一场在显明性的领地上针对意识形态显明性——这种显明性带有负面标记,倒置于自己的领地之上——的斗争。但是,去认同"不只是废除主体形式(subject-form),而是构成了对主体形式实际的(改造-置换)。"①按照泰尔迪曼的说法,"重新/引述"的技法旨在"包围对手,令其失去力量,并将其引爆";而[275]"去/引述"则是彻底脱离主导轨道,极力"彻底排斥它,抹除它。"(*Discourse/Counter Discourse*,pp. 68,70)二者都没有忽视反话语的力量,泰尔迪曼承认,反话语总是寄生于其所抵制的主导话语之上,并与之互相交缠——反话语充当了反对力量,却没有消灭敌人,而是寄居于主导话语并与之斗争,主导话语也寄居于反话语。泰尔迪曼认为,反话语的功能是通过勘察内部的混乱之处,弄清主导话语的边界和弱点:"从这种话语斗争的辩证关系中,有关社会构成的真相——其典型的再生产模式和此前隐匿的弱点——必然会显现。"(p. 66)

　　最近关于本土主义的讨论,浓缩了很多当下对于文化民族主义的批判,批判其与殖民主义话语的共谋关系,批判其诉诸祖先纯洁性以及身份的单一概念铭写——以证明文化民族主义无法摆脱西方具体的制度性控制。虽然安东尼·阿皮亚容许去殖民化写作中深刻的政治意义成为他们自己文学的主题,但他的评论——主要针对去殖民文学当下的形式——延伸到了较早的(所有?)表述。在揭示"本土拓扑学"运作方式——内部/外部、本土/异域、西方/传统——的过程中,安东尼的批评建立了自身的拓扑学。他的拓扑学中,殖民者是活跃的捐赠者,而被殖民者是驯服的受惠者;西方人是开创者,本土人则是模仿者。因此,虽然殖民关系的互惠性有所强调,但所有权力还是在西方话语手中。比如,"非洲文化民族主义的路线由多种因素决定,这条路线一直试图把欧洲强加给我们的虚幻

---

　　① Michel Pêcheux, *Languages*, *Semantics and Ideology* (London: Macmillan, 1982), pp. 157, 159.

身份变成现实";"完整的本土传统"这样的修辞,以及非洲个性和非洲历史等观念,都是欧洲人的发明;第三世界知识分子都使用欧洲的语言,他们沉浸在殖民宗主国的语言和文学中。① 我们不必刻意低估或者模糊对西方话语力量的影响力,也可以对这些表述作出调整:非洲、加勒比和非裔美国人的文学话语改造并颠覆了欧洲所捏造的"非洲";"非洲身份"是拒绝欧洲凝视并还以非洲自己反殖民主义目光的结果;殖民地操欧洲语言的宗主国居民,僭越了欧洲语言和文学规范,抓住并改造了他们的词汇、隐喻和文学传统。

阿皮亚批判本土主义的原由是《走向非洲文学的去殖民化》。作者钦韦祖、吉米和马杜布依克,因在文化自治方面采取了不当立场而遭人诟病,但他们的目标是对文化民族主义陷入反话语作出评判:

> 本土主义者声讨西方文化霸权,却没有意识到自己也是一丘之貉。的确,我们的民族主义者收集的论点和反抗修辞……在其意识形态铭写中……都十分经典,都经受了时间的考验,但是,文化民族主义者仍然采取了反认同(counter identification)的立场……这将继续参与到制度性布局(institutional configuration)之中——从属于他们表面上谴责的文化身份……文化民族主义不断采取的是反复变换谱系的路线。我们最终来到了同样的地方;取得的成就是为其发明一个不同的过去。("Out of Africa", pp 162, 170)

这种观点导致的结果是,民族主义的不同形式变得千篇一律,并否定了与此观点对反话语的原创性和有效性。帕尔塔·查特吉(Partha Chatterjee)的研究质疑了这一观点;尽管这本书的副标题(衍生的话语)为将民族主义思想贬为鹦鹉学舌,而鼓励选择性[276]引述(selective citation);尽管认识到(在一个服务于民族主义所否定的权力结构的框架之内)民族主义逻辑思辨的固有矛盾,但这本书致力于建构差异:"民族主义政治驱使其开放主宰性的知识框架,将此框架取而代之,颠覆其权威性,

---

① Anthony Appiah, "Out of Africa: Topologies of Nativism", *Yale Journal of Criticism*, vol. 1/2 (1988), pp. 153—178, p. 164.

挑战其道德观。"①

　　有些观点将总体性权力(totalizing power)赋予殖民主义话语,其中的一些影响在罗莎琳德·欧汉隆(Rosalind O'Hanlon)对当下研究的讨论中有所显现。欧汉隆意在强调,英国"发明"了 19 世纪的等级制度,以挑战"永恒种姓社会秩序的理念";但是,欧汉隆也把"殖民魔法"(colonial conjuring)放大到极致,通过排斥"殖民主义范畴中复杂且矛盾的关系……建构了一幅印度演员的画面,即他们无可奈何,只能复制自身从属地位的结构。"②与此相关,拉纳吉特·古哈(Ranajit Guha)令人信服地作了列举,确立了见于次大陆很多语言中的"印度政治语言"。他所列举之物表明,底层反殖民抗争的模式绝不是由主导文化中舶来的形式和词汇所决定,而是前殖民时代的反抗传统的重新表达。③

　　罗伯特·扬(Robert Young)指出,寻找本土主义的替代品,可能只代表了"自恋式的欲望,即寻找一个反映西方自我身份假定的他者。"(White Mythologies, p. 165)那些后殖民批评模式意在从轶事、传说和俗语——这些都是异见的变体或即兴之作,从未有过正式的叙事形式——中从重构一个故事;如果有正式的叙事形式,则意在对殖民抵抗进行既公允、又具有批判性的质问。我想指出的是,这些后殖民批评模式背后存在非常不同的动因。我们会清楚地看到,就这类解读而言,其兴趣是在讨论中保有这些历史所预示或设定的自由想象领域,并指出去殖民化斗争是一项解放事业,尽管随之而来的是严重的挫败。此处的预设是,有关以往异见的不同话语或话语回溯(discursive retracings)来到我们面前时,其

<hr>

　　①　Partha Chatterjee, *Nationalist Thought and the Colonial World : a Derivative Discourse?* (London : Zed Books, 1986), p. 42.

　　②　Rosalind O'Hanlon, "Cultures of Rule, Communities of Resistance : Gender, Discourse and Tradition in Recent South Asian Historiographies", *Modern Asian Studies*, vol. 22 (1989), pp. 95—114, pp. 98, 100, 104.

　　③　See Ranajit Guha:"农民起义有很多称呼:hool, dhing, bidroha, hangama, fituri 等等……**hizrat** 或者完全放弃农民与其他劳动者……**dharma**,即当面静坐抗议侵犯者,发誓直到冤情重审方才离开……**hartal**,即整体搁置公共活动……**dharmaghat**,即劳动力退出……**jat mara**,即拒绝为侵犯者本人与家人提供专门服务,以保证他们免遭污染,这样能够摧毁侵犯者的种姓,……**danga**,即某教派、种族、种姓和阶级的暴力,波及大批底层";"Dominance without Hegemony", p. 267.

中已经含有反叙事（counter-narrative）（反叙事减弱了批评家宣称的反叛行为）的元素，但是，在显现此反叙事被抹除、压制和边缘化——例如，明显表现于对男性人物的实践和权威的凸显——的过程中，正是我们通过将此反叙事挪用于我们的理论目标，从而改变了这一材料。

艾勒克·博埃默（Elleke Boehmer）讨论了民族主义复兴、身份重构和民族构建的叙事，这表明了女性身体的意象如何被用来象征主体性（subjectivity）、历史和国家的完整性理想。因此，如此诉诸女性身体，彻底颠覆了表现为渗透、掠夺和拆解的殖民主义形象——即，"对被物化、奴役和殖民的身体的压迫"——但是，这也"依赖于男性权威和历史能动性至高无上的假设"，以及（寄居于母体隐喻的）民族主义的核心概念。博埃默指出，因为后殖民自决（self-determination）话语"对民族主义'自我'和历史重构等概念论述颇多，所以，民族主义形象的特征就被接受、容忍或忽略了"；今天，对此格局的解构，只是发生在后殖民文学中。① 在一个相关的语域，艾拉·肖哈特（Ella Shohat）写到："反殖民知识分子虽然并不特别关注性别问题，却已经……运用了与性别相关的修辞，来讨论殖民主义。"塞泽尔和法农以隐含的方式颠覆了黑人和黑人文化暴力强奸的表征，以及有关拯救圣洁的白人和（有时）黑人女性的想象；"同时，他们又使用性别[277]话语来表达反抗和斗争。"②肖哈特指出，相比那些针对第三世界男性的暴力故事，针对第三世界女性的暴力故事"相对更受青睐"，这一说法似乎言过其实了。

反殖民话语如此重视对父权地位的保护，这明显表明：使用这些文献资源把解放斗争书写为"意识形态正确的"乐观叙事，是不明智的。但是，为了给他们的历史正名——借用乔纳森·多利莫尔（Jonathan Dollimore）的说法③——我们当然必须避免道貌岸然地责备这些书写抵抗模式，因为这些模式并不符合话语激进主义（discursive radicalism）在当代

---

① Elleke Boehmer, "Transfiguring the Colonial Body into Narrative", *Novel*, vol. 26 (1993), pp. 268—277.

② Ella Shohat, "Imagining Terra Incognita: the Disciplinary Gaze of Empire", *Public Culture*, vol. 3 (1991), pp. 41—70, pp. 56—57.

③ 参见多利莫尔（Dollimore），他主张避免"理论化"抹杀"本质主义政治学"的历史；*Sexual Dissidence*, 44—45.

的理论原则。相反我认为,我们的任务是处理统一性身份建构的赋权效应,守护和捍卫变化的或可变的本土形式(这有别于无望地寻找与复兴原初完整的前殖民文化),使其免受诽谤。① 我将塞泽尔和法农作为解放理论——如今,这些理论被指责为本质主义政治——的作者进行讨论时,不愿从其表演的时刻抽离出抵抗的意味。因为,我读他们的著作时,二者都无疑塑造了反叛、统一的黑人自我;二者也承认,肯定遭殖民主义诋毁的文化,可以释放出革命的能量;二者没有通过与帝国主义结构的商谈,来理解殖民主义关系,而是认为压迫比霸权更重要,以此凸显了压迫是不可调和的对立势力之间的斗争——由这些商谈本身折射(实际促成)的表达中,这样的讽刺意味是极其显明的。

[……]

（王大业 汪琳 译；姚峰 校）

---

① 　但是,殖民主义入侵造成了"混杂性"(hybridity),这样的代价不能忽视。曼提亚·迪亚瓦拉(Manthia Diawara)将爱德华·博列维特(Edward Brathwaite)对克里奥尔化(creolization)的定义,润色为"失去部分自我,获得部分他者,以此适应新环境",他还补充道,我们必须注意,将(种族)混杂的诱人之处和白人文化对接,我们也牺牲了一部分黑人属性(blackness),甚至也牺牲了一些黑人;"The Nature of Mother in *Dreaming River*", *Third Text*, vol. 13 (1990/1991), p. 82. 这些黑人就生活于现存的当地文化中,尽管它既不静止,也不完整。他们也出现在了阿玛·阿塔·埃多对卡罗林·鲁尼(Caroline Rooney)所写故事的解读中。阿玛让人们注意到,有的叙事尊早先存在的文化为正统,这种文化并没有被当年开辟殖民地的先辈抹去,当时,这些还不是人们纷纷引用的对象。阿玛还批评有些人患有健忘症:他们拥抱了大都市文化,就抛弃了自己的原生社群。See "Are We in the Company of Feminists?: a Preface for Bessie Head and Ama Ata Aidoo", in *Diverse Voices*: *Essays in Twentieth Century Women Writers*, ed. Harriet Devine Jump (London: Harvester Wheatsheaf, 1991), pp. 214—246, p. 222.

第六部分　非洲文学的语言

[279]"一个人弃用自己的母语,而使用他人的语言,这样做对吗? 这样做,看起来是可怕的背叛,让人心生愧疚。"钦努阿·阿契贝在 20 世纪 70 年代早期("African Writer" 62)如此思索着。虽然这一深入灵魂的发问显得严肃而凝重,但阿契贝当时是乐观的,他相信自己在实践和精神上都能达到平衡,既是一个土生土长的非洲作家,同时又是用英文写作的作家。"我感觉英语能承载我的非洲经验的分量。但那得是一种新的英语,与其古老的家园依然紧密连接,但更改后能适应新的非洲语境。"(62)阿契贝表达这一早期思索后的十年间,创作了几部英文小说,凭借对英文的独特使用、娴熟驾驭,获得了世界级的盛名。之后他提到:"英文在我们的文学中有不可撼动的地位,其中蕴含的宿命论逻辑留给我的冰冷感觉,比我初次讨论它时还要多……但对于这个问题,我还没能看到截然不同,或情感上更舒服的解决办法。"("Preface" xiv)这不是胜利者的自我欢庆,而是一声痛彻心扉的哀叹。如果阿契贝的经验有指导意义的话,此处的重点便是:尽管非洲作家用欧洲语言创作并取得了很大的成就,但这些语言在非洲文学创作中持续的支配地位构建了一个复杂的对抗语境。阿契贝发现,一种被驯化的、热带化的英文依旧是英文。恩古吉·瓦·提昂戈用英文创作了几部小说和剧本,为他赢得了事业的成功,之后便转而用肯尼亚的基库尤语写作。这体现出,翻译应该是两种语言或多种语言间互动的一种平等模式。对语言问题的理论论述,更多集中于作者,但现在应该是文学理论家和批评家就其使用的语言受到质疑的时候了。文学研究之外,更大的议题是欧洲语言在非洲人的教育、商业、政治和官僚生活中的支配地位。这部分的文章全方位谈论了非洲文学和文学研究中的语

言——非洲语言或欧洲语言——问题。

参考文献

Achebe，Chinua．"The Africann Writer and the English Language．"*Morning yet on Creation Day*：*Essays*．London：Heinemann，1975．55—62

——．"Preface．"*Morning yet on Creation Day*：*Essays*．xiii—xiv．

（龙清亮 译；姚峰 校）

第 40 篇　非洲文学的穷途末路？[①]

欧比亚江瓦·瓦里(Obiajunwa Wali)

[281]1962 年 6 月,在坎帕拉(Kampala)的马凯雷雷学院(Makerere College)举办了最后一届非洲英语作家大会。这次会议最重要的成果也许就是:非洲文学——如今所定义和理解的非洲文学——是没有前途的。

那次会议本身标志了对列奥波尔德·桑戈尔和艾梅·塞泽尔的黑人性学派发起的最后猛攻。一段时间以来,诸如伊齐基尔·穆法莱尔、沃莱·索因卡、克里斯托弗·奥基博等非洲英语作家带着极度的嘲讽,看待这种表达了"黑人性"或"非洲人格"[②]等陈腐概念的文学。马凯雷雷会议上作出的决定和评论所彰显的自信论调,让有的人据此判断黑人性气数已尽。

会上另一个值得注意的事件是,人们心照不宣地把阿摩斯·图图奥拉遗漏了。图图奥拉无疑是当今非洲最重要的作家之一,缺席这次会议的不仅是他本人,就连他的作品也被故意排除在会议议程之外。事实上,根据对大会报告的解读,图图奥拉的出版人也颇为不满,认为这等于间接指责他们出版了这位作家的作品。可以猜测,图图奥拉遭到如此待遇,一个原因是像简海因茨·贾恩这样有影响力的批评家曾反复将他归为黑人性学派,另一个原因是他逾越了界限,使用非伊巴丹、非马凯雷雷的英语表达方式,并赢得了海外的称赞。

非洲文学的黑人性学派和图图奥拉学派表面上败北之后,从如今主

[①]　First published in *Transition* 10 (1963): 13—15.

[②]　Ezekiel Mphahlele *Press Report*, Conference of African Writers of English Expression, MAK/V(2), Makerere, 1962.

导我们文学的艺术家和批评家的写作中,可以看出什么代表了今天的非洲文学。尤娜·麦克莱恩(Una Maclean)在评论约翰·佩珀·克拉克的剧作《山羊之歌》(*Song of A Goat*)时,开篇写到:"这部诗意化情景剧的作者把自己视为热带地区的田纳西·威廉姆斯(Tennessee Williams)了。两性之战的肉欲象征符号突然间从沼泽地渗出,像一股骇人的瘴气悬于被污染的空气之上……无能的男人、激情的[282]女人,这是个简单而熟悉的故事。但这个坐立不安的女人是享受过风流时光的,因为伴侣曾让她生下了儿子,这是表现伴侣生育能力的明确符号。"①

克里斯托弗·奥基博在其诗集《沉默》(*Silences*)的"致谢"里这样评述:"作者在书中某些地方使用或改编了其他创作者的主题,因此向这些创作者致谢。《赞美诗》("The INTROIT")是拉贾·拉特南(Raja Ratnam)《早晨八点一刻》(*At Eight-fifteen in the Morning*)中主题的变体;第一乐章的前3段是尔科姆·考利(Malcolm Cowley)的一个主题的变体;同一乐章第4段中的"沙石岸边闪烁回忆之光"是斯特凡纳·马拉美(Stephane Mallarme)的《牧神的午后》(*L'Apres-midi d'un Faune*)中"让我的笛声潇洒丛林"("Au bosquet arrose d'accords")的变体;同一乐章第6段则是拉宾德拉纳特·泰戈尔(Rabindranath Tagore)的《飞鸟集》(*Stray Birds*)中一个主题的变体。"②

乌利·贝尔在马凯雷雷大会中宣读的论文,讨论了约翰·佩珀·克拉克的诗歌,他这样评论:"约翰·佩珀·克拉克乃是与众不同的诗人,其背景与奥基博相似……他研究英语,埃德加·庞德之于奥基博,正如埃略特与霍普金斯之于卡拉克。如同奥基博,人们偶尔也在克拉克的诗歌中,读到'现成的'(ready made)语言,这是令人头痛的事情。"③

这些例子清晰地显示出,在欧洲文学的主流中,如今所理解和实践的非洲文学仅是一件无足轻重的附属品。作家与文学批评家都在如饥似渴地阅读欧洲文学和批评方法。克拉克的新剧作不仅可以用亚里士多德和

---

①　Una Maclean, "Song of A Goat," *Ibadan*, October, 1962, p. 28.

②　Christopher Okigbo, "Silences", *Transition* 8, March, 1963, p. 13.

③　Ulli Beier, "Contemporary African Poetry in English", Conference of African Writers Report, MAK/II(4), Makerere, 1962.

古希腊的经典传统去解读，也可以按当下田纳西·威廉姆斯的风格和荒诞主义去诠释，尤娜·麦克莱恩因此粗鲁地将生性简单、渴望孩子的艾比艾尔(Ebiere)，比作《超级老爸》(Big Daddy)中美国家庭复杂的两性问题。这样的文学分析是倒退回去照搬亚里士多德的鹦鹉学舌，也是迎合英美新批评家们的陈词滥调。

　　文学发展成这样，其结果是毫无血气与活力，缺乏自我丰富的途径。这类文学仅限于新兴非洲大学的少数毕业生，他们走欧洲路线，仿佛沉浸在欧洲文学与文化之中。而在当地，普通读者占了绝大多数，他们没有接受过传统的欧式教育，就没有机会参与这一类文学。尼日利亚仅有不到百分之一的人能读到或能理解沃莱·索因卡的《森林之舞》。然而，这部尾随外来文化习俗与传统的戏剧，却在庆祝他们国家独立的舞台上演出。这也难怪，像克里斯托弗·奥基博这样的诗人轻易就转向马拉美的理念——少数贵族人士的诗歌圈子。他所谓"我不向不写诗的人读我的诗"这一不恰当表述，正是马拉美的翻版。

　　本文的目的不是质疑这些作家的成绩，毕竟他们在极度困难和毫无逻辑的形势中取得了卓越的个人成绩。本文想要指出，不加鉴别地接受英文和法文作为非洲文学必然的写作媒介，是误入歧途的做法，不可能推进非洲文学和文化的发展。换句话说，除非这些作家及其西方接生婆能接受这样的事实——即任何非洲文学都必须用非洲语言创作——否则他们就是在走向死胡同，走向索然无味、充满挫败感的贫瘠之地。

　　这次会议面临定义非洲文学这一基本问题，使用非母语的非洲写作也涉及诸多问题。会议本身非常接近这一事实："我们普遍认为，一位非洲作家最好用自己的语言思考和感受，然后再寻求[283]接近原语的英文音译。"①这一结论尽管显得天真，有些误导人，却简洁准确地说明了问题。也就是从这个结论中，我们会找到非洲文学的新方向，倘若我们确实是在严肃真诚地对待自己所做之事。

　　一位用自己的语言思考和感受的非洲作家**必须**用这种语言写作。至于"音译"，不论作何解释，都是不明智、不可接受的，因为这里所说的"原

---

① Ezekiel Mphahlele, *Press Report*, Conference of African Writers, MAK/V(2), Makerere, 1962.

语"就是文学和想象的干货,不能只为了近似的**复制品**——正如本节所指出的那样——而遭废弃。

当然,旧有的那些未经深思熟虑的争论还会再起——诸如非洲语言的多样性、读者限于小范围的种族群体、正字法相关的问题,以及其他所有的争论。会的,但这样有什么不好呢? 我相信任何一种语言都有权以文学的形式得到发展。我们今天在非洲努力追求的文学有机体是荒谬的,其他地方都找不到,甚至在欧洲也不会有。解决问题的办法常常是通过将杰出的文学作品翻译成其他语言,尤其是翻译成世界上传播更广、更具影响力的语言。

我们可以想象一下,假如斯宾塞、莎士比亚、多恩(Donne)和弥尔顿等作家弃用英语,而使用他们当时的国际通用语言——拉丁语和希腊语——写作,那么英语文学会是怎样的面目呢? 尽管弥尔顿这样的作家能轻松驾驭拉丁语和希腊语,却仍用母语写作,不去迎合国际读者的口味。

文学毕竟是在挖掘语言的可能性,如今亟需发展的是非洲语言,而不是过度发达的法文和英文。例如,现在学者们倾注大量心血研究几种非洲语言的语言结构,但几乎没有人将这些语言用于创作实践,原因恰恰在于,我们都忙于为欧洲文学中那些老生常谈的话题争来争去。如果语言科学能倾注如此多的心思和努力研究非洲语言,而不在乎这些语言有限的种族范围,那么,想象类文学创作怎么会认为朝此方向发展不可行呢? 实际上,想象类文学创作更能够发展一个民族的文化。

如今,非洲的英语和法语文学批评听起来那么无趣、单调且轻浮,主要因为没有原创性思考的机会。那些文学批评整天围着陈词滥调在打转——浪漫主义与古典主义、现实主义、多愁善感、维多利亚主义、超现实主义等等。要成为非洲文学方面的"顶尖的批评家或权威",是不需要有创新思考的。正如在欧洲文学研究中一样,弗雷泽、弗洛伊德、达尔文以及马克思等人的著作都是为获得基本的批评工具而成为必读书目。

我今天在此所提倡的工作并非易事,因为需要大量艰辛的努力和思考,更需要全盘抛弃膨胀的自我意识所留下的僵硬残片。这项工作会迫使一些"顶尖的"批评家先对非洲语言做一番扎实的语言学研究,获得重要的非洲语言知识，再去总结概括出各种各样的哲学理论和文学理论。届时，如同一切真正的文学一样，非洲文学将成为一项严肃的事业，面对[284]应该面对的读者，并为非洲各民族创造出一种真实的文化，一种不依靠标语和宣传、不依靠别有用心的援助的非洲文化。

举例来说，法语文学与德语文学之间的本质区别在于一个是用法文所写，而另一个是用德文。其他所有的区别——不论哪个方面——都基于这一基本区别而来。因此，如今所谓"非洲英语和法语文学"就明显是自相矛盾的说法，是一个错误的假设，如同说"用豪萨语创作的意大利文学"一样。

我们期待，未来有关非洲文学的会议将讨论使用非洲语言的非洲写作这一首要问题，以及这个问题对发展真实的非洲情感带来的所有启示。实际上，如果我们的作家能把惊人的才华和超强的能力献给母语，那么非洲语言在我们的教育系统中的次等地位将得以扭转。现在，一些非洲大学已经作出努力，将非洲语言的研究纳入大学课程之中。但这样的举动注定是没有未来的，因为大学层面所能得到的资源仅限于几条通俗的谚语、几篇写乌龟和老虎的短篇小说，以及一堆由蹩脚的语言学家编写的不合时宜的语法书。比如，约鲁巴族的学生没有机会读到用约鲁巴语写的剧本，因为当今最具才华的尼日利亚剧作家沃莱·索因卡并不认为约鲁巴语适于创作《狮子与宝石》(*The Lion and the Jewel*)或《森林之舞》。

研究一门语言是因为这门语言有了不起的文学作品或某种文学形式。本世纪早期，艾略特和庞德等人在诗歌实验中研究了东方语言，也是出于这个道理。毫无疑问，如果非洲语言没法承载某种文学，那必然面临消亡，而加快消灭这些语言的惟一方式，就是继续幻想我们能用英文和法文创造出非洲文学。

就目前的结果来看，上一次到马凯雷雷的公费旅行还是不错的，但那次会议惟一的实质性成果，只是非洲作家与他们的赞助者有了一个相互认识的机会，要承认这一点是有些可耻的！

（龙清亮 姚峰 译；汪琳 校）

第41篇　非洲文学的语言[①]

恩古吉·瓦·提昂戈(Ngugi wa Thiong'O)

I

[285]非洲文学的语言在一些社会力量的作用下,已成了吸引我们注意力的议题,成了亟需解决的问题。要富有成效地讨论非洲文学的语言,是不能脱离社会力量这一语境的。

一方面来看,帝国主义在殖民时期与新殖民时期继续在非洲抓壮丁,为他们翻耕土地,用警戒灯监视壮丁,使他们能看见前行之路,而那条路是由手握《圣经》、腰悬佩剑的主人为其决定的惟一之路。换句话说,帝国主义继续控制着非洲的经济、政治和文化。但从另一面看,与之相对的是非洲人民不懈的抗争,力图从欧美的束缚中解放自己的经济、政治和文化,以迎来一个真正集体自我管理、自我决定的新时代。这是持续不断的抗争,通过在时间与空间上真正控制集体自我定义的手段,重新夺回他们在历史上进行创造的主动权。在一个民族定义其与自然环境、社会环境甚至与整个宇宙的关系中,语言的选择与使用是极其重要的。因此,在20世纪的非洲,语言一直处于这两股对抗着的社会力量的中心。

这场抗争始于100年以前。1884年,欧洲的资本主义列强坐在柏林的会议桌前,将一个多民族、多文化、多语言的非洲大陆肢解成了不同的殖民区域。非洲自己的命运决定于西方世界大都市的会议桌前,这似乎

---

① First published in *Decolonising the Mind: The Politics of Language in African Literature*, pp. 4—33. London: James Currey, 1986.

成了她的宿命：她从自治的共同体沦落为殖民地，这是在柏林决定的；她沿着不变的界线向新殖民地的最新转型，[285]是在伦敦、巴黎、布鲁塞尔和里斯本的同一谈判桌上议定的。尽管那些外交官们高举《圣经》，一副道貌岸然的样子，但柏林会议对非洲的划分——一直延续至今——显然出于经济和政治上的动因；不过，也有文化的考量。1884 年，柏林见证了非洲按照欧洲列强的不同语言被划分成不同区域。不论是之前的殖民时期，还是现在的新殖民时期，非洲国家都是用欧洲语言来定义自我，或被他者定义：说英语的非洲国家，说法语的非洲国家，或是说葡萄牙语的非洲国家。①

　　遗憾的是，我们的作家本应在非洲大陆上冲破语言的包围，结果却用帝国主义强加的语言被他者定义，或者自我定义。即便在最激进、最偏向非洲的观点表述和针砭时弊中，他们依然认为非洲文化的复兴有赖于欧洲的语言，并奉之为真理。

　　这是我早该知道的！

II

　　1962 年，我受邀参加了那场非洲作家的历史性会议。会议在乌干达首都坎帕拉的马凯雷雷大学举办，当时参会名单中的大部分人，现在成了世界很多大学学术论文的研究对象。会议的名称是"**非洲英语作家大会**"。②

　　那时，马凯雷雷大学是伦敦大学一所海外学院，我是**英语**专业的学生。会议对我主要的吸引力是确定能见到钦努阿·阿契贝。那时，我正在写小说《别哭，孩子》(*Weep Not, Child*)，就带着尚未打磨的打印稿，希

---

　　①　"欧洲语言对于非洲人变得如此重要，他们部分借助这些语言来界定自己的身份。非洲人开始以操法语的非洲人，或者操英语的非洲人，来描述彼此。非洲大陆本身也被设想为法语国家、英语国家和阿拉伯语国家。"(Ali A. Mazrui, *Africa's International Relations*, London：1977, p. 92.)

　　②　这次会议是由文化自由协会(Society for Cultural Freedom)组织的，该协会设在巴黎，却是美国人提议创办的，资金也来自美国，后来发现经费实际上来自中央情报局(CIA)。这里可以看出，我们在文化、政治和经济领域作出的选择，是如何被帝国主义大都市中心所操控的。

望他能读一读。前一年,也就是 1961 年,我写完了第一本小说《界河》(*The River Between*),并以此参加了由东非文学署主办的写作大赛。我追寻的是彼得·亚伯拉罕斯的作品中呈现的传统,这种传统在他的《一路雷霆》《诉说自由》等小说或自传中皆有体现,并在钦努阿·阿契贝 1959 年出版的《瓦解》中得到传承。法语殖民地也有他们的同行者,列奥波尔德·塞达·桑戈尔和大卫·迪奥普这一代人的作品被收录于 1947/48 巴黎版的《黑人与马达加斯加人法文新诗集》(*Anthologie de la nouvelle poésie nègre et malgache de langue française*)。正如 1961 年坎帕拉的马凯雷雷山中那次盛会的参会者一样,这些作家也都使用欧洲语言写作。

会议的名称——"非洲英语作家大会"——自然就把那些非洲语言作家拒之门外了。现在,如果站在 1986 年反躬自省的高度反观这次大会,我就能看出其中荒谬异常之处。作为一个学生,我获得了参会资格,就因为发表了两篇短篇小说:发表在学生期刊《笔端》(*Penpoint*)之上的《无花果树》("Miigumo")和发表在新刊《变迁》(*Transition*)上的《回归》("The Return")。但是沙班·罗伯特和法贡瓦酋长(Chief Fagunwa)都没有资格参会——前者是东非最伟大的诗人,出版了几部斯瓦希里语诗歌和散文集,后者则是尼日利亚著名作家,用约鲁巴语发表了不少作品。

会议上,有关小说、短篇故事、诗歌以及戏剧的讨论,都是针对英语作品的节选,因此排除了用斯瓦希里语、祖鲁语、约鲁巴语、阿拉伯语、阿姆哈拉语和其他非洲语言写作的大量作品。然而,尽管排除了非洲语言的作家和文学作品,但开场的准备活动刚结束,"非洲英语作家"大会就开始了第一项议题:"什么是非洲文学?"

[287]紧接着的辩论可谓热火朝天:非洲文学是关于非洲,还是关于非洲经验的?是由非洲人创作的文学吗?那非洲之外的人写的关于非洲的文学能称作非洲文学吗?如果一个非洲人以格陵兰岛(Greenland)为写作背景,还能称作非洲文学吗?或者,非洲语言才是评判的标准?那好:阿拉伯语算作什么?对非洲来说不也是外语吗?已经成为非洲人语言的英语和法语呢?一个欧洲人用非洲语言写出的关于欧洲的文学算非洲文学么?如果……如果……如果这,如果那,却没有触及问题的关键:我们的语言和文化被资本主义欧洲的语言和文化所主导。无论如何,我们缺少法贡瓦、沙班·罗伯特或任何用非洲语言写作的作家,来将这次会

议从避实就虚的空谈中拉下来。这个问题从来没有被严肃地提出过:我们所写的,有资格成为非洲文学吗? 文学和读者的整体,以及决定了全国读者和精英读者的语言领域,这些并不那么重要:这场辩论更多关乎创作主题,关乎作家的种族背景和居住地。

如法语和葡萄牙语一样,英语被认为是理所当然的文学语言,甚至是同一国家的非洲人之间、非洲国家与其他大陆的国家之间的政治媒介。比如,在同一个地理区域,这些欧洲语言被认为具有一种能力,能帮助非洲民族克服语言多样性导致的分裂倾向。因此,埃斯基亚·马普莱勒在给《变迁》第 11 期的一封信中提到,英语和法语已然成了通用语言,显示了一条对抗白人压迫者的民族战线,甚至在"白人已经撤退的地方——如一些独立国家——这两种语言依然是一股团结的力量"①。这两门语言在文学圈被视为前来拯救非洲语言的语言。在为比拉格·迪奥普的新书《阿玛杜·孔巴的故事》(*Les Contes d'Amadou Koumba*)写的前言中,塞达·桑戈尔称赞他使用法文拯救了古老非洲寓言和故事的精神与风格。"他将这些故事转译成法文时,既尊重了法文的天赋——柔和与真实——同时又保留了黑非洲语言的所有优点,以高超的艺术让故事焕然一新。"②英语、法语以及葡萄牙语来拯救我们,我们心怀感激,接受这个不

---

①　这常常是殖民地发言人所持的观点。在《民族主义和非洲新国家》(*Natioanlism and New States in Africa* , London: 1984)一书中,作者阿里·马兹鲁伊和迈克尔·蒂迪(Michael Tidy)引用了 1964 年 7 月 15 日《曼彻斯特卫报周刊》(*Manchester Guardian Weekly*)上马普莱勒和杰弗里·摩尔豪斯(Geoffrey Moorhouse)的评论,并对二者作了比较。

"而且,在非洲大陆的两翼——在加纳和尼日利亚、在乌干达和肯尼亚——教育的普及导致了初等教育阶段对于英语需求的增长。但值得一提的是,英语被当作殖民主义的标记遭到拒斥;但实际上,英语是一门政治上中立的语言,超越了部落意识的指责而被人所接纳。与印度或马来西亚相比,这个观点在非洲更具吸引力,因为相较而言,很少有非洲人对本土语言——即使像豪萨语和斯瓦希里语这样的地区交流语言——具有读写能力,能够说这些语言的人数以百万计,而能够读写的则只有区区数千人。"

摩尔豪斯是不是在告诉我们,相较非洲与新殖民主义的冲突,英语在政治上是中立的?他是不是在告诉我们,到了 1964 年更多的非洲人对欧洲语言——而不是非洲语言——具有读写能力? 非洲人对于自己的国家通用语言或者地方语言没有读写能力(即使情况恰恰相反)? 摩尔豪斯是要封住非洲人的口舌吗?

②　英文名是 *Tales of Amadou Koumba* ,由牛津大学出版社出版。这个段落选自这本书的巴黎版本 *Présence Africaine* ,是由拜罗伊特(Bayreuth)的贝希尔·迪亚涅(Bachir Diagne)博士为我翻译的。

请自来的馈赠。1964 年,钦努阿·阿契贝在题为"非洲作家与英语语言"的演讲中说到:

> 一个人弃用自己的母语而使用他人的语言,这样做对吗?这看起来是可怕的背叛,让人心生愧疚。但我别无选择,我被赋予了这一语言,我也愿意使用它。①

且看其中的矛盾之处:使用母语的可能性给人轻率失当的感觉,从"可怕的背叛"和"心生愧疚"等措辞中可见一斑;而使用外语则给人一种张开双臂拥抱的感觉,十年后,钦努阿·阿契贝将其描述为"英语在我们文学中不可撼动的地位所蕴含的宿命论逻辑"②。

事实上,我们所有选择欧洲语言的人——会议的参会者以及追随他们的下一代——都或多或少接受了这一宿命论逻辑。我们受其引导,一心思考的问题是如何使用这些借来的语言,承载我们的非洲经验,比如,让这些语言"猎食"非洲的谚语和其他非洲口语与民间传说中的特性。阿契贝[《瓦解》《神箭》]、阿摩斯·图图奥拉[288][《棕榈酒鬼》《我在鬼丛中的一生》(*My Life in the Bush of Ghosts*)]以及加布里埃尔·奥卡拉(Gabriel Okara)[《嗓音》(*The Voice*)]被认为是完成这一任务的三个不同典型。向外国语言生锈的关节中注入桑戈尔所谓的"黑色血液",使这些语言更丰富、更具活力,在这个方向上我们准备走多远,最好的例证体现在布里埃尔·奥卡拉转载于《变迁》的文章:

> 作为一名主张最大程度地运用非洲观念、非洲哲学以及非洲民间传说与意象的作家,我认为有效运用这些元素的惟一方式,是将它们从作家的非洲母语几乎直译为他用作表达媒介的任何欧洲语言。我自己在写作中会尽可能接近本土语言的表达方式。因为,从非洲任何语言中的一个词,或一组词,或一个句子,甚至一个名字,我们都

---

① 这篇文章收录于阿契贝的文集 *Morning Yet on Creation Day*,London:1975。
② 在《创世日的黎明》(*Morning Yet on Creation Day*)的前言部分,阿契贝的观点比起1964 年,变得更加激进了一点。这个说法适用于我们整整一代非洲作家。

可以捡拾到一个民族的社会习俗、态度以及价值观。

　　为了捕捉非洲口语的生动意象,我就必须避免首先以英语表达思想的习惯。这样做,开始会很难,但我必须学会。我得学习我用的每一个伊乔语(Ijaw)的表达方式,弄清这个表达可能被使用的场景,以便表达出与英语原文最接近的意思。我发现这是令人着迷的练习。①

　　我们可能会问,一名非洲作家或任何一位作家为何要沉溺于用自己的母语充实其他语言? 为何将此视为自己的特殊使命? 但我们从未问过自己:我们如何丰富自己的语言? 我们如何能"猎食"其他时代、其他地域的其他民族在斗争过程中留下的人文和民主的丰富遗产,以此丰富我们自己的语言? 为什么没有非洲语言的巴尔扎克、托尔斯泰、肖洛霍夫、布莱希特、鲁迅、巴勃罗·聂鲁达、安徒生、金芝河(Kim Chi Ha)、马克思、列宁、阿尔伯特·爱因斯坦、伽利略、埃斯库罗斯、亚理士多德、柏拉图? 为何不创造我们自己语言的文学丰碑? 换句话说,为何奥卡拉不花点力气用伊乔语创作? (他自己也承认,伊乔语有着深邃的哲学和广博的思想与经验。)我们对非洲民族的斗争运动,该负有什么责任? 这些问题,我们从未提出过。 似乎更让我们担忧的是:所有这些文学体操(literary gymnastics)从我们的语言中汲取营养,为英语和其他语言带去了生机与活力,结果会被认作优质的英语或法语么? 那些语言的主人会批评我们的用法么? 在此,我们对自己的权利更加确定了! 钦努阿·阿契贝写道:

　　　　我感觉英语将能承载我的非洲经验。但那必须是一种新的英语,与其古老的家园依然紧密连接,但改写后能适应新的非洲环境。②

---

　①　*Transition* No. 10, September 1963, reprinted from *Dialogue*, Paris.

　②　Chinua Achebe "The African Writer and the English Language", in *Morning Yet on Creation Day*.

加布里埃尔·奥卡拉对此所持的立场代表了我们这一代人的想法：

> 有人可能会认为，这样的英语写作方式亵渎了这门语言。当然不是这样的，鲜活的语言如鲜活的生物一样生长着，而且英语远非毫无生机的语言。有美国英语、西印度英语、澳大利亚英语、加拿大英语、新西兰英语，所有这些不同版本的英语，在反映各自文化的同时，也都为这门语言增添了生机与活力。为何不能有尼日利亚英语或西非英语，用来表达我们自己的观念、思想和哲学？①

[289]在我们的文化和政治中，我们如何接受"英语在我们文学中不可撼动的地位所蕴含的宿命论逻辑"？从 1884 年的柏林会议，经过 1962 年的马凯雷雷会议，到达 100 年后依旧盛行的支配性逻辑，这是怎样的一条路线？作为非洲作家，我们为何对自己语言的诉求如此无力？而对其他语言——尤其是我们殖民者的语言——的诉求却如此的热衷呢？

1884 年的柏林会议是仗着利剑与子弹生效的，但是，利剑与子弹之夜过后，就是粉笔与黑板之清晨。战场上的肉体暴力之后，就是教室里的精神暴力，前一种看起来很残忍，后一种看上去却很温和。这一过程在谢赫·哈米杜·凯恩的小说《朦胧的冒险》（*Ambiguous Adventure*）中表现得淋漓尽致。小说里，他谈到了帝国主义在殖民时代使用的方法——如何有效扼杀，又如何用同样的办法治愈。

> 在这黑色大陆之上，我们开始理解他们真正的力量不在于第一个早晨的加农炮，而在于加农炮之后的东西。加农炮之后是学校。新学校兼有加农炮与吸铁石的性质，从加农炮那里得到了战斗武器的功效，但比加农炮更好，能让征服永远存在。加农炮强迫肉体，而学校能迷醉灵魂。②

---

① Gabriel Okara, *Transition* No. 10, September 1963.

② Cheikh Hamidou Kane *L'aventure Ambiguë*. (English translation：*Ambiguous Adventure*). 这段文字是由 Bachir Diagne 为我翻译的。

在我看来，语言是那股殖民力量迷醉和控制灵魂的最重要工具。子弹是镇压肉体的工具，而语言是镇压灵魂的手段。就让我从自己的教育经历，尤其是我接受语言与文学教育的经历，来阐述我的观点。

III

我出生在一个农村大家庭，父亲有 4 个妻子和 28 个孩子。正如当时所有的人一样，我也属于一个大家族和一个部族。

我们在田间劳作时，说的是基库尤语。在家里或外边，都说基库尤语。我依然清晰记得围着火堆讲故事的那些夜晚。大多数时候，是大人讲给孩子听，但每个人都感兴趣，都参与其中。第二天，我们这些孩子会把这些故事说给别的孩子听，他们在欧洲或非洲地主的田里劳作，采摘除虫菊花、采茶叶或摘咖啡豆。

故事都是用基库尤语讲的，主角几乎都是动物。野兔尽管身体小巧、柔弱，但机灵而智慧，是我们的英雄。野兔与狮子、豹子、土狼等残暴的捕食者斗争时，我们就仿佛与它站在一边。野兔的胜利就是我们的胜利，我们学到了弱小者也能战胜强大者这个道理。我们跟随这些动物一起与残酷的自然环境作斗争——干旱、大雨、烈日与狂风，恶劣的天气迫使它们寻求合作的形式。但我们对他们内部的斗争也感兴趣，尤其是野兽与被捕食动物之间的斗争。这些双重斗争——既针对自然、又针对其他动物的斗争——也反映了人类世界中活生生的斗争场景。

我们并没有忽视由人充当主角的故事。在以人为中心的叙述中，有两类角色，一类是真正的人类，[290]他们有人类的品质，如勇气、善良、慈悲、嫉恶如仇、关爱他人；另一类是人吃人的两嘴动物，他们有野兽的特质：贪婪、自私、个人主义、憎恶对集体有益的一切。合作对于一个集体而言是终极之善，是永恒的主题，合作可以将人与动物团结起来，对抗食人的恶魔和捕食的野兽。就像在这个故事中，鸽子吃了蓖麻籽之后，被派去叫回在离家很远处干活的铁匠，铁匠怀孕的妻子正受到这些两嘴食人魔的威胁。

讲故事的人中，有的讲得好，也有的讲得差。故事讲得好的，可以重复讲一个故事，却能让听众感觉是新故事，他或她能把别人讲过的故事再讲一遍，但讲得更逼真、更有戏剧性。故事讲得好与不好，不同之处在于词语和意象的使用,以及声音的起伏所产生的不同语调。

我们因而学会了珍视词的意义及其细微差别。语言不单是一连串的词而已,而有一股超越了词汇直接意义的暗示性力量。我们玩的文字游戏——如谜语、谚语,或音节置换(transpositions of syllables),或无意义但按韵律排列的词语——能让我们更强烈地感受到语言的暗示性魔力。①因此,我们除了内容之外,还体味到了我们语言的韵律。语言通过意象和符号赋予我们观察世界的视角,但其本身也是美的。家里、田间是我们那时的学前班,但就我们讨论的话题而言,更重要的是我们夜晚讲故事的语言,我们周遭和更大社群的语言,以及我们在田地间劳作时说的语言,都是同一种语言。

之后,我开始上学了,上了一所殖民当局办的学校,这样的和谐就被打破了。我接受教育的语言不再是我身处文化的语言。我先是去了卡玛安杜拉(Kamaandura),那是一所教会学校;后来,又去了一所叫马安古屋(Maanguū)的学校,办学者是围聚在"基库尤语独立与卡里纳学校协会"(Gikuyu Independent and Karinga Schools Association)周围的民族主义者。我们的教学用语还是基库尤语,我第一篇赢得掌声的作文也是用基库尤语写的。因此,最初四年里,我所受正规教育的语言与利穆鲁(Limuru)农民社区的语言之间保持了和谐状态。

1952 年,肯尼亚宣布进入紧急状态后,爱国民族主义者管理的学校都被殖民当局接管了,被置于英国人负责的区域教育委员会(District Education Boards)的管辖之下。英语成了我接受正式教育的语言。在肯尼亚,英语不只是一门语言:而是**这样一门语言**——其他语言面对它,都要俯首称臣。

因此,最令人耻辱的事情,就是在学校附近被人发现在说基库尤语。被抓的人会受到体罚——脱下裤子,屁股挨上三五棍子——或者,被罚在脖子上挂金属牌,上面刻着"我是蠢货"或"我是头驴"之类的文字。有时

---

① 一则绕口令:"Kaana ka Nikoora koona koora koora:na ko koora koona kaana ka Nikoora koora koora."为此,我要感谢万贵·瓦·戈罗(Wangui wa Goro)。"尼古拉的孩子看见了一只青蛙宝宝后,就跑开了;青蛙宝宝看见尼古拉的孩子后,也跑开了。"一个基库尤族的孩子必须掌握正确的音调、元音长度和停顿,才能读得正确。否则就会读成一堆杂乱无章的 k、r 和 na 等音符。

候,犯错者还会被罚款,通常是他们难以承受的数额。老师是怎么抓到肇事者的呢?起初,某个学生先拿到一个扣子,这个学生抓到了说母语的人之后,就把扣子传给这个人。一天结束后,拿到扣子的人会供出给他扣子的人,被供出的人又供出另一人,这样就牵连出了一天内所有的犯人。因此,孩子们都变成了猎巫人,在此过程中学会了出卖自己身边的人,知道这是有利可图的。

对英语的态度恰恰相反:英语口语或写作上的任何成绩都得到高度表扬;赢得奖品、美名和掌声;获得进入高等领域的"入场券"。英语成了衡量艺术、自然科学以及其他所有[291]学科领域的智力与能力的标准,成为一个孩子在正式教育之梯上进阶的主要决定因素。

你可能知道,在殖民系统中,除了种族隔离与种族划分之外,教育体系也呈金字塔结构:最底端是宽阔的小学体系,接着是范围变窄的中学体系,最顶端是更窄的大学体系。小学升初中要通过考试选拔,我们那时候的考试叫"肯尼亚非洲初级考试"(Kenya African Preliminary Examination),考生必须通过包括数学、自然科学以及斯瓦希里语等 6 门考试,而且试卷都是用英语出题的。不论学生其他科目的表现多么出色,只要英语不及格,就不能通过考试。我记得,我们 1954 级的班里有个男孩,其他科目都很棒,就英语不及格,最后没能通过考试。后来,他去公交车公司当了一名调度员(turn boy)。我因为获得了英语的 1 个学分,才有资格进入联合高中(Alliance High School)学习,那所高中是肯尼亚殖民时期非洲人所能进入的最好的精英教育机构。马凯雷雷大学的要求也差不多:任何人想要穿上本科毕业的红色学士服,英语必须拿到 1 个学分——而不仅仅是及格!——不论其他课程多么优异。因此,这个金字塔或系统顶端最让人艳羡的位置,只对拿到了英语学分卡的人开放。英语是通向殖民精英阶层的官方媒介和神奇公式。

如今,文学教育被这门强势的语言所主宰,同时也在强化这门语言的主导地位。肯尼亚语言的口头文学陷入了停滞。小学时,我读的是简化版的狄更斯和斯蒂文森,也读赖德·哈格德(Rider Haggard)、吉姆·霍金斯(Jim Hawkins)、奥利弗·崔斯特(Oliver Twist)、汤姆·布朗(Tom Brown)——而不是野兔、豹子和狮子——这些成了我想象世界中的日常伴侣。中学时,我读司各特(Scott)和萧伯纳的作品,也继续读赖德·哈葛德、约翰·巴肯（John Buchan）、艾伦·帕顿、约翰斯船长（Captain W. E. Johns）等人的作品。等到上马凯雷雷大学时，我就只读英语了：阅读从乔叟到艾略特的作品，也阅读一些格雷厄姆·格林的作品。

因此，语言与文学将我们从自我带向他人、从我们的世界带向其他的世界，渐行渐远。

此时，殖民系统正在对我们肯尼亚的孩子做什么呢？一方面，他们对我们的语言和文学的系统性压制会有什么后果？另一方面，他们对英语及其文学的推崇会带来什么结果？为了回答这些问题，先让我检视语言与人类经验、与人类文化以及与人类对现实的理解等诸方面的关系。

IV

任何一种语言都有双重性质：是交流的工具，也是文化的载体。以英语为例，在英国、瑞典和丹麦，人们说英语，但对于瑞典人和丹麦人而言，英语只是他们与非斯堪的纳维亚人交流的工具，而非其文化的载体。对于英国人——尤其是对说英语的英国人——而言，英语除了作为交流工具使用之外，还是他们文化与历史的载体。或者以东非和中非的斯瓦希里语为例，这门语言在很多国家广泛用作交流工具，但这些国家大多不以它作为自己文化与历史的载体。然而，在肯尼亚和坦桑尼亚的一些地方——尤其是在[292]桑给巴尔——对于母语是斯瓦希里语的人而言，该语言既是交流工具，又是其文化的载体。

语言作为交流工具，有三个方面或要素：第一个是卡尔·马克思所谓现实生活的语言①，这是语言的整体概念、其起源与发展的基本要素：也即，在生产——生产出财富，或者食物、衣物和房屋等赖以生存的物

---

① "思想、概念和意识的生产首先是与物质活动、人的物质交流和真实生活中的语言直接交织在一起的。在这个阶段，想象、思考和人的精神交流表现为对他们物质行为的直接流露。一个民族的政治、法律、道德、宗教、形而上学等的语言中所表达出的精神生产，也是如此。人——真实的、能动的人——是概念、思想等的创造者，当他们的生产力以及与此相应的交流（达至最远形式的交流）获得了切实的发展。"Marx and Engels, *German Ideology*，第一部分以下列书名成书出版，参见 *Feuerbach: Opposition of the Materialist and Idealist Outlooks*, London: 1973, p. 8.

品——过程中,人与人之间建立的关系,在一个民族的、一个人类社群的行为中必然建立的联系。一个人类社群确实通过劳动分工,在生产中作为一个合作的群体而开始其历史;最简单的分工体现在家庭中的孩子、男人和女人之间;更复杂些的分工则体现在劳动生产的不同分工之间,比如猎户、水果采摘者或铁匠、铜匠等。之后就有最复杂的分工,比如在现代工厂,一个产品——如一件衬衫或一只鞋——则是很多体力和脑力劳动的成果。生产即是合作、是交流、是语言、是人类彼此间关系的表达、为人类所专有。

作为交流工具,语言的第二个要素是言语(speech),它模仿现实生活的语言,也是生产中的交流。文字指示牌既反映又帮助人类在生产生活物品时彼此建立关系或交流。语言作为一个文字路标体系使得生产成为可能。口语之于人类之间的关系,正如手之于人类与自然的关系。手操控工具扮演了人与自然之间的媒介,形成了现实生活的语言:口语扮演人与人之间的媒介,形成了言语。

第三个要素是书写符号。书面语模仿口语。语言的前两个要素作为交流的方式,通过手和口语几乎同时发生了历史性的进化,而书写要素则在更晚才有所发展。书写是可视符号替代了声音,从牧羊人记录羊群头数的结绳方法,或肯尼亚诗人与基库尤语歌者使用的形象文字,到现今世界上最复杂的、不同的字母与图像书写系统。

大多数社会中,书面语和口语是相同的,因为二者相互表征:纸上所写的能读给别人听,而且可作为接受者成长过程中所说的语言。在此种社会,对孩子而言,语言的三个要素之间处于和谐状态。他与自然和他人之间的互动,都可以用书写符号和口语符号表达,而这些符号正是这种双重互动的结果,也是对这种互动的反映。孩子的情感是与他生活经历中的语言相联系的。

但语言不止这些:人与人之间的交流也是文化进化的基础和过程。在相似的情形中,甚至在相似的易变性中,相似的动作或相似的事情不断重复,便出现了一定的模式、步骤、韵律、习惯、态度、经历以及知识。这些经验被传递给下一代,成为遗留下的、供他们应对自然和应对自身的基础。在此过程中,价值观逐渐通过积累而形成,随着时间推移,这些价值观大多成了不言自明的真理,驾驭了其内外关系中的是非、对错、美丑、勇敢与懦弱、慷慨与吝啬等概念。经历一段时间后，这就成了一种生活方式，与其他[293]生活方式不同。它们发展出了一种与众不同的文化和历史。文化里蕴含了这些道德、伦理与审美的价值观，一副精神上的眼镜。通过这副眼镜，他们开始审视自我，审视他们在宇宙中的位置。价值观是一个民族的身份基础，是他们作为人类成员之特殊感的基础。所有这一切皆由语言所承载。语言作为文化，是一个民族历史经验的集体记忆银行。语言使得文化的起源、成长、积累、结合以及代际传递成为可能，文化与语言因而几乎不可区分。

语言作为文化也同样有三个要素。文化是历史的产物，同时也反映了历史。换言之，文化是人类在创造和控制财富的艰难路途中彼此交流的产物和反映。但是，文化不是单纯地反映这段历史，或者说，文化反映历史，实际上是通过构建天性的与后天培养的世界的形象与图景而实现的。因此，作为文化的第二个要素，语言是孩子脑海中构成形象的中介。我们作为一个民族，对自我的整个概念，从个人角度和集体角度而言，都是基于某些图景和形象。人与自然或文明进行斗争的现实——最初产生了图景和形象——与这些图景和形象发生了正确或不正确的对应关系。但是，我们创造性地面对世界的能力，取决于这些形象如何能或不能反映现实，取决于它们如何扭曲或澄清我们奋斗历程中的现实。因此，语言作为文化，斡旋于我与我自身之间，斡旋于我自身与他人之间，斡旋于我与自然之间。语言斡旋于我的存在之中。这就给我们带来了语言作为文化的第三个要素：文化通过口头语和书面语——也即通过一种特定的语言——传播或传递世界与现实的形象。换言之，说话的能力，组织声音以实现人与人之间相互理解的能力，都是普遍的能力。这就是语言的普遍性，是语言专属于人类的特性。它与人类对抗自然的、人与人相互对抗的普遍性相一致。但是，声音的特别之处、单词、单词组成短语或句子的顺序以及组合的特殊规则或方式，则是区别两种语言的关键。因此，一种特定的文化不是通过语言的普遍性而传递，而是通过特定历史中特定群体的语言之特殊性而传递。

语言既是交流工具，也是文化，二者是彼此作用的产物。交流产生文化，文化是一种交流方式。语言承载文化，而文化（尤其通过口头文学和书面文学）承载了我们认知自我与认知我们在世界的位置的整个价值体系。人如何认知自我,这影响了他如何看待自己的文化、政治、财富的社会生产,以及他与自然和其他人之间的整个关系。作为有特定形式、性格和特定历史,与世界有特定关系的社群,我们与语言是形影不离的。

V

那么,殖民主义把外语强加于人,对我们这些孩子造成了什么影响?

殖民主义的真正目的是控制人民的财富:他们生产了什么,如何生产,以及产品如何分配。换句话说,[294]他们要控制真实生活中语言的整个领域。殖民主义通过军事征服和随后的政治专制,以强力控制财富的社会生产。但最重要的控制领域则是被殖民者的精神世界,即通过文化而控制人们如何认识自己、认识他们与世界的关系。没有精神控制,经济和政治的控制是不会完整、不会有效的。控制一个民族的文化,就是去控制他们(在与他人之关系中)自我定义的工具。

对于殖民主义,这涉及到同一过程的两个方面:一方面,破坏或蓄意贬低一个民族的文化、艺术、舞蹈、宗教、历史、地理、教育、口头文学与书面文学;另一方面,有意识地提升殖民者语言的价值。用殖民国家的语言来控制一个民族的语言,对于控制被殖民者的精神世界是相当关键而重要的。

以语言作为交流工具为例。强加外语,压制母语(口语和书面语),本就破坏了非洲儿童与语言三要素之间业已存在的和谐状态。由于这门作为交流方式的新语言是别的地方"真实的生活语言"的产物,也只能反映那个地方"真实的生活语言",因此不可能恰当地反映或模仿这个地方的真实生活。这或许解释了为何科技对我们而言有外来感,是**他们**的产品,不是**我们**的。"导弹"一词一直是遥远而陌生的声音,直到最近我才学会它在基库尤语中对应的表达"ngurukuhi",才对该词有了不同的理解。对于殖民地的孩子来说,学习变成了大脑皮层的活动,而不再是一种情感体验。

但是,这些新的、强加给我们的语言不可能完全破坏母语的口头表达,因而最有效的控制领域只能是语言作为交流工具的第三个要素:书写。一个非洲孩子接受正规教育的语言是外语,他所阅读的语言也是外语,他形成概念的语言也是外语。思想于他而言,呈现的是一门外语的可视形式。因此，一个孩子在学校接受教育的书面语言（甚至在学校环境所说的语言），就与在家里所说的语言分道扬镳了。孩子的书写世界——即他接受教育的语言——与他在家里和社区的直接环境之间，几乎没有任何关系。对于一个殖民地的孩子，语言作为交流工具的三要素之间的和谐状态被破坏了，且不可修复。如此，便出现了这样的结果：孩子的情感与他的自然和社会环境脱节了，也就是我们所说的殖民异化。殖民异化在历史课、地理课和音乐课上得以强化。这些课上，资产阶级的欧洲永远是宇宙的中心。

如果你将殖民语言视为文化的载体，那么，这种与直接环境的分解、分离或异化现象就变得更加清晰了。

文化是一个民族的历史产物，反过来也反映了这个民族的历史。但是，孩子现在却完全置身于异域文化之中，这是外在于自己的外部世界的产物。他被迫站在自身之外来审视自己。《从孩子抓起》（*Catching Them Young*）是一本有关鲍勃·狄克逊（Bob Dixon）儿童文学中的种族、阶级和性别问题的论著。作为目标，"从孩子抓起"用在殖民地孩子身上更为贴切。根植于孩子内心的世界形象以及他在其中的位置，即使能够消除，也需要很多年的时间。

既然文化不仅在意象中反映世界，更是通过这些意象框定孩子看世界的方式，因此殖民地孩子看到的世界以及他在其中的位置，都是由殖民者语言的文化所展现和定义的，都是由其所反映的。

[295]这些意象大多通过口头和书面文学而传递，这就意味着，孩子现在看到的世界，只是以他习得的语言写成的文学所描绘的世界。从异化的观点来看——也就是于自我之外观自我，仿佛我是另一个我——就算引入的文学承载了莎士比亚、歌德、巴尔扎克、托尔斯泰、高尔基、布莱希特、肖洛霍夫和狄更斯等人作品中伟大的人文主义传统，也是无关紧要的。这面了不起的想象之镜必定是以欧洲及其历史和文化为中心，宇宙中其他的一切都通过这个中心被观察的。

但是很显然，如果殖民地孩子被置于殖民者的书写语言所反映的世界图景之中，情况就更糟糕了。在孩子稚嫩的精神世界中，与母语关联的是卑微、耻辱、体罚、智商低、能力弱，或者是彻底的愚蠢、费解和野蛮。种族主义的天才作家赖德·哈格德或尼古拉斯·蒙萨拉特（Nicholas Monsarrat)的作品中,这种印象又进一步强化了;更不用提那些西方思想或政治巨人的观点了,比如,休谟曾说"黑人天生低白人一等"①,托马斯·杰斐逊(Thomas Jefferson)认为"在身体与思想上,黑人都低白人一等"②,而黑格尔认为,就自我意识的发展历史而言,非洲如同处于人类的孩童时期,依然沉浸在黑夜的蒙昧之中。黑格尔所谓"在非洲性格中找不到与人性和谐的元素",是一个典型的有关非洲和非洲人的种族主义意象,殖民地孩子在殖民者语言写成的文学中,注定要遭遇这样的意象。③ 后果将是灾难性的。

　　1973 年,内罗毕举办了一场关于非洲学校中文学教学的大会,会议名称为"书面文学与黑人形象"。④ 肯尼亚作家兼学者米希尔·穆戈(Mī cere Mūgo)在会上宣读了论文,他提到赖德·哈格德的作品《所罗门国王的宝藏》(*King Solomon's Mines*),其中有关一个非洲老妇人贾古(Gagool)的描写,读后很长一段时间,他只要看到非洲老太,都感到极度惊恐。在自传《此生》(*This Life*)中,悉尼·普瓦提埃(Sydney Poitier)描述了自己读了那些文学作品,就渐渐将非洲与蛇联系在了一起。因此,当他终于来到非洲,在一座现代城市中住进了一家现代宾馆,就无法入睡,因为他到处找蛇,甚至在床底下找。这两个例子详细说明了他们恐惧的来源。但对很多人而言,这一消极的形象已经内化于心,影响了他们日常生活中

---

①　Quoted in Eric Williams *A History of the People of Trinidad and Tobago*, London 1964, p. 32.

②　Eric Williams, ibid., p. 31.

③　在《历史哲学》(*The Philosophy of History*)的"介绍"部分,黑格尔多次提到非洲;欧洲对于非洲任何可以想见的种族主义神话,他都在历史、哲学和理性层面有所表达并赋予其合法性。更有甚者,只要非洲与这些神话有不符之处,就会被剥夺自身的地理位置。于是,埃及不再是非洲的一部分;北非成了欧洲的一部分。非洲的核心地带是饥肠辘辘的野兽以及各种蛇类的特殊家园。非洲人不是人类的一部分。他们只有成为欧洲的奴隶,或许才能提升为低等的人类。"所以,奴隶制对非洲人是有益的。奴隶制本身是**非正义的**,因为人类的本质是**自由**;但要得此自由,人类必须是成熟的。因此,较之骤然废除奴隶制,更为明智和公正的做法是逐渐废止。"(Hegel, *The Philosophy of History*, Dover edition, New York: 1956, pp. 91—99)由此可见,黑格尔显然是 19 世纪知识界的希特勒。

④　该文先收录于阿基瓦加(Akivaga)和加丘基雅(Gachukiah)所著《学校中的非洲文学教学》(*The Teaching of African Literature in Schools*),由肯尼亚文学局(Kenya Literature Bureau)出版。

的文化选择，甚至是政治选择。

因此，列奥波尔德·塞达·桑戈尔明确指出，尽管他被迫使用了殖民者的语言，但即便能选择的话，他还是会选法语。屈服于法语的同时，也变得更有诗意：

> 我们用法语表达自己，因为法语有一个普世的使命，因为我们的信息也传递给了法兰西民族以及其他民族。在我们的语言中——比如非洲语言——围绕词句的光晕只是天然的树液与血液之光；而法语词语如同钻石一般，发出万道光芒。①

如今，桑戈尔得到了回报，在法兰西学院获得了尊贵的地位——就是那个保护法语纯正性的机构。

在马拉维(Malawi)，班达创建了一个机构，来为自己树立丰碑。这个机构就是"卡穆祖学院"(Kamuzu Academy)，旨在帮助马拉维最出色的学生掌握英语。

> [296]这是一所文法学校，培养的男女学生将来会被送去哈佛大学、芝加哥大学、牛津大学、剑桥大学、爱丁堡大学等学习，将来能与其他地方的同龄人平等竞争。
>
> 校长已经指示，要求拉丁语必须是课程的核心科目，要求所有的老师在其教育经历中必须学习过拉丁语。班达博士常说，如果不懂拉丁语和法语这样的语言，是不可能完全掌握英语的……②

另外，马拉维人不允许在学院任教——马拉维人全都没有此等能力——所有的教员都从英国聘请。一名马拉维教员可能会降低学院的标准，或者说，会降低英语的纯正度。如此憎恶民族语言，而对一门外语，甚

---

① 桑戈尔在诗集《埃塞俄比亚之歌》的前言曾回答过这样一个问题："为什么你从那以后就开始用法语写作？"以下是他的回答原文。他用极为抒情的方式，谈及自己与法语、与法国文化相遇的过程。

② *Zimbabwe Herald* August 1981.

至一门死去的语言顶礼膜拜,你还能找到比这更有说服力的例子么?

　　有关非洲的历史书籍和流行评论中,对诸多殖民强权的不同政策已经有了太多的讨论:英国的间接统治(或英国人在文化上无所作为的实用主义态度!),法国和葡萄牙有意识的文化同化策略。这些是关乎细节和重点的问题,而最终的效果却是一样的:桑戈尔接受法语为一门具有普世使命的语言,而钦努阿·阿契贝在 1964 年表达了对英语的感激——"我们这些继承了英语的人当中,有些却不能体会到这份遗产的价值。"①我们放弃自己的母语,而选用欧洲语言作为创作媒介,这背后的各种动机也没有多大区别。

　　因此,1962 年的"非洲英语作家"大会只是认识到了——当然是带着赞许与自豪——在经过多年的选择性教育和严格的监督之下,我们学会了接受:"英文在我们的文学中不可撼动的地位所蕴含的宿命论逻辑。"这个逻辑根植于帝国主义;而我们在马凯雷雷没有检视的,正是帝国主义及其影响。被宰制者为这种体系高唱赞歌时,意味着这种宰制体制的最终胜利。

VI

　　马凯雷雷会议之后的 20 年向世界展现了一种独特的文学——非洲人用欧洲语言创作的小说、故事、诗歌、戏剧——这种文学很快又通过相关研究和学术产业,不断发展壮大,发展成为一种传统。

　　从其诞生以来,这就是一种小资产阶级的文学,创作者来自殖民学校和大学。考虑到语言媒介,这种文学就只能诞生于此。该文学的崛起与发展反映了这一阶级在政治领域——甚至在经济领域——逐渐获得了的主导地位。但是,非洲小资产阶级数量庞大,并且有不同的势力。有的期盼与帝国主义缔结永久的同盟,他们能在其中充当西方大都市资产阶级与殖民地人民的中间人——在《一个被关押作家的狱中日记》(*Detained: A Writer's Prison Diary*)这本书中,我将这类人描述为"买办资产阶级";

---

　　① Chinua Achebe "The African Writer and the English Language" in *Morning Yet on Creation Day* p. 59.

有的展望未来非洲将施行资本主义或者某种社会主义，拥有强劲独立的民族经济，我将这类人称为民族主义或者[297]爱国主义资产阶级。无论就作者、主题和受众而言，非洲作家用欧洲语言创作的文学，其实就是民族主义资产阶级的文学。①

从国际视角看，此种文学有助于这个阶级——在刚刚脱离或者正力争摆脱殖民主义的国家里，这个阶级在政治、商业与教育方面取得了领导地位——向世界解释非洲：非洲的历史与文化是有尊严的，具有人类的多样性。

从内部来看，此种文学为这个阶级提供了一个有凝聚力的传统和共同的文学参考框架。否则，仅凭农民阶级与大都市资产阶级文化的无定根基，这个阶级就会缺乏这样的传统和框架。文学使这个阶级更加自信：小资产阶级拥有自己的历史、文化和文学，能以此对抗欧洲种族主义的偏执之举。这一自信——表现在写作的基调中，表现在对欧洲资产阶级文明的尖锐批判中，表现在作品的弦外之音，尤其是黑人性思维模式——反映了独立之前或者刚刚赢得独立之后，这部分爱国的民族主义小资产阶级在政治上的支配地位。

因此，这类文学在战后世界中——中国与印度的民族民主革命与反殖民解放斗争、肯尼亚与阿尔及利亚的武装起义以及加纳与尼日利亚的独立（其他国家也随后纷纷独立）——起初是亚洲、非洲、拉丁美洲以及加勒比海地区风起云涌的反殖反帝斗争的组成部分。这种文学为普遍的政治觉醒所启发，其力量——甚至形式——都源自农民阶级：他们的谚语、寓言、故事、字谜以及警句。这种文学洋溢着乐观主义的情绪。但是，之后买办阶层获得政治权力，并在一种新殖民主义的框架下加强——而非削弱——了与帝国主义的经济联系，于是，这类文学变得越来越具有批判性、愤世嫉俗、幻想破灭，越来越尖刻与挑剔。这类文学尽管在细节、侧重点和清晰度方面有所差别，但描述的图景几乎如出一辙：都是有关独立之后希望的破灭。这一连串犯下的错误、造成的罪行和冤案、未被理睬的抱怨、重振道德的呼吁，这些都是针对谁的呢？是针对帝国主义资产阶级吗？当权的小资

---

①　作家大多都读过大学。读者也大多接受过学校和学院的教育。对于这类文学作品中大多潜藏的主题，阿契贝在其文章《作为教师的小说家》中的观点是能够给人启发的：

产阶级吗？抑或针对该阶级重要组成部分的军方吗？它在寻找另一个受众——农民和工人阶级，或通常被构想为人民的群体。对新的受众和方向的探寻，反映在对更简单形式的追求，更直接语调的采用，以及经常对行动的更直接呼吁之中；同时也反映在内容上。这种文学不再将非洲视为历史上遭受不公、彼此毫无区别的黑人群体，而是对新殖民社会从阶级视角进行了某种分析和评价。但是，这种探寻依然是在欧洲语言的框架之内，而此时对欧洲语言的捍卫，缺少了以往的力量和自信。因而，这种文学追求此时遭遇到了语言选择的阻碍，在走向人民的过程中，只能靠向那些与人民有密切接触的小资产阶级——如学生、老师以及书记员等。此种文学停留于此、故步自封，囚禁于殖民遗产的语言藩篱之内。

最大的弱点还是在于受众——由于选择的语言，受众必然就是小资产阶级读者。由于身处众多彼此竞争的阶级之中，小资产阶级的经济地位摇摆不定，因而也形成了优柔寡断的心理性格。就像一只变色龙，小资产阶级呈现出与其接触最紧密、性情最相近的主要阶级的颜色。它可能会被卷入[298]革命浪潮中的群众运动；也可能在反动逆流中，感到沉默、恐惧、愤世嫉俗，陷入自我沉思和存在的痛苦之中，抑或与当权派合作。在非洲，这个阶级一直摇摆不定，一方面是在帝国主义资产阶级和新殖民时代的买办统治阶级之间，另一方面是在农民阶级和劳工阶级（大众）之间。作为一个阶级，小资产阶级缺少社会和心理的身份，这反映在它所创造的文学之上：在马凯雷雷会议上，这一身份危机正是表现为对非洲文学定义的焦虑。在文学中——如同在政治上——小资产阶级发声时，仿佛其身份或者自我身份的危机，就是整个社会的危机。它用欧洲语言创造的文学被赋予了非洲文学之身份，好像非洲语言文学从未存在过。然而，通过避免在语言问题上发生正面冲突，这种欧洲语言文学显然穿上了一身虚假的身份之袍，即觊觎非洲主流文学的王座。那些创作了简海因茨·贾恩所谓新非洲文学的作家试图走出这种困境，他们或者极力主张欧洲语言就是非洲语言，或者在保证英语、法语或葡萄牙语基本面貌的前提下，赋予英语或法语一些非洲的风格。

在此过程中，这类文学错误地——甚至荒谬地——创造了一个说英语（或法语、葡萄牙语）的非洲农民与工人阶级，显然是对历史进程和事实的否定与歪曲。这个说欧洲语言的农民与工人阶级——仅存于小说与戏剧中——时不时被赋予了优柔寡断的性格、逃避式的自我沉思、人类存在主义的痛苦或是小资产阶级分裂于世界两面的精神人格。

实际上，假如非洲语言全部交给这个阶级，那就不会独立存在了！

VII

但是，非洲语言拒绝消亡。它们不会重蹈拉丁语的覆辙，变成化石，让语言考古学者们去挖掘和分类，甚至拿到国际会议上去讨论。

这些语言、这些非洲的民族遗产，在农民当中存活了下来。在使用自己的母语与归属于国家、大陆等更大的地理概念之间，农民们看不到其中的矛盾之处。在归属民族小共同体，归属柏林会议所划定的多民族国家，与归属整个非洲大陆之间，他们看不到任何必然的冲突对抗之处。这些人开心地说着沃洛夫语、豪萨语、约鲁巴语、伊博语、阿拉伯语、阿姆哈拉语、斯瓦希里语、基库尤语、卢奥语、卢西亚语、绍纳语、恩德贝勒语、金邦杜语、祖鲁语、林加拉语，而不会因此撕裂他们的多民族国家。在反对殖民主义斗争期间，他们表现出了无限的能力，能够团结在任何提出并始终坚持反帝立场的领袖或党派周围。如果有谁能导致这些等级分化，并有时会因此爆发战争的话，那就是小资产阶级，尤其是买办群体——他们操英语、法语和葡萄牙语，只会小打小闹，并抱持民族沙文主义。不，农民从未担忧过他们的语言及其承载的文化。

事实上，如果农民与工人阶级由于必需或历史原因而被迫接受主人的语言，他们就将其改造成非洲的语言，全然不尊重[299]该语言原先的谱系——桑戈尔和阿契贝对此却亦步亦趋——这样的改造如此彻底，等同于创造了新的非洲语言。比如，塞拉利昂的克里奥尔语或尼日利亚的皮钦语，保留了非洲语言的句法和韵律。在日常会话、仪式、政治斗争中，最重要的是在丰富的口头文学——谚语、故事、诗歌、谜语——中，这些语言保持了自己的生命力。

从农民与城市工人阶级当中，涌现出了歌手，他们唱着老歌，或是谱写新歌，新歌融入了新的经验，反映出工业与城市生活、工人阶级斗争与组织。这些歌手将语言推向新的界限，创造了新的词语和新的表达方式，使这些语言不断更新，获得了新的活力，总体上拓展了其表达能力，能够涵盖非洲以及世界的新经验。

　　农民与工人阶级培养出了自己的作家，或者把小资产阶级中的一些知识分子吸引到自己的队伍中来，与他们休戚与共。这些作家都用非洲语言写作。艾伯特·热拉尔（Albert Gérard）在其著作《非洲语言文学》（*African Language Literatures*，1981）中，开创性地研究了从 10 世纪到当代的非洲语言文学，歌颂了很多作家，如赫鲁伊·沃尔德·塞拉西（Heruy Wäldä Sellassie）、吉尔马库·塔克拉·哈瓦耶（Germacäw Takla Hawaryat）、沙班·罗伯特、阿卜杜拉提夫·阿卜杜拉（Abdullatif Abdalla）、易卜拉欣·侯赛因（Ebrahim Hussein）、尤金斯·凯齐拉哈比（Euphrases Kezilahabi）、本尼迪克特·沃勒·维拉卡兹（B. W. Vilakazi）、奥考特·庇代克、阿奇博尔德·坎贝尔·乔丹（A. C. Jordan）、姆博亚（P. Mboya）、丹尼尔·欧娄朗费米·法贡瓦、马齐西·昆内内等。就是这些作家为我们的语言创造了书面文学。既然我们的语言有了铅字，也就确保了世代不朽，尽管内部与外部皆有使其灭亡的压力。我想单独谈论肯尼亚的贾卡拉·瓦·万嘉乌（Gakaara wa Wanjaũ），他在 1952 年到 1962 年期间，因为创作的基库尤语作品而被英国人囚禁了 10 年。他的著作《身陷囹圄中的茅茅作者》（*Mwandĩcere Mĩki wa Mau Mau Ithaamĩrioinĩ*）是在遭到政治拘押期间秘密记下的日记，由海涅曼肯尼亚公司出版，并获得了 1984 年的诺玛非洲出版奖（Noma Award）。这是一部有力量的作品，扩展了基库尤语的散文风格，标志着他始于 1946 年的文学事业的最高成就。他忍受着贫困，忍受着监狱中艰苦的环境，忍受着独立后的孤独，一直坚持创作。尽管当时英语统治着肯尼亚从幼儿园到大学的教育，甚至主导着全国的出版行业，但他从未动摇对肯尼亚民族语言各种可能性的信念。他的灵感来自肯尼亚人民的大规模反殖民运动，特别是团结在茅茅运动或者肯尼亚土地和自由军（Kenya Land and Freedom Army）周围的武装力量，后者在 1952 年开启了非洲现代游击战争的时代。觉醒的农民与工人阶级发起了民众政治运动，并从中涌现了很多作家，贾卡拉·瓦·万嘉乌是其中最突出的代表人物。

　　最终，从讲欧洲语言的非洲小资产阶级中间涌现出了一些作家，他们拒绝加入这种"宿命论逻辑"的大合唱，也即拒绝接受欧洲语言在我们文学中的主导地位。其中一位便是欧比·瓦里（Obi Wali），他在发表于《变迁》(1963 年 9 月 10 日)的文章中宣称:"不加批判地全盘接受英语和法语作为非洲受教育者的写作媒介,这是一种误导,不可能发展非洲的文学和文化",非洲作家若不能认识到真正的非洲文学必须用非洲语言创造,他们所走的就是一条死胡同。

我们希望,未来关于非洲文学的会议将致力于探讨以非洲语言创作的非洲文学这一极其重要问题,以及此问题蕴含的对发展真正非洲情感的意义。

[300]欧比·瓦里并非前无古人。确实,像塞内加尔的大卫·迪奥普对使用殖民者的语言就提出过更强烈的抗议:

非洲文学的创作者,在被剥夺使用自己语言的权利,切断与人民的联系之后,可能会沦为征服者国家某种文学潮流的代言人。他的作品成了通过文学想象与文体风格实施同化政策的完美诠释,无疑会赢得部分批评家的热烈掌声。实际上,这些掌声大多是送给殖民主义的。殖民主义不再能够奴役其臣民时,会按照西方文学式样把他们转变为驯服的知识分子。这其实是一种更微妙的、认领私生子的形式。[1]

大卫·迪奥普相当准确地看出,英语和法语的使用具有暂时的历史必要性:

在一个摆脱了压迫的非洲,任何一位非洲作家,除了使用他重新发现的语言之外,不会使用其他语言来表达自己的感情以及他所属人民的感情。[2]

欧比·瓦里介入的重要性在于其基调和时机:文章发表于 1962 年召开的马凯雷雷非洲英语作家大会之后不久;文章观点鲜明、言辞犀利,对

---

[1]　David Diop "Contribution to the Debate on National Poetry", *Présence Africaine* 6, 1956.

[2]　David Diop, ibid.

选择英语和法语的做法极尽冷嘲热讽,却理直气壮地呼吁使用非洲语言。因此,这篇文章遭人敌视甚至压制,也就不足为怪了。但是,欧洲语言文学连续主导了 20 年,非洲的政治与经济朝着反动的方向转型,人们试图与新殖民现状进行革命性的决裂,这一切无不拷问着非洲作家的灵魂,再一次提出了整个非洲文学语言的问题。

VIII

问题是这样的:身为非洲作家,我们总是在抱怨与欧美之间新殖民主义的经济与政治关系。不错。但是,我们在继续使用外语写作,对其顶礼膜拜,从文化层面而言,我们不正是继续摆出一副奴性与谄媚的新殖民主义嘴脸吗? 政客说非洲离不开帝国主义,而作家说非洲不能没有欧洲语言,这二者之间又有什么区别呢?

我们忙于对统治阶层的是非高谈阔论,而使用的语言却自然使农民与工人阶级无法参与讨论;同时,帝国主义文化与非洲反动势力却十分嚣张:使用最小众的非洲语言出版的基督教《圣经》,可以无限量供应,人人可得。买办统治集团也很高兴,将农民与工人阶级收编麾下:歪曲畸变、独裁指令、法令裁决、被奉为非洲文化的博物馆式僵化之物、封建意识形态、迷信谎言等落后的东西,正在以非洲人民自己的语言传递给非洲人民,却没有受到对未来有不同愿景者的质疑,这些人故意在英语、法语和葡萄牙语中作茧自缚。讽刺的是,最反动的非洲政客——执意[301]要把非洲出卖给欧洲的政客——却常常是非洲语言的大师;那些醉心于拯救非洲,将其从语言的异教中拯救出来的欧洲传教士,也是非洲语言的大师,他们将非洲语言落实到了书面文字。欧洲传教士执着于他们的征服使命,因而用了非洲人最方便的语言来传教;非洲作家执着于“非洲文学”,因而不使用种族的、分裂的、不发达的农民语言!

还有一个讽刺是,他们所生产的文学,无论怎么辩解,都称不上非洲文学。《鹈鹕英语文学导读》(*Pelican Guide to Engish Literature*)的编辑在最近出版的一卷中,将这种文学作为 20 世纪英语文学的一部分来讨论,可谓正确之举;正如法兰西学院嘉奖桑戈尔对法语语言与文学作出了天才般的贡献,也是正确之举。我们所创造的是另一种混杂的传统、一个转型中的传统，一个只能被冠以"非-欧文学"——也就是非洲人以欧洲语言写成的文学——的少数派传统。① 这种传统产生了许多天才的作家和作品：钦努阿·阿契贝、沃莱·索因卡、阿伊·克韦·阿尔马赫、乌斯曼·塞姆班、阿戈什蒂纽·内图、塞达·桑戈尔等。谁能否认他们的才华呢？非洲人民一直以来不断地反抗柏林会议及之后的政治、经济后果，这些作家充满想象力的作品闪烁着光芒，必然照亮非洲人民不懈斗争的重要方面。然而，鱼和熊掌不可兼得！他们的作品属于非-欧文学传统，只要非洲还在新殖民架构中处于欧洲资本的统治之下，这种文学传统就会继续存在。因此，非-欧文学可以定义为：非洲作家在帝国主义时期使用欧洲语言创作的文学。

但是，有些人正转向欧比·瓦里 20 年前以雄辩的气势提出的不二结论：非洲文学只能用非洲语言写出，也即非洲农民与工人阶级的语言。农民与工人阶级是我们每个民族主要的阶级联盟，他们作为媒介促成了即将到来、必然发生的与新殖民主义的革命性决裂。

IX

在从事非-欧文学——对我而言，就是非洲英语文学——创作 17 年之后，我 1977 年开始用基库尤语写作。正是那时，我与恩古吉·瓦·米瑞合（Ngũgĩ wa Mĩriĩ）合作起草剧本《我想结婚时就会结婚》（*Ngaahika Ndeenda*）。从那时起，我用基库尤语出版了一部小说《十字架上的魔鬼》（*Caitaani Mũtharabainĩ*），完成了一部音乐剧《母亲为我歌唱》（*Maitũ Njugĩra*）；三本儿童文学作品《恩江巴·内内和飞翔公交车》（*Njamba*

---

① "非-欧文学"这一术语似乎过于强调这种文学的欧洲身份。那么，欧-非文学呢？或许，其中的英语、法语和葡萄牙语成分，就会成为"英-非文学"、"法-非文学"或者"葡-非文学"。重要的是，这种少数文学（minority literature）形成了独特的传统，因此需要一个不同的术语使其区别于**非洲文学**，而非盗用**非洲文学**这一说法——这种盗用在文学研究中是司空见惯的现象。有些文学研究者甚至口出狂言，似乎较之类似的非洲语言——即多数人的语言——作品，以欧洲语言写成的文学作品必然更加贴近非洲身份。在当下的学术研究中，少数人的"非-欧文学"（或欧-非文学？）完全盗用了"非洲文学"之名，而非洲人以非洲语言写成的文学反而成了需要正名的一方了。艾伯特·热拉尔那本原本堪称及时雨的书名叫《非洲语言文学》。

Nene na Mbaathi i Mathagu)、《恩江巴·内内的手枪》(Bathitoora ya Njamba Nene)、《恩江巴·内内和鳄鱼酋长》(Njamba Nene na Cibū Kĩ ng'ang'i),以及另一部小说手稿:《马提加里》(Matigari Ma Njirūūngi)。

我每到一地,尤其在欧洲,总会被问及一个问题:你现在为何用基库尤语写作? 如今你为何用非洲语言创作? 在一些学术场合,我还受到指责:"你为什么要抛弃我们?"似乎我用基库尤语写作,就是怪异之举。但是基库尤语是我的母语啊! 其他文化的文学实践中的常识,在非洲作家身上却被质疑,这说明了帝国主义在多大程度上扭曲了[302]非洲的现实。帝国主义颠倒了黑白:异常之举被视为正常之事,而正常之事却被视为异常之举。非洲实际上让欧洲变得更加富足了,但非洲却被人灌输这样的观念,即需要欧洲将其从贫穷中解救出来。非洲的自然资源与人力资源继续促进着欧洲和美洲的发展,但非洲却不得不感激骑在非洲大陆上作威作福的欧美所赐予的援助。非洲甚至还培养了知识分子,来将这种颠倒黑白的、看待非洲的方式合理化。

我相信,我用基库尤语——一门肯尼亚语言、一门非洲语言——写成的作品,是肯尼亚和非洲各民族反帝斗争的重要组成部分。在学校和大学,我们肯尼亚的语言——构成肯尼亚众多民族的语言——与落后、不开化、侮辱与惩罚等负面概念联系在一起。我们这些经过了那种学校系统训练的人,意味着毕业时会憎恨这个日常给我们带来侮辱与惩罚的语言,憎恨其背后的人民、文化与价值观。我不想看到肯尼亚的孩子成长于帝国主义强加的传统之中,蔑视由他们身处的群体和历史所创造出的交流工具。我想让他们超越殖民异化。

殖民异化呈现为两种相互关联的形式:一种是积极(或消极)地疏离于周围的现实;一种是积极(或消极)地认同最远离自己环境的一切。当用于概念形成、思考问题、正式教育和心智发展的语言,与用于家庭和社群日常交流的语言刻意分道扬镳,殖民异化也就开始出现了。就像把大脑与身体分离,造成二者占据了同一个人的两个不相关的语言区域。从更大的社会范围来看,这就如同制造了一个社会,里面要么是无身体的脑袋,要么是无脑袋的身体。

因此,我愿意为恢复语言的各方面、各部分之间的和谐关系而贡献力量,让肯尼亚的孩子们重新回归自己的环境,完全理解这个环境,只有这样才能为集体的利益而改变环境。我愿意看到肯尼亚各民族的语言（我们国家的语言！）承载着这样一种文学，即不仅反映孩子口头语言的韵律，还能反映他与自然和社会所作的斗争。有了他与自己语言和环境之间的和谐关系作为起点，就可以学习其他语言，甚至可以欣赏其他民族的文学和文化中人文、民主、革命的积极元素，而不会轻视自己的语言和环境。肯尼亚全国通用的语言（如斯瓦希里语）；肯尼亚其他的民族语言（如卢奥语、基库尤语、马赛语、卢雅语、卡伦金语、卡姆巴语、米吉肯达语、索马里语、加纳语、图尔卡纳语、阿拉伯语等）；其他的非洲语言（如豪萨语、沃洛夫语、约鲁巴语、伊博语、祖鲁语、尼扬扎语、林格拉语、金邦杜语）；以及外语——非洲之外的语言——如英语、法语、德语、俄语、汉语、日语、葡萄牙语、西班牙语等，都将在肯尼亚孩子的生活中处于恰当的视角。

钦努阿·阿契贝曾经谴责非洲知识分子容易堕入抽象的普世主义，其中的言辞更适用于非洲文学的语言这一议题：

> 这个世界上，非洲如此命运多舛，以至于连"非洲的"这个形容词都让人产生强烈的恐怖感和排斥感。那么，更好的做法就是切断与这个国家、这一负担的所有联系，迈出一大步，变成一个世界公民。我完全能够理解这种焦虑。**但是，对我而言，自我逃避不是应付焦虑的好办法。**如果作家都选择逃避，那由谁来应对挑战呢？①

［303］谁能应对挑战？

我们非洲作家应该为了自己的语言而负有使命，就像斯宾塞、弥尔顿和莎士比亚为了英语，普希金、托尔斯泰为了俄语而负有使命一样。纵观世界历史，所有作家都是用自己的语言创作文学，从而捍卫自己的民族语言，这一过程为哲学、科学、技术以及人类探索的其他领域打开了语言之门。

但是，使用我们的语言写作，虽然是朝着正确方向必须迈出的第一步，但其本身并不能带来非洲文化的复兴，除非这种文学承载的内容反映了我们民族的反帝斗争，反映他们从外国控制中解放自己的生产力；反映

---

① Chinua Achebe "Africa and her Writers" in *Morning Yet on Creation Day*, p. 27.

了所有民族的工农阶级需要团结起来，共同作战，为了能控制自己生产的财富，并从非洲内外的寄生虫那里夺回财富。

换句话说，非洲语言的作家应该回归非洲组织起来的工农阶级的革命传统，加入他们的斗争事业，打败帝国主义，与世界其他民族携手建立更高级的民主制度与社会主义。斗争中若能齐心协力，将确保我们能够团结起来，共同维护语言的多样性，还将展现把非洲人民与亚洲、南美洲、欧洲、澳大利亚与新西兰、加拿大与美国等团结起来的真实纽带。

但是，恰是在作家将非洲语言向工农阶级斗争的真实纽带展开的时候，他们遇到了最大的挑战。因为，对于买办统治集团而言，他们的真实敌人是已经觉醒的工农阶级。一个作家若努力使用人民的语言，传递革命团结与希望的信息，那他就成了颠覆分子。到那时，用非洲语言写作就成了颠覆或不忠的行为，作家就可能面临囚禁、流放，甚至被处死。等待他的没有"国家级"的嘉奖，没有新年荣誉，只有辱骂与中伤，只有从少数军事统治者口中喷出的无数谎言。这些"统治者"是以美国为首的帝国主义的狗腿子，他们把民主视为威胁。人民使用能彼此理解的语言，塑造或讨论他们自己的生活，这种民主参与行为却被视为对国家及其机构管理工作的妨害。述说非洲人民生活的非洲语言，成了新殖民主义国家的敌人。

（姚峰 译；汪琳 校）

第42篇　写作语言中的追忆^①

阿西娅·吉巴尔（Assia Djebar）

I

[307]写作是回归到身体，或者说，至少是回归到在纸面上跃动的手。首先，让我们回到母亲身上：去避开那些沉睡中的美人、那些在沉默中郁郁寡欢的女性，还有那些徒然憧憬远方的女子。去遗忘那些幽闭的花园、那些被压抑的声音和没有外窗的庭院——只能抬头望见一块静默而冷淡的天空。一次，就一次，在持续的瞬间罔顾那远方一直等待着的女性的凝视：这凝视属于另一个女子，或是同一个，又或是另一个以为与你擦肩而过，然后停下脚步的女子。

追忆？不，首先是一种向前的冲动。手在纸面上飞快划过之时，双脚随之躁动，整个身体开始变轻……双眼，尤其是双眼，正紧紧注视着远方的地平线，那寻觅而终得的远方，时而渐渐远去，时而在眼前沉没……只有那第一缕微光、一束光芒或太阳，才能点亮深夜。

写作，还是逃离？写作是为了逃离，诚然也是为了铭记，哪怕有悖初愿。并非铭记过去，而是铭记记忆之前，那黎明微曦之前，那寂寥深夜之前，……之前。

---

① First published in *Studies in Twentieth Century Literature* 23.1 (1999), 179—189. Translated by Anne Donadey, with Christi Merrill, University of Iowa. 感谢米歇尔·拉隆德（Michel Laronde）仔细阅读了译文，并提出了修改意见。所有的注释为译者所作。

II

这是逃逸中的写作。写作如同骑马一样（但怎样的马鞍才能承载我无尽的狂热和疑惑？）：随着我呼吸的节奏而写作，吸气、呼气、停顿……

[308]写作时为何不试着闭起双眼，提笔疾书，自信前行，如同盲人一样穿越涌动的人潮。闭起双眼去感受自己内在虹彩般的律动与变化。更重要的是，切勿沉浸在记忆里，而是尝试感受记忆的光滑，或其缓慢的消逝，想象着空气和空间被彻底释放，而你与你从容不迫的手在其中穿梭，既不狂躁，也不盲目。

写作是为了逃离，而不是为了生存。下一个秋天去奥克拉荷马市（Oklahoma City）的时候，我要开始为自己写作，写一首长诗伴着我步伐的节奏，仿佛跟随着那些过去缓缓穿越浩瀚沙漠的商队，又像是准备好加入上世纪被栅栏围起的印第安土著——他们肯定还在等着我，又像是即将遇见我和他们过去的幽灵……①

> 下一个秋天，我要开始：
>
> 靠近深渊，不，沿着深渊边缘而写作

诚然，"沿着"这词与"深渊"一样重要，甚至更加重要。"沿着"，言下之意是写作的过程像是一场平静的较量、内心的旅程，又如信步不停，未有迟滞，不曾歇息或休憩，只是脚步时而平缓、时而急促，却一直向前（假使午夜醒来，我会用略带睡意的声音轻声吟唱："远方的朋友皆已沉寂，呜呼，我孤独的灵魂！"）。然而，每当我开始尝试追忆以理清纷繁思绪之际，每当我内心有此渴盼之时，却总有与我渴盼完全相反的念头浮现，不为我所控。

---

①　吉巴尔于 1996 年 4 月写下此文。1996 年秋季，她在奥克拉荷马市获颁著名的纽斯塔特国际文学奖（Neustadt International Prize for Literature），详见《今日世界文学》（*World Literature Today*）为吉巴尔作品而出版的特辑。

III

追忆……

一年前,我差不多写完《广阔之囚》(*Vaste est la prison*)……①

但是,我真的能遗忘那囚禁之地吗?囚禁的墙不断延伸,囚禁的期限不断延长,如同史前岩壁上的撒哈拉壁画,在历史的长河里显现又消失。是否曾有人真切地梦见或邂逅这些壁画?在鸵鸟和水牛群间,女猎手阔步行走,寻找着出口,留下的只有她们昙花一现的背影。

还未写完《广阔之囚》,记忆的空白开始浮现,在文本间越积越多。

忽然之间,不知是一阵飓风,抑或一股微风,拂过这些空白,这些出乎意料的记忆空白:譬如,外祖母年轻时的生活有多少是我未知的,有多少是母亲从未告诉我的,又有多少是母亲自己揣度的。在这代际传递之间,关于外祖母的故事总是或多或少有所遗缺。然而,大约 75 年后,不,是 90 年后(因为外祖母若还活着,已是百岁老人了),我才得知外祖母(她和她那时身边的女性)隐藏的还有自己母亲的悲惨离世——因嫉妒和深重的无力感而离世,因丈夫骇人的粗暴虐待而蒙受致命痛楚。这发生的一切[309]对于当时的女性而言,本应显得平常普通,让她们难以继续生存,无法欢笑、生育,甚至失去了期盼——她们其中一人面对这样残忍的厄运时,所有的女性似乎都能感到切肤之痛,日渐凋零、难以振作。然而,这本可能发生的悲剧并未最终上演,首先就没有在外祖母的身上上演!

14 岁时,外祖母作好了早婚的准备,也可能刚刚完婚。她的母亲饱经沧桑、百般受难,死后匆匆下葬。外祖母突然之间想要忘记这一切,忘记她母亲的凋零。她决定让自己坚韧起来,变得更有男子气概,同时保持异常的沉默,让自己陷入遗忘的泥沼。

---

① 吉巴尔于 1995 年完成其小说四部曲的第三部《广阔之囚》,至今尚未译成英文。前两部的法文名分别为《爱,骑兵行进》(*L'Amour, la Fantasia*)和《土耳其后妃之影》(*Ombre Sultane*),由桃乐茜·布莱尔(Dorothy S. Blair)译成英文,题目分别为 *Fantasia:An Algerian Cavalcade* 和 *A Sister to Scheherazade*。

正是遗忘，或者说假装遗忘自己母亲遭受的挫折失败，外祖母才得以继续生存下去。正是通过不断的挣扎，她原本微弱的生存余力才逐渐恢复。她不再回忆——遗忘了记忆里的褶皱、痛楚、荒芜和贫瘠。

最终，外祖母所呈现给我的形象，总透露着男性刚硬的气息，她不愿意告诉我，自己一直以来每天默默付出的代价。某种意义上，她置深渊于自己身后，无路可退，从此颠覆了自己的性别角色。然而，她却希望向我——那个夜晚坐在炽热篝火旁年少的我——传承和讲述所有的英雄故事和传奇。

过去岁月里男人的事迹，他们的战斗、他们的辉煌，哪怕是战败的故事。

因此，我的记忆也被颠覆了。作为守护人，外祖母为了我而掩饰自己。每个夜晚，她那涂满指甲花染料的手掌温暖地握着我，如实为我讲述部落的历史。她最终在讲故事的这个角色里找到了慰藉，部落的历史脉络在她这里得以传承。

那些也是生活的脉络，或更准确地说是挣扎的痕迹。外祖母坐在我面前讲故事，我蜷起双膝，聚精会神地听着。然而，这记忆里重现的美好一幕背后，外祖母却不断凋零，难以逃脱那时作为妻子注定的不幸命数，直至死亡。

50 年后，我已不再是蜷起双膝听外祖母讲故事的小女孩，但从姨母处得知外祖母第二任丈夫的故事。也是 50 年后，我用法语记录下外祖母带着阿拉伯腔调的声音。为了重焕她那尊贵的丈夫对她的激情，她掩藏了自己生为女性的悲哀（彻底遗忘了自己母亲的悲剧）：这是对女性角色的偏离、倒置和背叛，还是外祖母刻意躲避和隐藏自己坎坷的记忆，以便能生存下去，在绝望中守着一丝希望？

我就这样追溯到了外祖母让人难以捉摸的自我否定：她因命运捉弄而最终凋零，也因自我否定而最终消沉。而她尚未成年的女儿，可能正准备好许下自己婚姻的承诺，却感到恐惧，渴望将自己的记忆一次性抹去。

去遗忘她那被牺牲了的母亲。

追忆？

IV

正如之前提到，我创作《广阔之囚》时，记忆的空白再次浮现了。但与此同时，还有声音的缺失：我母亲的失语症。她那时还是个小女孩，却整整失语了一年。

突然间，我想起了英年早逝的伊朗女诗人。1967 年，年仅 32 岁的她就在德黑兰的街头去世了：

> [310]声音、声音、声音
> 只剩下声音，
> 我为何要停下？

这是福露格·法鲁赫扎德(Forugh Farrokhzad)生前最后的诗作之一。这首《重生》("of another birth")一直萦绕着我的思绪。①

"只剩下声音。"当时还是六岁的小女孩，我的母亲失语了一年。她希望能为离世的姐姐谢里珐(Cherifa)守夜。为了忘却，她那段时间里一直沉默着，如一年寒冬。她希望能跟随姐姐的脚步离开，而她自己的声音在葬礼时就已消逝，又像是从远处传来，拽着她走向忘却之河……②

整整一年都陷入那苍白的沉默中，她想必也曾在深渊的边缘蹒跚踟蹰。那些迷失眩晕的日子，那些没有言语、祷告抑或叹息的月份……只有她的双眼还目视着他人，凝视着远方，去寻觅那回不来的声音，像是起飞的百灵鸟，石化在冷淡的天际！这座沿海而建的城市有着古老的港湾和灯塔，过去的两千年未曾改变，一直等待着自己的命数……

至少对于今日我的国家而言，现实是否仍是这般无奈？充满暴力、混乱和无法表达的怨言……是的，如果时至今日，现实还是这样：每一个消逝的女孩（想着昨日因伤寒去世的谢里珐，不知道今天还有多少个阿尔及利亚女孩或成年女性离世和惨遭杀害？如果每年有一个，那么到现在至

---

① 《重生》(*Another Birth*)是法鲁赫扎德最出名的诗集。

② 希腊神话中的忘却之河(Lethe)，饮其水能忘记人世间发生的一切。

少也有 60 个了!),每一个当代阿尔及利亚的伊菲革涅亚(Iphigeneia),或是每一个没有未婚夫陪伴至死,而且活着就是为了等待死亡的安提戈涅(Antigone)(是的,因为我的母亲,因为我对她的追忆,她那陈旧的痛楚仍缠绕着我),我现在知道,知道每一位光天化日下离世的女性的身旁,每一位被牺牲的女性的附近,总有一个年轻的女生,孤身一人,同样失去了自己的声音,几周、几月,或是更长,甚至永远。

忽然之间,这些目睹了现实的女孩,她们的脸庞上只剩下无尽的凝视,渴望的双眼注视着我们。

年轻的女孩通常并不迷恋悲剧。她们待在阴影里,站在窗帘后,最多也只是伫立在幕后(就像她们经历了初潮之后,就注定要步入危险,乃至是致命的人生阶段)。

但是,为什么所有在我故土上生活的女性——无论年龄——都要被局限和困囿于封闭的空间(花园、窝棚,或庭院),以让她们的颂诗、她们的呐喊,还有她们的歌谣永不俘获潜在的听众?

只剩下空无一人的街道,或是只有男性身影,但那也并无任何不同。

没有,根本没有一个舞台能展现这个世界的现实。我的同胞们没有权利目睹他们眼前时刻上演的悲剧,因为正是这顽固的性别隔离一直占据着社会生活、城市和以性别二元对立为基础的历史叙事的中心。

如果有这样一个舞台,专门为噤声的女性而设,能透视她们空洞眼神背后一切的神秘和未知。那么,那些已经直面死亡怪相的年轻女性,她们的声音能否遁逃至这一归宿之地、这一净化之所?

[311]声音都已枯竭,历史均已埋葬,我们记忆的脉络今日又能带引我们去向何方? 而重拾女性族谱的陈迹,又能带领我们走向何处? 是走向迷失,还是可能的新生?

V

很久以前,可能是大约 20 年前,我曾相信去经历女性(至少是阿拉伯女性)生活的每个夜晚,能让我重拾坚毅的女性先祖身上的力量、精神和信念。我梦想着,如果我能试着逆流而上,借着口述叙事去追溯她们各自人生的动荡兴衰,她们便能将自己生存的奥秘传递给我……我曾这样相信着。

我这样的想法还是太天真了。当然，也是自欺欺人：这些饱经沧桑的妇人，皮肤上是岁月留下的皱纹，面颊上刺着纹身，头上戴着色彩斑斓的饰巾，说着夹杂着宗教用语的旧话，像是腹甲上闪烁的铜纹。这些女性先祖早已压抑了自己原本的声音，从最初就掩藏了自己年轻时的愿盼。当她们的女儿（如我的母亲）站起来时，显得脆弱而惊恐，这些年长的妇女赶紧求助于法术、吟唱和通灵之术：快！快！快让声音回来！

> 只剩下声音，
> 我为什么要停下？

60 年代，德黑兰诗人的鬼魂仍在叹息。

这些过去岁月里的农村或城市女性，这些来自我马格里布（Maghreb）故土的柏柏尔女性和虔诚的阿拉伯女性，她们虽然远离福露格·法鲁赫扎德生活的时空，却能同样感受到这位垂危女诗人真切的悲恸之情。

回到《广阔之囚》这本小说，我母亲自己可能也不知道，正是因为那一年的失语噤声，她才能在这么多年之后实现自我的逃离、救赎和超越。

刚刚成年之际，母亲就将自己所有的力量潜藏在那些失语的日子里。那次失语可以看作她为那转瞬即逝的姐妹情谊而付出的代价。还是孩子的时候，她就拒绝了柏柏尔语，因为那是她再也无法相见的父亲的母语。身为年轻女人，她爱上了那个手持法语书的追求者，随后又冒着失去城市人所享有之地位的风险，开始和来自欧洲的女邻居们用法语交谈。

后来，为了关在法国监狱里儿子，母亲又成了旅人。操着一口得体法语的她还带着阿拉伯人身上的镇定和自尊，一路坐船、火车和飞机到法国，颠簸而优雅。

这就是昨日声音的消逝：正是在这破碎的记忆里，在这几乎难以觅得痕迹、没有记忆的时间跨度里（除去偶然机会下，我发现的些许信息），我母亲的伟大迁徙——她的再生——得以铭刻，而她无疑渴望沿着那阴影的边缘继续前进。无辜的身影在光线下渐逝。

[312]我之前就说过、现在还想重复的是：今天，在我的国家，还有许多其他少女也必定面对同样的迷失：她们的声音、思想和记忆都随着其他

被牺牲的女同胞们而去,自我沉默、难以释怀。

最终,只有时间才能给出答案:这些数不清的沉默的妇女们能在自己的身上发掘出怎样的神奇力量。她们重新准备好去描绘自己的声音,通过写作、绘画、雕塑或音乐将之保存,永远留在纸上、石上或者风中。是的,她们将用所有形式的创作将之封存。

VI

我以露西·伊利格瑞(Luce Irigaray)的忠告作结语:

> 我们不能再杀死为我们文化源泉而牺牲的母亲。我们必须赋予她新生,赋予我们的母亲以新生,她活在我们内心,在我们之间……我们必须赋予她愉悦、**快乐**(jouissance)和激情的权利,恢复她发言的权利,恢复她时而呐喊、愤怒的权利。

她在同一篇文章《与母亲的身体相遇》("bodily encounter with the mother")中还写道(的确,如果追忆不是以那与母亲的身体相遇为起点,我们还谈何追忆?):

> 我们必须发现一门语言(langage),不像父系语言(langue)般尝试去替代与母亲的身体相遇,而是与之共鸣,其中的话语不应阻挠禁止,而应传达张扬身体性的表达。①

这些引文终于让我回归到了这篇文章的主题——"写作的语言(langue)"。正如我在自己 1985 年创作的小说四部曲的首部《爱,骑兵行进》(*Fantasia*)里清楚地提到,我"写作的语言"可以称之为我的"父系语言"。

回想我对这段跨越了近一个世纪女性记忆的追溯(我的母亲、外祖母和曾外祖母——那第一个被牺牲的女性),如果需要为前方的旅程重新找

---

① 　Luce Irigaray, "The Bodily Encounter with the Mother" 43. 该书于 1981 年出版,原文为法文,题名 *Le Corps à corps avec la mère*。

回力量和补给,它们的来源不会是圣水,而是那些在时间长河里消长更替,随时可能冻结模糊的人物故事。然而,这些故事突然被记录下来,变成具体真实之物,如金似铅,但却,唉,并不能变成母亲的乳汁、父亲的精液或是提神之烈酒。

换言之,有那么多的故事正涌动不安,野马一样时而前冲、时而后退。它们杂乱无章,却不停地寻找出口。然而,是否当我一旦用法语将这些故事记录下来,它们都将冻结僵化,如同一个只为美观而毫无内涵和生机的摆拍,乃至故事之间也无法共鸣和对话。

难道女性叙述者尝试去讲述"与母亲身体相遇"之事的时候,一旦使用任何父系语言,这样的叙述总会在最终的瞬间变得了无生机、死气沉沉?

是否我用他者的语言去写作和讲述时,某种程度上反而牵连了自己,客观上成为杀死第一个母亲的同谋?

[313]难道我不是遗忘了那第一个被牺牲的女性所留下的鲜血?难道我不是成了愿意献祭女儿的父亲的帮凶?抑或成了无名的马格里布阿伽门农王(Maghrebian Agamemnon)的同谋——像其他人一样,他一心只想征服那虚幻的特洛伊城?

"话语……应该传达张扬身体性的表达,"伊利格瑞写道。我怎么能不最后一次提到《广阔之囚》这本书来作为结语?我一直考究和重审自己这本小说。我不认为是偶然,同一本小说里,我对自己女性族谱的追溯(第三章"沉寂的渴望")与另一章讲述柏柏尔语字母遭抹去和遗忘的故事相邻,相呼应对照。

许多外国人(旅人、过去的奴隶和考古学家)或是单纯为了寻秘,或是为了物质报酬来此寻宝。正是因为他们的介入,这些最古老文本(我称之为文本之母)才得到重新解读,不再显得高深莫测。

此外,我自己写作的语言也是一门父系语言("年少的阿拉伯小女孩第一次上学时,一路上和父亲手牵着手")。作为一名阿尔及利亚女性,这门语言首先是属于上世纪侵略者的,是战场的语言,充满了男性特质的暴戾之气,换言之,同样沾满了鲜血。① 这可能也解释了为什么只有(或者

---

① 此为吉巴尔自传小说《爱,骑兵行进》的开篇首句。

说多亏了）逆向语言（adverse language），我族谱里第一位被牺牲的人——像是经历了窒息而突然离世的曾外祖母——才能重新浮现在我的记忆里……"逆向语言"同样适用于述说生活的逆境，包括女性一直以来遭受和忍耐的厄运。

因此，在《广阔之囚》一书中，我绝不是碰巧写道，那些在迦太基城（Carthage）沦陷时丧生的数千生命正在重新站起来。希腊历史学家波利比乌斯（Polybius）复活了那整段历史；那些被拯救出来的书籍，那些被大火湮灭的躯体和所有不曾停止的灾难。波利比乌斯的历史重述是第三种形式的写作，与我（法国式）的不同，也与突尼斯沙格镇（Dougga）石碑上柏柏尔人式的纪录不一样。那是希腊式的写作，这种方式将我女性族谱上从阿拉伯、柏柏尔到最后法国的足迹，像一团火焰一样包围了起来，使其不会湮灭于任何灾难的大背景下，而是在历史的无尽漩涡中闪烁着红光。

VII

然而，在这矛盾的世界里，在与这么多母亲的身体相遇中，我又怎么看待"我的"法语？有时，我感到自己的法语似乎正在分崩离析，说法语时也无法彻底隐藏自己的口音。从童年学习书写开始，我常用的口头语言就被置于边缘的地位，然而，它们的韵律、它们的节奏，还有它们潜藏的生机总会浮现我的法语里，像暗流一般涌动不止。

虽然我写作时使用的语言被认为是严谨清楚的（笛卡尔的语言），但写作的环境却满是张力和危险，甚至今日偶尔还会笼罩着恐怖。我尝试着用这门语言去沟通，而其最主要的使用准则就是确保表达清晰明了。

然而，哪怕我刻意为之，哪怕我如此尊重这门语言，哪怕它的节奏如此美丽，内涵如此丰富，哪怕我了解它的尊严（难道尊严不是任何一门语言的灵魂吗？），哪怕这门语言成为了我的"父系语言"，在我的句子里，或是我的口头表达里——我的口头表达既要考虑结构的重要，[314]还需要考虑我对音乐律动的热忱——我所述说的人物，他们的浮沉变迁才是我创作的内在动力和核心。某种意义上，我的家族成员和其中的女性正看着我、考验我，冀望我无论如何都要将她们拖曳进这门外国语言的宿地。

　　因此，我看到自己被许多人影包围，被许多遭到遗忘的女性伴随。我知道自己需要在写作过程中驾驭——乃至偶尔迎合——这门野马般的语言，而正是在小说创作中，这门变幻的语言也随着我思绪的迁徙而重新被定义和充盈……逐渐地，我的笔头变得越发流畅。我不再确定到底是全部我所承载的人物（母亲们、姐妹们和祖母们），是她们牵引带领着这语言和作为这门语言驾驭者的我，还是这写作的语言，既未被完全支配，又未被彻底放纵，只是蜕变于作者的创作之中，从而携卷我们而去。我们？我自己，还有寄居在我沉甸甸记忆里的其他女性。

　　这样的历程，无论是创作小说、故事，还是短文，都会经历。

　　写作，还是逃离。写作是为了逃离，逃离则是为了铭记。前进，还是后退，这又有何不同？

参考文献

　　Djebar，Assia. *A Sisiter to Scheherazade*，Trans. Dorothy S. Blair. Portsmouth，NH：Heinemann，1993.

　　Djebar，Assia. *Fantasia：An Algerian Cavalcade*. Trans. Dorothy S. Blair. Portsmouth，NH：Heinemann，1993.

　　Djebar，Assia. *L'Amour，la fantasia*. Paris：J. C. Lattès，1985.

　　Djebar，Assia. *Ombre sultqne*. Paris：J. C. Lattès，1987.

　　Djebar，Assia. *Vaste est la prison*. Paris：Albin Michel，1995.

　　Irigaray，Luce. *Le Corps à corps avec la mère*. Montreal：Editions de la pleine lune，1981.

　　Irigaray，Luce. "The Bodily Encounter with the Mother." Trans. David Macey. *The Irigaray Reader*. Ed. Margaret Whitford. Oxford，UK：Basil Blackwell，1991. 34—46.

　　World Literature Today 70. 4（1996）. Special issue on Assia Djebar.

（周航 译；姚峰 校）

第 43 篇　非洲语言文学:悲剧与希望[①]

丹尼尔·昆内内(Daniel P. Kunene)

[315]语言是文学活动的必要条件,因而也是我这篇文章讨论的核心。语言是一个作家展现其灵魂的工具,以此类推,作家的语言则是读者或批评者丈量作者所传达的感情深度的工具。我们只有理解了一个作家的语言,才可以理解这位作家的身份——他/她的宗教信仰、民间故事、神话、谚语、迷信、幽默、对生与死的态度,换句话说,就是他/她的整个世界观。故事是展示一个人这些方面的通用途径。这就是为何心理分析学家鼓励患者对其述说故事。这也是为何许多非洲作家经历了或依然在经历外国势力的压迫与剥削后,写出的很多小说就是他们的自传。我们要记住的是,讨论非洲的语言问题时,应该将其作为文学创作的手段。

非洲不是一个国家,而是一块大陆。因此,显然不存在一种称作"非洲语"(African)的语言,如同不存在"欧洲语"(European)这门语言一样。对于我们这些"非洲文学"的作家和评论家而言,这就是悲哀的开始。这绝不是我们的过错。我们莫名其妙地被历史描绘进了一个角落,非洲作家和评论家身处特殊的创作和批评环境之中,每天都让我们想起欧洲人带来的悲剧,即破坏了非洲社会的完整性。柏林会议先是将我们分割为诸多"孤岛",又在人类学家和非洲学学者的帮助下,草率地将这些碎片黏合成一个人为的"同质体"(homogeneity)。因此,我们首先要抱怨的是,有些人提出了"非洲"这一标签,来描述大量不同的行为和概念,包括"非洲"文学也是如此。这个术语的来源并不神秘。"非洲"文学是一个相对较新的概念,并不是因为在传教士和其他白人"带来文学"之前非洲没有

---

① First published in *Research in African Literatures* 23. 1 (1992): 7—15.

文学,而是因为本土语言的文学实践者们并不认为［316］自己从事的是"非洲的"活动。对于他们而言,那是与他们自己的语言与文学相关的活动。谢·卡瑞西·坎迪·鲁睿科(She-karisi Candi Rureke)通过 12 天的"歌唱、陈述、跳舞、哑剧"(Biebuyck and Mateene vi),叙述了尼扬加(Nyanga)史诗《姆温多》(*Mwindo*),并以此彰显了尼扬加文化,正如部族史说唱艺人(Djeli)——如,格里奥(Griot)——马马杜·库亚特(Mamadou Kouyate)通过松迪亚塔(Sundiata)史诗的叙述,彰显了曼丁哥人(Mandinke)的文化。鲁睿科和库亚特都不会认为自己是"非洲的",尽管二者无疑都认识到语言和/或文化连续体的存在,该连续体由他们身处之地延伸开去。

艾伯特·热拉尔提醒我们:"有一个确定无疑的事实,即非洲各国已经发展出了各自多样化的文明,因为这些文明在发展过程中彼此缺乏密切或长期的接触。"他接着又说:"这些文明有各自的特点,并反映在自己的民间文学传统之中,还可能在其书写艺术中继续产生回响。"(*Four Africa Literatures* 13)

其他学者也做出了类似的评论。比如,B·W·安德烈瑟亚乌斯基与他的同事曾指出:"非洲的各种文学似乎没有形成一个独特的群体,能够作为整体区别于世界其他的口头或书面文学。"他们将非洲文学的这种多样性归咎于"非洲大陆在语言上的支离破碎"(26)。他们进一步说:"各个语族的语言之间——如祖鲁语(班图语族)、卢奥语(尼罗语族)或奥罗莫语(库希特语族)之间——差别相当大,难以辨识出共同的特点。就交流的可能性而言,这次语言之间的差别就像英语、匈牙利语和巴斯克语(Basque)之间的差别一样。"(26)

无论在"非洲"文学的学者和教师心中,还是在从事这些研究和教学的机构中,都不应该将语言和文学割裂开来。具有讽刺意味的是,在美国,"非洲"文学的课程经常是在英语系开设的!这是非常奇怪的,对非洲文学的真正兴趣,应该体现在将文学研究与语言研究融为一体。有志者事竟成,这不是什么难事。研究一个区域的文学,应该同时研究至少一门该区域的语言。例如,津巴布韦文学应该与绍纳语和恩德贝勒语(Nde-bele)一起研究,无论这类文学是用英语写成的,还是用绍纳族的语言或恩德贝勒语——恩古尼语族(Nguni-group)的一门语言——写成的。对于其他地区,类似兼顾语言与文学的研究也可以在其他地区实施。比如说,研究南部非洲文学的同时,应该研究恩古尼语族的一门语言——祖鲁语、科萨语、恩德贝勒语、斯瓦蒂语(Swati)等——和索托语族(Sotho-group)的一门语言——塞索托语、塞卑第语(Sepedi)、塞茨瓦纳语(Setswana)等。同样,无论所研究的文学是非洲作家用上述某种语言写成,还有用英语所写,都可以兼顾语言与文学的研究。

毋庸赘言,整个非洲大陆所面临的这个语言困境,就是欧洲列强对非洲大部分地区进行征服和镇压的结果;欧洲列强在征服非洲之后,引入了他们各自的语言,尤其是英语、法语和葡萄牙语。在这些列强及其传教士所创办的学校里,有少部分黑人接受了教育,学习了他们的语言,成了受教育的精英。这些人中,相当一部分去了殖民宗主国的大都市,接受高等教育。于是,不同程度的异化产生了,包括在日常交流和文学创作中都习惯性地使用新语言。不过,抛开文学创作所用的语言不论,这些新生的文学作品没有被视为英语文学或法语文学或葡萄牙语文学,而是诞生了[317]"非洲"文学这一概念。在提及 20 世纪 50 年代中叶至 60 年代早期这段时间时,杰拉尔德·摩尔说道:"当时,非洲文学对很多读者来说是一个新概念。"(7)他或许还可以再多说一句:这个概念当时正由白人评论家建构而成,这些人第一次有机会瞥见了非洲人的所思所想,尤其是他们被殖民列强剥夺了公民权后的状态。殖民主义以及随之而来的各种罪恶,蔓延到了非洲的很多地方。非洲人表达出了他们对现状的不满,虽然在各个殖民地区不是同时进行的,但一经发难,便像滚雪球一般迅速扩张,其势如秋风扫落叶,很快发展成了全非洲的运动,而不是各国搞各国的、各区域搞各区域的分散现象。这次运动在二战后聚集了更强大的势力。20 世纪 60 年代早期,当时的英国首相哈罗德·麦克米伦(Harold Mac-millan)在开普敦的南非国会上发表演说,给了这次运动一个绰号:"横扫非洲大陆的变革之风"。

他所提到的主要是一次政治运动,带有强劲的文化力量。非洲人的自我解放既是身体上的,也是心理上的。它是一种领悟:一个人要想将身体完全挣脱桎梏,首先要解放受到奴役的思想。这其中,有一段寻根之旅,一份作为黑人和非洲人的骄傲,一种新的、表示为自我解放而斗争的文学、诗歌和艺术。自相矛盾的是,表达这些新思想的诗歌或文学作品却是用压迫者的语言所写。这其中有一个原因：非洲人在克服了对主人怒火的恐惧之后，决定直接用他的语言还击他。我们也不能忘记，存在一股强烈的泛非主义意识：非洲大陆有一个共同的命运；在非洲不同的文化与语言群体之间，精英们相互交流的桥梁正在架起。

于此同时，使用非洲语言创作的作家们在埋头继续自己的事业，很大程度上忽略了——即使并非完全一无所知的话——这场运动。或许，由于人们沉醉于"发现"了"非洲"文学的欢欣雀跃中，觉得这些人的事业与这次运动相比，有些黯然失色。对于这些人而言，口头艺术不管以哪种语言——基库尤语、阿科利语、尼扬加语、塞索托语、塞茨瓦纳语、祖鲁语、阿姆哈拉语、芳蒂语（Fante）等——呈现，都会按照"大事件"（Great Event）之前那样继续发展。这类文学扎根于民众的灵魂之中，不仅不会失去自己的声音，不会卷入新"非洲"文学的热潮之中，而且容许新文学发展壮大，在某一天耗尽了动能之后"回归家园"，恩古吉·瓦·提昂戈的例子就很好地说明了这一点——他决定回归基库尤语，以便能触及本民族的灵魂。

以上所概述的这场运动产生了一个结果：自此之后，出现了两种文学潮流。一个是新发现的、以欧洲语言写作的"非洲"文学；另一个是以非洲语言创作的、古老得多的草根文学。后者尽管察觉到了近邻的存在，但保持了自己的独立身份，成为"非洲"文学的对立面。但是，基于非洲语言的文学经过翻译，被零星地吸收进入了"非洲"文学的潮流。托马斯·莫弗洛的《沙卡》自从1931年由弗雷德里克·汉斯伯勒·达顿译成英文后，就在整个欧洲和美国以及非洲很多地区受到了前所未有的瞩目。阿奇博尔德·坎贝尔·乔丹的科萨语经典《祖先的愤怒》（*Ingqumbo Yeminyanya*）于1940年首次出版，最近（1980）又出版了英文译本。我们可以预测，这本书还会有其他语言的版本问世。然而，多数情况下，[318]欧洲评论者和持欧洲中心论的评论者是这样关注非洲语文学的：他们把非洲语言学者所写评论的只言片语拼合起来，或者选择与他们密切合作。例如，弗朗茨（G. H. Franz）撰写的那篇论据充分的优秀长文《莱索托文学》（"The Literature of Lesotho"）就参考了很多评论"非洲"文学的文章，但大多没有注明出处。很多平庸之作必然依靠这些二手信息——之后又会传到很多人的手中——来标榜自己对某个主题的"权威"知识。不过，有时也会产生具有深度的、严肃的学术成果。一个优秀的例子便是艾伯特·热拉尔的两部代表作:《四种非洲文学:科萨语文学、梭托语文学、祖鲁语文学、阿姆哈拉语文学》(*Four African Literatures: Xhosa, Sotho, Zulu, Amharic*)以及最近问世的《非洲语文学撒哈拉以南非洲文学史概论》(*African-Language Literatures: An Introduction to the Literary History of Sub-Saharan Africa*)。尽管热拉尔对自己论述的这些语言缺乏相关知识,但他严谨的学术作风为非洲语文学的历史性研究作出了重要贡献。另一点值得称道的是,热拉尔承认,只有"非洲学者才能对自己语言的文学作品,作出令人信服的评论,因为只有他们有能力、有资格作出"这样的评论(*African Language Literatures* X)。

至此,我得出一个结论:"非洲"这一概念——尤其应用于文学时——自始至终都是历史强加给我们的政治概念。与世界各地的人类一样,我们非洲人也是历史的产物;而众所周知,历史有拒绝抹去自身的恶习。不过,我们虽然不能改变历史,但可以利用历史批判我们当下的思维方式与行为模式。作为分割而治(partition)与殖民统治之苦果的继承者,我们肩负了重担,要创造出神话,并使其发挥作用。这个神话又在欧洲和美国的现代"非洲学"学者那里得到了强化,从中可见,多数情况下这些人就是各自国家外交政策的延伸。这个神话便是:非洲人是一群低等的、彼此没有差别的人;而且,在欧美人眼中,他们一概都需要被研究,在"援助"的幌子下遭受经济剥削,为了国际帝国主义的利益而动荡不安。而我们这些非洲人则被人拉拢,共同使这个神话成为永恒。

我不是否认非洲需要团结——克瓦米·恩克鲁玛(泛非主义)和列奥波尔德·塞达·桑戈尔(黑人性)这种级别的学者、哲学家和梦想家所强调的那种团结。但这在政治上是必需的,艺术上则并非如此。

我接受这个事实:在非洲大陆存在两个文学潮流,一个是用欧洲语言写成的文学,也即"非洲"文学,另一个是用非洲大陆数百种非洲语言创作的文学。这意味着,一部分非洲作家过去、现在和将来从事文学创作时,使用的不是自己的母语,而是其他语言,尤其是欧洲国家的语言。不过,正如上文所说,也有一部分非洲作家过去、现在和将来从事文学创作时,使用自己的母语。最重要的是,过去、现在和将来,非洲讲故事的人用各自的非洲语言讲述故事、传说、神话和史诗。非洲文学的学术研究不能只关注欧洲语言的作品,而忽略用非洲语言写成的作品。我们必须作出一个承诺,要求——如上文所说——相关领域的专家应该至少掌握一门非洲语言。不仅如此,我们还要接受这样的事实,[319]——如果不熟悉自己专业所涉及地区的文化,任何人都不能自诩为"非洲"文学的专家。

毫无疑问,这样的学术要求是相当严苛的。这些学术研究要求的能力包括:具有深厚的语言功底,了解当地人民的风俗、价值观和世界观,能敏锐地意识到语言给一个高明的作家提供的可能性。其中,后者必定能给新的批评标准和方法——最适合单个的语言或语言族群——打开毋庸置疑的可能性。兼备这些能力的学者(尽管非常稀少)虽确有人在,但多数情况下,团队合作才是可取的工作方式。团队合作已经证明是可行的,而且卓有成效。例如,丹尼尔·比耶比克(Daniel Biebuyck)与卡弘布·迈丁(Kahombo Mateene)的学术合作,有力推动了尼扬加文化与文学的研究。我们只需阅读《姆温多史诗》(*The Mwindo Epic*)中煞费苦心的前言和旁征博引的脚注,就可认识到这两位学者高超的学术能力,以及对理解尼扬加文化与文学所作的贡献。因此,与现代非洲文学的专家相比,常遭人诟病的人类学家更有资格夸耀自己在非洲语文学领域有着更为严谨的学术造诣。同样,很多传教士从事的研究也为研究特定的文化提供了有价值的见解。亨利·卡拉维主教(Bishop Henry Callaway)的名字立刻浮现在眼前。他的《童话,祖鲁人的传统与历史》(*Nursery Tales*, *Traditions and Histories of the Zulus*)是一部丰碑式的著作,其中保存了祖鲁族大量的传说、传奇与传统。另外,传教士通过翻译《圣经》间接为书面文学的肇始作出了贡献,更不用说他们引入了读写文化,因此为他们所接触的群体打开了一个新的世界。用恩叶姆贝兹(C. L. S. Nyembezi)教授的话来说,"如果对19世纪传教士所作的贡献作一番检视,就会发现他们强调翻译经文、准备语法知识以及编撰词典等工作"(2)。

人类学家、传教士,甚至(某些情况下)殖民官员对非洲文学都有所研究,从中我们可以得到这样的启示:且不论殖民主义所犯下的众人皆知的罪行,基督教的传入对非洲文化造成的破坏,以及"西方"文明传播者总体上傲慢专制的态度,上述过程的实施者对于研究非洲不同社会的文学,具有根本性的价值;他们已经开启的事业,应当由现代"非洲"文学学者继续推进(当然,以更为严谨的方式)。

　　到此,读者可以明显看出,我有意绕开非洲作家是否应该使用非-非洲(non-African)语言写作这一争论。这是一个极其重要的问题。争论依然还在持续,双方各持己见,看不出会有什么结果。不用说,这个问题之所以产生,是因为我们默认了非洲作家精通至少一种非洲的语言和至少一种殖民者的语言,因而可以作出自己的选择。在一项获益匪浅的详尽调查中,李·尼科尔斯(Lee Nichols)采访了83位非洲作家,涉及他们写作的很多方面,包括选择的语言。这些作家来自非洲大陆的不同地区,有的使用欧洲语言写作,有的则使用本土语言。使用非洲语言的作家中,有些会把自己的作品翻译成欧洲语言,尤其是英语;另一些则让别人翻译自己的作品;还有的作家认为,这样的翻译毫无必要。问题就归结到了受众和写作目的:是要把全世界的注意力吸引到[320]作家所在国的内部问题呢? 还是为了让自己的人民参与解决自己的争端? 还是仅仅为了收获名声与利益? 有两本书是值得一读的,书中,尼科尔斯与非洲作家进行了生动有趣的讨论。这些作家中,有的一开始就坚持——至今依然——用非洲语言写作,如斯瓦希里语作家潘妮娜·姆拉玛(Penina Mlama)、约鲁巴语作家阿金乌米·伊索拉(Akinwumi Isola)、塞索托语作家恩特斯利森·麦斯切勒·哈凯特拉(Ntseliseng M. Khaketla)、阿姆哈拉语作家特策·盖加布雷-梅钦(Tsegae Gabre-Medhin)。从欧洲语言转向母语写作的个别作家中,恩古吉·瓦·提昂戈是人所共知的。恩古吉之所以选择基库尤语,是出于社会政治原因而重新定义了他的目标读者。结果,他从根本上撼动了肯尼亚的政权,因而遭到囚禁、被大学解职等不同形式的迫害。

　　《非洲文学研究》(*Research in African Literatures*)杂志的这一期特刊中,许多撰稿人讨论了语言选择的问题,我也认为这是极其重要的问题。但是,多年以来,我发现自己完全被另一个同样重要、却相当不同的问题所吸引。在我看来(热拉尔也曾提到过),非洲学者在这些问题上应该敢为人先,应该重访他们的(口头或书面的)母语文学作品,从而确立自己的权威——就像英国批评家和学者在英国文学研究方面树立了自己的最高权威一样——并以此为非洲文学研究定下基调。我们需要停下脚步,应对这些问题;我们需要根据我们身处环境的逻辑和要求,提出应对之策,不管这些对策会让我们中的一些人感到多么难以接受。如果做不到这一点,我们将自食其果,最终与那些非洲语言作家分道扬镳——那些作家生活在非洲、使用母语与/为非洲读者创作书面和口头文学。

同样悲剧的是,如果非洲评论家不能奋起应对挑战,他们**理所应当**会继续成为非洲之外的评论家耀武扬威的对象。这些人的基调决定了他们,不仅置身于所评论的非洲文化之外,而且带着教皇式的权威高高在上。举个例子,虽然我们承认艾伯特·热拉尔对非洲语言文学的研究作出了重要贡献,但有时也不禁被他明显"居高临下"态度所激怒。比如,热拉尔先指出"小说是一种特定文明形式的产物,这种文明的前提与非洲本土文化完全格格不入",他接着又指出,小说是"个人主义社会所青睐的媒介",接着还指出"非洲文化的价值基础主要是社会群体性的"。最后,热拉尔得出如下结论:

> 这就是为何那么多非洲作家和剧作家没能——正如人们所观察到,并为此**感到惋惜**的那样——成功塑造出有说服力的个性化角色。很多情况下,他们延续了趣闻轶事和寓言说教的传统。这些文类由于缺乏本土的传统,导致了他们**在情节设计和个人情感描写上的拙劣表现:总是诉诸不合情理的偶然事件和对爱情主题的蹩脚处理,这些都说明他们所需克服的困难**。(*Four African Literatures* 379;强调标记为编者所加)

斯蒂夫·比科(Steve Biko)从空想社会改良家的角度,对这种家长式的态度作出了回应:

> [321]我反对这种让白人永远当老师,黑人永远作学生(而且是差生)的高-低、白-黑的分层模式。我反对白人在知识上的傲慢态度,他们认为白人在这个国家领导地位是**理所应当**的,认为白人是人类进步过程中由上帝钦定的领导者。(24)

在谈到非洲作家对城市化负面影响的揭露,尤其是对非洲青年道德结构的破坏时,热拉尔声称:

这种对现代化过程中消极面的关注,类似于西非法语文学中**歇斯底里的反殖民主义情绪和对黑人性的崇拜**。这很大程度反映了一种**不成熟倾向——要求别人为非洲当下的困境承担全部责任**。在新独立的国家,不少年轻作家毅然转向极为中肯、常常又非常辛辣的自我批评,这确实是**非洲思想迅速成熟**的一个标志。(*Four African Literatures* 381—382;强调标记为编者所加)

针对这一说法,我在《托马斯·莫弗洛与塞索托语散文的出现》(*Thomas Mofolo and the Emergence of Written Sesotho Prose*)中作了这样的评论:"热拉尔传递的信息似乎是'责备受害者',甚至更为恶劣,'恫吓受害者,逼他们责难自己'。"(224n)

杰拉德在提及"非洲思想"时,接着说道:"在当前文化适应的阶段,本土语言文学无疑是我们最为重要的**了解与理解非洲思想的潜在资源**。"(*Four African Literatures*, 386;强调标记为编者所加)"我们了解与理解非洲思想"中的"我们"露出了马脚,说明了一切。因此,我们就能理解,为什么热拉尔会那么不小心,无意中使用了那些早已被人弃用的侮辱性词汇——如"布须曼人"(Bushmen)、"霍屯督人"(Hottentots)和"卡菲尔战争"(Kaffir wars)。

我想说的是,身为非洲人,我们如果不能挺身而出,应对挑战,不能在与我们密切相关、最为熟悉的事务上掌握领导权,就只能咎由自取了:**我们必须走进这些语言,听听它们在说什么! 否则就要灭亡!** 这一点上,阿奇博尔德·坎贝尔·乔丹的开山之作《朝向非洲文学:科萨语文学形式的出现》(*Towards an African Literature: The Emergence of Literary Form in Xhosa*)是一个例子,值得非洲学者模仿。

[⋯⋯]

附录:一个典型案例

《岩兔派其他动物为自己取尾巴,最后没有了尾巴》(*Imbila yaswel' umsila ngokuyalezela*)这是一个祖鲁人的谚语,也出现于大多数南部非洲国家的语言之中。这句谚语来源于下面这个寓言故事,我用自己的语言复述如下：

起初，造物主创造动物，但不给他们尾巴。造物主看到他们在地上走动时，觉得这样非常丑陋。他为他们感到难过，于是决定给他们尾巴。

造物主唤道："汝等动物，且重返创造之殿，受汝之尾。"动物听到召唤，就回到了创造之殿，那里有一大堆、一大堆的尾巴等着他们。但只有岩兔没有回去。他沐浴着阳光，十分享受，不愿花时间去取尾巴。

[322]岩兔便委托另一只动物，给他捎回一条尾巴。那只动物到了创造之殿，看到所有的动物都在试尾巴，现场一片兴奋，便忘记了岩兔所托之事。

因此，直到今天，岩兔依然没有尾巴，因为他没有为自己取来尾巴。

参考文献

Andrzejewski, B. W., S. Pilaszwicz, and W. Tyloch, eds. *Literatures in African Languages: Theoretica Issues and Sample Surveys*. Warsaw: Wiedza Powszechna, 1985.

Biebuyck, Daniel and Mateene, Kahombo C., eds. and trans. *The Mwindo Epic-From the Banyanga (Congo Republic)*. Berkeley: University of California Press, 1971.

Biko, Steve (Posthumous). *I Write What I Like ⋯ A Selection of His Writings*. Edited, with a personal memoir, by Aelred Stubbs, C. R. San Francisco: Harper and Row, 1978.

Callaway, Henry. *Nursery Tales, Traditions and Histories of the Zulus*. 1868. Springdale, Natal, London: J. A. Blair; Trubner, 1970.

Franz, G. H. "The Literature of Lesotho." *Bantu Studies* 4 (1930): 145—180.

Gérard, Albert S. *Four African Literatures — Xhosa, Sotho, Zulu, Amharic*. Berkeley: University of California Press, 1971.

———*African Language Literatures*: *An Introduction to the Literary History of Sub-Saharan Africa*. Washington, DC: Three Continents Press, 1981.

Jordan, A. C. (Posthumous). *Towards an African Literature*: *The Emergence of Literary Form in Xhosa*. Berkeley: University of California Press, 1973.

Kunene, Daniel P. *Thomas Mofolo and the Emergence of Written Sesotho Prose*, Johannesburg: Ravan, 1989.

Moore, Gerald. *Twelve African Writers*. Bloomington: Indiana University Press, 1980.

Nichols, Lee. *Conversations with African Writers*. Washington, DC: Voice of America, 1981.

———*African Writers at the Microphone*. Washington, DC: Three Continents Press, 1984.

Nyembezi, C. L. S. *A Review of Zulu Literature*. Pietermaritzburg: University of Natal Press, 1961

（龙清亮 姚峰 译;孙晓萌 校）

第七部分　论体裁

[323]就体裁及其理论建构的意义而言,一个最本质的特点是共居于历史时间中的体裁、作家和读者之间的密切关系。如今,非洲作家所出版的散文(该体裁因而也最为流行)多于戏剧和诗歌。我们权且将其看作一个"事实"。此处需要提出两个中肯的问题。第一,就我们刚刚谈到的体裁的基本特征而言,这一"事实"意味着什么? 第二,这一"事实"对于体裁研究产生了何种影响? 要回答第一个问题,就要假定——鉴于体裁、作家和读者之间的结构、美学和历史关系——出版量最大的小说是拥有读者最多的体裁,因此获得本土读者的反响也最大。毕竟,如韦勒克(Wellek)和沃伦(Warren)于20世纪40年代在其经典之作《文学理论》中指出的那样,"所有的'文化'都有自己的体裁。"(234)我们在此提及韦勒克和沃伦,原因恰恰在于,二人提出的描写性、功能性(也即文化特殊性)和相对主义的体裁理论,支持了一些非洲人的观点,作为二人的后辈,这些非洲人与欧洲中心主义话语展开了勇敢的斗争,因为这些话语以非洲没有(例如)类似欧洲的"戏剧"而对他们不以为然。但是,非洲文学研究中的"读者"比所见的表面更为复杂,因为我们所谈论的是少数人,即那些有读写能力——用以书写文学和批评的欧洲语言的读写能力——的非洲人。因此,小说也许在非洲最为流行,但这仅限于有读写能力的少数人。此外,小说也是本土渊源最浅的体裁。在识文断字的人群中,小说比戏剧、表演和诗歌更为流行,但后三者扎根非洲文化要深入很多,这种情形是一个讽刺。在口头语境中,戏剧和诗歌是多数人的艺术,事实证明,二者的很多风格在高明的作家手中是可以转化为文字的。至于第二个问题,也是一个讽刺:小说的出版量最大,但富于创新和大胆的体裁理论都来自戏剧和

诗歌研究领域。当然,部分原因在于,相较于小说与本土口头故事之间的关系,书面戏剧和诗歌与口头戏剧和诗歌之间的关系更易于讨论。小说似乎无法脱离人所理解的西方源头和外在形式,尽管在结构、意象和语言使用方面,小说已经在很大程度上被非洲化了。

（姚峰 译；汪琳 校）

第 44 篇 西非小说背景[①]

伊曼纽尔·奥比齐纳(Emmanuel N. Obiechina)

[325]现代化进程有力地改变了个人的生活方式。从前,人们生活在彼此孤立的村落,以家庭为单位务农而生,人与人相互熟识、交往甚深;如今却大不一样了,人们居住在拥挤的城市,彼此之间互不相识,所从事的"工作"也缺少人情味。这样的转变便是其中之一。

丹尼尔·勒纳(Daniel Lerner)《传统社会的消失》
(*The Passing of Traditional Society*)

文学与社会的关系很早就引人关注;然而,一个特定社会多大程度上影响了其代表性文学类型的主题,同时又深刻影响了这些类型的形式发展,对此,人们的认识并不总是那么充分。虽然大多数西非小说评论家能够很快把握其主要特征,有时却看不到这些特征取决于西非的文化传统与环境。结果,这些评论家认为,西非作家应当像其他文化或环境中的作家那样写作。

本文致力于界定西非小说的决定性背景因素,将写作与文化和环境结合起来;目的是阐明西非不断变化的文化与社会环境催生了当地的小说,并且对于西非小说的内容、主题和结构产生了深远而关键的塑造作用。

读写能力与意识的拓宽

最为重要的因素是读写文化被引入西非,之前主流文化传统借助于

---

① First published in *Culture*, *Tradition and Society in the West African Novel*, pp. 3—12. Cambridge: Cambridge University Press, 1975.

口头语言来流传。① 读写能力对于小说的出现至关重要，原因在于小说适合于个人独处时阅读，复杂的叙事更容易借助阅读——而非聆听——得以延续和跟进。② 另外，读写能力的进步使个人获得心理与社会能力，这推动了小说的发展。

[326]读写教育的传播明显成为人类生活与社会变化的主要根源。理查德·霍加特（Richard Hoggart）的《识字的用途》（*The Uses of Literacy*）描绘了大众读写能力的形成如何对于英国工人阶级的文化和社会习惯产生了深远的影响。对于普遍不识字的西非社会而言，读写的引进产生了更为深远的社会变迁。这一点明确记载于西非的史籍与小说之中。

小说也要求作家与读者具有移情的天赋，能够以想象的方式滑入自身即时环境之外的情境与状况之中。写作或阅读一部小说，意味着作家与读者想象力的拓展，如此一来，作家能够忠实地描绘社会现实，而读者可以充分吸收间接经验。这意味着小说家与读者之间存在根本的默契关系。读写斡旋于小说家与读者之间，并使二者间的这种关系有可能存在。

小说家与读者自身就是某一种文学传统的产物，这一传统赋予思想所需的能力和训练，来吸收也许外在于即时环境的事实、现实和经验。文字通过拓宽个人的经验，通过进入新环境——或至少能较为确定地展望这些环境——的想象力，读写能力提高了个人思想的流动性。读写在西非的引入必然引起文化适应的传统模式和人们心理观的深刻变化。正如大卫·里斯曼（David Riesman）在《孤独的群体》（*The Lonely Crowd*）中所指出的那样，读写与书面文学是个体教育从传统导向转变为内在导向的有力因素……也是塑造个人态度与价值观的有力因素。③ 读写能力增强了个体对于集体的疏离感，使个人能够借助想象进入他人的世界，这在口语文化中是不可能的。

西方文学教育引进之前，非洲儿童通过两种途径来接受传统的生活方式：成年仪式上的正式教育，或者成年人言传身教的非正式教育——通

① E. N. Obiechina, "Growth of Writen Literature in English-Speaking West Africa", *Présence Africaine* (Paris, 1968), pp. 58—78.

② E. M. Forster, *Aspects of the Novel*, p. 9; H. I. Chaytor, From Script to Print, p. 4.

③ See especially pp. 87—94.

过菲比(Phoebe)与西蒙·奥腾堡(Simon Ottenberg)所谓的"观察模仿"。通过参与社群的日常生活,他们逐渐了解到个人的权利与义务,还有社群的价值观、信仰与习俗,以及社会行为中的禁忌与礼仪。以同样的方式,他们也了解了物质文化的各个方面。通过接触与有意的引导,文化内容与文化行为被传递给了个体。即时文化环境之外的经验是个体所无法理解的,因为这种经验无法通过传统教育获得。个体因此只能以自身的生活环境来看待世界,并且只能接受文化所赋予他的经验。西式教育的首要作用是打破传统教育的心理隔绝状态与人身自由限制,取而代之以世界性、开放性思维。

通过引入读写教育,西方文明——或世界文明——的全体及其组织机构和价值观念、艺术和科学、哲学和神学、审美价值和物质文化都进入了西非人的视野;同时,正如詹姆斯·科尔曼(James Coleman)所言,这些也"激发了新的渴望,加速了竞争,提供了观念"。另外,包括英语在内的国际语言成为教学语言,这为说不同母语的西非人提供了重要纽带:[327]这增加了他们的流动性,最终拓宽了他们的社会与心理观念。

西式教育的引入、西式城市的出现(与传统城市迥然不同)、商品经济和现代工业的确立,都给个人打开了新的机会,将不同民族的人聚集到了城市。为了适应这种经济模式,人们必须识文断字,通过文字来掌握特定的技能,从事特定的职业。传统社群中,地位和社会等级决定了个人的社会地位,个人的重要性取决于所属的群体,但上述结果却导致个人从这种社群中剥离出来,进入到一个可以自由——尽管这种自由是有限的——声张个性的环境之中。在此环境中,个人往往会扮演传统社会中并不存在一系列角色——这些角色取决于个人的教育水平和专业训练。

但更为重要的是——尤其从小说的角度来看——个人在使用某一技能或从事某一职业的同时,与其他行业从业者扩大了接触并建立了各种关系,因而能够进入其他专业和职业的角色中,展开文学想象。学校教师如果把精力转向小说写作并具有小说家的天赋,就可以把自己想象为黑社会的大佬,探索这个主人公的人生,且具有相当的可信度。如果他的作品很出色,而读者也具有充分的想象力,那么读者便可以走进主人公的生活和世界。

个人在行动与想象方面流动性增大,这对于西非小说的出现而言有着重要意义,并反映于小说家自身。我们可以阿契贝为例。他的前三部小说都与西方文明对非洲传统文化的影响有关,从两位非常传统的人物生活中就可看出:《瓦解》中的奥孔库沃,《神箭》中的伊祖鲁;还有《动荡》中接受过西方教育的尼日利亚人,他纠结于传统与现代之间的解体性力量。尽管阿契贝是中产阶级的教育背景,从事中上层社会的工作,但他能够借助想象力走进笔下那些传统人物的生活。外国文化侵入他们从小熟悉、相对稳定和自给自足的文化,并且产生了破坏性的影响,阿契贝所探讨的便是这种变化所带来的压力。作家成长于乡村,这非常有利于他洞察笔下传统人物的困境,但他从未经历过奥孔库沃和伊祖鲁真实的生活环境。他能够生动翔实地描绘这些人物及其困境,这种能力得益于文学教育,使他能够想象某个历史语境中的人物和环境,虽然那个语境的轮廓至今依旧可以辨认。他笔下的欧比·奥孔库沃(Obi Okonkwo)和他一样都读过大学,并且与他生活的年代相仿,但该人物并非作家的自画像。欧比生活的方方面面都几乎与阿契贝不同。虽然他们都有兼具教师与福音传教士双重身份的父亲,但只是巧合而已。第四部小说《人民公仆》中,我们可以看到一张复杂的图景,叙事视角迅速转换,时而聚焦,时而游离,作家时而从主人公叙事者的视角出发,时而又置身事外,对叙事者采取批判的态度,作家在不同的道德立场之间自由切换,想象丰富、技艺娴熟。正因为此,小说体现了作为文学教育要义和成果的想象力觉醒。小说[328]依据人类和社会行为的真相,执着而巧妙地随着事件的进程发展,以至于虚构世界与传统真实世界相互交融。这部小说还在付梓印刷之际,其中预言的军事政变就真实地发生了。

想象细节的多元化、人物的多元社会属性、人物性格的复杂多样,以及即时经验与作者必须预见、假定和创造的经验之间,必须通过想象跨越的众多裂隙,这一切都不可能借助传统想象得以实现。传统想象很大程度上借助于有限的单纯记忆力,并受到群体口头传递的知识的制约。

大众媒介的传播

移情能力的拓宽同样是大众传媒的功能之一。媒体——比如报纸、广播、电视与电影——同样推进了现代化的进程。

　　借助媒体,西非人开始了解到"外部的无限世界"①,意识到各种各样的民族、气候、服饰、文化、礼仪、道德与价值观;构成一种生活方式的所有事物的多样性。这些媒体根据自身的吸引力,以不同的方式影响着人们。

　　媒体在塑造民意上具有的功能是显而易见的,无需赘言。要看懂报纸,就需要识字。除了专业文章外,对于接受过小学教育的西非人而言,大部分报纸的内容都能读懂。如果有人不懂英语,他们可以阅读本土语言报纸。于是,掌握语言便给人们提供了吸收新观念、开拓思维的新方式。通过阅读头条文章、读者评论和社论,人们可以了解到大量新鲜观念。人们需要在不同的观点中寻找平衡,筛选证据,接受或者批驳不同的观点;简言之,人们的想象力得到了训练,可以应对所处环境之中——有时是之外——的各种情况,并且介入了其他人的生活和处境。通过直接宣传,他也能了解世界工业文明的物质成果。

　　人们无论识字与否,都可以接触电影、广播以及最新的电视。这些媒介都影响着人们传统的生活方式,通过向人们介绍不同的生活方式,来拓宽他们的经验。在西非,大众传媒打破了旧有的社会秩序,加速了社会的发展。媒体的受众迅速增加,传播新文化的影响力也与日俱增。成千上万的人阅读英语或本土语言写成的报纸,出入电影院,收听广播,观看电视;与此形成鲜明对照的是,曾经有数百或数千人选择去听"公告员"(crier)的高谈阔论,在乡村地区,仍然有少数人以面对面的形式传播"信息"。大众传媒扩大了文化影响力,特别使人们熟悉了生活中的不同情境,通过图像的形式增加了对物质文化的知识储量,熟悉了自身所生活的社会以及外部世界的变化,增强了认知能力,因此可以说,为小说的出现铺平了道路。

　　[329]事实上,大众传媒工作者与受众之间常常并不存在直接接触的关系,然而很明显的是,前者由于职业天性使然,必然对受众的生活和处境产生兴趣,有时甚至难以抑制自己的兴趣,就通过小说这一媒介以更加贴近的方式研究他们。几乎所有的西非小说家都曾经接触过大众传媒工作,这并非巧合。1954 年到 1966 年间,阿契贝从事过广播工作;艾克温西(Ekwensi)先后涉足广播与新闻行业;恩万科沃(Nwankwo)曾经为

---

①　Daniel Lerner, *The Passing of Traditional Society*, pp. 52—53.

《鼓》杂志工作,后来转行从事广播业,最后又去了报社;恩泽克乌(Nzek-wu)开始是一名教师,后来转行从事新闻工作;加布里埃尔·奥卡拉职业生涯的大部分时间都是在新闻行业度过的;阿伊·克韦·阿尔马赫在加纳电视台担任过一段时间的电影编剧。

　　从大众传媒到小说写作的转变是自然发生的。记者、无线电台剧作者或播音员、电影或电视剧制作者,除了其他功能之外,还促进了社会体制和受众性格的变化。作为小说家,他们需要研究社会生活中的不同人物。媒体工作者借助媒体引导着风潮的变化,对人和社会保持着兴趣,发现小说适合于更为直接和隐秘的想象力。

　　伊恩·瓦特(Ian Watt)评论了笛福(Defoe)和理查森(Richardson)与当时大众传媒的关系:"他们借助与出版业、图书销售业与新闻业的广泛接触,……与读者大众的最新兴趣建立了直接的联系。"[1]同样,西非大众传媒的发展有助于产生小说赖以存在的那种社会类型,一批新式的西非人也涌现出来,他们与当代文化和各行各业的人士接触往来,从而能够将想象力融入对人物和社会的探索中来。即便是与大众媒体并无直接联系的小说家,都在广泛地接触社会,参与到现代化进程中来,因此能够感受到民众的社会与文化运动脉搏。索因卡的剧院工作、阿玛迪(Amadi)和康顿(Conton)的教学工作,都使他们在徐徐展开的西非生活图景中洞察社会和人类的特质。在此意义上,他们同样受到这种(表现于小说创作的)社会脉搏的影响。

有读写能力的中产阶级与小说的兴起

　　文字和大众传媒在心理和社会层面为小说的出现铺平了道路,但是,能够创作小说的仍限于受过高等教育的人群,只有他们才具备基本的知识水平,来解决创作小说的技术问题。要掌握讲述口头故事的技巧,需要频繁参与讲故事的活动,与之相似,只有广泛阅读小说,把握人物塑造、情节架构、语言修辞以及对世事人情的洞察,才有可能掌握写作小说的技巧。在西非,只有进入小学教育阶段,正式阅读小说的课程才被引入课

------

[1]　*The Rise of the Novel*, p. 59.

堂,学生只有在就读中学以后才能接受小说教育,这一点显然可以从小说家们的教育背景中得到证实。这里所研究的十位小说家之中,除两人之外都读过大学,而这两人或者接受过完整的文法学校教育,或者[330]接受过同等水平的教育。除了一位小说家以外,他们都在公立学院接受过教育,这些高校或者坐落于尼日利亚的伊巴丹、乌穆阿希亚(Umuahia)、乌盖利(Ughelli)等地,或者就是加纳的阿奇莫塔(Achimota),或者是塞拉利昂的福拉湾学院(Fourah Bay College),这同样也不是巧合。这些学校都是西非英语地区最好的学校,提供了最好的教育。这些学校为其中最有才华的学生提供了最好的机会,为他们接受高等教育和日后成为作家打下了基础。换言之,这些小说家属于现代西非中产阶级中的知识精英,这个阶层在世界其他地区也在小说领域作过开创性的探索。关于西非有读写能力的中产阶级所受的训练,我们只能点到为止;但是,我们有必要再谈一谈促成西非小说兴起的教育背景与社会环境。

正式的文学教育是由基督传教士传入西非的,他们属于 18 世纪晚期到 19 世纪早期新教统治下英国福音运动和虔诚派运动的分支。1787 年到 1800 年间,英国慈善家与废奴运动者建立了弗里敦(Freetown),专门用以安置获得自由的非洲奴隶,这个新定居点的管理者将施政重心集中在教育和传教上。19 世纪的头一个十年,许多传教机构在弗里敦开始创办小学和文法学校,到 19 世纪中期,在包括巴瑟斯特(Bathurst)、海岸角堡(Cape Coast)、阿克拉(Accra)和拉各斯以及弗里敦在内的主要沿海城市,这些学校如雨后春笋般涌现出来。这些城市中家境富裕、重视教育的非洲人开始把孩子送到本地或海外的学校,这些城市也就成了由富商、律师、医生、教师、传教士、建筑师等构成的、少数非洲知识精英聚集的中心。福拉湾学院成立于 1827 年,在教育的发展过程中扮演了重要的角色,其影响力不仅局限于塞拉利昂,还遍及整个西非。①

教育从开始就具有功利性。基督教的传播、现代组织机构的引进,以

---

① 　See Helen Kitchen (ed.), *The Educated African*; A. I. Porter, "The Formation of Elites in West Africa" in W. von Fröhlich (ed.), *Africa im Wandel seiner Gesellschaftsformen*; J. F. A. Ajayi, *Christian Missions in Nigeria*; Sir Eric Ashby, *African Universities and Western Tradition* and Nduka Okafor, *The Development of Universities in Nigeria*.

及现代政府的运作都需要一批具有读写能力的骨干。教育因此倾向于培养牧师、教师、福音传教士和艺术家——这些人员可以胜任基层公务员职位、商业贸易活动以及教育和传教活动。由于比尼日利亚人较早起步，塞拉利昂人和加纳人受雇于尼日利亚，成为"本土外国人"。其中一些人在殖民当局中升至高位。

西非教育是以英国学校的教育体系为基础的。特别是在塞拉利昂，克里奥尔人(Creoles)明显受到卫理公会、英国海外传道会的解救者和教导者的福音派思想影响，这个教派作风守旧、传统保守、虔诚笃信，较少务实与科学精神。维多利亚时期，人们偏爱黑领职业——牧师与教师——这些职业受到海岸地区中产阶级精英的推崇。(后世的西非人称他们为"黑色维多利亚人"和"黑色英国人"。)

从19世纪中期到20世纪30年代，接受过教育的中产阶级人数稳步增长，来自西印度群岛和巴西的移民也不断加入。这些人群形成了一个亚文化群体，消遣方式为报纸、杂志、手册和公共演说，这些都以精致的维多利亚文体写就。他们也上演歌剧和戏剧，并且以严格的欧洲标准进行评论。杂志和报纸表明，黑色维多利亚人与殖民宗主国的同行一样，喜欢将文化作为人类[331]历史和当代经验的表达，作为衡量人类成就的标准——遗憾的是，这是科学达尔文主义思想在人类机构和文化中的延伸。由于时代风潮的影响，一些黑色维多利亚人认为自身的传统文化不如欧洲，因而尊奉欧洲文化，却敌视传统文化。另一些人则坚持非洲"本土特色"，呼吁在教育、艺术和文学领域恢复非洲传统文化。

支持传统文化的精英包括：爱德华·威尔莫特·布莱登博士(Dr Edward Wilmot Blyden)，著有《基督教、伊斯兰与黑人种族》(*Christianity, Islam and the Negro Race*, 1888)以及抨击19世纪反黑人哲学家的论文；塞拉利昂人阿弗里卡纳斯·霍顿(Africanus Horton)博士(爱丁堡大学医学博士)，著有《西非国家与民族》(*West African Countries and Peoples*, 1868)；加纳人约翰·凯思利·海福德(John Casely Hayford)，著有《黄金海岸的本土机构》(*Gold Coast Native Institutions*)和《解放了的埃塞俄比亚：种族解放研究》(*Ethiopia Unbound：Studies in Race Emancipation*, 1911)。他们都是西非文化民族主义的先驱，耗尽毕生所学与聪明才智，致力于捍卫本土文化遗产。

除了受教育程度较高的绅士之外,还有大量受教育水平相对较低的教师、牧师和工匠,他们无法分享绅士们的精英文化,于是创立了反剧院(anti-theatres)——例如,拉各斯的"通俗剧协会"(Melo Dramatic Society),上演诸如《不要说大话》(*Don't Use Big Words*)等剧目——嘲讽上流社会的维多利亚偏好。这显然是对精英们反传统的傲慢态度的反击。一些精英分子会把本土语言戏剧称为"偶像崇拜的低级形式"[1],并且把传统服饰称为"原始半裸体的再现"。[2]

一些支持复兴传统的西非人开始积极与传教士展开合作,记录本土历史和本民族习俗,为本土语言编纂语法和字典,记录口头传统,有时使用方言,有时使用英语。传教士们早期将方言转写成了书面语,这与罗马帝国灭亡后欧洲的情形如出一辙。欧洲的文学形式传入西非,其情况如同 1400 年前希腊和罗马文学样式经由奥古斯丁及其传教士传入盎格鲁-撒克逊人的不列颠一样。

人们自然要问,虽然早在 19 世纪中期就出现了接受过教育的中产阶级精英,但直到 20 世纪中期,小说才在西非发展起来。原因也许有很多,此处只捡重点来讲。首先,尽管西非知识精英了解丁尼生(Tennyson)、弥尔顿和亚里士多德(在散文和辩论中引用他们的作品),但本质上是文化寄生虫,他们孜孜不倦地培育英国文化,却被英国人鄙视;但是,他们反过来却瞧不起非洲文化,认为非洲文化是不文明的。"加立叶主义"(Couriferism)——对西方文化的全盘模仿[3]——却不能给创作带来自信。维多利亚思维的另一面是阶级意识,同样制约了文学创造力。黑色维多利亚人热衷于严肃而"体面的"职业,比如医生、律师和基督传教士;至于对文学的看法,他们与清教徒一样保持怀疑态度,认为文学是无用和轻佻的,甚至有悖伦理道德。他们完全局限于上流社会的文学活动,比如杂志、报纸、日记、辩论手册和业余人类学著作。在较低层次中,只有"通过考试"和取得证书才能找到好工作,这样的压力将阅读的范围大大缩

---

① *The Lagos Observer*, 18 January 1883.

② *The Lagos Observer*, 22 June 1889.

③ "Mr. Courifer", a short story by Adelaide Casely Hayford, in Langston Hughes (ed.), *An African Treasury*, p. 135.

小,无法充分培养独特的文学品味,而这却是培养创作习惯的先决条件。[332]最后,受过教育的中产阶级人数太少,不足以为潜在小说家提供足够多的潜在读者。总之,小说繁荣所需要的社会、心理、文化和教育条件直到 20 世纪 50 年代以后才最终形成,虽然 30 年代就出现了苗头。

　　[……]

（孙晓萌　张旸 译；姚峰 校）

第 45 篇　小说的语言：一位热爱者的思考[①]

安德烈·布林克(André Brink)

[333][……]

2

本世纪伊始，现实主义时代走向终结的同时，现代主义呱呱坠地了。正如桑塔亚那(Santayana)所言，人类"开始以不同的方式来做梦"。对于艺术来说，做梦的新方式意味着一个广为流传的发现——或者说，某些情况下的再发现——即，作为信息的媒介。从塞尚(Cézanne)开始，绘画开始背弃了"忠实于自然"的悠久传统，转而关注画布上使用的质料(materiality)。剧院不再像早期那样尝试营造完美的幻觉，皮兰德娄及其同代人在戏剧中信奉的是作为舞台的舞台空间(对莎士比亚而言，这毫无新意)。对于斯特拉温斯基(Stravinsky)——对勋伯格(Schönberg)而言，更是如此——音乐不再只作为旋律系统来欣赏，而是转而关注**创作**旋律的过程本身。

同样，文学也开始突出自身的媒介——语言，这首先表现在马拉美和兰波的诗歌中，以及福楼拜和亨利·詹姆斯(Henry James)的小说里。不久，这批拓荒者中，出现了一位决定性的人物——詹姆斯·乔伊斯。乔伊斯所关心的问题——尤其体现在《尤利西斯》(*Ulysses*)与《芬尼根守灵夜》(*Finnegans Wake*)两部作品中——"不是借助语言来再现经验，而是通过对再现的破坏来体验语言。"(MacCabe 1978：4)这并不是说，读者应

---

① First published in *New England Review* 19. 3 (Summer 1998)，5—17

该低估这些小说的"故事"层面：单纯从传统意义的"情节"而言，这些小说也可跻身该体裁最为杰出的文本。然而，所有这些不同的故事最终还是在讲述它们的语言中垮塌了，仿佛年老的恒星被吸入了黑洞。语言成为了自身最大的故事。

但是否果真如听起来那么耳目一新呢？[334]

3

答案或许可以从 19 世纪后半期画家及其受众的经历中找到，此时，摄影的问世给艺术领域带来重大的冲击：一些画家放弃了自己的工作，因为照片似乎取代了长期以来被视为艺术家专长的技能：在视觉上真实地再现自然（或者历史、梦境等任何事物）。然而，对于另一批艺术家而言，这却意味着真正的解放，他们发现——或者说，重新发现——绘画的首要目的从来都不是再现视觉，而是探究将油彩与画布结合过程中所有的可能性。印象派艺术家激情地沉溺于稍纵即逝瞬间的此时此地（here-and-now），试图将其转化成笔触与油彩，并从中体悟到，即使在绘画最为"写实"的时期，艺术家真正的使命都始终与其绘画材料相关。对伦勃朗（Rembrandt）如此，对柯罗（Corot）也是如此；对博斯（Bosch）如此，对扬·斯特恩（Jan Steen）也是，甚至包括宙克西斯（Zeuxis）——据说，他画的葡萄栩栩如生，鸟儿都被吸引着飞来啄食——也同样如此。

这并不意味着，作为个体的艺术家一定会有这样的意识：然而，**绘画**却懂得这个道理，它追求不同材质的表面上不同种类颜料之间永不间断的对话。对这一发现的最终确认——如果我们需要这样的确认——来自蒙德里安（Mondrian）、马洛维奇（Malevitch）和康定斯基（Kandinsky）等令人震撼的"抽象艺术"，这种艺术可以说是当时全世界能看到的、形式最为"具体"的绘画，在观众面前赤裸裸地展示颜料、纯粹的颜料，除了颜料，别无他物。

我认为，语言和小说之间的关系也是如此。我相信，人们应该在叙事语言中，找到打开该体裁完整经验的钥匙。这使人想起马格利特（Magritte）有关烟斗的著名绘画，其标题是"Ceci n'est pas une pipe"——"这不是一支烟斗"。当然，这是事实：在我们面前的并不是烟斗，而是烟斗的绘画。可以确定的是，在文学领域中，任何读者只要拿起书来，都会发现一个显而易见却无比重要的事实，在书页之间，没有人，没有房子，没有树，也没有狗屎，正如哈姆雷特可能会说的那样，只有词语、词语、词语。不仅是词语，而且是书面——印刷的——词语。

不同于巴赫金的说法，即"一块泥土本身**毫无意义**"（in Shukman 1983：94），语言使用了一种独特的表意系统，在言说**内容**与言说**形式**之间、媒介与信息之间，施加了一种特殊的互动。比口语文学的情况更为鲜明的是，小说中的语言"**既不存在于事实之前，也不存在于事实之后，而是存在于事实之中。**"（Ashcroft etc. 1989：44）不只是讲述一则故事，而是在讲述行为中反思自身。

如果这一特点表现在拉伯雷、塞万提斯（Cervantes）或斯特恩（Sterne）荒诞戏谑的小说中，并最终在乔伊斯及其后继者那里达到高潮，那么我认为，即使那些最为"古典"、"传统"或者"写实"的小说也同样如此——无论作者是笛福、马里沃（Marivaux）、简·奥斯汀（Jane Austen）、司汤达（Stendhal）、曼佐尼（Manzoni），还是左拉（Zola）。［335］

4

得益于 20 世纪语言理论的重要转向，小说比以往任何时候都更为自觉地凸显和探究自身与语言的关系。毕竟，文学中的后现代主义既是文学内部发展的产物，又是我们的语言观念发展的结果——这可以追溯到本世纪初，当时，语言"再现"现实的传统观念（无论"现实"在任何既定语境中所指为何）首次遭到了质疑。

海德格尔一直与传统语言观相当接近，但同时，他也指出语言与世界是分裂的，由此动摇了既定的观点：

> 我们去井边，我们穿越树林，我们总是正在穿越"井"这个词语，穿越"树林"这个词语，尽管我们并没有说出这些词，也没有想着任何与语言相关的事物。（Heidegger 1971：52）

通过费尔迪南·德·索绪尔（Ferdinand de Saussure），我们跨越门槛,进入作为社会与文化契约部分内容的语言领域;在此,语言并非形而上的真理,而是以**差异**——而非**对应**——概念为基础的符号系统。据我们目前所知,这些符号并非通过蕴含其中的意义的"在场"发挥作用,而只是通过其他意义的缺席:猫(cat)"指代""猫",只是因为在特定的语言环境中,它**不是**帽子(hat)或席子(mat),也不是一只拔了毛的绿鸡。

维特根斯坦(Wittgenstein)拓展了这些认识,提出了较为激进的观点——事实本身以及我们对它的全部经验,都是由我们构想现实的语言所塑造和决定的。在他的《逻辑哲学论》(*Tractatus*)中,这个观点被或许是最负盛名的一句论断所概括:"语言的局限[……]意味着**我的**世界的局限。"(1983:151)在此观点中,有关"指称性"(referentiality)的传统观念完全褪去:语言不再指代某种"外在"的事物,至多只能指称自身。

最激进的革新者——对之后的讨论具有普遍重要性的人物——莫过于雅克·德里达(Jacques Derrida)了。根据他对我们世界中无尽互文性的观点,20世纪,我们对语言的认识达到了一个极端。这里,我们可以看到,逻各斯中心主义的世界被彻底颠覆了,言语的权威、在场与等级秩序都消失了,取而代之的是书写的缺席与**踪迹**(traces)、无尽撒播过程中的游荡能指,指向不断被置换的、延异的、不同的意义以及对意义的增补(一卷羊皮纸,其中,早先或其他的意义从未被彻底抹去)。

同样,这些对于语言的深刻怀疑也——以相当不同的方式——渗透在拉康和福柯的思想中。对于拉康而言,语言不可靠性的标志在于其固有的"他性"(otherness),事实上,根据定义来看,这就是**他者**的语言,主要是父亲这一压迫者及其象征秩序的语言——在他者口中总是残破了的语言。这与兰波名言产生了共鸣:"Je est un autre——I is another(我是另一个)。"

对福柯也是如此,作为出发点,他意识到"符号与内容的关系并非由事物内部的秩序来保证。"(Foucault 1970:63)他将自己推向极致,认为文学就是:

> [336]语言的显现,其中别无其他规律,只是肯定——与所有其他形式的话语相反——其自身突然的存在,于是,语言除了永恒回归自身之外,别无所为[……](Foucault 1970:330)

让我们将语言置于一个略微不同的语境中：霍夫施塔特（Hofstadter，1980：3）引用了一则禅宗公案，两位和尚围绕一面在风中摆动的旗帜起了争执。第一个和尚坚持认为旗子在动，而另一个则认为是风在动。最终，一位长老来此说道："非风动，非幡动，仁者心动。"如果我们在阅读小说，那么结论就是："非幡动，非风动，语言在动。"

5

正是在小说中——比其他任何体裁都更为明显——我们遇到了"文学和语言最为重要和关键的命运。"这是巴赫金的话（1981：8），我很乐意承认，再没有哪位作家能够像他那样，影响我对小说中语言的对话本质、复调（heteroglossia）以及"多语意识（multi-tongued consciousness）"（ibid：11）的理解。但是，他的小说语言观与我对此术语的使用不太一致。巴赫金所关注的是任何小说所激发的语言形式的实际多元性："地方方言、社会和职业的方言和行话、文学语言、文学语言中不同文类的语言、语言中的不同时代等"（ibid：12）——不过，我本人的兴趣在于我们阅读的每部小说中的（作为一种系统、一种现象、一种实践、一种过程的）语言**观念或概念**。我的前提并非文本中语言的物质性，而是**一种特定的语言观念和概念，以或隐或显的方式在文本中被呈现的方式**。最为迷人之处在于，这在我看来不仅适用于后现代文本，甚至也适用于最为"传统"或"现实"的小说，我将在后面说明。在我看来，这似乎能为我们欣赏文本打开新的维度。

［……］

8

现在，如果可能的话，我将就殖民小说与后殖民小说的发展提出自己的看法。康拉德的《黑暗的心》或许是迄今为止最富争议的殖民小说，作家无法解决含混性的问题，无法处理不可描述之物，很多批评家对此提出了批评。但确定无疑的是，康拉德整个叙述的焦点不在于不可描述之物的**本质**，而是描述这些不可描述之物的"尝试"是徒劳无功的，且注定要失败。

康拉德的文本以戏剧性方式呈现了传统(帝国)语言在遭遇未知事物或(殖民)他者时的**局限性**。最具体而言,这涉及他的叙述者马洛的语言:这语言属于一位见过世面又百无聊赖的水手,一名男性,帝国体系中一位愤世嫉俗、投机取巧的代理人。推而广之,这也许成了这一体系的语言,成了 19 世纪末欧洲思想的语言。[337]进一步推延开来,从 20 世纪末的眼光来解读,这也许涉及整个逻各斯中心主义思想面对着其传统视野之外的经验。

非洲大陆被描绘成由需要填充的空洞能指构成的系统:

> 它就在你面前——微笑、皱眉、迷人、宏伟、险恶、平静,或野性,总是带着一种呢喃的样子沉默着。过来,一探究竟吧。这里几乎没什么特征,好像仍正在形成之中。(p. 39)

马洛头一次尝试诉说不可诉说之物,很显然,**他的**术语分明是徒劳之举,根本无法填补他者能指中的空白/沉默。至多只有一种低语的暗示:也就是巴特所谓的 **le bruissement de la langue**,即语言的"飒飒"声或"嗡嗡"声。这指出了解决后殖民书写最迫切问题的钥匙:"如何在西方话语之内再现第三世界主体"(Spivak 1988:271),误"把他们当作我们",由"属下能否言说?"这一问题提出的"驯服主体"之困难与危险(Spivak 1988:306)。

在黑暗之心的中心,潜伏着库尔茨(Kurtz)。读者即将与库尔茨本人接触时,康拉德的洞察力体现得淋漓尽致,不仅故事,而且语法本身,都一起瓦解了:

> 我头脑中一个念头一闪而过,担心失去聆听天才人物库尔茨话语的无上特权。当然,我错了。这特权在等着我。哦,是的,我听得足够多了。嗯,我是对的。他只是一个声音而已。他已经奄奄一息了。我听着——他——它——这个声音——其他声音——所有这一切都仅仅是声音而已——有关那段时间的记忆一直盘旋在我的脑海,令人费解,仿佛含糊不清的话语行将就木的振动,愚蠢、恶毒、卑

劣、野蛮，或者是刻薄，没有任何意义。声音，声音——甚至这个女孩本人——现在。（p. 84）

当叙述者绝望地诉诸一个又一个形容词时（"愚蠢"、"恶毒"、"卑劣""野蛮"、"刻薄"），冠冕堂皇的修辞（"无上的特权"、"令人费解"、"行将就木的振动"）便动摇了；句法被打乱了，句子的语义无法掌控。最后几句不连贯、含糊不清的话中，我们遇到一个完全出人意料的人物，此人还没有浮现在文本中，却成为"事情的中心"和"事件的结尾"："那个女孩本人"。遗憾的是，没有时间去进一步探究这一切："那个女孩"所唤起的女性的领域，在男性帝国主义世界的核心，剧烈地改变了整个故事的要旨；男性话语的崩溃为被压抑的女性打开了肯定自我的渠道，堪称神来之笔。

重要的是，在其最重要的后殖民小说《朱利的族人》（*July's People*）中，纳丁·戈迪默同样再现了白人男性语言的崩溃，莫林·斯梅尔斯（Maureen Smales）一家与曾经的黑人仆人逃难，发现他们"被旧词汇阻挡了"（p. 127）。包含在种族隔离制度压迫中的整个复杂的恐怖感，都包裹在"语言"（就这个词最宽泛的意义而言）无法解决的冲突之中。同样，这部小说暗示了女性语言可能是新生的起点。

[338]在玛格丽特·阿特伍德（Margaret Atwood）重要的后殖民小说《浮现》（*Surfacing*）中，这一点通过各种不同的新面向重新表达出来，（特别是无名的）叙述者——作为女性和加拿大人受到了双重殖民——发现自己处于父亲的想象界（Imaginary Order）和象征界（Symbolic Order）状态之间，痛苦地感到语言总是不可避免地属于他者，这意味着从她说"我是"的一刻起，其身份就遭到了威胁。这给这部小说提出了一个难题，也就是在语言中讲述语言据定义所无法讲述的事情。该小说之所以是一部杰作，就在于其中以巨大代价换来的成功既有对人类语言的肯定，也有否定。

9

因此，语言象征着人类在历史上自始至终试图解决的道德、性别、哲学以及生理等问题。这部小说的形式之所以如此丰富多样、令人惊讶，就在于能以一种戏谑的模式思考展开探讨,如同昆德拉(Kundera)所做的那样。在现代主义和后现代主义小说中,这一维度得到了前所未有的凸显(除了时间所限,这是我不在这里探讨这个问题的另一原因):从卡夫卡的《审判》(*The Trial*)中语言被呈现为一个没有风景的房间,到罗布-格里耶(Robbe-Grillet)的《窥视者》(*Le Voyeur*)中语言成为现实穿插逃逸的裂隙;从马尔克斯(Marquez)的《百年孤独》(*One Hundred Years of Solitude*)中循环性语言是一个"创造和毁灭"的过程,到纳博科夫(Nabokov)的《洛丽塔》(*Lolita*)中语言成了诱惑和幻灭,到卡尔维诺(Calvino)的《寒冬夜行人》(*If on a Winter's Night a Traveller*)中语言成了探寻者,语言作为叙事所产生的烟火般效果有一种狂欢化的愉悦感。埃利桑多(Elizondo)的《记录装置》(*The Graphographer*)中一个令人愉快的段落,也许表现得最为鲜明;马里奥·巴尔加斯·略萨(Mario Vargas Llosa)在《胡丽亚姨妈和作家》(*Aunt Julia and the Scriptwriter*)中,曾以此段落作为自己的墓志铭。我也以此段落结束本文:

> 我写作。我写的是我在写作。精神上,我看到自己在写的是我正在写作,我也能看到自己所看到的是我在写作。我记得写作,也看到自己写作。我看到自己记得的是,我看到自己在写作;我记得看到自己记得的是,我在写作;我写的是,看到自己写的是,我记得曾经到自己写的是,看到自己写的是,我正在写,我正在写,我正在写,我正在写。我也能想象自己写的是,我已经写了我想象自己写的是,我已经写了,我正在想象自己正在写,我看到自己正在写,我正在写。
>
> Ceci n'est vraiment pas une pipe.(这真不是一只烟斗。)

参考文献

Ashcroft, Bill, Griffiths, Gareth and Tiffin, Helen 1989: *The Empire Writes Back*. London and New York: Routledge.

Atwood, Margaret 1995 (1972): *Surfacing*. London: Virago.

Bakhtin, M. M. (ed. Michael Holquist) 1981. *The Dialogic Imagination*. Austin: University of Texas Press.

Barthes, Roland (trans. Richard Miller) 1975 (1970): *S/Z*. London: Jonathan

Cape.

　　Cervantes de Saavedra, Miguel de（trans. J. M. Cohen）1950（1605，1615）：*The Adventures of Don Quixote de la Mancha*. Harmondsworth：Penguin.

　　[339]Conrad, Joseph 1985（1902）：*Heart of Darkness*. Harmondsworth：Penguin.

　　Flaubert, Gustave 1951（1957）：*Madame Bovary*. In：*Ocuvres*（ed. A. Thibaudet and R. Dumesnil）. Paris：Collection de la Pléiade, Gallimard.

　　Foucault, Michel 1970（1966）：*The Order of Things*. London：Tavistock Publications.

　　Foucault, Michel 1985（1965）：*Madness and Civilisation*. London：Tavistock.

　　Fuentes, Carlos 1990（1988）：*Myself With Others*. New York：Noonday Press（Farrar, Strauss & Giroux）.

　　Gordimer, Nadine 1980：*July's People*. London：Jonathan Cape.

　　Heidegger, Martin（trans. Hofstadter, Albert）1971：*Poetry, Language, Thought*. New York：Harper & Row.

　　Hofstadter, Douglas R. 1980：*Gödel, Escher, Bach：An Eternal Golden Braid*. London etc. ：Penguin.

　　Llosa, Mario Vargas 1982（1977）：*Aunt Julia and the Scriptwriter*. London and Boston：Faber & Faber.

　　Shukman, Ann（ed. ）1983：*Bakhtin School Papers. Russian Poetics in Translation No. 10* . Oxford：of Essex / Holdan Books.

　　Spivak, Gayatri Chakravorty 1988：Can the Subaltern Speak? In：Nelson, Cary and Grossberg, Lawrence（eds. ）*Marxism and the Interpretation of Culture*. London：Macmillan.

　　Todorov, Tzvetan 1977：*The Poetics of Prose*. Oxford, Blackwell.

（汪琳 张旸 译；姚峰 校）

第46篇　非洲小说的现实主义和自然主义[①]

尼尔·拉扎鲁斯(Neil Lazarus)

[340][……]

在激进的非洲文学理论中,正如传统理论一样(尽管原因不同),现实主义明显天然的优先性很大程度上被认为是理所当然的。[②] 南非作家兼批评家恩加布鲁·恩德贝勒(Njabulo Ndebele)最近的一篇文章《重新发现寻常之物》("The Rediscovery of the Ordinary")便是这种优先性在实际中一个很好的案例。[③] 恩德贝勒的文章虽然大量援引罗兰·巴特的《神话学》(*Mythologies*),但对现实主义批评伦理的抽取与评价与巴特的思想大相径庭。这篇文章在讨论南非黑人小说近期动向伊始,其立论就构建在两种叙事模式的主要区别上:第一种模式"只反映压迫的情形……只记录它";第二种模式则"为(这种情形)提供救赎性变革的方法。"[④]恩德贝勒冠之以"奇异"的第一种模式,往往给人这样一种印象,即环境是没有希望的,无法改变,这描绘了弱者的无助状态,认为"他们的处境似乎毫无希望。"[⑤]由此可见,"奇异型"主要表现为道德主义(moralism)与自怜自哀。相反,第二种模式"普通型"是动态和开放的,"超越了奇思异想,旨

---

①　First published in *Critical Exchange* 22 (Spring 1987), 55—62

②　非洲小说中,鲜有将现实主义作为一种叙事模式加以评论和思考,其中之一可参见 Gerald Moore's *Twelve African Writers* (Bloomington: Indiana University Press, 1980), pp. 12—15.

③　Njabulo Ndebele, "The Rediscovery of the Ordinary: Some New Writings in South Africa," *Journal of Southern African Studies*, 12, (April 1986), 143—157.

④　Ibid., 151.

⑤　Ibid., 152.

在揭示现实中不可或缺的知识,使我们能够有目的地加以应对。"①这是一种分析的模式,而不是记录的模式,旨在描绘,而不只是报道。

我们也许并不了解"奇异型"与"普通型"等术语,但必然会注意到它们的维度和功用。在《重新发现寻常之物》中,恩德贝勒"重新发现"的并非寻常之物,而是格奥尔格·卢卡奇(Georg Lukacs)对现实主义和自然主义作出的经典区分。卢卡奇的理论构建于恩格斯对现实主义著名的描述之上——即"并非细节的真实,而是在典型环境中典型人物的再现"②——我们可以回忆,他进一步将现实主义界定为后封建主义(即资本主义和社会主义)艺术中渐进的真理化身,这种审美模式对于历史的演变格外敏感,且富于表现力。从这些方面看来,现实主义[341]有别于自然主义,后者着力复制日常生活的样貌——"景观",对其顶礼膜拜,却错把表层当作深意。卢卡奇绝非否定自然主义中的意识形态动机,在他看来,这源于一部分小资产阶级的反抗性。来自这一阶级派别的反对派作家"或多或少都赞同工人运动"③,他通过在作品中客观地再现资本主义社会内部"极为严重的暴行和不满"④,以表达自己的激进主张。故而,卢卡奇指出,自然主义并非错在其意图,而错在将其付诸行动。在直接再现社会生活的真相过程中,自然主义者忽视了这些真相的社会意义。因此,他们的问题在于,没有将社会作为一个矛盾统一体,没有从整体上加以再现。卢卡奇写道,在自然主义中,"意识形态原则与个别事实的关系被削弱了……资产阶级自然主义表达了资产阶级作家的困惑,他们无法从纷繁复杂的事实中发现理性的结构"⑤。这种无能为力对叙事产生的最重要结果就是,一方面,根本无法抓住卢卡奇所谓的"现实的捉摸不定"⑥,也即现实多元决定的潜能;另一方面,往往又认为社会就暴力和罪恶而

————————

①　Ibid.

②　Engels, quoted in George Lukacs, "Roportage or Portrayal," in *Essays on Realism*, trans. David Fernbach (Cambridge: The MIT Press, 1981), p. 52.

③　Ibid. , p. 48.

④　Ibid.

⑤　George Lukacs, "Critical Realism and Socialist Realism," in *The Meaning of Contemporary Realism*, trans. John and Necke Mander (London: Merlin Press, 1977), p. 119.

⑥　Ibid. , p. 125.

言,其结构是不可更易的。于是,我们发现卢卡奇反复把目光投向自然主义中的**失败主义**(defeatism),其意识形态症候性归根结底不仅是反动的,而且与现实主义艺术中揭示的东西大相径庭。比如,在著名的文章《报告文学或描写》("Reportage or Portrayal")中,卢卡奇如此阐述自然主义的失败主义问题:

> [在自然主义中],人们在政治上错误地强调了对于资产阶级强制性机器——这些国家机器是出于革命的意图而组建的——的揭露。这看起来强大无比,且不可战胜。但缺少的是工人阶级的斗争与反抗。无产阶级被描绘成司法体系面对的软弱对象。的确,在大多数情况下,我们看到的都不是这个阶级真正的代表人物,而是已被压垮、毫无生机的角色,他们无力反抗,沦落为流氓无产者。①

人们或许会认为,从上述讨论转到非洲文学领域,我们立刻就能区分恩古吉的《血色花瓣》(*Petals of Blood*)和另一位肯尼亚作家梅贾·姆旺吉的《沿着河边道路行走》(*Going Down River Road*)。的确,这种卢卡奇式的分类并不鲜见。其中可预见的是,《血色花瓣》被誉为社会主义的现实主义力作,而《沿着河边道路行走》却因其客观主义——客观主义被视为一种政治倒退——而遭到严厉批判。然而问题在于,这样的解读是否适用于对象:根据卢卡奇的理论,非洲文学中的自然主义话语是否是一种堕落的形式(这种形式的有效政治性与其激进的意图是对立的)?②

对于《血色花瓣》和《沿着河边道路行走》,乍看起来,答案似乎是肯定的。肯定的是,两部小说的结尾都能用来支撑卢卡奇式的解读。现实主义小说《血色花瓣》在结尾处,鲜明地展现了工人阶级坚定有力的战斗精

---

① "Reportage or potrayal", p. 54.

② 有关术语,在此需要作一些提醒。与之前对现实主义的归类相反,卢卡奇消极地定义了自然主义。这种对立是形式层面的,并且是有区别的。紧跟着卢卡奇的思路,我并不是说,应当回避他对现实主义和自然主义的定义所产生的问题。相反,对这些概念的理论依据和表达方式,显然都需要作出评论。然而,在当前的语境中,我更关心的是,将卢卡奇对自然主义的意识形态解读嫁接至非洲文学领域,会产生怎样的结果,而不太关心其理论的哲学效力这一更为根本的问题。

神——主人公卡利加(Karega)是工会活跃分子,希望有朝一日"工人和农民能够领导斗争,夺取政权,推翻旧制度……终结少数人对多数人的统治……只有到那时,人民才能真正建立一个[342]从事创造性劳动的、幸福友爱的王国"①。他沉浸在幸福的憧憬之中,自豪地产生了这样的政治觉悟:"他不再是孤独的。"②相反,《沿着河边道路行走》的结尾与开篇基本一样,都发生在内罗毕一处肮脏的贫民窟。不错,这部小说也描写某种团结,不过只限于本(Ben)和奥秋拉(Ocholla)之间的团结,这是贫民窟的两个孤独放荡者,小说所表现的不过是两人在一贫如洗中相依为命的情谊。另一点似乎也能佐证卢卡奇式的分类,恩古吉的叙事不断提醒我们,现状是可以改变的,而姆吉旺却感到无能为力——对于工人每天早晨列队前去工作的场面,他称之为"每日无休无止的跋涉,如同将死之人在波斯轮上踏步"③。

　　然而,将《沿着河边道路行走》挪用为卢卡奇所谓的自然主义文本,这根本是一种误解。原因不仅在于,姆吉旺的小说中,完全没卢卡奇——以及之后的恩德贝勒——声称所有自然主义作品中都可见的道德教化。事实上,姆旺吉的小说大胆拥抱了非宿命论的自然主义原则,颠覆了整体化的、理性主义的进步论观念,而正是在此观念之上,卢卡奇构建了现实主义话语,恩古吉则将其付诸实践。阅读《沿着河边道路行走》,我们会联想到一种反抗的政治,其内容无法预先让人确切知道,无法化约为中心化的概念——主要指阶级和民族等概念——而这些概念恰恰与《血色花瓣》这样的作品息息相关。正是这部小说所指涉的政治行动的不确定性——对于"如何"、"何时"和"何处"的不确定性,虽然不是"如果"的不确定性——构成了姆旺吉小说的激进主义特征。从意识形态——尽管不是从形式——的角度看,这部小说与阿伊·克韦·阿尔马赫的《美丽的人尚未诞生》极为相似。暴动的阴影笼罩在《沿着河边道路行走》这本书的四周。"镇压一个,其余皆服,"拉什迪在小说《羞耻》(Shame)中如此评论。"反

---

①　Ngugi wa Thiong'O, *Petals of Blood* (London: Heinemann Educational Books, 1977), p. 344.

②　Ibid. , p. 345.

③　Meja Mwangi, *Going Down River Road* (London: Heinemann Educational Books, 1980), p. 6.

正，到了最后，都是一败涂地。"①如此看来，我们可以说姆旺吉的成功之处在于，向我们展现了那些被绵密的压迫之网所压服的人物形象。他描绘了消极、空洞、只表现纯粹抵抗的韧性，未来的爆发就潜伏于这种韧性之中：

> [奥秋拉]带着本(Ben)来到了小巷里，路过一个粪堆，本琢磨着是谁在何时蹲在了此处。他们现身于一条黑暗的后街，尽管湿漉漉的，却有尘土的气味。这条巷子通向另一条小巷，出来后，他们又来到沿河的路上。这里挤满了经常混迹于此的人，一张张忧愁饥饿的脸庞、因贫穷而恍惚的脸庞、充满仇恨的脸庞，还有肮脏不堪的身体和爆裂的下水道散发的恶臭。商店大多都关门了，但这些游魂似的流浪者还在这儿。就算世界末日到了，这个地方依然会有人。他们几次三番躲过了警方的清理行动。什么都拿他们没辙。②

作为结论，我们需要强调两点。第一点是消极的，第二点则是积极的。从消极一面来说，我们似乎必须坚持认为，非洲小说中的新自然主义——代表作家包括姆旺吉、达姆布达佐·马里契拉(Dambudzo Marcehera)和蒙格尼·瑟罗特(Mongane Serote)等——无法通过某种批评工具得到充分讨论，因为这一批评工具经过多年的反复运用，变得只能在自然主义叙事中看到局部抽象事实的大杂烩，费尽力气却不能揭示社会真相。比如，贝茜·黑德以自然主义风格创作短篇小说，其中隐含着乌托邦主义、实用主义，以及对于[343]博茨瓦纳村庄——这些村庄构成了他们的活动范围——中日常生活物质性的敏感；这些小说使得对自然主义传统、激进的评论不再适用。

提到贝茜·黑德，我们就能接着转向第二个重点——积极的一面。因为黑德的作品不仅恢复了**自然主义**作为一种叙事风格的效力，也有力质疑了现实主义的可接受性。就形式层面而言，黑德的作品质疑了再现的透明性，只要我们了解后结构主义对现实主义所作批评的要义，就很容

---

① Salman Rushdie, *Shame* (New York: Alfred A. Knopf, 1983), p. 189.

② *Going Down River Road*, p. 57.

易认同这一策略。但正是在内容的层面上,黑德的作品否定了作为一种话语的现实主义所赖以存在的进步主义观念,她挑战现实主义合法性的激进思想,也就显而易见了。在《批判现实主义和社会主义现实主义》("Critical Realism and Socialist Realism")一文中,卢卡奇认为,"现实主义艺术杰作在塑造知识与精神风貌方面,发挥了关键作用,这风貌使人类性格具有特定的民族性"①。非常有趣的是这样一个观点,即从历史或审美而言,现实主义和民族主义话语是不可分割的。这个观点还可以进一步延伸:现实主义不仅必须与民族主义结盟,还应当与资本主义社会中所有其他的集体性结盟。后者中——正如让·鲍德里亚(Jean Baudrillard)大声疾呼的那样——还必须包括马克思主义:在一个著名的讲话中,恩格斯不无道理地指出,德国工人运动继承了资产阶级古典哲学。就此意义而言,黑德作品的重要性——我认为,普遍也是当代非洲自然主义写作的重要性——就在于其坚决反对现实主义确立的集体性,尽管这些作品拒绝放弃激进主义立场,并执着于超越个人的乌托邦理想。如果借用雷蒙德·威廉斯(Raymond Williams)颇具价值的区分法,黑德的作品认为集体性具有宰制性,是另一种霸权,而非反霸权(counter-hegemonies)。②自然主义在否定这些进步话语的同时,也否定了这些话语的来源——现实主义的主导叙事(master narrative)。在此方面,它重新加入了其他第三世界文学对现实主义的批评。从各个不同的方向来看,我们最终可以

---

①　"Critical Realism and Socialist Realism," p. 103.

②　Raymond Williams, *Marxism and Literature* (Oxford: Oxford University Press, 1977), pp. 12—13. 第三世界民族主义的意识形态地位目前是很多争论的主题。在最近的文章《多民族资本主义时代的第三世界文学》("Third World Literature in the Era of Multinational Capitalism")中,弗雷德里克·詹姆逊试图考量这一争论的内涵。然而,我认为他的结论缺乏说服力。民族主义可能不具有反霸权性质,而代表另一种形式的霸权;对此,詹姆逊颇为敏感,他指出:"我们不能认可后结构主义对所谓'中心主体'(centered subject)——即资产阶级个人主义中旧式的统一自我——普遍攻击的合理性,之后又以集体身份教条的形式,在集体的层面上,复兴了同样的精神统一的意识形态幻景"("Third-World Literature in the Era of Multinational Capitalism," *Social Text*, 15, (Fall 1986), 78)。然而,在文章中,詹姆逊进而作出界定,认为所有第三世界的文本必定是"民族寓言"。他所提及的文本(数量很少)很可能是经过挑选的。同时,他也没有解释,为何对自己提出的警告弃之不顾,只是勉强说了一句难以令人信服的话:因为"在第三世界,一定程度的民族主义具有根本的重要性",所以"有理由去质疑,民族主义终究来说是不是都那么有害。"(65)

说,贝茜·黑德的小说与加布里埃尔·加西亚·马尔克斯和萨尔曼·拉什迪等作家形成了共鸣。

（孙晓萌 张旸 译；姚峰 校）

第 47 篇 "我是谁?":非洲第一人称叙事中的事实与虚构①

米尼克·斯希珀(Mineke Schipper)

[345][……]

我在这里的具体目的是讨论非洲文学中第一人称的叙事形式、主要体裁和各种技巧。我所讨论的体裁中,并非都是虚构的:比如,自传并非虚构,至少通常不是虚构的。

如果我们首先把目光投向口头文学传统,就可以说所有口头文学都是以第一人称的形式讲述的,因为讲述者必然会将自己的故事呈现给现场的观众。极有必要区分**真实的作者**和**叙述者**,前者以口头或印刷物的形式呈现"文本",后者则作为叙事载体而从属于文本。在传播链条的另一端是**受述者**(narratee)和**真实读者**。受述者"作为行为主体(agent),至少是叙述者隐含的对象。这种受述者总是被预设的,即使有时叙述者自己就是受述者"②。后者的一个案例便是日记小说(diary novel)。如下图所示:

文本

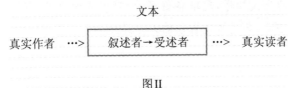

真实作者 ⋯> 叙述者→受述者 ⋯> 真实读者

图 II

① First published in *Research in African Literatures* 16. 1 (Spring 1985):53—79; and subsequently in *Beyond the Boundaries: African Literature and Literary Theory*, pp. 102—114. London:W. H. Allen & Co., 1989.

② Shlomith Rimmon-Kenan, *Narrative Fiction. Contemporary Poetics*, London/New York, Methuen (Series New Accents), 1983, pp. 8—9. See also:Mieke Bal, *Narratology, Introduction to the Theory of Narrative*, Toronto:University of Toronto Press, 1985.

我们甚至可以更进一步说，真实作者总是第一人称"行为主体"，无论是口头上宣布"我要给你们讲……"，还是以沉默的书面方式，以书本形式传递文本，其表达方式为"我在书中向你呈现我的[346]故事……"在这两种情形中，文本（"信息"）既可以用第一人称，也可用第三人称呈现，或者用第二人称，尽管这十分少见。我建议将口头或者书面的"我要向你呈现我的故事"，置于我们要研究的文学文本之外。①

口头文本的"边界"经常借助特殊的模式或表达来标明，这些模式或表达都强调叙事的真正开端："这是我的故事"；"曾经，很久以前"；"事情是如何发生的呢？"等诸如此类的表达。结尾同样如此："这就是野兔和豹子的故事"，或者"这就是结尾，不是我的结尾，而是我故事的结尾。"②

作者以第一人称叙述，这通常不出现在书面文本中，因为印刷文本的开头和结尾无需进一步提醒就可以显现。于是就等级结构而言，书面文本始于下一层级，即文本的叙事层级。作者如果明确说"我要讲一个故事"，则感觉是多余的，因此会被去掉，但就形式而言，作为作者的"我"身处所有文本背后。作家在文本**之内**引入的"作者"是一种文学手段——比如，法贡瓦在《恶魔森林》（*The Forest of a Thousand Daemons*）中讲述故事时，就是如此——应该与前文中的"我"有所区分。法贡瓦将第一章的标题定为"作者会见阿卡拉-奥贡"。后者是故事的主要叙述者，将故事口授给了"作者"：

> 他开始讲了，我急忙取出文具，铺在桌上，舒舒服服地坐了下来，让这位陌生人知道，我准备好了，他可以开始讲了。于是，他开始用下面这些话，向我讲述自己的人生经历。③

---

① 有关口头和书面文本呈现方式的区别，还需要进一步研究。但我同意莱蒙-凯南（Rimmon-Kenan, op. cit. p. 89）的观点："作者与读者之间交流的经验过程，与虚构类叙事作品诗学的相关性，小于非虚构类作品。"

② Cf. Roland Colin, *Les contes de l'Ouest Africain*, Paris, *Présence Africaine*, 1957, p. 84; Ruth Finnegan, *Oral Literature in Africa*, Oxford, At the Clarendon Press, 1970, pp. 380—381.

③ D. O. Fagunwa, *The Forest of a Thousand Daemons*, translated by Wole Soyinka, London, Nelson, (1986) 1982, pp. 8—9.

在文本内部,真正的作者不应当与叙述者混淆,尽管他们可能与主角重合,如自传文学那样。从热拉尔·热奈特(Gerard Genette)的视角来看,我们可以说,一位"高于"或者傲视所讲述故事的叙述者,如果只属于叙事层面,而不作为人物参与到故事中来,就应当被称为"故事外"(extradiegetic)叙述者(diegesis 的意思是"故事")。如果他也作为故事中的人物参与其中,就称之为"故事内"(intradiegetic)叙述。① 法贡瓦《恶魔森林》中的"作者"就属此类:叙述者-人物讲述自己如何开始写作阿卡拉-奥贡的冒险经历。这些经历由阿卡拉-奥贡讲述给他,而阿卡拉-奥贡本人是下一个层面的主人公。于是我们发现,叙述者-人物呈现了一系列相互内嵌的故事,其中,第二位叙述者是主人公。在每一个章节的结尾处,[347]第一个层面的叙述者再次"接手",切回第一个层面的框架中来(参见图表 III):

图表 III

法贡瓦 写道:	I 第一个叙事层面: "作者"讲述了与阿卡拉-奥贡 的会面,后者引出了第二部分	II 第二个叙事层面: 阿卡拉-奥贡 (即主人公) 的冒险经历	III 第一个叙事层面: "作者"再次 成为叙述者: 回到"套叠" 第一层面

叙述者有不同的类型。叙述者是一种手段、一种在特定的文本中服务于特定叙事需要的结构。第一人称叙事可以呈现为不同的形式,比如信件、书信体小说、真实或虚构的日记、自传以及很多混杂或居间(in-between)的形式。叙述者是文本的行为主体,可能与真实的作者(如自传中的作者)或者虚构的作者一致。

作者可以用不同的方式来运用叙事层级。以法贡瓦为例,很显然,第一位叙述者的作用仅仅是设置一个叙事框架,从中呈现出讲述另一个故事(主要故事)的人物,这个故事中包含了一系列冒险经历。后者是内在

---

① Gérard Genette, *Figures III*, Paris, Seuil, 1972. In English translation: *Narrative Discourse*, Ithaca/New York, Cornell University Press, 1980. 热奈特分析可能的叙事系统时,融合了理论和描述,把自己的理论思考应用于普鲁斯特的《追忆似水年华》。莱蒙(op. cit.)对叙事小说的新方法,作了实用而清晰的介绍,其中也讨论了热奈特的理论。

叙事(inner narrative),从属于内嵌其中的第一层级叙事。在此案例中,嵌入式叙事(embedded narrative)发挥**行动的功能**。

嵌入式叙事还有其他功能,比如**阐释功能**——正如阿契贝的《瓦解》(p. 72)——通过内嵌于第一个故事之中的"较低"("亚故事")层面讲述第二个故事,从而回答第一个层面的问题:奥孔库沃饱受耳边蚊子的困扰,忽然想起了母亲从前说过的故事,蚊子为什么总是叮人的耳朵。① 在《阿凯》(*Aké*)开头,沃莱·索因卡将牧师住宅和卡农(Canon)的方形白色建筑描述为:

> 一座对抗树精威胁与包围的堡垒。它的后墙划定了界限,阻止树精侵扰人类世界。②

接下来又影射了精灵、鬼魂和神祇,还提到了《圣经》。作家随后便借助内嵌的阐释叙事(explicative narrative),来接纳母亲与精灵和恶魔打交道的经历,其中疯狂基督徒(Wild Christian)是叙述者,而年幼的沃莱和妹妹则是听众。这是一个内嵌的阐释性故事,讲述了作家母亲融合了基督教和非洲本土的信仰。

嵌入式叙事的第三种功能与**主题**有关:"亚故事层面和故事层面之间确定的是类比关系,比如相似性和相反性。"③嵌入性叙事在主题方面的运用,可以从玛丽亚玛·芭(Mariama Bâ)的《一封如此长的信》(*Une si longue lettre*)中找到范例。在这部书信体小说的主要叙事层面,另一则故事以书信的形式嵌入进来。除了这种形式上的类比(以及许多主题类比元素),在主题方面也存在相反的要点:女主人公的长书信寄给了朋友阿依萨图(Aïssatou),后者的丈夫娶了第二任妻子,于是她选择了离婚,然而女主人公拉玛杜莱伊(Ramatoulaye)却甘愿自吞苦果,接受了丈夫的第二段婚姻以及日后的所作所为。作为叙述者的女主人公将整封书信

---

① Chinua Achebe, *Things Fall Apart*, Greenwich, Conn., Fawcett Publications, 1959, p. 72.

② Wole Soyinka, *Aké. The Years of Childhood*, London, Rex Collings, 1981, p. 2.

③ Cf. Rimmon-Kenan, op. cit. p. 91ff.

全部摘录了下来,信中,她的朋友告诉她的丈夫,她要离开他了。主题上的类比给主要(拉玛图蕾的)故事增添了另一维度。这一段落中,拉玛图蕾作为这本书的第一位叙述者,将叙事行为让给了故事中的一个人物(即她的朋友阿依萨图);阿依萨图在亚故事层面上,又将故事呈现给另一位收信人(即受述者):她的丈夫马沃多(Mawdo)。这则"镜像故事"中的主题并列——丈夫因娶第二任妻子而对第一任妻子造成的影响——因相反的反应而发生了逆转:嵌入故事中的离婚,对比主要叙事中的[348]忍受。① 当然,从第一层面到第二层面的转化,并不总是如上文的例子那样清晰明确。

"谁说?"和"谁见?"

第一人称叙述者就所叙述的事件可以站在不同的位置:第一,他们可以讲述自己就是主人公的故事;第二,他们还可以讲述自己主要作为观察者的故事;第三,他们还可以讲述由别人以口头或书面的形式来传达给他们的故事,此时他们只是在纸上"逐字逐句地呈现出来"。

第一种情况下,"我"作为叙述者在第一层面占据核心位置;第二个层面也是如此,这是故事本身的层面,"我"作为主要人物在其中行动并呈现自己。这种情况下,第一人称叙述者讲述并观察;他们表达自己的观点,回忆过去的经历,例如,图图奥拉的《棕榈酒鬼》或《丛林中长羽毛的女人》(*Feather Woman of the Jungle*)。② 第二种类别的案例有《邦巴的贫困基督》(*The Poor Christ of Bomba*):日记中,丹尼斯观察着德高望重的神父杜蒙特(他是这部日记体小说的主人公),同时我们通过丹尼斯的评论和

---

① Mariama Bâ, *Une si longue lettre*, Dakar, Nouvelles Editions Africaines, 1979. 此处使用了英译文(译者: Modupé Bodé-Thomas) *So Long a Letter*, London, Heinemann, 1981.

② Amos Tutuola, *The Palm-Wine Drinkard and His Dead Palm-Wine Tapster in the Deads' Town*, London, Faber and Faber, 1952; idem, *Feather Woman of the Jungle*. London: Faber and Faber, 1962. 也可参见拙文 "Perspective narrative et récit africain à la première personne",收录于我为莱顿的非洲研究中心(African Studies Centre in Leiden)编写的 *Text and Context. Methodological Explorations in the Field of African Literatures*, 1977, pp. 113—134.

思考,逐渐认识到他本人也是主要人物。第三类案例是上文提到的法贡瓦的著作;另一案例是费迪南·奥约诺的《男仆》(*Houseboy*)。就法贡瓦而言,主要故事由第一叙述者在故事外层面以口头方式传达给第一叙述者,但在第二个案例中,第一叙述者的功能是担任所收到手稿的翻译和"编辑"。①

在叙事学领域,我们有必要就叙述者和人物的关系提出两个问题,即"谁说?"和"谁见?"就概念而言,需要区分**叙事**和**聚焦**。叙述者讲述故事,但与此同时,这些事件和情境是通过特定视角呈现的,而且未必总是叙述者的视角。比如,在一个场景中,丹尼斯描述了神父与一名酋长发生的争吵,神父要禁止酋长跳舞,焦点就从酋长转移到了神父,而叙述者却保持不变,即日记中的丹尼斯:

> 酋长本人还在杀气腾腾地盯着神父,但他们紧紧抓住了他。神父回头看了看酋长,带着某种好笑的同情,并不怎么反感。(p. 55)

大多数有关视角和视点的研究中②,叙事和聚焦通常会混为一谈,希洛米斯·莱蒙(Shlomith Rimmon)的例子就很有说服力——他不用"人物"(character)一词,而用"行动主体"(agent):

> 显然,一个人物(由此类推,一位叙事行为主体)既能够说,又能够看,甚至能同时兼顾——这种情况造成了我们将二者混为一谈。另外,只要通过使用的语言说话,就必然会暴露某种个人的"视角"。

---

① Mongo Beti, *Le pauvre Christ de Bomba*, Paris, Laffont, 1956. 此处使用了英文译本,参见 Gerald Moore, *The Poor Christ of Bomba*, London, Heinemann, 1971; Ferdinand Oyono, *Une vie de boy*, Paris, Juilliard, 1956. 此处使用了英文译本,参见 John Reed, London, Heinemann, 1966.

② Norman Friedman, "Point of View in Fiction: the Development of a Critical Concept", in: *PMLA*, 70, pp. 1160—1184, 1955. Wayne C. Booth, *The Rhetoric of Fiction*, Chicago, The University of Chicago Press, 1961; Bertil Romberg, *Studies in the Narrative Technique of the First-Person Novel*, Stockholm, Almqvist and Wiksell, 1962. 在以上以及其他著述中,未见叙述与聚焦之间的区别,这一点是热奈特在 *Figures III* (cf. note 13)中首次提出的。

但是人物(由此类推,一位叙述行为主体)也能判断出另一个人看到或曾经看到的东西。于是,言说和观看、叙事和聚焦,可能——但未必——归于同一个角色。这两种行为的区别在理论上是必需的,只有以此为基础,才能精确研究二者之间的关系。[①]

聚焦可以从一个人物转移到另一人物,因此成为人物影响读者的重要手段。如果我们不了解这一点,就会被自己的观点轻易左右,正如埃莉诺·瓦赫特尔(Eleanor Wachtel)在评论当代肯尼亚自传体小说时所强调的那样:

> 正如几乎所有第三世界国家一样,肯尼亚小说家大多是男性。他们笔下的主人公也多为男性。另外,对男性视角的强调,不只是通过塑造众多青年男性实现的,还借助了第一人称主人公这一文学手法……对于相对缺乏经验的作家来说,这是十分自然的,他们的写作往往带有自传的特征。然而,与此同时,这在观念和基调上就表现得更为亲密和个人化,因此也就明显具有男性色彩……这种手法拉近了作家与读者的距离,引起了读者的共鸣。此手法不容许另一种视角出现……女性必然是"他者"。在肯尼亚,这种以男性为中心的视角是对社会的准确反映,与男性主导的社会是一致的。[②]

尽管叙事和聚焦可以并存于第一人称叙事中,但也可以相互分离,这在第一人称回顾性叙事中经常表现得非常明显。我将分别举例说明。玛丽亚玛·芭的小说中,以下引文表明了叙事和聚焦如何同时发生(借用莱蒙的术语,这归因于相同的"行为主体"):

> 莫杜·法勒(Modou Fall)的确死了,埃塞图(Aissatou)。"获悉"此事的男男女女一个接一个排成长队,我身边的人都痛哭流涕,

①　Rimmon, op. cit. , p. 72.

②　Eleanor Wachtel, "The Mother and the Whore: Image and Stereotype of African Women", in: *Umoja*, 1 (2), p. 42.

这些都证实了他的死亡。这种极其压抑的感觉令我倍加痛苦,一直持续到第二天,也就是葬礼那天。(p.3)

在《阿凯》中,叙述者和人物聚焦者的区别鲜明地体现于下面几行文字:

　　我躺在垫子上,假装还在睡着。看他在窗口训练,成了我早晨的消遣。一张图表用大头针钉在墙上,挨着镜子。埃塞(Essay)尽自己所能模仿白人体操运动员……最吃力的动作都力求精准稳健。朝里……朝外……朝里……朝外……深呼吸。他弯下身子,触碰脚趾,从一侧滑向另一侧,沿着轴线旋转身体。他张开手掌,又握紧,轮流抬举双臂,仿佛双臂下面垂着无形的重物。汗珠井井有条地冒了出来,又规则地汇成一道道汗水。最后,他拿起毛巾——训练告一段落。(p.77)

《阿凯》中,老沃莱作为(作者-)叙述者讲述故事,而小沃莱则作为(作者-)人物来观看并聚焦于父亲的动作。聚焦既有主体,又有客体:聚焦者是行为主体,他的感受引导着故事的呈现;被聚焦的客体是聚焦者(经过选择后)感受到的东西。① 在这个《阿凯》的案例中,聚焦并非纯然与感知有关,还与心理(认知和情感)和意识形态有关。所有这些方面都可以统一于或从属于不同的聚焦者。心理方面的例子可以在下面《阿凯》的引文看到,很多年过后,叙述者描述了小沃莱获悉妹妹死讯后的反应:

　　忽然间,我的内心破碎了。不知从何处而来的力量将我按压在床上,我开始嚎叫。我被拎了起来,不顾父亲的安慰,奋力抗拒着。我哭成了泪人。我被吸入了什么地方,失魂落魄,不知为何,也无从解释。对此,我至今也想不明白。(p.98)

---

① Cf. Rimmon, op. cit. , p. 74 and Mieke Bal, *Narratologie. Essais sur la signification narrative dans quatre romans modernes* , Paris, Klincksieck, 1977, p. 33ff.

[350]聚焦的意识形态方面——或曰文本的规范——存在于对事件和人物的评价。它"可以通过单一主导视角,即叙述者-聚焦者视角"获得呈现。后者的意识形态被认为是"权威型"的。第一人称回顾式叙事中,读者经常发现后者的观点凌驾于叙述者-人物早先的观点——这些观点是多年以后年长的"我"回忆而来的。如果其他的规范体系(norm systems)也有所呈现的话,通常都通过与叙述者-聚焦者意识形态权威的比较,而得到评价。① 接下来的案例中,多个意识形态视角得以呈现,但贯穿全文的主要视角是叙述者的视角,他在文末才显山露水:

> 饭后,神父开始与传道师一起工作。我尽可能一直听着他们的问答,之后才上床睡觉。撒加利亚(Zacharia)又突然插嘴了,我顿时怒不可遏。比如,神父问传道师这样一个问题:"在您看来,为什么这么多人最终背弃了正教? 为什么他们一开始就来参加弥撒?"传道师回答说:"我的神父,那时我们很穷。嗯,难道天国不就属于穷人吗? 所以很多人跑去皈依真正的上帝,这一点都不奇怪。但如今,你也知道神父,他们卖可可粉给希腊人,赚得盆满钵满,都成了富人。所以,要让富人进天国……难道不比骆驼穿过针眼更难吗?"但就在那时,撒加利亚脱口而出,打断了传道师智慧的话语:"得了吧您! 这根本就不是事实。神父,让我来告诉您实情吧。我们中的第一批人之所以皈依贵教,是为了某种……神启。嗯,是的,为了神启;就像一所学校,能够学到你们的秘密、你们力量的秘密,还有你们飞机和铁路的秘密……总之,就是你们神秘的奥秘。可是,您对他们讲的是上帝、灵魂、永生等。您真的认为,您来此之前的漫长时间里,他们对这些一无所知吗? 于是,他们当然认为您隐藏了什么。后来,他们又发现,如果有钱,就可以搞到很多东西——留声机和汽车,或许有一天,甚至能弄到飞机。于是乎! 他们就背弃了宗教,去别处发财去了。这就是事实,神父。至于其他,都是编出来的谎言……"他这样说着,摆出一副郑重其事的样子。我正气得怒火中烧,这时,听到有人"哇啦哇啦"说着什么,不知所云……顿时火冒三丈。我真想冲着他那张

---

① Cf. Rimmon, op. cit. , p. 82.

蠢脸,甩一巴掌。而神父却聚精会神地听着。(p. 29—30)

由于作者使用了讽刺手法,这种独断型意识形态主视角最终被有效地消解了。文本的规范可以通过一个叙述者以及(或者)一个或多个人物的陈述来体现;事件和行为被叙述者或人物叙述和感知时,规范也能以隐蔽的方式出现。不同人物之间——或者从叙述者到人物之间——转移焦点的手法总是影响着文本的意义。如果聚焦在文本中频繁转换,我们就可以对某一冲突或问题的不同方面,形成更为开阔的理解。这种技巧可以使叙述者在面对不同人物及其关系时保持中立:现实主义小说经常就是如此(下一章的话题)。聚焦的方式肯定会强化人物(事实上,整个文本)对读者产生的影响;也就是说,当故事主要从某个人物的特定视角、感受和意识形态呈现时,我们更容易赞同或同情这个人物。在《邦巴的贫困基督》中,传教士的仆人丹尼斯在文本中既是文本的主要聚焦者,也是第一人称叙述者,由此产生了特殊的看法和虚饰的信息。

不同的第一人称体裁

[351]我无意假装要对非洲小说中的各种第一人称叙事形式,作出全面细致的罗列,只是简要描述图 IV 中提到的主要体裁。

第一人称叙事

非虚构	虚构
a. 日记	a. 日记体小说
b. 信件	b. 书信体小说
c. 自传	c. 第一人称回忆录小说

图 IV

非洲文学中,很多第一人称叙事都以自传形式写成。结构通常是,较为年长的"我"追忆往昔,多年之后讲述自己往昔的回忆。这类文本很多都涉及殖民主题,比如,《那个非洲》(*Cette Afrique-là*)中,老莫玛(Mômha)讲述了自己的经历。前言中,作者伊克莱·马提巴(Ikellé-Matiba)言之凿凿,称这些经历都是"真实事件"。莫玛出生在德国殖民者占领他的祖国喀麦隆之前,他在书中讲述了自己的生活,讲述"那个我们再也见不到的非洲"。①

在对上述体裁作简要描述并且提供案例之前,我要对本文使用的"事实"和"虚构"之间的对立关系,作进一步审视。这一点上,疑问多于答案。有时,作者假装在说真话,但事实上在说谎,或者制造幻象。其他人则假装在写虚构小说,而实际在讲自己的经历。当然,一些事实是可信的,特别是作者提到具体地点和著名事件时。但是,那些思想、梦境、感情和信仰从来都是不可控的。一些学者指出,自传可能只包含作者的历史和自传材料,但也有人声称,自传作者有权按照个人意愿主观地看待和表达自我。在所有这些争议中,真正的自传必须满足一个总体的最低要求,即菲利普 • 勒热纳(Philippe Lejeune)提出的**自传公约**(autobiographical pact);在他看来,自传是以白话写成的回顾性叙事,由真实的人物讲述自己真实的经历,特别强调他/她的个人生活,尤其与其性格相关。由此定义中,我们可以得出如下几条:

> 形式是白话叙事
> 主题是人生经历(性格的成长)
> 作者和叙述者一致
> 作者和主人公一致,故事以回顾的方式讲述。②

如果读者从文本中得到确凿的证据,说明作者、叙述者和主要人物同为一人,这个"公约"便生效了。这是一个正式而可信的标准,在此基础上,我们便可断定某个文本是否属于自传。[352]除此之外,则很难准确判断自传文本多大程度上被掺入了编造或虚构的成分。

[……]

(汪琳 张旸 译;姚峰 校)

---

① Jean lkellé-Matiba, *Cette Afrique-là*, Présence Africaine, Paris, 1963, p. 13.

② Philippe Lejeune, *Le pacte autobiographique*, Paris, Seuil, 1975, pp. 13—46.

第48篇　非洲的节庆、仪式与戏剧①

泰居莫拉·奥拉尼央(Tejumola Olaniyan)

[353]非洲表演传统进入欧洲话语和研究体系的方式,是欧洲话语体系为其提供"节庆"、"仪式"、"戏剧"等批评实践的术语,在这种体系下,非洲表演传统主要作为反例被提及。因此,这种介入方式最初就打上了责难、贬低和漠视的烙印,并断言或暗示:非洲没有源于本土的戏剧传统,或者和欧洲与亚洲相比,非洲只有仍在发展中的"类戏剧"(proto-dramatic)形式,非洲戏剧在风格、经典、技术形式和记录历史等方面受到限制。非洲某些地区成熟的戏剧传统,往往被认为是欧洲影响下的产物——这实际上是在变相宣称,非洲戏剧是欧洲形式和传统的衍生物(Jeyifo 1990:242—243)。当然,这些带有严重种族中心主义色彩的论断,有复杂的历史背景。这种贬低非洲物质与文化形式的企图,早在18世纪的欧洲就已根深蒂固,至今依然是欧洲中心主义的重要表现。在这种话语逻辑下,对文化形式与实践的贬低,成为对其人民进行贬低的一种捷径。

本文中,我没法详尽列举欧洲中心主义的各个方面和细节,仅以当代著名学者露丝·芬尼根的著作为例,来阐释这种话语。在她出版于1970年、颇具影响力的专著《非洲口头文学》中,有一个标题为"戏剧"的章节,至今依然被许多人奉为经典。此章开篇,她说明了自己采用的限制性方法:

---

① First published in *The Cambridge History of African and Caribbean Literature*, vol. 1, ed. Abiola Irele and Simon Gikandi, pp. 35—48. Cambridge: Cambridge University Press, 2004.

我们能在多大程度上谈论非洲本土戏剧,这不是一个简单的问题。在这一点上,有别于之前的那些论题[对这些论题,本书也有所涉及]——比如颂诗、讽喻诗或者散文叙事,因为依照我们的方法,很容易就能发现非洲戏剧与熟悉的欧洲形式的类似之处。

[354]某种文化实践或者形式的概念进入跨文化的语境时,如若不考虑新的现实,就容易产生过度阐释、误读和冲突。对于芬尼根来说,只有非洲能提供一些当地"类似于欧洲戏剧的形式",才能说这是一片有戏剧传统的大陆。这是惟一标准。所以她持续在非洲大陆上寻找欧洲戏剧:"那些我们认为是戏剧的形式"(500);"我们习惯和熟悉的形式。"(516)她倡导的戏剧的定义,对形式有着过于严苛和迂腐的限制,必将陷入徒劳:

> 对于什么才能算作戏剧这一点,有必要大体上达成一致。与其规定一个字面定义,不如指出戏剧在广义上是由哪些成分构成的。最重要的一点,是通过演员对人和事件的模仿来重新演绎和复现。这一过程通常与其他几个部分相关,根据时期和地区的不同而略有差别:语言内容、情节、几个角色之间的互动、特定的场景,等等;通常有音乐,以及对于非洲表演来说特别重要的舞蹈。在非洲,极少有表演能将这些戏剧元素汇集起来。(501)

这种徒劳无益的定义使她作出了武断的结论,即便这个结论有悖于事实:"尽管有些作家已经积极确证了本土非洲戏剧的存在,也许这样说更准确——和欧洲以及亚洲相比,在非洲,戏剧是流传不广、也不够发达的形式。"(501)

鉴于芬尼根坚持认为非洲人也要创作欧洲戏剧,弄清她对"差异性"概念的理解就很重要。如果说我们都一样,那么她的研究就没有什么意义了。如果她的研究是要探索差异性,那么她试图消除差异性的做法就显得十分矛盾。但是,我们没法假定这种矛盾缺乏任何逻辑,或者毫无立足之地。差异性没有被抹除,而是被强行统一并**等级化**了(see also Graham-White 1974;Havemeyer 1966)。有趣的是,芬尼根撰写此书时,在伊巴丹(Ibadan)待了一段时间。这里正是当时仍然十分活跃的约鲁巴流动戏剧运动的主要中心之一,其戏剧传统可以追溯到 16 世纪 90 年代晚期。显然,这种戏剧不会给芬尼根提供"类似于欧洲戏剧的形式"。

如果今天,这种针对非洲的种族中心主义的论断已有所消减,那是因为包括乔尔·阿德德吉(Joel Adedeji)、沃莱·索因卡、奥因·奥贡巴(Oyin Ogunba)、巴克里·塔尔(Bakary Traore)、艾邦·克拉克(Ebun Clark)、拜尔顿·杰依夫(Biodun Jeyifo)、佩妮娜·穆拉玛(Penina Mlama)等非洲学者作出了巨大努力。他们的研究为各种各样的非洲戏剧传统发声,在广泛认可的亚里士多德式概念之外,赋予了戏剧更多的定义,为世界戏剧史作出了卓越贡献。

非洲是多种戏剧的发源地,戏剧指的是在特定时空中、有观众观看、并打上特定文化烙印的表演实践活动。许多戏剧和表演传统都源远流长,还有一些形式的产生与欧洲 19 世纪殖民统治以及随后西方强加的教育、宗教和文化有关。古老的传统大都是口头的、即兴的、用非洲本土语言表演的。他们对戏剧空间的理解是流动的,[355]对舞台与观众关系的限定也更加灵活:任何空间都可以成为表演空间,观众在公认的范围内也可自由与表演者及其互动,甚至可以在表演过程中自由出入演出空间。表演通常为公共演出,观众不用付费,尽管表演者经常因技艺精湛而得到现金或其他形式的回报。另一方面,更晚近的戏剧传统则往往是书面的,用欧洲语言书写,或者以欧洲字母形式的非洲本土语言书写。戏剧表演通常是在相对正式的建筑中进行的,演员和观众的关系更加固定。尽管有时不带有明显的商业性质,观众通常要付费。在几乎所有的戏剧传统中,戏剧的功能十分相似,即娱乐与教化并行:表演给观众提供赏心悦目的娱乐,也通过特定方式控制他们的激情和情感。

非洲戏剧可大致分为四个不同的传统:节庆戏剧,大众(通俗)戏剧,发展戏剧与艺术戏剧。

节庆戏剧与仪式

在许多非洲社群中,最重要的本土文化和艺术机制是节庆。有些是为了纪念某些神灵,有些则是标识代际传承与季节更替(气候时令与农业生产相关)。节庆场合通常涉及诸多媒介,融合了歌唱、吟诵、戏剧、鼓乐、面具、模仿、变装、偶戏等不同形式,既有神圣的秘密仪式,也有公开的世俗演出。庆祝的时间或长或短,短则几小时,长则几天、几周,甚至几年。每一次节庆通常将一则与节庆主题相关的故事或者神话传说(或是一系列故事与神话)作戏剧化的演绎,主题或者关于某个神灵,或者关于收获时节。节庆主要纪念社群生活的重要事件,这些事件在延续社群和谐、丰收以及稳定方面很有意义。在艺术上,这些表演也会展现社群中最新的艺术形式和表演者,展现表演的变化和进步。

　　节庆戏剧的表演场所,一般是城镇广场的室外空间,或者类似的指定地点。观众环绕在表演者的周围,并且可以在表演中自由移动。观众会对演出过程中表演者所需要的演出空间作出判断,并据此向内或者向外移动。观众与演员的关系十分密切,甚至观众也会充当歌队的角色,但二者还是有所分别的。何时可以加入演出、何时不能打断演出,观众都心中有数,而且这被看作宝贵的社群文化常识。表演风格上来说,大部分表演是非虚幻的,表演或舞蹈一般是现实主义和超现实主义的,或是一种灵魂附体的表演。这也是为什么演员和观众之间、表演和社会之间的沟通,只需要一片空地和极少的道具和装饰就能完成。

　　学界主要有两种对非洲节庆的理解方式。一些学者将节庆定义为"前戏剧"(pre-drama)、"传统仪式"(traditional ritual)或者"仪式剧"(ritual drama),因为这种表演往往涉及多种媒体形式、戏剧与其他艺术形式的融合,以及宗教与世俗表演的并存(Echeruo 1981)。[356]不管这些学者承认与否,他们的结论是建立在 20 世纪西方戏剧基础上的——长度为三个小时、艺术类型有严格的区分、不含宗教元素,这被看作是"戏剧"的典范。另一些学者则认为,节庆是更加多元、壮观和更具创造力和更加完整的戏剧,而西方戏剧不过是简化版的节庆。非洲顶尖的戏剧家、诺贝尔文学奖获得者沃莱·索因卡就是这种观点的代表人物。他坚持认为,节庆"本身就是最丰富、最隆重的**纯戏剧**……是人类对戏剧及其群体性本能需求的强烈表现。"(1988:194)关于殖民主义对节庆的阐释,他还作了尖锐的回应:"我们不应只从单一视角看待节庆,即节庆以原始的方式为戏剧这种体裁提供戏剧元素,而应该从相反的角度研究节庆——我们今天所体验的当代戏剧,正是社会秩序作用下的戏剧的反面。"

　　即便是被称作"仪式"或者"前戏剧"的宗教节庆表演,也是特定时空中的排演,只不过这些演出有特定的观众,使用的语言更加神秘,例如咒语或者晦涩的谚语等。多数情况下,这种表演有精确的情节和服饰,这意味着在宗教的神圣语境下,也不乏对艺术和愉悦的世俗追求。关于一些对节庆戏剧和仪式的研究,请参考奥因·奥贡巴(1978)、奥斯·艾奈克维(Ossie Enekwe 1987),以及恩那布埃尼·乌戈恩那(Nnabuenyi Ugonna 1983)等学者的研究。

大众戏剧

在非洲戏剧研究领域,"大众的"(popular)是一个饱受争议的概念,因而有必要首先给出一个有效的定义。在此,大众戏剧主要是指从接受角度看,有广泛受众的戏剧形式。这个广泛的受众跨越各种社会阶层。这类戏剧之所以拥有广泛吸引力,原因之一是使用本土语言,或者混合几种本土语言进行表演,能够被各语种的受众接纳。后来,一些分支形式也使用殖民统治带来的欧洲语言演出,或使用"皮钦语"(pidgin)———一种外来语和本土语彼此混合的独特形式——来表演。欧洲语言和皮钦语,也是当今非洲城市地区的主要语言。

早期的戏剧形式由宗教仪式演变而来,涉及精致的面具舞表演,比如尼日利亚的阿拉林交(Alarinjo)剧团和阿比当(Apidan)剧团,主要由男性表演者组成。除著名的加纳音乐会剧(Ghanaian Concert Party)外,近期的大众戏剧形式——如约鲁巴流动剧团(Yoruba Popular Travelling Theatre)、赞比亚的奇卡卡戏剧(Chikwakwa Theatre of Zambia)、南非的黑人区戏剧(South African Township Theatre)等——则男女演员都有。非洲大众戏剧常见的主题都较有吸引力,并且与体裁密切相关。在喜剧和情节剧中常见的主题有单相思,婚姻中的背叛,失业,对财富、地位或[357]个人修养的标榜,现代城市生活的困境,国外旅行的梦想等等。剧中常见对特定人物的讽刺,如自私的部落首领,富有、迷惘且举止怪异的欧洲人(探险家、传教士或者欧洲殖民官员及其配偶),腐败的政治家,过度西化的非洲男人和女人,妓女,乡村教师等。悲剧和其他的正剧则会涉及命运和宿命论、神灵的秘密生活、传说、强大的历史人物等主题。

多数大众戏剧形式没有固定的剧本,在即兴演出的基础上形成。这给了演员很多自由发挥的空间,但同时也要求在对话、行动和姿势方面具有高度的应变力。出于经济(剧团规模)或艺术偏好(大部分戏剧是多媒体的表演)的考量,剧团演员往往是多才多艺的,精通表演、歌唱、化装、一到两种乐器、舞台设计以及经营管理。演员以剧团的形式组织起来,在各种不同的空间中演出:露天广场、国王或者首领的封闭庭院、学校的教室、音乐厅或电影院、酒吧或夜总会,以及专业的剧院等。剧团多有亲缘、家族关系,或者由密友和熟人组成。演出者多是专业的,剧团以商业形式运转。不过,在演出间隙或者淡季,演员们也常有其他的身份,如职员、商人、手工艺者、坐诊的药草商。

剧团的收入高低与各自社会的政治经济状况直接相关。20 世纪 70 到 80 年代是尼日利亚大众剧团的鼎盛期,出现了大量的专业剧团。休伯特·奥贡德(Hubert Ogunde)、莫斯·欧莱亚(Moses Olaiya)、伊绍拉·奥贡绍拉(Isola Ogunsola)、阿德·拉夫(Ade Love,又名 Adeyemi Afolayan),莱瑞·派莫(Lere Paimo)等人,一时间成为成功的商人,后又进军电影产业,将他们最受欢迎的作品制作成电影胶片(celluloid)。那些克服了艰难经济环境的戏剧人,后来都转向了低技术、低成本的视频制作,替代跨越地区的路演(没有观众保障)和高成本的电影制作。在南非,吉布森·肯特(Gibson Kente)从 1966 年起大受欢迎,直至 1976 年他被种族隔离政府关押。有关非洲大众文化的研究,总体来说较为欠缺,但是大众戏剧受到了一些学者的关注,这些学者包括罗伯特·卡瓦纳(Robert Kavanagh 1977)、拜尔顿·杰依夫(1984)、夸贝纳·巴姆(Kwabena Bame 1985)、大卫·克尔(David Kerr 1995)、卡琳·芭伯 (Karin Barber 2001),以及凯瑟琳·科尔(Catherine Cole 2001)等。

发展戏剧

在较为激进或左倾的非洲戏剧研究中,发展戏剧也是大众戏剧的一种,但是"大众"一词在此处与前文中的"大众"有所不同。在大众戏剧中,"大众"一词与戏剧形式的接受和消费有关;在发展戏剧中,"大众"与戏剧的制作有关,戏剧不一定有广泛的受众。换句话说,"大众"在此表示该类型戏剧的创作者是精英知识分子、工人与农民的结合,这种戏剧明确为社会中的弱势群体利益服务。因为[358]弱势阶级的人数占了社会的大多数，这类戏剧也可被理解为一种"人民的戏剧"（people's theatre）。

发展戏剧中的"大众"概念受到激进的马克思主义者、德国戏剧家布莱希特的影响，他曾写道：

> "大众的"意味着能够被广泛的大众所理解，使用并且不断丰富大众自己的表达形式，选择并坚定他们的立场，代表人民之中最进步的群体，以此取得领导权；因此也就能为其他阶层和群体所理解，与传统联结，并将之推进，将现群体中的成就传递给另一部分争取领导权的人民群众。（1964：108）

这类戏剧的目标是唤起被剥削阶层的意识，使他们认识到自己的权益、团结起来对抗共同的敌人，求得解放。根据马克思主义的理解，解放自我也就是私有制中解放社会生产力，确保真正的发展，消除对公共财产的私有侵占。也是在这种传统之下，这类戏剧被称为"发展戏剧"。除了布莱希特，其他发展戏剧理念的推崇者大多来自拉丁美洲：如奥古斯托·博阿（Augusto Boal），他的戏剧实验记录在其著作《被压迫者戏剧》（*Theatre of the Oppressed*，1979）中，还有保罗·弗莱雷（Paulo Freire），成人教育家，也是著名的《被压迫者教育学》（*Pedagogy of the Oppressed*，1970）的作者。

发展戏剧的一个分支形式是"游击戏剧"（guerrilla theater），一些社会活动群体突然出现在事先选定的公共场所，上演有争议的演出，并在法律机关或者维持社会秩序的机关出现之前消失，这些演出通常是为了反对特定的政府政策。20世纪80年代早期的一段时间，尼日利亚奥巴费米·阿沃莱沃大学（Obafemi Awolowo University）的戏剧系曾有一个由沃莱·索因卡指导的著名的游击剧团。然而，不是所有的发展戏剧形式都充满意识形态。许多发展戏剧是成人教育项目的一部分，旨在教授读写和讲解政治过程，搭建起统治者和被统治者之间的桥梁，这样人民就能更好地了解自己的权力和责任，或是为了传授农业技术与疾病防治的相关方法，鼓励社群自助项目和乡村发展等。这些戏剧是不那么极端的社群戏剧。发展戏剧的实践者通常定期举办一些工作坊，教人们如何组织起来，以戏剧的方式进行文化表达，促进社会、政治、经济的发展。

　　发展戏剧的实践者通常是在大学、发展机构或者非盈利组织工作的知识分子。他们与乡村地区的多种团体合作，大多数在那些被认为是最少"受益于现代化"的非洲地区。这些地区也常常成为国家发展机构和非盈利组织，以及世界银行和联合国机构的"目标"，发展戏剧实践也常常受到这些机构的资助。这类戏剧是非商业性的，参与者有固定职业，或有些经费的资助。考虑到这种戏剧直接的工具性目标，表演常常以说教和 [359] 劝诫为主，尽管有些实践者会大费周章地追求艺术审美，也会从当地的大众表演传统中汲取一些元素。

　　发展戏剧实践的另外一个重要的例子是 20 世纪 70 年代中期博茨瓦纳的雷扎巴特·纳尼剧团（Laedza Batanani），随后在莱索托、赞比亚、马拉维、塞拉利昂、尼日利亚的阿赫马杜·贝洛大学（Ahmadu Bello University）等地，都受此影响产生了类似的戏剧实践。也许，最著名的反例是肯尼亚作家恩古吉·瓦·提昂戈领导的卡密力图教育和文化中心（Kamiriithu Education and Culture Centre）。这个中心在动员社群批判性地了解历史、文化和当代社会方面如此成功，导致其领导者恩古吉于 1977 年在未经宣判的情况下被捕入狱一年。1982 年，肯尼亚政府夷平了这个中心，并禁止该地区的所有戏剧活动。罗伯特·穆申谷·卡瓦纳（Robert Mshengu Kavanagh 1977）、迈克尔·厄斯顿（Miachel Etherton 1982）、英格利·比尔曼（Ingrid Bjorkman 1989）、佩妮娜·穆拉玛（1991）、大卫·克尔（1995）、简·普拉斯托（Jane Plastow 1996）等学者，都在非洲发展戏剧传统的研究领域有所著述。

艺术戏剧

　　艺术戏剧是非洲以外最广为人知的非洲戏剧传统，主要通过非洲大陆上知名的戏剧家如沃莱·索因卡、阿索尔·富加德、费米·奥索菲桑（Femi Osofisan）、阿玛·阿塔·艾朵、祖鲁·绍佛拉（Zulu Sofola）、艾芙娃·萨瑟兰（Efua Sutherland）、欧拉·罗蒂米（Ola Rotimi）、约翰·佩珀·克拉克（J. P. Clark-Bekederemo）、索尼·拉布·谭斯（Sony Labou Tansi）、纪尧姆·奥约诺·姆比亚（Guillaume Oyono-Mbia）、崴尔崴尔·

赖金(Werewere Liking)，以及苔丝·欧芜艾姆(Tess Onwueme)等人的作品传播至世界各地。非洲艺术戏剧的起源与殖民相关，开始于殖民者对非洲人进行的欧洲语言文学和戏剧传统的教学，大多数艺术戏剧由欧洲殖民语言写成。这种"艺术戏剧"的命名也暗示了这类戏剧和19世纪以来西方小资产阶级话语中的"高雅艺术"与"伟大作品"的相关性。

艺术戏剧的实践者通常是大学和其他高等教育机构中的职业知识分子。尽管这类戏剧传统中最好的作品往往极大地受益于本土的传统表演形式，但整体戏剧模式、书写和表演的语言依然是欧洲的，因此极大削弱了该类戏剧的群众基础，因为这些观众大多没有受过这类审美和语言的训练。凭借英语写作成功之后，恩古吉·瓦·提昂戈从20世纪80年代转向其母语基库尤语写作。尼日利亚戏剧家约翰·佩珀·克拉克曾观察、对比约鲁巴流动戏剧和艺术戏剧，并指出："有人说非洲艺术戏剧深处美国和欧洲戏剧羽翼的庇护之下！有人告诉我，沃莱·索因卡、詹姆斯·恩·亨肖(James Ene Henshaw)，以及我自己的作品，都戴上了这个徽章，但这是荣誉还是玷污，仍旧没有定论。"(1970：85)克拉克暗示了非洲艺术戏剧有时会遭到的一种指责：由于借用了欧洲戏剧的审美结构和语言，这能否被称为真正原创的非洲戏剧呢？但这样的指责以及潜藏的(跨文化关系及其载体——文化翻译——的)纯粹主义观念，从未对非洲艺术戏剧的创作力造成多大的阻碍。非洲艺术戏剧作家从多种不同的角度，对抗和改造着殖民遗产，未曾有半点退让。[360]对他们来说，非洲与欧洲长达几个世纪的不平等交往是无可否认的，文化纯粹主义、绝对主义或是狭隘主义等，与"原创性"并不是一回事。墨西哥作家奥克塔维奥·帕斯(Octavio Paz)曾代表亚非拉的前殖民地作家说过："与英格兰、西班牙、葡萄牙和法国相比，我们文学的特殊位置恰恰就缘于这个重要的事实：这是用移植的语言书写的文学，"但是，"我们的文学又不会被动地全盘接受移植语言的命运，而是参与甚至加剧这个过程。很快，它们就不再只是跨大西洋的映像了，有时会成为欧洲文学的对立面，或者更常见的，是一种回应。"(1990：4—5)

非洲艺术戏剧活动的中心大多是城市地区和大学。这也是大多数懂得西方语言的观众生活的地方。表演多在正式的剧院进行，这些剧院里有欧洲和美国常见的镜框式舞台。艺术戏剧主要受国家资助，很少能作为商业团体自给自足。实际上,艺术剧院更多地以剧本文学而非戏剧的形式被接受。

　　许多艺术剧院的实践者试图减少艺术戏剧的精英主义传统,例如建立由常驻大学的专家或戏剧专业学生管理的社区剧院或者流动剧团。这些在非正式环境中的尝试——比如翻译成本土语言或是用皮钦语进行表演、基于文本的即兴演出等——使得艺术戏剧能被更广泛的受众接受。这些使艺术戏剧走进大众的项目通常成本高昂,只是间歇存在。一些有名的例子包括伊巴丹大学流动剧团(尼日利亚,20 世纪 60 年代)、马凯雷雷大学流动剧团(乌干达,20 世纪 60 年代到 70 年代)、马拉维流动剧团(20 世纪 20 年代)、赞比亚大学奇卡卡剧团(20 世纪 70 到 80 年代)。一个十分独特的例子是南非的阿索尔·富加德,他从 20 世纪 70 年代开始一度中断了常规的戏剧写作,转而与黑人演员温斯顿·茨霍纳(Winston Ntshona)以及约翰·卡尼(John Kani)合作。他们的即兴合作排演产生了许多对抗种族隔离政府的戏剧作品,开创了南非反抗戏剧(South African Protest theater)的先河。这些戏剧最常被演出的剧目是《席思维·班西死了》(*Sizwe Bansi is Dead*, 1973)。

　　尽管上述非洲戏剧表演的四种传统同时存在,也经常在深层戏剧结构和形式上有所重叠,但这几类传统之间的社会关系是等级化的。节庆表演仍然存在,不过,因为非洲大陆 20 世纪 80 年代的经济下滑影响了表演的规模。更重要的是,节庆仪式已不再占据公民社会的核心位置,因而也不再是年轻一代社会政治和文化社会化的重要工具。从上世纪后半叶起,节庆仪式的地位逐渐被西化的文化形式——如西式学校、宗教组织或类似分支——所取代。重点在于:节庆表演,这种曾经流传最广、真正的大众文化形式,已经丧失了原有的文化资本。主要因为节庆所赋予的文化知识,不能再为个体对社会流动性的追求带来同等的价值。虽然发展戏剧得到了广泛传播,但过于依赖政府或非政府机构的支持。有时候,发展戏剧被认为是精英阶层对乡村居民的一种优越感的体现,一种给"不文明的人"带来"现代性"的"底层计划",[361]这么说并不为过。过去十年中,随着大量西方非政府组织——包括宗教组织——参与进来,乡村的非洲人在发展戏剧项目中的能动性也值得反思和质疑。因为大众戏剧基本上是商业化的,也就意味着这种戏剧活动必须靠近城市中心,在客户能够支付票价的地方。主题和审美的选择也就取决于观众的偏好,尽管有些表演有重要的集体文化意义,大众戏剧也很少具备引领观众的宏大、清晰的文化导向。和其他商业活动类似,这种剧院得先满足谋生的需求。

目前看来,最繁荣的是艺术戏剧传统。这是通常由跨国出版公司出版、使用欧洲语言或欧洲字母化了的非洲语言表达的艺术戏剧,是具有全球知名度的非洲戏剧传统,也是非洲各国彼此进行戏剧交流的方式。人们所熟知的"非洲戏剧家",几乎都是艺术戏剧的创作者和实践者。休伯特·奥贡德是尼日利亚现代戏剧之父,但只有沃莱·索因卡为人所知,因为人们更容易接触到索因卡的作品,其作品在世界文化交流领域也被看作约鲁巴文化的经典代表。因为这种西化的、操着西方语言的戏剧传统与当代非洲国家同源,在统治阶层的公民社会中占据重要位置。尽管艺术戏剧的创作者和实践者多是高等教育机构的从业者,他们当中很少有人完全靠写作为生,但不可否认,艺术戏剧领域的成就,能够帮助他们在更大的社会范围中,甚至在全世界向更高的阶层流动。这也是这种戏剧传统获得优越性的重要根源。

40多年之后,戏剧实践者才开始真正注意到这一点。讽刺的是,根据当代非洲的资源逻辑,艺术戏剧掌握了所有的文化资本,但因其所采用的欧洲语言媒介,这种表现传统只能为极少数受过教育的非洲人代言。考虑到艺术戏剧是非洲社会长期以来坚持对抗殖民文化侵袭、重树非洲文化主体性的主要形式,其中的讽刺意味就更明显了。艺术戏剧实现这个任务的主要方式,是深挖非洲本土的表演传统,批判性和创造性地在本土形式和西方形式中自我定位。这种传统对殖民语言的使用超越了模仿,对那些语言有原创性的贡献。早在1965年,即索因卡写作生涯的早期,一位英国评论家就如此评价《路》(*The Road*)中英语的使用:"每一个十年,非英语母语的剧作家都能为英语语言注入新的能量。上一次是戏剧工作坊上布兰登·贝汉(Brendan Behan)创作的《酷儿》(*The Quare Fellow*)。九年之后,在东斯特拉福德(Stratford East)如今依然受欢迎的维多利亚建筑(指的是 Theatre Royal Stratford East 这个剧院。——译者注)里的六零舞台(Stage Sixty)上,一位名叫沃莱·索因卡的尼日利亚人,对我们打瞌睡的语言做了爱尔兰强盗戏剧家数个世纪以来正在做的事:将它踢醒、翻开口袋,把赃物翻了个底朝天。"(Gilliatt 1965:25)

[362]但是回到这个讽刺本身,大多数非洲人仍然不能用欧洲语言读写。艺术戏剧的实践者也在进行无休止的辩论(详见恩古吉 1986 年的文章),提供一些解决方案,例如,将欧洲语言与非洲想象结合,混合使用非洲和欧洲语言进行创作,在非洲和欧洲语言之间翻译,使用非洲语言进行创作等。更实际的建议是进行交叉翻译,正如顶尖的戏剧家索因卡和奥索菲桑等人正在将他们的经典作品从英语翻译成约鲁巴语。如果这种趋势能够继续并广泛推广,艺术戏剧传统在非洲戏剧传统中的优越地位才能适得其所。

参考书目

Adedeji, Joel A. 1969. "The Alarinjo Theatre: The Study of a Yoruba Theatrical Art Form from Its Earliest Beginnings to the Present Time." PhD diss. University of Ibadan.

Bame, Kwabena N. 1985. *Come to Laugh : African Traditional Theatre in Ghana*. New York: Lilian Barber.

Banham, Martin, Errol Hill, and George Woodyard, eds. 1994. *The Cambridge Guide to African and Caribbean Theatre*. Cambridge: Cambridge University Press.

Barber, Karin. 2001. *The Generation of Plays : Yoruba Popular Life in Theatre*. Bloomington: Indiana University Press.

Barber, Karin, John Collins, and Alain Ricard. 1997. *West African Popular Theatre*. Bloomington: Indiana University Press.

Barber, Karin, and Bayo Ogundijo, transcribed, trans. , and ed. 1994. *West African Popular Theatre : Three Plays by the Oyin Adejobi Company*. USA: ASA Press.

Bjorkman, Ingrid. 1989. *Mother, Sing for Me : People's Theatre in Kenya*. London: Zed.

Brecht, Bertolt. 1964. *Brecht on Theatre : The Development of an Aesthetic*. Ed. and trans. John Willet. New York: Hill and Wang.

Clark, Ebun. 1980. *Hubert Ogunde : The Making of Nigerian Theatre*. Oxford: Oxford University Press.

Clark, J. P. 1970. *The Example of Shakespeare*. London: Longman.

Cole, Catherine. 2001. *Ghana's Concert Party Theatre*. Bloomington: Indiana University Press.

Conteh-Morgan, John. 1994. *Theatre and Drama in Francophone Africa : A Critical Introduction*. Cambridge: Cambridge University Press.

De Graft, J. C. 1976. "Roots in African Drama and Theatre." *African Literature*

Today 8: 1—25.

Echeruo, Michael J. C. 1981. "The Dramatic Limits of Igbo Ritual." In *Drama and Theatre in Nigeria: A Critical Sourcebook*. Ed. Yemi Ogunbiyi. Lagos: Nigeria Magazine: 136—148.

Enekwe, Ossie. 1987. *Igbo Masks: The Oneness of Ritual and Theatre*. Lagos: Nigeria Magazine.

Etherton, Michael. 1982. *The Development of African Drama*. London: Hutchinson.

Finnegan, Ruth. 1970. *Oral Literature in Africa*. Nairobi: Oxford University Press.

Gilliatt, Penelope. 1965. "A Nigerian Original." *The Observer* 19 Sept. : 25. Cited in *Critical Perspectives on Wole Soyinka*. Ed. James Gibbs. Washington, DC: Three Continents Press: 106.

Gotrick, Kacke. 1984. *Apidan Theatre and Modern Drama*. Stockholm: Almqvist and Wiskell.

Graham-White, Anthony. 1974. *The Drama of Black Africa*. New York: Samuel French.

Havemeyer, Loomis. [1916] 1966. *The Drama of Savage Peoples*. New York: Haskell House.

Jeyifo, Biodun. 1984. *The Yoruba Popular Travelling Theatre of Nigeria*. Lagos: Nigeria Magazine.

——1990. "The Reinvention of Theatrical Tradition: Critical Discourses on Interculturalism in the African Theatre." In *The Dramatic Touch of Difference: Theatre, Own and Foreign*. Ed. Erika Fischer-Lichte, J. Riley, and M. Gissenwehrer. Tübingen: Gunter Narr: 239—51.

[363]Kavanagh, Robert Mshengu. 1977. *Making People's Theatre*. Johannesburg: Witwatersrand University Press.

——1985. *Theatre and Cultural Struggle in South Africa*. London: Zed.

Kerr, David. 1995. *African Popular Theatre*. London: Heinemann.

Kidd, Ross. 1982. *The Popular Performing Arts, Non-Formal Education and Social Change in the Third World: A Bibliography and Review Essay*. The Hague: Centre for the Study of Education in Developing Countries.

Kirby, E. T. 1974. "Indigenous African Theatre." *Theatre Drama Review* 18. 4 (Dec.): 22—35.

Mlama, Penina M. 1991. *Culture and Development: The Popular Theatre Approach in Africa*. Uppsala: Scandinavian Institute of African Studies.

Ngugi wa Thiong'O. 1986. *Decolonising the Mind: The Politics of Language in African Literature*. Oxford: James Currey.

Obafemi, Olu. 1996. *Contemporary Nigerian Theatre: Cultural Heritage and Social Vision*. Bayreuth: Eckhard Breitinger.

Ogunba, Oyin. 1978. "Traditional African Festival Drama." In *Theatre in Africa*. Ed. O. Ogunba and A. Irele. Ibadan: Ibadan University Press: 3—26.

Ogunbiyi, Yemi, ed. 1981. *Drama and Theatre in Nigeria: A Critical Sourcebook*. Lagos: Nigeria Magazine.

Olaniyan, Tejumola. 1995. *Scars of Conquest/Masks of Resistance: The Invention of Cultural Identities in African, African-American, and Caribbean Drama*. New York: Oxford University Press.

——1999. "African Theatre." In *Microsoft Encarta Africana*. Ed. Henry L. Gates and Kwame A. Appiah. CD-ROM.

Paz, Octavio. 1990. *In Search of the Present*. 1990 Nobel Lecture. New York: Harcourt Brace Jovanovich.

Plastow, Jane. 1996. *African Theatre and Politics: The Evolution of Theatre in Ethiopia, Tanzania and Zimbabwe: A Comparative Study*. Amsterdam: Rodopi.

Schipper, Mineke. 1982. *Theatre and Society in Africa*. Johannesburg: Ravan.

Soyinka, Wole. 1988. *Art, Dialogue and Outrage: Essays on Literature and Culture*. Ibadan: New Horn.

Traore, Bakary. 1972. *Black African Theatre and its Social Functions*. Ibadan: Ibadan University Press.

Ugonna, Nnabuenyi. 1983. *Mmonwu: A Dramatic Tradition of the Igbo*. Lagos: Lagos University Press.

Wertheim, Albert. 2000. *The Dramatic Art of Athol Fugard: From South Africa to the World*. Bloomington: Indiana University Press.

（程莹 译；姚峰 校）

第49篇　第四阶段：从奥贡①神话到约鲁巴悲剧的起源②

沃莱·索因卡（Wole Soyinka）

[364]对悲剧意义的持续追寻，即从文化或私人体验层面对其进行重新定义，表明人类承认有一些深层的情感体验尚未被一般的审美理论阐释所穷尽；并且，在所有由创造力激发的主观不安情绪中，这个被我们模糊定义为"悲剧"的心结，正是引领我们回归本源的最恒久声音。这里虚幻地悬着一把钥匙，能解读人类的悖论，解读人类关于存在与否的经验，解读人类作为本质与物质的不确定性，解读有关短暂与永恒的征兆，解读独特性与统一性之间的情感驱动。

颇具讽刺意味的是，我们对约鲁巴神话核心的探寻受到尼采③和弗里吉亚神（Phrygian deity）的启示。当然，二者间又无可避免地有些根本的偏离。"蒙福的希腊人！"，疯狂的信徒退场时唱道，"如果德里奇（Delic）神灵认为，如此着魔能够治疗您狂喜的疯癫，那您的狄奥尼索斯（Dionysos）一定十分伟大！"这就是阿波罗与奥巴特拉（Obatala）④宁静艺术和仪式精髓的相似之处；因而我们也就十分容易将奥巴特拉与奥贡联系起

---

①　奥贡：Ogun，创造力之神、道路守护者，掌管有关金属的知识和技艺。探险者、猎人、战争之神、神圣誓言的守护者。

②　First published in *The Morality of Art*：*Essays Presented to G. Wilson Knight*，ed. D. W Jeffrs. pp. 140—160，London：Cambridge University Press，1973；and subsequently in *Myth*，*Literature and the African World*，pp 140—160. Cambridge：Cambridge University Press，1976.

③　Nietzsche，*The Birth of Tragedy*.

④　奥巴特拉：是创造之神（与奥瑞沙-恩拉一致）、宁静艺术的代表。奥巴特拉负责造型，而埃杜马瑞（Edumare）与至高神负责赋予生命。因而奥巴特拉的艺术主要是塑型的艺术。

来,对应联想到尼采笔下的狄奥尼索斯和阿波罗的关系。但是,约鲁巴造物者奥巴特拉不是阿波罗式的幻象艺术家,他与内在本质更相关。伊费(Ife)的青铜与红陶文化也许能够引起与阿波罗的比较,但这种文化在时间洪流中一去不返了,充其量只能作为宫廷文化的佐证。对约鲁巴“本质”艺术中的奥巴特拉精神而言,这种传统并不存在。奥巴特拉认为,表达(expression)不是尼采所说的阿波罗式的“神力之镜”(mirror of enchantment),而是拯救世界的一种陈述。幻觉与意志力的纠缠,对于理解古希腊精神很重要,在面对约鲁巴文化时容易对我们产生误导,约鲁巴传统文化与希腊塑型艺术在静态审美上,虽然有一定的相似性,[365]但约鲁巴传统艺术并非观念性的(ideational),而是“本质性的”(essential)。它不是要将宗教艺术中的理念思想转化为木刻,或者通过音乐和动作进行阐释,而应该将其理解为一种内在的精髓,(普世语境中)启示的众多方面与其道德意义之间的象征性互动。

若要在古希腊文化价值体系中理解奥贡,可将其看作狄奥尼索斯、阿波罗与普罗米修斯品质的合体。不过,这并不是奥贡精神的全部。与那些塑造其恐怖形象的扭曲的神话不同,传统诗歌将奥贡描述为“孤儿的守护者”、“神圣誓言糟糕的卫士”,他代表一种超验的、人性的、复原性的公正精神。(这与以报复性为主的雷神桑戈十分不同。)作为神话中铁匠铺的首席艺师和技师,他(奥贡)能像尼采所谓的日神精神那样,唤起一种“意象、概念、道德规训和同情的巨大冲击力”。奥巴特拉代表创造中波澜不惊的一面,而奥贡代表创造的欲望和本能、创造力的本质。

> 沉重的负载是他的家,满载着棕榈叶子
> 他勇往直前,是被践踏者的避难所,
> 为了拯救奴隶,他释放了战争的决议
> 因为那些盲人,他冲向长满草药的森林,
> 百变的他
> 站立成壁垒,保护着天堂里逝者的后裔
> 致敬,在血液之河里游泳的、孤独的存在

这样的特质使得奥贡避开了尼采所说的酒神式癫狂,及其在追寻“雅

利安"(Aryan)灵魂时的扭曲舞蹈,也丝毫没有减弱奥贡革命性的庄严与宏大。颇为讽刺的是,尼采对普遍冲动的本能直觉和深度阐释,否定了他自己在艺术与悲剧性质问题上种族排他主义的结论。在对约鲁巴悲剧艺术核心——也就是奥贡神话以及狂欢者的歌舞狂喜——的探寻中,我们发现约鲁巴人并不像希腊人那样,"为他的歌队建造一个虚构的闪灵境界的脚手架,并在其上放置虚构的自然精灵……"尼采认为,这就是古希腊悲剧的基础:简言之,幻觉原则。

约鲁巴悲剧则直入冥界(chthonic realm)——黑暗世界意志与心灵的沸腾大锅,死亡与生成共存的过渡性子宫。奥贡作为第一个演员出现于这个宇宙子宫中,并在此深渊中解体。在奥贡信徒的表演仪式上,奥贡的灵魂整合不需要完全"复刻事实"(copying of actuality),同样,在奥巴特拉塑型艺术中,也无需刻意复制形态。奥贡神话的演员是歌队,他们的集体性就蕴含了过渡性深渊(transitional abyss)的本质,但仅仅作为一种本质,以克制、包容和神秘的方式表达出来。主要演员(以及每一个泛神的歌队个体)——他们之前的奥贡也一样——在面对深渊的神秘召唤时,都会抵抗完全毁灭前的最终步骤。这时,悲剧仪式的永恒演员出场,首先作为神灵忠诚的口舌,讲述过渡性深渊的景象,作为歌队意志的载体,阐释将其湮没的那股恐惧力量。只有在悲剧高潮释放之后,奥巴特拉平静的自我意识才重新夺回创造性的控制权。主要演员依然作为神灵的中立声音出场,但此时似已意乱神迷,观察敏锐、若有所悟,并推陈出新。此时,他就获得了崇高的**审美**愉悦,这种愉悦并非[366]源自尼采的原初同一性(original oneness)中心,而是来自一种对宇宙之争的疏远的歌颂。这种审美意义上的宁静平和,是奥贡悲剧艺术和奥巴特拉形塑之美的结合。完美无瑕的奥巴特拉神灵,是冥界映像(或记忆)的宁静子宫,是一股被动的力量,等待并歌颂将其本体复原的每一个行动。他的美如此神秘,只有在通过接纳之智慧治愈时才得以显现。奥巴特拉受难的耐心,也就是广为人知的圣人的特点。

对于约鲁巴人来说,尘世的人类转瞬即逝,因而神灵成为永恒性的最终标准。如果因此就认为约鲁巴思想是对神灵精神的本能吸收,那就误解了宗教仪式的原则,也就像很多人一样误读了宗教性附体(religious possession)的意义。过去、当下和未来都以恰当的方式孕育和交织在约鲁巴世界观中，神灵的永恒特权不像基督教或者佛教文化那样，带有距离和排他性。约鲁巴人在日常体验中，相信这些不同的时间面向是同时存在的——对此，尽管人们早已有所认识，但仍会产生误读。这不是一种抽象概念。约鲁巴人不像欧洲人那样关心时间的纯粹概念；各种时间观不是约鲁巴人用来解释形而上世界的标签，而早已具化到他们的生活、宗教和情感中。具体来说，生命——现世生命——也包含了逝者、生者，与未出生者的化身。一切都超越了抽象的概念，融合在对生命的模仿和情感中。

约鲁巴人并非因此就不能辨别自身与神灵、自身与祖先、未出世者与其现世之身，或者就抛弃对不同存在领域之间鸿沟的认知。只有通过献祭和仪式，才能安抚守卫鸿沟的宇宙力量，鸿沟才能渐渐弥合。精神层面上说，约鲁巴心灵的原初不安可能表现为集体记忆中过渡阶段的一次根本性断裂。① 人类的第一次有效违抗在神话中被符号化，这些神话大多与神的第一次凡间降生，或者使人神分离的混战有关。因为神的降生不光是为了被认可，也是为了与人类精神重逢，为了再次获得一种再造的短暂意识。这种短暂意识是第一个神奥瑞莎恩拉（Orisa-nla）在不断再造人类形象的活动中表现出来的（他在造人时将神面进行简单复制），就像人类因为意识到丧失了存在的永恒性而感到悲伤，必须沉浸到象征性的过渡中，来恢复其存在的完整性。

在约鲁巴传统戏剧中，悲剧就是这种断裂的痛苦，是精神与自我的分离。当人类在废墟中辗转、在深渊中迷失崩溃时，他盲目的灵魂发出的刺耳呼喊，就是约鲁巴悲剧的音乐。悲剧音乐是废墟之中的回声，仪式的主体在深渊中以逼真的原型形象发言、歌唱、舞蹈。所有人都理解，也能回应，因为这是世界的语言。

值得强调的是，神灵降到凡尘是为了与人联结；如果神灵在凡间的位置（例如，在人的理解中）是一种遥不可及的神性，那么悲剧——也就是分离和断裂的痛苦——就不可能获得如此强烈的悲剧性。这一点在祭祀这

---

① 今天看来，我认为更主要是指种族起源、灭绝、流动和安定。这种集体经验更迫近，相当于神话中原初的混乱、过渡仪式（诞生和死亡等），但不像后者那样遥远。可同时参考雷神桑戈的戏剧。

件事上再次得到验证，这其中既有友爱，[367]也有不敬，就像祭奠先人离去时那种悲痛之中的轻佻。神灵属性的另一方面是许多神灵的拟人化（anthropomorphic）起源，但最后还是要归结到神灵与生俱来的人性，以及他们与人类的一种万物有灵论的关联。对约鲁巴人来说，延续既意味着时间的循环概念，也意味着一切事物和意识通过万物有灵论联系起来。

奥贡是带领其他演员的第一位演员、第一个受难的神灵、第一种创造的能量、第一个挑战者与过渡的征服者。他的第一种技艺就是悲剧艺术；因为奥巴特拉——奥瑞沙-恩拉的合体继任者——的"受难"（Passion）剧，充其量只是奥贡悲剧的结局。约鲁巴人的形而上学，只能在神灵通过过渡性深渊之后才能实现，也就是在奥贡——宇宙力量熔炉里的第一个探索者——通过了自我意志的恶魔测验之后。只有过了这关，和谐的约鲁巴世界才能诞生，这种和谐的意志力才能在极其紧张的精神世界里，包容所有外来物质与抽象现象。在这里，"物神"——也就是奥贡征服深渊的神器——是铁芯，是大地子宫能量的象征、生命的切割刀与焊接机。奥贡通过救赎式的行为成为差异整体的第一个象征，他从大地之中吸取了征服冥界混乱的成分。悲剧意识之下，信徒的心理世界就超脱虚无（或者精神混乱）的境界（这种境界对人类意识具有毁灭作用），穿过充满恐惧和盲目能量的空间，实现与永恒存在神灵（他们在人之前意识到自身的不完满性）的仪式性共情（ritual empathy）。因此，神灵绝望情绪——这种绝望是宏大的、超自然的、令人费解的——的原初传递，就是信徒在仪式中的痛苦。我们试图用语言捕捉它，却是徒劳的；只有主角（protagonist）才有这种深渊体验的确定性：尽管有尘世羁绊，悲剧的牺牲者依然投入深渊，通过行动得到救赎。没有表演，或者即便有了表演，他也将永远迷失于悲剧暴力的大槌之下。

因此，表演是有违悲剧精神的，同时也是悲剧精神的天然补充。表演——普罗米修斯叛逆行为的本能——战胜痛苦并将其变成创造的动机，将人从毁灭性的绝望中释放出来，将他体内最具活力和战斗力的创造力释放出来，这一过程不是通过对抗深渊，而是通过以希望桥接深渊来实现的。只有意志力的战斗原本就是创造性的，从精神压力中衍生出灵魂令人绝望的哭喊——这种哭喊也是一种慰藉——在宇宙穹顶中回响，篡夺（或者，至少短暂地篡夺）深渊的力量。于是也就不难理解，在悲剧仪式的高潮时刻,音乐成为包含悲剧现实的惟一艺术。也只有音乐,引领信徒进入纯粹的悲剧中心。音乐作为悲剧精神的体现在欧洲哲学中几乎阐释殆尽了,无需在此赘言。约鲁巴悲剧中音乐的功能和性质,恰恰特别能够揭示欧洲人长期以来公认结论的弊端。

　　欧洲人对音乐的认识并不能完全解释音乐与约鲁巴仪式和戏剧的关系。我们无法完全认同欧洲人对意志力情感的本能理解,也无法认可其普适性。首先,将约鲁巴音乐形式与神话和诗歌分离是"非音乐"(unmusical)的。约鲁巴音乐的性质就是其语言和诗歌的性质——充满力量,具有高度象征性,带有神话的萌芽。[368]就技术而言,我们愿意从表面上承认非洲音乐与语言声调模式(意义和暗指)间的密切关系,但这种关系中的审美和情感意义还未被真正理解。这种密切关系与约鲁巴艺术的特点有关,在以全知全解、高度参与性为特点的约鲁巴文化中,艺术具有多种艺术形式的原初共时性(primal simultaneity)。因此,语言不再妨碍我们理解音乐的深层普遍性,语言对于我们所谓的"音乐"这一极其独立的艺术形式,具有粘合和阐发的作用。宗教仪式中,语言还原其最纯粹的存在,避开了细节化的严苛限制。宗教葬礼上,送葬者围成一圈,在摇曳的黑松林里,一阵吟唱围绕着篝火升起;语言的辞藻就回归根源,也就是原初的诗学来源,此时的融合是彻底的,流动的辞藻就是飘荡的音乐和舞动的意象。如果神话是日常的一部分,那语言就是思想和音乐的胚胎,语言也通常是带有神话诗意的。

　　约鲁巴悲剧音乐中的语言就此经历一次转化,通过神话得以与悲剧象征主义秘密对应,成为歌队中心(choric union)精神情感的象征性媒介。它超越(意义的)特殊化,直达悲剧的源泉,熟悉、怪异、间断的旋律从这源泉中流出。这种符号与旋律的秘密结合、真正的悲剧音乐,展现了伴随人类存在的宇宙的不确定性,揭示了创造的幅度与力量,但最重要的是,创造出一种悲伤的情绪。创造性的智慧就栖息于这种浩瀚广大之上,促使灵魂作徒劳的探索。此刻,各种具体的感官都不会干扰神话,我们只是会体验到情感和精神的价值,以及宇宙现实的存在体验。此刻,音乐的形式也不与现实世界对应,其实任何时候都无法对应。歌者是冥界力量的喉舌,他的"即兴表演"——音乐与诗歌形式的结合——既不是复现祖先,也不是展现生者和未生者,而是过渡中的无人之境,处于这些有关经验的时间性定义之间和周围。过去是祖先的,当下是生者的,未来是未生者的。神灵与生者、祖先、未生者处于同样的情形,遵守同样的秩序,同样遭受煎熬与不确定性,使用同样的仪式智慧,为了投入第四种经验领域——深不可测的过渡鸿沟。这一领域的对话就是仪式礼仪,其音乐形式体现的是人类在此存在阶段那种不可名状、无法用理智控制的沉迷。灵魂附体的词作者所吟唱的神话诗篇,迄今不为人知,晃动的信徒们却能立刻附和着副歌部分,歌声连同恐惧和敬畏进入黑夜;最初的词作者,则留在了过渡阶段的超自然空间中。

这就是第四阶段——各种原型的漩涡、悲剧精神的源头。

需要再次强调的是,过去不是谜团,未来(未生者)也不是未知的,并不神秘,而与约鲁巴当下意识共存。因此,悲剧性的恐惧并不是由过去或未来引发的。在欧洲意义上,音乐是"意志力的直接复制或者直接表达"(如果我们都认同这一点的话);然而,约鲁巴意义上的音乐则不同:过渡阶段是神灵与人类共同的形而上深渊;有且只有一种强大的意志力作用(其仪式中的召唤、回应和表达就是一种我们所谓音乐的怪异之声),能够将人(逝者、生者、未生者)从丧失自我的深渊中拯救出来。在生者的层面,当人类身上的赘瘤被剥除,当他被灾难和冲突(戏剧的素材)[369]摧毁,自我意识和抱负被剥夺时,他站在当下现实深渊的精神边缘,其外在身体已所剩无几,精神和心理被打上了深刻的烙印。就在此刻,过渡性的记忆不断暗示和折磨他,令他回忆自身在过渡性深渊中自我牺牲和使用意志力对抗消解的过程。现代悲剧戏剧家通过身体动作来复现的就是这种体验,反映渡过深渊时意志力的斗争过程。① 奥贡就是这场战斗的第一个演员,约鲁巴悲剧也是这场宇宙冲突的演绎。

要弄清为什么奥贡被赋予这样的角色(以及他为该挑战所接受的恐惧惩罚),就要参透奥贡的象征意义——既代表痛苦的本质,也代表过渡性深渊中的意志力。奥贡是意志力的化身,意志力则代表个体毁灭与重

---

① 或者是种族形成过程中有关离散和团聚的集体记忆。所有这些,以及不断复现的诞生和死亡的体验,都是悲剧体验的心灵史主题,是过渡的奥义。

生的悖论。只有他亲历这种解体的体验和精神考验，他的心理世界承受过最严苛的压力，才能够理解并融合两种冲突（毁灭与重生）。这是艺术家的知觉体验过程，只有能理解并表述这个毁灭与重生的原则，他才能成为一个深刻的艺术家。

　　我们不能忽视这样一个事实，奥贡代表艺术家的精神，这与黑人性试图提倡的"黑人（negro）是纯粹的艺术直觉"并不一样。奥贡最重要的创造性真实是对再创造智慧的肯定；这与本能直觉是完全不同的。象征奥贡胜利的神器是金属矿石，这不只是一种技术媒介，还象征着深层的地球能量、各种成分的融合、将不同身体和性能联结起来的力量。悲剧演员奥贡是创意之人的原型，也是古工匠艺人的先驱和祖先，这本质上并不矛盾。如果把创造的原则（像黑人性那样）加以田园牧歌式的限制，我们永远都无法获得深层的经验和认知。未来时空（对欧洲来说是当下）的悲剧演员是新技术的祖先——雷电之神尚国①，其悲剧的情节类似于初级的自我毁灭，表现为（就像后来奥贡的惩罚）盲目无知地毁灭自身的血肉。对奥贡而言，毁灭性惩罚带来的"受难"是次要的，这一过程对于尚国来说，却处于其悲剧的核心。在悲剧性挑战中，历史性的稀释过程就体现在这两个神话的关系中。尚国是类人化（anthropomorphic）的神；其历史围绕着无足轻重的暴政；他的自我毁灭是自我膨胀导致的剧烈爆炸。奥贡与人类的区别体现"在后记中"，这是他战胜深渊守卫者的前提。尚国与人类的区别则体现在角色中，他给了所有违抗他权威的人一记狂野的报复性耳光。无可否认，尚国也有"恐惧和怜悯"的情感，这不过是人类在面对深渊时的一种抗拒，而这个深渊早已被奥贡征服。因此，我们无法在尚国的神话中找到悲剧的根源。

　　约鲁巴神话体现的是一种周而复始的瓦解，对约鲁巴人来说，这对于看似疏远的意志力至关重要，因为他们的习俗、文化与[370]形而上思想是建立在拒绝与接受的表面基础上，但只有通过人类对事物与和谐的终极洞察，才能真正体验这一过程。我们在奥巴特拉戏剧中——与奥贡的戏剧类似，这也是神灵经历的第一次瓦解——体会到的是怎样的道德价

---

　　①　桑戈、闪电与电力之神。奥约王国的君主，由于宗派之争被迫自杀。他的信徒将其封神，并被看作代表闪电的能量。

值？在此问题上，我们更靠近起源（Origin），这个起源指的不是奥贡在过渡阶段的挣扎，而是指奥瑞沙-恩拉的破碎分离，奥瑞沙-恩拉就是原初的神灵，整个约鲁巴神灵体系由他分裂而成。神话里是这么讲的，一个嫉妒的奴隶将大石推下，将惟一的原初神奥瑞沙-恩拉砸成了一千零一个碎片。自此革命性的举动，约鲁巴众神才得以诞生。

由此生发的戏剧不是有关人的戏剧，而是关于受难的神灵奥巴特拉的戏剧。约鲁巴神话将奥巴特拉——纯粹之神、同时也是创世神（而非创造力）——等同于第一个神奥瑞沙-恩拉。奥巴特拉的仪式是对形式的演绎，在西方习俗中，这种移动的庆典能找到的最相近的类似表达是受难剧。这个仪式是有关灵魂的：囚禁、受难、救赎。奥巴特拉被俘、被囚禁、被救赎。每个阶段，他是人类受难灵魂的化身，毫无怨言地忍受痛苦，拥有耐力和殉难精神等救赎品质。伴随奥巴特拉仪式的音乐，有着清澈的曲调和悠扬的歌词，充满秩序、和谐、庄严与神圣。重要的是，仪式主题是白色，代表心灵与思想的透明；拒绝神秘，用色调和音乐结合起来对抗神秘与恐惧；歌曲的诗词是祈祷式的，对白是仪式性的。在这样的戏剧里，冲突的价值观和革命的精神被排除在外，取而代之的是一种对和谐的充分性和确定性，这种和谐来自时间和人类信仰。这与奥贡的悲剧是背道而驰的。

悲剧各元素的比例取决于一种神秘的阻力，或者取决于悲剧受难者的失误算计。奥巴特拉的戏剧没有未知效果，他的痛苦缘于第一位神灵的孤独感，因此如前所述，他的戏剧全部都是感伤的。该戏剧的精华是创造人类的情感前奏、造人时克制而宁静的审美，与再造自我时意识世界的宇宙断裂不可同日而语。只有通过爱以及与人类的接触，通过将自我延伸至可辨识的实体或者其他潜在意识单元时，他（奥巴特拉）对同情的需求才能得到满足——这是奥巴特拉的领地，原初意义上完满的躯壳。自我再造的深奥、意志力的苦闷，这些原初的修复成分是奥贡特有的才能；奥贡的意志力对痛苦精神的弥补，就是约鲁巴悲剧仪式的宣言。这种痛苦精神本身也在受难剧中有所体现。奥巴特拉的戏剧是序曲、受难和余波。它首先象征着神灵难以忍耐的孤寂，其次是对他不完整性（精神缺失）的记忆。此外，还有一些神灵（奥贡除外）也是这样，他们都没有利用救赎之战的机会、通过在宇宙创造力的矩阵中解体来获得重生，实现意志力的重组。最沉重的分离负担便是神灵与自身的分离，而非神灵与人类的分离，神灵旅途中最危险的部分便是他们要亲历过渡的体验。这是对物质万象核心的观察。利用桥梁渡过这个阶段，不仅是奥贡的任务，也是他的本质，他必须先体验其个体性，再将其个体性（作为原初奥瑞沙-恩拉Orisha-nla 的统一性）让渡给[371]分裂的过程；然后被宇宙的统一性、无意识、神话诗学力量的旋涡吸收，将自身完全沉浸其中，理解其本质，通过意志力的好斗特质拯救和再造自我，从而在宇宙秘密中变得更加智慧和有力，组织大地和宇宙中神秘的技术力量，为其同伴们打造一座（过渡的）桥梁。

所谓深刻理解，就意味着气馁和丧失行动的意愿。不正是宇宙深渊的威严、奇迹与无可逃避令人类现实显得愈加渺小吗？必须要记住，万物的出生、死亡、再生正是在此深渊之中完成（因为深渊正是各个存在阶段之间的过渡阶段）。我们瞥见创造与毁灭的源头时，生命（矩阵力量微不足道的反映）就显得惨绝、娇宠，丧失了尊严。受难剥夺了人类存在的快感；尚国、李尔王、俄狄浦斯所经历的无法抗拒的受难，把灵魂变成一种自我毁灭的倾向，并让后续行动变得徒劳无功、颜面殆尽。悲剧英雄的挣扎，终归是为了保持与生俱来的尊严，这种尊严感促使悲剧主角通过行动获得一种精神的崇高感。除此之外，终究还有什么意义呢？此刻，他与奥巴特拉的接受和智慧最为接近，这就是信仰。这种信仰对应的不是自我，而是一种普遍、抽象意义上的自我（个体贡献本质上毫无意义）。这是"领会"的信仰（faith of "knowing"），是心灵宁静的智慧。这也经常被狭隘地阐释为非洲人的哲学。但是，哲学是原始累积和形式体验的结果，是一个种族玄妙的智慧，这种智慧以过去、现在和未知的事实为基础，并在此基础上持续演变，不断补充有关过渡存在核心的本能领会和记忆。

约鲁巴"古典"艺术基本是奥巴特拉及其人类善行的表达，表面上完全排除了冲突与断裂。仅仅这些面具就代表了与冥界的沟通，并且暗示着过渡的原型，尽管大多数面具未能直现宇宙的权力，而是躲避在蓄意而为的怪异和喜剧态度之下。这种扭曲时常被看作是对超自然力量的逃避。恐惧的情绪包含在悲剧艺术中，通过喜剧表达和性的氛围在艺术中得到释放。然而，悲剧中的面具与悲剧音乐一样，以原型本质为源，本质的语言并非来自物质现实或者祖先记忆（祖先不过是中介或者媒介），而是来自过渡阶段的超自然领域,艺术家通过仪式、牺牲和理性的丧失(手指和声音与宇宙的象征性语言发生关联)得以短暂地窥见过渡阶段。约鲁巴宗教艺术中巧妙又明亮的宁静,将我们带入悲剧艺术的黑暗力量中,只有参与其中,才能真正进入。恐惧仪式中的怪诞使不知情者容易将编造的恐惧等同于约鲁巴人对神秘的个人意志的探索,对于神灵受难——艺术家容易遭受这样的苦难——的启示的探索。伊法(疗愈的、预后的、审美的、全知的)共济诗歌(masonic poetry)的周期,表现出一种乐观的哲学,对万物都有玄妙的适应力和无懈可击的解答;神灵们十分包容,在他们的永恒存在中,接纳了各种外来的、矛盾的表达。因此,总体文化(total culture)中的乐观性是约鲁巴人自身的品质,[372]这种乐观影响了他们接纳现代世界的方式,也是他们面对威胁时的一种精神应对。可惜,一个迫切的原始问题不时敲打着他圣殿的血管:什么是奥贡的意志力?象征约鲁巴意志的大锤来自奥贡的锻造,对于神灵来说,任何断裂的威胁都是复活悲剧神话的记忆编码。

约鲁巴道德观也是悲剧神话从当下意识中被错误排除的一种原因;因为,治愈精神断裂或社会断裂过程的平静表象,常被误认为是复原心灵体验原则的缺失。对于约鲁巴人来说,道德创造宇宙秩序中的和谐,对个体心灵断裂的修复,无法补偿个体人格的缺点。善与恶,不是通过对个体甚至实际群体的冒犯来衡量;因为在伊法的玄妙智慧中有这样的观点:断裂只是毁灭-创造统一体的一个方面,对自然的冒犯也可能是更深层次的自然对人类行为的苛求,为的是保证人类的繁衍及其精神的不断复兴。自然反过来从这种断裂的禁忌中获益,就像宇宙要求人类冒犯却也从中获益一样。这种傲慢的行为促使宇宙为了应对人类挑战而更深入其本质。因此,苦修和报应也不是对罪行的惩罚,而是复原意识的第一反应,对宇宙调整原则的一种召唤。悲剧命运是自然禁忌的重复循环,是狂傲的因果轮回,是人类体内恶魔意志力频繁的斗争。有力的悲剧都在情节上遵循狂傲的行为,神话总是在英雄的胜利时刻对其执行附带性的惩罚。尚国的禁忌也是狂傲的一种形式。即便有着极大的忍耐力,他还是最终败给一个小小的诱惑。最后,通过绝望地召唤非自然力量,他获得了暂时的机会,处置了不忠之人。随后,他又因洒了亲信的血液而亵渎了神灵。奥贡不敢直视过渡的深渊,但他最终使用知识、艺术、视野、科学的神秘创造力——也就是约鲁巴体验中无可匹敌的、彻底而深刻的狂傲和自信——而顺利实现了过渡。他因领导了神灵与人类而获得褒奖的皇冠时,惩罚也接踵而至。开始他拒绝,但后来还是接受了伊莱(Ire)的王座。战争开始时,恶魔力量也被激活了,但这时还没有世界的子宫、冥界的骗子、宇宙野兽的场地,从前那个过渡深渊的英雄也无法分辨人与人之间、你与我之间、敌与友之间的区别。敌人和属下一概都倒下了,只有奥贡成了人类狭隘所致分裂的惟一幸存者。奥贡神话是另一种深处宁静智慧之中、驱除恶魔能量的"受难"剧。在此神话中,没有欢欣鼓舞,即便在净身之后,也没有奥巴特拉获得救赎之后的狂喜,只有一种普罗米修斯肩上巨石般的疲惫,一种神灵退场歌中深刻的悲伤。①

　　我们如果要将奥贡在希腊神话中的对应——奥贡的狄奥尼索斯-阿波罗-普罗米修斯精神,即他的狂妄精神——看作其悲剧存在的根源,[373]就需要重新回到约鲁巴神话的定义,尤其要考虑人类的形而上境遇。我们已经十分熟悉狄奥尼索斯深刻的愤怒和他在神话中的分解起源,意志力的过程拯救了他,使他避免了被宇宙之风吹散。宙斯的意志力可以在概念上等同于狄奥尼索斯的意志力;同样,奥瑞沙-恩拉的一部分也可被看作奥贡(以及其他神灵)的恐惧意识。因为不情愿的狂妄之举而被巨人撕成碎片,狄奥尼索斯-扎格斯(Dionysos-Zagreus)通过体验自我毁灭和过渡的恐惧,诞生并开始了神圣的存在。这是一种狂傲之举,因为不仅需要克服过渡的深渊,还要敢于与其他力量融合。正如尼采的导师西勒诺斯(Silenus)所言,出生是一种狂妄之举;这也正是存在的终极悲观主义。**生存**(to be)是对冥界力量的挑战。对于约鲁巴人来说也再清晰不过了:**死亡**(to die)同样是狂妄的行为。过渡阶段的深渊需要狂妄和傲慢作为持续再生过程的催化剂。这是奥巴特拉宁静的智慧和本质的艺术。敢于通过过渡阶段是人类精神的终极考验,而奥贡就是深渊的第一个主角。

　　弗里吉亚神(Phrygian god)与他的双生神奥贡拥有不可抗拒的魔

---

　　①　在当代的奥贡仪式中,出现了不同习俗之间的混合:对替罪狗的仪式性肢解、对伊莱(Ire)大屠杀的再现、尚国和奥贡之间的纠纷、奥贡的胜利等。

力。狄奥尼索斯的酒神杖与奥贡男性信徒手中的**奥贡的工具**（opa Ogun）相对应。但是狄奥尼索斯的酒神杖更亮一些，轻盈且流淌着美酒，而奥贡的工具则是他艰难穿越黑暗深渊的象征。细长的棍子上镶有块状矿石，保证神器的曲线与活力。携带神器的都是男性，他们被迫在狂欢者中穿行，只有不停移动，才能保证武器的顶部不脱落。舞蹈者穿越戴着棕榈叶装饰、手持棕榈枝的男女，穿越城市村镇，直到山顶之上的奥贡森林。杀狗献祭、重新演绎如何处置祭司首领及其侍从胴体（肢体分离）的过程，这些都让人联想到宙斯之子扎格斯的肢解。相似的地方还有棕榈和常春藤。棕榈酒的传说——美酒从树上直接流出而无需其他过程的自然奇迹——在奥贡神话中具有重要的象征意义，因为它对神灵的悲剧性错误和之后的情感都很重要。和奥巴特拉一样，神灵们也是在过度享用之后才犯下错误。在伊莱军队的战斗前，奥贡饮酒过量。在他黑暗的举动之后，酒气逐渐散去，只剩下恐惧的现实。造人之神奥巴特拉也拜倒在酒香之下。他的手指丧失了造物的灵巧，因而造出了一些瘸子、白化病者、瞎子和其他残疾的人类。因此奥巴特拉永久禁止其信徒饮酒。而奥贡则不同，他坚信意志力和控制力需要不断经历磨炼和考验，也享受美酒带来的愉悦。棕榈叶子就是他任性和狂喜状态的象征。

那么，人类拜谒神灵时，怎样才能摆脱禁忌的羁绊，迅速进入神界的存在？他的耳朵和眼睛，如何回应守护神灵居所的那些缥缈的存在？当神界在庆祝非存在的深渊（the abyss of non-being）时，他又如何进入和参与这种精神的狂欢？[374]奥巴特拉崇拜的仪式也十分狂热，但缺乏一种极致的狂喜。这是向着专制力量上升的舞蹈，而不是对普罗米修斯精神无限意志力的赞颂。一种是退避式的，而另一种则是黑暗力量和愉悦感的爆炸、太阳核心的爆炸、神圣火山的喷发，后者与奥贡的内部能量——使奥贡平安度过悲剧深渊的意志力和自控力——并无二致。这种狂喜也透露出深渊之广袤；真正的信徒知晓、理解并能参透神灵的愤怒。在摇曳、摩挲和狂喜的人群中间，他的个体被定性，将自己交付给愉悦的情感，他的内在如临深渊。他在高山之上、奥贡之家保持镇定，体验到内心的巨浪，一种来自冥界的、要将之湮灭的打击之力。他只有渡过暗流、通向诗歌和舞蹈的光芒才能得救，不是作为现实的映像或幻象，而是作为化解神灵危机的庆典。

译者补记:非洲第一位诺贝尔文学奖获得者沃莱·索因卡的文学作品饱含传统神话与仪式元素,展现了非洲尤其是约鲁巴族文化中丰富深奥的一面。这篇文章是索因卡最重要的理论文章之一,阐释了约鲁巴神话诗学与戏剧构作的深层根源。这篇文论不仅是非洲悲剧艺术审美理论的代表,也为解读特定文化实践领域和当代非洲的文化现象提供了一种参照。作为批评家,索因卡理论文章大多不遵循学术文章的程式,其艰深程度也令许多文学评论家"丧失方向",被学者称为学界的"百慕大三角"。解读他的诗学文章,需要深厚的约鲁巴信仰和宗教知识,译者对约鲁巴文化有浅薄的了解,但还是难以将原有的哲思和韵味完整地翻译出来,因此译文中难免有疏漏和词不达意之处。在《死亡与国王的侍从》序言中,索因卡曾鲜明地反对西方批评家对其戏剧作品进行"文化冲突"等标签化、简单化阐释。也许,索因卡的文论及其书写特征是有意为之,是他与全世界批评家进行的一场富有深意的文字游戏。

(程莹 译;姚峰 校)

第 50 篇　俄狄浦斯王简介①

陶菲·克哈金（Tawfiq Al-Hakim）

[375]［……］

要是在过去一两个世纪，我们当中能有文学家站出来带着疑问呐喊一声就好了："哦，阿拉伯文学，自古以来，你和希腊的思想就紧密相连。你一直都对希腊思想有所思考，并且从它那里获得了科学与哲学。但是，你却对希腊诗歌不理不顾。这一裂痕还要持续多久？你与希腊诗歌之间何时能缔结停战协定？请想一想吧。请允许对希腊诗歌进行翻译和研究。或许，你能从中发现些什么，从而加强你所继承的遗产，为后世留下更多的财富。"

过去的几个世纪中，没有人发出这样的声音。于是，阿拉伯文学与希腊文学之间的裂痕一直存在。由于裂痕一直存在，戏剧难以建构于坚实的基础之上，难以在文学、思想与文化的柱廊之中寻得一席之地。

如果我们希望在阿拉伯文学深厚的历史中，以有价值的、持久的方式构建这类文学体裁——无论诗歌，还是散文——那么这两种文学就必须停止对抗。但是，如何才能停止对抗？首先，我们必须找到二者彼此疏离的原因，之后的工作才能卓有成效，为实现二者和解采取必要措施。

首先，我们需要扪心自问，希腊诗歌未被翻译成阿拉伯语，究竟是谁的责任？这个问题引导我们思考希腊遗产被翻译的方式，及其背后的动因和理由。

众所周知,伴随着亚历山大的征服,希腊精神渗透到了亚洲。介于底格里斯河和幼发拉底河之间的叙利亚和美索不达米亚地区受到希腊文化的影响最深。在遍布这些地区的斗室中,叙利亚苦行者连续几个世纪进行了大规模的翻译活动,将科学和哲学著作[376]从希腊文转换成叙利亚文,他们的热情从未消减。正是在这些叙利亚文译作之中,阿拉伯人后来汲取了灵感,并且进行了翻译。

如果这一番描述正确的话,阿拉伯人便可以说,他们翻译出了自己发现的东西。对于诗歌,那些僧侣并不在意⋯⋯但事实上,许多阿拉伯人后来学会了希腊语,能够直接从希腊语翻译。

被翻译成阿拉伯语的著作中,有一部讨论了诗歌,那便是亚里士多德的《诗学》(*Poetics*),包含了他对悲剧和喜剧的定义,及其戏剧诗(dramatic poetry)的部分特征。伊本·路世德(Ibn Rushd)凭借对《诗学》颇负盛名的评论向我们证明,阿拉伯人并未刻意排斥希腊人诗歌艺术的知识。那么,为什么好奇心未能驱使他们日后将一些代表性悲剧和喜剧翻译成阿拉伯语呢?

可以理解的是,他们不愿翻译诸如品达(Pindar)或阿那克里翁(Anacreon)的抒情诗,因为在前伊斯兰或阿拔斯时代(Abbasid)的阿拉伯诗歌中,出现了与之类似的作品。但是,为什么他们——据我们所知,他们求知若渴——没有翻译希腊诗人的悲剧呢?

要回答这个问题,我们必须首先知道何谓悲剧?悲剧如何在希腊兴起?今天,非常确定的是,悲剧源于对巴克斯(Bacchus)——这位酒神就是希腊人熟知的狄奥尼索斯(Dionysus)——的崇拜。每年春天,人们都会为这位神祇举行宗教庆典。人们欢饮享乐、喧闹嬉戏,围着酒神的雕像舞蹈歌唱。他们用羊皮和树叶装扮自己。这种舞蹈和歌唱起初只是即兴表演。之后,随着时间的流逝,表演变得越来越高雅。人们按照内容固定的程式来表演。歌曲很快就混和了对这位神祇丰功伟绩的赞美,采用的是叙事吟诵的形式,赞美他的胜利、他的历险、他的神奇旅程。随后,舞蹈剧团发展起来,开始有了各种服装,扮演不同的角色——不再限于山羊或其他动物。叙事内容也得到了发展,出现了不同的理念,与节日所庆祝的神祇不再相关。创新招来了保守长者的批评。他们说:"这一切都与巴克斯毫无关系。"这句话后来成了希腊语中的谚语。

但是,从这些招致批评和愤怒的创新之中,诞生了戏剧艺术。不久,出现了一位名叫泰斯庇斯(Thespis)的人,他经过思考创作了合唱团需要的吟诵篇章,以及一名演员与合唱团对话的台词。他赋予这位演员不同的面具和服饰。如此,他一人就能饰演多个角色。

这样一来,叙事性朗诵过渡到了对话和表演的阶段。戏剧诞生了,悲剧出现了。泰斯庇斯之后,出现了一位名叫普律尼科司(Phrynichos)的诗人,他把这门艺术又推进了一步。据说,他首次在演出中引入了女性角色。他将合唱团分为两个部分。其中一部分对演员的行为采取赞同的口吻。同时,另一部分则采取不悦和批判的口吻。似乎合唱团的两个部分由社会中的人组成,一部分认同他们见到的行为,另一部分则反对。历史上还有两位与普律尼科司同时代的诗人——科里洛斯(Choerilus)和帕拉提那斯(Pratinas),他们都参与了对这一艺术形式的改进。所有这一切都为悲剧大师们的出现奠定了基础:埃斯库罗斯(Aeschylus)、索福克勒斯(Sophocles)和欧里庇得斯。

[377]以上是对希腊戏剧诗歌诞生史的快速检视。我们从中可见,巴克斯崇拜是悲剧之母。这种艺术形式如同酒一样……从宗教的酒壶中向我们倒出来。通过这种方式,伟大的悲剧诗人继续从宗教传说和神话中编制不朽的作品。他们的作品浸透着人与神之间角力的精神。那么,是否可以认为,正是这种宗教特征使得阿拉伯人拒绝接纳这种艺术形式?

这是部分学者的观点。他们声称,伊斯兰教阻碍了对这种异教艺术的接受。对此,我不敢苟同。伊斯兰教从来就不是这一艺术形式的绊脚石,它允许翻译异教徒的很多著作。伊本·穆格法(Ibn al-Muqaffa‘)从巴列维文(Pahlavi)翻译了《卡里来和笛木乃》(Kalila and Dimna)。阿尔·班达里(al-Bundari)从波斯人那里翻译了菲尔多西(Ferdowsi)的《列王纪》(Shahnameh)。此书有关于他们的异教时代。同样,伊斯兰教没有阻挠艾布·努瓦斯(Abu Nuwas)的酒诗四处流传,没有在哈里发的宫殿中禁止刻制雕像,也没有禁止画工描绘波斯微型画。同样,伊斯兰教也没有阻止人们翻译很多涉及异教传统的希腊著作。因此,并不是因为异教因素,阿拉伯人才回避戏剧诗歌。那么阻挠的因素到底是什么呢? 或者是因为很难理解诗歌中完全围绕神话展开的故事? 这些故事需要冗长的解释才能理解,而这让试图理解它的人颇为扫兴,同时也使得那些试着去欣赏的人没了乐趣。或许这种解释有些道理,批评家弗朗西斯科·萨尔赛(Francisque Sarcey)在 1881 年法兰西喜剧院(Comédie-Française)上演《俄狄浦斯王》("Oedipus Tyrannus")时,为观众提供了建议,我对于他的评论颇感吃惊。我认为这部剧作——作为希腊悲剧——受宗教神话的浸透最少、最为纯粹干净、最接近灵魂中赤裸的人性。

这位批评家说道:"我建议观众——特别是女性——在观剧之前,翻阅一下希腊神话的书籍或辞典,了解俄狄浦斯王的故事梗概。这样,他们就不至于因失去线索而心生厌倦,不会在第一幕中就晕头转向。"①

这番建议的受众是谁呢? 就是文化构建在希腊遗产之上的公众……他们大多接受过学校教育,学过——他们所学的内容是确定无疑的——希腊文学,包括悲剧和喜剧。如果在那个已属现代的时代,这样的公众尚且需要梗概或辞典才能看懂俄狄浦斯王悲剧,那么我们又该如何设想那些阿拔斯或者法蒂玛(Fatimid)时代的阿拉伯读者呢?

然而,这番解释固然有其道理,但我并不相信此种艺术中某些典范之作的翻译会受到阻碍。柏拉图的《理想国》被翻译成了阿拉伯语,我敢肯定的是,书中含有理想城邦的观点,这对于伊斯兰世界而言是难以消化的。即便如此,翻译却不会受阻。正是这种困难,使得阿尔·法拉比(al-Farabi)将柏拉图的《理想国》披上了自己思想的外衣,将其铸入自己的以及伊斯兰教的思想模型之中。

同样的情形当年也可能发生在希腊悲剧之中。《俄狄浦斯王》这类的悲剧也可能被翻译过,之后又被诗人或散文家接手。这位诗人或作家很可能会将晦涩艰深的神话注脚删去,将异教信仰完全抛弃。他可能以清晰明确的方式、以赤裸的人性结构呈现作品,或者给它披上了一层伊斯兰教信仰或阿拉伯思想的半透明外衣。

[378]这种情况为什么实际并未发生呢? 毫无疑问,因为阿拉伯人没有接纳希腊戏剧,这另有原因。原因或许是,希腊悲剧在那个时代并不被视为一种可供阅读的文学形式。当时,希腊悲剧不会像柏拉图的《理想国》那样,被人们拿来独立阅读。它们被书写出来,不作供人阅读之用,而

---

① Francisque Sarcey, *Quarante ans de théâtre* (Paris: Bibliothèque des Annales, 1900—1902), III, 312.

是供人表演的。作者知道,自己的作品要通过舞台演出呈现给民众。因此,他在行文和对话中不会掺入任何解释、评论或有助于理解故事氛围的必要信息。作者所依赖的是观者在视觉上对作品的感受,这种感受只有演出时才能实现,才能描述。事实上,希腊剧场在机械和工具上的精确性和复杂性令人惊讶。剧场里配有能够移动或旋转的机器,还有剧场效果和装置,足以让演员演绎诗人埃斯库罗斯的《被缚的普罗米修斯》("Prometheus Bound")——剧中包含了仙女从云中和海面现身的场景。普罗米修斯骑在一只神兽背上,神兽长着鹰的脑袋、马的身躯。

或许,这就是阿拉伯译者在悲剧面前感到困惑、止步不前的原因。译者双眼注视的是沉默的文本,竭力使其中的人物、气氛、地点和时间在自己脑中栩栩如生、四处移动。但脑中却无法闪现这些画面,因为他从未见过这种艺术在自己的国家演出过。希腊人的合唱艺术创造了舞台表演。而演员泰斯庇斯创造了戏剧。不是戏剧创造了剧场,剧场才是戏剧的创造者。既然阿拉伯译者认定眼前这部作品不是用来读的,那么他翻译此书到底用意何在呢?

这或许就是希腊的戏剧诗未被翻译成阿拉伯语的原因。翻译希腊作品是出于实用目的,不只是爱好探索或好奇心使然。如此一来,悲剧中的思想精华便丢失了,因为思想不能单靠阅读来掌握和获取。为了让思想清晰可见,就必须借助表现手段。但这种手段并不是现成可知的。然而,接下来不得不提出的问题是,为什么阿拉伯文化中没有表演?为什么人们对此一无所知?

阿拉伯人同样有过异教时代。那个时代的诗人里,据说有人曾经旅行到"凯撒的土地",比如乌姆鲁勒·盖斯(Imru' al-Qays)。在那里,他无疑见识过高耸的罗马剧场。罗马人从希腊人那里继承了这门艺术。目睹了剧场之后,难道阿拉伯异教诗人就不会产生将其引入、传播并改造的想法吗?

他可能将其带到何方? 这就是问题所在。阿拉伯异教诗人或可传入这门艺术的祖国——如果他当真如此的话——不过是大海般宽广的沙漠。骆驼如同船只,从一个岛屿巡弋到另一岛屿。这些都是分散于各处的绿洲,偶尔会有水源喷涌而出,绿色植物便油然而生。但第二天,水源逐渐枯竭,绿色植被也会枯萎。这是一个大篷车承载的国度,为了追寻云中落下的水滴,大篷车四处辗转迁徙。这个国度在骆驼背上持续颠簸着,富有节奏、韵律和谐,马背上的人不禁想要放声歌唱。由此,阿拉伯诗歌便诞生了。它源自骆驼的吟唱,第一个挽着领头骆驼缰绳的人提高了嗓门,伴着骆驼蹄子踏在沙土上那微弱内隐的音乐开始吟唱。

在这个移动的国度,一切都与剧场毫无干系。剧场需要的第一要素是稳定。但是,阿拉伯人缺乏稳定的感觉。在笔者看来,这才是[379]他们忽略戏剧诗的真正原因,戏剧诗需要剧场才能存在。巴克斯剧场的遗迹经由现代考古工作而重见天日,这是一座敦实的建筑,基础十分巨大。这是一座属于国家的建筑。任何人只要亲临现场,或者参阅画片,便能了解这个庞大的建筑结构和容纳成千上万观众的空间,并立刻就能判断,这必定是一个稳定、集权和统一的社会生活的产物。研究者可能对此观点表示反对,认为阿拉伯人在倭马亚(Umayyad)王朝和阿拔斯('Abbasid)王朝以及之后,都出现过长久稳定的社群,以及统一集权的社会。那么,那些时期的阿拉伯人为何在力所能及之时,未能建成一座剧场呢? 我们清楚,阿拉伯人接触过不同的文化,吸收了它们的建筑元素,并修造了令人惊叹的建筑,这些建筑打上了这些文化的新印记。

答案很简单。倭马亚王朝及之后的阿拉伯人始终认为,贝都因人(the Bedouin)诗歌和荒漠诗歌是值得效仿的最佳典范。他们认为,前伊斯兰时代诗歌是值得模仿的完美范式。他们意识到在建筑方面有所缺失,但是从来没有感到诗歌方面的不足。他们想要从别人那里借鉴和尝试之时,就走遍五湖四海,寻访所有的艺术门类——惟独没有诗歌艺术。他们认为,自己很久以前就在诗歌领域达到了高峰。因此,我们发现自己围绕着诸多复杂的原因,这些原因都可能妨碍阿拉伯人对戏剧产生兴趣。

然而,阿拉伯文学是否有必要产生悲剧? 阿拉伯文学要完善自己的个性,悲剧是不是必需的体裁?

如果读过维克多·雨果为《克伦威尔》(Cromwell)所作的那篇著名序言,就会找到部分答案。他将人类历史划分为三个时期。在他看来,原始时期是抒情诗的时代。他声称在原始时期,人类吟唱如同呼吸。此时,人类的歌声喷薄而出,处于富有骑士精神的青年时代。随后是古典时期、一个史诗的时代。部落发展壮大,形成了国家。社群的需求取代了迁徙的需求。国家构建了起来,并且越来越重要,国家间开始产生摩擦和冲突,酿成战争。这时,诗歌应运而生,讲述发生的事件,述说不同民族和帝国的遭际。最后出现的是现代时期,属于戏剧的时代。在他看来,这才是完整的诗歌,因为它包含了所有的形式,兼具抒情诗和史诗的元素。

让我们听一听雨果对自己思想的总结:"人类社会一边歌唱梦想,一边取得进步,走向成熟。随后,他们开始讲述自己的英雄事迹,最终则描绘自己的思想。"①

雨果邀请读者在所有文学身上逐一检验他的理论。他保证我们会发现,任何文学都存在这种分类。在他看来,抒情诗人总是早于史诗诗人,史诗诗人总是早于戏剧诗人。

是否可以认为,这套理论同样适用于阿拉伯文学? 在我看来,如果我们忽略体裁,并且将考察的范围限于这些目标,答案是肯定的。毫无疑问,阿拉伯诗歌的确歌颂了梦想,描绘了战争,阐释了思想。阿拉伯诗歌没有改变自己的方法,没有放弃自己的体裁,也没有偏离自己的原则。在发展过程中,阿拉伯诗歌与雨果绘制的路线是一致的。单从阿拔斯王朝来看,阿尔-布赫图里(al-Buhturi,卒于公元 897 年)早于阿尔-穆太奈比(al-Mutanabbi,卒于公元 965 年),而穆太奈比则早于阿布·阿尔-阿拉(Abu al-'Ala',卒于公元 1057 年)。如果将这些诗人移植到希腊的土壤中,阿拉伯铜钹乐手阿尔-布赫图里就是品达(380)。使我们的耳边历朝历代回响着刀剑刺杀声的阿尔·穆太奈比,就会是荷马。为我们描绘了对于人类及其命运和天神的思考的阿布·阿尔-阿拉,就是埃斯库罗斯。就内容而言,这一发展过程就完成了。然而,形式的发展却受制于伴随该阿拉伯国家成长的环境。如我们所见,环境并没有限制阿拉伯人的心智,也没有约束他们的艺术天性;但无论如何,环境有违他们的意愿,使他们在那个历史阶段错过了这一文学艺术形式。

阿拉伯语言与戏剧文学并无内在的罅隙。倒不如说,这只是暂时的疏离,原因在于缺乏工具。这一点对于阿拉伯人来说,就好比除了骆驼之外,他们就不知道其他可供骑乘的动物了。如果造化弄人,让他们无缘接触马匹,他们可能至今都不懂得驾驭马匹。但是,自从马匹进入沙漠,阿

---

①   Victor Hugo, *Oeuvres complètes*: *Cromwell* ([n, pl.]: Editions Rencontre, 1967), p. 26.

拉伯人立刻就成了马背上的民族。他们掌握了养马和描述马的艺术。如今，放眼世界，还有谁敢说早于阿拉伯人就开始蓄养马匹？如果要寻找对马匹特点的精彩描述，除了阿拉伯诗歌之外，哪里还能找到？

整个问题就是工具问题。就好像阿拉伯人在骆驼时代所说："只要给我们马匹，我们就会骑上。"他们也许会说出类似的话："只要给我们剧场，我们就会写出剧本。"

毫无疑问，今天的世界发生了改变。广义上的剧场已成为当代生活中的必需品之一，而不专属任何特定的阶级。它已经成为人们日常的精神养料。其丰富程度随着人们文化水平的高低而有所差别。归根结底，它也是一种艺术工具，传遍了东西半球。所谓"剧场"，我指的是所有这类艺术形式，它们在舞台和荧幕上、书页和广播中描绘事物、人物和思想，它们栩栩如生，既有对话，也有争论，在观众、听众和读者面前展现自身的秘密和思想。

以戏剧形式生动地表现思想的方式风靡世界，再也不容忽略。今天，在阿拉伯世界，无论走到哪里，都可以看到高耸巍峨、装饰华丽的建筑，在我们的城市中当属最为奢华者。这些建筑就是剧场！

于是乎，我们拥有剧场，也就是拥有了工具。对于阿拉伯人的生活方式而言，剧场成了面包和水一样的必需品。这种被称为表演的工具每天活动的场地不断扩大——伴随着广播的普及——直至进入千家万户，成为日常的精神养料。所有这一切应该传到了根深蒂固的阿拉伯文学耳中，提醒其注意这种艺术，并在阿拉伯文学自身的程序和类别中，为其奠定了基础。据我猜测，阿拉伯文学也渴望如此，因为阿拉伯文学既未死亡，也未僵化。

但如何做到这一点呢？我们不能指望打开一扇门，进入这一高贵的框架之内，再将一个没有根基的艺术嵌入其中。因为阿拉伯文学既不轻浮，也不虚假。阿拉伯人保存了人与马的世系血统。时至今日，我们绝不能使其对自己历史悠久的文学传统感到沮丧。我们必须创造出传统中缺失的环节，并使其归位，将阿拉伯文学与戏剧艺术牢牢地联系起来。这一环节只能是希腊文学。

正是因为所有这些原因，这两种历史悠久的文学必须达成谅解。我们在这里面临一个重大的疑问：这种谅解何以实现？[381]尽心竭力地将希腊戏剧文学全部翻译成阿拉伯语,这样是否足以忠实于希腊戏剧文学?这当然是必要的,并且大多数作品已经翻译完成了。实际上,大约三十多年前,索福克勒斯的《俄狄浦斯王》(*Oedipus the King*)就在阿拉伯世界的舞台上呈现在了众人面前。

但是,仅仅将希腊戏剧文学翻译成阿拉伯语,并不能为我们奠定阿拉伯语戏剧文学的基础。同样,仅仅介绍希腊哲学,并不能开创阿拉伯或者伊斯兰哲学。翻译只是工具,我们必须借此实现更为远大的目标。

这一目标便如同从溪流中取水,然后吞咽、消化、吸收,这样,我们就可以将其传递给他人,使其染上我们思想的色彩,打上我们信仰的烙印。这就是阿拉伯哲学家接受柏拉图和亚里士多德的作品时所采取的做法。对于希腊悲剧,我们也必须采取同样的做法。我们必须以耐心不懈地研究希腊悲剧,之后以阿拉伯人的眼光看待它。

［……］

（王大业 汪琳 译;姚峰 校）

第51篇　作为戏剧表演的诗歌^①

科菲·安尼多霍(Kofi Anyidoho)

[382]初步的假设是,非洲现代文学(书写)产生于口语交流模式主导的文化环境。但是,书面形式的非洲文学则是由掌握了读写技术的人生产和消费的。在这个孤立的小集团与为数甚众的口语交流者之间,需要有何种联系,才能确保将口头性议题引入非洲文学?

(Biakolo 6)

上述假设提出了一个根本议题,该议题近来成了很多非洲文学批评争论的核心。比亚科洛(Biakolo)在论文中提到,为了对这一话题作"更为持久的理论思考",我们需要"将非洲文学视为两种可选媒介的交汇:口头与书面交流"。他认为,这一观点将理论重心"从作者、主题和风格转移到了媒介"。

我在本文的主要任务是讨论,在口语交流模式主导的环境中,非洲文学创作的重要含义。但是,我所关注的更多是文学实践,而非理论。本文试图探究一种现象背后的本质特征、形式、灵感与含义,该现象在加纳诗歌界已有相当的基础,即,将书面诗歌改编为戏剧,并在舞台上呈现给现场的观众。在早先的论文《神话构建者与神话破坏者:以耳闻为证的口头诗人》("Mythmaker and Mythbreaker:The Oral Poet as Earwitness")中,我敦促作家们"尝试去探索这样的可能性,即运用声音技术,作为诗歌对话的主要媒介……[因为]许多人并非以眼睛见证印刷的诗歌,而是以

---

① First published in *Research in African Literatures* 22. 2 (Summer 1991):41—48, 53—55.

耳朵感受声音的力量和词语的意义。"(13)最近,我与加纳诗歌界有了些接触,产生了略有不同的认识,并坚信诗歌实践的新发展对于非洲书面诗歌有着极为重要的影响。通过非洲表演传统中的诸多媒介**再**现书面诗歌,这蕴含着巨大的潜力,能够克服交流中的障碍——由于这种障碍,诗人作为作家常常声名鹊起,但作为当代艺术家明显居于边缘地位。

如今这一代加纳诗人缺少出版诗歌的渠道,出版物也缺乏足够的读者群,同时还要适应非洲以现场表演的形式"出版"诗歌的传统做法。[383]在此形势下,他们转而以戏剧形式呈现自己的作品。艺术实践中,这一变化目前所取得的成就以及相关的问题和局限之处,都值得仔细探讨。

非洲表演传统的基本成分

在非洲传统中,表演这一概念和实践对于艺术表达与经验至关重要。但一般来说,这一说法的有效性也许并不明显,部分原因在于,非洲民族界定自己的艺术形式时,会使用不同的词汇,而这些词汇很难在非洲之外的语言中找到准确的表达方式。我们不妨试着给"诗歌"或"诗人"找到精确的外来词。埃维人会用 ha 或者 heno 来表达,表明诗歌和音乐通常以相融的艺术形式出现;而诗人也几乎总是作曲者或歌唱者。在公共场合的实际现场表演中,情况就更复杂了,诗人-歌手还可能扮演鼓手、舞者与歌手的角色。的确,埃维语词汇 wufofo(敲鼓)几乎汇集了所有的表演艺术:

> 埃维人的诗歌伴随鼓点而诞生。在鼓点的氛围与节奏中,在歌曲的结构中,我们直面原初诗歌的形式与内容。(Awoonor 17)

埃维人的案例绝非孤例。马齐西·昆内内解释道:"祖鲁人的诗歌属于公众,需要一种特殊的表现方法。诗人不仅诵读诗歌,还要表演出来,运用不同的音高,并模仿所有的感官,来传达自己的诗歌。在一个层面上,他呈现的是交响曲式的吟诵;另一层面上,是戏剧;又一层面上,则是音乐。"(12)

要充分理解此种将不同艺术形式融为一体的趋势,我们需要考察**节日**。奥因·奥贡巴将节日称为"传统非洲主要的艺术机制",认为节日"是惟一能使社群中几乎所有的艺术形式协调一致的机制"。(5)科菲·埃尔梅赫·阿戈维(K. E. Agovi)发现了"至少三个重要因素之间的互动关系,这些因素影响了节日戏剧中的角色扮演":戏剧表演的综合性;积极观众的在场;演员对自身所肩负期待的观念;演员对表演的理解和表演技能(148)。由此出现的清晰图景就是非洲表演艺术传统的融合性。非洲艺术传统致力于融合不同的艺术形式,同时也必然将艺术家、观众和艺术形式融入一种统一的体验(Kunene;Scheub)。

表演的本质

口头艺术表演及其作为戏剧体验与诗歌主题的相关性被界定的过程中,我们必须设想出不同层次的表演。表演已成为口头文学研究的中心话题,理查德·鲍曼(Richard Bauman)所著《作为表演的口头艺术》(*Verbal Art as Performance*, 1977)对表演的概念——已成为口头文学研究的核心——提出了简要而经典的洞见。在"表演的本质"这一篇幅较短的章节中,[383]他对早期基本以文本为导向的表演研究方法,作了有益的评论。随后,他提倡一种在理论和分析上更为有益的研究方法,将表演视为"一种特定场景中的人类交流"。在评价这类表演时,他认为表演者"应当承担向观众展示交流能力的责任",这方面的意义值得特别注意(11)。鲍曼接下来的评论与我们的议题尤其相关:

> 另外,[表演]的特征在于,借助表达行为本身内在性的即时愉悦,能有助于经验的提升。因此,表演使人格外关注表达行为,并提升对表达行为的认识,允许观众特别重视表达和表演行为。(11)

这一认识框架赋予了观众关键性角色,这一角色与非洲艺术表演尤其相关。典型意义上的非洲观众不太可能出于礼貌而为一出糟糕的表演鼓掌,散场后才嘟嘟囔囔着在心里数落起来。他们会一以贯之地期待看到高超的演技。一个令人乏味的表演者可能突然会得到一阵响亮的掌声,但实际上是一种警告:"要么好好演,不然就下台!"比如,加纳的学生观众会以一支耳熟能详的歌曲打断表演:"我们所要说的就是……/不要浪费我们的时间。"拙劣的表演者会被嘘声轰下台,这并不少见。有时候,还会有人要求退票。表演者甚至会遭到袭击,他们的乐器和道具也会受损。

就非洲观众可能发出的令人不悦的反馈而言,表演活动可能被视为一种风险训练(Nabasuta 46—47;Yankah)。然而,面对这种风险,我们总是要从满意的表演中得到潜在的乐趣,以求得平衡。观众未必就是表演者的威胁。相反,观众更是表演者实现卓越的盟友、提示者和激励者,而非演出成功的绊脚石。毕竟,观众渴望从表演中获得乐趣,正如表演者通过成功的演出体验到了个人的满足感。

为了满足观众颇为严苛的期待,那些决定以表演——而非印刷物——传播作品的诗人有诸多选择,这些选择可以对应不同层级的表演:

第一层表演——戏剧阅读

在这一层级,诗人与诗歌仍然与书面或印刷文本密切相关。但是,通过身体语言、声音、停顿、节奏、手势和其他副语言技巧的戏剧化运用,诗歌获得了能量,开始脱离书页上冰冷的印刷文字,变成了温暖鲜活的体验。观众对此经验由衷产生了认同感,并且通过不同程度的参与,通过鼓掌与评论的激励,可以提升这种经验。

不少作家注意到,尤其20世纪70年代以来,通过公开朗诵以及完全或部分播放英语和加纳本土语言诗歌的广播和电视节目,加纳诗歌开始流行起来[385](Apronti,"Ghanaian Poetry" 31;Anyidoho "Atukwei Okai" and "They Sing";Fraser 313—314)。的确,艾普朗提(Apronti)认为:

> 20世纪70年代,这些新诗人为加纳社会带来的最重要进展,就是将诗歌朗诵会组织成一种流行活动,吸引了社会各界人士参加。于是,朗诵会恢复了诗歌在非洲作为公共事件的传统……(31)

　　经常会有人指出，这种现象的出现很大程度上与诗歌缺乏出版渠道有关。比如，弗雷泽（Fraser）认为，这类朗诵会被认为是"最终出版行为的先导"（313）。自然，参与到活动中的新诗人们希望作品最终能够出版。然而，鉴于诗歌创作于"口头交流模式主导的文化环境"，我在本文的基本观点是，印刷物未必就是"最终的出版行为"。

　　我们需要修正对于"出版"这一概念的理解，将公开的诗歌表演行为包括在内。否则，对于已有作品出版的诗人依然坚持不断公开表演、推广作品这一事实，我们又该作何解释呢？事实上，整整一代享誉全国的加纳诗人中，很多没有出版过一首诗。过去几年中，加纳娱乐业批评家和评论员协会（ECRAG）更多将每年一次的"年度诗人"奖颁给了"作品未被出版"的诗人，而非那些享誉全球的著名诗人。在加纳娱乐业批评家和评论员协会看来，夸贝纳·阿塞都·阿鲍格伊（Kwabena Asiedu Aboagye）和阿贝库·萨戈（Abeiku Sagoe）诗朗诵的声音更接近观众的视觉和听觉，而不是科菲·阿沃诺和奎西·布鲁（Kwesi Brew）广受赞誉的作品。

　　直到最近，诗歌表演方面的核心人物是阿图奎·奥卡伊（Atukwei Okai），他也将诗歌表演作为恰当的艺术表达模式加以推广，并获得了应有的赞誉（Apronti "Ghanaian Poetry"; Anyidoho "Atukwei Okai" and "They Sing"）。艾普朗提称他为"20世纪70年代最富诗意的加纳诗人，一个将诗歌朗诵变为公众事件的人"（42）。奥卡伊的显赫地位很大程度上与其独特的表演风格有关，这一风格恰如其分地捕捉并传达了所谓"其诗文中的澎湃激情"（Apronti, "Ghanaian Poetry" 43）。

　　1987年初的加纳诗坛，在公共表演诗歌的戏剧化阅读领域，非裔加勒比诗人兼历史学家爱德华·卡姆·博列维特（Edward Kamau Brathwaite）——他之前在加纳生活并工作了大约8年——引入了一个尤为引人注目的范例。博列维特是以杜波依斯泛非文化纪念中心（W. E. B. DuBois Memorial Centre for Pan African Culture）特邀嘉宾的身份回到加纳的。来访期间，他作了诗歌阅读的巡回讲座，其中一个高潮是他在加纳大学以《阿达姆潘：非洲-加勒比诗歌的诞生》（"*Atumpan*: The Making of an African-Caribbean Poetry"）为题所作的公开演讲。如果把他的表现称为"讲座"，明显是一种误解。更为熨帖地说，这是一种独特的表演，再现了其创作生涯被早年在加纳的经历所塑造的很多新方法。对于加纳，他承认这片土地为他提供了"一种持续的隐喻感"和一种合适的节奏感。在此感受中,他才能重构非洲人在加勒比地区的苦难史。

[386]朱利安·佩恩(Julien Pearn)称赞博列维特是"我们时代最富创新力的诗人之一,其诗歌影响了广大'非文学'的观众,并且为整个加勒比联邦(Commonwealth Caribbean)的民众对诗歌表演真正产生兴趣铺平了道路"。扎格巴·奥约提(Zagba Oyortey)谈及博列维特"70余年默默……推广诗歌,并将其归还于普罗大众"(62),因而对英国诗歌学会(British Poetry Society)作出了独特贡献。在所有受邀参与这次活动的诗人中,奥约提似乎对博列维特的印象最深,这主要因为其表演的戏剧性特征:

> 博列维特使观众对流行于非洲和加勒比地区的口头表演的性质,获得了独特的洞察力。他用了一组类似鼓乐声的非洲词汇:"Dam……Damirifa……Due"[一种阿坎族(Akan)挽歌]。以此为跳板,他引出了加勒比地区的历史,所使用的是雷鬼乐(reggae)和达布(dub,一种雷鬼乐。——译者注)的节奏,这种节奏被视为艺术[在此为诗歌]具有的典型性社会回应和交流功能,这超越了个人的声音,表达和放大了公众的愿望。(62—63)

1987年2月4日,在博列维特重返加纳这一巅峰事件中,其诗歌所有的特质和令人难忘的表演风格都展示得淋漓尽致。在加纳戏剧演播厅(Ghana Drama Studio),杜波依斯中心推出了一场特别节目,并郑重其事地命名为"鼓声与人声:一场表演对话"(Drums & Voices:A Performance Dialogue)。对话有两个主要维度。首先是博列维特的加勒比非洲传统诗歌与来自加纳的非洲本土诗歌之间的对话,后者的代表人物有纯口头诗人奥克耶阿米·克瓦希·阿库夫(Okyeame Kwasi Akuffo)以及作家兼表演者夸贝纳·阿塞都·阿鲍格伊、科比那·埃伊·阿科瓦(Kobena Eyi Acquah)、科菲·安尼多霍和科菲·阿沃诺。更重要的是,在作为作家的诗人和作为诗人的鼓手之间,还进行了一场对话。

节目开场,加纳大学的加纳舞蹈团(Ghana Dance Ensemble)表演击鼓,拉开了序幕,之后是奥克耶阿米·阿库夫的祭酒表演。随后,舞蹈团还演奏了冯唐芙蓉鼓（fontomfrom）组曲；接着，奥克耶阿米·阿库夫表演、朗诵并翻译了鼓乐诗。舞蹈团以一曲冯唐芙蓉鼓将博列维特迎上了舞台，博列维特精彩地演绎了自己的诗作《尼格斯》（"Negus"）——表演中，诗人展示了艺术才华，将多元打击节奏引入了表演结构——迅速吸引并征服了观众。此时，在恰如其分且富有诗意的鼓乐节奏中，每一位加纳诗人都依次被带入了自己的表演。最后，博列维特抑扬顿挫地进行了朗诵，节目在鼓点齐鸣中结束。节目结束时，观众只有一个遗憾，即意识到自己体验了一场独特的演出，而这样的演出今后难以再现了——众所周知，这是任何口头表演的局限之处。幸运的是，杜波依斯中心录制了这场演出，因此我们依然有可能体验到当时激动人心的场面。

第二层表演——诗歌、音乐和动作的杂糅

上述演出使我们超越了第一层表演，即作家依旧固守书面或印刷文本的层级。在诗歌表演的第二层级，由于摆脱了冰冷印刷文本的束缚，戏剧效果常常也就变得更加强烈了。[387]的确，这种表演经常有这样一种情境特征，即尽管诗人手中或许握有文本，表演中却很少或从不翻看。只有当文本被牢记于心，或者更准确地说，融入了艺术创作之中，且辅以身体语言和副语言手段的巧妙运用，表演因此变得随性自然，此时理想的状态才会出现。

在此层级，另一常见的表演元素是音乐，以及同时对不断展开的诗歌文本所描述情境的无声演绎。事实上，音乐可以融入诗歌文本之中，在阿图奎·奥卡伊、阿塞都·阿鲍格伊和科比那·阿科瓦等作家的作品中，我经常看到这样的现象。然而，更多情况下，音乐是以前奏、背景乐、副歌或尾声的形式演奏的。

所有这些手段的运用都是为了将观众的注意力吸引到表演上。如果演奏的是大家耳熟能详的曲子，观众就会参与进来，甚至无需诗人-表演者的直接邀约。表演者会借鉴非洲呼应问答的（call-and-response）流行传统，甚至形成一种考虑观众参与的表演模式。此类着眼于表演的诗歌产生了一个重要的结果，即由于作家意识到潜在观众的参与，实际的写作过程因此会受到影响。比如，在我的诗《丰产游戏》（"Fertility Game"）

中,专门用一句诗来吸引观众加入表演:"回家吧,阿格贝诺克赛维(Ag-benoxevi),回家吧。"这句诗以精心标示的间隔不断重复,有时以恰当的手势标示,有时用某种特别的声音(Anyidoho, *Harvest* 19—22; *Earth-child* 1—3)。

这一层级的表演可被视为中间层,对书面或印刷文本的关注被尽可能弱化了,但没有完全消除。过去几年,加纳诗歌沿着这个方向不断发展深入,书面文本不断被排挤到**前**文本(*pre*-text)或脚本的位置,被改造并融入了彻底的舞台戏剧制作之中。

第三层表演——整体艺术

在最后这一层级,诗歌不再是一种束缚于书写或印刷页面的文本艺术,完全摆脱了印刷技术的疏离效应。在此过程中,诗歌不再是一种以私人隐秘的方式生产并享受的体验,而受制于集体艺术形式遵循的所有规律和原则。在此集体框架之内发生了根本性的转变:

a. 诗歌从书面/印刷文本彻底转化为舞台表演或戏剧,这意味着诗人最原初的——通常也是孤独的——创作活动,得到了其他艺术家、技术人员(导演、演员、舞者、歌手、鼓手和制片人等)以及物质装备(如服装、道具、灯光和音响效果)的补充性和创造性支持,因而变得更加丰富了。

b. 这种诗歌大体上与非洲表演传统的共同审美规范一致,通常融合了音乐、舞蹈、哑剧和手势,形成了统一的整体。这种戏剧——或曰整体艺术——的本质结构,在于搭建桥梁,将破碎的艺术世界重新连为一体(Kubayanda;Anyidoho "Divine Drummer")。[388]

c. 这些演出中,观众的参与和关联变得至关重要。这种参与与读者作为观众的处境之间,形成鲜明的反差。作家与读者之间惯常的空间和时间距离被完全抹去了,造成了二者当面互动的局面。[……]

诗歌作为戏剧表演的社会和艺术内涵

在评论《大地之子和其他诗篇》("Earthchild and Other Poems")一文时,迪卡特赛(Dekutsey)如此判断这一发展变化带来的最重要后果:

> 戏剧化无疑会影响诗歌创作本身;诗人在创作的安静时刻……心里会格外重视观众;诗歌发出的声音会更具社会属性,而非私人属性。(619)

在口头方式和非读写性主导的社会中,诗歌作为书写和印刷文本具有局限性,明显不能对普罗大众产生深刻影响。随着新趋势的发展,书写和印刷文本几乎沦为某种前文本,在导演和演员的努力下,诗歌的形式和意义都变得更加丰富,在与现场观众面对面的戏剧性接触中得到了充分实现。观众和戏剧化过程影响了"整体艺术"的最终形式,也影响了诗歌书面文本的某些细节。

在负责监制两部作品期间,我不得不对原文本的诸多细节重新加工,以满足戏剧化的特殊要求。在《大地之子和其他诗篇》之中,我们在原始剧本上又增加了很大一部分内容,以回应阿比比格罗马(Abibigromma)剧组的要求。起初,在《宇宙正义的最高法庭》("In the High Court of Cosmic justice")这首诗中,只有一名女性为克瓦米·恩克鲁玛博士出庭作证。我试图说服剧组一位重要的女演员兹法·格里克坡(Dzifa Glikpoe)扮演男性角色。她对此表示反对并指出,鉴于女性在恩克鲁玛的政治生涯中扮演了主导性角色,如果只有一名女性证人出庭,这就是一个历史性错误。她坚持要求我为她专门写一出戏,以对此作出部分纠正。她的立场促使我创作了该诗戏剧版的最后部分《洛丽塔·琼斯》("Lolita jones")——当然,这部分内容在《做脑手术的大地之子》(*Earthchild with Brain Surgery*, 1985)的原始版本中是没有的。

戏剧化诗歌对观众产生的影响是衡量其重要性的另一标尺。对于层次高低不同、社会和教育背景各异的典型非洲社会和民众,这种形式的诗歌能够产生深远的影响。就我个人经验而言,我相信戏剧化诗歌相比印

刷版诗歌,能得到观众更为深入的欣赏,能得到社会不同阶层人士的欣
赏,令人惊讶。事实上,这种形式影响了许多根本不可能接触印刷版诗歌
的人。作为艺术家,我碰到了一件最令我欣慰的事情。有一次,诗人阿图
奎·奥卡伊回忆起自己坐在加纳戏剧演播厅里,观看《大地之子》首映时
发生的一件事。忽然,他听到有人在鼓掌,并轻声用[389]加纳语(Ga)喊
道:"Amee bo mode. Amee bo mode"(他们演得真好)。他环顾四周,惊讶
地发现,评论者不是别人,正是他四岁的女儿。其他人观看了这些不同的
演出之后也坦陈,虽然他们算不上诗歌爱好者,却能在这些表演中发现乐
趣和意义。

　　有人或许会提出反对意见,认为诗歌作了戏剧化处理后,彻底变成了
艺术表演,这需要的投资实在过大。只有个人或机构以资金或物质的形
式提供大量赞助,上述每部作品才可能完成。也有人会指出,尽管耗资不
菲,但每部作品或每场演出都是独特的体验,这是印刷文字之类的永恒形
式所无法轻易捕捉的。然而,现代技术使得这些表演能够以音频和视频
的方式记录下来;事实上,上述每部作品至少成了相对永恒的档案,记录
在了录像带上。正如迪卡特赛所言:"如果将这些缺点与那些明显的优点
(即意义的丰富)两相权衡……我们所作的试验还是值得的,人们对这种
新形式的试验,几乎必定会呐喊叫好。"(619)如果我们的目标是弘扬健康
的艺术传统,这样的投资就并不过分,可以让"诗歌走出书本,以生动鲜活
的形式走向芸芸众生"。

参考文献

Acquah, Kobena Eyi. *The Man Who Died*. Accra: Asempa, 1984.

——. *Music for a Dream Dance*. Accra: Asempa, 1989.

Agovi, J. Kofi. "Of Actors, Performers and Audience in Traditional African Drama." *Présence Africaine* 116. 4 (1980): 141—158.

Anyidoho, Kofi. "Atukwei Okai and His Poetic Territory." *New West African Literature*. Ed. Kolawole Ogungbesan. London: Heinemann, 1979. 45—59.

——. "A Communal Celebration of Individual Poetic Talent: The *Haikotu* Dance Club of Wheta." *Cross Rhythms: Occasional Papers in African Folklore*. Eds. Kofi Anyidoho et al. Bloomington: Trickster Press, 1983. 172—192.

——. "Divine Drummer: Drum Poetics in Brathwaite and Okai." *Black Culture and Black Consciousness in Literature*. Ed. E. N. Emenyonu. Ibadan: Heinemann, 1987. 197—210.

——. *Earthchild*. Accra: Woeli, 1985.

——. *A Heart of Our Dreams*. London: Heinemann, 1984.

——. "Mythmaker and Mythbreaker: The Oral Poet as Earwitness. " *African Literature in its Social and Political Dimensions*. Eds. Eileen Julien et al. Washinton, DC: Three Continents Press, 1985. 5—14.

Apronti, Jawa. "Ghanaian Poetry in the 1970s. " *New West African Literature*. Ed. Kolawole Ogumgbesan. London: Heinemann, 1979. 31—44.

——. "John Atukwei Okai: The Growth of a Poet. " *Universitas* (Legon) 2. 1 New Series (1972): 117—129.

Awoonor, Kofi. *Guardians of the Sacred Word: Ewe Poetry*. New York: Nok, 1974.

Bauman, Richard. *Verbal Art as Performance*. Rowley, MA: Newbury House, 1977.

Biakolo, E. A. "Orality and the Criticism of African Literature: A Critique. " Paper presented at the 8th Ibadan Annual African Literature Conference, 1989.

Brathwaite, Edward Kamau. "*Atumpan*: The Making of an African Caribbean Poetry. " An Open Lecture. University of Ghana, Legon. January 11, 1987.

Dekutsey, Atsu. "Poetry as Theatre. " *West Africa* 3577 (March 24, 1986): 618—619.

[390]Fraser, Robert. *West African Poetry: A Critical History*. Cambridge: The University Press, 1986.

Kubayanda, J. Bekunuru. "Polyrhythmics and African Print Poetics: Césaire, and Atukwei Okai. " *Interdisciplinary Dimensions of African Literature*. Ed. Kofi Anyidoho et al. Washington, DC: Three Continents Press, 1985. 155—162.

Kunene, Daniel. In *ALA Newsletter* 2. 4 (1976). Also quoted in *Artist and Audience: African Literature as a Shared Experience*. Ed. R. Priebe and T. Hale. Washington, DC: Three Continents Press (1979). iii—iv.

Nabasuta, Helen. "The Dynamics of the Storytelling Experience: Kiganda Prose Narratives. " *Cross Rhythms*. Ed. Kofi Anyidoho et al. Bloomington: Trickster Press, 1983. 43—67.

Ogunba, Oyin. "Traditional African Festival Drama. " *Theatre in Africa*. Eds. Oyin Ogunba and Abiola Irele. Ibadan: Ibadan UP, 1978. 3—26.

Oyortey, Zagba. "Poetic Concerns and Styles. " *Africa Events* 3/6 (June 1967): 62—63.

Pearn, Julien. In *Art Links* 20.

Scheub, Harold. "Body and Image in Oral Narrative Performance. " *New Literary*

History 8. 3 (1977)：345—367.

Yankah，Kwesi. "Risks in Verbal Art Performance. "*Journal of Folklore Research* 22. 2—3(1985)：133—153.

（孙晓萌 王大业 译；姚峰 校）

第52篇 "Azikwelwa"（我们拒绝搭乘）：南非黑人诗歌的政治与价值[①]

安妮·麦克林托克（Anne McClintock）

[391]殖民背景下，只要当地人没有响亮而明确地承认白人价值观的优越性，殖民者决不罢休。在去殖民化时代，殖民地广大民众所嘲笑、咒骂和唾弃的就是这些价值观。

弗朗茨·法农，《地球上受苦的人》

1976年6月16日，一个冬日的早晨，一万五千名黑人儿童在索韦托镇（Soweto）的奥兰多体育场（Orlando Stadium）上游行，手举草草写在练习册背面的标语。他们被荷枪实弹的警察拦了下来，并遭到射击。13岁的海克特·彼得森（Hector Peterson）成为第一个中弹倒地者，随后数月，几百名学生也遭此厄运。[②] 10年之后，如果人们依然对索韦托"枪杀之年"的意义有所争议，那么这种争议首先展示的是对班图教育法中恶俗价值观的象征性蔑视，是公开抗拒黑人长期被灌输的"营养不良的文化"。[③] 爆发奥兰

---

① First published in *Critical Inquiry* 13（Spring 1987）：597—600，610—613，614—616，619—623. "Azikwelwa"——意即我们拒绝乘坐——是民众在抵制公共汽车和火车期间，表达他们拒绝乘坐政府交通工具的标语。

② 对于索韦托暴动的原因，至少有三种解释：非洲国民大会（African National Congress）强化了对该群体事务的介入；教育系统、失业和经济衰退的压力，以及70年代早期的工人罢工导致的更为激进的产业工人群体；黑人觉醒运动意识形态的出现。参见 Tom Lodge，*Black Politics in South Africa Since 1945*（Johannesburg，1983），pp. 321—362.

③ See M. K. Malefane，"'The Sun Will Rise'：Review of the Allahpoets at the Market Theatre，Johannesburg，" *Staffrider*（June/July 1980）；reprinted in *Soweto Poetry*，ed. Michael Chapman，South African Literature Series，no. 2（Johannesburg，1982），p. 91. *Soweto Poetry* 下文简称 *SP*。

多游行的原因是,当地通过了一项法案,要求黑人儿童必须使用阿非利堪斯语学习数学和社会学科——这是白人政府阁僚、军人、通行证官员、监狱看守和警察的语言。然而,相比用阿非利堪斯语授课,索韦托游行源于更深的伤痛,过去的这一年多灾多难,不仅黑人政治抗争的烽火再次点燃,而且压迫与反抗的文化面向也昭然若揭。

这些儿童涂抹练习手册,打破校内等级制度,预示着全国范围内一场大规模的反抗运动即将到来。反抗运动蔓延至全国,席卷了一个又一个社区,人们发起罢工和抵制活动,到处设置街垒路障。长期以来,英国和南非白人干涉者争相控制不屈的黑人民众,这场运动一定程度上代表了双方斗争的高潮,同时也显然标志着一场文化斗争,即黑人公开宣布,文化价值不再远在天边、遥不可及,应当用通过轮胎路障、空荡的教室和少年老成的组织来争取。

[392]索韦托事件之后,新的艺术创作形式开始在全国各地出现。黑人小镇上,诗歌团体迅速发展,以既定的标准来看,他们的诗歌形式以"被谋杀的"英语写成,形式上不够优雅,政治上不够稳重,可谓既"无文学性",又有煽风点火之嫌。但结果却是,这种诗歌在南非拥有前所未有的读者,南非白人定居者审美观的正统地位由此岌岌可危,并引发了关于审美价值本质及其与广义政治之关系的激烈辩论。

1978年,雷文出版社(Raven Press)发行了《扒车人》(*Staffrider*)杂志,成为新索韦托诗歌最为鲜明的标志。"扒车人"是黑人居住区的名字,用来指某人——模仿铁路员工——在最后一刻爬上那些载着工人向白人城市疾驰的危险火车,为了免费蹭车,他们要么爬上人满为患的车厢顶部,或者干脆悬在车厢两侧。正如杂志第一期的社论所解释的那样,扒车人-诗人"差不多就是些**地痞流氓**",他们以刁钻的角度游走在法律和传统的边缘。① 黑人诗人冥顽不化、蠢蠢欲动,不服政府法令,他们"走南闯北、声名不佳,带来的总是坏消息"②。最重要的是,《扒车人》诗人被刻画

---

① "About Staffrider" (editorial), *Staffrider* 1 (May/June 1978); reprinted in *SP*, p. 125.

② Michael Kirkwood, quoted in Ursula A. Barnett, *A Vision of Order: A Study of Black South African Literature in English*, 1914—1918 (Amherst, Mass., 1983), p. 37.

为流动的人群,注定会突然来到白人城市的中心。

建刊伊始,《扒车人》就嘲讽了几乎所有象征祭司权威的礼节。这部杂志猛烈批判了白人的诗歌标准,表现出精心思虑的蔑视和集体性美学。《扒车人》的文学内容和样式——在类别上杂糅了诗歌、摄影、论文、制图、口述历史和短篇故事等——有力挑战了所谓"文学"的声誉,其创作和发行方式也给南非期刊出版带来了一场革命。

《扒车人》是匆忙出版的文学杂志。部分原因在于索韦托事件之后,监视和查禁的风声日紧,刊物隐去了编者的名字,需要依靠黑人小镇中的团体和小店在短时间内完成发行工作。《扒车人》是这样一份杂志,它必须"行动非常迅速,避免引来过多关注……就正常的出版业而言,这是自相矛盾的"[1]。这份杂志自创刊伊始就注重平等,意图向外界宣传全国各地越来越多从事集体创作的诗人,为达此目的,就由艺术团体自己选择用于出版的诗篇。换言之,出版社之外的读者和作家对杂志的编辑方针和内容有很大的决定权。对此,雷文出版社总裁麦克·柯克伍德(Mike Kirkwood)解释道:"没人喜欢那些自上而下的编辑政策:'我们有自己的政策,有自己的标准。符合这些政策,达到这些标准,就给你出书。'"[2]

不出所料,政府当局勃然大怒,第一期杂志遭到查禁——出版局(Publications Directorate)给出的理由是:一些诗歌损害了"警察的权威和形象"。[3] 被惹恼的不只是政府。白人文学机构的成员也因为《扒车人》的出现而感到愤怒,该杂志竟然厚颜无耻地宣称:"没有什么标准是金科玉律:标准的制定取决于不同社会对作家提出的要求,还有作家对这些要求所作的回应。"[4]结果,关于黑人文化价值和黑人审美政治所展开的

---

① 　Nick Visser, "'Staffrider: An Informal Discussion': Interview with Michael Kirkwood," *English in Africa* 7 (Sept. 1980); reprinted in *SP*, p. 129. 1977. 创办《扒车人》的想法是在与姆普兰马加艺术团(Mpumulanga Arts Group)等组织的讨论中产生的。其中最负盛名的美杜佩作家协会(Medupe Writers)拥有 200 多名会员,他们将诗歌阅读推广到了学校和社区,但该组织很快就在 1977 年 10 月被查禁,同时被禁的还有南非学生组织(South African Students' Organization)、黑人大会(Black People's Convention)和其他黑人觉醒运动组织。

② 　Ibid.

③ 　*Staffrider* (May/June 1978); quoted in Barnett, *A Vision of Order*, p. 38.

④ 　*Staffrider* (July/Aug. 1978); quoted ibid.

激烈辩论中,索韦托诗歌成了核心,争论不仅发生在白人学界和出版界,也发生在黑人的课堂、大学、社区会堂、诗人社团和私人家庭之中。美学价值源自文本本身,是超验的内在本质,超然于政治的肮脏[393]和"意识形态的耻辱"。南非与别处一样——或许更为明显——价值观问题和以下因素纠缠不清:国家和制度性权力的历史;出版社和杂志的历史;黑人和白人知识分子、教师、作家和福音传教士的私人与公共历史;黑人中间阶层、工人和口头诗人之间不断变动的关系——科萨语称之为 iimbongi,变动不居的索托语称之为 likheleke,即"雄辩之士"。① 这使人想到了教育、选民和观众等问题,还想到这样的可能性,即价值不是文本的本质属性,而是作品与读者之间的社会关系,这种可能性是建构而成,而非揭示出来的,是由接连不断的权力秩序所支持或超越的。

[……]

索韦托诗歌诞生于黑人觉醒运动(Black Consciousness)的摇篮,必须在此环境中加以考察。1968 年,黑人觉醒运动最初基本是一场黑人学生运动,持续了近 10 年之久,直到 1977 年 10 月索韦托事件之后,所有的黑人觉醒运动组织都遭到查禁。黑人觉醒运动发动黑人学生,将他们团结在肤色的战斗口号和标语之下:"黑人,你要靠自己。"然而在此阶段,黑人觉醒运动只是黑人城市小资产阶级精英的一场美梦,只是一场由学生、专业人士、知识分子、艺术家和少数牧师参与的运动。② 1972 年,南非学生组织(SASO)尝试打破精英知识分子与普通黑人民众的壁垒,成立了黑人国民大会(Black People's Convention),试图将黑人觉醒运动的影响扩展到全国。然而,该组织对民众的动员游移不定、自相矛盾,从未发展成一个群众组织,部分原因在于它对工人组织的渗透总是那么无力。

人们相信,文化民族主义是通往政治民族主义的必由之路,于是扶植识字运动、黑人戏剧和诗歌阅读等活动,文化价值观的问题就走到了舞台中央。既然经典化的白人标准与价值必须被抛弃,那么白人就必将受到

---

① 　See David B. Coplan, *In Township Tonight: South Africa's Black City Music and Theatre* (London, 1985), and "Interpretative Consciousness: The Reintegration of Self and Society in Sotho Oral Poetry," *American Ethnologist*, forthcoming.

② 　See Hirson, *Year of Fire*, pp. 60—114; Lodge, *Black Politics*, pp. 321—362.

排挤,所有白人价值观必然被质疑和取代。正如斯蒂夫·比科所言,"黑人文化……意味着我们自己要自由创造,而不再诉诸白人的价值观。"①从政治上讲,早期黑人觉醒运动的改良主张多于激进主张,其成员融合了温和派、基督教反共主义者、自由主义者和黑人企业家等。黑人觉醒运动根本而言是男性导向的(呼吁"恢复黑人的男子气概"),对阶级或性别却不加分析;该运动还有强烈的反马克思主义倾向:"我们从事的不是对抗的运动,而是内省的运动。"②

因此,黑人觉醒运动寄希望于永恒的黑人精神和个人的成长发展,故而被批评为政治上天真幼稚,理论上前后不一。但与此同时,正如诗人玛菲卡·格瓦拉(Mafika Gwala)所言:"监控无处不在。似乎只有阅读和文化主题还能给人以精神支柱。"③当时,众多政治团体和人士都遭到了镇压,在黑人诗歌的帮助下,针对白人文化的抵抗运动才得以复苏并延续。"对希望的理解代替了沉思。"("CW", p. 40)不仅如此,民族主义者在所谓不同族群之间不断制造隔阂时,黑人觉醒运动和黑人文化价值复兴运动把所有严阵以待的群体、有色人种、印度人和亚洲人都归入"黑人"一词。尽管黑人觉醒运动无疑在政治上是有缺陷的——这在索韦托起义中暴露无遗,并为此付出了沉重代价——但是,该运动吹响了战斗号角,这是不可或缺的有力鼓舞。正如作家埃索普·帕特尔(Essop Patel)所言:"黑人觉醒运动最早激发人们不再将艺术视为一种美学享受。黑人诗人一旦摆脱了欧洲中心主义的文学[394]传统,就能在民族意识的语境中自由创作。黑人诗人的起点是表达黑人的经验。"④

---

① Steve Biko, "Black Consciousness and the Quest for a True Humanity," in *Black Theology: The South African Voice*, ed. Basil Moore (London, 1973), p. 45. See also his *I Write What I like*, ed. Aelred Stubbs (New York, 1978), and "White Racism and Black Consciousness," in *Student Perspectives on South Africa*, ed. Hendrik W. van der Merwe and David Welsh (Cape Town, 1972), pp. 190—202.

② Drake Koka, quoted in "Inside South Africa: A New Black Movement Is Formed," *Sechaba* 7 (March 1973): 5.

③ Mafika Gwala, "Writing as a Cultural Weapon," in *Momentum*, p. 37;文本所有对此文的引用均简称"CW"。

④ Patel, "Towards Revolutionary Poetry," in *Momentum*, p. 85.

在我应该歌唱时

我却嘶哑着咒骂。

　　　　　赞吉瓦・温斯顿・孔多（Zinjiva Winston Nkondo）

当时，黑人诗歌蓬勃发展，演变成格瓦拉所谓"追寻身份之旅"（"CW"，p. 38）。果然，第一批索韦托诗歌与黑人觉醒运动面临许多共同的窘境。最大的问题就是，这些诗歌尽管意在声讨，却以英语写成，优先考虑的是白人读者，因此不知不觉承担了迁就自由媒体的责任。

英语文学机构此时稍稍开始倾听黑人诗人的声音。白人诗人已结束了孤独之旅，慢慢返回草原寻根，有些不安地写着那些在木棚里打磨非洲砍刀的黑人。1971 年，莱昂内尔・亚伯拉罕斯冒险出版了奥斯瓦尔德・姆查利红极一时的作品《牛皮鼓之声》，顿时引发了有关黑人诗歌价值的激烈争论，很多白人批评家也作出猛烈反应，发表了几近无礼的歧视性论断。[①]

直到 70 年代，作者几乎皆为英国男性的白人经典受到的困扰，只是微小的内部分歧，围绕着英文大学的价值，而且完全限于舶来的利维斯学派传统。1959 年，牛津大学出版社出版的《南非诗歌集》（*A book of South African Verse*）收录的诗人里，竟然是 32 位白人男性和 4 位白人女性，却没有一位黑人作家，无论男女。70 年代以前，主流的自由主义审美观——笃信个人创造力、内在和"普世"的文学价值观、视角的统一、经验的完整、形式的繁复、不受政治套语污染的纯粹道德判断、反讽、品味、文雅的情感以及艺术品的形式完整性——大多通过人为手段与黑人经验隔绝，这些手段包括种族隔离教育、严格审查文本、查禁作家和阻碍发行等。

然而，70 年代以来，白人自由主义者开始追捧黑人诗人；同时，他们以前所未有地规模发表评论，组织辩论，撰写论文，召开会议等，第一次在意识形态层面被迫在英语大学内部捍卫自由主义信条。换言之，如果有

---

　　① 文化转向以及姆查利的书——所有黑人和白人的诗集中，首部在商业上获利的书籍——之所以成功，原因部分在于非洲国家接连赢得独立，创造了有利的外部条件。但随之也出现了去殖民化带来的一桩棘手怪事，也就是，当欧洲人离开非洲、拔营而去时，对非洲的文学争夺开始了——西方出版商争抢黑人作家。在南非，一些白人自由主义者越来越变得无足轻重，也开始支持黑人的抗争。

些黑人诗歌被选入经典之列,他们首先必须表现出某些必要的价值取向,而对于这些价值,又必须进行大张旗鼓的宣传,但不能暴露出这些价值观的选择性和偏向性。于是,改革经典的第一阶段开始了,首先一些黑人作品被审慎地收入其中,这些作品之前无人问津,而如今显现的某些特征却与既有的白人传统有共通之处。

[……]

那个时期,失业率创造了新的记录,工人接二连三停工抗议,于是涌现了大批文化论坛和会议——纳塔尔戏剧委员会(Theatre Council of Natal,TECON)、南非学生组织创造力和黑人发展会议(SASO conference on Creativity and Black Development,1972)、哈曼斯克拉尔(Hammanskraal)的黑人文艺复兴大会(Black Renaissance Convention,1974)等。大量黑人诗集出版问世,但大多很快就遭到查禁:昆内内的《祖鲁诗歌》(*Zulu Poems*,1970)、凯奥拉佩策·凯宾西勒的《我的名字是非洲》(*My Name Is Africa*,1971)和《7 位南非诗人》(*Seven South African Poets*,1971)、詹姆士·马修斯与格拉迪丝·托马斯(Gladys Thomas)[395]的《愤怒呐喊》(1972)、蒙格尼·瑟罗特的《公牛的吼叫》(1972)和《写给相关人士:南非黑人诗选》(*To Whom It May Concern:An Anthology of Black South African Poetry*,1973)。这些索韦托新诗充满敌意、激情四射,明显逾越了既定的审美标准,它们放荡不羁、躁动不安,描绘的"梦魇之可怖穹顶"如梦如幻,笼罩在平民窟生活之上:

> 他们偷走了低沉悦耳之音
> 老婆吞下了自己的头骨
> 她把石头般的眉毛挤入了调羹
> 孩子们细咬流食般的月亮……①

最重要的是,由于新诗自由借鉴了爵士乐和摇摆乐节奏(jive rhythms)、黑人美国英语、黑人城镇的方言、(手势、音乐和表演等方面的)口头传统,文本的完整和时间的考验等观念变得越来越无关紧要。很

---

① Anonymous, "They Took Him Away," *Staffrider* (Mar. 1978).

多这种过渡性诗歌仍然为出版印刷而写，但开始表现出文本即将被放弃和破坏的迹象：

> 我偷偷离开
> 回来时带着黑人的愤怒
> 哦——呜！哦哦哦哦呜呜呜呜！哦哦哦哦哦哦呜呜呜呜呜呜呜！①

还有：

> 白鬼，你陷害了我！Meem wanna ge aot Fuc
> Pschwee e ep booboodubooboodu blllll
> 黑色的书。
>   肉，血，词 shitrrr Haai,
>   阿门。②

索韦托诗人拒绝从柯勒律治的视角看待诗歌，即拒绝认为诗歌"本身"内含了非此即彼的原因，这与黑人文化中口头诗歌传统产生了强大而纠结的共鸣。③ 在非洲口头诗歌中，

> 焦点在于社会语境中的表演，在于社会中表演的功能，而跨越时间的文本传承几乎被排斥在外了。
> 诗人是统治者和被统治者之间的协调者，是煽动者、意见塑造者和社会批评家。他们不仅负责记录同辈们祖先的事迹和品行，而且对于表演时面对的社会政治环境，也以诗歌的方式作出回应。④

---

① Gwala, *Jol'iinkomo* (Johannesburg, 1977), p. 68.

② Mongane Serote, "Black Bells," *Yakhal'inkomo* (Johannesburg, 1972), p. 52.

③ See S. T. Coleridge, *Biographia Literaria* (New York, 1834), chap. 14.

④ Jeff Opland, "The Isolation of the Xhosa Oral Poet," in *Literature and Society in South Africa*, ed. Landeg White and Couzens (New York, 1984), pp. 175, 176—177.

白人批评家所标榜的内在价值标准，与科萨人的颂诗（izibongo）和寓言（Ntsomi）传统、索托人的颂诗（lithoko）和赞美诗（sefela）传统大相径庭；不仅如此，白人批评家没有认识到当代诗歌中混杂了口头元素，因此他们既没有能力评判这些诗歌本身，也无法评判其[396]社会角色和语境。① 因为白人评论家对口头诗歌复杂的重复和排比传统一无所知，所以屡次诋毁黑人诗歌，认为其落入窠臼、意象重复。另外，厄休拉·巴内特（Ursula Barnett）等人认为，"通常我们会在黑人诗歌的意象中，发现一个复杂的符号系统，具有多个层面，需要历史、神话和传说等知识才能理解。"②黑人诗歌借鉴了强大的口头传统，融合了主题与表演、观众的积极参与、诗人作为抒情史家和政论家的观念；正如托尼·艾米特（Tony Emmett）所言，黑人诗歌强调研究要"根据自身的特点，最具洞察力的批评必须考虑黑人诗歌的口头、政治和集体等方面。"③

［……］

就让他们把那点干瘪的学术咳出来吧。

理查德·莱伍（Richard Rive）

詹姆斯·马修斯与格拉迪丝·托马斯出版了《呐喊愤怒》之后，"批评家们炸了锅。他们惊呼，这不是诗歌。"④但是，大量的黑人诗歌是无法视而不见的；同时，黑人诗歌也不该再为了迎合经典的标准而削足适履。但令人不安的是，黑人诗歌开始对既定美学中最重要的价值造成了威胁，也动摇了经典这一概念本身。批评家终于直言不讳地表达不满：黑人诗人正

---

① See Ruth Finnegan, *Oral Literature in Africa* (Oxford, 1970); Harold Scheub, *The Xhosa Ntsomi* (Oxford, 1975); Elizabeth Gunner, "Songs of Innocence and Experience: Women as Composers and Performers of *Izibongo*, Zulu Praise Poetry," *Research in African Literatures* 10 (Fall 1979): 239—267; Mbulelo Mzamane, "The Uses of Traditional Oral Forms in Black South African Literature," in *Literature and Society in South Africa*, pp. 147—160; Coplan, *In Township Tonight* and "Interpretive Consciousness."

② Barnett, *A Vision of Order*, p. 43.

③ Tony Emmett, "Oral, Political and Communal Aspects of Township Poetry in the Mid-Seventies," *English in Africa* 6 (Mar. 1979); reprinted in *SP*, p. 183.

④ James Matthews, in *Momentum*, p. 73.

在践踏英语语言的所有规范,为了满足"红雾般的复仇欲望"①以及"机关枪'哒哒哒'"的抗议声("PM",160),他们牺牲了形式上的章法。如艾伦·帕顿所言,"作家,往往是独处的动物"②,但是,黑人作家受到"'黑人'身份预设"的影响,长期以来习惯了"集体思考"。③ 利文斯敦觉得,黑人要在"严酷的时间冰川"中生存下来,面临着很大的困境,很难符合"诗人的严苛定义……也就是,诗人去世百年之后,他还有作品被人阅读"("PM",157)。对于黑人女诗人而言,这确实是一个严苛的定义。70 年代,黑人文学遭受的四大指控是:为了政治目的而牺牲文学的内在法则;形式上乏善可陈;个人表达和原创性的缺失;以及由此而牺牲了文学的永恒性。

　　作为回应,格瓦拉指出:"问题来了。比如:学界有什么道德特权,可以评价我的写作风格? 在宰制文化之外,他还运用了哪些指导方针?"("CW",48)白人批评家不愿在英语"主导权"的争夺中让步,对黑人诗歌的评论中,常常可以看到他们对形式不当、"不良"语法和标准下降等无端指责。黑人诗人反驳道:"从来就没有所谓纯粹的语言。"("CW",43)塞帕拉也据理力争:"如果形势需要破碎的或'被谋杀的'英语,那看在上帝的份上,我们就必须如此。"④批评家们围绕语法细节发生的争执,隐藏了严肃得多的问题:谁有权监督黑人城镇的文化。事实上,黑人诗歌是对既定形式美学的刻意蔑视:诗人们正在从黑人城镇的语言建构自己的规范,白人批评家对这些规范感到陌生,因而紧张不安。黑人诗歌经常糅合了英语、南非塔尔语(tsotsita-al)⑤和美国黑人英语,还掺杂了诸多南非黑人语言:[397]

　　　　Once upon a bundu-era
　　　　there was *mlungu* discrimination

---

① Lionel Abrahams, "Political Vision of a Poet," *Rand Daily Mail*, 17 June 1974; reprinted in *SP*, p. 74.

② Alan Paton, in *Momentum*, p. 90.

③ Abrahams, "Black Experience into English Verse; A Survey of Local African Poetry, 1960—1970," *New Nation* 3 (Feb. 1970); reprinted in *SP*, pp. 138—139.

④ Sepamla, "The Black Writer," p. 117.

⑤ 南非塔尔语是整个非洲无产阶级使用的非洲城市方言,主要使用者为街头帮会的年轻成员,也可能是罪犯。卡普兰认为"tsotsi"是美国英语中"zoot suit"一词的变体(See *In Township Tonight*, p. 271)。

as a result of separate *masemba*... ①

白人官员的语言被嘲讽、辱骂和颠覆:"Your dompas is dom to pass you / Your X-mas gift: 72 hours..."②

黑人诗人同样质疑帕顿的说法,即政治破坏了内在"艺术规律"的独立性。③ 弗兰基·恩祖·卡笛茨格/杜布(Frankie Ntsu kaDitshego/Dube)的诗《贫民窟》("The Ghettoes")以比喻的手法指出,非政治的立场本身就是一种政治行为:

> 自称不吸烟的人错了
> 这个地方被烟雾污染,来自
>> 烟囱
>> 卡车
>> 河马
>> 因枪火而布置的伪装
>> 吸大麻的烟鬼
>> 和燃烧的轮胎
> 不吸烟者也是吸烟者!④

在很多方面,黑人诗强有力地挑战了有关诗歌的观念,即诗歌是一种自由的创造,如果能遵从诗歌艺术内部散发出的内在规律,便堪称佳作。经典作为宝贵的文化遗产,由那些最具天赋者代代相传,历经沧桑而经久不衰,但是,黑人诗人生活的环境使其无法继续守护这些经典。在《大理石之眼》("The Marble Eye")这首诗中,姆查利戏仿了那些传统之墓中艺术品在形式上的完整性:

---

① Mothobi Mutloatse, "Bundu Bulldozers," quoted in *SP*, p. 170. "Mlungu"意为"白人";"masemba"意为"屎"。

② Anonymous, "it's Paati to Be Black," *Staffrider* (Mar. 1978). "Dompas"指令人憎恶的往事;"dom"在阿非利堪斯语中意为"愚蠢"。

③ Paton, in *Momentum*, p. 89.

④ Frankie Ntsu kaDitshego/Dube, "The Ghettoes," *Staffrider* (July/Aug, 1979).

大理石眼睛

是一种装饰

被匠人冰冷地镌刻

填充了空洞的眼窝

如同尸体填充了棺材。

[S, p. 71]

鉴于黑人城镇的生活状况，这首诗再也不能作势去模仿锃光瓦亮、制作精美的瓮，或者饰有珠宝的雕像。比如，格瓦拉就曾提倡"一种不起眼的艺术"①，查巴尼·曼甘伊(N. Chabani Manganyi)认为，文学传统认可的"统一形象"是不可宽恕的放纵。② 帕顿则老生常谈，称抗议之举会损害艺术作品精致繁复的形式，而黑人则针锋相对，指出他们诗歌的首要价值既不在本体，也不在形式，而是一种战略。战略性变革——而非时间的检验——成为被反复重申的原则。"在我们贫民窟的语言中，没有什么是固定不变的。我们使用的词汇属于我们历史中的特定时期。它们来到这里，获得新的意义，又退到旁边。"("CW"，p. 48)格瓦拉同样没有被流芳百世所诱惑。出版不是惟一的目的："重要的是口头的语言。无论藏在垫子下面，或是被老鼠啃掉，都完全不是一回事。"("CW"，p. 37)

[398]最重要的是，许多诗歌都有表演、手势和戏剧的痕迹，并促成了从印刷本的"文学"现象转化为社会表演，从文本转化为事件，并且充满了戏剧、手势和口头的痕迹：

不久，他们就回来了

黑人大军此时声威更壮了

眉毛、二头肌和头脑

踏上"白人的"土地：啪啦-啪啦-啪啦！

还有库拉-库拉警车的警察：

① Gwala, "Towards a National Theatre," *South African Outlook* (Aug. 1973); quoted in Chapman, intro., *SP*, p. 21.

② See Chapman, intro., *SP*, p. 21.

"这伙班图人就像无耻的苍蝇：
    你们只有灭亡！(You ffr-ffr-ffrrr with Doom!)"
再次看到他们！①

以这种方式,很多索韦托新诗见证了雷蒙德·威廉斯所描述的我们这个时代"文化理论的真正危机",即"艺术品作为客体的观念,与艺术实践观之间的"冲突。② 对大多数黑人诗人而言,当然也有例外,美学价值既无内在性,也无遗传性,而有着特里·伊格尔顿所谓的"过渡性",即"在特定环境中,对个人的价值……总是具有文化和历史的独特性。"③索韦托诗人根据自己的独立判断,支持西方批评家——如伊格尔顿、凯瑟琳·贝尔西(Catherine Belsey)、托尼·班尼特(Tony Bennett)、斯图亚特·霍尔(Stuart Hall)、保罗·劳特尔(Pall Lauter)、弗兰西斯·穆尔赫恩(Francis Mulhern)、芭芭拉·赫伦斯坦·史密斯(Barbara Herrnstein Smith)和简·汤普金斯(Jane Tompkins)等——著作中很多有关价值的理论观点④,宣称文学

① Anonymous, "It's Paati to Be Black," "Kwela-kwela"是黑人城镇中大型警用皮卡的别号。如需了解词源,参见 Coplan, *In Township Tonight*, pp. 157—160. "Doom"是一种喷雾杀虫剂。

② Raymond Williams, *Problems in Materialism and Culture* (London, 1980), pp. 47—48.

③ Terry Eagleton and Peter Fuller, "The Question of Value: A Discussion," *New Left Review* 142 (Nov. /Dec. 1983): 77.

④ See, for instance, Eagleton, "Aesthetics and politics," *New Left Review* 107 (Jan. / Feb. 1978): 21—34; *Criticism and Ideology: A Study in Marxist Literary Theory* (London, 1978); and "Criticism and Politics: The Work of Raymond Williams," *New Left Review* 95 (Jan. /Feb. 1976): 3—23; Catherine Belsey, *Critical Practice* (London 1980); Tony Bennett, *Formalism and Marxism* (London, 1979), and "Marxism and popular Fiction," *Literature and Popular History* 7 (Fall 1981): 138—165; Stuart Hall, "Cultural Studies: Two Paradigms," in *Culture, Ideology and Social Process: A Reader*, ed. Bennett et al. (London, 1981), pp. 19—37; Barbara Herrnstein Smith, "Contingencies of Value," *Critical Inquiry* 10 (Sept. 1983): 1—36, and "Fixed Marks and Variable Constancies: A Parable of Literary Value," *Poetics Today* 1 (Autumn 1979): 7—31; Paul Lauter, "History and the Canorr," *Social Text* 12 (Fall 1985): 94—101; Francis Mulhern, "Marxism in Literary Criticism," *New Left Review* 108 (Mar. /Apr. 1979): 77—87; Jane Tompkins, *Sensational Designs: The Cultural Work of American Fiction*, 1790—1860 (New York, 1985); Peter Widdowson, "'Literary Value' and the Reconstruction of Criticism," *Literature and History* 6 (Fall 1980): 139—150.

经典与其说是永恒真理的陵墓或一件**物品**，倒不如说是一种难以捉摸、动辄风云突变的社会实践，充满论争、分歧和争权夺利。

受制于诸多因素——审查制度、商业出版渠道的严重缩减、被人查出之后遭受侵扰的危险，以及对公共表演这个强大传统的继承——索韦托黑人诗歌开始揭示文本蓄意的破坏性。① 黑人诗歌的创作对象越来越倾向于黑人听众，而非海外读者，其诗歌形式不易受到审查制度的破坏，而且容易记忆，因为较之印刷文本，口头语言传播更快、更广、更无迹可寻。诗歌逃离了文学杂志，越来越多地被表演出来，表演场合包括大众朗诵会、联合民主阵线（United Democratic Front）的集会、葬礼、追悼会、车库派对、社区会议以及音乐会等，有时这些活动还会借鉴口头传统和哑剧习俗，融入笛子和鼓点的伴奏。

姆布尔洛·姆扎曼指出，许多黑人诗人虽然不为南非白人所知，却在索韦托、登比萨（Tembisa）、库瓦-提马（Kwa-Thema）等地拥有大量支持者。② 这种"由诗歌改编的戏剧表演"蔑视所谓的"文学"声誉，这种演出转瞬即逝、直面观众，具有战略眼光，且为民众喜闻乐见，颠覆了"什么构成了好的文学"这一本质主义的问题，而坚持主张重塑新的问题，即什么是有益的、对谁有益、何时有益，以及为什么有益。这种转型中的南非黑人诗歌面对巨大的压力而屹立不倒，对于早期黑人觉醒运动中一些较为温和的诉求态度审慎，其激进的政治诉求不断受到性别问题的困扰，随时要面对多元传统带来的难题和收益。因此，南非黑人诗歌需要面对众多形式和社会挑战。黑人诗人不再只是刻意亵渎、唾弃和羞辱他们认为无用的西方标准；[399]如今他们不只是反对或者抵抗白人的价值观，而是更为积极地塑造新的诗学价值，这尽管艰难，却很有必要。黑人诗人迫使诗歌和批评走出内在价值的魔圈，走入历史与政治——在那里，评判的标准永远处于变动不居的状态——他们不再满足于不顾一切地扒上白人传统的危险列车。相反，他们越来越清晰地发出了群体的声音，即坚决拒绝搭乘，直到有一天，列车属于他们自己："azikwelwa"——我们拒绝搭乘。

（孙晓萌 王大业 译；姚峰 校）

---

① 这种诗歌的表演性和普及性使其有别于西方现代主义对文本的颠覆。

② See Mbulelo Mzamane, "Literature and politics among Blacks in South Africa," *New Classic* 5 (1978); reprinted in *SP*, p. 156.

第53篇　葡萄牙语解放诗歌的革命性实践与风格①

伊曼纽尔·恩加拉(Emmanuel Ngara)

介　绍

[402]安哥拉、莫桑比克和几内亚比绍战争之前的诗歌在内容和形式上与黑人性诗歌存在共同特点。与大卫·迪奥普的作品一样,这一时期的葡萄牙语诗歌很多都是现实主义风格的。不过,无论这些诗人如何务实,如何矢志于为正义而战,总有一些人至少在一定程度上会从事抽象的理论思辨。诺艾米娅·德·索萨当然就是其中一位,在《黑人之血》("Black Blood")这首诗中,她宣称:

> 哦,我的非洲母亲
> 伟大的异教徒,感官的奴隶
> 神秘,迷醉于
> 你那僭越的女儿
> 原谅吧!②

即便阿戈什蒂纽·内图在其颇接地气的《鲜血与种子》("The Blood

---

① First published in *Ideology and Forum in African Poetry: Implications for Communication*, pp. 103—109. London: James Currey, 1990.

② 这首诗以及本文所有被引诗歌均摘录自 Margaret Dickinson (ed) *When Bullets Begin to Flower*, Nairobi, East African Publishing House, 1972 (reprinted 1980).

and the Seed")这首诗中,令人难解地提到了"呼喊"、"声音"和"赞美"等字眼:

> 我们的呼喊
> 是预言欲望的鼓点
> 在躁动的声音中,万邦的音乐,
> 我们的呼喊是爱的赞美
> 心灵盛开在大地上,如同阳光下的种子
> 非洲的呼喊
> 早晨的呼喊,当死者现于海上
> 枷锁缠身[403]
> 鲜血与种子
> 为了未来——有我们的眼睛
> 为了和平——我们的声音
> 为了和平——我们的双手
>
> 来自非洲,在友爱中团结起来。

这些诗歌出自精英知识分子,使用的革命语言是脱离实践的。很多时候,对葡萄牙人压迫的抵抗是"被动的",只有理论,没有实际行动。到了 20 世纪 60 年代,形势有了变化,安哥拉人民解放运动、几内亚与佛得角独立非洲党和莫桑比克解放阵线发动了武装解放斗争。

战争阶段催生了新式诗歌。在莫桑比克和安哥拉,这一时期的诗歌完全抛弃了神秘主义和主观理想主义,转而反映人民为自由、独立和社会公正而战的具体现实。虽然这些诗歌以葡萄牙语写成,却反映了整个社会的关切与愿望,此时阶级的壁垒已被打破,人们的团结和目标意识增强了,矢志于打败殖民主义,并且建立一个崭新而公正的社会。

这一时期的诗歌以理论和实践的统一为特征。换言之,诗歌所表达的哲学不再基于抽象的理念,而是参与实际斗争的成果。在玛格丽特·狄金森(Margaret Dickinson)的诗集《当子弹开始盛开鲜花》(*When Bullets Begin to Flower*)的第二部分,满篇的意象模式便可归于此类。早期诗人使用反抗性语言——比如"声音"、"歌曲"、"鼓点"、"希望"和"进步"等——这意味着斗争完全停留在理论层面①，与之相反，一套新的意象则象征着实际的解放斗争。这些意象可以归为以下几种主要类型：鲜血和痛苦的意象；耕耘与种植的意象；生机勃勃的意象——开花、水和雨。另外，也会不断提及斗争、革命、团结和希望。希望如今是可以实现的，因为斗争的成就有目共睹，而在以往的阶段，希望只是玄思冥想、一厢情愿罢了。

意象与语言

鲜血和痛苦的意象遍布于阿戈什蒂纽·内图的《二月》（"February"）、桑帕尤多（Sampadjudo）的《我们确定的道路》（"Our Sure Road"）和海尔德·内图（Helder Neto）的《我们不会哀悼死者》（"We shall not Mourn the Dead"）等诗作之中——此处仅举几例。在这些以及其他诗歌中，为自由而受难流血的必要性，被心甘情愿地接受了。人们坚信，独立不会从天而降，而需要人们受难、忍耐与牺牲。对于桑帕尤多而言，痛苦和鲜血是享受自由的前奏：

> 痛苦与鲜血
> 痛苦与鲜血是道路，
> 我们必须买票
> 沿着劳作与喜悦的无尽之路，最终抵达独立
> 我们确定的道路是痛苦与鲜血[404]
> 坦途直达太阳
> 直达我们自由的太阳

这些词汇也反映在海尔德·内图的诗歌中，他在《我们不会哀悼死者》中不断重复：

---

① See ibid., pp. 28—29.

我们国家的解放呼唤
鲜血
她最优秀儿郎的鲜血。

这些鲜血与苦难的意象表现的是一场实际的革命、一个民族真正的斗争以及投身其中的诗人。安东尼奥·雅辛托的《人民走向战争》（"The People Went to War"）和马塞利诺·多斯·桑托斯的《向同志点明道义》（"To Point a Moral to a Comrade"）中，不断提到"我们"和"人民"等字眼，显然说明这是一场人民战争、由大众集体发动的战争。后面这首诗中，代表个人的"你"或"我"被有意识地公开归属于集体：

重要的不是**我**要什么
或者**你**要什么
而是**我们**要什么

还有：

我们每个人
都有私人的愿望

但是**我们**想要的
不是我想要的，或者你想要的
而是**我们**想要的

正是在集体精神的感召下，我们看到安哥拉和莫桑比克人民"种下了"革命，使之成长。种植、耕耘、创造和修建的意象具有多种形式。马赛力诺·多斯·桑托斯采用了种植的意象，作为他一首诗的标题：《我们必须耕种》（*"We Must Plant"*）。这首诗中，独立的新木将种遍各地：

四面八方
我们必须种植

　　未来美好的
　　确定性
　　在你心中表达热望
　　那里每个孩子的眼睛
　　都重燃希望

　　是的，妈妈
　　我们必须种植，
　　我们必须种植
　　沿着自由的道路
　　种植新木
　　国家独立之木。

[405]在海尔德·内图作品中，国家的解放不仅与鲜血相联系，也和雨水存在关系，雨水能使野草长得"像非洲大草原一样高"。在多斯·桑托斯的《向同志点明道义》中，游击队员：

　　创造医院
　　创造学校

　　他们的任务是
　　挖掘革命的基本土壤
　　让一个强大的民族成长

主人公反复强调：

　　我们必须耕种
　　革命的土地
　　艰辛的未来
　　汗水、劳役和鲜血

诗歌以大写的词语结尾，以使传达的信息更加响亮清晰：

> 我们是莫桑比克阵线战士
> 完成党的使命
> 挖掘革命的基本土壤
> 为了终结人剥削人的制度
> 彻底实现民族的
> 独立

种植的意象自然与开花相联系，暗示着革命取得了丰硕的成果。因此，当莫桑比克阵线士兵"挖掘革命的基本土壤"时，他们看到"在德尔加杜角省（Cabo Delgado）和尼亚萨省（Niassa）/第一批新苗宣告抽枝而出。"情况也恰恰如此，这是因为：

> 不去耕种
> 就想收获米粒
> 这不是人类的历史。

农民与战士通过劳动和武装斗争使花朵成长，正如桑帕尤多在《我们确定的道路》中告诉我们的那样：

> 听着，卡波沃狄安（Caboverdian），
> 未来的塞壬必会歌唱
> 在我们土地上的工厂里
> 看吧，卡波沃狄安
> 未来的花朵如何开启万物
> 在我们土地上的花园中。

这些耕种和建设的意象背后，有一种明确的哲学。首先，这些都是实际存在的意象，表达了对于生活和社会斗争的一种唯物主义和非形而上学观念。[406]其次，借助这些意象，诗人宣扬了马克思主义哲学，即劳动

的尊严,发动革命或者开展建设过程中劳动的核心价值。这就是为什么马赛力诺·多斯·桑托斯在充满意识形态内容的《向同志点明道义》这首诗中宣称:

今天

> 我们必须耕种
> 革命的土地,
> 灌木丛中的艰辛未来
>
> 耗尽我们的手和眼
> 在持续的巨大努力中。

正是通过劳动,斗争中的人们才最终看到自己"采集了最初的自由果实"。正是通过扛枪打仗,战士们才能看到革命开花结果,才能赢得独立和主权。

在争取民族解放时期,安哥拉、莫桑比克和几内亚比绍的诗歌有一个重要的特征,那就是简洁。既没有复杂的文体,也没有虚假的修饰;诗人们也不会卖弄学识。这些诗歌都简单易懂,能为各个阶级的人所接受。它们描绘人们的斗争和苦难、成就与希望。玛格丽特·狄金森的诗集恰如其分地以豪尔赫·雷贝罗(Jorge Rebelo)的《诗歌》("Poem")结尾,这首诗的最后部分很适合用作尾声:

> 来告诉我,这些梦想成了战争,
> 英雄诞生了
> 土地重被征服,
> 无畏的母亲
> 送儿郎奔赴战场。
>
> 来吧,告诉我这一切,我的兄弟。

之后,我会写下简单的话语

甚至孩童都能够看懂

传遍千家万户

如风一般

如灼热的红色灰烬落在

我们人民的灵魂中

在我们的土地上

子弹开始绽放出鲜花。

葡萄牙语诗歌和弗朗兹·法农的范畴

在《地球上受苦的人》中,弗朗兹·法农将殖民地国家文学的发展视为民族觉醒的一部分。文学活动的最初阶段,知识界要么极力讨好殖民者,要么予以批判。之后,作家转而向自己的民众发声,最后则投入了一种战斗的文学,呼吁人民起来为民族的生存而战:

> [407]人民不断团结起来,促使知识分子不至于发出抗议的呐喊。悲恸者首先控告;后又发出呼吁。之后这一阶段,人们听到了命令的话语。民族意识的形成不仅搅扰了文学风格与主题,而且创造了全新的大众。早期,本土知识分子创作的作品仅为压迫者所阅读——无论是为了取悦还是批判对方,无论诉诸种族还是主观主义手段——如今本土作家逐渐习惯于对自己的民众发声。①

虽然我们可以说,弗朗兹·法农在特定的历史关口提出了这些范畴,但它们具有一定的普遍性,能够阐明我们对葡语区诗歌发展的理解。通过分析,我们划分了两个不同的阶段。在第一个阶段(法农的第二个范畴),诗人书写人民,强调他们如何受到了奴隶制、殖民主义和种族隔离的

---

① Frantz Fanon, *The Wretched of the Earth*, Harmondsworth, Penguin edition, 1967 (reprinted 1980), p. 193.

影响。这一阶段的诗歌具有一定的客观现实主义特征,诉诸人民的历史、苦难与抗争。阿戈什蒂纽·内图、维里亚托·达克鲁兹、诺艾米娅·德·索萨等诗人的很多作品属于这个斗争爆发之前的阶段,当时的特点是以理论的形式来对抗殖民主义,有时也使用饱含情绪的语言来达到目的,诺艾米娅·德·索萨的作品就是如此。随后出现了斗争诗歌,是在武装解放斗争的影响下写成的,此时,作家通过理论和实践,在意识形态方面取得了进步。这类诗歌经常是悲伤和感人的,但几乎没有仇恨的情绪,而是客观地呈现事实。这类诗歌中,焦点不再是压迫者,而是武装解放斗争的进展,以及成了历史主体的民众。

简洁风格与艺术价值——结论

如前所述,解放斗争阶段的很多诗歌是以简洁而直接的风格写成的。就莫桑比克而言,诗歌有时会过于简洁——比如,马赛力诺·多斯·桑托斯的《我们必须耕种》。如果我们接受这样的观点,即"好"诗应能经受时间的检验,在战争结束并取得胜利之后仍能发挥影响力,那么,多斯·桑托斯等诗人的极简风格便似乎唱了反调。不过,我们必须记住,解放诗歌正如解放歌曲一样,意在争取民众支持,对听者或读者产生立竿见影的作用。尽管莫桑比克和安哥拉诗歌是以葡萄牙语写就,很多民众因而无法理解,却属于大众诗歌的范例。

（王大业 汪琳 译;姚峰 校）

第八部分　非洲文学批评的理论化

[409]这个部分涉及的问题,关系到那些用于非洲文学研究的批评传统的性质与特征。早期非洲文学批评来自西方传统,大多——但不完全——由西方学者发展而来。早期这一趋势的特点是,人们认为非洲文学是"英国"文学的延伸,因此应该按照英语文学的价值标准作出评判。有时,这一趋势产生了一种或可称为遗传学批评的类别,这种批评追踪欧洲作家产生的影响,以表明非洲文学至少部分具有派生性。为了反对这一如今争议颇多的趋势,人们就要寻找适于评价非洲文学的批评传统,并作出了诸多不同的论述。有人主张对文本互文性关系较为敏感的纯粹形式主义方法,还提出了有助于将非洲文学写作从非文学领域解放出来的陌生化过程。也有人指出,有必要从性别角度对看似客观、实则推崇男性作家的批评模式给予纠正。还有人聚焦于谁有权评价非洲文学,以及需要具备怎样的文化敏锐性和本土知识等问题。这些观点立场在这个部分都有所呈现。

(姚峰 译;孙晓萌 校)

第54篇 学术问题与批评方法^①

埃尔德雷德·琼斯(Eldred D. Jones)

[411]现在是重新定义英语文学这一学科的时候了,新定义要把所有英语文学收入旗下。英语大学的传统教学大纲并不甘愿承认此举的必要性,或许我们可以理解其中的不情不愿。不过,即便在非英语地区,仍有很多人使用陈旧狭隘的定义,将英语文学定义为英国文学。在这所大学学院,我们已将一些非洲英语文学引入了学位课程的早期教学大纲,并正在考虑使其占有更重要的一席之地。若想维持文学与生活的重要关系,这势在必行。因为长期以来,对我们而言,文学意味着研究这样的作品:这些作品发生在陌生的背景中,脱胎于不同的生活方式。因此,文学给人虚假之感,似乎与真实生活毫无瓜葛——至少对许多学生而言是这样的。长久以来,他们努力了解环境和传统,因此常常错过主要内容。我在这里说的,不是我们大学里的好学生,而是普通学生。如果我们对脱胎于熟悉环境和熟悉生活境遇的文学作更多研究,就会建立一种至关重要且容易错失的联系。这种方法绝不会否认伟大文学的普世性,绝不会否认非洲以外的文学与非洲大学课程大纲的相关性。

我们一旦开始思考非洲英语文学,甚至非洲法语文学,便很快认识到读者主要不是非洲人。大多数出版商的居住地和工作地是在产生了非洲文学的环境之外,而决定出版或不出版哪些作品的,正是他们。大多数批评家也不在这些作品的诞生地生活。因此,非洲作家的地位主要决定于非洲之外。这就造成了一些评价几乎会让许多颇有见识的非洲读者惊恐

---

① First published in *African Literature and the Universities*, ed. G. Moore, pp. 89—91. Ibadan: Ibadan University Press, 1965.

万分，比如，他们认为非洲以外的批评家对图图奥拉过誉了，他的地位肯定配不上那些铺天盖地的赞誉。

[412]当然，非洲之外的人完全有权参与非洲文学批评，应该也愿意表达自己的观点。但是，如果主要的批评声音来自非洲之外，就会带来危险，作家们可能会逐渐强调那些外国读者需要的价值观念。这就会产生非洲人创作的侨民文学(expatriate literature)，导致错误的艺术价值观念。

非洲大学的任务是培养一批具有鉴别力的非洲文学读者。将非洲作家列入专业教学大纲，只是一定程度上满足了这一要求。我们的工程师、化学家、经济学家、神学家和他们的孩子应该成为批评大众(general critical public)的中流砥柱。大学教学大纲的各个部分均认识到一点，即需要指导学生阅读其专业领域之外的书籍。每次课程改革，都应让所有非洲学生注意到这样的作品——这些作品通过想象探讨非洲生活方式的影响。通过校外进修部门(extra-mural department)和教育部门，大学还可以设法使大学之外的人，对非洲文学作品产生更强的兴趣。

英语专业学生还有一项任务，以特别的方式将自己的才华用于非洲文学的批评和探讨工作，展现单部作品的特征，确立一般的批评标准。评价非洲以外的作品时使用的许多方法，也适用于这一任务，但我认为，我们应该清楚非洲文学创作的独特状况。

我们讨论的虽是一种新兴的文学，却深深扎根于过去。这一新兴文学一出现，便直接与其他地区的文学竞争，那些文学久负盛名，是评价非洲文学的标准。我们谈到英语诗歌时，面对的是大量久负盛名的作品，已被许多批评家探讨了很长时间。我们很难将非洲文学视为一个整体。

我们来看看诗歌。我们可以在一些选集中，看到那些触手可及的诗歌，如巴锡尔(Bassir)的《西非诗歌选集》(*Anthology of West Africa verse*)、兰斯顿·休斯的《非洲文萃》(*African Treasury*)和佩吉·鲁丝·富尔德(Peggy Roother Foord)的《黑暗与光明》(*Darkness and Light*)。他们根据自己接触作品的感受，或通过复杂的传播渠道选择诗歌。但是，读者并未因此有了评价单个作家作品的机会，而且错误地呈现了非洲诗歌的状况。非洲需要的是大量单个作家的诗集单行本薄册，每个作家的作品可借此被视为整体。我们应该根据这些诗集来编制选集。我明白，为某些诗人创造市场时，编制选集的方法颇为有用，我们应心存感激。穆巴瑞出版社(Mbari Publications)现在开始出版单个诗人的诗集,这是我们亟需的。选集确实应该晚些出。无论大学出版社能为出版单个诗人的诗集做些什么,都是对非洲文学的巨大贡献。这是批评家们用来从事批评的材料。

我们讨论的是一种大有前途的新兴文学,但尚未取得多少成就。因此,批评应审慎而明智,不可自命不凡,应尽力展现作品的潜能,而非任其被冷漠的批评毁掉。这可能会伤害许多学者的感情,但我要尽力说明我的意思。就以尼日利亚为例。

当今,非洲一些最好的作品来自尼日利亚。我认为尼日利亚在非洲文学中的领导作用与以下事实密切相关,即尼日利亚仍然支持廉价小册子构成的大市场。有人告诉我,不管哪天在奥尼查(Onitsha)的市场上,都能数得出 60 多种不同的小册在售,囊括了所有主题。琼斯-夸泰(K. A. B. Jones-Quartey)目前正在撰写一部阿齐克韦(Azikiwe)博士的传记。他最近告诉我[413],光是写总督(Governor-General)的小册子就不计其数。此外,还有用尼日利亚语言创作的大量文学作品。所有这些作品的文学质量也许很高,也许不高,但人们如果没有这种写作实践,那么优秀作品可能会随之消亡。优秀作品需要肥料,就像植物需要肥料一样。这些数不胜数的廉价小册子,都是值得学者关注的,而在这种关注中,还应有一丝同情。这种文学让文学作者的道路变得顺畅,能够克服写作经常会给读者和作者带来的限制。学者至少可以与各个层次的文学作品保持联系,提炼出其中的精华。我们往往埋头于研究精装书中的材料,却忽视了廉价的宽幅报纸。**我所提倡的就是平衡。**

我在萨瑟兰夫人(Mrs Sutherland)于阿克拉建立的戏剧工作室的运转中,看到了这种平衡的意味。在逐步建立国家剧院的过程中,工作室上演了各种作品,质量参差不齐。只要作品有用,就不会拒绝。探讨一种新兴文学时,这种态度至关重要。批评应该宽容,出版应该自由。

不过当然,若我们对低劣文学赞誉有加,也会扼杀优秀文学。我们因同胞创作出的作品感到自豪,往往不吝溢美之词。我们应该始终对我们的批评有所控制。

(尹晶 译;姚峰 校)

第55篇　非洲文学,西方批评家①

兰德·毕肖普(Rand Bishop)

[414]20世纪40年代末和50年代初,非洲现代文学开始繁荣,主要供欧洲人阅读。早年出现了两个新的动向,促成了这种特别的作家-读者关系:一是有位举足轻重的欧洲知识分子写了篇文章(让-保罗·萨特的《黑色俄耳甫斯》[*Orpheé Noir*]);二是在一群西方知识分子——当时的风云人物——的扶持下,非洲人经营的杂志和出版社"非洲存在"(Présence africaine)在巴黎和达喀尔创办。当然,非洲受过教育、阅读文学的读者为数不多,出版商也很缺乏,这些都导致了这种状况的出现。因此,西方人很早就参与了对这类新文学作品的批评,虽然这不是人们愿意看到的局面,但或许是不可避免的。

西方批评家还填补了某种空白,这些空白是由于非洲没有书面批评传统,因而在文学诞生后逐渐出现的一种文化落后现象。无疑,虽然我们对口头批评(oral criticism)知之甚少,并热切期待有人对此进行权威的研究,但它和口头文学一样古老。但是,较之从口头文学到书面文学,从口头批评到书面批评更为复杂,不那么显而易见。迄今为止,虽出现了大量书面文学,却很难说存在着一个批评传统。我们按年代顺序对贾恩和德雷斯勒(Dressler)的《非洲创意写作文献目录》(*Bibliography of Creative African Writing*, 1971)进行分析后,看到1965年至1966年间发表的文献,与1950年前有记载的所有文献数量相当。因此,本尼迪克特·沃勒·维拉卡兹能在1942年说出下面这番话:祖鲁文学没有"任何权威机

①　First published in *African Literature*, *African Critics*: *The Forming of Critical Standards*, 1947—1966, pp. 59—67, 68—69. New York: Greenwood Press, 1988.

构，能够决定当今南非以我们班图语创作的任何经典。我们没有高品位的博学之士给我们提供批评意见，他们没有能力根据某些明确的标准评判作品。"(274)

从另一角度而言，维拉卡兹的评论同样令人关注。他悲叹的是非洲缺少批评家，而非"某些明确的标准"，而他的标准若非整个西方文学传统的标准，便很可能是南非白人的标准。[415]非洲文学与西方文学传统之间的关系颇成问题，我将在下面提出并详细地讨论这一点。这一关系之所以颇成问题，缘于早期西方批评的本质。我们必须理解这一本质，才能明白确立非洲文学批评过程中，对早期西方批评所作反应的重要性。

早期西方批评存在着最令人遗憾的一点，即西方人中，鲜有对非洲较为了解者（正因为此，他们才选择以"非洲存在"为题）。萨特的文章表明，他对非洲文化缺乏具体的了解；确切地说，这篇文章是关于殖民者和被殖民者心理的精彩研究，即便萨特运用了（今天看来略微生硬的）马克思主义理论。对于萨特**无意**成为西方重要的非洲文学批评家这一事实，也许我们可以作很多解读。

一些勇敢无畏之人会闯入这个领域，但越来越多的非洲人终于明白，有个地方大错特错了：非洲文学批评立足于两点假设，一是非洲法语文学和英语文学使用的是欧洲语言，因此分别是法语文学和英语文学的分支，二是在评价这一新文学时，只需使用西方文学批评的基本原则即可。因此，钦努阿·阿契贝发现自己成了约瑟夫·康拉德的侄孙；批评家们在许多非洲诗人那里发现了艾略特和杰拉尔德·曼利·霍普金斯的特征。通过与西方作家和西方价值的比较而作出判断，成了普遍的做法，这样西方人便可以凭借自己的理解——西方文学传统——"定位"非洲作家。但这一做法立足于一个错误的前提——即西方在非洲问题上由来已久的错误：除了掌握一些人类学细节外，无需认真研究非洲文学和造就非洲文学的文化。因此，如同 20 世纪生活中的诸多其他领域，非洲的文学环境——或更确切地说，非洲之外的人对此的理解——渐渐被比作西方似乎与之类似的文学建制。通常，非洲的建制并不完全与西方吻合，因此被认为是"不发达的"，即便不是低人一等或子虚乌有的话。因此，口头传统仅被视为写作的前身，在中世纪的欧洲便是如此——言下之意，既然书面文学对非洲而言相对较新，那在我们能够谈及非洲文学传统之前，非洲还有很多功课要学习。更糟的是,非洲传统如果向前发展,必定会沿着西方传统的路径,因为它的"演进"显然"落于西方传统之后"。

非洲批评家面对这种文化霸权,开始质疑西方人口中的种种必然性,并很快受到**良心的谴责**(prise de conscience),重新审视非洲新的书面文学与西方传统的关系。我在这里想要探讨的,正是这种重新审视。我还想表明,这种关系不仅被重新审视,而且本身成为批评家们评判某部文学作品的标准。

该批评指出非洲人面对西方文学传统时表现出的三种主要态度:依赖、逃避,以及综合西方和非洲元素。非洲人在此问题上无法完全达成一致,我们无需惊讶,在其他问题上,同样如此。相反,这说明在批评家心中,这一问题既复杂、又重要。

虽然非洲文学的数量剧增,尤其是桑戈尔的《阴影之歌》(*Chants d'ombre*)于 1945 年出版问世,以及 1947 年非洲存在出版社成立之后。[416]西方批评家有现成的文学传统,对此新文学的批评中,势必占尽先机。我们也不应低估其政治(殖民)优势。桑戈尔于 1950 年写道:

> 欧洲培养了我们的批评精神,这种精神更多是方法,而非创造。列维-布留尔认为"创造"是"原始人"的根本优点。因此,批评精神首先是认识、客观理解某个问题的方方面面。但对欧洲人而言,批评精神意味着更多,意味着光亮和温暖,这些是方法的基础,并带来解决办法。("L'Afrique S'interroge," 438)

而几年之后,桑戈尔自己开始抨击西方对非洲文学的批评。1956年,他写到一个西方人对艾梅·塞泽尔诗歌的批评时指出:"因其节奏'单调',总而言之,因其风格而批评塞泽尔和其他作家,就是因为他们生来就是'黑人'、西印度人或非洲人——而非'法国人'或基督徒——而加以批评;他们因发自肺腑地保持自我而受到批评。"("Comme les lamantins," 118)

几年后,约翰·佩珀·克拉克和钦努阿·阿契贝这两位尼日利亚作家在《尼日利亚杂志》(*Nigeria Magazine*)上严词抨击西方。从语气来看,攻击面也扩大了。1962 年,克拉克在文章中描述了三种"不相关联的"(non-link)西方批评家。第一种批评家"喜欢对其而言充满异域情调、原汁原味的作品",比如那位对图图奥拉青睐有加的批评家:

> 这个可怜的家伙口齿不清,跟不上趟儿,上气不接下气,最后也就跟不上《棕榈酒鬼》的文字节奏了。"哦,这个人开始在沃尔西大厅(Wolsey Hall)听讲座,记笔记了,"他们抱怨着,不再理会《勇敢的非洲女猎人》(*The Brave African Huntress*)和那位大师后来的作品了。("Our Literary Critics," 79—80)

第二种是"喜欢人类学"的批评家。这些批评家看不到西普里安·艾克温西(Cyprian Ekwensi)、钦努阿·阿契贝或奥努奥拉·恩泽克乌(Onuora Nzekwu)的作品有任何质的不同,因此"将他们都当作文化冲突的探索者,随随便便地归为一类。"(80)第三种是那些走"保罗·高更(Paul Gauguin)之路"的批评家(80),"因为需要一个向导,……会全盘接受所谓专家告诉他们的一切"(81)。

三个月后,钦努阿·阿契贝探讨了这个问题,为自己的非洲同胞讲话:"我们并不反对批评,但有些人对我们所知寥寥,却为我们构想出别样的批评,令我们有点厌倦。"("Where Angels," 61)阿契贝还将西方人分为三类,虽然这三类人与克拉克划分的三类略有不同:"脾气暴躁、怀有敌意、自视甚高的奥诺雷·特雷西(Honor Tracy)之流。令他们生气的是殖民地新奇的自由观念,及其对殖民者的恩惠毫不感激的现象"(61);那些"惊讶于我们居然也能写作"的人(61);和一群"对另外两种人的愚蠢心知肚明、决心拨乱反正"的人。关于最后这类人,阿契贝说:"我们双方可以坦诚相待,展开对话",但他又说:"这些人越来越教条,令我们恼火。"(61)

大约同时,坎帕拉的马凯雷雷大学举办了非洲英语作家大会,将几位非洲人(其中有阿契贝和克拉克)聚在了一起。这次大会上,他们对西方批评家的态度似乎变得明朗起来。伯纳德·福隆(Bernard Folon)报道这次大会时说:"一开始,[417]与会者就表示了对某些欧洲人的强烈不满,这些欧洲人自认为是黑人文学专家,规定了黑人文学应该遵循的标准。非洲人创作的任何作品,只要不符合他们的教条,就会被打入另册。"

("African Writers," 42)几个月前,塞拉利昂批评家约翰·阿卡尔(John Akar)参加了在弗里敦举办的一场"非洲文学与大学"(African Literature and the Universities)会议,会上对于这种教条主义,举出了一个非常令人气愤的例子。他说一位朋友将一部小说送给几家出版社,"其中一家特别写道:'一部饶有趣味的小说,但读起来不够非洲'……现在谁有权说它读起来不够非洲——出版社? 这是一个非洲人撰写的亲身经历。"("General Discussion," 130)

几年后,约瑟夫·欧克帕库(Joseph Okpaku)在他主编的《新非洲文学与艺术期刊》(*Journal of the New African Literature and the Arts*)的第一篇评论中,作了一番类似的评论:

> 很多非洲文学被严格局限于西方世界想归为纯粹或真实非洲的作品。有些人更喜欢保留自己所谓的非洲文化特有的色情描写或异域情调,从根本上说,正是这些人将这种限制强加给了非洲作家,结果是非洲文学固化在这种过时的模式中,失去了伴随非洲社会共同成长和发展的机会。("The Philosophy," 1—2)

伦敦出版了沃莱·索因卡的《路》,罗伯特·塞鲁马加(Robert Serumaga)更为具体地总结了英国批评家们对这部小说的回应,并批评杰拉德·费伊在《卫报》上的那番话:"当[索因卡]知道——或许更准确地说,能让我们这些人知道——他想说什么时,便可飞黄腾达。"(ii)塞鲁马加回应道:"但是,也许我们可以说,情况恰恰相反,至少同样有说服力。费伊先生能够立刻理解不同文化背景的戏剧讲什么时,便会获得成功。从评论来看,他可能试都没试。"(ii)塞鲁马加更喜欢《每日邮报》(*Daily Mail*)的批评家,说这位批评家"表达了力主两种文化持续对话的观点:'我自己不会假装将索因卡这部剧看懂了一半。首先,我确定自己把情节都搞错了。但我一整晚都兴奋不已,想要弄懂。'"(i)

刘易斯·恩科西(Lewis Nkosi)和其他一些人描述了西方批评的另一种危险:西方批评虽然准确,却可能摆出一副盛气凌人的架势。恩科西说:"可能会毁掉我们[非洲作家]大多数人的——包括一些真正有前途的作家,是过度的曝光和赞誉。有些作家的声望只不过是一些多管闲事的学生'捏造'出来的，这些学生学习非洲事务，决意找出令人兴奋的新东西来研究和详述。"("Where Does," 8)乔治·奥蒂诺(George Otieno)评论约翰·佩珀·克拉克的某些诗歌时，附和了这一观点："多数外国批评家和出版商仍不愿只依据实情评判我们的作家；他们一定要将我们的作家当作非洲作家来评判，有时这种倾向会让他们显得高人一等，这很危险，只会扼杀创作冲动。"(43)

也许莫阿玛杜·卡纳像其他人一样，很好地总结了这一观点。他谈到欧洲批评导致的"误解"及其产生支配性影响的原因：

> 在非洲受众和西方批评之间，没有成熟的非洲批评思想能以同样的说服力介入其中。西方批评一般来说同情非洲，尤其同情我们的文学，这无可否认。西方批评的好意铺平了通向无间地狱的道路，[418]最终，这种批评导致的结果是强加自己的观点，或彻底歪曲某部作品的意思。("African Writer," 20)

卡纳提供的建设性建议是：

> 这种[西方]批评只能采取有助于推介我们文学作品的态度，即保持更强大的信念，相信我们文学作品的未来会在非洲大陆上构筑自己的形态。由于不可胜数的原因，我们不能将非洲文学——无论何种形式的非洲文学——看作欧洲和非洲的共同财产，而必须将其看作促进文化凝聚力的要素，欣赏其本体。(23)

非洲文学与西方文学传统：一个批评标准

非洲人对西方批评的评论数不胜数。更重要的不是对西方人自身的讨论，而是对其背后传统的讨论。非洲文学与西方文学传统是何关系？应该是何关系？这些问题在非洲人那里引起了严肃的讨论，最后成为评价某部非洲文学作品的一个标准。我们首先考虑这一类批评家，他们承认西方文学传统对非洲文学产生了影响，认为这种影响本身颇为有益。

亲西方批评家

其中最早的评论来自南非人雅巴乌(D. D. Jabavu)。雅巴乌根据自己 1943 年的演讲,就此话题写了一本小书,题为《英语对班图文学的影响》(*The Influence of English on Bantu Literature*, 1948)。书中,他谈到维拉卡兹的诗《祖鲁人之歌》(*Inkondlo KaZulu*, 1935),称这首诗是

> 伟大的祖鲁语诗集,足以跻身经典之列。这部诗集毫无保留地模仿英语文体(长格律、短格律和普通格律,各种诗节、挽歌、十四行诗、押韵,甚至英雄双韵体,令人想到蒲伯和德莱顿),一丝不苟地遵循一切文体,因此彻头彻尾受英语影响。甚至连诗的题目都令人想起叶芝,因为它们隐藏了主题,确保真艺术不露斧凿痕迹(ars artem celare est)。(11)

雅巴乌在书的最后,谈到阿奇博尔德·坎贝尔·乔丹的小说《祖先的愤怒》(*IngQumbo yemiNyanya*, 1940):"若英语对班图文学的影响将造就更多这般水准的经典,那就有必要继续存在。"(26)

1956 年,巴黎召开了"第一届黑人作家和艺术家国际大会"(First International Congress of Black Writers and Artists),与会者在会上认识到另一个大问题。桑戈尔说起了非洲节奏,这启发了丹姆兹(N. Damz)说出了如下这番话:

> 我有一事想问桑戈尔先生:如果我们听(比如)非洲说唱艺人的表演——他们创作了这种音乐,令我们开怀,而音乐也是其所创作艺术中的一个根本元素——我认为我们会注意到,这些艺人在审美上的细微差别受制于欧洲审美的细微差别……我的意思是,一般说来,对我们面临的所有问题产生影响的,是我们接受的欧洲教育,换句话说,是我们接受的欧洲教育在我们身上留下的印记。("Débats," 83)

欧洲教育对非洲思想和审美感受产生的影响, 这是个特别复杂的问题, 无法在此探讨。而我们清楚的是, 这次重要的大会讨论了丹姆兹提出的问题。

几年后, 保兰·约阿希姆 (Paulin Joachim) 的评论并非很大的难题, 但也许更为武断。约阿希姆批评查尔斯·诺坎 (Charles Nokan) 的《黑点》(*Le Soleil noir point*, 1962) 不符合任何 "传统的" (意为西方的) 文学体裁时, 是在暗中支持西方传统。他说: "这部作品既非小说, 也非故事, 更非短篇故事, 而是各种体裁都有一点儿的大杂烩, 既不连贯, 又无章法。但为何如此酷爱创新, 为何如此酷爱寻找与传统形式截然不同的形式来表达自我? 难道惟有如此, 才能表达一个人的独创性?" ("Le Soleil noir point," 58—59)

赞同融合的批评家

有些批评家赞同与西方建立融合关系, 也许更为合理。最早似乎是扎伊尔批评家安托万-罗杰·博朗巴 (Antoine-Roger Bolamba) 于 1956 年表达了这一观点。博朗巴谈到了马拉加斯诗人弗拉维·拉奈沃 (Flavien Ranaivo): "他取得的伟大成就, 在于忠于本民族的精神, 同时又尊重法国的思想和技巧。" ("Flavien Ranaivo," 119) 另一位批评家是象牙海岸的约瑟夫·米赞·博尼尼 (Joseph Miezan Bognini), 也赞同与西方传统建立融合关系, 他在评论贝尔纳·达迪埃的小说《巴黎黑人》(*Un Nègre a Pàris*, 1959) 时说:

> 我认为这部小说无意将西方的发展——我们已部分获得了西方文化——嫁接到非洲。这里涉及的问题是, 面对西方文化的非洲如何以独特的方式发展, 因为我们必须说, 非洲只能根据已接受的文明发展。这并不是简单的模仿, 而是非洲自己进行融合, 以获得自身的特性。(156)

约阿希姆稍稍改变了之前对诺坎作品的态度, 在引述关于一位塞内加尔作家的评论时, 采用了同样的标准: "[阿卜杜拉耶 (Abdoulaye)·]

萨迪(Sadji)是个极端,是两种文明碰撞的产物。塞内加尔人觉得他过于欧化,法国人则觉得他不太理会同化生活(assimilated life)的规约。但萨迪有修养,植根于土壤,头脑和心灵都向欧洲之风敞开。"("Trois Livres," 39)

　　1966年,伯纳德·福隆指出非洲文学的两大潮流:一个潮流主要是受欧洲教育影响的抗议文学,"非洲具有读写能力的受众对其兴趣寥寥,大部分作品无人读过"("A Word," 10);另一个潮流"寻求非洲读者而非外国批评家的认可,因为非洲读者更有资格就作品的真实性发表意见,而外国批评家则根据欧洲文学传统确立的标准作出评判。"(11)福隆继续说道,这两股潮流若是融合,就会出现更强大的非洲文学。他说下面这番话时,便是以此观点为批评标准:"一些作家已开始融合这两股潮流。西尼日利亚作家阿卢科(T. M. Aluko)的小说《一个人,一把弯刀》(One Man, One Matchet)便是将两股潮流高明地融在了一起。"(12)

　　罗曼纽斯·埃古杜在博士论文中讨论了克里斯托弗·奥基博、约翰·佩珀·克拉克、乔治·阿沃诺-威廉姆斯(George Awoonor-Williams)和朗逸·彼得斯(Lenrie Peters)的诗歌,然后得出结论:"这些诗人似乎相信(作者[420]也赞同这一点),为创作艺术作品而运用本土诗歌(本地和殖民地的)和经历时,仍可利用外国的经验资源,这些是他们学会了第二语言后获得的经验。"(269)埃古杜说这番话,就是赞成融合西方和非洲的元素。

反西方批评家

　　然而,此类说法显然在数量上不及那些反对西方文学传统的说法。有些批评家视西方传统为洪水猛兽,危及非洲文学的根本完整性。也许,尼日利亚批评家本·奥布塞卢(Ben Obumselu)首先作了这样的评论。1959年,奥布塞卢为阿契贝的《瓦解》写评论时,至少带有些许谴责的意味,因为他说阿契贝忽视了"我们的音乐、雕塑和民间传说中的含意,而西非小说家若不满足于模仿欧洲潮流,就不能忽视这些含意"。(Review, 38)

　　另一位批评家虽使用同样的标准,却隐含着对阿契贝的不同评价。

在评论杰拉尔德·摩尔早期的批评著作《七位非洲作家》(*Seven African Writers*, 1962)时,克里斯蒂娜·艾朵反问道:"在将钦努阿·阿契贝的作品看作对英语文学传统——包括康拉德在内——的发展这条路上,我们应该跟随摩尔走多远?"(46)

我们可以再次发现,贝宁批评家保兰·约阿希姆使用了这一标准,虽然他的做法与我前文引述的那些例子略有不同。约阿希姆对比了几内亚作家卡马拉·雷伊的前两部小说,认为《黑孩子》(*L'Enfant noir*)比《国王的凝视》更胜一筹,因为《国王的凝视》"不那么有趣,主要因为其形式不再具有原创性或非洲性,方法过于接近当下的欧洲文学作品。"("Contemporary," 298)他在评论结尾处说道:"待非洲作者不再枯燥乏味地模仿西方的表达形式,回归故乡以寻找原创和独特的非洲风格之日,非洲小说就会成为权威性的存在。"

这方面,小说并非吸引批评家的惟一体裁。戏剧也让非洲人警惕西方传统的侵蚀。费比恩·奥昆迪佩(Phebean Ogundipe)在伊巴丹观看索因卡的两部戏剧,就产生了如下疑虑:"我担心,这些剧作也许又是些伪原创文学,建立在英语框架上,而这框架如此明显,令人痛苦不堪;怕它们会是莎士比亚或拉提根(Rattigan)的翻版,用尼日利亚的名字和背景浅薄地包装起来。"(29)

[……]

伊齐基尔·穆法莱尔评论克里斯托弗·奥基博的诗歌时,提出了同样的标准,且深为同样的影响烦恼不安。穆法莱尔问道:"非洲作家对于英文作品中采用的模式,是否应该更加挑剔些? 比如,在奥基博的诗中,我感觉最明显的一点是他与庞德多么接近。"("Postscript," 83)

关于非洲对西方文学传统的看法,我们不可能得出任何确定的结论。文学批评——如文学本身——变动不居。你可以谈某些阶段少量或大量批评家的趋向——但要清楚的是,即便如此,客观而言,你探讨的是非常复杂的现象。然而,这不必成为我们的阻碍,也不必让我们这些人文学科中的批评家道歉(我们往往会这样做)。对非洲人和非洲以外的人而言,理解下面这一点无疑具有重要意义。20 世纪五六十年代,非洲批评家对于影响了非洲文学的西方批评和西方文学传统一清二楚。[421]这些批评家展开的对话丰富多样,确保他们无论最终持何种立场,都是小心求证而来的。然而，我们可以根据最早的讨论断定，非洲批评家心里清楚，非洲文学与西方之间关系的性质颇有问题，这通常成为他们批评实践的一个标准。

参考文献

Abraham, W. E. *The Mind of Africa*. Chicago: University of Chicago Press, 1962.

Achebe, Chinua. "WhereAngels Fear to Tread. " *Nigeria Magazine* 75 (1962): 61—62.

Aidoo, Christina. *The Dilemma of a Ghost*. Acrra, Ikeja: Longmans, 1965.

Bognini, Josepg Miezan. Review of *Un Nègre a Pàris* by Bernard Dadié. *Pésence africaine* 36 (Eng. Ed. Vol. 8) (1961): 156—157.

Bolamba, A[ctoine]. R[oger]. "Flavien Ranaivo. " *La Voic du congolais* 119: (1956): 118—119.

Clark, John Pepper. " Our Literary Critics. " *Nigeria Magazine* 74 (1962): 79—82.

"Débats, ler Congrès international des ècrivains et des artistes noirs. " *Présence africaine* n. s. 8—9—10 (1965): 66—83.

Egudu, Romanus Nnagbo. "Criticism of Modern African Literature: The Question of Evaluation. " *World Literature Written in English* 21, no. 1 (1982): 54—67.

Folon, Bernard. "African Writers meet in Uganda. "*Abbia* 1 (1963): 39—53.

——. "A World of Introduction. " *Abbia* 14—15 (1966): 5—13.

"General Discussion on Publishing African Literature. " in *African Literature and the Universities*, 130—132. Ed. Gerald Moore. Ibadan: Ibadan University Press, 1965.

Jabavu, Davidson Den Tengo. *The Influence of English on Bantu Literature*. Lovedale: Lovedale Press, 1948.

Joachim, Paulin. "Le Soleil noir par Charles Nokan. " *Bingo* 123 (1963): 58—59.

——. "Trois livres d'Aabdoulaye Sadji. " Reviews of *Maimouna*, *Nini*, and *Tounka* by Abdoulaye Sadji. *Bingo* 15 (1965): 39.

——. "Contemporary African Poetry and Prose. 3. French-Speaking Africa's Poètes-Militants. " In *A Handbook of African Affairs*, 296—300. Ed. Helen Kitchen. New York: Praeger, 1964.

Kane, Mohamadou. "The African Writer and His Public. " *Présence africaine* 58 (Eng. ed. Vol. 30) (1996): 10—32.

Mphahlele, Ezekiel. "Postscript on Dakar. " In *African Literature and the Univer-*

sities，80—82. Ed. Gerald Moore. Ibadan：Ibadan University Press，1965.

Nkosi，Lewis. "Where does African Literature go from Here?" *Africa Report* 9，no. 9 (December 1966)：7—11.

Obumselu，Ben. "The Background of Modern African Literature." *Ibadan* 22 (1966)：46—59.

Ogundipe，Phebean. "Three Views of ' The Swamp-Dwellers'：For What Audience?" *Ibadan* 6 (1959)：29—30.

Okpaku，Joseph O. "The Philosophy of the New African Literature." Editorial. *Journal of the New African Literature and the Arts* 1 (1966)：1—2.

Otieno，George. "African Writers' Break Through." Review of *A Reed in the Tide* by J. P. Clark. *East Africa Journal* (December 1966)：43.

Sartre，Jean-Paul. "Orphée noir." In *Anthologie de la nouvelle poésie nègre et malgache d'expression française*，ix—xliv. Ed. Léopold Sédar Senghor. Paris：Presses universitaires de France，1948.

Senghor，Léopold Sédar. "L'Afrique s'interroge：Subir ou choisir?" *Présence africaine* 8—9—10 (1950)：437—43. Also in his *Liberté I*.

——. "Comme les lumantins vont boire à la source." In his *Ethiopiques*，103—123. Paris：Editions du Seuil，1956. Also in his *Liberté I*.

Vilakazi，B. W. "Some Aspects of Zulu Literature." *African Studies* 1 (1942)：270—274.

（尹晶 译；姚峰 校）

第 56 篇　研究非洲文学的形式方法①

肯尼思·W·哈罗(Kenneth W. Harrow)

引　言

[422]批评家们忽视非洲文学的本质特征,且总体上未能意识到非洲文学大致形成了自己的传统,未能意识到这一变化过程如何发生。这几点一直困扰着非洲文学批评。批评家们做不到这几点,因此专注于文学之外的特征,用文化理据/解释和历史-社会变化代替文学选择及效应。形式主义解释文本与其他文本的关系,而非解释文本与社会或现实的关系,让文本重归其位:其他文本主要构成文本所属的话语,社会或现实则以某种方式远离文本或赋予文本真实性。若我们不能以如此明确对立的方式,清楚区分"文本"和互文性,就无法抹杀前文学文本(prior literary texts)发挥的重要作用,即在文学体系中定位特定的文本。意识到传统在不断变化发展,证明了形式方法是正确的,并为我们提出了各种问题。

令这一点成问题的,恰恰在于决定哪些作品构成了前文本。就非洲文学而言,时间顺序上的优先显然与这种关系——在传统中定位某个文本——无关。相反,赋予了传统连续性的,是一个文本对另一个文本的评论——更有甚者,是认识到其中一个文本超越了自己的前文本。对卡马拉·雷伊的《黑孩子》和费迪南·奥约诺《男孩的一生》(*Une Vie de boy*)作仔细研究后,可以看到非洲文学的内部变化是以何种途径发生的。形式方法为我们提供了这些途径的概念框架。

---

① First published in *Research in African Literatures* 29. 3 (1997): 79—84.

陌生化

[423]1914 年,维克多·什克洛夫斯基(Victor Shklovskij)首先阐明了形式主义的第一个重要概念——陌生化(ostranenie),与机械化相对。诗歌语言具有文学性或明显的文学特征,能够将文学与非文学或普通生活(byt)——尤其是日常话语——区分开来。什克洛夫斯基提及诗歌语言的手法时,使用的是"陌生化"这一术语。我们习惯了那些日常话语,日用而不自知;文学手法——比如倒装、平行结构、情节安排或诗歌格律、韵律或修辞手法——让日常交流变得可见。那么,什克洛夫斯基首先考虑的是语言,这是他将诗歌语言与散文区分开来的原因。既然按照定义,这些令其可见或陌生的文学手法在散文中并非随处可见,为达此目的,就必须诉诸非语言手段。对什克洛夫斯基而言,这些方法与描述物或事的鲜见方法有关,如在托尔斯泰的故事《迈步者》("Kholstormer")这个著名的例子中,或在《战争与和平》中:前者从马的角度讲故事,后者提到歌剧表演的布景时,说那是"一块块画布"。(Erlich 177)

这些关于陌生化的解释,一直存在争论、遭到驳斥,尤其在巴赫金的研究论著《文学研究中的形式方法》(*The Formal Method in Literary Scholarship*)中。然而,该理论之所以吸引我,不是因为区分了诗歌与散文,或文学语言与日常语言——如形式主义者以及继承其衣钵的结构主义者所定义的那样——而是因为机械化与陌生化这些更广泛的概念。

认　　可

随着时间的流逝,所有文本都会变得机械化。若演员每晚都要激发灵感,让角色栩栩如生,那至少观众不必每晚去看。然而,即便人们只读某文本一次,只在特别的时候看一部电影或一出戏剧,或听一次诗歌朗诵,最终,由于累积了相似的作品、主题、方法和技巧,便觉得兴味索然。文化的所有方面先是成长,产生灵感,站稳脚跟,开花结果,然后遭人厌弃,直至枯萎凋零。让观众最后厌烦之物,也在艺术灵感过程中发挥作用,需要随着时间更新。

从一开始,什克洛夫斯基试图以一种普遍的方式定义陌生化,这时这个概念就遭到了破坏。相反,我们应该始终将其视作一个相对概念。就非洲文学而言,我们可能要在两种历史环境中思考陌生化。第一种适用于殖民时期特有的文学。像《仁慈力量》(*Force bonté*)(或创作于二战之前的其他塞内加尔小说),以及早期南非基督教派的说教式作品,都从欧洲典范那里获得了灵感。19 世纪以来,欧洲创作的关于非洲的文学作品主要是游记文学和异域文学。20 世纪 20 至 30 年代,非洲作家学会了欧洲语言,他们通过关于成功的描写,欣然接受了进步理想。像乌斯曼·邵塞(Ousmane Socé)笔下的卡里姆(Karim)这类人,追求欧洲的现代性模式,不管这会带来怎样的矛盾。这种文学似乎从未成气候,因为不像那些从事黑人性运动的诗人前辈,这些小说家所达到的陌生化程度,不足以将他们与欧洲范例及他们对非洲传统文化的敌意,分离开来。

[424]但这一阶段的文学起的是跳板作用,因为雷伊、谢赫·哈米杜·凯恩、比拉格·迪奥普、伯纳德·达迪埃、钦努阿·阿契贝和乌斯曼·塞姆班这一代作家初入文坛,就形成了一种证明、作证的文学,似乎在回应上一代的谄媚之作。就 50 年代这一辈人而言,出现的主要模式或类型是自传——一种成功故事,但界定成功的,不是同化和自我克制的过程,而是文化上的肯定,或最终拒绝欧洲的文化模式。

殖民时代早期作家的作品延续了那些已机械化的价值观念,这些观念植根于殖民活动之中。但因为这些作品意在描绘非洲人,因此为后来积极的文化证明模式提供了出发点。

一旦这些话语模式确立了自己的地位,就会一成不变。见证文学的第一阶段结束后,出现的是反抗阶段:蒙戈·贝蒂、奥约诺、阿赫马杜·库鲁马、阿赫马杜·欧卡拉(Ahmadou Okara)、扬博·乌洛古安姆,后期的恩古吉和塞姆班成为讽刺小说、反殖民小说或革命小说的中坚。成功故事难以为继;否定成功故事,就构成新的形式,这种反应依然是基于对旧事物的辨证否定,但这次否定的对象是:对非洲文化、历史或社会或黑人性本身机械的理想化。新一代的阐释者、反叛者、愤世嫉俗者、不可知论者——但最重要的是,斗争者——再次寻求新的秩序。其否定行为靠的是陌生化,而非无中生有的创造。

就 20 世纪 60 年代或 50 年代末那代人而言,这一过程仍在继续。如果我们这个时代并非铁板一块,那么没有任何文学阶段是铁板一块。但总的趋势是拒绝分裂,通过持续的陌生化过程实现统一之结果。

什克洛夫斯基肯定形式主义原则时,得出的正是这一结论。他称文学发展是完全内在的:"新作品的出现,改变了我们对艺术形式本身——而非日常现实——的看法。由于我们熟悉过去的作品,艺术形式已变得机械而生硬。我们理解艺术作品,所依据的是其他艺术作品构成的背景,以及与其他艺术作品的关系。决定其形式的,是与其他先在形式之间的关系……新形式似乎不是表达新内容,而是取代旧形式,因为它已失去了自己的艺术特性。"(Steiner 56)对于如何在一种文学话语中界定变化,我们可以将这一主张当作理解的第一步。

周期性

该方法提出了一个重要问题,即界定文学的时期或阶段。"阶段"意味着发展或进步——一种与过去为殖民主义辩护者,比如戈宾诺伯爵(Count Gobineau),有关的西方偏见。"时期"意味着一种时间区分,与陌生化过程毫不相关。其他术语似乎只是改头换面后的翻版。

这些术语暗示着一种庞大而僵化的结构。问题不是无法将大量作品归纳为一种形式,而是只有将一种总趋势看作主导趋势,总趋势才能被阐明。若非如此,我们就不能将任何传统看作是新兴的、变化中的或不断发展的现象。如果存在 20 世纪 50 年代——雷伊的《黑孩子》或费劳恩(Feraoun)的《穷儿子》(*Le Fils du pauvre*)——那一代,还有哪些别的作品能包括在内,依据为何?[425]这个问题首先由什克洛夫斯基在他最成问题的表述——即经典文本与非经典文本概念——中作了探讨。"每个文学时期,"他写道,"可以发现几个而非一个文学流派。它们彼此共存,其中一个流派是经典的巅峰之作,其他流派则是非经典的[底层]……而旧艺术的形式变得几近无法察觉,就像语言中的语法形式那样……取代旧艺术形式的新艺术形式,在底层被创造出来。一个新兴的流派突然取代了旧的流派。"(Steiner 56)评价任何公认的重要作品——大量"经典的巅峰之作"——之间的关系时,可以使用层、周期性这些概念,而不必采用辩证模式。

近来的批评家质疑经典概念,而什克洛夫斯基这些话大约写于 60 年前,但即便那时,这些话也指明了一个无法回避的问题。若要描述某个传统,必须选出一些作品。有些作品界定了一个时期或传统的特征,根据上述定义,这些作品必须比其他作品更好地做到这一点。因此,我们在详尽**阐述见证文学**(littérature de témoignage)时,不仅会将雷伊或费劳恩最早的小说包括在内,而且会将《阿玛杜·孔巴的故事》《暧昧的奇遇》(*L'Aventure ambiguë*)和《瓦解》纳入其中。虽然将《棕榈酒鬼》作为这一阶段的作品合情合理,但与其他作品相比,这部小说并未明确地重新认同非洲文化,这似乎使其相形见绌。根据什克洛夫斯基的定义,这样的作品不能跻身经典。从陌生化的角度看,我们可能很难明白如何将图图奥拉纳入任何一个时期的框架:他接近口头传统,选择使用改进后的皮钦语,使用变幻无常、异想天开的元素,而这些与前一时期的机械生硬式作品无甚关联。当然,《棕榈酒鬼》是突然出现的,虽然可能不是为了取代旧的形式。

体系化

我们从陌生化的角度思考单部作品,会遇到一些问题。若我们根据更大的体系思考单部作品,就可以克服这些问题。特尼亚诺夫(Tynjanov)对这个方法作过更好的探讨。他与布鲁姆的观点相近,认为"所有文学作品都是针对其他作品。一部作品在体裁、风格或流派方面的身份——实际上,作为文学本身的身份——是基于'**通过潜在的文学体系**'与其他文学作品发生的关系"(Steiner 120,my emphasis)一部作品之所以变得"可被感知",不仅因为运用了文学手法,还因为它使之前主导作品使用的文学手法变得过时。换言之,文学变化具有相对性,也具有辩证性。起初,形式主义者解释说,对艺术而言,这一辩证性是完全内在的。但特尼亚诺夫将艺术品所属的体系扩大,使之包含三个层面:单部作品层面;全部作品层面;特定时代的全部民族文化层面(Steiner 114—115)。较小的体系从属于较大的体系,因此,虽然单个文本可自成体系,而在所属的更大的体系中,却成了一个变量。对作为整体的文化而言,文学体系本身成了一个变量。

在所有层面上,体系内部的变化是一种功能,即争夺体系中彼此竞争的部分,某个特征会在这样的争夺中凸显。"艺术通过这种相互作用和斗争而存在。若没有从属感,若起建构作用的因素未让所有因素变形,便不会有艺术现实……若诸因素之间的相互作用感(这必定意味着存在两个因素——支配因素和从属因素)消失,艺术现实便会付之东流;就变得机械僵硬了。"[426](Steiner 106)最后,特尼亚诺夫详细阐述了一种更为多元的艺术定义,其中"几个有别于主导建构原则的新原则出现了,并开始争夺控制权",而那些以胜利姿态出现的主导特征"与整个文化体系的发展趋势发生了合流。"(Steiner 112)这种发展立足于恰到好处的形式主义观点,即各个层面文学体系的标准由一个相对自主的过程界定。某部作品以某个或某些主导特征为特色,这些特征可能是对之前文本的回应,而非仅仅或严格由过去作品中变得机械僵硬的方面所决定;通过——相互竞争的要素参与其中的——夺控制权和支配权的斗争,这些特征使自己避免从属于这样的过程。

特尼亚诺夫的表述替换了区分经典与非经典文本这一问题。不过,这么做的代价是,未能在主导构建原则与从属构建原则之间作出区分。然而,他坚持更大的体系视角,坚持文本的相对自主性,以及文本的构建原则,似乎是在回应这样一个异议,即若尝试认识非洲文学传统,就必然预设了一种霸权或专制倾向。更重要的是,相对自主性立足于如下观念,即在文本内部对主导构建原则的争夺,以及陌生化的新作品与维持机械形式的旧作品之间的竞争。

有些人满足于采用肤浅的社会学解释来说明变化,而这些解释忽视了文学体系内部的陌生化。形式主义与之相反,恢复了文学作为体系的整体性,同时又遵守以下逻辑,即认为在艺术体系中,变化的对象自然是其他艺术作品自身,其次才是更大的社会体系。换言之,艺术将艺术陌生化,若想超越被机械化的因素,自然要以艺术体系内部为基础。

[……]

参考文献

Bakhtin, M. M. , and P. N. Medvedev. *The Formal Method in Literary Scholar-*

ship (Cambridge：Harvard University Press，1985).

　　Erlich, Victor. *Russian Formalism*. (New Haven：Yale University Press，1981).

　　Laye, Camara. *L'Enfent noir*. (Paris：Plon，1953).

　　Oyono, Ferninand. *Une Vie de boy*. (Paris：Julliard，1956).

　　Steiner, Peter. *Russian Formalism*：*A Metapoetics*. (Ithaca：Cornell University Press，1984).

（尹晶 译；姚峰 校）

第 57 篇　非洲的缺席，无声的文学①

安布鲁瓦兹·科姆（Ambroise Kom）

[427][……]

我们不要忘记：文学批评首先是专家、学者的事情[……]

各国纷纷独立后，我们看到非洲大陆各处，大学机构如雨后春笋般涌现。各国都宣称想尽快建设自己的行政队伍。非洲文学批评正是在上述机构中，发出了自己的声音，描绘出自己的道路。从雅温得大学（University of Yaoundé）的所在地纳戈-埃克（Ngoa-Ekele）高地，托马斯·麦隆（Thomas Melone）检视了全世界的学者，发起了众多研究项目。他发表了《蒙戈·贝蒂，人类与命运》（*Mongo Beti，l'homme et le destin*，1972）、《钦努阿·阿契贝与历史悲剧》（*Chinua Achebe et la tragédie de l'histoire*，1973）等著作。上述两部作品引发了对以上两位作家的批评热潮。穆罕默德·凯恩有许多文章发表于《非洲存在》等杂志，此外，他还作为比拉格·迪奥普无可争议的诠释者，在达喀尔大学的文学系站稳了脚跟（*Les contes d'Amadou Coumba；du conte traditionnel au conte moderne d'expression Française*，1968，1981；*Birago Diop，L'homme et l'œuvre*，1971）。后来，他给我们带来了巨著《非洲小说与传统》（*Roman africain et traditions*，1982）。

伊巴丹的阿比奥拉·艾瑞尔作了大量研究，丰富了非洲文学研究的成就。后来，他将这些研究成果汇集于《文学与意识形态中的非洲经验》（*The African Experience in Literature and Ideology*，1981）。肯尼亚的

---

①　First published in *Research in African Literatures* 29. 3 (1997)：152—157. Translated by R. H. Mitsch.

恩古吉·瓦·提昂戈原是教师和文学批评家，后来成了小说家，他为语言问题提供了颇为有益的视角（*Decolonising the Mind：The Politics of Language in African Literature*，1986）。伯纳德·福隆被誉为喀麦隆的苏格拉底，他通过自己创办的评论刊物《阿比亚》（*Abbia*），复兴了本国的文学和文化生活。但我们怎能忘记，皮乌斯·恩甘杜（Pius Ngandu）、乔治·恩加（Georges Ngal）、巴特莱米·科奇（Barthélemy Kotchy）、阿德里安·胡阿侬（Adrien Huannou）等人都为书写非洲文学批评的前几页作出了贡献？

[428]然而，有一点始终不变，比较突出。留在非洲大陆的第一代非洲批评家，大多离开了我们。他们在自己那个时代创造的体系，或存在于他们那个时代的体系，很少能留存下来。伯纳德·福隆的《阿比亚》或托马斯·麦隆的"非洲比较文学研究小组"（Equipe de Recherche en Littérature Africaine Comprée）就属于这种情况。普及文学的所有其他途径均已不见踪影。《变迁》诞生于坎帕拉，后来随沃莱·索因卡迁至阿克拉，最后又选择落户美国。《非洲和比较文学杂志》（*The Journal of African and Comparative Literature*）诞生于伊巴丹，只出版了一期。《号角》（*The Horn*）的寿命要长些，但也已停刊。《今日非洲文学》（*African Literature Today*）——原本是塞拉利昂福拉湾的评论期刊——之所以能生存下来，是因为这家刊物设在了伦敦。

1960 至 1970 年间，非洲大陆的法语大学定期出版年鉴。佳迪玛·恩祖吉（Kadima Nzuji）说，连达喀尔文学系的年鉴都由法国大学出版社出版发行。如今，没有一家法语大学定期出版刊物。毫不夸张地说，独立评论刊物都是不定期发行的。《埃塞俄比亚诗集》（*Ethiopiques*）也不例外，几年毫无动静之后，出了第 59 期（1997 年的第二季刊），庆贺桑戈尔的 90 岁寿辰。

非洲大陆的其他办刊活动均效仿《非洲存在》，它们在法国看到了希望，但未能长期抵挡那些令非洲瘫痪的离心力。《南方小说》（*Nouvelles du Sud*）是一份文学和文化评论刊物，出版几期之后就停刊了，将刊名给了取代赛力克斯（Silex）的新出版社。《黑人-非洲人》（*Peuples Noirs-Peules Africains*）坚持了 10 年左右，但出版商似乎确定不再出版与此相关的著作。

即便在学术会议层面，显然自 1973 年在雅温德召开"非洲作家及其作为文明创造者的人民"（L'écrivain africain et son peuple comme producteur de civilisation）会议之后，非洲大陆似乎没有召开过重要的研讨会。实际上，非洲文学协会召开了两次学术研讨会，一次于 1989 年在达喀尔召开，另一次 1992 年在加纳召开。但这些都是非洲主动为之吗？我们有理由怀疑，有些人会认为非洲文学协会（ALA）寻求的是填补空白。有人可能还会提到 1984 年在布拉柴维尔（Brazzaville）召开的弗朗兹·法农学术研讨会；提到 1987 年在拉各斯召开的学术研讨会，庆祝 1986 年的诺贝尔奖颁给了沃来·索因卡；或者，还有一些规模较小的会议，如 1985 年在雅温德召开的口头文学会议、1991 年在阿比让（Abidjan）召开的神话会议，甚至是 1996 年在布拉柴维尔召开的索尼·拉布·谭斯专题会议。但这里，我们说的是周期性事件，未被写入制度体系中，如非洲文学研究协会（APELA）、非洲文学协会（ALA）或加勒比文学和非洲法语文学研究协会（ASCALF）的年度学术研讨会。

在缺乏专业途径和机构的情况下，非洲批评本可以通过地方媒体获得表达渠道：全国性报纸和杂志、广播、电视等。但我们怎能忘记，在非洲惟一能确定长久存在的媒体，是由国家——一定程度上由教会——控制的？我们清楚《刚果/扎伊尔/非洲》（Congo/ Zair/ Afrique）和布拉柴维尔的《非洲周》（Semaine Africaine）的情况，虽然也出版文学和文化编年史，但这些编年史承担的特殊使命完全不同：宣传自己的宗教。

[429]至于公共服务媒体，它们主要是当权者的仆人，公共服务观念在我们大多数国家还被认为是个神话。国家新闻工作者扮演着专家的角色，他们通晓一切问题，毫不犹豫地探讨文学，就像他们毫不犹豫地探讨其他社会或新闻事件一样。重要的是，他们所服务的政权可以从他们那里得到些什么。因此，只有君主的文书，必要时还有政府认为没有冒犯言辞的文本，才是值得通过广播、电视或政府报纸的专栏传播的声音。简言之，在独立后的非洲，学者的批评功能从根本上受到了挑战。

正由于上述原因，审查和压制那些争议性很小的作家与许多非洲批评家，成了正当的做法。恩古吉与肯尼亚政权产生了冲突，被迫离开，现居美国。蒙戈·贝蒂被流放了 13 年，1991 年回国后，几乎一直受到各种骚扰。诺贝尔文学奖得主沃莱·索因卡是个逃亡者。伯纳德·楠格

(Bernard Nanga)丢了性命,很可能是因为写了《蝙蝠》(*Les Chauves-souris*, 1981)。甚至索尼·拉布·谭斯都未能躲避骚扰。威廉斯·萨辛(Williams Sassine)的祖国几内亚给他带来了重重危险,他因此被害。关于他,我们能说些什么呢? 盖伊·奥西托·米迪欧胡安(Guy Ossito Midiouhouan)因为寄给《黑人-非洲人》一篇文章发表,险些在邦戈的监狱中消失(参见 PNPA 20 [Apr. -May 1981])。

这些事,说起来叫人伤心;但我们认识到,文学批评只有在当下后殖民时代,只有在殖民政权建立的大学胚胎框架中,才能体会到自己的荣耀时刻。这里发生的一切,仿佛殖民者已计划好,要模仿宗主国的模式在非洲创立这些机构,还有一切附属机构:受资助的研究中心、出版和发行体系、研究团队、卓越之追求。矛盾的是,后殖民政权的政治规划与下列几点背道而驰:发展批评功能;建立大学这一创新之地;出现有自由思想的智性力量。

[⋯⋯]

学者逐渐被招揽,被引诱,变成有机知识分子,以使独裁统治合法化。这些学者破坏了尚在萌芽阶段的殖民型大学最初的目标或固有的本质——为此,很少有第二代、第三代学者得益于地方机构的支持。有些刊物受非洲之外的力量控制,如《法语存在》(*Présence Francophone*)、《面包车》(*Matatu*)、《法语区研究》(*Etudes Francophones*)、《非洲文学研究》(*Research in African Literatures*)、《非洲文学》(*L'Afrique Littéraire*)《我们的图书馆》(*Notre Libraire*)、《非洲研究杂志》(*Journal of African Studies*)等。在这些刊物的栏目中,非洲文学批评得到了发展。非洲民众收入不高,无法购买或订阅其他地方出版的期刊杂志,因此看不到这些批评。最重要的是,我们不要忘记:一种新的历史阻碍危及我们的视野。甚至,我们丧失了自己的主动性,这些主动性被他者恢复或挪用了。

因此,非洲文学已被本土内生的批评所抛弃,成了孤儿。而且,非洲文学只在塞纳河或泰晤士河两岸出版,这种现象越来越明显。现今,越来越多的非洲文学作品甚至是在那里写出来的。非洲大陆的出版商了解植物生长规律,与年轻流散作家的作品相比,出自内陆的作品寥寥可数,但流散作家的本土经验如此有限,有时令我们感到遗憾。

这完全可以理解。非洲大陆上的国家无法容许自己这样做,即无限期地放弃真正争取自由的斗争，放弃实施一种文化挪用策略。[430]因为，如爱德华·萨义德准确指出的："解殖运动开始废除传统的帝国时，帝国主义并未结束，并未突然成为'过去'。"(34)多数情况下，独立只是陷阱，这并非总是因为昔日的殖民者，有时甚至由于昔日的被殖民者。萨义德借用普洛斯彼罗(Prospero)与凯列班这一辩证逻辑，如此解释道：

> 基本的讨论形式可以立即转化为一系列选择，这是我们由爱丽儿-凯列班(Ariel-Caliban)选择那里推究而来的……一个选择是像爱丽儿那样去做，也就是像普洛斯彼罗心甘情愿的仆人那样；爱丽儿热情地照吩咐行事，获得自由时，恢复了自己与生俱来的本质，有点像因循守旧的当地人，与普洛斯彼罗勾结不会让他感到忧虑。第二个选择是像凯列班那样，他清楚并接受自己混杂的过去，却失去了未来发展的能力。第三个选择是成为一个不同的凯列班，在发现本质自我、前殖民自我的过程中，摆脱目前的奴隶身份和身体缺陷。(257—258)

风险似乎显而易见。大部分非洲领导人沿着爱丽儿的道路，致力于独立后的发展。他们乐于成为得意的贵族，毫不犹豫地四处散播知识分子的痛苦。一群喀麦隆学者写道，知识分子

> 引起同情，因为其使命违反了某个社会的规范，而对该社会而言，高深的学问不过是一块垫脚石，可以让他们获得官僚权力和经济权力。人们认为，跳出这一规范注定要失败。为丰富知识而努力，这足以引起社会的同情。在社会看来，知识活动是制度上的权宜之计，而那些为此努力的人应该得到的，若不是蔑视，就是一丝同情。(Forum des Universitaires Chrétiens 15)

非洲英语国家同样糟糕。我们可以在一份近期出自肯尼亚的报告中读到下面的文字，与喀麦隆人的分析略有相似之处：

> 有些人在知识分子中看到的信仰危机，与许多国家令人遗憾的

高等教育状况紧密相关。在非洲全境，许多公立大学纷纷瓦解，这反映了难以言喻的知识问题。无情的财政危机——因为政府贫穷，无法或不愿支持高等教育——导致研究基金、教学设备减少，最后还有学术资源的减少。

根据三位非洲学者的说法，艰苦岁月里，最大的受害者就是职员的士气。许多非洲学者接触不到书籍、专业期刊或电子网络，无法参加会议，无法休假，甚至找不到粉笔在黑板上写字，因此丧失了职业自尊。最后，他们在愤世嫉俗……玩忽职守……和机会主义中寻得安慰。(Useem A47—48)

事实上，既然很难将非洲文学批评与危及我们国家的所有不幸分开，那我们必须开始努力了。至于沃莱·索因卡，[431]他回忆道，我们无法否认"非洲大陆在这些问题中的责任……在我们的图书馆中，随处可见我们的作家和知识分子进行的无尽谴责，尤其是针对统治阶级的谴责"。(Sarageldin et al. 241)

我们意识到，这一话题产生了很多深远的影响，我们在这里必须乐于指明几条道路。非洲民族主义文学批评——它们写于世界各地——并非这里的问题，我们也很难指责文学批评学者未能尽到责任！非洲民族主义文学研究的确一片繁荣。但在 20 世纪 60 到 70 年代，麦隆们、凯恩们、索因卡们、恩古吉们和其他的阿比奥拉们任教于大学，树立榜样。自那时以来，非洲和非洲民族主义文学批评基本在非洲大陆之外的机构进行，这显而易见。

参考文献

Eboussi, Boulaga, Fabien. "L'identité négro-africaine," *Présence Africaine* 99/100 (1976): 3—8.

Fanon, Frantz. *Les damnés de la terre*. Paris: Mapero, 1961.

Forum des Universitaires Chrétiens. *La misère intellectuelle au Cameroun*. Yaoundé: CCU, 1997.

Hountondji, Paulin. "Recapturing." *The Surreptitious Speech*: *Présence Africaine and the Politics of Otherness* 1947—1987. Ed. V. Y. Mudimbe. Chicago: University of Chicago Press，1992.

Irele，Abiola. *The African Experience in Literature and Ideology*. London：Heinemann，1981.

Kane，Mohamadou. "L'actualité de la littérature africaine d'expression française. " *Présence Africaine* 1971：218.

———. Birago Diop，*l'homme et l'oeuvre*. Paris：Présence Africaine，1971.

———. "L'écrivain africain et son public. " *Présence Africaine* 58 (1966)：13.

———. *Essai sur les contes d'Amadou Coumba：du conte traditionnel au conte d'expression* française. 1968. Abidjan：Nouvelles Editions Africaines，1981.

———. "Réflexions sur la première décennie des indépendances en Afrique noire. " Présence Africaine 3rd trim. 1971：218.

———. *Roman africain et traditions*. Dakar：Nouvelles Editions Africaines，1982.

Kom，Ambroise. "Une nécrologie，lacritique littéraire au Cameroun. " *Notre Libraine* 100 (1990)：30—34.

Melone，Thomas. *Mongo Beti，l'homme et le destin*. Paris：Présence Africaine，1972.

———. *Chiua Achebe et la tragédie de l'histoire*. Paris：Présence Africaine，1973.

Mouralis，Bernard. "*Présence Africaine* Geography of an 'Ideology. " *The Surreptitious Speech：Présence Africaine and the Politics of Otherness* 1947—1987. Ed. V. Y. Mudimbe. Chicago：University of Chicago Press，1992.

Ngũgĩ wa Thiong'O. *Decolonising the Mind：The Politics of Languages in African Literature*. London：Currey；Portsmouth：Heinemann，1986.

Nzuji，Mukala Kadima. "Bilande la recherche sur la francophonie littéraire. " *Présence Africaine* 155 (1997)：150—163.

Said，Edward. *Culture and Imperialism*. 1993，London：Vintage，1994.

Soyinka，Wole. "Culture，mémoire et développement. " *Culture et développement en Afrique*. Ed. Ismail Serageldin，June Taboroff，et al. Washington，DC：BIRD/BM，1994. 241.

Useem，Andrea. "An Era of Painful Self-Examination for Many Intellectuals in Africa. " *The Chronicle of Higher Education* 44. 7 (10 Oct. 1997)：A47—48.

（尹晶 译；姚峰 校）

第 58 篇　事物的本质：受阻的
去殖民化与批评理论①

拜尔顿·杰依夫(Biodun Jeyifo)

[432]奥罗非(Olofi)创造了地球及地球上的万物。他创造了美丽的事物和丑陋的事物。他创造了真理，创造了谬误。他让真理孔武有力，却让谬误瘦弱不堪。他让真理和谬误彼此为敌。他瞒着真理给了谬误一把弯刀。一日，真理和谬误相遇，打了起来。真理孔武有力，因此自信满满、沾沾自喜，因为他不知道谬误有把弯刀。因此，谬误狡猾地砍下了真理的头颅。真理大惊失色、愤怒无比，开始四处摸爬，寻找头颅。他碰巧找到了谬误，将他打倒在地。真理摸到谬误的头，以为是自己的。他的力气奇大无比，一下子便将谬误的头拧了下来，放在自己的脖子上。从那日起，我们就有了这个古怪而混乱的误配：真理之身、谬误之首。

非裔古巴人的一则神话

送信人朝他的方向指去，另一人随他的目光看到了伊祖鲁。但他只是点了点头，继续在他那本大书里写着。他写完后，便打开了一扇连接门，消失在另一间屋子里。他只在那里待了一会儿；再次走出来时，他向伊祖鲁点头示意，让他去见那个白人。白人也在写着什么，用的却是左手。看到他，伊祖鲁首先想到的是，有没有哪个黑人能像他那样掌控书本，可以用左手来写。

钦努阿·阿契贝,《神箭》

---

① First published in *Research in African Literatures* 21. 1 (Spring 1990)：33—48.

事物的本质

弗兰克·克莫德在自己那本书《注意力的形式》(*Forms of Attention*)中,提出了一个观点。这个观点大概是说,批评话语(克莫德愉快地称之为"对话")是文学存在的主要媒介,这可能是对文学批评最大的肯定。克莫德所说的"永远的现代性"由文学作品或作者实现,只要有人继续读,而且有人继续谈论或书写。当然,也许他的观点只是用花哨复杂的批评术语,说了些浅显的道理,且动辄以莎士比亚为例。但是,克莫德在这部专著中的沉思之所以迷人——如他的观点一样经典和正统——一定程度上是因为他承认,对一部作品或一位作者而言,"单纯的"观点与确凿的"知识"同样能够——甚至更能——获得持久的声望或"永远的现代性"。如我们将要看到的,区分"观点"和"知识"是令人棘手的事情,这是批评话语——让文学留传、勉强存在或完全被遗忘的中介——变动不居的关键因素。但首先,我们在研究本文的话题,即学术批评话语与非洲文学的命运时,有必要对克莫德的批评话语观作出几点限定。①

首先,批评话语不仅保证文学留存下来,而且决定着文学留存下来的条件,及其将来的用途。批评话语若要发挥这样的作用,必须在文学和人文学科领域的内部和外部,占据相对于其他话语的权力地位,对当代后现代批评理论而言,这一点至关重要(Macdowell)。② 其中一些话语彼此相似或互相竞争,或被纳入"主导"话语中,或变得无效,被边缘化。在此层面上,如果某一话语获得相对其他话语的支配权,我们也就超出了单个学者、批评家或理论家——无论他们多么才华横溢,多么有影响力——的能力,成为决定意见、知识或价值的权威人士。这种情况下,让某种批评话

---

① 虽然多数学者现在接受非洲书面文学和口头文学的各种潮流和传统,我在这里却将多元的非洲文学归于一类,将在本文中使用非多元化的(unpluralized)集体名称。这是基于以下考虑:我认为,自己在本文的评论,与关乎非洲文学每个潮流和传统的批评话语均相关。

② 我在这里是泛泛地使用"后现代批评理论",既指广义的当代理论学派和方法,也指更有针对性的理论著作:前者思考人们传统上确信文学研究和艺术再现的本质、内容和方法这一问题,后者是关于批评话语和权力本质的著作,它们大量借鉴了阿尔都塞、福柯等人的论著。

语具有明确效力的，是联合起来的历史、制度和意识形态要素，正是它们让这种话语成为"主导"话语，而"主导"话语将所有话语公开宣称的真理意志转化为实现了的——若是秘密的——权力意志。换言之，这一"主导"话语成为"主人"的话语，即便不是有意为之，那么至少从效果和结果来看也是如此。我们一旦承认这种话语，承认这种话语言说的特权主体地位，一旦发现其强调的"自然"权威语域，便会认识到其所宣称的真理意志如何掩盖了弥漫于所有话语中的权力意志，尤其当我们认识到话语是认知行为时。这样的论述意味着，根本而言，一切话语都争强好胜，尤其当我们处于被大量因素决定的社会和历史语境中时，而当下正是如此。

目前，有些人针对理论与非洲文学的相关性展开了争论，上述讨论与这些争论尤其相关。这些争论中，"理论"几乎总是意味着与"我们的"文学有关的"他们的"理论，与非西方写作传统有关的西方或"西方中心论"评价规范与标准（Gates，Showalter）。若这些反对意见确有依据，那我们所"继承"的非洲文学批评话语传统——这些传统的前提、理解框架和可能性条件被束缚于外国的、历史上帝国主义的视角和话语权力体制——就其对象非洲文学的生存和活力，提出了一些严肃的问题。因此，非洲批评话语乃是自我建构而成，并依据影响非洲文学创作的力量而不断建构自身，这个问题与非洲文学的命运密切相关。

但是，自我建构和建构自身的非洲批评话语究竟是什么？它存在吗？若（还）不存在，那有必要存在吗，或有人希望它形成吗？过去 20 年间，关于这些问题出现了一些争论，在这些争论中，出现了哪些已被确立的观点？既然这些都是重大问题，我们不能指望在一篇文章中作充分探讨，因此，我只想聚焦其中一个、却［434］是非常关键的方面：非洲文学作为一个学科的出现。很多人试图说明非洲文学学者的作用，主张非洲文学研究这一"学科"是正当合理的，但这些尝试往往会导致混乱，给人乏味刻薄的感觉。我想指出，这是非洲文学批评话语的一个领域。很多人试图界定非洲文学学者的角色，试图证明非洲文学研究这一"学科"的有效性和合法性，结果却导致了思想混乱和毫无意义的冷嘲热讽；若要对这些加以清除，"理论"可以发挥决定性作用。除了少数情况外，这些争论的理论性都不够，或者背后都有这样一个假定，即这是一个无法理论化的话语空间，就本体而言充满了神秘感，而神秘恐怕位于事物本质的核心。

　　文学在非洲——或更重要的是在欧洲和北美——成为研究对象，这颇有问题。没有什么比这一点更能表明非洲文学批评的混乱状态了。历史上这一现象的产生——如果不是其历史性（historicity）的话——一直是许多国际大会和研讨会、文章和书籍的研究主题（Moore，Heywood，Hale and Priebe，Lindfors 1984，Littératures，Arnold 1985a）。我们无需担心有关这一现象的多样表述，尤其是早期关于非洲文学定义的争论，或对其构成要素的限定。这些争论的核心，以及我们在本文关注的重点，显然是将**所有**非洲文学批评和学术研究归为两个基本的——或许不同的——对立阵营：首先，是欧洲或北美的外国白人批评家或学者，然后是非洲本土的黑人"同行"。此二分法引发了人们的争论，而在规定了这些争论的表述背后，还存在着本质；对此，我们决不能等闲视之。① 显然，我们需要的首先是小心确定该本质，其次，通过理论批评，揭示其秘密以及隐匿的可能性条件（conditions of possibility）——用海德格尔的话说，就是在世的（being-in-the-world）有序条件和关系——从而消除其神话色彩。

　　在非洲现代文学的受众结构中，历来就有"外国"与"本土"、外来与内生之别，索因卡和阿契贝早年的两条评论使人们注意到，这种区别的性质是很成问题的。《自恋者之后？》（"And after the Narcissist?"，Soyinka 1966）这篇较早的文章，标志着在新兴的非洲文学领域，索因卡开始崭露头角，成为"举足轻重"的人物。文中，他发表了如下观点：

> 任何文化中，重新发现的周期——黑人性、文艺复兴启蒙或拉斐尔前派（Pre-Raphaelite）——必须在魅力丧失之前，孕育出自我崇拜的文学。非洲文学还遭受着另一重苦难：非洲作家除了发现自己之外，还经历了外界目光对自己的再发现。我们并不确定欧洲文学是否有过同样的遭遇。（56）

---

　　① 关于**本质**（hypostasis）的"经典"马克思主义文本，当然是马克思的《德意志意识形态》（"The German Ideology"）。马克思在文中运用倒置这一意象（"暗箱"）分析了本质，将其看作一种意识形态自我神秘化的形式，看作关于"真实"社会生产关系的虚假意识。在此，我保留了这一观念，又融入了阿尔都塞的观念，即认为意识形态是对现实的必要"想象"，是被结构、被生产出来的。

正如本文所阐明的,这种欧洲文学史不曾有过的"遭遇"就是,强调非洲文学异国情调且惯于颐指气使的国外评论界,向非洲文学灌输和宣扬的一些主题和态度,这不利于这一新兴文学传统的健康和活力。索因卡的控诉很具体:"兜售奇思怪想的贩子"、"迷恋异域情调者"和"原始主义者"是他给这些外国批评家的标签。"外界目光"对某些主题、潮流和某一**类**非洲作家的宣扬,触怒了索因卡,下面这句话充分体现了这一点:"后殖民时代最初几年发表了作品的作家,都是最典型的脆弱皮肤,无法掩盖[435]非洲困境的真实肉身。"(1988,17)《作为教师的小说家》后来被批评家们看作阿契贝的宣言,他在文中质疑了外国对非洲文学的错位评论,但说法略有不同:

> 当然,我认为我们的作家与其社会共处一地。非洲作家要为欧洲和美国读者写作,这是因为非洲读者——果真存在的话——只对阅读课本感兴趣。我知道,对于这样的说法,人们会议论纷纷。非洲作家是否心里总想着外国读者,我并不清楚。但我清楚的是,他们不必如此。(42)

这两条评论的重点在于,人们通常认为,对**任何**一种文学来说,都存在着(或共存着)本地读者和外国读者,这相当正常,这两位作家却在其中看到了一种反常的变化。这种情况产生的认识论影响有其历史和意识形态根源,虽然两位作家都未深入探究这些根源,但他们之所以表示反对,理由并不只是这些学者和批评家不是"本土的""非洲的"和"当地的",而是"外国的""非洲之外的"和"异国的"。索因卡和阿契贝所作的都是理性讨论,拒绝将论点建立在"事物的本质"之上。

我们接触了大量非洲内外的批评家和学者后,就感觉身处截然不同的批评话语中。对非洲批评家和学者而言,非洲文学是"我们自己的文学",而对非洲以外的批评家和学者来说,非洲文学是"他们的"。对他们而言,非洲文学"属于"非洲人,甚至他们为**自己**参与非洲文学批评的作用和意义辩护时,也是如此。这一观点涉及在非洲文学批评中,标出并承认"自然"产权的界限。这是几乎所有非洲文学批评家和学者能达成一致的少数观点之一。这一现象既不令人惊讶,也不是一个多大的问题:谁会否认中国文学"属于"中国，日本文学"属于"日本，俄国文学"属于"俄国？而吊诡和成问题的是，多数其他情况下，对具体作品或作家进行评论时，人们认为这一点是理所当然的，因此略去不谈，而在批评非洲文学时，却成了一条根本的、基本的批评规则、一种评价和评论标准。若以极端的形式来表达，这就把文学批评真正**本体论化**了：只有非洲人才有资格批评或评价非洲文学，或稍微换个说法，只有非洲人能"真正"评价非洲文学作品。当然，没有人会对这一"真理"作如此直白的本体化和极端化表述，但他们说话的语气、音调的变化和措词的细微差别，大概也八九不离十。有些学者强烈主张这一观点，其中钦韦祖具有代表性：他始终使用集体性的专有代词"我们"，从不觉得有任何不妥之处，似乎他确信这个词代表了不证自明的公理：

> 当然，美国人、欧洲人或中国人可能会选择研究非洲文学，为美国、俄国的读者作出解读。在此，我们非洲人没有发言权。他们如何对待非洲文学，如何向其人民谈论，完全是他们的事；我们不能告诉他们该说些什么……我们并不是说，其他人不应该对非洲文学发表看法。但我们会说，若他们的言论——要么通过我们在非洲所阅读的他们的杂志和书籍，要么通过我们送去接受教育的学生——要对非洲产生影响，那他们应该清楚，他们不专为英国人或美国人阐释非洲文学，也是为非洲人。（16—17）

[436]当然，以"非洲人"作为参与批评话语的标准，总会通过其他一些不那么具体的中介折射出来。首先，通过**文化主义**（culturalism）折射。文化主义或是意味着与作者的民族身份相同，或者操同一门"本土"语言，或同样**恪守**该文化，植根于其风俗、习俗和道德规范。还有通过诉诸"经验"折射批评家的"非洲性"，有些人不熟悉某民族-共同体经验或种族-大陆经验，该"经验"便将他们排除在外。众所周知，欧内斯特·埃默尼欧努（Ernest Emenyonu）与伯恩斯·林德福斯就西普里安·艾克温西展开了争论。埃默尼欧努自恃自己的"非洲性"高人一等，就更正了林德福斯对艾克温西所作的"域外"（alien）评价，为此他使用了所有这些表述：本体论、文化主义、肤浅经验实证主义（Emenyonu, Lindfors 1975）。林德福

斯从**非洲语言文化**批评堡垒这一立场反驳了埃默尼欧努,难免掩盖了阐释政治中重要的认识论和意识形态问题;此外,他在这场争论中流露出犹豫、挑剔的语气,这很大程度上表明,当"本土"批评家全力进攻、捍卫自己的领域时,**多数外国**的非洲语言文化批评家和学者往往会陷入窘境:

> 有人一直认为,本土批评家比任何人更有资格理解自己文化的创造性天赋。之所以能够做到这一点……一定程度上是因为,本土批评家生于斯、长于斯,能洞察自己社会的运转机制,这就是根据所在。然而,若一切阐释工作都被本土批评家包揽,那么真理就只能在本土层面上探寻,而真理的普适性面向就会被遗忘殆尽。根据常识判断,我们不能允许某一类批评家宣称惟有自己所见为实。每个人都会有自己的盲点,而一些批评家——既有本土的,也有外国的——会比其他人更加盲目。(*The Blind Man and the Elephant*, 53—54)

当然,黑人性作家是本土主义立场最受人瞩目的拥护者。他们的影响力跨越了当时的历史语境,超越了通过《非洲存在》杂志对本土主义所作的制度和实践方面的巩固工作。然而,黑人性运动沿着本体论道路走得太远,让本质成为实在,让物化变得具体,因而在谁对非洲批评话语这一领域拥有所有权的论战中,被淘汰出局。桑戈尔的著名口号是,情感是黑人的,正如理性是希腊人的。根据他的说法,谁有权进行严肃的批评和**评价**呢? 即使对那些急于在这片处女地声张"自然"领土权的"本土"批评家而言,桑戈尔的某些黑人性思想也超越了限度,只会令他们万分尴尬。毕竟,批评明显是一种**理性**活动,而"情感"、"感觉"、"直觉"、"节律"以及黑人性运动的其他关键词,则显然在批评活动中退居边缘。桑戈尔下面这段话可能从理性的角度令人感到惊讶,但在他所谓撒哈拉以南非洲美学的本体论理论思考中,这样的例子俯首皆是:

> 非洲人似乎被囚禁在黑皮肤中。他活在太初的夜里。起初,他并未将自己与物——树或石头、人或动物或社会事件——分开。他并不与物保持距离。他并不分析物。一旦受到物的影响,他就像个活瞎子一样,把物放在手中,既不修理,也不毁掉。他将物放在柔软

的手中,翻来翻去,用手指拨弄着,感觉着。非洲人是一种虫子,在第三天被创造出来……一个纯粹的感觉区域。主观上说,他像昆虫一样,在自己触角的末端发现他者。他内心被触动,随着他者发出的信号,在主体到客体的离心运动中走出去。(Reed and Wake,29—30)

[437]"外国"学者-批评家提出了一些主张,而坚持对批评眼光拥有"自然"所有权的"本地"学者-批评家驳斥了这些主张。其后隐藏的是这一事实,即两个阵营之间不平等的权力关系玩了个移位的大把戏。这种移位解释了一些奇奇怪怪的自我表述,解释了下面这些现象,即来自其中某个阵营的某位学者和批评家阻碍了意义的社会生产。不幸的是,鲜有批评家或学者从批评的角度仔细谨慎地注意过这一问题。非洲语言文化研究学者只是偶尔会承认,非洲和非洲以外的非洲文学学者和批评家之间存在着极不平等的权力和特权关系,如斯蒂文・阿诺德(Steven Arnold)下面这番话表明的:

> 如果说侨民赢得了参与非洲文学的权利(除非其著作值得别人去诋毁),但他们在帮助非洲文学拓宽自由边界——这是大规模斗争中的一部分——过程中所扮演的角色,尚未得到承认。在我们的学科及其研究对象的发展中,国际意识和压力一直都是积极的促进因素。然而,就非洲文学研究经费来说,存在着严重失衡。非洲之外的人能够拿到钱去做事,而这些事非洲人通常能做得更好,但他们只能眼睁睁看着,无可奈何。我们的学科要公平,要在知识上不弄虚作假,就要向联合国教科文组织这样的机构施压,让它们支持人文学科中更多的基础研究,这样才能最大程度地减少政府的资助和政治压力。(60)

虽然这些话承认,与非洲学者相比,欧美学者会优先获得研究经费,但阿诺德并未指出的是,这种情况可能涉及国际和全球范围内非个人的结构性权力关系。非洲以外大多数研究非洲文学的学者会极力否认,他们对自己的非洲同行运用了权力。因为,难道批评和学术研究这件事,不是取决于个别学者的良心、正直和能力? 为了直面这些说法——它们本身并非没有道理——所回避的问题,我们就必须正视非洲文学研究专业化的历史辩证法,以及学者和批评家后来形成的民族主义和非洲语言文化研究学派。① 这样做,我们可以探讨当今围绕非洲文学的更大悖论:去殖民化有其历史意义,起初让非洲文学研究在非洲大学和学校成为正当的课程;而阻止去殖民化发展,同样具有历史意义,将非洲文学研究的重心从非洲转向了欧美。

非洲文学话语的非洲语言文化研究学派存在着基本的冲突。艾伯特·杰拉德有两篇文章《非洲文学研究:新学问的诞生和早期发展》("The Study of African Literature: Birth and Early Growth of a New Learning", 1980)和《非洲文学研究出问题了吗?》("Is Anything Wrong with African Literary Studies?" 1985),可能是说明这些冲突的最佳实例。两篇文章都表达了热切的期望,希望非洲文学研究实现严谨的科学性,除此之外,两篇文章受某种精神驱动,而这种精神显然处于深刻的紧张矛盾之中。

较早问世的《非洲文学研究》一文对非洲文学研究作了历史概述。这篇概述比较权威,具有学术性,且资料丰富。很多本学科人士读后,会惊讶地发现,非洲文学能够追溯如此久远的历史;此外,如今这一代学者并不是这个学科的开创者,有许多地方要向迄今未被承认的那些前辈学习,谦逊地认识到这一点,[438]只会对他们有益。

后一篇文章《非洲文学研究出问题了吗?》视野更为局限;其目的更受意识形态驱动,语气中透露出深深的焦虑——发达工业国重要的专业协

---

① 有必要强调一点,我用这些术语,指的是一种类型学,其有效地位具有**争论性**,而非理论的严谨性或科学性。因此,"非洲民族主义"这一标题意味着这样一种专业研究,被视为韦伯式的理想类型。"民族主义"标题意味着关于批评观点的探索-论争式描述,这些观点范围很大,其中包括与非洲文学相关的文化-民族主义、马克思主义或"法农主义"、女性主义,甚至"本土主义"观点和话语。本文详细阐释了这种对"民族主义"的特别运用,我希望能表明,对众多不同看法和观点的融合是充分自觉之举,是非本质主义的。近期有学者将非洲和第三世界文学和民族主义作为一种政治、意识形态和话语构型来论述,参见 Fredric Jameson, "Third-World Literature in the Era of Multinational Capital", *Social Text* 15 (1986): 65—88 和 Aijaz Ahmad, "Jamesons's Rhetoric of Otherness and the 'National' Allegory", *Social Text* 17 (1987): 3—12。

会和期刊规定的那些标准,该学科尚未达到。在非洲文学研究这一新兴学科中,非洲人和非洲以外的人所发挥的作用,相辅相成,又有所区别。关于这一点,杰拉德的观点游移不定,这最能表明由此焦虑而来的矛盾。我们可以就"本土"文学学者是否接受过足够的"科学"训练这一点,分别从两篇文章中选出一段文字,并放在一起,便可体会冲突是如何出现的:

> 迄今为止,在非洲法语国家和葡语国家,殖民地当局和后殖民地当局有效阻碍了本土语言文学的发展。而在英国昔日的殖民地,情况有所不同,即使后殖民地统治阶层也极少提供官方资助,甚至连鼓励都很少。文学学者更有理由做力所能及之事。显然,只有母语为本土语的学者才真正有能力。**问题是,很少有人将现代文学学术研究的秘诀教授给他们。**("Is Anything Wrong," 22—23)

从奇迹论的角度描述文学学术研究的"科学性",这几乎与阿契贝《神箭》中著名的段落并无二致。第二则引文中出现了一段文字,其中,伊祖鲁看到"白人掌控书本,可以用左手来写"。那种差别依然存在吗?"本土"学者是通过神秘化的外壳进入"现代文学学术研究"? 还是因为文学研究的体制机构及其社会经济环境的充分性,才进入其中的? 杰拉德在那篇**较早**的文章中提出的观点,明显背离了文学学术研究的秘法传授(mystagogy),但后一篇文章《(专业)拒绝的焦虑》(anxiety of (professional) rejection)提供的观点正是秘法传授:

> 在质量和数量上,非洲学者的稿子大幅提升,这有双重意义:不仅表明"黑非洲"日渐增多的大学提供了严格的学术训练,而且表明学者们越来越清楚地认识到 60 年代后期的社会环境——有创造力的艺术家越来越直言不讳地批评新"建立"的社会。("The Study of African Literture," 75—76)

我集中讨论了杰拉德的两篇文章,原因有二。首先,现今在该学科中,杰拉德大概是最多产的非洲语言文化研究者,伯恩斯·林德福斯则紧随其后。其次,且更重要的是,这两篇文章和其他类似文章确立了两大基础,支撑着非洲民族主义文学学术研究:主张历史深度,要求严密谨慎的科学性。虽然这两个标准彼此相关,但显然不同。"非洲语言文化"文学研究在历史上比"民族主义"文学研究更为重要,这说明了如下事实:根据杰拉德的说法,欧洲的非洲语言文化研究者早在启蒙时期,就对非洲大陆的语言和文学产生了兴趣(Gérard, 1980),而[439]"民族主义"文学研究之后才出现,**原因**是 20 世纪晚期的政治去殖民化运动。在该专业的早期阶段,欧洲人只有接受过严格的语文学教育,才能成为非洲语言文化研究者。他们开始专心收集有关非洲的文献、资料、工艺品和档案,甚至不必实际踏足非洲。

早期的非洲语言文化研究中,人类学是主要的知识模式,埃文斯·普里查德(Evans-Pritchard)曾对美洲的印第安人研究感到忧心忡忡:"直到 19 世纪末,除了摩根对易洛魁人(Iroquois)的研究外(1851),"他承认道,"没有一位人类学家作过田野研究。"(Fabian 175)非洲文学的这种研究方法直到 1974 年依然存在,这一年,格雷厄姆-怀特(Graham-White)对于自己在何种情况下写出了《黑非洲戏剧》(*The Drama of Black Africa*)这本书作了一番吹嘘:"一个生活在美国的英国人,从未去过非洲,如何写出了关于非洲戏剧的著作?"(viii)我们可在此例中,发现研究非洲文学的上述方法。这里涉及一种特殊的知识生产方式,强调的是独立自主的认识主体,在价值论上外在于知识的对象,与之保持距离。在此,知识的对象是非洲,是非洲的文化生产,是非洲的人文科学,是非洲与自身、与其他民族、社会和文化的历史遭遇。"科学"既要求也证实了这种外在性和距离感,这一实证"科学"——如福柯所阐述的,根源在于启蒙运动区分了理性与疯癫。这些历史划分构成了实证科学,因此人们认为,任何学科想具有专业性和"科学性",都要以之为基础。这些划分区别了真理与谬误、知识与意见、严谨与劣质、专门知识与浅薄涉猎、客观与偏见、勤勉与懒惰。在许多非洲批评话语中,简化、啰嗦、老套、过度泛化和夸大其词等随处可见,林德福斯与杰拉德严格按照这些区分,对这些现象进行了**权威**的批评。可理解性框架——比如,这能让格雷厄姆-怀特宣称,在前殖民时期的非洲表演中没有"悲剧",即便他从未踏足过非洲(Jeyifo "The Reinvention of Theatrical Traditions")——以及最接近"真理"体制的评价方法,二者都来自分析和评价非洲文学作品的各种方法,即形式主义方法、新批评方法和美学方法。在非洲语言文化学者中,所罗门·易亚西尔(Solomon Iyasere)、埃尔德雷德·琼斯、丹尼尔·伊泽比耶(Daniel Izevbaye)等人一直在为这一总体范式努力奋斗。批评关心的是非文学的、文学之外的或"不纯粹的"问题,他们未能将该学科从那里吸引过来,可能也**无法**吸引过来,这一直令他们感到绝望。

有些人提倡民族主义文学研究,强调的正是这些"文学之外的"和"非文学的"问题。该学派的创始文本之一,是法农所著《地球上受苦的人》中的著名段落。法农描绘了现代非洲文学兴起的三个阶段:模仿欧洲传统的学徒期;抗议、浪漫主义和田园怀旧期;"战斗文学"的革命期。(178—179)法农这一概括非常精彩,具有启发性,在非洲文学批评界引发了相关的应用、误用和反对意见(Booth, Jahn 277—83)。我还要让大家关注1959年罗马召开的第二届黑人作家和艺术家大会(Second Congress of Negro Writers and Artists),会议发布了《关于文学的委员会报告》("Report of the Commission on Literature"),这是该学派的另一重要文献。(423—428)已故诗人和政治家阿戈什蒂纽·内图所著《论文学与民族文化》(*On Literature and National Culture*),鲜为人知。[440]这本书将他在1977到1978年间对安哥拉作家协会所作的几次简短演讲结集成册,可以算作民族主义批评话语的重要文献,此书将艺术表达、实验和创新自由与如下任务联系起来,即致力于在不发达的条件中建立社会主义民主国家(*Ufahamu*, 1981—1982)。

但是,要从**课程**和**学科**上加强独立后非洲的学校和大学对非洲文学的使用,就要确立相关原则和基础,就此而言,恩古吉·瓦·提昂戈及其内罗毕大学的同事于1968年撰写的文献,无疑最为重要(145—150)。除了具体看法和观点,这份文献还为以下历史事实留下了权威的印记,即非洲文学研究成为一个真正的学科,能授予学位,并施行专业分工,这始于非洲,而非欧洲或美国。在关于后殖民非洲的知识和文化史描述中,这个事实几乎已被逐渐忘却。之前的大会(坎帕拉、达喀尔、弗里敦)尝试就该问题展开讨论,这份内罗毕文献大胆将民族主义逻辑,带向了合乎逻辑的结论。然而,以前这些大会曾想将文学课程的某些方面"本地化",但这种模糊的想法在该文献中成了明确的民族主义纲领。这份纲领抛弃了埃尔德雷德·琼斯等人"非洲语言文化研究"的顾虑——埃尔德雷德·琼斯等人支持一种"客观的"文学研究,以真正"美学的"、形式的评价标准为基础。这样,民族主义的学术和批评规则阻碍了自身的发展,恩古吉就重蹈了这个覆辙,他声称学者必须忠于真理,接着又讨论了一系列意识形态和政治因素——**都是**规定了学者忠于真理的因素。在此过程中,恩古吉明确指出,**他**理想的学者会让"真理"服务于民族解放,服务于建立一种有利于城市工人和农业劳动者——在新殖民时代的非洲,这些大众位于社会经济金字塔的底层——的社会秩序。这样一个"真理"和"知识"体制,会弱化非洲语言文化学者强调的学术标准:"客观"、"严密"、形式主义、"文学"评价标准、"文本"结构,及其给读者带来的经济性影响。相反,对于非洲语言文化学者强烈反对的文学之外的标准,这一体制却十分重视:文学学者在意识形态上忠于被压迫者的事业,反对非洲持续的依附地位、专横的暴政和恩古吉所谓的"沉默文化"(culture of silence)。一方轻视**内在**的形式标准,另一方则重视**外在**的"政治"标准,这一双重运动为我们提供了一种方法,可以克服两个阵营之间似乎无法逾越的裂痕。

非洲文学学者-批评家固守自己狭窄的专业领域,而他们的对手却受意识形态所驱动。二者之间似乎存有裂痕,我们可以从两个方面明显缩小了这一裂痕。首先,两个阵营中的学者大多并不赞同这种对立;非洲以外的非洲语言文化学者往往大多是政治自由主义者,而他们的非洲同路人往往是政治保守者,即便不是公开或激进的反民族主义者。鉴于这些因素,一种相当模糊但真挚的、本意良好的自由主义影响了多数的"非洲语言文化派"文学批评,虽然关于全球政治的结构和方向及其对非洲文学和批评话语的影响这一点,其看法确实幼稚得可怕。其次,对形式、艺术构思或内在评价标准等问题,"民族主义"学者和批评家并非总是漠不关心:恩古吉的一些批评文章、阿比奥拉·艾瑞尔[441]的一些文章和专著、恩加拉(Ngara)关于非洲小说的著作,都表明他们对这些"内在"问题的探究细腻而明智。

两个阵营对垒的真正危险存在于别处:最近,"非洲语言文化学者"开始以一种特别成问题的方式支配该学科,提出了一个狭隘的议程,越来越主导着人们对当前该领域"要做什么"的看法。该议程主要包括让非洲文学研究学科**在发达国家**赢得尊重与正当性。《非洲文学研究》是该领域的主要学术期刊,伯恩斯·林德福斯长期担任其主编,能力出众。在他担任主编期间,人们一直能感受到他的影响力。他甚至写了一篇声明,题为《论在非学科中训练学生》("On Disciplining Students in a Nondiscipline"),根本而言,这是上述议程的宣言(Hale and Priebe 41—47)。当代西方文学理论(关于知识和权力关系,关于阐释政治,关于总是在争斗、总是被**建构**的再现和意义)进行了广泛的、开创性的综合,但由于这一议程,又由于本领域学者大多不加批判地接受了该议程,西方文学理论中出现的这些综合对"非洲语言文化研究"的既有批评体制,未产生重要影响。一方面,要求批评家的忠诚或严密的分析方法;另一方面,是任何学者或批评家在评论和建构理论时,所处的根深蒂固的权力和特权(或没有权力或特权)地位。对二者之间的关系,批评家们装聋作哑,避而不谈,只有女性主义批评家,其次还有马克思主义者,系统地引导人们注意到批评话语的政治基础或**情境性**(situatedness)。

在这些学派抽象的、理想主义的建构中,我们可以利用其他社会、其他时期、其他话语空间的文学学者取得的成果,利用能将分散于(割裂了"非洲语言文化学者"和"民族主义者"两大学派最佳特征的)虚假二元对立(false binarism)中的特征善加综合的学者——如塞缪尔·约翰逊(Samuel Johnson)、马修·阿诺德、埃里希·奥尔巴赫(Eric Auerbach)、恩斯特·菲舍尔(Ernest Fischer)、沃尔特·本雅明(Walter Benjamin)、雷蒙德·威廉斯——取得的成果,修正"非洲语言文化学者"和"民族主义者"的做法:前者崇拜专业化,后者则妨碍批评家们关注技巧、形式主义等问题。我们**需要**坚持接受这样的提醒,再次回忆起某种强大的动力推动着所有的知识史——包括西方文学批评;而之所以有此需要,这是由于刻意**忽略**对我们当前历史语境的理解所造成的:全世界范围内,去殖民化运动受阻;戈尔巴乔夫呼吁的国际间"去意识形态化",造成了不断变化、难以预料的局面。这一"历史空间"界定并信奉一种转变,即转离非洲大陆,转离非洲大学——非洲大学是非洲文学领域严肃的介入性研究和教学的策源地。然而,在理解这一现象时,我们进入了一个无止境的因果链,因为这一转变本身源自如今影响非洲所有国家的一系列因素:沉重的外债负担;经济停滞加上失控的通货膨胀——一些激进经济学家给出了"滞胀"(stagflation)这个有趣的新词;书籍和期刊奇缺(即便有,人们也无力购买）；教育基础设施的极度匮乏；大量教师缺乏积极性等。我们从这个角度看，现在的非洲文学研究确实完全是阿尔都塞所谓由"多元决定的"。

这种多元决定解释了第一段引言与本文的相关性，古巴黑人神话颇为形象地表明，现在我们所有人在何种绝境中从事——单独的或集体的——研究。无论我们的研究和阅读产生何种真正的"真理"，[442]从非洲大陆这个真正的重心大规模转离，总会导致令人不安、有失体面的"谬误"，在不公平的资本主义世界体系中，造成和再次造成非洲远离经济和话语权力中心，总会导致令人苦恼的谬误。

参考文献

Achebe, Chinua. "The Novelist as Teacher" in *Morning Yet on Creation Day*. Garden City NY: Anchor Press, 1975.

Arnold, Stephen, ed. *African Literature Studies: The Present State/LEtat Présent*. Washington, DC: Three Continents Press, 1985.

——. "African Literary Studies: The Emergence of a New Discipline." in *African Studies: The Present State/LEtat Présent* 47—70.

Booth, James. *Writers and Politics in Nigeria*. New York: Africana Publishers, 1980.

Chinweizu. "The Responsibilities of Scholars of African Literature." *Research Priorities in African Literatures*. 13—19. [443]

Emenyonu, Ernest. "African Literature: What does it take to be its critic?" *African Literature Today*. 5 (1971): 1—11.

Fabian, Johannes. *Time and the Other: How Anthology Makes its Object*. New York: Columbia University Press, 1983.

Fanon, Frantz. *The Wretched of the Earth*. New York: Grove Press, 1963.

Foucault, Michel. *Madness and Civilization: A History of Insanity in the Age of Reason*. New York: Vintage Books, 1973.

Gates, Henry Louis. "Authority (White), Power, and the (Black) Critic; or it's all Greek to me." *The Future of Literary Theory*, Ed. Ralph Cohen. New York: Routledge, 1989.

Gérard, Albert. "The Study of African Literature: Birth and Early Growth of a New Branch of Learning." *Canadian Review of Comparative Literature*. Winter (1980): 67—98.

——. "Is Anything Wrong with African Literary Studies?" in *African Studies: The Present State/LEtat Présent*. Ed. Steven Arnold. 17—26.

Graham-White, Anthony. *The Drama of Black Africa*. New York: Samuel French, 1974.

Hales, Thomas and Priebe, Richard, eds. *The Teaching of African Literature: Selected working papers from the African Literature Association*. Austin, Texas: University of Texas Press, 1977.

Heywood, Christopher, ed. *Perspectives on African Literature: selections from the proceedings*, New York: African Publishing Corp. , 1971.

Irele, Abiola. *The African Experience in Literature and Ideology*. London: Heinemann, 1981.

Jahn, Janheinz. *A History of Neo-African Literature*. Trans. Oliver Coburn and Ursula Lehbruger, London: Faber, 1968.

Jeyifo, Biodun. "The Reinvention of Theatrical Traditions: Critical Discourses on Interculturalism in the African Theatre. " *Proceedings of an International Conference on Interculturalism in World Theatre*. Bad Homburg, West Germany (forthcoming).

Kermode, Frank. *Forms of Attention*. Chicago and London: The University of Cgicago University Press, 1985.

Lindfors, Bernth, ed. *Research Priorities in African Literatures*, New York: Hans Zell Publishers, 1984.

——. "The Blind Men and the Elephant. " *African Literature Today*. 7 (1975): 53—64.

——. "Some New Year's Resolutions. " *ALA Bulletin*. 13. 1 (1987): 35——36.

——. "On Disciplining Students in a Nondiscipline. " in *The Teachings of African Literature*. Eds. Thomas Hale and Richard Priebe. 41—47.

Littératures africaines et enseignement: actes du colloque de Bordeaux. Talence: Presses Universitaires de Bordeaux.

Macdowell, Diane. *Theories of Discourse*. New York: Basil Blackwell, 1986.

Moore, Gerald, ed. *African Literature and the University*. Ibaden: Ibaden University Press, 1965.

Ngara, Emmanuel. *Art and Ideology in the African Novel*. London: Heinemann, 1985.

Ngugi wa Thiong'O. *Homecoming: Essays on African and Caribbean Literature, Culture and Politics*, New York: Heinemann, 1972.

Reed, John and Wake, Clive, eds. *Prose and Poetry: Lépold Sédar Senghor*. London: Heinemann, 1976.

Second Congress of Negro Writers and Artists. "Resolution on Literature. " *Présence Africaine*, Feb-May, 24—25 (1959)

Showalter, Elaine. "A Criticism of Our Own: Autonomy and Assimilation on Afro-American and Feminist Literary Theory. " *The Future of Literary Theory*. Ed. Ralph

Cohen. London：Routledge，1989.

　　Soyinka，Wole. "And After the Narcissist?" *African Forum*. 1. 4 （1966）：
53—64.

　　——. "The Writer in a Modern African State. "*Art*，*Dialogue and Outrage*：*Essays on Literature and Culture*. Ibaden：New Horn Press，1988.

　　Ufahamu. 11，2 （Fall 1981—Winter 1982）：7—18.

（尹晶 姚峰 译；汪琳 校）

第 59 篇　透过西方的眼睛阅读①

克里斯托弗·米勒(Christopher L. Miller)

[444]一辆大篷车穿过一片片惨淡无垠的平原:奴隶贩子赶着一队队可怜的男人、女人和孩子,他们满身伤口,铁箍勒着脖子,手腕带着镣铐,鲜血直流。

扬博·乌洛古安姆,《暴力的责任》

我最初考虑这一研究时,美国文学批评再次向外界打开了大门。1983年,爱德华·萨义德写道:"当代批评话语是无界的;"②今天,情况多少有些不同了。对于阅读撒哈拉以南非洲法语文学的读者而言,废黜僵硬的理论批评,质疑西方经典(这是上述批评的物质基础),都来得恰逢其时。阅读卡马拉·雷伊、阿赫马杜·库鲁马或玛丽亚玛·芭的方法,不应是为卢梭、华兹华斯或布朗肖规定的方案。如果有人读的文学并非对黑格尔(甚或康德)的重写,如果有人对新近理论批评中否定性知识(negative knowledge)的普适性提出质疑,那么,西方读者在阅读非西方文学时会有哪些选择?读者宣称摒弃自己的文化和批评教养,那他/她就能从真正的非洲视角阅读他者(即非洲人),就能从非洲的角度解释非洲,理解而非推断非洲吗?

思考西方对非洲文学的阅读,要从非洲批评家针对这个问题的评论开始。这些评论发人深省。玛库塔-姆布库(J. P. Makouta-M'Boukou)是一位法语批评家和小说家,他有理有据地斥责下面两种西方批评家,一种拒

---

①　First published in *Theories of Africans*: *Francophone Literature and Anthropology in Africa*, pp. 1—6. Chicago: University of Chicago Press, 1990.

②　Edward W. Said, *The Wolrd*, *the Text and the Critic* (Cambridge: Harvard University Press, 1983): 151.

绝考虑自己与非洲文化之间的隔阂，一种只按照自己的文化语境阅读非洲文学。① 诺贝尔奖得主沃莱·索因卡的抱怨更为冷峻："我们非洲黑人在温柔的哄骗中屈服于第二个殖民阶段——这次进行哄骗的，是普适-类人的（universal-humanoid）抽象概念。此概念由这样一些人界定和操弄，他们的理论和策略来自对以下四点的理解：**自己**的世界和**自己**的历史，**自己**的社会神经症和**自己**的价值体系。"在另一场合，索因卡称西方人如同秃鹫，盘旋在非洲文学上空。② 钦努阿·阿契贝谴责那些西方批评家，他们傲慢地宣称[445]自己比非洲作家更懂非洲。他要求西方人采取一种新的谦逊态度，"与[他们]对非洲世界的有限经验相称"；他还认为"在关于非洲文学的讨论中，彻底禁止使用**普适**（universal）这个词，直到人们不再视之为狭隘自私的欧洲地方观念的同义词。"③（为了一切实用目的，这里可将美国视作"欧洲"的一部分；在非洲法语国家，**欧洲人**包括美国人）。

　　非洲法语哲学家保兰·洪通基关于该体系的分析最具权威性，他的分析引来了这些抱怨。市场动因控制着西方学界和非洲世界之间的关系，洪通基在批评这种市场动因时，表明劳动分工如何不平等，因为重要的**理论家**几乎无一例外是西方人，而非洲人仅限于收集原始资料。非洲提供原料（像棕榈油或文学文本），欧洲学界则将其加工成现成的商品（像棕榄皂或关于非洲文学的批评）。"人才"从南方学界向北方学界"外流"，这只表征了一个大型的向心机器，该机器将"所有的知识和科学专长……推向中心"，也就是推向欧洲和美国。④ 根据洪通基的分析，无人能逃离

　　① *Introduction à l'étude du roman négro africain de langue française*（Abidjan：Les Nouvelles Editions Africaines, 1980）：9.

　　② *Myth, Literature and the African World*（Cambridge：Cambridge University Press, 1976）：x; on vultures, quoted in Omafume F. Onoge, "The Crisis of Consciousness in Modern African Literature," in George M. Gugelberger, ed., *Marxism and African Literature*（Trenton, NJ：African World Press, 1985）：41.

　　③ Chinua Achebe, "Colonialist Criticism," in *Morning Yet on Creation Day*（London：Heinemann, 1975）：6, 9. See also D. Ibe Nwoga, "The Limitations of Universal Critical Criteria," in Rowland Smith, ed., *Exile and Tradition：Studies in African and Caribbean Literature*（New York：African Publishing Co., 1976）：8—30.

　　④ Paulin Hountondji, "Reprendre," in V. Y. Mudimbe, ed., *The Surreptitious Speech："Présence Africaine" and the Politics of Otherness 1947—1987*, forthcoming. 关于非洲研究中劳动分工的历史视角，参见 Robert Thornton, "Narrative Ethnography （转下页注）

这一体系(但我认为,他的意思是每个人必须努力逃离)。洪通基是美国学者,位于距非洲极远的边缘处,而生活和工作于他所说的知识工业"中心之中心",如此自相矛盾,无以复加。①

　　这一系列批评引自非洲批评家,从这些批评看,西方批评家发挥积极作用的希望甚是渺茫。非洲批评家需要沉默下来,等待权力平衡发生改变,这可能是最有益的贡献。然而,在我看来,这种改变正在发生,我引用的那些批评中,隐含着应对欧洲霸权的办法。我在后文还会谈到洪通基的著作,该书在改变他所描述的体系方面迈出了一步。洪通基与瓦伦丁·伊夫·穆登博一起,让读者可以用非洲人提出的模式,对非洲及其文化作概念化思考;这些学者正在摧毁下述两者之间的屏障:一是西方独有的"理论",一是非洲只能提供的"信息"。因此,今天的知识景观已经和玛库塔-姆布库、索因卡和阿契贝抱怨的知识景观有所不同,或至少**应该有所不同**。为了能带来改变,西方读者现在必须将非洲文本置于越来越非洲化的框架和语境中。所有的人文学科都处于去殖民化的过程,随着这一过程向前发展,读者可以且必须用非洲中心主义代替欧洲中心主义,同时还要关注一些**异乎寻常**的策略,这些策略在多因素决定的新空间发挥作用。因此,(比如)联合国教科文组织出版了多卷本非洲史,我们因此可以看到从被殖民者的角度书写的历史,可以让从欧洲视角讲述的历史不再占据垄断地位;因此,穆登博《发明非洲》(*The Invention of Africa*)的出版,表明非洲话语发生了巨变:如穆登博所说,非洲的"主体-客体"现在具有"这种自由,可以将自己看作某种绝对话语的起点。"②

(接上页注)in Africa, 1850—1920: The Creation and Capture of an Appropriate Domain for Anthropology," *Man* n. s. 18, no. 3 (September 1983):"信息生产者和欧洲、英国和美国大学中的理论创造者之间有明确的劳动分工"(516);还可参见 Michael Crowder,"'Us' and 'Them':The International African Institute and the Current Crisis of Identity in African Studies," *Africa*, no. 1 (1987):109—122. 由反越战情绪造成的对美国非洲研究机构的根本批评,参见 Africa Research Group,"Les études africaines en Amérique: la famille étendue," in Jean Copans, ed. *Anthropologie et impérialisme* (Paris: Maspero, 1975).

　　①　本段落的部分内容出自我的文章"Alioune Diop and the Unfinished Temple of Knowledge," in *The Surreptitious Speech*, ed. V. Y. Mudimbe (Chicago: University of Chicago Press, 1992):427—434.

　　②　V. Y. Mubimbe, *The Invention of Africa: Gnosis, Philosophy and the Order of Knowledge* (Bloomington: Indiana University Press, 1988):200.

　　这些变化发生后，或身处这些变化中，批评家不再将非洲文学看作西方读者和批评的被动客户；不再将非洲看作（而且永远不应看作）"空白"。有责任感的批评家们无法再忽视非洲评论、批评和[446]理论模式所发挥的中介作用和具有的权威性，正如他们过去似乎无法忽视西方评价的普适标准一样。只有在与这些新声音的**对话**中，西方才能继续合理地阅读和评论非洲文学。因此，对话的精神和做法为最初的问题——即西方阅读如何敢于在殖民历史的余波中继续下去——提供了暂时的答案。但对话性（dialogism）本身就是一个问题，我们在本章后文中有必要再作深入思考。

　　我按部就班地思考西方研究非洲文学的方法，提出一个重要假设，本书的余章将围绕这一假设展开：要正确解读非洲文学，人们就需要了解人类学，甚至依赖于人类学。证明这一点，要从下述前提开始：无知并不能造就好的读者；西方人对非洲的了解是不够的。我下面提出的大部分观点源于一个基本看法，即西方若要负责任地阅读非洲文学，就不会在与文本"直接的"、无中介的关系这一真空状态中阅读。文学文本表达的内容是必要的，但不充分；还必须将其他文本引入高质量阅读的对话练习中。从表面看，我的假设只是表明，非洲以外的任何读者（甚至是来自不同文化领域的非洲读者）想要跨越自己和非洲文本之间的信息鸿沟，很可能必须转向那些被归入人类学的著作。这是不同学科相互割裂的历史使然。但对此，既争议不断（由于人类学的殖民史），又很大程度上被忽视了：批评家们仔细阅读了众多的非洲文本——这些文本涉及文化编码和文化特性等问题——却懒得看人类学著作，而这些著作与那些文学文本形成了隐秘的对话。① 因此通过本

_____

　　① 这一规律有许多例外，如参见 Jacques Bourgeacq 的 *L'Enfant noir de Camara Laye：Sous le signe de l'éternel retour* (Sherbrooke，Québec：Naaman，1984)和 Robert Philipson 的文章 "Literature and Ethnography：Two Views of Manding Initiation Rites," in Kofi Anyidoho，ed.，*Interdisciplinary Dimensions of African Literature*，Annual Selected Papers of the African Literature[448]Association，no. 8 (1982)：171—182；我将在第四章提到这两个文献。还可参阅贝尔纳·穆拉利斯（Bernard Mouralis）对人类学的讨论，参见 *Littérature et développement：Essai sur le statut，la fonction et la représentation de la littérature négro-africaine d'espression française* (Paris：Silex/ACCT，1984)：44—57。丹尼尔·德拉斯（Daniel Delas）在自己的 *Léopold Sédar Senghor：Lecture blanche d'un texte noir* ("*L'Absente*") (Paris：Temps Actuels，1982)中，展现了一种故意"擅自进行的"阅读。他有意识地**运用**西方的方法(8)，同时注意其局限性。他得出结论，说"白人阅读"与"黑人阅读"之间存在着根本的"分歧"。(113)

研究,我将试图填补空白,做一项虽显而易见却被多数人忽视的工作,即尝试将非洲法语文学置于其历史、政治,尤其是人类学的语境中,以达成更好的理解。我无意让人类学居于主导地位,或任其排斥我们关心的其他问题——我希望,其他这些问题也能在此获得充分的关注。更确切地说,我想以一种混杂的方法将各个学科融合起来,这种方法适应了非洲文化问题的复杂性,有利于西方理解这些问题。①

　　若我们忽视了这一工作,这可能是因为,在非洲一提到"人类学",就会引来争议,它带有帝国主义色彩,危及"辨别力"。② 人们认为,运用人类学就是自找麻烦,我会探究造成这一认识的原因。但开始之前,我想概括一下非洲法语文学与人类学的基本联系,我们不能忽视这些联系。第一个联系与历史有关:撒哈拉以南地区的法语文学与一套新的非洲人种学同时出现;这两种著作先后描述了非洲,我们将看到,二者的描述紧密

---

①　这项研究中,我受到的影响来自 James Clifford's "On Ethnographic Authority," *Representations* 1, No 2 (Spring 1993), 118—146 (reprinted in his *The Predicament of Culture：Twentieth-Century Ethnography, Literature, and Art* (Cambridge：Harvard University Press, 1988)：21—45); V. Y. Mudimbe's *L'Odeur du père：Essai sur les limites de la science et de la vie en Afrique noire* (Paris：Présence Africaine, 1982); Michèle Duche's *Anthropology et histoire au siècle des lumières* (Paris：Maspero, 1971)。几部最重要的文献启发了本研究,其中有 Sunday O. Anozie's *Structural Models and African Poetics：Towards a Pragmatic Theory of Literature* (London：Routledge & Kegan Paul, 1981),作者说这部著作尝试在非洲文学批评内部,强行"对意义进行更为严格的排序。"(viii)阿诺斯认为,下述两点是既定的:一是结构主义具有普遍性,二是结构主义聚焦于"语言的内在性"。因此,他对黑人性的分析,所探讨的是语法和符号学问题,而非——比如说——诗学问题。阿诺斯下面这些话表明他赋予西方理论的作用:"因此很难想象在符号学之外建构一种可行的非洲诗学理论。"(159—160)然而,阿诺斯努力在列维-斯特劳斯、雅各布森、巴特提供的框架内,描绘非洲差异。《结构模式与诗学》(*Structural Models and Poetics*)是其时代——"理论"巅峰时期——的标志,是应用理论的杰作。关于尖锐的批评,参见 Anthony Appiah, "Strictures on Structures：The Prospects for a Structuralist Poetics of African Fiction," in Henry Louis Gates, Jr. Ed., *Black Literature and Literary Theory* (New York：Methuen, 1984)：127—150。与本文相关的其他著作包括:Dan Sperber, *Le Savoir des anthropologues* (Paris：Hermann, 1982); Clifford Geertz, *The Interpretation of Cultures* (New York：Basic Books, 1973); Paul Désalmand, *Sciences humaines et philosophie en Afrique：la différence culturelle* (Paris：Hatier, 1978).

②　See Kwame Anthony Appiah, "Out of Africa：Topologies of Nativism," *Yale Journal of Criticism* 2, no. 1 (Fall 1988)：165.

交织在一起。乔纳森·恩盖特指出了另一个更普遍的观点："实际上,非洲法语文学一直在试图逃离西方原型。"①上述两种观点彼此相关。尤其是早期独立之前的年代,从 1920 年到 1960 年,非洲法语话语属于一个更大范围的现象——即殖民话语的整体;当时的政治中,人类学是最强大的殖民话语模式。

人类学和非洲法语文学的第二个联系与修辞有关。若"人类学修辞"(anthropological rhetoric)这一术语可用来描述不同文化彼此呈现的手段——通过对读者的不同称呼方式,[447]我们假定读者对文本中的文化是陌生的——那么,非洲法语文学所实践的总是某种人类学修辞的形式。从最初的文本到最近的文本,非洲法语文学不断使用如下方法,脚注、插入语和人物对人物的解释,为读者提供必要的文化信息。由于非洲法语文学兴起的条件有限——尤其是在非洲"法语"区,人们的法语读写能力和知识是有限的——我们不能假定,法语文本的读者是当地人。每当作者使用短语"在非洲这里"时,我们就知道一个**非洲以外的世界**(non-Africa)在写作和阅读过程中起了作用。任何文本都要面对一个被理解为外部的世界,都会刻有某种程度的"他性"(otherness)。这意味着,此处所讨论的非洲法语文学中,与人类学相关且有争议的"他性"并非毫无踪影,我们必须以开放的态度研究这两种文本之间的关系。

[……]

（尹晶 译；姚峰 校）

---

① Jonathan Ngate, *Francophone African Literature*: *Reading a Literary Tradition* (Trento, NJ: Africa World Press, 1988): 18. 恩盖特进行了颇为有益的研究,他探讨了几种了解方式以及抵抗西方原型的方式。

第 60 篇　非洲文学批评承袭的
规定:内在范式[①]

奥拉昆勒·乔治(Olakunle George)

[449]我建构的历史具有局部性和策略性:之所以具有局部性,是因为我只侧重非洲英语文学批评中的某个特定时刻;之所以具有策略性,是因为我的建构受一种元批评目的的驱动。我写的不是非洲文学批评的制度史,也非声明自己要彻底探讨非洲文学批评的各种观点和意识形态立场。相反,我的分析是要阐明一个具有社会政治性和知识性的问题域,这个问题域大约可以从 20 世纪 50 年代末,追溯到 80 年代初。我想做的是分别考虑两种主要的文学批评方法,这些方法使非洲英语国家能够争取自我表述和自我理解,即"内在"批评及其"外在"对立面。

[……]

在非洲英语文学中,人们通常认为钦努阿·阿契贝以小说开启了撒哈拉以南非洲自我表述的先河。《瓦解》(1958)——这本小说引发了非洲小说千帆竞发的局面——出版后不到 10 年,已有人要求阿契贝就自己的角色和面对的读者作出反思。阿契贝写了一篇文章,题为《作为教师的小说家》,最初发表于 1965 年。阿契贝开篇以其特有的远见卓识写道:"在我生活的这个世界,我这样的写作是相对较新的。现在就要详细地描述我们与读者之间的复杂关系,为时尚早。"(40)在这篇文章的精彩卓绝处,阿契贝写道:"我的小说(尤其是那些有关过去的小说)只是想告诉读者,他们的过去——尽管有很多不尽如人意之处——并非野蛮的漫漫长夜,他们也不是被第一批欧洲人以上帝之名从中解救出来的;小说能做到这

---

① Fitst published in *Relocating Agency : Modernity and African Letters* , pp. 85—91. Albany: SUNY Press, 2003.

一点,我便相当满意了。"(45)这篇文章语气严肃、近乎忧思,逐渐被视为阿契贝的艺术宣言。我们要注意内在于阿契贝系统阐述中的谨慎谦虚,"相当满意"和"只是"这两个词,令人想到的是对自我设限。[450]阿契贝直截了当地说,细水才能长流。然而,他的谦逊中还带着些许反抗之意。因为在刚才引用的那句话后,阿契贝又添了一句:"也许我创作的是与纯粹艺术截然不同的实用艺术。不过,谁在乎呢。"(45)

这种对范围的限定,对"纯粹艺术"传统定义的轻蔑,提出了一个具有理论重要性的问题。阿契贝在这里表明的,既是接受现代西方所理解的文学在社会中的作用,同时也是反对其部分内容。阿契贝表现出的是一种对待文学再现的传统(反映论)态度,尽管他也否定了另一种传统(唯美主义的、"为艺术而艺术"的)观点。反映论文学观背后的预设是:我们有可能充分再现某个观点、物品或一系列价值观。与此相关的假设是,文学文本能对文化或民族的现实进行编码,或者我们能使其做到这一点。如果此观点是某些版本的传统欧洲中心主义批评的特征,那么反功利主义观点就不完全与之相容。如果我们只有在思考文学"艺术品"的形式美时才能获得报偿,那文学编码的对象也就无关紧要了。事实上,如果编码的对象是文学自身内在形式价值之外的任何东西,就可能有损其作为美学成就的纯粹性。阿契贝所做的,就是宣称自己的小说反映了"真正的非洲",因而不可能是"纯粹艺术"。如此一来,他展现了两种对待文学形式与内容之关系的传统态度,打开了二者之间的内在张力。

在阿契贝的文章中,我们看到一位作家通过自己的技艺而思考。但思考作家活动的学术批评家又如何呢?人们常说,非洲英语小说诞生于20世纪50年代末和60年代初,正值阿契贝的《瓦解》出版之际。据此观点,阿契贝的小说展现了高超的文学技艺,充分刻画了前殖民时代的伊博族社会及其与殖民者的遭遇。相较而言,人们说20世纪前半期的非洲文学作品虽然重要却不成熟,近乎二流文学,因为(1)那些作家不具备"伟大"文学的高超技巧,且(2)其想象掺杂了西方的意识形态,因此去殖民化程度不够。

尤斯塔斯·帕尔默(Eustace Palmer)在《非洲文学的发展》(*The Growth of African Literature*)的开篇,用下面这番话指出自己何时撰写了这本书:"第一批名副其实的非洲小说出版 25 年后,大量批评纷纷涌现，其范围之广、学识之渊博足以和新文学的数量和重要性相称，这毋庸置疑。"(Growth，1)艾伯特·杰拉德的《撒哈拉沙漠以南非洲国家的欧洲语言文学》(European-Language Writing in Sub-Saharan Africa)认为，《瓦解》之所以重要，是因为这部小说填补了一个文学空白："奥萨德贝(Osadebey)的二流诗歌并未吸引多少人的关注，也不值得人们关注；虽然各地都认可图图奥拉的原创性，但人们认为他的《棕榈酒鬼》是怪诞的文学想象，因而成为人们激烈争论的对象；艾克温西的《城里人》(People of the City)虽引起了广泛兴趣，却主要被看作社会文献，或者缺乏崇高美学抱负或价值的通俗文学范本。"(689)我们讨论那些"名副其实"的小说，讨论一本"缺乏崇高美学抱负或价值"的小说时(因为这样的小说"主要是作为社会文献"使人产生兴趣)，就会想到马修·阿诺德、艾略特和利维斯(F. R. Leavis)。对他们——以及受他们启发的新批评学派——而言，批评有一项关键工作要做(补充一句，当真实世界中的枪支和工业烟尘减弱了我们的感受力之时)。这项工作要划定一个"伟大"艺术的领域、一个传统，能够捕捉和传播一个社会的精神，以此传播文化价值。[451]

我们可以引用艾略特早年的文章《传统与个人才能》("Tradition and Individual Talent")，此文将文学传统定义为特定文化中、由特定文化产生的全部文学作品，这个定义广为人知。当然，艾略特心中想的是诞生于(或将要诞生于)欧洲的文学作品，并明确表明了一点，即文学传统是"我们的文明"。在一篇同名文章中，他解读了所谓的玄学派诗人，赞赏玄学派诗人创作的"晦涩"诗歌，并从历史角度出发，认为这些诗歌见证了 16 世纪英国文明——而非维多利亚时代——的性质。对艾略特而言，赫伯特(Herbert)的诗歌与丁尼生的诗歌之间的不同，"不只是诗人之间程度上的差别，而是英格兰思想在多恩或赫伯特勋爵(Lord Herbert of Cherbury)时代与丁尼生和勃朗宁(Browning)时代之间的区别；是知性诗人与思性诗人之间的不同。"(307)这一不同在于"感性的分离"，在艾略特看来，这种分离发生于 17 世纪。由于这种分离，诗人不再是"知性"诗人，而变为"思性"诗人。因此，多恩这样的早期诗人能"像闻到玫瑰的芳香那样，立刻体会到自己的思想"(307)。他们能将不同的经历混合在一起，以分析的态度对待这些经历，然后将其融为新的整体，此后，这些新的整体会在诗歌表达中获得自己的客观对应物。

这种说法隐含的假设是,诗歌具有一种内在动力,该动力暗含着诗歌作为艺术成就的价值,承载着其社会环境的特征。艾略特认为价值不言自明,因此其分析的重点是找到表明该价值的不同例证,这些例子一方面来自玄学派诗人,另一方面来自 17 世纪中期之后。然后,艾略特可对两个时期的诗歌作如下解读,即二者象征——记录——了 16 世纪的英格兰思想与迄至 19 世纪的英格兰思想之间的不同。当代文化批评表明,艾略特或利维斯等人感到过去的文化丰富多样,需要将其从"有害的"当下解救出来,因而激情满怀。这种文化批评以新批评的形式转至美国,这样的转移承袭了这一逻辑,并凭借对"客观性"的渴望而有所强化。

我之所以重新搬出利维斯派批评和新批评的"客观性"这一陈年旧事,是因为非洲英语国家的非洲文学批评很大程度上受惠于二者。我们无需花时间为正统的新批评观念去魅,因为随着理论和文化研究的兴起,这些观念已成功去魅。① 新批评中存在一种基本矛盾,人们因此说文本代表着"我们的传统",同时又代表着最好的纯粹艺术,而之所以说文本是纯粹的,是因为它们强有力地指向自身的形式和美。尽管构成和支撑新批评的是欧洲中心主义观念,新批评却在非洲英语国家找到了热心的受众,关键是要弄清楚原因何在。在《非洲的文学与历史》("Literature and History in Africa")一文中,兰德格·怀特抱怨说,自己在非洲文学批评中看到,人们不太关注文学作品的物质条件。由于这一倾向,怀特认为:"[非洲文学]批评家给自己设定的任务,只是简单的阐释——情节简介与赞美的混和。"(539)"一部分困难,"他说,"似乎在于 50 年代后期英美文学批评的状况,那时非洲文学研究刚开始涌现。兰色姆(Ransom)、燕卜荪(Empson)和威姆萨特(Wimsatt)这样的批评家强调将文本作为工艺品详细研究的好处时,'新批评'强调的是'精致的瓮'(well wrought urn)

---

① 　复杂的社会基础和认识论基础支撑着英国的利维斯派批评和美国的新批评,关于这些基础,参见 Francis Mulhern, John Guillory 134—175, and Mary Poovey。吉尔福德(Guillory)和普维(Poovey)表明,当前的理论让文学研究发生了一些重要变化,但这些变化不应让我们对以下事实熟视无睹:新世纪之初,在美国教授文学,仍然在许多方面受惠于新批评。理论、文化研究及现在的后殖民理论出现后,批评家在文学问题上仍旧难免用新批评的方法整理知识。也许,这是因为人们很难(除非在理论中)"弃"文化形态"不用":只能对其进行重组,将其调整到更好的方向。用我们的话说,这是变动中的能动性。

和'语象'（verbal icon），这很容易导致一种假设：将文本与其社会和历史背景分离开来，具有某些特殊的价值。"（539）怀特说这番话，自有其合理的依据，但我认为［452］有些言过其实了。怀特指出了令其恼怒的批评领域所呈现的表面形态，却没有充分指出其结构性决定因素。怀特在讨论非洲文学批评分析中的普遍倾向时，写道：

> 为 20 世纪 50 和 60 年代非洲小说中所谓的人类学倾向进行辩解，标榜某些作家与西方的相似之处，如索因卡像乔伊斯一样使用语言，雷伊具有卡夫卡的风格，阿尔马赫同斯威夫特一样有"排泄幻象"，图图奥拉的小说像《呼啸山庄》一样是"种消遣"。这些都成了批评策略的一部分。由于文学的本质是看得更远些，批评家们一直以来都满足于从文学本身获得非洲形象，又因文学的"真实性"而对其称道，在"非洲的传统生活方式"、非洲与西方文化的冲突、独立后的腐败等简单的概念内进行批评。而对历史学家、社会或政治学家而言，这些概念似乎天真得不可思议。只是在最近，随着文体分析或政治立场得到强调，才有人尝试超越个人印象式的批评——而这类印象式批评的背后，正是对利维斯派"传统"的诉求。（539）

在我看来，批评家们关于非洲文学曾与其历史背景分离开来的判断并不准确。我认为，情况实际上正好相反。自诞生之日起，非洲文学一直被视为殖民历史的功能。人们一直说，作家的使命是推动非洲去殖民化，批评家则根据作家完成这一任务的好坏评价他们。虽然一直以来，批评主要受非洲文学所肩负任务的政治意识（和规定性）激发，但在方法问题上，批评家们则分道扬镳。批评方法的不同（或用怀特的话说，从形式主义-美学的阅读方式"发展"为"政治性"阅读方式）并非一个暂时的——例如，"晚近的"——现象，而是始终伴随着非洲文学批评。因此，怀特对形式主义批评策略和所谓政治性批评策略，作出时间上的切割是不对的。无论形式主义者，还是非形式主义者，都"热心于政治"：致力于质疑西方在殖民主义表述中对非洲的扭曲。

然而，当怀特谈到非洲文学批评的派生性，对欧美范畴的依赖性（批评家们因此转而"标榜"索因卡与乔伊斯、雷伊与卡夫卡的"相似性"），这就触及了重要的一点。他怎么可能既正确，又不太正确呢？为了回答这一问题，我们需要从历史角度出发，思考决定了非洲英语国家批评格局的形式主义和非形式主义立场。一方面是这样的批评家，对他们而言，作家对去殖民化的关注是通过一种绝对的审美主义文学观表达出来，这种审美主义承袭自利维斯和新批评。但这种审美主义后来被挪用，不仅被当作让读者温文尔雅或涵化读者的工具，而且被视作推动去殖民化这一政治事业的战略工具。比如，阿比奥拉·艾瑞尔在《研究非洲文学》（"Studying African Literature"）一文中指出，虽然利维斯派批评"从任何方法论或技术意义上说，实际上并没有'社会学性质'，但［它］暗含着文学的社会性这一强烈意识。"（*Ideology*, 23）确实，艾瑞尔认为利维斯的著作"立足于一种言辞犀利的社会理论——精英通过最优秀的文学，了解重要的情感和价值潮流，并有责任通过批评实践维持社会健康的道德水准。"（23）艾瑞尔觉得这一田园主义成分"非常值得怀疑"；但"依我看，其基本观点并不值得怀疑：此观点极有［453］可取之处，能使我们重视文学，运用我们的全部才智揭示其中表现为玄妙和象征之物，换句话说，是将其洞见运用于生活实践。"（23）

同样，希迪·马杜卡（Chidi Maduka）调和了新批评与非洲文学批评中政治动能之间的关系。马杜卡拒绝接受三个假设，因为他认为这些假设与新批评有关：（1）文学文本中的"自足"观念；（2）"将文学变为针对高水平读者的、极度专业化的学科"这一倾向；（3）真正的艺术作品是"独一无二的"这一观点。但他仍认为新批评框架"可以让批评家对语言（和结构）的运作方式更加敏感。""因此，"他最后说道，"如果对［形式主义］作出修正，使其认识到形式乃是表现意义的工具这一点的重要性，［形式主义］就有助于批评家们当下对非洲美学本质的探寻。"（198—199）

20世纪中期，非洲研究的形式主义者从英语世界的批评传统那里承袭了各种范畴，但他们在政治上意识到，这些范畴在历史上曾被用来奠定西方文化优越性的观点。因此，这些形式主义者接受了主要的新批评范畴（比如，价值是伟大艺术之所以伟大的内在品质，价值是由艺术编码的伦理/文化范畴，并由批评家的客观劳动发现和传播），虽然对其高雅文化倾向略感不安，但基本上接受了新批评的主要立论基础。他们的任务是将这些范畴应用于非洲文学。他们为非洲文学所做的，只不过是利维斯努力为英语文学所做的一切。如此一来，非洲研究的形式主义者通过具体（即通过运用）解构利维斯派/新批评传统的自我物化（self-reification），使其在非洲落地生根。

《今日非洲文学》这类期刊充当了非洲文学制度化的发射台。这份期刊对于再现新批评和学院主义的意识形态颇为重要。第一期的"编者按"是一份饶有趣味的文献，第二段的部分内容如下："出版商由于各种原因决定出版哪些书，其中相当重要的原因是为了赚钱。读者读书也有不同的目的，其中重要的一个是娱乐。批评家的职责是在阅读时独具慧眼，展示作品的特性，因此（a）让更多读者读到这部作品，若没有批评，这便不可能，（b）通过积累这样的检验，帮助确立文学标准。"①这段文字中，值得注意的是，作者首先认识到学术研究和出版中的交换价值逻辑，随后便是更传统的做法：诉诸审美愉悦，确立所谓的客观"标准"。

有些批评家反对只关注文学的内在维度。这些批评家的民族主义意识通常比唯美主义者更强，他们强调文学的外在维度，主张只有社会学方法才能确保批评家有效运用非洲文学，实现去殖民化的理想。这个群体中，可以分出有别于非马克思主义者的马克思主义批评家，但那些非马克思主义批评家显然是民族主义者，站在民族主义的立场——可能表现为不同形式——上行事。由三位尼日利亚批评家——钦韦祖、翁乌切科瓦·吉米和伊赫楚伊库·马杜布依克——撰写的《走向非洲文学的去殖民化》是言辞犀利的反映论和本土主义批评实例。

[……]

参考文献

Achebe, Chinua. *Hopes and Impediments*：*Selected Essays*. New York：Doubleday, 1989.

---

①　彼得·本森（Peter Benson）的《〈黑色俄耳甫斯〉〈变迁〉和非洲的现代文化觉醒》（*Black Orpheus*, *Transition*, and *Modern Cultural Awakening in Africa*, 1986）追溯了《黑色俄耳甫斯》《变迁》与另外两本杂志的历史，描述了我指出的当时正在酝酿的情绪。本森说，那两本杂志"位于黑非洲英语国家发生于 50 年代末到 70 年代初的许多知识和文化事件的中心。"（ix）

Eliot, T. S. "Tradition and the Individual Talent" 302—311 in *English Critical Texts: 16ᵗʰ Century to 20ᵗʰ Century*. Eds. D. J. Enright and Ernest De Chickera. London: Oxford University Press, 1962.

Gerard, Albert, ed. *European-Language Writing in Sub-Saharan Africa*. (2 vols.) Budapest: Akademiai Kiado, 1986.

Irele, Abiola. *The African Experience in Literature and Ideology*. 1981. Bloomington: Indiana University Press, 1990.

Maduka, Chidi. "Formalism and the Criticism of African Literature: The Case of Anglo-American New Criticism. " *The Literary Criterion* 23. 1—2 (1988): 185—200.

Palmer, Eustace. *The Growth of the African Novel*. London: Heinemann, 1979.

White, Landeg. "Literature and History in Africa. " *Journal of African History* 21 (1980): 537—546.

（尹晶 译；姚峰 校）

第 61 篇　非洲文学批评中的排他性行为[①]

弗洛伦斯·斯特拉顿（Florence Stratton）

[455][……]

批评家们描述非洲文学时，忽视了性别是一个社会和分析范畴。这样的描述旨在将女性文学表达排除在非洲文学之外，因此，他们描述的是男性文学传统。从性别角度思考非洲文学话语，可以明显看出男性和女性文学作品之间的对话互动是非洲当代文学传统最典型的特征。这样重新界定非洲文学，对批评和教学实践均有重要影响，表明如果我们孤立地思考男性或女性文学作品，就无法充分理解这些作品。

本研究还有两个次要目的：一是弥补目前关于男性文学传统的定义存在的不足，二是描述非洲小说中正在兴起的女性传统具有的特点。然而，我首先要仔细考察非洲文学传统是如何描写女性作家的。

文学批评避而不谈非洲女性作家及其作品。概论性著作忽略了这些女性作家，理论著作同样如此，如阿卜杜勒·穆罕莫德（Abdul R JanMohamed）的《摩尼教美学》（*Manichean Aesthetics*）。第一部探讨非洲小说的专著是尤斯塔斯·帕尔默的《非洲小说导论》（*An Introduction to the African Novel*），书中仅提到一位女性作家——称弗洛拉·恩瓦帕（Flora Nwapa）是"拙劣的小说家"（61）。帕尔默的《非洲小说的发展》（*The Growth of the African Novel*）中显然不见女性作家的踪影，其他类似的概论——如大卫·库克（David Cook）的《非洲文学：一种批评视角》（*African Literature：A Critical View*）和杰拉尔德·摩尔的《12 位非洲作家》

---

①　First published in *Contemporary African Literature and the Politics of Gender*, pp. 1—7. New York：Routledge, 1994.

(*Twelve African Writers*)——同样未见这些人的身影。摩尔在导言中甚至请求批评家们"不再谈论'保险的'作家",然后因篇幅有限感到遗憾,无法在自己的研究中囊括努鲁丁·法拉赫(Nuruddin Farah)、易卜拉欣·侯赛因、科尔·奥莫托索(Kole Omotoso)和费米·奥索菲桑'这些新作家'"。(8)看到这一连串男性作家的名字,值得[456]指出的一点是:至 20 世纪 70 年代晚期,我们不能再说某些女性作家是"新"作家了——如贝茜·黑德和弗洛拉·恩瓦帕,二人名下已各有三部小说和一部短篇小说集。摩尔将这两位作家排除在自己的研究之外,却<u>丝毫未感不安</u>。

同样,非洲学者穆罕默德讨论的非洲作家均为男性:钦努阿·阿契贝、恩古吉·瓦·提昂戈和阿历克斯·拉古马。恩古吉在《逆写新殖民主义》("Writing against neo-colonialism")中,概括了非洲文学自二战以来的发展,提到的那些作家也都是男性。从理论上说明"第三世界"或"后殖民"文学的批评家,虽然的确提到了非洲男性作家,但显然未提及非洲女作家。因此,弗雷德里克·詹姆逊(Fredric Jameson)在阐述其"关于第三世界文学的认知美学理论"("Third-World Literature", 88)时,只引用了男性作家(其中两位是非洲作家)。在《逆写帝国》(*The Empire Writes Back*)中,比尔·阿什克罗夫特(Bill Ashcroft)、加雷斯·格里菲斯(Gareth Griffiths)和海伦·蒂芬(Helen Tiffin)至少蜻蜓点水地提到两位女作家——杰恩·里斯(Jean Rhys)和多丽丝·莱辛(Doris Lessing)——还更详细地讨论了新西兰作家珍妮特·弗雷姆(Janet Frame)的一部小说,但这些都是对众多男性(包括非洲男性)作家探讨的延伸。

批评期刊中,非洲女作家的情况亦是如此。仅举一例,《今日非洲文学》直到第七卷(1975)才发表了一篇全文探讨女性作家的文章,之后第十二卷才发表了另一篇类似的文章(1982)。近来,这些期刊倾向于出版"特刊"——主要探讨女性作家的特刊,如第十五卷《今日非洲文学:今日非洲文学中的女性》(*African Literature Today*: *Women in African Literature Today*, 1987)。考虑到其后几卷的内容,这些特刊很容易招致敷衍了事的批评。因为每期正刊虽未标明是"特"刊,却只探讨男性作家,这种既定模式往往会重现,如《今日非洲文学》的第十六卷(1989)和第十七卷(1991)的内容所示。特刊还引发了区别对待(ghettoization)的问题,如阿玛·阿塔·艾朵通过以下问题所指出的:"为何出特刊探讨女性作家的作品,特别是这些所谓的特刊根本不会出版,或五年才出版一次的时候?"
(162)对两部已出版的女性作家研究专著——劳埃德·布朗那部颇有见
地的《黑非洲的女性作家》(*Women Writers in Black Africa*)和奥拉德
勒·泰沃(Taiwo)(Oladele Taiwo)那部老调重弹、孤陋寡闻的《现代非洲
的女性作家》(*Female Novelists of Modern Africa*)——我们可以提出同
样的问题①:为何这些著作的标题要注明女性? 或反过来说:为何杰拉尔
德·摩尔的著作不以"12 位非洲男性作家"为题?

　　帕尔默称自己"集中探讨……这十几部小说,这些小说似乎具有某种
重要性,并逐渐进入中学和大学的教学大纲"(xv),借此表明自己将这些
作品选入《非洲小说导论》是合情合理的。但这些作品是在被帕尔默书写
之时,才变得重要起来,进入教学大纲——简言之,才被纳入文学经典。
伯恩斯·林德福斯为衡量非洲英语作家的文学地位作了一些测试,他在
描述其中一次测试结果时,强调的正是这一点:

> 　　在喧闹的思想市场中,未经检验的文学生涯并不具有多少价值。
> 作者要声名远扬,要受人尊敬,要批评家认为有必要对其进行严肃持
> 久的思考,就需要尽可能多的评论,年复一年。只有那些经得住时间
> 考验——考验人们是否一直有兴趣出版其艺术作品——的人,才有
> 机会在文学中赢得不朽的声名。("Famous authors" 143)

　　[457]考虑到主流批评传统中不见女性作家的踪影,因此说她们还未
进入文学经典,就不足为奇了。林德福斯分析了两种数据,以确立某位作
家的经典地位:1936 至 1986 年间,这位作家得到文学批评家讨论的次数
("The famous authors' reputation test");这位作家 1986 年被非洲英语国
家的大学纳入文学教学大纲的次数("Teaching of African literatures")。
每次分析出的结果都是男性构成的经典。阿契贝、恩古吉和索因卡(顺序

---

　　① 　关于对泰沃(Taiwo)的批评,参见 Ama Ata Aidoo, "To be an African woman writ-
er—an overview and a detail", in Kirsten Holst Petersen (ed.) *Criticism and Ideology*: *Sec-
ond African Writers' Conference*, Stockholm 1986, Uppsala, Scandinavian Institute of Afri-
can Studies, 1988: 155—172. 艾朵(Aidoo)说泰沃的著作"自命不凡"、"自以为是",且"毫
不敏感",这恰如其分。她还揭露了泰沃的男性中心主义,以及他对女性小说的草率解读。

未必总是如此)是三位一流作家,而综合排名榜上接下来的七个位置则由阿伊·克韦·阿尔马赫、约翰·佩珀·克拉克、奥考特·庇代克、克里斯托弗·奥基博、彼得·亚伯拉罕斯、阿历克斯·拉古马和丹尼斯·布鲁特斯(Dennis Brutus)占据。艾朵和黑德分列第十五位和第十八位,只有这两位女性作家最有可能跻身经典地位("Teaching" 54)。因此,在 1986 年斯德哥尔摩非洲作家大会上提交的文章中,索因卡抱怨针对非洲文学的批评太多,他凭借自己的优越地位——在主要文学传统内部并代表该传统——说道:

> 非洲文学批评的数量现在很可能约为实际已出版[文学]材料的一千倍。这些批评确实已成为阻碍,不仅阻碍了文学自身,事实上还阻碍了文学创作者的个性。("Ethics" 26)

同一次大会上,阿玛·阿塔·艾朵从经典边缘和代表女性作家的立场发言,与索因卡截然不同。相形之下,文坛忽视女性作家,令其痛苦不堪。艾朵请求批评家们更多关注女性作家,称非洲女性作家与男性作家的区别,正是二者获得的批评关注多寡殊异:

> 你一直在写,却没有活跃的批评家始终如一地关注作为艺术家的你,这很悲哀……因此正是从这一点而言,非洲女性作家的处境开始些许有别于男性作家。一旦我们承认非洲人……的生活中频频出现压迫和排斥行为这一基本事实,也就开始承认,至少有些人对非洲男性作家感兴趣。这些人包括非洲的、非洲以外的男性和女性文学批评家,各种出版社、编辑、文选编者、译者、图书管理员,各种学术分析家和各种狂热的珍宝收藏家!("To be" 158)

林德福斯显然赞同传统的形式主义经典观:界定卓越性的所有文本,也就是伟大作家创作的经典文本。因此,比如说,他称在测评中得分较低的作家为"二流人才"("Famous Authors" 133)。近来,有些关注边缘文学的批评家对此观点提出质疑,并坚持认为文学经典并非反映文学价值的客观判断,而是精英阶层强加的人为建构,目的是要重复和强化现有的权力关系。这些批评家的主张是,盛行的批评范式存在根深蒂固的偏见,这些偏见是要排斥或推翻某些观点。如阿诺德·克鲁帕特(Arnold Krupat)讨论美国本土文学时所说:"批评范式与经典的形成显然有关。"①[458](91)下文中我想说明的是,在非洲文学批评中,性别歧视一直都以一种排他性偏见(bias of exclusion)发挥作用。

如拜尔顿·杰依夫指出的,自 20 世纪 60 年代以来,新批评形式主义一直是占统治地位的观点,支持者既有林德福斯和库克这样的西方批评家,也有尤斯塔斯·帕尔默、埃尔德雷德·琼斯和丹尼尔·伊泽比耶这类非洲批评家。这些批评家提倡"一种'客观的'文学学术研究,立足于真正的'审美'、形式评价标准。"(43)非洲文学研究内部,有些批评家主要指责这种批评建立在欧洲中心论之上,钦韦祖、翁乌切科瓦·吉米和伊赫楚伊库·马杜布依克对此观点的表达最有影响力,认为新批评自称体现普遍价值,但实际上这些价值是"偏狭的、受时空限制的**欧洲偏好**"(4);因此,用这些标准评判非洲文学,就是将其界定"为欧洲文学的附庸"(10)。阿什克罗夫特及其同事表达了类似的观点,说新批评假称具有客观性,这有助于"后殖民作家融入'大都市'传统,但该传统阻碍了本土理论的发展,因为批评家们不是在'适当的文化背景中'思考这些作品。"(160—161)

新批评自称具有客观性和普遍性,由此受到西方女性主义者质疑。这些女性主义者认为"普遍"价值掩盖的是男性偏好,因此抵制这些价值,对抗新批评及其男性中心论。在新批评对非洲文学的解读中,同样的男性偏见显而易见。最为明显的是,新批评所青睐的文本——构成纯男性经典的那些标题——是对一种反动性别意识形态的编码。揭示这一隐秘的意识形态——即揭示经典文本的性别编码——是本人前两章的主要任务。此处可以指出,并非独有新批评未能提及这一反动意识形态,其他模式也有所隐瞒,这表明该意识形态与各种非女性主义批评立场的意识形

---

① Nina Bahm, "Melodramas of beset manhood: how theories of American fiction exclude women authors", in Elaine Showalter (ed.) *The New Feminist Criticism: Essays on Women, Literature, and Theory*, London, Virago, 1986, 63—80; and Lillian S. Robinson, "Treason our text: feminist challenges to the literary cannon", in Showalter, op. Cit.: 105—121. 两位作者都关注西方(白人)女性作家被排除在经典之外,表达了与克鲁帕特(Krupat)相同的观点。

态具有一致性。

新批评评价文本的方法也透露了这一点。如钦韦祖及其同事指出，这种评价方法认可符合西方标准的文本，暴露了其欧洲中心主义取向。但新批评范式中，也存在一种倾向，即采用某种不同于评价男性作品的方式评价女性作品。因为，虽然普遍的做法是把男性作家的作品比作欧洲的经典（通常是男性作家的）文本，但女性作家的作品往往被比作已获得赞誉的非洲男性作家的作品。在我读来，第二种情况中的比较总是带有贬低的意味。既然评价女性文本时依据的标准先后由西方男性作家和非洲男性作家确定，这种比较就不足为奇了。这表明非洲女性作家在何种程度上与非洲文学传统格格不入。我将在后面的章节中更详细地讨论新批评的排他性方法，仔细探究大量以新批评方式撰写的评论，这是我针对女性作家的批评接受情况所作讨论的一部分。如我们将看到的，女性作家的作品由于不符合欧洲中心主义和男性中心主义标准，因此被轻视、扭曲和诋毁。

林德福斯认为非洲文学经典"仍处于创造的酝酿状态"，只有阿契贝、恩古吉和索因卡的地位比较稳固（"Teaching" 55）。如果我们认为新批评传统导致女性作家被排除在经典之外，如林德福斯（迄至 1986 年）的数据反映的那样，那么随着经典发生改变，她们进入经典的可能性有多大呢？

[459]显然，新批评最终被其他范式取代，而我在探讨这个问题时，会转而考虑其中一些被批评家们广为接受的范式，包括许多可以归入历史主义或文学批评的模式——穆罕默德的模式、恩古吉的模式、阿什克罗夫特及其同事的模式，这些模式都从理论上说明了由一系列特定社会政治条件形成的非洲/"后殖民"/"第三世界"文学。如我们已经看到，这些批评家未在自己的讨论中探讨非洲女性作家。那么问题是，他们的模式是否不允许他们这么做？他们是否表现出一种潜在的排他性偏见？

这种历史主义批评和新批评一样，自称具有普遍性，虽然只限于性别角度。因此，批评家们使用的是一些通用术语，如"非洲作家"和"'后殖民'/'第三世界'文学作品"。也正因为此，没有批评家将性别看作社会政治范畴。阿什克罗夫特和詹姆逊惟一的分析范畴是殖民性，而恩古吉侧重阶级，穆罕默德侧重种族。此外，就非洲/"后殖民"/"第三世界"作家创造的文学结构而言,这些批评家思考的社会政治状况只是殖民主义或新殖民主义,而且就性别而论,他们认为这些状况具有普遍性。因此,穆罕默德利用法农对殖民社会结构的深刻理解,提出了"一个关于白人与黑人、善与恶、理智与情感、自我与他者、主体与客体的摩尼教寓言"(4),视之为"强大社会政治-意识形态力量领域"的根源,而"殖民文学和非洲文学都无法逃离或超越这个领域":

> [作家们]也许会谴责或者只是描述这个寓言的存在和影响,也许会颠覆它或消除其后果,也许会评价它;但无论其文学作品鲜明的主题内容是什么,这些作家都无法忽视这个寓言。(277)

苏珊·安德雷德批评穆罕默德忽视了性别,指出虽然他的"寓言模式在解释种族关系时颇为有用",但该模式"似乎一次只能探讨一个分析范畴,这就需要将那些受到忽视的范畴融入这个固定不变的模式,而非让该模式适应这些范畴。"(93)然而,更为失败的是插入了其他范畴,这是个问题。

[……]

参考文献

Aidoo, Ama Ata, "To be an African women writer-an overview and a detail", in Kirsten Holst Petersen (ed.) *Criticism and Ideology: Second African Writers' Conference*, Stockholm 1986, Uppsala, Scandinavian Institute of African Studies, 1988: 155—172.

Andrade, Susan Z., "Rewriting history, motherhood, and rebellion: naming an African women's literary tradition", *Research in African Literatures*, 1990, 21. 1: 91—110.

Ashcroft, Bill, Gareth Griffiths, and Helen Tiffin, *The Empire Writes Back: Theory and Practice in Post-Colonial Literatures*, London, Routledge, 1989.

Brown, Lloyd, *Women Writers in Black Africa*, Westport, Connecticut, Greenwood Press, 1981.

Chinweizu, Onwuchekwa Jemie, and Ihechuwu Madubuike, *Toward the Decolonization of African Literature*, vol. 1, Enugu, Fourth Dimension, 1980.

Cook, David, *African Literature : A Critical View*, London, Longman, 1977.

Jameson, Fredric, "Third-world literature in the era of multinational capitalism", *Social Text*, 1986, 15: 65—88.

JanMohamed, Abdul R. , *Manichean Aesthetics : The Politics of Literature in Colonial Africa*, Amherst, University of Massachusetts, 1983.

Jeyifo, Biodun, "The nature of things: arrested decolonization and critical theory", *Research in African Literatures*, 1990, 21. 1: 33—48.

Krupar, Arnold, *The Voice in the Margin : Native American Literature and the Canon*, Berkeley, University of California Press, 1989.

Lindfors, Bernth, "The famous authors' reputation test: an update to 1986", in János Riesz and Alain Ricard (eds), *Semper Aliquid Novi : Littérature compare et litterature d'Afrique : Mélanges Albert Gérard*, Tübingen, Gunter Narr Verlag, 1990: 131—143.

——. "The teaching of African literatures in Anglophone African universities: an instructive canon", *Matatu*, 1990, 7: 41—55.

Moore, Gerald, Review of *The Promised Land* by Grace Ogot, Mawazo, 1967, 1. 2: 94—95.

Ngũgĩ wa Thiong'O, "Writing against neo-colonialism", in Kirsten Holst Peterson (ed.), *Criticism and Ideology: Second African Writers' Conference*, *Stockholm*, 1986, Uppsala, Scandinavian Institute of African Studies, 1988: 92—103.

Palmer, Eustace, *The Growth of the African Novel*, London, Heinemann, 1979.

Soyinka, Wole, "Ethics, ideology and the critic", in Kirsten Holst (ed.), *Criticism and Ideology: Second African Writers' Conference*, *Stockholm*, 1986, Uppsala, Scandinavian Institute of African Studies, 1988: 26—51.

Taiwo, Oladele, *Female Novelists of Modern Africa*, London, Macmillan, 1984.

（尹晶 译；姚峰 校）

主编
——

[尼日利亚] 泰居莫拉·奥拉尼央
（Tejumola Olaniyan）
[加纳] 阿托·奎森
（Ato Quayson）

译
——

姚　峰　孙晓萌　汪　琳　等

非洲文学
批评史稿 下

African Literature:
an Anthology of Criticism and Theory

华东师范大学出版社

下卷目录

第九部分　马克思主义

第 62 篇　朝向非洲文学的马克思主义社会学

　　欧玛福姆·弗赖迪·奥贡戈(Omafume F. Onoge) ········· 599

第 63 篇　政治中的作家:文字的力量与权力的文字

　　恩古吉·瓦·提昂戈(Ngugi wa Thiong'O) ················ 617

第 64 篇　民族解放与文化

　　阿米尔卡·卡布拉尔(Amilcar Cabral) ················· 627

第 65 篇　关于民族文化

　　阿戈什蒂纽·内图(Agostinho Neto) ················· 637

第 66 篇　面具与马克思:非洲革命理论和实践中的马克思主义思潮

　　阿伊·克韦·阿尔马赫(Ayi Kwei Armah) ················ 642

第 67 篇　马克思主义美学:开放的遗产

　　希迪·阿穆塔(Chidi Amuta) ····················· 652

第十部分　女性主义

第 68 篇　成为一名非洲女性作家——概观与细节

　　阿玛·阿塔·艾朵(Ama Ata Aidoo) ················· 663

第 69 篇　阿拉伯文学中的女性人物

　　纳瓦勒·埃尔·萨达维(Nawal El Saadawi) ············· 673

第 70 篇 　非洲的女性与创造性写作

　　　　　　弗洛拉·恩瓦帕(Flora Nwapa)·················· 680

第 71 篇 　非洲女人的母亲身份、神话与现实

　　　　　　劳雷塔·恩格克波(Lauretta Ngcobo)·········· 690

第 72 篇 　斯蒂瓦主义:非洲语境中的女性主义

　　　　　　莫拉拉·奥昆迪佩-莱斯利(Molara Ogundipe-Leslie) ··· 701

第 73 篇 　小写"f"的女性主义!

　　　　　　布奇·埃梅切塔(Buchi Emecheta)·········· 713

第 74 篇 　写在骨边

　　　　　　伊冯·薇拉(Yvonne Vera)·················· 722

第 75 篇 　非洲女权随笔

　　　　　　卡罗尔·博伊斯·戴维斯(Carole Boyce Davies)········ 725

第 76 篇 　将非洲妇女带进课堂:反思教育学和认识论

　　　　　　奥比奥玛·纳奈梅卡(Obioma Nnaemeka)·········· 737

第 77 篇 　启蒙运动的认识论以及一夫多妻制的发明

　　　　　　乌若·艾森瓦纳(Uzo Esonwanne)·············· 747

第 78 篇 　女性主义、后殖民主义和冲突的现代性秩序

　　　　　　阿托·奎森(Ato Quayson)·················· 756

第十一部分　结构主义、后结构主义、
后殖民主义和后现代主义

第 79 篇 　作为一种批评技巧的遗传结构主义

　　　　　　森迪·阿诺斯(Sunday O. Anozie)·············· 767

第 80 篇 　赞美异化

　　　　　　阿比奥拉·艾瑞尔(Abiola Irele)·················· 771

第 81 篇 　紧随殖民主义和现代性

　　　　　　拜尔顿·杰依夫(Biodun Jeyifo)·················· 782

第 82 篇 　后结构主义与后殖民话语

　　　　　　西蒙·吉坎迪(Simon Gikandi)·················· 790

第 83 篇 　主体性与历史:德里达在阿尔及利亚

　　　　罗伯特·扬(Robert J. C. Young) ………………… 799

第84篇　进步的天使："后殖民"术语的陷阱

　　　　安妮·麦克林托克(Anne McClintock) ………… 809

第85篇　后现代性、后殖民性和非洲研究

　　　　泰居莫拉·奥拉尼央(Tejumola Olaniyan) ……… 821

第86篇　后殖民主义与后现代主义

　　　　阿托·奎森(Ato Quayson) …………………… 833

第87篇　后现代主义中的"后"就是后殖民中的"后"吗?

　　　　夸梅·安东尼·阿皮亚(Kwame Anthony Appiah) …… 844

第88篇　后现代主义与南非的黑人写作

　　　　刘易斯·恩科西(Lewis Nkosi) ……………… 858

第89篇　非洲语言文学和后殖民批评

　　　　卡琳·巴伯(Karin Barber) …………………… 865

第十二部分　生态批评

第90篇　生态他者(们):全球绿色的呼唤与"黑非洲"的回应

　　　　威廉·斯莱梅克(William Slaymaker) ………… 883

第91篇　深浅有别的绿色:生态批评与非洲文学

　　　　拜伦·卡米内罗-斯安琪洛(Byron Caminero-Santangelo)

　　　　………………………………………………… 905

第92篇　非洲女性文学中的生态后殖民主义

　　　　朱莉安娜·马库切·恩法-阿本伊(Juliana Makuchi
　　　　Nfah-Abbenyi) ………………………………… 917

第93篇　环境主义与后殖民主义

　　　　罗伯·尼克森(Rob Nixon) …………………… 927

第十三部分　酷儿、后殖民

第94篇　"那是啥玩意儿?":非洲文学对同性恋的处理

　　　　克里斯·邓顿(Chris Dunton) …………………… 941

第 95 篇　走进非洲

　　　　高拉夫·德赛（Gaurav Desai）　·················· 953

第 96 篇　走向女同连续体？抑或重获情色

　　　　朱莉安娜·马库切·恩法-阿本伊（Juliana Makuchi

　　　　Nfah-Abbenyi）　·························· 965

第 97 篇　酷儿远景：南非的出柜小说

　　　　布伦娜·芒罗（Brenna Munro）　·············· 973

索引·· 990

下　卷

第九部分　马克思主义

[461]文学本质上是阶级斗争的载体，这个定义是非洲文学的马克思主义批评思想的核心。但在本书的这个部分，批评家们对"阶级"有着不同的看法。除了具体民族主体内部的社会关系这一默认的解释之外，该术语也被置于去殖民和跨文化接触这一更大的范围内加以解释。在此范围内，有一个重要的呼声，即非洲人的思想需要摆脱西方的枷锁，因为西方的思想最终会扭曲非洲的自我形象。因此，非洲文学的马克思主义批评大大超出了非洲文学批评本身的范围，还包括国家与公民之间的关系、通过本土精英渗透的各个霸权知识体系之间的关系，以及作为语境的社会和作为产品的文学之间的辩证互动。在实现社会进步的革命奋斗中，非洲作家扮演了先锋的角色，这方面的阐述在本领域也同样是重要的。尽管总体而言，这部分的文章都持积极肯定的态度，但必须指出，马克思主义的内部一致性并未逃脱批评家的关注。这方面，阿伊·克韦·阿尔马赫的文章最为尖锐，他的批评运用了鞭辟入里的辩证法，并赢得了多数马克思主义者的崇敬，但我们不能因此无视这样的事实，即马克思主义并非完全不加批判地被非洲文学批评界所接受。

（姚峰 译；孙晓萌 校）

第 62 篇　朝向非洲文学的马克思主义社会学[①]

欧玛福姆・弗赖迪・奥贡戈(Omafume F. Onoge)

殖民政治和非洲文化

[463]在现在世界上,一切文化或文学艺术都是属于一定的阶级,属于一定的政治路线的。为艺术的艺术,超阶级的艺术,和政治并行或相互独立的艺术,实际上是不存在的。[②]

毛泽东,《在延安文艺座谈会上的讲话》

殖民时代以来,政治利益一直是评价非洲文化的关键因素。非洲文化从未被视作一个可供客观性研究自由施展的中立领域。惟一重要的划分一直都是围绕"谁的政治利益"所作的划分,这是压迫的政治与解放的政治之间的划分。在"后殖民"非洲文化和文学研究中,这种政治立场(partisanship)已经变得模糊不清了,可在殖民当局的文化政治中却是显而易见的。

现在,人所共知的是,殖民者征服了前资产阶级时代的生产关系后,并未止步。文化上层建筑也是他们的攻击对象,旨在塑造新的集体意识和个人心理习惯,以便迅速引入资产阶级经济。这种文化进攻就是今天"文化帝国主义"这个说法所归纳的意思。在殖民主义不可一世的时代,

---

① First published in *Marxism and African Literature*, ed. Georg M. Gugelberger, pp. 50—63. Trenton, NJ: Africa World Press, 1985.

② Mao Tse-Tung "Talks at the Yenan Forum on Literature and Art," May, 1942, in Mao Tse-Tung *On Literature and Art*, Foreign Language Press, Peking, 1967, p. 25.

文化帝国主义常常意味着禁止传统的雕塑、舞蹈和歌唱,借口就是这些在基督教的殖民神权政治中,都是异教徒的精神污染。班雅克羽萨人(Ban-yakyusa)和基库尤人(Agikuyu)的社会中,不同年龄段的人举行的"成人"(coming-out)仪式——重要的戏剧表演场合,以民主方式举行政治权力的代际交接——被禁止,因为有人担心这些仪式会升级为反殖民的现实剧。文化帝国主义不仅是蓄意破坏的行径。我们必须记住,这种破坏行径的目的是塑造一种以缺乏自我肯定为基本特点的人格类型(person-ality type)。这种人格将**自身**定义为天生的"身体堕落",因此接受了列奥波尔德国王(King Léopolds)统治下的新世界,认为这是通向救赎的根本道路。法农总能抓住这种思想改造的微妙过程,这里也是如此:

> 本土人的社会不仅被描述为缺乏价值观的社会。殖民者不仅宣称,这些价值观已经从殖民地世界消失了,甚至还断言,它们从未在殖民地出现过。他们指出,本土人对于伦理道德是不敏感的;本土人不仅缺乏,而且否定价值观。他们是……价值观的敌人……是绝对的恶。①

正如法农指出的那样,基督传教士及其宗教发挥了特殊的意识形态杀虫剂的作用,摧毁那些"本土的寄生虫"。

如此急剧的心理改造并非毫无作用。就在不久之前,这种带有负面意识的新型人格还影响了受过教育的非洲人与传统艺术的关系。曾经一度,很多受过教育的非洲人需要经过一番理性思考,才能赋予我们的传统艺术以美学价值。我想起了 60 年代初,一个美国的艺术史教授曾经沮丧地抱怨道,他的非洲学生都有着"传教士情节"(missionary complex),都不愿接近他展出的非洲面具。这种对传统艺术的负面反应也在近期的非洲小说中有所凸显。例如,在钦努阿·阿契贝的《动荡》中,奥比(Obi)的父亲极力反对演唱传统欢迎歌曲,认为这些歌含有"异教的"内容。

以殖民者语言书写的非洲文学出现之后,难免与殖民政治发生碰撞。

---

① Frantz Fanon, *The Wretched of the Earth*, Grove Press, Inc., New York, 1968, p. 41.

在南部非洲,托马斯·莫弗洛的第一部小说被莫里亚(Morija)的出版社拒稿,直到他后来转向了那些反映殖民地社会官僚体制的主题,作品才顺利出版。也就是说,莫弗洛笔下人物变得智慧和成熟的同时,也认识到基督教伦理的"优越性",这样的作品才能出版问世。有人告诉我们,勒内·马朗与殖民官员和法国文学批评界关系紧张,就是因为在小说《巴图阿拉》(*Batouala*)中,他对法国殖民主义给非洲人带来的物质贫困,作了写实性的描述。事实上,"由于非洲作家的存在",他们在殖民时代中期"创造了一个丑闻"。让我们把艾梅·塞泽尔的话完整摘录如下:

> 在殖民社会之下,不仅存在**主人与仆人**的等级制,背后还隐藏着**创造者与消费者**的等级制。
>
> 在善政的殖民条件下,文化价值观的创造者就是殖民者,而消费者是被殖民者。只要没有人去搅扰这个等级制,一切就太平无事。所有的殖民统治中,有一条抚慰人心的律令。"请不要挑事。"①

在非洲大学的一些地方,这种状况大致依然如此。如今,我们在黑人与非洲艺术文化节(Festac)上手舞足蹈,欢庆短暂的油料作物丰收时,很多非洲作家依然因自己的存在,而在南非遭受流言蜚语。他们的作品一旦出现,[465]就遭查禁。实际上,对其中一些作家来说,只要将自己的思想诉诸笔端,就坐实了叛国的罪名。

根据以上论述,当下非洲文学的繁荣就主要方面而言,得益于反殖民主义斗争的具体成果,以及国际政治版图的变化。非洲新文学不仅在诞生之时就遭受政治障碍,而且也被这种政治本身所影响。如我们在其他场合指出的那样②,这种小资产阶级非洲文学的要旨是反帝国主义的,因为非洲作家就是从反殖民主义政治的角度来看待自己的创作动机的。身处巴黎的黑人性运动先驱认为,他们的文学刊物《自卫》(*Légitime*

---

① 　Aimé Césaire, "The Man of Culture and His Responsibilities", *Présence Africaine*, Nos 24—25, February-May 1959, p. 127.

② 　See Omafume F. Onoge, "The Crisis of Consciousness In Modern African Literature: A Survey", in *Canadian Journal of African Studies*, Vol. VIII, No. 2, 1974, pp. 385—410. 本书也收录了这篇文章。

défense)承载着以"语言武器"反对殖民主义的文学。在 30 年后的西非，钦努阿·阿契贝在有关小说家的教师身份这一思考中，重申了这个政治动机：

> 如果我的小说(尤其那些以非洲历史为场景的小说)只是告诉了读者，他们的过去——尽管有那么多不如人意之处——并不是处于野蛮之中的漫漫长夜，以上帝之名最先到来的欧洲人也没有把他们从中拯救出来，能做到这一点，我就心满意足了。也许，我的作品只是实用艺术，不同于那些纯粹的艺术。但这又如何呢？艺术的确重要，但我心中的这种教育同样重要。我认为，二者不需要相互排斥。①

阿契贝的言论可以作为我们的出发点，由此更为直接地面对本文的主题。对这番言论再作一些思考，就可以发现其中的愧疚之情是确定无疑的。之前就这一主题所提交的文章中，我们指出："阿契贝为作品中的实用性或功能性目的所作辩护中，流露出了愧疚之感，这反映出评价现代非洲文学的标准尚悬而未决。"②我们尚未修正自己的判断。对于当代非洲文学和文化，学界的主流批评模式所作出的判断，无法令人满意。因为这种主流模式是属于资产阶级的。之所以出现错误和前后矛盾的问题，大多因为资产阶级世界观在理论上是有缺陷的，而且对非洲文学演进的**政治**环境不够忠诚。我们要在下文指出，当下资产阶级非洲文学研究如此混乱的性质何在，以及我们为什么主张采用马克思主义的社会学批评方法。

资产阶级在该领域的主导地位，并不意味着在其阵营内部已就研究方法达成了一致。实际上，各方分歧巨大。最近一期《今日非洲文学》专门讨论**批评**问题，从中可以看出，这些辩论的文章措辞激烈，甚至经常十

---

① Chinua Achebe, "The Novelist as Teacher", in Chinua Achebe's *Morning Yet On Creation Day*, Heinemann, London, 1974.

② Omafume F. Onoge, "The Possibilities of a Radical Sociology of African Literature: Tentative Notes", in Donatus Nwoga, ed., *Literature and Modern West African Culture*, Ethiope Publishing Corporation, Benin, 1978, pp. 90—6.

分过火。从这一批评流派的大量论述中,可以看出其内部存在很多差异。然而经过分析,我们得出了这样的结论,即他们彼此的差异只是资产阶级思想——有关文学与社会——内部的分歧。

资产阶级批评家相互辩论的核心问题涉及社会学因素在非洲文学评价中的地位。在公开发表的理论观点中,各方争吵不休,分为两派。一派坚持对文学技法作形式主义评价,另一派则强调对思想——即文学内容——作社会学解读。鉴于这些文学作品的内容本身具有鲜明的社会政治色彩,这处于两极的观点最终就可以简化为**去政治**(a-political)批评和**政治批评**。实际上,那些非社会学批评的倡导者,就是为人熟知的、主张"为艺术而艺术"这一空洞概念的理论家们的非洲同行。

"为艺术而艺术"派的批评家

[466]正是由于这一类批评的介入,迫使阿契贝对自己产生了怀疑。"也许,我的作品只是实用艺术,不同于那些纯粹的艺术。"尼日利亚批评家丹·伊泽比耶(Dan S. Izevbaye)是为艺术而艺术批评阵营中,最为高明的倡导者。1971 年,他承认——同时并没有表现出明显的惋惜——殖民语境中存在社会性限制条件,影响了文学的诞生,但他希望这种"抑制社会性参照"的文学能够向前发展,如此,非社会学的批评就可以取得实际的进步:

> 文学批评中出现了新的变化,强调限制文学的社会性参照,并以此对批评产生重要的影响;如此,批评家们或许会更加重视文学作品本身。但是,社会性因素对非洲文学批评的影响也非空穴来风。社会因素之所以重要,恰恰因为文学本身很大程度上具有社会学的性质。随着文学逐渐减少对于社会和国家问题的关注,转而更多涉及非洲社会中个体的问题,那么批评的参照对象就是人,而非社会;影响批评观点的更多是人的、文学的因素,而非社会性因素。①

---

① Dan Izevbaye, "Criticism and Literature in Africa", in Christopher Heywood, ed., *Perspectives on African Literature*, Heinemann, London, 1971, p. 30.

在伊泽比耶最近的文章《非洲文学批评状况》("The State of Criti-cism of African Literature", 1975)中,人们能够感觉到更加强烈的失望,文学研究依然没有摆脱社会性参照的控制。在此过程中,他早期的理论错误——错误地将抽象的"人"与社会对立起来——没有得到任何纠正。关于一种超验文学的纯粹构想也未有任何修正。伊泽比耶未能看到的是,社会学批评是非洲文学的主流方法,这表明了文学具有内在的**社会属性**,他反而将这一批评潮流归咎于"当下的思想氛围,即鼓励批评界"走向"社会学想象"。① 在另一个语义含糊、却具有意识形态意涵的句子中,他声称:"视社会学意义重于道德价值,其中反映出的偏向也许与非洲的政治解放——与宗教虔诚相比——的优先地位有关。"②因此,伊泽比耶主张的为艺术而艺术,实际上适用于一个去政治化的文学世界,居于其中的都是抽象的人,有着抽象的道德价值观和抽象的宗教虔诚。根据凡俗的逻辑,我们还要补充一点——即一个文学世界必须由虚无缥缈的作家和同样**虚无缥缈**的批评家所创造!

如果从伊泽比耶那里,我们得到的结果是虚无缥缈的泛灵论(ani-mism);那么在尤斯塔斯·帕尔默这里,追求具有纯粹形式的理想文学,就将我们引向了根本性的语言曲解。在最近一本有关非洲小说的研究论著中,他不知疲倦地寻找"技术能力的符号",然而,他在语言方面暴露了自己的能力不足。让我们来思考一下他在这段话中对"去殖民化"的使用:

> 非洲文学的去殖民化已经在进行当中。小说家们逐渐不太关注文化和社会问题,而越来越致力于揭露非洲政界如此普遍的贪腐和低效。③

在寻找"去殖民化"文学——一个新的变化是,"社会问题"的一般意

---

① Dan Izevbaye, "The State of Criticism in African Literature", in *African Literature Today* (No. 7, Focus on Criticism), 1975, p. 16.

② Ibid., p. 16.

③ Eustace Palmer, *An Introduction to the African Novel*, Heinemann, London, 1972, p. 129.

义此时限于具有反殖民主义性质的社会问题——的过程中,尤斯塔斯·帕尔默[467]几乎**误读**了所有在他书中涉及的小说。不妨顺手举个例子——出于对西方文明的热情,他对于蒙戈·贝蒂的《喀拉之行》(*Mission to Kala*)的内容作了完全相反的解读:

> 《喀拉之行》既未批判教育,也没有攻击西方文明;相反,这是一部精彩的讽喻之作,针对的是那些愚蠢的年轻男子,他们认为自己学了一点西方的东西,在那些还过着部落生活的同胞面前,就觉得高人一等。蒙戈·贝蒂通过喜剧情节,严厉批判了让·玛利(Jean Marie)的缺点——她的傲慢和愚蠢。①

以上这段引文虽然很短,但足以表明为艺术而艺术这一主张背后的意识形态动机。他们真正的目的是排斥文学中的反帝国主义内容。正是出于这样的动机,他们对"社会学的"这一术语的意义产生了错误的概念。毫无疑问,他们在批评实践中,并不能只聚焦与文体相关的技术性话题。实际上,对帕尔默这样的批评家来说,他们大肆标榜的形式主义批评,只限于给作者的风格打上"讽刺的"或"嘲讽的"等这类标签。

这一类型的文学批评经常只是梳理了非洲作家和欧美作家在写作技巧上的相似性。然而,批评家在作此等梳理时——即追溯作者的艺术渊源——并没有认识到,艺术形式本身是历史的产物。欧美的模式常常被认为是永恒的、不可更改的标准,并用来评判非洲作家的成就,但这些模式通常也是作家自觉回应所处时代政治议题的结果,是他们自觉发出的文学宣言。这一事实,往往会被人忽视。例如,当这个或那个作家的象征主义或超现实主义获得赞誉时,没有人意识到,这些文学运动在工业化的资本主义欧洲所含有的意识形态动机。而这样的意识形态动机是否与当代非洲的现实相关,这样的问题无人问津。

> 资产阶级抹去了一切向来受人崇敬和令人敬畏的职业的神圣光

---

① Ibid.，p. 154.

环。它把医生、律师、教士、诗人和学者变成了它出钱招雇的雇佣劳动者。

马克思和恩格斯,《共产党宣言》

资产阶级的社会学批评

由上文可知,大多数从资产阶级立场对非洲文学所作的批评,主要都是社会学性质的。但即便在这里,理论前提也没有超越这样一个**明显的事实**,即"文学讨论的是生活"。因此,尽管我们会在纯粹主义者当中,碰到缺乏政治和文化活力的抽象"人",但这里我们面对的是从无差别的(undifferentiated)生活中产生的文学概念。这一概念来自未作阶级区分的社会概念。如果为艺术而艺术所传达的"悦耳动听的普世主义"(克瓦米·恩克鲁玛语),能够辅以具体独特性的认识,那么这只是文化的独特性。每一个文化内部是不存在阶级差别的。一切都已达成共识,人们所青睐的社会或文化形象是一个有机体。

[468]自然,这种社会学批评所蕴含的艺术和文学理论是严格意义上的模仿论。艺术和文学反映整个文化有机体——全社会的"集体思想"。文学不会反抗社会,其反映性特征总是极具融合之感(integrative fla-vour),这种感觉是功能主义社会人类学赋予所有建制(institutions)的自我调节功能所具有的典型特色。实际上,在与那些为艺术而艺术派理论家的论战中,他们援引了研究传统非洲艺术功能性的社会人类学家的成果,以维持宗教价值、社会化过程、社会控制等的存在。

最近与为艺术而艺术派的辩论中,社会学派的主要人物为了支持自己的观点,经常引用阿比奥拉·艾瑞尔在1971年对社会学方法的解释:

> ……试图将作品与社会背景联系起来,首先为了看到作者的意图和态度是如何从(诞生了其艺术的)更大的社会环境中产生的;更为重要的是,能够以此理解每个作家或作家群体是如何捕捉社会历史意识的某个时刻的。集体思想、其运作方式、其形状、其特征彼此都关系密切、不断演进,这些——还有更多——都是制约作家思想和情感的因素,作家也总是对其作出回应,而且就表层或深层次而言,

作家将通过作品的氛围和结构反映这些因素。①

这种不太具有辩证性的文学与社会观带来了不同的资产阶级社会学批评。非洲文学中的资产阶级社会学是形形色色的：每一种都有自己特有的差别和结论。然而，目前为止，所有这些不同的社会学批评都抓住了"文化"——而非"社会"——作为自己的操作概念。这一操作焦点（operational focus）增强了避开文学与社会分析中的社会关系动因的趋势。文化有着更多直接的唯心主义色彩，因而是通向各种形式的文学理想主义的必然道路。非洲政治用语的潮流并不是将非洲文化或"传统"看作我们祖先在特定历史阶段，为了解决生存问题而抽象总结出来的具体意识形态，而是永远有效的智慧之源，而非洲人的行为——同样是一个非时间性概念——必须借此受到评判。这就是资产阶级社会学批评特有的习惯。最近，特里·伊格尔顿指出，雷蒙德·威廉斯——从事英国文学研究的社会学进步批评家——尽管有着激进的政治观点，但经常被引入理想主义的结论之中，就是因为在其早期著述中，文化和传统的概念居于核心位置。②

在那些不太进步的非洲社会学批评家手中，这些基本概念——非洲文化和非洲传统——所产生的结果就是，我们所谓的费斯塔人类学（Festac anthropology）成了一种建制。这种"费斯塔"人类学的要旨，在于把"非洲大家庭"、"非洲宗教"、"非洲节奏"、"非洲时间"等转化为永恒的基本范畴，用以分析当代非洲文学。一些非洲批评家为了追求本土黑人/非洲美学，而掀起了新文学运动，而目前困扰这场运动的难题就来自理想化的费斯塔人类学。除了那些用于宣传的口号性语言，这场运动迄今所取得的成果并未超越桑戈尔黑人性思想所赋予非洲人的抽象情感——泛灵论、自发的礼俗社会（Gemeinschaft）、节奏、平衡和生命力。③

---

①　Abiola Irele, in C. Heywood, ed., op. cit., p. 16.

②　See Terry Eagleton, "Criticism and Politics: The Work of Raymond Williams", *New Left Review*, January-February 1976, pp. 3—23.

③　See for example, Pio Zirimu and Andrew Gurr, eds., *The Black Aesthetic*, East African Literature Bureau, Nairobi, 1973. 这场会议的几篇论文证实了这一点。实际上，格兰特·卡曼祖（Grant Kamenju）的论文按照法农的思想对此话题作了政治化的论述，因而在这一册唯心论文集中显得形单影只。钦努阿·阿契贝主编的《奥凯基》刊登了几篇探寻非洲美学的文章。非裔美国文学界也参与了这场美学探索。遗憾的是，他们寻找非洲根基的努力所依赖的，大多是费斯塔人类学。例如，约翰·姆比提（John Mbiti）教士的唯心论之作《非洲宗教与哲学》（*African Religions and Philosophy*）在一些非裔美国人社群中就大受欢迎。

[469]我们顺便补充一句,尼日利亚的新戏剧文学中,这种对非洲人和非洲社会的理想化曲解也处于上升之势。这类描述中,非洲人仅仅对"本体论问题,而非经济、政治等'枯燥的'问题"感兴趣,而且在封建国王——被黑人性视作"非洲传统的守护者"——面前,会放弃政治权利,这些在古温(Gowon)的新法西斯主义时代,一直都是激情澎湃的尼日利亚小资产阶级剧场的主题。①

另外一类资产阶级社会学批评所关注的,是我们所谓的文化考古学。这里,我们指的是为传统挖掘文学文本,再结合传统解释文本。虽然对一些人而言,这是一种批评过程,而另一些人(通常不是非洲人)将这一过程绝对化了,使其成为判断非洲文学的规范性要求。于是,作家就必须描述自己对于"嫁妆习俗或一夫多妻制"等问题的"文化焦虑感"。作家就应该探究这个黑色大陆的"地下"情绪,以获得"真正的异国情调"。② 然而,不管是批评过程,还是规范性方法,我们最好还是引用尼日利亚马克思主义戏剧评论家拜尔顿·杰依夫的观点,他对这种形式的小资产阶级社会学视角作出了尖锐的评判:

> ……(它)非常推崇"文化"和文化事实,视之为取之不尽的社会资本蓄水池。这些"自然的"文化事实或者用来提供民族-种族-文明的价值观,作为内心冲突的英雄们个人命运的决定因素……或者用民族-文化传说、习语和主题作为戏剧表演的感官物质表面(sensuous material surface),以非辩证的方法肯定这些文化事实和传统最初承载的社会态度和关系……③

---

① 有关这个剧场最初的激进评论,参见 Omafume F. Onoge and G. G. Darah, "The Retrospective Stage: Some Reflections on the Mythopoeic Tradition at Ibadan", in CH'INDABA, Vol 3, No. 1, October/December 1977, pp. 52—57.

② 引文分别出自 Lilyan Lagneau-Kesteloot 和 Dorothy Blair. 结合语境对二者所作的讨论,参见拙文"Crisis of Consciousness In Modern African Literature: A Survey", op. *citl.* pp. 396—397.

③ Biodun Jeyifo, "Toward A Sociology of African Drama", (mimeo), Dept of English Staff Seminar Paper, University of Ibadan, April 27, 1976.

　　这种诉诸功能主义社会学和(秉持文化相对论的)文化人类学的方法,也束缚了那些试图以动态视角研究特定非洲文学作品的批评论著。这些问题存在于基于社会学的文学批评传统,在处理结构断裂性变化过程中,困扰着资产阶级学术对社会学方法的强调——即强调"角色扮演者"(role-players),而非"角色作者"(role-authors);强调"文化承载者"(culture-bearers),而非文化创造者。资产阶级社会学所宣传的一切——在理论上对于**渐进**的改良主义驱动力的偏爱,将殖民情境歪曲为"文化接触",将第三世界的进程诊断为"现代化",以及将先进的资本主义文化设想为真正人类的最后理想——正是这种文学批评的典型特征。

　　正是这种本质上诱人的乌托邦文化扩张轨迹,启发了查尔斯·拉森(Charles R. Larson)对于非洲小说"兴起"的研究。对他而言,非洲作家扮演了"历史学家的角色,不断拓展了这个大陆上非洲人的人生视野,从局限的、几乎封闭的乡村和部族社会视角,转变为越来越开阔的世界视角。"①因为拉森从未偏离非辩证性文化人类学的严格规范,西方资产阶级在此阶段以个人角色为主的小说,自然——之所以是一个自然而然的过程,是因为他一开始就将文化相对性作为文学评判的前提——也就成为非洲小说兴起过程中所参照的真正的小说形式。②

　　错误的理论视角能够对严肃的社会学批评家(其进步性毋庸置疑)造成强大的蒙蔽力,一个最为典型的例子就是伊曼纽尔·奥比齐纳的研究巨著《西非小说中的文化、传统和社会》(*Culture, Tradition and Society in the West African Novel*)。[470]该书开篇就赞同并引用了丹尼尔·勒纳在《传统社会的消逝》(*The Passing of Traditional Society*)中有关第三世界进程的煽情式构想。这本书的结尾是对"文化接触和文化冲突"的思考,这不足为奇。因为革命被升华为心理-文化的现代化,于是,奥比

---

①　Charles R. Larson, *The Emergence of African Fiction*, Indiana University Press, Bloomington, 1972 (revised edition), p. 280.

②　当然,拉森(Larson)在他那本书的最后一段否认道:"非洲小说不可能只沿着一个方向发展",p. 282. 但我们坚持认为,他书中的基调与这一说法相矛盾。全书从头至尾,西方小说的观念——顺便说一下,这一观念是去历史化的——是在评价非洲小说时,用来比照的标尺。资产阶级和反资产阶级作家笔下西方小说的演化形式被忽略了。(中国文学史对小说形式的讨论,至少比"西方"小说的出现早了两个世纪,这一点也无人考虑在内。)

齐纳也就无法将作家对于(导致了文化接触的)殖民情景的疑虑,作为文学批评的出发点。就拉森而言,"城市化"、"适应现代社会变革"这类概念被用来掩盖对作家心理意识的评论。相反,奥比齐纳却推迟了这项任务:

> 后面这些议题(如政治)本身都是重要的,构成了一个巨大而充满希望的领域,但我们似乎应该首先调查这一领域,观察其物理特征,找到路标,大体上画出一个草图,来帮助我们对文学进行实际的、有目的的探索。①

但这一延迟很大程度上建立在错误的理论前提之上,即在殖民社会鲜明的摩尼教二元对立(manicheism)中,本土的文化范畴构成了生活的动态基础。

费斯塔意识

> 如果我们真正要从殖民主义文化中获得重生,并建构非洲民众反帝的集体主义文化,那么民众在作出影响国家政治和经济未来的决定方面,必须首先拥有主权。
>
> The Nigerian Academy of Arts, Sciences & Technology,
> *The Nigerian Peoples Manifesto*, *Political*
> *Programme*, Ibadan, 1974.

我们在某些时刻想到的这个费斯塔隐喻,适于总结资产阶级非洲文学研究方法背后的思想意识。所有资产阶级批评的不同表现形式——包括民族主义形式——都在该思想意识中有所体现。和费斯塔修正主义(revisionisms)——已变得与军事政变和虚假的经济本土化一样显而易见——一样,资产阶级社会学批评创造了一种幻觉,即当代非洲社会没有阶级差别,并在文化上达成了共识。

---

① Emmanuel Obiechina, *Culture, Tradition and Society in the West African Novel*, Cambridge University Press, 1975, pp. 265—266.

第二,对于殖民地文化帝国主义的真正目的,资产阶级批评和费斯塔活跃分子一样,存在根本性误解。资产阶级文化学者异想天开地认为,文化侵略对殖民统治来说,并非不可或缺。有人认为,殖民者移植自己的价值体系,是由他们的无知造成的,或者是基督传教士热衷于改变他人信仰的结果。他们没有意识到,就逻辑而言,殖民者引入的新资本主义经济需要建构一种资产阶级的意识,才能有利于经济的发展。实际上,对于殖民创伤的界定,资产阶级评论家以及很多我们奉行费斯塔主义的政治家只限于政治主权和文化主动权的丧失。对于殖民经验的决定性特征,他们一直都犯了健忘症——这个特征就是非洲社会被强行纳入资本主义的社会剥削体系之中。正是这种自私自利的健忘症,使得费斯塔主义的政治家们认为,我们非洲资本主义社会的城市体育场中定期重演"传统"舞蹈,就能阻止前殖民时代的文化遗产对我们的侵蚀。[471]当资产阶级文学批评家贬低反殖民主义文学的价值,那么他们就处于这样的健忘症之中。

较之受其"批评"的实际存在的文学,这种文学批评甚至更加落后,因此无法以严谨的方法对其文学内容作出评判。面对由同一社会议题激发而成的两部小说,资产阶级文学批评无法以科学的方法告诉我们,哪部小说的处理方式更为有效。如果我们求助于普列汉诺夫(Plekhanov),那么这种批评大致无法分辨出错误和正确的思想。① 相反,对内容的批评止于对表面现象的描述性复制。

只要文学批评对于文学的发展能够施加影响,那么非洲文学的资产阶级批评就只能阻碍——而非鼓舞——非洲文学,使其无法达到革命性高度。资产阶级批评的缺陷并不总是理论观点的问题。在一个民族解放阵线(NLF)、几内亚与佛得角独立非洲党(PAIGC)、莫桑比克解放阵线和安哥拉人民解放运动作为具体现实存在的世界中,如果有人坚持资产阶级的观点,这一定是文学批评家作为特定阶级的物质利益使然。有些情况下,资产阶级批评家赋予其批评活动的"教育"功能,变成了掩盖野心家自吹自擂举动的幌子。例如,通过对索因卡戏剧的研究,一位尼日利亚批评家居然谈到"所谓腐败"、"所谓操纵选举",但显然,这是尼日利亚战

① G. Plekhanov, *Unaddressed Letters*, *Art and Social Life*, Foreign Languages Publishing House, Moscow, 1957(translated from the Russian by A. Fineberg).

前的平民政治。于是,我们不得不赞同拜尔顿·杰依夫的结论,即批评成了"领薪水的小资产阶级知识骗子,用以寄生和投机的营生"①。

> 革命的文艺,应当根据实际生活创造出各种各样的人物来,帮助群众推动历史的前进。例如一方面是人们受饿、受冻、受压迫,一方面是人剥削人、人压迫人,这个事实到处存在着,人们也看得很平淡;文艺就把这种日常的现象集中起来,把其中的矛盾和斗争典型化,造成文学作品或艺术作品,就能使人民群众惊醒起来,感奋起来,推动人民群众走向团结和斗争,实行改造自己的环境。
>
> 毛泽东,《在延安文艺座谈会上的讲话》

马克思主义和非洲文学简介

与资产阶级批评不同,对于马克思主义批评而言,在艺术和文学中考虑社会学因素,这从来不是什么内在的难解之谜。马克思主义批评必然具有社会学的性质。如同卢那察尔斯基(Lunacharsky)②曾指出的那样,社会学性质能够将马克思主义批评与所有其他文学批评立刻区别开来。然而,这种社会学植根于马克思对文化意识作出的唯物主义理解:

> 一般来说,物质生活资料的生产方式决定了生活的社会、政治和思想过程。并不是人类的意识决定了他们的存在,而是他们的社会存在决定了他们的意识。③

马克思主义批评家总是坚持认为,在阶级社会,思想生产与物质经济关系之间的偶然性关系是由[472]阶级结构,通过阶级利益和阶级心理调节的。在阶级社会,文化、艺术和文学都打上了阶级的特征。这种情况

---

① Biodun Jeyifo, "Literalism and Reductionism In African Literary Criticism: Further Notes on Literature and Ideology", unpublished manuscript.

② Anatoly Lunacharsky, *On Literature and Art*, Progress Publishers, Moscow, 1973 (second revised edition).

③ Karl Marx, *Introduction To the Critique of Political Economy*.

下,文学充分反映于阶级斗争中。文学表现出的意识要么代表了特权阶级的利益,似乎要守护社会;要么排斥与被压迫阶级——他们从事着改变社会现状的斗争——的客观利益相一致的革命意识。

资产阶级批评家会指责(经常能在非洲文学的会议上听到)马克思主义批评家贬低艺术和文学的价值,这当然是无稽之谈。许多马克思主义批评家——普列汉诺夫、豪泽(Hauser)、考德韦尔(Caudwell)、费希尔(Fischer)和汤姆森(Thomson),仅举以上几例——实际上都指出了艺术在人类文化演进中的重要性。《艺术的必要性》(*The Necessity of Art*)这本书是费希尔所著,实在给人很大的启发。资产阶级批评家们杜撰了各种非历史性的异教缪斯,作为文学和艺术的起源,但实际上使艺术创作丧失了**真实**的人在——把自己从社会剥削和自然压迫中解放出来的——行动中具有的活力。

鉴于人们对文学与社会斗争之间辩证关系的革命性认识,马克思主义批评家并不认为文学批评是一种具有抽象合理性的抽象学术活动。马克思主义批评家必定有自己的阶级立场,他们不会掩盖自己的立场。马克思主义批评家还认识到,构成文学学术语汇的这些分析概念本身也是历史的产物。这些词汇和理论——如同其他学术领域的词汇和理论——必然总是受制于激进的知识社会学,这种社会学包括对创造了思想的阶级的客观物质利益作出评估。归根结底,马克思主义批评家总是从他们与(为更加民主的社会存在形式而进行的)斗争的实际关联角度,对艺术观点作出评价。

结果,马克思主义批评家也超越了艺术作品的形式和内容分析层面,进而考虑艺术创作和艺术批评发生的制度过程本身。马克思主义批评家为艺术创作和批评的结构民主化而努力奋斗,旨在将艺术过程从结构性枷锁中解放出来。这成了一项急迫的任务,因为在我们身处的晚期资本主义阶段,艺术和文学只有作为商品才具有价值。马克思主义批评家的梦想是,在一个社会中,所有人都是艺术家和艺术鉴赏家。

最后,我们必须重申(因为当代非洲社会学的腐朽性),我们不能把马克思主义社会学视角与资产阶级社会学或人类学相混淆,后者将人看作被动的"角色扮演者"和"规范承载者"(norm-bearers)。对于马克思主义社会学来说,人不只是舞台上的表演者,本质上还是剧作者和作者。角色和规范并不是由某种扭转乾坤的力量(deus ex machina)编写而成的。恰恰相反,**真实**社会中的**真实**的人总是有可能改写剧本。

在欧洲学界,卢卡奇和戈德曼这类马克思主义批评家的成就不再受到质疑。因此,我最后要对非洲文学的马克思主义批评所具有的可能性,作简单的介绍。也许,我应该首先让别人注意到非洲文学批评中刚出现的马克思主义模式已取得了哪些成绩。

迄今为止,非洲马克思主义批评所聚焦的是文学的意识形态批评。这是通过具体文本对非洲作家社会-世界观的评论,这样的评论建立在殖民地社会秩序中体现资产阶级剥削本质的坚实的社会学基础之上。对这种新文学历史的评论表明,构成具体评论参数的正是殖民地的社会秩序。因此,马克思主义批评是以反殖民主义革命——既是反帝国主义的,也具有潜在的社会主义性质——的实际需要为基础的。毋庸讳言,这种批评的阶级构成就是无产阶级。由此立场出发,马克思主义批评家就能指出,这些(作家的诗歌、故事和戏剧中构想的社会空间充满了的)概念表征与动人形象是进步的、反动的,还是改良的。与资产阶级批评家不同,他们不是通过去历史化的抽象普世主义来作出这些判断。相反,唯物主义的理论前提和辩证方法使得马克思主义批评家们相信,非洲文学运动——如黑人性运动——正处于新生进步力量出现的历史语境之中。如今,在国际帝国主义秩序的语境中,不同阶级和阶级斗争的发展,已经使这些文学意识形态的影响深入到了对立面。今天,黑人性对于非洲国家的很多统治集团,有着诱人的反动目的。

总体而言,困扰资产阶级批评的普世主义问题,已经通过参照无产阶级国际主义得到了解决。举例来说,这是恩古吉·瓦·提昂戈的《归家》(Homecoming)中理论文章的要旨之一。资产阶级的非洲批评强调将"形式"分析作为非洲文学研究重要的特殊领域。然而,对**形式**(对形式的定义是含混不清的)的分析只限于对技巧的罗列,对欧美文学中相应形式的追溯,以及在小说和戏剧文学中,对人物语言恰当与否的判断。但是,马克思主义批评家也同样讨论形式结构的问题。作为文学核心的人物塑造,始终都是一个特别的焦点问题。马克思主义对人物刻画的关注,不止于对表面材料(surface material)的描述性再现,而进入了对于阶级表征的评论。马克思主义批评家不会把**虚构**的人物看作凌空蹈虚的个体。相反,居于作家虚构世界中的人物,也属于不同的社会阶级。而正是恩古吉这位马克思主义批评家最早指出了这样的事实,即索因卡文学的一大问题,在于其笔下出自工人阶级的人物皆千人一面、很不真实。因为马克思主义者认为,工人阶级是历史的真正创造者,因此文学中的群众形象是反映作家政治立场的关键信号。

因此,尼日利亚的批评家们指出,在阿契贝的《人民公仆》这类作品中,作家对 1964 年的工人大罢工闭口不提,这是值得关注的现象。这部作品中,工人和农民反而被描写成浸染于资产阶级贪腐文化的小丑,但在真实的尼日利亚,他们实际上没有收受贿赂的结构性机会。这是这本书实际存在的一些结构性缺陷。正是这些缺陷——而非所谓的"新闻体"(journalism)——削弱了它的艺术成就。

然而,对于资产阶级社会学批评在别处通常能大显身手的其他问题,非洲文学批评——无论是资产阶级的,还是马克思主义的——都尚未加以研究。这里,我要提到特里·伊格尔顿在一个负面的语境中所描述的"特定社会中,文学生产、传播和交换的手段——图书如何出版、作者和读者的社会构成、识字率水平以及决定'品味'的社会因素"①。

在我看来,这些对于非洲严肃的学术研究都是重要的话题。首先,文学的社会属性就要求批评能够超越文学文本,把文本的生产也包括进来。[474]第二,在非洲特殊的环境中,图书出版、电影和唱片制作的整个体系结构都被新殖民机构所垄断,这对于当下我们所谓的非洲艺术造成了怎样的影响,我们亟需这方面的研究。恩克鲁玛在《新殖民主义》(*Neocolonialism*)一书中,提出了这种垄断带来的反动的意识形态影响;最近在一场有关电影的论战中,坦桑尼亚的《每日新闻》收到了一封来信,于是,此种意识形态影响得到了印证。这封特殊的来信问道,为什么受到达累斯萨拉姆(Dar es Salaam)观众喜爱的"功夫"电影正遭到批判。

这种情况表明,马克思主义社会学家研究媒体和观众时,他们的研究就超越了寻找事实的经验层面。他们的目标一定是创造替代性的民主结构,在此结构中,民众成为艺术的创造者,而非被动的消费者。文化大革

---

①　Terry Eagleton, *Marxism and Literary Criticism*, Methuen & Co. Ltd., London, 1976, p. 2.

命之后的中国已经表明,在艺术领域,这种可能性是真实存在的。如果需要非洲的例证,那么前殖民时代和前阶级社会中的口头文学,在艺术创造和批评方面都有着**集体主义**传统,这种传统向我们展示了"雨水开始打落在"**民众**身上之前,我们祖先所取得的成就。

(姚峰 译;汪琳 校)

第63篇　政治中的作家：
文字的力量与权力的文字①
恩古吉·瓦·提昂戈(Ngugi wa Thiong'O)

> 如今本土文化都是在殖民、半殖民和准殖民情境的影响下发展而成。因此，要提本土文化问题，就不得不提殖民主义问题。
>
> ——艾梅·塞泽尔

[476]在列奥波尔德·塞达·桑戈尔的戏剧诗中，一位白人被沙卡的权力及其对语言的精通所折服，于是说道："啊呀，沙卡……你是诗人……是政治家。"

诗人与政治家之间确有诸多相似之处，都与文字打交道，都从周遭现实世界中产生，关注和活动的对象也都是人际关系。文学作品，研究民族意识；政治，研究权力在社会中的运作。二者彼此映照、相互作用。

生活中任何领域(包括我们的想象)都受社会组织方式的影响，受权力的整体运作和机制的影响——权力由谁并且如何取得；权力由哪个阶层控制并持有；权力的终极目标是什么。例如，权力阶层不仅掌握社会生产力，还控制着文化发展。生活资料及其生产、交换和共享的方式，以及整个过程中产生的社会机构，确实促进了人类的发展，并的确深刻影响着人类的生活质量：他们怎么吃、笑、玩、求爱甚至做爱。这些构建了道德与价值的体系，决定人类生活的品质，也是文学作品的内容。同时，世界本身也是生活物质化过程的产物和反映。这一体系或许需要通过对物质化过程的折射，来展示其内在活力。因此，文学和政治研究的对象是活生生

---

① First published in *Writers in Politics*: *A Re-Engagement with Issues of Literature and Society*, pp. 67—77. Oxford: James Currey, 1997.

的人，也就是那些真实的男人、女人以及孩子，他们呼吸、吃饭、哭泣、欢笑、出生、死亡、生长、挣扎、组织；研究历史中的人——他们既是历史的产物，又是历史的创造者，也是历史的分析者。[477]

社会权力的组织方式从多个方面影响作家及其写作。作为一个人，作家是历史、时间和空间的产物；作为社会成员，他从属于某个阶层，并且必定也是所属时代中阶级斗争的参与者。而作为特定社会的作家，他是否有权写作、写作是否受到限制、是否拥护某一阶级的观点，都是很重要的。

作家的主题是历史，即：一个民族如何作用于自然，改变自然，并以此作用于自己，改变自己。不断变化的生产关系——包括权力关系——是作家的一大关注点。因此，政治是此文学领域不可或缺的一部分。

作家想象力的产物——莎士比亚所谓照见大自然的镜子——成为社会的反映：反映出社会的经济结构、阶级形态、冲突、矛盾、政治和文化斗争，以及价值观结构——尤其是新旧势力对抗导致的冲突和紧张局势。所以说，较之那些只针对某特定时期的历史和政治资料，文学提供了更多且更为深刻的时代精神。在此方面，小说——特别是小说的批判现实主义传统——尤为重要：张弛有度，既解析又综合。

诗人与政治家的关系，或者说作家与政治的关系，于我们这样的情形尤其重要：我们的文化——文学、音乐、歌曲、舞蹈——是在西方工业和金融资本的压迫下发展的，也是在人民为生存而展开的艰苦斗争中发展的。我们全面（经济上、政治上、文化上）倒向了西方帝国主义；同样，我们反对帝国主义的斗争也必须是全面的。文学和作家不能脱离这个战场。

在非洲，这种关系有着多种多样的表现形式。通常，作家和政治家可以是同一个人。作家，在抒发民族集体意识的过程中，转向积极的政治斗争。列奥波尔德·塞达·桑戈尔就是一个例证：他是作家，现在仍是；但他积极参政，最后成了塞内加尔的总统。或者，积极参政的政治家执笔抒怀，以此作为政治运动必要也是最重要的手段。阿戈什蒂纽·内图①就是一名出色的诗人兼政治家，对他而言，枪、笔和讲台都服务于同一个目的：安哥拉的全面解放。话虽如此，许多非洲作家，不管是否积极参政，

---

① 1976 年安哥拉人民共和国总统。

其诗歌和故事的主题恰恰说明他们站在统治阶级的错误立场。大多数南非作家——丹尼斯·布鲁特斯、伊齐基尔·穆法莱尔、布洛克·莫迪辛、阿历克斯·拉古马、马齐西·昆内内、刘易斯·恩科西——现在都流亡海外。那些留下来的人——比如卡恩·泰姆巴（Can Themba）——慢慢被暴力镇压的种族主义气氛和体系所扼杀。不用我说，他们的书籍全遭查禁。在西方帝国主义和垄断资本的控制下，这个紧张不安的法西斯主义前哨国家有此行径，并不奇怪；这个国家一度查禁了《黑骏马》（*Black Beauty*）——关于一匹马的故事——因为这本书可能暗指黑色是美丽的。

更有甚者，作家并未参与政治——比如，不管作为公民身份，还是在其文学作品里，作家从未公开发表政治立场——但仍被卷入了时下的政治权力斗争。克里斯托弗·奥基博曾宣称，他的诗只为诗人而作，[478]在写作与生存之间，他宁可选择完满的生活，但最终因为比夫拉分裂主义活动而丧命。还有钦努阿·阿契贝、加布里埃尔·奥卡拉、西普里安·艾克温西等人，他们在之前乐观的十年里，为非洲英语文学在世界版图中占有了一席之地。他们都积极参与了比夫拉的政治活动，也正是这场政治运动促使阿契贝于 1969 写下这些话：

> 我很清楚，一名非洲作家想要避开非洲时下的社会政治，写出来的作品必定风牛马不相及。如同谚语中所云，为了追赶一只逃出火焰的耗子，而弃房子于不顾，任其烧毁。①

阿契贝这个比喻一点不夸张，某种意义上也就是说，文学家——从最杰出的作家到比较重要的作家——无人能真正避开时代主题。文学是人性的一面镜子，因此文学必然要反映社会现状，或者说社会现状的某些方面。莎士比亚、马洛（Marlowe）、琼森（Jonson）和拉伯雷描绘的 16 至 17 世纪的英国和法国社会，多么真切：新兴的实证精神、资产阶级的个人主义、重商资本主义精神，是如何反抗封建主义，争取自由，去远航并征服世

---

①　Chinua Achebe, "The African Writer and the Biafran Cause", *Morning Yet on Creation Day* (Heinemann, London, 1975), p. 78.

界,去殖民并教化本土居民;他们一边叫着"我的上帝!",一边又喊着"我的黄金!"令人难忘的,还有 19 世纪俄国小说中人物的疯狂"暴怒",揭露农民和工人反对沙皇封建资本主义的斗争——之后在全世界迎来一个社会主义新秩序。另一方面,简·奥斯汀常受到批评和指责,将自己隔离于那个时代的大动荡——即便如此,她还是不知不觉描绘了一个 19 世纪早期,英格兰中产阶级地主寄生虫般的悠闲生活画面。还有,艾米莉·勃朗特(Emily Brontë)在约克郡的荒野中孤立自己,将小说《呼啸山庄》(*Wuthering Heights*)置于同样的荒野,以及当地的狂风暴雨中;但她对工业资产阶级专制压迫的伦理价值作了深刻剖析,指出工业资产阶级令人窒息的舒适,源自对工人阶级和殖民地人民的剥削。

重要的不仅是作者对身边斗争的描写和反映是否真实可信,而且还有他对重大社会政治事件的态度。这不是作为社会一员的主人公立场那么简单——尽管这是必需且重要的——而是他作品中表现出怎样的态度和世界观。通过这些态度和观点来说服我们——认同他那个社会的历史演变。我们现在讨论的是,作家通过想象对现实的揭示,是促进还是阻碍了社会斗争——这种斗争力图摆脱所有剥削关系,争取比较满意的生活;我们讨论的是文学与我们日常斗争的相关性——为求衣食住行、耕耘收获的权利和保障的斗争。作家不仅能阐释世界,还能改变世界,他在何种程度上能够并愿意这样做,取决于他对斗争阶级——为新秩序、新社会、更人性化的未来而奋斗的阶级——及其价值的认可,以及哪些阶级和价值有碍于新希望的诞生。当然,也取决于他站在阶级斗争的哪一边。

不管怎样,作家按其社会态度可分为两类。一类认为社会大体是静止不变的,究其原因,要么是他们生活在大体稳定的社会,要么是他们囿于自己所处的阶层或者因统治阶层的洗脑而对阶级冲突视而不见。[479]19 世纪,一些英国小说家就勾勒了这样的稳定社会结构。他们描绘的世界很大,讨论的问题涉及面很广,但没有意识到的是,文化和道德上的冲突,源自一个正在变化的世界——一个变动不居的世界,总是处于不断变形的过程之中,不断产生新的阶级,孕育新的社会秩序。作家感兴趣的是人物的道德行为,而不管他们是什么阶层、哪个民族、何种信仰。这类作家通常都设有一个行为典范,作品里的人物或多或少都以此为标准,要么达标,要么失败。通过他们的努力,这些作家能够——也确实——创作出了尖锐的社会批评文学。但是,这样的社会态度,这样从他们所处的阶级结构和阶级斗争抽象出的人性类别和道德理想,往往会产生一种特殊文学——这种文学不能深入社会,而且会被批评家们所遗忘,只有那些除了"同情心"、"永恒和普世"等陈词滥调之外,再无其他批评工具的批评家才会注意到这类文学。难道我们没有听说,有些评论者要求非洲作家不要再写殖民、种族、肤色、剥削,而只写人类吗? 这样的社会态度,使一些欧洲作家热衷于那些超脱了历史的孤独自由之人,把无法解释的痛苦和死亡当作人类生存的本质。

也有作家并不赞同这种持久稳定,这或许源于他们所生活年代的性质,也可能因为他们本能或有意识的辨证式社会生活态度。他们作品里的人物性格根植于历史,根植于变化的社会生活。伟大作家——如埃斯库罗斯、莎士比亚、托尔斯泰、康拉德、肖洛霍夫、塞姆班、钦努阿·阿契贝——意识到世界在不断变化,作品中表现了不同阶层之间的冲突,人们的观念有所不同;他们对世界秩序、权力在谁手中、权力该由谁掌控、权力行使的目的,以及旧秩序中孕育新秩序的可能性等的观念,往往是彼此相左的。奥孔库沃与伊祖鲁之所以面临悲剧般的困境,是因为供他们行为与抉择的基础是两个处于不可调和的、冲突中的世界:奥孔库沃的世界是以家庭及部分奴隶为基础的封建世界;欧洲殖民资本主义和帝国主义世界是以压榨非洲劳动力和种族歧视为基础的。旧的阶层、社会、经济和政治秩序——其整个价值结构——都受到新阶层、新价值结构的挑战。约瑟夫·康拉德的小说《诺斯托罗莫》(*Nostromo*)以一个虚构的拉丁美洲共和国为背景,里面的问题不是基督教道义和"美国狂野西部"那样简单——绝对的善(上帝)与绝对的恶(撒旦)。在这个拉丁美洲共和国,权力掌握在英美矿主手里,没有普遍适用的行为标准供人遵守或违背。这里,道德、宗教、伦理都以阶级为根基:为了充分评价人物的行为和异化,我们只能依据相互冲突的道德和观点的历史、经济、阶层和种族基础。和塞姆班的非洲一样,这里不存在形而上的善与形而上的恶。国际垄断资本对殖民地劳动力与资源的剥削,还有帝国主义政策,是问题的根源所在。因而,康拉德的小说里充斥着煤炭、象牙、银子等意象。

约瑟夫·康拉德与非洲作家同处一个世界,这就是为什么康拉德描绘的世界如此熟悉。二者都生活在帝国主义统治的世界。他们都知晓屠杀营地（Hola camps）、美莱村（My Lai）、阿尔及尔、沙佩维尔、被驱逐出巴勒斯坦的阿拉伯母子。[480]他们都目睹了孕妇的肚子被人用刀切开；见识过殖民雇佣军劈砍痛苦挣扎的农民和工人时的艺术手法——好像尸体能给他们带来利益；他们也都见过以资本主义为基础的社会体系中，司法是如何运转的，莎士比亚在《李尔王》（King Lear）中对此作了精彩的描绘：

> ……用黄金钉牢罪孽，
> 正义的长矛折断，毫发无损；
> 用破布将其包裹，
> 一根俾格米矮人的稻草，便把它刺穿。

他们见过雇佣军、政变，也明白麦克白（Macbeth）血红的匕首，并非天马行空的空想家大脑发热时虚构出来的想象。难道他们没看到，为战争和压迫服务的帝国主义走狗，是如何沐浴在新殖民统治下的人民的鲜血中？他们苦笑道：

> 我们如此崇高的场景
> 还要演绎多少年，
> 在那些还未产生的地方
> 用仍未知晓的语言。

他们的世界是一个社会多数时候都处于急剧变化的世界：无产阶级、穷苦农民和一部分小资产阶级不断抗争，反对当地大企业和外国商业机构，反对维持现状的政治文化体制。不同阶层的经济、政治和文化斗争产生的社会能量——光和热——自然而然地渗入了作家的作品。这种情况——尤其在殖民时期——迫使许多作家在意识形态上持进步的立场：他们不由自主，就好像这是全民族解放的愿景和动力使然。因此，很多非洲文学是反殖民、反帝国主义的。

那时，许多这类作品的背景都是希冀一个更好、更公平的黑人合众国。但是，非洲作家的小资产阶级地位，使他看不到帝国主义的本质，看不到持续反抗帝国主义及其当地走狗的必要性。但是,和康拉德一样——资产阶级地位限制了他的视野,从而导致他(比如)没有能力批判英帝国主义,也无法摆脱他早已明白的殖民主义本身固有的种族歧视——非洲作家的小资产阶级地位使其无法看到帝国主义的本性,无法看到持续与帝国主义及其本土买办同盟展开阶级斗争的必要性。我还能想起 1962 年写作时,多么渴望这一天的到来:非洲作家不再关注殖民问题与殖民政治,我们都坐下来彼此调侃、自我嘲笑,无论这意味着什么——我们沉浸在社交礼仪的享受中(多么庸俗肤浅的资产阶级理想国!),抑或,我们探索历史和现实中那些孤独者的痛苦世界。

事情往往是这样的,即如果我们越出黑色,跳出摆脱殖民统治的民族解放斗争的种族因素,就看不到殖民压迫的根本原因:我们是所谓资本主义全球生产体系的一部分;殖民、政治、文化的入侵不过是为了保证经济剥削更为牢固和持久;因此,非洲人民的反殖民斗争也就远不止是种族斗争。更重要的,这是对蹂躏这片大陆长达 400 年之久的殖民体系的反抗。正是[481]非洲造就了资本主义,从开始的奴隶时代,到殖民时期,再到如今的新殖民主义阶段,其复杂的输送管道从非洲延伸至西方世界的各大都市。

即便在今天,非洲作家往往还是不愿意看到:价值观、文化、政治及经济全都绑在一起;为了倡导有意义的非洲价值观,就必须加入反抗,反抗依托于继续歪曲这些价值观的殖民体系的所有阶级。我们必须加入无产阶级和贫苦农民的斗争,反抗买办资产阶级、地主和酋长,以及非洲大商业集团——他们与外国利益步调一致、沆瀣一气。

今天非洲的主要矛盾,是帝国主义和资本主义一方,与民族解放和社会主义这另一方之间的矛盾——(与国际资本紧密相连的)一小撮本土"富有者"与人民大众的矛盾。主要矛盾里,还有城市与农村的内部矛盾——国内相对富裕者与其他赤贫者之间的矛盾。各民族的新兴本土资产阶级都试图将自己的利益看作整个种族(民族)的利益,他们之间的残酷竞争往往使我们忽视那些更真实、更基本的矛盾,正是这些基本矛盾将我们与亚洲、拉美、欧洲和美国的阶级斗争联系起来。

面对这些矛盾,非洲作家通常会退向个人主义、神秘主义以及形式主义:这样的非洲作家往往看到了新殖民经济的缺陷、由此而来的价值观扭曲、新殖民统治阶层的法西斯主义;同时,他也惧怕社会主义成为替代性的社会制度。他害怕工人和农民控制生产力,并因此夺取并控制政治大权。为避免这两种可能——新殖民现状的持续和大众用暴力推翻现状——他会推崇非洲性、黑人主义(Blackism)、非洲历史的尊严,以及非洲人处理问题的方式。他会变得愤世嫉俗,嘲笑一切事物,嘲笑资本主义及其剥削和压迫的社会体制,嘲笑人民为彻底解放进行的斗争。他可能以抽象人性与普世主义之名指责一切努力、一切事物、斗争中的一切得失。他却没能看到,资本主义结构和帝国主义内部不可能有任何完全自由、不受约束的人际交往;没能看到,如果经济、生产资料(土地、工业、银行等)不受人民所有和控制,就不可能有真正的人文主义;没有看到,只要存在阶级——由不同的人在哪里或如何与生产过程相联而定义的阶级——就不可能有沉浸于爱、欢乐、笑声和劳动中创造性满足的真正人际交往。我们只能谈谈阶级的爱、阶级的欢乐、阶级的婚姻、阶级的家庭、阶级的文化,以及阶级的价值观。

非洲作家的使命并非易事:他要承认帝国主义的全球性,反抗帝国主义以建立新世界的斗争的全球性。他必须拒绝、否认和反对他与当地资产阶级及其代言人的根源,发掘他与全球"泛非"群众的真正创造性联系,要与世界上所有社会主义势力结盟。当然,他必须在具体工作中非常细致、非常投入,但同时也要了解这具体工作的全部过去、现在和将来。他必须写下他身后所有[482]非洲、美洲、亚洲和欧洲劳动人民斗争的曲折之路。是的,他必须支持,并在写作中反映非洲工人阶层及其盟友为全面劳动解放而进行的斗争;是的,他的作品必须表现的,不是和平与正义的抽象概念,而是非洲人民为夺取政权继而控制生产力而进行的实实在在的斗争——为真正的公平正义奠定惟一正确的基础。

最后,我以一位完成上述使命的作家为例。他就是塞内加尔的乌斯曼·塞姆班,著有《神的女儿》。这本关于1948年西非工人斗争的书,读来就会发现作者是如何先分析、后综合的:他在分析一个细节问题时,没有忽视与其他细节的联系。人们认为他与人民在一起,他关心的是人民的命运和人民的最终利益。他也写过一首名为"手指"的诗,诗中阐述了其作品所采取的视角:

手指,善于雕刻的

在大理石上建模的

善于表达思想的

可以按压的手指

是艺术家的手指;

肥重的手指

挖土犁地

从事耕种

感动我们的

是耕者的手指;

一根扣着扳机的手指

一只眼睛瞄着目标者的手指

垂死的人任由这根手指的摆布

这是毁灭生命的手指。

士兵的手指。

欧亚

中非

印度与大洋

跨过河流与言语障碍

让我们携手

将镇压人性的手指

驱赶出去①

　　我们非洲作家只有具备这样的视野——坚定与人民并肩战斗的视野——才可能不被自我绝望、愤世嫉俗和个人主义吞噬;否则,我们会被表面的资产阶级进步所迷惑——用卡尔·马克思的话来说,如果不把个人和民族拉出血污与泥泞、苦难与腐败,这样的进步就绝不可能实现。再借用马克思的话,资产阶级的进步就像那个可怕的异教偶像,他只会喝下

---

　　①　Sembene Ousmane, "Fingers" quoted in Lotus Awards 1971, published by the Permanent Bureau of Afro-Asian Writers.

被杀者头骨中的脑汁。

　　这个偶像在非洲的统治注定要走向末日。非洲作家必须与人民一起,将帝国主义偶像及其黑白天使永远埋葬。[483]

(刘燕 姚峰 译;汪琳 校)

第64篇 民族解放与文化①

阿米尔卡·卡布拉尔(Amilcar Cabral)

[484][……]

纳粹宣传活动的幕后策划者戈培尔听到"文化"一词时,就伸手去掏枪。这说明纳粹分子——以前和现在都是帝国主义最为悲剧的形式,也表现了帝国主义的统治欲望——非常清楚,文化具有抵抗外国统治的价值,尽管他们和希特勒一样,都是腐化堕落之徒。

历史经验告诉我们,有些情况下,异族能够轻易统治一个民族。但历史也同样告诉我们,无论器物上的表现如何,只有对被统治民族的文化生活,进行长期有组织的压制,这样的统治才能维系。只有消灭被统治地区的大量人口,才能确保异族统治的植入。

实际上,拿起武器统治一个民族,首先要拿起武器摧毁——至少抵消或瘫痪——其文化生活。因为,只要该民族还有一部分人拥有自己的文化生活,那么异族统治就无法确保长期存在。在特定时刻——这取决于决定该社会演化的内部和外部因素——(无法消灭的)文化抵抗可能采取新的(政治、经济和武装)形式,以充分抵抗异族统治。

异族统治——无论是不是帝国主义统治——的理想状态是这样的:要么几乎彻底消灭被统治国家的全部人口,如此就排除了任何文化抵抗的可能性;要么既维持自己的统治,同时不破坏被统治民族的文化,也就是说,在对这些民族施行经济和政治统治的同时,也保留其文化个性,使二者和谐共生。

---

① First published in *Unity and Struggle*: *Speeches and Writings*, trans. Michael Wolfers, pp. 139—147 and 149—150. London: Heinemann, 1980.

第一种假设意味着对原住民的种族屠杀，创造一个真空地带，清空异族统治的内容和对象：被统治地区的民族。第二个假设目前还没有被历史证实。总结人类历史的丰富经验，我们就可推定这一假设没有实际的可行性：[485]在经济和政治上统治一个民族的同时——无论该民族的社会发展程度如何——不可能兼顾其文化个性的留存。

为了避免这一选项——可称作**文化抵抗的困境**——帝国主义殖民统治试图提出一些理论，这些理论其实只是粗糙的种族主义思想建构，在种族主义独裁（或者民主）的基础上，被转化为永久禁锢原住民的思想。

例如，所谓对原住民实施逐步**同化**的理论就是如此，这不过是一种多少有些暴力的手段，以否定某个民族的文化。这个"理论"被几个殖民强国（包括葡萄牙）付诸实践，但全都遭遇了彻底失败，显然证明该理论是行不通的，即使我们不能说它是不人道的。在葡萄牙人手中，这个理论发展到了极度荒唐的地步，萨拉查（Salazar）宣称**非洲并不存在**。

同样，所谓的**种族隔离**理论也是如此。这是由施行种族主义的少数人基于对南部非洲人民的经济和政治统治而创造、应用和发展出来的理论，并对人类犯下了恶劣的罪行。种族隔离所采取的形式是肆无忌惮地剥削非洲人的劳动，把他们囚禁在集中营里，实施残酷的压迫。这些集中营规模之大，可谓史无前例。

作为一种文化行动的民族解放

这些例子可以让我们多少感受到外族面对被统治民族的文化现实所上演的大戏，也表现了在人类社会的行为中，文化因素和经济（政治）因素之间相互依赖、相互影响的紧密关系。实际上，在一个（开放或封闭的）社会整个历史的所有时刻，文化多少带有觉醒的意识，是经济和政治行为的结果，或多或少是那个社会内部盛行的关系类型的动态表达，一方面是人（无论是个体，还是群体）与自然的关系，另一方面是个体、群体、不同社会阶层和阶级之间的关系。

作为抵御外国统治的因素，文化的价值表现于意识形态或理想主义层面，是（将要）被统治社会的物质和历史现实的生动反映。对于人类与环境之间、一个社会中人与人之间或群体之间、不同社会之间等关系的演变,文化都会施加积极或消极的影响,因此文化既是一个民族历史的结晶,同时也是历史的一个决定因素。某些情况下,外国统治的失策,以及民族解放运动的失败,也许都是因为对以上事实的无知所导致的。

让我们来审视一下何谓**民族解放**。我们应该将这一历史现象置于当代语境之中,也即面对帝国主义统治的民族解放。如我们所知,后者在形式和内容上都有别于以往的外国统治(部族统治、军事贵族统治、封建统治,以及自由竞争时代的资本主义统治)。

所有帝国主义统治的主要共同特征是,以暴力手段剥夺被统治民族发展生产力的自由,从而否定其历史过程。[486]在特定社会中,生产力发展水平以及对这些生产力的社会利用体系(占有体系)决定了**生产方式**。在我们看来,生产方式——其矛盾通过阶级斗争或多或少有所表现——是任何人类群体历史的主要因素,生产力水平是历史真正的永恒原动力。

对任何社会、任何被看作动态整体的人类群体而言,生产力水平表明社会及其组成部分面对自然所处的地位,以及该社会针对自然有意识采取行动和作出反应的能力。还表明和限定了人类与其环境之间(客观或主观表达的)物质关系类型。

这种生产方式在任何历史阶段代表了人类不断追求生产力水平和这些生产力社会利用体系之间的动态平衡,表明特定社会及其组成部分在自身和历史面前所达到的位置。此外,这种生产方式还表明和限定了构成特定社会的各种元素或群体之间的(客观或主观表达的)物质关系类型:人与自然、人与环境之间的关系和关系类型;某一社会个别或群体部分之间的关系和关系类型。谈论这一点,就是谈论历史,但同样也是谈论文化。

因此,文化是一个民族历史的基本成分,无论它表现出了怎样的意识形态或理想主义特征。或许,文化就是这一历史的结果,正如花朵是一株植物的结果一样。与历史一样,或者因为这是历史,文化于是有了生产力水平和生产方式作为其物质基础。文化的根脉深入到自身环境物质现实的腐殖质之中,反映了多少受到外部因素影响的社会的有机本质。历史使我们了解到社会演变过程中这些典型的不平衡和(经济、政治和社会)冲突的性质与程度。文化使我们了解到,社会觉悟形成和触发了怎样的动态融合，以便能够解决该社会为争取生存和进步，而在各演化阶段所遭遇的冲突。

与植物上的花朵一样，形成和滋养幼芽的能力（或责任）——这保证了历史的延续——在于文化，这个幼芽既确保了特定社会未来的演变，同时也保证了这一社会的进步。因此，我们就能明白，帝国主义统治既否定被统治民族的历史过程，也必然要否定其文化过程。我们还进一步意识到，为什么帝国主义统治与所有其他的外国统治一样，为了自身的安全而需要实施文化压迫，需要以直接或间接的方式摧毁被统治民族的基本文化元素。

对被压迫民族解放斗争史的研究表明，先于解放斗争发生的是文化抗争运动的涌现，并通过否定压迫者的文化，逐渐开始——无论成功与否——声张被压迫民族的文化个性。无论一个民族臣服于异族统治以及受其经济、政治和社会因素影响的条件是什么，我们通常都是在文化领域中发现颠覆性的幼芽，并进一步导致解放运动的形成和发展。[487]

在我们看来，民族解放的基础在于，无论国际法表现为怎样的形式，每个民族都拥有自身的历史，这是他们不可剥夺的权利。因此，民族解放的目标就是重获这一被帝国主义统治剥夺的权利，也即：解放民族生产力发展的过程。故而，当——也只有当——民族生产力从各种异族统治中解放出来时，民族解放才能实现。解放生产力，随后又解放自由决定（最符合被解放民族发展的）生产方式的能力，必然通过重新赋予创造进步的全部能力，为该社会的文化过程打开新的前景。

如果摆脱了异族统治的民族没有认识到压迫者的文化以及其他文化的积极贡献和重要性，而选择回到自己文化的老路上去，那就不能在文化上获得自由。后者受到活生生的环境和现实的滋养，并拒斥有害的影响以及任何对异族文化的臣服。因此我们看到，如果帝国主义统治有着实践文化压迫这一关键需要，那么民族解放就必然是一种**文化行为**。

文化的阶级性

根据以上所述，我们可以将解放运动视作为争取解放民族文化，所进行的有组织的政治表达。因此，运动的领导阶层必须清楚认识到，文化在解放斗争这一框架中的价值,必须深入了解他们民族的文化,无论民族的经济发展处于何种水平。

如今,每个民族都有自己的文化,这成了普遍的说法。为了永远统治别的民族,文化被看作优等民族或国家的特质;出于对恶意的无知,文化与技巧——如果不是与肤色或眼形——被混为一谈,但这样的时代已经过去。解放运动作为民族文化的代表和卫士,必须意识到社会是文化的承载者和创造者,无论该社会的物质条件如何。除此之外,解放运动还必须认识到文化的整体性和大众性,而不是——也不可能是——社会的某个或某些部分的特质。

通过对社会结构作(所有解放运动根据斗争的要求所必需的)彻底分析,每个社会派别的那些文化特征都是极其重要的。因为文化尽管具有整体性,但并不是整齐划一的,并不是在社会所有领域都齐头并进。每个社会派别对于斗争的态度是由经济利益决定的,但也受到文化的深刻影响。我们甚至可以承认,文化层次的差别可以用来解释同一社会经济范畴内部个体对于解放运动的不同行为。正是在这一点上,文化对每个个体的重要性达到顶峰:身处自身环境中的理解与融汇、对社会基本问题和愿望的体认、对朝向进步的可能变化的接受。

[488]就我国的具体情况来说——我们应该谈及整个非洲的情况——文化层次的横向和纵向分布有些复杂。实际上,从村庄到城镇、从一个民族到另一民族、从农民到工匠抑或到多少被同化的本土知识分子、从一个社会阶层到另一社会阶层、(甚至如我们所说)从同一社会范畴内的某一个体到另一个体,在文化的质与量层面上都有很大的变化。解放运动将这些因素考虑在内,这是极其重要的。

例如,在具有水平结构的社会中——如巴兰特族(Balanta)社会——文化层次的布局多少是整齐划一的,差别主要表现在个体特征和不同年龄段。而在那些有着垂直结构的社会中——如富拉尼族社会——社会金字塔从顶端到底层都存在重要差别。这再次表明了文化因素与经济因素之间的紧密联系,也解释了这两个族群对于解放运动整体和局部行为的差异。

诚然,社会和民族派别的多样性一定程度上使解放运动中文化角色的界定变得扑朔迷离。但至关重要的是,在解放运动的发展过程中,不能忽视文化**阶级性**的决定意义,即使当一个范畴依然——或者似乎——处于萌芽状态。

殖民统治的经验表明,殖民者为了长期施行剥削,不仅创造了一整套压迫被殖民者文化生活的制度,而且诱导和推动了一部分被殖民者的文化异化行为,所采用手段或是对本土人士的所谓同化,或是在本土精英和普通大众之间造成社会隔阂。在一个社会内部造成割裂和深化割裂,这一过程所带来的结果是,相当一部分被殖民者——尤其是城乡"小资产阶级"——接受了殖民者的心态,认为自己在文化上比所属民众更为优越,忽视或鄙视他们的价值观。这种情况对多数殖民地知识分子而言具有典型性,具体表现为被同化或异化群体的社会特权不断增加,并直接影响了这一群体中的个人对解放运动的行为。因此,他们若要真正融入解放运动,精神上的改弦更张被认为是关键所在。这样的改弦更张——就我们而言是**重新非洲化**——也许在斗争运动之前就发生了,但只有在斗争过程中才能完成,通过每日与民众的接触,并通过斗争所必需的牺牲。

但是,我们必须考虑的是,面对政治独立的前景,处于通常有损解放运动的野心和投机心理,一些尚未改弦更张者会被引入斗争队伍之中。这些人丝毫没有改掉自己的阶级文化偏见,但凭借受教育水平、科技知识或许能在解放运动中攫取最高职务。因此关键在于,我们需要在文化和政治上保持警惕。因为在解放运动极为复杂的具体环境中,闪光的未必都是金子:政治领袖——即便那些最声名显赫者——也许是文化的异化者。然而,乡村的特权阶层中,文化的阶级属性更为明显,那些有着垂直社会结构的族群尤其如此[489],但同化或文化异化的影响并不存在,或几乎不存在。例如,富拉尼族的统治阶级就是如此。殖民统治下,这个阶级(传统的酋长、贵族家庭、宗教领袖)只有名义上的政治权力,民众都清楚,实际的权力由殖民官员掌握和运用。然而,这个统治阶级本质上保持了对本族民众的文化权力,这有着重要的政治意义。

殖民者清楚这一点,他们压制或阻碍普通民众来自底层的重要文化表达,但支持和保护处于顶层的统治阶级的威信和文化影响力。殖民者设立了受他们信任并多少被民众接受的酋长,赋予他们各种物质特权(包括向其长子提供教育),为他们建立原先并不存在的领地,与宗教领袖建立和发展友好关系,建造清真寺,组织麦加之旅,等等。最重要的是,通过殖民统治机构的压制手段,确保了统治者相较普通民众的经济和社会特权。所有这一切并不能排除这样的可能性,即统治阶级当中,某些人或某些群体可能会参与解放运动,尽管发生这种情况的几率要小于被同化的"小资产阶级"。一些传统领袖和宗教领袖从开始或中途加入斗争运动,热情投入解放事业,并作出了贡献。但是,保持警惕依然至关重要:来自这一阶级派别的人怀有强烈的阶级文化偏见,他们一般只是认为解放运动能够利用普通民众的牺牲,来解除殖民主义对他们本阶级的压迫,并借此重新实现对民众彻底的文化和政治统治。

在挑战帝国主义殖民统治的总体框架内,以及在我们所指的具体情境中,我们可以看到,压迫者最忠实的盟友包括高级官员、被同化的自由职业知识分子、乡村统治阶层中为数不少的代表人物。通过这一事实,我们可以就解放运动的政治选择这一问题,(从正面或负面)评估文化和文化偏见造成的影响。这同样可以表现出这种影响力的极限,以及各种社会派别行为中阶级因素的极端重要性。高级官员或者被同化的知识分子——二者皆典型地表现为彻底的异化——在政治选择上紧随传统领袖或宗教领袖,这些领袖人物并未明显受到过外国文化的影响。因为这两类人将他们自己的经济和社会特权——即他们的**阶级利益**——置于所有文化因素和需求之上,并违背了民众的期望。这是解放运动不可忽视的现实,否则就背叛了解放斗争的经济、政治、社会和文化目标。

走向对民族文化的界定

与政治层面无异——同时也不可低估特权阶级或阶层可能对解放斗争作出的贡献——解放运动必须在文化层面,将自己的行动建立在大众文化的基础之上,无论这个国家的文化层次具有怎样的多元特征。[490]只有以乡村和城镇工人群众——包括革命的民族主义"小资产阶级",他们又重返非洲文化,决心改弦易辙——的文化为基础,我们才能有效构想如何在文化上挑战殖民统治(这是解放运动的主要阶段)。无论这一基础反映出的文化格局多么复杂,解放运动必须能够在其中区分本质与次要、积极与消极、进步与反动,如此才能找到**民族文化**的关键特征,并作出具有进步意义的界定。

为了使文化在解放运动的框架中发挥重要角色,这场运动必须能够保留所有界定清晰的社会群体的正面文化价值观,并将这些价值观汇入解放斗争的洪流,赋予其新的维度——**民族的维度**。面对这样的必要性,解放斗争首先是一场保存和延续群众文化价值观的斗争,这丝毫不亚于在民族框架内融合和发展这些价值观的重要性。

解放运动——及其代表和领导的民众——在政治和道德上的一致性,意味着这些具有决定性的社会群体,在解放斗争的文化一致性方面所取得的成就。一方面,这种一致性表现为这场运动对环境现实以及民众的问题和根本期望的完全认同;另一方面,是对参与斗争的不同社会派别在进步文化上的认同。后面这一过程必须调和不同的利益,解决矛盾冲突,界定追求自由和进步的共同目标。如果全社会各个阶层都意识到这些目标,并表现在他们面对所有困难和牺牲时的坚决态度,这就是一个伟大的政治和道德胜利。对于解放运动的进一步发展和胜利,同样的结果也是决定性的文化成就。

[……]

文化的活力

显然,这一现实构成了我们引以为傲的动因,也激励了那些为非洲人民的自由和进步努力奋斗的人们。但重要的是,我们不能忽视这样的事实,即任何文化都不完美,都不是一个完成了的整体。和历史一样,文化必定是一个不断延伸和发展的现象。甚至更为重要的是,我们必须牢记,文化的根本特性是其与环境中经济与社会现实之间的紧密、依附和互动关系,以及与创造该文化的社会的生产力水平和生产方式之间的关系。

作为历史的结晶,文化总是折射了社会的物质和精神现实、作为个体人和作为社会人——面对的冲突使其直面自然以及生活中共同的制约因素——的现实。由此可见,任何文化都包含根本和次要元素;长处和短处;优点和缺点;积极方面和消极方面;进步、停滞和倒退的因素。由此同样可知,文化——一种社会的创造物,一种社会所发明、用于解决历史每个阶段矛盾冲突的阻碍和平衡综合体——是不以人的意志、肤色和眼形为转移的社会现实。

[491]若是对文化现实作一番深入分析,我们就能否定存在大陆文化或者种族文化的假设。这是因为文化与历史一样,无论在一个大陆、"种族"或社会层面上,其发展都是不平衡的。文化的坐标与任何发展变化的现象一样,随着空间和时间而发生变化,无论这些是物质(物理)坐标,还是人类(生物和社会)坐标。除了肤色之外,我们需要在非洲各民族的文化中找到共同的特征,但这未必意味着这个大陆上存在——且只存在——一种文化。同样,从经济和政治视角而言,我们注意到存在着不同的非洲,因此也存在不同的非洲文化。

毫无疑问,根据种族主义情绪和外国长期剥削非洲的图谋而低估非洲各民族的文化价值,这给非洲带来了很大的伤害。但面对发展的迫切需要,下面这些因素和行为给非洲带来的伤害同样严重:不加选择的赞美;一贯表扬优点而从不批评缺点;盲目接受其文化价值观而不考虑实际或潜在的负面性、反动性或倒退性;将对客观、历史的物质现实的表达与表面上的精神创造或特性的结果相混淆;将无论合理与否的艺术创造与所谓的种族特征作荒唐的联系;最后,对文化现象作非科学或科学的批评和评价。

关键在于我们不能再浪费时间了,不应对非洲文化价值观的独特性或非独特性,展开多少有些吹毛求疵的辩论;而是将这些价值观看作人类的某一群体,在其文明演化的某个或某些阶段,为了全人类的共同文化遗产而进行的征服活动。关键在于我们需要根据解放运动和发展需要——根据非洲历史的新阶段——对非洲文化进行批判性分析。我们或许可以在普世文明的框架中体会到它的价值,将其与其他文化的价值作比较,但并非为了判定其优等性或劣等性,而是在争取进步的斗争框架中确定非洲文化已经作出和必须作出的贡献,以及它能够或必须接受的贡献。

如我们所说,解放运动必须以通晓民族文化为基础,必须能够评估非洲文化各要素的真正价值,评估非洲文化在每个社会派别中达到的不同水平。同样,解放运动必须能够在民族文化价值观的整体中,分辨本质与次要、积极与消极、进步与反动、优点与弱点。就斗争的要求而言,这是必需的,如此才能将行动主要聚焦于本质,同时也不遗忘次要,推动积极、进步因素的发展，同时巧妙而严肃地与负面、反动因素展开斗争；最后才能有效利用优势，排除缺点，或者将缺点转化为优势。

[……]

（姚峰 译；孙晓萌 校）

第 65 篇　关于民族文化[①]

阿戈什蒂纽·内图(Agostinho Neto)

[492]本文是阿戈什蒂纽·内图同志——安哥拉人民解放运动-工人党(MPLA-Workers Party)主席、安哥拉人民共和国总统、安哥拉作家联盟大会主席——于 1979 年 1 月 8 日在安哥拉作家联盟理事机构 1979/1980 两年期的授权仪式上所作演讲的文稿。

同志们和亲爱的同事们：

今天,随着合法选举产生的新理事机构的成立,安哥拉作家联盟的又一阶段宣告结束。

对于所有作家而言,另一个阶段的活动,随着 1978 年 12 月 29 日当选官员的就任而即将开始。我希望在 1981 年 3 月[②],我们能对这个预期会有伟大前景和产出的阶段作出积极的展望。

我们联盟的管理者们一直在努力动员文学作品的创作,虽然在这个时期,大家对于安哥拉、非洲和全球文学(universal literature)的未来,对于民族主义的政治必要性,或者对于作家未来的政治活动与政治本身,都在内容上有所困惑。

所以,我们的官员将面对的任务,不仅是行政方面的责任,同时也是分析和批判。这不是一件容易的工作,我相信关于如何评价我们工作的辩论,很快就会在安哥拉国家或者——更准确地说——安哥拉人民的真

---

① First published in *Ideologies and Literature* II. 10 (Sept. -Oct. 1979)：12—15.

② 下一届安哥拉作家联盟大会定于此时召开。(译者注)

实背景下展开。

因此,我很高兴以大会理事会的名义,祝贺现任理事机构的当选行政人员。他们在促进安哥拉文化方面,负有崇高的使命。祝愿他们工作顺利。

我认为有必要在谈文学之前讲一下文化的问题。让我们利用这个绝佳的机会,审视一下我们文化的几个根本方面。

[493]幸运的是,对于葡萄牙文化——确实符合一些脱离民众的安哥拉人的需要——是否应该被看作安哥拉人的文化,安哥拉知识分子已经产生了动摇和怀疑。怀疑会带来肯定。

很明显,文化不应该被刻上沙文主义的印迹,也不能避免生命的活力。文化随着物质条件发展,在每一个阶段都同一种表达形式和文化行为的具体形式相吻合。文化是物质状况和社会发展状态的产物。

在安哥拉,文化表达即便不是产生于模仿——至少在当下——也是几个世纪以来文化同化(acculturation)的结果。这种同化反映了人民的物质进化过程,人民在独立后变得顺从,并完全依附于他人,之后又在新的条件下重新开始独立。

我们必须转向我们的现实,要避开沙文主义,且不否认我们的普适性感召。文化沙文主义,与十月革命后即刻出现并遭到列宁极力反对的"无产者文化"(proletkult)这一概念,同样有害。列宁坚持认为,为了精心建设服务于民众的新社会主义文化,这个苏维埃国家必须在自己的文化遗产中,找到满足感并加以利用。当然,在后来,**社会主义的现实主义**(socialist realism)这个概念也被证明是有害的。

今天,安哥拉人民的文化是由碎片组成的,这些碎片从被同化了的城市地区,延伸至欧洲文化同化只产生了肤浅影响的乡村地区。像我们这样充斥着官僚主义的首府城市①,对全国各地都发挥神奇的影响力,所以各地往往都会效仿这些城市。这种模仿倾向在文化领域很明显。因此,安哥拉作家联盟有一种特殊的责任。这个责任和任务都十分巨大。从哪里开始? 又怎样继续?

如果我尊敬的同志和同事们允许的话,我想说我们不应该像社会主

---

① 这里指卢安达(Luanda),安哥拉人民共和国的首都。(译者注)

义的现实主义理论家那样,陷入固定的模式和刻板中去。我们应该如同在民族主义方面表现出的能力那样,强调本民族现实的同时,努力加入到全世界(的讨论)当中去。

在我们的起始阶段,从文化的角度看,有必要对机械适应(mechanical adaptations)的现象加以分析,而不是沉溺其中。有必要对现状作深刻分析,而且只有在我们完全拥有了安哥拉文化遗产之后,再利用外来的技术。

发展我们的文化,不等于使其成为其他文化的附庸。

在物质生产方面,我们尚未达到全力从事精神生产的水平。我们需要更多时间。但是,作家同志们,时间不应完全用于迎合进口的主题和形式。

安哥拉文化是非洲的;首先,是安哥拉的。因此,我们经常为葡萄牙知识分子对待我们人民的方式感到愤慨。

我们尚不具备将作家转变为文学或文化研究专业人士的能力,但正在朝这个方向努力。书记处(Secretariat)推出的一些提案,或许将在假期或活跃的周末获得表彰。

我相信,大会结束时,艺术家和作家很快就会成为我所谓的艺术家和作家,能够致力于我现在只能泛泛而谈的这些问题。

但是,在我看来,有必要深入研究如今成为一体的安哥拉各民族的文化问题,以及[494]通过与欧洲文化的接触而带来的文化同化的问题。同样,我们需要就利用人民文化代理人(agents of culture)达成共识,需要推动安哥拉文化形成一股全面的潮流。

让我们将各种因素汇集到一起,这一点同植物学家和动物学家、科学家和哲学家并无二致。让我们科学地分析这些因素,并在两年内公布结果。我相信,我们一定会得到这样的结论:安哥拉拥有源于自身历史——或自身不同历史——的独特文化。

下一届党代表大会(Party Congress)上,如果我们能听到安哥拉作家联盟在这些方面的看法,就会是一件好事(即使听不到,我们也不会伤心)。

对于其他的文化代理人——如画家和雕塑家,甚至那些当前条件下负责在不同阶层的民众中传播信息的人——我认为安哥拉作家联盟自然应当承担起引导和传播思想的责任。党的组织只能在字面上定义这个职能,而国家机构能够传播那些思路建构者的成果,从而实现这个职能。

我认为我们有必要展开最广泛的思想辩论,最大范围地推动研究工作,并公开展示这个国家各种形式的文化。同时,我们不应该对于艺术和语言的性质有着先入为主的观念。

我们要为人民艺术家的创作创造条件!

我们需要更多时间强调这一事实:要为安哥拉人民代言,就必须成为安哥拉人民的一部分。这不是一个语言的问题,而是民族属性的问题。

亲爱的同事们、同志们,

如果我们依然漠视我们的人民,就没有能力解读人民的"精神"——这种"精神"来自于研究和活生生的经验。

阐述当下的政治经历并不难,但要领悟几个昔日国度的思想精髓,并不容易。

因此,为了让艺术家对我们所有文化重建的过程采取广泛全面的态度,就要把他们从过去的阻碍中解放出来。

我们需要再次提醒自己对人民艺术家所作承诺的必要性,这不是为了诠释民间传统,而是为了理解和诠释文化,为了我们有能力再现民间传统和文化。

当然,没有人会同意全盘接受文化中的舶来品。既然有人要求我发表意见,我希望安哥拉文化中最有能力的代理人,都能够代表人民的期望和表达方式。

所有这一切,都应该实现,就如同我们争取国家的独立,如同执行党的政治路线;另一方面,如同——现在和未来——发展人民的精神活动。

请允许我呼吁亲爱的同志们、同事们,在体验民众生活的过程中,利用好一切有助于作家工作和创作的条件,关注国家地理空间的各个角落。[495]要不断尽可能创造物质条件,直到我们的作家和艺术家们都可以成为真正的,同社会政治现实相结合的专业文化人士。

同样,我也希望这些条件的实现有助于安哥拉文学的形成,这种文学涵盖了我们的政治境况,尤其是人民的生活本身。

再一次,我对所有今天当选的人,致以最诚挚的祝贺。

战斗仍在继续！

胜利定会到来！

（张小曦 译；汪琳 校）

第 66 篇　面具与马克思：非洲革命理论和实践中的马克思主义思潮①

阿伊・克韦・阿尔马赫（Ayi Kwei Armah）

[496][……]

全球视角下的革命与共产主义

本文旨在认识到"革命"和"共产主义"是种普遍存在的概念现象。二者在不同的历史时期发生于世界各地。在谈及社会、经济和政治结构的革命性变化时，世界上最古老的文献所使用的措辞，与马克思押有头韵的"剥削者的剥削行径"一样毫不含糊，但相比之下更文雅和诗意一些。纳夫提（Neferti）曾写过：

> 我示你土地满目疮痍，
> 万般皆已作古。
> 男人将紧握战争武器，
> 这土地从此不再沉寂。
> 男人从此铸铜为箭，
> 从此血肉饱腹。
> 从此笑面悲伤。
> 没人将为死亡哭泣，
> 没人将因死亡守夜斋戒，
> 众生之心皆为自己。

---

① First published in *Présence Africaine* 131 (1985)：37—49.

今日无哀悼，

内心将之弃。

[497]一男背身而坐，

一人屠戮他人。

我示你儿子如敌，兄弟似仇，

一男举刀弑父(……)①

[……]

　　以上的例子可谓数不胜数，因为无论在非洲、亚洲还是欧洲，历史上都曾发生过不计其数的革命与起义。无论是"马及马及起义"(Maji Maji)、"侯侯起义"(Hau Hau)，还是"茅茅起义"，不过只是一些不明就里的旁观者，用断章取义的方式，对这些近代非洲起义运动的命名。革命的动力和普世的正义理想一旦结合，无论地处何方，这些起义运动往往会发展成为共产主义运动。现象与理想、革命与共产主义都有着源远流长的历史。回望过去，这些革命运动并非只是一潭浑水、一盘散沙。19 世纪的欧洲人声称自己发现了革命与共产主义，并对其作了开创性的科学分析；这值得我们以幽默的眼光去看待，如同欣赏引人入胜的**闹剧**(chutzpah)一般。也正是受这种幼稚的思维逻辑驱使，19 世纪欧洲的探险家们声称自己发现了河流、山脉、瀑布等。然而，这些自诩为发现者的欧洲人，必须在当地人的引导下才能到达这些地方，而对于当地人来说，这些发现不过是古已有之、司空见惯的现实而已。这也就不难理解，西方世界企图给革命和共产主义贴上自己标签的做法，是为了将其作为人们熟悉的 19 世纪西方帝国主义思潮的另一种表达方式，而这次穿上了理性、左翼的语言外衣。

　　那么，是否还有另外一种选择？答案是肯定的。一个理性——且诚恳——的方法就是使共产主义与革命成为一种普世价值体系和现象。所谓普世，并非是西方世界幻想能够强加给全世界的模糊自由观，而应该是一种不带有任何偏见且放之四海皆准的敏锐常识。

---

　　①　Miriam Lichtheim：*Ancient Egyptian Literature：A Book of Readings*，Vol. I：*The Old and Middle Kingdoms* (University of California Press，1973)，142.

　　我们以水为例来说明:共产主义就如同观点汇集成的汪洋大海。这片大海汇集了来自各大陆的支流,将全世界人民连接在一起。来自非洲的支流象征着非洲对共产主义的贡献,亚洲的支流象征着亚洲对共产主义贡献,欧洲的支流则象征着欧洲对共产主义的贡献。但是,切莫将某个大陆的身份和名称强加给这片共有的海洋。更重要的是,切莫将来自某个大陆的某个人的身份首先强加给那个大陆上的所有支流,然后再强加给人类价值的共同海洋。若不然,在通往普世和理性的道路上,革命和共产主义将会受到阻碍。

　　所谓普世和理性的价值,其可取之处主要体现在以下几个原因:对于非洲、亚洲以及那些并不认同欧洲中心价值观的人而言,资本主义(又称为西方人的生活方式)作为共产主义之外的选择,已历经了 500 年左右的时间来证明自己。在此期间,资本主义主要表现出了不公正、反人类、低效、浪费和破坏性等固有属性。目前,共产主义社会组织方面的实验——主要在苏联、中国、朝鲜和越南——尽管比较年轻和稚嫩,而且也暴露出了一些结构性的问题,但都取得了令人信服的成果,展示出了较之西方生活方式更为优越的潜力和表现。

　　[498]那么,显而易见,对于革命和共产主义的准确信息,人们的需求是普遍、真切且强烈的。但是,想要获取一种不带任何偏见且放之四海而皆准的理论,途中总会有些难题。在这些难题中,有些从非洲革命理论和实践角度看,特别具有相关性。

　　问题一:西方的霸权主义。本质上,西方的霸权主义指的是西方人往往极力排挤,甚至摧毁非西方的价值观,同时极力宣扬西方价值观,使其成为普世价值。在殖民时代的非洲,这种倾向有多种体现形式:例如,在历史学领域,西方霸权主义开创了新的模式,即非洲真正的历史始于西方人的到来。通过对非洲的殖民,西方人将非洲人带入了历史的潮流;宗教方面,非洲的一切宗教活动和信仰都被视为迷信,其价值遭到否定,但西方的宗教活动和信仰则被界定为真正的宗教。

　　在对待非西方社会和价值体系时,一些自诩为马克思主义者的西方思想家采取的是殖民主义、西方导向、欧洲中心和霸权主义的立场。西方的马克思主义者并未将他们的哲学呈现为共产主义理论的西方变体——如果这样做的话,无疑是正确、明智且诚实的。非洲的马克思主义者渴望将西方共产主义假说制度化，使其成为惟一正确的哲学。一些人甚至佯称马克思主义不只是一种哲学，更是科学，是惟一正确的解放科学。

问题二：对于非西方民族和价值的摩尼教式污蔑。归根到底，这不过是披上了精致学术外衣的"白人种族主义"说法。白人至上或欧洲中心的种族主义即是摩尼教，将世界按照种族划界，然后将负面、低等的价值赋予占世界人口大多数的非西方民族，而优等的价值赋予只占少数的白种人。根据摩尼教的解释，世界总体而言处于原始、野蛮和未开化的状态；但与之相反，西方则是文明的。这种污名化的解释并非基于知识，基于对世界各民族的系统研究；而是源于无知，以及不诚实的否定。这与科学毫无关系；其来源是种族偏见。

毫无疑问，在面对占世界人口大多数的非西方民族时，西方种族主义者认为，西方的艺术才是艺术，而非洲的艺术只是原始艺术。同时，西方种族主义者相信，西方的诗歌只要尊重感觉和形式的有机单元，就是现代诗歌；而非洲的诗歌虽然自肇始以来就内生有这样的尊重，却只能算作原始诗歌。即便西方艺术家们仿效非洲的形式和技艺，西方种族主义者们也无动于衷。因为，西方艺术所以是文明和现代的，盖因其源自西方；同样，非洲艺术所以是原始的，盖因其源自非洲。种族主义就是这样肆无忌惮、毫无逻辑。

这一定程度上说明，对于马克思和恩格斯来说，共产主义只要出现在欧洲（即便只是昙花一现），就一定代表着现代、文明和严肃。同样的共产主义现象，如果出现在非西方世界，就会被贬为原始共产主义，即使在那里共产主义不是模糊难辨的自由幽灵，而表现为具体的人类实践——充满活力，努力破茧而出，在这些社会中，共产主义是失落的传统，长期以来为人熟知，是真正的希望所在，但经常胎死腹中，有时只是昙花一现。

问题三：线性历史哲学。作为一种规则，西方人无论是历史学家，还是车床操作工，都被灌输了这样的观点，即历史是以线性向前发展的，而西方社会则处于最前沿。这种线性哲学并非是根据世界历史的科学[499]实证研究得出的：这是对于西方自傲心理的一种合理化形式，一种对西方种族主义的学术支撑。

马克思主义对于历史的划分也符合这种线性哲学。它将历史划分成几个不同的社会阶段。无疑,西方社会处于最高阶段。不仅如此,西方社会还注定一直保持领先,并通过其榜样的力量,将低等的非西方社会逐渐融入高等的西方文明。这里,我们需要重申的是,这种线性的马克思主义模式并非对世界历史研究后得出的实证结果:而只是并不牢靠地建立在质量低劣、并不完整的资料基础之上,还随意加入了鱼龙混杂的收集者们——这些收集者们主要是传教士、人类学家、殖民帝国的官员、士兵以及雇佣军——提供的异想天开的观念。

问题四:目的论技术的教条。这个说法有些夸张,但本质上是正确的。这个问题在于,西方人理解中的马克思主义往往过于强调历史发展过程中的物质因素。根据这种倾向,物质上强大的社会比那些物质上受剥削的社会更高级。对于那些忠诚的家仆来说,这种富人优于穷人的观念无疑是神圣的,但即便使用了大量的学术术语,这种观念依然是愚蠢的。

问题五:富足是马克思主义之先决条件的教条。这种教义潜藏这一假设:只有物质富足的社会才能达到共产主义层面上的经济、社会和政治民主。一定程度上,这种假设误导了马克思与恩格斯,使其得出了革命预言。19世纪,欧洲的马克思主义者确信社会主义革命即将到来,并坚信马克思主义将发端于西欧,因为相较于非西方社会,西欧社会更加富足,物质上更加发达。然而,历史的发展没有回应马克思的预言。无论历史,还是逻辑,都无法支撑这一预言,因为它只是基于未被证实的假设而已。拨去那些神秘的术语,这个未经证实的假设就是:只有富人将民主分享作为一种生活方式,并建立相应的制度;只有在首先积累了大量权力和财富的前提下,人类才能与别人分享。

问题六:无产阶级理性的观念。马克思主义学说将工业无产阶级看作革命的发起者,不仅因为工人阶级是真正的劳动者(有别于被视为西方世界花花公子的农民),而且还因为无产阶级劳动过程的性质据称从他们的体系中升华了那些古老的情感和信仰,如利己主义、民族主义、有神论,同时使他们的思维过程和习惯趋于理性,使他们成为真正的现代人。一旦获得如此高的地位,无产阶级就应该认识到自己的职业身份是首要的、有力的,足以超越自己的第二和第三身份。这一假设链给人这样的希望,即西方无产阶级已经成熟,能够积极回应这样一个口号"全世界工人,团结起来:你们将要失去的,只是锁链"。时至今日,历史已证实,西方无产阶级意识到,他们不能代表全世界工人,而只是英国、法国、德国和美国的工人——他们是凌驾于整个世界的西方人。即使为锁链所缚,他们也认为自己的锁链是黄金铸成。于是,他们绝不想失去枷锁,而希望更多的锁链缠身。这个说法是对于"模糊自由主义"很好的佐证。

[500]问题七:农民麻木的武断推论。这个推论是根据问题六得出的。马克思与恩格斯认为农民天性麻木。当然,没有证据表明,他们通过科学观察掌握了很多农民的第一手资料,才得出了这样的结论。这个问题的本质是:与基于工业的文明相比,农民阶级或基于农业的文明总体有着明显不同的世界观。某些方面,农民的价值观念或许比城市居民更为民主,更为以人为本。例如,二者之间存在一个具有启发性的观念差别,农民革命的典型特征是耐心持久和坚持民主的**权力培育**(cultivation of power),而城市革命的典型特征是匆忙、相对迅速和近乎盲目的**权力争夺**(seizure of power)。要将这些差异转化为优与劣,智慧与愚蠢的评判,我们需要一个明确的目的值标尺。

问题八:东方停滞与负面的传说。这是从问题二和七衍生而来的。马克思与恩格斯反复将东方描述为停滞的社会和文明,并从本质上将其否定。部分原因在于,他们将东方看作西方的对立面,并且对西方代表的积极价值观深信不疑。此外,他们认为东方文明以农民为本。对于马克思来说,系统化的研究中国文明,尽管并非易事,但或许可行。而事实上,他并没有这样做。

问题九:非洲的缺席。从现实角度来讲,作为人类的栖息地之一的非洲从未真正出现在马克思主义文献中。这种缺席是基于这样一个假设,即非洲并无人类历史,必须等到西方通过征服的方式,将其带入历史的潮流。众人皆知,马克思与恩格斯并无研究非洲历史的想法。因为,没有人会去研究他一开始就坚信并不存在的东西。即便考虑到西方入侵以前非洲的现实,也可能将其纳入东方的类别之中,并打上"野蛮"的标签。

问题十:学术的谬论。这种谬论源于一种假设,即通过图书馆的自由研究,可以看出将来社会革命形成的规律。

提喻误用(synecdochic misnomer)。这是所有这些当中最具魅力和幽默感的谬论。这个问题从源头来说,只是问题一的修辞性衍生而已。有个笑话说:一群成年人(善于思考的人)费力建立了一套与个人主义截然相反的思想体系。最后,他们要为这个反个人主义价值的丰碑寻找合适的名字。于是,他们顺理成章地选择了一个人的名字去命名。这听上去不合理,但很可笑。谁又会在意这个提喻是否科学呢?这是一种艺术,坊间流传的卡尔·马克思免责声明——**"我不是马克思主义者"**——完全可以作为禅宗**心印**(Zen koan)余声的西方变体。

解决方法:对西方霸权主义问题的理性解决之道,是从总体上准确地观察世界。对于西方人以及成长于欧洲中心论世界观的人来说,这意味着智识的成长,能够认识到世界并非[501]等同于欧洲,文明也非如此;放眼全人类,西方人只是世界各民族中的少数;西方人在各领域的贡献是人类总体知识的特殊组成部分;在科技领域,西方人的创新在过去大约500年里一直领先世界,同时通过掠夺其他民族的资源来强化领先地位,但在此之前,其他文明中心也曾问鼎世界;现今的趋势也表明,未来世界的权力和领导地位将从西方移至别处;在人类价值和目的论领域,西方世界并未建立霸权的基础,甚至受人尊重的基础也没有,因为,在占多数的非西方社会中,过去500年左右有关西方的历史记载都是一系列人性沦丧的教训;时至今日,西方之外运用西方权力的巅峰形式,就是在其他民族的国家中反抗民主制度。

至于给非西方世界冠以原始、野蛮、未开化等污名的行径,理性的解决方法(对解决方法感兴趣者而言)是系统研究所有这些社会在西方作出判定之前的历史、文化、科学和技术。这就需要在比较和全面的基础上,重新设计所有课程。如果单纯被看作课程设计的问题,这也就不是什么难题了;对于知识分子来说,这是一个求之不得的挑战。如果真正的问题能够产生的话,这些问题可能来自政治和文化领域的当务之急,比如,西方需要维持问题一当中的霸权。种族主义的污名化主要出于无知;此外,对于不能触手可及的信息,无意作出准确的探究,即便这些信息触手可及,也会视而不见、矢口否认。

如果局限于西方人的历史,线性的历史哲学或许在学理上是说得通的;对于他们来说,现代时期或许是最好的时代,迄今无法超越。这是西方历史学家们决定的事。但是,一旦这种线性哲学观念被强加于整个世界,就会变得十分教条。这种线性哲学缺乏实证的支撑。世界上很多民族相较今天,经历过更加伟大的辉煌盛世,国家长期蒸蒸日上,人民生活不断改善、幸福美满,文明不断进步。为了便于理解,这些历史需要被置于这样的哲学框架,其中,各种不同的过程(未必像众多顺从的普鲁士士兵那样整齐列队)以不同的模式相互作用——衰落、复兴、昌盛、腐化、渐衰,甚至消亡。全世界的历史学研究传统包含了很多不同、有用的设计,在未来的研究中,当然会产生新的设计方法。显然,如果缺少事先的基础工作——必然包括对历史作全面的研究(迄今,未有任何机构作出尝试,单凭个人也无法完成)——而直接将线性的设计强加给世界历史,这种做法是不明智的。

　　针对自成目的技术的谬误,解决方法是:对目的论和技术之间的关系进行实证研究,而非未经调查就对预先判定的关系建章立制。这就意味着人们愿意将这样的关系看作不断变化的过程——相反的、任意的、直接的关系等,这些关系在不同时间、从不同角度都是可能的。

　　将物质富足作为共产主义的先决条件,这一教条的错误根源在于错误的逻辑。这个错误的确切位置在这一假设之中,即人类可以同甘,但不能共苦。我们实在没有理由解释,为什么人类可以同甘,却不能共苦。如果有什么的话,那么物资匮乏对人类生存造成的威胁,使人类更有能力进行有序的分享,[502]这种分享受环境所迫,否则人类就要瓦解。人类不能分担责任、牺牲和匮乏,这一认识的根源是这样一个心理学化的假设,即人类的基本单位是个人。这一假设很不可靠,比起人类就定义而言是社会的和社会化的群体这一假设,更加毫无根据。人类社会意义上的核裂变关乎人类文明的毁灭,而非创造。在西方世界之外,关于人类心理的一个更为流行评价是:个体也许是一个基本单位,但这是有限度的,而且是纯粹动物意义上的(即便这一点也存在巨大争议),但就人的层面而言,这个基本单位本质上必然是社会性的,大于孤立的个体;推而广之,一个社会越是追求以人为本,其规划就必然越具有社会主义特征。① 那么,在人类的事务中,个人主义视角的抬头正是人性沦丧的征兆,并不表征人类状况的改善。因此,选择尤为重要。一个社会制度会选择支持个人主义心理,或者社会主义心理,这就解释了为什么共产主义哲学无法逃避伦理

---

① 　Amilcar Cabral: *Return To The Source* (New York, Monthly Review, 1973) 65. 1. 1.

维度。这个哲学建立在公正原则之上，这一原则毫不含糊，其中内含着一个承诺，即以民主的方式共同承担匮乏和牺牲；在物质和文化环境中以民主的方式计划和实施进步事业；分享由此产生的多余自由和财富，甚至是富足的生活——同样是以民主的方式。任何情况下，这都是不容易做到的，但作为一个符合逻辑的主张，共产主义无关难易，而关乎正义。

欧洲产业工人参加机器生产过程，因此他们的思维过程变得更加理性，并转化为社会主义理性的合格先驱——这种推断是错误的，这个错误源于对机器生产过程的误读，对欧洲产业工人心理的误读，以及对机器和工人之间关系的误读。历史上，产业工人的角色并非参与机械生产过程，而是适应这一过程，或者——说得更直白些——服务于这一过程。这样的角色并非精心策划而来，无意使产业工人的思维过程更加合理；却可能使工人在工作中的条件反射更加自然。工厂管理方式的社会性结果就是一种严格的控制过程，既不具有革命特征，也不能让任何人开创共产主义的组织结构。

表面上，对产业工人的严格管理，与对共产主义革命**骨干**的集体纪律，在普通人看来别无二致。这是思想不成熟者的问题。表面之下，二者存在巨大的差异。工人受制于机器生产过程的外部需要，不得不屈服机械的纪律。而这些骨干自愿参与纪律严明的运动，运动的政治纪律是他们内心所认同的。从目的论角度看，机器生产过程中的纪律往往使西方工厂的工人变得愚钝。结果，就革命和共产主义而言，西方无产阶级在历史上毫无建树。在他们的历史中，只有对国际正义和理想的背叛。如果我们转向法西斯主义，历史的记录又会有所不同。就法西斯主义行径和功勋而言，西方无产阶级有着辉煌的历史，尤其是在纳粹德国和意大利。如果我们详细查阅，就会发现这些记录更多指向法西斯主义，而非共产主义。

[503]针对非洲在马克思主义史学或其他任何史学中的缺位问题，解决方法便是研究非洲历史。为了那些早已化为尘土的先辈们，我们需要指出的是，非洲历史是非洲人的历史，不是在非洲的欧洲人或者阿拉伯人的历史。

至于提喻失当的问题，我们有理由将其搁置一边、不予处理，即便解决的方法是显而易见的——即对那些现象、过程和概念进行准确命名。

这种悖论不仅是幽默轻松之源，也许还是能有助于记忆的错误，强有力地提醒人们，牛粪对于滋养学界知识分子有着巨大的作用。

　　[……]

（王依然 姚峰 译；汪琳 校）

第 67 篇　马克思主义美学:开放的遗产[1]

希迪·阿穆塔(Chidi Amuta)

> [504]马克思主义是一种象征主义,涉及辩证冲突、戏剧、对立统一、革命性变革、物质与运动中的人,并不断超越此刻,指向未来。
>
> 梅纳德·所罗门(Maynard Solomon)[2]

> 我……以前写的那些戏剧和小说只批判殖民体系中的种族主义时,就会获得赞誉。我会被授予奖项,小说也会进入教学课程。可是,临近 70 年代,我开始以只有农民理解的语言、用他们理解的词汇写作,开始质疑帝国主义的根基,质疑肯尼亚经济文化受外国控制的根源;这时,我被关入了卡米提最高安全监狱(Kamiti Maximum Security Prison)。
>
> 恩古吉·瓦·提昂戈[3]

对于非洲文学而言,如果要超越不同形式资产阶级批评的局限,就要为该文学寻找一种能够介入政治的、具有意识形态先进性的辩证理论。在此追求过程中,马克思主义明显是至关重要的,不仅因为马克思主义代表了辩证法思想转化为社会政治主张的最优秀成果,还因为它概括了一

---

① First published in *The Theory of African Literature*: *Implications for Practical Criticism*, pp. 52—56 and 72—76. London: Zed Books, 1989.

② Maynard Solomon (ed.), *Marxism and Art*: *Essays Classic and Contemporary* (New York: Vintage Books, 1973) p. 17.

③ Ngugi Wa Thiong'o, *Barrel of a Pen* (London / Port of Spain: New Beacon, 1985) p. 65.

种意识形态主张，借此非洲的进步力量投身于否定新殖民主义遗产和挫败帝国主义阴谋的斗争之中。但有些自相矛盾的是，马克思主义文学理论——或者逐渐被奉为马克思主义美学的一套主张——是一个充满相互冲突、经常充满相互对立观点的领域。此问题部分源自这样一个人所共知的事实，即马克思和恩格斯从来没有足够的时间，将其美学感受和评论发展成为一种美学体系。这项工作，尤其被马克思一直耽搁拖延，直到去世，从他大量信件的相关内容，便可见一斑。在一封 1865 年写给恩格斯的信中，他写道：

> 关于我的书，我要对你据实相告。还要写三个章节的内容，才能完成理论部分……接下来第四本书——历史和文学部分——还没有写。①

结果，被一代又一代马克思主义理论家们所尊奉的马克思主义美学，大多来自马克思和恩格斯对于艺术创造性具体方面零散杂乱的随笔/[505]评论，或者从他们主要哲学著作的思想中，推导他们的文学艺术思想。

但我们觉得有必要指出的是，即使马克思和恩格斯能够奉献一本美学问题专著，这样的作品也不会穷尽所有问题，也一定是开放的，这与辩证法思想本身的实质是相符的。实际上，马克思主义美学不可能，也绝不会是一个亚里士多德《诗学》意义上的封闭系统，因为本质而言，马克思的著述是对之前多数唯心主义哲学所内涵的规约性知识体系化（constrictive systematization of knowledge）的反叛。梅纳德·所罗门评论道：

> 一定程度而言，马克思的著述是对形而上学前辈们宏大的知识体系化尝试的回应。一方面是将知识封闭于形式的欲望，另一方面，展现知识破坏形式之爆炸力的（同样强烈的）欲望；他的智识劳动可被看作二者间的永恒张力。②

---

①　Karl Marx and Friedrich Engels, *On Literature and Art* (Moscow: Progress Publishers, 1976) p. 111.

②　Solomon, *Marxism and Art*, p. 8.

所罗门凭借敏锐的洞察力,进一步总结道:马克思有关美学和艺术问题的文字"蕴含着美学思想的警句——未被系统化的美学思想,能够接纳无穷无尽类似的隐喻性阐释"①。

但是,承认了这一关键性问题,并不意味着马克思主义美学就无法与某些确定的任务、目标和假设联系在一起,就无法区别于一般意义上的资产阶级美学。马克思认识到艺术生产是一种劳动的形式,艺术品是可用以争取自由的认知和价值的化身;他同样也将艺术家看作极其重要的能动因素,(与社会总体的其他联合起来的能动因素一起)能够通过艺术品——能够展示社会生活的活力,并撕破错误观念的面纱和自满——的创造来塑造社会意识。通过对此核心感受的这番阐发,我们可以得到大致以下几个要点,作为马克思主义美学的主要特征:

> a. 文学/艺术和物质基础(定义为生产关系的总体)之间的必然关系(即使这种关系是模糊的);
> b. 艺术的阶级基础和无产阶级艺术的进步性;
> c. 内容与形式之间的辩证关系;
> d. 把现实主义赞颂为最具进步性的美学表征形式。

相应的,文学与艺术的社会学中的具体问题,源于马克思主义美学在文学与艺术中的运用。其中一些包括:

> a. 文学与历史之间的关系,
> b. 创造性的形式,
> c. 形式本身的辩证法,
> d. 美学经验的性质,
> e. 艺术形式的病原学,
> f. 作家和读者之间逐渐演变的关系。

需要指出的是,大多数这些领域中,一代又一代的马克思主义文学理

---

① Ibid. , p. 9.

论家和批评家相对来说都无所作为。

[506]从普列汉诺夫到阿多诺和阿尔都塞，从托洛茨基、毛泽东到伊格尔顿、恩古吉和葛兰西，个别理论家赋予以上特点的确切方式和相对重要性是由历史决定的。正如马克思主义理论本身，马克思主义美学及其在文学批评中的运用包含了雷蒙德·威廉斯所谓"其中各种选出的其他传统"，这些传统是根据不同的民族和时代要求界定的。① 于是，马克思主义美学的这种历史变迁是由特定社会中历史的创造性力量所处的发展阶段决定的，这反过来又定义了社会生活中的冲突和矛盾，而这些冲突和矛盾又是艺术试图介入和解决的对象。结果，弗雷德里克·詹姆逊、特里·伊格尔顿等提出的当代西方马克思主义文学理论（不妨以此为例），虽然主要关注如何界定先进资本主义与后现代主义艺术之间的确切关系②，但非洲以及一些第三世界地区激进的马克思主义文学理论却聚焦于具体的国家和社会——其中的文学和艺术在民族解放、反对帝国主义以及解决社会不公等方面所肩负的责任。

某种程度而言，我们还可以进一步指出，马克思主义美学和批评中如此众多的视角和方法取决于艺术本身的性质。一件真正的艺术品展示的是一个辩证的形象：既是具体的，也是普遍的；既是当下的，也是超越的；既是可见的，也是无形的；既是有结构的，同时又要打破所有严格的结构化尝试；甚至有时还会挑战最初构成形式的意图。"艺术既是**此时**和**此地**的，也具有一定的普遍性。这就是具体的艺术品能够从产生他们的具体时代流传下来的原因所在。"③因此，如果艺术的辩证法本质与辩证法本身的历史属性相匹配，马克思主义美学刚出现就表现为一个内部有差异的开放体系，拒绝接受艺术和现实整体单一的视角。阿道夫·巴斯克斯（Adolfo Vazquez）以其特有的辛辣笔触对此作了总结：

---

① Raymond Williams, *Marxism and Literature* (Oxford: Oxford University Press, 1977) p. 3.

② 例如，可参见下列近期的文章：Fredric Jameson, "Post Modernism, or the Cultural Logic of Late Capitalism" *New Left Review*, no. 146, 1985, pp. 53—92; Terry Eagleton, "Capitalism, Modernism and Post-Modernism", *New Left Review*, no. 152, 1985, pp. 60—73.

③ Adolfo Sanchez Vazquez, *Art and Society: Essays in Marxist Aesthetics* (New York: Monthly Review Press, 1973) p. 25.

　　艺术是一种现象,它不断拒绝人们从单一视点作出空洞急躁的概括。在今天的马克思主义阵营内,就艺术创造的具体方面或功能而言,我们可以看到在侧重点方面的深刻差异。这些侧重点源于对人类和社会共有的观念,只要它们都不把自己禁锢起来,不对其他基本的艺术方法关起大门,我们就不能认为它们彼此是相互排斥的。①

　　我们之所以要重申以上这个事实,目的在于对机械唯物论者提出质疑,他们坚持认为艺术和意识形态之间是一一对应的关系,这使得马克思主义美学难以摆脱教条主义的名声。马克思/恩格斯和列宁都认识到文学和艺术是相对独立的,极为强调作为一方的文学艺术和作为另一方的意识形态与历史发展之间的难以厘清的关系。② 显然,因为"信徒们"往往会限制和颠覆他本人思想的精髓,马克思感到恼怒并抗议道:"我不是一个马克思主义者。"托洛茨基后来也有类似的反应,他在《文学与革命》(*Literature and Revolution*)一书中,有些过于强调艺术的独立性。如果要消除机械唯物论对马克思主义美学的篡改所带来的危险,最好的办法就是重申艺术是——且只是——社会人为改善自己生存环境以及自己本身而采取历史斗争的诸多领域之一。作为基本的社会实践,文学与艺术具有自主性,其形式为内在的表现和评价规律,但是,这些也受制于[507]社会历史条件。而且,巴斯克斯对此作出了最终评判:"艺术是独立的领域,但其独立性只有**经受**、**处于**和**通过**其社会条件才能存在。"③鉴于马克思主义理论进入非洲的历史尚短,非洲文学的马克思主义批评(其表现形式,我们马上就要讨论)这个新生的传统就能得到保护,避免落入早期马克思主义者——尤其是新黑格尔主义者——的陷阱之中。这样的保护在以下几个否定性表述中获得了最佳体现,强调马克思主义文学理论**所非何物**。简言之,这些告诫主要为以下几点:

---

　　① 　Ibid. , p. 23.

　　② 　See Marx and Engels: *On Literature and Art*, p. 88. This refers specifically to Engel' letter to Minna Kautsky, 26 November 1885.

　　③ 　Vazquez, *Art and Society*, p. 98.

　　1. 文学和艺术不能机械地等同于意识形态:("各种有关阶级的意识形态,可谓你方唱罢我登场,但真正的艺术是永恒的。")

　　2. 阶级利益与艺术/文学表达之间没有对应关系,虽然文学作品必然会打上其阶级来源和取向的烙印。

　　3. 文学/艺术成就并不与社会发展直接相关,但文学会挪用和证明其社会历史意志。

　　4. 文学与艺术的社会和历史条件不能简化为经济决定论,但经济因素在文学生产和理解中是不可忽视的。

　　然而,这些否定性表述并不意味着默认一种不确定性以及绝对的相对论,因为这些都是自由资产阶级诗学的标志。相反,这些否定性表述等于承认在马克思主义文学理论和批评内部——就接近辩证法范式的层次而言——存在不同的等级。但是,在总体的文学理论内部,关键性的区别在于马克思主义立场与非马克思主义立场之别。

　　因此根本而言,马克思主义美学是一种开放的遗产,这是其辩证法遗产的本质属性。在非洲语境中,我们能够发现一些具体的挑战,这些挑战为马克思主义在文学的创造性、理论和批评中的应用提供了场域。这些当中,较为引人注目的是非洲文学中政治与意识形态的核心角色、文学对于民族解放斗争的意义、在非洲具体的国家和社会内部使用文学,以及文学体现和阐明的民族与阶级斗争。

　　[……]

超越正统马克思主义:非洲文学与文化的后马克思主义理论框架

　　对于正统马克思主义社会历史理论的范畴而言,当代非洲社会的一些特点所提供的可能性是极难应对的。尽管当今非洲接连不断的重大悲剧最终都可以追溯到西方帝国主义(帝国主义本身也是资本主义畸形发展的一个方面),但这种与西方的接触产生了大量的社会历史表征,这些表征是马克思主义中主要的线性逻辑所未能预测的。在当下非洲,孤立的城市工业资本与封建时代的顽固残留经常在同样的城市环境中共存。在城市贫民和乡村农民之间,还存在一种物质环境的相似性,[508]但我们还不能说这种相似性已经激发出了一种阶级意识,以及最近频繁出现的残暴独裁者(蒙博托、恩圭马、博卡萨、伊迪·阿明等);面对这些独裁者的心理结构,马克思即便对阶级斗争理论作出最富想象力的运用,也会感到一筹莫展。同样在当今非洲,对社会进行革命性改造的,主要是颠覆了殖民主义军事传统的军事集团(埃塞俄比亚、布基纳法索、利比亚和加纳),而非洲革命的领导阶层并非来自工人阶级,而是农民、学生、妇女组织、城市贫民和工人构成的奇特组合,其中工人数量时多时少,只占少数。这些在世界其他地方也有所表现的特征往往对人类历史提出了问题,这又使我们不得不重新评估马克思主义和社会主义构想。

虽然我们提到的这些矛盾之处,使得资产阶级知识分子感到马克思主义末日已经到来,可以为此庆祝一番,但进步的马克思主义知识分子面临了这样一个挑战,即更彻底、更准确地理解马克思,对于人类历史进程以及历史过程的社会文化后果究竟**说**了什么。

在西方马克思主义者中,质疑声的主要来源是西方后工业社会中的新生事物,如福利国家、冷战、核武器主义、民族-种族冲突、民族主义和女性主义等;这些新生事物几乎使阶级斗争这一核心学说完全失效。这场危机如此深重,以至于近年来欧洲的新左派不得不(从对此问题的学术交流和争论中)承认,马克思主义(实际上是左派思潮)和资本主义一样,正陷入深刻的危机。在《新左派评论》(*New Left Review*)25周年纪念刊中,编者按(节选)如下:

> 今天对于左派而言,80年代的政治情势比30年代以来的任何时候都要严峻。新一轮帝国主义冷战正在使核军备竞赛超越了地球本身的极限。新一轮全球性的经济衰退正逐渐增加上层资本主义世界的失业率,并将债务和饥饿蔓延到下层世界。世界共产主义运动已时过境迁:东方世界——曾一度构成共产主义运动的磁极——的后革命国家已经失去了吸引力。面对英美右翼集团的壮大以及欧洲社会党左派政府与其政策的竞争,西方的工人运动已经无能为力。[1]

---

① *New Left Review*, no. 150, 1985, p. 1.

在作为左翼本身理论基石的马克思主义层面,这番坦陈最深远的意义获得了最根本的回应。罗纳德·阿伦森(Ronald Aronson)写道:

> 尽管马克思主义作为一个体系极具魅力,尽管其号称是无所不包的,但是,当我们以其解释当今世界的重大问题时,发现它越来越过于简单和局限。①

之所以出现越来越多的疑虑,问题就在于马克思主义本身的历史局限性。一个主要的局限是,马克思主义历史哲学对于线性发展的强调,这似乎缺乏足够的弹性,无法解释当今世界令人眼花缭乱的新局面。与之相伴的另一个事实是,世界各地区生产力的发展往往会挑战马克思历史哲学的预见性。

[509]就那些介入政治的非洲知识分子而言,他们对于马克思主义能否作为非洲革命的理论框架有所疑虑,根源在于马克思主义历史决定论导致的局限性,这些局限性表现在马克思主义的世界观和概念范畴之中。马克思主义是作为对资本主义和资产阶级自由唯心主义的批判而发展起来的,其理论灵感和概念范畴形成于工业资本主义的幼年时期。在涉及未能进入马克思/恩格斯认知视野的社会论述、文化表征和历史进展时,这种历史局限性和理论导向就会显现出来。对于这些偏颇之处,阿伊·克韦·阿尔马赫从"非洲中心"的视角进行了剖析,切中了要害。其中包括马克思主义对于非洲的沉默,表现了欧洲中心主义的傲慢姿态;在字里行间,马克思主义还认为农民阶级是麻木的,而工业无产阶级是有智慧的;此外,还有自成技术(autotelic technology)的观念,以及历史的线性发展观念,这些都将西方人置于人类历史和进步的顶端和前沿。②

考虑到这些局限性,又鉴于非洲文学的本质是对当代非洲社会主要特征的一种艺术干预,那么,有关非洲文学的进步的反帝理论,就必须超越正统马克思主义的局限,才能获得有关非洲历史状况的**整体**画面。非

---

① Ronald Aronson, "Historical Materialism, Answer to Marxism's Crisis", *New Left Review*, no. 152, 1985, p. 87.

② Armah, "Marx and Masks" p. 54 ff.

洲的进步知识分子醉心于马克思主义的革命潜能,但未能对其语境局限性和理论盲点保持足够警惕;对他们而言,解决之道似乎在于诉诸马克思主义表征的哲学突破,即历史唯物主义。通过将辩证唯物主义思想的原则,用来理解人类社会及其发展过程,历史唯物主义便超越了马克思主义,代表了某种普遍的理论**弹性**,能将马克思主义从当下的危机和即将过时的危机中挽救出来。罗纳德·阿伦森又进一步阐述了这一选择:

> 如果马克思主义的历史唯物主义提供了一条走出危机的道路。

> 我正试图将历史唯物主义**从**马克思主义中突显出来:单凭历史唯物主义,就足以对于资产阶级社会的复杂演变作出分层分析,从最初矛盾冲突的起落,**以及**新冲突的产生,直到今天所达到的程度……①

历史唯物主义促成了总体上"对于当代社会进行根本的、结构性的分层分析",这是其革命性所在。因此,历史唯物主义在其辩证法范围内,囊括了"经典马克思主义及其鼎盛时期以来的变革"。本质而言,这些新生的革命性变化的新景观是共同作用的结果,即阿伦森所谓的**激进多元主义**(radical pluralism)——工人作为觉醒了的少数派,与资本主义根据否定性逻辑**创造**的其他群体联合起来。在非洲,这种联盟包括了城市无产阶级、城市贫穷学生、进步知识分子、农民、进步军官和进步妇女组织等。总而言之,这个群体就人口和政治意义而言,构成了"关键[510]多数",他们承受了非洲帝国主义统治和资本主义剥削的负担。

这个观点对于文学理论的挑战在于一种总体的辩证(而非形而上)视角,结合文学创作发生的具体经验,这些经验又为文学提供了主题和社会必然性。

(姚峰 译;汪琳 校)

---

① Aronson, "Historical Materialism" p. 88.

第十部分 女性主义

[511]这部分讨论女性主义的文章,有一个显著特点:大部分都是女作家们亲自所写,而非出自评论家之手。她们开始意识到自己的作家身份,也开始意识到她们在决定其作品内容与主题时所作的选择,这样的过程受到了很大的重视。在非洲社会——无论传统或现代——女性们无一例外地遭受着公然压迫,从而影响了她们的选择。关于何事有待解放,如果未加审查便泛泛而论,就不能用来定义一项解放事业,这比作家们的选择所蕴含的意义更为紧要。很明显,男性作家与男性评论家看待被压迫者的方式与女性很是不同。非洲大陆上发生的压迫,形形色色,常常彼此冲突,这些压迫在男性评论家的理解中,有轻重缓急之分。有一种社会学方法,诱惑人们纠正非洲文学缺失正面女性形象的状况,这里的文章避免了这一方法。还有一个更切题的事实,人们阅读作品的视角会深刻影响作品所呈现的文学价值,反之亦然。因此,女性身份缺失(或恢复)的细节表现在所有方面:两性、母性、家务、文化知识的沿袭。此种细节建立起了一种批评事业,不同于无视女性主义身份的那类批评。

(姚峰 译;孙晓萌 校)

第 68 篇　成为一名非洲女性作家——概观与细节[①]

阿玛·阿塔·艾朵(Ama Ata Aidoo)

[513][……]

一旦面对非洲女性与写作这一概念,我们便心生忧伤,尽管其中还夹杂着一些更积极的情感。无事值得伤痛,也无事值得欢呼。作为一名具备感知力的非洲女性,永不停息地抗争着去表达自我,而所用的语言不仅陌生,且是殖民者的武器之一……这之中所包含的凄楚与奇妙却是必定不能否认的。凄楚的是,书写的对象大多永远不能欣赏你的作品,不能对其作出评判。而奇妙的是,这一点,或者任何别的什么,都不能令你搁笔。的确,在审美的真空环境中进行创造并小有成就,几乎是个奇迹。从我们所知的一点彼此成长的背景来看,我们这些作家在成长的年月里,没有人接触过正式的教育,没有人从环境中**系统**学习过广义的艺术创作美学,或具体而言有关写作的美学。我们中有些人挺幸运的,有妈妈或外婆会唱传统民谣,还有些人在说唱艺人或其他传统诗人中长大,但他们毕竟是少数,而且无论如何,他们也不会接触太多的传统艺术。因为上完小学或初级小学后,我们就通过一些奖学金的资助,离开了村子、城市贫民窟或镇子,去了某种意义上的贵族学校。在那些地方,孩子们能不能进一步发展——在艺术方向或者其他方面——这取决于老师的交流能力与授课技巧,他/她们借此传授欧洲杰出文学中的审美和西方文明中的其他活力……至少是一个精心删减版,恰好适应殖民或新殖民环境。

---

①　First published in *Criticism and Ideology*: *Second African Writers' Conference*, *Stockholm* 1986, ed. Kirsten H. Petersen, pp. 157—165. Uppsala: Scandinavian Institute of African Studies, 1988.

> "你只用法语写作吗?"采访玛丽亚玛·芭的人问道。"除了法语,我不懂任何别的书面语言,"玛丽亚玛·芭答道。
>
> 选自《一封如此长的信》(So Long a Letter)。[①]

[514]的确,那是众多"现代非洲文学"的隐痛所在,也是它的奇妙之处。

倘若有人提出异议,认为这跟男性非洲作家所面对的没什么不同,那我会回答:"当然不一样。"不会有什么惊天动地的差别。是的,如果我们认为有人正给大家提供一个平台,来证明非洲女性作家与男性同行有所差别,或者证明她们面对的一些根本性问题,是男性所不曾面对的,那么我们有些人不会真想利用这样一个平台。怎么可能有这种事呢?难道我们不是共同遭遇了五花八门的邪恶,有殖民主义、种族隔离、新殖民主义以及全球性的帝国主义和法西斯主义?不过我们所要表达的是,笔耕不辍却没有任何连贯、活跃而富有批判性的智识是件尤其悲哀的事,而这种智识青睐的是你这样的艺术家(或创作者)。因此,正是这一点上,非洲女作家的境遇开始与男作家有了几分不同。在所谓的第三世界——尤其是非洲人当中——受压迫与边缘化几乎是人们生活中的普遍现象。一旦我们开始直面这个基本事实,便开始承认,至少有些人感兴趣的是非洲男性作家。这些人中,有非洲人、非洲以外的人、男性文学评论家与女性文学评论家、各色出版家、编辑、人类学家、翻译人员、学术评论者以及所有其他的珍宝收藏家。(我要对贝茜·黑德表达歉意——啊!啊!啊!)

我这是嫉妒吗?可不是吗。1985年3月,迪特尔·里门森施耐德(Dieter Riemenschneider)教授来哈拉雷做了一个关于非洲文学研究方法的讲座。[②]讲座至少持续了两个小时。讲座的整个过程中,里门森施耐德教授对非洲女性作家只字未提。后来有人向他提出这点时,他表示抱歉,不提女性这一点又是"那么自然而然"。我可能已经死了。相当一部分非洲现代文学是女人创造出来的,忘记这一点,正常吗?一些非洲女

---

① Mariama Bâ in *African BPR*, Vol VI, Nos 3/4, 1984, P. 213.

② Dieter Riemenschneider, "Regional Similarities and Differences in African Literature", Park Lane Hotel Harare, 18 March, 1985.

作家写作、出版的历史与非洲男作家一样长,为什么忘记这一点是"正常"的? 加纳的艾福娃·萨瑟兰(Efua Sutherland)想必在 20 世纪 50 年代晚期就开始写作了,因为她的剧作《弗瑞娃》(Foriwa)和《埃杜法》(Edufa)完成于 1962 年,接着很快就出版了。那之后,她还出版了一些作品,其中就有《阿南西娃的婚姻》(The Marriage of Anansewa)——作品足以令人捧腹大笑,刻画了一个现代民间恶棍阿南西、一个蜘蛛人。无视贝茜·黑德的存在,又怎么会正常呢? 她在 1971 至 1974 年间,出版了两部非洲有史以来最具震撼力的小说。我指的是《马鲁》(Maru)和《权力之问》。对于贝茜·黑德,我们甚至还未涉及《雨云聚集时分》(When Rain Clouds Gather,1969)和《珍宝收藏者》(The Collector of Treasures,1977)。在汉斯·泽尔(Hans Zell)看来,"后者是部精心编排的短篇故事集,除了探索非洲女性之外,贝茜·黑德还重新定义了神话,审视了基督教与传统宗教的问题。"①弗洛拉·恩瓦帕先后出版了《埃弗茹》(Efuru,1966)、《伊杜》(Idu,1969)、《永不回头》(Never Again,1976),之后还有 1981 年的《战争中的妻子及其他故事》(Wives at War and Other Stories)和《一之为甚》(One is Enough),里门森施耐德怎么能忘记这些作品呢? 米希尔·穆戈是个不折不扣的倔驴,无论在审美标准,还是政治相关性上,都是如此。根据这些标准,她评论了自己研究过的几个非洲女作家的成就。在她看来,这个群体笔下不少的虚构人物,几乎都塑造得不太成功,可她赞扬了埃弗茹这个人物、她的暖人力量、她的爱、她的事业:

> 在整个非洲大陆上,埃弗茹象征了数以百万计的女工与女农的挣扎。她们每天英雄般地抵抗消极的[515]传统束缚、压抑的宗教、极其恶劣的大自然、吃人的经济政治制度。这一切都企图让她们彻底沉默。②

还有,有的人竟然忘记了《魂灵窘境》(Dilemma of a Ghost,1965)和

---

①　Hans Zell, ed., *A New Reader's Guide to African Literature* (London, Heinemann, 1983).

②　Lauretta Ngcobo.

阿诺瓦(*Anowa*，1979)的存在，就算人们对此只是感到惊讶而已，问题是怎么会有人胆敢一本正经地讨论所谓的现代非洲文学，而不提及《煞风景的姐妹，或者黑眼斜视之反思》(*Our Sister Killjoy or Reflections from Black-eyed Squint*，1977)？[1]

也许因为玛丽亚玛·芭来自法语区，而里门森施耐德的讲座着眼于英语写作，所以芭和她那才气逼人的小说入不了后者的法眼？可话又说回来，喀麦隆的奥约诺写了本书叫《男仆》——原书名为《男孩的一生》(*La Vie de Boy*)，有人记得里门森施耐德提了一星半点吗？如果语言或者诸如此类的标准意味着将诺玛非洲出版奖的第一位获奖者排斥在外，意味着将劳雷塔·恩格克波(Lauretta Ngcobo)所描述的"非洲城市中产阶级知识女性"温馨动人的画卷排除在外，那么这些标准就不能继续用来讨论非洲文学了。恩格克波接着又说："这个阶级极少能进入非洲文学的著述之中，更别说有人会探讨他们的惊惧与悲痛了。"[2]如果我们赞成这位评论家的观点，拉玛杜莱伊因而成了这类女性的代表，老实说，她们那副懦弱的样了看上去是多么可怕。除此之外，把这东西挖掘出来，需要一个大部头才行，不是吗？

事实上，忘记非洲女性与她们作品的，不只是这位了不起的德国教授。他能承认这一点，就算不错了。毕竟，非洲女性被遗忘，是司空见惯的。尼尔·麦克尤恩有一个集子，"想列数1950年以来非洲小说家的上乘之作，基本语境在'现代'的观念之下，讨论有关文学、有关我们所有人的冲突观点"。但是，他提都没提任何非洲女作家的任何作品。然后呢，在《扩展阅读参考书目选》(*Select Bibliography Suggesting Further Reading*)中，他竟然鲁莽地宣称："当下研究所忽略的作品中，南非流亡者贝茜·黑德的小说最为耀眼"[3]，这简直就是伤口上撒盐。既然如此闪耀，那干嘛忽略呢？麦克尤恩继续提及其他被忽视的非洲女性与男性小说家，但这根本不能抚慰先前的怒火。尽管如此，在这本书的"非洲与小

---

① Works by Ama Ata Aidoo.

② Lauretta Ngcobo, "Four African Women Writers" in *South African Outlook*，May，1984.

③ Neil McEwan, *Africa and the Novel* (London，MacMillan，1975) p. 175.

说"部分,他还是找到了一个站得住脚的理由,来讨论纳丁·戈迪默和劳伦斯·凡·德·普司特(Laurens van der Post)的作品,含糊地假定一些杰出人物,从非洲经验获得灵感,写了这些小说。这就如同他在序言里带着若有似无的决心所言明的那样。

　　然而,在这场把戏——"假如讨论非洲作家,好吧,谁是那些女性小文人?"——中,麦克尤恩自己也算是个新人。这个领域所有的分析者都是如此。① 你还记得杰拉尔德·摩尔和他的《七位非洲作家》吗? 那是 1962年。很久以前了,当时就这么点作家? 那时候,没人有勇气去问这位受人尊敬的学者提出的问题。所以现在,无论我们注意与否,这本小册子更新扩充了,涵盖了《12 位非洲作家》的作品,在 1980 年出版,依然没有瞧上一眼哪怕一个女作家的作品。然而,汉斯·泽尔说这"是重要的导读……介绍了非洲最重要、最知名的……作家,他们的作品是英语与法语文学的代表,吸取了非洲西部、东部和南部等整个大陆丰富而广泛的写作经验"②,等等诸如此类的说法!

　　也许是时候了,应该有人坦言,正是由于自身的民族主义,别的非洲人——就是那些非洲评论家们——给出条条框框,人们受到轻蔑,最是感到不知所措。而评论家们向来如此。在劳埃德·布朗(Lloyd Brown)看来,非洲女性作家"在本领域各种重复性的选集中,在围绕男性的研究中,显得默默无闻,极少被人讨论,也很少有她们的一席之地"③。

　　[516]简·布莱斯(Jane Bryce)更进一步,她在评论奥拉德勒·泰沃的《现代非洲的女性小说家》(*Female Novelists of Modern Africa*)时引述了布朗的话。她指名道姓说:

> 像《非洲小说的兴起》(*The Emergence of African Fiction*)和

---

① 情况是极其糟糕的。几乎所有的评论家都难辞其咎,从杰拉尔德·摩尔及之后的评论家,包括 Charles Larson (1972), Eustace Palmer (1979), Kolewole Ogungbesan (1979), S. O. Anozie (1981), Emmanuel Ngara (1983),这个名单是无止境的,而且还在不断增加。

② Hans Zell, op. cit. p. 40.

③ Lloyd W. Brown, *Women Writers in Black Africa* (Westport, Connecticut, Greenwood Press, 1981) p. 3.

《非洲小说的发展》(*The Growth of the African Novel*)这样的出版物,涵盖面广,书名颇有分量。只要把目录页一扫而过,便可知道这一点。看吧,每本书里,女性写作明显缺席。钦韦祖、吉米与马杜布依克写了《非洲文学的去殖民化》(*Toward the Decolonisation of African Literature*),甚至在这样激进的文本里,连一个女性作家也没提到。①

事实上,在《非洲文学的去殖民化》中,作者们提到了阿玛·阿塔·艾朵和弗洛拉·恩瓦帕;不过,只是**一笔带过**,是个马后炮而已。坦白讲,很难说这是否更伤人。确定无疑的是,有一串长得吓人且不断增加的名单,都是研究非洲文学的非洲评论家们。他们向感兴趣的国际学界传递了一种印象,即压根没有非洲女性作家;即使有,她们的作品也不值得批评家们严肃对待。你曾听说《非洲小说的艺术与意识形态》(*Art and Ideology in the African Novel*)吗?这本书直至 1985 年才由海涅曼出版。很明显,埃曼纽尔·恩加拉没有提到任何一位非洲女作家,因为他觉得非洲女性写的任何东西,都跟意识形态争论毫无关系。当然了,除非我们学着接受:对纳丁·戈迪默(又是她!)的研究,可以回答这些疑问。

我们已听说一些关于非洲文学的知名杂志。那里的编辑拒绝高水平的女性作家作品研究,如同例行公事一般;他们的借口是"不准备出版与女作家有关的专刊"。当然,问题又来了:为什么女作家专刊——尤其是那些所谓的专刊——压根就没出版过,或者五年来也仅有一次?也许,是时候了,我们承认,正是因为我们为非洲民族主义作出了问心无愧的贡献,当其他非洲人表现出这样的轻视时,最令我们困惑不解。

事实上,整个问题在于,从事写作的非洲女性所受到的或未受到的关注令人如此沮丧。有时候,人们会揣摩,是什么绝境让我们不停地写啊写。因为我们无论写什么,都不会有人在乎。这是男人专属的活动领域,我们跌跌撞撞,闯了进来,是可以原谅的。毕竟,笨手笨脚是人类固有的弱点。我们都有犯错的时候。

---

① Jane Bryce, "The Unheard Voices", a review of *Female Novelists of Modern Africa* by Oladele Taiwo (London, West Africa, 28 January 1985) p. 172.

我们固执地留在这个领地,面对这般阻力,有时还有怨恨,几乎令人悲哀。我们有些人认为,对于作家和其他从事创造性活动的人,不管什么样的评论,都要好过无人问津。因此,确定无疑的是,有个因素毁了如此多女作家的事业,这就是批评界的漠视。非洲女性作家从来就不奢望自己在别人眼中,比非洲男性作家更优秀。我们不是说要被当作天才来赞美,只是说,一些非洲女性写的书与一些非洲男性写的书一样好,有时候要更好。我们需要获得别人的关注。"文学这种职业,得向没有天赋的人证实你的天赋"①,这是真理——至少有些时候如此;而且,我们面对如此艰难的处境,仍在继续写作,就足以说明问题了:"这是文学也好,不是也罢,我们都不会妄下结论。"我们敢说的是——这与弗吉尼亚·伍尔夫观点一致——"如此多的女性写下的东西,解释了很多,讲述了很多,这是无可争辩的。"②想想劳雷塔·恩格克波的《金十字架》(*Cross of Gold*):[517]关于个人如何受到鞭策,成为真正的南非黑人,去抗争无权状态与非人化的必要,还有更精湛的刻画吗? 要么想想米利暗·特拉利(Miriam Tlali)的《大都会的穆里尔》(*Muriel at the Metropolitan*)? 书中展示了在种族隔离的非洲,可以没有黑人小资产阶级,特拉利对此既表现出关爱,又有挖苦的意思。那就等于假定,对那个不惜一切代价奋力活下去的自私阶级,任何人表示同情都是厚颜无耻。

我们并不是说,恩格克波或特拉利各自凭借一本书,就跻身于阿历克斯·拉古马的圈子了。话说回来,有几个作家仅凭一本书,就能跻身于拉古马之列的? 我们主张的是,贝茜·黑德可列入任何人的第一流作家名录;无论在何地讨论非洲小说,无论讨论的范围如何,只要涉及南非国内或流亡海外的作家,贝茜·黑德、阿历克斯·拉古马等作家的小说是必须讨论的!

当然,这个议题可以从几个方面来看。比如,如果我们不谈论作家的阶级地位及其作品的政治内容,就可以把艾勒基·阿玛迪(Elechi Amadi)的《情妇》(*The Concubine*)当作温柔的爱情——带着些神秘色彩——

---

① Jules Renhard quoted by Tillie Olsen, op. cit.

② Virginia Woolf, *Life As We Have It*, *Memoirs of the Working Women's Guild*, quoted by Tillie Olsen, op. cit.

故事来欣赏;那么,我们谈论雷贝卡·恩贾(Rebeka Njau)的《水塘涟漪》(*Ripples in the Pool*)时,能够不将其看作带有一丝神秘的爱情悲剧呢?

我们所写的作品应该被严肃对待、获得评判,就像我们男性同行的作品一样,因为创作活动让我们付出了过多的代价。这不是什么怪事,或令人难以置信,因为每个艺术家或作家都是在痛苦中创作的。毕竟,"一切艺术都是艺术家们用生命沉淀下来的"。除了少数几个飞黄腾达者,我们都失却了生活与爱,事业萎缩,还得放弃更有利可图的选择。这样,我们所有人也就难免会生活窘迫。贯穿我们的一生,有些问题我们永远也无法回答,却不断困扰着我们:

> 以前这样做,值得吗?
>
> 一直以来这样做,值得吗?
>
> 现在这样做,值得吗?

(真实的,或想象的)担忧、各种不确定与一些难题,都令所有作家饱受折磨。毕竟,我们也是人。而事实上,我们中有些人受的折磨更多,只因为我们是女人,而且是非洲女人,因此我们的处境几乎是无望的。

自然我们得承认,我们的生存状况远远好于我们的姐妹,她们受过的正式教育极少,甚至一点没有。在贫困的偏远地区,在压抑的城市贫民窟,她们为了生计而苦苦挣扎。相对来说,我们的处境还算差强人意。想一想吧,身边的每个人都感觉被我们抛弃了,为了写作,我们不得不抛弃。如果我们所爱的人心生妒忌,他们嫉妒的并不是其他人,不是他们怀疑的我们移情别恋的什么人,或者那些可能回报我们情感的人。他们嫉妒的是一张张的白纸,在他们看来,我们在这些纸张上倾注了大量时间,投入了大量精力——那些尚未润色的诗歌、刚写一半的戏剧、无法收尾的短篇故事、永远"发展中"的小说。

所有的悲痛中,最难以承受者,当数作家/母亲身份所带来的。那种处境非常真实,又非常艰难。据一位西方女性作家所说,她的[518]"祖母生育六个孩子之前,写过短篇小说,还对外出售了。她常常略带苦楚地说,生孩子榨干了一个女人的创造力。"莎莉·宾汉姆(Sally Bingham)接着说道:"我不相信这些问题能有解决办法,至少我不相信有人能了解其中的复杂情感,对于大部分女人来说,没有孩子的生活……枯竭而无力。然而,有了孩子,生活向你强行索取,消耗你的精力、想象力以及时间,就算可以委托给别人,也无法全部交托出去。"①

想想吧,这种完全不靠谱的"委托人"——即使能找到——包括孩子的生父,……天知道,他们常常是指望不上的! 面对这样的证词,怎能不对布奇·埃梅切塔(Buchi Emecheta)刮目相看呢? 在充满敌意的环境里,她生下了 5 个孩子,凭一己之力将他们抚养成人。在 1972 年至 1984 年的年月里,她出版了 9 部小说。质量当然重要,但一本小说质量好不好,只有通过阅读,并与其他小说比较,才能看出来。因而,过去 10 年中,有关非洲小说——没有受制于任何次地区(sub-regional)偏见——的充分讨论,如果没有意识到埃梅切塔作品的存在,那在我看来,这样的讨论是站不住脚的。我只提 4 部小说,《沟渠之内》(*In the Ditch*,1972)、《二等公民》(*Second-Class Citizen*,1974)、《为母之乐》(*The Joys of Mother-hood*,1974)和《复轭》(*Double Yoke*,1981)。

想想我们是多么渴望别人的关注,可真的来临时,我们发现这点关注是错误的,甚至具有破坏性,我们又当如何呢? 是的,有些评论家的认可具有破坏性。听听天才的英国小说家威廉·萨克雷(William Thacker-ay)对同为天才的英国小说家夏洛蒂·勃朗特(Charlotte Brontë)的评价吧:

> 这个可怜的天才小女人! ……[这个]……相貌平平的小女子! 我在她的书中——《维莱特》(*Villette*)——幻想她的样子,很能读懂她,我明白,她要的不是名利,而是汤姆金斯(Tomkins)这样的人或其他什么人来爱她,沉入爱河……这是一个天才……渴望找到另一半,[却]注定黯然凋谢,只能作个老处女,没有机会满足心中炽热的渴望。②

没人能明白(我们)见到的烦恼,哦,上帝! 几乎每个人把女作家看成

---

①　Sally Bingham, *The Way it is Now*, quoted by Tillie Olsen, op. cit. , p. 210.

②　William Thackeray in a letter to a friend, quoted by Tillie Olsen, op. cit. , p. 233.

笑话,甚至更糟。这包括出版人、文学代理人或别的什么人,他们只要有机会,就从我们的存在、我们的汗水中谋利。"她身上没什么女性的魅力,对此,她一直耿耿于怀、焦虑不安……只要能变得漂亮,我相信她愿意放弃所有的天分与名气。"①猜猜这话是谁说的? 说的又是谁? 说的对象还是夏洛蒂·勃朗特,是她的出版商乔治·史密斯说的。能想象有人对男性作家——无论是否在世——说如此粗鄙无礼的话吗? 但勃朗特的出版商在她去世 45 年之后,就可以说这样的话,他们甚至都懒得做做样子,去打听一下她是否有后人拥有作品的版权,就直接把她所有的书——只要需要——印刷后出售,赚得盆满钵满。

我用上面这件事来引起大家注意,因为面对这样的侮辱和赤裸裸的诽谤,任何女性作家都是脆弱的。讨论现代非洲写作时,甚至当人们屈尊提及女性作家时,人们总是想不到她们,但这就算不错了;更糟糕的则是冷嘲热讽、厌恶憎恨。如果有关女性作家的非洲文学评论不涉及以上现象,那肯定是混乱(甚至无序)的,欲言又止,充满不屑。

(胡蓉蓉 译;姚峰 校)

---

① George Smith, quoted by Tillie Olsen, op. cit. , pp. 233—234.

第 69 篇　阿拉伯文学中的女性人物①

纳瓦勒·埃尔·萨达维(Nawal El Saadawi)

[520][……]

我读过的西方和阿拉伯世界男性作家,无论操何种语言,来自什么地区,无论多么闻名遐迩,曾经多么坚定地捍卫人权、捍卫人类价值和正义,多么坚决地反抗压迫和任何形式的暴政,在他们的作品中,没有人能够摆脱自古以来女性固有形象的束缚。托尔斯泰文学才华横溢,曾强烈谴责封建社会和俄罗斯资产阶级的罪恶,但谈及女性时,他认为这样说最为精辟:"女人是魔鬼的工具,大多数情况下,她们是愚蠢的。但她们按撒旦的命令行事时,撒旦便赋予她们智慧。"②

阿拉伯文学就充斥着拥有多种面孔的"女魔"的形象。

有时看着她,你仿佛觉得身旁的她是个顽皮的孩子,目光简单、纯真,充满好奇、毫不做作,更没有诡计或欺骗。然而,过了一会儿,也许是同一天,你再看她,却发现自己面对的是一个苍老、狡猾的家伙,她每天都处心积虑,对别的女人或男人玩弄阴谋诡计。她对你莞尔一笑,眼里似乎只有激情,别无其他。然而,当她再笑时——也许仅仅几分钟后——你面对的便是一个狡黠、讽刺和挖苦的人,这个人拥有哲学家的头脑和只有长期经历困境才能获得的智慧。③

---

① First published in *The Hidden Face of Eve*, pp. 155—168. London: Zed Books, 1980.

② Tolstoy, *Memoirs*, 3 August 1898, or quoted in Abbas El Akkad, *Hathibi El Shagara*, p. 88.

③ Abbas Mahmoud El Akkad, *Sarah*, p. 115.

在此,阿卡德(Akkad)再一次违背了自己原先的观点——女性缺乏思考的大脑,对于这些没有头脑、没有宗教虔诚和道德感的生物,男人应该把她们关在屋里,因为"她们崇拜偶像,却从不知道该崇拜什么"①。

阿卡德和其他阿拉伯世界的当代文人并没有比几百年前的祖先走多远,他们描绘的女性形象[521]与"经典著作"《一千零一夜》中身材窈窕的女奴形象并无二致。女性在他们的作品中以各种面貌出现,是任性的吸血鬼,是顽皮而美丽的奴隶,是狡猾而花招百出的女魔,是诡计多端的危险人物,是迷人热情、魅惑人心的情妇。无论有关性或爱,女性就像撒旦和他的邪恶精灵一样积极、充满活力。不管女人是什么角色,是女王还是从市场买来的奴隶,都只是奴隶。她可能是国王的女儿,在战场上英勇杀敌,而她的爱人却怕得瑟瑟发抖,她将永远被要求称他为主人,为他服务,就像玛丽亚·埃尔·扎纳里亚(Mariam El Zanaria)为努尔·埃尔·戴恩(Nour El Dine)服务一样。《一千零一夜》的大多数故事中,女人都被买卖,她的生活背景和装扮自然具有奴隶的特征。②

《一千零一夜》中有数百个这样迷人的女人,她们用魔法和巫术吸引爱人。女人对丈夫施咒,使其不再成为她们欲望之路上的障碍。有趣的是,在这本书中,巫术是这些魅惑性女人的专利,她们善于使用阴谋,到达她们想去的地方——爱人的臂弯。安眠药水、麻醉药、麻醉剂都被这些女人用来打发丈夫进入深度睡眠,她再溜到另一个男人的床上。《一千零一夜》以内在逻辑性和独特的叙述体系描绘女性,保持且加深了女人古已有之的形象。上述场景在该部作品中不断重复,从第一部的开篇,苏尔坦·马哈穆德(Sultan Mahmoud)的故事开始,一直到第四部中卡马尔·埃尔·扎曼(Kamar El Zaman)和他情妇的故事为止。书中,欺骗、狡猾和阴谋总是与女人、爱和性有关。

实际上,莎娃伊(Shawahi)和这些故事中提到的许多其他女性形象反映了阿拉伯女性坚强和乐观的个性。她们毫不犹豫地投身政治并参加战争,她们配着剑,带着盾,在前线搏杀。前文提到的纤德·品托·拉比

---

① Ibid. , p. 84.

② Soheir El Kalamawi, *A Thousand and One Nights*, (Dar El Maaref, Egypt, 1976), p. 303.

亚(Hind Bint Rabia)就是这样的女人。她在阿哈德(Ahad)战争中杀死了许多默罕默德的追随者。这就是为什么在《一千零一夜》中,参加战争的女性不是穆斯林,而是邪恶的老女巫或巫师。

有些阿拉伯女性在战争、在政治领域和其他斗争场合中表现卓越,有的则因为在文学、艺术和科学领域的多才多艺、具有创造性和理解深刻而名声大振。其中有自由女性,也有女奴,她们在这些领域中地位崇高。正因为此,埃尔·拉希德(El Rasheed)愿意娶文化背景深厚又沉着镇定的女性,她们对于某些哲学问题、对可能出现的人生问题都能给出明智解答。这些女人还精通诗歌,能够得体、优美地补全一首诗,还能完整写出令他钦佩的诗作。《一千零一夜》中,这样的故事来源于文学作品,以传说的形式出现。

女人在《一千零一夜》故事中以妖怪或精灵出现时最具风采。男人会因为她的美丽而疯狂,得其恩宠需经受巨大的痛苦,甚至是折磨。

女精灵或女妖怪在这些故事中频繁出现,表明女性的权利和力量只是一个概念,在阿拉伯人民的心中和情感中,她们将继续与[522]性以及精灵、恶魔、巫术、蛊惑等超自然力量相关。现代阿拉伯文学中的女性没有兼具精灵的外在形式和本质特征。她们放弃了前者,保留了后者。因此,外表上她就跟别人一样,但本质上,仍然是个精灵,她们的本性就是欺骗、背叛,玩弄阴谋诡计,引诱男人落入陷阱。因此,她更属于妖魔和精灵,而不属于人类。扎基·穆巴拉克(Zaki Mobarak)指出,与撒旦和所有的魔鬼相比,女人摧毁男人的力量更大,他认为这是她们的特征。阿卡德与此观点一致,他将女性的毁灭力、背叛力和诱惑力归因于女人与生俱来的弱点。夏娃没有吃禁果,却引诱亚当偷吃,天性使她渴望去做所有不被允许的事情。由于这种根本的弱点,她热衷于勾引和诱惑别人。埃尔·阿卡德认为:"女人渴望被征服,并在反抗中获得快乐,她们任性善变,因抑制而愉悦,疑神疑鬼,也爱琢磨,软弱而生性固执,无知又充满好奇,她们无力抵抗男人,除非唤起激情和自我表现欲,对男人施以诱惑,禁树(forbidden tree)象征和体现了女人所有这些弱点。"①

陶菲克·埃尔·哈基姆(Tewfik El Hakim)被称为"女人的天敌"。

---

① 　Abbas Mahmoud El Akkad, *Hathihi Al Shagara*, p. 15.

在此领域,他的想法和埃尔·阿卡德非常相似,只是细节上可能有所不同。埃尔·哈基姆在故事《神圣的纽带》(*El Robat El Mokadass*)中描绘了一个反抗命运的女人。然而,如故事所展现,这种反抗并不是因为女主人公有野心,也不是她想要活出价值,而是为了填补女主人公因环境造成的情感空虚。故事中的智者实际上代表了作者,他认为女人的宗教信念不再虔诚,他的任务便是唤醒女人的良知,使她意识到什么是根本性错误。哈基姆描绘的女人除了"下贱的本能"和身体的欲望外,没有忠诚可言,所作所为很像阿卡德的女主角莎拉(Sarah),行事丝毫不顾宗教、精神和社会价值。

显然,埃尔·阿卡德和埃尔·哈基姆本身就对女性这种生物有意或无意地感到害怕,甚至是恐惧,因为女性具有特殊的力量和性活力,而这些特点是传统宗教、道德和社会价值难以容纳的。对于埃尔·哈基姆来说,女人认为快乐和放荡是自己的权利,她们说到这些时,"充满自信和挑战的意味,似乎注定是其合法权利"①。

阿拉伯文学也反映了本书第一部分讨论的与贞洁有关的尊严概念。事实上,这一概念并没有自最早、最原始、最荒诞的形式中得到长足发展。塔哈·侯赛因(Taha Hussein)在小说《夜莺的祈祷》(*Do'a El Karawan*)中,叙述了这种对荣誉的传统态度。小女孩罕娜迪(Hanadi)像羊一样被舅舅杀害。作者将她的母亲描绘得非常软弱,不但不能保护女儿,还参与舅舅的杀人行径——帮助和唆使自己兄弟加害女儿。舅舅逍遥法外,人们不仅根本不认为他犯了罪,反而将他看成捍卫家庭荣誉、值得尊敬的人。(阿拉伯有谚语屡被引用:"羞耻只能被鲜血洗刷。")这个年轻的维修工玷污了罕娜迪的尊严,却逃脱了惩罚。在小说结尾,[523]他还得到了受害者妹妹厄姆纳(Amna)的爱情。故事开始时,厄姆纳曾经想报复那个让姐姐悲惨死去的年轻人。用她的话来说:"我们之间的斗争在所难免、别无选择。人们迟早会知道,究竟是无人为罕娜迪申冤昭雪,还是有人能为她报仇雪恨。"②

随着故事的发展,厄姆纳此后片刻都没有想过如何报复舅舅,而他的

---

① Tewfik El. Hakim, *El Robat El Mokadas*.

② Taha Hussein, *Doa'a El Karawan*, (Dar El Maaref Publishers, Cairo), p. 135.

手曾经握着那把结束她姐姐生命的刀。作者在小说中这样描写女性："她们是一个应该被隐藏的耻辱，一个需要被保护的圣物（horma），一份需要保全的荣誉（ird）①。"

这部小说中，塔哈·侯赛因认为女人如果失去了贞操，就会变得绝望无助；女人决定报复那些侮辱了自己的人时，是无能为力的，一旦她陷入爱河，就变得一钱不值了。② 她的生活围绕着男人，她没有力量，没有武器，也没有意志去做任何事，甚至不能保护自己。女人永远是受害者，被伤害、被毁灭。除了男人，其他许多东西都能将其摧毁：爱、恨、复仇以及征服男人。这些欲望渗透到女人生活的方方面面，无论是物质的、心理的、情感的，还是道德的。有时，塔哈·侯赛因对女性表现出同情，但他的同情心始终是传统的阿拉伯方式——高贵而强势的男性居高临下，怜悯、俯视弱小的女性。他笔下的厄姆纳和维修工之间的性斗争中，男性掌握武器和权力，女性一开始就被战胜、被征服，最终粉身碎骨。这一斗争几乎完全证明了男主角和女主角之间的施虐和受虐关系。

纳吉布·马哈福兹也许是当代埃及作家中最负盛名的一位，女性在其文学作品中仍然只是"一个女人"，无论是贫穷还是富有，是无知还是有教养。女人始终如一，因为女人的荣誉只来自于完整的处女膜和贞洁的性活动。大多数情况下，女人的堕落和污名都是因为贫穷。马哈福兹可能已经前进了一步，因为他之前的男性作家总是将女性描写成本能低贱、充满（性欲上的）激情，具有性别弱点，还缺乏思想或头脑，他们认为这些弱点致其毁灭。与这些作家不同，马哈福兹认为，女性的罪恶是由于经济原因（贫穷）。然而，他的"荣誉"概念与前辈并无二致，始终集中在生殖器官这一有限区域。

虽然纳吉布·马哈福兹在社会公正方面的观点是进步的，但对女性的态度和女性观并未与前辈有很大不同。马哈福兹允许女性受教育，允许她们参加工作，帮助父亲或丈夫贴补家用，条件是不逾越道德和宗教的

---

①　ird 这个词在阿拉伯语中有特殊的含义，指一个男人由于自己的女眷而拥有的荣誉。他的职责就是防止任何人（除了丈夫自己）与这些女子有染，从而保全自己的声誉。在女性的贞洁方面，尤其如此。

②　Taha Hussein, *Doa'a El Karawan*, p. 151.

限制(父权制家族的道德)。男女相交相爱时,社会对他们实行双重标准,但只有女人会被认为堕落或受辱。马哈福兹有时——用他作品中人物的话说——积极呼吁建设社会主义社会,设想一种更人道、更繁荣的生活方式:"希望能够实现梦想,而不违背宗教戒律,这种希望给他的心灵带来了快乐。"①

[524]纳吉布·马哈福兹不可避免地沦为难以调和矛盾的牺牲品。马哈福兹允许女人在社会中工作和赚钱,同时也否定了她的个人自由。他允许女人拥有爱情,但如果女人真的爱上别人,他就会侮辱她。他认为婚姻是男人和女人之间惟一合法的、可被允许的关系,但女人考虑婚姻时,他又会指责她保守、谨慎,缺乏爱的能力。他书中一位男主人公谈到与自己订婚的女孩时说:"她只是想嫁给我,并不爱我,这就是她谨慎和冷漠的秘密。"②他有时把女性描写成一个没有头脑或宗教信仰的动物,有时则认为她是世界上所有力量的源泉。"除非男人背后有个女人,否则男人难以成事。女人在我们的生活中扮演的角色,类似于恒星和行星之间的引力。"③

自古以来,爱情就不能与婚姻共存,这一观念崇尚 el hob el ozri 或称"浪漫的爱情",认为包含性行为的婚姻相对来说是罪恶的。女性因此分为两类:富有魅力、拥有性激情的女性,以及纯洁、善良、没有性、缺乏激情的母性。

阿拉伯文学充斥着两种对立和矛盾的女性。具有母性的女人象征伟大而高贵的爱情,而拥有激情的女性则象征堕落的爱欲。阿拉伯歌曲、诗歌、小说和文化都表达了男人对母性女人的神圣尊重。

大多数女主人公希望通过婚姻使自己的存在合法化。女人的世界只限于琢磨男人,并与之成婚这件事。婚后,女人一心想着怎样拴住丈夫,母亲则训练女儿熟练掌握这门艺术。母亲告诫女儿:"你必须每天都让他充满新鲜感,要作一个充满挑战、迷人且具有诱惑力的女人。"④

---

① Naguib Mahfouz, *Bidaya Wa Nihaya*, p. 302.

② Ibid. , p. 298.

③ Naguib Mahfouz, *El Sarab*, (Maktabat Misr), p. 310.

④ El Mazni, *Ibrahim El Thani*, p. 52.

职业女性有着强烈个性和自信,娶了她们的男人被认为是软弱的,因为他们往往被妻子控制。① 而阿拉伯男人的母亲总是警告儿子,不要让妻子出去工作,娶职业女性的男人通常被描绘成与母亲做对的人。纳吉布·马哈福兹则称这种男人是失败者,因为决定权在妻子手中。

拉巴卜(Rabab)在纳吉布·马哈福兹的书中并不真正爱自己的丈夫,与另一个男人产生了感情,背叛了丈夫。作者没有原谅她,让她死于堕胎。

对男人来说,女人代表着危险和古已有之的恐惧,二者都与性有关。因此,男人希望女人像自己的母亲一样纯洁,换言之,女人不应具有诱惑力,应该是被动、软弱的,像天使一样的孩子。同时,他对女性也怀有强烈的欲望,被其诱惑、受其吸引。他害怕女人的诱惑力,因为无力抗拒。

多数当代阿拉伯作家都毫不掩饰地表现出对勇敢、思想解放的女性的仇恨。在阿卜杜勒·哈米德·古德·埃尔·萨哈尔(Abdel Hamid Gouda El Sahar)的作品中,男主人公看到自己心爱的考莎尔(Kawsar)穿着泳衣,就感到非常厌恶:"他的头脑中血脉偾张,被一种不耐烦和厌恶的感觉摄住了。在他眼里,她显得那么肤浅、可恶。"②

阿卜杜勒的多数小说都塑造了保守型男人。他们极为排斥那些受过良好教育,却与男人随便交往、与之共舞的女人。然而,[525]与此同时,如果遇见蒙着面纱或出身贫穷,而且由于贫穷有可能误入歧途的女人,他同样会反感——即便不如前者那么令他厌恶。然而在他的心目中,受过教育、不受束缚的女性地位最低,因为她们思想解放。面临这些相互冲突的力量,主人公汤姆的防御系统完全崩溃了,陷入一片混乱:"他觉得周遭的一切轰然倒塌,他像一个迷路的人茫然走在路上,感到被一个完全陌生的世界所包围。"③

(王璟 译;姚峰 校)

---

①　Naguib Mahfouz, *El Sarab*, p. 249.

②　Abdel Hamid Gouda El Sahar, *Kafilat El Zaman*, (Maktabat Misr, Cairo,) p. 325.

③　Abdel Hamid Gouda El Sahar, *El Nikab* (Maktabat Misr), p. 284.

第70篇　非洲的女性与创造性写作①

弗洛拉・恩瓦帕（Flora Nwapa）

[526][……]

1980 年,《伦敦卫报》(*Guardian of London*)的一位女记者来采访了我,之后文章刊登,标题是《百无聊赖,便去写作》("Running out of Boredom")。你看,采访中我如实告诉了她,自己曾是高中教师,空闲的时间太多,不知道做什么好,便开始写作。我是摩羯座的,闲不下来,做事勤勉。于是,我开始去写校园时光,带着怀旧情绪回看生命中的那段日子;那时,我与学校的伙伴一起学习、一起分享,也开始了一段多年的姐妹情谊,当时我与寄宿的同伴都年轻纯真、信赖他人。在学校,白人传教士向我们教授基督教的伦理道德。这些传教士和我们的一些老师把我们引入了一个书籍的世界。只要能拿到手,我们什么都读,成了贪婪的读者。一天,我偶然发现一本书,是一个尼日利亚人(西普里安・艾克温西)写的《爱的呢喃》(*When Love Whispers*),这是我读过的第一本不是白人写的书。当时,我们阅读的所有作家都是白人,而且都已作古。我读过第二个印象深刻的尼日利亚作家是钦努阿・阿契贝,他的《瓦解》在 1958 年出版。

当了高中教师后,我开始写在寄宿学校度过的童年,一天,我以 80 英里的速度行驶在埃努古-奥尼查(Enugu-Onitsha)公路上,突然,我极富戏剧性地想到埃弗茹的故事。抵达目的地后,我借了本练习册,便开始写埃弗茹的故事了。写完第一章《他们见到彼此》("They Saw Each Other"),

---

① First published in *Sisterhood is Global*: *Feminism and Power from Africa to the Diaspora*, ed. O. Nnaemeka, pp. 89—99. Trenton, NJ: Africa World Press, 1998.

我没有停笔,一口气写完了整部小说。我把书稿给了钦努阿·阿契贝。他为人和善,读后又把书稿给了他在伦敦的出版商——海涅曼教育图书公司。1966 年,书出版了,我成了作家。我问自己,你想成为作家吗? 我也不确定。还没找到答案,批评家们却先声夺人:弗洛拉·恩瓦帕想在《埃弗茹》里弄出个什么名堂? 她成功了吗? 这事做成了,我成了[527]作家。我绞尽脑汁,想弄个明白,除了写个埃弗茹的故事,我究竟想干嘛? 所有的思绪把我引向非洲女人。

　　在非洲,女性角色对于这个种族的生存与进步至关重要。当然,全球的女性都是如此,无论黑种人,还是白种人。在作品里,我想呈现出更加平衡的非洲女性形象。男性作家心知肚明,却不明言女性的优点,其中的诸多原因,我就不在这篇发言里讨论了。尼日利亚最近发生了许多变化,1967 年至 1970 年的内战、经济改革、对女性教育的重视,都影响了男性对女性的看法。女性已开始重新定义自己,按照她们所认为的应然方式来呈现自己。

　　我最想举例来说明,伊博族女性在社群中所扮演的关键角色。比方说,在葬礼、授封仪式与议和谈判中,女性构成了终审法庭,担任**尤木阿达**(Umuada,所有生于同一宗族的女儿,无论结婚与否,不管身在何处)这一握有大权的角色;女性还扮演**尤芒乌耶欧布**(Umunwunyeobu,嫁入了宗族的妻子)的角色;还有女祭司和同龄人联盟成员等各种角色。**尤木阿达**的每位成员都清楚自己所属的地方,以及人们期望她所做之事。成员既有作为个体的权力,也有群体的权力,但极少单独行事。如果**尤木阿达**不在场,葬礼与授封仪式就是不完整的。如果哪个女儿不参加这些仪式,灾难就会降临在她身上。

　　尤木阿达、**尤芒乌耶欧布**以及女性同龄联盟有一个重要职责,那就是议和。夫妻间以及父母与子女间发生口角时,人们便把这些女性群体召集起来,由她们介入调停。宗族之中,妻子在家中的角色是明确的,也相当重要,她们参与并介入丈夫的决策过程。鉴于此,假如女性发现丈夫是难以取悦、冥顽不灵的人,就会采取长远的手段,最常见的做法是拒绝为其做饭或与其同床。

　　尼日利亚的许多地区,尤其是南部的沿河地带,女祭司地位突出。她们在诸多方面行使着了巨大的权力,包括治愈伤口和预卜未来。作为女人，她们是桥梁，连接着超自然世界与自然世界、神祇与人类。你们读过《瓦解》，记得里面的奇埃罗（Chielo）。她是神谕的代言人。

非洲文学文本如何呈现女性？其中一些文本试图呈现出客观的女性形象，这种形象如实反映了社会中女性角色的实际状况。彼得·亚伯拉罕写了《献给尤多玛的花环》（*Wreath for Udoma*），乌斯曼·塞姆班写了《神的女儿》，她们在书中刻画了"丰满而完整的女性"，为女性读者群体提供了角色典范。《献给尤多玛的花环》中，有三位重要女性角色：洛伊斯（Lois）、塞琳娜（Selina）与玛利亚（Maria）。作者并没有把三位女性刻画成男权社会中男性霸权的受害者，而是丰满的女性存在（woman-beings），她们在社会中从事正当的职业。三位女性是争取独立背后的真正力量。用阿德博伊（Adebhoy）的话说，赛琳娜是"我们身后的真正力量，老兄。她告诉所有村庄中所有的女人，该向她们的男人说些什么，让所有男人去做女人们分派的事儿。没有她，就没有这个聚会"。乌斯曼·塞姆班的《上帝的小树林》也是如此。铁路工人罢工成事了，得归功于女人的手艺，她们找来了食物和水，与警察打架，向达喀尔（Dakar）游行，以微不足道的人数打破了殖民者的势力。罢工后，男人们得到一个大教训，没有先去咨询女人的意见，永远不要去处理或承担任何大议题和大计划。

[528]尼日利亚的男作家们——像钦努阿·阿契贝、西普里安·艾克温西、沃莱·索因卡、约翰·佩珀·克拉克以及艾勒基·阿玛迪——在早期作品中，对女性的权威角色都轻描淡写。与彼得·亚伯拉罕和乌斯曼·塞姆班二人不同，尼日利亚的男作家在很多地方都描写女性的消极面，或是她们的从属地位。艾克温西笔下的扎古·娜娜（Jugua Nana）是个妓女，沃莱·索因卡笔下的阿莫蒲（Amope）没完没了地唠叨，让丈夫感到度日如年。阿契贝笔下的玛科小姐（Miss Mark）为达目的，毫不迟疑地使出身体魅惑。约翰·佩珀·克拉克笔下的埃比艾尔（Ebiere）勾引丈夫的弟弟，发生不伦关系。这些男性作家对女性的关注点总在肉体、淫欲以及消极的天性上。阿契贝在《荒原蚁丘》（*Anthills of the Savanah*）中给女主角起名恩万伊布芙（"女人是了不起的"——这话的意识是女人是我们应该重视的力量）。女主人公比阿特丽斯·恩万伊布芙（Beatrice Nwanyibuife）是位获得了自由的强势女性，这让人猜度，也许她象征着突

然的觉醒,显示着女性存在的重要性。

　　是的,在非洲文学领域,男人们按自己的观点对女性进行各式各样的刻画,让人得出结论,非洲男性作家与他们的女性同行之间存在差异。那么,在《埃弗茹》中,我意图何在呢? 我成长过程中,身边的那些女性给了我灵感,于是有了两位女主角,埃弗茹与伊杜(Idu)。这些女性与扎古·娜娜、阿莫蒲、玛科小姐以及埃比艾尔之流不同。她们稳重可靠、鹤立鸡群,在社会上独立自主。她们不仅为人妻母,还是成功的商人,把孩子与丈夫也照顾得妥妥帖帖。她们清楚意识到自己在家庭中的领导角色,在教堂与地方政府中,也是如此。对于我来说,埃弗茹与伊杜的原型就在现实生活中,等待我去发现。前两本小说中,我想重塑传统非洲社会的女性经验——她们的社会与经济活动,最重要的是她们对生殖、不孕与育子等问题的关注。在传统社会,绝后或不孕的女性遭受着痛楚、穷困与敌意。除了揭露这些,但愿这两部小说还洞察到女性的机智与勤劳,这常常使她们在群体中获得成功、受人敬重,具有影响力。因此,这两本小说中,我想拆穿一个错误的观念——即丈夫是君主、是主人,而女人只是他的财产,其余什么也不是。我还想拆穿一个认识——即,觉得女人依附于丈夫。女人不仅掌握自己的命运,也**独立**于丈夫,甚至达到了令人惊讶的程度。

　　所以,一些尼日利亚男性作家没能看到这力量之基、性格之力和独立自主,我便想通过埃弗茹与伊杜,把女性提升到应有的地位。在社群之中,女性身边的习俗给予她们安全保障,她们的意见具有重要性,与男作家不同的是,这两者我都不会视而不见。女性具有独立的经济地位,她们因为控制着锅碗瓢盆而拥有权力,这些都是我想分析的。

　　《埃弗茹》讲的是一位美丽、聪颖、勤勉、富有却没有孩子的女人的故事。小说的前几章,我就精心确立了她的社会地位与悲剧维度。不过,尽管有缺陷(没有孩子),但她依然在社群中取得了很高的、令人尊重的地位。没人能拿这个不幸的埃弗茹怎么样? 她被选为湖区的杰出女性;到了晚年,被遴选为水神的女祭司。这使她的地位进一步上升,高于全部人类;她与众神交流。《伊杜》中的女主人公也是如此。[529]伊杜最终并未自杀,她只是死了,她更愿意去灵界与死去的丈夫团圆。

　　这位女作家对女性在家庭与社会中的权力,不会视而不见。她明白女性作为母亲、农民和商人在经济上的重要性。她通过写故事来肯定女性，以挑战男性作家，让他们意识到女性与生俱来的生命力、独立的见解、勇气、自信，当然还有在社会中获得高位的欲望。

在尼日利亚与非洲其他国家，生活的各个方面都发生了剧变。因此，在整个非洲大陆，人们意识到——并重新思考——社会中的女性议题与角色。这些变化以多种方式影响着男性与女性。在这个女性觉醒与女权意识的时代，作家回应这些变化的方式是，有目的地重塑女性文化与世界观。在我的小说——《一之为甚》《女人之异》（*Women are Different*）、《永不回头》（*Never Again*）——与短篇故事——《这就是拉各斯》（*This is Lagos*）、《战中之妻》（*Wives at War*）、《木薯之歌与米饭之歌》（*Cassava Song and Rice Song*）——中，我想描述的正是全新的女性。而在社会的巨变中，女人们尽其所能，为生存而抗争，这是贯穿作品的主线。

《木薯之歌与米饭之歌》想用诗歌复活亚历山大·蒲伯（Alexander Pope）与约翰·德莱顿（John Dryden）这些英国新古典主义诗人的诗歌形式与主题。木薯几乎提升到比琳达（Belinda）——亚历山大·蒲伯的作品《夺发记》（*Rape of the Lock*）中的人物——的"一缕青丝"这样的高度。木薯是伊博人的主食。在尼日利亚与非洲的许多地方，无论穷富，人们都能享用木薯块。它是女人种植的，而"农作物之王"番薯却是男人所种植。在伊博地区，人们每年都庆祝番薯丰收节。节日后，新番薯才能吃，但是有庆祝木薯的节日吗？没有。在《木薯之歌》中，木薯的诸多用途都列举了出来，以表明它值得像番薯一样被庆祝与歌颂。《木薯之歌》拟英雄诗体，以祈祷开篇。

> 我们感恩你，万能的上帝
> 施与我们木薯
> 我们颂扬你，木薯
> 伟大的木薯

人们把木薯比成伟大的母亲、宽容的母亲。她受罪多于施恶，木薯有了神圣的救世主母题，就像承受悲痛的耶稣。木薯始终臣服于火，甚至是死亡。它受到推崇，地位高于番薯和芋头，也高于所有其他食物。木薯是女人，番薯是男人。

在《战争中的妻子及其他故事》中,《首领的女儿》("The Chief's Daughter")这个故事讲述了社会中女性角色的变化,父亲如何让最疼爱的女儿保持单身,以让孩子跟着他姓,延续父系血脉。故事开始,首领的女儿阿黛姿(Adaeze)将要从白人的岛上回返。首领下决心不让她成家。她不肯接受父亲的安排,与心爱的男子结了婚。在《这就是拉各斯与其他短篇》中,《幼儿盗贼》("The Child Thief")这则故事刻画了一位母亲,她渐渐明白自己不能再生育孩子,心灵受到了创伤。为了维持婚姻,她用尽手段,最终不得已去医院偷了个婴儿。她渐渐做了男人该做的工作,成为承包商,[530]获得了经济独立。因为阿玛卡(Amaka)觉得男人不可靠,为了能按照自己的主张过日子,她绘制了通向幸福的道路,为之勤奋工作。

在《女人之异》中,露丝(Rose)、艾格尼丝(Agnes)和朵拉(Dora)表达了她们的自由精神。她们打破女性生性被动与服从的神话,照亮了女性意识的新路。男人们伤害了女人,背叛了她们。的确,随之而来的便是这种新激进主义。艾格尼丝是童婚的受害者,被包办嫁给了一个男人,那人年纪大得可以当她父亲了;朵拉的丈夫抛弃了她与 5 个孩子;马克玩腻了露丝后抛弃了她。阿玛卡(《一之为甚》)也有这样的经历。结婚 8 年,没有孩子,阿玛卡搬到拉各斯,成为独身女子,下决心实现自我,去寻觅愉悦和幸福。女人要是没有丈夫,便一文不值,这个谬见得反驳掉。朵拉(《女人之异》)的情况则是,丈夫久别重归,但如今她颇有实力,实现了经济独立,因此在重建的关系中拥有决定权。

我的问题是,为什么只有遭到男人的虐待或背叛,这些女人才能变得坚定自信、活跃有为? 现今的非洲,难道女性非得等到受虐或被出卖后,才定格自己的样子吗? 难道当今非洲就没有女性能说:

> 男人和婚姻都见鬼去吧,
> 我不想要孩子,
> 只想放飞自我。

也许时机还没到。非洲大部分女性住在乡村,许多人没有接受过教育,对于结婚生子没有太多选择。对于乡村地区的女性,最合乎常情的事便是为人妻母。就算对于我们受过教育的城市女性，时机也还未到。我们的根基还在把我们养大的乡村地区。脐带也仍埋藏在那里。我们中极少数人接触到西方教育，游历于欧美，却不是欧美人。我们是非洲人，对于嫁人、离婚、为人母等，我们都有自己的行事方式。婚姻是神圣的纽带，超越了男女之间的简单结合，联结了两个家庭。因而，女人，或者男人，不能随意离婚。但在此传统中，离婚是可能发生的，即使牵涉到孩子时会有些难办。

如果丈夫犯了重婚罪，一位受过教育的尼日利亚女性是不会将他送上法庭的。在尼日利亚，重婚罪的确每天都在发生，但**为了孩子**，就算受过教育的妻子，想要对丈夫提出诉讼，也会裹足不前。一位受过教育的妻子，为了自己的缘故，把她的丈夫——即孩子的父亲——送进监狱，自己又能得到什么好处呢？她怎么跟孩子解释呢？社会怎么看待她的行为呢？但有件趣事得提一下，至少在我的社区，所谓的乡村女性没有受到这种压制。这是受过教育的女性嫉妒她们乡村姐妹的地方。这一点上，乡村的姐妹们更自由吗？这需要些深入的研究。于是，朵拉费尽心思去寻找她那任性不羁的丈夫。多年后，他回来了。她搞了个聚会欢迎他。她用这些话来慰藉自己："我现在大权在握，我可不是傻瓜。现在，孩子们有父亲了，这才是要紧事……而我也有了丈夫。但一切都今非昔比了……现在只留有赤裸裸的现实与常识。"

[531]人们指责非洲女性作家过于聚焦不孕不育的问题。男性评论家让她们写点别的"更重大"的主题。这些更重大的主题**究竟**是什么？这次会议的一位小组发言人让女作家去"设计一下未来女总统的形象；虚构的作品或许会变为现实"。此外，昨天一位小组发言人说："女人不仅是非洲人，也是女人。"是的，男性与女性的生活相互依赖，但女人在这个世界上需要面对的问题，却是无法从子宫弄出个孩子所导致的痛苦。这项技艺，迄今为止男人尚不能表演。要是她拒绝完成这一机能，就痛苦得够呛。所以许多非洲作家——尤其是女性作家——要去探究不孕不育的主题。如果妻子不生个孩子，丈夫多半要背叛或抛弃她。所以，女人的一生中，怀孕生子成了压倒一切的渴望。无论单身或已婚，为了得个孩子，她做什么都心甘情愿。

人们力促非洲女作家去规划女总统的未来，打开一片新天地。就女作家所处的环境,这可能吗? 我的回答是可能。在今天的非洲,女性议题生气勃勃,各个政府都把女性用作民族建设的智囊。所以留给有创造力的男女作家要做的便是,去探索这种全新的意识和形象。女性具有感受力,具有发展的可能性和真实性,可以创造出与现代非洲女性相关的作品。说了这个,我得赶紧加上一条,我们不能把这些议题强加于小说。女作家的确找到了表达渠道,但有人会问,这是什么样的表达渠道? 人们能听见我们的声音吗? 有时候,我们没被完全忽略吗? 这一点上,我们得感谢国内和国外(欧美)的女性主义姐妹们,她们使非洲评论家注意到我们。可以去完成女总统的规划,为什么不呢? 但这个人得让我们所有人看得见、摸得着,就像阿诺瓦(Anowa)、艾达(Adah)和埃弗茹一样。我得重申一个事实,这不仅是非洲女性作家的任务,也是男性作家的任务。

　　关于不孕不育的议题,我的结论是:能给予生命和繁殖子嗣,女性便是其所是。因而在非洲社会,当这种独一无二的机能拒绝给予女性时,她就没了指望。但在如今的年代,应该一直如此吗? 这种无子的缺陷让一个女人更不像女人,更不像人吗? 我并不这样认为。埃弗茹成为水仙的女祭司,实现自我。所以,我们**应该**创造实现自我价值的人物,她们不会被婚姻与生儿育女的枷锁弄得疲惫不堪。当然,不是没有别的选择。就非洲环境本身来说,不是没有别的选择。这种无子的缺陷并不减损女人之为女人,或女人之为人的事实,所以必须有多个选择。

　　我在小说中探究道德滑坡的主题,但我这样写是为了回应早期男性的小说。他们总把女人和卖淫扯在一起。有一些最知名的妓女出现在下列作品中——艾克温西的《扎古·娜娜》中的同名女主角,索因卡《译员》中的西米(Simi),恩古吉《血色花瓣》里的万嘉(Wanja)。但我的小说颠倒了角色,男人为娼。在《女人之异》中,朵拉的丈夫克里斯(Chris)是个男妓,老鸨是个德国女人。露丝的前男友欧内斯特(Ernest)跟不同女人寻欢作乐,却得不到满足。马克是个小白脸,他跟露丝同居,骗了她几百镑,又抛弃了她。奥卢(Olu)辗转于几座城市之间,寻花问柳。但每次艳遇后,他总是回到妻子身边。这些小说中,女人们占了上风。她们更好打交道,也更有控制力。朵拉声称,丈夫回来后,她便"手握大权"了。阿玛卡[532]控制着自己与阿哈吉(Alhaji)、法郎士·麦克莱德教士(Reverend Fr. Maclaid)二人的关系。男人们失去了主动权,总是四处游荡,没法找个地方安身。

我再次声称，女人也是有血有肉的，有勇气、有灵魂、有人类的情感。她能像男人一样独立自主。但我认为，对于和男人的关系，女人应该有个开放的心态。我还认为女性作家不仅得有开放的心态，还得为这种心态创造渠道。为了实现目标，我们的任务应该是挖掘本土传统的因素，如民主、坚韧、分享和相互扶持。实际上，某个男人背叛你，虐待你，并不意味着别人也会这样对你。男女之间得彼此依赖，适量地理解，这样才会促成相互尊重与相互平等。我说的是平等吗？是的，在生活中，男女相互依靠，就一定会相互理解、相互尊重。非洲女性作家对当下与未来承担着巨大责任，但她们能独挑大梁吗？如果一位男性作家能下定决心，去刻画一位坚强的女主角，且不会因此感到有损男子气概，那么就能够做到。就像早前指出的，彼得·亚伯拉罕与乌斯曼·塞姆班在各自的小说中，对非洲女性进行了更为真实公正的刻画。

非洲内外的女性运动，以及非洲、北美和欧洲大学里各种各样的女性研究项目，引起了我们非洲批评家的注意。人们听到了非洲女性的声音，尽管这多少有点不清晰。要做的事还有很多。全球范围内的不景气，使非洲遭受到了严重的破坏。10 年前，耗费一奈拉（naira）生产的东西，现在需要一百奈拉。有了欧美姐妹和男性同胞的支持，我们非洲女性终将如愿以偿。

[532]参考文献

Abrahams, Peter. *A Wreath for Udoma*. New York: Alfred Knopf, 1956.

Achebe, Chinua. *Things Fall Apart*. London: Heinemann, 1958.

——. *Anthills of the Savamah*. New York: Anchor, 1987.

Ekwensi, Cyprain. *When Love Whispers*. Onitsha: Tabansi Bookshop, 1950.

——. *Jagua Nana*. London: Hutchinson, 1961.

Nwapa, Flora. *Efuru*. London: Heinemann, 1966.

——. *Idu*. London: Heinemann, 1970.

——. *This Is Lagos and Other Stories*. Enugu: Nwankwo-lfejika, 1971.

——. *Never Again*. Enugu: Nwamife, 1975; Trenton, NJ: Africa World Press, 1992.

——. *Wives at War and Other Stories*. Enugu: Tana Press, 1981; Trenton, NJ:

Africa World Press，1992.

——. *One Is Enough*. Enugu：Tana Press，1981；Trenton，NJ：Africa World Press，1992.

——. *Women Are Different*. Enugu：Tana Press，1986；Trenton，NJ：Africa World Press，1992.

——. *Cassava Song and Rice Song*. Enugu：Tana Press，1986.

Pope，Alexander. *Rape of the Lock*. London Lane，1902.

Sembène，Ousmane. *God's Bits of Wood*，trans. ，Francis Price. Garden City，NY：Anchor Books，1970.

Soyinka，Wole. *The Interpreters*，New York：Africana Publishing Corp，1972.

wa Thiong'O，Ngugi. *Petals of Blood*. New York：Dutton，1978.

（胡蓉蓉 译；姚峰 校）

第71篇 非洲女人的
母亲身份、神话与现实[①]

劳雷塔·恩格克波(Lauretta Ngcobo)

[533]在非洲,为人母的经验被层层设想所包裹。从远处看,这些经验欢乐又深刻,令人激动,犹如翻滚的云朵,柔软而粉嫩。假如问在场的诸多听众,他们会一致点头示赞。这种印象,或直接或间接,追溯到我们读过的一些文学作品。这些作品为非洲自己人所写,其中有些作家今天就坐在听众当中。说句公道话,即便有人真正写过为人母的动人与喜悦,也只是少数几个。虽然他们中多数未为人母,但表达了对母亲身份的尊重。而且在非洲,他们深爱着母亲,为母亲身份留存了一处荣耀之所。但在这会堂的作家之外,在非洲的大街小巷、山岗丘陵,你会遇到成群结队的母亲。任你激动地吐沫横飞,她们只是莞尔一笑,娓娓形容为人母这一社会角色对她们究竟意味着什么。如果你洗耳恭听,便会立即了解,你们彼此的理解不同。如果你是个凭良心办事的研究员,便想知道其中缘由。你还可以与她们的一些快乐孩子聊天——非洲的母亲身份离不开谈孩子。你也可能翻翻他们的课本,如果能读懂用本土语言编写的课本,就会很快明白的,因为那种文学所展示的母亲形象能给人很多启发,表现出的是另一种现实。这些形象来自于非洲炙热的生活经验,而——不同于我们许多人所写的,或者从彼此书中读到的那样——不是去捕捉如梦似幻、渐行渐远的传统。

在非洲,婚姻如同在其他地方那样,主要是管控生育的制度。人们鼓

---

① First published in *Criticism and Ideology*: *Second African Writers' conference*, Stockholm 1986, ed. Kirsten H. Petersen, pp. 173—181. Uppsala: Scandinavian Institute of African Studies, 1988.

动每个女人都去结婚生子,把女性气质发挥到极致。非洲人婚姻的基本原则,便意味着把女人的生育能力转变为丈夫的家庭成员。人们非常重视子女和宗族的延续。为了促进这种生育能力的转换,彩礼是必需的代价。[534]传教士理解错了,这不是买卖妻子。彩礼不仅把性权利完全交给某个男子,最重要的,这还是针对婚生子的社会控制手段。这一点在未付彩礼的地区很是明显。在非洲许多社会,男女之间的关系无论多持久、多稳固,此种情况下的孩子属于妻子一方,也会继承其家族姓氏。在支付彩礼的地区,即使男子死后,妻子又与其他男子进入新的夫妻关系,但之后生的孩子继续属于亡夫,沿用亡夫姓氏,与孩子的生父及其家族没有任何社会关系。因此,在多数情况下,为了让孩子在生物属性与社会属性上都留在家族内,丈夫的家族就希望亡夫的兄弟或近亲能接手这个年轻的寡妇。

由于"人口资本"与"社会安全感"的缘故,非洲的家庭渴望多子多孙。人们渴望得到孩子,便通过生育仪式、禁忌和信仰,让母亲身份制度化。于是,求得子嗣就具有了一定的宗教意义,成为男子对整个宗族的神圣职责。不能让先辈们永垂不朽是种禁忌,男人无法承受这样的耻辱。于是,不能生育便与女人联系起来,因为这样的选择是无法想象的。人有三种存在状态,这是许多非洲观念的核心部分——出生以前的居所、现世的居所以及祖先与逝者的居所。人们相信某个家庭的孩子一直在那里等着母亲的到来,把他们从遗忘之地解救出来,在现世中赋予其生命。如果不能解救这个孩子,便是令人悲哀的投降与背叛。如果没有子嗣,人们不会想到和分担夫妻或女人的悲痛——相反,他们会听到未诞生孩子回荡的哭嚎,母亲没能"解救"他/她,没能给他/她生命。

婚姻不仅是两人之间的关系,也是两个族群之间的关系。有时,甚至伴侣一方的死亡,也不能让婚姻本身失效。如果妻子去世,丈夫可能回到岳家,奉上一份与之前大致相当的彩礼,再提一门亲事。这使母亲身份在社会学与宇宙论上处于核心位置。直至今日,许多社会中,父母会替女儿做主——有时候也替儿子做主——为她们选择伴侣。这就强调了婚姻本身至高无上的理性。婚姻不是目的,真正的目的是通过婚姻而得到孩子。婚姻不是为了相互陪伴,不是为了爱情或友情,也不是为了夫妻之间的情感满足。

女孩一生下来,就是为了履行这一角色。她很早就意识到长大后等待自己的命运是什么,并在尽可能早的年龄作好为人母的准备,她将离开自己的家庭,在别处扮演这一角色。女孩固然颇得宠爱,但比起那些兄弟们,她在家中的权利是有所限制的。她意识到自己终归要离开家门。意味深长的是,在有些班图语中,婚姻这个词与旅行是同义的。总之,早在孩童时代,女孩便是局外人。她们一直准备将来去夫家履行核心角色。许多年轻女孩对婚姻,对自己最终的归宿充满了渴望和憧憬,这是情有可原的。但我们很快就会看到,等待她们的是幻灭。事实上,她们并不真正属于任何地方,这是双重困扰所在。

在母亲这一艰巨的角色中,主要的困扰在于女人只能从外部扮演这个角色,因为她在新婚丈夫家中处于边缘的地位。搬入夫家后,她没有独立的身份,无法取得核心地位。相反,她沦落到始终依附于人、备受冷落的境地。在家族中,她始终[535]是个局外人。只要出了事,她总是第一个被怀疑的对象。身为母亲,她就必须辛勤劳动,为一家人提供餐食。只有到了晚年,处境才有所改变。如果她是个强势的女人,或是正室夫人,就能进入权力的核心,行使自己的权威,去教导家中年轻的女眷,熟练掌握小心行事的艺术,从外部施加莫大的影响力——这是一个悖论,即从外围扮演的核心角色。我们不要搞错了——为人母在我们的社会中是一种强大的制度。

正是从婚姻早期开始,人们故意让年轻的夫妻产生隔阂,让他们过各自的生活。大部分社会中,他们不在一起吃饭。男人们经常不和自己的女人,而是与族人一同用餐。女人们则在自己的屋里吃饭,最多与其他女眷一起。日常生活中,社会组织结构与劳动分工往往使两性分开行事。在家中,年轻妻子频繁接触的对象是别的女性,而不是自己的丈夫。在大部分社会中——如赞比亚的本巴人(Bemba)——人们教导年轻的女孩:"贤妻不可对丈夫喋喋不休。"有时候,她一怀孕,就应该把丈夫让给其他妻子。这样做的合理性在于,她已经得到了想要的东西。整个怀孕期与哺乳期,她不再需要丈夫了。有那么一段时间,怀孕的艰难令她身体虚弱,在情感上——如果不是生理上——需要丈夫。年轻的新娘受到冷落,会影响她生活的方方面面。有些社会——如恩古尼人(Nguni)——在女人诞下第一个孩子之前,人们从来不称呼她自己的名字,只用她父亲的名

字称呼她——某某人的女儿——或者就称其为"新娘"。之后,人们就称
她为某某人的母亲。这样,她是通过父亲或孩子,获得了自己的身份。已
婚妇女失去名字,在情感上被疏远孤立,进一步增强了她在新家孤立无援
的感觉。更有甚者,她还受到很多禁忌的约束。对于新家庭中的每位成
员,可能都有复杂的行为模式;对此,不同的社会,表现不一。除了那些非
常年幼的家庭成员,她都不能直呼其名,有时候连丈夫也不行。她可能称
其为某某人的哥哥,某某人指的是丈夫最年幼的兄弟或姊妹。等有了第
一个孩子,她会称呼他"某某人的父亲"。结婚之前,二人之间是不会耳鬓
厮磨、缠绵悱恻的。她不仅避免对准公公直呼齐名,甚至尽量避免与男方
的接触——男方在场时,她绝不会抛头露面。一些极端情况下,也会在日
常交谈中避免使用那些与男方的名字发音相同的词语。另一个有着严格
禁忌的领域是食物。有些食物,她可能是不允许吃的,也许是牛奶。在恩
古尼人当中,这意味着她从自己父亲那里带来自己的奶牛。如此,在牛奶
是主食的地方,她离家多年之后,依然得到父亲的哺育,在另一家庭也就
成了备受重视的成员。

　　有件事很清楚,她没有完全属于自己的财产,没有继承权,也不能赠
与他人财产。大量研究表明,尤其是乡村地区,女性的劳动被低估了。问
题在于,所谓的经济与非经济工作的界限是模糊的,而这与实际的体力投
入没有对应关系。伊夫林·阿马泰夫(Evelyn Amarteifo)博士是一位加
纳女性,她在该领域作了大量研究。她证实了男人们普遍有这样的习惯,
即让女性在家中——与在田间一样——承担大部分劳动,却不给她们任
何回报。母权社会中,女性比在父权社会中拥有更多权力。虽说女权制
本身并不意味女性能够拥有真正的社会权力,但她们[536]在社群与家庭
结构中,确实拥有更多发言权。在加纳的阿善提人(Ashanti)当中,女性
的确享有继承权与财产权;族群在决策时,会征求年长女性的意见。而在
父系社会,女性不能拥有土地与牛群,也不能参加与财产相关的辩论或谈
判。作为一个"无足轻重的人",她不能成为法律诉讼的当事人,总是必须
由父亲、兄弟、丈夫、儿子作为自己的代表。而且,即使自己的儿子,过了
一定年龄之后,母亲对他的权威也是有限的。母系社会的规约与土地私
有制是格格不入的。我们注意到,在历史上,母权制过渡到父权制过程
中,充满了社会斗争。一些非洲人支持父权社会的土地私有制,而另外一

些人支持母权社会中的土地集体所有制。支持父权制度符合殖民者的利益，他们会因此获得土地私有权。但这一选择剥夺了女性一直拥有的权利，造成的损害最大。1950 年修建卡里巴水库（Kariba dam）期间，赞比西河（Zambezi）沿岸的汤加人当中发生了一个典型的事件。汤加人当时处于母权制下，女性与男性同样拥有土地继承权。但为了给修建大坝腾出土地，这些族群就迁往别处定居，但女性的权利受到了严重影响。异地搬迁后，人们重新分配土地，但只分给了男性，女性失去了自己的权利。母权制逐渐变得不合时宜，并矛盾重重。

更糟的是，我们的男人们正在败给那些剥削全体非洲人的资本家们。非洲人尚未创造出自己的社会组织制度，这个制度不是建立在同一社会中一个群体对另一群体的剥削之上，也不能被外来的社会、民族或政治制度所掠夺。

在非洲，一夫多妻制几乎是普遍现象，尽管在货币经济之下，显现了紧张的迹象。但在南非这样的地方，一夫多妻制显然行将就木。共侍一夫的妻子之间，关系很少是和谐的。一夫多妻制中，竞争与不安全感常常导致仇恨。而这种痛苦几乎无处发泄，人们不允许女性表达自己的痛苦。

本土文学反映了在变革中的非洲，女性的处境经历了剧烈变化，可谓急转直下。非洲的现实生活中，父亲离家在外，在城市工作；面对城市生活的压力，他们沉溺于酒精，身体日渐衰弱。于是，母亲常常必须集父、母亲两种角色于一身，把孩子抚养成人。她们必须非常坚强，才能承担这双重角色，有时要给子女关爱，有时要保护他们，有时还要给他们建议。也许，非洲女人并非生来如此，但面临着非洲的诸多挑战，他们的确变得越来越坚强。不足为奇，母子关系远称不上和谐亲密，常常矛盾重重、反复无常。儿子年幼时，母子之间爱意绵绵、彼此忠诚、亲密无间。在多妻制或大家庭中，更大范围的家庭关系是彼此竞争的，为了相互保护，母子关系往往非常亲密。在涉及继承问题时，尤为如此。但在没了这种竞争的环境中，母亲被描述为严格管教子女的家长，令人敬畏。非洲人用本土语言或英语写的许多书中，这种形象反复出现。马雷切拉（Marechera）的《饥馑之家》中，母亲这个人物大权独揽、令人生畏，不招人喜欢。毕竟，她不仅毒打淘气的儿子，还狠揍醉酒的丈夫。她过于直白和较真，简直到了让儿子无地自容的程度，比如说，她告诉儿子，别在她的被单上手淫。有时候,母亲一副男人做派,可能会令人尴尬,甚至变得棘手,人们也许会认为母亲不讲理,甚至精神错乱。在《余波》(*Aftermaths*)的《过河》("Crossing the River")这则故事中,斯坦利·恩亚弗库扎(Stanley Nyamfukudza)援引了儿子对母亲的评价,"她的[537]笑声中满溢鄙夷,你明白,你说什么也无济于事。"她向售票员发出挑战,而且打赌获胜。儿子为母亲的勇气感到骄傲,但对于母亲应有的行为举止,他有着一种世俗的期待。她一意孤行,没有女人味,令他觉得尴尬,但她的获胜又令他自豪,他在两者之间摇摆不定。

有时候,人们认为母亲的要求毫无道理,期望太高。她们自己在生存斗争中拼尽全力,也驱使儿子奋力向前。儿子认为那些要求难以理解,却与当下的迫切需要以及明天的美好希望有关。如果父亲软弱、缺席或亡故,儿子便会猜度,是母亲驱逐了父亲,就算没用泼妇行径,也可能存心不良。于是,儿子指责母亲玩弄巫术,祸害父亲、父亲别的妻子,甚至还有她们的孩子,我们读到这些内容,并不觉得稀奇。

这种有关巫术的指责是惯用的伎俩,为的是让母亲在社会上声誉扫地。这种伎俩经常用来针对大权在握的女人,真正目的是玷污她的名声,甚至将她赶出夫家,打发回娘家——即便她嫁作人妇已多年。这经常用来对付那些上了年纪、过了生育年龄的女人,她们在夫家活得太久,失去了利用价值。在马吉布科(Mazibuko)的《乌赞姿·卡卡莱瓦》(*Umzenzi Kakhalelwa*)中,儿子姆罗伊斯瓦(Mloyiswa)与儿媳玛恩德露芙(MaNdlovu)指控母亲纳斯班达(Nasibanda)使用巫术,使两人的几个婴孩都夭折了。他们还指控母亲对丈夫——即姆罗伊斯瓦的父亲——不闻不问,导致了他的死亡。①

由于工作都是流动性的,夫妻二人长期分离,多年彼此漠然,双方关系因此紧张而疏远,这就是母亲们常常发现自己身处的冲突。一般情况下,孩子们——尤其是男孩——在成长中意识不到这些紧张与不安,反而内心渴望与父亲一起,过上完整的家庭生活。在他们眼中,父亲遥不可及、令人向往、完美无缺。与母亲不同,父亲不用与孩子温馨地交谈,不必

---

① Rudo B Gaidzanwa, *Images of Women in Zinbabwean Literature*, The College Press, Harare, 1985.

送他们礼物,很少因懒怠而教训他们,或者喋喋不休。父亲年老体衰,回到家中后,孩子们能感觉到父母之间的冷淡。他们把这些都归咎于母亲,她的严厉,他们算是见识过了。他们还坚信,是她让父亲多年有家难归。儿子长大后,逐渐获得了传统所赋予的权威。到了儿子该当家的时候,母亲却迟迟不肯让位,逐渐也导致了母子关系的紧张——就算没有发展成公开的冲突。这很可能也是娶妻的时候,无论作为丈夫还是儿子,他都要确立自己的权威,

　　另一个引发矛盾的源头与母亲的个人利益相关。丈夫离家期间,大部分女性都有了自己的爱好,比如说,对某个宗教有了虔诚的信仰,甚至生出了一段隐秘的私情。这样的个人爱好几乎必然导致家庭冲突,以及对母亲的强烈谴责。一般看来,母亲追求个人爱好,就是忽视家庭福祉,家庭冲突的最大缘由也就出现了。

　　儿媳进门后,家庭关系变得更加紧张,这是母亲、儿子与儿媳三方之间的紧张关系。母亲与儿媳把彼此当作竞争对手,争夺儿子的爱与收入。但这一切背后,是母子二人的权力之争。对于如何处理母亲和妻子之间的矛盾,儿子常常不知所措。有些情况下,他们站在妻子一边,指责[538]母亲心怀叵测。总而言之,这是纠缠不清的复杂关系。尽管存在这些矛盾冲突,但在母子这一方,在婆媳那一方,都存在着绑定二者的坚固纽带。母亲在家中的安全感,稳固地扎根在儿子那里,与儿子发生争执时,她常常会首先让步。尤其过了生育年龄后,若没有儿子的支持,她就是个多余之人。她能否在家中安度余生,得到妥善照顾,这个权利在儿子手中。另一方面,儿子也意识到母亲早年作出的抗争,就是为了确保在竞争激烈的大家庭政治中,自己的孩子能有立足之地,得到应有的权利。他们明白,自己亏欠母亲太多。而母亲与儿媳也一直意识到彼此同命相连,在丈夫的家族谱系中,她们始终都是局外人。她们的不利条件相似,年轻女性总能从老一辈那里汲取经验;一个当学徒,另一个传授经验。另一方面,儿子不久便会明白,年轻的妻子会反过来为自己的孩子在家庭架构中争取地位,就会意识到这两个女人间和谐的学习关系是必不可少的。整个关系网中,权力与计谋是首要的。所有这一切中,公公一直都置身事外,而且毫发无损。可以说,整场权力与安全的大戏中,他们都是局外人。因此,他们受到了各方的青睐。

　　另一方面,母女之间关系亲密。人们普遍认为,好的母亲也能培养出好的女儿,而恶母也必定毒害自己的女儿。大量的书籍都描绘了这种紧密的母女关系。鲁多·盖德赞娃(Rudo Gaidzanwa)在她的《女子群像》(Images of Women)中列了一个长长的书目,描绘了这一点——母亲如果是跋扈的妻子,女儿也会如此;道德败坏的母亲会教唆女儿欺骗自己的丈夫;身为巫婆的母亲会把巫术传给女儿。男性作家的许多书中,这种母女间的共谋关系备受瞩目,但在女性写的书中,就不那么明显了。这可能反映了男人在妻子身上感受到的恶习——无论在妻子那里遇到什么问题,都会归咎于岳母。这也许听起来令人不悦,但其中也有些许道理,正是在母亲的传授下,女儿作好了准备,迎接未来在夫家的婚姻生活——她们在那里几乎遭人敌视,难以融入其中。

　　刚刚嫁人的女儿会经常征求母亲的意见,诸如料理家务、养育孩子、应付丈夫和夫家难缠的亲戚们。毋庸赘言,母亲会把这些“诀窍”传授给无依无靠、担惊受怕的女儿。而这些“诀窍”几近功于心计的算计,必定令男人感到匪夷所思。对于大多数男性来说,这都是威胁和阴谋。

　　完美的妻子是通过与丈夫和子女的关系来定义的。如果妻子牺牲自己的利益,那就更是如此了。吉吉(Tsitsi)是查卡帕(Chakaipa)所著的《伽然迪乔亚》(Garandichauya)中的人物,是位完美的妻子,甚至在丈夫为了别的女人而抛弃自己后,依然忠贞不二。她回到家中,几乎一生都在等他归来。终于,丈夫回来了,已身无分文,她却欣喜不已。维达(Vida)是库伊姆巴(Kuimba)所著《热瑞米·英佑卡》(Rurimi Inyoka)中的人物,她被婆婆嘲讽虐待,却依然坚守本分。尽管遭受了不育的厄运,她依然通情达理、待人和善,若自己犯案,就主动离开丈夫,若丈夫犯案,却不会离开他。在马吉布科(Mazibuko)所著的《乌赞姿·卡卡莱勒瓦》(Umzenzi Kakhalelwa)中,曼德露芙(Mandlovu)生的孩子全都在襁褓中夭折了,她承受了这样的苦痛,经受了考验,[539]丈夫与婆婆都弃她不顾了,她却依然守在夫家。这种角色类型构建了完美妻子。

　　如果对这些人物及其动机作一番深入分析,就能发现她们实际上别无选择,所以走上了自我牺牲的道路。那些无法成为贤妻的女人遭受了残酷的对待。对于那些有违传统规范的女性,作者对她们冷酷无情。通常,她们会因为自己的过错而丧命。乔丹(Jordan)的《茵格坎波·耶敏晏亚》(*Ingqumbo YeMinyanya*)就是这等作品。

总的来说，寡妇受人尊敬，在社群颇能得到同情。对于拖着幼童的年轻寡妇，尤为如此。不过，还要看人们是否怀疑或指责她们——直接或间接地——导致了丈夫的死亡。表面上看，这似乎只是一小撮女人的所作所为，因为很少有人会说，女人会蓄意除掉自己的丈夫。但这是个复杂的问题，掺杂着非洲家族继承中的政治。

非洲大陆的许多地区，如果一个男人死了，留下的财产就会引来亲属们的很多关注。这一切背后，人们觉得他所拥有的应该归属于家族，而不是妻子，妻子始终是外人。许多妻子辛辛苦苦，帮助家庭积累财富，同样会落得如此下场。因此，丈夫死后，亲属就会洗劫他的家庭财物，为了让自己心安理得，他们会指责妻子通奸，指责她直接或间接谋害了亲夫，令其身败名裂。于是，很少有寡妇离开时，能够博得人们的同情与理解。玛丽亚玛·芭的《一封如此长的信》真实记录了这种场景。莫杜(Modou)突然亡故，拉玛杜莱伊无助地躺着，身体靠枕头撑着，眼睁睁看着他们冲进自己的房子，洗劫一空。这一切发生时，甚至连对她具体的指责都省了。

很多年纪稍大的寡妇明白，到了晚年，母亲身份能给她们带来权力和地位，便安心留在夫家，帮助成年的儿子在男性主导的权力结构中站稳脚跟，提防年轻妻子和外来者的威胁。作为回报，她们享受了儿孙们的悉心照顾。正是从这个角度，男性作家写的很多书中，非洲女性在权力、德行与克己等方面树立了很高的风范，备受爱戴。但是，年轻寡妇作出抉择时，就极为困难。鉴于婚姻的首要目的是生育，这些女性就只能受命运摆布了。为了继续生育，也为了得到一些家族的经济支持，她可能不得不同意委身于家族的其他某个成员，让他代替亡夫继续和她繁衍后代。如果年纪大了，人们会无视她对伴侣和性爱的需要，根本不会讨论再婚的议题。

我们的社会与文学作品中，离婚妇女的形象是消极负面的。只有个别女人能够获得社群的理解，例如有些事例中，女人清清白白，而丈夫却对她百般虐待，二者反差明显。只有极少数情况下，一些女性能赢得公众的同情。如果人们认为她们离婚后依然举止端庄，就会更加支持她们。总体而言，即使碰到压抑的婚姻，妻子也只能忍辱负重、委曲求全，因为一旦离婚，她必定成为输家：即使丈夫是过错方，社会也会认为是她没能看住丈夫——因此,丈夫的失败,也是她的失败。孩子的福祉也是另一考虑因素。孩子总是属于丈夫的族系,离婚后,妻子会失去孩子,只能弃他们而去。因此,女人即使离了婚,为了孩子的幸福,也不得不回到夫家,与他们共同生活。

[540]从这些各式各样的观点来看,女性一旦孤身一人,处境尤其悲惨。许多女人在丈夫对自己失去兴趣后,还长期依附于他。这对今天的非洲女性提出了至关重要的问题——即她们的自我界定与自我抉择。我们已看到,那些已婚、丧偶,甚至离婚的女人们,是如何依据与男性、丈夫或儿子的关系被定义的。所以,在埃梅切塔的《为母之乐》(The Joys of Motherhood)中,主人公恩努·伊戈(Nnu Ego)异常痛苦地嘶喊道:“上帝,你什么时候才能创造出女性,不寄生于任何人,让她实现自身的价值,成为一个完整的人。”女性只有在世上比男性熬得更久,才能置身这样的地位。传统的力量如此强大,非洲女性就算有觉悟,也没有一人能够撼动传统。尽管某些传统习俗已经废止,但丝毫没有改变非洲男性根深蒂固的态度。

这些有损于女性的态度,成为我们作家在文学创作中的永恒话题。作家观察并解读社会的规范、价值观和习俗,根据自己的信念表示赞成或反对。这样,作家便创造或摧毁了社会的价值观念。他的解释很大程度上取决于观察视角,以这样或那样的方式影响民意。在我们提及的大部分书中,能看到女性因犯下错误而受到严惩,甚至被处死。为了判定她们的罪行——通奸、乱交、违逆、跋扈——人们是不会考虑对她们从轻发落的,这些罪行会立即招来恶意的罪责与惩罚。另一方面,男性如果犯了通奸、遗弃或残暴等罪行,却不会受到严惩。他们常常为家人所接纳,之后感到悔恨,变得更加明智,得到宽恕,而绝不会为此丧命。这些态度被反复灌输给非洲的青年读者——这些书是学校里的读物,因此造成了这些有关女性的不正当观念长期存在。

假如作家们花时间探讨笔下人物的处境、压力和遭受的剥削,就有助于维系社会良知,这会缓和社会道德意识,社会正义的天平也会偏向公平。惩罚性文学(punitive literature)对女性长期受压迫的状况,起到了推波助澜的作用。所有针对女性的罪行源于一条根本准则,即女性在社会与性关系上处于从属地位。长期以来,人们有一种担忧,女性一旦在思想上实现了独立，就会摧毁我们的社会支柱。作家对社会负有责任，在此，对女性尤其负有责任。我们力图改变书籍中对女性的刻画，我们需要作出准确和公正的描述，承认女性为各自社会的经济发展所付出的劳动。这是一种解放思想的文学，不仅要谅解女性的过失，还谴责那些利用女性、不宽恕女性的男人。女性不应通过牺牲自己，来赢得社会的尊重。我们期望女性可以定义自身的形象。她们坚强，在生活中成功实现目标，凭借自己的实力赢得尊重。她们不仅是男人的妻子、儿子的母亲，还是各自社会中有价值的成员，是家庭的顶梁柱、教师、农民、护士、政治家或者别的什么角色，而且出类拔萃。假以时日，这样的描述会使人们聚焦于我们社会应当秉持和传承的正确价值观。

也许，未来非洲女性的境遇并不总是一成不变的——我们未必总是哀求别人赐予公正与公平——在全球女权与人权运动的影响下，非洲女性必须为自己的权利而战。那些使我们处于弱势的结构与观念，必须被废除。在[541]非洲争取自由——挣脱帝国主义、新殖民主义等所有压迫的自由——的大背景下，宽恕这样极端的压迫，几乎毫无意义，因为我们的男人也愿意帮助非洲女人渡过难关。

（胡蓉蓉 姚峰 译；汪琳 校）

第72篇 斯蒂瓦主义：
非洲语境中的女性主义 [①]

莫拉拉·奥昆迪佩-莱斯利(Molara Ogundipe-Leslie)

[542][……]

法蒂玛·海达拉(Fatima Haidara)和美国布莱克斯堡弗吉尼亚技术学院的非洲学生提供了这个恰当的标题。此标题从非洲性别论述中非常棘手并有争议之处，揭开了女性主义话题。人们总是想知道女性主义是否在非洲适用。提到非洲，人们不禁要问："非洲的语境是什么？女性主义在非洲是什么？"

不同层次的人士和团体从不同层面表达了对女性主义的广泛看法。例如，目前在尼日利亚，右翼女性、多数男性和政治中立女性喜欢嘲讽非洲妇女，认为她们从来没有受过奴役，所以无需解放，也不需要女性主义。然而，进步女性、具有政治理想的女性和左翼女性则认为，非洲妇女在两个层面上处于从属地位：女性层面以及女性占多数的贫穷和受压迫阶级的层面。这是尼日利亚妇女组织(WIN)的官方立场，我曾参与了这个组织的成立。[②] 尼日利亚穆斯林妇女联合会(FOM-WAN)的公开立场是，根据伊斯兰教法，妇女已经解放了数千年，而本身需要我们尊重的伊斯兰教则已存在了几千年。穆斯林妇女联合会的观点是，女性主义受到西方白人女性主义者的影响。他们总是说，"女性主义产生了像女同性恋这种的普遍特征。"(我不知道"普遍特征"是什么意思。)"从具体、集体的束缚中抽象出个体，将个人与集体对立，弱

[①] First published in *Recreating Ourselves: African Women and Critical Transformations*, pp. 214—226, 229—230. Trenton, NJ: Africa World Press, 1994.

[②] *Women in Nigeria Today*, ed., WIN Collective (London: Zed Press, 1985), Introduction.

化家庭、轻视家庭……"①

　　需要指出的是,非洲的宗教激进主义和作为世界性运动的激进主义影响着人们对女性的态度,也影响了为全世界女性争取进步条件而进行的斗争,这是亟待研究的问题。

　　[543]我们需要审视一下本文标题"非洲语境下的女性主义":什么是女性主义? 非洲语境指什么? 非洲女性的现实是什么?

　　一想到非洲,大多数非洲人想到的是非洲黑人,或者更确切地说,如果他们足够诚实的话,想到的只是自己隶属的少数民族。提及"非洲"时,我们指的是"约鲁巴人"、"伊博人"、"基库尤人"、"卢奥人"(Luo)、"图库洛尔人"(Toucouleur)、"塞雷尔人"(Serer),或者"富拉尼人"等。我们都是以自己族群的特点来概括描述整个非洲大陆。

　　某些社会科学家喜欢说"黑非洲"或"撒哈拉以南的非洲",但"黑"对于利比亚人、埃及人或摩洛哥人来说意味着什么? 这些人在非洲是白人,在美国则被认为是"黑人"。同样,在美国被认为是白人的北非黑人,比某些有色人种的非裔美国人更黑。他们被当作白人,但在平权行动中又被认为是黑人。显然,"黑皮肤"是一种政治隐喻,更重要的是,肤色不是给非洲人分类的一个有效、必要和充分条件。

　　鉴于非洲的历史和撒哈拉沙漠的跨文化联系,鉴于非洲文化和文化渗透的事实,再加上乍得和马里北部扩大到撒哈拉沙漠的现实,那么,"撒哈拉以南地区"指什么? "撒哈拉以南"一词本身就具有政治性。我重申,非洲不能根据肤色来划分,非洲的肤色延伸至撒哈拉以南之外的地区。欧美肤色观念不能轻易运用到全球范围。北非人是非洲人。非洲人认为北非人是黑人,但在美国他们通常被认为是白人。种族主义是一个混乱无益的主题。

　　我们必须避免对非洲现实的简单陈述,特别是有关非洲政治和社会的复杂性。当我们说到"非洲语境"时,指的是非洲大陆上的所有国家吗?

---

　　①　Bilikisu Yusuf, "Hausa-Fulani Women: The State of the Struggle," *Hausa Women in the Twentieth Century*, eds. Catherine Coles and Beverly Mack (Madison: University of Wisconsin Press, 1991), 90—108. 也可参见 Murad Khurram, "On the Family" *Muslim World Book Review* 5 (1984),从中了解一些穆斯林的立场。

这是我使用"非洲"一词时,希望所指的对象。我承认这一点需要仔细分析。问题现在变为:我所定义的非洲语境中,女性主义是什么? 我们必须明确此概念的特殊性。我再次强调,我们不能对非洲一概而论。非洲是指基督教的非洲,还是穆斯林的非洲? 还是本土宗教的非洲? 是经历了解放斗争的葡语非洲国家? 是仍处于困境之中的南非? 是那些已经独立的非洲国家? 是阿拉伯非洲人? 是南非黑人,还是南非白人? 是右翼因卡塔自由党分子,还是白人自由主义者? 是包括南非共产党的白人左派? 是坚持前殖民时代价值的非洲人? 是西化的、具有融合价值观的非洲人?

关于肤色,以下事实对散居海外的非洲人特别重要:非洲没有纯正的色彩,即使一开始有过。非洲所有的一切——生物的、文化的——都是混合的,或是非洲人民的"动态"历史运动使然。这些运动不是欧美霸权认为的那样,仅受西方影响。人民运动从创世以来一直在进行,而非洲自历史之初就对世界开放。

事实上,正如考古学家所言,历史始于非洲。一些西方史学家和其他社会科学家认为,非洲本土人是彼此孤立、互不交集的。实际上,非洲从未被孤立,而是自早期风云际会之时即处于人类交汇、互动的中心。欧洲则从中分离出来。这些互动发生在当时的文明古国之间:中国、印度、南美国家(印加,玛雅人和阿兹特克人)、东南亚国家、[544]中东国家、地中海国家以及非洲国家。很久以后,欧洲在中世纪脱颖而出,学习世界各地的科学(如数学)、技术和艺术。他们吸收有色人种文化的养分,开始了文艺复兴之路。欧洲在 15 世纪后获得成功,不是因为他们具有高超的智慧和非凡的勇气,而是实施了难以置信的残酷行为,以及前所未有的政治背叛。15 世纪以前,与世界隔绝的是欧洲,而不是非洲。我们倾向于认为,埃及在非洲之外。

我们中的一些人已经被同化,把埃及想象成中东,那是政治学的观点。埃及地处非洲境内,与苏丹毗邻并互相影响,埃及也与更远的南非和西非国家发生联系并受到影响,而北非与西非仅隔着撒哈拉沙漠。另一方面,世界也确实跨越印度洋影响着东非和南非。在这些运动和文化的潮流中,非洲一直处于中心,受其影响,也促其发生。

讨论非洲背景是多么复杂啊! 非洲或非洲人不能泛化。在描述分类标准时,必须时刻注意细节。我们必须承认自己的局限性,认识到非洲人种的多样性。即使在非洲大陆上，我们也不能将黑人同质化。种族、阶级和性别，还有其他变量，深化了我们对自己和对彼此的理解，也调整了我们的论述。种族和阶级还扩展了性别概念，因为三者互有相交。还是着眼于非洲大陆，而不是我们熟悉的本民族文化，来简化任务，寻找出非洲大陆的女性主义模式。毋庸置疑，这样的讨论不会是详尽无遗的，我们只能确定模式和主题，而且我们将从整个非洲大陆出发进行推断。

　　这个认识论制图中，我的位置是什么？我是具有约鲁巴人血统的中老年非洲女人，但从传统贵族的出身看，现在是中产阶级，唉；是基督教徒，是遭贬低的黑人。我并不认为自己是"黑人"，也不把自己称作"黑人女性"，这并不是因为我不喜欢自己的肤色或不愿意生为黑人，而是因为我不习惯于从外貌和肤色来描述自己。用爱丽丝·沃克（Alice Walker）的话来说，非洲人不受"肤色歧视"的影响；他们没有受到西方世界的、佳亚特里·斯皮瓦克所谓"色彩主义"（colorism）①的歧视。我们没有畜牧业者的心理，按外表、眼睛或毛发的颜色给人划分等级，就好像我们是狗一样。

　　在非种族国家——即在殖民领土之外——非洲人往往从文化、思维习惯和行为方式定义自己。你展现的是你的文化，不管何种肤色，因此，一个黑人可能在思想上是白人。不是非洲人不承认种族差异，他们明白这一点，但是他们不仅仅从一个人的外貌认定他是非洲人。他们不会认为一种肤色胜过另一种。他们不相信白皮肤比黑皮肤拥有更多特权，也不将二者本质化。我现在谈论的是占人口多数的非洲农民，而不是非洲中产阶级。在技术领域，非洲农民认为白人占有优势。然而，非洲人并不认为白人天生在本质上更为优越。他们知道，白人有某些他们欣赏并想得到的文化产品——汽车、飞机、搅拌机，这些产品能尽可能减少[545]研磨、纺纱需要的劳动力——但他们并不认为这些小玩意儿使白人天生优等。拥有优越感的问题通常是接受过殖民教育的非洲中产阶级的问题，他们可能倾向于认为白人是优等的。无论如何，身份问题和黑人问题都是中产阶级的问题。非洲的殖民主义心态决定了他或她自卑的程度。通

---

① Gayatri Spivak, *The Post-Colonial Critic: Interviews, Strategies and Dialogues* (NY and London: Routledge and Kegan Paul, 1990), 62.

常情况下,你会发现一个人西化程度越低,就越自信。

因为文化——而非肤色——决定了身份,大多数非洲人使用这样的语言,如:他/她是白人,是奥尹波人(Oyinbo),是穆宗沽人(Mzungu)、图巴布人(toubab)或布罗夫人(brofo),描述一个外表黑色,但行为和心理都是白色的人。

在西方,我是一个"有色人种"。我个人不知道这个短语的意思,听起来像是某种稀有的鸟类或独一无二的生物。我是莫拉拉·奥昆迪佩-莱斯利,一个中年约鲁巴妇女、尼日利亚妇女。我之所以提到"中年",是因为和许多非洲民族一样,在我的民族中,妇女的地位是由年龄、经济、亲属角色、阶级出身以及她的生活经验调适和改善的。因此,强调自己年届中年——实为暮年——是我的意愿,而无意与青少年竞争。然而在西方,我发现对于我来说,第一个不变的变量是种族:一个"有色人种女人"、一个"黑女人"、一个"棕色女人"、一个"巧克力女人"。

女性主义的主题与"非洲语境"的定义同样复杂。本文选择的标题很恰当,另一原因是它在今天的非洲引起了非常普遍且重要的争议,即"女性主义是否存在于非洲?"女性主义应该存在于非洲吗? 女性主义的定义是什么? 对我们、对我自己来说,女性主义是什么? 也许我可以通过指出女性主义不是什么来定义,以抗衡今天非洲女性主义反话语中所蕴含的观念。

我以一首诗回应大多数非洲男性、右翼政治女性和政治中立女性通常的反应:

1. 女性主义不是呼吁某种性取向,我对同性恋并不厌恶,对异性恋也不歧视。在非洲,性行为**是**私密的,也**被认为**是私密的事情。同性恋依然有待于更多关注和研究。在西非,政府不会对同性恋者治罪。

2. 女性主义不是对性别角色的颠覆,这里"性别"的定义就是由社会建构的身份和角色。并不像我的马拉维诗人朋友认为的那样,这不只是烧菜做饭、洗洗尿布。我想分享他写给我的一首诗的节选。我要指出的是,我们在尼日利亚,曾经有过很多争论,过着一种互文的思想生活。

这首诗叫作

《给一位女性主义朋友的信》（摘录）
我的世界被欧洲和美国
强奸
掠夺
挤压……
而现在
欧洲和美国的女性
[546]因了我的汗水
而喝酒和狂欢，
之后又跳起来斥责
阉割男人们
从我建造的
安乐窝上！

为什么任由她们
离间我们？
你和我是奴隶，
一起被连根拔起，被羞辱
一起被强奸、被杖以私刑……

你那些"参与运动"的朋友
了解这些事情吗？

不，不了解，我的姐妹，
我的爱，
先做重要的事！
太多匪徒
还隐伏在这个大陆上……

当非洲国内和大洋两岸

都是真正的自由时,

会有你和我

分享如何烹饪

和换尿布的机会——

直到那时,

先做重要的事!①

　　我在一篇关于尼日利亚妇女的文章开头引用了这首诗,该文刊登在《姐妹情谊是全球性的》(*Sisterhood is Global*)这本书中——主编是罗宾·摩根(Robin Morgan),收录了不同国家女性的文章。我再一次想请读者注意此诗第一人称的使用。诗人的世界遭受了掠夺,他忍受了奴隶贸易、殖民主义、帝国主义和新殖民主义的践踏。他就是普罗米修斯般的人物。他还没有时间为女性争取权利。世界由他建造,他必须处理那些紧迫的问题。他的观点是采取通常的"分裂和统治"策略。分裂和统治世界上可能团结在性别压迫下的女性。女性在具体战略和方法上,可能会有所不同,但在基本假设上没有区别:妇女作为女性受到压迫;妇女作为多数庶民阶级的多数成员,也受到压迫。诗人的观点是典型的非洲大陆多数男性的观点。

　　3. 女性主义不是阴茎嫉妒或性别嫉妒,女性主义不是想要成为男人。男人常常这样说:"那么,你想成为男人吗? 如果你愿意,你可以加入到我们中来","不管你做什么,你都不会有阴茎。"一个汽车修理工曾经告诉我,我不会修车是因为我没有阴茎。

　　[547]4. 女性主义并不必然与男性对立。女性主义认为女性的身体是她的固有财产②,"不应该被男人拥有、使用和抛弃"——如激

---

　　①　Felix Mnthali, "Letter to a Feminist Friend," 这首诗将出现在一本尚未出版的书中,书名为《超越回音》(*Beyond the Echoes*)

　　②　See brochure of the World Council of Churches, on the Ecumenical Decade Solidarity with Women.

进的神学女性主义者所说。

5. 女性主义并不是我们在非洲被灌输的那样"分裂性别"。女性主义不是分裂种族,也不是"斗争"——不管这个被过度使用的词为何意。

6. 它不是西方女性修辞中的鹦鹉学舌(patriotism)。

7. 女性主义不反对非洲文化和传统,但认为文化是动态发展的,绝非一成不变;文化不应在时间上静止,大多数非洲男人希望是静止的,这对男人有利。

8. 女性主义不是在极端的父权制和与男性分裂的仇恨态度中作出的选择。

那么非洲女性主义是什么呢?我作了如上反驳,因为这些反驳触及某些非洲男人反对我们的女性主义言论的观点。他们批判我们,言语间暗示我们具有某些特性,因为这些特性,他们强烈指责我们。通常的观点是,女性主义在非洲不是必需的,因为在非洲田园诗般的过去,性别是平衡的,而这得益于非洲自己的努力。人们认为非洲女性主义者只是向西方鹦鹉学舌。种族和民族主义被用于恶意攻击性别,而有时更是将种族、民族主义和阶级联合起来攻击性别政治。比如,女性主义者考虑的问题,就被批评是像我或伊菲·阿玛迪欧姆和费罗米娜·斯黛蒂(Filomina Steady)这样的西化女性的偏爱。① 确实,女性主义关注的不是大部分忠诚的非洲农妇——她们是"真正的非洲妇女",她们一直是幸福的。但关于"非洲的农村妇女"——这些最近被发现和被美化的生物——研究和分析的结果是什么呢?当然不会是贫穷的"农村"妇女满足现状,不思改变。

女性主义可以依其词源定义。Femina 在拉丁语中表示"女人"。女性主义是女性的意识形态,是任何有关女性的社会哲学。女性主义的这一定义使我们有足够的余地包容各种女性主义:右翼、左翼、中间派、中间

---

① Ifi Amadiume, *Male Daughters*, *Female Husbands*(London: Zed Press, 1987), and Filomena Steady, *The Black Woman Cross-Culturally* (Cambridge, MA: Schenkman, 1981), see Bibliography. Steady, "African Feminism, a Worldwide Perspective," *Women in Africa and the African Diaspora*, eds., Harley, Rushing and Terbog-Penn (Washington, DC: Howard University Press, 1987).

左翼、中间右翼、改良主义者、分裂主义者、自由主义者、社会主义者、马克思主义者、不结盟者、伊斯兰、土著,等等。相信我,所有这些女性主义都存在。那么,就有这样一个问题:"对你来说,什么是女性主义?"你的女性主义是什么? 在社会交往和日常生活中,你有没有女性的意识形态? 你主张的女性主义是关于妇女在社会中的权利吗? 女性作为人类社会一分子的总体概念是什么? ——女性的生存条件、角色地位,也即女性被认可和被承认的程度如何? 总体来说,女性主义必须始终保有一种政治的激进风骨。如果女性主义包括所有这些问题,那么非洲背景下的妇女,在上述方面都没有问题吗?

对于那些说女性主义不适用于非洲的人,他们是否可以诚实地说,非洲妇女在女性生存的所有方面都是令人满意的,因此不需要一种意识形态来解决现实问题,无需以此改善现实问题? 反对者认为女性主义是域外意识形态时,是否能证明非洲妇女或非洲文化过去没有意识形态,不需要对非洲女性的生存状况作出理论归纳,为女性反对社会不公提供途径和渠道? 当然,这些渠道曾经存在。女性主义的反对者是否认为,非洲本土社会没有纠正性别不平衡和不公正的途径和策略? 他们是否主张,[548]社会管理的这些方面只能交与白人或欧美妇女? 他们认为没有白人女性的指导,非洲妇女就不清楚自己的处境而要求改变吗? 我知道,民族主义和种族自豪感会使男性在此问题上鸣金收兵,他们最好知难而退。问题是,本土女性主义是存在的,传统的非洲社会有解决女性遭受压迫和不公的本土模式。

那么,非洲的女性主义是哪一种呢? 鉴于我上述的观点,或者更确切地说,鉴于我的主张和非洲的现实情况,非洲有哪些**女性主义**? 事实上,非洲有很多女性主义,这取决于对其理论化的出发点。对这些女性主义进行理论化时,必须结合种族、阶级、种姓和性别几个方面,还要考虑国家、文化、种族、年龄、地位、角色和性取向这些维度。当然,仍需更多研究来发现非洲女性本身,尤其是工人阶级妇女和农民妇女,她们如何看待自己的女性身份,有什么意识形态,对自己有何短期打算和长期计划。

如果我们一致认为,女性意识形态和有关女性的意识形态是必要的,并且一直存在于非洲,我们就可以继续追问,现有的这些意识形态是否仍然适用或需要改变? 机会主义者和民族主义者应该考虑,对于符合利益需要的文化和遗产,是照单全收,还是进行必要的改变。如若必要,我们是否应该改变一个观念,即男人总是比女人优越,男孩应该去上学,而女孩只有当家里、农场、集市都没有工作可做,又有钱"浪费"时,才能去学校接受教育？对于《圣经》中的性别歧视,对于《旧约》和《新约》中的保罗书信部分所强调的男性统治的内容,是加以批评,还是津津乐道？是应该使《古兰经》适应现代社会,还是如其中第四章中所述,轻打顽固的女人？（如果你的女人不听话,先告诫她,然后不与之发生性行为,最后"轻轻地"殴打她。）"轻"到何种程度是"轻"？给予男人打女人的特权,难道不是问题吗？是将文化置于心灵的博物馆中,还是视文化权威为人类智慧和意识的产物,用以改善我们的生存条件？是否只在对自己无不利影响时宣扬文化传承？而这通常是非洲男人的立场,他们只希望保留有利于他们主导地位的文化内容。

　　我将在本文的后半部分,说明非洲女性对非洲女性主义直言不讳的看法。有些相当杰出的女性——比如布奇·埃梅切塔——说自己不是女性主义者,却不道明缘由。其他如尼日利亚作家弗洛拉·恩瓦帕这样的女性,声明自己不是女性主义者,是"妇女主义者"。还有其他的观点:伟大的已故南非作家贝茜·黑德在其题为《孤独的女人》(*The Woman Alone*)的遗稿中写道,在她作为作家和知识分子的思想世界里,女性主义没有必要,因为思想的世界既不是男性的,也不是女性的。[1] 我认为她被后浪漫主义、维多利亚时代的男权观念和关于精神世界的无性别论的神话所欺骗,或者被他们迷惑了。女性朋友知道贝茜所言是一个神话,尽管这个神话已深入世界上所有女人之心。我们清楚男人的性别歧视如何在思想世界或他们所谓"心灵生活"的世界中运作的。在我看来,贝茜·黑德表达了所有文化中成功的中产阶级女性常常透露的错误意识（包括[549]非洲女性自豪并极力宣称,自己取得的成就超越了女性身份）。"我是作家,不是女作家","我是物理学教授、宇航员、总理,不是女人"。我很好奇,她们将自己看成什么？中性人？请注意,只有女性才会发出这种言论。你听男人说过"我只是个教授,我只是数学家,我只是大亨,我只是美

---

① Bessie Head, *A Woman Alone*: *Autobiographical Writings* (London: Heinemann, 1990), 95.

国总统,不是男人,完全不是男人"? 也许我们需要从其他方面解构这样的表述。

现在我们看看非洲一些著名女性的理论。她们认为女性主义适用于非洲,她们的立场具有如下共同特征:

1. 女性主义无需与男性对立,不是敌对的性别政治。

2. 女性不必忽视自己的生理角色。

3. 母性被理想化,被非洲妇女称为力量,在非洲被视为特殊化身。戴维斯(Davies)曾经问过,非洲妇女是否特别垄断了母亲身份。[1]

4. 应该解决妇女状况的总体结构,而不只对性问题耿耿于怀。

5. 妇女的某些生育权优先于其他方面。

6. 非洲妇女的状况需要在社会生产和再生产的情况下加以解决,而且这种解决方式会牵涉男人和儿童。因此,非洲女性主义思想一直强调经济实践和经济独立。

7. 女性的意识形态必须在困扰非洲大陆的种族和阶级斗争中建立,也即,在整个非洲大陆获得解放的背景下形成。

总体而言,非洲女性对女性主义的整体态度,常常将她们与西方的姐妹区分开来。

[······]

我一直倡导使用"斯蒂瓦主义"(Stiwanism)这个词,而不是"女性主义",以避开在非洲引发女性主义问题的斗争性话语。

创造新词汇是为了避免人们指责我们模仿西方女性主义,这样可以保存能量,避免偏离对非洲妇女现状这一实际问题的探讨。该词表达了我和志同道合的女性希望在非洲看到的景象。"女性主义"一词似乎会激怒非洲男人。有人批评这个词的本质是霸权主义,或者说有此意味;有人

---

[1] Carole Boyce Davies, "Motherhood in the Works of Male and Female Igbo Writers," *Ngambika: Studies of Women in African Literature* (Trenton, NJ: Africa World Press, 1986), 241—256. See also the introduction to the book.

认为关注女性本身是一种威胁;有人则指责,不管女性主义是什么,都限制了她们的视角。一些真正致力于改善妇女生活的人,对被称为"女性主义者"感到尴尬——除非她们性格特别坚强。她们的尴尬源自这个直接将女性编码进去的词("femina")。男权主义的社会化历程竟是如此有效!做斯蒂瓦主义者吧,我就是斯蒂瓦主义者!

　　[550]"Stiwa"是"Social Transformation Including Women in Africa"("包括非洲妇女在内的社会转型")这一短语的首字母缩略词。这个新名词既描述了我对非洲女性的研究计划,又绕开了对我模仿西方女性主义的指责,也无需在非洲大陆上表明我们与其他女性主义,特别是触犯众怒的白人欧美女性主义的关联。这个新词"STIWA"让我能够按照本土文化中妇女社会存在的空间和策略的传统,讨论非洲女性的需求。我的观点一直是,非洲本土存在女性主义,我们正对其努力研究,以期呈现在世人面前。"STIWA"即是关于非洲妇女参与非洲当代社会和政治变革的问题。作一个"斯蒂瓦主义者"!

　　　　　　　　　　　　　　　　　　(王璟 译;姚峰 校)

第73篇　小写"f"的女性主义！①

布奇·埃梅切塔（Buchi Emecheta）

[551]我只是个普通作家，一个必须写作的普通作家。我要是不动笔的话，恐怕得进收容所。有些人非得交流思想不可，而我恰巧是其中一员。我有几次试着接受大学的聘任，当个批评家，但每次的结果都是打点行装、不辞而别。我发现自己没有勇气评论别人的作品。当时，我丈夫烧了我的第一本书，我对他说："如果你烧我的书，就可以烧我的孩子。我的书如同我的孩子，我没法评论我的孩子。"我孩子出生时，丑得出奇，他们有个父亲那样的大头，肢体则像我。但要是有人往婴儿车里看，接着又说"好丑的孩子"，我就再也不会搭理那人了。我知道，我不是惟一那个发现自己难以接受评论的作家。有个评论家曾问我："你火气真大，怎么能受得了？"我回答道："嗯，我是受不了，所以得发泄到纸上。"1972年，我开始写作，几周前我的第六本小说交稿了。为了让你们明白我是做怎么工作的，我要讲讲自己的成长背景。

我出生在尼日利亚的拉各斯。我在那待过，也在位于伊布沙（Ibuza）的村庄生活过，这就是我幼年时想要讲故事的原因。我父母都来自于伊布沙，为了找工作搬到了拉各斯。他们都受过一些教育，信奉了圣公会（Church Missionary Society）的生活方式。但他们属于古老的伊博王国，于是想方设法，确保哥哥与我不会失去与伊布沙家园及其生活方式的联系。

---

① First published in *Criticism and Ideology：Second African Writers' Conference*, *Stockholm* 1986，ed. Kirsten H. Petersen，pp. 173—181. Uppsala：Scandinavian Institute of African Studies，1988.

雨季,我们就在家里劳动,下地帮着干农活,学习伊布沙人的行为举止。我要是住在拉各斯,就会变得道德松懈,总讲约鲁巴语。父母想让我学会真正的伊博族生活方式。看得出来,即使在尼日利亚内部,我们依然彼此歧视。

恰恰是在家的日子里,我遇到了真正会讲故事的人。我曾见过一些约鲁巴人,他们讲着故事,唱着歌,还敲着鼓,我们这些孩子就像跟着吹笛人那样,跟在后面,一起穿街过巷。但是,讲故事的伊博人与他们不同。她总是某人的[552]母亲。我大妈(Big Mother)是我婶娘。一个孩子属于许多娘亲,不只有生物学意义上的那个母亲。她出神般的嗓音令我们着迷,我们在她脚边一坐就是几个钟头。这样的故事中,她会讲先辈的英雄事迹,还有我们所有的风俗习惯。她常常是以歌唱的方式讲故事的。大约14岁之前,我一直认为某些精灵给了这些女人灵感。由于我们多次回到伊布沙,加上那些故事曾经带给我们的快乐和知识,于是,我下定决心,长大后要成为我大妈那样会讲故事的人。

在拉各斯的学校里,人们来自不同的地方,我要是想给他们讲故事,就不能用第一语言,也不能用第二或第三语言,得用第四语言,这让我灰心丧气。我的故事因此丧失了许多色彩,但我还是应付了过去。我的英语那时肯定糟糕透了。英语老师来自湖区,痴迷于华兹华斯,我第一次告诉她,我要像她最喜欢的诗人那样写作,她命我去学校教堂,祈求上帝的宽恕,她说"傲气先行,堕落随后"。甚至在那时,我知道上帝不会倾听我的梦想,他还有重要得多的事情要做,就没去小教堂祈祷。对我来说,梦想源于所谓奇幻的伊博丛林文化,还有历史悠久的约鲁巴文化,因此,梦想便不再遥不可及了。

一些早期的传教士并没有深入了解非洲人的思维。那件事坚定了我在孩童时代的猜想,我那时认为交流的艺术——无论以图像、音乐、写作或口头民间传说的形式表现出来——对人类至关重要。

我从来不从经验中吸取教训。我写的第一本书叫《彩礼》(*The Bride Price*),令我丈夫感到痛恨。他像我英语老师那样告诉我,"傲气先行,堕落随后"。我离开了他,发现自己已经22岁,没了丈夫,还拖着五个小孩。我想,我得等到大妈那个年纪,拿了一连串的学位,才能开始写作。但我得养家糊口,惟一能做的就是写作。我一边照顾着快速成长的孩子,同时决定去读个学位,好帮助我掌握英语这门语言,帮我把自己所生活的社会说给世界其他地方的人听。我选了社会学专业,同时继续写作。我收到的拒绝信够糊满一间屋子了。但在 1972 年,《新政治家》(*New States-man*)杂志开始连载我的作品,后来这些作品结集出版,就成了我的第一本书——《沟渠之内》(*In the Ditch*)。

我从那时起便开始了写作,现在则完全以写作为生。我的那些小家伙现在开始离家外出。其中一个也开始写作了。也许,写作在家庭中能够延续下去。我做的不是什么巧事,只是在做大妈 30 年前在没有回报的情况下做的事。惟一的区别是,她在月光下讲故事,而我在打字机前砰砰砰。这台打字机还是我在伦敦的伍尔沃斯(Woolworths)买的。我不擅长阅读,有时写作,甚至读不懂自己写的东西。写作是个异常孤独的职业。这便是坐在桌旁,琢磨些想法,把思路想明白,再写成小说或短篇故事;一不小心,便会过上书中人物的生活。这样的际会拯救了我们某些人,免得我们变成怪物。

作家经常被问到"你为谁写作?"我怎么知道谁会从图书馆的架子上取下我的作品? 有时候我会假想,要是有人问画家,他们什么时候作画,他们为谁而作画。画家作画时,自己也掌控不了画作,我们怎么能要求他提前预知谁会乐意鉴赏呢。一本书就像伏在母亲背上的孩子。母亲只知道孩子在背上,但孩子能用手举起经过的任何东西,[553]而不让母亲察觉。我觉得这个问题有时显出屈尊俯就的样子。事实上,有时不去念及读者,更有益些。作家是交流者,我们记述日常发生的事件,将其编进长篇小说、诗歌、纪实小说、文章等。作家有自由去控制、想象以及记述。我为所有人写作。

更为关键的是,作家能够控制自己所写的主题。比如我自己,我不去处理重大的意识形态问题。我只写日常生活中的小事。我是在非洲出生的女人,便以非洲女人的眼光观察事物。我了解非洲女人的日常生活,记述其中的小事。我不知道是不是因为这样,人们把我叫作女性主义者。如果我现在是个女性主义者,那么我是个非洲女性主义者,而且以小写的"f"开头。我依旧很重视家庭的价值,在书中写与家庭相关的事。我描写的那些女性,努力维系着自己的家庭,直到完全没了希望为止。一个女人要是抛弃了孩子,或者只为了脸面,而与一个混账男人维持婚姻关系,我对这样的女人都没什么同情心。我知道，教育实在令女性受益，我很希望非洲女性能得到更多的教育。教育帮助她们阅读，也帮助她们抚育下一代。一个女人受了教育，就意味着一个社群受到了教育；而如果一个男人受了教育，那么只是这个男人受了教育，这是真理。我的确偶尔也写些战争与核灾难的作品，但这样的书中，我还是会转而描写女性，她们在此情境下有着怎样的生活与经历。

也许，这一切只能让我作个普通作家，但这正是我想要的——成为一名普通作家。我来给你们读两段我的观察文章。风格简单，但就是我的写作方式。我是个简单而没什么心计的人，文化人真让我紧张不安。我想读的第一段是关于一夫多妻制的。人们认为一夫多妻制是种压迫，某些情况下的确如此。因为我经常去尼日利亚，我意识到现在有些女人能让这个制度为她们所用。我想谈论的就与几周前的事有关。我当时在伊布沙的卧室倾听一场交谈。天气湿冷，我纠结着要不要从床上爬起来。我不用看钟，就知道当时大约早晨六点。我能听到清晨的歌声，孩子们在去汲水的路上，公鸡四处啼鸣，我便知道了时间。然后我的脑海出现了奥比克（Obike）的长妻恩旺鸽（Nwango）那具有穿透力的声音。"滚开，你这烂醉如泥的畜生。你干嘛不让我好好睡觉。今天，我还要忙一整天呢！你一大早就过来烦我。真不知羞耻。你都不想想孩子还睡在隔壁。你这畜生。你怎么不去你新娶的女人那！"男人声音缓慢、充满怒火，且振振有词地回道："我从你那儿得到的，都是大声嚷嚷。你从没好好给我做过饭，到你床上来，就把我赶走。那我付的那些彩礼是干嘛的呢？"恩旺鸽说："找你妻子去。"奥比克说："她怀孕了。""那又怎样，去再找个女人。我的精力得放在农田和买卖上，今天是赶集日。"这时，我婆婆进来了，让我别理会他们，很遗憾我错过了这场斗嘴的大结局。她说："这些臭男人，总是那样不知羞耻。他们觉得我们女人过门就是为了陪他们过夜。他可以再娶一个女孩。但还是那样，哪个有脑筋的女孩会吃他那一套？他太懒了，不按时下田干活。"我婆婆什么都知道，她有 13 个孩子。一家人住在首都拉各斯，家里太小，丈夫没法再娶一个妻子，所以什么事都是她一个人干。要是他们在村里过日子，情况就不同了。

[554]我知道，我们的西方姐妹会发现这种处境难以理解。是的，性对我们很重要，但我们不像在座的女性那样，把性作为存在的核心。实际

上,在尼日利亚,女人私生活糜烂的话,大多是因为经济原因。约鲁巴人有句俗语,女人永远也不能让男人与她同睡,否则,这天之后,她就会负债。我们的女人很少会去追寻性爱本身。要是与丈夫同床,她们觉得这样付出是出于责任、爱情,或是为了怀上孩子。年轻的女子可能会幻想浪漫的爱情,可一旦怀孕,她们便忠于孩子,竭尽所能,让孩子过得更好。在村庄,女性会和同龄人、朋友和市集上的女性来往,她还会征求母亲或婆婆的建议。就像恩旺鸽先前提到的,家中的另一个女性可以帮着分担家务。她丈夫想与他行房的那天是埃克(Eke)日,重要的集市日。她得起早赶集,向"市集女性储蓄基金"捐献 20 奈拉,差不多相当于 10 磅。我们通过这种办法,为自己的商业活动筹集资金,而不必去银行,大部分银行都不向女性贷款。所以她得贡献 20 奈拉,随后在傍晚,她们的一个成员要为祖母举办的二次葬礼,她得穿上奥图奥古(Otuogu),去阿格巴拉尼(Agbalani)团体,得去跳舞。为了那场舞蹈,她们得以阿康乌斯(Akangwose)风格系上奥图奥古。她们得花三年时间,才能存够钱做这些事。她们得戴个藏青色的头巾,拿把藏青色的日本扇子,穿黑色平底鞋或拖鞋。这些物件,没一个是丈夫买的。恩旺鸽每周在木薯地里干四天活——我们的一周是 5 天——第 5 天,也就是埃克市集日,去卖木薯粉制成的加里(garri)(非洲尼日利亚人的主食。——译者注)。她从利润中,拿出 20 奈拉交给收钱的那个人,也是团体中的一位女性。正是用这些埃苏苏(esusu)强制征收的储蓄,她送儿子上了大学,剩下的凭自己的喜好花掉。在葬礼舞蹈上,这个团体会从基金中拿出 1000 奈拉(大约 500 磅)来帮助这位丧亲的女士。这场舞蹈会一直持续很晚。大约晚上 8 点,人们会听到这群女人往家走的动静,扯破嗓子、放声高歌。威士忌、啤酒、松子酒、白兰地,任何你能说上名字的酒,她们都会喝,没男人敢说个不字。给丈夫做饭,胡扯！让别的女人去干吧。尤其这个女人还是个十七八岁的年轻姑娘,脑袋里充满了浪漫爱情的幻想。到了 25 岁,她也会变成聪明人的。恩旺鸽的丈夫差不多是头种马。这个词不怎么好听,但那是村里大部分女人的想法。

　　性是生活的一部分,但不是**全部**。听到西方的女性主义者关于享受性的宣言,让我发笑。非洲的女性主义不受西方浪漫主义的束缚,通常要务实很多。我们相信,这个世界上有很多很多事等着我们,不仅要让自己有教养,还要在男人面前把自己打扮得漂漂亮亮的。姐妹情谊的魅力发生在女人40岁上下的年纪。女性通过婚姻或村庄中的同龄团体培养姐妹,这时,开始获得回报。比如在英国,我属于战后一代,我们被叫作"无盐的小儿",意思是在尼日利亚出生时,因为战争,我们没有盐吃。所以在村里,我们被叫作"无盐的女人"。在伦敦,我大约有16个同龄人,在这里我们也有自己的团体。去年,我们一位团体成员住院了,她说病友们称她为"非洲的公主"。在探望日,护士和医生都用嘘声把我们打发走。她在那儿住了三周,我每两天去看她一次,每次得等15分钟多才轮到我。我住在伦敦北区,[555]离她家很远,但那些离得近的成员都会确保她和七个孩子每晚都有人上门探望。三年前,丈夫撇下她,独自去了尼日利亚,在那里做些生意,但我们都知道他在那儿跟别的女人同居了。我们这位团体成员在意吗?不。她太忙了,懒得在意。他要是回来了,很好;要是不回来,那更好。她在接受培训,要当个美发师,因为孩子都上学了。她把家里的大房子改造成了公寓,这样,她和大女儿就可以开一家提供住宿及早餐的旅馆。等到万事俱备,她就来我们团体,从基金中免息借贷。要是她丈夫在近旁,可能会帮点忙,他毕竟没工作,待在这儿就行,但也可能会妨碍我们这位成员的自我实现。为了性爱而照顾一个男人,要花费很多时间。这一点,我敢向你们打包票。

在西方,许多女性在离婚或丧偶后匆匆再婚。我们这里的女性不会这么着急。许多人有孩子,新生活的大门向她们敞开,压根不会为此操心。她们的新生活中有别的女性和朋友。女人动辄争吵不休,动辄心生妒意。我们总能言归于好,尤其喝下几杯白兰地,啃下(我都记不得是多少只)鸡腿之后。因为我们意识到,原谅对方,我们就有所得;为了避免妒意而孤独自处,也有所得,但前者更好。在《为母之乐》这本书中,我描写了一个家庭,女人知道丈夫喝酒花去了大部分的工资,她们便撂挑子不干了,拒绝领取用于家用开支的生活费;我也刻画了另一个女人的一生,她忙着作贤妻良母,没时间结交女性朋友。她最终饥肠辘辘,孤苦无依,死在路边。同一本书中,我还描述了丈夫把新娶的妻子带回家时,她是多么妒忌。第一天晚上,她没有入睡,一直醒着听丈夫与新妻做爱时的响动。仅仅几天后,她就想明白了,与其为了争丈夫而吵架,还不如与这位新过门的女人交朋友,对双方都有利。她们很快便将男女之事抛在一边,忙于日常生活了。

许多情况下，一夫多妻制不会限制女性，反而会解放她们，对于受了教育的女人，更是如此。丈夫没有理由阻止她参加这样的国际会议，阻止她回到大学更新知识，甚至再拿一个学位。一夫多妻制鼓励她把自己定位成一个人，在家庭之外寻找朋友。这给了她自由，大部分时间，不必把心思花在丈夫身上。丈夫每次和她亲近，都得确保自己有个好心情，还要洗个澡，为妻子准备就绪。因为如今妻子是个素养很高的文明人，没时间理会一个脏兮兮又喜怒无常的丈夫。这很奇怪，夫妻之间反而相处融洽了。

在伦敦，我们团体有个成员，她儿子跟老师讲他有两个妈咪。"我的一号妈咪在上班，二号妈咪会来接我回家。"老师不明白怎么回事，后来了解到，他的律师爸爸有两位妻子，长妻是孩子的生母，这两个女人共同照顾这位小朋友。这样开启自己的人生，多好啊。在伊布沙也是这样。一旦女人开始挣钱，就不再多生孩子了。这是因为，如果女人找到热爱的工作，并从中获取性爱般的乐趣，就是幸运者。和我交谈过的许多女作家、许多英国女作家声称，她们不仅在工作中找到了两性般的满足，[556]有时还有自慰般的满足。我当然在工作中感到非常满足。性是生活的一部分，但不应该是**全部**。

接下来一部分，我会快速向你们概述一些与黑人女性相关的议题。在非洲许多地区，只有敌人才会费尽心思，去祈祷一位孕妇生个女婴。大多数人都想要个男婴。祷文会这么说："你会平安诞下活蹦乱跳的男宝贝，一位真正具有男子气概的孩子。我们将用威士忌和啤酒让他快乐。"这位孕妇是不会去抱怨这段祷词的，也想要个有男子气概的婴孩。他不会嫁出去，会留在家族中，在母亲年老体衰时照顾她。非洲的大部分社会，儿子的诞生提高了母亲在家庭中的威望。男婴非常非常重要。然而，一开始就不受待见的女孩，在非常年幼时就进入了女性的角色。从童年开始，人们就受到周围的影响，认为女孩就必须做所有的家务，得帮母亲做饭、清扫、汲水、照顾年幼的弟弟妹妹。要是抱怨，或者表现出不想做任何一件事的样子，母亲就会严厉地提醒她："可你是个女孩，会成为女人。"

我们的责任就是把下一代带到世上来，抚育他们，直到他们长大成人，可以飞离安乐窝，开始自己的生活。这不是一件容易的事儿，可能十分无聊,有时候,在有些地方,可能会吃力不讨好。但这是个微不足道的活儿吗？我曾在写作的办公室拍了张照。摄影记者是个坚定的女性主义者,令她感到很生气的是,我的办公室就在厨房里,照片的背景还有一袋燕麦片。她大叫着说,我要是拍了这样的照片,会对不住妇女运动的。但那就是我工作的地方。那儿更暖和,只要把打字机推到一边,我就可以方便地看到家人。我试着告诉她,我在厨房比核科学家对世界和平贡献更多,但她偏不听。在厨房,我们养大了所有的里根(Reagans)、所有的恩克鲁玛、所有的耶稣。在厨房,我们为孩子做菜,长大成人后,又送他们离开家。在厨房,他们学会爱与恨。我说,还有更伟大的活儿吗？有家庭的母亲是经济学家、护士、画家、外交家等。我们女人什么都做,按说我们塑造了世界上过半的人口。可我们的地位最低。姐妹们,男人的确把我们摆在了最低的等级,但我认为,有时候我们自己也是这样想的。你是不是经常听到同事说"哦,我只是个家庭主妇,什么也不知道?"

女性应该有更多的选择,当然,要是有女性想成为杰拉尔丁·费拉拉(Geraldine Ferrara)那样的人,应该允许她们这样做。尤其是黑人女性,需要更多像她那样的人。我们需要更多的戈尔达·梅尔(Golda Meir),更多的甘地夫人(Indira Gandhi),甚至还有更多的玛格丽特·撒切尔(Margaret Thatcher)。但生育和培养年轻一代,从而控制和影响未来的人,不应受到轻视。这不是什么丢人的活。用我的话说,这是世界上回报最高的工作。我们应该同时训练男人和女人干家务活。一些幸运的非洲女性正在挣脱束缚。她们住在家中,工作在外。大部分这样的女性都很幸运,她们的家庭允许女孩上学,她们常年在学校读书,掌握的知识足以让她们离开家庭,去和男性打交道。按照这些方法,黑人女性在各领域正在获得成功。

我们必须牢记,黑人女性对于工作并不陌生,她们总是在工作。在农业环境中,女性做点小生意。她们通常把年幼的孩子带在身边。[557]她们什么都卖,从几个面包条,到几盒火柴。运气好的女人拥有自己的摊位或者店铺。不太走运的,就把临街的屋子当作货摊用。许多尼日利亚女性住在城市,她们把埃苏苏的利润积攒起来,觉得足够多时就存进银行。我有很多朋友都是通过这种方式维系家庭的。这意味着其他受了中产阶级下层职业训练的人——比如说,教师——都选择辞职从商了。

干一行成一行,对非洲女性也不陌生。阿巴(Aba)骚乱是个典型的例子。在女性群体间,这场骚乱从尼日利亚东部的奥韦里(Owerri),扩散到卡拉巴尔(Calabar),她们甚至都不使用同一门语言。这场骚乱席卷了本地所有的城镇,直到尼日尔河旁的奥尼查,接着又越过尼日尔河,进一步影响到了阿萨巴(Asaba)的妇女们。尽管白人男性编年史家称之为骚乱,但其实是一场真正的战争。在那个年代,女性能够组织起来,是个奇迹。别忘了,那时没有电话,没有信件,只有林间小道,以及危险的河流。整个地区相当于伦敦到爱丁堡那么远。这场货真价实的战争是女性组织起来的,她们戴着各种各样的头饰,把炊具当作武器。这场战争发生在1929 年,是为了回应当时英国人要求女性交税。所有的男同胞都称赞战争中的黑人女性,她们获得了赞誉,而非责难。情急之下,但凡妻子积极参与了这场战争,英国当局就逮捕她们的丈夫。英国人无法承认,女性——尤其是这些蛮族女性——竟能组织起来,成就这等壮举。

成就如此壮举,对非洲女性而言并不是什么新鲜事。但她们依旧面临许多障碍。她的家人更乐于教育男孩,她则留在家中做些被视为"女人天职"的重要工作。我们接受这个标签,而且我们很清楚,一个男孩无论多聪明,要是没有母亲、爱人、妻子,甚至姐妹的牺牲,就不可能走到如今这一步。非洲女人总是作出了贡献的。但这并不意味着,她们一定要成为国际律师、作家或医生,尽管在这些领域,非洲女性的表现也很出色,人数也不少。但在我看来,对非洲大部分女性来说,真正的成就是勤于农事、给人安慰,让身边的环境尽可能变得令人快乐。如果有一天,那些精心构筑的人为障碍被移除;免费教育不分男女,提供给所有人;男性操纵的媒体不再因为黑人女性是个漂亮的尤物而报道她,以此来削弱我们的思维力量;我们充满自信的评判女性对世界作出的贡献。此时,非洲女性就会怀有更远大的抱负,取得更大的成就。是时候来歌唱我们自己的英雄事迹了。

(胡蓉蓉 姚峰 译;孙晓萌 校)

第74篇　写在骨边①

伊冯·薇拉(Yvonne Vera)

[558]作为女性作家,没有本质真理。最好的作品来自于男性和女性之间的边界地带,这个空间没有性别差异。我指的是写作本身,而不是笔下的故事内容或主题。了解一个故事是一回事,将之付诸笔端是另一回事。

我愿意不受限制地思考写作——不被读者牵制,尤其是不受性别束缚。如果找到没有性别标签、令人无所顾忌的题材,我便能自由写作,甚至可以说无拘无束地作为女性进行创作。有时候,光线能穿过窗户,照进屋里,这比我作为女性写作重要得多。

我的工作必须有严肃的目的,仅此而已。我必须脚踏实地。性别为人类共有,我永远不能误认为它是灵感和力量的源泉。然而,一个人写与自己密切相关的主题、感情、行为和情感时,最得心应手。此时,我便认为我在写作。我是女人,我在写作。

我作为女人的一面,蕴藏在写作中,写作拥抱了我,让我获得自由。对我来说,写作是光,一种事无巨细均能捕捉的光辉。这束光探寻着、照亮着,在其光亮之下我们安然展示情感创伤。光是一种明亮的温暖,可以疗伤。写作就是这种光。在写作之光中,我不躲藏。我勇敢向前,越过它,进入光影之中。黑暗里,我同样享受自由,进行写作,做一个女人。

我喜欢梵高画的农鞋,因为它们缺少光亮。鞋的颜色远比复制品深,完全没有光色,只是在鞋子后面有一块清晰的地面,但那确实也不明亮。

---

① First published in *Word*: *On Being a*（*Woman*）*Writer*, ed. Jocelyn Burrell, pp. 57—60. New York: The Feminist Press, 2004.

因为这幅画缺乏光线，欣赏者得挨得很近，你的感情随之更加深入，你非常想看清楚，你的内心充满喜悦。看着这双鞋子，你想知道它们去过哪里，被谁穿过，经历过什么，是否承载过生命，给这个世界带来一丝光明。我去[559]参观阿姆斯特丹的画廊，找到了印有这双鞋的明信片。而这张复制品色泽明亮，毫无质感，我是不会买这张卡片的，虽然心里很想买下。我回到画廊，又看了一遍农鞋的原作，这幅令人回味的巨大油画，让人悲伤，使人激动。我认为这幅画不是缺少光线，而是超越了光线。

我在《吃马铃薯的人》（"The Potato Eaters"）中看到了相同的画面和情感。这幅画的色调比《农鞋》更阴暗。画面上有四五个小杯子，一些浑浊物正倒入其中。杯子是白色的，没有光亮。前景中的人物可能是个孩子，背对着观众。这个孩子的背影不易看清，可能在吃马铃薯，正从一只灰暗杯子里喝那浑浊的东西。人群上方悬挂着一盏灯，灯投下了阴影，灯光既不温暖，也不明亮。这幅画情感强烈、构图完美，具有冲击力。

快6岁的时候，我学会了写字，发现在自己的身体上写字，身体就有了魔力。因为母亲在学习深造，我和祖母一起生活了好几年。许多孩子和我祖母住在一起。房子非常小，午后大部分时间，我们都被关在屋外，每天我们和表兄弟们一起醒来，坐在硕大的金属垃圾桶上，腿几乎够不着地。

冬日寒冷，我腿上的皮肤干燥紧绷，甚至感觉厚重。我用指甲边缘，有时也从祖母的扫帚上折下枯草，开始在腿上写字。我写在大腿上，但是大腿很柔软，写上去的字很快就消失了。在腿上写字的感觉很奇妙，那种刺痛的、痒痒的感觉让我们开怀大笑，写下的字仿佛被我们隐藏了起来。

我们越写越觉有趣，一直往下写到像黑粘土一样裂开的小腿上。我们将自己的名字永远留在腿上。我们的字就写在骨头附近，直到脚踝。我们将字深深写在皮肤里，也写在皮肤下，就不会脱落了。皮肤似乎渴了，我们喜欢这种感觉。写下的字形成了浅灰色的交叉路线，这对我们的想象力具有意义——使我们得到解放，想起母亲久违的笑声。阵痛中，我们感受刻下去的每一个字，之前几个字已感觉不到，刮擦的痛苦现在已经消失，刻得最深的最后几个字，仍然会随感觉跳动，无法安静。

我们抬起头，笑了起来，又画了自己的身体，还将祖母的身体挤在字母中画出来。用干燥的树皮作笔，皮肤上会有血点，但这样写的字永远不会消失或遗忘。这是流血,不是写字。书写很重要。我们跑进屋里,双腿已经变色,祖母一定非常心疼,我们用唾液擦擦身体,这唾沫带给我们温暖和平静。

我学会了写字,不写在身上,就写在地上。我们充满欢心,仔细用手掌把肥沃的土铺在光滑的地面上,然后用指尖写字。我们弯下腰,用鼻子触碰泥土,学着写大大的字,这些字带给我们另一种感觉,帮助我们理解自己位于世界何处。我们站起来回头看写下的字,[560]为自己的成就感到骄傲。我们像甲虫一样挖掘土壤,心满意足。然后,我们把这些字留在地上,跑去干家务活了。我喜欢在雨后写字,泥土粘在裸露的脚下,让我陶醉。我在地上画出各种形状,老远就能看见:我们的身体、土地、雨、甲虫和气味,这就是写作。

(王璟 译;姚峰 校)

第75篇　非洲女权随笔①

卡罗尔·博伊斯·戴维斯(Carole Boyce Davies)

[561]关于非洲文学中的女性以及非洲女性作家的写作,人们进行富有意义的审视时,必须考虑非洲女性生活的社会现实与历史现实。不少作品从多个视角审视了非洲女性。近些年,非洲女性自己表达了一些主张。但只有费罗米娜·斯黛蒂一人构想了非洲女性的女性主义理论。她仔细分析了非洲大陆与海外非洲女性的经验与反应的共同特征,对非洲女性主义作出了定义。她在《跨文化的黑人女性》(*The Black Woman Cross-Culturally*)②的序言中指出,非洲的女性主义包含着女性自治与女性合作;强调禀性甚于文化;把孩子当作重心,有多重母亲与亲属关系;在非洲女性的世界观中,常采取调侃的态度。她们有许多传统的权利与责任,于是费罗米娜·斯黛蒂总结道:在实践上,非洲女性比欧洲同胞更像女性主义者。

> 真正的女性主义应该拒绝男性的保护,决心变得明智、可靠。非洲与海外的黑人女性中,多数形成了这些品质,虽然并不总是出于自愿的选择。(pp. 35—36)

尤其是斯黛蒂审视了社会经济与阶级因素,二者导致女性受到压迫(经济剥削与边缘化),而她们的回应方式便是自力更生。因此,对于这场

---

①　First published in *Ngambika*: *Studies of Women in African Literature*, ed. Carole Boyce Davies and Anne Adams Graves, pp. 6—14. Trenton: African World Press, 1986.

②　(Cambridge, Mass., Schenckman Publishing Company, Inc., 1981), pp. 7—41.

讨论,斯黛蒂的立场也许是最恰如其分的开端。然而,斯黛蒂的定义有几个值得争论的点。许多人持有异议的是,假设非洲女性的禀性胜于教化,这就否定了她们对人类文化形成过程的参与,视她们为无生气、无才智的"器皿",而非自身有创造力的人,此外,某些不平等的传统导致了非洲女性的从属地位,这场讨论过快地掩盖了这一点。(虽然斯黛蒂承认[562]这些不平等是存在的,但她对此只用一段话作了个脚注,而更愿意广泛讨论黑人妇女处境不同的原因所在。)她们在为母与婚姻中缺乏选择,不孕女性受到压迫,生殖器遭受摧残,被迫沉默,还有不同社会固有的其他形式的压迫,至今仍折磨着非洲女性的生活,这必然应该成为非洲女性主义理论的核心议题。

虽说如此,但就非洲女性经验的各个方面而言,斯黛蒂的导言迄今为止仍是最为全面的。非洲女性在各个层面遭受的压迫必须打破;莫拉拉·奥昆迪佩-莱斯利对此给予了更为细致的考察。他在《非洲女性、文化与别样发展》("African Women, Culture and Another Development")一文中,把非洲女性定位在文化与发展的社会经济现实中。她扩展了毛泽东"愚公移山"这一隐喻,强调非洲女性承受着额外负担:1)外部的压迫(外国入侵、殖民统治等);2)传统遗产(封建的、奴隶制的、社群的);3)女性自身的落后,这是殖民主义、新殖民主义及其伴随的贫穷和无知的产物;4)她的男人,享受了数个世纪的男权统治,不愿放弃自己的势力与特权;5)她的种族,因为国际经济秩序是按照种族与阶级界限划分的;6)女性自身。奥昆迪佩-莱斯利用较多篇幅,细说了前两座"大山"的属性与范围,后四座则少些,但她明白无误地提出,非洲女性最关键的挑战是自我认知(self-perceptions),因为必须由她自己界定自身的自由。

> 女性背上的第六座大山——她自己——是最关键的。数个世纪以来,父权制与性别等级制的意识形态被内化,形成了消极的自我形象,由此束缚了女性。她对客观问题的反应便常常是自我挫败与自我削损。需要她作出自我肯定的行动时,她的回应却是恐惧依赖情结(fear dependency complexes)以及讨好态度和甜言蜜语……①

---

① *The Journal of African Marxists* 5 (February, 1984): 89, pp. 35—6.

进步的非洲女性认为,女性斗争甚至比民族解放运动更为艰难,后者是显而易见的斗争,敌人也容易识别。正像格温多琳·凯恩(Gwendolyn Konie)所形容的那样:

　　性别之间的平权斗争将比反殖民斗争更加艰巨。从根本上讲,这场斗争发生在夫妻之间、兄弟与姊妹之间、父母之间。①

安娜贝拉·罗德里格斯(Annabella Rodrigues)参加了莫桑比克解放阵线,为莫桑比克的解放而斗争。她认为一夫多妻制、成人礼、彩礼(lobolo)或嫁妆是最难以革除的传统习俗,对女性的压迫也最深。她说:

　　殖民主义与资产阶级的影响强加于我们,被我们看作切实的敌人,但传统习俗来自于社会内部,一代又一代,更难消除。②

不可避免的是,更为平等的民族重建问题进入了——必然紧密联系着——非洲各民族女性的生活。[563]废除性残害国际委员会(La commission internationale pour L'Abolition des mutilations sexuelles)是一个更为激进的女性主义组织,总部设在达喀尔,成员包括非裔美国人、加勒比人、非洲人与欧洲人。这个组织的立场必须在此作一番审视。该组织成立于 1979 年,想通过废除性残害、一夫多妻制、强制生育、强迫穿戴紧身衣以及女性文盲等,提升女性的社会地位。废除性残害国际委员会坚持认为,不应等待男性发动一场革命,为女性的生活带来某些制度性改变。("我们不再等待一场由男性掀起,且至今仍由他们主导的革命。我们设计自己的战斗,而不像以前一样,成为由男性主导的男性革命中的某

---

　　①　In *Sisterhood is Global*, p. 744.

　　②　In Miranda Davies, ed. *Third World—Second Sex. Women's Struggles and National Liberation* (London, Zed Books, 1983), pp. 131—132. 津巴布韦的政治激进主义者简·恩文亚(Jane Ngwenya)很早之前就在一次访谈中表达过类似观点,参见"An African Woman Speaks", *Encore*, June 23, 1975, p. 48. Grace Akello, *Self Twice Removed*, 这是一份对乌干达妇女的报告,由 Change(一家国际女性研究组织)于 1982 年出版,并在下文中被报道,参见"Struggling Out of Traditional Strait-jackets", *New African*, January 1983.

个女性区块。")①

因此,可以这样总结真正的非洲女性主义。第一,它认识到非洲女性与男性并肩战斗,以摆脱国外统治的枷锁与欧美的剥削。女性主义不是非洲男性的敌人,但提出了质疑,使男性意识到女性受压迫的某些显著方面,这不同于通常意义上整个非洲民族所受的压迫。

第二,一个非洲女性主义者意识到,在传统社会中,某种不公和限制过去存在,现在依然存在,殖民主义又强化了这些,还引入了新的不公与限制。这样,非洲女性主义既承认了与国际女性主义的紧密关联,但又描绘了一种特别的非洲女性主义——有着不同的需求与目标,这些都源于非洲社会中女性生活的具体现实。

第三,非洲女性主义认识到,非洲社会是古代社会。因此,从逻辑上讲,非洲女人必然从历史的视角,处理女性的社会地位问题。从这方面看,某些社会中已经存在了一些赋予女性平等地位的结构。在凡·塞尔蒂玛(van Sertima)看来,殖民时期和紧随而来的后殖民时期并不是用来评判非洲传统社会的惟一指数。② 历史记录资料的修订版表明,在前殖民时期以及古代,非洲女性是强力的统治者、战士和社会的参与者。③ 事实上,好几个民族的神话都显示,女性处于领导地位。(请参看本书中,纳玛在基库尤文化中关于《姆比的女儿们》④的讨论。)

---

① Le Soleil (Dakar), 29 Decembre 1982. "我们不再需要等待一场革命,并总是在男人的领导之下。我们掌握着自己的斗争,不会像以前那样,总是男人革命中的女性部分。"(我的译文)

② See his *They Came Before Columbus* (New York, Random House, 1976) and *Blacks in Science: Ancient and Modern* (available through African Studies Department, Rutgers University), 1983.

③ John Henrik Clarke, "African Warrior Queens" in *Black Women in Antiquity* ed. by Ivan Van Sertima (New Brunswick, Transaction Books, 1984), pp. 123—134. Caroline Ifeka-Moller, "Female Militancy and Colonial Revolt. The Woman's War of 1929, Eastern Nigeria", in *Perceiving Women* ed. Shirley Ardener (New York, John Wiley & Sons, 1975), pp. 127—157. "Slavery and Women in The Pre-Colonial Kingdom of Dahomey" by Boniface Obichere (Institute of African Studies, University of Ibadan, 1976),这篇文章表明,在前殖民时代的达荷美共和国(Dahomey),女性在政治、社会和经济生活中有着平等的参与权。

④ 非洲女作家查瑞迪·瓦修玛(Charity Waciuma)也有一部自传作品,书名为 *Daughter of Mumbi* (Nairobi, East African Publishing House, 1969)

　　第四,非洲女性主义不能简单地引进西方女性的议程,而需要审视非洲社会中对女性有价值的制度,拒绝那些有害的制度。因此,它尊重非洲女性的母亲地位,但质疑强制生育的做法,质疑传统中对男孩的偏爱。考虑到孩子的照顾问题与家庭责任的分担,它看到了大家庭与一夫多妻制的积极方面。传统与现代职业女性的生活和照料孩子的问题,是可以和谐相处的,但被殖民主义扭曲了,并在城市环境中进一步扭曲。非洲女性主义作家布奇·埃梅切塔竟然提出,一夫多妻制在许多方面对女性是有利的,她为此遭到严厉抨击。① 废除性残害国际委员会的讨论会既审视了一夫一妻制,也分析了一夫多妻制,严厉批判了后者,但也没有完全赞同前者。两种婚姻体系内,女性都有可能受到压制,这场争论因此也就无果而终。一般情况下,男性在婚姻中享有特权,而女性会因婚姻丧失自己的地位,这应该受到抨击。一夫多妻制最令女性不快,其过分之处包括:男人享有被几个女人服侍的特权,**他**通常有选择的余地,女人受到抛弃,男性的选择权带来女性间的争宠。在探讨尼日利亚人的处境时,莫拉拉·奥昆迪佩-莱斯利说道:"女性还是女儿或姐妹时,[564]在自己的家族中拥有更高的地位、更多的权利。一旦结婚,就成了别人的财物。在丈夫家中,除了通过孩子能有所得之外,她没有话语权,常常也没有其他权利。"②然而,非洲还有其他形式的两性关系,且对非洲是有益的,这需要详尽的考察。重要的是,任何体系都不应僵化,被强制执行。人们应该毫无苛责地尊重女性的选择权。

　　第五,非洲女性主义尊重女性的自力更生,也尊重女性相互合作和社会组织(一种关系网络)的倾向。事实上,非洲女性很少在经济上依赖他人,反而会觉得做一份有收入的工作是理所应当的。无论如何不堪重负,非洲女性主义都拒绝被剥削,拒绝沦为"骡子"——而这往往是她的命数。

　　第六,有的社会经历了民族解放战争与社会重建,对于这些社会中的女性境遇,非洲女性主义需要客观看待。厄当(Urdang)③的文章讲述了

---

①　African Studies Meeting (California) October, 1984. 埃梅切塔(Emecheta)对于一夫多妻制的立场,令听众中的非洲女性、一些女权主义者感到震惊。然而,我们不得不承认,尽管埃梅切塔在几部小说中对一夫多妻制都表现出负面看法,但她以上的立场也不是随意而来的。

②　"Not Spinning on the Axis of Maleness" in *Sisterhood is Global*, pp. 500—501.

③　Stephanie Urdang, "The Role of Women in the Revolution of Guinea-Bissau." in Steady, pp. 119—139.

几内亚比绍为实现性别平等而需采取的步骤,这具有巨大价值。《第三世界》(*Third World*)、《第二性》(*Second Sex*)、《女性的斗争与民族解放》(*Women's Struggles and National Liberation*)里的文章同样如此。① 那些全力以赴,参与了民族解放斗争的女性常常会发现,在民族重建阶段,必须发动一场新的、更为持久的斗争,曾与她们并肩战斗的男性既是同盟军,也是矛头所向。

最后,非洲女性主义把目光投向了女性在传统与现代中的那些选择途径。在此,我们有必要作出申明,人类学家(大部分是白人男性)最早研究了非洲女性的角色。他们把外在的顺从行为当作标准,没能发掘出女性获得权力的其他模式。许多这样的权力机制在危急时刻浮出水面。非洲的女性人类学家与社会学家进入非洲女性世界的方式,是白人男性人类学家所不具备的,因此,这些女性学者的新研究开始有了更为准确的新发现。② 总而言之,非洲女性开始讲述自己的故事。③ 这一切必将促进真正的非洲女性主义理论的发展。

非洲女性主义与西方女性主义具有明显联系,二者都承认女性议题的特殊性,认为从国际而言,女性都处于次等和"他者"的地位,并力图加以纠正。与各个地区的女性视角相联系的国际女性主义(International Femi-

---

① (London, Zed Press, 1983);《全球的姐妹情谊》(*Sisterhood is Global*)中的文章也展示了,那些正经历着社会重建的国家对女性的看法。有些文章将其描述为第二场斗争。其他——如 Jane Ngwenya, "Women and Liberation in Zimbabwe", pp. 78—83——则说,痛苦和抗争共同削弱了性别歧视和刻板形象。通过更为长程的研究将会看出,这是否能够持续下去。

② 例如,可参见赫尔(D. M. Hull)在"African Women in Development: An Untapped Resource"(Moorland-Spingarn Research Center, Howard University; April, 1983)一文中的参考书目,列出了一些狭义的非洲女性和广义的女性之作。奥黛丽·斯梅德利(Audrey Smedley)的文章《父系社会中的母亲身份和女性》("Motherhood and Women in Patrilineal Societies")——1983 年,在密歇根州底特律的非裔美国人的生活和历史研究协会大会上,宣读了正在撰写的一本有关女性和父系制的重要作品的部分内容——认为,如果假定女性在其所身处社会的形成过程中没有发言权,那么,我们就引入了男性导向的方法来研究非洲社会。非洲和非裔美国人类学家——如波兰勒·奥(Bolanle Awe)与尼阿拉·苏达卡萨(Niara Sudarkasa)——对于非洲社会的女性提供了重要的信息。此外,还有斯黛蒂(Steady)的《跨文化黑人女性》(*The Black Woman Cross-Culturally*)中的文章。

③ 除了她们的文学作品外,非洲女作家也就各自社会的社会组织发表观点。几篇与非洲女性的访谈即将出版。

nism)①似乎是非洲女性可以接受的,而欧美模式却不然。西方女性主义者无法处理那些直接影响黑人女性的议题,而且对于他者往往会大肆渲染,这些都会遭人嫉恨。② 这就如同在针对非洲女性与男性的压迫中,白人女性都充当了帮凶的角色(南非的例子最明显)。大部分的非洲女性与第三世界女性在使用"女性主义"这一术语时,常常要加以限定。女性主义所考虑的种族、阶级和文化忠诚等问题,也是争议最大的地方。然而,这一概念不大可能进入普通女性的日常生活,而且她们所理解的女性主义经过了男性主导或男性中心的媒体的过滤,但非洲女性依然意识到了种种不公——尤其在民族解放斗争的背景下——正在挑战根深蒂固的男权统治。

　　非洲女性主义理论理解种族、阶级与性别压迫之间的相关性。③ 因而,它意识到白人男性与女性,当然还有黑人男性,都力图推翻各自社会中的压迫结构。因此,它必然具有社会主义倾向。肯尼亚作家兼批评家米希尔·穆戈的处境便是对这种互联性的最好总结。在 1976 年的一次采访中,她声称:

　　[565]首先,让我强调一点,不能只讨论男性对女性的压迫。资本主义制度下,女性——尤其是职场女性或农村妇女——往往会受到社会本性的剥削,这和男性在此制度下受剥削是一样的。不同之处在于,女性遭受的打击尤其严重。她们在受教育程度上处于劣势,这是最大的障碍。其次,还有不同形式的虐待,超越了阶级界限:性虐待、殴打妻子以及男性对女性育儿者角色的利用。但我不想造成一种印象,即我抱有任何幻想。性虐待、强奸等在社会主义社会也会发生,但

---

　　①　《全球的姐妹情谊》(Sisterhood is Global)的副标题是"国际女性运动文集"("The International Women's Movement Anthology"),从这个以及其他文集所收稿件来看,国际女性主义的确在发挥着作用。

　　②　《第三世界-第二性》(Third World-Second Sex, pp. 217—220)中,非洲妇女研究和发展协会关于割礼的声明(AAWORD Statement on Genital Mutilation)就是明证。斯黛蒂(Steady)写的介绍在很多方面都是对西方女权主义的反驳。

　　③　See, for example, Lillian Robinson's Sex, Class and Culture (Bloomington Indiana University Press, 1978), Angela Davis, Women, Race and Class (New York Random House, 1983), Lise Vogel, Marxism and the Oppression of Women. Toward Unitary Theory (New Jersey, Rutgers University Press, 1983); Bonnie Thornton Dill, "Race, Class and Gender: Prospects for an All-Inclusive Sisterhood," Feminist Studies 9 (1983), 131—150.

我相信数据会证实我的想法，这种虐待的程度没有资本主义社会严重。资本主义社会中，分配不公和所有权等容易滋生许多社会问题。①

因此，她呈现了"一种体系，为了男人和女人的福祉，该体系从政治和社会两方面拆解了所有的压迫性机构……此外，还展现了一种积极鼓励集体责任观念的社会。"米希尔·穆戈自己的文学作品、她与作家恩古吉·瓦·提昂戈合作完成的作品，以及导致她从肯尼亚流亡海外的激进言行，这些都展现了非洲女性主义意识与社会主义倾向之间无法剪断的联系——二者都致力于全人类的彻底解放。莫拉拉·奥昆迪佩-莱斯利在《停止围绕男性轴心旋转》（"Not Spinning on the Axis of Maleness"）与《女作家及其志业》（"The Female Writer and Her Commitment"）——前文有引注（fn. 9）——中表达的观点，也是对此立场的另一种表述。如果非洲男性挑战传统父权制下的社会与政治专制，并支持女性议题，那么他们显然就是志同道合者。所有的作家中，恩古吉·瓦·提昂戈可能是最杰出的榜样，他认为女性斗争与整个斗争不可分割、难辨难分。在 1982 年的一场访谈中，围绕他的小说《十字架上的魔鬼》（*Devils on the Cross*）与《一个被关押的作家的狱中日记》，恩古吉认为女性是整个工人阶级中受剥削最深、遭压迫最重的群体。"无论作为工人，还是家庭妇女都受到剥削，还受到'文化中的落后因素以及封建残余的压迫'。"因此，他说道："我想创造一个坚强、果敢的女性形象，决心反抗自己当下的境遇，与之展开斗争。"②

有必要用"非洲"这一词汇限定或限制"女性主义"一词，这表明了两者之间的关系。因此总的来说，非洲女性主义多少是一种混合物，试图把非洲的议题与女性主义议题结合起来。这就是我们必须做的"平衡"的属性。

"妇女主义"（womanism）这个术语是由爱丽丝·沃克定义的，直接源于非裔美国与加勒比文化，与非洲女性主义的定义密不可分。"妇女主义"也是一种限定，即寻找新的术语，来充分传达黑人女性的女性主义；并

---

① "Dr. Micere Mugo, Kenya's outspoken Intellectual and Academic Critic. Talks to Nancy Owano," *Africa Woman* 6 (September to October, 1976), pp. 14—15.

② Profile: "Ngugi: My Novel of Blood, Sweat and Tears." *New African* (August, 1982), p. 36. The works cited are published by Heinemann (London) African Writers Series Nos. 200 (1982) and 240 (1983) respectively.

意识到了"女性主义"这一术语,就我们的目标而言存在的局限性。她说,某种程度上,一个妇女主义者"是一位黑人女性主义者,或是有色人种女性主义者,她致力于整个民族——包括男人和女人——的生存与统一,她也爱自己,不顾一切。"①这里暗指的品质有严肃、能干、自立、自爱和热爱文化。不同的非洲女性主义者,也许在方向上有些不同,但也是大同小异。她们既致力于女性的解放,也致力于非洲的解放,二者合而为一。

界定非洲女性主义的批评方法

非洲女性主义批评必然是介入政治的批评,这与进步的非洲文学批评要参与解殖运动,而女性主义批评要介入男性文学霸权,大致是一样的。所以,这种批评既是文本批评,也是语境批评:[566]之所以是文本的,因为用文学本身建立起来的批评方法细读文本,这是题中应有之意;之所以又是语境的,原因在于,批评如果没有意识到文本分析需要考虑与之切实相关的现实世界,就没有什么社会价值。因此,文本批评与语境批评的二分法、有关形式与内容的长期争论,这些文学界司空见惯的现象,在这里得到了一定程度的解决。

在此,我们的任务是指出,从女性主义的角度被应用于非洲文学研究的那些批评方法、规范和标准,进而指出哪些方法、规范和标准能用来进一步分析非洲文学以及非洲文学中的女性,并继续加以完善。在更广泛的意义上,非洲文学批评如果将来能够做到公正无私,就能应对这样一些议题,如女性人物的分析、非洲女性作家日益显著的重要性。

之前勾勒出的非洲女性主义理论框架,加上女性主义理论家的作品,在此方法上以独特的方式结合了起来。这里,上文描述的"平衡举措"(balancing act)也是适用的。非洲女性主义批评家必须从主流女性主义批评与非洲文学批评中汲取有价值的内容,还要记住这两者都是传统欧洲文学批评的分支,有时还是它的反对者。因此,结果不是作简单化应用,而是要提取精华,专门适用于非洲女性生活中的具体现实与文学现实。

---

① 对"妇女主义者"(womanist)的定义是下列著作的序言,参见 *In Search of Our Mothers Gardens*：*Womanist Prose*, op. cit., pp. xi—xii.

　　大量文学作品一方面依赖女性主义美学（feminist aesthetic）①的发展，另一方面也依赖撒哈拉以南非洲美学②的发展；强调这一事实很重要。美国黑人女性批评家③的作品也提供了关注焦点，尤其当她们分析非洲女性作家，以及她们被排除在文学经典之外这一问题时。

　　正因为此，凯瑟琳·弗兰克（Katherine Frank）的《女权批评与非洲小说》（"Feminist Criticism and the African Novel"）④——这位作家就这一主题惟一一篇公开出版的文献——成了败笔。这篇文章没有考虑非裔美国女性主义者如何把女性主义理论应用到黑人文学中，也就不理解女性

---

　　①　其中就有收录于下列著作的文章，参见 Cheryl L. Brown and Karen Olson, *Feminist criticism Essays on Theory*, *Poetry and Prose* (New Jersey, The Scarecrow Press, Inc., 1978). 谢里·莱切斯特（Cheri Register）的评论文章《文学批评》较为全面地罗列了女性主义批评的议题和理论家，参见"Literary Criticism" in *Signs* (Winter, 1980)。其他文章，分别参见 Elizabeth Abel, ed., *Writing and Sexual Difference*. (University of Chicago Press, 1982); Elaine Showalter, *Feminist Criticism* (New York, Random House, 1985)

　　②　See Addison Gayle, *The Black Aesthetic* (New York, Doubleday, 1971); Carolyn Fowler's introduction to her *Black Arts and Black Aesthetics—A Bibliography* (Atlanta, First World Foundation, 1984); Zirimu and Gurr, *Black Aesthetics* (Nairobi, Bast African Publishing House, 1973); Wole Soyinka, *Myth, Literature and the African World* (London, Cambridge University 1976); Chinweizu et al., *Towards the Decolonization of African Literature* (Washington, DC, Howard University Press, 1983); Johnson, Cailler, Hamilton and Hill-Lubin, *Defining the African Aesthetic* (Washington, DC, Three Continents Press, 1982).

　　③　参见 *But Some of Us Are Brave*, edited by Gloria T. Hull, Patricia Bell Scott and Barbara Smith (New York, The Feminist Press, 1982)，此书第五部分专论文学，包括了芭芭拉·史密斯（Barbara Smith）的文章《朝向黑人女性主义批评》（"Toward a Black Feminist Criticism", pp. 157—75)，此文亦由交汇出版社（The Crossing Press）于 1982 年以单行本出版发行。关于此议题，参见 Deborah McDowell, "New Directions in Black Feminist Criticism", *Black American Literature Forum* 14:4 (Winter, 1980), 153—159; Claudia Tate's *Black Women Writers at Work* (New York Continuum, 1983); Alice Walker's essays in *In Search of Our Mothers Gardens*; Mary Helen Washington's many essays and a number of other works. 参见 Toni Cade Bambara's *The Black Woman: An Anthology* (New York, New American Some Notes on African Feminism Library, 1970)，书中包括弗兰西斯·比尔（Francis Beale）的《双重危险：身为黑人和女人》（"Double Jeopardy: To Be Black and Female"）等文章，讨论了美国黑人女性的特殊处境。德博拉·麦克道尔（Deborah McDowell）正在撰写涵盖很广的稿件，关于非裔美国文学。芭芭拉·克里斯蒂安（Barbara Christian）将布奇·埃梅切塔（Buchi Emecheta）纳入了自己的研究，参见 *Black Feminist Criticism. Perspectives on Black Women Writers* (New York, Pergamon Press, 1985)

　　④　Katherine Frank, "Feminist Criticism and the African Novel," *African Literature Today* 14 (London, 24 Heinemann, 1984), 34—48.

主义理论与非洲文学在批评上的关联。尽管存在地缘文化上的差异,但通过对德博拉·麦克道尔(Deborah McDowell)、芭芭拉·克里斯蒂安(Barbara Christian)、玛丽·海伦·华盛顿(Mary Helen Washington)、爱丽丝·沃克、芭芭拉·史密斯等人的分析,可以看到其中存在的联系。比如凯瑟琳·弗兰克提出"性别或种族是否是定义作家的最重要特征",这个问题已经得到回答。因为撒哈拉以南非洲女性主义者们从不作此区分。这不是一个非此即彼的问题,而是二者都要接受的问题,以及随之而来的二者之间的平衡与争斗。此外,弗兰克的错误还有,她对女性主义的解读方式,存在一些严重的扭曲之处。例如,她总结到:"从定义上来说,女性主义是一种极具个人主义色彩的哲学;比起群体的需要和利益,它更重视个人的成长与个体的实现。"(p 45)这与某些落伍的男性得出的结论,如出一辙。正好相反,女性主义不是什么个人主义,而是公开讨论"姐妹情谊"与"女性"本身的需要——为了社会的整体福祉,而改善她们的社会地位,至少与男性处于同一水平。就像奥乔-阿德(Ojo-Ade),在《女作家与男批评家》("Female Writers, Male Critics")①中表达的观点一样,弗兰克也把女性主义单单看作西方的舶来品,忘记了像索杰娜·特鲁斯(Sojourner Truth)这样的非裔美国女性为女性主义所作的贡献,也忘记了历史上有许多非洲女性,她们的生活与行动可以被清楚地解读为"女性主义"。尽管如此,弗兰克为这个讨论作出了重大贡献,重要性在于她描述了各种可资应用的女性主义文学理论。例如,她意识到有必要建立非洲女性作家文学史,以讲清非洲文学史上"失去的生命"(lost lives)。[567]我们的立场在于,女性作家不仅与传统主义势不两立,同时矛头也指向不公平的社会,因此直接参与了重塑社会的斗争。

---

①　尽管前言和结论部分都很吸引人,但费米·奥乔-阿德(Femi Ojo-Ade)的《女作家,男评论家》("Female Writers, Male Critics")并不讨论批评问题,而是对弗洛拉·恩瓦帕(Flora Nwapa)和阿玛·阿塔·艾朵(Ama Ata Aidoo)的研究。奥乔-阿德对于女作家和女批评家出言不逊、态度倨傲,这与他在结论部分"批评、沙文主义、犬儒主义……承诺"("Criticism, Chauvinism, Cynicism... Commitment")的一些观点,是自相矛盾的。尽管他此处似乎主张公平对待女性,但他的语气暴露了他对此问题的真实态度。多数黑人女性欢迎男性成为该领域的探索者,而极少如他在最后一段所言,对男性批评家肆意污蔑。这似乎是早期"妇女解放"中刻板语言的翻版。

目前为止,非洲女性主义批评已经开展了诸多批评活动。方便起见,可以作如下归类:1)促进了非洲女性作家经典的形成;2)审视了非洲文学中女性的典型形象;3)研究了非洲女性作家与非洲女性美学的发展;4)审视了传统口头文学中的女性。

[……]

(胡蓉蓉 姚峰 译;汪琳 校)

第76篇　将非洲妇女带进课堂：反思教育学和认识论①

奥比奥玛·纳奈梅卡(Obioma Nnaemeka)

[570][······]

1980年,英国 Zed 出版社(伦敦)出版了纳瓦勒·埃尔·萨达维的《夏娃的隐密面孔》(*Hidden Face of Eve*)。这个版本的序言概述了伊朗革命对阿拉伯世界妇女的影响,是对伊朗革命、对帝国主义与伊斯兰教之间关系,最精辟的分析之一。萨达维在序言中明确指出,要了解和解释阿拉伯世界妇女的状况,必须考虑到外国——特别是美国——对该地区的干涉。这篇重要的序言——在帝国主义和宗教激进主义的兴起(伴随而来的对女性的迫害)之间,建立了联系——并没有出现在灯塔出版社(Beacon Press)的美国版本之中,这引起了萨达维的强烈反应:

> 是的,不幸的是,这里有一种女性主义者——所谓的进步女性主义者——不易察觉的剥削形式。《Ms》杂志的编辑格洛丽亚·斯泰纳姆(Gloria Steinem)在开罗给我写了一封信,要求我写一篇关于女性割礼的文章。于是,我给她写了一篇,对女性割礼习俗作了政治、社会和历史分析,还谈到了我的个人经历。但是,她删除了政治、社会和历史分析部分,只发表了我对个人经历的阐述,这让我处于非常尴尬的境地。读者会感到困惑:纳瓦勒怎么会写这样的东西?她对女性割礼习俗有全球视角,怎能写出这样没有观点的文章呢?他们

---

① First published in *Borderwork*: *Feminist Engagement with Comparative Literature*, ed. Margaret R. Higgonnet, pp. 304—309, 312—316. Ithaca: Cornell University Press, 1994.

不知道斯泰纳姆对这篇文章已作了删减。第二个例子是波士顿的灯塔出版社。我曾把此书给了伦敦的出版商,他们出版了书中的所有内容,包括前言和介绍。前言篇幅很长,对本书至关重要。[571]而灯塔出版社未经我允许,就作了删减,此举使我觉得自己遭人算计,我的思想也被扭曲了。如果没有前言,似乎我将性与政治分开,而我从来没有这样做过。在我看来,那些认为自己已获解放、却依然饱受性困扰的女性,并没有得到解放,她们正过着一种新的奴役生活。她们一心想摆脱男人,就像当初她们执着地缠住男人一样。这是一枚硬币的另一面。①

虽然《夏娃的隐秘面孔》在美国读者甚众,但美国读者读到的不是完整的版本,他们无法感受到这本力作的整体力量。萨达维的北美读者开始讨伐对阿拉伯女孩实行的割礼时,应该以同样的斗志挑战萨达维所谓对其著作实行的"割礼"。这种信息操纵对我们的理论和实践有着重大影响。

我们如何将差异或多样性理论化?这种理论化的缺陷是什么?我们如何收集关于他者的信息?我们如何组织、排序和传播这些信息?简言之,如何处理他者信息促进自我概念的建构,同时又使我们远离他者?我们作为学生和教师,不同程度地面临这些关键问题。这些问题和其他相关问题一起,促使我将本文的标题拟为"将非洲妇女带入课堂"。撰写本文时,我和一个同事通了电话。我把文章主题告诉了他。"呃!将非洲妇女带进课堂?"他揶揄道,"'带进'是什么意思?她们不会走?你怎么'带'她们?"我回答说:"牵着拴住她们的链子。"尽管我是开玩笑,但回想起来,我相信自己准确描述了非洲女性被西方深度物化的状态。我们思考非洲妇女被西方教学商品化时,也必须解决装点门面(tokenism)的问题。通常情况下,非洲女作家的作品被塞入课程大纲,是因为考虑到种族、性别、民族、阶级等诸多问题,这样就形成了"多元文化课程",进而培养了"多元文化学生"。

---

① Quoted in Tiffany Patterson and Angela Gillam, "Out of Egypt: A Talk With Nawal El Saadawi," *Freedomways* 23 (1983): 190—191.

　　研究一种文化的前提是某种程度上置身于该文化之外。我们可以作为局外人研究文化吗？哦，是的，可以。然而，相关的问题仍然存在：如何作为局外人研究和教授文化？在研究和教授另一文化的过程中，教师发现自己处于不同的、往往相互矛盾的文化重合之中。这一重合有其优势，也充满危险，生存其中必须极其谦卑。研究、写作和教授其他文化的问题，与生存息息相关。我们能跨越文化的界限而存在吗？跨越文化界限的概念本身就有问题。是从一个点跨到另一个点，还是用一种文化现实替代另一文化现实？在我看来，跨文化教育学并不是"跨界"，而是一种僭越——局部的僭越否定了"跨界"所蕴含的终结性。

　　作为学生和教师，我们发现自己对其他民族和文化的探索，将自己置于模棱两可之地——我们永远无法"跨越"文化，而是跨在不同文化之间：自己的文化和其他文化。我认为，跨文化意味着站在文化的十字路口。换言之，我们必须意识到，我们会带着自己的文化包袱进入其他文化。我们多大程度上[572]允许对自我以及对本文化的自恋影响研究分析，将决定我们得出的结论是否可靠。研究和教授其他文化时，应该回答两个基本问题：（1）为什么我们要研究和教授其他文化？（2）如何研究和教授其他文化？

　　第一个问题涉及意图。包括历史学家、社会人类学家、女性主义者以及文化评论家在内的一些学者，宣称自己是非洲研究专家，特别是非洲女性研究专家。其中，有些学者只关心自己的经济收入和专业发展，因此遭人诟病。① 对于其他少数民族的研究也同样如此，这些少数民族的内部人士和局外人士相互合作，为了增加收入和专业发展，不惜违背少数民族文化的神圣性，对其加以歪曲。正如沃德·丘吉尔（Ward Churchill）所言：

　　　　在过去 20 年里，一个被称为"美洲印第安人精神主义"的新兴产业在美国诞生了。这个有利可图的产业显然始于非印第安人（non-Indians），如卡洛斯·卡斯塔尼达（Carlos Castaneda）、杰·马科斯

---

　　① Ifi Amadiume, preface to *Male Daughters*, *Female Husbands*: *Gender and Sex in an African Society* (London: Zed Press, 1987).

(Jay Marks)（别名 Jamake High-water,《原始思维》的作者）以及茹丝·贝比·希尔（Ruth Beebe Hill）——畅销小说《汉塔悠》（*Hanta Yo*）的作者——进行的文学恶作剧。而阿朗索·布莱克史密斯（Alonzo Blacksmith）和荷梅约斯特·世东（Hyemeyohsts Storm）等另一些印第安人，也趁机于大众市场对本土精神恶意扭曲、造谣中伤。这些作者兜售垃圾、中饱私囊，而真正的印第安人却因为美国的漠视而饥饿致死。①

　　第二个问题有关方法论，与之相关的是视角问题，这对如何研究和教授其他文化同样重要。视角、距离、客观性。视角意味着可能性、可选方案、选择。我们如何选择定位自己？我们与分析对象应该保持怎样的距离？西蒙娜·德·波伏娃 1961 年在日本演讲中断言，战争形势下，战地记者目睹战斗却不被卷入，不受制衡，因此他们的立场也许最为客观。②理查德·赖特精辟阐述了视角的问题："视角是诗歌、小说或剧本的一部分，作者从不直接述诸笔端。视角是精神空间的支点，作家从这个角度看待同胞的抗争、希望和痛苦。距离太近，不明所以；距离太远，忽视要事。"③研究和教授其他文化时，选择视角必须心怀谦卑、掌握平衡。

　　是作为内部人士，还是局外人来教授文化，会引发不同问题。正如我前文提及，一个人可以作为局外人教授文化，但要做到这一点，就要保持谦逊，并具备广博的专业知识。遗憾的是，许多局外人教授非洲和非洲女性内容时，缺乏耐心，忽视专业知识。在非洲进行为期三周的旋风之旅，无法造就非洲专家；快速阅读几小时非洲小说，也不能算作非洲文学专家。可悲的是，西方学校对这种忽视专业知识的态度，极度容忍并加以鼓励。学校为这样大而化之的非洲研究专家和非洲女性研究专家提供乐土，却对西方文化和文学的教学提出了严格要求——专业知识必须以成绩单、研究生学位和教学[573]经验来证明。对其他文化的轻视滋生了这

---

　　① Ward Churchill, "Spiritual Hucksterism," *Z Magazine* (December 1990)：94.

　　② Simone de Beauvoir, "Women and Creativity," in *French Feminist Thought：A Reader*, ed. Toril Moi (Oxford：Basil Blackwell, 1987), 27.

　　③ Richard Wright, "Blueprint for Negro Writing," in *The Black Aesthetics*, ed. Addison Gayle, Jr. (New York：Doubleday, 1971), 341.

种错误教育，从而导致对这类文化的进一步贬低。

　　作为内部人士，教学本身也存在一些问题。过度认同文化，会导致浪漫化的产生，从而造成其他层次的扭曲。黑人作品中，可以找到大量例子。对非洲的浪漫化和随后对问题的过度简单化，导致了黑人性运动的负面反应。此外，内部人士也可能出现与自己的文化格格不入的情形。接受过西方教育的非洲人教授非洲文化，会采取疏远的文化立场，尽管可能并不像局外人那样严重。无论作为内部人士，还是局外人，距离的问题都至关重要。钦努阿·阿契贝对身份和距离相互作用的认可，使他成为非洲最重要的作家之一。阿契贝在作品中巧妙地取得了平衡，读者的阅读体验往往是难能可贵的。尽管阿契贝接受了西方教育，他仍然是伊博族大地真正的儿子，伊博人称其为"伊博之子"。他生活在本土的文化和社会环境中，却拥有批判的眼光，认同身处的文化环境，同时与之保持距离。作品中，阿契贝叙述了对本土文化环境的深刻认同和热爱，同时也认识到其中的缺陷，尤其那些受外国影响而产生的缺陷。[1] 阿契贝的写作实践证明，生活在后殖民时代的主体能够对后殖民保持客观中立的看法。

　　在西方对非洲女性的一维建构中，平衡问题被忽视了——西方关注的通常是贫穷和弱势的女性。非洲妇女经常目睹西方姐妹的狂热活动，她们大多是女性主义者，打着反抗所谓第三世界妇女压迫的旗号，为我们发起斗争。我们懊恼、痛苦地看着我们的姐妹化身为送葬者，比逝者的亲人哭得还伤心。[2] 我们的姐妹们充满热情，篡夺了我们的权利，进行了激烈的斗争——非常激烈。她们傲慢地宣称非洲女性为"问题"，将我们物化，摧毁了建立真正的全球姐妹关系所必需的媒介。非洲妇女不是需要解决的问题。如同世界各地的妇女，非洲妇女也**有**问题。重要的是，我们为这些问题找到了解决方案。我们是惟一能够确定问题的优先次序和拟

---

　　①　特别参见 Chinua Achebe, *Things Fall Apart* (London：Heinemann, 1958)；*Arrow of God* (London：Heinemann, 1960)。同样相关的是阿契贝批判西方的论文集，参见 *Morning Yet on Creation Day* (London：Heinemann, 1977)；*Hopes and Impediments* (New York：Doubleday, 1988)，以及他对后独立时代非洲——尤其是尼日利亚——的批评，参见 *A Man of the People* and *The Trouble with Nigeria* (Enugu：Fourth Dimension Publishers, 1985)

　　②　一则伊博族的谚语。

定方案的人。任何想要参与斗争的人，都必须按我们的计划进行。同样，希望为全球斗争作出贡献的非洲妇女（有一大批这样的人）应该对前人建立的模式和采取的战略，表示深深的敬意。在积极解放别人的同时，我们绝不能无视自己的奴役状况。全球女性应该彼此相互解放。

［……］

不久前，我在中西部的一所文理学院教了一门课——"发展中的女性：权力，政治和文化"。我们从阅读朱迪斯·范阿伦（Judith van Allen）和一些非洲女性学者伊菲·阿玛迪欧姆、博兰莱·阿韦（Bolanle Awe）和卡门·奥孔乔（Kamene Okonjo）的文章开始教学。① 两周紧张的阅读结束后，一个学生告诉我，她没有任何收获。她的抱怨让我很吃惊，因为有几个学生表示有太多信息需要吸收。我与这名学生进行了长时间讨论，意识到学生的问题来自阅读内容。这些阅读材料主要讨论了女性在非洲本土社会和政治组织中占据的重要地位。学生的问题是："那些被切割/行割礼的非洲妇女在哪里？［574］她们由家庭安排婚姻，最终被逐出家门，落入粗暴的毒贩之手，她们在哪里？"我告诉学生要有耐心。割礼、包办婚姻和一夫多妻制将于第 7 和第 8 周讨论，只需短短 5 周而已。先入为主的观念如此深刻，妨碍了我们研究自己文化界限之外其他民族的生活和现实。作为教师，我们应该下一番功夫，明智地制定平衡的教学大纲，克服这个困难。

文化研究的教学往往侧重于揭示不同文化之间的差异。然而，在我看来，除了差异之外，我们还可以通过教授文化相似性和彼此联系受益更多。女教师教授文化间的联系，从而减少学生与外国文化之间的距离，增加彼此的交流和认同，这是具有政治意义的。教师有责任向学生解释，他

---

① 推荐书目有：Ifi Amadiume, preface and introduction to *Male Daughters*，*Female Husbands*；Bolanle Awe, "The Iyalode in the Traditional Yoruba Political System," in *Sexual Stratification*, ed. Alice Schlegal（New York：Columbia University Press，1977），144—159；Kamene Okonjo, "The Dual-Sex Political System in Operation：Igbo Women and Community Politics in Midwestern Nigeria," in *Women in Africa*, ed. Nancy Hafkin and Edna Bay（Palo Alto：Stanford University Press，1976），45—58；Judith Van Allen, "'Sitting on a Man'：Colonialism and the Lost Political Institutions of Igbo Women," *Canadian Journal of African Studies* 6（1972）：165—181.

们的文化与外国文化之间的差异和共性，同时避免建立简单的普遍主义和难以成立的关联。我所说的教授文化联系的方法，在我给西方听众教授非洲妇女研究内容时——尤其是教授关于非洲妇女的三个最主要的问题，即女性割礼、一夫多妻和包办婚姻——大有裨益。

西方媒体和学术界对女性割礼的普遍关注，导致了对多数非洲女性不完整性的普遍认同，这一认同实际上质疑了我们的人性。为此，西方发起了一场激烈的斗争，由研究女性割礼习俗的专家弗兰·霍斯金斯（Fran Hoskens）领导，他们对这种践踏无助的非洲妇女和阿拉伯妇女的"野蛮行径"怒不可遏。非洲女性和阿拉伯世界的女性同样谴责这种做法。然而，关于如何发动斗争，却存在着分歧。[1] 我们的西方姐妹认为，女性割礼习俗主要是性的问题，她们的反对声极其强烈，因为西方对性达到了痴迷程度。她们谴责女性割礼习俗，认为这阻碍了非洲女性享受性爱。但是，割礼是不是在一定程度上防止了女性随意享受性爱呢？这种对性享受的竭力鼓吹，往往导致非洲和阿拉伯妇女遭受更加严格的控制。外国人无论如何怀有善意，都必须明白，正是他们助长了非洲和阿拉伯世界暴虐的父权行为。在中东和阿拉伯世界的其他地区，宗教激进主义的高涨是对帝国主义和其他形式的外国干预的反抗。重蒙面纱并非偶然。在抵制外来干涉的名义下，父权制社会采取的是僵化而严厉的传统手段——传统的宗教激进主义方式——导致女性饱受压迫。因此，西方姐妹们为我们发动了激烈的斗争，却无意中合伙把我们的脖子套上了绞索。

女性割礼习俗超越了性的问题，提出了深刻的社会、政治和经济问题。[2] 反对这种做法的任何有意义的斗争，都必须与其他反对政治、社会和经济条件的斗争齐头并进，不能割裂彼此之间的联系。我们必须综合考虑，建立各种联系，并且讲授这些联系。此外，必须承认割礼和阴蒂切除术的历史根源及其全球性，以便在为其辩论时适得其所。正如纳瓦勒·埃尔·萨达维正确指出的那样，这个问题并不是非洲蒙昧野蛮、宗教

---

[1]　See AAWORD, "A Statement on Genital Mutilation," in *Third World：Second Sex*, ed. Miranda Davies (London：Zed Press, 1983), 217—220.

[2]　See Nawal El Saadawi, preface to the English edition of *The Hidden Face of Eve：Women in the Arab World* (London：Zed Press, 1980).

激进派压迫女性的问题,其根源在于父权制:

> [575]在哥本哈根,我们来自非洲和第三世界的女性和她(弗兰·霍斯金斯)有很多分歧。研讨会上,我们指出,女性割礼习俗与非洲、与任何宗教——伊斯兰教或基督教——没有任何关系。众所周知,割礼在历史上是在欧洲、美洲、亚洲和非洲实行的,与父权制和一夫一妻制有关。父权制一经建立,一夫一妻制便被强加于女性,父权因此大行其道。女性的性取向被弱化,以适应一夫一妻制。但她不想听这些。①

　　有关文化联系教学的其他方面,也适用于女性割礼习俗的教学。我将其他文化对女性身体的虐待——例如,西方的整形手术和中国的缠足——与教授女性割礼习俗相结合。对于西方读者,我通过比较缩乳手术和阴蒂切除术,来提出文化相关性问题。我们不能混淆不清,称一种做法为乳房“缩小”,而称另一种为性器官“切除”时却暗含残酷野蛮的意味。我们不能如此傲慢。对女性而言,二者都是指身体的某个部位被切除。
　　女性进行缩乳手术和年轻女孩接受阴蒂切除的原因是一样的——为了更有吸引力,更有魅力,也更迷人。对于实行阴蒂切除术地区的女性来说,美与贞洁、母性有着千丝万缕的联系。我们必须问的关键问题是:切除是为谁而为的? 这些女人对谁来说必须有吸引力? 妇女无法控制自己的身体,这不是某个国家特有的现象。对女性身体的滥用是全球范围的,应在父权制的压迫语境下,加以研究和解释。对文化联系的教学,从根本上将研究限于特殊、个别的种族和民族现象,转变为比较父权制对女性的压迫。我发现在美国的课堂里,这种转变会使学生——尤其是女学生——对“自我”的概念产生质疑并加以修正。他们的思维从思考民族(美国)变成同时思考民族和性别(美国女性)。
　　西方谴责一夫多妻制为压迫非洲妇女的最恶劣标志之一,却没有考虑一夫多妻制对妇女的好处:分担照顾孩子、精神支持和经济援助、姐妹情谊、友谊等。西方姐妹同情我们不得不与其他女人分享丈夫,却忘记了

---

① Quoted in Patterson and Gillam, "Out of Egypt," 90—91.

"分享丈夫"这一做法是在西方得到完善,并被提升为艺术。一夫多妻制源于两个希腊词:"poly"(许多)和"gyne"(女人或妻子)。因此,一夫多妻制有两种可能的含义——"许多女人"或"许多妻子"。英文字典只认可两种可能性中的一种,即"许多妻子",似乎没有人反对这种选择。我记得自己在殖民地学校使用的第一本英语词典是由名叫迈克尔·韦斯特(Michael West)的男人编写的。我猜想现在编写字典——英语字典——的仍然是男人!

西方男人有一个妻子和一个或多个情妇,而非洲男人将自己与多个女人的关系合法化。"许多女人"的**一夫多妻制**将二者置于同一类别。我们不能忘记,一夫多妻制被西方委婉地称为连贯式一夫一妻制。那么,维护一夫一妻制也就存疑了。事实上,一夫多妻的关系中,非洲女人似乎比那些幻想自己没有与别人分享丈夫的西方同胞领先了一步:至少非洲女人知道丈夫和谁在一起。教授和理解一夫多妻制时,问题不在非洲多么愚昧,而是男人何其荒唐。

[576]包办婚姻是另一个用来说明非洲妇女遭受奴役的现象。我在教授文化联系的时候指出,西方的做法与非洲和亚洲社会被耻笑的包办婚姻,相差无几。美国各地盛行的交友服务是不是在进行类似的包办呢?令我吃惊的是,电视节目"爱情连线"进行的就是这样的包办。我目睹了一对"连线"成功的夫妇幸福归来:女士怀抱婴儿,高高兴兴地走出来,紧随其后的是现在的丈夫,嘴角露着会心的笑容。一个家庭诞生在我们眼前,我们为之鼓掌。在"被安排婚姻"的问题上,我再一次觉得非洲女人更加舒心:她们不必像美国女人那样为昂贵的交友服务买单。我的美国女性主义朋友强烈支持交友服务,因为她认为,选择的问题至关重要。有了交友服务,女人可以决定选择或拒绝给你的"配额"。顺便说一句,我的朋友据理力争的那天,我注意到她的书架上有一本书,名为《聪明的女人/愚蠢的选择》。她一定是在心存怀疑的时候买了这本书。

观点不一致的原因是文化差异的问题。为了教学差异,我们必须深入研究差异是如何产生的。我们能区分构建的差异和实际的差异吗? 意识形态因差异而丰富,事实上意识形态构成了文化差异,掩盖了相同点和实际差异。对于作为教学对象的非洲妇女,西方任意虚构神话,多数课堂里教授的不是对非洲全体妇女的研究,而是对非洲某个妇女的研究。通常这个捏造的非洲妇女头顶重物,背负婴儿,手牵两个孩子,后面还跟着四五个。当然,她是乡下女人,是虚构的。虚构事实的问题,不是揭示了什么,而是隐藏了什么。为了了解非洲人民和欣赏非洲丰富的多样性,我们必须还非洲大陆以真实的面孔,研究真正的非洲人。正如一位观察家指出,在教授非洲问题时,"需要将生命注入课堂。"①非洲研究和教学方面的失真是由于帝国主义拒绝对非洲及其人民进行历史分析和有效区别。非洲人必须认识到,我们能否生存,很大程度上取决于我们恢复历史的能力。贝尔·胡克斯(Bell Hooks)正确地指出:"我们进行斗争的同时,也是记忆与遗忘之间的抗衡。"②

[······]

（王璟 译；姚峰 校）

---

①   Donna Blacker, "On Student-Centered Education," unpublished manuscript, 11.

②   Bell Hooks, *Yearning*: *Race*, *Gender*, *and Cultural Politics* (Boston: South End Press, 1990), 148. This quote is taken from the ANC Freedom Charter.

第 77 篇　启蒙运动的认识论
以及一夫多妻制的发明[①]

乌若·艾森瓦纳(Uzo Esonwanne)

[578]瓦伦丁·伊夫·穆登博在《人类学家的影响:民族志和转换政治》一文中认为,殖民时期的"传教士和人类学家的记述具有同样的**知识型**(episteme)",并且认为,如果需要认同他们的话语,"必须符合欧洲知识符号,而不是非洲文化"[②]。他将这些"知识符号"追溯到历史、戏剧、地理和诗歌中的欧洲古典文本,并认为希罗多德(Herodotus),普林尼(Pliny)和西西里岛的狄奥多罗斯(Diodorus)是其源泉,约翰·洛克(John Locke)等现代欧洲人对非洲人和非洲文化习俗的描述正是从中得到启发。他继续阐述道:"另一个极端是,19世纪的人类学家认为,欧洲描述非洲的基本范式为:我们/他们",这种表述透露的是这样一种观念:"人类经验不适用于非洲人,或者,非洲人至少是人类进化的典型例外。"[③]

20世纪,欧洲和非洲关系不断发生变化,这一术语范式很大程度上经过了表面修正,如今以传统/现代对立的形式存在。现代化和文化冲突理论以及保守的民族主义等各种话语中,仍然存在着这种对立。讨论这一范式时,我们将集中探讨穆丁博没有提到的两个问题:首先,这个对立范式在启蒙思想中的结构是什么? 其次,在《一封如此长的信》里,它以何种形式被转换成民族主义话语,其后果是什么?

第一个问题,约翰尼斯·法比安(Johannes Fabian)在其著作《时代和

---

① First published in *The Politics of (M)Othering: Womanhood, Identity, and Resistance in African Literature*, ed. Obioma Nnaemeka, pp. 88—95. New York: Routledge, 1997.

② V. Y. Mudimbe, *The Invention of Africa*, 71—77.

③ Mudimbe, *The Invention of Africa*, 71—72.

其他》（*Time and the Other*）中给出了解答。法比安认为时间/空间的距离是启蒙运动解释人类文化形态和实践的多样性的认识论。① 这一范式取代了中世纪的模式。中世纪认为时间/空间是"关于救赎的历史"，认为"救赎时间是包容、统合的。"随着启蒙运动的出现，自然、世俗的**时间**取代了犹太－基督教的神圣**时间**，"时间关系"被重新定义为"排外和扩张"。（TO 26—7；[579]see Figure 77.1）这个范式的核心——此时/此地——对应于文明和英格兰。根据这个时间和空间的核心观点，"任何时空的社会都可根据其与现在的相对距离来标示。"因此，"野蛮"的时间/空间实际上从人类学家的时间/空间观念中，转变成了标志人类物种进化起源的原始时空（TO 26—27）。

至于第二个问题，我们必须密切关注芭（Bâ）对传统/现代范式的处理。也许最能体现这种处理方式的章节是热玛杜雷伊对"我们可敬女校长的目标"的回忆：

> 使我们**摆脱**传统、迷信和习俗的泥沼，欣赏众多文明，而不妄自菲薄，加深对世界的认识，培养人格，提高素质，**弥补**不足，**建立**普世道德价值观：这是我们令人钦佩的女校长的目标。（SL 15—16；my emphasis）

这段文字藐视"偏见、传统、普遍共识、权威，简言之，所有奴役大多数人的思想"②，从中，我们可以听到狄德罗和达朗贝尔（d'Alembert）的哲学回声（*Encyclopédie*，1779）。实际上，庞蒂维尔（Ponty-Ville）是这位非洲**启蒙思想家**（philosophe）以及与她对应的民族资产阶级的训练基地。在庞蒂维尔这样的学校里，会背诵"nos ancêtres, les Gaulois"[我们的祖先，高卢人]这样的词句，并非是不可能的。③

　一种新的、灵活的后殖民主体——即社会转型的动因——在庞蒂维尔这个熔炉里形成了。"摆脱"、"提高"、"形成"、"发展"是受 19 世纪进化

---

①　Johannes Fabian, *Time and the Other*, 3—4；下文简称 *TO.*

②　Roy Porter, *The Enlightenment*, 3—4.

③　Françoise Lionnet, *Autobiographical Voices*, 2.

主义精神影响的常用语。语言经历了一种过渡的目的论运动。从"传统、迷信和习俗"到"多种文明"的运动是渐进、连续的,但总是倾向欧洲的规范。"沼泽"指受到限制、时间停滞之地,距离公民社会很远。公民社会的时间/空间(英国)现在被"多种文明"占据,其"道德价值"是"普适性的";主体陷入停滞状态的野蛮社会(图77.1),继而转变成充满"传统、迷信和习俗"的零社会(Zero Society)(图77.2)。

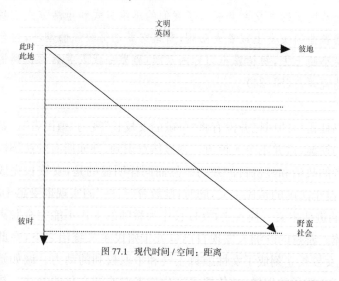

图 77.1　现代时间 / 空间:距离

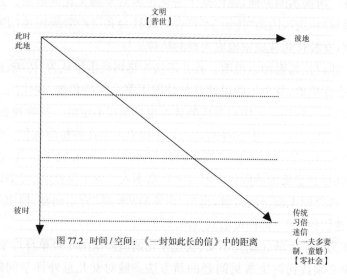

图 77.2　时间 / 空间:《一封如此长的信》中的距离

距离和排斥使 19 世纪人类学中"他者"的产生成为可能，也会使 20 世纪非洲民族主义话语中的一夫多妻制成为可能。这已经发生在《一封如此长的信》的故事之前。对于热玛杜雷伊来说，自上面的引文段落，到从民族国家的结构和民族精神中清除一夫多妻制，这条路线经历了反殖民主义的民族主义意识阶段。

> 殖民者的同化之梦融入了我们的思维方式和生活方式。我们在自然卷曲的头发上戴着太阳帽，嘴里叼着烟雾缭绕的烟斗，白色短裤穿在小腿上方，短裙露出匀称的双腿：整整一代人突然意识到情况越来越荒谬。（SL 24）

热玛杜雷伊的回忆并没有将"可敬的女校长"视为"殖民者"。鉴于她对教师的钦佩，这并不令人惊讶。她显然意识到，并非所有的法国国民都为殖民者的政治和经济目的效力。然而同样明显的是，女校长完成救赎使命，得益于法国的殖民主义，同时，她教育"目标"的实现也受惠于[580] 19 世纪的进化主义。换言之，女校长作为教师的工作不能完全脱离殖民主义母体。善意的欧洲人发现自己也处于殖民主义统治之下，在此荒谬情境中，女校长立刻成了女性鼓舞士气和争取权利的动力。诚如她的教育"目标"所揭示的那样，她传播了进化论者对非洲文化的看法。热玛杜雷伊蔑视"传统"，因为"传统"不符合公民社会和资产阶级民族国家的话语框架，女校长顺理成章地成为她的精神支柱。

上述讨论需要加以说明。我并**不**认为热玛杜雷伊认为"传统、迷信和习俗"毫无价值，我也不能说她任何情况下都会保持传统/现代的二元立场。事实上，热玛杜雷伊对现代的认可也是摇摆不定的。我的观点是，她对"传统"和"现代"是有选择的，[581]正如农夫会在种植前将种子分成可存活和不可存活两类一样。娜布阿姨（Aunty Nabou）属于后者，她与热玛杜雷伊的"想象的共同体"（SL 26）格格不入。青少年饮酒、吸烟以及男孩和女孩之间无监督的接触，也与"想象的共同体"背道而驰，但出于不同原因：他们损害了"道德价值观"（SL 77）。

作为一个生活在动荡不安、快速变化的世界里的年轻单身母亲，热玛杜雷伊必须找到解决常见问题的新方法。她对女儿意外怀孕问题的处理,就是很好的例子。法玛塔(Farmata)希望惩罚这个女孩。但是,热玛杜雷伊意识到了女儿的痛苦,念及与女儿的亲情纽带,就决心原谅她,安慰她,支持并帮助她:"我把女儿抱在怀里。我紧紧搂着她,内心苦痛,异教徒的反抗决心如此坚定,舐犊之情又如此强烈,二者给了我力量,把女儿搂得更紧了。"(SL 83)。她的做法违背了**格里奥**女人法玛塔等当地人的预期:"她永远不明白我怎么想。给予一个罪人如此多的关注,是她无法想象的。"(SL 83—4)当地人处理这类事情往往会哀嚎、威胁、斥责,热玛杜雷伊对家庭事件的处理与当地规则形成了鲜明对比。正如她决心通过对孩子的性教育,来防止此类危机重演所表明的那样,热玛杜雷伊以非常规的办法解决阿伊萨图(Aïssatou)的怀孕事件,但这并不意味着她无条件地认可新兴社会秩序的道德规范。由此揭示的是,她愿意将其作为偶发事件来处理。因此,热玛杜雷伊巧妙地绕过了现代与传统的错误二分法,这些陈旧的观念在本世纪大部分时间,都给非洲文化生活的分析蒙上了长长的阴影。①

热玛杜雷伊曾与达乌达·迪昂(Daouda Dieng)争论,认为国民大会中妇女代表比例过低。热玛杜雷伊妥善解决家庭危机的重要性,在这场争论中显得更加突出。作为一名成功的医生和政治家,严肃、温和、宽厚的迪昂认为,热玛杜雷伊的抗议毫无道理。他起初是不屑一顾的,认为女性混乱无序,且具有破坏性。但迫于热玛杜雷伊的压力,他关注了她的言论。迪昂大声疾呼,劝诫妇女积极参与国家政治,并谴责她们对家庭事务和阶级特权更感兴趣(SL 61—62)。迪昂认为,国家大事涵盖国家利益,而这些大事要比只涉及单个家庭的家庭琐事更重要。迪昂将个人与政治、家庭与国家区分开来,这种区别对思想的影响,与传统/现代主义的二元性并无差异。迪昂对解决国民大会的政治危机缺乏想象力,而与之相反,热玛杜雷伊坚持增加妇女代表,她对女儿怀孕事件的创造性处理,也令人印象深刻。热玛杜雷伊对迪昂的意见表达出了礼貌却坚决的反对态度,如果说这有任何启示的话,那就是,对女性政治诉求的抵制依然是根

---

① See, especially, Paulin Hountondji, *African Philosophy*, 159—164; and Spiegel and Boonzaier, "Promoting tradition: Images of the South African past," *South African Keywords*, 40—41.

深蒂固的,甚至在"新非洲国家的整体经济"、在殖民主义"灾难论"和"以新的方式表达其他欲望对象"的语境中,这种抵制也不会减弱。①

鉴于上述观察,我希望对《一封如此长的信》中一夫多妻制的分析,能被置于正确的视角之下。芭这样说:"作为女性,(我们)必须为我们自己的未来努力,推翻(对我们)有害的现状,(我们)不能再作屈服。"②这当然是个理想的结局。但是,除非仔细分析一夫多妻制在维持现状方面的作用,[582]除非注意将以个人私利为特征的马沃多·芭(Mawdo Bâ)式的一夫多妻制,与欧洲种族中心主义对此抱有傲慢和轻蔑态度的一夫多妻制区分开来,否则,非洲女性(和男性)依然会面对这样的风险,即迟滞芭的宣言所暗指的文化自我批评过程。

芭对时间/空间距离的安排(图 77.2)具有双重效应:首先,促使人们将与生殖相关的一夫多妻形式界定为一种本能,是消极的;其次,将这些特质与那些被认为属于一夫一妻制的特征——爱情、忠诚、个性、对伴侣的终生承诺——形成对照。事实上,阿伊萨图之所以憎恨马沃多·芭决定娶娜布,不仅是他要娶第二个妻子,更确切地说,是由于马沃多的行为背叛了恋爱时对她的承诺。马沃多是图库勒尔人(Toucouleur),一个"辛河流域"(the Sine)公主的儿子,当时他违背母亲的意愿,坚持"婚姻是个人的事","强调自己决心"通过拜访阿伊萨杜的金匠父亲来"选择生活伴侣"(SL 17)。后来,由于母亲对这桩婚姻坚决反对,他最终未能信守诺言,向女方哭诉自己要保全母亲的性命,得"履行孝道"(SL 31)。毫无疑问,阿伊萨杜驳斥了他的辩解。但是,她这样做的原因是认为"如果没有心灵的契合,就没有身体的结合",似乎暗示身体与心灵的分离是维持一夫多妻制的基础。如果这个推断是正确的,就将扩展到除此之外的其他阶级。在农民和其他阶级中,一夫多妻制可能与生产和再生产关系上的不平等相关。马沃多是允许一夫多妻制的沃洛夫族贵族,也属于不容许一夫多妻制的资产阶级。因此,不应认为他没有兑现对阿伊萨杜的承诺一事,揭示了一夫多妻制的身心关系。相反,它揭示了非洲贵族和资产阶级在独立后时代,社会生活和性生活的矛盾状态。

---

① V. Y. Mudimbe, "Letters of Reference," *Transition* 53: 64.

② Bâ, quoted by Christopher L. Miller, *Theories of Africans*, 271.

如果真是如此,就必须审视热玛杜雷伊在《一封如此长的信》中的民族主义宣言,她带着怀疑的态度以此结束了长信:

> 我仍然相信男人和女人之间必然也必须是互补的……
>
> 爱情,虽然内涵和表达方式可能是不完美的,但仍然是男女之间的自然联系。
>
> 夫妻关系融洽,家庭就会幸福,就好像多种乐器默契配合,创造了悦耳的交响乐。
>
> 国家由家庭组成,无论家庭是贫还是富,和睦还是离散,明智还是冲动。国家的强大必然取决于家庭的完满。(SL 88—89)

在"男女必要的互补"一语中,热玛杜雷伊阐述了一种无等级差别的社会生殖关系的原始理想。但是,如果这个理想如小说所表明的那样是平等主义的,**原因**就是一夫一妻制:"两个人"、"夫妻俩"、"夫妻和睦"。其他形式的生殖关系,其含义是不平等的。自然天性("爱情")和音乐语言("多重乐器的和谐")构成一个意象,热玛杜雷伊以其证明一夫一妻制在伦理和政治上的合理性。

然而,在热玛杜雷伊的意象中,隐含着一种区别,不是天性与文化之间的区别,而是**共存**于天性与文化中的和谐与动荡、秩序与混乱、调和与失调的区别。[583]每一对的第一个词——和谐、秩序、调和——代表融洽的感情和习俗,它们的一致性源于有机体系:爱情、一夫一妻、交响乐、国家。本文中,宏观世界(国家)是微观生殖单位(夫妻)的总和;在更大的国家结构中,夫妻就是惟一可行的子单位。但是,要做到这一点,还必须断言或至少暗示其他可能的单位(不成对或婚外的)作为民族国家的构成性子单位是不可行的。换言之,必须指出,国家建立的过程是历史的,这个历史是历时性的,某些形式的生殖关系与该过程是不相容的。

简言之,必须指出,第一和第二套术语之间的区别在于它们对于国家构建的价值差异,每一套术语的价值取决于它与国家构建的距离。浪漫爱情之于一夫一妻的价值,以及后者之于国家建设的价值是不同的。在热玛杜雷伊的"时间/空间"里,爱情是一种包含在生殖行为中的感情因素,是新兴的资产阶级非洲国家及其国民的"此时/此地";也许正是由于这个原因,爱情是衡量国家和国民与先前的生殖和主体之间的时空距离。(图77.2)因此,一夫多妻制因为缺乏爱而必将瓦解,并且不利于国家构建和国家意识的形成。

事实上,芭据称声明一夫多妻制是"邪恶的",是"每个男人与生俱来"的本能行为。① 如果这一传闻无误,那么此言就揭示了芭评价这种行为的伦理尺度。但是,宣称一夫多妻制的内在性,却与芭为其他女作家描绘的目标背道而驰。内在论给了芭本应抵制的行为存在下去的一个再合适不过的理由。毕竟,如果情不能自禁,为什么要让我为自己的行为负责呢? 事实上,马沃多和莫杜(Modou)都不是听凭性本能摆布,马沃多不能信守他对阿伊萨杜的承诺早已注定,娜布仅是一个见证。阿伊萨杜明白这一点,所以离开了他。将一夫多妻制归于内在性,就是将与"现状"的抗争转变成与另一种现状——生物学——的斗争。对于那些遭背叛的妇女,以及因背叛而受到伤害的儿童,这不是令人满意的解决办法。

那些仍然执着于传统/现代假设的人必须明白,我们反对这种假设,不是因为我们认为二者都是假象,也不是认为任何文化现象由于与传统或现代相关而必定低劣。相反,我们反对的是将一套术语的内涵与另一套术语对立起来。正如保兰·洪通基所言,这样的做法强迫我们二者择一,并且渲染绝对的"传统的……内在合理性"。洪通基解决这个问题的方法是,"尝试并了解我们的传统,摒弃任何神话和扭曲,不仅为了自我认同或辩解,而是为了帮助我们迎接今天的问题和挑战"②。

我不清楚传统是否以及如何被人们所知。然而,这些"问题和挑战",或者就像法比安描述人类学的起源时所谓"压抑和反抗的辩证法"(TO 66),即使在今天也是关于非洲文化的知识基础。它使得目前对一夫多妻制的评价带有了社会、经济和政治方面的紧迫性。因此,如18世纪奴隶制的维护者那样,把一夫多妻制作为"天生欲望的表达"③,是不可取的。

---

① 　Miller, *Theories of Africans*, 280, n. 91.

② 　Paulin Hountondji, "Reason and Tradition," *Philosophy and Cultures*, 137.

③ 　Dorothy Hammond and Alta Jablow, *The Africa That Never Was*, 23.

也不能像人道主义者那样，[584]声称对于高尚的"普遍人性"来说，这是一种堕落。① 普遍性概念的问题不在于是否存在普遍性。"人性"中任何具有普遍性的事物（例如生殖）没有普遍适用的**表达形式**，即使有合适的表达，其语言形态揭示的也是压制性的权力意志，而非超验的真理。

参考文献

Barthes, Roland. "The Great Family of Man." *Mythologies*. Tr. Annette Lavers. London: Jonathan Cape, 1972.

Fabian, Johannes. *Time and the Other: How Anthropology Makes Its Object*. New York: Columbia University Press, 1983.

Hammond, Dorothy and Jablow, Alta. *The Africa That Never Was: Four Centuries of British Writing about Africa. New York: Twayne Publishers*, 1970.

Hountondji, Paulin. *African Philosophy: Myth and Reality*. Tr. Henri Evans. Introduction Abiola Irele. Bloomington and Indianapolis: Indiana University Press, 1983.

——. "Reason and Tradition." Philosophy and Cultures: Proceedings of 2nd Afro-Asian Philosophy Conference, Nairobi, October/November, 1981. Eds. H. Odera Oruka and D. A. Masolo. Nairobi: Bookwise Limited, 1983.

Lionnet, Françoise. *Autobiographical Voices: Race, Gender, Self Portraiture*. Ithaca and London: Cornell University Press, 1989.

Miller, Christopher L. *Theories of Africans: Francophone Literature and Anthropology in Africa*. Chicago and London: University of Chicago Press, 1990.

Mudimbe, V. Y. *The Invention of Africa: Gnosis, Philosophy, and the Order of Knowledge*. Bloomington and Indianapolis: Indiana University Press, 1988.

——. "Letters of Reference." *Transition* 53: 62—78.

Porter, Roy. *The Enlightenment*. London: Macmillan, 1990.

Spiegel, Andrew, and Boonzaier, Emile. "Promoting Tradition: Images of the South African Post. "*South African Keywords: The Uses & Abuses of Political Concepts*. Eds. Emile Boonzaier and John Sharp. Cape Town and Johannesburg: David Philip, 1988.

（王璟 译；姚峰 校）

---

①　Roland Barthes, "The Great Family of Man," *Mythologies*, 101.

第 78 篇　女性主义、后殖民主义和冲突的现代性秩序①

阿托·奎森（Ato Quayson）

[585]1944 年,在写给康斯坦斯·韦伯(Constance Webb)的信中,西里尔·莱昂内尔·罗伯特·詹姆斯(Cyril Lionel Robert James)说道：

> 现代化生产为女性提供了越来越多的机会,随之产生的观念也得到发展,一种新型女性出现。人们把她称为职场女性。这名字听起来很傻,却发人深省。男性从来不会是职场男性。工作是他的专有权。他能拥有事业,而事业上的成功所带来的最好果实便是妻与子。但在现代社会,女性的"职业"需要把自身置于从属地位,甚至放弃正常生活,人们便称她为职场女性。社会对女性是不公平的,显而易见,女性不仅在经济机会上遭受不公,而且**在男人的脑袋里**,也是如此。(James and Grimshaw,1992：144)

詹姆斯参照的是美国女性的处境,但上述情况与世界各地的女性都有关系。女性似乎享有了物质自由,但这种自由屈从于歧视性的经济组织方式,屈从于男性虚伪的父权观念;尽管如此,我们不能简单地说,女性落入了矛盾的陷阱之中。考虑到詹姆斯此处描述的情况(也适用于其他地区),我们需要强调其中一个不同的维度。也就是说,女性的处境是较为独特的,既在现代性中拥有应有的地位,但同时也不得不放弃"正常的生活"(normality)。换个角度看,女性获得公民身份,却成了被疏远的对

---

①　First published in *Postcolonialism：Theory, Practice or Process?*, pp. 103—136, 122—126. Cambridge：Polity, 2000.

象,这可谓难解的谜题。这种难题困扰着女性的生活,而第三世界的情况必定更加严重。在那里,女性在传统与现代的夹缝间生存,如果不作出巨大的牺牲或妥协,她们难以获得个人自由。[586]那些用来异化女性的手段,恰好也是她们获取所谓自由的手段。这将是本文讨论的核心内容。

女性主义素来质疑有关女性的表述(representation),并为她们争取更好的条件。表述本身至少有两层含义,都与后殖民主义和女性主义相关。第一种含义有更多的政治色彩,与政治表述相关;即使在民主社会,政治表述也从未完全满足所有人的需要与愿望,尽管民主制度就是为他们而建立的。要想让政治表述具有充分的代表性,就需要受到政治表述所宣称的服务对象的不断审视。第二种定义(重要性丝毫不亚于前者)涉及话语领域,即用隐喻、比喻和概念构建出某个人或某些人的形象。话语表述(discursive representation)对于日常生活的经验领域有着重要的影响力,根本上建立了不同形式的潜在动力,用作界定主体在世界中地位的手段。表述的政治维度与话语维度都与女性主义和后殖民主义有关,二者在一般性的讨论中,常常混为一谈;因此,人们经常认为,对第三世界女性的话语表述,终究具有政治上的重要性。

钱德拉·塔尔帕德·莫汉提(Chandra Talpade Mohanty)有一篇著名论文《西方视野:女权研究与殖民话语》("Under Western Eyes: Feminist Scholarship and Colonial Discourses"),她在文中清晰表达了上述两种维度的联系。她在文中指出,尽管"大写的女性"(Woman)与"复数的女人"(women)之间并非"对应或者简单指涉"的关系,但一些女性主义作家"从话语上,对第三世界女性生活的物质多样性和历史多样性进行殖民,以此生产/再现一种复合的、单数的第三世界女性。"(1994:197)莫汉提的核心观点在于,这种用话语创造的第三世界被压迫女性形象,只是西方女性主义话语的同质化创造,目的在于创造出一个对象,使之成为西方女性在文化、物质与话语上的他者。正如斯皮瓦克针对朱丽娅·克里斯蒂娃(Julia Kristeva)的《中国妇女》(About Chinese Women,1977)所指出的那样,即使进步的西方女性主义者也并不总是能避免这一倾向。正像斯皮瓦克在《国际视野中的法国女性主义》("French Feminism in an International Frame")一文中所指出的,克里斯蒂娃的研究毫无真实的历史依据,整个猜想的基础都源于图书馆。实际上,克里斯蒂娃描述的"中国妇女"是 1968 年后法国结构主义辩论的结果,她的目标是其女性主义立场的政治化,跟中国女性没有任何直接关系。因此,这一幕经常作为背景,用以探讨西方女性主义隐含的霸权话语与第三世界女性各种不同的境遇之间一系列复杂的协商关系。

奥比马·纳奈梅卡(1977)强调了同一个问题的另一维度,他认为第三世界女性的同质化,进一步延伸到了媒体对于第三世界传统婚姻制度、育儿、健康等的表述。玛丽亚玛·芭在《一封如此长的信》中探讨了一夫多妻制,纳奈梅卡分析了其中的弦外之音。她强调美国媒体对一夫多妻关系的表述(例如,在犹他州的比格沃特[Big Water],亚历克斯·约瑟夫与八个妻子的关系正是如此),与同样的媒体可能对非洲这类一夫多妻制的表述,二者之间存在微妙的差别。从《嘉人》(*Marie Claire*)杂志报道约瑟夫几次婚姻的方式,可以看出其中的重要差别。与这些婚姻相关的所有人群——亚历克斯·约瑟夫本人、他的几位妻子以及小镇上的人——都有机会自由表达对这种婚姻关系的看法。这篇文章的作者罗斯·莱弗(Ross Laver,1995)和保拉·凯拉(Paula Kaihla,1995)称这八位美国女性"适应能力强",[587]坚持追求内心的自由与宁静。与非洲文化通常被报道的方式相比,这些作者对于如此反常的婚姻形式表现出的客观立场,以及无意作出判断的态度,让纳奈梅卡兴趣盎然:

> 基于**讲述方式**,我提出了表达声音与表达渠道的问题,这篇报道正中下怀。对此报道,我大费周章地写了篇东西,以梳理出不同类别的言说主体——有妻子、亚历克斯和邻居。记者们在"报道"时,并未插入明显的报道性口吻。他们**没有代替**约瑟夫一家人言说,而是尊重这些"适应能力强"的女性。她们"实际上与典型的现代美国女性没有什么不同"。他们拜访约瑟夫的妻子们,发现她们都是理性的成人,有能力作出个人决策和选择。记者**与她们交谈**,等到离开时,他们已经坚信"这种现存的婚姻形式是可行的。"相反,在叙述非洲传统文化及其"压迫"女性的方式时,非洲女性没有像亚历克斯·约瑟夫的妻子们那样受到同等的尊重,没有获得同样的主体性。非洲女性**被辩护**,被讲述,被**批驳**。(Nnaemeka,1997:166—7;强调标记为原

文所有）

正如纳奈梅卡所指出的那样，我们需要注意的是，非洲的传统习俗以及相关解释多大程度上被具体化为对女性的压迫。在西方女性主义的几个要点中，莫汉提和斯皮瓦克观察到了同质化倾向，这个倾向可以被看作（在媒体和流行表述中常见的）遭受压迫的"他者"女性这一更大概念的延伸。对于西方媒体过于关注世界其他地区的被压迫女性，纳奈梅卡的判断是绝对正确的；但是，如果有人认为这个判断实际上并不完全正确，或者认为它与第三世界女性地位的讨论方式无关，那就走入了另一个极端。讨论的标准绝不应该由西方媒体决定，但对于西方媒体歪曲报道的矫正，不应止于批判或者颠倒西方媒体所使用的辩论术语。讨论这个问题，需要更多敏锐的感知力。

后殖民女性主义还引出了另一角度，对整个领域产生了影响。这个新的角度展示了民族主义话语移花接木的手腕。这个话语把女性议题巧妙地置于另一议题之下，而后者以民族主义议程为推动力，最终表现为父权议题。表述的话语维度与政治维度再次针锋相对。在第三世界的民族主义辩论中，这个现象尤其明显，在那里，女性问题归属于更大的民族主义问题，人们利用当地的女性经验，抵御西方女性主义范式的影响。在民族主义议题的舞台上，女性并不是相关辩论的主角，只是辩论的场域而已。最终建构起来的这些"场域"彻底使女性遭到了异化，完全缺席于以她们之名阐述的经验。

本文中，我将触及这些以及其他议题，为总体上讨论后殖民女性的生活状况作好准备。传统与现代以不同的方式交锋，尤其当男女双方喜结连理，新的亲属关系随之而来，并对婚姻关系带来压力之时；女性因此受到压迫的程度，将是讨论的重点。[588]最关键的是，我将把这种交锋放在具体的历史语境中，将其视作新旧价值的辩证交汇点，而非压迫或自由的具体时刻。

[……]

非洲和谐的核心婚姻家庭本身是基督教的遗产。围绕世纪之交殖民地城市拉各斯的精英阶层，克莉丝汀·曼（Kristin Mann）对其婚姻中的意识形态和社会经济环境作了出色的研究；她认为，《1884年婚姻条例》

(1884 Marriage Ordinance)所表达的基督教婚姻的规范,不仅试图改变约鲁巴人财产继承的传统做法,而且使夫妻双方都有权获得对方的财产,基督教家庭妻子与孩子成为男性惟一的财产继承人。如此一来,男人的兄弟姐妹以及按照传统习俗所娶妻妾的孩子,就失去了继承权。基督教的婚姻形式经历了一系列的沉浮变迁,在各个历史时刻,男子选择的是一种双重模式,融合了基督教婚姻与传统婚姻。从19世纪90年代开始,随着经济发展日趋低迷,男人往往推迟基督教婚姻,而选择传统的婚姻形式,直到很久之后,才按照基督教的风俗重办婚礼。总的来说,女性与男性不同,她们没有那么模棱两可,只要有机会,就会选择基督教婚姻,而非传统的婚姻形式(Mann,1985;see also Moore,1988:119—127)。在非洲,尽管基督教婚姻制度并不是主流,但男女二人走到一起,能够远离家族、自立门户,这一观念非常流行,在城市日渐壮大的受教育阶层中,尤其如此。

在核心家庭,有两个重要因素总是导致冲突,需要引起重视。夫妻双方应该有获得对方财产的同等权利,这是一点;另一个关键因素也许是婚姻的隐私问题,夫妻应该共同建设自己的核心家庭,同时尽可能少受家族的干涉,或者免遭任何外来的干预。第二,基督教核心家庭这一组织形式,意味着个人通过爱情结合在一起,而不是双方家族的结合。但很少有核心家庭不与其他现实状况纠缠在一起,因而不断受到挑战与削弱。对核心婚姻关系造成最大压力的,是双方家族所施加的影响。而主要的压力来源,在于一方——通常是男性——对资源的分配具有绝对的主导权。在讨论加纳公务员阶层婚姻状况的书中,克里斯汀·欧邦(Chrinstine Oppong,1981)说出了加纳城市已婚夫妻的共同特征。

> 根据人们直接或间接的记录,大部分丈夫和妻子因为配偶分配资源和做出决定的方式,而夸奖或责备对方。有的情况下,他们也会责备对方的亲戚和伙伴,认为他们转移了配偶财力和情感,或者影响了配偶的态度,从而损害了自己的利益。某种情况下,大部分夫妻都会参考亲朋好友的婚姻与家庭关系,包括父母、亲戚和朋友。此外,他们还会效法一些道德范例,包括阿坎人(Akan)与英国人。(P. 142)

　　但是,最终是女性承受了这类婚姻关系中的主要压力。我想下文马上会作出说明,配偶亡故时尤其如此[589]。这时,核心家庭承担了整个家族所提要求的全部压力。

　　在非洲,由于经济组织方式——准确说,家族世系和家庭组织的性质——人们绝不允许核心家庭的观念发展成为一个界定清晰的概念类别,与那些传统的形式分庭抗礼。在实际生活中,核心家庭的组织方式与大家族的主张总有重叠之处。养育孩子是比较困难的,对中产阶级城市妇女尤其如此,因此核心家庭常常会邀请大家族的成员来家中居住。其他社会体制中,核心家庭会尽量与其他家族成员比邻而居,共同抚育孩子,或分担其他事务。此外,在人生不同阶段的仪式中——出生、成人、结婚和葬礼——大部分非洲人,不管是否身居城市,都会受邀参加。事实上,人们根据核心家庭所处的具体状况,在核心家庭观念与家族观念中各有侧重,创造了处理家庭关系的双重方法。在非洲,大部分中产阶级婚姻结合了两种模式:核心家庭模式在小家庭中处于支配地位,而在围绕婚丧嫁娶的传统家族聚会中,或者在重要的节日上,家族模式更为彰显。但是,配偶丧礼的重要性比其他仪式重要得多,从遗体下葬的准备,到葬礼本身,以及之后财产的处理,核心家庭的地位都面临着最严峻的挑战。如果配偶生前未立遗嘱,情势最为紧张。下文很快便会讲到,遗嘱并不是定心丸,家族依然可能强势干预遗孀所作的决定。配偶去世时,传统与现代之间的交锋对女人的影响最为强烈,因为亲属的全部压力都由她们承担。死亡会立刻导致问题的激化,因为葬礼之后,财产权的归属立即成为关注的焦点。

　　妇女在配偶死后遭受家族的残酷对待,这样的传闻在整个撒哈拉以南的非洲地区可谓司空见惯。1987 年发生了一件事,肯尼亚人称之为奥狄诺(S. M. Otieno)的葬礼传说,而 1990 年,乔·阿皮亚(Joe Appiah)的葬礼引起了混乱,这两件事恰如其分地聚焦了上述的矛盾状态,被夸梅·安东尼·阿皮亚绘声绘色地写在了《父亲的房子》(*In My Father's House*, 1992)的后记里。奥狄诺事件更为错综复杂。部分原因在于万布依·瓦伊亚提·奥蒂诺(Wambui Waiyaki Otieno)与亡夫的家族成员之间的误会,多了一个政治维度,因为这种误解被解释为卢奥人与基库尤人之间的争论。万布依·奥蒂诺是基库尤人,在肯尼亚争取独立期间,她深度卷入了茅茅党人反对英国当局的斗争。20 世纪 60 年代遇到自己的律师丈夫之前,她就被捕过几次,在监狱待了很长一段时间。她丈夫是个很受人尊敬的卢奥人。丈夫在 1987 年去世之前,国家权力的杠杆明显倾向于卢奥人,因为党主席是阿拉普·莫伊(Arap Moi)。1987 年,莫伊从基库尤人乔莫·肯雅塔手中接过权力,许多观察家认为他稳扎稳打,逐步把权力交给了在肯尼亚政局中居于少数的卢奥人。① 万布依·奥蒂诺的自传《茅茅的女儿》(Mau Mau's Daughter)讲述了自己的一生,从茅茅党[590]的激进分子,到女性主义政治家,再到与丈夫葬礼相关的一系列伤心事。这本书的前言中,阿提艾诺·奥迪黑安博(E. S. Atieno Odhiambo)指出,贯穿肯尼亚历史的最重要主题之一就是"宗族深度的政治纠纷。自己人与外人,同族人与外族人,原生地主与寄居者,彼此之间都势不两立"。(1998:xii—xiii)尤其在万布依这个独特的案例中,丈夫的葬礼以及丈夫的宗族对自己的处置等事件,恰好与美狄亚(Medea)典型的局内人/局外人地位密切呼应。

　　奥狄诺传说的主要细节是,1987 年 12 月 16 日,他死于心脏病,没有留下遗嘱。他曾对妻子及家族成员多次说过,自己死后想葬在内罗毕的家中,或者自己位于城郊的农场上。大家族对此持有异议,坚持认为奥狄诺是卢奥人,应该葬在祖先的土地上,那里距内罗毕有 300 英里远。终于,这件事闹上了法庭。第一次听证会作出了有利于万布依的裁决,但经过旷日持久的司法程序,这一裁决在上诉法院被推翻。法院传来许多证人,要求他们解释卢奥人的传统习俗,其中包括内罗毕大学的哲学教授奥德拉·奥鲁卡(Odera Oruka)。奥鲁卡坚定支持传统的解释,他甚至指出,如果一个人的遗嘱违反了族群的禁忌,就可以弃之不顾。上诉法院的判决支持了他的看法。某人对葬地的选择是否得到部落传统的支持,关键在于此人的房屋能否通过必要的仪式,得到父母或亲戚的祝福。没有这样的祝福,房子就只是"房子",而不是传统意义上的"家"。(Oruka,1990:67—83;Otieno and Presley,1998:188—91)这里所要注意的,并不在于获得父母或族人的祝福有何不妥,而是即使在城市,缔结婚姻的房

---

　　①　近期关于肯尼亚民族政治(ethnopolitics)之复杂性的迷人叙述,参见 Ndegwa(1997)。

子也必须得到了宗族的认可。拿奥狄诺例子来说，如果一名男子由于个人或者其他任何原因没有获得家人的祝福，那么在他死后，家族就会不顾此人与妻子的婚姻关系，索要他的遗体。妻子的要求会被族人一概否决。从万布侬·奥蒂诺的自传可知，她深受城市文化影响，游历甚广，具有政治觉悟。与丈夫结婚后，她进入了男女平等的核心家庭婚姻关系。更重要的是，丈夫一生从未怀疑，妻子在自己的生命中是极其重要的。书中处处都表现出，她是丈夫的亲密助手，丈夫外出或生病期间，她甚至能帮着管理律师事务所。但丈夫去世之际，我们看到了核心家庭组织形式所承受的压力——成立之时，必须得到宗族的祝福。如果房子得不到祝福，最终就会变成对家庭的诅咒。这一点，万布侬与孩子们是在付出了巨大的情感代价后才发现的。

[591]参考文献

Appiah, Anthony. (1992). *In My Father's House: Africa in the Philosophy of Culture*. Oxford: Oxford University Press.

Bishop, Alan J. (1990). "Western Mathematics: The Secret Weapon of Cultural Imperialism." *Race and Class* 32. 2, 51—65.

Childs, Peter and R. J. Patrick Williams. (1996). *An Introductory Guide to Postcolonial Theory*. New York: Prentice Hall.

Gandhi, Leela. (1998). *Postcolonial Theory: A Critical Introduction*. Edinburgh: Edinburgh University Press.

James, C. L. R and Anna Grimshaw. (1992). *The C. L. R. James Reader*. Oxford: Oxford: Blackwell.

Kristeva, Julia (1977). *About Chinese Women*. Trans. Anita Barrows. London: Boyars.

Loomba, Ania. (1998). *Colonialism-Postcolonialism*. London: Routledge.

Mamdani, Mahmood. (1996). *Citizen and Subject: Contemporary Africa and the Legacy of Late Colonialism*. Princeton, NJ: Princeton University Press.

Mann, Kristin. (1985). *Marrying Well Mariage, Status, and Social Change among the Educated Elite in Colonial Lagos*. Cambridge: Cambridge University Press.

Mintz, Sidney (1985). *Sweetness and Power: The Place of Sugar in Modern History*. New York: Penguin.

Mitchell, Timothy. (1988). *Colonising Egypt*. Cambridge: Cambridge University Press.

Mohanty, Chandra Talpade. (1994). "Under Western Eyes: Feminist Scholarship and Colonial Discourses. " *Colonial Discourse and Post-colonial Theory*. Patrick Williams and Laura Chrisman eds. London: Harvester Wheatsheaf, 196—220.

Moore, Henrietta L. (1988). *Feminism and Anthropology*. Minneapolis: University of Minnesota Press.

Moore-Gilbert, Bart. (1997). *Postcolonial Theory: Contexts, Practices, Politics*. London: Verso.

Ndegwa, Stephen. (1997). "Citizenship and Ethnicity: an examination of two transition moments in Kenyan politics. " *American Political Science Review* 91: 3 (Sept 1997), 599—616.

Nnaemeka, Obioma. (1997). *The Politics of (M)othering: Womanhood, Identity, and Resistance in African Literature*. London: Routledge.

Oppong, Christine. (1981) *Middle Class African Marriage: A Family Study of Senior Civil Servants*. Cambridge: Cambridge University Press.

Oruka, H. Odera. (1990). *Sage Philosophy: Indigenous Thinkers and Modern Debate on African Philosophy*. Leiden; New York: E. J. Brill.

Otieno, Wambui Waiyaki and Cora Ann Presley (1998). *Mau Mau's Daughter: A Life History*. Boulder: Lynne Rienner Publishers.

Parry, Benita. (1987). "Problems in Current Theroies of Colonial Discourse. " *Oxford Literary Review* 9 (1 & 2). Reprinted in Ascrot et al. , *The Postcolonial Studies Reader*, 36—44.

Rabinow, Paul (1989). *French Modern: Norms and Forms of the Social Environment*. Cambridge: MIT Press. Spivak, Gayatri Chakravorty (1981). "French Feminism in an International Frame. " *Yale French Studies* 62, 154—184.

Wright, Gwendolyn. (1991). *The Politics of Design in French Colonial Urbanism*. Chicago: University of Chicago Press.

Young, Robert. (1990). *White Mythologies: Writing History and the West*. London: Routledge.

（胡蓉蓉 姚峰 译；汪琳 校）

第十一部分 结构主义、后结构主义、后殖民主义和后现代主义

[593]众所周知,人文学科和社会科学中的"语言学"转向历史性地产生了一系列新的阅读模式,以及新的认识论危机——什么构成了文学?文学应该象征的世界是何属性?对二者进行诠释的手段如何?非洲文学批评中,这些问题都有特殊的表现形式,原因在于殖民时代非洲与西方的遭遇这一历史语境。这个语境从来也不能远离对认识论问题的讨论。因此,我们发现本版块的文章中,即使纯"结构主义"的解读——如森迪·阿诺斯(Sunday Anozie)——最终也局限于社会学的知识框架,而且这意味着必须是非洲的知识框架才具有解释力。其他几位评论家对于殖民主义语境中这种不平等的跨文化交流及其后果表示了自己的关注,进而指出殖民主义在塑造今天我熟悉的这个世界方面,无法与现代性分离。可是,在那些讨论后殖民主义和后现代主义之间关系的文章中,我们才看到这种不平等的跨文化交流产生了不同的——也许是截然相对的——理解全球化过程的方法。因此,有些后现代主义的版本强调身份的内在不稳定性和游戏性,而后殖民主义虽然在早期语言学转向中也从类似的来源获得灵感,但从不平等权力关系的角度折射出了全球化的危机,坚持主张为物质和话语的平等权而斗争。自始至终,这些文章的中心议题是如何理解成对的关键术语——非洲和西方、结构主义和后结构主义、后殖民主义和后现代主义,而"和"这一连词遮蔽了一系列众多可能的关联和对立。

(姚峰 译;孙晓萌 校)

第79篇 作为一种批评技巧的遗传结构主义[①]
（非洲小说的社会学理论笔记）

森迪·阿诺斯（Sunday O. Anozie）

[595][……]

遗传结构主义：一种社会学方法和理论

在最近的一部作品[②]中，我们提出了研究西非小说的一种更具活力的方法，即将研究限于核心人物。我们自己提出的一部分问题就是：如果我们审视现代西非作家小说中的一个横切面，就人物与环境的冲突而言，我们对主人公们能有何发现？ 他们个人的选择和价值倾向是什么？ 为了对鲁思·本尼迪克特（Ruth Benedict）[③]的术语稍加修正，我们要寻找西非虚构文化中的"模式"，这些模式也可能导致我们对现代西非小说中的英雄概念作出界定。因此，我们认为自己研究的是主题结构。

研究分两部分进行。**第一部分**，我们利用动态社会学和心理学领域近作中的思想和概念，但避开一切规约性判断或价值判断，借此试图全面揭示西非作家所处世界中的文学和文化动态，考虑的类别包括民族主义的影响、某些经验主义问题，以及西非的社会变迁和社会现实。同样在这个部分，我们勾勒出西非小说中有关"决定因素"的动态性和功能性概念，即一个基于核心人物的概念。我们也认为，[596]这样的研究想要兼有深度和意义——尤其当研究者是本领域辛勤耕耘的非洲学者，就应该诉诸一种设

---

① First published in *The Conch* 3. 1 (March 1971)：37—42.

② S. O. Anozie, *Sociologie du Roman Africain*, Paris：Aubier, 1970.

③ Author of *Patterns of Culture* Boston, Houghton-Mufflin, 1934；reprinted New York, Pelican Books, 1946.

问的典型模式。在此,研究者的背景和本土经历在解释和理解作品方面都是格外的优势。对此,我们尝试使用伊博语小说家的作品来说明,这些小说家被归入"传统决定因素"(tradition determination)这一类别之下。

第二部分主要是分析性和评价性的,我们对前一部分扼要提出的主要概念作深入研究,将同样的理论和经验类别,运用于具有代表性的西非英语和法语小说;但同时,将我们的研究限定于特定时间段写成并出版的作品。

在实际运用中,这种起初看似简单的方法会逐渐变得复杂起来。之所以复杂,原因是这个方法本质而言或理想来说,在两个优先的研究和分析层次之间建立一系列的类属关系:主题层次和结构层次;还在关联的或同质的系统中分别处理这两个层次或层次组。每个系统可以运用无限集(infinite set)原则被分解为数个元素。所谓无限集原则,我们的意思是每个系统连同其成分并不表现为自足完整的整体,而是一个更大、尚未完整的系统的组成部分。换句话说,一个集合被认为是另一集合的一部分,第二个集合又是第三个集合的一部分,以此类推。因此,任何一个小集合中的结构变化不可避免地会影响整体的性质。

因此,这里所设想的遗传结构主义从自然生长规律和适应环境的角度,试图解释发生在(被视为有机体的)西非文学内部的动态变化的原因。法国教授吕西安·戈德曼(Lucien Goldmann)①作为乔治·卢卡奇(George Lukacs)②的学生,是当今遗传结构主义的主要提倡者。根据他的设想,遗传结构主义要复杂得多:涉及认识论问题,或者知识的社会学。我们有必要在此稍事笔墨,解释戈德曼教授的做法,并阐明我们自己的立场。

戈德曼教授的遗传结构主义具有两个基本假设。③ 第一个假设是每个人类行为都是为了对具体环境作出有意义的回应,因此会趋于在行为主体和行为对象(即周围世界)之间创造一种平衡。第二个假设是文学创作的集体性,这种集体性源自作品世界的结构与某些社会群体的结构一致,或者与其构成可理解的关系;而在内容层面——即创造一个由这些结构控制的想象空间——每个作家都施展着绝对的自由。第一个假设几乎

---

① Cf. Lucien Goldmann, *Pour une Sociologie du Roman* (Paris: Gallimard), 1964.

② Georges Lukacs, *La Théorie du Roman*, Paris: Editions Gonthier, 1963.

③ Goldmann, *op. cit.*, pp. 213, 218.

没有告诉我们，一部优秀的艺术作品扮演的本质角色到底是什么。在克洛德·列维-斯特劳斯(Claude Levi-Strauss)[①]看来，这种角色与神话大致一样，充当着个人与社会之间的一种协调形式，自然和文化之间的协调形式。戈德曼的第二个假设实际上宣称，只有某些人类和社会群体才能创造某些艺术和文学作品，因此提出的是一个有争议的的问题，近乎是意识形态问题。因此，对戈德曼而言，遗传结构主义的实践等同于在特定艺术作品的内容和该作品所诞生时代的思想、社会、政治和经济结构之间，建立重要的同源关系。人们认为通过一系列逻辑推理，可以得到——这对于戈德曼来说是方法的理想目标[597]——一个结构性假设，能够描述一个不同事实构成的、完全相互协调的总体性。

我们虽然完全赞同戈德曼的观点——即一部艺术作品拥有内生的重要结构，也就是创造了作品的社会群体赋予的意义，但我们并不认为这是一一对等的教条关系：换句话说，我们并不相信，通过仔细分析就可以穷尽对于作品的理解。例如，我们对约鲁巴人的民间故事和神话传说有所了解[②]，但借助这样的知识去诠释图图奥拉能够穷尽对其作品的理解吗？然而，戈德曼遗传结构主义理论和实践还有更大的局限，即他的方法只能考虑那些伟大的文学和文化作品。如果不能针对非洲小说作出一些调整，这样的技巧就难以发挥作用，因为多数非洲小说的艺术水准肯定是非常平庸的。因此，我们需要找到一个评价尺度，能够对众多不同类型的非洲虚构作品作出分析。那么，我们分析的基础就是英雄人物[③]，或者说是小说的中心人物。下文，我们给出了一个简化的图示，说明西非小说中不同关系组成的基本结构：

这张图表(Figure 79.1)虽然简化了很多，却展示出了不同构想的关系所形成的系统，以及表达这些关系的不同层面。这样的思路和方法有一个优势——将西非小说整合于自身的社会文化环境之中，借此呈现西非小说内部和外部成长的客观图景。另一优势在于，通过对西非小说如

---

① 　Claude Levi-Strauss, *Anthropologie Structurale* (Paris, Plon), 1964.

② 　这个问题可以就最近发表的一篇论文提出，参见 Robert P. Armstrong, "The Narrative and Intensive Continuity: *The Palm Wine Drinkard*" in *Research in African Literatures*, Vol. I, No. 1, 1970, pp. 9—34.

③ 　在卢卡奇和戈德曼看来，一部小说的基本英雄是一个"成问题的"或"堕落的"个人，小说的内部形式在于自我发现的过程之中。

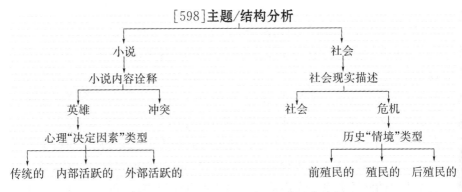

图 79.1 遗传结构主义:简化版类型学模式

此全景式的呈现,我们可以从外部对这种独特的文学作出全面的描述:换言之,我们能够对西非小说本身进行"科学的"研究,因为西非小说体现了自身的话语场域,并由自身内部有机成长的规律所决定。这里的一大成就在于戒除了对外部系统的参照;也就是说,对其他文学和传统的参照,也即多数非洲文学批评家在提及"影响"时往往会做的事情。我们在此推介的这一方法还有第三个优势——既然有一整套客观标准,可以动态调整我们所谈文学的形式和内容,那么我们就很可能预测新的发展,即根据已知资料推定西非小说未来演化的规律。

但是,遗传结构主义作为一种研究方法也有很大的弊端,需要在此提及。也就是,这种方法较少从美学角度赋予非洲文学什么价值。这种忽略并非有意为之,而是由这种方法本身导致的。那就是,我们的方法试图将所有的文学——包括非洲文学——看作独立自主的话语场域。而且,和世界上任何语言一样,这是由其自身内部成长规律控制的话语——由音位、词素和句法结构组成的自身系统,因此能够支撑一种独特的,某种意义上原创的世界观。所有客观、明确的元素构成了这一世界观,如果对这些元素加以描述,也会(实际上应该会)发现一种原创的美学系统或结构。而这一新现象则合乎逻辑地证实了我们最初的假设,即每一个创造性系统都可被视为一门语言或一个生物体,在其自身的参照和行动场域中都是自足的。但没有任何系统是限定的,如果该系统至少在某个方面表现为一个更大的、自足的创造性系统的一部分。

(姚峰 译;汪琳 校)

第 80 篇　赞美异化[①]

阿比奥拉·艾瑞尔(Abiola Irele)

[599]我们讨论欧洲以及与欧洲大陆相联系的文明,出发点就是我们观察到的极具矛盾性的事实。这是一种情绪反应的特征,我们与那些曾经历了欧洲征服的其他民族都有着共同的感受;换句话说,这是我们共同历史经验的功能。我们的作家和历史学家——尤其是钦韦祖在《西方和我们其余人》(*The West and the Rest of Us*)[②]一书中所说——不断提醒我们,非洲与欧洲相遇的情形尤其惨烈。大英帝国并不是因为突然心不在焉而唾手可得的,同样也不是因为无动于衷就丧失了;法兰西帝国更非如此。现代帝国主义是一种处心积虑的侵略行径;就处于世界这一部分的我们而论,小原·伊琪美(Obara Ikime)在《尼日利亚的陷落》(*The Fall of Nigeria*)[③]一书中为我们记录了这一暴力过程。通过这一过程,英国殖民者,尤其是——在查塔姆研究所(Chatham House)光荣记忆中的——卢加德爵士(Lord Lugard)镇压了构成当下我们现代国家的那些领土之上的民族和社会。

更广义而言,我们与欧洲的历史关系中,主人-奴隶关系是真实存在的,不只是一种隐喻,而具有实在的意义。我们扮演的角色是白人普洛斯

---

①　First published as *In Praise of Alienation*：*An Inaugural Lecture*，Ibadan：New Horn Press，1982；and subsequently in *The Surreptitious Speech*：*Présence Africaine and the Politics of Otherness*，1947—1987. pp. 201—203，214—224. Chicago：University of Chicago Press，1992.

②　Chinweizu，*The West and the Rest of Us* (London and Lagos：Nok Publishers，1978).

③　Obaro Ikime，*The Fall of Nigeria* (London：Heinemann Educational Books，1977).

彼罗（Prospero）的凯列班（Caliban）、鲁滨逊·克鲁索（Robinson Crusoe）的星期五（Friday），这些都是奴隶制、殖民主义和种族主义等历史大戏的一部分。

这个历史经验造成的后果在所有不同方面都令我们不得安宁。欧洲的侵入扰乱了整个非洲的传统社会。有些情况下，这种冲击如此剧烈，殖民主义的戏剧变成了纯粹的悲剧。中非地区尤其如此。法国人和比利时人，尤其是那些在刚果自由邦——这个国名折射出的是怪异的嘲讽意味——为利奥波德国王（King Leopold）工作的人，造成了如此巨大的破坏，足以令任何地方的文明人作呕。重提这些事实是必要的，因为我们的愤懑之感就来自那段历史，我们多数人刚刚走出那段历史，而南部非洲的大量黑人至今仍深陷其中；这些愤恨情绪至今挥之不去、历历在目。

[600]同时，我们也意识到欧洲的影响对我们造成了不可逆转的变化，这些变化如此广泛，足以定义我们自身非常重要的参考框架。对我们而言，前殖民时代的传统文化和生活方式依然是存在的现实，但这些构成了一种处于快速变化中的生活方式，变化的方向决定于现代科技文明的要求。而向我们提供所热望的现代性范式的，恰恰就是西方文明，至少是西方文明的当代表征和语境。因此，我们的情感是交杂的，处于困扰之中，既接受又拒绝，主观的秉性被生活的客观现实所颠覆。这是有些矛盾的，因为在我们对欧洲和西方文明的回应中，表现出的矛盾心理的强度实际上度量了我们在情绪上的反应；深刻表达了欧洲在文化上对我们的控制——作为一种历史宿命所强加给我们的文化异化。

在我们看来，西方文明与殖民统治的历史事实相联系，与社会文化变迁带来的强烈不适相联系；这种联系在我们眼中是完全负面的。我们所有的现代文学和意识形态表达，都是对这种异化病理的关注，铭写在我们作为被殖民者的经验中。以下这点并不完全属实——我们的现代文学探讨了文化冲突这一主题，给人的印象是聚焦于异化的病理，并因此决定了我们在情感和智识上如何回应与欧洲和西方文明的关系这整个主题。

谢赫·阿米杜·凯恩在小说《模糊的历险》（L'aventure ambigüe）中，对异化病理作出了经典再现。小说名就很能说明问题。主人公桑巴·迪亚洛（Samba Diallo）就是一个意识分裂的原型人物、一个在思想上遭受了文化剥离的非洲人。他的痛苦是双重性质的痛苦，其特征在于两种认知

框架的分裂,而非融合。我在此引用他在小说中的话:

> 我不是一个清晰的迪亚罗拜国(Diallobe),面对一个清晰的西方,头脑冷静地观察自己必须择取什么,为了平衡又必须舍弃什么。我分裂成了两个人。这不再是一个头脑清楚的人,能够在一个选择的两方面作出权衡。因为无法二者得兼,而深陷苦恼,这是十分奇怪的事情。

对他而言,自身眼界的拓展成了难题,一种存在的困境。他不再能够向世界言说,因为那个世界不再清晰可辨,不再能够赋予他稳定完整的价值秩序。小说结尾,自杀是其精神悲剧的逻辑必然。但重要的是,谢赫·阿米杜·凯恩精心设计了这样一个结尾——桑巴·迪亚洛与具体经验世界的斗争终于找到了解决途径,即最终融入了一个有序的整体(cosmos),或曰虚无(nothingness)。从小说家呈现异化大戏的手法可见,这个选择实际上是存在与虚无之间,正是让-保罗·萨特招牌式的存在主义视角:要么是世间的确定存在,直面所有问题,并从其偶然事件中提炼出意义;要么遁入无意义的虚空之中。

[……]

[601]我们需要新的决定,由现代想象引燃的新的冒险精神:一种新的思想状态,借此我们能够与自己的异化状态达成某种妥协,将此异化感由一种无所适从、被动忍耐的状态,转变为一种积极的、集体的生存规划。我们需要面对客观存在的异化感,视其为一种"意图",并赋予积极的意义。

至此,我们应该提醒自己,就其严格的哲学形式而言(与之相对,我们更熟悉该术语在社会学领域较为松散的应用),异化这一概念含有积极的意义。在黑格尔的理论建构中——这个概念从黑格尔到费尔巴赫和马克思,并一脉流传至今,异化表明了一种产生于思想和物质辩证关系中的意识状态。对黑格尔来说,思想在自然领域和宇宙中的历险,恰恰就是对历史的定义。从人类生存的视角而言,我们通常所谓的"文化"就是人类改造自然的产物,这个产物有别于人类的意识,但人类对自然的改造最初正是从意识中流淌而出的。换句话说，正是因为人类思想能积极面对物质世界，文化和观念才能产生，而历史本身才可能出现；思想推动了历史进程，而思想在此进程中才能变得纯粹，才能向前进步，直到最终成为完美的"绝对理念"。因此，文化和观念是思想在历史进程中的客观化形式，是与自然异化的原初思想。因此，异化是成就思想——甚至是思想自我确认——的必要条件。如同《创世记》（Book of Genesis）中犹太基督教的上帝，原初的思想不仅用以创造世界，也用来思考上帝自己的工作。

我对黑格尔现象学——异化概念在其中占有重要地位——作出总结，因为该现象学对我的论述至关重要。从黑格尔艰涩的辩证法中，我们能够看出异化概念是所有变化的原则；或者更简单地说，是历史进程的动力。就文化而言，这意味着坚决走出自我，有目的地寻找人生和经验的新视野。

就非洲文学发展的历史语境而言，现在我们可以问：为何异化？朝什么方向？我可以确定无疑地回答：从实际的角度，我们别无选择，只有朝着西方文化和文明的方向。如果这个答案是确定的，那么未必意味着这个答案只能有单方面的理解，因为我明白我的答案还需要各种条件的制约，其中一些，我希望在结论中能够明确。但目前来说，让我们先考虑西方文明的一个方面——即科学和技术，其重要性对我们而言鲜有分歧。这种普遍的共识可以归纳为"技术转让"这个说法，可以管窥我们时下的执念。

但这个说法背后隐藏着一个幼稚的想法，即我们通过快速推进工业化，便可以将科学和技术收归国有：只要我们购买和安装机器，培训人员，一切就高枕无忧了。这里，我甚至没有考虑资本和金融的问题，但这些问题已受到质疑，绝不可置之不理。

恐怕我们的做法是不行的，因为科学和技术不仅是机器及其操控这么简单——而是科学精神本身；这种精神方才决定了我们现在渴望借鉴的科技文明的整体运行。实际上，我们现在所指的西方为了理解人类和宇宙而发生过一场全面的思想运动，而我们现在所认为的科学精神正是这场运动的成果[602]：现代科学的基础是一个历史事实，是由西方哲学的发展铺垫而成的。

西方文明中的一大幸事就是培育出了演绎的逻辑方法——在古希腊

哲学中就获得了高度的发展,使之成为面对世界的总体方法的基础。尽管我们今天普遍对哲学和科学作出了区分,但现代科学的存在不仅归因于演绎法的偶然性发展,也是得益于将这种方法应用于现象和经验世界。这个说法不仅在数学领域是成立的,在所有自然科学领域也是如此。根据其定义本身,科学是系统的,甚至牵一发而动全身,科学的过程和结果均展示出某种秩序。建构科学的,不仅是观察和描述,还有一种可理解的秩序,经验数据都可据此次序被组织起来。如果没有演绎法的最终介入,归纳法也无法得到全面运用;前者因此涵盖了后者。这种方法重视结构,诉诸模型建构,对于现代科学方法是很重要的,波普尔(Popper)和库恩(Kuhn)对此都很强调。弗朗西斯·培根(Francis Bacon)的《新工具》(Novum Organum)是现代科学在幼年时期的宣言,再次确认了演绎法的价值;如书名所示,《新工具》被认为是对亚里士多德《工具篇》(Organon)的重新论述。伟大的生物学家林奈(Linnaeus)根据形式逻辑概念的秩序进行分类,这也就不是什么意外了。

这个例子也说明了非洲文明的不幸,我们的传统世界观念无法摆脱神话诗性想象的禁锢。例如,在约鲁巴人的依加拉(ijala)诗歌中,大量信息有关我们自然环境中的动植物群落,令人惊讶,但所有这些信息仅局限于一种诗歌模式。我也明白,对依加拉文献的处理,取决于一种精密的运算,但这种算法在我们的文化中无从查找。第二个例子指出了我们传统世界观与西方世界观之间的真正差异。这并不像一些人类学家认为的那样——布莱恩·威尔逊(Bryan Wilson)主编的名为《理性》(Rationality)①的文集很好地反映了他们的观点,这并非理性思维模式在一方缺失、在另一方存在的问题,而是其理论构成的问题。西方文明的区别性特征,并不是理性本身,而是理性的逻辑。

因此,我们会满足于对宇宙的礼赞,而西方人还对宇宙进行分析。这个方法培育出了一种理性的坚韧精神,成为欧洲的道德观。该方法在列奥纳多·达·芬奇(Leonardo da Vinci)的格言中得到了很好的表达,身为艺术家和科学家的达·芬奇以此为自己所有的行为作了注解:"ostinato rigore",可译为"坚韧的应用"。事实证明,这个格言不仅象征着欧洲

---

① Bryan Wilson, *Rationality* (Evanston, Ill: Harper and Row, 1970).

内部致力于自身的发展，也象征欧洲人与世界其他地方打交道的方式。文艺复兴以来，欧洲越发意识到自身的力量，其文明也表现出进攻性的姿态。对于这个故事的其他部分，我们已经耳熟能详了——欧洲殖民冒险活动的政治、经济和人性的后果。但是，有一个方面没有得到足够的重视，而意大利学者卡罗·奇波拉（Carlo Cipolla）在《欧洲文化和海外扩张》（*European Culture and Overseas Expansion*）①中用大量细节作了说明。他指出欧洲所以能够取得世界霸权，决定性因素在于坚定地将智慧和技术应用于火器、远洋轮船以及最重要的精密仪器的改进；用于[603]所有这些技术能力的改善，欧洲人因此终于占有优势，能够对其他种族、其他民族和国家、其他文明实施屠戮。因此，我们殖民经验可怕之处在于，我们成了欧洲人发达的方法意识的牺牲品。实际上，我们被善于演绎的民族具有的客观力量所征服。

那么，约鲁巴人的一个谚语能够很好概括这个故事中的道理：*Adaniloro k'oni logbon*，可译为"伤害你的人也教给你智慧"。我们从最近遭受殖民奴役的历史中得到了一个直接的教训，这个教训可以推及我们当代的情境。面对西方，我们依旧处于弱势。如果"新殖民主义"有时带有一点歇斯底里的意味，这并非毫无意义，因为这个词指的是当代国际生活的具体现实。我几乎无需强调当今尼日利亚的情形，我们生活的所有方面几乎都受制于我们对西方令人可悲的依赖。我们为了经济现代化——为了日常生存——所需的所有思想和资源，仍然受西方控制；在此情形下，任何"技术转移"的空谈都无济于事。缺少一场彻底的思维革命，我们是行不通的。

培育科学方法所尊奉的这些价值——组织、纪律、秩序以及（并非最次要的）想象力——将其内化，并以此引发这场革命；这样的主张绝没犯简单化的错误。因为科学文化涉及对未来的展望，因此想象力要求一个人的思维能随机应变，从社会的角度能转化为对未来的洞见。

欧洲的科学革命不是在真空中发生的，而是在政治、社会和文化发展

---

① Carlo Cipolla, *European Culture and Overseas Expansion* (Hammondsworth: Penguin Books). See also J. H. Parry, *The Establishment of the European Hegemony*: 1415—1715 (New York: Harper and Row, 1966).

的动态语境中发生的;尤其在 18 世纪,欧洲正处于激烈的思想争鸣之中,保罗·阿扎尔(Paul Hazard)将其描述为"意识的危机"。① 像伏尔泰这样的知识分子充满了激情:他在自己的脉搏中就能感受到周围世界的变化。伏尔泰是他那个时代力量和局限的典型代表;无比推崇理性的力量,却丧失了想象力和人类经验等重要途径②;同时,他那明澈的道德感知为其世界主义赋予了意义。他具有开阔的人类视野,能够从正确的角度定位欧洲人的世界,认识到欧洲文明无法垄断人类的成就。实际上,他对中世纪历史的态度,与一个世纪后弗雷泽派、泰勒派和列维-布留尔派人物们对非西方文化的态度,颇为相似。

你也许想知道,所有这些与我们有何干系。我可以直接回答,说这些与我们"息息相关";还提醒你们关注尼日利亚 1979 年 10 月生效的宪法。离开了 18 世纪欧洲的思想争鸣,离开了洛克、蒙田、伏尔泰,甚至康德(在他被归结为"人本身就是目的"的道德哲学中)等人的思想,我们拥有的会是另外一部宪法,甚至根本就没有宪法。不管怎样,这些思想就体现在这部法律文件中,规范着今天我们所有人共同的生活。我们就以司法独立概念为例,这个概念经由美国传到我们这里,源自孟德斯鸠在《论法的精神》(L'Esprit des Lois)中主张的分权原则。这些概念如今已普遍为人所接受,但它们形成于欧洲政治和意识形态斗争如火如荼之际。我们的政治文化继承了欧洲 18 世纪的思想遗产,正是因为这些思想已成为全人类的财富。

[604]因此,我们应该有着更为开阔的全人类视野,而不能像文化民族主义所强调的那样。如果我们可以接受这样的事实,即科技文明是我们从历史中传承自欧洲的,并提升了我们的生活质量;如果我们可以接受我们的现代体制应该奠基于异域政治和社会思想,那么我们就没有理由拒斥其他领域有价值的经验,原因恰恰在于这些经验与欧洲相关。一个掌握了数学(如高斯的数学)并舒适地享受梅赛德斯-奔驰沙龙的伊巴丹(Ibadan)教授,完全没有理由拒绝将自己的享受延伸到巴赫的赋格曲。

---

① 　Paul Hazard, *La crise de la conscience européenne* (Paris: Voivin et Cie, 1934).

② 　因此,这导致埃里希·奥尔巴赫(Eric Auerbach)在其名作中否定了伏尔泰,参见 *Mimesis*, tr. W. R. Trask (Princeton: Princeton University Press, 1953)

所有这一切之间,或许没有结构性联系,但有着某种历史、文化的关联,可以涵盖于一种感受力。在我看来,我们这位并非完全虚构的教授可以更加异化一些。

我还要再提到我们另外一个谚语,即一个人不应用左手食指指向父亲的房子。我所说的,与这个谚语的精神毫无抵牾之处。我无意表现出由异化意识引发的那种愚蠢轻蔑,以此去埋葬我们的传统文化。我也无意去为西方文明歌功颂德,更不会为历史上对我们的侵略辩护,不会赞同其文明教化的意识形态。正如艾梅·塞泽尔所说,"从殖民到文明,之间相去甚远"①。我所说的,绝无为白人的种族和文化傲慢张目之意。欧洲在科学和技术上的垄断地位是一个历史现象,具有特殊性和偶然性,体现了人类经验中所有的兴衰沉浮。欧洲文明并不是在某个地方的上帝脑中一蹴而就的,而是逐渐形成的,常常处于剧烈的时代动荡之中,其间很可能偏离最终今天所选择的方向和道路。

实际上,这一发展过程与我们的历史经验和现实状况存在有趣的对应关系。和我们一样,早期欧洲人也遭到征服——就他们而言,是被罗马人征服。他们遭到殖民、剥削,甚至奴役。之后,他们又皈依了基督教;对此,我是有所了解的,因为我的爱尔兰老师们不厌其烦地告诉我,正是圣格雷戈里(St Gregory)——我在拉各斯就读学校的守护神——将第一批基督教传教士派往英格兰。这些早期的欧洲人丧失了自己的文化,之后欧洲各民族又失去了自己本土的语言——这是最大程度的异化,于是他们操起了皮钦拉丁语,之后又演变成今天的拉丁语。在所有这些读写领域,他们从罗马人那儿学到了一切,正如他们从工程、建筑等其他领域也学到了一切。如果我们能够记住罗马人当年把这些欧洲人看作未开化的野蛮人,那么欧洲人后来的民族中心主义和种族主义就显得空洞无力了:一种严重的历史健忘症的产物。

欧洲一些杰出的学者和哲学家似乎深受这一病症的影响。例如,在经典之作《新教伦理与资本主义精神》(*The Protestant Ethic and the Spirit of Capitalism*)最终版本的引言中,马克斯·韦伯(Max Weber)实

---

① Aimé Césaire, *Discours sur le conlonialisme*. (Paris: Présence Africaine, 1955), 10.

际上耸人听闻地宣称,所有杰出的成就都出自欧洲人之手。哲学家马丁·海德格尔也一反哲学的所有原则,信誓旦旦地声称,哲学就本质而言是一种欧洲的现象。① 但是,我们必须清楚"欧洲"一词在此语境中所为何意;就该词的现代意义而言,古希腊人能否被视作欧洲人。从《理想国》透出的柏拉图的个性来看,他很可能不想[605]和韦伯、海德格尔的祖先生活在一起,必然用经典的希腊语说出弗雷泽的名言:"断然不可!"

顺便说一句,约瑟夫·康拉德受此影响的程度,似乎远不如同时代的欧洲人,尽管表面上恰恰相反。例如,《黑暗的心》中出现了罗马人眼中泰晤士河出海口的形象,该形象作为一种象征,对应了文中后来出现的刚果河的形象。在时间和地点上,康拉德篇幅不长的小说中这两个帝国主义时代的双重形象,彼此相去甚远,但正中我要表达的观点——即欧洲种族主义者奇怪的健忘症,及其带给我们和康拉德这个欧洲殖民者的历史和道德恐惧感。

实际上,我们现在与欧洲联系起来的文明,最初不过是误入歧途罢了;在其发展过程中,又不断吸收世界上其他文明的养分。后来赋予欧洲巨大武力的火药,最初却是中国人的发明,这在历史上无疑是巨大的讽刺。

非洲本身对于西方文明的贡献,绝非无足轻重。现在,人们普遍认为古埃及对于早期希腊文明产生了重要影响。而且所有这些世纪中,非洲哲学家们各自在观念上对西方文明的演进作出了贡献,北非希波(Hippo)的圣奥古斯丁(St Augustine)就是其中最杰出者。本世纪,我们的传统艺术和音乐推动了西方非凡的美学革命,这场革命的影响力比我们通常所能认识到的更为深远。欧洲的视觉景观至今依然受到建筑和技术设计等现代艺术的影响,可以一直回溯到非洲雕塑对于莫迪利亚尼(Modigliani)、布拉克(Braque)、毕加索和弗尔南多·勒杰(Ferdinand Léger)等艺术家的影响。实际上,现代技术似乎能够在非洲艺术中找到最充分的表达形式:欧洲的美学吸收了非洲艺术中的形式原则;在我们日常使用的

---

① See Heidegger's *What is Philosophy* trans. Jean Wilde and William Kluback (New York, 1958);保罗·德曼(Paul de Man)对海德格尔的肯定进行了批判和驳斥,参见 *Blindness and Insight*, 2d edn. (London: Methuen, 1983)

那些工业制成品中,其体积、形状和线条的组织便从这些原则中大受裨益。只要将 19 世纪的设计样式与 20 世纪加以比较,我们就能意识到由于采用这些原则而产生的简化效果,以及实际功能的改进。(令人奇怪的是,将非洲面具与录影机一起放在客厅中,西化了的普通非洲人并不会感到不自在!)另外,我们不能忘记非洲的劳力和资源促成了西方的物质繁荣。因此,在很多方面,我们对西方文明既有过巨大的投入,也要将其用作改造我们自身世界的必要工具。我们必须充分利用西方文明,采取措施使我们的投入获得丰厚的回报,这才符合我们的利益。但这一点,我们是无法做到的,如果我们继续受制于殖民时代根植于我们内心、之后又被文化民族主义强化的自卑心理。如果日本人受阻于上世纪欧洲人对其不断的侮辱,就不会有今天的地位:众所周知,昔日的黄祸(yellow peril)随着时间的推移成了黄色典范(yellow paradigm)。

最后,我要回到这番论述的基本点,进而对异化这一概念作出积极的评价。我刚才具体结合我们自身的境遇,指出异化现象就其积极方面而言是文化创新的原则,是人类发展的条件。所有社会、所有文明某种程度上无不经历了某种形式的异化。[606]我们当下经历的异化直接来自历史上与欧洲人的遭遇,来自我们与一种文明持续发生的关系。就其当下的形式来说,这种文明形成于那个大陆,因此我们对其怀有格外的兴趣。对于我们身处其中的历史变迁,若要有所理解,就不能无视这样一个事实——与此文明的接触产生了变革性价值,又导致了我们今天集体生活的语境。如果这个过程中的紧张和压力都有助于我们聚焦于异化的本性,那就是有益的。

从尽力理解并正确对待异化的角度,我们对于欧洲文化和西方文明所作的不同形式的研究,作为一个整体是具有合理性的。事实上,我们与这个文明已难解难分,如果真要撇清我们之间的关系,就等于将其建构成抽象之物。我们的祖先从来也不是高卢人、萨克森人、西哥特人,或者其他什么人,但这不是因为我们种族并非从他们演化而来,而是因为我们对他们的行为和想法几乎一无所知,而且这些对我们也并不重要。而另一方面,希腊和罗马文明对我们,如同对欧洲人一样,具有直接相关的重要性。在社会变迁,甚至政治动荡的环境中,希腊和罗马的哲学家们面对同样的两种思维模式,与我们今天所面对的局面,如出一辙。他们在思想层面上,抓住了所属时代真正的生存问题,抓住了开创合理社会的难题——正如我们今天所遇到的——于是,在观念上产生了突破性成就,这很大程度上产生了界定现代世界的科技文明。

这一参照指向了我的论述中最重要的方面,来自于我从事现代语言研究的独特经验——这基于我对人类经验普世性的坚信不疑。学习另一门语言,意味着你逐渐能理解这门语言;从现代语言研究的角度,意味着该语言所折射的文化,能够对你的思想和想象言说,或许以有别于你原先文化的方式言说,但对你仍然是有意义的。实际上,整个人类历史都证明了这个假设:语言和文化是没有边界的,至少没有明显的边界。当下世界的现实——也就是马歇尔·麦克卢汉(Marshall McLuhan)提出的、现在已家喻户晓的"地球村"——也证实了我们所意识到的共同人性的存在。

因此,在今天的人文学科领域,主流的学术趋势被一种新的普世主义——即当代历史经验的直接结果——所启发,这十分重要。乔姆斯基(Chomsky)的语言学、列维-斯特劳斯的结构主义和巴特的符号学只是证明了这样一个命题,即不同语言和不同文化都是一种普遍语法和普遍经验结构的不同实现形式和不同变化模式,最终再无其他目的。对当代人文学术影响很大的哲学人类学,设想人类的心灵本质上是统一的,这种统一不再是理性能力的统一,而是从运用符号的能力这一角度而言的。

但是,人类经验的普世性概念并不意味着整齐划一,事实上,恰恰相反。但这并不意味着各个文化只有通过特殊与普遍之间的紧张程度才能保持自己的活力。从这一点来看,异化并不是彻底的丧失;它所展现的美好前景恰恰在于所能实现的融合程度。[607]在其创造性潜能中,异化象征着自我当下的封闭性与折射出的他者距离之间的微妙张力。

(姚峰 译;汪琳 校)

第81篇　紧随殖民主义和现代性①

拜尔顿·杰依夫（Biodun Jeyifo）

[608][……]

这把我带到了这项尚未完成作品的第二个方面，也许是更为核心的方面，我对此给出的标题是"紧随殖民主义和现代性"。这方面涉及现代性无所不包的文化工程，在欧洲如此，欧洲之外，亦是如此。正如我在本次讲座前面所说，在欧洲，这个工程被命名为"教化过程"（civilizing process）；欧洲之外，通常采用的名称是"教化使命"（civilizing mission）这一意味深长、令人不快的术语。在为完成本书而作的阅读和研究中，我发现至今尚无人认真而持续地探究二者的关系，这令我非常吃惊。尤其二者发生关联的地方，研究尤为薄弱。在我看来，欧洲的"教化过程"和殖民地的"教化使命"根本而言，实际上是连成一体，并相互关联的：一方是另一方的基础和前提。

那么，欧洲的"教化过程"所为何物呢？我必须声明，我对这个问题的看法，深受很多文化历史学家和哲学家著作的影响，尤其是诺伯特·埃利亚斯（Norbert Elias）和米歇尔·福柯。实际上，埃利亚斯该专题论著的书名恰好就是《文明的进程》。该书的英文版已由布莱克威尔出版社（Basil Blackwell）出版；这是一本影响深远的不朽之作。在我看来，这是现代性文化工程方面最重要的论著之一；对当下从事文化研究和文化批评者而言，绝对是一本"必读书"。该书详细描述和分析了现代欧洲早期，对于人的举止、行为和性格的"教化"，并一直延伸到欧洲资本主义的萌芽，以及现代民族国家的形成。根据埃利亚斯的描述和分析，这个"教化

---

① First published in *Anglophonia* / *Caliban* 7 (2000): 71—84.

过程"是一个无所不包的工程,渗透于人的主体性和身份的各个方面,从日常生活和身体经验的细枝末节(如对体液的管理和废物的清除),到大型宏观政治(macro-political)过程(如国家的形成和权力的垄断)。这个浩大工程最终[609]要实现的,是一种理想的、典型的现代"文明"主体的形成。所有层面上,与那些被视作野蛮、肮脏、自发、肉欲的本能、秉性和表达相比,这种建构而成的、理想的现代"文明"主体性是截然不同的。从此角度而言,米歇尔·福柯的《疯癫与文明》《规训和惩罚》《临床医学的诞生》和《性史》等著述是对埃利亚斯作品的补充。总之,"教化过程"旨在将"文明"、理性和现代,与野蛮、非理性和非现代区分开来。从封建主义末期向资本主义早期转化的过程中,"教化过程"与欧洲阶级形成中的经济过程恰好吻合,为底层社会和中上层阶级的分离,提供了文化规约。我们只要了解这个"教化过程"有关欧洲内部某些人群、某些民族,甚至某些所谓"种族"等的论述,就能发现几乎所有这些刻板形象和病态心理恐惧,在欧洲具有自身逻辑的"教化过程"中就已孕育形成。例如,有关吉普赛人、犹太人的论述,与英国对爱尔兰的殖民相关的爱尔兰人的论述,与北欧人相关的南欧人的论述,甚至欧洲贫苦劳工阶层的论述——所有这些论述所继承的观念都有关哪些人是"可教化的",哪些人是可教育的。那些被视作不可教育或不可"教化"者,都成为那些刻板形象,日后被用于指称那些殖民地的"原住民"。实际上,当我说"日后被用于"之时,就必须作些说明,因为在某个历史时刻,这两个工程——"教化过程"和"教化使命"——相伴而行、彼此交汇。实际上,我在本书中指出,这正是爱德华·萨义德的开创性论著《东方学》所缺少的。原因在于萨义德忽视了这样一个事实,即某些刻板形象、某些用于东方人的东方学建构也被应用于欧洲内部的某些人群,而这又与所谓"教化过程"的浩大工程相关。

　　有关文化现代性建设的总体工程(辩证地包含于"教化过程"和"教化使命"之中),我的第二个观点是,该工程在欧洲总体而言是成功的,但在欧洲之外则大打折扣,而且只涉及少数领域。如果把这个非常复杂的道理加以简化,我要说从欧洲之外"文明使命"的失败中可以得出一个教训,即"文明"和"现代"可以有不同的表现形式,而不只是欧洲和西方标榜的那样整齐划一的单一形式。在欧洲内部,真相也已显现,这就是为什么我刚才说"教化过程"在欧洲"总体而言"是成功的。因为事实上,对于这种

"教化过程",欧洲内部很多领域过去曾发生过成功的抵制行为,现在也正在发生。例如,爱德华·帕尔默·汤普森(E. P. Thompson)的《英国工人阶级的形成》(*The Making of the English Working Class*)详实记录了一个鲜明的英国工人阶级文化——这种文化抵制"教化过程"的风尚、语言和身份——是如何产生的。尽管如此,尽管这一过程并未大获全胜,但在欧洲还是成功巩固了一种资产阶级的主体性,成为得体的"现代"和"文明"主体的模范。

可是,殖民地的情形恰恰相反:在那里,"教化使命"一败涂地;当然,我必须承认,在一些重要的实例中,还是取得了胜利。这些实例中,最广为称道和讨论的,就是法国人[610]采用了"同化"(assimilation)这一殖民体系。众所周知,这一政策的目标在于培养所谓的"进化者"(evolué)或"同化者"(assimilé),成为得体的西方现代"文明"主体的复制品。然而,尽管殖民地世界产生了黑人和棕色人"老爷们"(sahibs)以及"太太们"(memsahibs),但我认为"教化使命"在殖民地是失败的。

之所以失败,有两个原因。其中一个简单却又深刻:"原住民"拒绝按照"教化使命"的主脚本接受"教化",这个脚本本身就是欧洲的"教化过程"在全球的投射。为了对这种拒绝作出解释,已经出现了很多理论。其中,最有力者当属阿米尔卡·卡布拉尔的理论,特别强调文化在反抗政治和经济的殖民征服和压迫中的作用。我们都知道,卡布拉尔活跃在反抗殖民主义的政治和军事斗争前线。但除了这些反殖民主义斗争领域,卡布拉尔同时还建构了一个理论,强调在反抗殖民主义和帝国主义外来压迫过程中,文化能够发挥的独特作用。对他而言,文化是对抗殖民压迫和霸权的最后阵地——这种霸权尤其指"教化使命"所固有的霸权,也是对抗在殖民地原住民中培养西化主体的工程——该工程使原住民成为理想的"现代"资产阶级主体的翻版。对于卡布拉尔的理论,我已经考虑了很久,我愿意与你们分享我对该问题的认识。

卡布拉尔文化抵抗理论中,最迷人之处是他那有些耸人听闻的说法——即能将政治和经济宰制与文化宰制成功融合的事例,在历史上从未发生过。

让我再重复这一点:整个现代殖民史中,能够将经济和政治宰制与文化层面的宰制成功融合和协调的事例,从未发生过。在卡布拉尔看来,并非殖民者没有努力在所有方面实现宰制——经济的、政治的和文化的;所有殖民者都清楚,如果政治和经济宰制能与文化宰制步调一致,就能巩固统治霸权,就无需以武力胁迫。但卡布拉尔坚持认为,整个殖民史中,没有任何一例能证明这能够成功。我认为卡布拉尔的理论是有说服力的,能够解释前欧洲殖民地反抗殖民主义的民族斗争中,文化抵抗发挥的作用;我想卡布拉尔的理论也可用来分析欧洲"教化过程"本身遭遇强烈反抗的例子。

从演讲开始到现在,从我讨论的这两套话语——一个有关经济现代性,另一个有关文化现代性——之中,我认为有必要重新思考、重新构思殖民主义和现代性之间的关系;我认为二者并非人们普遍认为的那样彼此差异和分离,实际上彼此密切相关。为了使我的观点与当下有关全球化和世界体系的话语相关——即便算不上至关重要,我在此要检视一些人们普遍接受的概念,这些概念有关殖民主义与现代性二者关系的性质,尤其是那些与我自己的观点相对立和矛盾的概念。

根据当代有关殖民主义的常识性观点——从事实和历史而言,该观点无可指责,殖民主义主要或者绝大多数涉及[611]非西方、非欧洲的那些国家和民族。这的确是历史事实,但如果你能以批判的眼光审视如下观点,即所谓的"教化过程"是一种针对社会底层民众的殖民形式,这实际上导致了后来欧洲内部的殖民;如此,我们就能发现殖民主义既是欧洲的现象,也是欧洲之外的现象,这些为所有现代性的经济和文化工程铺平了道路。这是我这本书的核心观点。换句话说,比较大多数有关殖民主义和现代性之间关系的经典论述,我主张二者之间存在一种更为本质、更为辩证的关系。

这令我想起刚才在演讲中,我说自己料到有人会强烈反对这个观点——即殖民主义与现代性之间必然的、无法撇清的关联。在我看来,主要可以预料两个反对意见,我目前正在做的部分工作就是设法回击这些反对意见。这种回击是必要的,因为这些反对意见就实践而言并无偏差,理论上也无判断失误。真正的原因在于,从当代历史和全世界关注的问题而言,这些反对意见在目前阶段不足以应对晚期资本主义提出的挑战。

因此,我认为应该重新思考这些反对意见。这就是我与他们的分歧,并不是这些反对声就事实和理论而言有错误或偏差,而是我认为在当下晚期资本主义和晚期现代性时代,它们不足以应对我们面临的挑战。

第一个反对意见,在我看来,对于殖民主义与现代性之间的关系既不能详细阐述,也没有充分的理论分析。根据其基本观点,殖民主义和现代性如同白天和黑夜,二者实际上并不存在有机、必然的关系。表面看来,从这个立场出发提出的观点无懈可击。如果加以概括的话,这些观点认为,如果殖民主义要对殖民地进行现代化改造,在原住民中培养出得体的"文明"和现代主体,其采用的政策、方法和态度的实际效果则颠覆了殖民地的这些教化工程。换言之,因为种族主义、压迫和独裁等殖民统治和霸权的典型特征,现代化或者"现代性"必须等到殖民主义的终结,才有可能最终实现。因此,殖民主义和现代性——或者代之以殖民主义和文明这对措词——如同白天和黑夜,二者不存在有机、必然的联系。极力坚持这一主张的人正是艾梅·塞泽尔。在《殖民主义话语》(*Discourse on Colonialism*)这本专著中,他指出殖民主义最终使得殖民者和被殖民者双方都"丧失文明"。实际上,塞泽尔在书中就用到了"丧失文明"这个词;由此可见,殖民主义口口声声要"教化"被殖民者,但结果却使殖民者和被殖民者双方都变得野蛮,都"丧失文明"。

对于我的观点——即殖民主义和现代性之间实际上有着难以撇清的深刻关系——持反对意见的另一说法认为,作为一种历史现象,殖民主义实际上在很多非西方地区社会的现代史中只是短暂的插曲而已。这个说法常被推而广之,声称殖民主义对于非西方、非欧洲的民族和社会造成的后果和影响常被肆意夸大。这个观点尤其会与非洲关联;也必然与日本对朝鲜只持续了40年的殖民统治关联。提出这一特殊观点的,都是一帮相当奇怪的学者[612]和理论家。例如,其中就有马克思主义学者阿吉兹·艾哈迈德(Aijaz Ahmad)在《在理论内部》(*In Theory*)一书中提出的观点;还有安东尼·阿皮亚在《父亲的房子》这本书中的观点;沃莱·索因卡在很多文章中也有这样的观点,在为自己的剧作《死亡和国王的骑士》所作序言中表达得尤其清晰。索因卡在这篇序言中指出,用他自己的话讲,殖民因素"只是催化剂",对于他在剧本中探讨的约鲁巴和尼日利亚文化与社会的内部辩证关系而言,并非根本性因素。阿皮亚则声称,殖民主义在非洲总共只维持了 80 多年。这样的观点也常被推而广之,认为如果将殖民和后殖民研究普遍应用于非西方、非欧洲的所有民族和社会,就忽视了一个重要事实,即很多社会和国家实际上从未受到殖民统治。这些地方包括土耳其、日本、利比里亚和埃塞俄比亚。综上所述,所有这些观点都否认现代性与殖民主义之间存在有机、必然的联系。

对我书中的核心观点,我也预判会出现第二个反对意见——这种意见实际上也承认殖民主义与现代性是相关的,但强调这是一种令人焦虑、非常存疑的关系。持有这种看法的人就是保罗・吉尔洛伊(Paul Gilroy),他写了《黑色大西洋:现代性和双重意识》(*The Black Atlantic*: *Modernity and Double Consciousness*)。在陈述自己立场的过程中,吉尔洛伊发表了以下令人瞩目的观点,实际上可以说是其立场的症候:他说流散于欧美的黑人族群置身西方的现代性,但并不归属其中。他们由于大西洋奴隶贸易而被移植到西方,所以身处其中;但考虑到种族主义、奴隶制、种族隔离和歧视性政策等历史遗产,他们并不能充分参与西方文化和经济现代性工程,直到最近,情况才有所变化。于是,我们可以得出这样一个令人瞩目的观点:黑人流散族群身处西方现代性,却并不归属其中;但据此观点,这是令人非常焦虑的关系,为各种形式的异化所削弱。

这一看法也常被推延至欧洲之外的殖民地社会,声称现代化或现代性最初是通过殖民主义来到这些社会的,因此表现为一种异域和外在的力量,这又产生了很多异化,产生了很多负面的、破坏性的反现代性思想和态度。这一观点在马哈默德・马姆达尼(Mahmood Mamdani)最近一本新书《公民与主体:非洲晚期资本主义的遗产》(*Citizen and Subject*: *the Legacy of Late Colonialism in Africa*)中有所体现。书中,马姆达尼认为殖民主义在非洲根本上一直都是反民主的政治制度,直到最后阶段才有所改变。鉴于此,无论殖民主义带来了怎样的"现代性承诺",都被这样一个事实所否定——即殖民主义是极为不自由、不民主的政治统治制度,而且为后殖民时代非洲的专制统治甚至反现代性埋下了祸根。换句话说,这个观点承认现代性和殖民主义之间有着重要关系,但必须承认这种关系极为焦虑、极为存疑、极为异化。

我多次说明，所有这些都是非常有力的反对声。对此，我既不能以事实有偏差为由，也不能以理论不充分为由，加以反驳。很简单，我的观点就是，它们未能对晚期现代性的挑战作出完全——甚至充分——的反应。这里由于时间关系，我将很多这些挑战都纳入晚期现代性的一个主要症结。也就是，当下最重要、最具挑战性的一个理论任务，就是[613]如何解释早期资本主义最糟糕的社会经济矛盾，与晚期资本主义的矛盾同时并存这一现象。一些针对整个社会群体和民族的最为残酷卑劣的剥削和排斥形式，都是早期资本主义的特征——如 18 世纪末和 19 世纪初。其中一些矛盾在今天地球 3/4 的地方依然存在，与那些比较新的、微妙的、"文雅的"剥削和异化形式并存。通过审视早期与晚期资本主义这些矛盾的共时性，我可以区分出我所谓的对于身体、体能和能力的殖民（如矿场中的体力剥削、大小水果商和蔬菜商对于流动性季节劳工的剥削、美国等世界很多地区的服装纺织业对女工和童工的剥削，这些都是我们看到的旧式的剥削模式）和晚期资本主义商品销售和广告中对于精神的新式殖民（那些看似我们最需要、最渴望的东西，实际并不再是我们的，遵循的只是市场力量向几乎所有生活领域渗透的逻辑）。其中有些新形式的异化非常微妙，今天只表现为虚幻之物，我们只能模糊地感觉它们的存在。举例来说，通过综合运用基因剪接和超大规模计算等新技术，在受孕、出生和成长等这些源头，对人类进行重塑已成为可能。这些新的物化形式如此深入而广泛，决定了我们作为一个物种为自己确定的目标和优先项，既为了我们这颗星球上的可持续发展，也为了确保生命及其不同的形式，以我们所认识和珍视的方式生存并永续发展。

因此，我认为我们必须解释两种殖民形式的共存状态，总体来说就是身体的殖民和精神的殖民。但是，如果不对殖民主义话语和概念及其与现代性的关系，作出修改和重新思考，我们又何以做到呢？

我希望通过上述讨论能够表明，我并非急于将旧的、既定的殖民概念，纳入铭写于晚期新自由资本主义的异化和物化中的新概念。总的来说，我们必须不断提醒自己，经典殖民主义发生在欧洲之外，通过欧洲对非欧洲民族的剥削而固化了。对此历史事实和遗产，我们决不能视而不见。但是，我们也必须修改和深化我们有关殖民的概念，这是我今天发言的重点。如此,我们才能发现同样重要的历史事实,即无论是经典的还是新自由主义的殖民形式,都存在于全球所有地区,这恰恰因为殖民是现代性的根本,且依然是其持久遗产的一部分,无论在欧洲之内,还是之外。

(姚峰 译;汪琳 校)

第82篇 后结构主义与后殖民话语①

西蒙·吉坎迪(Simon Gikandi)

1

[614]要讨论后结构主义理论和后殖民话语的关系,也许最好先关注分别于 20 世纪 60 年代晚期和 80 年代,伴随重要的思想运动而来的论战和争辩。这两场运动有个共同之处,即总是在其政治效应、在各自思想传统——其中涉及不平等的权力关系,以及作为理论概念,能否为我们提供关于曾为殖民地的非洲、亚洲和加勒比地区国家的文化和文学的有用知识——中的位置等方面激起热议和问题。在这些议题上,前殖民地社会的学者和评论家常常分为两大派别:一方面,有些评论家喜欢运用后殖民理论,来解释殖民主义发生和运行的具体条件,以及解殖运动作为一种具体的解放话语所扮演的角色。对这些评论家而言,后殖民理论的陷阱在于其无法将殖民经验分期和历史化,无法解释殖民地臣民作为积极的动因,在创造文化和历史方面发挥的作用。例如,阿吉兹·艾哈迈德认为,后殖民理论的主要缺陷在于急于强调一整套问题——有关历史能动性、殖民地臣民的造就,甚至还有现代性的历史——或者急于考虑"文化宰制的问题,这种宰制由拥有先进资本的国家施加给帝制化的国家。"(Ahmad 1992:2; see also Dirlik 1994; Bartolovich and Lazarus 2002)对这些后殖民理论批评家而言,其主要弊病——无法解释解殖运动的历史和过

---

① First published in *The Cambridge Companion to Postcolonial Literary Studies*, ed. Neil Lazarus, pp. 97—104. Cambridge: Cambridge University Press, 2004.

程——源自与后结构主义理论过于亲密的关系。如果我们将后结构主义看作后殖民理论在政治和认识论方面缺陷的来源,[615]这是因为后殖民理论比起政治更重视解读行为,或者用艾哈迈德的话说,将文化混杂性"与民族和民族主义议题相对立",甚至使文化以及"文学/审美领域远离经济问题"(1992:3)①。

但另一方面,很多后殖民话语的拥护者否认这样的说法,即理论意味着文化与政治经济的分离,或者解读行为——尤其由不断变换的混杂、差异等理论概念指导下的解读——未必否定了民族和民族主义等概念。实际上,对于霍米·巴巴(Homi K. Bhabha)等顶尖后殖民批评家而言,后结构主义(以及后现代主义)提供了一个强大的武器,用以抵制他们眼中的欧洲人文主义的"牢房",抵制作为一种政权形态在流散的全球化时代已然失去合法性的去殖民化国家。对这些批评家而言,后殖民话语并非是去历史和去政治的,并非枉顾后殖民臣属的关切,而是受到后结构主义影响,通过一个强有力的视角审视危机时刻中的现代世界体系。例如,巴巴认为后殖民批评"见证了文化表征中不平等、不平衡的力量,这些力量在现代世界体系中参与了政治和社会权力的争夺"。(1994:271)②

但是,争辩的双方都意识到后殖民话语产生于结构主义之后更大的欧洲——尤其法国——理论建制之中。对此,双方有着一致的看法。在此方面,如果没有后结构主义,后殖民话语则无法想象。但是,把后殖民理论置于欧洲谱系之中,也带来了另外一系列疑问和难题:为什么最初产生于法国理论中的理论问题逐渐主宰了英语世界有关后殖民身份、文化和文学的争论? 难道后殖民话语只是关于法国理论如何对英语世界知识分子的学术实践产生影响? 而非对尼尔·拉森(Neil Larsen)所谓"文化解殖运动或国际劳动分工现状"(2002:205)的理论反映? 或者,这是一种理解后殖民状况的技术? 对于同样的问题,巴巴在《文化的定位》(*The Location of Culture*)的自我设问时刻,提供了不同的注解:"为了生产一种强化自身权力-知识等式的话语,他者话语理论语言是否只是占据文化

---

①　能够将后殖民话语解读为后结构主义的延伸,最高明者当属拉森(Larsen, 2002)。

②　然而,并非所有的后殖民理论都认为,后结构主义理论能够解释劳动和知识的国际分工。其他观点,参见 Spivak 1988b。

优势的西方精英的又一权力策略?"(1994:20—21)

　　要回答所有这些问题,我们就必须接受这样一个基本事实——与主宰了 20 世纪 60 年代的第三世界、新殖民主义,或者欠发达等理论不同,后殖民主义理论并非由后殖民知识分子在后殖民世界生产的话语。后殖民话语是由移居西方的后殖民作家和知识分子所生产;后殖民话语与其思想的效力无关,其特点在于一种错位感,即与被该话语视作地理参照之一的后殖民地的错位感。与此同时,如果认为后殖民话语只是法国后结构主义旅行于后殖民知识阶层的想象之中,并据此否认其价值,这并不充分。因为,从 20 世纪 90 年代以来,有关什么是或者不是后殖民研究的问题,围绕作为一种思想范畴的理论与作为理论分析对象的"第三世界"实践和经验之间的关系逐渐展开。即便这种话语似乎在宗主国中心比摆脱了殖民统治的国家更为重要,但后殖民话语也试图从解殖运动和迁徙的双重视角理解殖民现代性的性质和意义(Hall 1996)。

　　[616]但我们也要注意,后殖民话语虽然明显具有欧洲身份,却是该领域一些最激烈争论的源头所在。这些争论的核心就是这样一个问题:作为后结构主义的替身,后殖民理论能否提出一系列新的问题? 对于后殖民话语自我标榜的原创性,最大的反对声认为——还是引用艾哈迈德的话——后殖民话语"只是追赶很多不同的欧陆思潮",同时"重新表述那些旷日持久、难以把握的议题……采用的视角无外乎西方知识的档案,以及拥有先进资本的国家对那些帝国主义化的国家施加的文化宰制"。(1992:2)这场争论的另一阵营是罗伯特·扬这样的批评家,他们认为后结构主义理论的欧洲身份,隐藏了该理论与"第三世界"有关解殖运动及其后果的争论之间的根本关联。扬的观点——最初见于《白色神话》(*White Mythologies*,1990)——认为后结构主义的历史根源,并不能从欧洲文化危机(危机与 1968 年学生骚乱关联)中找到,而应从 10 年前阿尔及利亚反对殖民主义的斗争中找到。在《后殖民主义历史导论》(*Post-colonialism: An Historical Introduction*)中,扬竟然将后殖民理论视作"第三世界"反殖民运动的延伸,声称后结构主义是一种反西方的策略,"针对的是欧洲思想中的文化和种族等级观念":"虽然结构主义和后结构主义都产生并发展于欧洲,但二者都属异类,在策略上根本是反西方的。后殖民思想吸收了该理论中的激进传统,又融入了三大洲作家——还有

从摆脱殖民统治的三大洲国家移居西方的其他作家——的思想和视角。"
(2001：67—8)

　　或许,所有这些争论都是在最宜称作影响的焦虑之背景下发生的：后
殖民话语的主要人物——即后殖民经典的符号——都与后结构主义理论
的主流息息相关,往往被视作欧洲后结构主义话语主要人物的门徒。因
此,爱德华·萨义德——尤其《东方学》(1978)这部研究"东方"的再现与
西方权力体系之间关系的开创性著作——受益于米歇尔·福柯关于话语
体系与权力的著述。佳亚特里·斯皮瓦克最初就是作为雅克·德里达
《论文字学》(Of Grammatology)的译者而声名鹊起的,她涉猎广泛,从心
理分析到女性主义等众多话题都有论著,这些著述可被视为从殖民主义
及其臣属视角,对于德里达解构主义的再诠释。巴巴的研究是对雅克·
拉康和德里达修正理论的有力回应,其中涉及一系列论题,从主体的差异
和分裂,到意义和再现的不确定性。但是,我希望最后在本章展现的是,
后殖民话语真正的困惑也许并非在于其根植于西方理论,而在于如此与
欧洲的辩论——有关再现、主体性和历史主义等问题——密切相关的研
究,如何成为重新思考后殖民政治的文化和文学的核心。

2

　　然而重要的是,我们要记住,这些存在于后殖民理论及其历史经验的
话题,源自殖民和后殖民世界;而诞生和发展于法国的结构主义和后结构
主义理论是[617]对极具地区性的辩论和危机时刻作出的反应,却有着重
要的殖民主义面向。这些潮流是针对欧洲人文主义传统的回应,这一传
统在二战后最重要的倡导者是让-保罗·萨特。对于该时期弗朗兹·法
农、艾梅·塞泽尔、列奥波尔德·塞达·桑戈尔等反殖民知识分子提出的
殖民主义话语,萨特的人文主义思想居于核心位置。有鉴于此,20 世纪
五六十年代作为对人文主义的批判而出现的结构主义,就不会放过殖民
主义话语,不会使其完好无损、全身而退。与此类似,如果后结构主义是
源于对结构主义中人文主义残余的批判而出现的,那么将其视作对殖民
主义话语核心支柱的批判是颇为重要的。由此而言,后殖民话语应该被
视作对早期扎根于人文主义传统的殖民话语的批判,而非罗伯特·杨所

谓"三大洲反殖民知识分子"思想的延续（2001：427）。我们不应将后殖民话语看作殖民话语的延续，而需要将其作为与传统的激进断裂加以审视，这种断裂是由后结构主义理论引发的。但是，我们只有将后殖民话语和后结构主义理论之前的术语或后缀——也就是殖民主义和结构主义——作为根本性的关键术语，而非那些被超越的概念性纲要。实际上，后殖民话语和后结构主义理论在最基本的层面具有同样的身份：二者都被其后缀所困扰。

因此，如果我们在后结构主义和后殖民话语的谱系中找到一个接触点，这个起点是令人意外的——就在萨特的存在主义现象学之中。在此，我们饶有趣味地指出，萨特在后结构主义的余波中，逐渐与声名狼藉的人文主义密切关联，批评家们因此忘记了这样一个事实——即二战之后，他代表了其他人借以界定自身的思想传统。此外，虽然（结构主义和后结构主义）对萨特的否定是基于这样一个观点，即他的历史和意识理论倾向于强化种族中心主义和普世主义，而牺牲了"别的"文化和知识模式，但在投身反殖民主义斗争的欧洲哲学家中，他显然是最重要的一位。鉴于这个原因，他对于殖民话语的影响——二战之后出现的反殖民主义理论研究——是不可低估的。在反对法国在印度支那和阿尔及利亚的殖民主义行径的斗争中，萨特表现出了著名的公共立场和激进态度；此外，他的主要著作集中论述殖民暴力和殖民臣属的角色。[1] 实际上，萨特所投身事业的核心目标，在于克服欧洲自身与殖民他者之间的差距。为此，他提出了一种历史理论以及伦理实践，使得殖民主义之**后**的人类文化这一想法成为可能。正是在此意义上，萨特逐渐被看作激进的或包容的人文主义守护者。[2]

现在，人们普遍认为，萨特所代表的人文主义——下文我们会看到——从 20 世纪 60 年代开始，受到结构主义和后结构主义理论家解构。但是，他之所以在 20 世纪四五十年代对殖民地知识分子具有吸引力，恰

---

[1] 萨特有关殖民主义的著述收录于 Sartre 2001a。这里，我对萨特的讨论引自 Young 1990：28—47。

[2] 有关人文主义在 1945 年至 1960 年对法国思想生活的影响，参见 Pavel 1989：3；也可参见 Young 1990：21—47。在米歇尔·罗斯看来，萨特的存在主义会成为"激进人文主义的捍卫者"（Roth 1988：I）。

恰**因为**他坚守了一种激进的人文主义。具体而言,他是第一位重要的哲学家(也许是惟一一位),能够将殖民经验与人文主义的限度相联系,又与乌托邦的诸多可能性相联系。因此,通过萨特的例子,我们便能慢慢理解日后在后结构主义和后殖民理论中失宠的批评术语(因为二者被认为受到了人文主义——普世主义、历史主义、意识和身份——的损害),[618]如何或隐或显,成为塞泽尔、法农和桑戈尔等建构的反殖民话语大厦的基石。因此,我们需要考虑这些日后所谓激进人文主义的关键术语,弄清它们如何直接影响了反殖民主义话语。

　　在这列术语表的顶端是关于历史和历史主义的问题。历史主义的传统——20世纪30年代黑格尔思想复兴期间曾主导法国思想界,主要人物有让·伊波利特(Jean Hyppolite)和亚历山大·科耶夫(Alexandre Kojève)——对思想史,或者准确而言是对历史哲学,作了大量研究,将其作为"理解现代世界以及洞察如何将世界变得更好的基础"。(Roth 1988:ix)米歇尔·罗斯(Michael Roth)认为,就多数形式而言,"法国黑格尔主义是直面历史的工具,是思考历史与认知之间关联的工具。"(2)在萨特这里,对作为知识基础的历史哲学的投入更进了一步:历史主义不仅关乎人类意识;更准确地说,历史过程是人类主体逐渐征服自然,并发现本质真理的过程。萨特最为重要争议也最大的作品《辩证理性批判》(*Critique of Dialectical Reason*)中,这一历史观得到了确认。书中,萨特声称自己的目标无非是建立他所谓的"历史真相"。他指出自己的研究目的是"证明只有一个人类历史,其中只有一个真相、一种解读——采用的手段并不考虑这个历史中的物质内容,而是展示一种实际的多元性——无论这种多元性是什么——必定一刻不停地统一自身,通过在所有层面内省其多元性。"(1976:69;see also Young 1990:28—47)

　　与这种历史观——即引导我们走向真理的过程——比肩而立的是对主体的青睐。如果不将人类主体及其意识置于社会生活这出戏剧的中心,那么人文主义历史观无论是一种思想演进,还是追求真理的过程,都是不可能的。实际上,早期有关存在主义的著作中,萨特的目标是提出自由这一问题,作为——此处引用马克·波斯特(Mark Poster)的警句——"人类境况的终极问题"(1975:80)。如果没有认知主体,意识当然是不可想象的。

有关历史和意识的讨论中,第三个要点是他者问题。在此,萨特转而依靠黑格尔的重要传统,因为众所周知,法国知识分子在 20 世纪 30 年代之所以被黑格尔吸引,原因之一就是"主/奴辩证法"(master / slave dialectic)——能有力抵制康德理性主义,抵制其对于基于理性的身份自治的坚持。罗斯对此辩证法的总结,在此值得详细引用:

> 有关主/奴辩证法的故事相当直截了当……黑格尔描述了两个人、两种"意识"之间的对抗,二者独立于其他人,而构建自己的身份。彼此遭遇之时,一方视另一方对自己的个人存在构成了威胁;更重要的是,为了更加肯定这种存在,一方试图主宰另一方。(黑格尔在此提到了"自我肯定"。)二者极力主宰对方,极力使各自个性的力量得到认可。这场斗争的失败者会得出结论,即生命比最初追求的认可更加重要。此人[619]会放弃斗争,成为承认主人主权的奴隶。换句话说,失败者会让动物自我保全的欲望战胜人类获得认可的欲望。(1998:100)

在主人与奴隶之间的关系中,"使人性走向更高层次自我实现的,是奴隶一方……奴隶是历史变化的秘密所在,奴隶摆脱压迫的欲望是人类更具人性的基础"。(Poster 1975:13)或许,这就是此辩证法中最重要的方面。对于这种主/奴辩证法,殖民语境提供了最具戏剧性的现代事例。这种辩证法反过来成为反殖民主义话语的核心,恰恰因为人文主义志业赋予被奴役者的能动性。

总之,萨特对于殖民话语的主要贡献在于,将最初或许属于欧洲的话题——身份、自由和意识——投射到殖民领域。在《辩证理性批判》中,他对于殖民暴力进行了反思;不仅如此,他还在一系列为殖民地知识分子——日后在反殖民主义斗争中成为关键人物的桑戈尔、梅米和法农——撰写的导论和序言中,以更为沉痛的笔触实现了这样的投射。这些序言为殖民地知识分子打开了重要的空间,他们努力开创一种反殖民历史,这是实现他们所认为的去殖民化真相的第一步。正是在这些序言中,萨特——及其激进人文主义——必须被看作这个(反)殖民过程中重要的干预力量。例如,萨特用他为艾伯特·梅米的《殖民者和被殖民者》

(*The Colonizer and the Colonized*)所作序言,重申了自己著名的观点,即经验和超越的核心价值——对于经验的自我意识本身并不充分,还需要被超越,以达到普世的层次;此外,他还以此再现殖民主义,即一个由整体界定的体系。

与之类似,借助为法农的《全世界受苦的人》撰写的著名序言,萨特回归了暴力的辩证法(从二战以来一直是其哲学志业的一部分),还认识到了人文主义的危机(由垂死的殖民主义所揭示)。萨特在这篇序言中指出,当被殖民者处于殖民体系的边缘,他们就例证了历史上令人不悦的意识。对于法农提出的挑战——坚持认为暴力辩证法是促成殖民主义的条件——萨特的回应并未完全放弃这一辩证法思想,没有放弃将历史过程看作通向和解的不同阶段。实际上,他认为法农事业的重要性,在于阐明了这个历史过程,在于"一步一步"构建了"辩证法,自由主义的伪善使你无法看到这种辩证法,且他的存在和我们的存在都因了这种辩证法"。(Sartre 1968:14)同时,为欧洲读者翻译殖民经验的过程中,萨特被迫接受这样的事实——殖民历史的辩证法无法导致和解,这与他对历史过程的辩证法意识是一致的;作为一种同时宣称和否定殖民状况的体系,殖民主义的矛盾性在于其易爆性;正是从此爆炸之中,欧洲人自己正摆脱殖民主义——面对"突如其来的领悟、我们人文主义的脱衣舞表演。"(24)

[……]

参考书目

Ahmad, Aijaz. *In Theory: Classes, Nations, Literatures* (London: Verson, 1992).

Bartolovich, Crystal and Neil Lazarus. *Marxism, Modernity, and Postcolonial Studies.* Cambridge: Cambridge University Press, 2002.

Bhabha, Homi. *The Location of Culture* (London / New York: Routledge, 1994).

Derrida, Jacques. *Of Grammatology*, trans. Gayatri Chakravorty Spivak (Baltimore: John Hopkins University Press, 1976).

Dirlik, Arif. "The Postcolonial Aura: Third World Criticism in the Age of Global Capitalism," in *Dangerous Liaisons: Gender, Nation, and Postcolonial Perspectives*, eds. Anne McClintock, Aamir Mufti, and Ella Shohat (Minneapolis: University of Minnesota Press, 1997).

Hall，Stuart. "What was 'the post-colonial?' Thinking at the Limit," in *The Post-Colonial Question*： *Common Skies*，*Divided Horizons*，eds. Lain Chambers and Lidia Curti (London and New York： Routledge，1996)，pp. 242—260.

Larsen，Neil. "Marxism，Poststructuralism，and The Enghteenth Brumaire," in Bartolovich and Lazarus，*Marxism*，*Modernity*，204—220

Pavel，Thomas G. *The Spell of Language*： *Poststructuralism and Speculation* (Chicago and London： University of Chicago Press，1989).

Poster，Mark. *Existential Marxism in Postwar France*： *From Sartre to Althusser* (Princeton，NJ： Princeton University Press，1975).

Roth，Mechael S. *Knowing and History*： *Appropriations of Hegel in Twentieth-Century France* (Ithaca and London： Cornell University Press，1988).

Said，E. W. *Orientalism* (New York： Vintage，1979).

Sartre，J-P. *Critique of Dialectical Reason*，trans. Alan Sheridan Smith (London： New Left Books，1976).

Sartre，J-P. "Preface" to *The Wretched of the Earth*，trans. Constance Farrington (New York： Grove，1963).

Spivak，Gayatri Chakravorty. "Can the Subaltern Speak?" in *Marxism and the Interpretation of Culture*. Eds. Cary Nelson and Lawrence Grossberg (Urbana： University of Illinois Press，1988)，pp. 271—313.

Young，Robert. *White Mythologies*： *Writing History and the West* (London and New York： Routledge，1990).

Young，Robert. *Postcolonialism*： *An Historical Introduction* (Cambridge： Blackwell，2002).

（姚峰 译；汪琳 校）

第83篇 主体性与历史：
德里达在阿尔及利亚[①]

罗伯特·扬(Robert J. C. Young)

[621]学校之所以建立，就是为了教会我们如何用他们的语言说"是"。

塔依卜·萨利赫(Tayeb Salih)，《向北迁徙的季节》

(Salih 1969：95)

1 重访白色神话

"如果我自己不说，我相信没有人只通过**阅读**就能发现我是一个'法国籍的阿尔及利亚人'。"(Derrida 1998：46)确实发现不了，因为我写《白色神话》时就了解到，你出生在阿尔及利亚，就是纪念法国入侵100周年（的确值得阿尔及利亚人纪念的事件）的同一年。有一次，你小心翼翼地提到自己童年的记忆、你的"乡愁"，比埃莱娜·西苏(Hélène Cixous)对"阿尔及利亚"的回忆更为简约(Derrida 1985；Cixous 1998)。但那是我惟一的线索，除了1979年我第一次见到你时，就立刻明白你不是"土生土长的法国人"。如释重负啊！至少，不是个傻瓜。尽管如此，即便在那之前，我已经知道有件重要的事情正在发生。这就像挨了一记拳头，那么明白无误，即使我无法弄清楚这从何而来。确定的是，这来自别处，并造成了很大的混乱（更准确地说，去西方化）效应。那时，你来牛津大学访问，我们问你的第一个问题，有关你使用的"西方"和"西方形而上学"这两个术语。我们抱怨

---

① First published in *Postcolonialism：An Historical Introduction*, pp. 411—416. Oxford：Blackwell，2001.

说："在你的作品中，'西方'这一概念，以及从柏拉图至今的哲学话语的延续性一直都模糊不清，难以自圆其说。"你回答说，没有什么在"西方哲学中被视作西方的本质"；你并不相信西方哲学存在延续性；"西方哲学"的统一性只是幻觉，只是再现和教条所产生的影响和后果；你在作品中总是强调文本中的断裂、罅隙和非延续性。"如果结构必须压制那些试图从内到外破坏统一性的形式，那么这就是一个矛盾、冲突的结构。"（Derrida 1979）20年后，你依然发出了同样的抱怨（Derrida 1998：70）那天在牛津，你对"西方"本身未有更多评论，但其间的关系是不难看出来的：

> [622]形而上学，即重组并反映西方文化的白色神话：白人将自己的神话、印欧神话、自己的**逻各斯**——即白人理性（reason）的**神话**——作为一种普世形式，他必定称之为**理性**（Reason）。这种理性未受挑战……白色神话——形而上学在自身之中，抹除了造就自己的美妙图景、却一直都积极躁动的图景——用白色墨水铭写了无形的图案，被湮没在羊皮书中。（Derrida 1982：213）

多年之后，我寄送了一本《白色神话》给你，你说我确实找到了一条穿越你作品的"线索"。在你最近一些自传性著作中，那条我当时费力追踪的"线索"最终成为明显的主题。对此主题，我一直都清楚，因为你一开始就在自己的作品中对我显露无遗：对你来说，别的哲学家书写的"哲学"都是"西方哲学"。白色、他者、边缘、去中心：你所追求的目的、极力趋向的可能性、奴隶推翻的预设，对我而言都显而易见。这就是为什么我的书名影射了你的一篇文章——之后，我常常看见有人称之为"白色神话"。请允许我回顾这本书的开头：

> 如果所谓的"所谓后结构主义"（so-called "so-called poststructuralism"）是单个历史时刻的产物，那么该时刻或许不是1968年5月，而是阿尔及利亚独立战争——这场战争本身无疑既是症状，也是产物。在此方面，萨特、阿尔都塞、德里达、利奥塔等人要么生于阿尔及利亚，要么亲身参与了战争中的事件，都是颇为重要的。（Young 1990：1）

作为认知暴力的一种形式,"后结构主义"——请允许我再次援引这个奇怪的术语——所表征的,总是对阿尔及利亚暴力斗争的回响。在反对宗主国冷静的哲学和政治确定性的反叛中,在你所谓"希腊-欧洲经验产生的基本概念体系正在席卷全人类"并主宰"全世界的时刻"所爆发的叛乱中,阿尔及利亚变得精疲力尽(Derrida 1978:82,297;1998:39—40,59)。从最开始,你的对象(我们今天对此会津津乐道)就是西方的全球化——形式上是概念性的,但效果却是物质性的——和西方文化的欧洲中心主义;"正是这种最为原初和强大的欧洲中心主义,正处于将自身强加给全世界的过程之中。"(Derrida 1976:3)从某个我一无所知的本源出发,将一直被视作解构主义采用的哲学和文学策略,重新翻译成为更加痛苦的殖民、后殖民历史框架,这是我那本书的目的所在。如果很大程度上,这个历史模式就是我想要重写的历史的产物,那么如何才能重写历史呢? 这正是你的难题所在。正是因为你对哲学和历史概念——始于胡塞尔——的批判,给我指明了最初的那些可能性,为"**动摇**西方历史的**整体**"提供了"一个批判体系";你采用的后殖民反击和颠覆策略,与在阿尔及利亚学生时代的你不无关系,当时你接受了典型的殖民主义教育,被教授的"历史"是法国史:"一门难以置信的科目,一个寓言和圣经,却是一种用来说教的教义,与我同时代的孩子几乎无人不受影响。"(Derrida 1978:235;1998:44)

[623]或者,如阿吉兹·艾哈迈德所述:

> 罗伯特·扬近十年来几乎完全致力于在英伦三岛传播法国后结构主义,几乎从不关注昔日的殖民地;但突然间,他一跃成为所谓"后殖民批评"领域的顶尖理论家:虽然他在《白色神话》中很少使用这个术语,但这本书象征着他明显对帝国主义这一事实开始觉醒,而身处的却是已被后结构主义思想占据的世界。(Ahmad 1995:8)

艾哈迈德在此使用的典型方法是**针对个人、针对女性**的还原论批判,这颠覆了他同时标榜的马克思主义客观性——因为实际上他对我写《白色神话》之前在英伦三岛"传播"的思想知之甚少,如同我对他撰写《在理论内部》之前在美国传播的思想所知甚少一样——世人皆知,在书中他

"几乎"向北美"倾力传播"乌尔都语诗歌(为什么不呢?)(Ahmad 1992，1969)。在迷人的个性张扬背后，艾哈迈德的批判基于这样一个假设——"法国后结构主义"与"昔日的殖民地"毫无关系；当我像济慈那样，对帝国主义这一事实开始"觉醒"，已经为时晚矣，因为整个世界都已被那些空想的、理想主义的后结构主义者们所占据。艾哈迈德此处采用了常见的反-后殖民主义修辞，其形式就是重复法农所透彻分析的文化自卑这一假设：任何被认为在西方思想和政治中重要的东西，都可能与(所谓的)第三世界无关，即使其本身是从三大洲的很多位置和地点之一对西方进行的批判。换言之，如果后殖民理论对西方造成如此重要影响，则"必定"是欧洲的理论。如巴特·摩尔-吉尔伯特(Bart Moore-Gilbert)所观察的那样，德里达通常就是"这个大魔王，对依赖欧洲方法论模式的后殖民理论展开了批判"。(Moore-Gilbert 1997：163，citing Ahmad 1992 and Slemon and Tiffin 1989)有些人认为后殖民理论属于西方，便以"第三世界"为名，拒斥当代后殖民理论。这些人这样做恰恰否定了始于德里达的第三世界输入本身，否定了他们的批评所倡导的那些非欧洲著述本身。一个相关的观点将西方的理论与第三世界的具体经验对立起来，或倨傲或谦恭地认为理论本身完全属于西方，第三世界只能拥有经验，而绝不会是具有概念或政治效力、属于自己的理论或哲学。在无意识中，这样的观点固化了这种居于殖民主义意识形态核心的成人-儿童关系。

　　结构主义来自东方，后结构主义来自南方。在提出了(后来被归为)后结构主义的理论观点的那些人中，很多都来自阿尔及利亚，或者参与了独立战争。法农、梅米、布迪厄、阿尔都塞、利奥塔、德里达、西苏——这些人都身处或来自阿尔及利亚。的确，他们没有一人属于正统的阿尔及利亚人，因为都是来自当地的阿拉伯人、柏柏尔人、卡拜尔人、沙维耶人或姆拜特人，这些民族共同构成了现代独立的阿尔及利亚的人口。(Bourdieu 1958)可以说，他们不是正统的阿尔及利亚人，无法轻易归属任何一方——之后的阿尔及利亚历史证明，这种情况以其独特的方式为阿尔及利亚所独有，因为那些众多不同的"正统"阿尔及利亚人[624]也无法轻易归属阿尔及利亚民族。有些人——如阿尔都塞，即德里达在高等师范学院(École Normale Supérieur)的导师——是"黑脚"(如加缪)，来自贫穷白人杂居的社群，他们从地中海盆地最贫穷的地区迁居此地；由于普法战争导致阿尔萨斯-洛林地区于 1871 年被割让给德国，阿尔都塞一家与成千上万人一起，被驱逐到阿尔及利亚。其他人——如德里达和西苏——来自所谓的本土犹太族群，他们最初和摩尔人一起，于 15 世纪被费尔南德和伊莎贝拉驱逐出西班牙，被没收的财产则用来资助哥伦布前往新大陆的航行（Laloum and Allouche 1992；Wood 1998）。奇怪的想法：如果这个世界没有德里达和西苏这类人，也就没有"拉丁"美洲。梅米——另一个马格里布的犹太人——生于突尼斯，之后在阿尔及尔大学（University of Algiers）学习，后又前往索邦大学。其他人——如法农和利奥塔——去到阿尔及利亚工作或参军，积极投身革命之中。20 世纪 50 年代，皮埃尔·布迪厄也在阿尔及利亚从事人类学-社会学研究（Bourdieu 1958，1979；Bourdieu and Darbel 1963；Bourdieu and Sayad 1964），并经常见到返回阿尔及利亚服兵役的德里达。因此，与这些名字联系在一起的后结构主义最好称作法国-马格里布理论，因为该理论积极介入对法国殖民主义意识形态遗产的清算，重新思考其温和的帝国文化的前提、假设和规范。在《谋杀他者》（*Murder of the Other*）中，西苏讲诉了这些思想如何从她自身的经历中发展而来：

> 从个人自传的角度，我来自一场叛乱，来自暴力痛苦的直接拒绝——拒绝接受舞台上发生的事情，而我自己则位于舞台的边缘……在阿尔及利亚，我学会了读书、写作、尖叫、呕吐。如今从经历中，我明白了人们无法想象一个阿尔及利亚的法国女孩是怎样的：你必须曾经身为这样的女孩，必须拥有这样的经历。必须在帝国主义盲目的"高度"看见"法国人"，虽然身处一个人类居住的国家，却似乎这个国家都是非人类，都是生而为奴之人。从最初所见中，我明白了一切：我看见白人（法国人）高傲、富有和文明的世界，如何建立在对全体人民的压迫之上，这些人民突然变成了"隐身人"，如同无产阶级、移民工人和那些"颜色"不对的少数族裔。女人，作为人，也是隐身的。当然，会被当作工具——肮脏、愚蠢、懒惰、狡诈等等。这都归因于某个泯灭人性的辩证魔法。我发现那些伟大、高贵、"先进的"国家通过排斥"怪异者"而建构自身；排斥怪异者，但并不驱除；而是奴役他们。（Cixous and Clément 1986：70）

"尽管具有潜在的有益洞见,后结构主义哲学仍然是用来实施压迫的侍女,"澳大利亚批评家海伦·蒂芬指出,"如果我可以混用隐喻的话,可以充当 20 世纪 80 年代的地方行政官,他的书名从《对尼日尔河下游原始部落的镇压》(*The Pacification of the Primitive Tribes of the Lower Niger*)改为《享受他者:或驯化的差异》(*Enjoying the Other:or Difference Domesticated*)。"(cited in Moore-Gilbert 1997:21)分崩离析:此处的假设是,"后结构主义哲学"不过是另一个欧洲的白色神话。蒂芬从未清晰地想象过,"他者"自己现在能够书写这本书了。只有白人定居者有权使用理论回写。女人、当地人,仍然是他者。佳亚特里·斯皮瓦克谈到别人对其著述类似的评论时说,"贝妮塔·帕里指责我们(斯皮瓦克、巴巴和严-莫罕莫德)没能倾听当地人的声音,或者不允许当地人说话,但她忘了我们三个后殖民主义者也是"当地人"[625]……反抗压迫的后殖民主义者已然成为丑闻。"(Spivak 1993:60)对于蒂芬的观点,只需从主体位置对其实施看似无法想象、可耻丑陋的反转:后结构主义被她称为用作压迫的侍女,实际上却是由压迫而产生的,因为后结构主义很大程度上由殖民经验发展而来。后结构主义"标出的"结构是殖民统治工具、帝国机器。其对于总体性概念的解构,诞生于抵抗的经验和形式,抵抗晚期殖民地国家(尤其是法属阿尔及利亚)的总体化统治。这部机器的运作方式是独一无二的,之后常常又在帝国中心重新调配,这是从伯克(Burke)以来的自由主义者所害怕发生的。如果殖民地的极权主义回到欧洲后才产生了法西斯主义,那么极权主义就总是具有殖民性——无论从外部还是内部而言。在经历了帝国主义、法西斯主义、斯大林主义和阿尔及利亚之后,就该是挑战总体性图景的时候了,而国家和政党的概念就建构于总体性之上,卢卡奇则错误地主张总体性是挑战资本主义的手段。萨特在穆登博的构想中是非洲哲学家,他极力重构一种马克思主义的历史理论。该理论虽然通向总体性,或者历史进程的总体化,但同时允许历史能动性的积极介入。萨特本人作为法国抵抗力量的一员与纳粹进行斗争,他一定清楚这一理论是有违常理的;因此,当他无法完成这一理论的哲学论述时,不会感到非常吃惊。他关键性的举动——这一举措让事情变得更为复杂,出现在《辩证理性批判》首卷的末尾,是一个使这部作品无法完成的开头——是提出首个马克思主义历史哲学,其中,殖民主义和殖民统治特有的暴力是核心成分:"暴力——作为资产阶级的存在(exis)[一种与实践(praxis)相对的惰性和稳定状态]——存在于对无产阶级的剥削之中,这种剥削是统治阶级与被统治阶级之间世代传承的关系……作为资产阶级一代人实践的暴力,存在于殖民化过程之中。"(Sartre 1976a:719;1991;Young 1990:28—47)萨特强调暴力的角色,因此支持佛朗兹·法农这位阿尔及利亚最著名的养子。法农直接指出:"暴力在殖民地人民当中的发展,与受到威胁的殖民统治当局所施加的暴力,是成正比的。"(Fanon 1965:69)

1962年之后,更多来自阿尔及利亚的殖民者(colons)、黑脚和流散者来到巴黎:"后结构主义者"中,很少是"土生土长的法国人",或者"出身很好",即本土的法国白人男性或女性。阿尔都塞以意识形态理论为开端,迈出了第一步。阿尔都塞意识形态理论的主要内容——其中,主体被一个喊着"嘿,说你呢!"的警察所询唤——与欧洲马克思主义者的"虚假意识"概念不同,并不在无意识中吸收某一体系的价值观。阿尔都塞的意识形态始于殖民者对主体采取的残酷手段,主体在此被看作堕落者、一个低贱文化体系的成员,因而必须被权力机构所控制。和利奥塔一样,阿尔都塞同样经历了阿尔及利亚殖民当局"相对的自治权",只有到了万不得已之时,巴黎才会插手。这就表明了这个后殖民国家并没有出现资本主义造成的结果,远非处于一个被动的位置;通过单独的(半边缘和边缘的)核心领域,可能分享运行于帝国中心的经济主义所带来的自由(Meynier 1981;Prochaska 1990)。正是由于他对本质论的批判,才为后来对欧洲中心论的批判打下了基础。阿尔都塞的《阅读〈资本论〉》(1968)——人们一般都是从普及版的"马斯佩罗小丛书"中读到这本书的——是一个系列丛书中的一部分,由托派的阿尔及利亚民族解放阵线支持者马斯佩罗(Maspero)出版;这套丛书的前30本还[626]包括乔莫·肯雅塔、毛泽东、武元甲(V. N. Giap)、胡志明、切·格瓦拉(Che Guevara)、佛朗兹·法农、马尔科姆·X(Malcolm X)等人的作品——以及阿尔都塞的学生、革命家雷吉斯·德布雷(Régis Debray)的作品。萨特忧心忡忡地指出:"总体化从未能够实现,而总体性至多存在于一个去总体化的总体性(detotalized totality)形式之中。"(Sartre 1963:78)德里达更进一步,对萨特的观点进行了重组。德里达认为,总体化实际上是不可能达成的,经验层面上如此,概念层面上亦然:"也就是说,因为这不像经典假说那样是一个不可穷尽的领域,也非过于庞大,而是其中有所缺失,即一个能够捕捉和奠定替换游戏的中心。"(Derrida 1978:289)中心无法掌控,正如叶芝在爱尔兰独立前夜所言。德里达发现,殖民主义以及殖民体制的运行,通常会产生在政治和概念上都无法控制的后果。这些后果被重新利用后,可用以抵抗殖民主义。因此,既非法国人也非阿尔及利亚人的德里达,总是反对民族主义,倡导世界主义;从《论文字学》的第一页开始,就批判西方的种族中心论;关注正义和非正义;为帝国中心内部的思想和文化的去殖民化提出了解构的方法。对于这个帝国中心,他曾于 1949 年乘坐"阿尔及尔之城"号轮船驶往那里;1957 年到 1959 年,在阿尔及利亚服完兵役后,又回到那里。德里达去服兵役的名义是,法国虽曾抛弃自己,却不希望看到他犹豫不决,于是就中断与他的关系,接着又将他重新迎回,成为法国公民。结构主义外科手术式的操作总是针对本体论暴力,这种暴力使得西方的形而上学和意识形态体系得以延续,所使用的力量和实际的暴力也使得西方国家的帝国主义殖民政策得以延续。因此,如果要颠覆这种权力的结构关系,就必须首先将其梳理清楚。与力量和暴力的相遇,以及二者**对**历史、政治、伦理和语言产生的影响,由此二者**在**历史、政治、伦理和语言**之内**的影响;从德里达早期的著作——《论文字学》(1967)、《书写与差异》(1967)和《哲学的边缘》(1972)——以来,对以上这些的关注一直就是其著述的根本特征。

参考书目

Ahmad, Aijaz. "The Politics of Literary Postcoloniality," *Race and Class* 36. 3 (1995):1—20.

——. *In Theory: Classes, Nations, Literatures*. London: Verso, 1992.

——. *Poems by Ghalib*, trans. Aijaz Ahmad et al. , with a forenote by Aijaz Ahmad. New York: Hudson Review, 1969.

Bourdieu, Pierre. *Algeria* 1960: *Essays*. Trans. Richard Nice. Cambridge: Cambridge University Press, 1979.

——. *Sociologie de l'Algerie*. Paris: Presses universitaires de France, 1958.

——. and Alain Darbel. *Travail et travailleurs en Algerie*. Paris: Mouton, 1963.

——. and Abdelmalek Sayad. *Le Deracinement: la crise de l'agriculture tradition-*

nelle en Algerie. Paris: Editioins de Minuit, 1964.

Chatterjee, Partha. *Nationalist Thought and the Colonial World: A Derivative Discourse*. London: Zed Books, 1986.

Cixous, Helene. "My Algeriance, in other words: to depart not to arrive from Algeria," 153—72, in *Stigmata: Escaping Texts*. London: Routledge, 1998.

——and Catherine Clement. *The Newly Born Woman*. Trans. Betsy Wing. Manchester: Manchester University Press, 1986.

[627]de Saussure, Leopold. *Psychologie de la colonisation française dans ses rapports avec les societes indigenes*. Paris: Felix Alcan, 1899.

de Tocqueville, Alexis. *De la Colonie en Algerie, presentation de Tzvetan Todorov*. Brussels: Editions Complexe, 1988.

Derrida, Jacques. *Monolingualism of the Other, or the Prosthesis of Origin* [1996]. Trans. Patrick Mensah. Stanford, CA: Stanford University Press, 1998.

——. "An Interview with Derrida" ["Derrida l'insoumis," 1983] 107—27 in *Derrida and Difference*. Ed. David Wood and R. Bernasconi. Warwick: Parousia Press, 1985.

——. *Margins-of Philosophy* [1972]. Trans. Alan Bass. Chicago: University of Chicago Press, 1982.

——. Seminar with the *Oxford Literary Review*. Unpublished transcript, 1979.

——. *Writing and Difference* [1967]. Trans. Alan Bass. London: Routledge, 1978.

——. *Of Grammatology* [1967]. Trans. Gayatri Chakravorty Spivak. Baltimore, MD: Johns Hopkins University Press, 1976.

Fanon, Frantz. *The Wretched of the Earth* [1961]. Trans. Constance Farrington. London: MacGibbon Kee, 1965.

Hargreaves, Alec G. *Immigration, "Race" and Ethnicity in Contemporary France*. London: Routledge, 1995.

Hargreaves, Alec G. and Mark McKinney, eds. *Post-Colonial Cultures in France*. London: Routledge, 1997.

Laloum, Jean and Jean Luce Allouche. *Les Juifs d'Algerie: Images et texts*. Paris: Editions du Scribe, 1992.

Meynier, Glbert. *L'Algérie révélée. La guerre de* 1914—1918 *et le premier quart du XXe siècle*. Geneva: Droz, 1981.

Moore-Gilbert, Bart. *Postcolonial Theory: Contexts, Practices, Politics*. London: Verso, 1997.

Prochaska, David. *Making Algeria French: Colonialism in Bône*, 1870—1920. Cambridge: Cambridge University Press, 1990.

Sartre, Jean-Paul. *Critique of Dialectical Reason: The Intelligibility of History*

[1985], Vol. 2, ed. Arlette Elkaim Sartre, trans. Quintin Hoare. Dondon: Verso, 1991.

——. *Critique of Dialectical Reason: Theory of Practical Ensembles* [1960], Vol. 1, trans. Alan Sheridan-Smith. London: Verso, 1976.

——. *The Problem of Method* [1960]. Trans. Hazel E. Barnes. London: Methuen, 1963.

Slemon, Stephen and Helen Tiffin, eds. *After Europe: Critical Theory and Post-Colonial Writing*. Sydney: Dangaroo Press, 1989.

Spivak, Gayatri Chakravorty. *Outside in the Teaching Machine*. London: Routledge, 1993.

Wood, Nancy. "Remembering the Jews of Algeria," in *Translating "Algeria," Parralax* 7 (1998): 169—184.

Young, Robert J. C. *White Mythologies: Writing History and the West*. London: Routldge, 1990.

（姚峰 译；汪琳 校）

第84篇 进步的天使：
"后殖民"术语的陷阱①

安妮·麦克林托克（Anne McClintock）

[628]他的脸转向过去……天使想留下来,唤醒死者,把打碎的东西重新复原。可是,从天堂中吹来一阵风暴;风暴摄住了天使的一双翅膀,力量如此之大,天使都无法收起翅膀了。这阵风暴不可抗拒,将天使带向未来,天使的背转过来,对着未来。而他面前的那堆碎片则开始向上生长。这风暴就是我们所谓的进步。

沃尔特·本雅明

要进入百老汇的"混合状态"（Hybrid State）展览,你得进入"通道"（The Passage）。你发现这不是一个走廊,而是一个黑暗的前厅,其中有一个白色单词吸引你走上前去:"殖民主义"（COLONIALISM）。要进入殖民空间,你得蹲着走过一扇矮门,却被关入另一个黑色空间——策展人的一句提词,尽管很短,使人想起法农:"当地人是被囚禁者。"②但要走出殖民主义,似乎得往前走。有一个白色单词——"后殖民主义"（POST-COLONIALISM）——引导你穿过一扇稍大些的门,进入下一阶段的历史。之后,你的身体就可以完全站直了,进入灯火通明、喧闹嘈杂的"混合状态"（HYBRID STATE）。

我对展览本身倒不太感兴趣,更加吸引我的是塑造"通道"的历史观与塑造"混合状态"展览本身的另一历史观之间的悖论。这个展览宣扬的

---

① First published in *Social Text* (Spring 1992): 1—15; and subsequently in *Colonial Discourse & Post-Colonial Theory*: *A Reader*, ed. Patrick Williams and Laura Chrisman, pp. 291—299, 302—303. New York: Columbia University Press, 1994.

② Frantz Fanon, *The Wretched of the Earth*, Penguin: London, 1963, p. 29.

是"平行历史"(parallel history)：

> 平行历史指的是，对于被一些"他者的"、不太重要的文化包围的美国艺术文化，不再有一个主流观点。实际上，存在着一个平行的历史，正在改变着我们对于跨文化理解的理解。①

但这个展览标榜的"混杂历史"（多重时间），与"通道"（"通向自由的捷径"）的线性逻辑是矛盾的——这再次呈现了殖民主义最根深蒂固的修辞之一。在殖民话语中——如同在"通道"之中，空间就是时间，对历史的塑造围绕着两个必要的运动：人类向前的"进步"，从不能直立行走、一无所有的时代，到直立行走、启蒙理性阶段。另一个运动恰恰相反：向后的倒退，从（白人男性的）成年阶段，到原始的、黑人的"退化"——通常以女性为化身。"通道"再现了这个[629]时间逻辑：从不断增高的门，从没有语言和光明的原始史前时代，经过殖民主义的诗史阶段，来到后殖民时代的启蒙和混杂阶段。如果从展览区出来，历史就向后穿行。如同殖民话语所述，在空间上向前运动，就意味着时间上向后运动：从直立行走、语言意识和混杂自由——象征物是那只（并不太自由的）名为"自由"的白兔，在展厅中游荡——沿着不同历史阶段向下，身形越来越小，直到蹒跚学步、没有语言的前殖民时代展区；总之，从语言到沉默，从光明到黑暗。

这个构成展览的悖论深深吸引了我，正如我所指出的，这也是塑造了"后殖民主义"这一术语的悖论。我对这个术语非常感兴趣，因为在当下文化中，与"后"（post）相关的词语几乎无所不在，我们也习以为常（后殖民主义、后现代主义、后结构主义、后冷战、后马克思主义、后种族隔离、后苏联、后福特、后女性主义、后民族、后历史，甚至后当代）；我相信，这意味着线性的、历史的"进步"观念遭遇了一个广泛的时代性危机。

1855 年，就是第一届帝国时代的巴黎博览会这一年，维克托·雨果宣称："进步是上帝本人的脚步。""后殖民研究"将自己置于帝国时代线性

---

① Gallery Brochure, "The Hybrid State Exhibit", Exit Art, 578 Broadway, New York (2 Nov. -14 Dec. 1991)

时间观念——就是波德莱尔所谓的"进步和完美的宏大观念"——的对立面。然而，"后殖民"这个**术语**如同展览本身，笼罩在线性"发展"这个形象——这是其最初要拆解的对象——的阴影之下。作为一种隐喻，"后殖民主义"术语认为历史沿着一条划时代的道路，形成了一系列的阶段，从"前殖民时代"、"殖民时代"到"后殖民时代"——虽然矢口否认，却心甘情愿遵循这个线性时间和"发展"观念。如果有人趋向认为"第三世界"文学始于"抗议文学"，经过"抵抗文学"，及至"民族文学"，因为重复了启蒙时代以时间为序的"线性"发展修辞而遭人诟病，那么"后殖民主义"这一术语也可以因同样的理由受到质疑。作为一个隐喻，这个术语稳居旧与新、终点与开端之间的边界，预示着一个时代的终结，但仍处于驱动了那个时代的线性发展修辞之内。

　　如果"后殖民"**理论**以伴随的二元结构（自我-他者、帝国-殖民地、中心-边缘等）试图挑战西方历史主义（historicism）的高歌猛进，那么"后殖民主义"这一**术语**则再次将全球重新定位于单个的二元对立：殖民/后殖民。而且，理论因此从**权力**的二元轴心（殖民者/被殖民者——其本身区分不够细致，如就女性而言）变换为**时间**的二元轴心，这一轴心未能区分殖民主义的受益者（前殖民者）和殖民主义的受害者（前被殖民者），因而甚至不如从政治上作区分更为有效。"后殖民图景"似乎恍惚间发生于悬置的历史之中，似乎确定的历史事件已经先于我们发生，而非正在酝酿发展之中。如果理论预示着历史在混杂、融合、多维度时间等之中实现了去中心化，那么这个术语的独一性则促成了全球历史围绕单一欧洲时间的再中心化。殖民主义在消失的那一刻又重新回归了。

　　而且，对那些结束了殖民时代的民族的文化，"后"一词将其化约进入一个**前置词**（prepositional）时间。这一术语赋予殖民主义以正式历史的地位；或曰，殖民主义是历史的决定性标记。而其他文化与欧洲中心的时代仅仅共享一种线性的前置词关系——要么时过境迁（后-），要么尚未开始（前）。换言之，全世界为数众多的不同文化，并非以自身明确的特征而独树一帜，而是通过与线性的欧洲时间的从属性、回溯性关联来标明自身。

　　[630]从这个术语，也可以看出有人不愿放弃一种特权，即以惟一的、非历史的抽象视角看待世界的特权。快速浏览最近有关"后殖民主义"的

大量文章和论著后，我惊讶地发现，这个术语很少用来表示**多元性**。下面这些字眼无处不在："后殖民状况"、"后殖民图景"、"后殖民知识分子"、"后殖民这个新生的学科空间"、"后殖民性"、"后殖民情势"、"后殖民空间"、"后殖民主义"、"后殖民话语"，以及最乏味、最无所不包的词："后殖民他者"。

我并不相信，只有通过将历史作为单一命题来铭写，思想和政治研究中最重要的新领域之一才获益最大。在女性主义领域，"女人"这个单一范畴已经作为一个虚假的普适话题而受到质疑；同样，"后殖民"这个单一范畴轻易就会导致大而无当的倾向，即在抽象类属概念中看待全球，而缺乏政治鉴别力。由此而来的弧形全景式视野，也要付出昂贵的代价，即国家间权力失衡现象就变得十分模糊不清了。缺乏历史内容的范畴——如"他者"、"能指"、"所指"、"主体"、"阴茎"、"后殖民"等——虽然具有学术影响力和专业传播力，但其中的风险在于将至关重要的地缘政治差异化为乌有。

例如，《帝国逆写》这部近作的作者们从三方面为"后殖民文学"这一术语辩护：后殖民文学"聚焦于这样一种关系，这种关系提供了写作中最重要的创作和心理动力"；表达了"统一于共同历史的依据"，并"昭示了在光明的未来获得解放的前景"。① 但是，如果对历史的铭写只围绕单一"思维的连续体"以及"一个共同的过去"，就会盲目否认国家间至关重要的差别，对其所知甚少，难以在理论上充分阐释。而且，这几位作者——至少说，根据个人癖好——认为，"后殖民主义"这一术语不应被理解为**自**欧洲殖民时代以来所发生的一切，而应该是从殖民时代**开始**发生的一切，这就意味着要把时间回拨，将"殖民主义"地图展开至 1492 年，甚至更早。② 据此，亨利·詹姆斯和查尔斯·布罗克登·布朗（Charles Brock-den Brown）——只以此二人为例——突然从与时间的私语中醒悟过来，与恩古吉·瓦·提昂戈和萨勒曼·拉什迪这些更为人所知的人物共同开

---

① Bill Ashcroft, Gareth Griffiths and Helen Tiffin, *The Empire Writes Back : Theory and practice in post-colonial literatures* , Routledge：London, 1989, p. 24.

② "然而，我们使用'后殖民'这一术语，来涵盖所有从殖民时代至今受帝国主义影响的文化。"ibid. , p. 2.

启了"后殖民图景"。

更令人存疑的是，"后"这一前置词暗示出的历史断裂，遮蔽了权力的延续性和非延续性——二者塑造了前欧洲和英国殖民帝国（遑论伊斯兰世界、日本、中国等帝国）遗留的问题。由此，不同文化间的政治差异从属于**与**欧洲殖民时代的时间距离。但"后殖民主义"（如同后现代主义）在全世界的发展是不平衡的。阿根廷——形式上从帝国时代的西班牙独立已有一个半世纪——的"后殖民"特征就有别于香港（注定直到 1997 年才从英国独立）。巴西的"后殖民"特征也不同于津巴布韦。就任何意义或者理论严密性而言，能否说人类历史的大部分世纪中，我们都共有单一的"共同历史"，或单一的共同"状况"，即所谓的"后殖民状况"或"后殖民性"？某种程度上，非洲被殖民的历史必然是欧洲、阿拉伯帝国与众多非洲宗族构成的政权、文化之间冲突碰撞的历史。如果我们认为这些国家[631]完全是由欧洲殖民活动的"共同"经验塑造而成，这是否最为恰当？实际上，很多非洲、拉丁美洲、加勒比和亚洲的当代文化虽深受殖民活动影响，却未必**主要**关注昔日与欧洲的接触。

另一方面，如果说很多情况下，"后殖民主义"这一术语是值得庆祝的，那还为时尚早。爱尔兰勉强可以说处于"后殖民"时代，但对于英国占领的北爱尔兰的居民——遑论以色列占领区以及约旦河西岸的巴勒斯坦人——而言，殖民时代恐怕还根本没有"后"可言。南非算是"后殖民"国家吗？东帝汶呢？澳大利亚呢？我们要患上怎样的历史健忘症，（尤其是）美利坚合众国才能堪当"后殖民"这一术语？——对于北美正在反对1992 年耀武扬威（confetti triumphalism）的那些土著民族而言，这个术语是巨大的侮辱。我们也可以问，1992 年欧洲堡垒（Fortress Europe）的出现，难道不也意味着一个新帝国的诞生？只不过当时还不清楚其疆界以及全球影响力的范围。

因此，我的疑虑并不在于"后殖民理论"的内容，我对这个理论的很多方面非常仰慕。准确地说，我所质疑的是这一新生学科的取向、伴随而来的理论以及课程调整都是围绕一个单一僵化的术语，围绕时间而非权力组织而成；该术语过早地为殖民时代的过去而欢呼，因而可能遮蔽了殖民和帝国权力的延续以及中断。当然，我并非要把这个术语打入冰冷的语言古拉格（集中营）；如果能不那么宏大，不求放之四海而皆准，这个术语就完全可以审慎地用于合适的地方，用于其他术语的语境之中。

我们可以区分出各种不同形式的全球霸权。**殖民**意味着占领另一个地缘政治实体的领土，直接剥削其资源和劳动力，系统干预被占文化（其本身未必是一个同质化实体）组织权力分配的能力。如果一个国家主导性地区把内部一个族群或地区，视作域外的殖民地，就会产生**内部殖民**。由此延伸，**帝国殖民**意味着大规模的领土占领行为，维多利亚时代晚期的英国和欧洲的"人类主宰者们"借此控制了地球 85％的土地，苏联借此在20 世纪对匈牙利、波兰和捷克斯洛伐克实施了极权统治。

但是，殖民也可能只涉及一个国家。目前，印度尼西亚对东帝汶，以色列对被占领土和约旦河西岸，英国对北爱尔兰都牢牢实施着殖民控制。1915 年以来，南非最初在国际联盟（League of Nations）的授权下将其殖民的铁蹄踏入纳米比亚的土地，后来无视联合国大会决议和 1971 年世界法庭裁决，拒不悔改。直到 1990 年，南非已经掠夺了该国大部分钻石资源，这才心满意足地将一个经济空壳交还给纳米比亚人民。以色列占领了黎巴嫩和叙利亚的部分领土，土耳其对塞浦路斯也是如此。但平心而论，所有这些国家都不能被称为"后殖民"国家。

而且，不同形式的殖民统治会导致不同形式的解殖运动。在**深度驻领殖民**（deep settler colonization）活动盛行的地区——如阿尔及利亚、肯尼亚、津巴布韦和越南，殖民强权凭借残酷手段维持统治。[1] 另外，各个国家为赢得独立，付出的代价也是不同的。津巴布韦经历了七年残酷的内战，战争最激烈时每月有 500 人丧生，40％的国家[632]财政预算用于军队；最终，英国在 1979 年推出兰开斯特下议院决议（Lancaster House Agreement），该决议确保了津巴布韦 1/3 的耕地（1200 万公顷）留在白人手中，而白人在总人口中只占很小的比例。[2] 换句话说，津巴布韦 1980年正式赢得独立时（从 1986 年到 1989 年，在 103 个国家参与的不结盟运动中，津巴布韦担任主席国），经济上只实现了**部分去殖民化**。

此外，**分离的驻领殖民地**（break-away settler colonies）的特点，是形式上从奠定殖民地的宗主国独立，但继续控制着所占殖民地（因此，殖民

---

[1]　在阿尔及利亚抗战期间，全国 900 万总人口中，有超过 100 万人丧生。

[2]　Andrew Meldrum, *theGuardian*, Thursday, 25 April 1991, p. 13.

控制权由宗主国转向殖民地本身)。在我看来,美国、南非、澳大利亚、加拿大和新西兰等一直都是分离的驻领殖民地,从未经历过去殖民化,而且在不远的将来也不大可能发生——南非除外。

最重要的是,将理论导向殖民/后殖民这一时间轴,就更容易无视——因此更难从理论上总结——国家之间**帝国**权力不平衡现象的延续性。20 世纪 40 年代以来,美国的"无殖民地帝国主义"已经表现出多种不同的(军事、政治、经济和文化的)形式,有些是不可见的,有些则若隐若现。美国的金融资本和巨大的跨国公司有能力操控资本、商品、军备和媒体信息在全世界的流动,具有与殖民统治同样强大的影响力。正是因为更大的隐蔽性、更强的创新力和更多不同形式的帝国主义,"后殖民"这一术语暗示出的历史断裂才尤其缺乏依据。

只在本世纪,"后殖民"拉丁美洲遭美国入侵就超过了上百次。每次,美国都会扶植一个独裁政府,支持一个傀儡政权,或者破坏一种民族政治。20 世纪 40 年代,炮舰外交的气候转冷,美国与拉丁美洲的关系却因一项帝国主义经济政策而转暖。该政策为掩人耳目,被称为"睦邻友好"(Good Neighborliness),但主要目的是让拉丁美洲成为美国强大的农业综合企业更加安全的后院。美国水果公司巨大的冷藏船在全世界航行,将那些受制于单一经济的贫穷农业国生产的香蕉和海产品送到富裕的美国家庭主妇的餐桌上。① 拉丁美洲为美国精心挑选的是香蕉,而美国为拉美挑选的却是独裁者。在智利,阿连德领导的民选社会主义政府被美国支持下的军事政变所推翻。在非洲,更为隐蔽的行动——如中情局在扎伊尔暗杀了帕特里斯·卢蒙巴——造成的后果与前者一样影响深远。

在 20 世纪 80 年代的冷战氛围中,当时的美国尚未从越战综合症中恢复过来,于是便精心策划了更为隐蔽的"低烈度"冲突这一军事政策(在萨尔瓦多和菲律宾),大量派出暗杀小组和代理人军队(安哥拉的安盟组织、尼加拉瓜的反政府力量),以反民主、"反暴动"手段训练并援助军事独裁政权(萨尔瓦多、洪都拉斯、南非、以色列等)。在 1990 年 2 月的尼加拉瓜,为继续与美国暗战而进行的"恐惧投票"(vote of fear)导致桑地诺解

---

① 　Cynthia Enloe, *Bananas, Beaches and Bases: Making Feminist Sense of International Politics*, Berkeley, CA: University of Colorado Press, 1989, ch. 6.

放阵线(Sandinistas)垮台。

美国最近几次在利比亚、格林纳达、巴拿马——而受害最深者当属伊拉克——实施的几次暗杀行动,显然是其军事帝国主义政策的延续,决心在自身迅速失去经济霸权的情况下,继续维持美国的世界军事霸权。在利比亚、格林纳达、巴拿马实施的(必胜无疑的)进攻行动,是这种新帝国主义的具体实践,既是对苏联反对声的测试,也是对美国民众是否愿意摆脱越战综合症的测试,由此开启了一个公然干涉第三世界事务的时代。同时,美国既然挑起了第一次[633]海湾战争,就不会允许其他国家在这个地区获得殖民霸权。

第二次海湾战争的三年里,美国的军火贸易遭遇重挫。一位军事工业家曾得意地称海湾战争是一个"巨大的空中广告",之后美国军火销售急剧上升。即使美国拥有政治力量,重振几乎名存实亡的安理会,强行在联合国通过决议,拥有的军事力量足以在一个月中无视 15 万伊拉克士兵和大约 20 万平民的存在,但是,它没有足够的经济手段支付战争费用。美国背负了巨大的债务,但得到了沙特阿拉伯、科威特、日本和德国的巨额资金支持(估计 500 亿美元)。因此现在看来,美国从战争中获利多达 40 至 50 亿美元。同时,必须用于科威特战后重建的约 200 亿美元资金大多给了西方——其中,大部分是美国——公司。因此,战争更有可能造成一个基于军事力量——而非政治合作——的安全体系,由美国的高科技雇佣军(或许是北约)充当警察,能够在全世界快速部署,费用由德国和日本支付。这个安全体系的目的,就是防止出现地区性或第三世界的共识。第二次海湾战争绝不预示着帝国干涉时代的终结,而只是标志着一种新型干涉主义的出现。"后殖民"这一术语不仅不足以从理论上解释这些动态,也很大程度上遮蔽了美国全球霸权的延续性和断裂性。

虽然一些国家相对于昔日的欧洲宗主国具有"后殖民"性,但相对于新的从事殖民活动的邻国,"后殖民"可能就无从谈起了。例如,当葡萄牙帝国在 70 年代中期拔营而去,莫桑比克和东帝汶几乎同时变为"后殖民"国家,但两国都成了反面教材,提醒人们警惕乌托邦式的许诺以及风靡全球的前置词"后"。在东帝汶,葡萄牙人走后,床铺的余温尚存,印度尼西亚人就大举入侵了,如此残酷的殖民占领持续了将近 20 年。对于东帝汶人民遭受的痛苦煎熬,联合国几乎一言不发,不加谴责——对于这些声音难以被外界听到的穷国,如此艰难处境已属寻常。

另一方面,莫桑比克在遭受了三个世纪的殖民戕害之后,终于在1975年通过莫桑比克解放阵线(莫桑比克的社会主义独立运动)赶走了葡萄牙人。但是,邻国的罗得西亚人敌视莫桑比克的独立及其社会主义前景,于是扶植了莫桑比克全国抵抗运动(MNR),这是一群到处破坏的匪兵。1980年,津巴布韦从英国赢得了政治独立,但是莫桑比克全国抵抗运动继续得到南非的援助。整整十年,莫桑比克全国抵抗运动杀人抢劫,南非也大肆掠夺,这个国家到处血流成河,近200万人流离失所。战争带来的巨大灾难迫使莫桑比克解放阵线放弃马克思主义信仰,考虑与匪徒握手言和。从各方面来看,现在的莫桑比克是一个陷于瘫痪的国家。曾经有望成为"后殖民"样板的国家却沦落为南部非洲的杀戮战场。

可是,无论"后殖民"还是"新殖民",任何一个术语都无法真正解释莫桑比克全国抵抗运动。新殖民主义不仅是殖民主义的重演,也不是稍微复杂些的黑格尔式合并,即把"传统"和"殖民主义"融合成新的、具有历史意义的混合物。近年来,莫桑比克全国抵抗运动围绕当地部族冲突、不同宗教信仰以及时间和因果概念(尤其是祖先干预),发生了不可逆转的变化,这些都不能化约为西方线性时间的模式。对其他不同的时间、历史和因果关系,[634]我们需要给出更加复杂的术语和分析,来处理那些在"后殖民主义"这个单一类别下无法解决的复杂关系。

如"后殖民知识分子"这样单数的普适性措词模糊了不同国家间在文化权力、电子科技和媒体信息方面的差异。"非洲"在"后殖民理论"中的角色,有别于"后殖民理论"在非洲的角色。1987年,联合国教科文组织通过计算发现,全世界用于研究和开发的2070亿美元中,非洲只花了其中的0.3%。[1] 1975年,整个大陆只有180份日报,而美国有1900份,全世界共有7970份。到了1984年,非洲日报的数量下降到150份,1987年又缓慢回升至180份(这与1955年的数字一样)。1980年,非洲大陆年产电影70部。相比之下,亚洲在1965年长时电影的产量是2300部,

---

[1]　Davidson, op. cit. , p. 670.

1987 年为 2100 部。① 印度电影工业的规模一直都是世界之冠,而非洲拥有的电视机、无线电发射机和电子仪器的比例是极低的。

从许多方面而言,如果说"后殖民主义"这一术语已经到了庆祝胜利的时候,那还为时尚早,而且该术语还有晦暗模糊之处。涉及女性时,该术语尤其摇摆不定。这个世界中,女性承担了全世界 2/3 的工作,所得收入只占全世界 1/10,占有的财产还不到 1/100;一直以来,"后殖民主义"提出的承诺让人觉得希望一直无法兑现。身处"后殖民"、"进步"和工业"现代化"之中的那些民族资产阶级和窃国政客,绝大多数都是张牙舞爪的男性,这一点基本无人提及。没有任何一个"后殖民"国家赋予女性平等地位,女性无法与男性平等享有民族国家的权益和资源。不仅"后殖民国家"的需要很大程度上等同于男性的冲突、男性的志向、男性的利益,而且"民族"权力的表征本身奠基于性别权力的优先建构。因此即使对法农——在其他方面都是一个明辨是非之人——而言,"殖民者"和"被殖民者"毫无疑问都是男性:"当地人投向殖民者的目光是渴望的目光……坐在殖民者的餐桌旁,睡在殖民者的床上,如果可能,最好和他的妻子睡在一起。被殖民者是艳羡者。"②虽然大多数反殖民的民族主义理论致力于建构一种民众团结的修辞,但更准确地说,多数实际上建构的是性别权力。尤其在婚姻法中,民族国家中的女性公民权必然受到婚姻关系的影响;于是,一个女性与国家的**政治**关系淹没于——并从属于——其通过婚姻与一个男性结成的**社会**关系。

从全球范围看,男性的军事化和贫困的女性化,必然导致女性和男性居于"后殖民主义"的方式有所不同,或者并不处于单一的"后殖民状况"之中。在多数国家,国际货币基金组织和世界银行的政策更青睐经济作物和资本盈余,这作为一个系统有利于男性,因而形成了一个可预测的模式——其中,获得培训、国际援助、机器设备、贷款以及现金的都是男性。在非洲,女性农业劳动者生产了 65—80% 的农产品,但并不拥有自己耕作的土地,因而一直以来都是那些援助项目和"发展"计划忽视的对象。

---

① Kinfe Abraham, "The media crisis: Africa's exclusion zone", *SAPEM*, September 1990, pp. 47—49.

② Fanon, op. cit., p. 30.

对于女性一直身处的困境,不能只责怪殖民主义,或者将之注解为"新殖民主义"暂时的困境而抛之脑后。一直以来,男性经济利益的分量,以及父权制的基督教和伊斯兰激进主义,继续使女性的弱势合法化,使她们无法获得[635]政治和经济权力,继续无法获得平等的受教育机会,承担过重的家务劳动和不公平的育儿责任,遭受营养不良、性暴力、割礼和家庭成员的殴打。这些男性政策的历史虽然与殖民主义密切相关,但不能简单归结为殖民主义的问题,必须借助性别权力理论才能理解。

最后,"后殖民女性"、"后殖民他者"等伪普适概念不仅遮蔽了男性与女性之间的关系,也遮蔽了女性之间的关系。一位法国女游客和为其洗涤被单、枕套的海地妇女之间的关系,有别于她们各自丈夫之间的关系。《走出非洲》(*Out of Africa*)这样的电影、香蕉共和国(Banana Republic)这样的衣服连锁品牌、"莎茷旅"(Safari)香水等,所兜售的都是新殖民时代的怀旧情结,怀恋欧洲女性穿着轻便的白色衬衫,以及橄榄绿能够在帝国殖民地找到自由的时代:经营咖啡种植园,捕杀狮子,乘坐飞机在殖民地上空呼啸而过——这些都是有关白人女性"解放"的非常拙劣的商业广告,这种解放丝毫无助于有色人种女性与任何地方的白人女性形成同盟,遑论避免受到那些敌视女性主义的男性民族主义者的指责。

那么,我们该如何解释"后"这一前置词在当代思想生活中无所不在——不仅在大学,也在报纸的专栏,在媒体大亨的嘴边——的奇怪现象呢?至少就"后现代"而言,一部分原因在于其学术传播力。虽然"后殖民主义"是公认的另一个 p-c(即两个术语所含两个词的首字母。——译者注)词汇,但对于满腹狐疑的大学系主任来说,比"第三世界研究"更容易接受,听起来也少了些洋味儿。与"新殖民主义研究"或者"抗击两种殖民主义"相比,"后殖民主义"也少了些苛责的味道。比起"英联邦研究","后殖民主义"也更具全球性,不那么抱残守缺。但是,该术语借用了"后现代主义"这一术语极其成功的推广策略。作为一个新兴学科领域的统领性标题以及一种知识档案,"后殖民主义"有利于推广全新一代的研讨会议、论文、书籍和课程。

但是,对于"后"学的热情已经延伸到大学之外。"后"这个前置词反复出现,几乎成为惯例,我认为这表征了未来种种意识形态——尤其是有关"进步"的意识形态——的全球性危机。

[……]

[……]我们迫切需要对历史、大众记忆,尤其是大众传媒记忆提出创新性理论。例如,何种**单个**术语能够取代"后殖民主义"? 这一疑问回避了将全球情境重新思考为**多元**权力和历史的问题。这种多元性无法顺从地统摄于单个理论术语的旗帜之下,无论女性主义、马克思主义,或是后殖民主义。当然,介入历史意味着揭开"进步"的外衣或者实证主义的鹅毛笔。如法农所说,"对一个当地人来说,客观性总是与他格格不入的。"实际上,我们需要大量作出具体历史区分的理论和策略,有助于我们有效参与隶属的政治以及当下灾难性的权力分配。如果我们不能坚持不懈地介入不可接受的事物,我们将面临搁浅于缺乏历史实在的空间之中,我们惟一的方向就是目瞪口呆地向后望去,从一个徒有"后—"之名的永恒现在,望向我们身后的时代。

(姚峰 译;汪琳 校)

第85篇　后现代性、后殖民性和非洲研究^①

泰居莫拉·奥拉尼央(Tejumola Olaniyan)

[637]据我所知,任何非洲学者——也许绝大多数非洲学者——提到我标题中的"后"时,即便没有直接表示反对,也会不由自主地对其加以限定。这种反应是完全可以理解的。后现代性是一种历史情境,据说产生于过度发达的现代性导致的矛盾之中。(Harvey 1990)后现代性与有些社会并没有多大关系,而现代性却是在这些社会的基础上建构而成的,但至今现代性对这些社会仍如海市蜃楼一般。我们当然不会忘记沃尔特·罗德尼,他描述了非洲为欧洲的现代性付出了高昂代价——既有物质的,也有非物质的代价,这个观点依然极具洞察力。就"后殖民性"——字面意义是殖民主义之后的时空——而言,除了在世界史中对前殖民者欠下劳役债,被外国的跨国公司掐住脖子,遭受愈发难以抵抗的欧美文化帝国主义武器的侵犯,我想不出还有别的证据能证明其不适用于非洲。很少有人会否认所有这些实际上是一种改头换面后的殖民主义。因此,后现代性明显与非洲的现实并无关涉,而后殖民主义也假装作此声明,这至多只是自我满足罢了;往最坏处说,这等于轻易洗白了非洲那些有罪的压迫者-殖民者们,而且罔顾事实,否认他们对非洲大陆造成的破坏和正在实施的剥削。如果后现代性不能描述存在于非洲的社会历史状况,就说**后现代主义**——对后现代性自我建构和自我理解的话语——适用于非洲大陆,这就不合逻辑了。依据同样的逻辑,**后殖民主义**指的是发生在殖民主义业已终结的语境中的话语建构。这在非洲还为时尚早,很多非洲学者

① 　First published in *Postmodernism*, *Postcoloniality*, *and African Studies*, ed. Zine Magubane, pp. 39—53. Trenton, NJ: Africa World Press, 2003.

对此已有很多论述。

从非洲批评家的视角而言,他们主要有三点反对后现代主义的理由:**主体的边缘化、对文化的偏爱、晦涩难懂的语言**。

[638]后现代主义所边缘化的主体是欧洲的主体,是一个大写的字母"S":在过去400年的大部分时间,这个主体使自己成为理性的中心,而且将理性奉若神明。这个主体编织的有关历史和文明的宏大叙事中,欧洲总是居于中心,其他地区则偏居边缘。该主体将世界编入一根等级森严的链条之中,用来为其帝国主义行径辩护,证明其以暴力将世界很多地区纳入了西方轨道的合理性。该主体对世界利己式的描述赢得了很多信众,后现代主义所强调的正是对此信仰的釜底抽薪。如果后现代主义导致了西方主体心脏病骤发,那么我非常希望非洲人能站在后现代主义一边,截断所有召唤急救车的求援电话。但是,后现代主义对主体的解构既是具体的,也是宽泛的:不仅是欧洲的帝国主义主体,也是所有推定的主体身份诉求,这一身份授权于知识、集体行动或政治,或者成为它们的聚集点。这正是非洲批评家们——希望建构一个抵抗的主体或身份,以反对西方延续至今的帝国主义——与后现代主义分道扬镳之处。我以前有个非裔美国老师,他曾开玩笑说非西方民族一直以来用各种各样的武器,不断攻击主人独享的豪宅;终于,他们冲破了大门——通向主体性和自我表征的大门,主人这时酒足饭饱,腆着肚子走了出来,一边剔着牙一边打嗝,声称主体的宅子里从来没有值钱的东西。既然如此,你们这些家伙为什么要闯进来呢?这个笑话就是要告诉我们,后现代主义不过是虚伪的话语而已,它先发制人,目的是为了挽救西方故事(Western Story)中急速褪色的文化权威残余。非洲批评家会拒绝的,还有后现代主义对主体的去中心化所导致的一些后果,例如,对所有真理表述的讥讽、对乌托邦追求的怀疑,由此导致对所有政治议程的怀疑态度,或者用更为雄辩的话说,对政治的厌恶。

反对后现代主义的第二个原因在于对文化的提倡。在理解权力关系方面,后现代主义并不太强调行动和事件,更重视投射在行动与事件之上的诸多意义。因为意义的生产发生在文化领域,后现代主义聚焦于文化用于意义生产的工具,例如符号交易过程中的叙事、话语以及其他体制性调节手段。后现代主义表明,这些意义生产手段具有内在的倾向性。后现代主义的这一特征动摇并解放了那些执着于认识论现实主义和可验证性的学科，如历史、社会科学和自然科学。对于后现代主义而言，与如何描述和证实一个实验，以及如何组织和记录实验结果用于公开相比，这个科学实验本身及其结果并不显得更为重要。在后现代主义中，"客观性"已经不再像以前那么神圣和客观了。

后现代主义偏爱文化的必然结果就是对**主体性**的关注，即充分意识到自己的世界以及自己的一个或多个地方，处于很多复杂的网络之中。后现代主义之所以关注主体性，正是因为在文化意义（cultural meanings）的语境之中，人类发展出了有关自身与他人关系——或远或近——的意识和感觉。可以这样说，谁控制了文化意义的领域，谁就控制了自我感知的手段，因此也就掌握了权力。至此，有人认为，后现代的"文化转向"（Jameson 1998）——造成了对客观性的解构——是受长期以来"客观性"的受害者（Fanon 1968）非洲人欢迎的。但是，很多非洲批评家在后现代主义的文化转向中，[639]看到了一种**文化主义**（culturalism），即将文化从历史中抽离出来，贬低和牺牲具体的社会政治斗争；多数非洲学者认为，社会政治斗争是非洲大陆摆脱西方长期剥削的解决之道。多数激进的非洲反殖民主义思潮并不把文化作为这种斗争的主要场域。

最后就是晦涩难懂的语言。这是后现代主义最为普遍的负面刻板印象。晦涩难懂以及将理论变为理论主义（theoreticism）等这类诘难，一直都是刻意理论化语言的宿命。作为当下高深理论（High Theory）流行的代名词，后现代主义完全符合这一特征。这样的批评强调后现代主义的精英阶层属性，以及与大众生活的脱节；对于大众而言，这样的语言仍然是大学里那些四体不勤的书呆子特有的放纵方式，不可理喻。

对于批评家而言，后殖民主义不过是后现代主义的附庸，因此也有后者的弊病。后殖民主义这一名称就难辞其咎，因为它宣称了殖民主义的终结，让人无法接受；它还从后现代主义那里借用了晦涩的理论范式；而且，这场理论风暴的体制中心是欧美世界，而非昔日的殖民地，这更加证明了其所受批判并非空穴来风。有人指责"后殖民"这一概念本身缩短或扭曲了时间（整个帝国殖民史是其视野所及），压缩了空间（一种同质化，即抹除了不同社会殖民经验的具体历史差异）。有人认为，对于"后"最高的评价是用词不当；往坏了说，就是保守地投向了虚幻诱人的目的论；如果考虑到"后"并非意味着帝国的终结,反而巩固了哈里·马格道夫(Harry Magdoff)所谓的"非正式帝国"(informal empires)(Alavi and Shanin 1982:25)。恩古吉·瓦·提昂戈言辞激烈地认为,这是比帝国主义本身"更危险的癌症"。最后,有人批判"后殖民"无意中产生的欧洲中心论,因为"后殖民"偏爱以殖民经验——由此而来的欧洲政治和认识论权威——作为一把万能钥匙,来解读昔日遭受殖民统治的非洲社会众多不同的历史和文化(McClintock 1992;Shohat 1992;Osundare 1993;Zeleza 1997;Sardar 1998)。

非洲研究中,对后现代主义和后殖民主义的批判有其自身的逻辑;就此立场而言,很多批评是无可指责的。但是,我认为最初的逻辑以及很多批评自身都是有问题的,需要认真反思。如果能做到这一点,我们会发现,能够从后现代主义和后殖民主义中同时学到和抛弃一些东西,而不是本能地对其进行说明,或者彻底否定。总体而言,这些话语建构对于非洲人文学实践产生的影响并不是负面的。

后现代主义对主体的解构,以及随之而来的对于知识和行动的所有自我授权项目(self-authorizing programs)的怀疑,我们就以此为例。为什么说这对于非洲人,文学具有解放作用,主要原因有三。

首先,非洲在历史上就是西方宏大叙事的受害者。非洲人为了被认为是"有教养的"、"文明的",或者有自己的"历史",能够进行"哲学思考",进行了长期艰苦的斗争;在此世界中,这些概念被西方所殖民,只描述西方自身,也只适用于西方。以上这些已是人所共知,就不在此赘述了。这些斗争已经持续了几个世纪之久,而且如我们所知,依旧在持续中,令人伤心。后现代主义对于西方普世标准的驳斥,及其多元历史的主张导致了一种相对主义。虽然我们还需有所提防,但这种相对主义却是一种进步,值得关注。此处仅举一例,为了将口头传统引入非洲历史建构而进行的斗争,[640]一直在历史学保守派的阻挠下毫无进展。但后现代主义到来后,情况有了改观。

后现代主义怀疑所有相关自我授权的主张和议程,这使得非洲根深蒂固的抵抗模式——如"反帝国主义"、"反新殖民主义"等——变得极不可信。我想这种质疑并不是坏事。我的观点是,可以在拒绝宏大叙事的同时,仍然保持反帝国主义的特性,这是可能的。在此方面,后现代主义的一个积极影响是使非洲的反宏大叙事（counter-grand narratives）——如民族主义和反帝国主义——走下了神坛，并且表明这些反宏大叙事就政治和认识论而言，与他们反对的西方宏大叙事一样具有压迫性。我曾在别处详细撰文指出，虽然反话语（counter-discourses）在很多情况下都是针对宰制话语的明显进步，但依然深陷霸权话语的盲目性之中（Olaniyan 1995）。在过去 30 年中，很多非洲领导人以国家的神圣为名所犯下的暴行，依然是我们当代历史的一部分。在此情况下，后现代主义对于真理性言论的怀疑给我们带来的益处，在于深化了一种批判的自我意识，这种意识是所有表现得无可指责的激情之敌。

　　在 20 世纪 80 年代中期的尼日利亚，现代公民社会真正能够自由表达的激进主义部分，基本由几家独立的出版社构成。到了 20 世纪 90 年代晚期，突然间出现了各种大量的利益集团、更多独立的出版社、支持民主的组织、环境组织，还有更多其他组织。这一时期还见证了非政府组织（NGO）的大量涌现，这是西方政府和私人组织干预非洲事务的做法，它们希望借此绕开拒不合作却采取压制态度的中央政府。现在，完全由非洲人拥有和运营的非政府组织，很大程度上是非洲社会政治风景的一部分。具体就尼日利亚而言，正是这些支持民主的团体和非政府组织，成为反对已故萨尼·阿巴洽（Sani Abacha）将军的堡垒。后现代主义对于欧洲正式和非正式外交政策的渗透，与很多非洲国家各种有着国际联系的民权组织的爆炸性增长，这二者之间的巧合对敏锐的观察家而言，应该是重要的现象。很多这些民权组织成员都是反帝的自由主义者，同时也反对暴政、专制，以及非洲支配性政治结构完全缺乏自我反省的问题。非洲原本根深蒂固的民族主义和国家话语持续式微，这总体而言是有益的变化。之所以有此变化，部分原因在于刚刚描述的这个社会话语空间最近发生了后现代式的分裂。所有这一切并不意味着我忘记了这样一个事实，即非政府组织根本无法解决非洲的问题，它们在非洲大陆的蓬勃发展是国家衰败的征兆，而非解决问题之道。有些情况下，我们甚至可以认为，非政府组织减缓了社会变革的步伐，以典型的改革主义方式，提供了用于镇痛的胶带，掩盖了社会体系中的巨大裂缝；这些裂缝如果通过决定性的社会危机也许能得到更为持久的解决。因此，对于非政府组织在当下非洲国家危机中位置，我所作的修正式积极解读，并不意味着我要完全推翻它们在非洲的激进形象，即西方自由主义虚伪性的代理人，它们的长嘴会把你吸干，再往伤口上抹一些凡士林，好在你身上吸取更多。这个解读会一直有效，除非这些非政府组织开始着手解决这种根本性的不平等问题；从全球层面而言，这种不平等决定了西方与非洲关系的结构。

第二点也许是更为本质性的。有人抨击后现代主义限制了非洲主体的产生，这表明我们对于非洲社会的基本哲学信仰知之甚少。欧洲的启蒙运动及其塑造的宏大叙事不能脱离其基督教的一神论语境。二者之间的联系经常会被遗忘，这很大程度上是因为启蒙运动表现出的是一种世俗性。但是，其深层次结构一直都深入交叠于一神论信仰和实践（modus operandi）之中，有自身专横的专制主义和普世主义信条。后现代主义攻击欧洲的宏大叙事之时，所戮力争取的只是一种平等主义的形而上学，这在大多数多神论非洲文化中已是常态，他们的宗教并不试图改变他人的信仰。如果忽视了赞美诗、颂歌、颂词、伊苏神的故事、十字路口的神灵、运气的守护神等这些如今被奉为"后现代"的特征之间的密切关系，那么谁又能称得上约鲁巴文化的学者呢？（Ogundipe 1978；Gates 1988）令人愤怒的是，正是因为这些癫狂惑乱的"后现代"特征，基督传教士才将基督教中的撒旦在《圣经》的约鲁巴语版本中翻译为伊苏（Esu）。这是一种修辞性杀戮，效果无与伦比。很多我的同辈人在成长过程中**首先**把伊苏理解为《圣经》中的撒旦；日后，他们的思想从基督传教士的一派胡言中稍稍解脱，才重新夺回了自己的偶然性之神（deity of contingency）。这里，我的观点是，后现代主义的形而上学在有些方面与很多非洲文化相当接近。

第三，非洲的爆发瓦解了欧洲的非洲殖民帝国，也压垮了西方在意识形态上畅行无阻的普世主义；我们一定要记得不断提醒自己，这是西方自我反省以及自觉在认识论方面变得谦卑——自称后现代主义——的主要动因之一。毫无疑问，这场战斗还没有打赢，但是非洲的声音被越来越多地听到，其方式和规模是欧洲在 1945 年之前所无法想象的。但从这个角度，我们应该非常感兴趣的是自己的声音给压迫者带来的不适——无论多么微不足道——这样我们才能知道应该在哪里给伤口撒上更多的盐，令其溃烂、化脓、坏死，最终让这个巨人轰然倒下。

第二个反对意见认为，后现代主义过于推崇文化，与现实中具体的社会政治斗争相比，更加关心话语、意义、阐释、主体性和理解等问题。在很多方面,这种说法作为一个描述是极好的,但作为一种批判则毫无意义。这样的批判毫无章法可言,说明批判者不能正确说明后现代主义的**特征**。后现代主义是一种文化/话语实践,而非经济或政治话语,主要目的是对思想、主体性、意义和文化场域进行改造。

　　当然,文化领域与经济和政治是相关的,但绝不能简单等同于经济或政治。有些社会和政治理论家强调该领域对于社会斗争具有不可忽视的极端重要性。在 1859 年为《〈政治经济学批判〉导言》(*A Contribution to the Critique of Political Economy*)一书撰写的序言中,卡尔·马克思写道,在研究社会革命导致的变革过程中,"应该总是把由生产的经济状况引起的物质变化(决定于自然科学的精确性)与**法律、政治、宗教、美学或哲学(总之,属于意识形态)的形式——通过这些形式,人们能够意识到这种冲突并开展斗争**——区别开来。"(Kamenka 1983:160;强调标记为编者所加)如葛兰西(1971)所言,正是**大多**[642]通过对这些"意识形态形式"的组织,某个组织或阶级联盟在某些关键性历史交会时刻,才能对整个社会结构施加更持久——因为不太显眼——的权威形式,即"霸权"。在反对葡萄牙殖民统治的民族解放战争的高潮,我们自己的阿米卡尔·卡布拉尔反复号召我们,要加强文化-意识形态抗争;他认为此领域中的胜利能最终帮助我们在经济、政治和军事等其他领域反败为胜。因此,文化主体性领域是非常关键的,因为这是"个人和群体的身份处于险境之地,以及最宽泛意义上的秩序成形之地。这是文化和权力二者纠缠最为紧密的领域"。(Rabinow 1986:260)这是与经济和政治相关的领域,但**不是**经济和政治本身,主要被后现代主义所占据。

　　通过以上这番说明,我要说的是在贬低文化的背后,有一个隐含的假设,即任何话语必须锚定于"政治",才能被视作与非洲研究相关。这是一种对众多从认识论层面建构了非洲——实际上,也建构了其他社会——的领域所施加的人为限制。"政治"或"政治性"没有——也不可能——穷尽非洲的意义。其他领域也是值得研究的,这些领域无需"明显具有政治性"才能被认为与非洲相关。更为本质的是,任何文化变迁完全取决于基本社会政治关系的重组和变化,这一假设不再被认为是必然正确的。

　　文化转向对于非洲人文学的意义在于打开了主体化的领域,即身份被构成、争论和重构的领域。对我来说,主张意义是多元的以及所有的真理都是可以质疑的,这未必会颠覆反帝主义的人文学术。相反,这会不断提醒我们这样一个简单的事实,即所有的意义和真理都与利益关联;而且这还是有益的提醒,即这些意义和真理都不能被绝对化。我们都知道,即使激进的热情以及历史上具有解放力的真理,轻易就会在短时间内僵化,成为具有破坏性的正统观念和实行独裁统治的托词。文化的转向接纳不同的研究方法,产生了各种有关非洲的学术研究,其中4/5都是我极不赞同的。但我宁愿看到更多有关非洲的学术不断涌现,而非更少。这并不仅仅因为毛泽东著名的"百花齐放"方针,而是因为即便负面的例子也具有自身实在的批评功用;就我个人经验来说,从好书和坏书中,我都同样有所收获。我想我们多数人也是如此,只要更多倾听我们的见识和内心,常常就能更清楚什么不该做,什么该做。

至于第三点也是最后一点,对于后现代主义的批评——属于精英的、晦涩难懂的语言——就没有多少可说的了。大学层面的思想话语,总是一种阳春白雪的精英话语;绝非属于或面向普罗大众的话语。但是,如果说精英话语因此就毫无作用,对社会无益,那就过于简单化了。我们很多人使用电脑,但我肯定只有极少数人能够解读和理解软件编码的基本语言。就我自己的语言约鲁巴语而言,有些深奥晦涩的形式,只有那些具有特殊技能的人才能说,才能理解。如果我不分青红皂白就抨击艰涩的话语,就意味着贬低自己的文化传统,似乎只有欧洲的理论话语才有此特征。一个规模较大、比较复杂的社会中,必然会有不同层面的话语。大众话语不同于精英话语,这个说法未必[643]带有价值判断。至此,读者能够看出来,我自己并不用深奥的语言书写,但如果认为话语的透明性必定带来相关性,这就是一种乏味的浪漫主义。

对于"后殖民"范畴的反对是一种"新的"命名危机,这样令人痛苦的危机由来已久、并不陌生。这只不过是一长串不合身的夹克中最新一件,是欧洲人为受其迫害的重要他者量身定做的。也许,我们开始好奇,从认识论角度来说,术语的"形式"与"内容"如此分离脱节/不可通约,这种情况是否必然对于一个受支配的话语——由此可知,其存在和抵抗的策略并不排除欺诈的手段——不健康呢。毕竟,即使那些挑剔苛刻的批评家,多数也不会否认,大量相关研究工作正是打着后殖民的旗号做出来的。为非洲创造的术语中,没有一个能被如此众多领域的学者所接受,这是历史事实。非洲社会曾经"野蛮"或者"落后"——这是"殖民/教化使命"的主要意识形态理据。随着二战之后的去殖民化浪潮（和兴奋感），这些非洲社会成为"新兴的国家"——当然也就进入了黑格尔的历史。"不发达社会"很快就破坏了这种返祖的乐观主义，或者看起来是这样的。因为随之而来的名词——"欠发达社会"、"发展中社会"——在基本取向上大同小异。由于苏联和美国之间的冷战造成了严重的危害，这些国家成了"不结盟国家"或者"第三世界"，以此摆脱这两个超级大国。随着理论的不断精进，这些国家也被冠以"新殖民"、"附庸"，或者"中心"之"边缘"等。20世纪 70 年代，非洲处于充满希望的躁动之中，一位著名的社会科学家建议使用"无产阶级"国家（Ake 1978）。这些名称中，据说最为激进的一个——因为它最能凸显全球的结构性不平等——就是"第三世界"，但是即便这个名称也未能逃脱讽刺和抨击，很多"第三世界"地区的学者斥之为种族主义的肆意侮辱和贬低。

现在居于优势地位的术语就是"后殖民"。就概念的模糊性而言，"后殖民"肯定不必独自承担责任。那么，关键问题就是：这些术语都是权宜的形式，没有什么原初的本质内容。有了这样的定见，我们对"后殖民"一词感到的不安，就应该以不同的方式加以强调。

虽然我们坚持认为，"后殖民"这一术语以具体的历史为代价，解释了其中的空间-时间操控，但对于我们自己神化这种"具体性"（并为此进行投入），我们必须学会保持警醒。历史的具体性是一个身份，应该是一个舞台，而非神圣不可侵犯之地。"处理"具体的历史并没有任何本质的激进或进步可言；这就如同一条变色龙，一旦被奉作偶像，就会打上——未必取代我们心目中它的主流正面形象——（主宰者）胁迫和贬低的相对主义色彩，或者（被主宰者）适得其反、惊世骇俗的相对主义色彩。如果说"后殖民"这一术语执着于殖民时代的碰撞，因此受制于欧洲的认知和政治模式；对我而来，仅仅说以上表述只是赘述，是不够的。（人们好奇的是，这样的"执着"是否可以不同，因为正是对那种宰制的破坏和僭越受到了特别关注。）

一个更为本质的观点认为，这对于前殖民地几乎不是一个选择问题，如果我们一致认为"生存"（living）在微观和宏观层面上作为一个过程，是另一个名词，用来应对众多结构性和体制性障碍，以实现自己的志业。例如，我不愿那些"后殖民地"揭竿而起的民众放弃反对典型的后殖民暴政国家的斗争，理由就是这些造反者[644]不愿倒向欧洲的影响，因为这些后殖民国家的**形式**一直以来基本就是欧洲中心主义的。

我如此长篇大论，并**无意**为后现代主义或后殖民主义张目，而要鼓励非洲学者挺身面对挑战，审时度势——而非不加鉴别——地参与影响非洲现实的任何/所有思潮，无论这些理论话语从何而来。所谓审时度势，我的意思是思想活动不能受到任何有关相关性的前概念污染；或者，不能受到有关理论话语来源的前概念污染。我的意思是，思想活动要突出我们的**利益**，而非**差异**，即使我们的利益最终也暗含了我们的差异。对于后现代主义，我有很多不能苟同之处，也无法保证这个理论一定符合我们的利益，处于我们不松懈的警惕和有意识的批评改造之外。那么，最后重要的不是话语本身，而是我们如何运用。但我们必须承认，没有任何话语在结构上是同质的，如果我们不加区分就一概加以谴责，这就贬低了我们自己的智商。既存在一种毫无目标、玩世不恭、惊世骇俗、自我吞噬的后现代主义实践——有些学者称之为"戏谑的"，也存在关照历史现实、具有社会意识的后现代主义——我称之为严肃、批判的后现代主义（Foster 1983）。从第二种实践中，非洲研究能够得到一些洞见；实际上，正是从这种特殊的后现代主义实践中，后殖民主义尽管在具体表述上与其具有意识形态差异，却从中获得了自身的理论精华（Mudimbe 1988；Said 1993；Bhabha 1994；Jeyifo 1995；Ekpo 1995；Appiah 1992；Spivak 1999）。

参考书目

Ake, Claude. *Revolutionary Pressures in Africa*. London: Zed Press, 1978.

Alavi, Hamza and Teodor Shanin. *Introduction to the Sociology of "Developing Societies."* New York: Monthly Review Press, 1982.

Appiah, Kwame A. *In My Father's House: Africa in the Philosophy of Culture*. New York: Oxford University Press, 1992.

Bhabha, Homi. *The Location of Culture*. New York: Routledge, 1994.

Cabral, Amilcar. *Unity and Struggle: Speeches and Writings*. Translated by M. Wolfers. London: Heinemann, 1980.

Ekpo, Denis. "Towards a Post-Africanism: Contemporary African Thought and Postmodernism."*Textual Practice* 9. 1 (1995): 121—135.

Fanon, Frantz. *The Wretched of the Earth*. New York: Grove Press, 1968.

Foster, Hal. *The Anti-Aesthetic : Essays on Postmodern Culture*. Port Townsend, WA: Bay Press, 1983.

Foucault, Michel. *Politics, Philosophy, Culture: Interviews and Other Writings* 19771984. Translated by Alan Sheridan, et al. New York: Routledge, 1988.

Gates, H. L. , Jr. *The Signifying Monkey: A Theory of Afro-American Literary Criticism*. New York: Oxford University Press, 1988.

Gramsci, Antonio. *Selections from the Prison Notebooks*. Translated by Q. Hoare and G. N. Smith. New York: International Publishers, 1971.

Harvey, David. *The Condition of Postmodernity*. Cambridge: Basil Blackwell, 1990.

Jameson, Frederic. *The Cultural Turn: Selected Writings on the Postmodern* 1983—1998. London: Verso, 1998.

Jeyifo, Biodun. "Oguntoyinbo: Modernity and the 'Rediscovery' Phase of Postcolonial Literature. " *Yearbook of Comparative & General Literature* 43 (1995): 98—109.

[645]Kamenka, Eugene, ed. *The Portable Karl Marx*. New York: Penguin, 1983.

McClintock, Anne. "The Angel of Progress: Pitfalls of the Term 'Post-Colonialism. '"*Social Text* 31 / 32 (1992): 84—98.

Mudimbe, V. Y. *The Invention of Africa : Gnosis, Philosophy, and the Order of Knowledge*. Bloomington: Indiana University Press, 1988.

Ngugi wa Thiong'O. *Writers in Politics*. London: Heinemann, 1981.

Ogundipe, Ayodele. "Esu Elegbara, the Yoruba God of Chance and Uncertainty: A Study in Yoruba Mythology. " PhD diss., Indiana University, 1978.

Olaniyan, Tejumola. "Afrocentrism."*Social Dynamics* 21. 2 (Summer 1995): 91—105.

Osundare, Niyi. *African Literature & the Crisis of Post-Structuralist Theorising*. Ibadan: Options Book and Information Services, 1993.

Rabinow, Paul. "Representations Are Social Facts: Modernity and Postmodernity in Anthropology. " in *Writing Culture : The Poetics and Politics of Ethnography*, edited by J. Clifford and G. E. Marcus. Berkeley: University of California Press, 1986.

Rodney, Walter. *How Europe Underdeveloped Africa*. Washington, DC: Howard University Press, 1972.

Said, Edward W. *Culture and Imperialism*. New York: Vintage, 1993.

Shohat, Ella. "Notes on the ' Post-Colonial. '" *Social Text* 31/32 (1992):

99—113.

　　Spivak, Gayatri C. *A Critique of Postcolonial Reason: Toward a History of the Vanishing Present*. Cambridge: Harvard University Press, 1999.

　　Zeleza, Paul Tiyambe. "Fictions of the Postcolonial: A Review Article." *CODESRIA* Bulletin 2 (1997): 15—19.

（姚峰 译；孙晓萌 校）

第 86 篇　后殖民主义与后现代主义 [1]

阿托·奎森（Ato Quayson）

[646]"后殖民主义"与"后现代主义"这两个术语都极其捉摸不定、难以归类。如果把二者放在一起讨论，可能会让人觉得将困难进一步复杂化了。对一些批评家而言，将二者并置一处加以理论研究，必然能避开一些严重的问题，即晚期资本主义尚未完成的志业对后现代和后殖民情境造成影响的程度。更为关键的是，有人指出后现代是西方话语等级划分整体的一部分；虽然它与多元主义有暗合之处，似乎也倾向于抨击霸权话语，但最终却走上了去政治化的道路，对于更大的民族解放事业未能给予启发。那么，让二者配合默契某种意义上就是剥夺了后殖民的力量——人们认为后殖民更为关注的是经济、政治和文化领域更急迫的不平等问题(Sangari, 1987；Tiffin, 1988)。实际上，对一些评论家——如尼日利亚的丹尼斯·埃克波(Denis Ekpo)——而言，后现代主义只不过是西方精神危机的又一个舞台而已：

> 主体的危机及其剧烈萎缩——后现代批评的焦点——是荒唐的自我膨胀的逻辑必然；欧洲主体性在其现代主义宏愿中，有志成为社会中坚，成为一切事物的标尺和主宰，于是就发生了这样的自我膨胀。

> 有些文化（比如我们的文化）既不会在过去将人类理性绝对化（如神圣化），现在也不认为有此必要。后现代主义一方面是对理性、

---

① First published in *Postcolonialism：Theory, Practice or Process?*, pp. 132—141. Cambridge：Polity, 2000.

人类和历史等的去神圣化、去绝对化，而另一方面则是对无名、未知、模糊和准逻辑的回归或恢复，因此根本不可能像对欧洲人那样，给这些文化带来文化和认识论上的震撼之感。实际上，这根本不能被视作一个问题……如果这样的人满足于不确定性、矛盾、怪异和荒唐，这也许是因为他与我们熟悉的人并无多少相似之处，尤其是在非洲；他是后人类（post-man），在自己的社会中丰衣足食、应有尽有，因而百无聊赖、无可救药。因此，没有任何东西能够阻止非洲人略带嘲讽地将风靡一时的后现代情势，[647]看作超资本主义（hypercapitalism）中百无聊赖、娇生惯养的孩子发出的自我炫耀的虚伪喊叫。(Ekpo, 1995)

对埃克波而言，后现代主义必须被看作主宰世界的欲望所带来的傲慢，这一结果与科学和人类学的普世理性相关。一旦失去殖民帝国，这个欲望就要面临自身的解体。但是，对于哈琴（Hutcheon, 1989）和康纳（Connor, 1997：263—268）这样的批评家来说，有一种建设性的方式，将二者视为互补关系。二者可能因为共同的主题、修辞和策略而被归为一类，尤其二者都被用来讨论边缘性的问题。因此，两个术语在焦点和策略方面都是近似的，至少可以用于文学研究领域。

本章中，我要讨论后现代主义与后殖民主义的关系。与前几章主要讨论两个看似对立的概念或话语一样，我重点探讨两个术语之间的关联，以及二者彼此对于当代世界情势的阐述。第一部分，我会指出后现代主义的一些主要论题；之后，再简要回顾后殖民主义的一些核心概念，接着把二者融合并置，即将后殖民主义作为后现代主义探讨，反之亦然。为了有助于介入二者之间的讨论，我首先看到的是晚期资本主义图像文化（但我认为，其根源可以回溯到殖民主义时期）中奢侈图像（images of luxury）压力之下的身份问题。我要展示二者相关性的第二个场域是媒体对于种族和他者的再现——通过《X档案》（*The X-Files*）这样的电视节目聚焦它们。《X档案》将警方使用的真实手段与他者（通常被注解为神秘莫测）问题关联，制造了一种特殊的情绪氛围，这种情绪与城市景观——这种景观同时关系种族和阶级话语——中的法律和秩序相关。

后现代主义的论题

后现代主义涉及文学与哲学中的再现传统,可以说在西方思想中有其自身独特的历史和社会轨迹。有些后现代主义批评家认为,现实无法外在于对其再现的方式;如果有人试图将现实与再现割裂,就会忽略所描述物体本身内部包蕴的视角,反之亦然(see, for instance, Natoli, 1997:5—8, 21—25)。因为在后殖民理论这一标题之下潜藏的欲望,常常与再现话语有关,后殖民主义也通常将再现作为分析的主要目标;而只有以不同方式与再现的方法相关,后殖民主义才会诉诸物质条件。对于这种相似性,一个简单的方法就是将这两个理论术语看作社会科学和人文学科领域所谓"语言转向"的产物。但是,这个方法并不总是有效,因为它未能考虑这两个领域对于再现和可能的实践之间关系的不同侧重点。对此,我们将在本章的第三部分进一步展开讨论。

在其他领域,也能够感受到二者之间的重叠。后殖民主义与后现代主义所共有的前缀"后"将二者都关联于类似的问题,即相对于[648]殖民主义和现代主义这第二组术语的时间延续性和超越性。时间或其他方面的替代关系,对这两个术语都提出了延续和断裂的问题;对此,有些批评家从不同方向有所揭示,对这类"后"所固有的得意炫耀情绪有所警惕。阿列克斯·卡利尼科斯(Alex Callinicos, 1989)指出,后现代主义的定义实际上复制了用于极端现代主义的定义;而安妮·麦克林托克对后殖民主义作出了颇有争议的评判,指出后殖民主义就其隐含的时间轨迹而言,不再重复启蒙时代进步观念的一些元素,而往往对其提出挑战。另一方面,二者中的"主义"表明它们彼此都是次级思想,虽然没有联合发展成为明晰的思想体系,但致力于在各自研究领域区别于中心位置。二者被认为是对现代世界真实(和想象)的状况的次级思考,有助于我们理解自己生活其中的世界,应该受到重视。

如果要界定这两个术语之间的关联和差异,有效的办法是关注它们不同的理论启示和最终的社会参照。为了能勾勒出后现代主义的理论范围,也许最好的办法是从一些常规的论题描述其典型特征。这些论题在不同的批评家手中受到不同的对待,何谓后现代主义范式最为典型的特征,这必然是有分歧的。

　　一个关键性分歧领域是后现代主义如何与现代主义发生关联。作为最早讨论后现代主义的评论家之一,伊哈布·哈桑(Ihab Hassan)以简表的方式论述了现代主义与后现代主义之间的差异。他以表格的形式(1985:123—124)列出了二者的区别,部分抄录如下:

现代主义	后现代主义
浪漫主义/象征主义	精神物理学/达达主义
形式(连接的、封闭的)	反形式(断裂的、开放的)
目的	嬉戏
设计	偶然
等级	无序
掌控/逻各斯	枯竭/沉默
艺术品/完成之作	过程/表演/发生
距离	参与
创造/总计/综合	反创造/结构/对立
在场	缺席
集中	分散
文类/界限	文本/互文本
根/深度	块茎/表面
阐释/解读	反阐释/误读
叙述/宏大历史	反叙述/小历史
主流规范	个人话语
偏执狂	精神分裂
起源/起因	差异-延异/踪迹
确定性	不确定性
圣父	圣灵
超越	内生

　　[649]这些主要都是文体上的对照,存在哈维(Harvey, 1989)所指出的风险,即,将复杂关系简化为两极对立。围绕定义的更大范围的问题之中,哈维对此表格更为宽泛的讨论表明,哈桑为了作出这些区分,借助了语言学、人类学、哲学、修辞、政治学和神学等众多领域(1989:42—65)。

因此,哈桑的表格试图涵盖当代社会和文化的所有方面,以表明其中的元素有别于现代主义,而将其界定为后现代主义。这些对立术语的罗列方式,尽管作为开端是有用的,但绝非毫无争议。例如在建筑领域,对当代建筑的现代主义或后现代主义方式就有争论。这些争论中,就有查尔斯·詹克斯(Charles Jencks)和弗雷德里克·詹姆逊围绕约翰·波特曼(John Portman)的伯纳文图勒酒店(Bonaventure Hotel)的地位问题产生的分歧。前者认为这家酒店属于晚期现代主义风格,后者将其解读为后现代主义(see Jencks, 1980: 15, 70; Jameson, 1991: 38—45)。

从有关术语的争论可见,对何以构成后现代主义这个问题的讨论,经常强调借用语言隐喻,并将其用于社会和文化话语。实际上,对于后现代主义的谱系,我们必须追溯到涌现于 20 世纪 60 年代的后结构主义。对于一些人来说,后现代主义是最初发展于后结构主义内部的概念操演。在较为基本的层面上,符号和所指在语言中是分裂的,语言实际上无法为客观现实命名——这些正是后现代主义从后结构主义所继承的主要遗产。符号和所指之间的分裂被认为与其他一系列分裂是同质的,如同历史与其叙述的分裂、作者意图与文本意义的分裂。

那么,在某个层面,后现代主义的典型特征是一种强烈的反系理解模式,强调多元性、界限和多视角,作为搅扰任何系统的中心化冲动的手段。这本身在西方哲学中有着一段迷人的历史,罗伯特·霍勒布(Robert C. Holub, 1995)曾对此有所讨论——从德国浪漫主义以来,格言、警句、箴言、趣闻以及杂文是如何作为一种话语手段,用来表达人类主体性对于总体化框架的不可化约性。霍勒布以西方哲学中的三个历史时刻为参照作了分析:弗里德里希·施莱格尔(Friedrich Schlegel)和诺瓦利斯的早期作品中,从碎片到正式的文学和哲学文类的提升;弗里德里希·尼采思想中严谨的多元性,以及试图通过对主体、价值、再现、因果、真值和系统的批判,来拆解西方思想中的基本范畴;最后,对后结构主义思想中的总体性作出评判。霍勒布在其叙述中得出了两个重要结论。第一,这三点对于总体性有不同的理解。对于他所讨论的浪漫主义者而言,碎片虽然与任何总体化的整体似乎截然相反,有人却认为碎片能够抓住总体性的本质。因此,碎片最终要实现总体化,最后要成为一个"获得宗教救赎的整体"。(p. 89)而另一方面,尼采的作品中,对总体性的猛烈批判背后,受到了隐藏的总体化冲动的支持。这在尼采的哲学论述过程中最为明显，他频繁建立起对立的价值等级，并标以酒神与阿波罗神或苏格拉底、希腊与犹太基督教等不同名称，或者描述以好与坏、善与恶等对立概念。霍勒布指出，所有这些等次中，两个共同特征是[650]显而易见的：第一个术语比第二个总是具有更高的价值，第二个——或者不受欢迎的——名称/范畴被视作"疾病、谎言、欺骗或非法攫取权力的分支"。（p. 94）在后结构主义思想中——对霍勒布而言，尤其以利奥塔的作品最为典型——总体化的冲动是显然的，尤其表现在利奥塔隐含的观点，即检视所有历史过程，追踪那些导致后现代主义对于元叙事丧失信心的因素。（p. 98）此处对我们而言，重要的并非霍勒布自己的描述能否充分阐明后现代主义背后的反系统核心冲动，而是从历史而言，反系统对于碎片和其他形式的真实话语的聚焦，与特定历史和美学结构是相关的。

《后现代状况》（*The Postmodern Condition*，1984）一书中，让-弗朗索瓦·利奥塔提供了有关后现代主义反系统秉性的另一维度。除了其他方面，利奥塔认为科学知识和一般的人类学知识都受制于叙事。但是，从大约 18 世纪以来出现了一个历史断裂，自此科学开始压制那些用来叙事的知识形式。科学知识中赋予真值的模式，开始区别于此类赋予真值的行为通过日常知识中的叙事实现的方式，这时，关键性的区别就出现了。对利奥塔来说，后现代状况的核心特征是怀疑那些科学、马克思主义和启蒙运动的进步理论产生的元叙事；为了抵制那些捍卫这类元叙事的机构和话语，后现代主义采用的办法之一就是"将社会现实碎片化，成为灵活的语言游戏网络"。（pp. 17ff）我们可以有效地把利奥塔的立场与法兰克福学派的观点相提并论，即科学普世主义是以具体性被边缘化——即使不是被扭曲——为代价的。对于后现代主义而言，正是这种有问题的过度之举，被进一步放大，且被引入晚期资本主义存在的主流认识论真理之中，还通过一些策略来支持这个关键前提。其中包括重视不确定性、模糊性和延迟性；重视文本——无论是社会文本，还是文学文本——的刻意碎片化和错误表达；重视悖论——其中意义故意变得无法获取——的激增；重视精心戏仿的风格，此风格挪用传统、历史及其他文类等一切，藐视一切。聚焦于表面、游戏、界限的消失，聚焦于叙述以及非常规的开头，而且未必有确定的目标。后现代主义中典型的理论术语是撒播、散布、不确定性、超现实、无定形的模仿、拼贴、**延异**、悖论、游戏等。

后现代主义论述中强调的第三个问题，涉及当代全球化经济和文化的阐释方式。同样归因于语言转向所产生的结果，后现代主义思想家们抨击社会现实阐释的经济学模式，而对再现更感兴趣。马克思主义是主要的批判对象，后现代主义对马克思的重新解读的性质，在让·鲍德里亚的作品中最为明显。经典马克思主义对于市场扩张、市场的核心特征和交换价值有三层解释。对马克思来说，工业生产阶段是指物品的生产主要用于交换的阶段；使用价值从属于交换价值，这与封建主义条件下可能的情形——只有一小部分生产出来的手工制品和农产品[651]等是用来交换的——是不一样的。马克思讨论的第三个阶段是指，爱情、美德和知识等之前人们认为不受市场力量牵制的抽象价值，开始进入交换价值领域。在鲍德里亚看来，在《生产之镜》(*The Mirror of Production*，1973)和《拟像三序列》(*The Orders of Simulacra*，1983)这样的作品中，已不再能够——也无意——将第二阶段和第三阶段分开了，因为在"后工业社会"(Bell, 1973)，所有抽象的人类品质、形象和再现都成为经济世界的一部分。因此，鲍德里亚指出，"符号的政治经济学"逐渐主宰了当下的生活，以致现实中的一切——包括经济活动——最终都可以通过符号加以理解。对后现代主义者而言，电视、媒体和流行文化都成了重要的分析领域，因为正是在这些领域，符号的经济属性在不同的操作中表现得最为明显。

在有关后工业的设想中，一些重要的社会文化特征会大量涌现。大卫·哈维(David Harvey)在《后现代性的条件》(*The Condition of Postmodernity*)中说道：

> 后现代主义也应看作是对社会实践、经济实践和政治实践的模仿。但因为所模仿的是这些实践的不同方面，所以外在的表现形式非常不同。很多后现代小说中，不同世界相互叠加在一起。这些世界之间，一个沉默寡言的"异质性"(otherness)在共存空间中大行其道，这与英国和美国城市中心区贫困的少数族裔人群有着神秘的关系，他们的贫民窟持续恶化，被剥夺了权力，与社会产生了疏离。
> (1989：113—114)

哈维将其置于经济模式转型这一更大的语境下作了讨论。如同鲍德里亚，他将后现代主义归因于越来越多领域的生命，大量被市场逻辑所同化，而不再是劳动与资本之间的泾渭分明，不再是社会对立与认同的清晰结构。但不同于鲍德里亚的是，他专心聚焦于物质和社会的参照物，这些参照物被认为首先支撑起符号经济。旅游和交通的不断加速，带来了当下"空间-时间"的压缩。在这些条件下，生产可以在全球范围内组织，制造过程可以分布在很多国家和工厂，每一个只负责成品的一小部分。这和他所描述的以汽车制造商福特为代表的模式，形成鲜明反差。在福特公司，同一型号的汽车都在同一家工厂生产，再销售给全球成千上万的消费者。这是一种集中化的生产形式，适用于差异极小的物品生产，背后的驱动力是需要并提供了稳定连续就业模式的规模经济。在后福特（post-Fordist）时代，取代规模经济的是范围经济（economies of scope），对于品味和时尚要求的变化，由不断提高的产品细分化程度来满足（Harvey，1989：125ff）。这样的语境中，考虑到沉默寡言的"异质性"反映了少数族群的贫民窟化，我们就能看到多元文化主义如何成为一种"实践"，通过这种实践，一种身份感在似乎无法理解的后现代社会领域得到协商。[①]

从霍米·巴巴提出的后殖民主义定义，可以管窥后现代主义的反系统性议题与后殖民主义之间的一些交叠：

> [652]后殖民批评见证了文化再现——在现代世界秩序内为争取政治和社会权力——表现出的不平等、不稳定力量。在东方与西方、北方与南方等地缘政治划分的内部，后殖民视角产生于第三世界国家的殖民证词（colonial testimony）和"少数族裔"的话语。这些视角对现代性的意识形态话语进行干预，这些话语试图以霸权的方式，赋予某些国家、种族、社群和民族不一致的发展水平以及有差别的——常常是处于劣势的——历史以某种"常态"。它们围绕文化差异、社会权力、政治歧视等议题，形成自己的修正性批评，旨在表明现代性"理性化过程"之内的对抗性矛盾时刻。为了使尤尔根·哈贝马

---

① 关于多元文化主义如何变为后现代主义实践的批评论述，参见 Žižek（1997）；Mercer（1992）；McLaren（1994）.

斯(Jürgen Habermas)服务于我们的目标,我们也可以认为后殖民研
究在最宽泛的理论层面上,致力于探索那些社会病理——"意义丧
失、社会无序",这些病理不再仅仅围绕阶级对立而积聚,而是四散分
裂成众多历史偶然性。(Bhabha,1992:437)

利奥塔对于元叙事——他认为能够以此界定后现代主义——的怀
疑,在此处巴巴的理论建构中是显而易见的。区别在于,巴巴的理论重点
是反抗后殖民主义的核心,即不平等。

如果让后现代主义和后殖民主义不同的社会参照物,从各自的再现
领域脱离,并公诸于众,那么二者的区别就很明显了。后现代主义指涉的
是西方一种特殊的社会-文化构型,本质上是从西方视角建构全球化理
论,从西方大都会的视角对全球经济和文化加以概括。如前文所指出,后
现代性是一个表层的时代、一个情感扁平化的时代、一个不断变换的多重
主体性时代、一个资本主义的图像文化产生的图像非现实性(irreality)之
下现实完全处于从属地位的时代。但另一方面,使二者更为紧密的一个
核心问题,是世界的边缘性存在所带来的双重视野。这种双重性可以从
很多方面作理论总结。杜波依斯可以说在非裔美国人的主体性方面最早
作出了重要的建树;他在《黑人的灵魂》("The Souls of Black Folk",
1997)一文中写道,非裔美国人是双重意识的产物:

> 这是一种特殊的感觉,这种双重意识,总是意识到从别人的眼睛
> 观察自我,从旁观者取笑、不屑和怜悯的视角衡量自己的灵魂。一个
> 人会感到自己的双人身份——一个是美国人,一个是黑人;两个灵
> 魂、两个思想、两种无法调和的力量;两个对抗的理想共存于一个黑
> 色躯体,躯体中顽强的力量就足以使其避免被撕成碎片。(1997:
> 615)

由于来自不同的理论和个人背景,弗朗兹·法农(《黑皮肤、白面具》
的作者)和恩古吉·瓦·提昂戈(《思想的去殖民化》的作者)等作家,也在
理论上论述了后殖民理论中同样的观点,既从主体性方面,也从更为宽泛
的语言方面。所有这些文本中,似乎存在一种本体论危机,最终可以追溯

到物质状况。但这些文本的物质状况是通过图像和感知来调节的,牵涉于一系列话语之中,而且这些话语试图使这种种族化的意识与自身疏离,使最早维系这种认识论分裂的状况变得模糊不清。

参考书目

Baudrillard, Jean. (1983). *The Orders of Simulacra. Simulations.* Paul Foss, Paul Patton and Philip Bleitchman, trans. New York: Semiotext(e).

Bhabha, Homi K. (1992). "Postcolonial Criticism." *Redrawing the Boundaries: The Transformation of English and American Literary Studies*, S. Greenblatt and G. Dunn, eds., Modern Languages Association of America.

Callinicos, Alex. (1989). *Against Postmodernism: A Marxist Critique.* Cambridge: Polity.

Connor, Steven. (1997). *Postmodernist Culture: An Introduction to Theories of the Contemporary.* Oxford: Blackwell.

Ekpo, Denis. (1995). "Towards a post-Africanism: contemporary African thought and postmodernism." *Textual Practice* 9.1, 121—135.

Eze, Emmanuel. (1997). "The Colour of Reason: The Idea of 'Race' in Kant's Anthropology." *Postcolonial African Philosophy: A Critical Reader*, Emmanuel Eze, ed. Oxford: Blackwell, 103—140.

Fanon, Frantz. (1967). *Black Skin, White Masks.* Charles Lam Markham, trans. New York: Grove Press.

Farias, P. F. de Moraes and Karin Barber. (1990). *Self-assertion and Brokerage: Early Cultural Nationalism in West Africa.* Birmingham: Centre of West African Studies.

Harvey, David. (1989). *The Condition of Postmodernity.* Oxford: Blackwell.

Hassan, Ihab. (1985). "The Culture of Postmodernism." *Theory, Culture and Society* 2.3, 119—132.

Holub, Robert C. (1995). "Fragmentary Totalities and Totalized Fragments: On the Politics of Anti-Systemic Thought." *Postmodern Pluralism and Concepts of Totality.* J. Hermand, ed. New York: Peter Lang, pp. 83—104.

Hutcheon, Linda. (1998). *A Poetics of Postmodernism: History, Theory, Fiction.* London: Routledge.

Jameson, Frederic (1991). *Postmodernism, Or, The Cultural Logic of Late Capitalism.* London: Verso.

Jencks, Charles. (1980). *Late Modern Architecture.* London: Academy Editions.

Lyotard, Jean-François. (1984). *The Postmodern Condition: A Report on Knowl-*

edge. Manchester：Manchester University Press.

McLaren, Peter. (1994). "White Terror and Oppositional A gency：Towards a Critical Multiculturalism. " *Multiculturalism：A Critical Reader*. D. T. Goldberg, ed. Oxford：Blackwell, 45—74.

Mercer, Kobena. (1992). "'1968'：Periodizing Postmodern Politics and Identity. " in *Cultural Studies*. L. Grossberg, C. Nelson and P. Treichler, eds. London：Routledge, 424—437.

Murphet, Julian. (1998). "Noir and the Racial Unconscious. " *Screen* 39. 1, 22—35.

Natoli, Joseph. (1997). *A Primer to Postmodernity*. Oxford：Blackwell.

Wa thiong'O, Ngugi. (1968). *Decolonizing the Mind*. London：James Currey.

Zizek, Slavoj (1997). "Multiculturalism, or, The Cultural Logic of Multinational Capitalism. " *New Left Review*, 22. 5, 29—51.

（姚峰 译；孙晓萌 校）

第 87 篇　后现代主义中的"后"就是后殖民中的"后"吗?[①]

夸梅·安东尼·阿皮亚(Kwame Anthony Appiah)

你曾名叫班比科卡克

彼时一切安好

你变成了维克多-埃米尔-路易-亨利-乔瑟夫

然而

我努力回想

也不记得你与洛克菲勒之间

有什么血缘关系

　　　　　　杨波·沃洛冈,《致我的丈夫》("A Mon Mari")

[654]1987 年,纽约非洲艺术中心举办了一场名为"观点:非洲艺术视角"的展览。策展人苏珊·沃格尔(S. Vogel)与其他几个"策展人"共同合作;我按照展览目录出现的顺序一一列举:艾克波·埃约(E. Eyo,尼日利亚国家博物馆古物部);威廉·鲁宾(William Rubin,当代艺术博物馆绘画雕塑部主任、该馆颇有争议的展览"原始主义和 20 世纪艺术"的策展人);罗马勒·贝尔登(R. Bearden,非裔美国画家);伊万·卡普(I. Karp,史密斯尼博物馆非洲民族学分部主任);南希·格雷夫斯(N. Graves,欧洲裔美国画家、雕塑家和制片人);詹姆斯·鲍德温(J. Baldwin);大卫·洛克菲勒(D. Rockefeller,艺术收藏家);莱拉·库阿库(L. Kouakou,波勒艺术家、来自象牙海岸的占卜师——这是最富有和最贫穷并存的国度);伊巴·恩迪阿耶(Iba N'Diaye,塞内加尔雕塑家);罗伯特·法里斯·汤普森(R. F.

　　① First published in *Critical Inquiry* 17. 2 (Winter 1991)：336—344，346—350，352—354.

Thompson,耶鲁大学教授、非洲艺术以及非裔美国艺术史家）。① 导言中，沃格尔讲述了自己为展览挑选艺术品的过程。有人分别向这些策展人中的一名女性和9名男性展示100多幅——"我们能力所及的各种样式和来源的高质量非洲艺术"——照片，要求他们为展览选出10幅。我应该更准确地说，一共向8名男性展示了这些照片。因为沃格尔补充说："就这位波勒（Baule）艺术家而言，他只熟悉本民族的艺术，因此向他展示的照片都是波勒人的艺术品。"（*P*, p. 11）此时，我们转向文章的脚注，其中写道：

> [655]向他展示的是同一类照片，别人看了会觉得有趣，但就我们需要的反馈而言，则会混乱不清。我本人和别人的田野美学研究已经证明，非洲被调查者会根据自己的传统标准，批评来自其他部族的雕塑，常常认为这样的艺术品与他们自己的美学传统相比是拙劣的。[*P*, p. 17 n. 2]

我会再回到这个让人无法回避的脚注。但请允许我多作些引用，这次是大卫·洛克菲勒的话，他讨论目录所列的"芳蒂人（Fante）女体塑像"时，当然绝不会"以自己的传统标准批评其他部族的雕塑"：

> 我承认对此似曾相识，一直都很喜欢。这比我之前看过的，更加精致，我觉得相当美丽……整体的造型看起来非常当代、非常西方。这种东西，我觉得与当代西方的东西非常搭配。放在现代公寓或别墅里，是非常好看的。[*P*, p. 138]

我们也许会认为，洛克菲勒高兴地发现，自己最终的判断与雕塑创作者的意图是一致的。因为根据早先那个目录——最终被选入本次展览的艺术品清单——的脚注，巴尔的摩艺术博物馆（Baltimore Museum of Art）希望"公之于众的是，展品中的这个方蒂人雕塑，其真实性已受到质疑。"实际上，多兰·罗斯（D. Ross）在著述中指出，几乎可以肯定这是一件现代作

---

① *Perspectives*: *Angles on African Art* (exhibition catalogue, Center for African Art, New York, 1987), p. 9；下文缩写为 *P*。

品,在我的家乡库马西(Kumasi)有一个叫弗朗西斯·阿克瓦西(F. Akwa-si)的人,就是他的作坊做出来的东西。这家作坊"专门为国际市场生产传统风格的雕刻艺术品。很多作品现在遍布于西方的博物馆,而且被科尔和罗斯视为真品,并著书出版"(是的,就是那个多兰·罗斯),就在他们合著的经典图录《加纳艺术》(*The Arts of Ghana*)之中(*P*, p. 29)。

但是,一位男性策展人选了一件塞努福人(Senufo)的头盔面罩,到底是什么打动了他,这很难说。"我得说,我选这件是因为它属于我,象牙海岸的乌弗埃·博瓦尼(Houphouet Boigny)总统送给我的"(*P*, p. 143);要么,他会说"就非洲艺术品市场而言":

> 那些顶尖作品已经非常昂贵了。一般来说,品质次一些的优秀作品,价格比较稳定。这就是选择优秀作品而非劣等品的原因所在,优等品会变得更有价值。
>
> 在我看来,非洲艺术品用于家庭或办公室陈设,是具有吸引力的……当然,我想也不是放在任何地方都合适,虽然那些最上等的作品也许可以。但我认为最适合搭配现代建筑。[*P*, p. 131]

洛克菲勒能够在财富、美学和装饰之间往来自如,其中可以看出一些惊人的朴实无华之处。从这些回应中,我们一定能看到非洲在当代——这当然指的是后现代——美国所处位置的缩影。

我之所以用这么多篇幅引用洛克菲勒的话,不是为了强调这一人所共知的事实,即我们所谓的"美学"价值问题与市场价值紧密相关;甚至不是为了让人关注这样一个事实,即那些混迹于艺术市场的人对此都是清楚的。实际上,我想[656]让大家明白的是,大卫·洛克菲勒之所以能对非洲艺术发表**任何看法**,这是因为他是**买家**,他处于**中心**,而莱拉·库阿库只是位居边缘的艺术生产者、一个贫穷的非洲人,他的话在波勒艺术①的商品

---

① 沃格尔拒绝让库阿库发出自己的声音,他的评论也褒贬不一,这并不那么令人吃惊。仔细观察的话,并不存在单面的莱拉·库阿库,像其他策展人一样接受采访。最终可以较为准确地说,库阿库是人们建构出来的形象,"我们"——具体而言就是"我们的"艺术家——是个人,而"他们"或者"他们的艺术"是属于具体种族的。

化过程中只能部分发挥作用①——对我们这些构成博物馆公众的人如此，对洛克菲勒这样的收藏家也是如此。长话短说，我想提醒你们的是，非洲艺术成为一种**商品**，这是多么重要。

但是，有位策展人的选择令我们深思，他就是詹姆斯·鲍德温——惟一没有选择非洲"原始主义"风格艺术品的策展人。将成为我试金石的雕塑是一件约鲁巴人的作品，上面附有博物馆的标签——《男人与自行车》（*Man with a Bicycle*）（图 87.1）。以下就是鲍德温与之相关的一些话：

> 这东西不错，一定是属于当代的。他真的是要进城去！看起来那么洋洋得意，那么不可一世。他这个差事可能最后完不成……他在挑战着什么——或者是什么在挑战着他。通过这辆自行车，他直接处于现实之中……明显，他是个非常骄傲、沉默寡言的人。从穿着打扮看，像是个通多门语言的人。没有比这身装扮再适合他的了。[*P*, p. 125]

当然，鲍德温对这件作品的解读必定"出自[他]自己的……标准"，这样的反应只能来自这样的语境，即自行车在非洲是新生事物，而且这件作品与他记忆中幼年时代在纽约哈莱姆区的尚博格博物馆（Schomburg Museum）看到的作品，截然不同。他的回应彻底颠覆了沃格尔主张的观念，即惟一"真正传统"非洲的作品——据她所说，一个世纪之前对这件作品的评价还能找到——必定会被排除在非洲艺术文化之外，因为他——有别于其他策展人，他们要么是美国人，要么是接受欧洲教育的非洲人——会使用"自己的……标准"。其中传达出的信息是，这个波勒人的占卜师、这个真正的非洲乡民并不知道**我们**这些真正的后现代主义者当下所知道的东西：最初——也是最终——的错误就是以

---

① 现在，我应该强调，第一次使用这个单词时，我并不赞同人们普遍对商品化持有的否定态度；我认为，对于商品化的好处，必须具体问题具体分析。当然，卡比纳·默瑟（Kabena Mercer）这样的批评家——例如，在他的"Black Hair/Style Politics," *New Formations* 3（Winter 1987）：33—54 一文中——令人信服地批判了对商品形式的本能拒斥，这样的拒斥商品者经常主张恢复"真实"与"商品"之间陈腐的人文主义对立关系。默瑟探讨了边缘人群以新的、富有表现力的文化方式操控手工业商品的途径。

自己的标准评判他者。我们会以这种相对论的名义,把我们的判断强加于人:不能让莱拉·库阿库对波勒文化区之外的雕塑作品作出评判,因为和我们在本领域碰到的其他非洲"被调查人"(informants)一样,他对这些作品的解读中,似乎可以看出这些作品就是为了符合那些波勒人的标准而做成的。

更糟糕的是,如果我们认为库阿库的回应是出于对其他传统的无知,那就是一派胡言,——如果他真的(人们无疑认为他就是)像今天多数"传统"艺术家那样,比如,像库马西的弗朗西斯·阿克瓦西一样。库阿库也会以自己的标准评判别的艺术家(除此之外,他还能如何? 有人能不这样吗? 除非此人缄口不言,不作评判),但如果我们认为他不知道非洲内部还有其他标准(遑论非洲之外),就等于无视一个最基本的文化常识,这是非洲大陆多数前殖民时代文化,以及多数殖民时代和后殖民时代的文化所共有的常识:这个常识能够解释为什么会存在今天我们所谓的"波勒人"。身为波勒人——对波勒人来说——就有别于白人,有别于塞努福人,有别于法国人。①

但是,鲍德温的《男人与自行车》不仅揭穿了沃格尔奇怪的脚注,还为我们提供了一个切入我论述主题的形象,即一件能够让我们探讨后殖民和后现代表达的非洲当代艺术品。展览目录是这样表述《男人与自行车》的:

《男人与自行车》
约鲁巴族,尼日利亚,20 世纪
木质和彩绘 高 35 3/4 英寸
纽瓦克博物馆

在这件新传统风格的约鲁巴雕塑——画的可能是去往市场途中的商人——中,服装和自行车反映了西方世界的影响。[*P*, p. 23]

---

① 沃格尔没有根据种族和国家划线,这绝对是至关重要的:如此一来,尼日利亚人、塞内加尔人和非裔美国合作策展人都可以站在"我们"一边。这里的问题不像种族主义那么明显。

[657]图 87.1　《男人与自行车》，约鲁巴族，尼日利亚，20 世纪。木质，35 3/4″。藏于纽瓦克博物馆，由华莱士·M·斯卡德遗产基金和会员基金购于 1977 年。摄影：杰里·汤普森，1986 年。

[658]我认为，**新传统**这个词——一个基本用对了的词——提供了最重要的线索。

但是如果不首先说明，身处周围海域有大量鲨鱼出没的后现代语义岛屿，我是如何保持航向的，那么我就不知道如何解释这个线索。穿行于让-弗朗索瓦·利奥塔、弗雷德里克·詹姆逊和尤尔根·哈贝马斯的书页，进出于《村声》(*The Village Voice*)、《泰晤士报文学增刊》(*TLS*)、甚至《纽约时报书评》(*New York Times Book Review*)等杂志，追踪**后现代主义**这个词，一定是令人筋疲力尽的工作。然而，关于这些故事，我想是**有**一个故事可以讲讲的——当然，我应该说，这样的故事很多，可眼下这是我的故事——如我所说，那个骑自行车的约鲁巴人最终会再次回到我们的视野。

对于后现代，我没有(后面会发现这并不奇怪)一个定义，用来取代詹姆逊或利奥塔的定义。但在很多涉及后现代的领域——从建筑、诗歌、哲学、摇滚乐到电影，对于现代/后现代二分法的结构，现在已经有了大致的共识。每一领域中，之前的实践都宣称自己的洞见是独一无二的；每一领域中，"后现代主义"就是拒绝这种独一性的名称，这种拒绝几乎总是比其试图取代的实践更为戏谑，即使未必没那么严肃。然而，这作为后现代主义的**定义**是不行的,因为每个领域中,这种对独一性的排斥都有独特的表现形式,反映了不同环境中的具体特征。如此理解各种不同的后现代主义,就能使这样一个问题——后现代主义有关当代社会、文化和经济生活的理论如何与构成那种生活的实践发生联系——保持开放性,就能使后现代**主义**与后现代**性**之间的关系保持开放性。①

为什么远离祖先居然成了我们文化生活的核心特征,这是一个重要的问题。无疑,答案与我们感觉到艺术越来越商品化是有关系的。为了在市场上将自己和自己的产品作为艺术兜售出去,最重要的是必须清出一个空间,自己在此空间中要与其他生产者和产品区别开来——为了做到这一点,就必须建构和标明差异。例如,为了给瓶装水创造市场,首先必须确立这样的认识,即在矿物质和碳酸来源方面的细微(甚至无法品尝出的)差别是本质的差异模式。

对于文艺复兴之后艺术创作长期存在的个人主义及其不断彰显,市场对于差异性的需求是可以作为解释的:在机械复制时代,美学个人主义、对艺术品作符合个人风格的塑造、将艺术家的生命融入作品理念之中,这些都可以看作市场识别作品的方式。相反,《男人与自行车》的雕塑者是不会被买家知道的;他个人的生活与他的雕塑在未来的历史中并无二致。(实际上,他当然知道这一点,就如同一个人从来没有考虑过一件事情的反面一样。)但是,这件作品的确有**某种品质**,使其具有市场价值,即围绕这件作品的是约鲁巴文化以及关于约鲁巴文化的故事,使其与别处的"民间艺术"分道扬镳。

后现代文化就是所有不同的后现代主义施展于其中的文化,有时彼此协同,有时相互竞争;因为某种意义上,当代文化(对此,我在后面还要谈到)是跨国的,后现代文化是全球性的——当然需要强调的是,这并不意味着这是属于全世界所有人的文化。

---

① 在实践即为理论——文学或哲学理论——的领域,后现代主义作为一种后现代性的**理论**,只有当它一定程度上反映该实践的真实情况,才是有效的,因为这种实践本身就极具理论性。当时,当后现代主义所解读的是(例如)广告或诗歌,也许只有对其描述才是有效的,即使这样的描述与它们自身的叙述、自身的理论是冲突的。以为广告和诗歌有别于哲学和文学理论,基本上不是由自身的理论所**构成**的。

[659]如果后现代主义是为了超越某些类别的现代主义——也就是说，受到青睐的现代性的某个相对自我意识较强的、自以为是的课题，那么恰恰相反，我们这位塑造了《男人与自行车》**新传统**（neotraditional）艺术家，据此可以被理解为前现代的，即传统的。（那么，我想新传统就是传统的一种方式；"新"到底用意何在，后文会作讨论。）传统的社会学和人类学叙述——这位雕塑家借此被理论化——当然是由马克斯·韦伯的天下。

韦伯对传统（和克里斯马型）权威——与理性权威**截然相反**——的描述，与他将现代性普遍描述为世界的理性化是一致的；他坚持认为，这一典型的西方历程对人类其他地区也是重要的。

> 如果我们研究世界史的问题，就会发现欧洲现代文明的一个产物必定会自问：哪些环境因素导致的文化现象，在西方文明——且只在西方文明——中出现；这些文化现象（如我们希望的那样）呈现出线性发展过程，具有**普世**的重要性和价值。①

现在，确定无疑的是，西方现代性具有全球**地理**上的重要性。骑自行车的约鲁巴人——如同亚马逊雨林中的斯汀（Sting）和他的美国印第安人酋长们，或者保罗·西蒙（Paul Simon）和《雅园》（*Graceland*）中的姆巴羌嘎（Mbaqanga）音乐家——就证明了这一点。如果我借用别人借用过的话，事实上符号帝国（the Empire of Signs）是会反击的。韦伯所谓"如我们希望的那样"反映了他的疑虑，即西方对世界的**统治**（imperium）是否如同必定具有普世**重要性**那样，也明白无误地具有普世**价值**；这个骑自行车的男人进入我们的博物馆，被我们评定价值（洛克菲勒告诉我们该**如何**对其估价），但这件作品的**在场**提醒我们这样一个事实，即作品的**内容**提醒我们，贸易是双向的。

我想指出的是，为了理解我们——我们人类——的现代性，必须首先弄明白为什么世界的理性化不再能够被视为西方的潮流，也不是历史的潮流，为什么——说得简单些——对现代性的现代主义描绘必须受到挑

---

① 　Max Weber, *The Protestant Ethic and the Spirit of Capitalism*, trans. Talcott Parsons (London, 1930), p. 13.

战。为了理解我们的世界,就必须否定韦伯所谓理性化中的理性及其理性为必然的预测;那么,我们就必须得出有关现代性的后韦伯(post-Weberian)观念。

[……]

我不知道,《男人与自行车》这件作品何时、何人所做;直到最近,非洲艺术都是作为"部落"族群——而非个人或工坊——的财物被人收藏,因此不足为奇的是,这场"视角"("Perspectivs")展览的目录中,没有一件作品标了艺术家个人的名字,尽管其中很多是 20 世纪的艺术品。(相反,多数作品被善意地注明了私人收藏家的名字——这些作品现在大多为私人藏品,对此没人会感到吃惊)因此,我不敢说这件作品是否具有严格意义上的后殖民性,即制作于 1960 年尼日利亚独立之后。但这件作品属于独立之后的风格,是确定无疑的:即此处所谓的**新传统**风格。简单来说,这种风格的特征就是为西方而作。

我应该作些补充说明。当然,很多前面提到的买家生活在非洲;其中很多是非洲国家的合法公民。但是,非洲新传统艺术的资产阶级消费者接受的都是西式教育;如果他们需要非洲艺术,常常[660]会选择"真正"传统的作品,我指的是殖民时代之前的作品,或者至少是以殖民时代前确立的风格和方法制成的作品。但这样的买家只是少数。多数作品是**传统的**,因为实际——或者人们认为——使用了前殖民时代的技法;但也是"新的"(这是我之前承诺要作的解释,因为值得去解释),因为可以看出,有些成分是以殖民时代和后殖民时代为参照的,是为西方的观光客和其他收藏家制作的。

当然,将这些作品归入西方的博物馆文化以及西方的艺术市场,这与后现代主义几乎毫无关系。总的来说,将它们归入其中的意识形态,是现代主义的特征:正是同样的意识形态将所谓的"巴厘"(Bali)归于安托宁·阿尔托(Antonin Artaud),将所谓"非洲"归于巴勃罗·毕加索,将所谓"日本"归于罗兰·巴特。作为正式的他者,这种被归并之物当然从一开始就遭到了批评:奥斯卡·王尔德(Oscar Wilde)就指出:"整个日本纯属臆造。根本没有这样的国家,没有这样的民族。"①**所谓后现**

---

① Oscar Wilde, "The Decay of Lying: An Observation," *Intentions* (London, 1909), p. 45.

代主义就是沃格尔混乱的信念，即非洲艺术不应"以［别人的］传统标准"被评判。对现代主义而言，原始艺术应该以所谓的**普世**美学标准被评判，只有通过这些标准才可能最终评估其价值。发现这种可能性的雕塑家和画家大抵要在自己的文化之外，找到某个阿基米德式的支点，以获得韦伯意义上现代性评判。相反，对那些**后**现代主义流派而言，这些作品无论作何理解，都不能认为是由那些超越文化和历史的标准赋予其合法性的。

这件**新传统**风格的作品，尽管对于多数非洲人的生活而言是边缘的，但作为一种样式是有用的，因为它跻身于博物馆世界（相反，很多出自同一个工匠之手的作品，只能默默无闻地摆放在非资产阶级家庭之中：如，板凳），这就提醒我们非洲的情况截然相反，高雅文化与大众文化之间的区别——如果这样的区别的确存在的话——与接受过和没有接受过西式教育的两种文化消费者之间的区别，大致是对应的。

以这种方式作出区分——在多数撒哈拉以南的非洲地区，不包括南非共和国——意味着，只有那些存在大规模西方正式培训的地区，才存在这种高雅文化和大众文化之间的对立现象。这并不包括（在多数地方）雕塑艺术和音乐。非洲音乐在风格和受众方面是有区分的，出于不同的文化目的，至今还有我们所谓的"传统"音乐，我们依然会演奏和欣赏；但不论是村民还是市民，资产阶级还是其他阶层，都通过光碟欣赏——更重要的是通过电台收听——雷盖音乐（reggae）、迈克尔·杰克逊，以及金·桑尼·埃德（King Sunny Adé）。

总体而言，这意味着此种区别最为合理的领域，正是此区别最为强烈、无处不在的领域：也即，使用西方语言的非洲写作。这样，我想我们在这里发现了一个思考当代非洲文化**后**殖民性问题的地方。

我们可能有些刻薄，将后殖民性称为**买办**知识分子的状况：相对人数较少、呈现西方风格、受过西式训练的作家和思想家群体，他们身处边缘，充当世界资本主义文化商品交易的中间人。在西方，他们通过自己描绘的非洲为人所知；他们的非洲同胞对他们的了解，是通过他们向非洲展示的西方，通过他们为世界、为彼此、为非洲创造的非洲。

当代非洲文化生活的所有面向——包括音乐、一些雕塑和绘画，甚至一些西方大多不熟悉的写作——都受到［661］非洲社会殖民主义变迁的

（常常是强烈的）影响，但并不都与**后**殖民这个意义相关。因为后殖民中的"后"（如同后现代中的"后"）是我之前描述过的那种清空姿态（space-clearing gesture）的"后"，当代非洲文化生活的很多领域——尤其是逐渐被理论界称为流行文化的领域——并不以这样的方式超越、跨越殖民性。实际上，我们可以说，流行文化的一个标记就是从国际文化所借用的形式，对于新殖民主义或者"文化帝国主义"等问题非常敏感，相当盲目，并不排斥。当然，并不是说后现代主义理论就与这些文化形式无关，因为市场的国际化和艺术品的商品化，对其而言都至关重要。但是，这**并不**意味着这些艺术品不能以后现代**主义**的方式被其生产者和消费者所理解：没有任何之前号称观点独一无二的实践，是通过这些艺术品来否定的。这里所谓的"融汇"（syncretism）就是商品国际交换的结果，而不是清空姿态的结果。

相反，非洲的后殖民知识分子几乎完全依赖两个机构对自己的支持：非洲的大学（其思想生活由西方思想所主导）、欧美出版商和读者。即使这些作家试图逃离西方——例如，恩古吉·瓦·提昂戈尝试创作基库尤语的农民戏剧，他们的理论也都由欧美世界提供。恩古吉有关作家的政治潜能概念，本质上是先锋主义和左派现代主义。

那么，这种对大学和欧洲出版商的双重依附，意味着非洲第一代现代小说——即钦努阿·阿契贝的《瓦解》和卡马拉·雷伊的《黑孩子》（*L'Enfant noir*）——的创作语境是 20 世纪五六十年代英法大学和出版界主流的政治和文化观念。这并不是说，这些作品与当时西欧的小说类似，因为无论这些作家，还是当时的欧洲高雅文学都认为，新国家的新文学显然应该是反殖民主义和民族主义的。一方面，这些早期的小说似乎属于 18、19 世纪文学民族主义的世界；从理论上被总结为对共同文化史——由作家塑造成一个共同的传统——的想象性再创造。这些小说继承了沃尔特·司各特爵士（Sir Walter Scott）的传统，他的《苏格兰边地民谣集》（*Minstrelsy of the Scottish Border*）就是为了——如他在引言中所说——"有助于书写我祖国的历史；祖国的习俗和特征以日常的方式融入了姐妹和支持者的特征之中。"①因此，第一个阶段的小说以现实主义手

---

①　Walter Scott, *Minstrelsy of the Scottish Border*: *Consisting of Historical and Romantic Ballads* (London，1883)，pp. 51—52.

法,肯定了民族主义的合理性:肯定"回归传统"的价值,同时承认韦伯理性化现代性的需要。

从 60 年代下半叶开始,这种乐观向上的小说就变得很少了。① 例如,阿契贝告别了《瓦解》中对可资利用的过去的创造,而转向《人民公仆》中对现代社会政治的讽喻和批判。但我想聚焦 60 年代晚期的一部法语小说,该小说以极其有力的方式,将我对艺术和现代性提出的很多问题当作了写作主题:当然,我指的是扬博·乌洛古安姆的《暴力的责任》。这部小说与很多第二阶段的小说一样,对第一阶段的小说构成了挑战:这部小说承认现实主义小说是民族主义合法化的手段,因此属于——如果我可以开始一个关于其"后"之方式的目录——**后现实主义**。

[662]至此,后现代主义当然也是后现实主义。但乌洛古安姆的后现实主义动机,与托马斯·品钦(Thomas Pynchon)这样的后现代作家是相当不同的。现实主义能够在非洲落地生根:最早的"非洲小说"——如阿契贝的《瓦解》与雷伊的《黑孩子》——是"现实主义风格的"。对此,乌洛古安姆是反对的;他排斥——实际上,抨击——现实主义的传统。他力图解构现实主义非洲小说形式的合理性,部分原因无疑在于该形式接纳的是一种民族主义,但民族主义到了 1968 年显然已经衰亡了。以民族主义为名,打着合理化、工业化和官僚化旗号的民族资产阶级,最后居然成了窃国大盗。他们之所以对本土主义充满热情,是为了给自己提供借口,把其他国家——尤其是强大工业国——的民族资产阶级赶走。正如乔纳森·恩盖特所指出的,《暴力的责任》展示了这样一个世界,"其中,诉诸祖先的作用以及祖先本身,都受到了严重的质疑"②。在此方面,这部小说是后现实主义的,作者因此可以在需要时借助现代主义的技法,而这些现代主义技法——如我们从詹姆逊那里所知——经常也是后现代主义的技法。

---

① 　大致按照这样的方法,尼尔·拉森的《后殖民非洲小说》(*Postcolonial African Fiction*, New Haven, Conn. , 1990, pp. 1—26)根据独立时代的"伟大期待"和"之后的哀伤",对非洲小说进行了有效的划分。

② 　Jonathan Ngate, *Francophone African Fiction*: *Reading a Literary Tradition* (Trenton, NJ, 1988), p. 59;后文简称 *FAF*.

[……]

《暴力的责任》这部小说极力消解的,不仅是现实主义的形式,还有民族主义的内容,因此会误导我们认为这是后现代小说:之所以说误导,因为这里我们拥有的并非后现代**主义**,而是后现代**化**;就这个术语最为字面的意义而言,不是美学,而是政治。根据致力于现代化者的言论,殖民主义之后是理性;而这个可能性,小说排除掉了。乌洛古安姆的小说属于典型的第二阶段小说,因为作者对新贵阶层(即民族资产阶级)比较反感,也不为其所接纳。第二(即后殖民)阶段的小说远非为庆祝新生的国家而写,而是关于合法性危机的小说:排斥的不仅是西方**帝国主义**,还有后殖民时代民族资产阶级的民族主义运动。因此,就我看来,这种关于合法性危机的小说的基础不可能是后现代主义:准确地说,是基于对普世伦理的呼吁,实际上基于——正如思想界对于非洲遭受压迫所作的回应那样——对人类苦难有所尊重的呼吁,对过去 30 年无尽痛苦彻底反抗的呼吁。乌洛古安姆不大可能与相对主义联手,相对主义可能从非洲本土的视角理解新老非洲遭受的可怕剥削,并赋予其合法性。

非洲的后殖民小说家——即那些急于摆脱新殖民主义的小说家——不再执迷于国家;就此方面而言,如我所指出的那样,我们会被误导,认为他们是后现代的。但是他们选择用来取代国家的,并不是较为古老的传统主义,而是非洲——非洲大陆及其人民。我想,这一点在《暴力的责任》中是很明显的。小说结尾处,乌洛古安姆写道:

> Souvent il est vrai, l'âme veut rêver l'écho sans passé du bonheur. Mais, jeté dans le monde, l'on peut s'empêcher de songer que Saïf, pleuré trois millions de fois, renaît sans cesse à l'Histoire, sous les cendres chaudes de plus de trente Républiques africaines. [*D*, p. 207]①

> 常常这是真的,灵魂渴望梦想到幸福的回音、一个没有过去的回音。但如果回到现实世界,人们必定会想起那个被悼念了 300 万次

---

① Yambo Ouologuem, *Le Devoir de violence* (Paris, 1968).

的赛义夫(Saif)，他在 30 多个非洲共和国炙热的灰烬之下，不断在历史中重生。[*BV*, pp. 181—2]①

[663]如果说我们要同情哪个人的话，那就是没有国籍的尼格利罗人(la négraille)、废物黑鬼。对他们而言，任何一个共和国不比别的差，也不比别的好。我想，后殖民性已经变成了一种悲观情绪。后现实主义写作、后本土主义政治、一种**跨国的**而非**国家的**联合——还有悲观主义：一种**后**乐观主义，用来平衡早期阿赫马杜·库鲁马在《独立的太阳》(*Suns of Independence*)中流露的激情。后殖民性在所有这一切**之后**：这里的"**后**"如同后现代主义中的"后"一样，也是挑战早期合法叙事的"**后**"。它是以"30 多个非洲共和国"痛苦的受害者的名义，对它们提出挑战。

如果诸多文化流通的宽广图形给了我们什么教训的话，那必定是我们已经因为彼此影响而不再纯粹，再也没有什么完全土生土长的非洲文化，等待我们的艺术家去拯救(当然，这就如同不存在没有非洲根源的美国文化)。一些后殖民写作清楚地意识到，单一的非洲与整体的西方之间的对峙——即自我与他者的二元论——是致力于现代化者最后的用语，我们必须学会将其排除在外。

[……]

（姚峰 译；汪琳 校）

---

① Ouologuem, *Bound to Violence*, trans. Ralph Manheim (Ldondon, 1968), p. 87.

第 88 篇　后现代主义与南非的黑人写作①

刘易斯·恩科西(Lewis Nkosi)

[665]我在本章中关注的,并非后现代主义理论与实践对于南非文学总体是否有效或契合。这样的争论在南非国内已经持续了一段时间,而在我看来,最后也不会有什么结果。我的目的是要指出,在南非的黑人写作和白人写作之间,在记录和见证的紧迫需要这一方面与休假、闲逛和尝试的能力这另一面之间,存在尚未愈合——我不想说无可救药——的裂痕。除了语言中介之外,这个裂痕无法作现成的类比。例如,它不同于阿非利堪斯语文学和英国文学之间的区别——二者之间的差别只能类似于美国不同的地方文学之间的差别,尤其是南方和北方之间、乡村与城市之间,基本上是一组类似主题和热点之间的区别。

这种区别常常被认为是自然的,有时被看作是我们在文化多样性和丰富性方面的积极信号,因而值得庆贺,而不应感到遗憾;但是,黑人写作与白人写作之间的差别也可以被解读为社会不平等和技术差距的征兆。在后种族隔离时代的南非,这显然导致了尴尬的局面。这样的差别一方面提醒我们,历史上黑人写作的孱弱以及遭受的忽视,另一方面则是白人写作在文化上的优越性和获得的机遇。我们虽然可以说,黑人写作因扎根于南非多数人丰富多彩的生活而获益匪浅,但同时,黑人文学的主体大多对于文化运动无动于衷——这些文化运动在白人文学的发展过程中产生了巨大的影响。这种差距在理论领域尤其明显。

---

① First published in *Writing South Africa*: *Literature*, *Apartheid*, *and Democracy*, 1970—1995, ed. Derek Attridge and Rosemary Jolly, pp. 75—80. Cambridge: Cambridge University Press, 1998.

　　我的观点首先涉及黑人写作在南非殖民时代的地位。本章第二部分,我会讨论两个在我看来完全不同的议题。根据第一个议题,作为后结构主义思想的分支,后现代主义理论与实践[666]对于仍执着于民族主义进程和推动社会变革的黑人作家而言,没有什么帮助可言。这个观点有时是由几位通晓后现代主义理论并能加以论述的黑人作家提出的。表面看来,这直接就是一个借助小说形式进行政治表述(political representation)的问题。我们可以认为,最近和此前,克里斯托弗·诺里斯(Christopher Norris)、阿吉兹·艾哈迈德、查尔斯·阿尔提耶里(Charles Altieri)等众多批评家分别在《怎么了》(*What's Wrong*)、《在理论内部》和《何谓生存》("What is Living")等著述中,对后现代主义作了评论;这些评论也许能给南非黑人批评家提供一些支持,无论这样的支持多么有限。根据人们的想象,这些黑人批评家会热烈支持诺里斯对于后现代主义的抨击,因为后现代主义往往会支持一种"激进主义",而这种"激进主义"已经"改头换面,成为一套维护社会政治现状的辩词,引导人们相信'现实'完全是由当下的意义、价值或话语建构而成,因此没有什么能构成对它的有效反驳,更不能在有效的理论基础上批判现有的体制"。(*What's Wrong*, 3—4)

　　南非黑人对于后现代主义漠不关心,或者随意否定,我对此一直都心存疑虑——他们的这种态度似乎没有经过必要的理论或批评探索就产生了,因为这些批评家极少认真研究过这些理论观点,就站在了这些观点的对立面,坚信它们毫无解释力、一文不值。但实际恰好相反;然而,即便那些对后现代主义最不满的批评家,往往也认为后现代主义整体并不只有一种实践方式,而至少可以看出两种运行模式,一种明显较为保守,另一种则借助诺里斯所谓"持续的批评冲动——启蒙的或解放的兴趣"。(5)最后,一些南非白人批评家主张黑人作家并不"需要"后现代主义,或者后现代主义并不"适合"他们,这其中是否掩盖了某种父权专制主义色彩?另一个我想讨论的问题涉及非洲本土语言文学或者土语(vernacular)文学——多数有关后现代主义的讨论对此只字不提。我要问的是,后现代主义对本土语言文学能否有所贡献? 如果有的话,现代主义和后现代主义在促进本土文学现代化和技法革新方面会采用什么形式? 我对这部分的处理与第一部分有所不同,更多涉及技术,而不只是政治,因为我坚信土语文学使用的是非欧洲语言,扎根于或者关联着其他传统,其结构和运作模式都不一样。本世纪早期,本尼迪克特·沃勒·维拉卡兹在祖鲁语诗歌创作中引入欧洲的韵律,这注定是失败了,并给我们提出了警示。对此,我将在后文加以说明。

I

　　但还是首先允许我把话题转向我提到的南非殖民时代黑人写作的地位这个问题。我的观点是,黑人文学形式上的不完善、令人失望的贫乏和禁锢、对于讽刺手法的刻板否定、(人所共知)对卢卡奇所谓"狭隘现实主义的偏好,即对本土色彩琐碎细节的描绘";所有这些幼稚粗糙的畸形状态——很多包括我自己在内的批评家有时都会有所抱怨——都可以部分看作是由幽闭恐怖症所致。这种病症与内部殖民现象有关,人们希望这种状况随着后种族隔离时代的到来能获得解放。一次又一次,在喘息和口吃中,在过去会不断重演的噩梦和预感中,黑人写作清晰展示出与殖民历史的关系——例如,黑人写作在最想不到的时刻揭示记忆中的**粗皮鞭**。

　　[667]如果我的分析是对的,那么南非黑人作家对后现代主义没有表现出格外的热情,对此,没有人会感到吃惊。因此,作为后结构主义思想和实践的分支之一,后现代主义虽然在南非文学中可以说是扎下了根,但这一文学运动完全由白人作家所占据、控制并主宰,似乎黑人作家要么对其视而不见,要么闻所未闻。首先我想说,南非黑人居然对这些当代文化运动所知甚少,其中的原因很容易解释。一直以来,我似乎都认为,很多黑人写作发生于自成一统的地区,丝毫不受当代文化理论的影响。实际上,莫托比·穆特洛谢(Mothobi Mutloatse)为《迫降》(*Forced Landing*)这本文集撰写的引言,之所以令人震惊,原因就在于其中表现出对理论几乎傲慢的冷漠,除了搬出自己的一套金科玉律之外,对于理论本身毫无耐心,拒绝作任何讨论。①

---

　　① 这种缺乏耐心反映在这个不算多大的计划中,但描述该计划的语言却极富感染力:"我们要对着文学规范撒尿、吐痰、拉屎,直到将其冲垮;我们要对文学生拉硬扯、拳打脚踢,直到它变成我们喜欢的形式。"(5)

　　但需要强调的是，对于很多黑人作家来说，他们看似对理论问题不感兴趣，但绝非有意为之，这种天真无邪的表象也并非因感到骄傲而一意孤行所导致的无知。此外，还需要解释的是，当代理论与黑人写作本身之间的巨大差异；但很多最近的评论只讨论黑人文学与白人文学之间的——格雷厄姆·佩希（Graham Pechey）将其准确诊断为——"分道扬镳"，而没有尽力解释什么样的物质条件导致了这种分野。（"Post-apartheid Narratives"，165）因此，最初看来，将"南非文学"看作一个发展过程，既与不同的政治斗争阶段——包括不同的时间性（temporalities）——相关，同时又为存在于"不同时代"的文化身份和社群提供共时的停靠点；对此过程作细致入微的描述，这看似无可指责，但佩希却认为南非文学实践"从来就是后现代的（无论作为整个实践，还是作为一种体制），虽然并不总是——这是从技术上而言的，也就是从其内部文本关系的意义而言——后现代**主义**的。"（165）这个观点中有个难点，即那些与后现代毫无共同之处的组成部分，一旦被组合成一个体制化的整体，便开始以某种方式具有了共同的命运。如果没有弄错的话，这个构想最终确认了后现代主义话语修辞的胜利，而非对当下的现状提出令人信服的看法。而更加令人怀疑的是，有人断言南非文学就是"**各种边缘话语交汇并受到积极评价的场域**"。（165）无论如何，黑人文学明显被边缘化了，实际上只处于少数族群的地位。

　　然而，让我们暂且把模糊不清的语言搁置一边，甚至不去谈论如何将施莱纳·奥利弗1883年的小说解读为一个后现代主义文本，我们在此所提出的，能给人带来些慰藉，即黑人文学也许是"后现代的"，而不必是"后现代主义的"。同样，我们惊叹于黑人文学被描述为"从国家施与的遗忘症中苏醒过来"，这似乎将板子同时打在了黑人文学和国家的迫害这二者身上。但是，黑人文学被迫遗忘的，到底是什么呢？这一点，从未有人说清楚过。实际上，佩希在文章中也对很多事情含糊其辞，或避而不谈，但只能暂时掩盖他论述思路中的漏洞。佩希所谓"后种族隔离时代叙事"的要旨，在于错误地指出殖民主义强加给黑人文学的限制，如此看来，这只被看作是对南非文学"丰富多样性"的反映。

　　詹姆逊从全球视角研究"第三世界"文本——如今广受诟病与批评——他认为"一种流行的或者具有社会现实性的第三世界小说，正来到我们面前，虽然不[668]会立刻到来，却有似曾读过的感觉"。（"Third-World Literature"，65）很多南非黑人小说有着"似曾读过"的特点、历史必然性的乏味论调，以及不能给读者带来意外的弊病，这些当然都是不可否认的；但重要的是，我们应该将黑人文学中不少落后的方面，归咎于种族隔离统治集团对其实施的内部孤立和监控，将一些弊病归咎于文化剥夺（cultural deprivation）和社会忽视（social neglect）造成的伤害。在南非，黑人写作实践与当代理论之间的鸿沟已经到了必须直面的时候了，需要各方共同关注，积极施策矫正。

就传统的智慧而言，教会学校和地方学校培养了一批"黑人精英"，他们大多脱离了黑人无产阶级的社会关切，直到"班图教育法"被强加给并不接受该法案的黑人，才有所变化。这些从事文化批评的白人学者通晓马克思和葛兰西的思想，坐在"只接纳白人"的大学系科舒服的椅子上写作。他们有时会创作出一个"黑人精英"的形象，而这些形象就连所指的对象也几乎无法辨识。即便这种"精英主义"的指责能站得住脚，但这里需要指出的是，"精英主义"在别处有时是和——赋予亚洲和南美文学以活力的——实验精神以及先锋主义联系在一起的。总体而言，这种实验精神在南非黑人文学中的缺失有着其他根源，至今并未得到充分解释。那些将姆图泽利·马肖巴（Mtutuzeli Matshoba）的《不要叫我男人》（*Call Me Not a Man*，1979）看作是突破性创造的批评家，是无法完成这项工作的。

这种批评分析的结果是只认同一种视角，即认为黑人文学固持己见，并自成一格。将其与世界文学中其他当代思潮进行富有成果的碰撞，黑人文学自然是抵制的。这种分析将某种写作归入某个种族特有的类别，接着又用这种本质主义观点同时解释和证明黑人现实主义文学的局限性。但这样的分析方法忽视了一个事实，即黑人作家与外部世界隔绝，更与非洲大陆其他地区的文学发展隔绝；除此之外，他们无法进入高等教育机构——而只有在这些机构中，有关文学理论（即便那些形式尚不完善的资产阶级理论）的问题才能被讨论——这种情况直到进入70年代之后很久才有所改观。

如果我们将所谓《鼓》杂志周围的作家，作为50年代那一辈作家的代表，那么令人吃惊的是，其中很少有人接受过大学教育。我对《鼓》作了一番研究,发现只有卡·泰姆巴(Can Themba)是大学教育的产物;伊齐基尔·穆法莱尔当时正在通过函授攻读学士学位。毋庸赘言,即便没有大学教育的培养,无论是南非还是其他国家的作家都能创作出优秀的作品。此外,还有一个亟需理论解释的问题,即一个人可能是"后现代主义者",却对此一无所知,这是否可能? 无论如何,在理论非常重要的领域——似乎当下的艺术潮流就属于这样的领域——多数融入当代美学潮流的作品都出自白人作家、而非黑人作家之手,这并非偶然。

最重要的是,黑人社群必须抵制那些左翼批评家出言不逊、盛气凌人的态度;这些人偏爱能让他们看到黑人生活某个截面——对黑人生活,他们一无所知——的文学文本,并试图将《马拉比之舞》(*The Marabi Dance*)这样的作品强加给我们。格雷厄姆·佩希问道:"难道后种族隔离文学,一方面产生了现代主义和后现代主义**白人**文学这一分支,而另一方面产生了新现实主义**黑人**文学这另一分支?"("Post-apartheid Narratives", 165;强调标记为编者所加)佩希感觉难以启齿的问题是,为何会出现这样的分野;相反,他更希望将[669]南非文学看作"不同形式和风格组成的多音调乐章",能够"有助于缓解越发紧张的冲突和斗争:就黑人方面而言,有关近期斗争的宣泄式故事和'战歌'中,将'战斗'作为主题;或者就白人方面而言,让暴力对文本形式上的错位和混乱末日的生动想象产生影响"(164—165)。因为我们身处的是文学创作和创作技巧领域,而非战场(作为隐喻而言,也可以这么说),如果要在"宣泄式故事"一边与"文本的形式错位"以及"生动想象"的另一边作出选择,我们就能准确地判断,这两边的哪些文本似乎会产生更多美学回馈;因为,要将詹姆逊的理论用于南非的语境,某些南非黑人作品的阅读"只是为了获取新的信息,或者我们无法分享的社会热点"("Third-World Literature", 66)。

参考书目

Ahmad, Aijaz. *In Theory*: *Classes*, *Nations*, *Literatures*. London: Verso, 1992.

Altieri, Charles. "What is Living and What is Dead in American Postmodernism?" *Critical Inquiry* 22 (1996): 764—789.

Jameson, Fredric. "Third-World Literature in the Era of Multinational Capitalism". *Social Text* 15 (Fall 1986): 65—88.

Norris, Christopher. *What's Wrong with Postmodernism*: *Critical Theory and the Ends of Philosophy*. Baltimore: Johns Hopkins University Press, 1990.

Pechey, Graham. "Post-apartheid Narratives". *Colonial Discourse / Postcolonial Theory*. Ed. Francis Barker, Peter Hulme, and Margaret Iversen. Manchester: Manchester University Press, 1994. 151—171

（姚峰 译；孙晓萌 校）

第89篇　非洲语言文学和后殖民批评[①]

卡琳·巴伯（Karin Barber）

[670]20 世纪八九十年代的"后殖民批评"——既延续又颠覆了始于20 世纪 60 年代的"英联邦"批评——促进了一种二元化、概括性的世界模式,造成了非洲语言作品从人们的视野中消失。对于"殖民经验"以及语言在此经验中的位置,这个模式所产生的形象是贫乏、扭曲的。它维系了中心-边缘的两极关系,既夸大也简化了殖民主义强行引入的欧洲语言所造成的后果。这一模式将殖民宗主国变成了没有变化的单一性存在,而将被殖民主体变成了同质的符号:按照安妮·麦克林托克的说法,这就是"那个最为乏味通用的工具袋、'**这个**后殖民他者'"(293)——这个他者的经验完全由他/她与宗主国中心的关系决定,而忽略了阶级、性别和其他本土、历史和社会的压力。对于非洲殖民时代和后殖民时代的文学生产作出历史的、本土化的正确理解而言,这种模式尽管有时也会强调具体性,但总体起到了阻碍的作用。这种模式只是选择或者过于强调文学和文化生产中一个很小的局部——英语书面文学——将其视为整体,代表一种文化的整体,甚至代表整个全球的"殖民经验"。或者因为忽视,或者有意为之,这种模式抹除了所有其他形式的表达——非洲语言的书面文学、非洲语言的口头文学,还有各种文化形式构成的整个领域(这些形式穿越了"书面"与"口头"、"域外"与"本土"之间的界限)——为桀骜不驯而又可以接近的"后殖民他者"的出现扫清障碍,使他者能方便地以英语发声,并心满意足地沉湎在与殖民中心的关系中——以昔日殖民者能够理解的语言"逆写",因为这是经过修改后殖民者自己的语域。非洲英语文

---

① First published in *Research in African Literatures* 26. 4 (Winter 1995):3—11.

学脱离了自身的语境，受到的评价过高，还承受了过重的转喻负担，因此
对其角色和重要性的评价是不合理的。

[671]后殖民沉默

非洲文学批评家们总是习惯认为，非洲作家必须用英文写作。英
联邦文学批评会热情洋溢地赞颂非洲的传统口头"土语"文学①，但同时
又认为现代作家自然希望用英语写作，如此才能对"伟大传统"(Great
Tradition)作出独特的贡献。但显然，如果希望得到与"伟大传统"之名
相称的读者群，他们在此问题上也没有什么选择余地(Larson 11；Ros-
coe 4；Povey 98；Adétugbò 173)。这些讨论中，"选择"这个词会奇怪地
与"强迫"一词交缠在一起：非洲作家选择英文写作，这是因为他们别无
选择。②

显然，后殖民批评强力颠覆了英联邦批评的思想，认为英语语言和文
学，甚至读写教育本身，都是帝国主义的压迫工具。较为温和的英联邦文
学模式——其中，后来者乐于对欢迎他们的"伟大传统"作出自己的贡
献——其实掩盖了中心与边缘之间赤裸裸的权力关系。借用佳亚特里·
斯皮瓦克的话，殖民帝国将世界其他地方"当作自己的世界"，用自己的话
语和文本将殖民关系铭刻于被殖民国家的地理、历史和社会关系之中
("The Rani of Sirmur" 128)。在英国殖民地，将英语语言和英国文学强
加于人，这代表了英国文明的优越性，而这种优越性最终还是靠力量支撑
的。根据法农的逻辑，后殖民批评认为本土语言和文学遭到了贬低和代
替，而殖民主体(colonial subject)则在文化和语言方面被剥夺了自己的权
力，导致他们丧失了自尊和文化自信。用阿卜杜勒·穆罕默德的话来说，

---

① 例如，参见乌利·拜尔(Ulli Beier)、布鲁斯·金(Bruce King)和伯恩斯·林德福斯
(Bernth Lindfors)所编写的批评文集中大量有关口头文学的论述。

② 例如，波维(Povey)在一个段落中频繁变换使用不同术语：非洲作家"选择使用第
二语言进行创作……并认识到，尽管他们在非洲也拥有读者受众，但不得不在国外出版自
己的作品，因此至少一定程度上要为国际——也就是国外的——读者写作。"(98)他们**选择**
用第二语言写作，但必须在国外出版作品，为国外读者写作。拉森(Larson)更加言简意赅，
只用了一句话："非洲作家在选择这门[英语]语言方面，没有什么余地可言。"(11)

殖民主体陷于双重束缚之间。一方面,他们因对帝国主义文化价值产生了彻底的自我认同,导致了"僵硬症";另一方面,又固守一个被贬低的、"僵化的"本土体系——其发展动力完全被殖民活动所遏制,这也造成了"僵化"(5)。后殖民批评具有政治影响力;将探照灯照回到中心,揭露中心所谓普世的文学人文主义口号背后的议题。

然而,后殖民批评与英联邦批评也有共同之处,二者都要在殖民地国家抹除现代本土语言的表达。实际上,它比英联邦批评更胜一筹,用明确的理论代替善意的模糊。如果英联邦批评觉得非洲作家别无选择,只能用英语写作,那么后殖民批评对选择则几乎闭口不谈:殖民帝国的话语显然是一统天下、概莫能外。

虽然后殖民批评只是一个研究领域,而非某个统一的理论——而且此领域中,人们可以提出各种彼此矛盾的观点——却产生了导向性的理论效果。我们大致可以区分两种后殖民理论派别,二者的立场从某个层面而言是针锋相对的,但从与我们相关的层面来说,对于当代非洲文化研究有着类似的启发。其中一派的代表是爱德华·萨义德和霍米·巴巴的著述,也涉及佳亚特里·斯皮瓦克的部分著述,这些主要对殖民话语进行批判,所持立场既非全部内在于也非完全外在于殖民知识型(colonial episteme)。这种批判对本土话语的指涉是间接和矛盾的,这种指涉由于极力避免"本土主义"和本质主义而打了一半折扣。因此,虽然萨义德的《东方学》并非关于东方,而是[672]由同质的、不变的西方所创造出的"东方",但字里行间还是能感觉到确实存在一个东方以及东方的经验,只是不能被西方知识型所认知,这种知识型陷于自我复制的囚笼之中。斯皮瓦克断言"属下阶层无法言说"("属下研究")之时,主要效果在于告诫西方学者要警惕自己的设定,即被压迫的他者的声音只是等着我们去恢复,他们已经表达出了与西方人自身的主体性相对应的完整主体性——这个假设忽略了西方"世界化"(worlding)的整个历史。这个说法讨论的是西方认知能力的局限,而非属下表达能力的局限。但与此同时,斯皮瓦克的批判也是有效的,恰恰因为使用了他性(alterity)的思想,在西方知识型之外提供一个虚拟的有利位置,由此出发为自己的解构行为获取杠杆效应。巴巴投身于殖民者和被殖民者之间的界面,在此界面中,他发现面对被殖民者的模仿、重复和戏仿,殖民者看似稳固的主体身份分裂成为碎片——戏仿中总是含有颠覆的潜能。虽然他避免提出一种能够反抗和挑战殖民话语的"实在的"他种身份(例如,巴巴明确指出他的"混杂性"概念并不是将两种不同的文化相混合:这其实就是"殖民表征的问题"),但他的分析产生了一种殖民者无法触及的他性余影(aftershadow)——例如,他提到了"他者'被否定的'知识进入了统治性话语,疏离了该话语权威性的基础"(114);统治性的殖民知识可能"用'当地的'知识形式表达出来"。(115)巴巴既说了殖民主义的铭写**产生**了差异的假象,又指出在殖民同化所及范围之外已经**有**了不同的、未知的东西,并在二者之间摇摆不定。但是,如果这样的话语已经存在,他却并未装出一副感兴趣的样子:"当地的话语又有什么重要的东西呢?"他以颇具修辞性的语言问道:"谁知道呢?"(121)

如果这种风格的后殖民批评产生的是一种反话语,那么依照罗伯特·扬的观点,这是一种殖民帝国如何铭写自己的话语——即关于帝国话语的话语,而非关于被殖民者的话语(159)。就我们的讨论所及而言,本土话语只是昙花一现、一瞥而过,几乎是不经意间被人想起;它穿过殖民话语批评之路的方式是间接的、隐喻的、暧昧的、闪烁其词的,最终只是宣告自己是无法理解的。就理论而言,其后果要么是将"当地的"话语归入不可知的领域,要么暗示他们已被统治性殖民话语所取代、抹除和吸收了。

第二类后殖民批评的方法就更为直接和乐观了,而且和英联邦批评更为紧密相关。它接过了英联邦批评的研究领域——所有殖民宗主国之外用英语创作的文学——再将其与萨义德、巴巴和斯皮瓦克转守为攻的精神融合以来。本文中,我将两本著作作为这类批评的代表作:比尔·阿什克罗夫特、加雷斯·格里菲斯和海伦·蒂芬合著的《帝国逆写》(1989)以及尚塔尔·扎布斯(Chantal Zabus)所著的《非洲羊皮书》(*The African Palimpsest*)。前者属于对现状的描述,总结了80年代末该领域的状况,产生了很大的影响;后者相当罕见地将后殖民分析广泛用于对非洲文本的大量具体分析。

这种风格的后殖民批评多从字面上理解这个观点,即通过将帝国话语强加于人而使当地人"沉默"——理解为当地人沉默不语,[673]而非殖民者充耳不闻。有人说殖民主体被迫学习殖民者的语言,如同穿了件紧身衣那样落入圈套、备受束缚。在阿什克罗夫特等人看来,大英帝国的所有地方,由于英语被强行引入,导致本土语言"失势",甚至到了不能用于表达的地步,在有些地方居然已经消失了。"所有后殖民文本共有的显著特征正是沉默(silence)这一概念,而非有关意义的具体文化概念。"(*The Empire Writes Back* 187)根据描述,后殖民的沉默是非常广泛的现象:

> 从字里行间可知,[斯皮瓦克讨论的]属下女性的沉默不语,可以延伸到整个殖民世界,延伸到所有当地人的沉默和无声,无论男女。(*The Empire Writes Back* 178)

而且,这种沉默也不能纯粹从显在的政治压迫来理解。只凭借其特权和主导地位,英语就能够使人沉默:"即使那些能够自由发声的后殖民作家,也觉得自己哑口无言,因强加给他们所处世界的英语而语塞。"(84)

虽然这种后殖民批评把语言遭剥夺作为出发点,但并不止于此,而是称赞被殖民者的猛烈反击。经过了自我否定和拥抱英国价值观这一早期阶段之后,接下来就进入否定殖民文化的阶段,之后以激进的方式再次挪用殖民文化。现在,边缘文化接过了宗主国中心的文化和语言,并加以改造、破坏,将其融入当地语境后加以重塑,最后使其能够以边缘者的声音言说。我们由此得到的不是一种霸权的英语(English),而是众多当地的英语(englishes)。因此,"当初用来将后殖民世界推入'边缘'的这个疏离过程,结果却搬起石头砸了自己的脚,帮助那个世界渡过一种心理障碍,由此,所有的经验都可视为非中心的、多元的、各种各样的。边缘性由此史无前例地成为创造力之源"(12)。因此,处于边缘的文学成了后现代美学的前沿。

在此模式中,属下者终于能够——也的确——说话了。在言说中,他/她彰显了一种身份,与殖民主义强加的身份截然对立:"那些被欧洲表征的历史所'他者化'的人,只能针对那种历史重获并重建一种后殖民的'自我'。"(Tiffin x)但他/她言说时,似乎后殖民主体只能用英语言说。

因此,非洲文学的后殖民批评中,非洲英语文学的繁荣——发生在

20 世纪 50 年代末和 60 年代初——被解读为殖民主体最终"找到了一种声音"。我们或多或少可以听到这样的暗示,即神志不清的当地人几乎不能表达自己对于殖民统治的看法,直到非洲英语文学迎来了自己的繁荣才有了改观——这表明被殖民者已经掌握并颠覆了殖民者的符码。

这种模式将宗主国之外整个英语世界的文学归为一类,包括澳大利亚、加拿大、加勒比地区,甚至还有美国——它们作为"殖民地"的存在和经验与印度和非洲混为一谈,这是很大胆的想法,也引来了不少争议。① 《帝国逆写》正是如此界定了自己的研究领域,因而不可避免地要凸显这些地方的共同之处——即作为问题的英语——而将彼此截然不同的政治、历史、文化和语言经验都移至背景之中。当然,也作了一些区分。例如,澳大利亚、加拿大和美国据称属于典型的"单一语言"环境;[674]非洲和印度属于典型的"双语"环境;加勒比地区则属于典型的"多语"环境。但是,根据这种殖民者/被殖民者二元论世界的归纳模式,人们必定聚焦于对英语的分析,其中充满了宗主国中心的价值和经验,产生了使其为边缘言说的难题。这自然就赋予英语以及英语文学以巨大的优势,甚至是独一无二的优势,即便在"双语"文化中也是如此。因此,这一模式不经意间就重演了对本土语言和文化的抹杀,而这种抹杀正是当初要解决的问题。界定后殖民情境的是与英语的关系,不仅为受过良好教育的精英阶层,或者英语作家,而且为全体民众——为广义上的"后殖民主体":"殖民地世界的全部……所有的当地人,无论男女。"

非洲语言话语的遭遇

如果非洲作家必须以英语写作,还必须在殖民时代改造英语,使其能够承载非洲的经验,那么似乎理所当然的是,写作、现代性和英语就应该归为一类。要讨论殖民时代/后独立时代非洲当下的经验,就需要写作;写作就意味着用英语写作。这就是英联邦批评及其继承者——那种活跃

---

① 对此混淆的评论,参见 McClintock; Dirlik; Ahmad; Hutcheon。最近,有人指出两种不同"殖民地——如澳洲与非洲——的共同之处,参见 Ashcroft。

的后殖民批评——的假设。结果,本土语言表述就沦为"口头传统"的阴暗地带,应归入前殖民时代的历史之中。在此模式中,口头传统/本土语言的历史积淀扮演的是先驱角色,更重要的是充当语言和题材资源的储存库,英语作家对其加以利用,以此改造作家正在挪用的英语。本土语言表述自相矛盾地自封为英语书面传统的来源和资源,由此便退入背景之中。

口头文学是现代英语书面文学诞生并成长的先驱和背景,这个观念是在众多早期的英联邦"非洲文学"批评文集中确立的。这些文集中,有关"口头遗产"的介绍性章节——笔调是描述性和赞颂性的——之后,就是在有关阿契贝、索因卡、恩古吉和阿沃诺的文章中认真仔细的分析和批评。如果"现代非洲文学"有自身独立的源头,那么就可能从**别处**汇入"伟大传统"之中,带来新鲜血液。但是,这种发展进化论框架是扭曲的:如尤斯塔斯·帕尔默极力指出的那样,最早的非洲英语小说"不可能是口头传说的分支"。(Palmer 5)具有读写能力的作者从口头和书面遗产中汲取题材元素,并通过具体的写作技巧可能获得口头文学的**效果**;但是,这并不意味着他们的作品"成长于"口头传统之中,就像济慈《无情的美人》("La Belle Dame Sans Merci")并非来自民谣一样:有机的隐喻暗示了完全的、无意的过程,掩盖了文学的策略和文学的政治性。如果将"口头文学"置于先驱的位置,就意味着在文学史中,口头形式惟一的功能就是被那些"现代的"、"新生的"形式取而代之。必须有个源头,如此历史才能开始,但这个源头本身却在历史之外,在人们的目光之外。

更为持久和广为人知——更为合理——的是,英联邦批评与后殖民批评都抱有同样的观点,即本土语言和口头遗产是作为[675]资源库供英语作家取用的。在英联邦批评中,正是这种"影响"或"因素"(取决于作家的角色被认为是积极的,还是消极的)被认为赋予了非洲英语文学独特的非洲性,赋予其以域外语言表达具体非洲经验的能力。有人认为,这种对于本土文化遗产的吸纳发生于语言符号本身的层面(例如,"约鲁巴语和英语这两门语言之间的相互影响。"Afoláyan 61),发生于作为一大类别的"口头性"层面(例如,"将口头叙事技法大量用于书面叙事,"Moore 185),发生于具体文本元素的资源库层面(例如,"借助西非民间故事、传统符号和形象以及传统的口吻，以在他们的写作中注入真正的西非情感和风味，"Obiechina, *Culture* 26)有时，人们会设想一种语言和文化的双层模式：从光滑四方的铺路石般的英国英语的下面，"传统文化遗产"向上顶托，使其碎裂变形，构成独特的新图案。这开始是个"难题"，之后转化为优势，但不止于此，还成了一张王牌：在与"所选语言"的纠缠中，非洲作家丰富并改造了这个语言。"口头性"在很多欧洲语言评论中都受到格外的关注；正如艾琳·朱利安(Eileen Julien)以有力的文笔所作的精彩展示，"口头性"是非洲性强有力的符号，几乎是护身符一样的概念，保证了文本所表达经验的真实性。① 这一模式所蕴含的批评方法无一例外，都始于作品中已知的、可识别的"西方"形式——现实主义小说的文类规范、宗主国英语的标准形式——接着就要评估：在不太熟悉的因素、当代文学**传统之外**或**之下**的因素、**他者**因素(口头传统、本土语言)的影响下，特定文本在多大程度上以及在哪些方面偏离了这一规范。很多情况中，对口头传统的描述是极其模糊的：其存在只是被间接提到，却未有讨论，如同一幅织锦在暗处发出微光，无法看清上面的图案："非洲古代的口头传统……其丰富的思想、经验、宗教、习俗、民间传说和神话是通过数十门本土语言代代相传的……"(Roscoe 249)口头传统及其蕴含的"价值观"和"智慧"经常无人讨论：它们的功能仅仅是唤起他性。② 似乎随着现代性的到来，本土语言表达已经画上了句号，只能通过被外来语言借用和照搬而存在。

那种活跃型的后殖民批评将口头和本土传统作为欧洲书面文本的资

---

① 朱利安(Julien)指出，书面文本中的"口头性"效果是一种写作风格，使用的目的并不是以遗传学的方式继承的；只要有足够的训练，任何人都能掌握，即使完全在书面语世界中长大的外国人也可以做到。这些口头性效果所表现的只是写作技巧，而不能保证"真实性"——这个概念在朱利安看来根本无法用来衡量文学价值，她建议用"可解释性"(accountability)取而代之。

② 在宽泛的"英联邦"批评领域中，学者偶尔也会就本土形式——参照受其影响的英语文本加以分析——进行更为详细的讨论，但非常罕见。其中一个例子，就是罗伯特·弗雷泽(Robert Fraser)精彩地论述了科菲·阿沃诺(Kofi Awoonor)的诗歌与伊维人口头诗歌的关系。奥比齐纳(Obiechina)也试图揭示他认为阿契贝(Achebe)作品中所暗藏的伊博族习语和表达的确切形式。在语言符码的层面上，阿佛拉颜(Afolayan)对于约鲁巴语的结构影响图图奥拉(Tutuola)英文的方式作了细致的分析。

源库,大大改进和延伸了这方面的分析。阿什克罗夫特等人深入分析了加布里埃尔·奥卡拉在《嗓音》中对于伊乔语(Ijo)结构和词素的运用;尚塔尔·扎布斯用不同方法仔细考察了不同语言传统中的元素,可以在一系列英语和法语小说中发出自己的声音。与这种更为敏锐的分析风格相伴的是,非洲的欧洲语言文学中,语言混杂现象所扮演的角色得到了更为敏锐的评价:并非提供一种非洲特色的鸡尾酒,用来抵抗、重建和颠覆强势语言。

　　但在此过程中,这种批评甚至进一步将本土语言表达推入背景之中。《帝国逆写》中,比英联邦批评甚至更为明显的是,有关非洲"土语"(30,42)或者"部落语言"(68)的讨论中,只涉及英语表层的非洲句法和选入英语的非洲词语;而对非洲"口头传统"的讨论,只涉及其在英语文学中的再创造。而本土语言的现代表达被认为是不存在的:如同英联邦批评那样,这一模式中的非洲语言被[676]紧紧束缚于口头性,束缚于前殖民时代的秩序。人们认为撒哈拉以南非洲"的广大地区拥有高度发达的口头文化"(116),但现代非洲书面语言文学只作为未来的一种可能性而讨论,而实际上是作为"重返前殖民时代纯粹性"运动的一个举措而讨论的(当然,这样的目标肯定是不能实现的)。这种模式中的"土语"、"口头"文化来自传统秩序,这种秩序与英语和书写截然不同,并且由于二者的突然出现而被破坏殆尽:

　　　　有序、循环和"典型"的口头世界受到了不可预测的、"组合关系的"书面词语世界的入侵,这对于后殖民话语的开端是一个有用的模式。(82)

　　这就是一种绝对断裂的模式,一个世界被另一世界取代的模式。①

---

　　①　阿什克罗夫特(Ashcroft)等对这个画面确实流露出片刻的犹豫,他们这样的反应是有道理的。在西非,殖民主义历史正式开始之前,还有 400 年的欧洲贸易、贸易皮钦语的发展,以及长期与阿拉伯和欧洲的书面文字接触。我们也不可能在一个"有序、循环或'典范的'的口头世界"框架中,构想这样一个世界——摇摇欲坠的欧尤王国、伊巴丹军事强人的崛起,或者阿善提王国的肆意扩充。这样一个世界,即便真实存在过,也超出了我们记忆的范围。作为破坏性力量,奴隶贸易比读写和英语都重要得多。

尚塔尔·扎布斯更加清醒地意识到非洲语言文学的存在。她那本书的序言是由艾伯特·杰拉德(非洲语言文学的著名编撰者)所写,曾顺带引用过杰拉德的观点,即非洲大约半数的文学出版物是以非洲语言写成的。(32)但与此同时,她在论述中却否认这一事实,将其淹没在一个绝对的观点之下,并一以贯之:

> 在西非,文学表达的媒介并非作家的母语,而是强势的域外欧洲语言,在欧洲基督教殖民化过程中强加给了非洲本土语言……(1)

还有:

> 对于西非作家而言,母语要么是尚未沦为书面语的媒介,要么正处于标准化的过程之中,要么是一种他知之甚少的书面语言……西非作家发现自己用于写作的语言是他接下来希望在更大的解殖运动中颠覆和嵌入的语言。(2)

她认为,如此这番,非洲作家就能在"他种语言和母语的交错地带"创造一种文学的"第三代码"——即一卷羊皮书,在此羊皮书中"依然能够在欧洲语言经典权威的后面,发现早期未必完全被抹掉的非洲语言残留物。"(3)批评家的任务是使其重见天日,揭示被殖民语言蚕食(glottophagia)的本土语言中隐匿的踪迹;如同化学家,批评家"使用批评试剂,以此'使纸莎草纸和羊皮纸上的文字重新显现'"(104—105)。由此可推知,几乎被抹除的是文本隐秘的身份、潜在的抵抗力。这个被圈禁的本土传统本身被认为是反抗的场域,反抗殖民语言霸权几乎无往不胜的阔步进逼。①

扎布斯接受了这样一个模式,即现代性目前只存在于欧洲语言的书写形式中,从而取代了传统的非洲语言表达(这种表达几乎被殖民主义的

---

① 但是,我们应该注意的是,这一立场是阿什克罗夫特等强烈反对的,他们指出"本土"元素的意义是由这些元素在英语文本中的地位赋予的,而不是从本土编码中原封不动照搬过来的。

语言蚕食政策抹除了），这导致她发现了一些奇怪的缺失。她是这样描述了阿摩斯·图图奥拉的《棕榈酒鬼》：

> 在伟大的约鲁巴语说书人，作家丹尼尔·欧娄朗费米·法贡瓦酋长，与技艺高超、融会贯通的双重传统诠释者沃莱·索因卡之间，构成了约鲁巴语文学的连续体。[677]在此连续体中，有一个奇怪、甚至有些诡异的"缺项"（missing link）。这部奇异的"民间小说"摇摆不定地横跨于口头文学世界和书面文学世界之间，通过将一方转译为另一方而架起二者间的桥梁。(108)

"缺项"这一意象表明，我们又回到了进化论的领地。言外之意就是索因卡（英语，书面文学世界）从本土语言的民间故事（约鲁巴语，口头文学世界）**演化而来**，而图图奥拉（约鲁巴语-英语；口头-书面）是一个中间阶段。尽管没有明说，但这番论述还是把法贡瓦归入了这个分界线的口头文学/约鲁巴语这一边。为什么法贡瓦首先被描述成"伟大的说书人"，其次才是"作家"，而索因卡则是"技艺高超、融会贯通的双重传统诠释者"？法贡瓦与索因卡一样，首先是一位作家。他是技法娴熟、文采飞扬的文学家，其主要影响之一就是约鲁巴语版的《圣经》。他也是双重（或者三重，或者多重）传统的诠释者，丝毫不亚于索因卡：一位杰出的文化中间人、一位皈依基督教的信徒、一个文化民族主义者，以"非洲人种"的名义赞颂约鲁巴文化，同时向自己著作的约鲁巴语读者提供"启蒙思想"。但是，扎布斯思考问题的范式却将法贡瓦拖入了"口头文学"阵营，将他置于文化分界线的另一边，与索因卡分属两边。二者都是作家；都为了自己的目的大量借用书面和口头资源；二者的作品都涉及殖民时代和后独立时代尼日利亚混杂多元、变动不居的世界。① 但这里也能看出，一方因为使用约鲁巴语而被归入传统和口头性的世界，而另一方则因为使用英语而属于取代了前者的现代性、混杂性和书面文学。这个模式的倾向性在于，

---

① 法贡瓦（Fagunwa）最后一部小说《至上神》（*Adiuu Olodumar*）于 1961 年出版，也就是他去世前三年；索因卡最早的戏剧——包括《狮子与珠宝》和《裘罗教士的考验》（*The Trials of Brother Jero*）——是在 1960 年从英国回到尼日利亚之前完成的。

只要使用约鲁巴语——无论事实如何——就**必然**属于前殖民时代口头传统的阵营。①

在扎布斯和阿什克罗夫特等著述中出现的自相矛盾和语焉不详表明，规定了他们诠释行为的范式非常强大，即便事实也无法撼动。这个范式之所以具有扭曲事实的力量，是因为该范式由一套经典的、约定俗成的成对概念构成，下面我们用两列词语加以说明：

非洲语言	英语/法语/葡萄牙语
"传统的"	"现代的"
口头的	书面的
指向过去的	当代的
本土的	国际的
受众有限的	受众广泛的
同质的	异质的
价值的载体	批评的对象

所有这些成对概念中，没有一个是毫无用处的；但如果像所有定见一样，这两列词语固化为永恒的成对概念，产生的画面是两个截然分开的经验世界，而其中一个正在取代另一个的过程中。因为这一范式的"传统"半边被赋予的角色处于历史和批评之外，于是，该范式的荒谬性就躲过了人们的审视。成对对立概念的结构从未被人整体检视；总是躲在话语表层之下，对其施加某种影响力，这种影响力显现于未被察觉的矛盾之中，显现于非洲文学批评视野之外，而非人们言明的内容之中。

[678]当然，这并不是否认非洲作家——无论他们使用什么语言——的确经常从历史悠久的本土表达语域中汲取一些元素。还有一点要说清

---

① 阿什克罗夫特等对于未来非洲语言文学的设想表示怀疑，但扎布斯(Zabus)与他们不同，认为非洲语言文学将会迎来复兴，到时候"外国语言的梦想……将被新非洲语言书写的光明前景取代"(7)。然而，在她看来——阿什克罗夫特等也是如此——在今天的非洲，非洲语言文学微不足道，几乎到了销声匿迹的地步。

楚,我也无意在有关非洲作家**应该**使用何种语言的道德辩论中偏袒任何
一方。我真正要指出的是,后殖民批评提出的模式——殖民主义的语言
蚕食策略使殖民地人民无法发出声音,直到他/她掌握和颠覆了殖民者的
语言才能发声——是基于一个根本错误的观念,几乎是一种装聋作哑。
后殖民批评将本土文化总是、且只是置于现代非洲"主流"文化话语之外
或之下,而对实际上的主流——即非洲多数地区多数人的文化话语——
视而不见。

[……]

参考书目

Adetugbo, Adiodun. "Form and Style," Introduction. *Nigerian Literature*. Ed. Bruce King. Lagos and London: University of Lagos and Evans Brothers, 1971.

Afoáyan, A. "Language and Sources of Amos Tutuola. "*Perspectives on African Literature*. Ed. Christopher Heywood. London / Ifè: Heinemann and Ifè University Press, 1971.

Ahmad, Aijaz. *In Theory: Classes, Nations, Literatures*. London: Verso, 1992.

Andrzejewski, B. W. , et al. , eds. *Literatures in African Languages: Theoretical Issues and Sample Surveys*. Cambridge: Cambridge University Press, 1985.

Ashcroft, Bill. "Africa and Australia: The Post-Colonial Connection. " *Research in African Literatures* 25. 3 (1994), 161—170.

Ashcroft, Bill, Gareth Griffiths, and Helen Tiffin. *The Empire Writes Back: Theory and Practice in Post-Colonial Literatures*. London: Routledge, 1989.

Babalola, Adeboye. "Yoruba literature. " Andrzejewski, 157—189.

Beier, Ulli. "D. O. Fagunwa. "*Introduction to African Literature: An Anthology of Critical Writing*. Ed. Ulli Beier. London: Longman, 1967, 198—209.

Bhabha, Homi K. *The Location of Culture*. London: Routledge, 1994.

Dirlik, Arif. "The Postcolonial Aura: Third World Criticism in the Age of Global Capitalism. "*Critical Inquiry* 20. 2 (1994), 328—356.

Doortmont. Michel. "Recapturing the Past: Samuel Johnson and the Construction of the History of the Yoruba. " PhD Diss. Erasmus U [Rotterdam], 1994.

Fabian, Johannes. *Language and Colonial Power*. Berkeley: U California P, 1986.

Fafunwa, Babs. *The History of Education in Nigeria*. Ibadan: NPS Educational, 1974.

Farias, P. F. de Moraes, and Karin Barber, eds. *Self-Assertion and Brokerage: Early Cultural Nationalism in West Africa*. Birmingham: Center of West African

Studies，1990.

Fraser，Robert. *West African Poetry*：*a Critical History*. Cambridge：Cambridge University Press，1986.

Hutcheon，Linda. "Circling the downspout of Empire. ″*Past the Last Post*：*Theorizing Post-Colonialism and Post-Modernism*. Ed. Ian Adam and Helen Tiffin. Hemel Hempstead：Harvester Wheatsheaf，1991，167—189.

Isola；Akinwumi. "Contemporary Yoruba Literary Tradition. " Ogunbiyi，73—84.

——. "The African Writer's Tongue. ″*Research in African Literatures* 23. 1 (1992)，17—26.

Julien，Eileen. *African Novels and the Question of Orality*. Bloomington：Indiana University Press，1992.

King，Bruce，ed. *Introduction to Nigerian Literature*. London：Evans Brothers，1971.

Knappert，Jan. *Traditional Swahili Poetry*. Leiden：E. J. Brill，1967.

Larson，Charles R. *The Emergence of African Fiction*. Bloomington：Indiana University Press，1972.

Lindfors，Bernth，ed. *Critical Perspectives on Nigerian Literatures*. Washington，DC：Three Continents，1975.

McClintock，Anne. "The Angel of Progress：Pitfalls of the Term 'Post-Colonialism'. ″*Post-Colonial Discourse and Postcolonial Theory*：*A Reader*. Ed. Patrick Williams and Laura Chrisman. New York：Columbia University Press，1994.

Moore，Gerald. "Amos Tutuola. ″*Introduction to African Literature*. Ed. Ulli Beier，London：Longman，1967，179—187.

[680]Obiechina，Emmanuel. *Culture*，*Tradition and Society in the West African Novel*. Cambridge：Cambridge University Press，1975.

Ogunbiyi，Yémi，ed. Perspectives on Nigerian Literature：1700 to the Present. Vols. 1 and 2. Lagos：Guardian Books，1988.

Palmer，Eustace. *The Growth of the African Novel*. London：Heinemann，1979.

Pilaszewicz，Stanislaw. "Literature in the Hausa Language. " Andrzejewski 190—254.

Povey，John. "The Novels of Chinua Achebe. " King，97—112.

Roscoe，Adrian A. *Mother Is Gold*. Cambridge：Cambridge University Press，1971.

Said，Edward W. *Orientalism*. New York：Vintage，1978.

Spivak，Gayatri Chakravorty. "The Rani of Sirmur. ″*Europe and Its Others*. Ed. Francis Barker et al. ，Essex：University of Essex Press，1985，128—151.

——. "Subaltern Studies：Deconstructing Historiography. " *Selected Subaltern Studies*. Ed. Ranajit Guha and Gayatri Chakravorty Spivak. Oxford：Oxford University

Press, 1988, 3—32.

———. "The Burden of English." *Orientalism and the Postcolonial Predicament*. Ed. Carol A. Breckenridge and Peter van der Veer. Philadelphia: University of Pennsylvania Press, 1993, 134—157.

Tiffin, Helen. "Introduction." *Past the Last Post: Theorising Post-Colonialism and Post-Modernism*. Ed. Ian Adam and Helen Tiffin. Hemel Hempstead: Harvester Wheatsheaf, 1991, vii—xvi.

Young, Robert. *White Mythologies: Writing History and the West*. London and New York: Routledge, 1990.

Zabus, Chantal. *The African Palimpsest: Indigenization of Language in the West African Europhone Novel*. Amsterdam and Atlanta, GA: Rodopi, 1991.

（姚峰 译；汪琳 校）

第十二部分　生态批评

[681]生态批评虽然是非洲文学批评中较为晚近的分支,但这部分所选文章表明,生态批评有可能成为批评话语中最富活力的领域之一。这部分的阅读需要一气呵成,才能体会生态批评视角给本领域研究带来的能量。从斯莱梅克(Slaymaker)较为疑惑的观点,到尼克松(Nixon)初步清理空间的姿态,再到恩法-阿本伊(Nfah-Abbenyi)和卡米诺-圣安吉洛(Caminero-Santangelo)将生态批评的形式应用于非洲文学文本的尝试,这些都共同表明,在非洲理论和批评的这一分支中,存在多么丰饶的连接地带。此外与之相关的是,生态批评有助于我们重新聚焦一些炙热的意识形态问题,非洲文学批评自诞生以来一直受到这些问题的困扰。这些问题包括非洲人如何思考来自西方的有关人与自然的关系模式,如何思考知识与权力之间的关系模式(虽然有时会假借关注地球福利的名义),如何思考可怜的肯·萨罗-维瓦(Ken Saro-Wiwa)这类人的生态活性主义,和文学批评家考虑平等和正义问题的方式之间的联系。因此,非洲的生态批评根本上要突显理论与实践(既是本土的,也是全球的)之间的对接,这使得生态批评与本选集之前的批评形式一样,都关乎对非洲当下状况的理解。

(姚峰 译;孙晓萌 校)

第 90 篇　生态他者(们)：全球绿色的呼唤与"黑非洲"的回应[①]

威廉·斯莱梅克(William Slaymaker)

[683]他者的呼唤是将要到来的呼唤,只发生在多重声音之中。

雅克·德里达,《心灵:对他者的发明》("From Psyche"：Invention of the Other,343)

[……]

20 世纪 80 年代以来,出自非洲撒哈拉以南的文学和文学批评经典中,绿色浪潮已经崭露头角,尤其在南非的白人文学机构中,能够感觉到绿色浪潮产生的影响。但总体而言,对于全球范围内文学和文学批评的绿色转变,非洲的回应依然微弱。非洲并不缺乏可归入自然写作这一标题之下的文学。有关非洲文学景观(literary landscapes)的调查和研究,为数众多。其中,克里斯汀·洛夫琳(Christine Loflin)的《非洲视野:非洲小说的风景》(*African Horizons*：*The Landscapes of African Fiction*)就是最重要的研究成果。洛夫琳用"environment"一词作为"surroundings"的述词和同义词,指的是叙事中的人物被接纳或遭疏远的物理风景和环境。她的论著鲜有涉及生态、环境恶化以及对土地和动物的劫掠。同样,根据克罗伯(Kroeber)和布伊尔(Buell)的定义,很多非洲自然写作和批评——尤其那种描述和分析东部和南部非洲草原和森林中壮观的大型动植物群落的写作和批评——并不是真正的生态文学或生态批评。有关非洲撒哈拉以南的自然写作中——尤其白人作家创作的作品中——主体部分都与欧美文学研究中将风景、空间和保育主义(conser-

---

① First published in *PMLA* 116. 1 (2001)：129—144

vationism)主体化这一传统相关,又与作品和电影中的自然保护主义的大众叙事相关,如《狮子与我》(*Born Free*)、《雾锁危情》(*Gorillas in the Mist*)和《幻象大猎杀》(*A Far Off Place*)。

作为传统,非洲黑人批评家和作家一直都拥抱自然写作、土地问题和风景主题,这些都与国家和当地的文化诉求相关,同时也是一种田园牧歌式的回忆,甚至是对黄金时代的憧憬,很多过去由殖民主义导致的环境罪恶以及对本土资源的剥削,都得到了纠正。只要我们回顾过去数十年来有关撒哈拉以南非洲文学和批评的参考文献、文学史和选集,就能证实作家和批评家对于当地人夺回被亵渎的自然这一点,具有强烈的兴趣。但是,非洲作家和批评家们不必急于[684]按照生态批评或环境文学从世界大都会中心传播而来的方式投怀送抱。对一些非洲黑人批评家而言,生态文学和生态批评不过是以染绿的方式,又一次企图将"黑"非洲"漂白"(white out)。有些批评家和作家直接参与了自己的民族国家摆脱殖民统治的解放斗争,认为生态批评所提供的并非另一个类似马克思主义的解放理论,而看起来更像是来自西方中心的又一霸权话语。对很多(但绝非全部)非洲黑人作家和评论家而言,致力于解放的理论,必然要求并赞成从西方文学理论及其对文学主题、形象和语言的霸权中解放出来。① 非洲黑人作家在文学创作和学术著述中非常重视自然,但很多人一直排斥或者忽视那些规定了全球生态批评的范式。绿色浪潮的(塞壬?)呼唤,通过文学世界产生了不少回响,但非洲黑人作家和批评家的反应是微弱的。

之所以出现这样的生态迟疑(ecohesitation),部分原因在于撒哈拉以南非洲对于来自西方宗主国中心的绿色话语的疑虑。此外,有人经常指出,撒哈拉以南非洲对自然的经验是不同的,是一种他者。的确,对于环境主义和生态主义,我们有充分的理由去担忧它们是来自西方或第一世界中心的新霸权话语形式。尽管环境主义打着各种绿色(包括红绿色)旗号,却被怀疑是白人的东西,非洲内外白人学者参与的相关研究出现了爆发性增长,也证实

---

① 尼日利亚三剑客钦韦祖(Chinweizu)、翁乌切科瓦·吉米(Onwuchekwa Jemie)和伊赫楚伊库·马杜布依克(Ihechukwu Madubuike)等合著的《走向非洲文学的去殖民化》(*Toward the Decolonization of African Literature*)是争议最大、被引最多的反西方文学批评论著之一。很有意思的是,钦韦祖从 1978 至 1979 年在麻省理工学院担任环境经济学研究员。这本书讨论的是非洲文学与批评的经济学,但并未涉及任何环境主题或思想。

了这一怀疑。但这种怀疑忽视了：亚洲地区(尤其是日本)对于环境写作的兴趣同样与日俱增。非洲大陆以及流散海外的黑人对于环境主义和生态缺乏热情这一点，约翰·霍克曼(Jhan Hochman)的解释见于他为《绿色文化研究：电影、小说和理论中的自然》(*Green Cultural Studies：Nature in Film，Novel，and Theory*)这本书撰写的导言。霍克曼认为"白人比黑人有更多的时间投身自然，因为黑人必须耗费大量精力抵制或应对白人的霸权。白人也比黑人有更多接触自然的机会，因为黑人被迫进入城市寻找工作"。(190n22)与很多其他人一样，霍克曼的观点就是白人拥有更多时间、精力和财富，用来欣赏和美化自然与环境。因此，白人应该发起一场全球性运动，保护带给他们快乐的自然，而不必受制于日常生计，这就再自然不过了。

对很多出身或兴趣在于撒哈拉以南、比勒陀利亚以北多元文化的非洲作家和文学评论家而言，欧洲中心的或者欧化的非洲生态话语，只是来自西方学术精英的又一文学理论风潮，有点像一种"生态艺术"(art d'eco)，文化上类似于装饰艺术(art deco)，都是在欧洲和美国产生并兜售的一种装饰风格。① 生态艺术是西方文学和电影中的后现代表征，这类文学和电影是在环境保护主义的刺激下产生的，激发读者或观众戴上绿色镜片。为保护塞伦盖蒂(Serengeti)的大型动物群以及布隆迪和扎伊尔东部的山地环境中的大猩猩所作的努力和宣传中，存在大量的异国情调和夸大其词的现象。那些呼吁保护自然环境的时髦宣传所形成的叙述，更多是在非洲之外得到承认和回馈的。

同样明显的是，对于撒哈拉以南非洲知识分子及其白人同行而言，每当所作的决定关乎资源的生产和消费，关乎现代化、工业化和人口增长导致的污染时，作为全球范式的环境正义就被用于世界市场。由世界银行和国际货币基金组织推行的世界新秩序中，环境保护主义和生态主义或许会主宰全球经济政策。[685]西方化的世界金融和科学中心将定义可

---

① 20世纪20年代，装饰艺术的倡导者试图为他们生产于巴黎、维也纳以及后来纽约的工艺品争取市场。这场艺术＋工艺的运动将国内工艺品生产的新技术与花状植物学(efflorescent botanical)风格——由高更(Gauguin)等画家推崇的奇幻自然发展而来——融为一体，吸引了中产阶级消费者的兴趣。装饰艺术和生态文学的流行形式之间有着惊人的相似，二者兼具一种原始化或原始的环保主义美学，都具有高度的非写实性，细节和色彩都很丰富。

持续性、生物多样性、人口控制以及土地责任等概念。这就是盖伊·贝尼（Guy Beney）所谓"全球化的诱惑"，或可称之为新的生态技术官僚的法西斯主义风险，即由北方强国以似是而非的科学至上主义为名，强加给第三和第四世界的法西斯主义。（192—193）

这些以生态主义和环境保护主义之名，在全球范围发生的经济和政治权力运动，是很多论著和论文的选题。与此尤其相关的是由弗雷德里克·詹姆逊和三好将夫（Masao Miyoshi）主编的论文集《全球化的文化》（*The Cultures of Globalization*）。文集收录了非洲电影和文学学者曼提亚·迪亚瓦拉（Manthia Diawara）的一篇论非洲文化的文章《朝向非洲的地区想象》（"Toward a Regional Imaginary in Africa"），此文讨论了文化市场被欧洲中心主义者所主宰，他们强制推行限制性措施，推出流行风尚，却对当地艺人造成了伤害，因为这些艺人愿意忠于地方文化，不愿转而效忠由欧洲人及其非洲傀儡人为创造的民族国家。这本文集中，约安·戴维斯（Ioan Davies）的《商谈非洲文化：朝向恋物的去殖民化》（"Negotiating African Culture: Toward a Decolonization of the Fetish"）一文分析了瓦伦丁·伊夫·穆登博和夸梅·安东尼·阿皮亚等非洲哲学家对于非洲形象和偶像的建构与解构。戴维斯的结论是，《雾锁危情》或《狮子与我》这类电影中看到的生态保护主义理念，是对殖民主义恋物癖的肯定，这些恋物癖至今依然提供给欧美的广大受众。（141）但更为重要的是大卫·哈维的文章《什么是绿色？什么使环境流转？》（"What's Green and Makes the Environment Go Round?"）。哈维思路清晰地讨论了生态作为一种社会和科学运动而被使用，它提供了专业的"中立"知识，目的却是主宰全球资源。① 这三

① 哈维（Harvey）在他的《正义、自然和差异的地理学》（*Justice, Nature and the Geography of Difference*）一书中分析了环保主义是全球主义的可疑工具。第 2 部分《环境的自然》（"The Nature of Environment"）和第 13 章《正义的环境》（"The Environment of Justice"）与此尤其相关。值得注意的是，哈维的序言部分《序言所思》（"Thoughts for a Prologue"）摘录了埃德里安娜·里奇（Adrienne Rich）的生态诗歌《艰难世界的地图集》（"An Atlas of the Difficult World"）的部分内容。凯·米尔顿（Kay Milton）的《环境主义与文化理论》（*Environmentalism and Cultural Theory*）是研究全球环境主义宽泛话语的又一杰作。第 5 章《全球化、文化和话语》（"Globalization, Culture and Discourse"）和第 6 章《环境主义话语的文化》（"The Culture of Environmentalist Discourse"）进一步阐述了"科学帝国主义"、全球话语的神话性和神秘性以及环保主义所受到的诘难。

篇文章所得出的结论,一些非洲黑人批评家和作家之前已经总结过:生态文学和生态批评都是文化恋物癖的帝国范式,对非洲撒哈拉以南不同的地貌景观作了不准确的叙述。这些错位的自然他者中的偶像具有侵略性和无效性,应该对其拒绝或不加理睬。

拉里·洛曼(Larry Lohman)甚至更加激烈地反对这些帝国和殖民宰制形式再次从中心伸向欠发达地区。在《拒绝绿色全球主义》("Resisting Green Globalism")一文中,他谴责了这种隐藏在环境保护主义议程中的新知识型帝国主义,该议程源自西方控制土地和自然资源的欲望。尽管他否定了全球环境保护主义的理念,但与阿特里奇(Attridge)颇为相似,他主张在涉及他者诉求时,应该对不确定的责任保持开放。他指出,更加公正的全球关系设计应该保护"跨文化空间,这个空间既不是一门语言,也不是一个体系或一种态度,而是一种意愿——我们在西方的文学批评或艺术史中可以看到这种意愿,即不去介入那些不可调和的观点[……]"。(167)很多非洲的黑人批评家和作家遵循了洛曼的建议,对生态批评和生态文学置之不理。沉默创造了自身的空间。

因为对很多黑人和白人文化批评家而言,全球生态主义和环境保护主义作为文化特权是令人疑虑的,所以这场运动在撒哈拉以南非洲文学界应者寥寥,也就不足为奇了。但同样重要的是,我们也要注意到一些例外,一些作家对于生态批评和环境文学的兴趣越来越浓。伯恩斯·林德福斯所著的《黑非洲英语文学,1987—1991》(*Black African Literature in English*, 1987—1991)这本参考文献中,主题指南显示了对于"生态"(1 个条目)、"环境"(5 个条目)、"风景"(8 个条目)和"自然"(9 个条目)的关注很少,而涉及各种形式的殖民主义、政治意识形态和特征以及性别主题,吸引了非洲及海外撒哈拉以南非洲文学领域的作家和批评家极大的兴趣。[686]例如,尼日利亚诗人尼伊·奥森戴尔公开宣称,自己是一个生态活动家、是广泛涉猎环境问题的作家。在这本参考文献涵盖的五年中,他是 52 个条目的主要话题,还是另外 15 个条目的次要话题。但是,其中只有 1 条直接涉及奥森戴尔核心的环境主题:《作为生态保护者的诗人:奥森戴尔百万奇迹的森林》("The Poet as Ecologist: Osundara's Forest of a Million Wonders")(entry 19508; 467)。之所以对奥森戴尔的重要文学主题只是浅尝辄止,有几个原因。虽然他 1991 年荣膺诺玛非洲出版奖,并因此跻身非洲文学经典的第二梯队①,但与获得了诺贝尔奖的同胞沃莱·索因卡相比,他的地位和知名度就相形见绌了。人们认为,1987 至 1991 年这一阶段仅仅标志着撒哈拉以南非洲文学界开始对生态文学和生态批评产生兴趣。

　　奥森戴尔是撒哈拉以南非洲作家、批评家和学者中的最佳典型,他的创作热情都聚焦于环境和生态议题。然而,有关其诗歌的评论通常并不仔细分析他的生态或环境主题,而这些主题在他 1986 年的诗集《地球之眼》(*The Eye of the Earth*)以及后来的作品中,都是显而易见的。令奥森戴尔自然诗歌的批评家们最感兴趣的是,他对尼日利亚政治腐败的批评、对农民以及断续生活在这片土地上的其他人的支持、对历史和革命所作的专题分析。例如,阿德雷米·巴米昆勒(Aderemi Bamikunle)将奥森戴尔归入对既似伊甸园又遭劫掠的西非风景感兴趣的自然诗人,但没有进一步使用"生态"和"环境"、或在生态批评和生态文学不断发展的词汇中任何与"生态"或"环境"相关的术语。但是,恩瓦楚克乌-阿格巴达(J. O. J. Nwachukwu-Agbada)在一篇讨论这位诗人的文章中,直接提到了生态主题:"[……]奥森戴尔希望看到的是,地球生态这样有价值的东西能得到保护,而我们倒退的资本主义传统应该被割除。"(79)恩瓦楚克乌-阿格巴达的观点是,奥森戴尔最好的作品《地球之眼》将尼日利亚的智慧传统和民间传说,与对全世界所有被剥削民族——包括被压迫的工人阶级,尤其是尼日利亚农民——的同情,联系在了一起。因此,奥森戴尔的诗歌和政治任务在于以诗歌为工具和/为别人交流,使用的语言和形象是乡村的、传统的,而非深奥的、精英主义的,不会受到欧洲中心主义诗学话语过多的影响(84—85)。恩瓦楚克乌-阿格巴达只对奥森戴尔诗歌中的环境保护主义思想作了短暂聚焦,接着就转向其他似乎更为有趣和重要的主题了。

　　林德福斯的参考文献中,还有类似的评论,评论对象是遇害的非洲作

---

　　①　德克萨斯大学奥斯汀分校的非洲文学学者林德福斯(Lindfors)宣称,在他根据兴趣和重要性对非洲英语作家作出的排行榜中,奥森戴尔(Osundare)位列 26,并仍在上升。("African Literature Request")林德福斯在编撰书目文献《黑非洲英语文学》(*Black African Literature in English*)时,罗列了非洲文学经典。有趣的是,我们注意到在这一系列丛书的第二册(时间跨度从 1992 到 1996 年,出版时间在本文完稿之后)有"自然书目"(罗列了自然、生态和环境主题的参考书目)。总数为:"生态"(无)、"环境"(24)、"自然"(无)。林德福斯并不清楚,为什么数字发生了巨大的变化("African Literature Inquiry")。

家肯·萨罗-维瓦(在全世界范围内,参与生态保护活动以及反对跨国公司和腐败政府的生物区域性抵制斗争)作品中有关自然、生态和环境等主题。从这一评论可见,105 个条目中无一聚焦于萨罗-维瓦的环保活动。原因主要是萨罗-维瓦作为生态活动家,基本是在 1991 年之后才为人所知的,而这是林德福斯所作研究的截止时间。但即便到了 1999 年,萨罗-维瓦的文学(而非政治)声誉是建立在讽刺尼日利亚政治腐败的小说和短篇故事之上,而非他的生态或环境主题。他最著名的小说之一《伯西和他的朋友》(*Basi and Company*)——后被改编成尼日利亚风靡一时的电视剧——的场景是拉各斯;自然在这部小说中几乎是缺席的。《森林之花》(*A Forest of Flowers*)这本短篇故事集几乎都是反田园牧歌的故事,并不赞美尼日利亚的乡村生活,反而讽刺其狭隘和迷信。萨罗-维瓦的生态激进主义思想只能保留在他公开的政治活动中,只能在他的《尼日利亚的种族屠杀:奥格尼惨案》(*Genocide in Nigeria：The Ogoni Tragedy*)和《一月零一天:拘押日记》(*A month and a Day：A Detention Diary*)等政治著述中获得表达。正如罗布·尼克松(Rob Nixon)指出的那样,萨罗-维瓦的文学作品无助于建构一种"工具美学"(instrumental aesthetics)——借此美学,文学表达成为促成环境变化的工具。[687]而若像尼克松声称的那样,萨罗-维瓦"是第一位以鲜明的环境术语创作政论性文学的非洲作家"(43),也是不准确的。阿卜杜勒-拉希德·纳阿拉(Abdul-Rasheed Na'Allah)最近围绕萨罗-维瓦编写的诗歌和文章选集中,由非洲学者、诗人和批评家创作的几首诗,以文学的形式表达了萨罗-维瓦和奥格尼人在石油储量丰富的尼日利亚三角洲地区曾经面临的生态问题。① 这本由著

---

① 翻一翻《奥干尼人的痛苦》(*Ogoni's Agonies*)这本书,就会发现里面没有生态批评文章,只有几首生态诗歌。在前言中,尼日利亚著名的文学批评家拜尔顿·杰依夫(Biodun Jeyifo)的确称赞了过去 10 年发生的"政治-意识形态剧变",原因就是对"我们共同地球上多数人的生态性生存"的关注(xxiv)。杰依夫认为全球生态批评是一股"潮流",对于非洲文学研究的未来有着重要的意义。《奥干尼人,尼日利亚的油井》("Ogoni People, the Oil Wells of Nigeria", Olafioye)和《奥干尼人,三角洲树林中鹰隼之痛苦》("Ogoni, the Eagle Birds' Agony in the Delta Woods", Na'Allah)这两首诗是这本文集中生态文学的最佳实例。两首诗表明尼日利亚作家开始对这种文学方法有了些许兴趣,并潜滋暗长,这正是因为耸人听闻的萨罗-维瓦事件很好地界定了尼日利亚环境灾难中的个人和政治利益。此外,尼日利亚人以及其他人就石油巨头和(奥干尼人及其领袖在当地所遭受的)生态灾(转下页注)

名学者和作家撰写的将近 70 篇诗歌、分析文章和悼词组成的选集中，整体对于萨罗-维瓦的文学环境主义思想的兴趣是有限的，但显然他的生态激进主义——虽然没有表现在文学作品中——启发了非洲作家和学者创作和出版环境保护主义诗歌。

　　萨罗-维瓦 1995 年 11 月死于政治谋杀，沃莱·索因卡对此作出了强烈反应。索因卡抨击尼日利亚政治腐败的作品《一个大陆的公开伤痛》（*The Open Sore of a Continent*）——尤其是该书的后记《一位激进主义者的死亡》（"Death of an Activist"）——所宣泄的，不仅是对一场不公正死刑的愤怒，也是对奥格尼人土地上的自然资源遭到掠夺以及其他对土地的滥用的愤怒。类似的表达还可以在他《记忆的负担》（*The Burden of Memory*）和《宽恕的沉思》（*The Muse of Forgiveness*）等后来较为温和的作品中看到，这些作品抨击了那些破坏了尼日利亚风景的本土和国外利益集团。例如，他以尼日利亚中北部乔斯附近的一个锡矿为例，控诉这家矿业公司"亵渎了这里的处女地，造成了生态灾难"。(140)索因卡在杂文中对于生态和环境保护的关注，却在戏剧、诗歌和小说中鲜有直接的表现。他的文学作品将他对某地的热爱，与对尼日利亚西部伊费附近具有重要文化价值的自然风貌的尊重，联系了起来，但没有表达生态激进主义的主题。但是，《很多色彩造就了闪电王》（*Many Colors Make the Thunder-King*）这部最近由索因卡的同事和同胞费米·欧索费桑创作的戏剧，就土地和森林保护问题发表了戏剧性的环保主义观点。这个戏剧节目单的剧作家点评部分，也呼吁人们保护森林。①

　　与尼日利亚方兴未艾的文学生态激进主义相对应的，是肯尼亚目前生态和环境保护的状况。处于媒体焦点之中的是旺加里·玛塔伊（Wan-

---

（接上页注）难创作的文学，现在有了全球的读者群。这一局面的出现是因为伦敦的企鹅出版社出版了萨罗-维瓦最后的作品和文字《一月和一日》（*A Month and a Day*）。萨罗-维瓦的多数作品都是由他创办和支持的出版机构——位于尼日利亚哈考特港的萨罗斯国际（Saros International）——出版问世的。

　　①　奥索菲桑（Osofisan）的剧作《很多色彩造就了闪电王》（*Many Colors Make the Thunder-King*）是由明尼阿波利斯的格思里剧院委托创作的，并于 1997 年二、三月在那里上演。在为该剧所写的注脚中，他提到："我将几部约鲁巴民间故事编织在了一起，从生态角度重新作了解读。我发现[……]多数我们这些现代人刚刚'发现'的有关环境的知识，很久之前就有人写出来了，包裹在一块块的神秘智慧之中。"

gari Maathai)这样的绿化带(Green Belt)激进主义者,他们常常成为美国以及其他地方流行杂志文章和电视纪录片的焦点人物。① 同样,1999 年2 月,内罗毕的大学生与警察发生冲突,抗议为了开发内罗毕都市的住房和商业而破坏原始森林的计划。这些事件虽然赢得了全世界的不少关注,但肯尼亚关注环境问题的文学作品却未能同步产生。恩古吉·瓦·提昂戈和阿里·马兹鲁伊都是肯尼亚享有国际声誉的著名作家,都在各自备受瞩目的作品中分析了土地问题。马兹鲁伊的书和视频系列《非洲人》(*The Africans*)以及更具学术性的《世界政治中的文化力量》(*Cultural Forces in World Politics*)讨论了土地分配、殖民统治时代对土地的疏离,以及被剥夺了人力和自然资源的非洲文化应获补偿等问题。他在《非洲人》第 11 章分析了生态和环境问题,并以"资本主义被冷冻的生态"为标题指出了"冬天的缺口"(winter gap)或者非洲寒冷天气的缺乏,是造成这个大陆缺乏资本开发的原因之一。本质而言,马兹鲁伊提出了一个复杂的因果关系论,将文化适应以及气候适应与资本化联系起来,解释了:为什么非洲日照过多,水源却过多或过少,缺少新教的工作伦理,少有资金用于修复人类和自然造成的环境破坏。马兹鲁伊有关环境保护和人类历史的独到见解,又在他的文章《从太阳战舰到[688]时间战舰:朝向历史的太阳理论》("From Sun-Worship to Time-Worship: Toward a Solar Theory of History")中得到了进一步阐发,这是一篇他 1991 年为内罗毕召开的一次重要生态会议而撰写的文章。这次会议也有很多其他文章发出了有关非洲生态哲学的强有力宣言。尤其是奥德拉·奥鲁卡将此次会议论文结集成为《哲学、人性和生态》(*Philosophy, Humanity and Ecology*)一书,并呼吁一种他从欧洲、非洲等地的哲学体系发展而来的"生态哲学和家长式的地球伦理"。然而,无论是马兹鲁伊、还是奥鲁卡的观点,

---

①　玛塔伊(Maathai)的文章《没有文凭的护林人》("Foresters without Diplomas")吸引了很多人关注她的环保行动和肯尼亚女性的"绿带"运动。玛塔伊及其肯尼亚同胞迈克尔·韦里基(Michael Werikhe)因此获得戈德曼环境奖(Goldman Ecological Prize)。在奥布里·华莱士(Aubrey Wallace)的书《生态英雄:环境胜利的十二则故事》(*Eco-heroes: Twelve Tales of Environmental Victory*)中,有用以解释华莱士等获奖者环保行动和兴趣的简要生平介绍、访谈和声明。玛塔伊会比较定期出现在那些聚焦非洲以及其他地方的女性、环境和社会底层自助运动的纪录片和访谈中。

都没有对肯尼亚作家的文学创作和批评产生明显的影响。

恩古吉写了不少影响极大的文章,讨论非洲文学、殖民主义和后殖民主义。《思想的去殖民化》和《撼动中心》(*Moving the Center*)对于非洲内外的文学和文化研究都有很大影响。在这些评论论著及小说《马提加里》(*Matigari*)中,恩古吉强调基库尤人与其土地的天然联系。对恩古吉而言,树木和森林的重要性在于它们是文化保护的符号;对茅茅人来说,森林象征着避难所和安全区。在新书《笔尖、枪尖与梦想》(*Penpoints, Gunpoints, and Dreams*)中,恩古吉再次阐述了这些核心思想和观点。他一直关注东非土地和基库尤文化所遭受的劫掠,但未将这种关注转化为生态激进主义的叙述或环境保护主义的文章——但是,即便是国际媒体在与玛塔伊访谈,或者在内罗毕学生骚乱的新闻现场访谈时,也会报道有关这些话题的生态激进主义新闻。而围绕恩古吉及其文学和理论地位产生的批评界,也不重视生态和环境议题。举例来说,从 20 世纪 90 年代著名刊物《非洲文学研究》刊登的有关恩古吉的评论文章来看,学界最关心的是他对于欧洲语言和文化、对于非洲语言和思维模式的霸权所发表的看法。①

南非文学和文学批评中,生态和环境保护主义已经很有影响地存在了近一个世纪。安德鲁·麦克穆里(Andrew McMurry)所写的《地里的人像:对奥利弗·施莱纳的〈非洲农场的故事〉的生态女性主义研究》("Figures in a Ground: An Ecofeminist Study of Olive Schreiner's *The Story of an African Farm*")这类标题的学术论文并不少见。作为《新鲜空气万岁! 新南非环保文化万岁!》("Long Live the Fresh Air! Long Live Environmental Culture in the New South Africa!")这篇创新性文章的作者,朱莉娅·马丁(Julia Martin)或许是南非最富创造力的生态批评家。迈克尔·科普(Michael Cope)维护着一个绿色网站,并在网站上公

---

① 恩古吉(Ngugi)和马兹鲁伊(Mazrui)创作生涯的很大一部分时间都是在非洲之外度过的;因此,他们是从学术工作和思想运动的中心(主要是伦敦和纽约)描述边缘。非洲作家经常会远离自己的自然环境,远离他们称作家园的地区发生的重要文化事件。他们隔着空间和心理的距离,勉力为自己和他人解读这些风景和事件。如果环境问题发生在一个作家的面前和后院,那么这大多会成为他关注的首要问题,尽管萨罗-维瓦的第一手经验也没有能使其在文学活动中聚焦这些问题。

布有关南非环境研究的资讯，还刊登他收录于《风景与视野》(*Scenes and Visions*)一书中有关环境的诗作，尤其是《三度生态经文》("Three Degree Ecosutra")。他的读者显然遍及全球，而且通过电子方式就触手可及。

　　在 20 世纪 90 年代的南非，对于环境话题的兴趣并未出现截然不同的划分，但相关学术研究常常是不平衡的。20 世纪 90 年代出现了很多高质量的文集，讨论南非的环境、生态和文学关系。① 这类选集中，南非黑人学者的研究被忽视了，但情况正在改善。这些文集的编辑们显然很重视种族和民族的包容性和多样性。曼菲拉·蓝菲勒(Mamphele Ramphele)主编的《恢复土地：后种族隔离时代南非的环境和变化》(*Restoring the Land：Environment and Change in Post-apartheid South Africa*)这本书，就是过去 10 年来在种族平衡方面一个很好的例子。在自己撰写的《新的一天升起》("New Day Rising")这篇标题乐观的文章中，关于南非黑人缺乏对生态问题的兴趣并很少参与生态运动的原因，蓝菲勒作了总结：为生计而奔波、缺乏权力、所受环境问题的教育有限、聚焦于危机管理(7)。更重要的是，蓝菲勒发现黑人现在对生态有了更多的兴趣。她主张必须倾听南非黑人女性的声音，并引用了一位参与解放斗争的南非女性的诗歌。这首诗中的名句赞美了土地的美丽并表达了希望，而蓝菲勒就借用了这句诗作为自己文章的标题："新的一天升起在土地之上。"(8)但是，蓝菲勒文集中的多数[689]文章都是由从事环保事业的白人学者和专业人士撰写的。1992 年 7 月，祖鲁兰大学(University of Zululand)召开了南非高校英语教师协会会议，主题为"文学、自然和土地"，主办方在选择文章和投稿人方面有意吸纳不同的声音。会后，从奈杰尔·贝尔(Nigel Bell)和梅格·考珀-刘易斯(Meg Cowper-Lewis)编写的文集中，可以

---

　　①　南非的环保和生态运动不仅来自对欧洲土地思想和生物保护和研究的引入，而且伴随着民族主义运动以及通过建立公园和保护区强化对大量土地的权力和控制。有关南非白人环境运动的文化-历史机制，汤姆·格里菲斯(Tom Griffiths)和利比·罗宾(Libby Robin)主编的《生态与帝国》(*Ecology and Empire*)是这方面的优秀研究成果。书中尤其让人感兴趣的是罗宾的文章《生态：一门帝国的科学》("Ecology：A Science of Empire")，还有简·卡拉瑟斯(Jane Carruthers)的文章《国家意识与国家公园：来自后帝国经验的比较案例》("Nationhood and the National Parks：Comparative Examples from the Post-imperial Experience")——是对南非的公园体系及其白人民族主义根源的研究和揭露。

看到讨论文学的各种生态和环境视角,虽然多数会议论文作者主要是来自南非的白人学者,讨论的则都是欧洲和南非的作家。

南非诗人蒙格尼·沃利·瑟罗特——现为非国大议会议员——就是蓝菲勒所谓"新的一天升起"(new day rising)的例子。虽然瑟罗特的诗歌主要与城市环境(约翰内斯堡周边的黑人小镇)以及 20 世纪 70 年代的黑人意识美学相关,但他还是对土地问题感到忧虑,并进行了思考,例如,由殖民时代和种族隔离时代的土地使用政策导致的无度采矿和环境破坏。1989 年,在哈拉雷的一次书展上,他以"民族解放文化、环境和文学"为题作了演讲,宣告并勾勒了自己关注的环境议题。根据他的观点,由于南非的有色人种缺乏自由和进步,导致了敌对的自然环境以及敌对的政治环境。土地已变得不适合人类居住,自然资源已不属于大多数生活在这片土地上的人们。一场民主的全国解放运动或许能够转化为群众民主化运动,人们能够决定应该如何利用象牙和树木。瑟罗特不是一个笃信生态保护主义的人,而是一个发展主义者和人类中心主义者,他从典型的非洲视角所最为关心的,是通过恰当保护自然而实现人类的利益。将他者视为工具,将有知觉或没有知觉的非人类生物视为工具,这是一种人文主义的生存哲学。多数像瑟罗特这样的非洲作家在写到自然中的人性时,都表达了这样的哲学思想。瑟罗特在诗歌中,赋予自己政治和哲学理念以生命。《来和我一起憧憬》(*Come and Hope with Me*)这首诗就典型地表现了他对环境问题的关注,以及对土地和生态问题所采取的进步乐观的方法。这首长诗还有一些章节以怀旧的田园视野,回顾了南非昔日的风景,或者与殖民者的入侵以及西方工业化和现代化所造成的动荡不安区隔开来。这首诗为南非的土地以及广义上地球的肥沃和富饶,赋予了伊甸园般的田园牧歌形式,他强烈呼吁人们保护自然,呼吁针对土地及其资源的各种竞争性文化诉求之间彼此和解。

20 世纪 80 年代晚期以及整个 90 年代,总体上从有关非洲黑人文学和批评实践的文集、回顾和总结可见,全球对于地球正在发生的一切所作出的生态批评反应中,几乎感觉不到非洲人的回音。有关非洲黑人文学批评和文学理论的书籍,鲜有涉及环境或生态话题。希迪·阿穆塔在《非洲文学理论》(*The Theory of African Literature*)中,没有提到任何与自然和环境相关的文学批评方法;而米尼克·斯希珀(Mineke Schipper)在

《超越界限：非洲文学和文学理论》(*Beyond the Boundaries：African Lit-
erature and Literary Theory*)中，对生态批评的相关性也只字未提。在
埃尔德雷德·多若希米·琼斯的《批评理论和当代非洲文学》(*Critical
Theory and African Literature Today*)中，也看不到任何与生态批评的
相关之处。很多专论非洲黑人文学和批评的文集对于自然、环境和生态
闭口不谈。在有关非洲文学和批评的论著中——如尼尔·拉扎鲁斯的
《后殖民非洲小说中的抵抗》(*Resistance in Postcolonial African Fiction*)
和琼斯的新作《非洲文学中的新趋势和新世代》(*New Trends and Gener-
ations in African Literature*)——有关"趋势"的章节也不把生态批评或
[690]环境文学列入其中。当然，琼斯的文集收录了他的文章《津巴布韦
的土地、战争和文学：案例分析》("Land，War，and Literature in Zimb-
abwe：A Sampling")，这篇文章触及了相关话题；如果我们参照克里斯
汀·欧姆巴卡(Christine Ombaka)的文章《非洲文学中的战争和环境》
("War and Environment in African Literature")——收录于帕特里克·
墨菲(Patrick Murphy)重要的参考书《自然文学》(*Literature of Na-
ture*)——琼斯的文章就更具有相关性了。德里克·赖特(Derek
Wright)的新作《当代非洲小说》(*Contemporary African Fiction*)并不认
为生态话题具有当代性。最近，安妮·亚当斯(Anne Adams)和詹尼斯·
梅斯(Janis Mayes)主编出版的《绘制交叉：非洲文学与非洲的发展》
(*Mapping Intersections：African Literature and Africa's Development*)
并未讨论生态、环境，甚至自然。这本由非洲文学协会倡议编撰的论文集
所涵盖的文学话题和批评方法，都是重要的非洲文学批评家和学者认为
相关的话题和方法。而论文作者们并没有将非洲的发展与环境或生态问
题联系起来。①《比较文学与总体文学年鉴》(*Yearbook of Comparative*

---

　　①　20 世纪八九十年代，有很多研究把发展与环境联系了起来。芭芭拉·托马斯-斯
莱特(Barbara Thomas-Slayter)和黛安·罗切劳(Dianne Rocheleau)的书《性别、环境和肯
尼亚的发展》(*Gender，Environment，and Development in Kenya*)是其中一例。尤其明显
的是，不少论著将女性作出的环境工作与非洲的发展联系了起来。例如，罗斯玛丽·陆
瑟(Rosemary Ruether)的文集《治愈地球的女性》(*Women Healing Earth*)中就有 5 篇文
章——占了总数的 1/3——是女性所写，有关女性在东部和南部非洲采取的环境举
措。弗洛伦斯·斯特拉顿(Florence Stratton)的书《当代非洲文学与性别政治》(转下页注)

and General Literature）的非洲文学和批评专辑，或者《20 世纪文学研究》（*Studies in Twentieth Century Literature*）专号《非洲：文学与政治》（*Africa：Literature and Politics*）等这类当下的文学史和期刊概览都不涉及自然、环境或生态等话题。由奥耶坎·奥沃莫耶拉（Oyekan Owomoyela）主编的最新版文学史《20 世纪非洲文学史》（*A History of Twentieth-Century African Literatures*）对此话题也不置一词。多数高质量的文学史——如迈克尔·查普曼（Michael Chapman）的《南部非洲文学》（*Southern African Literatures*），以及文学论文集——如恩德扎达·奥布拉多维克（Ndezhda Obradovic）主编的《非洲狂想曲：有关当代非洲经验的短篇故事》（*African Rhapsody：Short Stories of the Contemporary African Experience*）——并未指出、分析或突出环境或生态主题。《非洲狂想曲》（*African Rhapsody*）对肯·萨罗-维瓦的生态激进主义思想只字不提，虽然他的短篇故事《非洲杀害了她的太阳》（"Africa Kills Her Sun"，1989）——这篇作品连同作者的生平被收入文集——讲述了一位尼日利亚政治活动家遭到处决的过程，也预言了萨罗-维瓦本人 1995 年被处决的结局。

从有关非洲黑人文学和批评的文集、评论和综述可见，非洲研究者和艺术家构成的都市学术群体在过去 20 年从事的研究和创作中，生态批评和环境文学作为吸引人的重要话题大体是缺席的。之所以有此缺漏，至少有两个原因：很少有非洲黑人作家关注生态批评话题；主要是 20 世纪

（接上页注）（*Contemporary African Literature and the Politics of Gender*）所聚焦的是非洲文化中女性作为他者受到的排斥，以及由此而来的女性的落后状况，但未能提出女性与自然、地球和非人类他者的关系问题。盖伊·威伦茨（Gay Wilentz）的《管制文化》（*Binding Cultures*）对黑人女性与生态的关系，避而不谈。奥迪尔·卡泽涅夫（Odile Cazenave）的新书《叛逆的女性：新一代非洲女性小说家》（*Rebellious Women：The New Generation of Female African Novelists*）也是如此。无论是卡泽涅夫讨论的那些小说家，还是他们创造的女性人物，都不是玛塔伊和肯尼亚绿带运动女性那样的反叛者和激进者。但是，斯蒂芬妮·纽威尔（Stephanie Newell）编写的文集《书写非洲女性》（*Writing African Women*）却直接提到了女性、全球生态运动和非洲当地环境问题之间的核心关系。书中，纽威尔的文章《男性力量的解剖学》（"Anatomy of Masculine Power"）讨论了这一问题，尽管讨论的对象是尼日利亚非虚构作品，而非文学(180—181)。目前，鲜有非洲文学批评家试图沟通不同的学科和世界——技术和文学，或者人类和非人类——将发展的经济学和技术与性别和环境以及二者的文学表现形式联系起来。

最后 10 年，年轻的非洲问题学者才开始就这一话题发表论著。20 世纪 90 年代是环境主义文学在全球迅速发展的 10 年，但相关的文集、文学史等严重滞后于时代。21 世纪第一个 10 年出现的非洲黑人文学书目，或许反映了人们对于生态批评和环境文学的兴趣有了显著增长。因此，近期非洲黑人作品中，生态文学和生态批评鲜为人知的局面是暂时的。这场绿色革命将波及并席卷非洲文学的读者群和作家群，对于文学世界其他地区的高涨兴趣作出"生态回应"。尼伊·奥森戴尔这样的非洲生态批评家熟悉来自土地和荒野的另一种或一种他者的声音，如同北美、欧洲、日本和印度的生态批评家一样。在这个新千年，这种全球化的兴趣也许能更好地在网络空间得到表达，而非纸质媒介。双语电子期刊《复数词》（*Mots pluriels*）（由西澳大学赞助和发行）组稿发行了一期生态批评专辑，名为《生态、生态批评家和文学》（*Ecologie, écocritique et littérature / Ecology, Ecocritic and Literature*），其中很多文章专门讨论非洲文学。其中一篇是由卡瓦库·阿善提-达科撰写的《黑人性诗歌中的植物和动物群落：生态批评视角的再解读》（"The Flora and Fauna of Negritude Poetry：An Ecocritical Rereading"），可作为最近非洲生态文学批评的范例。卡瓦库·阿善提-达科总结道，黑人性诗歌"表现了对于生态意识的倡导"，对于"读者如何对待自然具有积极的影响。"

[691]对于全球化、同质化的生态文学和生态批评能给非洲黑人在人文和实用方面带来的好处，曼提亚·迪亚瓦拉提出了质疑。他问道："[非洲人]应该对[生态批评]感兴趣，难道就因为这是一种全球现象吗？还是因为这有可能带给他们启蒙，改善他们的生活，或给他们带来快乐？"我想，这个问题的答案就在迪亚瓦拉的《寻找非洲》（*In Search of Africa*）这本书中。该书的很多内容——尤其是第 7 章《非洲的抵抗艺术》（"Africa's Art of Resistance"）——致力于勾勒真正的当代非洲美学，致力于在全球自由市场以及非洲本土推广和宣传非洲艺术和艺术家。迪亚瓦拉为非洲黑人的自由消费和市场现代性而辩护，认为这种消费和现代性，有助于自我从非洲后现代民族国家的压迫中解放出来。他认为非洲艺术家既心灵手巧、又技艺高超，创造的精美艺术品能够销往世界市场，认为他们有可能实现一种戏谑的后现代和后殖民自我发展，并为此击节称赏。这是一种消费者-工匠的模式，自然就与文化浪潮中生态文学和生

态批评的全球流动保持一致。迪亚瓦拉的核心观点表明，非洲作家以及文学和文化学者能从全球环境运动中获益，这与一位当代日本自然诗人或者德国文化批评家从中获益是一样的。这样的艺术家或知识分子能够在世界市场中购买和销售，**而且**能够保持自己的本土和地方身份，并以嬉戏的方式发展个人的兴趣和美学能力。在世界市场中售卖艺术品和思想，并不必然导致向主导的思想体系投怀送抱。迪亚瓦拉以非洲艺术家西迪梅·雷伊（Sidime Laye）和切里·桑巴（Chéri Samba）为例，说明非洲艺术家如何能够同时参与本土、地方和全球市场，获得金钱和美学上的收益，同时又不会丧失自尊。

对于迪亚瓦拉就全球文化和环境保护主义提出的质疑，从阿特里奇在该文的上篇试图作出的结论中，可以找到另一个答案。尤其中肯的是，阿特里奇极力主张，只有施行负责任的伦理，对他者的美学创造和发明才能被接受。他捍卫的是一种他性的利他主义美学（altruistic aesthetics of alterity），以回应迪亚瓦拉对于环境保护主义及其文学和文化表达是否具有全球有效性的疑虑。那些向其他思考和行为方式开放的人，才能获得收益和价值。宋惠慈（Wai Chee Dimock）在《共鸣的理论》（"A Theory of Resonance"）一文中提出的批评立场，可以被挪用于此。宋惠慈认为，文学文本及其诠释会在穿越时间和空间的过程中产生"共鸣"，并产生积极的影响。在她看来，文学意义和价值通过连续的时间和空间变形，而变得更加丰富、更加民主，并使得文学声音产生了一种细微的、震颤的不和谐现象。如果在自然科学、边缘学科以及其他声音构成的众声喧哗中倾听文学，就会增强文学的信号，使其更加清晰可辨。迪亚瓦拉复杂的传递隐喻（transmission metaphor）将电子的信号/噪音比率与读者的接受度及其对模糊干扰信号的注意力关联了起来，这对于在充满怀疑的环境中——持有该怀疑者是曼提亚·迪亚瓦拉、多米尼克·黑德（Dominick Head）和埃里克·托德·史密斯（Eric Todd Smith）这样的文化批评家——接受信号而言，是一个有用的模式。如果按照我自己的类比——其中，非洲黑人作家和批评家效仿、反映或回避声震全球的绿色声波——我的结论是，对于全球绿色呼吁的集体回应不会是停滞的（噪音）。相反，环境文学和生态批评是一个产生共鸣、充满活力的信号，出自人们对于地球的健康及其资源的忧虑。套用本文引言中德里达的论断和预判，他者的呼唤就要到来——其未来是确定的——但不会是单一意义的。[692]恰恰相反,这种呼唤会模糊不定,充满矛盾和难题,充满在暧昧声音中听到的对于平等和模糊的赞美。①

参考书目

Adams, Anne, and Janis Mayes, eds. *Mapping Intersections: African Literature and Africa's Development*. Trenton: Africa World, 1998.

Amuta, Chidi. *The Theory of African Literature: Implications for Practical Criticism*. London: Zed, 1989.

Appadurai, Arjun. "Disjuncture and Difference in the Global Cultural Economy." *Public Culture* 2.2 (1990): 2—23.

Asante-Darko, Kwaku. "The Flora and Fauna of Negritude Poetry: An Ecocritical Re-reading." Jaccomard.

Attridge, Derek. "Innovation, Literature, Ethics: Relating to the Other." *PMLA* 114 (1999): 20—31.

Bamikunle, Aderemi. "The Development of Niyi Osundare's Poetry: A Survey of Themes and Technique." *Research in African Literatures* 26.4 (1995): 121—137.

Bell, Nigel, and Meg Cowper-Lewis, eds. *Literature, Nature and the Land: Ethics and Aesthetics of the Environment*. N. p.: University of Zululand, Dept. Of English, 1993.

Beney, Guy. "'Gaia': The Globalitarian Temptation." *Global Ecology: A New Arena of Political Conflict*. Ed. Wolfgang Sachs. London: Zed, 1993. 179—193.

---

① 宋惠慈(Dimock)和德里达对于自我和他者之间混乱和复调的冲突,作出了乐观的解读。对他们而言,静电噪声——如背景噪音和干扰——具有积极的价值,能够分散文化思想的频率,放大其信号。宋惠慈和德里达常常揭示出——并颠覆——静电噪声保守地诠释着群体的概念立场,这些群体拒绝被转化性的文本和语境所撼动。我认为,他们的文化批评与阿尔让·阿帕杜莱(Arjun Appadurai)在《全球文化经济的分裂与差异》("Disjuncture and Difference in the Global Cultural Economy")一文中的观点是一致的。他坚持认为没有清晰明确的方法能够模仿混乱的分裂——这种分裂是文化思想和理想"全球流动"的典型特征。阿帕杜莱借用了分形理论和混沌理论的技术和术语,尝试建立一套用以分析分裂和差异的词汇,尽管他并未宣称自己知道信息和思想会如何继续塑造全球化。对于黑非洲生态文学和生态批评而言,这意味着学者和作家必须认识到,尽管全球绿色呼吁可能比纯粹的信号带来更多噪音,尽管驱动这种文学流行方法的冲动信号可能随着时间而减弱,但这是一种真正的——虽然并不纯粹,常常还自相矛盾——呼吁,呼吁信息交流,呼吁为应对全球环境危机作出新的诠释。

Buell, Lawrence. *The Environmental Imagination: Thoreau, Nature Writing, and the Formation of American Culture*. Cambridge: Harvard University Press, 1995.

Carruthers, Jane. "Nationhood and the National Parks: Comparative Examples from the Post-imperial Experience. " Griffiths and Robin 125—138.

Cazenave, Odile. *Rebellious Women: The New Generation of Female African Novelists*. Boulder: Rienner, 2000.

Chapman, Michael. *Southern African Literatures*. London: Longman, 1996.

Chinweizu, Onwuchekwa Jemie, and Ihechukwu Madubuike. *Toward the Decolonization of African Literature*. Washington: Howard University Press, 1983.

Cope, Michael. "Three Degree Ecosutra. "*Scenes and Visions*. 15 Feb. 1999 〈http://www. cope. co. za/scenes/s&v. htm#ecosutra〉.

[695]Davies, Ioan. "Negotiating African Culture: Toward a Decolonization of the Fetish. " Jameson and Miyoshi 125—145.

Dehon, Claire L. , ed. *Africa: Literature and Politics*. Spec. Issue of *Studies in Twentieth Century Literature* 15. 1 (1991): 7—184.

Derrida, Jacques. "From Psyche: Invention of the Other. "*Acts of Literature*. Ed. Derek Attridge. New York: Routledge, 1992. 310—343.

Diawara, Manthia. *In Search of Africa*. Cambridge: Harvard University Press, 1998.

——. Reader's report for *PMLA*. 1999.

——. "Toward a Regional Imaginary in Africa. " Jameson and Miyoshi 103—124.

Dimock, Wai Chee. "A Theory of Resonance. "*PMLA* 112 (1997): 1060—1071.

Ecocriticism. Spec. Issue of *New Literary History* 30. 3 (1999): 505—716.

"Forum on Literatures of the Environment. "*PMLA* 114 (1999): 1089—1104.

Griffiths, Tom, and Libby Robin, eds. *Ecology and Empire: Environmental History of Settler Societies*. Seattle: University of Washington Press, 1997.

Harvey, David, *Justice, Nature and the Geography of Difference*. Oxford: Blackwell, 1996.

——. "What's Green and Makes the Environment Go Round?" Jameson and Miyoshi 327—355.

Head, Dominic. "The (Im) Possibility of Ecocriticism. " Kerridge and Sammells 27—39.

Hochman, Jhan. *Green Cultural Studies: Nature in Film, Novel, and Theory*. Moscow: University of Idaho Press, 1998.

Jaccomard, Hélène, ed. *Ecologie, écocritique et littérature / Ecology, Ecocritic and Literature*. Spec. Issue of *Mots pluriels* 11 (1999). 2 Nov. 2000 〈http://www. arts. uwa. edu. au/motspluriels/ MP1199kad. html〉.

Jameson, Fredric, and Masao Miyoshi, eds. *The Cultures of Globalization*. Durham: Duke University Press, 1998.

Jeyifo, Biodun. "Ken Saro-Wiwa and the Hour of the Ogoni." Foreword. Na'Allah, *Ogoni's Agonies* xxiii—xxxii.

——. Personal interview. 3 Sept. 1999.

Jones, Eldred D. , ed. *Critical Theory and African Literature Today.* Trenton: Africa World, 1994.

——. "Land, War, and Literature in Zimbabwe: A Sampling. " Jones, *New Trends* 50—61.

——. ed. *New Trends and Generations in African Literature.* Trenton: Africa World, 1996.

Kerridge, Richard, and Neil Sammells, eds. *Writing the Environment: Ecocriticism and Literature.* London: Zed, 1998.

Kroeber, Karl. *Ecological Literary Criticism: Romantic Imagining and the Biology of Mind.* New York: Columbia University Press, 1994.

Lazarus, Neil. *Resistance in Postcolonial African Fiction.* New Haven: Yale University Press, 1990.

Lindfors, Bernth. "African Literature Inquiry. " E-mail to the author. 18 Dec. 2000.

——. "African Literature Request. " E-mail to the author. 15 Apr. 1999.

——. *Black African Literature in English*, 1987—1991. London: Zell, 1995.

Loflin, Christine. *African Horizons: The Landscapes of African Fiction.* Westport: Greenwood, 1998.

Lohman, Larry. "Resisting Green Globalism. " *Global Ecology: A New Arena of Political Conflict.* Ed. Wolfgang Sachs. London: Zed, 1993, 157—169.

Maathai, Wangari. "Foresters without Diplomas. " *Ms.* Mar. -Apr. 1991: 74—75.

Martin, Julia. "long Live the Fresh Air! Long Live Environmental Culture in the New South Africa!" Murphy 337—343.

Mazrui, Ali A. *The Africans.* PBS. WETA, Washington. 1986.

——. *The Africans: A Triple Heritage.* Boston: Little, 1986.

——. *Cultural Forces in World Politics.* London: Currey, 1990.

——. "From Sun-Worship to Time-Worship: Toward a Solar theory of History. " Oruka, *Philosophy* 165—176.

[696]McMurry, Andrew. "Figures in a Ground: An Ecofeminist Study of Olive Schreiner's *The Story of an African Farm. " English Studies in Canada* 4 (1994): 431—448.

Milton, Kay. *Environmentalism and Cultural Theory: Exploring the Role of Anthropology in Environmental Discourse.* London: Routledge, 1996.

Murphy, Patrick, ed. *Literature of Nature: An International Sourcebook.* Chicago: Fitzroy, 1998.

Na'Allah, Abdul-Rasheed, ed. *Ogoni's Agonies : Ken Saro-Wiwa and the Crisis in Nigeria*. Trenton: Africa World, 1998.

——. "Ogoni, the Eagle Birds' Agony in the Delta Woods. " Na'Allah, *Ogoni's Agonies* 101.

Newell, Stephanie. "Anatomy of Masculine Power. " Newell, *Writing* 170—190.

——. ed. *Writing African Women : Gender, Popular Culture and Literature in West Africa*. London: Zed, 1997.

Ngũgĩ wa Thiong'O. *Decolonising the Mind : The Politics of Language in African Literature*. London: Currey, 1986.

——. *Matigari*. Trans. Wangũi wa Goro. London: Heinemann, 1989.

——. *Moving the Centre : The Struggle for Cultural Freedoms*. London: Currey, 1993.

——. *Penpoints, Gunpoints, and Dreams : Towards a Critical Theory of the Arts and the State in Africa*. Oxford: Clarendon, 1998.

Nixon, Rob. "Pipedreams: Ken Saro-Wiwa, Environmental Justice, and Micro-minority Rights. "*Black Renaissance* 1. 1 (1996): 39—55.

Nwachukwu-Agbada, J. O. J. "Lore and Other in Niyi Osundare's Poetry. " Jones, *New Trends* 73—86.

Obradovic, Ndezhda, ed. *African Rhapsody : Short Stories of the Contemporary African Experience*. New York: Bantam, 1994.

Olafioye, Tayo. "Ogoni Poeple, the Oil Wells of Nigeria. " Na'Allah, *Ogoni's Agonies* 99—100.

Ombaka, Christine. "War and Environment in African Literature. " Murphy 327—336.

Oruka, H. Odera. "Ecophilosophy and the Parental Earth Ethics. " Oruka, *Philosophy* 115—129.

——. ed. *Philosophy, Humanity and Ecology : Philosophy of Nature and Environmental Ethics*. Nairobi: ACTS, 1994.

Osofisan, Femi. "Reinterpreting the Ancestor's Lore. " Program for *Many Colors Make the Thunder-King*, by Osofisan. Guthrie Theater, Minneapolis. Feb. -Mar. 1997. N. pag.

Osundare, Niyi. *The Eye of the Earth*. Ibadan: Heinemann, 1986.

Owomoyela, Oyekan, ed. *A History of Twentieth-Century African Literatures*. Lincoln: University of Nebraska Press, 1993.

Ramphele, Mamphele. "New Day Rising. " Ramphele, *Restoring* 1—12.

——, ed. *Restoring the Land : Environment and Change in Post-apartheid South Africa*. London: Panos, 1991.

Robin, Libby. "Ecology: A Science of Empire. " Griffiths and Robin 63—75.

Ruether, Rosemary, ed. *Women Healing Earth : Third World Women on Ecology , Feminism and Religion*. Maryknoll: Orbis, 1996.

Saro-Wiwa, Ken. "Africa Kills Her Sun. " Obradovic 290—303.

——. *Basi and Company: A Modern African Folktale*. Port Harcourt: Saros, 1987.

——. *A Forest of Flowers*. Port Harcourt: Saros, 1986.

——. *Genocide in Nigeria : The Ogoni Tragedy*. Port Harcourt: Saros, 1992.

——. *A Month and a Day : A Detention Diary*. London: Penguin, 1995.

Schipper, Mineke. *Beyond the Boundaries : African Literature and Literary Theory*. London: Allison, 1989.

Serote, Mongane Wally. *Come and Hope with Me*. Cape Town: Philip, 1994.

——. "National Liberation Culture, Environment and Literature. " *On the Horizon*. Johannesburg: COSAW, 1990. 79—85.

Smith, Eric Todd. "Dropping the Subject: Reflections on the Motives for an Ecological Criticism. " *Reading the Earth : New Directions in the Study of Literature and Environment*. Ed. Michael Branch, Rochelle Johnson, Daniel Patterson, and Scott Slovic. Moscow: University of Idaho Press, 1998. 29—39.

[697] Soyinka, Wole. *The Burden of Memory, the Muse of Forgiveness*. New York: Oxford University Press, 1999.

——. *The Open Sore of a Continent : A Personal Narrative of the Nigerian Crisis*. New York: Oxford University Press, 1996.

Stratton, Florence. *Contemporary African Literature and the Politics of Gender*. London: Routledge, 1994.

Thomas-Slayter, Barbara, and Dianne Rocheleau. *Gender, Environment, and Development in Kenya : A Grassroots Perspective*. Boulder: Rienner, 1995.

Wallace, Aubrey. *Eco-heroes : Twelve Tales of Environmental Victory*. San Francisco: Mercury, 1993.

Wilentz, Gay. *Binding Cultures : Black Women Writers in Africa and the Diaspora*. Bloomington: Indiana University Press, 1992.

Willimas, Joy. Postscript. *The Eggs of the Eagle*. By Raymond Williams. London: Chatto, 1990. 318—323. Vol. 2 of *People of the Black Mountains*.

Williams, Raymond. *The Country and the City*. New York: Oxford University Press, 1973.

——. *Resources of Hope : Culture, Democracy, Socialism*. London: Verso, 1989.

Winkler, Karen. "Inventing a New Field: The Study of Literature about the Environment. " *Chronicle of Higher Education* 9 Aug. 1996: A8+.

Wright, Derek, ed. *Contemporary African Fiction*. Vol. 42. Bayreuth: Bayreuth

African Studies Breitinger，1997.

   Yearbook of Comparative and General Literature 43（1995）：5—136. Blooming-
ton：Indiana University Press，1995.

（姚峰 译；汪琳 校）

第91篇 深浅有别的绿色：
生态批评与非洲文学①

拜伦·卡米内罗-斯安琪洛(Byron Caminero-Santangelo)

[698]过去15年里，非洲的环境激进主义运动引发了全世界的关注——如：尼日利亚作家肯·萨罗-维瓦为环保而殉难，以及近来肯尼亚社会学家旺加里·玛塔伊(Wangan Maathai)荣获诺贝尔和平奖，这些都吸引了世界的关注。这些环保人物不仅为非洲人民抗议环境恶化的行动指明了方法和路径，同时也指出非洲所面临的严峻环境问题，会给人类的现在和未来造成严重威胁，尤其在与社会问题相重叠的情况下。(绝非偶然，萨罗-维瓦与马塔伊同时也都是民权活动人士。)肯·萨罗-维瓦的领导作用表明：环保运动中，非洲作家也可以像其他社会运动中一样，发挥重要的作用。那么，非洲学者的文学研究能否也在这一环保运动领域占有一席之地呢？新兴的、蓬勃发展的"生态批评"这一文学研究领域告诉我们，答案是肯定的。② 正如劳伦斯·布伊尔(Laurence Buell)所说，"任何环保主义者的努力，最终能否取得胜利，并不由'某项高度发展的尖端技术或某种神秘的新科学'决定，而是取决于'一种心灵的状态'，如：态度、情感、意象与叙事"(*Writing* 1)，所有这些都可以在"环境的想象行为"中找到(2)。

迄今为止，对非洲文学和生态批评最广泛的讨论中，威廉·斯莱梅克认为："全球的生态批评对目前地球所遭遇的事情，都作出了回应，但其中非洲的声音微乎其微。"(138)他呼吁非洲作家和批评家积极参与到全球

---

① 未发表论文。

② 劳伦斯·库珀(Laurence Coupe)的界定是：生态批评是一种文学研究方法，不仅思考了文学文本中所展现的人类和非人类生命之间的关系，而且在对环境破坏的努力抗争中，把文学中的"地方"("地方"文学)理论化了(302)。

的生态批评运动中来。尽管史莱梅克声称生态批评是全球性的,但他用来评判一部作品是否恰当的环境文学标准,却来自英美的生态批评框架:该理论框架猛烈批判了人类中心主义,重点强调了文学作品中科学的引入,以及与深层生态学有着密切的联系。

可以肯定,如果现在人们还用这些标准来评判,那么无论文学创作还是文学批评,仍旧不会有什么环境写作来自非洲。问题出在斯莱梅克所拥护的评判标准和支撑其标准的原则。它们代表着[699]潜在的生态批评正统观念,主要是从西方英美文学的框架下发展而来,某种程度上有着严重的局限性(至少在非洲的语境下是这样)。① 只要把这些原则应用于与非洲环境史以及与此历史相关的文学创作之间的对话,就会发现这些原则的局限性,也解释了为什么正统生态批评视角下的批评模式从来没有、未来可能也不会被非洲批评家所接受,不会在作家的创作中有所反映。我现在呼吁的这种对话,能够改变有关环境写作的界定。由此,来自非洲的环境写作名单才可能得到实质性的扩展和修正。我的最终目标不是要建立起二元对立的敌对关系(环境批评 vs. 非洲文学与环境史),即双"方"必定相互抵牾,每一"方"被表征为单一、同质的存在。相反,我希望从生态批评和非洲环境史(以及二者之间的关系)所提出的问题出发,来审视非洲的文学作品,继而一方面以新的视角阅读这些文本,考察文本间的联系,另一方面通过非洲文学作品,来促进当今生态批评和非洲环境史的讨论。

英美生态批评常常主张生态伦理的立场,即人类需要通过摒弃"自然-文化"二元对立的观点,来消除"人类中心主义"的立场。自然-文化二元论把自然客体化,同时把文化/人类放在了中心位置。如果其他"政治"方法是将人类差异及主导关系变得"自然",那么生态批评方法则往往认为人类中心主义造成了人类与非人类自然之间的差异,强化了人类对自然环境的剥夺。因此,生态批评常常通过还自然以主体地位,来"去人类中心"。生态批评家声称,我们必须通过发现(聆听)自然的声音,将自然

---

① 关于斯莱梅克(Slaymaker)的做法,米歇尔·朗德布莱德(Michael Lundblad)也发表了类似的看法,认为斯莱梅克所表达的关于非洲文学及其文学研究进行一场生态变革的"希望","仍然像是漂流在大都市酒店外部的一种表达,拒绝去**倾听**萨罗-维瓦这样的激进主义者和阿契贝这样的作家的声音"(18)。

看作一个拥有权利的主体(为自然辩护和谈论自然)。劳伦斯·布伊尔想要"一种视角模式,不仅可以展示自身,也可以把环境看作有权为自己考虑的独立参与者"。这种对"生态中心主义"的呼吁,倡导关注荒野或偏远之地的自然。因为在此形式下,自然看起来完全隔绝于"文化"之外,可以被认知,并彰显其价值。由于"人类中心主义"受到抨击,人们一定程度上拒绝根据对人类的影响来定义环境问题,也拒绝从建立更公正平等的人类内部关系的角度定义环境问题。

生态批评对"人类中心主义"的抨击,常常伴随着对文学研究的尖锐批评。例如,生态批评家批评马克思主义和后结构主义,因为这些理论认为,自然始终是与人类政治利益密切联系的文化建构。(Bate; Buell *Environmental*)生态批评家认为,在文学研究中,非人类自然必须被视作超越人类的存在,有其自身价值。环境描写不应被单纯视为象征性探索其他更重要的(人文)关怀的手段,或作为表达思想观念的工具。① 对文学再现的指涉属性的关注,导致了对模仿问题的关注,即追问一部文学作品如何——以及是否——突破环境的文化建构,而直指环境本身(自然)。鉴于对认知和理解自然的强调,生态批评家们积极主张在文学研究中运用生物科学的做法,也就不足为奇了。最终在上述立场的基础上,生态批评家们规定了一套新的评价标准,而这一套标准是基于一部文学作品多大程度上展现了非人类自然(而非仅仅把非人类自然视作其他[700]关注的背景);是否让非人类自然发声,彰显其价值;是否强调了人与自然的相互依赖,去人类中心主义,以及减轻了环境的恶化(Buell 7—8)。

当然,上述粗略的描述都是目前生态批评主流发展的一些研究趋向。其实在生态批评内部,也有许多不同的声音。这些声音要么是上述立场理论化和复杂化的版本,要么对上述立场提出了疑义。② 与本文所提主

---

① 对此类文学研究进行尖刻抨击的研究,参见洛夫(Love)和豪沃斯(Howarth)。

② 布伊尔(Buell)提供了一个非常重要且切题的论据。在《环境的想象》(*The Environmental Imagination*)中,尽管他质疑了文学理论的动向(指涉性的不可知论),但也肯定了需要对作为互文建构的现实主义描绘进行阅读,从而作了很好的均衡。也许更为重要的是,布伊尔在近期的著作《为濒危的世界写作》(*Writing for an Endangered World*)中,承认他之前以摒弃人类中心主义为环保主题的做法可能有些偏激,并强调生态批评应该抛弃那种把研究主题严格限制在荒野和偏远之地的做法(8)。

张特别相关的,是戴维·梅泽尔(David Mazel)的观点,他强调人们需要认识到**所有**对环境的再现都离不开与权力相关的建构,忽视环境再现的这一政治因素,就是在知识和权力的矩阵中,忽略自己的(有利害关系的)立场。他提出的主张引来了争议,认为"美国的环境保护主义是一种本土的东方主义形式……不应把环保主义看作一种概念上'纯净的'、毫无问题的对权力之抵抗;也不应把环保主义看作是基于客观公正的知识结构所作出的**抵抗**。我认为,可以将其看作**权力运作**的诸多潜在模式之一"(144)。梅泽尔继续(扼要)讨论了美国西进运动中,文学环保主义与帝国征服之间的联系。在殖民和后殖民语境下的非洲,很难不把环保主义和帝国主义之间的关系考虑在内。斯莱梅克甚至认为,非洲抵抗生态批评的一个主要原因,就是生态批评中潜在的"帝国"影响:"他们有理由担心,环境保护主义与生态主义是一种新形式的霸权话语。"(133)尽管史莱梅克意识到了这一点,把生态批评的主流范式归因于帝国的影响,但没有继续探索这种帝国影响对于主流生态批评范式的意义。这里,我想探究帝国主义与环境保护主义在非洲的历史联系(正如斯莱梅克所说,二者间的关系不是"新的"),以及这种历史对一些关键性生态批评立场的影响。

近来有关非洲环境保护的学术研究,展示出有关非洲的西方环境信仰、保护主义政策、殖民时期和后殖民时期非洲的权力之间的联系。例如,这些研究表明,有关非洲环境和环境变化的传统西方"智慧"可以算作一种殖民话语形式,通过"声称其科学的可信性或其非政治的客观性",而更有效地发挥殖民的作用。这种"智慧"赞美西方的环保知识,诋毁当地的环保做法,暗示(非西方思维的)非洲人不仅对本土环境一无所知,而且滥用其环境资源;西方人(或受过西方教育的人)有责任保护这些环境。因此,很多近期非洲环境史的学术研究,都把这种关于非洲环境,以及西方对非洲环保的"公认智慧"(received wisdom),描绘成由科学与政策的历史、政治和制度语境所决定的;具体而言,是西方促进对非洲控制和利用自然资源的外部干涉决定的。为反对这种"智慧",许多环境史学家认为,那些被看作是非洲人民所缺乏的环境智慧,实则反映了对环境和环境变化更为准确的理解。而且,也表明了非洲当地人民对环境保护行为的抵抗(无论过去,还是现在),都不能单纯理解为出于无知与自私,相反,是一种基于环境现状的意义及其衍生的政策和权力之间的政治斗争

(Grove,Ranger, Neumann)。

[701]一些更有意思的研究表明,在非洲,环境保护政策的政治基础和后果一直都聚焦于国家公园。(W. Adams, Bonner, Carruthers, Ranger, Hulme and Murphree, Neumann)例如,一些学者声称,国家公园具有象征功能,强化了这样一种概念,即"真正的"非洲就是一片纯粹的自然荒野,没有任何文化的烙印。如此浓郁的象征气息,又进一步强化了以下的概念:非洲在前殖民时代没有文化,正是欧洲人和受到欧洲文明教化的人给非洲带来了文明。更为重要的是,那些创建和管理国家公园的人——更宽泛地讲,那些保护非洲野生环境的殖民者、白人定居者、独立后的精英——似乎是管理非洲的最恰当人选,因此自然也成为非洲"真正"的主人。事实上,所谓大多数非洲人缺乏文明的印记,都来自这样一种观念:非洲人不懂得珍惜保护动物,也缺乏欣赏"自然"的能力。这样的想法强化了为保护环境进行圈地,驱逐定居在此的非洲人的做法;反过来,这种做法又再次强化了上述想法。

总之,环境保护史的发展带来了截然不同的结论,并指向了不同的环境议程,而这些议程与信奉深层生态学的生态批评所提倡鼓励的方向,大相径庭。这些发展恰恰表明,有必要思考非洲环境保护中的"人类中心主义"政治,以及这种知识(包括科学知识)是建立在怎样的环境保护基础之上。近期的非洲环境研究对生态批评的一些层面提出了质疑,如:生态批评对自然再现的社会和政治影响不予重视,尤其当自然再现与那些提出为自然代言和保护自然的要求有关时。他们强有力地凸显了把人文关怀置于环境关怀从属地位的危险,揭露了这种做法在非洲语境下,如何与可恶的(霸权)政治意识形态和目标紧密交织,而非引导建立一个能够获得自由的反霸权政治议程。

有关非洲的欧洲文学作品中,对非洲环境(或环保主义者之担忧)的呈现所造成的政治影响,凸显了非洲环境保护研究对主流生态批评范式的质疑。凯伦·布利克森(Karen Blixen)——笔名伊萨克·迪内森(Isak Dinesen)——的《走出非洲》就是很好的例子。在很多方面,这本书都满足了布伊尔、斯莱梅克等人对环境文本的要求。在非常重要的章节里——特别是在《一个移民的札记》("From an Immigrant's Notebook")中——,在布利克森重点描写了她在非洲的生活经历,如何教会自己珍惜和欣赏非人类的自然。起改造作用的经验体现在"自然写作"中,体现在对自然奇观和自然之美细致入微的描写之中。该书还极度憎恶现代性所造成的对非人类自然的滥用。整部作品传达出这样的信息:自然具有一种主体性,人类必须尊重。

虽然在西方环境恶化的历史语境下,《走出非洲》的生态中心叙事可能确实具有潜在的反霸权力量,但更重要的是,突出这些生态友好的元素,其实也是殖民主义原始叙事话语的重要组成部分。这种叙事塑造了一种自然贵族(natural aristocracy)的观念。自然贵族由那些坚持非资产阶级、封建采邑式文化情感的欧洲人组成。这种情感中的一部分,包括欣赏非洲的野性自然、与非洲的野性自然和谐共存。① 该书更多关于环境保护主义的章节,都与这种叙事方式密切联系,因为它不仅有助于证实布利克森如何以不同于资产阶级的方法去欣赏和珍视自然(资产阶级只会擅自屠杀野生动物,并批发贩卖),而且也呈现了布利克森如何与自然保持充分距离,以便能够欣赏自然。这种有文化素养和自我意识的方式,是那些本土人永远不可能[702]拥有的——我们被告知,非洲人是"没有感觉和品味的,他们与大自然相连接的脐带从未被剪断过"(158),而且他们"通常对动物也没什么感情"。(34)布利克森的环境感受力与殖民地的环境保护息息相关,当她谈到自己的遗憾时——至少两次提到——很遗憾"整个恩贡山没有被列入野生动物保护区内"。(6)如果列入的话,"水牛、大羚羊和犀牛"也就不会被"年轻的内罗毕商人"驱逐屠杀了(6)。

鉴于许多非洲文学一直在努力呈现与殖民话语不同的叙事视角,因此近来非洲环境史研究对生态批评所提出的质疑,能在反殖民议题的非洲文学中看到,也就不足为奇了。例如,恩古吉·瓦·提昂哥的经典作品《一粒麦种》直指自然保护(和欣赏)与殖民主义之间的关系。小说中,大多数英国人都工作、生活在"吉希马农林研究站"。表面上,建站是为了扩

---

① 近期,西蒙·刘易斯(Simon Lewis)在他的《白人女性作家和她们的非洲发明》(*White Women Writers and Their African Invention*)一书中,对《走出非洲》做出了很好的阐释。他指出,殖民地的贵族权力,通过一种定居者的田园形式,变成不着痕迹、自然而然的东西了。

充关于植物、土壤以及天气的知识,从而促进农业发展和改善环境保护。然而,研究站同时也是殖民机构,用以巩固帝国的意识形态和践行帝国活动。事实上,成立之初,它就是"新殖民主义发展计划"的一部分(33)。英国人知晓自然、更好管理自然的观念,强化了驱逐基库尤人离开自己土地的做法,不但表达了英国人是最适合管理这片土地的人,而且抹去了几百年来这片土地上原有的知识及其与土地的联系。这个想法还把基库尤人定位为需要教化的人。某种程度上,基库尤人本身也成为非洲的荒野,需要被了解、被管理。当这个代表性的森林研究站被放在小说的大背景下,建站的目的就昭然若揭了——所谓了解和保护自然,既无法从英国殖民非洲的历史中剥离出来,也不能割裂其与殖民政策相关的土地割让、政治统治和资源控制间的联系。

然而值得一提的是,尽管《一粒麦种》提醒我们,环境保护主义在非洲是如何与殖民主义(和新殖民主义)紧密联系的,但是,恩古吉运用对环境恶化的忧虑,抵制了殖民主义及其意识形态,暗示了从事反殖民主义斗争的同时,其实也在与环境恶化作斗争。小说中,纵使民族独立迫在眉睫、资本主义作为一种所有权的**形式**长期存在,这片土地的环境恶化仍与其长期被殖民的历史状况密不可分。小说表明,真正意义上的政治与经济自由会给人们带来健康的土地,因为土地的健康取决于能否回归到确立其身份的正确的经济和政治关系。早期民族主义和反殖民主义的非洲文学,采纳了一种殖民前的非洲田园视野,强调与自然的韵律相合、节奏一致,力抗欧洲现代性的堕落与机械化。像这些早期作品一样,《一粒麦种》把自然和自然保护当作一种方式或途径,来顺应"人民"和民族的反殖民主义建构。虽然以布伊尔界定环境作品的标准来看,《一粒麦种》还算不上真正的"绿色"文本(因为这本书主要集中于人文关怀,尽管其中有一些对环境的再现),但许多生态批评家赞同恩古吉所提供的视角——该视角不仅呈现出环境保护与反殖民主义处于同一战线,而且用浪漫主义手法描写了与自然和谐共存(特别是万物有灵论)的前殖民社会(See Manes,Ombaka,Willoquet-Maricondi)。

[703]某种意义上,前面讨论过的近年非洲环境史研究,也可被看作从一个浪漫的角度强调了反殖民斗争和本土社会,指出殖民者、独立后政府以及环境保护的代理者们,被他们主张的政治议题所蒙蔽,错失了非西

方的非洲人所拥有的正确生态观,而这恰恰是非洲社会被殖民前的遗产。然而,这一观点受到了学科内部的挑战。威廉·贝纳特(William Bienart)引用了许多非洲环境研究的最新成果,警告说"植根于反殖民主义、甚至有时是民粹主义、或反现代主义话语的论证,会带给我们逻辑上必然的封闭、过于简单的倒转"(284)。贝纳特对这种坚持逆转均质化二元对立(现代/传统、西方/本土等)的做法提出质疑,他指出:前殖民时期、殖民时期以及后殖民时期的非洲乡村社会一直处于变化之中,所蕴含的环境知识和做法并非存在于权力关系之外。贝纳特认为,非洲在前殖民时代的环境行为,绝不总是与当地生态和谐共存,应该注意到长期的西方影响与殖民历史早已改变了当地居民的环境知识、态度与做法。

努鲁丁·法拉赫的《秘密》(*Secrets*)也可被看作对过度浪漫化的生态观持怀疑态度的文本,因为对法拉赫而言,所有的环境知识都必须视为与权力相关的文化建构,而且可以用以讨论成问题的环境和社会做法。《秘密》中所持有的关于环境再现的后现代怀疑态度,使很多生态批评家并不把它当作一部真正的环境作品,尤其这部小说的叙事中心还集中于人类身份和人类发展的问题。

然而,从其他视角来阅读,即使按照布伊尔的界定,《秘密》也是一部意义深远的环境作品。它对20世纪后期索马里日益恶化的环境所表现的强烈关注,大大调和了其环境再现的怀疑论。例如,书中生动再现了个人肆意杀害索马里的野生动物,通过国际贸易而获利。同样重要的是,《秘密》强调了要努力与自然建立良好关系,把自然看作独立于人类行为之外的存在;也要努力以新的方式去再现自然、珍视自然。法拉赫认为,人类的身份也有一部分是由非人类自然组成的,因此,在人与自然的关系中,要去人类中心化。最终,《秘密》中对所有自然再现的质疑,与生态友好视角相结合,使得该书与布伊尔提出的观点相吻合,需要承担环境再现和环境想象的双重责任——对所有自然描绘的语言(建构)特征和现存的非人类自然的责任。而这种非人类自然,正是我们必须尝试描写的,也是我们与之相互依存的。

主人公卡拉曼(Kalaman)及其家人与动物交流之时,这种复杂的情况常常有所展现。例如,一只千鸟飞落在卡拉曼与左诺(Nonno)谈话的桌上,两人质疑了人类挖空心思所赋予这只鸟的各种意义。将鸟在文化上建构为不详之物，左诺对此提出了质疑。左诺与卡拉曼把这只鸟视作并描绘成人类的访客，颠覆了在他们和鸟类之间作出的任何绝对区分。但左诺也试图界定这只鸟，说道："我们的访客可不同于我们驯养的哈努（Hanu，他们的宠物猴）。我们给哈努起名，充满感情地宠爱它。而这只鸟是一只生而自由、思想不受束缚的鸟。"（155）仔细观察了这只鸟之后，卡拉曼心里并不赞同左诺[704]将这只鸟刻画成一个摆脱人类束缚、在牧歌式自然中自由自在飞翔的意象。他注意到"这只鸟的腿上用线绑着一个极小的纸条"："这只鸟是我们餐厅里的一只传信鸟吗？与左诺的想法恰恰相反，它可不是什么天上任意翱翔的自由使者。"随着观察不断深入，这种批评性的观察叙述有机结合了以下两个层面的内容：一是努力以一种超越现存文化词汇的表达，来描述和珍视非人类自然，也尝试呈现人类对自然的（可能是破坏性的）影响；二是对上述竭力呈现非人类自然的做法，表达强烈的怀疑。

更为普遍的是，在《秘密》这部作品中，卡拉曼的进步在于：他意识到自身与更大的（即去人类中心）生物圈之间的相互依赖关系；尝试用新的方式去理解（或描绘）自然；认识到所有试图为自然代言的行为，都是人类对大自然声音的征用。换言之，小说中的发展与获取更为生态的感受力有关，即使其中的环境叙事遭到质疑、人类重新被中心化（作为变化的代言者）。多米尼克·海德（Dominic Head）声称，这种视角为生态批评恢复了后现代小说形式，哪怕由此引发了对生态批评中一些核心准则的质疑。海德认为，"环境"小说通过对自然、对自我与自然之关系的重新思考，在读者心中促成了一种更为生态化的感知模式。某种意义上，人类意识仍居于中心，但已经以一种去人类中心化的方式作了重新定位。海德承认，在许多生态批评家的眼中，小说的复归仍然太过以人类为中心。然而，他指出生态批评议题的推进（扩展），取决于人类意识的转变。而且，后现代小说为非人类自然敞开了一扇门——指向自然，并强调理解和再现非人类自然的重要性——**与此同时**，又削弱了环境再现的真理主张（truth claims）。就此意义而言，海德认为生态批评（以其更为后现代的展现形式）有潜质成为后殖民主义的同盟军。（后殖民主义一直尝试为他者的声音开启一个空间——包括在自我内部——又同时对这种声音的最终回归保有合理的质疑。）

我在这里简要讨论了《秘密》与《一粒麦种》这两部作品，当然只是非常初步的探索。从环境角度，这两部小说告诉我们：生态批评如何为审视非洲文学文本，开启了新的重要角度；同时，这些文本如何与非洲的环境保护研究相连，而该研究指出了生态批评正统观念的局限性，特别在非洲的语境下。我对文学作品的解读、对生态批评和非洲环境史的讨论中，已经指出每个"领域"内的异质性。最终，运用后两个领域来开启各种路径解读非洲文学的最有效方式，并不是去争论哪些文学作品在某一套问题上占据了恰如其分的位置，而是用非洲生态批评和环境保护研究中的不同视角，来发现这些文学作品中的共同点与分歧。反之，这种阅读模式也会使非洲文学促进生态批评和非洲环境史的发展，不仅为现存研究框架提供更多的例证，同时也在这些领域间展开讨论，形成各自的定位。当然，终极目标依然是帮助我们思考和反思环境以及环境恶化之意义，及其与人类和人类历史之关系，从而使得非洲文学及其研究与非洲的环保主义相关。

参考书目

Adams，William and David Hulmc. "Changing Narratives. Policies & Practices in African Conservation. " Hulme and Murphree，9—23.

Anderson. David and Grove，Richard，eds. *Conservation in Africa：People，Policies，and Practice*. Cambridge：Cambridge University Press，1987.

Bate，Jonathan. *Romantic Ecology：Wordsworth and the Environmental Tradition*. New York；Routledge，1991.

Bienert，William. "African History and Environmental History. " *African Affairs* 99 (2000)：269—302.

Bonner，Raymond. *At the Hand of Man：Peril and Hope far Africa's Wildlife*. New York：Knopf，1993.

Buell，Lawrence. *The Environmental Imagination：Thoreau，Nature Writing，and the Formation of American Culture*. Cambridge，MA：Harvard University Press，1995.

——. *Writing for an Endangered World*. Cambridge，MA：Harvard University Press，2001.

Carruthers. Jane. "Nationhood and National Parks：Comparative Examples from the Post-imperial Experience. " *Ecology and Empire*. Eds. Tom Griffiths and Libby

Robin. Seattle: University of Washington Press, 1997, 125—138.

———. *The Kruger National Park : A Social and Political History*. Pietermaritzburg: Natal University Press, 1995.

Coupe, Laurence, ed. *The Green Studies Reader*. New York: Routledge, 2000.

Dineson, Isak. *Out of Africa and Shadows on the Grass*. New York: Random House, 1937.

Farah. Nuruddin. *Secrets*. New York: Penguin, 1998.

Glotfelty. Cheryll and Harold Fromm, eds. *The Ecocriticism Reader : Landmarks in Literary Ecology*. Athens (GA): University of Georgia Press, 1996.

Grove. Richard. Ecology, *Climax and Empire : Colonialism and Global Environmental History*, 1400—1940. Cambridge: White Horse, 1997.

[706]Head. Dominic. "The (Im)possibility of Ecocriticism." *Writing the Environment : Ecocriticism and Literature*. Eds. Richard Kerridge and Neil Sammells. New York: Zed. 1998. 27—39.

———. "Problems in Ecocriticism and the Novel. " *Key Words*. 1 (1998), 60—78.

Howarth, William. "Some Principles of Ecocriticism. " Glotfelty and Fromm. 69—91.

Hulme, David and Marshall Murphee. eds. *African Wildlife & Livelihoods*. Portsmouth: Heinemann, 2001.

Leach, Melissa and Robin Mearns, eds. *The Lie of the Land : Challenging Received Wisdom on the African Environment*. Portsmouth (NH): Heinemann, 1996.

Lewis, Simon. *White Women Writers and Their African Invention*. Gainesville: University Press of Florida, 2003.

Love, Glen A. "Revaluing Nature: Toward an Ecological Criticism. " Glotfelty and Fromm, 225—240.

Lundblad, Michael. "Malignant and Beneficent Fictions: Constructing Nature in Ecocriticism and Achebe's *Arrow of God*. " *West Africa Review* 3. 1 (2001): 1—22.

Manes, Christopher. "Nature and Silence. " Glotfelty and Fromm, 15—29.

Mazel, David. "American Literary Environmentalism as Domestic Orientalism. " Glotfelty and Fromm, 137—46.

Neumann, Roderick. *Imposing Wilderness : Struggles over Livelihood and Nature Preservation in Africa*. Berkeley: University of California Press. 1998.

Ngugi wa Thiong'O. *A Grain of Wheat*. Portsmouth: Heinemann, 1967.

Ombaka, Christine. "War and Environment in African Literature. " *Literature of Nature : An International Sourcebook*. Ed. Patrick D. Murphy. Chicago: Fitzroy Dearborn, 1998, 327—335.

Ranger, Terence. *Voices from the Rocks : Nature, Culture, and History in the Matopos Hills of Zimbabwe*. Oxford: James Currey, 1999.

Slaymaker, William. "Ecoing the Other(s): The Call of Global Green and Black African Responses. " *PMLA* 116 (2001):129—144.

Willoquet-Maricondi, Paula. "Aimé Césaire's *The Tempest* and Peter Greenaway's *Prospero's Books* as Ecological Readings and Rewritings of Shakespeare's *The Tempest.* " *Reading the Earth: New Directions in the Study of Literature and Environment.* Eds. Michael P. Branch, Rochelle Johnson, Daniel Patterson, and Scott Slovic. Moscow (ID): University of Idaho Press, 1998, 209—224.

（马军红 译；姚峰 校）

第 92 篇　非洲女性文学中的
生态后殖民主义①

朱莉安娜·马库切·恩法-阿本伊(Juliana Makuchi Nfah-Abbenyi)

[707]在《她如碧玉珊瑚》(*Elle sera de jaspe et de corail*)中,喀麦隆作家崴尔崴尔·赖金指出:

> 的确,罗奈(Lunä)是一个命定的村庄。人们说 20 世纪最大的特征就是差异。各种差异以如此不和谐的方式并存,以致必须创造新的生态系统:超级大国与第三世界并存,城市与贫民窟并存,富人与穷人并存……如此多的贫苦与如此多的奢华并存,有人饱得想吐,有人饿得要死,这是不和谐的。(pp. 44—45)

崴尔崴尔·赖金坚持认为,生态必须被创造出来。有人或许要问"为什么要创造呢?"赖金的言论假定了一个事实,而这个事实要么被丢弃,要么被忘记,要么就是被忽视了。根据这个事实,曾经有一个时期,人们了解自己身处的环境。他们理解环境,尊重环境,珍视与环境的相互依赖、和谐共生的关系。后来,表现为差异——无论是意识形态、文化、政治或经济的差异——的"不和谐"种子被播下、培养,并长出深根。这种"不和谐"不仅由赖金论述的观点表达出来,也通过他作品本身的风格传达出来:各种风格挑战规范的句法和语法规范,僭越传统的写作规则,因为赖金通篇融合诗歌、散文、戏剧的表达形式,铭写了一种独一无二的互文性。这种风格巧妙捕捉了她所谈论的混乱。

---

① 　First published in *Literature of Nature*：*An International Sourcebook*，ed. Patrick Murphy, pp. 344—349. Chicago：Fitzroy Dearborn Publishers，1998.

[708]赖金小说中的村庄罗奈有时指的是他的故乡，但经常象征着非洲，甚至整个世界。罗奈所表现的，是一种几乎彻底的堕落和/或失忆，而罗奈村的不同族群每天醒着的时候都深陷其中。随着自己生活的世界分崩离析，他们沉睡和沉湎于完全混乱——无论这种混乱是身体的、灵魂的，还是精神的——的氛围中。正因为他们不能或拒绝承认，不能或拒绝将传统认知方式与科技导向的价值观相融汇，于是，"生态"才必须创造出来，这一创造据称能消除这个世界的环境危害。因此，罗奈人（Lunaï）必须从这种（不）舒适的普遍状态中迅速觉醒，才能拯救自己，拯救他们的环境，总之，拯救他们的人性。为此目的，他们必须作出决定，重新回到自己的传统之中，再造曾经与他们的世界共享的健康关系。

赖金的文章强调了其他非洲女性在作品中也加以讨论的主要问题，以及这些问题对她们人民——尤其对女性——的生活产生的影响。这些作家表明，从殖民主义时代，经过独立运动，再到后殖民时代等这些（重新）塑造了非洲社会、历史和文化的运动，非洲女性的角色（有时也包括男性的角色）经历了巨大的变化。他们声称，女性的生活往往受这些本土或全球变迁的影响最大。

布奇·埃梅切塔的《为母之乐》就是佐证。尽管我们听到，小说中父权意识浓厚的恩沃科查·阿格巴迪（Nwokocha Agbadi）以轻蔑的口吻宣称："只有那些不敢面对农活的懒汉才回到沿海地区工作，离开父母和祖先耕作和珍视的土地"（p. 37），但嫁给这些"懒汉"的正是像恩努·伊戈（Nnu Ego）和科迪莉亚（Cordelia）这样的女人，她们牢骚满腹，不断将拉各斯的城市生活与伊布查（Ibuza）的乡村生活进行比较。她们的抱怨源自这样的事实，即她们的丈夫成为（后）殖民经济的一部分，并为其所吞噬。由于不再拥有拉各斯的土地以及/或者农场，她们的地位、角色和影响都丧失殆尽。正如恩努·伊戈所哀叹的那样，"在伊布查，女人能够作出贡献，但在拉各斯这座城市中，只有男人才能养家糊口；这种新环境使女人丧失了自己有用的角色。"（p. 81）女性对于家庭收入和幸福的贡献部分来自她们在土地上的劳作，这有助于形成两性之间可接受的劳动分工，实现了两性关系的平衡。阿格巴迪批评那些"懒汉"逃离土地和农活，而偏爱现代的、（后）殖民的"卑贱"工作（例如，成为厨子或清洗工，为白人服务），这些工作剥夺了他们的"阳刚之气"，因而重新界定了伊布查社会和文化中"男子气概"的概念。土地以及/或者农场的置换和丧失,不仅意味着女人丧失了重要了权力来源,而且重塑了她们的性别角色、以及女性和女性气质的概念。因此,在阿格巴迪和恩努·伊戈这样的女性看来,城市环境破坏了她们与土地、家园和身份的联系。她们认为自己从与城市环境的新关系中失去的很多,得到的很少。尽管有人也许会指出,耕种土地以及承担家庭责任未必赋予女人权力——尤其当她们被视为土地上的骡马,例如戴尔芬·赞茨·索格(Delphine Zanga Tsogo)所著《女人的生活》(*Vies de femmes*)和《笼中之鸟》(*L'Oiseau en cage*)中的女性——但非洲女性写作的确表明,在与城市环境构成的(后)殖民关系中,受伤害最大者就是女人和孩子。

[709]加里克斯·贝亚拉(Galixthe Beyala)在《阳光照在我身上》(*The Sun Hath Looked upon Me*)和《你的名字是坦噶》(*Your Name Shall Be Tanga*)中,所描绘的正是这样一幅画卷。她描写的儿童主要由于迁徙到了生活条件恶劣的城市贫民窟,之后被承受的压力压垮。通过她笔下那些青春期女主人公——阿特巴·莱奥卡迪(Ateba Léocadie)和坦噶——的眼睛,我们就能看到贫民窟的生活如何"杀死"儿童,扼杀他们的梦想,导致彻底的幻灭,并常常招致死亡。贝亚拉指出,这些孩子们在贫困、失学、无家可归、违法犯罪和卖淫中沉沦堕落之时,那些毫不警惕、一无所知、不负责任以及/或者道德败坏的成人、父母和政客(他们自己同样在后殖民时代病态的生存政治中难以自拔)只能袖手旁观、无能为力。大量人口离开了乡村,导致了难以言说的失衡状态,逐渐毁坏了环境,毒害了儿童,尤其毒害了年轻女性。可悲的是,当地政府无法给这些深陷如此窒息环境——这里成了对孩子们的身心施加暴力的沃土——中的儿童提供帮助。贝亚拉声称要为贫民区的普通人写作,坚信他们是能给非洲带来真正变化的人,是这个大陆的未来。因此,她专门指责那些政客——他们在独立运动中都是弄潮儿,但如今面对国家资源严重管理不善的问题,却无能为力。

这些政客以及后殖民国家的领袖不仅治国无方,而且贪污腐败。对此,阿米娜塔·索·法勒(Aminata Sow Fall)在《乞丐罢工》(*The Beggars' Strike*)中,以喜剧、讽刺和愤世嫉俗的笔调给予了刻画。法勒揭露了后殖民政治的另一阴暗面,谴责那些权欲熏心者如何功于心计,利用"生态"这一全球性发明——背后是全球的经济支持(旅游业、经济开发以及所谓第一世界提供给所谓第三世界的援助)——为自己谋取私利。

《乞丐罢工》开篇第一句就是:"今天上午,报纸上又出现了一篇相关文章:关于街道上如何挤满这些乞丐、这些古兰经学校的学生、这些麻风病人和瘸子,以及所有无家可归者。"(p. 1)我们听说首都的街道迫切需要清除这些社会渣滓、"这些人类的拙劣仿品"。公共健康与卫生部部长决定发起一场"有效的运动",计划扫除首都的瘟疫,使其不再妨碍卫生和城市进步。但是,穆尔·恩迪亚耶(Mour Ndiaye)的动机也出于别的个人和政治原因:"现在,我们就是该为国家命运负责的人。如果任何事情阻碍了经济和旅游发展,我们就必须反对,"他这样对自己的私人巫师塞里格·比拉马(Serigne Birama)说(p. 18)。比拉马一直都不认同他的这番说词,反对以所谓"经济发展"为名继续将乞丐推向边缘。如果考虑到乞丐"侵入"首都是因为他们和市民之间存在一种予和取的关系,那么他的怀疑就有充分的根据。城市里的人给乞丐一些施舍,并非出于善心,也未必因为宗教教义要求他们向穷人布施,而是"出于自我保护的本能"(p. 38)。城市人需要乞丐保佑他们长命百岁、兴旺发达,祈祷他们驱除噩梦、带来希望,而乞丐们的确能做到,"所以觉得心安理得"(p. 38)。

因此,恩迪亚耶之所以热衷于此,这是出于他个人的政治野心,及其利用第一/第三世界政治——建构在"经济发展"这种虚无缥缈的东西之上的政治——的能力。那么,我们的问题依然是:"谁会从这个打着开发旗号的怪物中获益?"恩迪亚耶之所以发起这场针对乞丐的运动,并非因为他要控制"人口过剩",也不是为了限制对环境的破坏,以便从根本上保护环境。他发起的这场运动所瞄准的,是需要发展和保护的旅游经济。[710]因此,能够"解释"这种暴行的是少数富有的外国游客,以及恩迪亚耶这样的本地政客的利益,而不是那些本地居民——生态帝国主义正是针对这些居民而实施的。因此,来自本土以及域外的权力和经济政治(economic politics)沆瀣一气,使得那些处境艰困的非洲民族进一步被边缘化了。如果那些居于这些环境空间——无论地理空间,还是政治空间——中的人,要么被用作诱饵,要么在制定和实施那些掌控他们土地——最终也包括他们生命——的政策过程中,直接被排除在外,那我们如何能大谈什么"生态"这一全球政治的好处和价值呢? 如何大谈"保护环境"呢?

　　法勒显然对这些政策/政治及其承受者和实施者不以为然,他颠覆了整个过程本身,将权力置于那些无权无势者的手中。在萨拉·迪昂(Salla Diang)这位女性的领导下——而非借助恩迪亚耶这类人的帮助——乞丐们搬到了城市郊区的"清理贫民窟再安置区"(Slum-Clearance Resettlement Area),以非常聪明的方式解决了"人口过剩"的难题。于是,形势发生了逆转,那些曾经像狗一样被追捕、鞭打和暴揍的人,满怀喜悦地策划如何对穆尔·恩迪亚耶(如果他能听从比拉马这位"没有接受过教育"的传统领袖的话就好了!)这样冷酷无情、权欲熏心的政客实施报复。城市居民现在不得不找到那些乞丐,他们所依赖的对象因此发生了逆转。而乞丐们由于搬出了那个拥挤不堪的地方,因而重新找回了自己的身份、尊严,维护了自己的人性。当这些乞丐遵从萨拉命令继续罢工,恩迪亚耶也就遭遇了挫败,这就是乞丐们最终的报复行动。"都待着别动。所有人都待着,不许再动。明天,我们就能看到他完蛋的样子!"(p. 86)他们拒绝返回首都,恩迪亚耶也就不可能完成惟一的善举,而这一善举能确保他得到预谋已久的东西——副总统职位的任命。

　　恩迪亚耶开始认识到现代政治与经济发展(行政职务/旅游业)之间的相互关联,以及传统声音和价值(比拉马/乞丐——"自从我们祖先的时代,他们就一直在这里"[p. 15])之间的联系,并从中吸取了教训,此时他想修复这场运动造成的破坏,但为时已晚。他说:"我们必须想办法让他们重获作为公民的权利……建立一些能够吸纳他们的组织……声势浩大地开展一场为他们平反昭雪的活动……"(p. 94),但这番话与比拉马提出的——"你发起了针对乞丐的战争……谁是胜利者?"——这个问题相比,显得那么格格不入、非常刺耳(p. 66)。恩迪亚耶无法认识到文化、宗教、经济和政治之间的辩证关系,拒绝将社会文化价值观与现代价值观相融合,以克服和有效应对"经济发展"给他的人民带来的(不)舒适,这导致了他自己的失败。

　　尽管"发展"和恶政在后殖民时代的非洲孕育了很多伤心事,但仍然是有希望的,正如贝茜·黑德在《雨云聚集时分》和《权力之问》中所表现的那样。只有将传统/本土的认知方式与现代科学/技术相结合,才能最大程度确保非洲以及第三世界国家——而这些国家在现代化和所谓"进步和文明"的驱动下,正在突破环境恶化和人民生存的极限——既有丰富的出产,也能保护自己的环境。除非"进步与文明"同时意味着学会将本土和域外认知方式有力地结合起来,否则他们能否生存下去,就很难预料。

[711]博兹瓦纳成了接纳贝茜·黑德的国家,这是她逃离南非——在南非,他遭受排斥、侮辱、剥夺和极端种族主义(Head, *Serowe and A Woman Alone*)——之后可以称为家的热情好客之地。她在博兹瓦纳逐渐培养起来的强烈热爱和归属感,在小说中均有所描述。《雨云聚集时分》中的村庄叫作戈尔马·米迪(Golema Mmidi),意思是"种植庄稼"(p. 28),而《权力之问》中的村庄叫作穆塔本(Motabeng),意为"沙地"(p. 19)。这些小说的书名指的都是天气、庄稼、土地、自然等,及其与人的关系,这绝非偶然。黑德描写了女人和男人之间、本土耕作法与现代科学方法——依据对天气和环境本身的研究,并且根据土地特性作出调整——之间合作所构成的错综复杂的网络,其中,她对土地以及土地上的人的强烈兴趣,是一以贯之的。我们在《雨云聚集时分》中读到,男人是把牛群赶到集市贩卖的人,而女人是农业技师。女人是土地的耕作者,一年365天都在田间地头:"没有人比博兹瓦纳妇女更勤劳肯干了,因为她们肩负着为一大家人提供食物的重担。"(p. 104)由于土地贫瘠干旱,加之气候反复无常,女人又是农业生产的主力,吉尔伯特·巴尔福(Gilbert Balfour)因此相信:也许"长远来看,所有的变化将取决于这个国家的女人们,也许她们还能为那些他至今没有想到的难题提供不少解决的方法"(p. 43)。她们都是宝琳娜·塞贝索(Paulina Sebeso)这样的女性,一呼百应,"为农业的新发展开辟道路"(p. 75)。

但是,性别观念、文化和部族土地实践等都以复杂的方式纠缠在一起,由此产生的问题可能阻碍新的农业发展前进的道路。例如:虽然女人是农业的脊梁,但农业技术革新的项目"只对男人开放"(p. 34);在部族的土地占有制中,"土地的拥有权属于整个部族"(p. 38),但给为部分土地设置围栏、用于有限放牧带来了难题。基于文化和偏见的饮食习惯也给发展增加了另一维度。例如,随着一种抗旱的小米品种被发现,博兹瓦纳人日常饮食的质量和样式都会增加,但他们不愿食用这种小米,因为这种小米是喀拉哈里(Kalahari)沙漠中"劣等的"布西曼族人(Bushman)食用的。很多这些不同的问题是如何解决的，这些都在黑德的这部小说中被精心呈现出来。在女人的帮助下，之后又在与男人的合作中，吉尔伯特实施了一些工程，找到了一些对他本人、人民群众及其环境而言都令人振奋的解决方法。

这些工程在实施过程中，每一步都要考虑生态因素。例如，需要找到的方法能够兼顾牛群和农作物的生产——将土地围成小块，在合作拥有的牧场上有限放牧，就能防止过度放牧以及疾病的传播。这种方法也增加了高质量牲畜的饲养数量，因而提高了牲畜的售价，减轻了养牛的艰辛和劳动量。通过钻井和修建水库，每个家庭都获得了水源；通过构建小型水坝网络，灌溉问题也得到了解决。指引这些合作和激励的哲学思想是"材料要简单，成本要降低"（p. 136），这显然凸显了黑德的信条，即非洲后殖民社会的发展项目只有以人民利益为中心，才能实际上对相关各方产生影响[712]或具有意义。最终，尊重自然与提高生产率之间的相互关系，必须以"改善穷人的生活"为目的，由此也改善了女人的生活，因为从土地取食的责任主要由她们承担。因此，"比起那些自相残杀的政策、公司收购以及大规模金融活动的肆意攫取，施行合作和财富共有的共享型发展体制要好得多"（p. 156）。

《权力之问》中，黑德再次将小说建构在共同进步的理念之上。在穆塔本，由"小男孩"（Small-Boy）这样年轻聪明、热情四射的男性和季若曦（Kenosi）这样的女性组成的青年发展工作小组，就生产率的基本原则向民众提供指导。他们建设当地的工业项目；以节水方法调整农业生产；为了不同作物和农产品取得丰收并实现持续高效，根据规定的方案实施轮作法。穆塔本人所做的一切，都是为了"将人们的注意力转向他们自己的自然资源"，以此打破"对于南非和罗得西亚大型农业生产企业商品的"依附性循环模式（p. 69）。

如果通过转向自身的自然资源，从而打破依附性循环模式，这不仅是经济问题，也是政治问题，那么黑德这部小说还提出了另一个因素，即将土地当作饲育灵魂的仙方，作为疗治思想和身体病痛的药剂，作为发现和珍视自己与别人人性的手段（p. 158）。"这不可能，"伊丽莎白思忖道，"不同时触碰到人性中奇妙的陌生感，就没法作个菜农。"（p, 72）伊丽莎白因四处漂泊而要寻找一个有归属感的地方，这在穆塔本当地校长的话里被刻画了出来:"我也痛苦,因为我没有自己的国家,明白这是什么样的感觉。很多难民的精神都崩溃了。"(p. 52)伊丽莎白遭受同样的命运时,只有与土地的联系才能挽救她的生命。她与汤姆——更重要的是与季若曦和花园——的关系帮助她从物理或心理监牢中,从童年以来的精神恐怖(她的白人母亲发了疯,并在精神病院自杀——母亲因为和一个年轻的黑人马夫生了孩子而遭到囚禁;有很多次,仅仅因为自己被怀疑"遗传"了母亲的疯病,她就被关在学校里)中,从南非种族隔离环境的成长中解放出来。她说,在这个地方"就像永远生活在紧张精神状态之中,因为你不知道白人为什么特别仇恨或厌恶你"(p. 19)。

　　一度有三年时间,伊丽莎白"走入地狱和黑暗"(p, 190),身体几乎完全垮掉,她拼尽全力与那些威胁要夺走她生命的恶魔搏斗。三年中,她风雨飘摇、命悬一线,而她的内心世界和外部世界相互冲突。她因为自己和季若曦在花园里的劳作而焦虑,这"会猛地将她弄醒",让她游回到现实(p. 169)。能和季若曦一起劳作,这对她的病情是一种有效的治疗,因为"就伊丽莎白而言,她会回忆起……季若曦这样的女人容貌,这是挽救了她生命的一个奇迹或意外"(p. 89)。和季若曦一起劳作使她能在身体、思想、精神和玄学(她常常陷入沉思,融入周围的环境之中)等方面恢复健康。季若曦性格娴静,但态度固执,又彬彬有礼,她从未提起过伊丽莎白的病情,也从未想起令朋友痛不欲生的恶灵。季若曦喜欢陪伊丽莎白坐着,一起吃饭,与她的儿子聊天,对她这个朋友惟一的责备与花园有关:

　　　　[713]"你绝不能离开这个花园,"他说。"你不在,我没法干活。这些天,大家都在取笑我。他们说:'季若曦,你的老师去哪了? 你不在学校了。'人们从来没有见过我们这样的花园……"

　　　　伊丽莎白挣扎着直起身子。这就是这个女人将她带回生命和现实的样子! (p. 142)

　　季若曦这番话的意思是,她们彼此的劳作和生命如此相互依赖。但最重要的是,季若曦要让伊丽莎白明白,即使在她那个现实扭曲的世界中,其他人也许/就是要依靠她。她是穆塔本这个村庄中重要且有用的成员。土地、她们的劳作以及她们的友谊，都使二人彼此相依，获得一种归属感，一种必定——也的确——挽救了伊丽莎白的希望感。难怪《权力之问》的最后一句如此有力地说道："［伊丽莎白］睡着了，将自己一只柔软的手放在土地上。这是一种归属的姿势。"(p. 206)

　　因此，归属于土地也赋予人深深根植于一种文化的身份和历史。吉吉·丹格伦博嘉的《紧张状况》(*Nervous Conditions*)中的尼娅莎(Nyasha)所渴望的正是这样的历史。她需要将这样的历史补充进去，因为在英式教育教给她的"谎言"中，一些历史被丢弃或篡改了。尼娅莎就是要和这种"英国性"斗争，这种"英国性"抹除了她身为绍纳人的自我、她的非洲历史，使她忘记了自己到底是谁。她讨厌自己成了混血儿，不顾一切地想要重新界定自己的身份。除此之外，尼娅莎还反抗危及她身为绍纳人的自我感的(后)殖民主义话语；但与她不同，坦布翟(Tambudzai)深入了解自己的历史。坦布翟的优点是与祖母在田间劳作时的谈话中积累而来的。

　　坦布翟祖母这样的女性是历史故事的讲述者和守护人。她们对土地和历史的知识是相通的，因此坦布翟这样的孩童所获取的这两种形式的知识，也是彼此相通的。从祖母那儿，她学到了有关自己家族、自己民族的历史等宝贵知识，而这些"在书本中是看不到的"。同样重要的是，我们还要注意这位祖母如何颠覆了农活，将其用作教育后代和自我建构的平台；只要坦布翟央求她再讲些历史/故事，姆布娅(Mbuya)似乎在用鱼钩逗弄孙女一样，说道："再干些活，我的孩子，然后你就能听到更多的故事了。"于是，"这一整天，这片田地就不紧不慢、有条不紊地耕作完毕了，祖母自己那部分历史的各个片段，也就从头至尾串联了起来。"(pp. 17—18)正是与祖母、祖母的故事、她们的农活的关系，赋予了坦布翟一种归属感、一种强烈的身份意识。因此，她不需要经历尼娅莎为(重新)学习遗忘的历史所遭受的心理挣扎。坦布翟的王牌就是不能遗忘。因为了解自己的历史，所以她更有能力去面对他者的殖民史，去抵制同化以及(后)殖民主义话语——这种话语几乎吞噬了她的表亲尼娅莎——的压迫。即便通过农活从姆布娅那儿学到的东西——更重要的是，了解她自己——也会拯救她；这一点，崴尔崴尔·赖金在《她如碧玉珊瑚》的通篇都甚为强调。罗奈人是可悲的，因为他们背叛了自己的历史、自己的传统。只有重新找回、重新重视本土和传统的知识,还必须与外来的、现代的思维方式融合起来,他们作为一个民族才能愈合自己的创伤。赖金乐观地指出,只有当男人和女人和谐地与环境和宇宙生活在一起,新的种族——她认为这个新种族是由碧玉和珊瑚做成的——才能诞生。

[714]参考书目

Beyala, Calixthe, *The Sun Hath Looked upon Me*, translated by Marjolijn de Jager, Portsmouth, New Hampshire, and Oxford: Heinemann, 1996.

——. *Your Name Shall Be Tanga*, translated by Marjolijn de Jager, Portsmouth, New Hampshire, and Oxford: Heinemann, 1996.

Dangarembga, Tsitsi, "Interview," in *Talking with African Writers*, Portsmouth, New Hampshire: Heinemann, 1992; London: James Currey, 1992.

——. *Nervous Conditions*, London: Women's Press, 1988; Seattle, Washington: Seal, 1989.

Emecheta, Buchi, *The Joys of Motherhood*, New York: G. Braziller, 1979; London: Heinemann, 1979.

Fall, Aminata Sow, *The Beggars' Strike*, or, *The Dregs of Society*, translated by Dorothy S. Blair, Harlow, England: Longman, 1981.

Head, Bessie, *A Question of Power*, London: Davis-Poynter, 1973; New York: Pantheon, 1974.

——. *Serowe: Village of the Rain Wind*, London: Heinemann, 1981.

——. *When Rain Clouds Gather*, New York: Simon & Schuster, 1968; London: Gollancz, 1969.

——. *A Woman Alone: Autobiographical Writings*, Portsmouth, New Hampshire, and Oxford: Heinemann, 1990.

Liking, Werewere, *Elle sera de jaspe et de corail*, Paris: Editions l'Harmattan, 1983.

Mateteyou, Emmanuel, "Calixthe Beyala: entre le terroir et l'exil," *The French Review* 69: 4 (1996), pp. 605—615.

Nfah-Abbenyi, Juliana M., *Gender in African Women's Writing: Identity, Sexuality, and Difference*, Bloomington: Indiana University Press, 1997.

Zanga Tsogo, Delphine, *L'oisearen cage*, Paris: Edicef, 1983.

（姚峰 译；汪琳 校）

第 93 篇　环境主义与后殖民主义①

罗伯·尼克森（Rob Nixon）

[715]环境主义与后殖民主义展开对话意味着什么？二者是当下文学研究中最有活力的两个领域，然而彼此却依然缺少联络、鲜有互信。多数环境主义者对后殖民文学和理论选择沉默，同时后殖民批评者也讳言环境文学。是什么情况导致了彼此的不信任？我们需要什么样的智识性工作，来推进这些迟到的对话？

让我来回顾一下这些事件——它们引发我思考这些持续发酵中的议题。1995 年 10 月的《纽约时报》周末杂志版用重要篇幅刊载了杰·帕里尼（Jay Parini）的文章，题目是"人文学科的绿色化"。（Parini，52—53）②帕里尼描述了在人文学科中，环境主义逐渐成为一门显学，这种趋势在文学院系尤为突出。文末，他罗列了 25 位对于环境研究热有着重要影响的作家和批评家。有一件事让我感到蹊跷，文中没有提及：所有 25 位作家和批评家都是美国人。

这种无意识的自我窄化，让我感到不安，特别是那时，我正在为释放萨罗-维瓦而奔走努力。这位来自奥干尼族（Ogoni）的作家，因为参与尼日利亚的环境和人权活动而被非法逮捕。③ 帕里尼的文章发表两周后，

① First published in *Postcolonial Studies and Beyond*, ed. A Loomba and Suvir Kaul, M. Bunzl, A. Burton, and J. Esty. pp. 233—238, 242—244, 247—248. Durham: Duke University Press.

② Jay Parini, "The Greening of the Humanities", *New York Times Sunday* magazine, October 23, 1995, 52—53.

③ Rob Nixon, "The Oil Weapon," *New York Times*, November 17, 1995. 对于关键问题的更完全讨论，参见 Rob Nixon, "Pipe dreams: Ken Saro-Wiwa, Environmental Justice, and Micro-minority Rights," *Black Renaissance*, 1.1, 1996.

阿巴查(Abache)政权处死了萨罗-维瓦,使他成为尼日利亚最受瞩目的环境殉道者。他是一位写小说、诗歌、回忆录和散文的作家,在为当地奥干尼人维护农场和渔场的权益,同欧美石油巨头和非洲的残暴政权进行了不懈斗争,最终殒命。然而很明显,萨罗-维瓦的作品很难在帕里尼的环境文学谱系中找到一席之地。我阅读生态批评作品越多,这种感觉就越强烈。我有幸阅读了一些给人启迪的书籍,作者包括:劳伦斯·布伊尔、谢丽尔·[716]格洛特费尔蒂(Cheryll Glotfelty)、哈罗德·弗罗姆(Harold Formm)、丹尼尔·佩恩(Daniel Payne)、司各特·斯洛维克(Scott Slovic)等。① 然而,这些作者倾向于将那些世袭传承的美国作家奉为经典,这些作家包括拉尔夫·瓦尔多·爱默生(Ralph Waldo Emerson)、亨利·大卫·梭罗 (Henry David Thoreau)、约翰·缪尔 (John Muir)、奥尔多·利奥波德 (Aldo Leopold)、爱德华·艾尔比(Edward Abbey)、安妮·迪拉德(Annie Dillard)、特里·坦皮斯特·威廉斯(Terry Tempest Williams)、温德尔·拜瑞(Wendell Berry)和加里·斯奈德等。② 这些都是功成名就的作家,但来自同一个国家。环境文学选集、大学的课程网站以及学术期刊的生态批评特刊也都大致如此。这些现象累积起来,让我意识到文学环境主义事实上是美国研究的分支。

这样的结果似乎有些奇怪:相较于其他的文学批评,人们自然希望环境主义更具有跨国视角。遗憾的是,萨罗-维瓦这样一位为"生态种族灭

---

① Lawrence Buell, *The Environmental Imagination: Thoreau, Nature Writing, and the Formation of American Culture* (Cambridge, MA: Harvard University Press, 1996); Cheryll Glotfelty and Harold Fromm, eds. , *The Ecocritical Reader: Landmarks in Literary Ecology*, (Athens: University of Georgia Press, 1996); Max Oelschlaeger, *The Idea of Wilderness*, (New Haven, CT: Yale University Press, 1991); Daniel Payne, *Voices in the Wilderness: American Nature Writing and Environmental Politics*, (Hanover, NH: University Press of New England, 1996); Scott Slovic, *Seeking Awareness in American Nature Writing*, (Salt Lake City: University of Utah Press, 1992). 比尔确实强调了赋予环境文学研究以国际维度,然而《环境想象》(*The Environmental Imagination*)一书依然在构思和侧重点上,维系在美国范式的框架内。(人名的翻译参考了大陆和台湾的通用译法,特别是对未被翻译过的作家,参考中国对外翻译出版公司 1993 年出版的《世界人名翻译大辞典》。——译者注)

② 对于这些局限的一个景点案例,参见 Max Oelschlaeger, *The Idea of Wilderness*, (New Haven, CT: Yale University Press, 1991)

绝"奔走呐喊的作家，却在环境文学经典中缺席。① 因为他是非洲作家吗？因为他跟梭罗、荒野传统和杰佛逊的农耕主义（agrarianism）关联甚小吗？相反，民族、污染、人权之间令人忧虑的联系让他的作品充满活力。本土、国家和全球政治之间的联系同样令人忧虑，也同样使他的作品具有活力。同胞的水、土壤和健康受到了破坏，但他坦言如果只局限于一国框架之内，来理解这种破坏并提出抗议，这样是不会有什么收获的。对于奥干尼人来说，环境破坏的根源来自联合掠夺，这种合力来自他所谓的尼日利亚"内部殖民"和壳牌（Shell）和雪佛龙（Chevron）等跨国公司的横行霸道。②

　　鉴于美国在萨罗-维瓦跻身环境作家的过程中扮演的角色，他在美国被经典拒之门外，就更加引人注目了。美国购买了尼日利亚一半的石油，同时雪佛兰公司是奥干尼人土地主要的污染制造者。③ 更加肯定的是，在去往科罗拉多州的一趟旅行中，萨罗-维瓦目睹了当地居民成功发起了环境抗议活动，最后阻止了大公司砍伐当地树木。④ 这段经历促使他作出决定，不仅运用人权语言表达同胞的诉求，而且要用环境术语，这样才能动员国际舆论的力量。然而，从流行的生态文学批评话语中，像萨罗-维瓦这样的作家（乍一看他颇具地方色彩，但同时也极具国际特色）通常被归为非洲作家，最好应该由后殖民学者来研究。

　　然而，我意识到了第二个反讽：后殖民批评家们对于环境问题并不感兴趣。在他们思想深处，如果说得好听些，环境问题与后殖民议题并不相关，或者只属于精英阶层；说得难听些，这是一个被"绿色帝国主义"（green imperialism）玷污的话题。⑤ 无论在后殖民还是环境阵营中，萨罗-维瓦力图融合环境和少数族裔权利的努力，鲜有回音。

---

①　Ken Saro-Wiwa, *Genocide in Nigeria: The Ogoni Tragedy*, Port Harcourt, (Nigeria: Saros International Publishers, 1992), 71.

②　Ken Saro-Wiwa, *A Month and a Day: A Detention Diary*, (London: Penguin, 1995), 7.

③　Ibid. , 80.

④　Ibid. , 79.

⑤　后殖民影响对于美国荒野痴迷的挑战，参见 Ramachandra Guha, "Radical American Environmentalism and Wilderness Preservation: A Third World Critique," *Environmental Ethics* II (1989): 71—83.

　　这些都是促使我思考环境研究和后殖民研究彼此互不通气的情况。从更加广泛的角度而言，后殖民批评家和生态批评家之间有四大主要分歧。第一，后殖民批评家倾向于关注杂糅和文化交织。另一方面，生态批评家有着关注纯净话语（discourse of purity）的传统：未经利用的荒野和保护几处仅存的、"未经玷污"的伟大土地。① 第二，后殖民写作更加关注迁徙（displacement），环境批评家倾向于地方文学（literature of place）。第三，与前面相关，后殖民研究倾向于世界性和跨国性议题。后殖民批评家对于民族主义往往持怀疑立场，然而环境文学和批评的经典往往局限于国家性（通常是[717]民族主义）的美国框架。第四，后殖民主义致力于挖掘和重新构想被边缘化的过去：这些过去包括底层历史和边缘历史，通常并置于移民记忆的跨国数轴上。相反，对于很多环境文学和批评而言，历史所呈现的是不同的面貌。这种历史往往受到压制，或者屈从于一种与自然交融的、永恒的独居时刻。美国自然写作有一种悠久的传统，这种传统将某些土地想象成无人的空地，从而抹去了殖民地人民的历史。后殖民批评家对这种环境写作（特别是荒野写作）是有所警惕的，他们极力挖掘这类历史写作在埋葬这些历史的过程中所扮演的角色。

　　在后启蒙时代，人权在不同种族之间的分配严重不均，而纯净话语对此难辞其咎。因此，殖民批评家对于纯净话语缺乏好感，是可以理解的。在浪漫原生主义（romantic primordialism）的语境下，被殖民者——特别是女性——往往被自然而然地反复视作需要被拥有、保护和资助的客体，而非拥有自己土地和遗产的主人。当文化通过话语的形式被同化为自然——特别是通过定居者的传统，即将美国视为"自然的国度"（nature's nation）——这些人群往往更容易面临失去土地的厄运——不论以保护自然、还是建立核武器试验基地的名义。②

　　个人自身经历的差异无疑扩大了后殖民作家和生态批评家认识上的

---

　　① 对于极有价值的关于荒野"纯净性"传统的批评，参见 William Cronon，"The Trouble with Wilderness；or，Getting Back to the Wrong Nature，"in *Uncommon Ground：Rethinking the Human Place in Nature*，ed. William Cronon，（New York：Norton，1996），69—90.

　　② 对于库切的简要评估："拓展的政治对于崇高的修辞来说有作用，这点毋庸置疑"，参见 J. M. Coetzee，*White Writing*，（New Haven，CT：Yale University Press，1990），62.

分歧,这些分歧涵盖纯净、处所、国家和历史等的政治性。那些与后殖民研究相关的著名批评家们——夸梅·安东尼·阿皮亚,霍米·巴巴、爱德华·萨义德,萨拉·苏勒里(Sara Suleri)、佳亚特里·斯皮瓦克和高瑞·薇思瓦纳珊(Gauri Viswanathan)——都在不同国家生活过,因此他们对于移民、文化混合主义和跨国主义的学术研究带有个人色彩。相反,最显要的环境作家和批评家生活在一个国家,他们对于美国的土地情有独钟:约翰·埃尔德(John Elder)对于佛蒙特州,加里·斯奈德对于内华达山脉,温德尔·拜瑞对于阿巴拉契亚山脉的肯塔基州,以及特里·坦皮斯特·威廉斯对于犹他州。

后殖民研究关注迁徙,生态研究关注地方伦理,二者之间的张力需要一方面被置于世界主义(cosmopolitanism)的语境,另一方面被置于生物地区主义(bioregionalism)的背景之下。① 用帕里尼的话来说,生物地区主义招致了一种"对个人所处本土的"回应,这种"本土的边界是由某地的自然特征——而非强制的行政管理边界——所决定"②。加里·斯奈德和诸如约翰·埃尔德和大卫·奥尔(David Orr)等生态批评家都极力倡导生物地区伦理。奥尔认为,生态受到破坏,原因在于人们从大学毕业时,却"不必对任何具体的地方承担责任,他们的知识大多是抽象的,既可以用在纽约,也可以是旧金山。"③与之类似,埃尔德主张"传统教育的性质是世界主义的。我更喜欢一个同心圆和地方性的方式……就教育而言,从地方性写作开始,再向外扩展,增加知识积累,这是合理的做法。"④

对于这种方式,我们还有很多要说的话:这种方式可以向我们灌输一种意识,让我们知道自己对身边环境的影响,帮助我们将环境责任感落到实处。然而,从后殖民的角度,生物地区主义伦理也带来了某些问题。生物地区主义者的这些同心圆,会更多向超验主义敞开,而非跨国主义。绝

---

① 关于被迫失去家园的文献的一个精彩讨论,参见 Amitava Kumar, *Passport Photos*, (Berkeley: University of California Press, 2000), 13—14. 亦参见 Ian Buruma, "The Romance of Exile," *New Republic*, February 12, 2001, 23—30.

② Jay Parini, "The Greening of the Humanities," *New York Times Magazine*, October 23, 1995, 52—53.

③ Quoted in ibid. , 53.

④ Quoted in ibid. , 53.

大多数情况下,我们的环境主义视野会局限于一个精神性的、自然化的国家框架。

[718]很多与生物地区主义相关的美国文学作品和批评文献,倾向于一种精神地理学的风格,其前提就是我所谓的空间遗忘(spatial amnesia)。在生物地区主义的中心-边缘模式之内,地方的特殊性和道德律令通常不会向国际的特殊性开放,而是向超验的抽象化开放。如此一来,尽管美国大量的环境写作和批评摆出一副拓展的姿态,但域外地区在其学术视野中不见踪影,美国对外部世界一直都置若罔闻。

大多数情况下,环境主义者对于地方伦理的热衷,转化为对于迁徙人群的歧视。爱德华·艾尔比对墨西哥移民的痛斥、玛丽·奥斯汀(Mary Austin)对犹太人的反感、塞拉俱乐部(Sierra Club)关于禁止移民的灾难性投票结果,都证明了地方伦理环保主义的排外性。① 鉴于塞拉俱乐部的例子,理查德·罗德里格斯(Richard Rodriguez)注意到,电视公益广告中泪流满面的美国印第安人开始如何成了环境护身符,随后——极具历史反讽意味的是——又用来针对那些从墨西哥和中美洲北上的原住民后代。②

排他性地方伦理很容易蜕变为具有沙文主义色彩的超验主义。蒙大拿州作家里克·巴斯(Rick Bass)便是一例,他写了一篇文章,来捍卫犹他州南部的红岩乡村(Red Rock country)。他这样宣称:

> 西部未被保护的荒野是国家最伟大的力量之一。另一个力量是想象,我们喜欢思考,而非接受——去挑战,去问为什么,去问如果……又会怎样,去创造而非毁灭。这种质疑是一种野性、一种力量,很多人说这是美国人的特质。为什么把这种力量置于危险之中呢?失去犹他州的荒野,就等于使西部人和所有美国人丧失我们灵

---

① 对于艾尔比反移民的环境主义,这种环境主义在他的晚年变得日益明显,参见 Rick Scarce, *Eco-Warriors*: *Understanding the Radical Environmental Movement*, (Chicago: University of Chicago Press, 1990), 92. 对于奥斯汀的反闪族主义,参见 Tom Athanasiou, *Divided Planet*: *The Ecology of Rich and Poor*, (Boston: Little, Brown, 1996), 297.

② Richard Rodriguez, *Days of Obligation*: *An Argument with My Mexican Father*, (New York: Penguin, 1992), 5.

魂、我们身份和我们想象力中原始而关键的一环……沙漠中,无人涉足的原野中,有着鹿或狮的足迹,而你正在酣眠——正是有了这些,你们和我们才能继续身为美国人,而不是其他什么人、其他任何人、其他所有人。①

为了号召美国人参与有价值的环保事业,巴斯在此采取的可能是斯皮瓦克所谓的"策略性本质主义"(strategic essentialism)。② 毕竟,美国人民的代表将会决定红岩乡村的命运。但这种本质主义,不论是不是策略性的,都要付出代价;因为巴斯夸大和自然化了美国人的国民性,这在政治上是令人不安的。一方面是他所谓创造性质疑为"美国所独有"这一涵义;另一方面,美国人普遍对于本国外交政策的灾难性后果(不只是环境方面的后果)不加质疑、视而不见,我们如何协调二者之间的关系呢?巴斯所以有此立场,原因之一在于地理想象的局限性——一种超级大国的狭隘主义(superpower parochialism)。

如果你的思考框架是红岩乡村,美国也许是典型的质疑者国度,他们旨在"创造,而非毁灭"。但是,依然有 100 万越南人的健康遭受着橙剂(Agent Orange)之害;尼日利亚、厄瓜多尔或西巴布亚(West Papua)等地人口极少的少数族群也可谓风雨飘摇,在这些地方,雪佛龙(Chevron)、德士古(Texaco)、自由港麦克莫兰铜金公司(Freeport McMoran)等美国资源开采巨头肆意横行。从他们这些人的视角看,美国人不愿破坏环境的特点,似乎不再是那么不可动摇的美国价值。奥尔多·利奥波德指出,从环境角度看,身为美国人还意味着什么:"我开着福特车外出打鸟,我是在破坏一个产油地区,并再次选出了一个帝国主义者,向我提供橡胶。"③我们需要用利奥波德这番警醒之言,来修正巴斯受了蒙蔽的经济民族主义思想(econationalism)。

[719]此外,巴斯宣扬美国精神是一种纯粹的想象,即寻找"无人涉足

---

① Rick Bass, "A Landscape of Possbility," *Outside*, December 1995, 100—101.

② Gayatri Chakravorty Spivak, *The Post-Colonial Critic : Interviews, Strategies, Dialogues*, (New York: Routledge, 1990), 72.

③ Aldo Leopold, "Game and Wildlife Conservation," in *Game Management*, (Madison: University of Wisconsin Press, 1986[1933]), 23.

之原野"的高尚精神；但是，这其中有着可疑的殖民者思想谱系。正是这种思维阻碍了美国环境运动，使其无法实现思想来源的多元化。从北美原住民的视角，白人的"无人涉足之原野"美梦意味着对其文化的抹除和剥夺。这造成了一个典型的案例，即阿瓦尼奇人（Ahwahneechee）被逐出了约塞米蒂（Yosemite）国家公园，这是美国人把约塞米蒂重塑为纯净荒野的一个步骤。①

对于那些委身自然之国边缘的人们——譬如，少数族裔同性恋作家罗德里格斯和梅尔文·狄克森（Melvin Dixon）——荒野的经历似乎是以邪恶方式被人为净化的（而不是真正的纯净）。在一篇标题具有讽刺意味的文章《真正的西部》（"True West"）中，罗德里格斯讲述了自己的一次外出远足，沿小道走了三分钟，就听到灌木丛中的沙沙响动。此时，他感受到的不是什么超验的精神升华，而是被"白雪公主和七个民兵"伏击的恐惧。② 在《荒野煎熬》（*Ride Out the Wilderness*）中，诗人兼批评家狄克森记载了非裔美国人是如何将荒野与背井离乡的艰辛联系起来的：荒野更多是遭到驱逐的地方，是挥之不去的过去，而非救赎心灵的沉默之地。③

然后，我们面临的思想挑战是，既要利用生物地区主义的力量，同时避免陷入生态狭隘主义（ecoparochialism）的窠臼。这里我们也许要关注一下英国自然史家理查德·梅比（Richard Mabey）的呼吁，他主张一种较少冷漠、更为包容的环境伦理。梅比写道："在一个原住民和外来者的界限逐渐褪去的世界，我们的挑战在于发现与众不同的地方特色，同时又不至于变得封闭而保守。"④然而，对于原住民和外来者之间模糊的界限，我们经常目睹的反应是一种戒备的态度，即认为原住民的地位是自然形成、根深蒂固的，同时丑化那些长相和语言不同的外来者。

---

① 对于这个过程的精彩描述，参见 Rebecca Solnit, *Savage Dreams*：*A Journey into the Landscape Wars of the American West*，(New York：Vintage,1994)，215—385.

② Richard Rodriguez, "True West," in *The Anchor Essay Annual*：*The Best of 1997*, ed. Phillip Lopate, New York：Anchor, 1998, p. 331.（罗德里格斯戏仿"白雪公主和七个小矮人"的说法，暗示了白人的威胁。——译者注）

③ Melvin Dixon, *Ride Out the Wilderness*：*Geography and Identity in Afro-American Literature*，(Urbana-Champaign：University of Illinois Press)，1987.

④ Richard Mabey, *Landlocked*：*In Pursuit of the Wild*，(London：Sinclair Stevenson, 1994)，71.

[······]

在吸收富于挑战性的跨国思维方面,生态文学批评家们一直以来都比较迟缓,而这些思维在其他学科——对人文学科的绿色化(greening)比较核心的学科,如历史、地理和人类学——中越来越受到重视。① 相反,后殖民文学批评家往往会避开环境议题,似乎这些议题只是西方资产阶级无足轻重的关切。但是,那种环境政治(environmental politics)是全球富人的奢侈政治学这一观念,显然是站不住脚的。作为少数对环境问题有所涉足的后殖民文学学者之一,佳亚特里·斯皮瓦克指出:"南方国家的本土事务与全球性的贪婪直接相关。"②

如今,全球南方的本土环境运动此起彼伏,证明后殖民批评家所谓环境问题缺乏"真实"政治价值,这是不正确的想法。萨罗-维瓦可不是某个可以被忽视的史诗英雄:他的行动是为数众多的非西方环境运动之一,这些运动由地方激发和领导,同时受到国际的影响。环境领域看到的变化,与二三十年前女性主义的演变有着相似之处,那时女性主义被贬为白人倡导、权贵当道的运动,这项运动和第三世界的女性缺少交集。我们看到了女权运动带来的根本性变化,在种族、地理、宗教、性别和阶级领域,女权运动得以去中心化和多元化。最近,我们目睹了一个相似的去中心环境主义,这种环境主义将决定性的争论从纯净性保护和杰佛逊风格的农耕主义中解脱出来。

正如威廉·贝纳(William Beinart)和特彼得·科茨(Peter Coates)所说:"所有的人类活动改变了本身并不静止的自然世界的构成。对于那些认为改变[720]是一种倒退的批判,往往需要把人类生存合法性考

———————

①　这里可以想到一些创新性的作品,比如 Richard Grove, *Green Imperialism : Colonial Expansion , Tropical Island Edens , and the Origins of Environmentalism* , 1600—1860, (Cambridge, England: Cambridge University Press, 1995); Tom Griffiths and Libby Robin, eds. , *Ecology and Empire: Environmental History of Settler Societies* , (Seattle: University of Washington Press, 1997); David Arnold and Ramachandra Guha, eds. , *Nature, Culture, Imperialism: Essays of the Environmental History of South Asia* , (Delhi, India: Oxford University Press, 1995); William Beinart and Peter Coates, *Environment and History: The Taming of Nature in the USA and South Africa* , (London: Routledge, 1995).

②　Gayatri Chakravorty Spivak, "Attention: Postcolonialism!" *Journal of Caribbean Studies* , 12. 2—3 (1997—1998): 166; 159—179.

虑在内。"①非西方环境运动对于人类的生存和环境变化的相互依存关系,具有一种典型的警惕性,这种警惕认识到了静止的纯净性(static purity)是一种幻觉,认为这种纯净性远不能被视为理想界。这些运动往往意识到,外国的力量——跨国公司、世界银行和非政府组织等往往和专制政权为伍——能够轻易毁坏一个错综复杂的网络,这个网络由脆弱易变的文化传统、社会正义和生态系统构成。

在厄瓜多尔,一个名为行动生态的运动(Acción Ecológica)动员了当地的土著民族联合会,反抗德式古公司(Texaco)对环境的破坏,这让人想到该公司在数万英里之外毁坏了尼日利亚的环境,引发了尼日利亚奥格尼人(Ogoni)的生存运动(Movement of Survival)。②在印度,生物多样性的公司化演变成了一个集结点:有20万的印度农民突然来到德里,举行所谓的种子非暴力抵抗运动(Seed Satyagraha),抗议跨国公司与传统农民争夺种子生产和流通的控制权。

为了抗议对森林的大肆砍伐,肯尼亚的第一位女性教授旺加里·玛塔伊鼓动人们大规模种树,因而遭到逮捕和迫害。1998年,肯尼亚的窃国政府开始没收并出售国有的卡鲁拉森林(Karura Forest),卖给豪宅开发商,这招致了内罗毕大学和肯雅塔大学学生的抗议活动,他们发起另一场种树运动。肯尼亚政府的粗暴做法导致了校园骚乱,并造成了两所大学的关闭,以捍卫学生领袖威克里夫·马威比(Wycliffe Mwebi)所谓的"一种道德权利,用来反抗腐败的土地强盗,保卫环境"③。

如果不再把环境主义作为西方的奢侈品,我们如何将环境问题和后

---

① William Beinart and Peter Coates, *Environment and History: The Taming of Nature in the USA and South Africa*, (London: Routledge, 1995), 3. 这本书给美国和南非的国家公园提供了优秀的比较历史叙述。

② 参见 Joe Kane, *Savages*, (New York: Knopf, 1995); Suzana Sawyer, "The Politics of Petroleum: Indigenous Contestation of Multinational Oil Development in the Ecuadorian Amazon," *MacArthur Consortium Occasional Papers Series*, MacArthur Program, University of Minnesota, 1997; Melina Selverston, "The 1990 Indigenous Uprising in Ecuador: Politicized Ethnicity as Social Movement," *Papers on Latin America*, 32 (New York: Columbia University Institute of Latin American and Iberian Studies, 1993).

③ Quoted in "Kenya Students Confront Moi in Battle of the Forest," *Independent on Sunday*, February 7, 1999, 18.

殖民文学的方法联系起来？反之，又该如何？在众多可能的富有成效的起点上，我们可以注意现在的黑人大西洋研究，并赋予其环境维度。黑人大西洋主义（Black Atlanticism）是最新 10 年在文学和环境研究领域最富活力的研究范式之一。然而，它所呈现的问题——关于跨国身份、人群和商品的三角贸易、现代性的多种通路——依然没有考虑到环境因素。文学研究的可能性引人入胜：不仅仅是金凯德（Kincaid）的作品，而且还有德里克·沃尔科特（Derek Walcott）（从他的主张"海洋就是历史"开始）、艾梅·塞泽尔、威尔逊·哈里斯（Wilson Harris）、米歇尔·克里夫（Michelle Cliff）和帕特里克·夏穆瓦佐（Patrick Chamoiseau）等作家的作品。①

通过将最近的环境和黑人大西洋研究结合起来，我们可以弥补两个领域的分歧，即美国少数族裔文学的生态批评研究（最近才蓬勃兴起的领域）和后殖民文学领域的生态批评研究（这个领域刚刚起步）。最新出版的一本颇有影响的选集《文学与环境》（*Literature and Environment*），就显示了这种分歧所存在的问题。② 在一个重要的方面，这是一个令人鼓舞的文集，是第一个囊括少数族裔作家的环境文学文集，其中的很多作品突出了环境正义运动所优先关注的议题。通过承认兰斯顿·休斯、贝尔·胡克斯、路易斯·欧文斯（Louis Owens）、克拉丽莎·品柯拉·埃斯蒂斯（Clarissa Pinkola Estes）、玛丽露·艾瓦克（Marilou Awiakta）等人对环境争论和证词的贡献，这个选集标志着美国生态批评范式的转变，不再对荒野写作和杰佛逊的农耕主义执迷不悟。选集中的几篇文章在城市或贫苦农村的经验中，讨论当地土著人的土地权利、社区人口的被迫迁移。令人鼓舞的是，这些都是美国人关心的问题，[721]这些问题与环境优先性紧密相关，并且在后殖民写作中司空见惯。正是此处，我们发现了一个

① 对这种智识上调和的丰富可能性，参见加拿大评论家 Sarah Phillips Casteel, "New World Pastoral," *Interventions*, 5.1, (2003), 12—28.

② Lorraine Anderson, Scott Slovic, and John P. O'Grady, eds., *Literature and the Environment: A Reader on Nature and Culture*, (New York: Longman, 1999). 在编辑所囊括的 104 篇散文和诗歌中，26 篇来自非裔美国人、印第安人、拉丁裔或者亚裔美国人。这与格洛特费尔蒂和弗罗姆编纂的《生态批评读本》（*Ecocriticism Reader*）相比，已经有了长足进步——这部具有节选代表性的读本有 26 篇文章，仅有两篇来自少数族裔作家的作品。

更具跨国性和解的最为丰富的可能性。

[······]

我们生活在一个贫富差距悬殊的时代,世界前550名亿万富翁的财富总和超过了30亿人——占全世界最贫穷人口的一半——的财富。500个公司垄断了世界70%的贸易。在一个10亿并购(giga-mergers)和纳秒跨国主义(nanosecond transnationalisms)的时代,我们不能继续那种孤立化的思维,这种思维以不同的方式阻碍了后殖民和生态研究对于全球化的反馈。① 后殖民研究对于环境方面的忽视,限制了该领域的智识拓展。与之类似,生态批评领域由美国主导的研究框架已经证实是远远不够的,尤其因为我们不能对两个领域更广泛的关联视而不见。这种熟视无睹是要付出代价的,正如阿兰达蒂·洛伊(Arundhati Roy)所说,全球化"像一盏灯,让一小部分人越来越明亮,而将其他人置于黑暗之中,最后被清除掉。他们只是无法被看见。当你习惯了无视一些事情,渐渐就永远看不见它们了"②。在教室、在我们的写作中、在媒体上,我们需要拓宽光波,照亮众生。

我所罗列的框架可以帮助我们重新思考一些对立关系,包括生物地区主义和世界主义、超验主义和跨国主义、地方性的伦理观和迁徙的经验等。举例而言,通过这种调和,我们可以开始同时思考自然引起的运输(transport),和更为广泛的人口被残酷运输的历史。在此过程中,我们可以探求一种新的观念,此观念对历史更有责任,在地理上更加广泛,让人们知晓什么构成了我们的环境,通过采纳哪些文学作品可以向人们发出这个参数。这是一个雄心勃勃但十分关键的任务,尤其因为在可预见的未来,文学院系很可能在人文学科的绿色化方面继续扮演至关重要的角色。

(李程 译;姚峰 校)

---

① 显然,这两个强大的智识潮流之间的差异才刚刚开始缩小。为了寻找真正国际化、跨学科的回应,我们需要超越后殖民主义对英语和法语的倚重,而走向更为全球性的想象。但后殖民-环境的和解代表了一个无价的开始。

② Roy quoted in Madeleine Bunting, "Dam Buster," *Guardian* (London), July 28, 2001.

第十三部分 酷儿、后殖民

[725]在非洲文学批评领域，酷儿批评尚未立足。按照克里斯·邓顿(Chris Dunton)在论文中表明的观点，这种状况的部分原因是，非洲文学文本里的酷儿大多呈现为单一的主题。单一主题表现本身反映出大多数非洲人的看法——同性恋天生与非洲文化不容。然而，随着人们逐步认识到这一事实——尤其是在女性当中，各种传统非洲社团将同性性行为制度化，酷儿批评开始汲取各种资源，去调整人们对非洲文学文本里性描写的理解。本章的论文涉及非洲文学里一个新兴却同样重要的领域。邓顿和德赛(Desai)的论文重在勾勒这类文学表现的类型，而芒罗(Munro)和恩法-阿本伊分别从南非和西非语境出发，尝试作出更加可信的分析。四篇论文清晰反映出一种需求，即细读非洲文本，了解如何利用它们来讨论非洲大陆明显存在的另类性经验——从阿克拉的同性恋酒吧，到种族分离时代南非的男性宿舍制度下同性恋关系的后续效应。在当时的南非社会，男性移民生活在城市里，长期远离妻子、女友和家庭，不得不探索有别于常规的性经验。

（李道全 译；姚峰 校）

第 94 篇 "那是啥玩意儿?": 非洲文学对同性恋的处理^①

克里斯·邓顿(Chris Dunton)

[727]在《黑人,非洲人》(*Peuples Noirs，Peuples Africains*)杂志1983 年的一篇文章里,丹尼尔·维纳尔(Daniel Vignal)评论道:

> 对于大多数(非洲作家)来说,同性恋完全是殖民者或他们的后代所引入的偏差,是阿拉伯人、法国人、英国人、**混血儿**(métis)等各类外来者带入非洲的。他们很难设想同性恋会是非洲黑人的行为。(74—5)^②

比维纳尔的论断更全面的一次调查也确认了他的结论:在涉及殖民统治、非洲学生在欧洲和美国生活经验或是南非监狱状况的文本里,同性恋行为^③基本上毫无例外都被归罪于西方对非洲的破坏效应。^④

---

① First published in *Research in African Literatures* 20. 3 (1989): 422—428, 444—448.

② 除非另外申明,此处和其他各处的引用皆由本人翻译。

③ 在这篇文章里,"同性恋行为"一词涵盖了一系列性行为:文中讨论的多数文本中出现的男同性恋、手淫(《毛毯男孩的月亮》[*Blanket Boy's Moon*])、恋童癖(《献给特雷泽的爱》["For Love of Thérèse"]、《两千季节》)和女同性恋(《我们的姐妹煞风景》[*Our Sister Killjoy*])。这些行为之间的差异对于各位作家来说似乎不太相关,因此讨论这些文本的意识形态也就没有太大意义。《我们的姐妹煞风景》需另作别论,因为在小说里女同性恋与女性身份的广泛讨论有关。

④ 文章通篇使用"西方"和"西方人"——其中后一个选词要胜过"白人"——目的是将非裔美国同性恋人物也包涵进来,例如《译员》里的乔·戈尔德和《不知所措者》里的吉米(Jimmy)。这么做的理由是,同性恋行为一直被视为处于非洲文化之外。

大多数情况下，就算同性恋话题没有那么粗糙刻板，也还是单一主题的：在文本更大的主题和叙事设计中，同性恋话题发挥的作用受到限制，功能不出所料。然而，在一些文本里，同性恋主题虽然未必得到更多同情，却也通过更加复杂的方式得以运用。如果有的话，也很少有作家是众所周知的同性恋，而目前这篇文章的主要关注点，并不是确认哪些文本对同性恋话题采取更加开明的态度。在这个层面，我不关心这个贬损式评价，即非洲作家认为同性恋本身是一种问题。我更感兴趣的是，对同性恋的态度如何提供了一个便捷的参照点——一个定义严密的叙事元素，帮助揭示文本普遍的主题关切和更广泛的叙事策略。

[728]首先，我要对同性恋话题作一番考察，然后再聚焦几部作品，来阐释我的观点。通过分析玛迪（Maddy）的《没有过去，没有现在，没有未来》(No Past , No Present , No Future)、艾朵的《煞风景的姐妹》、索因卡的《译员》、乌洛古安姆的《注定暴力》(Bound to Violence)等小说，我希望阐明同性恋主题对于整个文本意识形态的影响。比方说，《没有过去，没有现在，没有未来》在呈现乔·班谷（Joe Bengoh）的同性恋时相当含糊，这有助于我们发现玛迪通常采用的步骤：具体而言，就是他对道德优先(moral priorities)的刻意凸显，这一点与其他非洲小说家截然不同。在小说《译员》里，美国同性恋人士乔·高德（Joe Golder）的重要性，不仅在于他代表了小说里对别人总是颐指气使的人物，还在于他构成了又一个执拗与顽固的存在，其他人（译员）必须找到应付他的方法。对这个同性恋人物的刻画极其冷漠，但又超乎寻常的细致，这和索因卡颇有浪漫色彩的主张有关，即个人的洞察力是社会的一股活跃力量。时至今日，《注定暴力》呈现同性恋关系的方式独树一帜，这是以宽阔的视野对表述非洲社会和历史现实的正统模式作出评论。乌洛古安姆对雷蒙德和朗贝尔（Lambert）关系的处理，凸显了整个反讽与戏仿的问题——违逆读者常规(reader conventions)的问题——即二者对于小说策略的核心作用。在这三部小说中——以及艾朵的《煞风景的姐妹》等其他几部作品中——同性恋主题获得了解放，也即，与同性恋只构成某社会类型部分素材的其他文本相比，该主题无论是否获得同情，都被赋予了更大的搅扰和质疑力量。

的确，在出现该主题的文本里，绝大多数将同性恋行为污名化，视其为极度"背离非洲的"行径。这个视角由玛迪剧作《盛大埋葬》(Big

Berrin）中的祖母以简洁的语言作了表达，她问道："同性恋？那是啥玩意儿？"(16)两个稀罕的案例中，同性恋没有完全等同于西方，二者就是索因卡的《反常的季节》（*Season of Anomy*）和玛丽亚玛·芭的《猩红之歌》（*Scarlet Song*）。前者中，扎基(Zaki)——身为独立非洲国家内部穆斯林法庭的传统领袖——由"长睫毛"的俊童陪伴，主持对不同政见嫌犯的审判。俊童目睹被告的惊恐，发出了咯咯的笑声，听证会结束后，一扭一摆地和扎基离开了法庭(120—8)①。在《猩红之歌》里，芭记录了传统社会中，人们如何以极其特殊的方式接纳同性恋行为。亚耶·卡迪（Yaye Khady)对邻家那位显然像个娘们的儿子作了如此评价，说他以后极可能变为**男-女人**(gôr djiguène)、一个名妓的皮条客兼男佣，职责可能包括了给那些有同性恋倾向的客人提供性服务(70)。然而，即便在这些段落里，同性恋行为得到了承认，在传统社会里获得了一个特殊而合法的角色，但依然是受人歧视的：芭在小说中提到的**男-女人**，等同于亚耶·卡迪对那些不争气的儿子的谩骂（她提到的另外三个儿子，一个荒废了学业，一个成了扒手，另一个是瘾君子）。而在《反常的季节》里，扎基对男童的癖好被视为专制政治体制又一令人厌恶的方面，而扎基的法庭在该国的功能类似于殖民国家的法庭。

除了这些例子，同性恋被表现为非洲社会的异质现象，因此在色情小说里扮演了特殊功能。伊迪娅·阿波罗（Edia Apolo)的短篇小说集《拉各斯纳瓦，我发誓》（*Lagos Na Waa I Swear*）中，一桩女同性恋的情事以异域的方式，为本书剩余部分一连串异性恋私情解了围：在此，阿波罗一方面利用同性恋的色情潜能，同时又斥之为"极其令人反感，有违非洲传统，不过是天方夜谭罢了"(44)。狄利贝[729]·奥伊马(Dillibe Onyeama)的小说《性是黑鬼的游戏》（*Sex Is a Nigger's Game*）中，随着黑人性能力优越论这一西方种族主义神话的怪诞回流，视同性恋为西方产物的刻板印象进一步强化。男妓希迪被患有偷窥癖的男同性恋布莱恩爵士(Sir Brian)相中，这个桥段专门强化希迪作为性商品的价值（奥伊马不断

---

① 在索因卡早期小说《译员》里，美国人乔·戈尔德驳斥同性恋完全是由西方强加的观点："置身一个相对健康的社会，你觉得我对你们的埃米尔(Emirs)和他们的小男童一无所知吗？……还有，拉各斯那些排外的秘密圈子又怎么样呢？"(200)

提到希迪的旺盛性欲和阳具尺寸),色情效果由此得以烘托,而于此同时,布莱恩爵士使非洲免去了性欲倒错的污名,评论说这"主要是由早期殖民者和西化的非洲人引入非洲的"(76)①。

　　将同性恋行为完全归咎于西方的想象,在更为典型的非洲文学里也同样常见。例如,约翰·佩珀·克拉克的戏剧《筏子》(*The Raft*)中,肯盖德(Kengide)和伊博博(Ibobo)评论说,白人都是"畜生",在部队军营和寄宿学校里沉溺于侵犯同性,来"保持头脑清醒"。(127)人们认为同性恋观念在非洲社会产生了异化效应,这种效应在此得到了清晰呈现:其他文本中,这种效应始终与生活在殖民统治下——或者其他一些语境中与西方接触——的非洲人的普遍异化经验相关。进一步来说,如果西方和非洲大陆的接触通常被看作剥削行径,那么同性恋活动就被视为其中极其可恶的一面。在诸多不同的语境中——殖民情景;通过和西方顾问的共谋而统治的新殖民主义国家;种族隔离制度下的监狱系统;负笈西方的非洲学生的境况——同性恋活动都等同于剥削,由金钱或权力关系所造成,并且因为与非洲社会格格不入,而令人极度不安。

　　阿尔马赫的《两千季节》(*Two Thousand Seasons*)中,阿拉伯对非洲的殖民既被刻画为经济剥削,也是性剥削。阿拉伯"掠夺者"费萨尔(Faisal)是典型的同性恋者。然而,雇来侵犯费萨尔的**土著警卫**(askari)也是有罪的;此处,阿尔玛赫不仅意在揭露殖民者的掠食本性,还强调与殖民者合谋——且因此剥削自己同胞——之人对非洲的背叛。因此,阿扎尼娅(Azania)这个女人刺杀费萨尔时,上演了比马洛的《爱德华二世》(*Edward II*)更为复杂、更具有象征性的行刑过程,她刺穿土著警卫的背部,又刺入这个阿拉伯人的身体(23)。稍后,阿尔玛赫也强调了自己的核心观点,即非洲的沦落,部分是由非洲人中的同谋者造成的。例如,他如此评论非洲君主琼托(Jonto):"[他]带着直接从沙漠中白人掠夺者那里感染的思想,来到我们中间。"(64)和那些阿拉伯导师一样,琼托也是同性恋,他对同胞的压迫,反映在对男童的野蛮性侵(65)。

---

　　①　作家奥伊马的自传《伊顿的黑鬼》(*Nigger at Eton*)包含一个题为"同性恋"的章节。在那一章里,他主要的兴趣就是坚决强调同性恋是西方的现象。"在尼日利亚,同性恋肯定是非常罕见的,我在那里确实也没有听说过任何严重的同性恋案件。"(164)

如同阿拉伯的殖民统治,同性恋活动在西方殖民之下,也被视为更大剥削过程的一个方面。萨辛的小说《韦瑞亚穆》(*Wirriyamu*)——以葡萄牙统治下的莫桑比克为背景——中,残暴的地主阿米戈(Amigo)定期命令仆人马利克(Malick)找寻男童,充当自己的性伴侣。(38—39)阿沃诺的《这个地球,我的兄弟》(*This Earth, My Brother*)中,男仆亚罗(Yaro)离开了白人主子,"因为他想把他变成一个女人"(24),而在卡雅·马克勒(Caya Makhele)的《童车上的男人》(*L'homme au Landau*)和萨里夫·伊斯蒙(Sarif Easmon)的短篇故事《献给特丽莎的爱》("For Love of Thérèse")中,海外移民堕落的标志就是他们不再对妻子感兴趣,转而与男童发展性关系。伊斯蒙格外强调同性恋在非洲语境中的异质性,指出鸡奸者雅克·卢布林(Jacques Lublin)的行径,如何使他"在苏苏人(Susu)的社会中成为鄙视和嘲讽的对象"(125)。贝蒂的《铭记鲁本》(*Remember Ruben*)中,两个喀麦隆自由斗士谈论欧洲人桑德内利(Sandrinelli)和[730]喀麦隆未来的独裁者及殖民列强的盟友巴巴·图拉(Baba Toura)之间风传的性关系(195—196)。这段谈话同样突出了同性恋的异质性。在此,同性恋是军械库里的武器,贝蒂借此损毁桑德内利的声誉,并用来强调本土和西方利益集团的共生关系,二者共同剥削非洲人民。这类似于索尼·拉布·谭斯在《可耻的国度》(*L'état honteux*)中使用的技法——谭斯指出,独裁者洛佩兹(Lopez)的欧洲安全顾问为自己愚蠢的龙阳之好感到痛苦,谭斯由此讽刺了这个新殖民主义国家;显然,对洛佩兹来说,欧洲人的政治价值较之其异常性欲,要重要得多(81;44)。

在南非种族隔离所维系的内部殖民之下,黑人持不同政见者也许会身陷监狱;在狱中,他们的自由受到了极大的限制,因而催生了同性恋活动。[①] 该主题的文学中,同性恋再次受到指责,被认为和传统习俗格格不入:同性恋在南非监狱的流行,以隐喻的方式象征了该政权组织下的社会是极度扭曲的。较之欧美的监狱文学,南非监狱文学中的同性恋行为有着更为专门的功能,反映了一种决裂,以及随之而来的异化,这对于南非

---

① 虽然不仅在监狱:有关流动劳工营里年轻男孩性压迫的描述,参见 Mathabane (74);对于流动劳工当中发生同性恋的评论,参见 Mopeli-Paulus and Lanham (36, 95)

社会的组织而言极为重要。吉布森·肯特在戏剧《为时已晚》(*Too Late*)中,以一系列事件细致入微地展现了黑人被剥夺自由的可怕境地,经过这些事件,年轻人萨杜瓦(Saduva)遭到逮捕;他在监狱外的生活反映了狱中的经历。狱中老大马特里克(Matric)——剥削制度下造成的剥削者——抢走萨杜瓦的食物,喊他到牢房这边跟自己性交(117)。丹尼斯·布鲁特斯的诗《写给玛莎的信:6》("Letter to Martha:6")中,犯人犯了烟瘾,只能逼着自己不去想吸烟的事,因为他知道不那么做的话,可能会为了烟出卖肉体(7)。这些都强调了种族隔离制度对既定规范的破坏,而这种破坏性又在詹姆士·马修斯的短篇故事《羞愧之事》("A Case of Guilt")中得到了凸显。故事中,一位颇有地位的有色人种男士被人诬告逃税,遭到逮捕。故事开始,他就目睹了一个囚犯在厕所遭到侵犯的情景,而整个故事也就围绕他惊恐于监狱的残酷而展开的。指控撤销后,他离开监狱,叙述者评述道:"他感觉——男人兽性大发、变态即为常态的——噩梦正在消退。"(164)①但其中的讽刺是,噩梦只是在主体意义上(从此人的当下意识)退却了:产生监狱的制度依然不可撼动,依然危害严重。经此事件,人们破窗所进入的世界,并无异于种族隔离制度下日常生活的世界;反而将此世界映现得更清晰、更强烈。

那个世界在贝茜·黑德的《权力之问》里,得到了更为生动的描写。其中,同性恋被视为系统性崩解模式的一部分,类似于其他有悖常规之举(叙述者为作重要的类比而指出,南非贫民窟是小女孩遭人强奸和同性恋被大家"以笑声接受"的场所,117)。此处与肯特、布鲁特斯和马修的作品一样,人们认为同性恋反映了种族隔离在更大范围造成的身份错乱(identity disorder):一段有关有色人种同性恋——"人们不得不接受的疾病"——的文字之后,叙事人引用了这么一段话,来解释性变态何以如此流行:

> "一个男人被人唤作小男孩,还怎么作男人?我很难维护自己身
> 为男人的尊严。几天前,我和女友沿着马路步行,一个布尔人警察冲

---

① 有关南非监狱里性压迫的评论,参见 Mopeli-Paulus and Lanham (77)和 Zwelonke (21,61)。

着我说:'嘿,小男孩,你的通行证在哪?'对我女友来说,我是个男人,还是男孩? 之后,又有一个人叫我男孩。你想我是什么感受啊?"(45)①

[731]最后,人们认为同性恋的流行给生活在西方的非洲学生带来了困境。在雷伊的《非洲之梦》(*A Dream of Africa*)中,一个老头在拉丁区的一家酒吧向法托曼(Fatoman)求欢;一开始,他不明就里,女孩莉莉安(Liliane)向他作了解释,他勃然大怒,斥责说自己的国家绝不会发生这样的事情(53—4)。② 在阿卜杜·杜库雷(Abdoul Doukouré)的《不知所措者》(*Le Déboussolé*)中,学生凯多(Kaydot)看到雇主和一个年轻的美国黑人有染,大惊失色(36);而在伯纳德·楠格的《玛丽安的背叛》(*La trahison de Marianne*)中,学生叙述者本人有机会(但他拒绝了)向一位"难抵男童诱惑"的巴黎男士提供服务(190)。

此外,对此主题的处理往往比较单一;例如,有关殖民时代非洲的文学中,往往会强调剥削的主题,强调非洲传统社会中同性恋极为罕见,因而会造成严重的异化。和这些桥段相似的例子,还见于科尔·奥莫托索的《大厦》(*The Edifice*),但说教色彩更为彰显,结构更为严谨。小说中,主人公德勒(Dele)在殖民地教会学校遭受性压迫的经历,和后来促成他赴西方求学的愿望之间,构成了一幅连续的画卷。学校的一名同性恋教师以德勒优异的英语水平为借口,试图引诱他就范,而奥莫托索对此事的讽刺性重述所强调的是,德勒对西方的迷恋是他卷入丑闻的原因,也是他一心要成为奥尹波人的下场(38—40)。本书其余章节的故事发生在英国,由情节设计可见,德勒对自己的英国岁月作了错误的估计,如同他与英语老师的关系一样;二者可以作为彼此的注解。

---

① 乌斯曼·塞姆班书写欧洲的时候,也将同性恋认定为一种社会问题,将其视为贫困和失业导致的"时代产物"。当他把同性恋和"谋杀、堕胎、下毒、偷盗、卖淫和酗酒"(119)关联起来,这种方法的简约性质非常明显。同样简化的分类,参考阿瑟·诺特杰(Arthur Nortje)的"十四行诗(三)"。在诗歌里,同性恋是诺特杰希望变得"崇高"的碎片(这一愿望的前提是认识到同性恋者处于深渊之中:"同性恋,流浪汉,拾荒者那么痴迷 / 我可以连续数个小时,望着他们入痴,"135)。

② 阿黛尔·金(Adele King)注意到,詹姆斯·克卡普(James Kirkup)对这段文字的翻译是对雷伊较为节制的原文本的粗糙呈现(106)。

另一部有关学生生活的小说——赛义杜·博库姆（Saidou Bokoum）的《锁链》（Chaîne）——中，同性恋活动发挥了更为精微复杂的叙事功能。然而，从意识形态角度来说，《锁链》对同性恋的处理，与奥莫托索或雷伊的手法并无多大差别。小说开头，卡楠（Kanaan）袒露了自己如何日益疏离巴黎社会——中断学业，与女友分手，逐渐不再接触女性。自慰以及之后的同性恋行为给了他想要的刺激。

卡楠先找到某种堕落方式，接着又是另一种，博库姆显然强调了他的日趋堕落，这让人联想起道德故事里人的逐渐堕落。但更重要的是，该叙事策略意在表明卡楠在堕落过程中的自我意识。在此，卡楠能够**意识**到自身的堕落，自己逐渐沉入"诅咒的病态世界"（63），这是他的刺激所在。

他先是在小便器上阅读和绘制同性恋涂鸦来刺激自己，然后又去赴一场无果而终的约会。一场春梦之后，他隐约记住了一个短语——**圣徒让·伯**（Saint Jean Po），他便将其用作一个新角色的名字。①

现在，自我理解的想法成了核心，卡楠第一次开始为自己投射了一个被动的黑人同性恋者的身份。萨特在《黑色俄耳甫斯》一文中，描述了一首塞泽尔的诗不断爆炸并转而自我攻击，然后评述黑人性诗人彰显自己黑人身份的过程："这并非在平静的对立统一体里再次聚合，而是像性交一样，使一双'黑-白'对立体中的一方坚硬起来，与另一方截然相对。"（xxvi—xxvii）然而，卡楠的危机所需之物恰恰相反：他无需那么嚣张跋扈，而只需视自己为受虐的黑人，接受西方对他的贬损之见。[732]他将一把垫刀推进自己的肛门，宣称这样做就是"**圣徒让·伯遭到……侵犯**"（不出所料，此等标题风格的宣言**凸显**了被人侵犯的经历，卡楠因此生出更强烈的堕落感，能够理解这一切）。作为重要的支撑元素，种族问题再次登场：卡楠幻想被别的男人侵犯时，心里会问侵犯自己的阴茎是何颜色（63）。

遭遇 4 个年轻人的残暴侵犯之后，卡楠才重获真正的自我意识，才摆

---

① 后期他记起《乳房、大腿、皮肤》（Seins Jambes Peau）是他和几内亚朋友之间的口令，表达他们要征服白人女性的愿望。但是，对这些词语的另一番解读跃入脑海：《圣人让》（Saint Jean）暗指萨特的著作《圣人［让·］热内》（Saint ［Jean］Genet）的标题；Po 是英国俚语，指的是厕所：来自法文的 pot（发音为 po，意思是夜壶）。萨特的论文《黑色俄耳甫斯》明显是这部小说的源头。

脱了贬损的幻想。蒙羞之后,他几乎无法站立,蹒跚着走开了,并评论道:"奇迹般逃脱屠戮的太监就是这样走路的。地狱判官就是这样走着去寻找剁成碎片的成员。"(75)这肢解后又重生的地狱判官,再次让人想起萨特的这番评述:"问题在于,黑人死于白人文化之手才能重生,化作黑人的精神。"(xxiii)卡楠意识到堕落阶段是危机的产物,危机当中,他感到无法面对的是,西方否定他身为黑人的价值,如同否定某个身外之物。认识到这一点,就构成了重获自我意识的第一步,在此过程中,他会逐渐承认自己的现实状况,并设法作出改变。

从同性恋桥段之初,卡楠便逐步把自己逼入更为直接和明确的性接触,以特立独行的方式走向自己的对立面:把自己看作一个无耻之徒、一个(浪漫意义上的)堕落之人、一个黑人。其他文本中,同性恋行为往往只被简单而客观地看作压迫模式的一部分。而该文本中,同性恋行为在展现卡楠的存在危机时,所发挥的作用更为特殊。然而,和别处一样,同性恋也被看作非洲/西方关系的部分竞技场。进一步来说,博库姆把某种同性恋接触描述为一贯的堕落行为,以此支撑他的主题。但也别忘了,另一种接触——相互关爱的,不依赖卡楠对自己角色的投射——会使卡楠更加神经脆弱。最终,这本小说和多数非洲写作一样,都批判了同性恋主题:卡楠抛弃了所有其他形式的人类接触之后,选择的最坏路径受到了格外关注。

非洲与西方接触后,造成了自身的堕落和变化;上述文本中,同性恋就被处理为其中的一个方面。但其他一些文本中,该主题并未被贬低,甚至有些情况下还能起到复杂、核心的主题功能。

[……]

结　　论

显然,本文第一部分讨论的文本与艾朵、玛迪与索因卡的作品之间差别较大。后三者对同性恋状况及其社会心理的想象性参与,要深入得多。但是,通过列出一个比赛名次表,在缺陷性文本和反思性文本之间作出清晰界定,这不是什么明智之举。尽管上文讨论的作品对同性恋的处理较为刻板,但总体而言,这些作品中鲜有粗陋肤浅之作。如同大多数非洲作品,《韦瑞亚穆》和《铭记鲁本》这类小说也表现出对同性恋的诋毁,[733] 但如此一来,这些作品展现了一种意识形态的节略法(foreshortening), 而这种节略不是这些作品中更大主题结构的典型特征;另一方面,玛迪、 艾朵和乌洛古安姆对同性恋关系更为主动、详细的处理,实际上**依赖**于这 一刻板形象,因为只有以刻板形象为参照作出解读,这样的处理在主题上 才有效果。例如,玛迪决定将乔·班谷刻画成同性恋,同时又强调他的道 德胜过小说中的任何人物。要充分理解玛迪这一写作手法的意义,就必 须将其置于特定语境之中,即同性恋和道德意识并置通常会被视为荒唐 之举的语境。这些文本中,对同性恋关系的呈现都遵循图式结构,皆是有 意为之。

　　所有这些作品中,一个显著特征是非洲作家的节制。即便那些最具 探索精神、最为活跃的非洲作家,在对非洲人的同性关系作最典型、最自 由的描写时,也依然如此。毫无疑问,处理非洲男性间或女性间的这种关 系时,涉及的不仅是将"同性恋"——如我们所见,这是一个极为显眼的术 语——这一类属转移到非洲语境。非洲语境中,对该主题所作的非图示 化处理,无需承认西方的自我表征模式。但在非洲社会,同性恋实践依然 是非洲作家尚未赋予其历史的经验领域;相反,所迎来的是持续不断的沉 默爆发。无论囿于刻板形象的局限,还是有所超越,将同性恋归于西方, 有助于捍卫那种沉默。非洲作家不愿将同性恋纳入一种不同的讨论范 畴,而这种难处恰恰被"官方"历史掩盖了。

参考文献

Aidoo, Ama Ata. *Our Sister Killjoy*. London: Longman, 1977.

Apolo, Edia. *Lagos Na Waa I Swear*. Lagos: Heritage Books, 1982.

Armah, AyiKwei. *Two Thousand Seasons*. London: Heinemann, 1979.

——. *Why Are We So Blest?* London: Heinemann, 1974.

Awoonor, Kofi. *This Earth, My Brother*. London: Heinemann, 1972.

Bâ, Mariama. *Scarlet Song*. Trans. Dorothy S. Blair. London: Longman, 1985.

Beti, Mongo. *Remember Ruben*. Trans. Gerald Moore. London: Heinemann, 1980.

Bokoum, Saidou. *Chaîne*. Paris: Denoël, 1974.

Brutus, Dennis. *Letters to Martha*. London: Heinemann, 1969.

Clark, J. P. *Three Plays*. London: Oxford University Press, 1964.

Dipoko, MbellaSonne. *A Few Nights and Days*. London: Heinemann, 1970.

Doukouré, Abdoul. *Le Déboussolé*. Sherbrooke: EditonsNaaman, 1978.

Eagleton, Terry. *Literary Theory*. Oxford: Blackwell, 1983.

Easmon, R. Sarif. *The Feud*. London: Longman, 1981.

Head, Bessie. *A Question of Power*. London: Heinemann, 1974.

Kente, Gibson. "Too Late. "*South African People's Plays*. London: Heinemann, 1981.

King, Adele. *The Writings of CamaraLaye*. London: Heinemann, 1980.

Laye, Camara. *A Dream of Africa*. Trans. James Kirkup. London: Fontana / Collins, 1970.

McDonald, Robert. "*Bound to Violence*: A Case of Plagiarism. " *Transition* 41 (1972): 64—68.

Maddy, YulissaAmadu. *Big Berrin*. Leeds: Gbakanda, 1984.

——. *No Past , No Present , No Future*. London: Heinemann, 1973.

Makhele, Caya. *L'homme au Landau*. Paris: L'Harmattan, 1988.

Marechera, Dambudzo. *Mindblast*. Harare: College Press, 1984.

Mathabane, Mark. *Kaffir Boy*. London: Pan, 1987.

Matthews, James. *The Park and Other Stories*. Braamfontein: Ravan, 1983.

[735]Mopeli-Paulus, A. S. , and Peter Lanham. *Blanket Boy's Moon*. London: Collins, 1953.

Nanga, Bernard. *La trahison de Marianne*. Dakar, Lome, Abidjan: NEA, 1984.

Nortje, Arthur. *Dead Roots*. London: Heinemann, 1973.

Omotoso, Kole. *The Edifice*. London: Heinemann, 1971.

Onyeama, Dillibe. *Nigger at Eton*. London: Leslie Frewen, 1972.

——. *Sex Is a Nigger's Game*. London: Satellite Books, 1976.

Sartre, Jean-Paul. "Orphée Noir". *Anthologie de la nouvelle poésienègre et malgache de langue française*. Ed. Léopold Sédar Senghor. Paris: Presses Universitaire de France, 1948.

Sassine, Williams. *Wirriyamu*. Trans. John Reed and Clive Wake. London: Heinemann, 1980.

Sellin, Eric. "The Unknown Voice of Yambo Ouologuem. " *Yale French Studies* 53 (1976): 137—162.

Sembène Ousmane. *The Black Docker*. Trans. Ros Schwartz. London: Heinemann, 1987.

Soyinka, Wole. *The Interpreters*. London: Fontana / Collins, 1972.

——. *Season of Anomy*. London: Rex Collings, 1973.

Tansi, Sony Labou. *L'etathonteux*. Paris: Editions du Seuil, 1981.

Vignal, Daniel. "L'homophiliedans le roman négro-africaind'expressionanglaise et française."*Peuples Noirs, Peuples Africains* 33 (May-June 1983): 63—81.

Whiteman, Kaye. "In Defence of Yambo Ouologuem." *West Africa* 2875. 21 July 1972: 939, 941.

Zwelonke, D. M. *Robben Island*. London: Heinemann, 1973.

（李道全 姚峰 译；汪琳 校）

第95篇　走进非洲[①]

高拉夫・德赛(Gaurav Desai)

[736]在沃莱・索因卡的小说《译员》中，非裔美国同性恋者[②]乔・戈尔德碰巧也是一名非洲史专家，他试着与尼日利亚记者萨戈讨论非洲本土的同性恋问题：

> "你觉得我对你们的埃米尔和他们的小男童一无所知吗？别忘了，历史是我的专业。拉各斯那些排外的小团体呢？"
> 萨戈作了个认输的姿势。"你好像比我知道的更多。你不介意的话，我还是坚持自己的谬见。"[③]

通过这一简短的对话，索因卡以戏剧化方式呈现了(至此依然是)小

---

① First published in *Sex Positives? The Cultural Politics of Dissident Sexualities*, ed. Thmas Foster, Carol Siegel, and Ellen F. Berry, pp. 120—128. New York: New York University Press, 1997.

② 尽管乔・戈尔德在小说中被形容为"怪异"(236)，但此处该术语有别于美国当代性政治中的用法。我选择在此使用"同性恋"这个术语，因为在小说新独立的尼日利亚语境中，"同性恋"更为准确地传达出对戈尔德的解读。这在类似的情形中都是如此，对思想史家而言，范畴的选择是相当复杂的——他们应该选择"怪异"一词，并坚称其在尼日利亚语境中具有不同的含义？还是应该回避这个有着鲜明当代美国色彩的术语，而选择目前政治色彩较少的某个术语？尽管"怪异"这一术语适于讨论发生在南非以及撒哈拉以南其他地区较为晚近的事件，但我发现，如果涉及 20 世纪 60 年代的语境，其价值就有局限性了。这是一个术语的问题，亟需就此进行辩论。

③ Wole Soyinka, *The Interpreters* (1965; reprint, London: Heinemann, 1970), 199.

说的主导叙事,试图讨论非洲的另类性取向。典型的"外来"①观察者——其动机因影响因素过多而难以清晰界定——敢于冒险涉足某特定文化的另类性取向这一棘手的领域;同样典型的是,某一"内部人士"会说"离我们远点,我们没兴趣,不想谈这些,与你毫不相干"。这就陷入了僵局——历史上,从种族中心论出发解读非西方的性取向并视之为"原始"特征,"内部人士"对此表示怀疑,并且选择避开那些反常的性习俗(sexual practices);"外来者"冒着唐突无礼、违反伦理的风险,依然存在着。一些必须要问的问题依然未被提出。

然而,在这不平静的你来我往之中,何为道德高地,并不完全清晰可辨。如同西方女性主义面对非西方世界的割礼、阴蒂切除术②等习俗时所处的"紧张状态",反-同性恋恐惧的政治(antihomophobic politics)觉得一旦打开拥抱同性恋的空间,就会招致触犯文化敏感问题的风险。可是,如果没有任何一个"文化"是铁板一块、完全同质的,无法限定于单一的性爱、美学、经济、道德或认识论的秩序之中——换言之,如果"文化"总是突破它为自己设定的界限——那么,在"文化敏感性"与"文化非敏感性"之间作出区分的,又是什么呢?敏感于[737]**某些**主体的需求和欲望,是否意味着对别人的需求和欲望就不再敏感呢?若是如此,这种政治必须关注的,该是哪些主体和声音呢?

通过众多不同的文本(有些是文学文本,有些是历史文本,还有一些是

---

① 这些引文意在提醒我们,内与外之间的关系总是暧昧模糊的。尤其就乔·戈尔德来说,他是个阈限性人物——从国籍(美国)看,他是外来者;但就"种族"而言,又是局内人。实际上,乔所探寻的正是这种内-外位置之间更好的沟通。乔·戈尔德是个学者,这一点在此也具有相关性,因为这也能建立起为人熟知的二元对立关系——即学术或"书本"知识与生活或"经验"知识之间的对立。这种二元对立一方面涉及早先内部-外部之间的对立关系,同时也指向另一种对立——同性恋与异性恋之间的对立。尽管所有这些对立关系事实上都处于流变之中,但我认为那些奠基性话语(foundational discourses)——无论欧洲中心主义的,还是本土主义的;无论来自政治左翼,还是政治右翼——均恪守这种二元对立关系,因而无法实现彼此之间的对话。

② 这一问题如何运作,详见 Alice Walker and Prathiba Parmar, eds., *Warrior Marks: Female Genital Mutilation and the Sexual Blinding of Women* (New York: Harcourt Brace, 1993)

人类学文本)我希望在本章与这样一些非洲人或非洲学研究者①——他们感兴趣的是,通过打开一个空间,来思考非洲性习俗的所有流动形式——携手合作。我尤其感兴趣的是,文学作品是如何对性的规范和僭越问题提出质疑的。首先,我提出了围绕非洲异常性取向的学术研究通常会产生的问题,并阐明从殖民时代到后殖民时代,相关论述在话语上的延续性。②接着,我读了贝茜·黑德的短篇小说《马鲁》,但与现有研究的解读截然不同,这些研究都坚持认为这是一部传统的异性恋小说。在我看来,我对这部小说的另类解读得益于某些学者的著述,他们目前正勠力在非洲大陆内外开创另类的非洲性话语,我希望我的解读能对他们的研究有些微薄的贡献。我很关注克里斯·邓顿作出的重要贡献,他的文章《"那是啥玩意儿?":非洲文学对同性恋的处理》("'Whetyin be Dat?' The Treatment of Homosexuality in African Literature")是迄今惟一对本专题的全面论述;此外,我还注意到了朗达·科巴姆(Rhonda Cobham)近期的研究,讨论的是努鲁丁·法拉赫作品中性别身份和民族身份之间的整体关系(integral relationship)。③ 尽管科巴姆的研究——对男性气概建构的批判性质疑方

---

① 我曾在别处主张使用这一术语,因为较之"非洲的"或"非洲学的",这一概念更具包容性。根据早先的设想,"非洲的"这一术语通常用以证明主体或经验知识的真实性,而"非洲学的"用来——要么含有贬义,要么带着傲慢——描述一种"学术"(或"书本")知识。但是,知识并不那么容易切割,即便能够分割,也不**必然**由此得出任何结论。我提出了"非洲(学)的"这一替代性术语,将"经验"知识和"书本"知识的界限置于生产性张力之中,无需抹除张力就能够延续对话。

② 在非洲(学)的圈子中经常问这个问题:"为何'非洲'与这个大陆的各种不同文化截然对立?"如注释 1 所示,任何讨论中使用的抽象程度(level of abstraction)总是一个考虑因素,关乎该主题之前的话语。鉴于人们通常会声称同性恋"无关非洲",而不会说"无关伊博族"、"无关豪萨族"或"无关基库尤族",因此我认为自己的反驳最好依然恪守这一说法中的抽象程度。同样,不同的历史阶段——无论根据殖民主义划分(前殖民、殖民、后殖民),还是根据其他标准——一般**不会**成为这些讨论中的考虑因素,因此我在这里也不作重点论述。正是在这些方向(具体指的是伦理和历史),未来有关非洲性取向的研究必定找到自己的路径。我作为探路者,选择采用一个宽阔的视角研究这些问题。

③ See Chris Dunton, "'Whetyin be Dat? The Treatment of Homosexuality in African Literature," *Research in African Literatures* 20:3 (Fall 1989):422—448, and Rhonda Cobham, "Boundaries of the Nation: Boundaries of the Self: African Nationalist Fictions and Nuruddin Farah's *Maps*," in Andrew Parker, Mary Russo, Doris Summer, and Patricia Yaeger, eds., *Nationalisms and Sexualities* (New York: Routledge, 1992), 42—59.

面——与我对《马鲁》的解读最为直接相关,但我对邓顿那篇文章的兴趣植根于一个更大的问题,即文学阐释之所以可能,其条件何在。

对 20 世纪 50 年代以来不同的非洲文学文本作了批评性阅读之后,邓顿在文中指出,非洲作家所呈现的同性恋往往局限于单一主题,鲜有例外。这些文本中,同性恋"几乎必定归咎于西方对非洲造成的负面影响",因此"在文本更大的主题和叙述构思中所扮演的功能,就较为局限,缺乏创新"①。20 世纪 60 年代之后的很多批评论著,的确印证了邓顿的观点,但盲点何在的问题——在作家一方,还是评论家一方——尚需更深入的研究。按照读者反应论的观点,文本是作者意图的结果,但同样也是读者阐释实践的结果,那么所谓单一主题的解读可能并非作者所造成,而是批评家阐释的局限性所致?

我们就以乔·戈尔德为例。文章开篇提到的戈尔德是非洲史教授,在批评文献中,他始终被解读为索因卡笔下的标志性人物,象征着西化的、浪漫化的非洲中心论(Afrocentricity)所有的谬误。批评家的这种解读强调戈尔德与尼日利亚同事之间生疏的关系,在同事们的眼中,他是个双重的外来者——不仅是个美国人,而且其性取向(至少就这些译员而言)在尼日利亚当地社会也闻所未闻。② 根据这样的解读,乔·戈尔德成了阳痿(因为他是个同性恋)的人物,只能渔色非洲人(如小男孩诺亚),于是成了破坏之源。如果照此解读,乔·戈尔德这个人物就证实了克里斯·邓顿的观点:此人不过是为了更大的叙述主题而设置的铺垫,目的在于,这个特殊的"译员"——与他的尼日利亚同行一样——在独立后的新社会中无法成为建设性的力量,这符合小说的主旨。与哲学家一样,戈尔德和他的朋友们能够诠释这个世界,却无力改变。可是,文中是否存在另一个声音尚未被人听到的乔·戈尔德呢?出乎人们的预料,这个乔·戈尔德不是淫邪好色之徒,也不是十恶不赦之人?

[738]小说中有个情节,小男孩诺亚跳下阳台摔死了,这段叙述表明他的死是戈尔德强行求欢所致。根据多数批评家的解读,这一不幸事件

① Chris Dunton, " 'Whetyin be Dat?,' " 422.

② 例如,费米·奥乔-阿德对戈尔德作如此描述:"他是个奇怪的人,充满矛盾,憎恨自己。"参见 Femi Ojo-Ade, "Soyinka's Indictment of the Ivory Tower," *Black American Literature Forum* 22:4 (Winter 88): 748.

是索因卡对戈尔德发起的最后致命一击。因此,德里克·赖特写道:"(诺亚)之后落入了**神经质**的美国混血儿乔·戈尔德的**魔爪**,他对黑人的吸引力更多来自**性爱**,而非**种族身份**;作为同性恋者,他必定索爱,由此造成了男孩之死。"①请允许我立刻作一点补充,如果一个同性恋男子发现身边有个小男孩,就**必然**生出难以抑制的性欲,之后又百般勾引,这所谓的必然性也许更多指的是批评家的阐释假设和文化意象,而非叙事实际的展开过程。因为我们有充分的理由相信,戈尔德没有真正弄明白,既然他已经向男孩保证不会再碰他、伤害他,可男孩为什么还是跳楼自杀了。

故事中显而易见——也是批评家们鲜有触及——的是,戈尔德总是感觉身陷双重束缚之中:一方面,他不愿别人知道自己的性取向,也不愿以自己的同性恋身份为荣(这从他与萨戈的对话可以看出);而另一方面,他也不希望自己被社会贬低为徒有欲望的淫荡之身,被友人视为一个外国的寄生虫,一心只想寄生于尼日利亚男人。如果从戈尔德的视角解读,他的言外之意就是,诺亚之死与其说由他的行为直接造成,不如说由别人赋予他的身份所致。与福斯特《印度之行》(*Passage to India*)中著名的马拉巴山洞(Marabar Cave)颇为相似,诺亚遇害是更大范围社会想象(social imaginary)的结果,而非实际性侵的后果。如果对于英国人来说,阿齐兹(Aziz)可被解读为一种象征,代表的只是印度充满欲望的穆斯林;那么对尼日利亚译员而言,乔·戈尔德同样也表现为危险的欲望之身。然而,在福斯特的小说末尾,以及多数文学批评当中,阿齐兹被认定的罪行得以免除;而戈尔德在相关批评文献中至今依然是个同性恋——因此也是个——被告。

这就是乔·戈尔德的悲剧所在——他既想摆脱本地的非裔美国社群对同性恋的厌恶,又要逃离更大范围由白人主导的美国社会强加给黑人的性亢奋特征,而在非洲,戈尔德发现他依然只是个性欲之身。尽管如此解读的可能性在故事中是敞开的,但很少有批评家作此解读。相反,他们在自己的评论中只是重复了文本中的悲剧而已。例如,根据赖特的解读,戈尔德只是一个古怪之人、一个"神经质患者",他对黑人种族价值的认同"更多在于性欲,而非种族"。

---

① Derek Wright, *Wole Soyinka Revisited* (Boston: Twayne, 1993), 122. (斜体标记由我所加。)

对乔·戈尔德作更为细致的解读,还是放在其他场合为好,我想强调的是,正是通过讨论戈尔德同时谋定种族和性别两种身份,索因卡将其呈现为一个极有同情心的人物。戈尔德作为个体,必须积极争取至少两种身份,而二者时时都有弃他而去的风险——他是个"勉强"能冒充白人的浅肤色黑人,同时也是能冒充异性恋的同性恋者。而他没有选择去冒充——而选择再次强调两种身份,这不仅与霸权秩序相悖,而且更重要的是,二者彼此也互不相容——对此,即使最冷漠的读者也会冷静思考。此外,戈尔德决定研究非洲史,并前往尼日利亚——尽管其中有浪漫主义的色彩——索因卡认为这是他在不断协调自己两种身份的不同要求。如同杜波依斯,戈尔德不断遭遇某种"双重意识(double consciousness):[739]总是通过他人的眼睛观察自己,以轻蔑怜悯心态旁观的世人之标尺,衡量自己的心灵"①。他来到非洲,希望能消除至少一种——如果不能二者皆去——差异之来源,但没能做到。

该语境中颇为重要的是,索因卡向我们呈现了一个以詹姆斯·鲍德温的《另一个国家》(*Another Country*)武装自己的戈尔德。因为文中暗指,戈尔德如此怪异,这并非孤例,而是某种思想遗产的产物。正如鲍德温这样的黑人同性恋男子觉得在美国无法找到归属感,便去往巴黎寻找,戈尔德也想在尼日利亚找到别样的家园。但在新的非洲环境中,乔·戈尔德的情感和身体都无法融入其中,一直茕茕孑立、形单影只。于是,戈尔德成了令人颇为感伤的——即便不是悲剧性——人物,体验着漂泊无定、无所归依的超验之感。为了强化这种伤感的氛围,索因卡在小说结尾处让戈尔德唱起了"有时,我觉得自己像个没娘的孩子",这首歌唱起时,故事中其他尼日利亚人物之前的疏离感就更强烈了。有一点是很重要的,索因卡选择的这首歌并不简单,而是引自影响了戈尔德的那个詹姆斯·鲍德温。在《土生子的札记》(*Notes of a Native Son*)中,鲍德温反思了非洲人与非裔美国人之间的距离,他写道:

[非裔美国人]心中盘算着,自己长期旅居美利坚合众国,所得几何,所失几何。前辈的非洲人忍受了穷困、不公以及中世纪的残酷;

---

① W. E. B. DuBois, *The Souls of Black Folk*, intro. By John Edgar Wideman(1903; reprint, New York: Vintage, 1990), 8.

但非洲人尚未体验到与自己人民、自己历史的疏离之苦。母亲没有唱过"有时,我觉得自己像个没娘的孩子",他终其一生也不用痛苦地接受这样一种文化,即宣称发直、肤白才是惟一可接受的美貌。①

于是,索因卡的悲剧性想象挪用了非裔美国传统中的这首歌,使其纳入了当下非洲后殖民民族国家的困局。后殖民民族国家未能向这位孤立无助的非裔美国人,提供有助于他的诱人空间,反而加剧了其中的悲剧性。

一种话语的显现

我之所以聚焦乔·戈尔德这个人物,并无意将他凸显为一个英雄式的人物,而是就文学阐释的历史提出一个根本问题。如果我们的确能以怜悯的方式解读戈尔德(实际上,按照我几位学生的看法,他只能被解读为悲剧人物),那么,迄今从未有人对他作如此解读,这又该如何解释呢? 在我看来,答案不太可能是批评家们有意为之,而更多涉及批评话语的性质以及话语生产的条件。简单来说,如同文类有自己的历史一般,批评文类也是如此;批评话语与其他任何话语一样,尤其会排除和吸纳规则。除非这些规则——无论话语内部、还是外部的规则——作出新的调整,为某些可能性开放不同的条件,否则某些类型的观点就无法进入人的思想视野,或者思想(如果存在的话)就一直无法被人理解,无法在主流话语中被认可。②

---

①　James Baldwin, *Notes of a Native Son* (Boston: Beacon, 1955), 122.

② 　这方面,我们可以结合非洲文学批评中有关同性恋的论述,举出几个例子。除了乔·戈尔德的例子之外,关于这类局限性的最明显事例,就是围绕杨波·沃洛冈(Yambo Ouologuem)的《注定暴力》(*Bound to Violence*, 1968; reprint, London: Heinemann, 1971)产生的评论。这部小说中,几乎所有的性关系(除了一例)都"注定走向了暴力"——展现给我们的都是乱伦、兽奸、窥阴癖和强奸。而且,所有这些性关系没有一例表现出了爱意和温存。惟一的例外就是雷蒙德·卡苏米(Raymond Kassoumi)和法国人朗贝尔之间的关系。尽管这绝对称不上一段完美的恋情,但沃洛冈将其处理成浪漫的爱情,坚决使之洋溢着柔情蜜意。换言之,这部小说使我们解读一个黑人男子和一个白人男子之间的同性恋情时,可能一定程度上避开其他恋情所固有的暴力。尽管其中隐含的意义可能是成问题的,但批评家们却消除了人们的疑虑,他们指出,沃洛冈此处描写的柔情爱意要么是他本人的一处败笔,要么并没有前后矛盾(考虑到这是同性恋关系)。换句话说,后面这一说法是基于这样的理由,即这段恋情根本无异于小说中的其他恋情,因为这段关系本身的同性恋性质就是扭曲和暴力的确凿证据。

或者,如米歇尔·福柯所解释的那样,若要让某一观点被人信以为真,此观点就必须首先"处于真理之内"①。众多因素能使话语合法性(discursive legitimacy)领域产生调整[740]——有些因素相对在话语之外(如政治革命),有些则相对在话语之内(如参与者对现有的解释模式完全感到厌倦)。当然,很多时候,各种因素共同作用,为可能性、为新的知识构型创造了新的条件。因此,随着非洲男、女同性恋政治激进运动的同时增长,以及男、女同性恋研究成为正当的学术研究焦点,我们发现自己身处一个关乎非洲性别话语的过程。无论政治上、还是思想上,这个时代本身都是激动人心的。

若要讨论这一新生话语场域的局限和风险,我们有必要关注反殖民政治、同性恋解放和女性主义政治三者之间的复杂关系。如果我们开始一项空间清理(space-clearing)的事业,就会同时渴望其具有反-同性恋恐惧、女性主义和反殖民的特征,这也是我的渴望和主张,但有必要指出的是,三者间联盟关系的具体路线现在还不确定。有人或许希望在某些政治立场之间发现某种连续性——例如,在女性主义和反-同性恋恐惧之间(因为二者都以批判父权为志业)——但这样的连续性并不是自然形成的,而是根据当时的具体情况形成的。如果这样的形成过程发生在殖民框架之内,就总会受制于"种族"和"民族"等因素。

我们就以伊菲·阿玛迪欧姆关于恩诺比人性别结构变化的重要论著为例。阿玛迪欧姆在书中指出,前殖民时代恩诺比人社会中女性之间的婚姻制度表明,该社会的社会性别-生理性别(gender-sex)体系里存在一定程度的流动性,因此生理性别未必能够决定社会性别。阿玛迪欧姆提出了很有说服力的洞见,即在当代恩诺比人中,我们观察到的社会性别-

---

① Michel Foucault,"Appendix: The Discourse on Language," in *The Archaeology of Knowledge* (New York: Tavistock, 1972), 224. 这篇文章有一位其他领域的读者认为,米歇尔·福柯的这段论述是《性别》(*Genders*)的多数读者所熟悉的。虽然作了一定的缩减和改写,我还是选择把这段话留在这里。作为作家,我希望这篇文章的读者主要是那些对性别和性研究感兴趣的人,其次才是对非洲研究有兴趣的人;而且(也许在政治上更为重要)也是为非洲学研究者所写,没有这篇文章,他们或许不会对《性别》这样的刊物产生兴趣。如果这两个群体之间以后会有一场对话,某些被一方视作当然、另一方却不太熟悉的观点就必须被复述。我觉得,有关非洲性话语的生产在这样的语境中是至关重要的。

生理性别角色的相对具体化(reification)——准确来说是"本土化"(nat-uralization)——并非前殖民时代的遗产,而是英国殖民者为了规范恩诺比族女性的性别选择,所采取措施的直接结果。换言之,阿玛迪欧姆借助前殖民时代的社会制度——即一个女性可以与别的女性结婚,并扮演丈夫的社会角色——表明,恩诺比人的社会在历史上并不总是今天的情形。性别角色以往不能轻易锚定于生物学性征,事实上,女性个体的确拥有社会学意义上的诸多可能性,而这些可能性今天却没有了。至此,她的观点具有重要的历史价值,能够纠正那些对女性或父权的本质化观点。但是,阿玛迪欧姆对于性习俗(sexual practices)的思考,却失去了思想的锋芒。因为她在展现了前殖民社会的性别流动性之后,继而提出了以下观点,即女性婚姻现象不可被误读为任何一种制度化的女同性恋现象。这样的解读——阿玛迪欧姆指出主要出自西方的黑人女同性恋之手——只能来自阐释者的"愿望和幻想",最终揭示的只是她的"种族中心主义"。而且她还认为,这样一种解读"对于恩诺比族女性而言是骇人听闻的无礼之举"①,因为对她们来说,女同性恋一直都是域外的习俗。

　　尽管任何读者都必须重视阿玛迪欧姆的这些告诫,但捍卫这些告诫的确切**论据**一直都晦暗不明:虽然阿玛迪欧姆指出,当代恩诺比族女性对任何女同性恋的影射都会"反感"②,她自己最重要的见解——即殖民主义政策严重干扰了前殖民时代的**性别**可能性,进而对性别角色作出了不同的规范——可能[741]也暗中滋长了性习俗。换言之,是否存在这样的可能性——即英国殖民主义在彻底改变女性性别可能性的同时,可能也建立和规范了性习俗,而女同性恋引发的"反感"也许正是这种干预的意识形态标志? 或者从另一角度来解释,我们是否有理由得出这样的结论:

---

① Ifi Amadiume, *Male Daughters*, *Female Husbands*: *Gender and Sex in an African Society* (London: Zed Press, 1987), 7.

② 我认为在关键的研究中一旦碰到这样的障碍就停止分析,这是不够的。我们一方面敏锐地感觉到"冒犯"自己的东西,同时需要设问:我们如何将此被冒犯的状况置于历史的语境之中? 对于将"经验"范畴作为历史观点的终极依据,约翰·斯科特(John Scott)表示怀疑,我的观点也与他相仿。我们必须尽力去理解,"经验"如何被作为经验本身来经历的,"冒犯"也同样如此。参见 Joan Scott, "Experience," in Judith Butler and Joan Scott, eds., *Feminists Theorize the Political* (New York: Routledge, 1992), 22—40.

在经历了历史性变迁——性别似乎发生了重要的变化——之后,性征可能不受影响? 对此,**我们无法肯定**——需要有更多的研究,才能回答这个问题;实际上,结果很可能是,阿玛迪欧姆的这一观点是对的,即恩诺比人的性习俗显然一直都是异性恋的。① 但是,通过批判种族中心论和冒犯言辞来平息质疑,这似乎不是处理尴尬问题的高明手法。即使对最为盛行的种族中心论,不容置疑且不加质疑的本土主义(nativism)也绝非令人满意的回应。

　　我之所以特别选出阿玛迪欧姆的著作,在于说明,如果有人提出同性恋的问题,即使最智慧的女性主义者以及最激烈批判父权的评论家也可能在理论上沉默不语,甚至势同水火。但我们必须注意,这种敌视的态度——至少就我们此处的情况而言——与(对此类问题总是有所启发的)

----

① 也许需要指出的是,前殖民时代恩诺比人当中是否存在女同性恋现象,我没能发现任何别的资料,但的确有记录表明,在非洲其他一些有着类似制度的社会,不能排除女同性恋的可能性。因此,梅尔维尔·赫斯科维茨(Melville Herskovits)在《达荷美共和国"女性婚姻"笔记》("A Note on 'Woman Marriage' in Dahomey," *Africa* 10:3 (1937):335—341)中指出,尽管在这类关系中,女同性恋未必总是一个因素,但这一因素有时或许是存在的。另一方面,即使那些基于异性恋规范的制度也显然会给同性恋行为留下一定空间。因此,根据埃文斯·普里查德的报告,一些阿赞德人(Azande)家庭的女性中,存在女同性恋现象。此语境中还值得注意的是,伊芙琳·布莱克伍德(Evelyn Blackwood)以人类学话语对女同性恋的构成作了更为全面的调查(Evelyn Blackwood, "Breaking the Mirror: The Construction of Lesbianism and the Anthropological Discourse on Homosexuality," in David Suggs and Andrew Miracle, eds. , *Culture and Human Sexuality: A Reader* (Pacific Grove, CA: Brooks/Cole, 1993), 328—340);吉尔·谢菲尔德(Gill Shepherd)论蒙巴萨同性恋的文章(Gill Shepherd, "Rank, Gender, and Homosexuality: Mombasa As a Key to Understanding Sexual Options," in Pat Caplan, ed. , *The Cultural Construction of Sexuality* (New York: Tavistock Publications, 1987), 240—270);勒妮·皮廷(Renee Pittin)论卡齐纳(Katsina)女同性恋性行为的文章("Houses of Women: A Focus on Alternative Life-Styles in Katsina City," in Christine Oppong, ed. , *Female and Male in West Africa* (Boston: George Allen, 1983), 291—302);朱迪斯·盖伊(Judith Gay)论"妈妈和婴儿"的文章("'Mummies and Babies' and Friends and Lovers in Lesotho," in David Suggs and Andrew Miracle, eds. , *Culture and Human Sexuality: A Reader* (Pacific Grove, CA: Brooks/Cole, 1993), 341—355)。所有这些文章都以经济学、等级、声誉和向上流动的可能性等极为不同的视角来描述女同性恋关系。同样,如注释6所示,对于以任何单个非洲社会指代整个非洲,我清楚地意识到其中的危险。我之所以列举这些来自非洲其他社会的例子,并非就恩诺比人作出任何论断,而是要反驳人们经常提到的**流行**观点,即同性恋是非洲之外的产物。

文化差异和种族的复杂问题并无关联。原因在于,如果阿玛迪欧姆的愤怒针对的主要是西方黑人女同性恋者——她们似乎将自己错误的欲望强加于显然属于异性恋的非洲——那么这种碰撞的弦外之音(hors texte)必定就是弗朗兹·法农早年的声音。

正是法农在《黑皮肤、白面具》中提出了——如今对很多人而言已是——非洲、西方和同性恋三者关系的经典立场。法农的双重观点不仅包括在白人种族主义与同性恋之间建立联系——如"恐惧黑人(Negrophobic)者是一个遭压抑的同性恋者"①这样的说法——同时他还坚持认为非洲本土不存在同性恋。法农指出,虽然一些马提尼克岛上的人存在异装癖现象,但这些男性有着正常的性生活,能"像任何'男子汉'那样和女人做爱"②。因此在法农看来,同性恋一方面与种族主义和殖民压迫联系在一起,另一方面则与女人气(effeminacy)相关。某种语境中,黑人的性欲同时被解读为过于旺盛,或遭到了阉割,同性恋就在此成为焦点——正如李·埃德尔曼(Lee Edelman)所指出的——"即在冲突中以另一人取代某人的权威;作为一种象征,同性恋是一种失势、卑贱或不足的阳刚之气——这种阳刚之气隔断了与其意义根基的联系,此意义就是象征着主体合法地位的生殖器'占有'。"③毫无疑问,在某个历史时刻,文明的正常性欲被认为存在于一夫一妻制的异性恋家庭,而原始性欲则存在于众多异常和"变态"的情形之中;因此可以理解的是,法农希望非洲能够摆脱与"原始"的关联,即与性"变态"的关联。但正如黛安娜·弗斯(Diana Fuss)所指出的那样,很遗憾,"法农的思考未能超越殖民话语的预设,来分析殖民宰制本身是如何一定程度上通过厌女癖和同性恋恐惧症运作的"④。某种特定形式的异性恋规范(heteronomativity)是殖民权力运行的帮凶,这样的可能性是否存在?

如果在法农的框架中,民族主义斗争必须同时有赖于创造一种生产性的男性黑人主体性——一种不允许自身通过任何与同性恋的关联而遭

---

①   Frantz Fanon, *Black Skin, White Masks* (New York: Grove Press, 1967), 156.

②   Ibid, 180, note 44.

③   Lee Edelman, *Homographesis: Essays in Gay Literary and Cultural Theory* (New York: Routledge, 1994), 54.

④   Diana Fuss, "Interior Colonies: Frantz Fanon and the Politics of Identification," *diacritics* 24:2—3 (Summer-Fall 1994): 20—42.

象征性"阉割"的主体性——那么我们并不清楚,这一策略是否必定关乎这些新生国家内部所有主体的所有经验。这种规范性秩序不仅决定了男性气概的性行为建构(sexual construction),而且通过种族诉求[742]对性别和性诉求的替换和延伸,开始支配女性的性生活。因此,在埃德里安娜·里奇(Adrienne Rich)的重要文章《必然的异性恋和女同性恋的存在》("Compulsory Heterosexuality and Lesbian Existence")中,我们发现了一位流亡海外的莫桑比克女性所写的一封书信:

> 我遭受了流亡的生活,因为我不愿否认自己是个女同性恋,我主要忠诚于其他女性,将来也一直都会如此。在新莫桑比克,女同性恋被视作殖民主义和西方腐朽文明的残余。女同性恋者被遣送到康复营(rehabilitation camps),并通过自我批评学会正确的品行……如果我被迫谴责自己对女性的爱情,如果我因此谴责我自己,我就可以回到莫桑比克,加入到重建国家这一令人兴奋的艰巨斗争中来,包括为解放莫桑比克女性而进行的斗争。照现在的情形看,我要么冒着被送入康复营的风险,要么就继续我的流亡生活。①

在当代西方,我们很可能在一个支离破碎的男性同性社交/性爱生活中,设想一个女同性恋的连续体,但在殖民主义-民族主义以及后殖民非洲,我们常常发现男性和女性的连续体都遭受了破坏。因此在这样的语境中,正如民族解放斗争通常会优先于女性运动,对异性恋规范的坚持和建构也开始威胁到其他现存的性习俗。正是在此意义上,我们可以认为,至少在一些非洲语境中,我们从西方继承的并不是**同性恋**,而是更具规范性的**同性恋恐惧症**。

[……]

（姚峰 巴达伟 译；汪琳 校）

---

① Adrienne Rich, "Compulsory Heterosexuality and the Lesbian Existence," in Henry Abelove, Michele Aina Barale, and David Halperin, eds., *The Lesbian and Gay Studies Reader* (New York: Routledge, 1993), 240.

第 96 篇　走向女同连续体？
抑或重获情色 *

朱莉安娜·马库切·恩法—阿本伊(Juliana Makuchi Nfah-Abbenyi)

　　[746]加里克斯·贝亚拉(Calixthe Beyala)的小说《你的名字叫坦加》(*Tu t'appelleras Tanga*)中,坦加的身份和性征既受到了单个男性的控制和剥削,也被父权社会所控制和剥削,但这种控制经她母亲的合作而愈加严重了。比如说,坦加的母亲让自己女儿接受了阴蒂切割术。除了别的意义之外,这个仪式对母亲来说具有经济价值。对她而言,这个仪式是对女儿实施商业奴役的顶点;用她的话来说,通过强迫女儿卖淫,得到她指望和要求女儿提供的养老保障。坦加的母亲不仅强化了针对女性及其身体的仪式和残暴,还把对自己(女性)孩子的经济诉求合法化。在个体层面,母亲或者其他女性让女儿经受这个仪式,并担负未来的责任。《坦加》中,只有三个人出现在坦加的阴蒂切割术现场——阴蒂摘除人、坦加本人和她的母亲。同样,小说《骄阳灼心》(*C'est le soleil qui m'a brûlée*)中,阿达(Ada)带着侄女阿迪巴·列奥卡蒂(Ateba Léocadie),去找一名老年妇女实施鸡蛋仪式(egg ritual)。这 3 位女性就是仅有的参与者。《骄阳灼心》中,阿达"需要"证明侄女是个处女,以恢复自己作为"母亲"和监护人的荣誉。她要向世人展示,自己把女儿抚养成人的方式是正确的,也就是说,已经为婚姻市场作好了准备。同样,坦加的母亲让女儿接受阴蒂切割术,也是让她作好了进入卖淫市场的"准备"。

　　坦加和阿达的经历表明,女性以及女性性征是如何由权力斗争的阶

---

　　* Excerpted from Juliana Makuchi Nfah-Abbenyi, *Gender in African Women's Writing*：*Identity*，*Sexuality*，*and Difference*, pp. 90—96. Indiana University Press，1997. 额外两个段落由作者提供。

梯建构和构成的，二者最终都成了男性宰制的帮凶。女性在自身的物化中，扮演了积极参与者的角色。两部小说说明，不能总是把女性身体在文化脚本中书写的方式归罪于男性。通过批判阿达和坦加母亲那样的女性，两部小说的定位超越了激进抗议和[747]提高意识的边缘。小说要求女性承担她们在文化脚本（语境）书写中的责任。通过抵制那些规定她们顺从的力量，她们再也不能甘为俯首帖耳的受害人。真正的变革可以从女性发端，最终会侵入和颠覆由父权规训建构的集体意识，摧毁由此集体意识树立的基础和疆界。

《坦加》和《骄阳灼心》中，加里克斯·贝亚拉阐明了这种变革的发端，描述了女性寻找以女性为中心的空间和关系；与男性为中心的空间和关系——她们的性征就建构于其中——相比，这些空间和关系似乎没那么压抑。在《坦加》中，17岁的非洲女人向犹太裔法国妇女敞开心扉。在遭受漠视和压迫的生活中，这是她第一次向别人吐露心事。她向安娜-克劳德（Anna-Claude）讲述了自己的人生经历。故事开头，两个女人关押在一间牢房里，而这牢房是定义和囚禁其生活与性别的各种监狱的终极隐喻。向安娜-克劳德详细讲述自己的经历，成为坦加打破自身沉默的最后一根稻草，而"沉默是不愿言说或收回言论的意志，是沉默自身的语言"。（Minh-ha 74）在此场合，讲述故事就成了媒介，借此两位女性探索和颠覆长期束缚其身份和性别经验的监狱牢笼。这成为自我解放和建构媒介的通道，能够帮助她们跨越白／黑、殖民／被殖民、压迫者／被压迫者之间差异的通道。

坦加（重）建了与安娜-克劳德的母性纽带。我把这种重建视为当初收养和哺育小男孩马拉（Mala）的延续。她们试图重新激活被压抑的女性气质，挪用一个母性符号纽带①——小说里，这个纽带帮着打破了监狱四壁和父权边界——两位女性因此都成为朱丽娅·克里斯蒂娃所定义的过程中之主体（subjects-in-process）。坦加磕磕巴巴地讲述故事时，竭力把两个女人的一切都讲得感人至深：她们的故事、她们的思想、她们的身

---

① Julia Kristeva, "From One Identity to an Other," in *Desire in Language: A Semiotic Approach to Literature and Art*, ed. Leon Roudiez (New York: Columbia University Press, 1980), 136.

体。一开始,坦加让安娜-克劳德把手放在她手里:"把手给我。从现在起,你就是我。"(*TTT*, 18)这个行为是某种心理和身体、精神和感官的开端,点燃了故事,令其流动起来。身体,未被物化的身体,是复活的身体;复苏、重构和重组中的身体;通过不断向外伸展和碰触双手——否则,坦加感受不到温暖和交流——来打破铠甲的身体。对两位女性而言,这番精神和身体接触再次捕捉到了她们所理解的母性:

> 她们的身体相互拥抱。安娜-克劳德啜泣起来。坦加顺着颈部和侧身摸索着她的皱纹,她叫安娜别哭,说她们刚刚经历了一场噩梦,但拥抱是真实的。她对安娜说,她们会相互慰藉,彼此间会涌现出最浓烈的母性之爱。(*TTT*, 72)

[748]女性亲密关系从如此感官的母性之爱中发展出来,并为两位女性作好了铺垫,使其进入和摆脱边缘地位,打破沉默,讲述自己的故事。贝亚拉的作品有力地恢复和彰显了非异性恋的、女性中心的生活方式。但是,在重获这些——并不排斥男性参照框架的——女性中心空间方面,差异是存在的;比如说,我把贝亚拉作品和莫妮克·维婷(Monique Wittig)的《游击队员》(*Les guérillères*)相比后,看到了这种差异。小说中,有女性之间对爱欲关系的主动追求,但对那些与男人寻欢作乐的女性,小说也是宽容的,只要女性在此过程中未被物化。这些以女性为中心的空间,有别于此处涉及的其他女性作家所描绘的空间。尽管其他女作家也肯定女性之间的亲密关系,但贝亚拉的作品独具的重要性在于,超越了单纯的"亲密关系"(例如,女性社会网络中有这样一种亲密关系,如果其他女性身处困境,这种亲密关系就会伸出援手)。加里克斯·贝亚拉描绘了那种女性中心主义生活的感官与爱欲,这类似于埃德里安娜·里奇所谓女同连续体(lesbian continuum)的修改版。按照里奇的看法,"**女同性恋的生活**既指女同性恋的历史存在,也指我们不断创造的那种生活的意义。我的意思是,**女同连续体**这一术语包含一系列——贯穿每个女性的生活、贯穿整个历史——女性认同的经验;而不只是一个女性曾经——或者意识里渴望——与另一女性发生的性经验"(156)。在此,我想对里奇的定义作出修正,即在此连续体中,插入爱丽丝·沃克对妇女主义者的定义——

"一个女人在性爱和/或非性爱层面上,爱恋其他女性……有时也在性爱和/或非性爱层面上,爱恋某个男子。"(xi)我在贝亚拉作品里看到的连续体,既反映了里奇的观点,也折射出沃克的想法。贝亚拉作品中的女性未必排斥异性恋,也未必会转向女同性恋。比方说,沃克就会说这些女人欣赏女性文化,在情感上具有可贵的灵活性。她们中的一些——尤其是主人公坦加和阿迪巴·列奥卡蒂——只是在其他女性那里,找到心理和感官的满足,有时也是性满足。

19 岁的阿迪巴靠给女性写信度过了一生,重新创造了一个女性"星辰世界"(world of stars),这是一个女性被男人诱惑并宰制之前的世界、一个自由的神话世界。阿迪巴的"疯癫"及其对父权和男权的反抗,都通过这样的写作来实现,这与坦加讲故事如出一辙。因此,女性似乎是彼此最佳的朋友、听者和知己,能够相互激发最美好的品质,彼此倾听,不仅相互点燃对生命的热爱,还能帮助彼此享受生活。她们能塑造彼此的欲望——在阿迪巴看来,这些欲望应该指向其他女性,但有些情况下也可指向男性。用阿迪巴自己的话来说,"有时我嫉妒你对男人的欲望"(CSB 67)。可是,她自己对这些欲望的追求,与男性的接触,从各个方面都强化了她和其他女性的亲近感。

鸡蛋仪式对阿迪巴身体造成的绝对暴力,增强了这一想法,增进了与(填补了她内心空白的)妓女伊雷娜(Irène)的友谊。伊雷娜如同阿迪巴的母亲贝蒂(Betty)在现实生活中的影子;对于母亲这个(完美的)女性,阿迪巴一直努力在梦中、在幻想中、在对幸福和自我定义的不懈追求中,试图再造其灵魂和多舛的一生。而伊雷娜成了那个女性的化身,通过她,阿迪巴的主体性和性别完全表达了出来。又一次,她陪着伊雷娜去找助产士[749]堕胎,尽力安慰这个惊恐而又坚定的朋友,告诉她"男人"带来的苦难都化作了女人的力量。二人在助产士办公室前候诊时,她伸出手来,安慰伊雷娜:

> 她伸出一只手,想放在伊雷娜的膝上,她在颤抖,身体告诉她,她正犯下罪孽,整个人告诉她,她正犯下罪孽。她等待着,身体在颤抖,竭力压垮从里面吞噬自己的那个东西。一个女人和另一个女人,这从来没人写过,也没人说起过。毫无准备。她犯了罪孽,但任何东

西、任何人都无法解释她为何犯罪。对这个话题,大家都喋喋不休。
(*CSB* 158)

　　在我看来,这就是《骄阳灼心》中女同性恋的爱欲和(未加)言说时
刻①,这在一些读者和评论家当中一直都是争议很大的话题。② 让-玛
利·沃莱(Jean-Marie Volet)恰如其分地指出,贝亚拉正"逐步成为同辈
作家中最具争议的一位"③。虽然贝亚拉的一些评论家——如阿尔梅·
纳舍夫(Armelle Nacef)等人——褒赞她所谓女性主义式的爱恋④,但理
查德·比约恩森(Richard Bjornson)坚持认为"贝亚拉对当代喀麦隆的现
实所采取的女同性恋描写手法,在该国的读写文化语境中,显得非同寻
常"(420)。纳达彻·塔格奈(Ndache Tagne)声称"阿迪巴的同性恋欲
求……会引发很多非洲读者的激烈抗议",他甚至指出,读者会因为贝亚
拉第一部小说中的"色情"内容,而有受辱之感(97)。虽然一些评论家认
为贝亚拉作品是色情文学,斥责她把"非洲人的爱欲当作商品兜售"⑤,但
朗吉拉·贾利摩尔(Rangira Gallimore)对此并不赞同。
　　我在贝亚拉作品中看到的,显然是一位女性对另一女性身体的情欲
爱恋。奥黛丽·洛德(Audre Lorde)将此爱欲作如下描述:

---

　　① 众人皆知,加里克斯·贝亚拉坚决抵制评论家使用"女同性恋"来指涉她的作品,
理由是非洲语言里没有这个词汇。诚然如此,但术语的缺乏无法消除阿迪巴对伊雷娜那些
强烈的同性爱欲。在我看来,出于潜在的文化、政治或其他个人原因,贝亚拉想要与"女同
性恋关系"有限的性别意义保持距离。(这里我要感谢埃洛伊丝·布里耶尔允许我阅读她
和碧翠斯·加利摩尔在巴黎与贝亚拉访谈的手稿。)

　　② See Daniel Atchebro, "Beyala: trop 'brûlante' pour les mecs!" *Regards Africains* 8
(1988): 29; Joseph Ndinda, "Écriture et discours féminin au Cameroun: Trois générations de
romancières," *Notre Librarie* 118 (Juillet-Septembre 1994): 12; Doumbi-Fakoly's review of
Tanga in *Présence Africaine* 148 (1988): 148; Ndache Tagne's review of Soleil in *Notre Li-
brarie* 100 (Janvier-Mars 1990): 97.

　　③ "Calixthe Beyala, or The Literary Success of a Cameroonian Woman Living in Par-
is," *World Literature Today*, 67. 2 (Spring 1993): 309.

　　④ "Sous le signe de l'amour au féminin," *Jeune Afrique* No. 1423 (13 avril, 1988):
55. See also Arlette Chemain, "L'écriture de Calixthe Beyala: Provocation ou révolte
généreuse," *Notre Librairie* 99 (Oct. -Déc. 1989): 160.

　　⑤ "Le corps: de l'alienation à la réappropriation, chez les romancières d'Afrique noire
francophone," *Notre Librairie* 117 (Avril- Juin 1994): 60.

　　我们每个人内在的［某一］资源，存在于一个极为女性和精神的
计划之中，紧紧根植于我们未能表达、尚未认识的情感力量之中。所
有的压迫为了长期存在，必定将被压迫者文化中的权力之源加以破
坏和扭曲，使其无法提供变革能量。对于女性，这就意味着压抑她们
的爱欲，因为爱欲被视作我们生活中的权力和信息之源。（*SO* 53）

　　精神与政治分离，也同爱欲分离，洛德发现这样的问题普遍存在，并
极力谴责，因为她相信"联结的桥梁是我们每人内心最深处、最强烈和最
丰富的爱欲——或感官，即那些身体、情感和心理的表达——被分享之后
而构成的"（56）。阿迪巴·列奥卡蒂试图与伊雷娜发生爱欲关系，但这些
关系涉及"罪孽"或有此定义，因而一直无声无息、令人沮丧。阿迪巴暗自
沉思："她犯了罪孽，但任何东西、任何人都无法解释她为何犯罪。对这个
话题，大家都喋喋不休。"那些历史、文化和律法把女性之间的（感官/性
爱）快感定为"犯罪"，阿迪巴对此提出了质疑。通过这番质疑，可以正确
审视贝亚拉在《坦加》和《骄阳灼心》中对作为一种制度的异性恋和父权意
识形态的评判。通过质疑［750］何谓这种"罪恶"——即父权文化中施加
给女性的限制——阿迪巴在精神（心理与情感）、政治和爱欲（身体与感
官）之间建立了联系，来对洛德作出诠释。女性的性征，以及对女同性恋
行为的压制，就变得远不只是感官与性的话题，而是需要认真对待的政治
议题。

　　小说结尾处，阿迪巴杀了人，对她个人具有政治意义。伊雷娜因堕胎
而失血死亡后，阿迪巴来到了伊雷娜一直招揽嫖客的酒吧，也照此行事。
男子把她带回家，强奸了她，还逼她跪着给他口交，因为"上帝塑造了跪在
男人面前的女人"（*CSB* 67）。她把男子的精液吐在他脚下，拿起厚实的
烟灰缸，连续砸向他的头颅，结果了他的性命。在她脑海里，一直以来征
服她和所有女性并把这种征服浪漫化的东西，被她摧毁了。接着，他感到
一阵晕头转向，一整夜都在拥抱、亲吻和抚摸这具尸体，对着它呼唤伊雷
娜，向伊雷娜倾诉爱意。

　　《坦加》里，坦加和安娜-克劳德拥抱并分享彼此身体、精神和感官的
温暖，这成了——（来自）她们女性-故事（her-stories）的——自我解放的
高潮，爱欲满足的时刻也就此来临。因此，我们可以认为，将爱欲作为一

种权力加以确认和使用，这是加里克斯·贝亚拉为描述女性性征而使用的重要原创性武器。把爱欲作为一种有力的批判性颠覆工具，同样见于崴尔崴尔·赖金的《她如碧玉珊瑚》。这本书的副标题是"一个厌男者的日记"，措辞虽然尖锐，但颇为有趣。①

爱欲的使用也嵌入了该部小说的风格。赖金称其为"吟唱小说"（chant roman），因为小说与巴萨（Bassa）仪式密切相关。虽然赖金是小说家、诗人、画家、演员和剧作家，但这位多才多艺的艺术家是以仪式剧场（théâtre rituel）而闻名于天下。仪式剧场中，她采用了巴萨成人礼传统仪式中的内容，并加以改造和再创造，用于舞台表演。表演所要达到的目的，与洗礼仪式（purification rituals）在传统巴萨社会中的作用是一样的。珍妮·丁凯穆（Jeanne Dingome）注意到，赖金的父母是：

> 传统音乐家，把赖金引入了他们的艺术以及广义上的口头文学。但直到青春期初涉神秘祭礼之后，她才和周边鲜活的文化发展出亲密关系……确实，正是得益于人生最敏感的成长期的初次接触，她后来才能更加自如地运用自己文化中的美学（本质上是戏剧）资源，而这些资源都植根于其神话和仪式当中。②

崴尔崴尔·赖金综合并糅合了传统和现代中的元素，运用这些元素去不断质问现代非洲社会的习俗，成功创造了新的非洲文学美学，明显有别于西方的文学形式。正是在此革命性美学/仪式剧场——根植于巴萨仪式和赖金的创造性过程——的语境之内，《她如碧玉珊瑚》这部"吟唱小说"才被创作出来。③ 因此，这就是我解读这一文本的框架。

在这部吟唱小说中，赖金从不同文学体裁里吸收了多种元素，赋予其

---

① 小说出版前的暂定名是《厌男症患者日记》（*Le Journal d'une misovire*），按照玛丽-乔塞·乌朗提艾（Marie-Jose Hourantier）曾大量引用，参见 *Du ritual au théâtre ritual：Contribution à une esthétique négro-africaine*（Paris：l'Harmattan，1984）

② "Ritual and Modern Dramatic Expression in Cameroon：The Plays of Werewere Liking," in *Semper Aliquid Novi：Littérature Comparée et Littératures d'Afrique*（Tübinggen：Gunter Narr Verlag，1990），318.

③ See Hourantier，22—23.

新的形式和美学。与马尼耶(Magnier)的一次访谈中,赖金描述了她的吟唱小说,并用下面这番话捍卫自己的写作风格:

> [751]就其性质而言,非洲黑人文本美学(textual aesthetic)的特点之一是多种体裁的混杂。并且我认为,只有通过不同体裁的融合,才能获得不同层次的语言、不同的情感品质,并接近意识的不同平面(由此,人们才能表达一切)……我的倒数第二部作品《她如碧玉珊瑚》中,诗歌、小说、戏剧……所有的体裁都在此交汇……①

正是这种极具创造性的新写作形式——融合了诸多体裁、眼花缭乱的词汇和短语、一反常态的句法、语法、标点等——使赖金的作品完全独具一格。对于根植于其作品中的互文性,以及交织于这些复杂文本中的多元声音,评论家们都赞誉有加。②

[……]

(李道全 姚峰 译;汪琳 校)

---

① *Notre Librairie* 79 (Avril-Juin 1985):18. 省略依照原文格式。

② See, for instance, Thécla Midiohouan, "La parole des femmes," *Figures et fantasmes de la violence dans les Littératures francophones de l'Afrique subsaharienne et des Antilles* (Bologna: Cooperativa Libraria Universitaria Editrice Bologna, 1991):150—152; Madeleine Borgomano, "Les femmes et l'écriture-parole," *Notre Librairie* 117 (Avril-Juin 1994):88—90;同期刊物中,参见 Athleen Ellington, "L'interdépendance, un discours d'avenir: Calixthe Beyala, Werewere Liking et Simone Schwarz-Bart," 103—105.

第 97 篇　酷儿远景:南非的出柜小说[①]

布伦娜·芒罗(Brenna Munro)

[753]以非洲同性恋的身份出柜,经常被认为是措辞上的矛盾。性别身份与种族本真性和后殖民民族主义的政治纠缠在一起。自 20 世纪 90 年代以来,乌干达、纳米比亚、赞比亚、斯威士兰(Swaziland)和肯尼亚的元首,都追随津巴布韦总统穆加贝的脚步,相继颁布了反同性恋法案,公开发表演说谴责同性恋人士,称其既违背基督教义,又为害非洲。[②] 然而,南非唯独不在此潮流之中;该国 1996 年宪法禁止针对性取向的歧视,此为全球首例。非洲对"男同性恋"和"女同性恋"身份的挪用,的确涉及殖民主义遗产,但所需采取的方式较之穆加贝等人的做法则更为复杂。尽管殖民主义从未产生过彻底或持续的影响,却深刻影响了非洲的性别和性征意识形态。[③] 殖民官员和传教士引入并推行异性恋和同性恋,作为性定义的中轴(central axis);还有父权制核心家庭中女性的居家角色,作为社会组织的理想和健康模式。[④] 在与殖民者的遭遇及其后续效应中,前殖民时代与此框架不符的

---

① 本文尚未发表。

② 最新的例证,桑给巴尔议会于 2004 年 4 月,一致通过一项新的法案,对同性性行为实施严酷的监禁徒刑;此例中,同性恋被宣布为不属于非洲,不符合伊斯兰教。

③ 参见斯蒂芬·默里(Stephen Murray)和威尔·罗斯科(Will Roscoe)合著的《男孩妻子与女性丈夫:非洲同性恋研究》(*Boy-wives and Female Husbands*: *Studies of African Homosexualities*)以及伊菲·阿玛迪欧姆的《男性女儿,女性丈夫:非洲社会的性别与性》(*Male Daughters*, *Female Husbands*: *Gender and Sex in an African Society*)。

④ 在印度和很多昔日非洲的英属殖民地,殖民政府的反鸡奸(anti-sodomy)法案还有案可查,现在仍备受争论,也引来激烈辩论。参见马克·基维瑟(Mark Gevisser)在"曼德拉的继子女"("Mandela's Step-Children", 114)里对南非的讨论,以及素帕纳·巴斯卡兰(Suparna Bhaskaran)的"穿透的政治:印度刑法第 377 条"("The Politics of Penetratioin: Section 377 of the Indian Penal Code")。

关系、身份或做法通常会被清除。① 同时，被贝茜·黑德描述为帝国现代性的"惊人幽灵"具有酷儿效应（queer effects），不能纳入官方的"教化使命"（87）。例如在南非，流动劳工体制和城市扩张产生了难以控制的、新生的性文化——例如，开普敦穿着异性服装的"脂粉气男子"，以及流行矿区的男性临时婚姻等。② 由于大众传媒、旅游、艾滋病研究、移民迁徙以及全球南方巨型城市中心的增长，欧美"男同"身份在过去 30 年中广泛流传。当代非洲同性恋者必须通过这些本土的同性恋历史、"传统"非洲异性恋的地方乞灵（regional invocation）和欧美"男同"身份，才能理解自我。

[754]确认男同身份，使后殖民研究者有望看到新的民族身份和政治表征，也看到新的弱点③；同时，也标志着对全球化流通的参与。因此，显而易见的是，有人以男同的存在风格作为一种模式，借此融入自我的个人主义西方认识论，融入渐趋同质化的大众消费市场，融入这些市场背后的新自由主义经济政策。然而，如丹尼斯·阿特曼（Dennis Altman）所说，"亚洲、南美和非洲的新兴男同群体，会改造普世话语和西方身份政治的思想，创造某种难以预见的新生事物——这些将会是有趣的变化。"（15）对同性恋政治的酷儿后殖民解读，确实一直处于"新全球秩序"激进批判的前沿。南非同性恋权益和反种族隔离活动家扎克·艾哈迈德（Zachie Achmat）曾领导"治疗行动运动"（Treatment Action Campaign），争取从跨国制药公司获取廉价药物，还曾领导政府的反艾滋行动；以色列酷儿组织"黑色洗衣房"（Kvisa Shchora / Black Laundry）旗帜鲜明反对占领巴勒斯坦④；还有

---

① 例如，肯德尔研究巴索托妇女的著作显示，过去女性之间的关系涉及我们称之为性的内容，但这在她们的观念词汇里属于友爱，并不是对异性恋婚姻的威胁。然而，随着同性恋身份语言的到来，这些关系被污名化，变得没那么常见。这些妇女的曾孙女们是否会把这一历史转变为可以利用的同性恋过往，这个问题还有待观察。

② See Moodie and Achmat.

③ 今年九月，女同性恋活动家法泱·蒂（Fannyann Eddy）在她成立的机构——塞拉利昂女同和男同协会——办公室里被人强奸和谋杀。这是最近一起这类政治和性别认同所激发的袭击惨案。

④ 将裸体和巴勒斯坦头巾在游行中结合起来，"黑色洗衣店"的口号将艾滋病解放权利联盟（Act Up）的漫不经心状态推到了新的水准，主要包括"占领没有任何自豪感"，"免费避孕套、自由巴勒斯坦"，"耶路撒冷：一个城市、两个首都、所有性别"以及"转变性别，而非转移"。

臭名昭著、倨傲不恭的伊拉克同性恋博客写手"萨拉姆·帕克斯"(Salam Pax)。① 这些同性恋后殖民分子一马当先,以创造性方式塑造和体现了迈克尔·哈特(Michael Hardt)和安东尼奥·内格里(Antonio Negri)提出的全球反叛"诸众"(multitudes)这一概念雏形。同性恋现代性的脚本可能由西方所写,但这种现代性的条款正被非洲同性恋者改写。崭露头角的南非黑人作家卡贝尔·塞洛·杜伊克(K. Sello Duiker)就是那么做的。在小说《十三分钱》(*Thirteen Cents*,2000)和《梦想的无声暴力》(*The Quiet Violence of Dreams*,2001)中,他挪用并改造了出柜小说,既冲击了西方的同性恋身份观念,也挑战了南非官方的民族出柜叙事。

与多数后殖民民族主义明显不同,南非的民主转型涉及到创造一种"彩虹"民族主义。这种民族主义不依附于单一民族身份,并且明确将同性恋群体纳入公民之列。关于同性恋身份在宪法中地位的辩论,非常引人瞩目。如同对所有条款的反应,数百万人就这一问题向制宪委员会(Constitutional Assembly)提交了他们的观点。最终,主张保护同性恋权益的人数大大超过了反对派,而南非政治家甚至采用"出柜"这一隐喻,来谈论南非告别种族隔离制度。② 人们对同性恋权利——既将其作为民族自由和未来理想国家的标志——这一观念的普遍重视,体现在马克·格维塞尔(Mark Gevisser)描述的人们对1994年约翰内斯堡同性恋大游行的反应:

> 围观者们——住在附近的普通黑人民众——的目光中闪烁着喜悦。"红粉男士万岁!"一个年轻人欢呼着……一方面,围观者的友善只是纯粹出于高兴,他们兴奋地看到一个不再把人们彼此区分、分类和隔绝的南非……但是,人群对于这一事件,除了显然——或许还有些茫然——的赞许,还有更深层次的东西。"不,我可不想看到自己儿子或女儿在那游行,"一名围观者对我说……"但那些人有权去游

---

① "帕克斯"将美国的占领说成:"岂止是殖民主义,但美国占领具有相同的肤色阴谋。"

② 参见提姆·特伦戈夫·琼斯(Tim Trengove Jones)对最高法院大法官的讨论,以及长期以来非洲民族议会的活动家阿尔比·塞奇(Albie Sach)对这个隐喻的公开运用。

行。这里是新南非。去年四月我们投票选举,不仅为自己的自由投票,也为了每个人的自由。"(111)

公众对于同性恋者的欣然接纳,成了这个新生国度所持理想的标志——日益宽容,以及充分包容。第二个人的评论有些违反直觉,其中既有对同性恋的认同,同时又划清界限,反映出南非"彩虹"民族主义的矛盾话语。[755]因此,出柜叙事为作家们提供了新生国家的典范寓言,既欢欣鼓舞,又充满批判。

杜伊克《十三分钱》讲述了一个无家可归、无依无靠的 13 岁男孩在开普敦卖身度日的故事。① 故事从一个同性恋青年视角,展现了新南非的惨淡景象,挑战了民族进步的叙事——而同性恋身份也被赋予了这类叙事。然而,我在下文将重点关注《梦想的无声暴力》,小说从关注性经济(economies of sexuality),延伸到与"彩虹"民族主义更直接的交锋。这本书在较为晚近的转型期,思考了新南非中成为"同性恋"造成的迷失效应,同时坚持通过同性恋性行为实现自我塑造的可能性。现年 30 岁的杜伊克是种族隔离制度告终时渐趋成熟的新一代作家。他成长于索韦托,在罗德斯大学(Rhodes University)学习新闻和艺术史,投身写作前一直从事广告业。在南非之外,他并不怎么出名,尽管他和另外两位后种族隔离时代重要的南非黑人作家——瑞克斯·玛达(Zakes Mda)和法斯文·穆培(Phaswane Mpe)——同出现在了 2012 年《纽约时报》的一篇专题文章中(文章关于当代南非文学正摆脱种族隔离,转而讨论新的话题)。但自此之后,评论界很少关注他。

出柜小说:一种全球体裁?

作为一种流行的同性恋体裁,出柜叙事最早出现在欧洲和美国,现在已普遍存在于文学和电影之中。如今,为创造某种政治上"可呈现的"支

---

① 《十三分钱》在 2003 年被拍成一部电影短片《亚祖》(*Azure*),也赢得了英联邦作家最佳首部小说奖,帮助作家在南非了取得相当高的文学声誉。《梦想的无声暴力》获得了查尔斯·赫曼·博斯曼文学奖(Charles Herman Bosman Prize for Literature)。

持者,出柜故事已成为必需;这些故事或许被描述为人们学着辨识自我的镜子。因此,通过阅读的过程,它们传播了一种相当特殊的身份模式。以埃德蒙德·怀特(Edmund White)《一个男孩自己的故事》(*A Boy's Own Story*, 1982)这类文本为例,"标准"出柜故事是现实主义的成长小说,通常采用第一人称,讲述白人男青年通过一些既苦痛又甜蜜的接触,发现自己的性征,面对难以向敌对世界——尤其是家人——诉说的难题,但终于在故事最后获得了来之不易的自我意识。

虽然这成了"出柜"故事的样板,但这类体裁绝非一成不变。比如,珍妮特·温特森(Jeanette Winterson)的小说《橘子不是唯一的水果》(*Oranges Are Not the Only Fruit*, 1984)同样大受欢迎、好评如潮,不仅将神话、童话与现实主义叙事并置,还把母亲改变同性恋女儿的欲望和她改造世间"异教徒"的布道冲动相提并论。她每周收听英国广播电台国际广播的传教节目,厨房里有一张世界地图,上面是"奇怪的部落";她甚至给女儿朗读《简·爱》的缩略版,故事中,简和圣约翰·里弗斯(St John Rivers)一同离去,成了传教士。因此,出柜小说可以经过改写,成为对帝国主义的戏仿。罗伯特·麦克鲁尔(Robert McRuer)认为,近期的美国文学——主要指非裔、亚裔和拉美裔作家的作品——把男同和女同身份的标准范式作了酷儿化处理,或进行了重新创造。比如,奥黛丽·洛德在《札米:我名字的新拼法》(*Zami: A New Spelling of My Name*, 1982)中,把出柜小说转变为"传记神话"(biomythography)。这些北美作家通过出柜小说的身份机器(identity-machine),试图创造出不同的自我;相较而言,我认为后殖民文学对同性恋意义的重塑,既有相似之处,又有所差别。

叙述民族

[756]通过开普敦一位年轻黑人学生切博(Tshepo)的故事,《梦想的无声暴力》向我们提供了一幅后种族隔离时期全景式的文化长卷。小说以切博的声音展开讲述,也用了一系列其他叙述者的声音,主要是他的双性恋女演员朋友、性工作者姆马巴托(Mmabatho)、一名收容所病友、一对尼日利亚移民夫妇为主。这些叙述者讲述自己的故事,同时也表达对

切博的看法。

切博经历最初那次疯癫之后（后来又多次发作），就开始了他的小说。他被送进了精神病院，医生诊断他患有印度大麻引发的精神病，但显然，他还被极其痛苦的童年创伤所折磨，尤其是他的性别身份。大约 7 岁时，卷入犯罪集团的父亲派人杀了切博的母亲，因为她威胁要告发父亲。母亲被射杀之前，她和年幼的切博都遭到了强奸。后来发现，切博的一个病友就是其中一名案犯，我们也听到了此人在小说中的声音；过去的魔鬼居然就出没在精神病院。最终，切博被放了出来，成了一名服务生，和一位刚出狱的黑人青年克里斯共住一套公寓。①

切博意识到自己迷上了克里斯，可是二人刚刚绽放的浪漫友谊却逐步恶化；切博因为自己所受的教育而在生活中占了上风，克里斯对此心生厌恶，对切博的温文尔雅，既爱又恨。小说中的一章骇人听闻，克里斯强奸了切博，还让他丢了工作。切博心灰意冷，无家可归，无业可做，于是接受了一家男性妓院的工作。令人意想不到的是，这个多种族混杂的妓院竟然是一个疗伤和友谊之所，切博渐渐完全接受了自己对其他男人的欲望。经历了似乎没完没了的性接触之后，他最终离开了妓院。同时，姆马巴托和一位男子坠入爱河，之后又身怀六甲，而切博和她的友情也就此终结。面对垂死的父亲，切博的"疯癫"再次发作，陷入陀思妥耶夫斯基式的绝望中，游荡于城市和乡镇。然而，他还是恢复了神志，小说最后的场景是约翰内斯堡，他在一所弃儿之家工作；他还买了画架，准备开始绘画，而姆马巴托则在开普敦等待孩子的降生。

当然，所有这一切与我们所理解的出柜小说相去甚远。《梦想的无声暴力》是一部流浪汉史诗小说。小说中，五光十色的民族画卷在主人公的凝视下不断展开。同时，主要人物的情节发展，可以被解读为民族进步的必然结果。切博的旅程，就是驱除过往暴力、走出疯癫的成长过程；如同南非一样，切博成长于一个人心离散、施虐成性的家庭，选择与一帮非亲非故之人建立（同性恋）友情。小说关注各种各样脆弱的跨种族关系，从姆马巴托与一位印度裔南非女人以及德国残疾男子（她孩子的生父）的关

---

① 我在此处运用"coloured"这个词的南非拼写方式，目的是要揭示种族名称的具体特征。这是种族分离时代备受争议的发明，旨在指称种族混杂之人。

系,到切博的众多遭际——包含他对另一名布尔人性工作者卡雷尔(Karel)的单相思;这些反映的是实现种族间和解的国家使命。姆马巴托的叙述轨迹——从随心所欲的双性恋,到传统的异性恋,再到单亲母亲——也打开了出柜小说的诸多可能性,使其不局限于单一的性别发展轨迹。

然而,作为主人公,切博是一个象征性人物。通过这一人物,南非抹除了过往的历史,并铸就了新的民族归属感。这是一个[757]颇具同情心的人物,在小说的某些节点,他觉得自己被别人的历史所占据:一位黑人妇女的苦痛记忆,她在种族隔离国家的暴力中失去了孩子;更令人吃惊的是,还有布尔人在布尔战争(Boer War)期间被英国人折磨的记忆。他和别人之间的界限,如同叙事本身,都是可以穿透的,似乎整个民族都被拖入"他的"故事。多元的叙事声音使这部成长小说变成了一曲合唱,而这个滋生蔓长的小说几乎无法控制过多的人物、地点和情节。小说《午夜之子》(*Midnight's Children*, 1980)中,主人公和印度这个新国家一同诞生,头脑中满是"祖国"所有其他孩子的声音。在这个层面上,杜伊克的小说是萨勒曼·拉什迪《午夜之子》的同性恋回声。在切博的性接触中,穿透和被穿透成为种族隔离后旧式界限瓦解的文字隐喻。

切博在一个多种族男性群体的语境——妓院——中"出柜"。妓院的经历改变了切博,他这一部分的故事,以新的名字"安吉洛"(Angelo)来讲述。切博从精神病院中抗拒治疗的主体,变为具有疗治功能的性工作者:"通常,我从那出来时,感觉自己是心理医生,是别人的知己。"(313)他身边那些魅力迷人的性工作者,都认为彼此间缔结了某种手足之情,超越了种族的界线,如同卡雷尔向他解释的那样:

> "在这里,我们就像兄弟一样。你能看到很多人一辈子都见不到的事情。而且,还会做以前绝不会想到的事……但是,就凭我们做过和见过的事,我告诉你吧,我们无所不能。有一天,我兴许能当上总统,"他说着,突然一脸严肃的表情。(244)

同性恋性工作者"一本正经"地考虑谋取政界的官位,这使我们感到这个新生国度打开的诸多可能性。如果性是"正经工作"的话,那是因为它是神奇而密切相关的民族主义，以本能的方式在原本毫无共同之处的人之间建立联系。切博的确幻想着一个彩虹之国、一个男同爱欲关系的场域：

> 在罗克韦尔（Rockville），我来到座体育馆。那里，野马在奔跑，马的鬃毛在风中华丽地摇摆。另一个场地中，我看到一群上身赤裸的男人踢着足球。但我走近时，他们变成了姿态优雅、半人半马的怪物（centaurs），拖着野性的长尾巴。我跑向他们，而他们在我四周围了一个圈。他们都是体格健壮的骏马，且各种颜色、应有尽有。看着这些肌肉分明的各色躯干，我也感到精神抖擞。他们喝着酒，在场地上自由驰骋，踢着球、流着汗，飞奔疾驰，而大地也在马蹄踩踏下作响。（*Quiet*，416）

作为政治集会场地，以及通过体育进行象征性国家建构之所，体育场成为随心所欲的和平"骚乱"之地——即奏响神秘的同性恋狂想曲的新南非。切博/安吉洛将同性恋和民族主义之间的联盟大幅提升至显要的高度，并说道"男人高潮时脸上的表情，对我来说，就是爱国者为祖国和人民演唱小夜曲时的真实表情"（389）。

将男同性恋者和性工作者描述为爱国者和堪当总统之人，这似乎直接驳斥了罗伯特·穆加贝（Robert Mugabe）的观念，即同性恋对非洲人来说是"文化卖淫"。同时，杜伊克也呈现了当代非洲性工作者自身的污名。辛迪·巴顿（Cindy Patton）认为，人们[758]同样以非洲艾滋病引发的恐慌心态来看待非洲的性工作者——正如西方男同性恋者的遭遇；人们把他们看作居无定所、令人畏惧的现代生物，认为他们不愿娶妻、淫乱无度是违反伦常之举，因此也容易成为众矢之的（227）。杜伊克对卖淫行为的书写细致入微，这并不寻常。在《十三分钱》中，男孩阿祖尔（Azure）感觉自己的身体是件交易品，甚至是被盗之物，因此根本无法确定自己的性取向——这是一部非出柜（un-coming-out）小说。在《梦想的无声暴力》中，切博对出卖肉体以及价格的控制权要大得多，还有一套用来解释皮肉交易的同性恋爱国叙事。在此，性工作是强奸的解药，但对十分脆弱的阿祖尔来说，二者并无大多差别。

新生国度的破裂时间性

然而,这部小说不只是一曲新南非的"爱国"颂歌。它关注性解放,也同样关注性暴力,涉及后种族隔离时代的两大现象,即被解读为国耻之标志的强奸和艾滋病。因此,性叙事在彩虹民族主义的话语和新南非的幻灭中都格外突出。小说的同性恋时间性(queer temporality),对当下和未来关系的预判,是乌托邦、天启和反乌托邦等杂乱的混合。在此语境——通过长期抗争而实现的一个遭唾弃政权的终结、所谓后解放社会中持续的弊端所带来的失望、不断加剧的艾滋病危机——当中,这种混杂是有道理的。尤其在迷幻期间,切博痴迷于天启般的神秘力量。

> 长相奇特的人们走在我们当中,精确计算着我们的毁灭。比艾滋病更为致命、更难以发现的疾病正在滋生,等待理想条件去造成严重破坏和死亡。海洋和天空正在谋害我们。(426)

这个叙事合唱(narrative chorus)有时是一种社会分裂图景的破碎(fractured)叙事,其中,人物不断描述自己是"破碎的"。尽管切博穿梭于多个世界之间,他的叙事理应把它们都统一起来,但他的疯癫可能就是一个符号,表明这些世界在一人之经验、一个国家之中,是不可通约的。例如,监牢里的拉斯塔法里教徒(rastafarians)和加纳什咖啡馆(Café Ganesh)的消息灵通人士(hipsters)之间,城市舞蹈俱乐部的种族混杂和郊区五金商店的种族对峙之间,有着巨大的差异;最后还有城市和乡镇之间的不公现象:

> 许多看着很能干的男人在街角无所事事,他们游手好闲、沮丧失意、蠢蠢欲动。他们暗中在密谋犯罪吗?郊区有座金矿,连垃圾桶吞下的都是好东西。也许,他们内心伤痕累累,感觉被人遗忘。一方面,社会进步可谓日新月异,而另一方面,贫困却缓慢侵蚀着他们。没人知道我们的内心如何千疮百孔。他们似乎用眼睛诉说着,我们多么绝望。只要有机会,我们什么都能干。我们经历了1976年的大

骚乱、卡斯皮防雷车、拘押、波塔总理,而现在,人人都在拼命攫取利益,似乎在说……一个可口可乐商标高踞广告牌之上。这对我们意味着什么?对一无所有者又意味着什么?(430)

此处,切博的语法和观点在"我们"和"他们"、"分裂"和"统一"之间剧烈切换,就像镇里的男人体验了[759]贫困时间性的"蜗牛步伐"和国家变化的速度之间的断裂。也许,全书最可怕的空间要数精神病院,因为历史前进的步伐似乎没有触及此地,如同贫穷人群被隔绝在繁荣之外一样。这是一个恶劣的政府机构,人们可能在精神上被剥夺人性,就像种族隔离时代他们在种族上被剥夺人性一样。

即便彩虹妓院(rainbow brothel)的乌托邦理想,根本上也是值得怀疑的。妓院的白人老板自己犯了错,却冲着切博用了种族主义色彩的词语;之后,老板还解雇了卡雷尔,因为客人少付了钱,他拒绝给客人道歉。毕竟,盈利是行事的原则;什么能带来利润,谁能产生利润,都是由种族构成的。切博说:"我开始更为深入地思考兄弟情谊本身。为什么只有科尔和我是黑色面孔? ……当然,外面还有印度人等有色人种按摩师,"(344)他开始质疑自己的工作场所和开普敦的同性恋酒吧:

> 想到比洛克希(Biloxi),想到我在那里从没见过的黑人,我就会倒胃口。他们都是……我会在黑人城镇或棚户区(squatter camp)遇到的人……我觉得自己走投无路。我感受到自己的黑人身份……我起床后,挣扎着去上班,幻灭感让我觉得格外沉重。(*Quiet*, 344)

切博离开妓院,不再用"安吉洛"这个名字,现在可能太接近"盎格鲁"了。

妓院和国家一样,也完全是男人的天下。这种友爱虽然极大地改变了从事南非"抗议"写作的多数反同性恋男性作家,却再次把女性排除在外。杜伊克试图对彩虹民族主义作某种性别批判;如同切博对妓院中的一位"兄弟"不耐烦地说:"男同,男同。你压根没提到女同。实际上,任何女人听了你说的话,都会觉得你是个厌女者。"(254)小说的最后一段,切博试图通过钟爱的亡母之灵来获得灵感,帮助他开始绘画,这与其说是一种(男同的)文学友情,不如说是同性恋的艺术谱系。①

　　小说开篇,切博颂扬了舞场上的世界主义民主,舞场是象征新南非的空间,能够瓦解旧式的政治和种族分割。消费主义引发的诸多怪异可能性,及其对同性恋新欲望的柔性生产,在这里既得到了讴歌,也遭到了讽刺:

> 　　在舞场上,你上一次选举给谁投了票,已无关紧要……人们只关心你会跳舞,你长得帅气。他们在意你穿着苏式牛仔裤,配了件古驰(Gucci)衬衫,在意你那性感的屁股。他们关心你的女友在舌头上打孔穿环,有时周六晚上,她会同另一个女人上床,还喜欢你在一旁观看……设计师的标签是新的世界语。杜嘉班纳(Dolce & Gabbana)比任何权利法案都要厉害。(34)

　　一种混杂文化正在这里生成,超越了非洲和西方的二分法,这或许可以追溯到南非20世纪上半叶,回想起当时城市文化中多语言的爵士乐生活:

> 　　他们想说,啊,你很酷,而不是,嗯,你是黑人,还是白人……你必须知道"heita"(黑人青年之间的见面招呼语。——译者注)什么意思,什么是磁力链接(magents),如何以非洲人的方式握手。你必须知道"犹太受戒仪式"(barmitzvah)是什么意思,麦加城(Mecca)朝着哪个方向,查拉斯(charras)是谁……在一种被推向混杂并超越了性别和种族界线的文化里,你必须了解所有这一切,甚至更多。(*Quiet*, 34—35)

　　[760]杜伊克似乎真的寄希望于这种兼收并蓄式的民族主义;毕竟,他的小说涉猎广泛、包罗万象,囊括了埃及和北欧神话、本·奥克里(Ben Okri)和达姆布达佐·马里契拉等小说家、玛丽莲·曼森(Marilyn Manson)和"大举进攻"乐队(Massive Attack)的音乐。切博问道:"我是否可以声称,阿非利堪斯语、黑人的塔尔语(tsotsi taal)、印度菜肴或英国感性也属于我自己呢? 我的诉求超过了我们文化本身,难道我总是要心怀愧

---

① 杜伊克在访谈里也谈到自己的母亲作为一个难以满足的读者,如何激发他写作。

疚吗?"(348)

但到了小说的尾声,切博疯癫发作、蓬头垢面,于是被舞场拒之门外,他便批判起了资本主义——这样的批判使他离开妓院,开始了(不以金钱为目的的)惠特曼式的同性恋交往:

> 我总是遇到来自不同地方的特殊男人……他们为我提供了一些蓝图,这些蓝图告诉我们如何生存,如何建设新的文明和新的生活方式。我遇见过银行家、建筑师、诗人、建筑工、矿工、外交官、工程师、劳工、服务生、海员、农民、教师,称职之人和正直之人……他们一直对我说,资本主义不是惟一的方式,还有更好的选择。他们说,我们远未穷尽所有的可能性。(455)

新施行的制度迅速使南非融入了国际经济,而这种对资本主义的批判标志着对此制度的背离。切博并不只是吹捧与标榜新南非,而选择收养那些被国家抛弃之人,成为阿祖尔那样无家可归儿童的同性恋"叔父"。由于自己对这个国家新局外人——来自其他非洲国家的移民——的认同,他和彩虹民族主义的关系变得复杂起来。姆马巴托模仿了 20 世纪 90 年代晚期在南非引起争议的仇外情绪:①

> 切博不断去往他们那里,他们有着滑稽的体味和腔调,我不喜欢他们。我有个朋友,就住这些人聚居的公寓楼街区,他告诉我,他们把奇怪的疾病带入这个国家,因为他们保持着奇怪的仪式,但这里不是什么第三世界非洲。(*Quiet*, 261)

然而,切博对这种泛非洲的"同性恋"颇为亲切,这种"怪诞"代表了一种有别于"杜嘉班纳"的世界主义。小说结尾处,他置身于曾是约翰内斯堡中放荡不羁的同性恋人群所在地,但现在聚集了来自非洲各地的人们:"我相信人、人类和人格。在修布罗(Hillbrow),我和外国人比邻而居,他

---

① 参见克里斯·麦格里尔(Chris McGreal)的文章《彻底改变种族主义》("Turning Racism on its Head"),概览整个非洲大陆上非洲国家之间的仇外情绪。

们有的是合法的移民，有的则是非法的……和他们在一起，我很自在，因为他们正努力在我们国家找到属于自己的家园。"(454)

《梦想的无声暴力》是一个同性恋悖论：讲述了一位男同主人公"发现自我"的故事，这也是一个反抗消费者标签和既定身份的伤心故事。杜伊克在公开的自我呈现中，越来越鲜明地演绎了这一悖论。他这本书的封面上，印了些作者英俊、忧郁的相片，所传达的信息鼓励读者将这些文本当作自传来阅读。然而，南非《每日邮报》与《卫报》的 Q 版上，最近刊登了维克托·拉基(Victor Lakay)的一次访谈，呈现了"这位作者"的不同版本。拉基向他问起了《梦想的无声暴力》：

> 拉　克：这本书有自传的成分吗？
> 杜伊克：切博和我都曾在罗德斯大学求学，其他都是虚构的。(微
> 　　　　笑)还有人能像切博那样狂热吗？好吧，我想我可以担保吸
> 　　　　毒经历已经……[761]
> 拉　克：我想我问的问题是，你是同性恋……还是双性恋？
> 杜伊克：我是个作家，对人类关系和身份的每个方面都感兴趣。所
> 　　　　有这些对我来说，都没什么大不了的。我的第一部小说《十
> 　　　　三分钱》没有一个同性恋人物，第三本书也不会有。我真不
> 　　　　想被归入某种类型当中。

他的回应能够引出几种可能的解释。如果杜伊克真的是异性恋，那么对各种性征的作家而言，这部小说都标志着同性恋身份问题的核心地位。然而，他对自己同性恋身份否认，是含糊不清的，尤其当我们考虑到《十三分钱》关注的几乎全是男性间的性爱，并描绘了几个认同同性恋身份的人物。如果杜伊克闪烁其词，那么这篇访谈可能标志着在南非讨论黑人同性恋身份的困境——不论官方的辞令如何——也标志着这本书所描绘的文化运动的确已日渐衰退。① 最后一种可能就是，对于全球商业

---

① 正如全国男女同性恋平等联盟(NGCLE)的瓦苏·雷蒂(Vasu Reddy)宣称，"伟大社会变革的时机来了又走。南非现在由姆贝基掌舵，处于后种族分离社会语境的第二阶段"(176)。

营销所建构的形象,杜伊克不愿就范——他是一位"作家",而不是"男同性恋"。也许,这是他抵制全球资本主义范畴(categories)的模式,因为这些范畴使"南方"人几乎没有表述自己主体性的空间。

结论:疯狂的语言、酷儿的翻译

只要现实主义——同性恋身份显然是翻译一个人的方式——与我们或可谓之幻想主义(visionary)的两种不同的写作模式彼此争夺空间,小说就会以对话的形式表现这种冲突。杜伊克开篇就上演了一场有关讲故事的争论。切博试图告诉姆马巴托,他第一次疯癫发作时的情形:

> 我还是觉得很难解释究竟发生了什么,我的生活到底怎么了。我身体中,有一部分再也不是原来的样子。我觉得好像丢了什么,或着迷失于大得很难轻易描述的东西之中⋯⋯我中了咒语。我失去了时间⋯⋯我对她说,我记忆中大多是雨水,而且沮丧地感到雨永远也停不下来。雨就那么肆意地下着,铁了心的样子,似乎要淹没那些萦绕着我的记忆和哭泣⋯⋯"噢,"她舔了舔嘴唇说,"你想说的就这么多吗?""就那么回事?如果是的话,切博,那真是胡扯。呵,可别指望我听了这么一点,就打发我走了,接着说啊。"(1—2)

和姆马巴托一样,读者也想要切博逃离疯癫,而疯癫就定义而言是难以"阅读"的。小说中,很多篇幅都在不断重复一些抵制现实主义再现(realist representation)的思想状态——梦境、毒瘾、阴谋论和神秘信仰。疯癫经常被描述为一种替代性语言(alternate language),"无法言说之物的语言(the language of the unspoken)"(55),正如性也是一种"秘密语言"(391)。这些受阻的语言或可解读为杜伊克的一种尝试,指出了主流话语之外的其他可能性领域,即便这种尝试消解了(切博用来理解自己生活的)男同情谊叙事。虽然疯癫的确限制了切博,但从作品中的描述可见,它也有自身的合法性,当然也有其美感。这一点,我们在切博的这段文字里可以看到:

我眼见的一切都萦绕着我,因为这些似乎都有自己的生命。树儿在移动,岩石在低语……没有死的、不可见的东西都有声音。空气也和我一样是有生命的,孕育着故事和讯息,在地球上传布有关未来事物的消息……我一定想知道[762]为什么我身边总有女人围着,为什么我从来不能和一个男人深情对望,为什么我不能让自己的男性气质开花绽放。因为和花儿一样,男人必定能够绽放……我必须能感受寒冷,理解雨水的湿润,明白吹过大街的风发出的抱怨……对于生命的广大和智慧,对于所有不同程度的生存,我必定感到惊叹不已……我一定要变成自己心目中的世界、一本展开的百科全书。(91—92)

这番(倾听和理解无法言说之物或者无法言说者的)"疯癫"且极开放的尝试,象征着性欲——和一个男人深情对望——以及更多更多。向世界敞开自我,将自己解读为一部"百科全书",二者的同步性表明了性政治(politics of sexuality)——涉及的不止于个人的主体性——的必要性。这些另类的同性恋语言栖居在一本书里,该书呈现给读者的,还有各种未经翻译的非洲语言段落;书中,切博也驾驭着多门晦涩难懂的语言,从拉斯塔法里教用语(rasta-talk),到塔尔语(黑帮行话/街头巷议),在索托语和英语之间感受一种分裂。同性恋的后殖民性征能否被呈现或翻译?鉴于此,什么是合适的民族或文学语言?确切而言,什么是合适的体裁?这样的问题是小说的核心。

最终,这个问题也从艺术和帝国主义的角度进行了表述。身为性工作者,切博有一次在一个富有的白人嫖客家过夜,其间,仔细察看了他的书架:

他似乎对毕加索的作品特别感兴趣……我的艺术老师曾经谴责毕加索是个骗子……还抱怨说,毕加索错误挪用了神圣的非洲形象,并重新作了一番解读,假装那是由自己的天赋而来,从没有真正承认他所剽窃的那些真正的艺术家……立体主义不是什么发明,不是自然的艺术进步,而是赤裸裸的艺术剽窃……其他书大多是小说,很可能是同性恋文学……不久,我……陷入……漫长而矛盾的梦境。

(279—280)

切博的"矛盾之梦"以及小说本身所纠结的是,"同性恋文学"是不是帝国文化建制或图书馆——毕加索显然归属其中——的一部分? 相反,杜伊克对出柜小说的使用是否也属"剽窃",或者更是一种戏仿? 我倒是认为,如同切博在此"玩弄戏法"一般,杜伊克自己也可算作一个同性恋"骗术师",完全抛弃了"自然的艺术进步"观念,盗取了出柜小说,来凭空虚构同性恋后殖民属性。这些属性未来或许改变我们对性征、种族和民族的观念。

参考书目

Achmat, Zachie. "'Apostles of Civilized Vice: 'Immoral Practice' and 'Unnatural Vice' in South African Prisons and Compounds, 1890—1920," *Social Dynamics*, 19/2, Summer 1993.

Altman, Dennis. "Global Gaze/Global Gays. " *Postcolonial and Queer Theories: Intersections and Essays*. ED. John C. Hawley. Westport, Connecticut: Greenwood, 2001, 1—18.

Amadiume, Ife. *Male Daughters, Female Husbands: Gender and Sex in an African Society*. London: Zed Books, 1987.

Bhaskaran, Suparna. "The Politics of Penetration: Section 377 of the Indian Penal Code," in *Queering India: Same-Sex Love and Eroticism in Indian Culture and Society*, ed. Ruth Vanita. New York: Routledge, 2002.

Duiker, K. Sello. *Thirteen Cents*. Cape Town: David Philip New Africa Books, 2000.

——. *The Quiet Violence of Dreams*. Johannesburg: Kwela Books, 2001.

Gevisser, Mark. "Mandela's Step-Children: Homosexual Identity in Post-Apartheid South Africa," in *Different Rainbows*, ed. Peter Drucker. London: Gay Men's Press, 2000.

[764] Head, Bessie. *The Collector of Treasures, and Other Botswana Village Tales*. London: Heinemann Educational, 1977.

Jeppie, Shamil. "Popular Culture and Carnival in Cape Town: The 1940s and 1950s," in *The Struggle for District Six*, eds. Shamil Jeppie and Crain Soudien. Cape Town: Buchu Books, 1990.

Jones, Tim Trengove. "Fiction and the Law: Recent Inscriptions of Gayness in

South Africa. " In *Modern Fiction Studies*, Spring 2000.

Kendall. "'When a Woman Loves a Woman' in Lesotho: Love, Sex and the (Western) Construction of Homophobia," in *Boy-wives and Female Husbands: Studies of African Homosexualities*, eds. Murray, Stephen O. and Will Roscoe. New York: St. Martin's Press, 1998.

Lakay Victor. "I'm a Travelling Salesman: An Interview with K. Sello Duiker. " *South African Daily Mail and Guardian* Q-page.

Moodie, T. Dunbar, Ndatshe, Vivian, and British, Sibuye. "Migrancy and Male Sexuality on the South African Gold Mines,"*Journal of South African Studies*. 14. 1, 1988: 228—256.

Murray, Stephen O. and Will Roscoe, eds. *Boy-wives and Female Husbands: Studies of African Homosexualities*. New York: St. Martin's Press, 1998.

Pax, Salam. *Salam Pax: The Clandestine Diary of an Ordinary Iraqi*. New York: Grove Press, 2003.

Rickards, Meg. Dir. *Azure*. South Africa, 2003.

（李道全 姚峰 译；汪琳 校）

索　引

爱德华·阿比（Abbey, Edward, 718, 716）

彼得·亚伯拉罕（Abraham, Peter, 158, 527, 532）

威廉·亚伯拉罕（Abraham, William, 105）

莱昂内尔·亚伯拉罕斯（Abrahams, Lionel, 286, 394）

彼得·亚伯拉罕斯（Abrahams, Peter, 158, 457）

钦努阿·阿契贝（Achebe, Chinua, 24—7, 56, 63, 80, 89, 90, 101, 146, 158, 161, 215, 237—238, 240, 248—9, 250, 279, 286—288, 296, 299, 302, 327, 329, 347, 464—466, 456—458, 424, 432—435, 444—445, 449, 450, 473, 479—478, 415, 526, 528, 661, 662, 664）

扎克·艾哈迈德（Achmat, Zachie, 754）

科比那·埃伊·阿科瓦（Acquah, Kobena Eyi, 386, 387）

（Adali-Morthy, G., 84）

保罗·亚当（Adam, Paul, 47）

安妮·亚当斯（Adams, Anne, 690）

适应（adaptation, 86—88）

桑尼·阿德（Ade, Sunny, 660）

乔尔·阿德德吉（Adedeji, Joel, 354）

西奥多·阿多诺（Adorno, Theodor, 506）

斯特朗尼斯拉·阿多泰维（Adotevi, Stranislas, 24, 217）

马里奥·平托·安德雷德（Adrade, Mario Pintode, 34, 35）

埃斯库罗斯（Aeschylus, 288, 376, 479）

非洲社会主义（African Socialism, 159）

泛非主义（Africanism, 58）

非洲性（Africanness, 163, 481）

阿非利堪斯语（Afrikaans, 136, 168, 391）

科菲·埃尔梅赫·阿戈维（Agovi, Kofi Ermeleh, 92, 383）

阿吉兹·艾哈迈德（Ahmad, Aijaz, 612, 614, 616, 623, 666）

克里斯蒂娜·阿玛·阿塔·艾朵（Aidoo, Christina Ama Ata, 224, 359, 420, 456, 457, 513, 516, 420, 728, 732, 733）

阿德·阿贾伊（Ajayi, Ade, 12）

约翰·阿卡尔（Akar, John, 417）

奥克耶阿米·阿库夫（Akuffo, Okyeame, 386）

弗朗西斯·阿克瓦西（Akwasi, Francis, 656）

哲马鲁丁·阿富汗尼（Al Afghani, Jamal Ad-Din, 40）

穆罕默德·费图里（Al-Faituri, Muhammad, 42）

陶菲格·哈基姆（Al-Hakim, Tawfiq, 42）

异化（alienation, 294, 369, 539—607）

艾利斯·德·阿尔梅达·桑托斯（Almeida Santos, Aires de, 34）

艾布·卡西姆·佘毕（Al-Shabbi, Abu al-Qasim, 41）

路易·阿尔都塞（Althusser, Louis, 506, 623, 624, 625, 626）

丹尼斯·阿特曼（Altman, Dennis, 754）

T·M·阿卢科（Aluko, T. M. , 419）

艾勒基·阿玛迪（Amadi, Elechi, 517, 528）

伊菲·阿玛迪欧姆（Amadiume, Ifi, 236, 547, 573, 740, 741）

伊夫林·卡尔·阿马泰夫（Amarteifo, Evelyn Carl, 535）

伊迪·阿明（Amin, Idi, 161, 508）

卡西姆·艾敏（Amin, Qasim, 40）

萨米尔·阿明（Amin, Samir, 162）

希迪·阿穆塔（Amuta, Chidi, 214, 689）

回忆（anamnesis, 307—314）

费尔南达·科斯塔·安德雷德（Andrade, Fernanda Costa, 34）

苏珊·安德雷德（Andrade, Susan Z. , 459）

B·W·安德烈瑟亚斯乌斯基（Andrzejewski, B. W. , 219, 316）

万物有灵论（animism, 468）

森迪·阿诺斯（Anozie, Sunday O. , 519, 593, 598）

反殖民的（anti-colonial, 24, 158, 162, 297, 702）

马里奥·安东尼奥（Antonio, Mario, 34）

科菲·安尼多霍（Anyidoho, Kofi, 382, 385, 386）

种族隔离（apartheid, 166, 168, 485）

失语症（aphasia, 309—310）

格言（aphorism, 649）

难题（aporia, 650）

乔·阿皮亚（Appiah, Joe, 589）

夸梅·安东尼·阿皮亚（Appiah, Kwame Anthony, 216, 234, 235, 240, 250, 275, 589, 685, 717）

阿拉伯语抄本（Arabic script, 11—12）

阿里斯托芬（Aristophanes, 188）

亚里士多德（Aristotle, 101, 288, 381）

阿伊·克韦·阿尔马赫（Armah, Ayi Kwei, 90, 161, 237, 301, 329, 342, 457, 461, 509, 729）

马修·阿诺德（Arnold, Mathew, 107, 441, 450）

罗纳德·阿伦森（Aronson, Ronald, 508, 509）

安托宁·阿尔托（Artaud, Antonin, 660）

为艺术而艺术（art for art's sake, 465—467）

艺术剧院（art theater, 359—62）

卡瓦库·阿善提-达科（Asante-Darko, Kwaku, 213, 218, 690）

比尔·阿什克罗夫特（Ashcroft, Bill, 456, 458, 459, 672, 677）

玛格丽特·阿特伍德（Atwood, Margaret, 338）

埃里希·奥尔巴赫（Auerbach, Eric, 441）

简·奥斯汀（Austen, Jane, 334）

博兰莱·阿韦（Awe, Bolanle, 573）

科菲·阿沃诺（Awoonor, Kofi, 213,

215, 385, 386, 674, 729)

南帝·阿兹克韦（Azikwe, Nnamdi, 412）

汉巴戴·巴（Ba, Hampâté, 254）

玛丽亚玛·芭（Bâ, Mariama, 347, 349, 444, 513, 515, 539, 574, 581, 583, 586, 728）

西尔维亚·华盛顿·芭（Bâ, Sylvia Washington, 209, 211）

米哈伊尔·巴赫金（Bakhtin, Mikhail, 187, 334, 336, 423）

詹姆斯·鲍德温（Baldwin, James, 654, 656, 739）

吉尔伯特·巴尔福（Balfour, Gilbert, 711）

夸贝纳·巴姆（Bame, Kwabena, 357）

阿德雷米·巴米昆勒（Bamikunle, Aderemi, 686）

黑斯廷斯·卡穆祖·班达（Banda, Hastings Kamuzu, 151, 295）

比伊·班德尔-托马斯（Bandele-Thamas, Biyi, 215）

卡琳·芭伯（Barber, Karin, 357）

乔治·巴博萨（Barbosa, Jorge, 33）

西亚德·巴雷（Barre, Siyad, 183, 184）

罗兰·巴特（Barthes, Roland, 186, 340, 660）

让·鲍德里亚（Baudrillard, Jean, 343, 650）

理查德·鲍曼（Bauman, Richard, 383, 384）

塞缪尔·贝克特（Becket, Samuel, 187）

布伦丹·贝汉（Behan, Brendan, 361）

尤莉·贝耶尔（Beiber, Ulli, 34, 219, 282）

威廉·贝纳特（Beinart, William, 719）

奈杰尔·贝尔（Bell, Nigel, 689）

凯瑟琳·贝尔西（Belsey, Catherine, 398）

安德烈·贝莉（Bely, Andrey, 118）

鲁斯·本尼迪克特（Benedict, Ruth, 595）

精选小说（beneficient fiction, 111—112）

格拉茨亚诺·贝内利（Benelli, Graziano, 213）

葛莱西安诺·班谷（Bengoh, Graniano, 213）

乔·班谷（Bengoh, Joe, 728）

沃尔特·本雅明（Benjamin, Walter, 441）

托尼·班尼特（Bennett, Tony, 398）

温德尔·贝瑞（Berry, Wendell, 716, 717）

蒙戈·贝蒂（Beti, Mongo, 24, 51, 424, 429, 729, 730）

加里克斯·贝亚拉（Beyala, Galixthe, 709, 746, 747—748, 750）

霍米·巴巴（Bhabha, Homi K., 671, 672, 717）

丹尼尔·比耶比克（Biebuyck, Daniel, 319）

斯蒂夫·比科（Bike, Steve, 320, 393）

塞里格·比拉马（Birama, Serigne, 709, 710）

英格利·比尔曼（Bjorkman, Ingrid, 359）

理查德·比约恩森（Bjornson, Richard, 749）

阿朗索·布莱克史密斯（Blacksmith, Alonzo, 572）

多萝西·S·布莱尔（Blair, Dorothy S., 52, 314）

威廉·布莱克（Blake, William, 227）

凯伦·布利克森（Blixen, Karen, 701, 702）

伦纳德·布鲁姆菲尔德（Bloomfeild,

Leonard, 74)

爱德华·威尔莫特·布莱登（Blyden, Edward Wilmot, 58, 331)

阿杜·博亨（Boahen, Adu, 55)

奥古斯托·博阿（Boal, Augusto, 358)

艾勒克·博埃默（Boehmer, Elleke, 276)

乌弗埃·博瓦尼（Boigny, Houphouet, 655)

赛义杜·博库姆（Bokoum, Saidou, 703, 731)

安托万-罗杰·博朗巴（Bolamba, Antoine-Roger, 419)

海因里亚·伯尔（Boll, Heinriah, 189)

皮埃尔·布迪厄（Bourdieu, Pierre, 623, 624)

资产阶级的社会学批评（bourgeois sociological criticism, 467—470)

爱德华·卡姆·博列维特（Brathwaite, Edward Kamau, 385, 386)

贝尔托·布莱希特（Brecht, Bertolt, 288, 295, 368)

安德烈·布勒东（Breton, Andre, 206, 270)

亨利·步日耶（Breuil, Henri, 7)

拼贴（bricolage, 650)

阿尔贝·加缪（Camus, Albert, 50, 187, 187, 188, 624 649)

约翰尼斯·卡皮坦（Capitein, Johannes, 55)

安东尼奥·卡多索（Cardoso, Antonio, 34)

博阿文图拉·卡多索（Cardoso, Boaventura, 34)

格拉迪丝·凯斯莉-海福德（Caseley-Hayford, Gladys, 215)

卡洛斯·卡斯塔内达（Cateaneda, Carlos, 572)

艾梅·塞泽尔（Césaire, Aimé, 36, 62, 86, 195, 210—216, 263—264, 276, 277, 281, 416, 464, 604, 611, 617, 618, 720, 731)

帕特里克·沙穆瓦索（Chamoiseau, Patrick, 720)

帕尔塔·查特吉（Chatterjee, Partha, 275)

钦韦祖（Chinweizu, 61, 193, 219, 226—228, 231—236, 240—243, 250, 275, 435, 453, 458, 516, 599)

马萨乌科·奇潘贝尔（Chipembere, Masauko, 152)

芭芭拉·克里斯蒂安（Christian, Barbara, 566)

基督教（Christianity, 12, 63)

地府的（chthonic, 381)

沃德·丘吉尔（Churchill, Ward, 572)

文明使命（civilizing mission, 608—613)

文明进程（civilizing process, 608—613)

海伦·西苏（Cixous, Hélène, 621, 623, 624)

艾邦·克拉克（Clark, Ebun, 354)

约翰·佩珀·克拉克（Clark 〈also, Clark-Bekederemo〉, John Pepper, 215, 218—212, 359, 416—419, 457, 528, 729)

古典先天论（classical nativism, 236—237)

米歇尔·克里夫（Cliff, Michelle, 720)

阴蒂切除术（clitoridectony, 574—575, 746)

培特·科茨（Coates, Petter, 719)

朗达·科汉（Cobham, Rhanda, 737)

凯瑟琳·科尔（Cole, Catherine, 357)

殖民异化（colonial alienation, 302)

殖民教育（colonial education, 289—291,

301）

殖民因素（colonial factor，54—59）

殖民嗜音性（colonial glottophagia，678）

英联邦文学批评（commonwealth criticism，671—676）

共产主义（communism，497—498，501—502）

约瑟夫·康拉德（Conard，Joseph，336，479，480，605）

威廉·康顿（Conton，William，329）

大卫·库克（Cook，David，455）

（Cordeiro da Malte，Joaquim Dias，31）

马尔科姆·考利（Cowley，Malcolm，282）

何塞·克雷文里纳（Craveirinha，José，34）

克劳瑟·塞缪尔阿贾伊（Crowther，Samuel Ajayi，12）

文化帝国主义（cultural imperialism，463—464）

文化主义（culturalism，264—268，436）

加布里埃尔·达尔布锡埃（D'Arboussier，Gabriel，210）

卡塔诺·达科斯塔阿莱格里（Da Costa Alegre，Caetano，32，35，36）

维里亚托·达克鲁兹（Da Cruz，Viriato，34，407）

列奥纳多·达·芬奇（Da Vinci，Leonardo，602）

贝尔纳·达迪埃（Dadié，Bernard，24，86，419，424）

大卫·多尔比（Dalby，David，9）

莱昂·达马斯（Damas，Léon，86）

（Dambara，Kaoberdiano，33）

吉吉·丹格伦博嘉（Dangarembga，Tsitsi，216，713）

亚历山大·达卡洛斯（Dáskalos，Alexandre，34）

伊万·大卫（Davie，Ioan，685）

卡罗尔·博伊斯·戴维斯（Davies，Carole Boyce，92，561，549）

西蒙娜·德·波伏娃（De Beauvoir，Simone，572）

约翰·德弗兰西斯（De Francis，John，7）

保罗·德曼（De Man，Paul，239）

盖伊·德莫泊桑（De Maupassant，Guy，186）

费迪南德蒙·索绪尔（De Saussre，Ferdinand，335）

雷吉斯·德布雷（Debray，Régis，626）

去（解）殖民化（decolonization，409，423—424）

勒内·德佩斯特（Depestre，René，214，260，261）

雅克·德里达（Derrida，Jacques，335，623，624，626，691）

发展剧场（development theater，357—359）

桑巴·迪亚洛（Diallo，Samba，600）

萨拉·迪昂（Diang，Salla，710）

若昂·迪亚斯（Dias，João，32）

曼提亚·迪亚瓦拉（Diawara，Manthia，685，691）

玛格丽特·狄金森（Dickinson，Margaret，403，406）

安妮·迪拉德（Dillard，Annie，716）

宋惠慈（Dimock，Wai Chee，691）

珍妮·丁凯穆（Dingame，Jeanne，750）

阿利翁·迪奥普（Diop，Alioune，35）

比拉格·迪奥普（Diop，Birago，86，215，254，287，424，427，486）

大卫·迪奥普（Diop，David，86，158，286，300，402）

尼古拉斯·德克（Dirks，Nicholas，58）

解离（dissociation，294）

话语（discourse，60，61—62，80—81，433—442，614—619，739—742）

去西化（disoccidentation，621）

扩散（dispersal，650）

传播（dissemination，650）

异议（dissidence，172—177）

梅尔文·狄克森（Dixon，Melvin，719）

塔哈尔·贾尔特（Djaout，Tahar，143）

H·I·E·德罗默（Dlomo，H. I. E.，58）

乔纳森·多利莫尔（Dollimore，Jonathan，277）

马里奥·多明格斯（Domingues，Mario，32）

马塞利诺·多斯·桑托斯（Dos Santos，Marchelino，404，405，406，407）

阿卜杜·杜库雷（Doukouré，Abdoul，731）

圣-克莱尔·德雷克（Drake，Saint-Clair，254）

W·E·B·杜波依斯（Du Bois，W. E. B.，385，652，738）

福斯托·杜阿尔特（Duarte，Fausto，32）

卡贝尔·塞洛·杜伊克（Duiker，K. Sello，754，757—762）

克里斯·邓顿（Dunton，Chris，725，737）

特里·伊格尔顿（Eagleton，Terry，398，468，473，506）

萨里夫·伊斯蒙（Easmon，Sarif，729）

阿法姆·埃博古（Ebeogu，Afam，95）

生态活性论（ecoactivism，681）

生态批评（ecocriticism，681，698—704）

生态主义（ecoligism，684—692）

李·埃德尔曼（Edelman，Lee，741）

罗曼纽斯·埃古杜（Egudu，Romanus，231，419）

丹尼斯·埃克波（Ekpo，Denis，646，647）

西普里安·艾克温西（Ekwensi，Cyprain，329，416，436，450，478，526，528，531）

阿巴斯·马哈穆德·埃尔·阿卡德（El Akkad，Abbas Mahmoud，522，525）

努尔·埃尔·戴恩（El Dine，Nour，521）

陶菲克·埃尔·哈基姆（El Hakim，Tewfik，522）

纳瓦勒·埃尔·萨达维（El Saadawi，Nawal，40，520，570，571，574）

阿卜杜勒·哈米德·古德·埃尔·萨哈尔（El Shar，Abdel Hamid Gouda，524）

约翰·埃尔德（Elder，John，717）

诺伯特·埃利亚斯（Elias，Norbert，608）

T·S·艾略特（Eliot，T. S.，42，189，243，282，284，291，415，450，451）

布奇·埃梅切塔（Emecheta，Buchi，518，551，563，708）

欧内斯特·埃默尼欧努（Emenyonu，Ernest，436）

拉尔夫·瓦尔多·爱默生（Emerson，Ralph Waldo，716）

内生性批评（endogenous criticism，429）

奥斯·艾奈克维（Enekwee，Ossie，356）

弗里德里希·恩格斯（Engels，Friedrich，197，498，500，504—6，509）

环境保护主义（environmentalism，684—92，715—21）

奥拉达·艾奎亚诺（Equiano，Olaudah，55）

乌若·艾森瓦纳(Esonwanne, Uzo, 578)

克拉丽莎·品柯拉·埃斯蒂斯(Estes, Clarissa Pinkola, 720)

迈克尔·厄斯顿(Etherton, Michael, 359)

民族中心主义(ethnocentrism, 617)

欧里庇得斯(Euripides, 245, 376)

欧洲中心主义(Eurocentrism, 458)

流亡(exile, 145—149, 183—185)

存在主义(existentialism, 600)

艾克波·埃约(Eyo, Ekpo, 654)

约翰尼斯·法比安(Fabian, Johannes, 578, 583)

丹尼尔·欧娄朗费米·法贡瓦(Fagunwa, Daniel Olorunfemi, 58, 79, 222, 287, 299, 346, 347, 348, 677)

阿米娜塔·索·法勒(Fall, Aminata Sow, 709)

弗朗兹·法农(Fanon Frantz, 187, 276—277, 391, 406—407, 428, 439, 459, 464, 617—619, 623—628, 652, 741)

莱昂·法努德-西弗(Fanoudh-Siefer, Léon, 48, 49, 51)

努鲁丁·法拉赫(Farah, Nuruddin, 455, 703)

福露格·法罗赫扎德(Farrokhzad, Forugh, 310)

杰拉德·费伊(Fay, Gerard, 417)

女性特质(feminity, 337)

女性主义(feminism, 542—550, 551—557, 561—567, 586—590)

费斯塔人类学(Festac anthropology, 468)

费斯塔意识(Festac consciousness, 470—471)

埃内斯托·劳拉·菲尔霍(Filho, Ernesto Lara, 34)

露丝·芬尼根(Finnegan, Ruth, 76, 93, 353, 354)

恩斯特·菲舍尔(Fischer, Ernest, 441, 472)

古斯塔夫·福楼拜(Flaubert, Gustave, 117, 333)

伯纳德·福隆(Fonlon, Bernard, 416, 419, 427, 428)

形式主义(formalism, 422, 481)

米歇尔·福柯(Foucault, Michael, 61, 62, 335, 608, 616, 739)

约翰·福尔斯(Fowles, John, 187, 188)

凯瑟琳·弗兰克(Frank, Katherine, 566)

西格蒙德·弗洛伊德(Freud, Sigmund, 187, 283)

利奥·弗罗贝尼乌斯(Frobenius, Leo, 196, 264)

哈罗德·弗洛姆(Fromm, Harold, 716)

诺斯罗普·弗莱(Frye, Northrop, 63)

阿索尔·富加德(Fugard, Athol, 359, 360)

特策·盖加布雷-梅钦(Gabre-Medhin, Tsegae, 320)

贾卡拉·瓦·万嘉乌(Gakaara wa Wanjaū, 299)

朗吉拉·贾利摩尔(Gallimore, Rangira, 749)

费尔南多·加尼昂(Ganhão, Fernando, 35)

小亨利·路易斯·盖茨(Gates, Henry Louis, Jr., 239, 240)

同性恋身份(gay identity, 753—755)

艾迪森·盖尔(Gayle, Addison, 568, 576)

盖兹语(Ge'ez, 11, 17)

让·热内(Genet, Jean, 189)

遗传结构主义(genetic structuralism, 595—597)

热拉尔·热奈特(Genette, Gerard, 346)

种族灭绝(genocide, 111)

艾伯特·杰拉德(Gerard, Albert, 299, 316, 318, 320—321, 437, 450, 676)

德国浪漫主义(German Romanticism, 649)

马克·格维塞尔(Gevisser, Mark, 754)

纪伯伦·哈利勒·纪伯伦(Gibran, Gibran Kahlil, 41)

安德烈·纪德(Gide, Andre, 261)

西蒙·吉坎迪(Gikandi, Simon, 218)

基库尤语(Gikuyu, 290, 301)

保罗·吉尔罗伊(Gilory, Paul, 612)

艾伦·金斯伯格(Ginsberg, Allen, 187, 191)

全球化(globalization, 70—71, 174)

谢丽尔·格洛弗蒂(Glotfelty, Cherylle, 715)

约瑟夫-阿瑟·戈宾诺(Gobineau, Joseph-Arthur, 196, 213, 262, 424)

约翰·沃尔夫冈·歌德(Goethe, Johann Wolfgang, 188, 295)

尼古拉·果戈理(Gogol, Nikolai, 190)

吕西安·戈德曼(Goldmann, Lucien, 472, 596—597)

安东尼奥·奥雷里奥·贡卡尔维斯(Goncalves, Antonio Aurelio, 33)

杰克·古德(Goody, Jack, 63, 75)

纳丁·戈迪默(Gordimer, Nadine, 115, 337, 515, 516)

安东尼·格雷厄姆-怀特(Graham-White, Anthony, 439)

安东尼奥·葛兰西(Gramsci, Antonio, 506, 641, 668)

君特·格莱斯(Grass, Günter, 187, 188)

格雷厄姆·格林(Greene, Graham, 245, 250, 291)

马塞尔·格里奥勒(Griaule, Marcel, 9, 63)

加雷斯·格里菲斯(Griffiths, Gareth, 456, 672)

阿曼多·格布扎(Guebuza, Armando, 35)

马里奥·格拉(Guerra, Mario, 34)

切·格瓦拉(Guevara, Che, 626)

马菲卡·格瓦拉(Gwala, Mafika, 393, 396—397)

乔纳斯·格汪伽(Gwanga, Jonas, 133)

尤尔根·哈贝马斯(Habermas, Jürgen, 658)

赖德·哈格德(Haggard, Rider 291, 295)

托马斯·黑尔(Hale, Thomas, 92)

斯图亚特·霍尔(Hall, Stuart, 398)

阿赫马杜·汉普顿·巴(Hampâté Bâ, Ahmadou, 11)

托马斯·哈代(Hardy, Thomas, 243)

威尔逊·哈里斯(Harris, Wilson, 720)

大卫·哈维(Harvey, David, 649, 651, 685)

伊哈布·哈桑(Hassan, Ihab, 648)

豪萨语(Hausa, 11, 12, 68, 70, 92)

阿诺德·豪泽(Hauser, Arnold, 472)

穆罕默德·侯赛因·海卡尔(Haykal, Muhammad Husayn, 43)

贝茜·黑德(Head, Bessie, 178, 179, 343, 456, 548, 514, 517, 710—711, 730, 737, 753)

谢默斯·希尼(Heaney, Seamus, 118, 120)

斯蒂芬·希思(Heath, Stephen, 186)

格奥尔格·威廉·弗里德里希·黑格尔（Hegel, Goerge Wilhelm Friedrich, 601）

马丁·海德格尔（Heidegger, Martin, 335，604）

欧内斯特·海明威（Hemingway, Ernest, 169，243）

詹姆斯·恩·亨肖（Henshaw, James Ene, 359）

希罗多德（Herodotus, 578）

梅尔维尔·赫什科维奇（Herskovits, Melville, 264）

异性恋本位（heteronormality, 741）

异性恋（heterosexuality, 753）

历史主义批评（historicist criticism, 459）

约翰·霍克曼（Hochman, Jhan, 684）

罗伯特·C·霍加特（Hoggart, Robert C. , 694，650）

同性恋（homosexuality, 727—733, 737—738, 741）

路易斯·贝尔纳多·翁瓦纳（Honwana, Luis Bernardo, 35）

杰拉尔德·曼利·霍普金斯（Hopkins, Gergard Manley, 118，229，282, 415）

贺拉斯（Horace, 101）

保兰·洪通基（Hountondji, Paulin, 445，583）

欧文·豪（Howe, Irving, 223）

兰斯顿·休斯（Hughes, Langston, 195, 242，256，412，720）

维克托·雨果（Hugo, Victor, 31，261, 379）

人文主义（humanism, 617—618）

塔哈·侯赛因（Husayn〈*also* Hussein〉, Taha, 43，522—523）

易卜拉欣·侯赛因（Hussein, Ebrahim, 299，455）

琳达·哈琴（Hutcheon, Linda, 647）

超现实（hyper-reality, 650）

阿卜杜拉·易卜拉欣（Ibrahim, Abdullah, 133）

尤素福·伊德里斯（Idris, Yusuf, 44）

伊博族（Igbo, 80）

奥伯罗·伊基米（Ikime, Obaro, 599）

帝国主义殖民（imperial colonization, 631）

不确定性（indeterminacy, 650）

内部殖民主义（internal colonization, 631）

国际音标（international phonetic alphabet, 12）

直觉（intuition, 196）

尤金·伊涅斯科（Ionesco, Eugene, 187）

阿比奥拉·艾瑞尔（Irele, Abiola, 65, 211，215，427，431，440，452, 468）

露西·伊利格瑞（Irigaray, Luce, 312）

伊斯兰教（Islam, 17—18）

阿金文米·伊索拉（Isola, Akinwunmi, 320）

所罗门·易亚西尔（Iyasere, Solomon, 439）

丹尼尔·S·伊泽比耶（Izevbaye, Daniel S. , 439，458，466）

安东尼奥·雅辛托（Jacinto, Antonio, 34，404）

简海因茨·贾恩（Jahn, Janheinz, 60, 209，414）

西里尔·莱昂内尔·罗伯特·詹姆斯（James, Cyril Lionel Robert, 585）

弗雷德里克·詹姆逊（Jameson, Fredric, 456，459，506，649，658, 685）

阿卜杜勒·穆罕莫德（JanMohamed,

Abdul R，455，456，459，671)

托马斯·杰斐逊(Jefferson, Thomas, 295)

翁乌切科瓦·吉米(Jemie, Onwuchek-wa, 228, 236, 242, 250, 275, 453, 458, 516)

拜尔顿·杰依夫(Jeyifo, Biodun, 1, 354, 357, 458, 469)

塞缪尔·约翰逊(Johnson, Samuel, 441)

埃尔德雷德·多若希米·琼斯(Jones, Eldred Durosimi, 439, 440, 458, 689)

勒罗伊·琼斯(Jones, Leroi, 221)

阿奇博尔德·坎贝尔·乔丹(Jordan, Archibald Campbell, 299, 317, 321, 418)

詹姆斯·乔伊斯(Joyce, James, 186, 187, 334, 452)

艾琳·朱利安(Julien, Eileen, 675)

卡尔·荣格(Jung, Carl, 187)

亚历克西斯·卡加梅(Kagame, Alexis, 67, 68, 70)

保拉·凯拉(Kaihla, Paula, 586)

黑斯廷斯·卡穆祖(Kamuzu, Hastings, 151)

谢赫·哈米杜·凯恩(Kane, Cheikh Hamidou, 52, 215, 289, 600)

穆罕默德·凯恩(Kane, Mohamadou, 417, 418, 427)

约翰·卡尼(Kani, John, 360)

格温多琳·凯恩(Kane, Gwendolyn, 562)

罗伯特·穆申谷·卡瓦纳(Kavanagh, Robert Mshengu, 357, 359)

吉布森·肯特(Kente, Gibson, 357, 730)

乔莫·肯雅塔(Kenyatta, Jomo, 256, 589, 626)

弗兰克·克莫德(Kermode, Frank, 432, 433)

杰克·凯鲁亚克(Kerouac, Jack, 191)

大卫·克尔(Kerr, David, 357, 358, 359)

莉莉安·科斯特洛(Kesteloot, Lilyan, 46, 61, 209)

胡佛拉什·克孜勒哈比(Kezilahabi, Euphtrase, 299)

凯奥拉佩策·凯宾西勒(Kgositsile, Ke-orapetse, 170, 394)

亚耶·卡迪(Khady, Yaye, 728)

B·M·卡其拉(Khaketla, B. M., 86, 87)

恩特斯利森·麦斯切勒·哈凯特拉(Khaketla, Ntseliseng Masechele, 320)

西蒙·金班古(Kimbangu, Simon, 272)

麦克·柯克伍德(Kirkwood, Mike, 392)

斯瓦希里语(Kiswahili, 11, 12)

巴特莱米·科奇(Kotchy, Barthélémy, 427)

莱拉·库阿库(Kouakou, Lela, 654, 656)

阿赫马杜·库鲁马(Kourouma, Ah-madou, 52, 424, 444, 663)

马马杜·库亚特(Kouyate, Mamadou, 316)

路德维希·科拉普(Krap, Ludwig, 18)

朱丽娅·克里斯蒂娃(Kristeva, Julia, 586, 747)

马齐西·昆内内(Kunene, Mazisi, 169, 299, 383, 394, 477)

费拉·库蒂(Kuti, Fela, 244)

阿历克斯·拉古马(La Guma, Alex, 179, 189, 190, 456, 457, 477,

517)

雅克·拉康(Lacan, Jacques, 335, 616)

维克托·拉基(Lakay, Victor, 760)

尼尔·拉森(Larsen, Neil, 615)

查尔斯·R·拉森(Larson, Charles R., 469, 470)

罗斯·莱弗(Laver, Ross, 586)

D·H·劳伦斯(Lawrance, D. H., 186, 187, 243)

卡马拉·雷伊(Laye, Camara, 24, 52, 63, 158, 215, 420, 422, 424, 425, 444, 452, 661, 662, 731)

西迪梅·雷伊(Laye, Sidime, 691)

尼尔·拉扎鲁斯(Lazarus, Neil, 340, 689)

F·R·利维斯(Leavis, F. R., 450, 452, 453)

杰拉尔·勒克莱(Leclerc, Gérard, 48, 268)

弗尔南多·勒杰(Léger, Ferdinand, 605)

科林·利格姆(Legum, Colin, 209)

弗拉基米尔·列宁(Lenin, Vladimir, 288, 493, 506)

丹尼尔·勒纳(Lerner, Daniel, 325, 470)

女同性恋主义(lesbianism, 749)

多丽丝·莱辛(Lessing, Doris, 456)

克劳德·列维-施特劳斯(Lévi-Strauss, Claude, 262, 596)

列维-布留尔·吕西安(Lévy-Bruhl, Lucien, 62, 213, 262, 263, 267, 603)

崴尔崴尔·赖金(Liking, Werewere, 359, 713, 750)

伯恩斯·林德福斯(Lindfors, Bernth, 436, 441, 456, 457, 458, 685, 686)

识字(literacy, 75—76, 182, 325—328)

识字教育(literacy education, 291, 330—331)

马里奥·巴尔加斯·略萨(Llosa, Mario Vargas, 338)

约翰·洛克(Locke, John, 578, 603)

朗吉努斯(Longinus, 101)

巴尔塔萨·洛佩斯(Lopes, Baltasar, 32, 33)

曼努埃尔·洛佩斯(Lopes, Manuel, 33)

艾伯特·洛德(Lord, Albert, 7)

奥黛丽·洛德(Lorde, Audre, 707, 708, 713, 749, 750, 755)

格奥尔格·卢卡奇(Lukács, Georg, 340, 341, 343, 472, 596)

帕特里斯·卢蒙巴(Lumumba Patrice, 272, 632)

让-弗朗索瓦·利奥塔(Lytotard, Jean-Francois, 623, 625, 650, 652)

旺加里·玛塔伊(Maathai, Wangari, 687, 698, 720)

理查德·马比(Mabey, Richard, 719)

安妮·麦克林托克(McClintock, Anne, 648, 670)

德博拉·麦克道尔(McDowell, Deborah, 566)

尼尔·麦克尤恩(McEwan, Neil, 187, 188, 515)

马歇尔·麦克卢汉(McLuhan Marshall, 606)

弗里波特·麦克莫兰(McMoran, Freeport, 718)

乔治·马赛多(Macedo, Jorge, 34)

尤娜·麦克莱恩(Maclean, Una, 281, 282)

尤丽莎·阿马杜·马迪(Maddy, Yulissa Amadu, 728, 732, 733)

伊赫楚伊库·马杜布依克(Madubuike, Ihechukwu, 236, 240, 242, 250,

275，458，516)

希迪·马杜卡(Maduka, Chidi, 453)

哈里·马格道夫(Magdoff, Harry, 639)

纳吉布·马哈福兹(Mahfouz, Naguib, 43，523，524)

米里亚姆·马克巴(Makeba, Miriam, 133)

里安·马兰(Malan, Rian, 181)

马洛维奇(Malevitch, 334)

恶性小说(malignant fiction, 111—112)

斯蒂芬妮·马拉美(Mallarme, Stephanie, 282，333)

马哈默德·马姆达尼(Mamdani, Mahmood, 612)

纳尔逊·曼德拉(Mandela, Nelson, 69)

娜杰日达·曼德尔施塔姆(Mandelstam, Nadezhda, 152，169)

查巴尼·N·曼甘伊(Manganyi, Chabani N. , 397)

克莉丝汀·曼(Mann, Kristin, 588)

托马斯·曼(Mann, Thomas, 188)

卡尔·曼海姆(Mannheim, Karl, 209)

勒内·马朗(Maran, René, 211，464)

达姆布达佐·马里契拉(Marcehera, Dambudzo, 342，536，760)

玛利亚·马努埃拉·马加利多(Margarido, Maria Manuela, 36)

加布里埃尔·马里亚诺(Mariano, Gabriel, 33)

尤塞·费雷拉·马尔克斯(Marques, José Ferreira, 32)

洛伦索·马尔克斯(Marques, Lourenço, 35)

加布里埃尔·加西亚·马尔克斯(Marquez, Gabriel Garcia, 338，343)

婚姻(marriage, 534—540，574，576，588—589)

朱莉娅·马丁(Martin, Julia, 688)

奥维多·马丁斯(Martins, Ovído, 33)

卡尔·马克思(Marx, Karl, 161，196—197，262，283，288，292，498，500，504—506，509，601，641，650—651，668)

马克思主义(Marxism, 208，238，461，471—474，497—503，504—510，625，650，684，699)

阳性(masculinity, 634，741—742)

休·马塞克拉(Masekela, Hugh, 133)

大众媒体(mass media, 328—329)

卡弘布·迈丁(Mateene, Kahombo, 319)

姆图泽利·马肖巴(Matshoba, Mtutuzeli, 668)

詹尼斯·梅斯(Mayes, Janis, 690)

阿里·马兹鲁伊(Mazrui, Ali, 93，687，688)

瑞克斯·玛达(Mda, Zakes, 755)

艾伯特·梅米(Memmi, Albert, 209，619，623)

奥兰多·曼德斯(Mandes, Orlando, 35)

法蒂玛·梅尔尼希(Mernissi, Fatima, 40)

变形的重复(metamorphic repetitions, 181)

文化交融(*métissage culturel*，212)

克里斯托弗·米德尔顿(Middleton, Christopher, 186)

盖伊·奥西托·米迪欧胡安(Midiouhouan, Guy Ossito, 429)

克里斯托弗·米勒(Miller, Christopher, 239，240，250)

胡志明(Minh, Ho Chi, 636)

切肯曼·姆黑兹(Mkhize, Chickenman, 180)

索尔·姆黑兹(Mkhize, Saul, 167)

佐拉尼·姆基瓦(Mkiva, Zolani, 69)

佩妮娜·穆拉玛(Mlama, Penina, 320, 354, 359)

扎基·穆巴拉克(Mobarak, Zaki, 522)

生产方式(mode of production, 486)

现代主义(modernism, 193, 219—225, 648—649)

现代性(modernity, 608—613)

布洛克·莫迪辛(Modisane, Bloke, 29, 477)

托马斯·莫弗洛(Mofolo, Thomas, 12, 58, 79, 86, 317, 464)

巴拉·穆罕默德(Mohamed, Bala, 162)

钱德拉·塔尔帕德·莫汉提(Mohanty, Chandra Talpade, 586)

阿拉普·莫伊(Moi, Arap, 589)

杰拉尔德·摩尔(Moore, Gerald, 219, 317, 334, 420, 455, 456, 515)

巴特·摩尔-吉尔伯特(Moore-Gilbert, Bart, 623)

母性(motherhood, 533—541)

法斯文·穆培(Mpe, Phaswane, 755)

伊齐基尔·穆法莱尔(Mphalele, Ezekiel 〈also Es'kia〉, 29, 63, 105, 211, 281, 287, 420, 477, 668)

奥斯瓦尔德·姆查利(Mtshali, Oswald, 29, 394, 397)

瓦伦丁·伊夫·穆登博(Mudimbe, Valentin Y., 48, 52, 68, 445, 578, 625, 685)

米希尔·穆戈(Mugo, Micere, 94, 148, 295, 514, 564, 565)

莫托比·穆特洛谢(Mutloatse, Mothobi, 667)

梅贾·姆旺吉(Mwangi, Meja, 189, 341, 342)

姆布尔洛·姆扎曼(Mzamane, Mbuelo, 216, 398)

阿卜杜勒-拉希德·纳阿拉(Na'Allah, Abdul-Rasheed, 687)

丹·那布迪尔(Nabudere, Dan, 162)

伯纳德·楠格(Nanga, Bernard, 429, 731)

艾哈迈德·纳西尔(Nassir, Ahmad, 219, 225)

民族解放(national liberation, 484—491)

民族主义(nationalism, 343)

先天论(nativism, 193, 234—240, 242—250, 275—277)

自然主义(naturalism, 340—343)

安东尼·纳宗贝(Nazombe, Anthony, 152)

恩德贝勒(Ndebele, 316)

安东尼奥·内格里(Negri, Antonio, 754)

黑人性运动(negritude, 23—24, 85—86, 195—209, 210—217, 254, 573)

新殖民主义的(neocolonial, 146, 147, 161—164)

新殖民主义(neocolonialism, 301, 303)

新传统的(neotraditional, 658, 660)

巴勃罗·聂鲁达(Neruda, Pablo, 42, 288)

阿戈什蒂纽·内图(Neto, Agostinho, 34, 301, 402—3, 407, 439, 477, 492)

新批评(new criticism, 451—452, 458—459)

朱莉安娜·马库切·恩法-阿本伊(Nfah-Abbenyi, Juliana Makuchi, 681, 725)

乔治·恩加(Ngal, Georges, 427)

皮乌斯·恩甘杜(Ngandu, Pius, 427)

伊曼纽尔·恩加拉(Ngara, Emmanuel, 402, 441, 516)

乔纳森·恩盖特（Ngate, Jonathan, 446, 662）

劳雷塔·恩格克波（Ngcobo, Lauretta, 515—517, 533）

恩古吉·瓦·米瑞（Ngugi wa Mirii, 301）

恩古吉·瓦·提昂戈（Ngũgĩ wa Thiong'o, 101, 187, 216—218, 237—238, 279, 317, 320—321, 342, 359, 361, 423, 427, 429, 431, 440, 456—457, 473, 506, 531, 565, 630, 639, 652, 661, 674, 687—688, 702）

马兰加塔纳·恩圭尼（Ngwenya, Malangatana, 34）

吉布里尔·塔姆索·尼安（Niane, Djibril Tamsir, 86）

李·尼科尔斯（Nichols, Lee, 319）

弗里德里希·尼采（Nietzsche, Friedrich, 364—367, 649）

罗布·尼克松（Nixon, Rob, 686, 687）

恩加布鲁·恩德贝勒（Ndebele, Njabulo, 340, 342）

雷贝卡·恩贾（Njau, Rebecca, 517）

刘易斯·恩科西（Nkosi, Lewis, 29, 417, 477）

克瓦米·恩克鲁玛（Nkrumah, Kwame, 157—8, 208, 212, 215, 272, 318, 388, 467, 474, 477）

林德·恩洪沟（Nlhongo, Lindo, 35）

奥比奥玛·纳奈梅卡（Nnaemeka, Obioma, 92, 570, 586—587）

芮德诺加尔（Nogar, Rui, 35）

查尔斯·诺坎（Nokan, Charles, 419）

诺玛非洲出版奖（Noma Award, 299, 515）

温斯顿·茨霍纳（Ntshona, Winston, 360）

J·O·J·恩瓦楚克乌-阿格巴达（Nwachukwu-Agbada, J. O. J., 686）

弗洛拉·恩瓦帕（Nwapa, Flora, 455—456, 514, 516, 526）

德里克·恩旭马洛（Nxumalo, Derek, 180）

朱利叶斯·尼雷尔（Nyerere, Julius, 18, 209）

奥努奥拉·恩泽克乌（Nzekwu, Onuora, 329, 416）

康纳·科鲁兹·欧布莱恩（O'Brien, Conor Cruise, 50）

罗莎琳德·欧汉隆（O'Hanlon, Rosalind, 276）

奥巴特拉（Obatala, 364—374）

伊曼纽尔·奥比齐纳（Obiechina, Emmanuel, 235, 325, 469—470）

恩德扎达·奥布拉多维克（Obradovic, Ndezhda, 690）

本·奥布塞卢（Obumselu, Ben, 420）

奥克洛·奥克里（Oculi, Okello, 146）

E·S·阿提艾诺·奥迪黑安博（Odhiambo, E. S. Atieno, 590）

奥贡（Ogun, 237, 364—374）

奥因·奥贡巴（Ogunba, Oyin, 354, 356, 383）

休伯特·奥贡德（Ogunde, Hubert, 357, 361）

奥昆迪佩（Ogundipe, Phebean, 420）

莫拉拉·奥昆迪佩-莱斯利（Ogundipe-Leslie, Molara, 92, 542, 545, 562, 563, 565）

伊绍拉·奥贡绍拉（Ogunsola, Isola, 357）

钦叶勒·奥卡芙（Okafor, Chinyere, 92）

阿图奎·奥卡伊（Okai, Atukwei, 329, 385, 388, 424, 478, 675）

格蕾丝·奥克瑞克（Okereke，Grace，92）

克里斯托弗·奥基博（Okigbo，Christopher，189，219—225，232，281—282，419—420，457，477）

卡门·奥孔乔（Okonjo，Kamene，573）

伊西多·奥克佩卫（Okpawho，Isidore，65）

本·奥克里（Okri，Ben，760）

莫斯·欧莱亚（Olaiya，Moses，357）

克莉丝汀·奥兰尼安（Olaniyan，Christine，690）

科尔·奥莫托索（Omotoso，Kole，455，731）

三亚·奥纳巴米罗（Onabamiro，Sanya，109）

沃尔特·昂（Ong，Walter，75）

苔丝·翁韦姆（Onwueme，Tess，359）

狄利贝·奥伊马（Onyeama，Dillibe，728—729）

克里斯汀·欧邦（Oppong，Christine，588）

口头表演（Oral performance，97—100）

口头性（orality，67—710）

演讲（orature，94）

东方主义（Orientalism，58）

戴维·奥尔（Orr，David，717）

奥德拉·奥鲁卡（Oruka，Odera，590，688）

丹尼斯·奥萨德贝（Osadebay，Denis，215，450）

费米·奥索菲桑（Osofisan，Femi，359，362，455，687）

尼伊·奥森戴尔（Osundare，Niyi，101，686，690）

S·M·奥蒂诺（Otieno，S. M.，589）

万布依·瓦伊亚提·奥蒂诺（Otieno，Wambui Waiyaki，589）

奥登伯格、西蒙和菲比奥登伯格（Ottenberg，Phoebe and Simon，326）

扬博·乌洛古安姆（Ouloguem，Yambo，52，245，250，424，444，661—2，728，733）

超定（overdetermination，441）

路易·欧文（Owen，Louis，720）

奥耶坎·奥沃莫耶拉（Owomoyela，Oyekan，690）

费迪南·奥约诺（Oyono，Ferdinand，24，52，348，422，424）

纪尧姆·奥约诺·姆比亚（Oyono-Mbia，Guillaume，359）

扎巴·奥奥尔蒂（Oyortey，Zagba，386）

奥考特·庇代克（p'Bitek，Okot，27—28，85—87，161，219，225，299，457）

莱瑞·派莫（Paimo，Lere，357）

尤斯塔斯·帕尔默（Palmer，Eustace，450，455—456，458，466，674）

米尔曼·帕里（Parry，Milman，74）

鲍里斯·帕斯捷尔纳克（Pasternak，Boris，118—119，121，169，190）

艾伦·帕顿（Paton，Alan，40—8，291）

父权制（patriarchy，574—575）

奥克塔维奥·帕斯（Paz，Octavio，360）

米歇尔·佩舍（Pecheux，Michel，274）

格雷厄姆·佩希（Pechey，Graham，667—668）

朗逸·彼得斯（Peters，Lenrie，419）

柯尔斯顿·霍特·彼得森（Petersen，Kirsten Holt，459，513）

巴勃罗·毕加索（Picasso，Pablo，107，200—201，605，660，762）

科兹莫·彼得斯（Pieterse，Cosmo，152，170）

哈罗德·品特（Pinter，Harold，119）

索尔·普拉塔杰（Palaatje，Sol，57）

简·普拉斯托(Plastow, Jane, 359)

柏拉图(Plato, 101, 288, 377, 381, 621)

一夫多妻制(polygyny, 575, 578—84)

亚历山大·蒲伯(Pope, Alexander, 528)

大众剧场(popular theater, 356—357)

约翰·波特曼(Portman, John, 649)

后殖民(postcolonial, 614—19, 670—678)

后殖民主义(postcolonialsm, 586—590, 628—635, 637—644, 646—652, 715—721)

后殖民性(postcoloniality, 637, 660—662, 663)

马克·波斯特(Poster, Mark, 618)

后马克思主义者(post-Marxist, 507—510)

后现代的(postmodern, 174—80)

后现代主义(postmodernism, 615, 637—644, 646—652, 658—663, 665—666)

后现代性(postmodernity, 637)

后本土主义(postnativist, 663)

后乐观主义(postoptimism, 663)

后现实主义者(postrealist, 661—663)

后结构主义(poststructuralism, 614—619, 622—626, 665—666)

埃兹拉·庞德(Pound, Ezra, 42, 189, 282, 284)

(prepositional time, 629)

弗拉基米尔·普罗普(Propp, Vladimir, 74)

东尼奥·卡洛斯德夸德罗斯(Quadros, Antonio, 35)

弗朗索瓦·拉伯雷(Rabelais, Francois, 187, 188, 334, 478)

乔治·拉贝洛(Rabelo, Jorge, 35)

弗拉维·奥(Ranaivo, Flavien, 419)

现实主义(realism, 193, 340—343, 662)

豪尔赫·雷贝罗(Rebelo, Jorge, 406)

杰恩·里斯(Rhys, Jean, 456)

阿兰·理查德(Ricard, Alain, 7)

埃德里安娜·里奇(Rich, Adrienne, 742, 748)

I·A·理查兹(Richards, I. A., 108)

亚瑟·兰波(Rimbaud, Arthur, 199, 333)

仪式(ritual, 355—6)

沙班·罗伯特(Robert, Shabaan, 58, 286, 287)

大卫·洛克菲勒(Rockefeller, David, 654, 655)

沃尔特·罗德尼(Rodney, Walter, 56, 162, 637)

阿德里安·罗斯科(Roscoe, Adrian, 243)

欧拉·罗蒂米(Rotimi, Ola, 359)

萨勒曼·拉什迪(Rushdie, Salman, 116, 117, 342, 343, 630, 757)

约瑟夫·鲁瓦布库巴娜(Rwabukumba, Joseph, 67)

阿尔比·萨克斯(Sachs, Albie, 120)

爱德华·萨义德(Said, Edward, 609, 616, 671, 672, 717)

塔伊布·萨利赫(Salih, al Tayyib, 44)

切里·桑巴(Samba, Chéri, 691)

托马斯·桑卡拉(Sankara, Thomas, 162, 164)

阿纳尔多·桑托斯(Santos, Arnaldo, 34)

法朗西克·萨尔西(Sarcey, Francisque, 377)

肯·萨罗-维瓦(Saro-Wiwa, Ken, 681, 686, 690, 698, 715, 716, 719)

让-保罗·萨特(Sartre, Jean-Paul, 213, 262, 600, 617, 618, 619, 625, 626, 731, 732)

威廉斯·萨辛(Sassine, Williams, 429, 729)

米尼克·斯希珀(Schipper, Mineke, 689)

奥利弗·施莱纳(Schreiner, Olive, 136, 667)

罗普·塞科尼(Sekoni, Ropo, 92)

乌斯曼·塞姆班(Sembène, Ousmane, 90, 158, 301, 424, 479, 482, 527, 532)

列奥波德·塞达·桑戈尔(Senghor, Léopold Sédar, 23, 37, 46, 63, 85, 86, 204—216, 249, 250, 256, 264, 281, 286, 287, 295, 296, 299, 301, 318, 418, 428, 436, 476, 477, 618, 619)

悉尼·西波·塞帕姆拉(Sepamla, Sydney Sipho, 29, 396)

蒙格尼·沃利·瑟罗特(Serote, Mongane Wally, 29, 119, 136, 170, 342, 395, 689)

罗伯特·塞鲁马加(Serumaga, Robert, 417)

塞索托语(Sesotho, 13, 316)

塞茨瓦纳语(Setswana, 316)

定居者殖民(settler colonization, 631)

性别(sexuality, 534, 574—575, 727—733, 736, 748—749, 753, 758, 762)

威廉·莎士比亚(Shakespeare, William, 18, 43, 111, 283, 295, 420, 433, 477, 478, 479)

艾拉·肖哈特(Shohat, Ella, 276)

绍纳语(Shona, 316)

威廉·斯莱梅克(Slaymaker, William, 681, 698, 700, 701)

芭芭拉·赫伦斯坦·史密斯(Smith, Barbara Herrnstein, 398, 566)

社会主义(socialism, 208)

社会主义现实主义(socialist realism, 493)

祖鲁·绍佛拉(Sofola, Zulu, 359)

团结批评(solidarity criticism, 132—133)

梅纳德·所罗门(Solomon, Maynard, 504, 505)

索福克勒斯(Sophocles, 376)

费尔南多·卡斯特罗·索罗梅尼奥(Soromenho, Fernando Castro, 31, 32, 56)

沃莱·索因卡(Soyinka, Wole, 26, 27, 90, 187, 188, 214—216, 224, 237, 240, 245, 248, 250, 281—282, 284, 301, 329, 347, 349, 354, 356, 359, 361, 417, 428—431, 434, 444—445, 452, 457—459, 473, 528, 531, 612, 674, 686—687, 728, 732, 736, 738, 739)

佳亚特里·斯皮瓦克(Spivak, Gayatri Chakravorty, 246, 544, 586, 624, 671, 672, 717, 718, 719)

乔治·施泰纳(Steiner, George, 181)

格洛丽玛·斯坦姆(Steinnem, Gloria, 570)

讲故事的人(storyteller, 97—100)

结构性本土主义(structural nativism, 236)

结构主义(structuralism, 595—597, 622)

超现实主义(surrealism, 23)

艾芙娃·萨瑟兰(Sutherland, Efua, 359, 514)

斯瓦希里语(Swahili, 12, 17—19,

291—292)

奥拉德勒·泰沃(Taiwo, Oladele, 456, 516)

索尼·拉布·谭斯(Tansi, Sony Labou, 52, 359, 428—429, 730)

皮埃尔·泰亚尔·德·夏尔丹(Teilhard de Chardin, Pierre, 197, 209, 212, 265)

卡恩·泰姆巴(Themba, Can, 477, 668)

理论(theory, 2—3, 432—442)

爱德华·帕尔默·汤普森(Thompson, E. P., 609)

罗伯特·法里斯·汤普森(Thompson, Robert Farris, 654)

努艾伊妮·提加尼-赛尔波(Tidjani-Serpos, Noureini, 216)

海伦·蒂芬(Tiffin, Helen, 456, 624, 672)

米利暗·特拉利(Tlali, Miriam, 517)

总体艺术(total art, 387—388)

累加(totalization, 626)

塞古·杜尔(Toure, Sekou, 213, 251)

翻译(translation, 84—86)

巴克里·塔尔(Traore, Bakary, 354)

利昂·托洛茨基(Trotsky, Leon, 118, 232, 506)

索杰娜·特鲁斯(Truth, Sojourner, 566)

毛泽东(Tse-Tung,〈also Zedong〉, Mao, 463, 471, 506, 562, 626)

戴尔芬·赞茨·索格(Tsogo, Delphine Zanga, 708)

阿摩斯·图图奥拉(Tutuola, Amos, 88, 110, 187, 222, 281, 287, 348, 411, 416, 425, 450, 676)

恩那布埃尼·乌戈恩那(Ugoma, Nnabuenyi, 356)

约翰·厄普代克(Updike, John, 97)

勒罗伊·维尔(Vail, Leory, 12)

珍妮特·维兰特(Vaillant, Janet, 212)

朱迪斯·范阿伦(Van Allen, Judith, 573)

伊冯·薇拉(Vera, Yvonne, 558)

何塞·马泰乌斯·维埃拉(Vieira, José Mateus, 34)

塞尔吉奥·梅洛(Vieira, Sergio, 35)

丹尼尔·维纳尔(Vignal, Daniel, 727)

本尼迪克特·沃勒·维拉卡兹(Vilakazi, Benedict Waller, 299, 414, 418, 666)

高里·维斯瓦纳坦(Viswanathan, Gauri, 717)

苏珊·沃格尔(Vogel, Susan, 654)

库尔特·冯内古特(Vonnegurt, Kurt, 187)

克莱夫·威克(Wake, Clive, 196, 209)

德里克·沃尔科特(Walcott, Derek, 720)

欧比亚江瓦·瓦里(Wali, Obiajunwa, 299—301)

爱丽丝·沃克(Walker, Alice, 544, 565—566, 748)

伊曼纽尔·沃勒斯坦(Wallerstein, Immanuel, 246, 250)

玛丽·海伦·华盛顿(Washington, Mary Helen, 566)

伊恩·瓦特(Watt, Ian, 329)

康斯坦斯·韦伯(Webb, Constance, 585)

马克斯·韦伯(Weber, Max, 604, 605, 659)

西化(Westernization, 63, 193)

埃德蒙·怀特(White, Edmund, 755)

兰德格·怀特(White, Landeg, 14, 152, 451)

沃尔特·惠特曼(Whitman, Walt, 188)

奥斯卡·王尔德(Wilde, Oscar, 660)

雷蒙德·威廉斯(Williams, Raymond, 343, 398, 441, 468, 506)

珍妮特·温特森(Winterson, Jeanette, 755)

莫妮克·维婷(Witting, Monique, 748)

德里克·赖特(Wright, Derek, 690, 738)

理查德·赖特(Wright, Richard, 256, 572)

写作、书写(writing〈and Africa〉, 7—14)

科萨语(Xhosa, 48, 316, 317)

约鲁巴语(Yoruba, 12, 79, 80, 92, 230, 656, 657, 658, 677)

罗伯特·扬(Young, Robert, 276, 616, 672)

尚塔尔·扎布斯(Zabus, Chantal, 672, 675—677)

扎迪·扎乌鲁(Zaourou, Zadi, 215)

祖鲁语(Zulu, 316)

保罗·祖姆托(Zumthor, Paul, 81)

铁托·尊古(Zungu, Tito, 180)

本书译者：

巴达伟	喀土穆大学/清华大学(苏丹)
程 莹	北京大学
段 静	长沙理工大学
胡蓉蓉	清华大学
李 程	耶鲁大学(美国)
李道全	广东工业大学
廉超群	北京大学
刘 彬	广东技术师范大学
刘 燕	上海师范大学
龙清亮	北京市十一学校
马军红	北京第二外国语学院
孙 蕾	中国政法大学
孙晓萌	北京外国语大学
汪 琳	浙江师范大学
王大业	温州商学院
王 璟	浙江外国语学院
王依然	麦克雷雷大学(乌干达)
王 渊	威斯康辛大学(美国)
姚 峰	上海师范大学
尹 晶	北京科技大学
袁明清	拜罗伊特大学(德国)
张举燕	西南交通大学
张小曦	密歇根大学(美国)
张 旸	北京语言大学
周 航	伦敦大学亚非学院(英国)
朱 峰	中国矿业大学(北京分校)

图书在版编目(CIP)数据

非洲文学批评史稿/(尼日利亚)泰居莫拉·奥拉尼央,(加纳)阿托·奎森编;姚峰等译.
—上海:华东师范大学出版社,2019
ISBN 978-7-5675-9905-5

Ⅰ.①非… Ⅱ.①泰… ②阿… ③姚… Ⅲ.①文学批评史—非洲 Ⅳ.①I400.6

中国版本图书馆 CIP 数据核字(2019)第 277979 号

华东师范大学出版社六点分社

企划人 倪为国

African Literature: An Anthology of Criticism and Theory(9781405112000/140511200X)
byTejumola Olaniyan and Ato Quayson
Editorial material and organization © 2007 by Blackwell Publishing Ltd
All Rights Reserved. Authorised translation from the English languageedition published by John Wiley
& Sons Limited. Responsibility for the accuracy of the translation rests solely with East China Normal U-
niversity Press Ltd and is not the responsibility of John Wiley & Sons Limited. No part of this book may
be reproduced in any from without the written permission of the original copyright holder, John Wiley &
Sons Limited.
本书中文简体中文字版专有翻译出版权由 John Wiley & Sons, Inc. 公司授予华东师范大学出版社
出版。
All Rights Reserved
上海市版权局著作权合同登记 图字:09 - 2019 - 047 号

非洲文学批评史稿

编　者　(尼日利亚)泰居莫拉·奥拉尼央　(加纳)阿托·奎森
译　者　姚峰　孙晓萌　汪琳等
责任编辑　施美均
责任校对　倪为国
装帧设计　卢晓红

出版发行　华东师范大学出版社
社　　址　上海市中山北路 3663 号　邮编　200062
网　　址　www.ecnupress.com.cn
电　　话　021 - 60821666　行政传真　021 - 62572105
客服电话　021 - 62865537
门市(邮购)电话　021 - 62869887
地　　址　上海市中山北路 3663 号华东师范大学校内先锋路口
网　　店　http://hdsdcbs.tmall.com

印 刷 者　上海盛隆印务有限公司
开　　本　700×1000　1/16
印　　张　66
字　　数　732 千字
版　　次　2020 年 1 月第 1 版
印　　次　2020 年 1 月第 1 次
书　　号　ISBN 978-7-5675-9905-5
定　　价　228.00 元

出 版 人　王　焰

(如发现本版图书有印订质量问题,请寄回本社客服中心调换或电话 021 - 62865537 联系)